Brigitte Melzer

Dämonisches Tattoo

otherworld

Das säurefreie und alterungsbeständige Papier EOS liefert Salzer, St. Pölten
(hergestellt aus chlorfrei gebleichtem Zellstoff aus nachhaltiger Forstwirtschaft).

ISBN 978-3-8000-9512-4

Umschlaggestaltung von init, Büro für Gestaltung, Bielefeld,
unter Verwendung von Fotos von Corbis, Düsseldorf
Lektorat: Luitgard Distel

Gedruckt in Österreich
7 6 5 4 3 2 1

www.otherworld-verlag.com

Alexandria – Vorort von Washington D. C.

Es war leicht gewesen, ins Haus zu gelangen.

Wenn man bedachte, wer hier wohnte, war das beinahe eine Enttäuschung. Von einem Mann wie Frank Cassell hatte er mehr erwartet. Doch alles, was Cassell zu bieten hatte, waren eine verriegelte Vorder- und Hintertür und ein paar Bolzen, die die Fenster im Erdgeschoss sicherten. Nichts, was einen entschlossenen Eindringling abhalten konnte – schon gar nicht, wenn das Schlafzimmerfenster im ersten Stock offen stand. Er hatte lediglich über das Geländer auf das Vordach der Veranda klettern und durch das offene Fenster steigen müssen.

Cassell war nicht dumm, aber sichtlich arrogant genug, um sich in Sicherheit zu wähnen. Damit war heute Nacht Schluss. Künftig würde es keinen Ort mehr geben, an dem Cassell sich noch sicher fühlen konnte.

Ein dicker weißer Teppich dämpfte seine Schritte, als er den Raum durchquerte. Lächelnd nahm er den mannshohen Standspiegel hinter der Tür wahr, in dem sich seine Silhouette vor dem Mondlicht abzeichnete. Das war perfekt! Er liebte es, sich bei der Arbeit zu beobachten.

Am Fußende des Bettes angekommen stellte er seine Tasche auf dem Boden ab und zog seine Latex-Handschuhe zurecht. Die Frau schlief, und wie so oft während der letzten Monate war der Platz neben ihr verlassen. Ihr Mann verbrachte einmal mehr die Nacht im Büro, trank literweise wässrigen Kaffee und studierte Zeugenaussagen, Obduktionsberichte und Fotos der Tatorte und Leichen, nicht ahnend, dass der, nach dem er suchte, in seinem Schlafzimmer stand.

Für einen Moment dachte er daran, auf die Betäubung zu

verzichten, doch ihm war bewusst, dass sie aufwachen würde, sobald er mit seiner Arbeit begann. Sie würde schreien, und wenn er etwas nicht ausstehen konnte, dann das. Es störte ihn in seiner Konzentration und ließ ihn nachlässig werden. Er hasste schlampige Arbeit.

Entschlossen bückte er sich nach seiner Sporttasche, zog den Reißverschluss auf und öffnete das Lederetui, das gleich zuoberst lag. Cassells Frau würde ihm gehören, so wie all die anderen davor. Er war es, der über ihr Leben und ihren Tod bestimmte, und sie konnten nichts weiter tun, als ihm dabei die Aufmerksamkeit zu schenken, die ihm gebührte.

Er zog eine Spritze auf und bereitete die chirurgische Nadel und den Faden vor. Die ersten Male hatte er Sekundenkleber benutzt, damit es schneller ging, doch er hatte es gehasst, denn es war nichts anderes als Stümperei. Wie Fast Food für einen Gourmet.

Im Laufe der Zeit war er sicherer geworden und hatte gelernt, sein Werk in vollen Zügen auszukosten.

Nur um den Teppich war es schade.

Prolog

Als Special Agent Chase Ryan in die Jefferson Lane in Alexandria einbog, war der Polizeiapparat bereits voll angelaufen. Streifenwagen der D. C. Metro Police blockierten mit eingeschalteten Blaulichtern die Straße und hinderten die Fernsehteams daran, mit ihren Minivans näher heranzufahren. Das Grundstück und ein Teil des Bürgersteigs waren mit gelbem Absperrband abgeriegelt, dahinter stand ein Notarztwagen in der Garageneinfahrt. Vor dem weißen Jägerzaun parkte das Auto des Gerichtsmediziners und erstickte den Anflug von Hoffnung im Keim, den Chase beim Anblick des Krankenwagens verspürt hatte. Hier gab es für den Notarzt nichts mehr zu tun.

Chase parkte seinen Sebring neben einem der Streifenwagen und stellte den Motor ab. Er lehnte sich im Sitz zurück, schloss die Augen und versuchte sich darauf vorzubereiten, was ihn im Haus erwarten würde. Doch ganz gleich, wie lange er hier sitzen bliebe, eines war klar: Es würde nicht leichter werden. Nichtsdestotrotz – es war ein Tatort wie jeder andere. Er atmete einmal tief durch, zog den Schlüssel aus dem Zündschloss und stieg aus.

Sein Atem dampfte in der kalten Februarluft. Der eisige Ostwind fuhr unter die Aufschläge seines Sakkos und ließ ihn frösteln, trotzdem machte er sich nicht die Mühe, seinen Mantel von der Rücksitzbank zu nehmen. Der Mantel würde die Kälte nicht vertreiben, die sich beim Anblick des Hauses zunehmend in ihm ausbreitete.

Chase ging an den Streifenwagen vorbei auf das Haus zu. Ein Stück außerhalb der Absperrung hatten sich die

Fernsehteams mit ihren Kameras, Mikrofonen und Diktiergeräten um Lieutenant Murphy, den Leiter der Mordkommission, geschart und bombardierten ihn mit Fragen. Die meisten davon kannte Chase in- und auswendig. Reporter platzten nicht gerade vor Erfindungsreichtum, wenn es um Fragen ging.

Was können Sie über den Mord sagen? War es der Schlitzer? Wie lange wird es noch dauern, bis die Polizei dieses Monster endlich erwischt? Alles schon tausendmal gehört und von Lieutenant Murphy ebenso oft beantwortet. Es gab nur eine Frage, die heute brisanter war als üblich – auch wenn die Reporter das noch nicht wissen konnten: *Was können Sie uns über das Opfer sagen? Wer ist es?*

Ohne die Antwort des Lieutenants abzuwarten, eilte Chase an den Reportern vorbei. Da die Meute den Zugang zum Gartentor blockierte, schlug er einen Bogen und hielt auf den Seiteneingang bei der Garageneinfahrt zu.

»Agent Ryan.«

Er unterdrückte einen Fluch und gab vor, die Reporterin nicht gehört zu haben, doch sie hatte sich bereits an seine Fersen geheftet. Mit schnellen Schritten, bei denen ihre hohen Absätze auf dem Asphalt klapperten, schloss sie zu ihm auf.

»Agent Ryan«, sagte sie noch einmal und klang dabei ein wenig außer Atem, was ihm jedoch nur geringe Befriedigung verschaffte. Die kleine Klette war schneller, als er gedacht hatte, und hielt ihm jetzt ihr Diktiergerät unter die Nase. »Ein Statement bitte.«

Von allen Reportern, die er kannte, war sie die größte Plage.

Kate Lombardi arbeitete erst seit ein paar Monaten für die Evening Post, trotzdem hatte er sich ihren Namen gemerkt, was nicht allein an ihrer Gewohnheit lag, sich aufreizend zu kleiden. Heute trug sie hohe schwarze Lederstiefel und einen Rock, der nicht nur für diese Jahreszeit zu kurz war. Darüber hatte sie eine taillierte Jacke angezogen, die ebenso wenig wie der Rest ihrer Kleidung dazu geschaffen schien, die Kälte abzuhalten. Lombardi gehörte zu den Frauen, die so etwas tragen konnten. Chase hingegen gehörte nicht zu den Männern, die sich davon beeinflussen ließen. Vermutlich gab es unter seinen Kollegen und bei der Polizei einige, denen sie in diesem Aufzug, gepaart mit ihrem Lächeln und einem verführerischen Augenaufschlag nicht nur ein Sabbern, sondern auch Informationen entlocken konnte. Chase erinnerte ihr Auftreten jedes Mal daran, dass hinter ihrem Lächeln lediglich Berechnung steckte.

Lombardi war ein Frischling, der vorgab, ein alter Hase zu sein. Das war ihm schnell klar geworden, als sie vor einigen Wochen ein Interview mit ihm geführt hatte. Ihre Fragen waren professionell und präzise, sogar klug und geschickt gewesen, trotzdem war ihm weder das leichte Vibrieren ihrer Stimme entgangen noch die ständige Bewegung ihrer Hände, als wisse sie nicht, was sie damit anstellen sollte. Den meisten wäre das nicht aufgefallen. Chase jedoch, dessen Beruf darin bestand, andere zu beobachten und sich ein umfassendes Bild von ihnen zu machen, war ihre Nervosität nicht verborgen geblieben.

Was sie trotz allem so gefährlich machte, war ihr Talent, die richtigen Fragen zu stellen, und ihr erstaunliches Gespür für den richtigen Augenblick: Sie gehörte jedes Mal zu den ersten Reportern, die am Tatort auftauchten, was ihr regelmäßig die Gelegenheit gab, mit den anwesenden Polizisten zu sprechen, ehe die Meute ihrer Kollegen einfiel.

Für gewöhnlich zog Chase es vor, derjenige zu sein, der ihr Informationen gab, sofern er vor Ort war. So war zumindest sichergestellt, dass sie nicht zu viel erfuhr. Im Augen blick jedoch stand ihm nicht der Sinn danach, sich mit ihr auseinanderzusetzen.

Nicht heute.

Es war der zwölfte Mord in einer außergewöhnlich grausamen Mordserie, die sich nun schon über drei Jahre hinzog, doch dieses Mal hatte der Täter sein Opfer nicht willkürlich ausgewählt. Dieses Mal war es etwas Persönliches.

Chase schob das Diktiergerät zur Seite, das Lombardi noch immer auf ihn gerichtet hielt. Sie lief neben ihm her, bis sie die Absperrung erreichten. Sofort war ein Polizist auf ihrer Höhe.

»Kommen Sie, Ryan«, drängte sie, bevor er sich an den Polizisten wenden konnte. Der Wind zerrte an ihrem schulterlangen Bob und trieb ihr die blonden Locken ins Gesicht. Mit einer unwilligen Geste strich sie sich das Haar zurück. »Lassen Sie mich nicht im Regen stehen. Geben Sie wenigstens einen kurzen Kommentar ab.«

»Sie wissen, dass das gegen die Vorschriften ist.«

»Die Menschen haben ein Recht darauf, zu erfahren, was in ihrer Stadt vor sich geht.«

»Und sie werden es erfahren«, erwiderte Chase. »Von einer Stelle, die offiziell autorisiert ist, diese Informationen an die Öffentlichkeit zu geben.« Er hielt dem Officer seinen Dienstausweis hin. Ein kurzer Blick, dann nickte der Uniformierte und hob das Absperrband. Chase duckte sich darunter hindurch und betrat das Grundstück. Ehe Lombardi auch nur einen Schritt machen konnte, ließ der Polizist das Band wieder fallen und blieb vor ihr stehen; bereit, sie aufzuhalten, falls sie versuchen sollte Chase hinter die Absperrung zu folgen.

»Stimmt es, dass das Opfer die Frau eines FBI-Agenten ist?«, rief sie ihm hinterher.

Ihre Worte trafen ihn wie ein Schlag in den Nacken. Woher wusste sie davon? Weder an der Tür noch am Briefkasten stand ein Name, ebenso wenig warfen die Suchmaschinen im Internet einen Namen aus, wenn man die Adresse eingab. Es sah ganz so aus, als hätte sie bereits Gelegenheit gehabt, mit einem der Polizisten zu sprechen, oder sie hatte eine Unterhaltung mitgehört.

Chase blieb stehen und drehte sich noch einmal zu ihr um. »Verschwinden Sie oder ich lasse Sie entfernen.« Er gab dem Officer, der immer noch neben ihr stand, ein Zeichen. Als dieser nach ihrem Arm griff, um sie wegzuführen, befreite sie sich mit einem Ruck und ging in Richtung ihrer Kollegen davon. Chase wandte sich ab und hielt auf das Haus zu.

Es war einer jener alten viktorianischen Bauten, wie sie in dieser Gegend überall zu finden waren, gelegen in einer ruhigen Nachbarschaft, in der die Menschen einander grüßten und die Kinder in den Vorgärten und auf den Bürgersteigen spielten. Man kannte sich und half einander. Vermutlich sperrte die Hälfte der Leute nicht einmal ihre Haustür ab. Es war die perfekte Vorstadtidylle, in der niemand um seine Sicherheit fürchtete.

Damit dürfte es jetzt vorbei sein.

Er erreichte den rot gepflasterten Weg, der vom Gartentor zum Haus führte, und kam an zwei Männern der Spurensicherung vorbei, die systematisch den Garten durchkämmten. Überall auf dem Grundstück waren Polizisten und Mitarbeiter der Forensik bei der Arbeit, doch nirgendwo war auch nur ein einziger FBI-Agent zu sehen.

Vor ihm erhob sich das Haus mit seiner weiß getäfelten Fassade in den blassblauen Februarhimmel. Der Wind trieb vereinzelte Wolken vor sich her, deren Schatten über das Dach und die Fassade krochen und die Schnitzereien, die die spitzen Giebel zierten, zum Leben erweckten. Vier Stufen führten auf eine überdachte Veranda, über deren Vordach sich ein pittoreskes Türmchen erhob.

Chase lief die Stufen hinauf auf die offene Haustür zu. Für gewöhnlich kam er erst an den Tatort, wenn die Spurensicherung bereits abgezogen war und er sich frei bewegen konnte. Sein Job verlangte nicht einmal, dass er sich die Tatorte überhaupt ansah, den meisten seiner Kollegen genügten die Berichte und Fotos. Chase fiel es jedoch leichter, sich in einen Täter hineinzuversetzen, wenn er vor Ort gewesen war. Dinge zu sehen, die der Täter gesehen hatte, seine Schritte und Bewegungen nachzuvollziehen, half ihm, in die Haut des Gesuchten zu schlüpfen und sich ein besseres Bild von ihm zu machen.

Seit Detective Munarez ihn angerufen und gebeten hatte sofort zu kommen, wusste er, was ihn erwartete. Draußen hatte er sich vielleicht noch einreden können, dass es ein Fall wie jeder andere war, auch wenn ihm das Grimmen in seiner Magengrube etwas anderes sagte. In dem Augenblick jedoch, in dem er das Haus betrat, das ihm von seinen Besuchen beinahe so vertraut war wie sein eigenes Apartment, erfasste ihn ein Gefühl der Beklemmung. Die Realität war dabei, ihn einzuholen, und machte jeden Versuch zunichte, sich einzureden, dass er nur hier war, um seinen Job zu machen.

Im Gang stand ein Beamter der Mordkommission und telefonierte. Als er Chase sah, winkte er ihm kurz zu und deutete in Richtung der Treppe. Chase folgte den knarrenden Holzstufen nach oben. Aus dem Obergeschoss waren Stimmen zu hören, die lauter wurden, je näher er kam, immer wieder durchbrochen vom Auslösen einer Kamera und dem Sirren des Blitzes, der sich nach jedem Foto neu auflud. Am Ende der Treppe angekommen wandte sich Chase nach rechts. Vor dem Schlafzimmer waren Greg Anderson und

Anita Munarez, die zuständigen Detectives der Mordkommission, in ein Gespräch vertieft.

»Nirgendwo sonst im Haus sind Spuren zu finden. Er muss also durch das Fenster gekommen sein«, spekulierte Anderson. Er war ein erfahrener Detective, den nur noch wenige Jahre von seiner Pensionierung trennten. Wie sehr ihn dieser Fall beanspruchte, zeigten die tiefen Falten, die sich während der letzten Monate in seine Züge gegraben hatten. Seit drei Jahren leitete er die Suche nach dem, den die Presse den Schlitzer nannte, ohne dass sie ihm auch nur ein Stück näher gekommen wären. Es gab keine Fingerabdrücke, keine Beschreibungen von Zeugen, die mehr als einen dunklen, nicht näher identifizierbaren Schatten gesehen hatten – und die wenigen DNA-Spuren, die sie gefunden hatten, halfen ihnen nicht weiter, da sie keinen Treffer in einer der Datenbanken ergaben. So wie es aussah, war die Person, nach der sie suchten, anderweitig noch nie mit dem Gesetz in Konflikt geraten.

Der einzig greifbare Beweis, den der Täter je zurückgelassen hatte, war der Abdruck eines Männerturnschuhs Größe 10. In Anbetracht der Beliebtheit und Verbreitung dieses Schuhs grenzte das den Kreis der Verdächtigen auf gut zwei bis drei Millionen ein.

Anita Munarez' dunkle Augen sprühten Feuer. Die junge Polizistin war das genaue Gegenteil von ihrem Partner. Groß, kurvig und selbst im Winter so braun gebrannt, als würde sie ihrem mexikanischen Teint im Sonnenstudio auf die Sprünge helfen. Abgesehen davon hatte sie eine Vorliebe für Gossensprache, die sie auch jetzt sofort wieder unter Beweis stellte. »Wenn ich dieses Arschloch in die Finger bekomme, reiße ich ihm die *Cojones* ab, bevor ich ihm Handschellen anlege!«

Anderson nickte. »Ob mit oder ohne Eier, der gehört endlich aus dem Verkehr gezogen.«

Munarez brummte etwas Unverständliches, das sowohl Zustimmung, wie auch ein mexikanischer Fluch sein konnte, dann entdeckte sie Chase. »Wird auch Zeit.« Sie deutete in Richtung des Schlafzimmers. »Da drin.«

Chase ging an ihr vorbei und trat auf die Schwelle zum Schlafzimmer. Ein beißender Geruch schlug ihm entgegen, eine Mischung aus Blut, Schweiß und Urin. Sein Blick schoss in den Raum. Jemand hatte das Fenster geschlossen, damit der Wind nicht hereinfahren und Spuren verändern oder verwischen konnte – Spuren, von denen Chase wusste, dass der Killer sie ohnehin nicht hinterlassen hatte.

Vom Fenster wanderte sein Blick weiter über den weißen Wandschrank mit den Lamellentüren hinüber zur Kommode und schließlich zum Bett. Die hellen Laken waren zerwühlt, eines der Kissen herausgefallen, doch nichts im Raum deutete darauf hin, dass es einen Kampf gegeben hätte. Das war sein Modus Operandi. Er wartete, bis seine Opfer schliefen, und betäubte sie dann, damit sie keinen Widerstand leisten konnten. Auch wenn es dafür keine Belege in den Berichten des Gerichtsmediziners gab, war Chase davon überzeugt, dass er – nachdem der erste Teil seines scheußlichen Tuns erledigt war – wartete, bis die Frauen zu sich kamen. Sie sollten ihn beobachten, wenn er sein Werk vollendete, so wie er sich auch selbst dabei beobachtete. An jedem der Tatorte waren große Spiegel in der Nähe der Leichen gefunden worden, manche aus anderen Räumen herübergetragen, andere lediglich zurechtgerückt. *Dieses narzisstische Schwein!* Er fühlte sich vollkommen sicher und schien nicht zu fürchten, von einem heimkehrenden Ehemann überrascht zu werden. Ein deutliches Zeichen dafür, dass er seine Opfer zuvor ausgespäht und deren Gewohnheiten eingehend studiert hatte.

Chase' Blick glitt über den Standspiegel und richtete sich

dann auf das Zentrum des Raums, jenen Ort, den er am wenigsten von allem sehen wollte. Ein Rücken versperrte ihm den Blick auf den Leichnam, sodass er kaum mehr als die Beine des Stuhls sehen konnte, die sich in den dicken, mit Blut vollgesogenen Teppich gruben. Es war Ben Summers, der Tatortfotograf, der ihm die Sicht verstellte, doch kaum hatte er zwei weitere Bilder geschossen, trat er zur Seite, um seine Arbeit aus einem anderen Blickwinkel fortzusetzen. Obwohl Chase gewusst hatte, was ihn erwartete, und er geglaubt hatte, dagegen gewappnet zu sein, traf ihn der Anblick mit voller Härte.

Wie oft war er in diesem Haus zu Gast gewesen? Unzählige Abendessen und Grillpartys, zu denen Frank und Diana ihn eingeladen hatten. Diana, die strahlende rothaarige Schönheit mit einer Haut, die so makellos und hell wie Porzellan war. Diana mit dem herzlichen Wesen, deren Lachen selbst die kältesten Räume mit Wärme erfüllte. Jetzt war dieses Lachen verstummt. Ihr Mund blutig und ausgefranst vom Kampf gegen die dicken blauen Fäden, mit denen ihre Lippen zusammengenäht worden waren. Selbst im Tod hatte sie ihre aufrechte Haltung nicht verloren, auch wenn diese von den Fesseln herrührte, die sie auf dem Stuhl in Position hielten. Ihre Züge waren geprägt von Entsetzen und den Qualen, die sie in den letzten Minuten – oder waren es Stunden? – ihres Lebens durchgemacht haben musste. Auch wenn ihr Blick längst gebrochen war, spiegelte sich das Grauen noch immer in ihren aufgerissenen Augen wider. Doch Furcht allein war nicht der Grund für ihre offenen Augen, sondern derselbe blaue Faden, der auch ihre Lippen versiegelte. Ihr Mörder hatte ihr die Lider festgenäht, sodass sie ihren Peiniger hatte ansehen müssen, während der ihr das Leben durch unzählige kleine Schnitte und eine punktierte Halsvene aus dem Leib rinnen ließ.

Chase atmete tief durch, zwang die Luft in seine Lungen und hatte trotzdem das Gefühl, nicht genug davon zu bekommen. Es war dasselbe Bild wie an jedem Tatort, doch ganz gleich, wie oft er es auch zu sehen bekam, es verlor niemals etwas von seinem Schrecken. Besonders nicht heute.

Was er hier sah, war das Ergebnis von Franks Starrsinn. Chase und alle anderen hatten ihm nach dem letzten Mord dringend davon abgeraten, mit einer Erklärung vor die Presse zu treten, die den Täter als kranken Perversen bezeichnete, den seine eigene Dummheit bald zu Fall bringen würde. Frank jedoch hatte sich nicht beirren lassen. Er war sicher gewesen, den Schlitzer mit dieser Aussage dazu zu bewegen, etwas Unüberlegtes zu tun. »Dann haben wir ihn!«, hatte er mit leuchtenden Augen gesagt und kurz darauf die Erklärung verlesen, deren Veröffentlichung ihm von seinem Vorgesetzten untersagt worden war. Er war so besessen davon, diesen Mann endlich zu fassen zu bekommen, dass er sich auch von einem Disziplinarverfahren und einem Eintrag in seiner Personalakte nicht davon abhalten lassen wollte.

Scheiße, Frank! Warum hast du nicht auf mich gehört?

»Zu viele Fotos dieser Art«, brummte Ben und fuhr sich mit der Hand durch das halblange braune Haar. »Das häuft sich in der letzten Zeit viel zu sehr.«

»Damit will er uns seine Überlegenheit zeigen.«

Ben sah auf. Seine braunen Augen wirkten im Gegenlicht beinahe schwarz, zwei dunkle Tümpel voller Skepsis. »Sie denken, das soll eine Nachricht an die Cops sein?«

»An die Cops und jeden, der bereit ist, sie zu sehen.« *Und ganz besonders an den, der ihn herausgefordert hat.*

»Das kann doch nicht Ihr Ernst sein.« Er ließ seine Kamera sinken und starrte Chase an, als hätte er einen Geist gesehen. »Sie glauben tatsächlich, dass ich diese Scheiße wieder und wieder fotografieren muss, weil dieser Kerl nicht weiß, wie man einen Notizzettel benutzt?«

»So ähnlich.« Summers' Fragen und Kommentare glichen sich an jedem Tatort, als versuche der Fotograf herauszufinden, was diesen Mann antrieb. Für ihn schien das ein Ventil zu sein, um mit dem fertigzuwerden, was er mit seiner Kamera festhalten musste. Ben Summers gehörte zu einer kleinen Gruppe von Freiberuflern, die für die Polizei arbeiteten und täglich an die Tatorte gerufen wurden, um dort die notwendigen Fotos zu schießen. Es mochte ein Weg sein, sich seinen Lebensunterhalt zu verdienen, doch es war auch ein immer wiederkehrender Kampf mit Anblicken wie diesem.

»Er zieht eine gewisse Befriedigung aus seinen Taten«, fuhr Chase fort, »was die Spiegel beweisen, aber wichtiger als das ist ihm vermutlich das Spiel mit der Polizei. Die Sorgfalt, die er bei jedem seiner Morde walten lässt, ebenso wie die Zeit, die er sich nimmt, sollen uns zeigen, wie sicher er sich fühlt. Jede Leiche ist gleichzeitig eine Nachricht an uns, die uns sagen soll, dass wir keine Gegner für ihn sind. Er fühlt sich uns überlegen.«

»Wenn ich bedenke, wie oft ich schon die Sauerei fotografieren musste, die er uns hinterlassen hat, ist er das wohl auch.«

»Irgendwann macht er einen Fehler«, mischte sich Doug Edwards ein, der hinter Chase in den Raum gekommen war. »Dann haben wir ihn.« Wie seine Kollegen trug der Gerichtsmediziner einen weißen Schutzanzug.

Chase wandte sich dem Arzt zu. »Die übliche Vorgehensweise?«

Dr. Edwards nickte bedächtig. Er zog die Schutzbrille von den Augen und ließ sie am Gummiband um seinen Hals baumeln, eine Strähne seines vorzeitig ergrauten Haars lugte unter der Kapuze seines Schutzanzugs hervor. »Punktierte Venen an zwei Stellen. Unzählige weitere Schnitte, nicht tief genug, um tödlich zu sein, und zwei Einstiche am Hals – vermutlich wieder einer für das Betäubungsmittel, der andere für das Antigerinnungsmittel.«

Er verletzte niemals lebenswichtige Arterien, sondern hielt sich stattdessen an die daneben liegenden Venen. Das, in Kombination mit dem Gerinnungshemmer, führte binnen weniger Stunden zum Tod, während die kleinen Schnitte, die er mit einem Rasiermesser machte, ihm eher zum Zeitvertreib zu dienen schienen, da sie sich zu schnell wieder schlossen, um tödlich zu sein.

»Wie sieht es aus, Ben?«, erkundigte sich der Mediziner und machte sich daran, seine Ausrüstung in den dazugehörigen Metallkoffer zu packen, bei dessen Anblick sich Chase jedes Mal wunderte, dass ein derart hagerer Mann dieses sperrige Ding überhaupt heben konnte, ohne dass ihn das Gewicht des Koffers von den Beinen riss. »Wann können wir den Leichnam in die Pathologie bringen?«

»Geben Sie mir noch zehn Minuten, Doc.«

Da es für Chase hier weder etwas zu tun noch etwas zu sehen gab, das er länger sehen wollte, kehrte er zu Munarez und Anderson auf den Gang zurück.

»Weiß Frank es schon?«

Anderson schüttelte den Kopf. »Wir wollten es noch ein wenig hinausschieben.«

Zweifelsohne, um den Tatort und die Beweise in Ruhe sichern zu können, ungestört von einem trauernden, aufgebrachten Ehemann, der gleichzeitig jemand war, mit dem sie zusammenarbeiteten. Dieses *Hinausschieben* erklärte auch die Abwesenheit jeglicher FBI-Agenten: In dem Moment, in dem sie das Field Office informierten, würde auch Frank davon erfahren. Dass Munarez Chase angerufen hatte, lag sicher nicht nur daran, dass sein Büro fernab des

Field Office lag. Vermutlich baute sie darauf, dass er ihr die unangenehme Aufgabe abnehmen und Frank informieren würde. Frank war sein Freund. Während ihrer Ausbildung waren sie im selben Jahrgang gewesen, danach Partner im Washington Field Office, bis Chase nach Quantico zur Spezialeinheit für Serienverbrechen gegangen war. Auch wenn ihr Kontakt seitdem nicht mehr so eng war, hatten sie sich von Zeit zu Zeit getroffen, und seit Chase zu diesem Fall hinzugezogen worden war, auch wieder enger zusammengearbeitet. Wäre er an Franks Stelle, er würde sich wünschen, eine derart einschneidende Nachricht nicht von einem nahezu Fremden überbracht zu bekommen.

Er wandte sich wieder dem Schlafzimmer zu. »Wie lange brauchen Sie noch, Dr. Edwards?«

»Sobald der Junge hier die letzten Bilder geschossen hat, können wir sie eintüten.«

»Edwards!«, rief Anderson so scharf, dass der Gerichtsmediziner zusammenzuckte.

In einer beinahe hilflosen Geste hob der Mediziner die Hände. »Entschuldigung, Agent. Es macht den Job leichter, meine Kunden als ein Stück Fleisch zu betrachten. Dabei habe ich wohl aus den Augen verloren, dass Sie sie kannten.«

Chase nickte. »Schon gut. Also noch ein paar Minuten?«

»Zumindest, bis wir die Leiche fortbringen können«, sagte der Doktor. »Die Spurensicherung wird noch einige Stunden beschäftigt sein.«

Die Spurensicherung interessierte Chase nicht. Ihm war nur wichtig, dass Diana nicht mehr hier war, wenn Frank nach Hause kam. »Dann fahre ich jetzt zu ihm und –«

»Detective Anderson!«, rief jemand von unten, ehe Chase seinen Satz vollenden konnte. »Cassell fährt gerade vor.«

Chase schluckte einen Fluch hinunter. »Seht zu, dass ihr hier fertig werdet. Ich versuche ihn aufzuhalten.«

Er lief die Treppen nach unten, durchquerte den Flur und rannte aus dem Haus. Auf der Veranda stieß er um ein Haar mit Frank zusammen, der die Stufen heraufhetzte. Schweiß stand ihm auf der Stirn und sein kurzes blondes Haar klebte ihm in feuchten Strähnen am Kopf. Frank machte einen Schritt zur Seite und wollte an ihm vorbei ins Haus, doch Chase verstellte ihm den Weg.

»Geh zur Seite, Ryan!«

Chase schüttelte den Kopf. »Lass uns hierbleiben, ich erkläre dir alles.«

»Erklären!«, fuhr Frank ihn an, bebend vor Zorn und einer Trauer, von der Chase wusste, dass sie in seinem ehemaligen Partner steckte, er sie aber nicht herauslassen konnte – noch nicht. »Was willst du mir erklären, was ich nicht längst aus den Nachrichten wüsste? Warum habt ihr mich nicht angerufen, ihr verdammten Penner! Ihr hättet es mir sagen müssen. Sofort!«

Chase griff nach dem Arm seines Kollegen. Seine Finger bohrten sich in den Stoff des dicken Wollmantels, als er versuchte Frank von der Tür wegzuführen, in den Garten hinaus, doch Frank schüttelte seine Hand ab und drängte sich an ihm vorbei.

»Frank, warte! Tu dir das nicht an!« Er eilte hinter dem Agenten her die Treppen hinauf, doch Frank war bereits oben angekommen. Als Chase hinter ihm auf den Gang trat, sah er Frank im Schlafzimmer verschwinden. Anderson und Munarez standen da wie angewurzelt und starrten ihm hinterher. Aus dem Schlafzimmer drang nicht der geringste Laut. Kein Atmen, keine Stimmen, keine Schreie. Selbst das Klicken des Fotoapparats und das Sirren des Blitzes waren verstummt.

Für einen Moment überkam Chase die irrationale Hoffnung, dass es Dr. Edwards gelungen war, Diana in den Leichensack zu legen, bevor Frank in den Raum gestürmt war. Doch er wusste, dass er Frank nicht lange genug aufgehalten hatte. Ein Blick zu den Detectives genügte ihm, um zu erkennen, dass die beiden ihm keine Hilfe sein würden. Sie standen nur da und glotzten.

Chase schob sich an den beiden vorbei und trat in den Türrahmen. Kein Leichensack. Alles war noch so, wie er es bereits gesehen hatte – nur dass jetzt der Ehemann des Opfers mitten im Raum stand, nicht in der Lage, den Blick vom geschundenen Leichnam seiner Frau zu lösen.

»Frank?«

Als er nicht reagierte, kam Chase langsam näher. Franks Schultern bebten. Ohne den Blick von seiner Frau zu nehmen, ballte er die Fäuste.

»Du weißt es seit Stunden und hast mir nichts gesagt.« Seine Stimme war so kalt und leer wie seine Miene. »Was bist du für ein Freund? Macht es dir Spaß, mich zu belügen?« Ehe Chase etwas erwidern konnte, fuhr Frank im selben ausdruckslosen Tonfall fort: »Wie lange ist es her, dass du dieses Scheißprofil erstellt hast? Eineinhalb Jahre? Zwei? Wie kann es sein, dass wir ihn immer noch nicht erwischt haben, wenn wir doch alles über ihn wissen? Wie ist es möglich, dass er – statt auf seine Hinrichtung zu warten – weitermordet? Dass er meine Frau …« Seine Stimme erstarb in einem Keuchen.

»Du weißt, dass es nicht so einfach ist.« Chase legte ihm eine Hand auf die Schulter. »Komm, lass uns nach unten gehen, dort können wir in Ruhe über alles sprechen.« Und Dr. Edwards konnte seine Arbeit ungestört zu Ende bringen.

»Worüber willst du mit mir sprechen?«, schnappte Frank und schlug Chase' Hand zur Seite. »Willst du mir schonend beibringen, was meiner Frau zugestoßen ist? Dafür ist es wohl ein bisschen zu spät.«

»Ich kann verstehen, dass du wütend auf mich bist.«

»Einen Scheiß verstehst du! Deinen Psychomüll kannst du dir sparen, ich bin keiner von diesen Idioten, bei denen du damit landen kannst!«

»Ich weiß, dass du kein Idiot bist, Frank. Aber wir müssen darüber reden – wenn nicht jetzt, dann später –, aber …« Bevor er seinen Satz vollenden konnte, fuhr Frank herum.

»Halt endlich dein verdammtes Maul!«, schrie er und drosch ihm die Faust ins Gesicht. Chase' Lippe platzte auf. Er taumelte zurück. Als Frank zu einem weiteren Schlag ausholte, waren Munarez und Anderson zur Stelle. Sie packten Frank an den Armen und hielten ihn zurück. Der Agent versuchte sich loszureißen, doch die beiden hatten ihn fest im Griff.

»Deinetwegen ist sie tot!« Frank wand sich unter dem eisernen Griff der Detectives. »Dein verdammtes Profil taugt nichts, sonst hätten sie ihn längst erwischt, und jetzt hat Diana …« Einmal mehr brach seine Stimme und plötzlich erschlaffte er, sackte in sich zusammen, als wäre mit einem Schlag alles Leben aus ihm gewichen. Der Hass, der seine Augen einen Moment zuvor noch zum Glühen gebracht hatte, war verschwunden und hatte nichts als Leere hinterlassen.

Schnell griffen Munarez und Anderson fester zu, damit er ihnen nicht entglitt.

»*Mierda!*«, fluchte Munarez. »Was machen wir jetzt mit ihm?«

Anita Munarez mochte ein guter Detective sein, sie hatte eine ausgezeichnete Kombinationsgabe und ein gutes Händchen im Verhör. Sobald sich ein Problem jedoch nicht mit dem Anlegen von Handschellen oder dem Verlesen der Rechte aus dem Weg räumen ließ, sondern ein einfühlsames Vorgehen erforderte, war sie aufgeschmissen.

»Bringen Sie ihn nach unten«, sagte Chase. »Der Notarzt ist immer noch da. Er soll ihm etwas zur Beruhigung geben und ein Auge auf ihn haben, bis der psychologische Dienst eintrifft.«

Da Frank keine Anstalten machte, sich aus freien Stücken zu bewegen, und noch immer wie ein nasser Sack zwischen den Detectives hing, legten sie sich seine Arme über die Schultern und führten ihn nach draußen. Diesmal leistete er keinen Widerstand.

Chase rieb sich den Unterkiefer und versuchte das Pochen ebenso zu ignorieren wie das Brennen seiner aufgeplatzten Lippe. Trotz des Schlages konnte er Frank keine Vorwürfe machen. Er war im Augenblick nicht er selbst und vermutlich würde es eine sehr lange Zeit dauern, bis er das wieder sein konnte.

»Alles in Ordnung bei Ihnen, Agent Ryan?« Dr. Edwards hatte sich ihm zugewandt und musterte seine Lippe. »Brauchen Sie Hilfe?«

»Wenn Sie zwei Paracetamol für mich haben, sage ich nicht Nein.« Im Moment spürte Chase nur ein leises Pulsieren, doch vermutlich würde das bald in hämmernde Kopfschmerzen übergehen. Abgesehen davon hatte er heute noch eine Menge Arbeit vor sich, die sich mit einem Brummschädel nur schwer erledigen lassen würde.

Edwards bückte sich nach seinem Koffer, fischte ein weißes Plastikröhrchen heraus und warf es Chase zu. »Bedienen Sie sich.«

Chase fing es auf und ließ zwei Tabletten in seine Handfläche rollen, die er ohne Wasser hinunterschluckte. »Ich hätte nicht gedacht, dass ihre Patienten so etwas noch brauchen.«

Der Mediziner grinste. »Die sind für mich, wenn mir meine *Patienten* mal wieder Kopfzerbrechen bereiten.« Er nahm Chase das Röhrchen ab und warf es in seinen Koffer zurück. Dann wandte er sich erneut Chase zu und hielt ihm ein Papiertaschentuch entgegen. »Hier.«

Chase nahm das Taschentuch und wischte sich das Blut von der Lippe. »Besser?«

»Zumindest gut genug, damit die Reporter es nicht sofort wittern und in der Hoffnung auf eine sensationelle Story über Sie herfallen.«

»Was passiert jetzt mit Agent Cassell?« Ben hatte endlich seine Kamera ausgeschaltet und schraubte den Deckel auf das Objektiv. »Wer passt auf ihn auf?«

»Ich denke, dass man ihn für eine Nacht im Krankenhaus behalten wird, bevor sich die Psychologen des FBI auf ihn stürzen.« Chase' Blick fiel auf den blutigen Teppich und wanderte von dort aus nach oben, zu Dianas erstarrten Zügen. Hierher konnte Frank nicht zurück. Er hätte ihm angeboten, erst einmal zu ihm nach Hause zu kommen, doch er bezweifelte, dass sich Frank darauf einlassen würde – nicht, solange er Chase als den Schuldigen am Tod seiner Frau auserkoren hatte. Vielleicht konnte Frank für eine Weile zu seiner Schwester nach Silver Spring ziehen. Der Agent mochte wütend sein, doch schon bald würde seine Wut in Trauer umschlagen. Dann war es besser, wenn jemand bei ihm war.

»Nehmen Sie es nicht zu schwer«, meinte Ben und trat einen Schritt zur Seite, um die Gehilfen des Gerichtsmediziners mit dem Leichensack vorbeizulassen. »Frank kann Ihnen wohl kaum die Schuld daran geben, dass Ihr Profil nicht gleich Namen und Adresse des Täters mit ausgespuckt hat. Den Kerl zu finden ist immer noch Aufgabe der Polizei.«

Natürlich wusste Chase, dass es nicht seine Schuld war, doch ebenso gut wusste er, dass Frank das im Augenblick vollkommen egal war. Chase' Blick wanderte zu Diana. Edwards Assistenten hatten sie von ihren Fesseln befreit und hoben sie vom Stuhl, um sie in den ausgebreiteten Leichensack zu legen. Sich ein Opfer zu suchen, das in direkter Verbindung zu den Ermittlern stand, war gewagt. Dieser Kerl war clever, zugleich schien er mutiger zu werden, als wolle er seine Verfolger zu einem Spiel auffordern. *Fangt mich, wenn ihr könnt!* Genau das würden sie tun, denn früher oder später würde sein Mut in Übermut umschlagen und er würde anfangen Fehler zu machen. Vielleicht war Diana bereits sein erster Fehler.

Der Anblick des blutigen Teppichs, gepaart mit dem Gestank, der im Raum hing, schien den aufkeimenden Kopfschmerz noch zu beschleunigen. Da es für ihn hier oben ohnehin nichts mehr zu tun gab, nickte er Dr. Edwards und Ben zum Abschied kurz zu und wollte hinaus.

»Sind Sie heute Abend noch in der Stadt?«, rief Ben ihm hinterher.

»Vermutlich nicht, warum?«

»Einige von uns werden sicher auf ein Bier im *Golden Bell* sein. Falls Sie also da sind, kommen Sie doch vorbei.«

Chase kannte den Laden. Er war selbst bereits des Öfteren mit Frank dort gewesen, ein- oder zweimal auch mit Anderson und Munarez, wenn sie außerhalb des Büros über einen Fall sprechen wollten. Das *Golden Bell* war eine der Kneipen, in der hauptsächlich Cops verkehrten, was das *Bell* wohl zu einem der sichersten Orte im Washingtoner Nachtleben machte.

»Vielleicht ein andermal.«

Ben nickte. »Dann schicke ich Ihnen die Fotos wohl am besten so schnell wie möglich per E-Mail, damit Sie sich alles ansehen können.«

»Danke.« Chase verließ das Schlafzimmer und den ersten Stock. Unten im Flur kam ihm Munarez entgegen. »Wie geht es Frank?«, fragte er.

»Die werden ihn gleich mit Beruhigungsmitteln vollpumpen, bis er nur noch rosa Nilpferde sieht. Danach geht es ihm hoffentlich für eine Weile besser.« Trotz ihrer ruppigen Worte war Munarez ihr Unbehagen anzumerken. Auch wenn Frank zum FBI gehörte und damit nicht unbedingt ganz oben auf der Liste von Munarez' Freunden stand, hatte er dennoch mit seinen Leuten die polizeilichen Ermittlungen unterstützt. Das machte ihn zu einem von ihnen. »Anderson ist bei Lieutenant Murphy und dem Reporterpack. Ich fahre jetzt zum Revier zurück. Die Berichte schicke ich Ihnen, sobald sie fertig sind.« Sie machte ruckartig kehrt und verschwand so schnell, wie sie gekommen war.

Chase folgte ihr nach draußen. Kaum hatte er die Veranda hinter sich gelassen, schwenkte er nach rechts und hielt auf die Garageneinfahrt und den Krankenwagen zu. Die hinteren Türen waren weit geöffnet und auf der Ladekante saß Frank und starrte ins Nichts. Seine Züge wirkten eingefallen und wächsern, die dunklen Ringe, die sich unter seinen Augen ausgebreitet hatten, ließen ihn weit älter erscheinen, als er mit seinen fünfunddreißig Jahren tatsächlich war. Sein Mantel und das Sakko lagen neben ihm, einer seiner Hemdsärmel war hochgekrempelt. Ein Sanitäter löste die Blutdruckmanschette von Franks Oberarm und tastete nach seinem Puls. Im Inneren des Wagens war ein zweiter Sanitäter dabei, eine Infusion vorzubereiten. Frank nahm davon ebenso wenig Notiz wie von Chase, der langsam näher kam.

»Agent Ryan.« Ein uniformierter Officer kam über den Rasen auf ihn zu, einen stämmigen Kerl im Schlepptau, für den die Bezeichnung *exotisch* anscheinend erfunden worden war. Der Mann mochte etwa Ende dreißig sein und hatte langes, glattes Haar von einer Farbe ähnlich dem Federkleid eines Raben. Die dunkle Haut und die beinahe schwarzen Augen, um die herum sich Lachfältchen wie ein feines Netz eingegraben hatten, offenbarten seine Abstammung. Unterstrichen wurde der Eindruck noch von einem geflochtenen Stirnband, an dessen Seite eine kleine silberne Kette mit bunten Perlen und einer Rabenfeder baumelte. Der Officer stand dicht neben dem Indianer, als fürchtete er, der Mann könne jeden Augenblick loslaufen und ins Haus stürmen. »Dieser Mann behauptet helfen zu können.«

»Dann wäre es besser, er würde mit einem der zuständigen Detectives sprechen.« Munarez würde ihm die Hölle heißmachen, wenn sie mitbekäme, dass er sich in einer Art und Weise in die laufenden Ermittlungen einmischte, die über Täterprofile und Vorschläge, wie viele Informationen über den Täter zu welchem Zeitpunkt an die Öffentlichkeit gelangen sollten, hinausging. Allerdings war Munarez nicht mehr hier.

»Er sagt, er möchte mit Ihnen sprechen.«

Chase warf einen Blick zu Detective Anderson, der an der Seite seines Lieutenants der Reportermeute gegenüberstand. Natürlich könnte er hinübergehen und Anderson loseisen. Wenn allerdings einer der Journalisten Wind davon bekam, dass es jemanden gab, der behauptete, etwas über die Morde zu wissen, würden ihm morgen die wildesten Gerüchte und Spekulationen aus den Zeitungen entgegenspringen. Schlagzeilen wie: *Ist der Killer ein Indianer?* oder: *Was weiß dieser Mann über die Morde?* zusammen mit einem Foto des Indianers gehörten dann vermutlich noch zu den harmloseren Überschriften.

Chase unterdrückte einen Seufzer. Wenn der Kerl tatsächlich etwas wusste, was für den Fall wichtig war, konnte er ihn später immer noch an Anderson weiterleiten. Bis dahin würde er ihn von der Meute fernhalten.

»Ich kümmere mich darum«, sagte er zu dem Officer, ehe er sich dem Indianer zuwandte. »Special Agent Chase Ryan,

FBI«, stellte er sich vor, obwohl sein Gegenüber sichtlich wusste, mit wem er es zu tun hatte.

»Joseph Quinn.«

Chase hob eine Augenbraue, woraufhin der Indianer das Gesicht verzog. »Was haben Sie erwartet, Agent? Einen Namen wie Hinkende Krähe? Diese Zeiten sind schon lange vorbei.«

»Entschuldigen Sie, Mr Quinn, ich wollte nicht unhöflich erscheinen. Was kann ich für Sie tun?«

»Die Frage ist wohl eher, was *ich* für Sie tun kann.«

Trotz seiner großspurigen Worte sah sich der Indianer um, als wolle er sicherstellen, nicht mehr Beachtung zu bekommen als unbedingt nötig. Erst nachdem er sich davon überzeugt hatte, dass die Reporter keine Notiz von ihm nahmen, entspannte er sich. Was auch immer Joseph Quinn hierherführte, der Wunsch, im Mittelpunkt zu stehen, war es nicht.

»Was haben Sie für uns?«

»Womöglich einen Weg, wie Sie diesen Killer aufspüren und dingfest machen können.«

»Meine Aufmerksamkeit gehört Ihnen.« Obwohl Chase bezweifelte, dass dieser Mann etwas über den Aufenthaltsort des Killers wissen konnte, wenn Polizei und FBI seit drei Jahren erfolglos nach ihm fahndeten und alle Zeugenbefragungen bisher ins Nichts geführt hatten, wollte er keine Möglichkeit ungenutzt lassen, die ihn ans Ziel führen konnte. »Was haben Sie gesehen?«

»Nichts.«

Chase runzelte die Stirn. »Dann kennen Sie jemanden, der etwas gesehen hat?«

Der Indianer schüttelte den Kopf. »Auch nicht.«

Allmählich beschlich Chase das Gefühl, seine Zeit zu verschwenden. »Hören Sie, Mr Quinn, warum kommen Sie nicht ohne Umschweife zur Sache und sagen mir, warum Sie glauben uns helfen zu können.«

Statt sofort zu antworten, richtete sich der Blick des Indianers auf das Haus. Ein Schatten glitt über seine Züge und in seinen Augen lag ein Ausdruck, als wisse er genau, was für ein Anblick hinter diesen Wänden lauerte. »Wir brauchen eine DNA-Probe, vielleicht ein wenig Blut, wenn vorhanden. Das wäre perfekt. Dann kann ich Sie zu ihm führen.«

»Was sind Sie? Eines dieser Medien, die vorgeben, Auren zu erkennen?« Chase unterdrückte das Verlangen, ihn auf der Stelle vom Tatort entfernen zu lassen. »Waren Sie mit Ihrem Anliegen bereits bei der Polizei?«

»Ich bezweifle, dass die Cops mir zuhören würden.«

Und das vermutlich nicht ohne Grund. Die Frage war nur, wie er auf die Idee kam, bei Chase auf offene Ohren zu stoßen?

»Ich weiß, wie sich das anhören mag, Agent Ryan, aber Sie müssen mir glauben, ich kann Ihnen wirklich helfen!«

»Und was erwarten Sie dafür?«

Einmal mehr kehrte der Blick des Indianers zum Haus zurück. »Ich will einfach, dass es aufhört. Kein Mensch sollte solche Dinge erleiden müssen.« Seine Aufmerksamkeit richtete sich erneut auf Chase. Für die Dauer einiger Herzschläge musterte er ihn. »Manchmal liefert die Wissenschaft keine Ergebnisse, dann muss man zu anderen Mitteln greifen«, sagte er schließlich. »Rituale gehören zum Leben eines jeden Menschen. Für den einen ist es die Tasse Kaffee nach dem Aufstehen, ohne die der Tag nicht beginnen kann. Ein anderer braucht ein gutes Buch oder Musik, um abschalten zu können. Mein Volk pflegt seine Traditionen, Agent Ryan. Einige davon sind sehr alt und bewirken weit mehr, als das eigene Wohlbefinden zu steigern.« Er kam einen Schritt näher und senkte die Stimme. »Es gibt ein Ritual, das es möglich macht, eine Verbindung zu dem zu schaffen, den Sie suchen.«

»Ihre Hilfsbereitschaft in Ehren, aber wir verlassen uns lieber auf herkömmliche Methoden als auf Zauberei.«

»Hör auf mit der Scheiße, Ryan!« Frank schob den Sanitäter beiseite, der ihm gerade eine Infusion legen wollte, sprang von der Ladekante und kam näher. »Sprechen Sie weiter«, forderte Frank den Indianer auf. »Wir brauchen jede Hilfe, die wir bekommen können.«

Chase sparte sich den Widerspruch, da er wusste, dass Frank Argumenten gegenüber im Moment nicht zugänglich war. Statt sich auf eine Debatte einzulassen, warf er dem Sanitäter einen beschwörenden Blick zu, woraufhin der sich vor Frank stellte. »Sie können sich später mit dem Mann unterhalten«, sagte er ruhig und griff nach Franks Arm, um ihn zum Wagen zurückzuführen. Als er sich wehrte, kam der zweite Sanitäter seinem Kollegen zu Hilfe. Mit vereinten Kräften zogen sie ihren Patienten mit sich.

»Sei nicht so vernagelt, Chase!«, brüllte Frank und stemmte sich gegen den Griff der Männer, doch die gaben ihn nicht mehr frei. Um ihnen ihre Arbeit zu erleichtern, lotste Chase den Indianer vom Krankenwagen fort.

»Ich weiß Ihr Hilfsangebot wirklich zu schätzen, Mr Quinn«, sagte er und versuchte Franks Geschrei auszublenden, das jetzt aus dem Inneren des Wagens drang, »aber es entspricht nicht unserem üblichen Vorgehen.«

»Manchmal muss man sich abseits gewohnter Pfade bewegen, um auf seinem Weg voranzukommen.«

Abgesehen davon, dass es nicht den Vorschriften entsprach, bei den Ermittlungen auf übersinnliche Mittel zurückzugreifen, glaubte Chase nicht an Hokuspokus. Nichts hatte ihn bisher davon überzeugen können, dass Menschen wie Joseph Quinn mehr waren als Scharlatane. Manche waren geschickter oder überzeugender als andere, eines jedoch hatten sie alle gemeinsam: Sie waren Mogelpackungen. Chase deutete in Richtung der Absperrung. »Ich denke, es ist besser, wenn Sie jetzt gehen.«

Quinn nickte. »Natürlich.« Er griff in die Tasche seines Parkas, zog eine Visitenkarte heraus, deren Ränder abgestoßen und schon ein wenig verschmutzt waren, und hielt sie Chase entgegen. »Falls Sie es sich doch noch anders überlegen, rufen Sie mich an.«

Da Chase nicht länger diskutieren wollte, nahm er die Karte und schob sie in seine Sakkotasche. »Danke.« Er begleitete den Indianer zur Absperrung und beobachtete, wie der Mann darunter hindurchtauchte und ein Stück die Straße hinunter zu seinem Wagen ging.

»Voodoo-Kram?«, erkundigte sich der Officer, der den Indianer zu ihm geführt hatte. Dann seufzte er. »Tut mir leid, dass ich Ihre Zeit mit dem Kerl verschwendet habe. Das ist eine der Nebenwirkungen bei Fällen wie diesem: Die Spinner kriechen aus allen Löchern und behaupten helfen zu können.«

Ben Summers, der gerade seine Fotoausrüstung über den Rasen schleppte, hatte die letzten Worte mitbekommen. »Vielleicht gibt es wirklich mehr zwischen Himmel und Erde, als wir ahnen?«

Der Officer schnaubte. »Du glaubst auch noch an den Weihnachtsmann, Summers!«

*

Schlecht gelaunt und mit hämmernden Kopfschmerzen kam Chase am späten Nachmittag in Quantico an. Die fünfunddreißig Meilen von Alexandria zur Marinebasis, auf deren weitläufigem Gelände neben der FBI-Akademie unter anderem auch die Spezialeinheit für Serienverbrechen ihren Sitz hatte, waren an ihm vorübergerauscht, ohne dass er mehr von seiner Umwelt wahrgenommen hatte als den fließenden Verkehr um sich herum. Anfangs hatte er noch versucht sich mit Musik abzulenken. Da das laufende Programm jedoch alle paar Minuten von Nachrichten über den neuesten Mord des Schlitzers unterbrochen wurde, hatte er das Radio bald wieder abgeschaltet und sich dem gleichmäßigen Rauschen des Verkehrs und dem Durcheinander seiner eigenen Gedanken ergeben.

Der Killer suchte sich seine Opfer stets in ruhigen Mittelstandsgegenden aus, deren Häuser nicht zu dicht aneinandergebaut waren und in denen es in der Regel weder einen Wachdienst noch Alarmanlagen gab. Als die Morde sich zu häufen begannen und klar wurde, dass es sich um ein und denselben Täter handelte, hatte die Mordkommission sich an das FBI gewandt. Seitdem unterstützten Agenten des örtlichen Field Office die Ermittlungen der D. C. Metro Police, während Chase nach Einsicht der Akten, Gesprächen mit Polizisten und Begutachtung der Tatorte ein Profil des Täters erstellt hatte. Doch obwohl er das Gefühl hatte, ziemlich genau zu wissen, wie dieser Mann tickte, brachte sie das keinen Schritt näher an ihn heran. Nicht, solange es keine Verdächtigen gab. Natürlich hatte es immer wieder jemanden gegeben, der ein Motiv gehabt hätte – eifersüchtige oder gewalttätige Ehemänner, Geschwister, Arbeitskollegen und Vorgesetzte. Doch abgesehen davon, dass sie nicht in das Täterprofil passten und außer Indizien keine wirklichen Beweise vorlagen, gab es nichts, was die jeweiligen Verdächtigen mit den anderen Morden in Verbindung gebracht hätte – weshalb die Polizei in ihren Ermittlungen nie über einen Anfangsverdacht hinausgekommen war.

Mit schnellen Schritten durchquerte Chase das Großraumbüro seiner Abteilung. Es war inzwischen Abend geworden, sodass die meisten Schreibtische bereits verlassen waren. Die wenigen, die noch an ihren Plätzen saßen, bedachten ihn zwar mit neugierigen Blicken, als er vorüberkam, stellten aber keine Fragen.

In seinem Büro angekommen, das er als stellvertretender Abteilungsleiter für sich allein hatte, schloss er die Milchglastür hinter sich und ging zum Schreibtisch. Er schaltete den Computer an und ließ sich in seinen Stuhl fallen. Sobald das System hochgefahren war, meldete er sich mit seiner Kennung und seinem Sicherheitscode an und rief seine E-Mails ab. Summers hatte ihm bereits die Fotos vom Tatort geschickt. Statt jedoch den Mail-Anhang zu öffnen, lehnte Chase sich im Stuhl zurück und starrte an die Decke. Er hatte noch deutlich genug vor Augen, wie es in Franks Schlafzimmer ausgesehen hatte – dazu brauchte er die Fotos nicht anzusehen. Nicht heute. Während der nächsten Tage und Wochen würde er sich eingehend genug damit beschäftigen müssen.

Eine Weile saß er einfach nur da, den Blick auf die Deckenplatten gerichtet, deren Einheitsgrau ein perfektes Spiegelbild seiner Stimmung war. Für gewöhnlich empfand er die unterschiedlichen Grau- und Silbertöne der Büroeinrichtung als modern und freundlich, heute jedoch strahlten sie etwas zutiefst Niederschmetterndes aus.

Auf der Suche nach einem Kaugummi durchwühlte er die Taschen seines Sakkos und stieß dabei auf die ramponierte Visitenkarte des Indianers. Er fischte sie aus der Tasche und warf sie auf den Schreibtisch, ehe er seine Suche fortsetzte und schließlich fündig wurde. Den Blick auf die Karte gerichtet wickelte er den Streifen Kaugummi aus dem Papier und schob ihn sich in den Mund. Nur Name, Adresse und Telefonnummer. Kein Zusatz, aus dem hervorgegangen wäre, dass sich der Mann für einen Zauberer hielt.

Während er auf dem Kaugummi herumkaute und ihn der Pfefferminzgeschmack wieder ein wenig mit Leben erfüllte, machte er sich daran, eine E-Mail an Munarez zu verfassen, in der er von Joseph Quinns Auftauchen berichtete. Sobald die Mail fertig war, würde er die Visitenkarte einscannen und als Anhang versenden. Er mochte von der Walla-Walla-Magie des Indianers nichts halten und noch weniger daran glauben, trotzdem musste er das Erscheinen des Mannes der Vollständigkeit halber weitergeben.

Als er den Scanner einschaltete, klingelte das Telefon. Miss Tanner, die üblicherweise seine Anrufe entgegennahm, war nicht mehr im Haus, deshalb nahm er das Gespräch selbst an.

»Ryan«, meldete er sich knapp.

»Hier ist Kate Lombardi, Agent Ryan. Ich würde Ihnen gerne ein paar Fragen stellen.« Obwohl ihre Stimme am Telefon sympathischer klang, als ihm die Frau selbst war, stand ihm nicht der Sinn danach, sich mit ihr herumzuschlagen.

»Ungünstiger Zeitpunkt«, brummte er. »Warum rufen Sie nicht morgen noch einmal an?«

»Damit mich Ihre Assistentin abwimmeln kann?«

Er zuckte die Schultern. »So hatte ich mir das vorgestellt.« Dass sie seine Absicht durchschaut hatte, störte ihn nicht im Geringsten.

»Das passt nicht ganz zu *meiner* Vorstellung«, gab sie zurück. »Nachdem ich Ihretwegen das Statement des Lieutenants habe sausen lassen, dachte ich mir, dass Sie mir ein paar Antworten schuldig wären.«

»Ich kann mich nicht erinnern, Sie darum gebeten zu haben, mir zu folgen, statt dem Lieutenant zu lauschen.« Er legte die Visitenkarte auf den Scanner und startete den

Einlesevorgang. »Wenn Sie also glauben, ich würde hier in Schuldgefühlen versinken – vergessen Sie es, Lombardi.«

»Kommen Sie schon, Ryan«, hakte sie nach. »Geben Sie mir etwas, womit ich arbeiten kann.«

»Schreiben Sie von Ihren Kollegen ab.«

»Hab ich schon«, gab sie unumwunden zu. »Allerdings finde ich Ihr Wissen wesentlich interessanter.«

»Was man nicht kennt, ist immer spannender als das Altbekannte. Ich möchte meinen Zauber nur ungern verlieren, deshalb werde ich weiterhin geheimnisvoll bleiben.«

Lombardi schnaubte. »Ich weiß, dass Sie ein Täterprofil erstellt haben.«

»Es ist mein Job, Profile zu erstellen.«

»Erzählen Sie mir davon und pochen Sie nicht wieder auf Ihre verdammten Vorschriften!«

Chase lehnte sich zurück und ließ einige Zeit verstreichen, ohne dass er etwas sagte. Sosehr Lombardi ihm auch auf die Nerven ging, so viel Vergnügen bereitete es ihm, sie auflaufen zu lassen. Zwar kein Ausgleich für die Ereignisse des Tages, aber immerhin eine willkommene Ablenkung. »Wenn Sie etwas über Profiling wissen wollen, sollten Sie einen meiner Vorträge besuchen.«

»Ich will kein allgemeines Blabla hören!«, entfuhr es ihr. Schnell senkte sie ihre Stimme wieder. »Wer ist dieser Killer? Nach was für einem Menschen suchen Sie?«

Sie wurde immer zorniger und versuchte dabei krampfhaft ruhig zu bleiben, da sie wusste, dass Wut ihr nur die letzte Chance nehmen würde, etwas aus ihm herauszubekommen – nicht dass die je existiert hätte.

»Wenn Lieutenant Murphy entscheidet, diese Informationen zu veröffentlichen, werden Sie es erfahren.«

»Ryan!«

»Halten Sie sich an die offiziellen Statements der Mordkommission. Etwas anderes kann und werde ich Ihnen nicht sagen.« Es war ein beschissener Tag gewesen, trotzdem konnte Chase sich ein Grinsen nicht verkneifen, als sie am anderen Ende der Leitung nach Luft schnappte.

»Zu schade, dass Sie im Dienst sind«, sagte sie plötzlich.

»Warum? Hätten Sie mich sonst gefragt, ob ich mit Ihnen ausgehen möchte?« *Du würdest dir ein glattes Nein einfangen, Lombardi.*

Wieder ein Schnauben. »Ganz sicher nicht! Aber ich hätte Ihnen gesagt, was für ein unausstehlicher, arroganter …« Sie brach ab. Er hörte das leise Klimpern ihrer Ohrringe, die gegen den Hörer schlugen, und wusste, dass sie den Kopf schüttelte. »Was auch immer Sie sind, ich werde es Ihnen nicht sagen. Ich habe keine Lust, auch noch wegen Beleidigung eines Bundesagenten hinter Gittern zu landen, nur weil es Ihnen nicht reicht, mich auflaufen zu lassen.«

»Verbuchen Sie es unter Anfängerfehler.«

»Dafür schulden Sie mir was.«

»Sie werden auch beim nächsten Mal keine anderen Antworten bekommen.« Ihr Atem wurde leiser, sie war im Begriff aufzulegen. »Lombardi?«

Chase dachte schon, sie würde ihn nicht mehr hören, als ein »Ja?« erklang.

»Ich könnte Sie auch verhaften lassen, wenn ich nicht im Dienst bin«, sagte er und beendete die Verbindung.

Drei Monate später …

1

Hier ist die Teilnehmerliste, Agent Ryan.« Miss Tanner war in der Tür stehen geblieben und wedelte mit einem Blatt Papier. »Brauchen Sie Kopien davon?«

Chase schüttelte den Kopf. »Mir reicht ein kurzer Blick darauf.«

Morgen früh würde er in der FBI-Akademie einen Vortrag über Profiling halten. Die Veranstaltungen waren jedes Mal ausgebucht und wurden von einer Schar unterschiedlicher Zuhörer besucht, die sich von Polizisten über FBI-Anwärter bis hin zu gestandenen Agenten erstreckte. Von Zeit zu Zeit fanden sich auch interessierte Laien im Auditorium, die sich aus den verschiedensten Gründen für sein Fachgebiet interessierten. Für gewöhnlich waren es Autoren oder Drehbuchschreiber, die einen ersten Eindruck gewinnen wollten, bevor sie sich mit ihren tiefer gehenden Fragen direkt an Chase wandten. Die Beratung von Kreativen war nur ein winziger Teil seiner Tätigkeit, den er sehr zu schätzen wusste. Es war eine angenehme Abwechslung, sich über fiktive Morde und Täter zu unterhalten, statt über reale Verbrechen, deren Bilder auf seinem Tisch lagen und in seinem Kopf herumspukten.

Er nahm seiner Assistentin die Liste ab und warf einen Blick darauf. Viele Polizisten, noch mehr FBI-Leute, keine Kreativen. Es sei denn, man zählte Lombardi dazu, die ebenfalls auf der Liste stand.

»Brauchen Sie sonst noch etwas, Agent Ryan?«

»Danke, Miss Tanner, das wäre für den Moment alles.«

Sobald sie hinausgegangen war, ließ Chase das Blatt auf

den Schreibtisch segeln, griff nach seiner Kaffeetasse und spülte einen aufkommenden Seufzer mit einem großen Schluck kaltem Kaffee hinunter.

Seit seinem letzten Telefonat mit Lombardi waren drei Monate vergangen. Sie hatte danach noch einige Male versucht ihn zu erreichen, war jedoch jedes Mal an Miss Tanner gescheitert, die Anweisung hatte, sie abzuwimmeln. Schließlich hatte sie aufgegeben und Chase war davon ausgegangen, nun Ruhe zu haben. Offensichtlich hatte er ihre Hartnäckigkeit unterschätzt. Diese Frau war wie ein Kaugummi, der einem unter der Schuhsohle klebte.

Überhaupt war in den letzten drei Monaten vieles nicht so gelaufen, wie er es gern gehabt hätte. Frank war einige Zeit krankgeschrieben gewesen und hatte bei seiner Schwester gewohnt. Auf Chase' Anrufe hatte er nicht reagiert und nie zurückgerufen. Schließlich hatte er das Haus in Alexandria verkauft und sich nach Quantico versetzen lassen, wo er die Neulinge in Verbrechensanalyse und forensischer Psychologie unterrichtete. Er ging Chase nicht aus dem Weg, doch wenn sie einander begegneten, kamen sie nie über den Austausch von Belanglosigkeiten hinaus. Alle Versuche, mit ihm über Dianas Tod zu sprechen, scheiterten an Franks Ausweichmanövern. Es gab keine Anzeichen, dass Frank noch immer wütend auf ihn war. Chase wusste nur zu gut, dass er an jenem Tag einfach jemanden gebraucht hatte, dem er die Schuld geben und auf den er seinen Hass konzentrieren konnte – andernfalls wäre er daran zerbrochen. Seine Befürchtung war jedoch, dass Frank mittlerweile klar geworden war, dass sein eigenes Pressestatement, in dem er den Mörder als einen kranken Perversen bezeichnet hatte, mit großer Wahrscheinlichkeit der Auslöser für die Tat gewesen war. Dieser Mann war so versessen darauf, seine Überlegenheit zu demonstrieren, dass er eine derartige Herausforderung unmöglich ignorieren konnte. Darauf hatte Frank gebaut – ohne zu ahnen, welche Konsequenzen das für ihn haben würde. Chase wusste nicht, ob Frank in therapeutischer Behandlung war, doch so, wie er den Mann kannte, hatte er jedes Angebot auf Unterstützung abgelehnt. Wenn er jedoch länger auf die Hilfe eines Fachmannes verzichtete, würden ihn die Schuldgefühle auffressen und zerstören, was von seinem Leben übrig geblieben war. Dass er sich abschottete, war ein erstes Anzeichen dafür, dass er die Straße zur Selbstzerstörung bereits betreten hatte.

Chase hatte Frank nie gedrängt. Er hatte ihm den Raum gegeben, der nötig war, doch womöglich war der Zeitpunkt gekommen, an dem ein freundschaftlicher Tritt in den Hintern hilfreicher war, als ihm weiteren Freiraum zu gewähren.

Während die Mauer, mit der Frank sich umgab, immer höher zu werden schien, traten die Ermittlungen weiter auf der Stelle. Chase hatte einige andere Fälle zu bearbeiten, Fälle, in denen sich rasche Erfolge abzeichneten, da es Spuren und Verdächtige gab. Die übrige Zeit nutzte er, um die Verbrechen des Schlitzers zu studieren. Wieder und wieder ging er die einzelnen Akten durch, studierte die Fotos und las die anhängenden Berichte von Polizei, Spurensicherung und Gerichtsmedizin zum wohl hundertsten Mal. Nichts davon brachte ihn auch nur einen Schritt weiter.

Frustriert warf er die Akte, in der er gerade geblättert hatte, auf den Tisch zurück, als das blecherne Klingeln des Telefons die Stille im Büro durchbrach. Er schaltete den Lautsprecher ein. »Miss Tanner?«

»Detective Munarez möchte Sie sprechen.«

»Stellen Sie sie durch.« Chase nahm den Hörer ab. »Was gibt es, Detective?«

»Er hat wieder zugeschlagen«, kam Munarez sofort zur Sache. »Diesmal in Edmonston.«

»Ist das Opfer jemand, den wir kennen?«

»Diesmal nicht.« Mit knappen Worten schilderte Munarez ihm, wer das Opfer war und was sie am Tatort vorgefunden hatten – alles entsprach der gewohnten Vorgehensweise. Ein ruhiger Vorort ohne Videoüberwachung, der Ehemann auf Geschäftsreise, die Frau betäubt und an einen Stuhl gefesselt, der vor einem Spiegel stand. Auch die Tat an sich folgte dem üblichen Muster. Lippen und Augenlider festgenäht, Schnitte an den Venen und zwei Einstichstellen am Hals, durch die ihr mit großer Wahrscheinlichkeit das Betäubungsmittel und der Gerinnungshemmer injiziert worden waren.

»Soll ich zu Ihnen kommen?«

»Nein. Das Haus ist zu klein, wir treten uns hier auch so schon gegenseitig auf die Füße, ohne dass wir aufpassen müssen, euch FBI-Typen nicht im Gedränge die Anzüge zu zerknittern.« Typisch Munarez. Für gewöhnlich wollte sie so wenig wie möglich mit dem FBI zu tun haben, da sie immer befürchtete, dass sich die Bundespolizei zu sehr in ihre Arbeit einmischte oder ihr gar den Fall entziehen könnte. Munarez hatte ihr Feindbild gefunden, an dem sie ihren aufgestauten Frust über die stockenden Ermittlungen auslassen konnte – und üblicherweise tat sie das auch ausgesprochen großzügig. Auch wenn sie das Field Office gern aus ihren Angelegenheiten heraushielt, hatte sie zumindest eingesehen, dass Chase' Arbeit für sie von Nutzen sein konnte. Er hatte weiß Gott lange genug auf sie eingeredet, um ihr begreiflich zu machen, dass seine Abteilung keine Fälle an sich riss, sondern lediglich dazu da war, die Polizei zu unterstützen.

Sie bellte jemandem einen Befehl zu, gefolgt von einem ihrer mexikanischen Flüche, ehe sie sich wieder an Chase wandte. »Kommen Sie morgen Mittag aufs Revier, dann können Sie sich Edwards' Bericht anhören, bevor wir zum Tatort fahren.«

»In Ordnung.« Sobald er seinen Vortrag beendet hatte, würde er sich auf den Weg machen. Trotzdem ließ er sich die Adresse geben und kritzelte sie auf seinen Notizblock. Als er den Stift zur Seite legte, fragte er: »Wie geht es Anderson?«

Munarez schnaubte. »Immer noch krankgeschrieben, schon die fünfte Woche, und vermutlich dauert es mindestens noch einmal so lang, bis er endlich zurückkommt. Und in der Zwischenzeit kann ich die ganze Scheiße hier allein machen, mit so einem Grünschnabel an der Backe, der nicht mal mit einem Navigationssystem seinen eigenen Hintern finden würde.«

Chase konnte ein Grinsen nicht unterdrücken. So leid es ihm für Anderson tat, der vor einigen Wochen vollkommen überarbeitet und ausgebrannt zusammengeklappt war, so sehr amüsierte ihn Munarez' Ausbruch. »Jetzt wissen Sie wenigstens, wie es Anderson ging, als Sie zu ihm kamen.«

»*Chinga tu madre!*«

»Sie polieren meinen Wortschatz ganz schön auf. *Adiós*, Anita.«

Er beendete das Gespräch und ging zur Pinnwand, die hinter ihm hing. Dort hatte er schon vor Monaten einen Stadtplan aufgehängt, auf dem er die jeweiligen Tatorte einzeichnete. Beim Anblick der Markierungen verflog seine gute Laune schlagartig. Er griff nach dem roten Filzstift und zeichnete das dreizehnte Dreieck ein, ehe er einen Schritt zurücktrat, um die Karte zu betrachten.

Fast alle Markierungen verteilten sich über die nördlichen und östlichen Vororte, doch abgesehen davon, dass sich die Gegenden glichen und alle Frauen allein zu Hause gewesen waren, schien es keinen weiteren Zusammenhang zwischen den Opfern zu geben, außer dass die Ehemänner häufig auf Reisen waren oder im Schichtbetrieb arbeiteten. Die Frauen hatten einander nicht gekannt, ebenso wenig gab es zwischen deren Männern, Kindern oder Geschwistern Verbindungen, die zu den anderen Opfern geführt hätten. Damit konnten sie ausschließen, dass der Täter aus dem Bekanntenkreis stammte. Er fing bei jedem Opfer von null an, beobachtete es, überwachte seinen Tagesablauf und ließ womöglich auch von ihnen ab, wenn er merkte, dass der Ehemann jeden Abend nach Hause kam und ihm damit keine Zeit blieb, sein Vorhaben durchzuführen.

Chase starrte immer noch auf den Stadtplan und versuchte ein Muster zu erkennen, irgendetwas, das ihm weiterhalf, als die Tür zu seinem Büro aufgerissen wurde.

»Was zum Teufel …?« Er fuhr herum, bereit, denjenigen zusammenzustauchen, der da in sein Büro platzte, als er Frank erkannte. Hinter ihm schoss Miss Tanner in ihrem dunkelblauen Kostüm heran und versuchte Frank aus dem Büro zu bugsieren, während sie Chase mit einem halb erschrockenen und halb entschuldigenden Blick bedachte. Frank ignorierte ihre Bemühungen, machte einen Schritt in den Raum und knallte ihr die Tür vor der Nase zu.

»Er hat wieder zugeschlagen!«, rief er, bevor Chase seinen Auftritt kommentieren konnte. »Ich habe es gerade in den Nachrichten gehört. Edmonston.« In seinen Augen lag ein fiebriger Glanz, seine Haut war fahl, durchbrochen von unregelmäßigen hellen Bartstoppeln, und seine Stirn glänzte vor Schweiß.

»Ich habe es auch eben erfahren.« Was er in Franks Zügen sah, ließ nicht zum ersten Mal die Frage in ihm aufkommen, ob der Mann noch diensttauglich war. Selbst wenn er seit Dianas Tod nicht mehr im Außendienst arbeitete, verlangten seine Aufgaben von ihm, dass er sich Tag für Tag mit Verbrechen und der Psyche der Täter auseinandersetzte. Im Augenblick war sich Chase nicht sicher, ob Frank damit umgehen konnte.

»Wir müssen endlich etwas unternehmen!«

»Frank, setz dich.« Chase deutete auf einen der Stühle, die seinem Schreibtisch gegenüberstanden, und als Frank nach kurzem Zögern Platz nahm, ließ sich Chase auf der Kante seines Schreibtisches nieder. »D. C. Metro unternimmt alles in ihrer Macht stehende, um ihn zu fassen. Du kennst die Akten, du weißt, wie geplant und überlegt er handelt. Wir können nichts weiter tun, als darauf zu warten, dass er einen Fehler begeht.« *Und ganz sicher werden wir ihn nicht provozieren.*

»Wir können nicht länger tatenlos herumsitzen!«

»Niemand, der an diesem Fall dran ist, legt die Hände in den Schoß«, fuhr Chase fort. »Hast du eine Vorstellung, wie viele Überstunden Munarez abreißt, in der Hoffnung, irgendwo eine Spur zu finden? Sie könnte glatt ihre Wohnung kündigen, so selten ist sie zu Hause! Dasselbe gilt für die Gerichtsmediziner, sämtliche Laborkräfte und die Officer, die die Nachbarschaften durchforsten und jeden befragen, der auch nur im Entferntesten etwas gehört oder gesehen haben könnte.«

»Aber –«

»Ich weiß, wie schlimm das für dich sein muss, Frank. Das Beste, was du jetzt tun kannst, ist, weiter deiner Arbeit nachzugehen und D. C. Metro und unsere Leute die ihre tun zu lassen.«

Frank lehnte sich zurück, schloss die Augen und stieß den Atem aus. Als er die Augen wieder öffnete, war das Fieber daraus gewichen, die Entschlossenheit jedoch hatten Chase' Worte nicht vertreiben können. »Ich werde den Indianer anrufen.«

Einen Moment lang wusste Chase nicht, wovon Frank sprach. Dann erinnerte er sich an Joseph Quinn und daran, dass Frank damals Zeuge des Gesprächs geworden war.

»Das ist nicht dein Ernst!«

»Ach ja?« Frank stand auf. »Ich denke, ich bin ein wenig offener als du.«

Chase erhob sich ebenfalls, um mit seinem Freund auf Augenhöhe zu sein. »Irgendwelcher Voodoo-Kram wird uns nicht weiterbringen!«

»Das kannst du nicht wissen, wenn du es nicht versucht hast!«

Chase griff nach Franks Schulter, um ihn zu beruhigen, doch der wich der Berührung mit einer ruckartigen Drehung aus und machte einen Schritt zur Seite. »Hast du je davon gehört, dass ein Fall durch Zauberei gelöst worden wäre?«, schoss Chase nach. »Ich nicht. Es ist immer die harte Arbeit der beteiligten Ermittler, die letztlich den Erfolg bringt – kein Medizinmann, der die Verhaftung und nebenbei noch ein bisschen Regen herbeisingt!«

Es fiel ihm schwer, ruhig zu bleiben, denn der bloße Gedanke daran, dass die Arbeit der Ermittlungsbehörden von einem Scharlatan gemacht – oder wohl eher: beeinflusst – werden könnte, machte ihn wütend. Ebenso die Vorstellung, dass Frank an so einen Unsinn glauben wollte.

Obwohl er ihn am liebsten angeschrien hätte, zwang Chase sich, ruhig zu bleiben. Das Letzte, das er jetzt gebrauchen konnte, war Franks endgültiger Zusammenbruch. Sichtlich hatten seine Worte genügt, um Frank den Wind aus den Segeln zu nehmen. Er stand nicht länger aufrecht, sondern hatte eine gebeugte Haltung angenommen, als würde ihn die Trauer allmählich in die Knie zwingen. Das Neonlicht hob die Falten hervor, die die letzten Monate in seinem Gesicht hinterlassen hatten, und zum ersten Mal fiel Chase auf, wie hager sein früherer Partner geworden war.

Frank fuhr sich über die Augen und vertrieb die Schatten, die sich darin eingenistet hatten. »Vermutlich hast du recht,

Chase. Die letzten Monate waren nicht einfach. Nein«, er schüttelte den Kopf, »genau genommen waren es die schlimmsten Monate meines Lebens. Jeden Morgen, wenn ich die Augen öffne – in diesem Moment, in dem man nicht mehr schläft, aber auch noch nicht ganz wach ist –, drehe ich mich herum, um nach ihr zu sehen, aber sie ist nicht da. Sie wird nie wieder da sein, und der Gedanke, dass dieses Schwein da draußen herumläuft, während …«

»Ich weiß, Frank.« Aber wusste er das wirklich? Er hatte studiert und gelernt, sich in Täter und Opfer hineinzuversetzen, doch plötzlich fragte er sich, ob er wirklich verstand, was in ihnen vorging, was sie durchmachten. Vielleicht war das, was er zu wissen *glaubte,* nichts weiter als eine Summe dessen, was man ihm beigebracht hatte. Dinge, von denen man erwartete, dass Menschen sie in bestimmten Situationen empfanden, ohne zu wissen, ob das tatsächlich der Fall war. Aber wären seine Profile so treffend, wie sie es in der Vergangenheit gewesen waren, wenn er nicht in der Lage wäre, das Denken anderer nachzuvollziehen?

Auch wenn er darauf im Augenblick keine Antwort hatte, konnte er zumindest eines mit Sicherheit sagen: Frank brauchte Hilfe. Wenn er ihm jedoch jetzt mit den Worten *Psychologe* und *Therapie* kam, würde Frank die Mauer wieder hochziehen, hinter die er Chase gerade einen kurzen Blick gewährt hatte. Nur wenn er sich selbst eingestand, dass er nicht mehr allein damit fertig wurde, und bereit war, Hilfe anzunehmen, konnte sie auch etwas bewirken.

Plötzlich seufzte Frank. »Ich weiß, dass vieles falsch gelaufen ist. Vielleicht könnten wir … Hast du Lust, heute Abend auf ein Bier vorbeizukommen?«

»Gern.« Vielleicht war das die passende Gelegenheit, um in aller Ruhe mit Frank zu reden.

»Sieben Uhr, bei mir«, sagte Frank und war ebenso schnell

verschwunden, wie er gekommen war. Kaum war er zur Tür hinaus, stand Miss Tanner auch schon auf der Schwelle.

»Es tut mir leid, Agent Ryan. Ich habe versucht ihn aufzuhalten.«

»Schon gut. Ich hätte sowieso mit ihm sprechen müssen.«

»Wenn Sie nichts mehr für mich haben, mache ich jetzt Feierabend.«

Chase nickte. »Gehen Sie nur. Bis Morgen.«

Sobald sie fort war, schaltete er den Fernseher an, um sich die Nachrichten über den neuesten Mord anzusehen. Nach ein paar Minuten drehte er den Ton ab, da er genug von der sensationsheischenden Berichterstattung hatte, und nahm sich das Skript seines morgigen Vortrags noch einmal vor, bis ihn das Klingeln des Telefons aus seinen Gedanken riss. Er warf seine Unterlagen auf den Tisch und griff nach dem Hörer.

»Ryan«, meldete er sich.

In der Leitung knackte es. Verkehrslärm rauschte im Hintergrund, so laut, dass Chase Schwierigkeiten hatte, etwas zu verstehen. »Hallo? Wer ist da?«

»Agent Ryan.« Die Stimme des Anrufers klang so blechern, dass Chase sofort klar war, dass sie technisch verfälscht wurde. Aufmerksam geworden setzte er sich aufrecht hin und drückte die Aufnahmetaste des Anrufbeantworters.

»Mit wem spreche ich?«

»Vielleicht ahnen Sie das ja bereits.« Im Hintergrund erklang ein Rattern, womöglich ein Zug oder eine U-Bahn. »Mögen Sie meine Arbeit, Agent?«

Chase bezweifelte keine Sekunde lang, wen er da am Telefon hatte. Er riss ein Blatt Papier aus dem Drucker, schrieb mit einem dicken Filzstift darauf:

Anruf verfolgen

»Ihre Arbeit?«, hakte er nach, als er mit Zettel und Telefon zu seiner Bürotür ging. »Helfen Sie mir auf die Sprünge. Wovon sprechen Sie?«

Er riss die Tür auf und hielt einem Agenten, der in diesem Moment mit einem Becher dampfendem Kaffee an seinem Büro vorüberging, das Papier vor die Nase, woraufhin dieser sofort loslief. Jetzt musste er seinen Anrufer nur noch lange genug am Telefon halten, damit der Anruf zurückverfolgt werden konnte.

»Ist das, was Cassell über mich gesagt hat, die gängige Meinung des FBI?«

Sie wollen wissen, ob Sie ein kranker Perverser sind? »Es war ein nicht autorisiertes Statement.« *Aber es entspricht genau* meiner *Meinung!*

»Ich bin ein wenig von Agent Cassell enttäuscht«, fuhr der Mann mit blechern klingender Stimme fort. »Erst fordert er mich heraus und dann erweist er sich als so wenig belastbar. Was ist mit Ihnen? Springen Sie als Ersatz ein?«

Ich habe zumindest keine Familie, die du abschlachten kannst. Manchmal war es durchaus von Vorteil, mit seinem Job verheiratet zu sein. »Wie kommen Sie darauf, dass ich das tun könnte? Ich bin kein Ermittler.« Sobald die Technik den Anrufer lokalisiert hatte, würden sie ein Einsatzteam losschicken. Wenn Chase ihn lange genug am Telefon hielt, hatten sie eine Chance, ihn zu erwischen. Für den Fall, dass ihnen das nicht gelang, wollte er zumindest so viel wie möglich über diesen Bastard erfahren. Er wollte, dass er redete, damit er sich ein besseres Bild von dem Mann machen konnte, der hinter den Morden steckte. Womöglich würde er ihm einen Hinweis liefern. Etwas, das Chase und seine Kollegen letztlich auf seine Spur bringen würde.

»Aber Sie wären sicher ein würdiger Gegner.« Im Hintergrund ratterte ein weiterer Zug vorbei. »Ich weiß, was

Sie vorhaben, Chase. Geben Sie sich keine Mühe, ich werde nicht warten, bis Ihr Team hier eintrifft.«

»Vielleicht sagen Sie mir dann einfach, was Sie mit Ihrem Anruf bezwecken wollen?«

»Manchmal weiß man Menschen erst zu schätzen, wenn man sie verloren hat, Agent.« Ein kurzes Knacken, dann war die Leitung tot.

2

Kate Lombardi folgte der MCB-1 – einer der Hauptstraßen, die durch die Marinebasis in Quantico führten – in die Richtung, die ihr der Soldat am Kontrollpunkt auf dem Besucherplan eingezeichnet hatte. Glücklicherweise hatte er nicht auf das Datum ihres Besucherausweises geachtet, andernfalls wäre ihm aufgefallen, dass das Dokument lediglich für den morgigen Tag gültig war. Vermutlich nahmen sie es nicht so genau, da es in den meisten Gebäuden ohnehin noch einmal zusätzliche Zugangskontrollen gab und die sensiblen Bereiche derart abgeschottet waren, dass man nicht einmal in ihre Nähe gelangen konnte, auch wenn man den Kontrollpunkt an der Zufahrt passiert hatte.

Das Gelände der Marinebasis, die am Ende der Russell Road begann, war derart riesig, dass Kate sich unzählige verborgene Hochsicherheitstrakte ausmalte, die sich in den Weiten des Geländes verbargen, wo geheime Waffenexperimente und wer weiß was noch alles durchgeführt wurden. Die dichten Baumreihen, die rechts und links der staubigen Straße emporwuchsen und das Gelände vor neugierigen Blicken schützten, trugen ihr Übriges dazu bei, ihre Fantasie anzuheizen. Was das Militär hier veranstaltete, interessierte sie heute jedoch nicht. Ihr Ziel war die FBI-Akademie.

Sie war Agent Ryans Empfehlung gefolgt und hatte sich für einen seiner Profiling-Vorträge angemeldet. Auch wenn sie dabei nicht mehr über den Schlitzer erfahren würde, erhoffte sie sich doch ausreichend Informationen, die ihre Arbeit bereichern konnten. Schon seit Wochen sammelte sie Hintergründe über die Aufgaben eines Profilers, die sie – zusammen mit dem Wissen, das sie aus Ryans Vortrag mitnehmen würde – in einen Artikel über das Profiling einfließen lassen wollte. Trent Hershwood, ihren Chefredakteur, hatte sie bereits davon überzeugt, ihr den nötigen Platz einzuräumen. Nun ja, zumindest beinahe. Er meinte, sie könne den Artikel schreiben und ihm vorlegen – anschließend würde er entscheiden, ob er ihn veröffentlichen wollte. Immerhin hatte er nicht Nein gesagt, was nach ihrem letzten Artikel über den Schlitzer schon ein kleines Wunder gewesen war. Trent hatte getobt, als er ihren Beitrag über den Mord in Alexandria gelesen hatte. Ihm war sofort aufgefallen, dass ihre Informationen aus zweiter Hand stammten und nichts darin sich von dem unterschied, was die anderen Zeitungen bringen würden. Alle Versuche, ihm zu erklären, dass sie sich an Ryan gehängt hatte in der Hoffnung, von ihm ein paar Insiderinformationen zu bekommen, hatten ihn nicht besänftigen können. »Häng dich nicht an einen, aus dem du nicht einmal unter Folter etwas herauskriegen würdest! Zieh lieber deinen Rock ein Stück höher und schnapp dir einen der Cops am Tatort. Die reden wenigstens!«

Trotz ihres Versprechens, das beim nächsten Mal zu beherzigen, hatte er sie heute nicht gehen lassen, als über inoffizielle Polizeikanäle Informationen über einen neuen Mord durchgesickert waren. Stattdessen hatte er Marc Headley an den Tatort geschickt. Marc besaß das, was Trent den Killerinstinkt nannte. Er tat alles, um an eine Story zu kommen, nur wenn es um Kate ging, wurde er weich. »Herzblatt«, pflegte er zu sagen, »hättest du die primären Geschlechtsorgane eines Mannes, ich würde mit dir nach Frisco gehen und dich heiraten.« Das war natürlich ein Scherz, denn im wirklichen Leben befand er sich seit Jahren in einer festen Beziehung mit einem jungen Assistenzarzt. Marc war wie ein Bruder für sie, besser gesagt stand er ihr näher, als ihr eigener Bruder es je getan hatte.

Er ging seinem Job mit einer Aggressivität nach, die jeden Macho zutiefst beeindruckt hätte. Während Kate schnell zu spüren bekam, wie schwierig es für einen Neuling war, an Informationen zu kommen. Als sie Marc einmal darauf angesprochen hatte, meinte er nur, jeder müsse die Rolle spielen, die ihn am weitesten nach vorn brachte. Kate hatte ein wenig herumexperimentiert und herausgefunden, dass ein gewisser Kleidungsstil es erleichterte, die nötige Aufmerksamkeit und damit Antworten zu bekommen. Seitdem hieß die Gleichung: kurze Röcke plus viel Make-up ist gleich viel Information. Sie mochte es nicht, sich so aufzutakeln, schon gar nicht im Winter, wenn ihr vor Kälte fast die Beine abstarben, während sie darauf hoffte, ein paar Antworten zu erhalten.

Trotz aller Sympathie für Marc gefiel es ihr nicht, dass er jetzt an der Schlitzerstory dran war. Die Berichterstattung über den Schlitzer war ihr erster Auftrag gewesen, nachdem sie bei der Evening Post angefangen hatte. Sie hatte die Nase voll davon, für kleine Käseblätter über unwichtige Ereignisse in der Nachbarschaft zu schreiben, deshalb war sie auch von San Francisco nach D. C. gezogen, nachdem die Evening Post ihr eine Stelle angeboten hatte. Dieser Job war *die* Chance, endlich den Grundstein für ihre Karriere zu legen. Vielleicht wäre sogar eine schnelle Gehaltserhöhung drin gewesen – und dann hatte sie es versaut! Trents Warnung war unmissverständlich: Einen weiteren Ausrutscher konnte sie sich nicht erlauben, sonst würde sie schneller wieder über die Eröffnung von Einkaufszentren und Bowlingbahnen berichten, als ihr lieb war.

Um das zu verhindern, wollte sie sogar einen weiteren Versuch unternehmen, mit Agent Ryan zu sprechen. Diesmal jedoch galt ihr Hauptinteresse seiner Arbeit als Profiler. Sie hatte vor, ein Interview mit ihm zu führen und es in ihren Artikel zu integrieren.

Der Beginn von Agent Ryans Vortrag war für morgen um acht Uhr angesetzt. Nachdem sie heute ohnehin nichts mehr in D. C. zu tun hatte und nicht das geringste Bedürfnis verspürte, morgen früh um fünf aus dem Bett zu kriechen und sich zwei nervige Stunden durch den Berufsverkehr zu quälen, um hier herauszukommen, hatte sie beschlossen, schon heute anzureisen und die Nacht hier zu verbringen. Bevor sie die Stadt verließ, war sie noch einmal zu Pennys Haus gefahren. Sie hatte ihrer Freundin versprochen, die Blumen zu gießen, solange diese ihr Praktikum in Europa machte. Das würde für eine Weile reichen.

Die Straßen waren frei gewesen, sodass sie die Fahrt in ihrem neuen Wagen, einem knallroten Dodge Charger, genießen konnte. Sie liebte diesen Teufel auf Rädern, dessen Motor giftig grollte, sobald sie das Gaspedal durchtrat. Da war es beinahe schon schade, dass Quantico nicht weiter entfernt lag.

Nachdem sie ihre kleine Reisetasche ins Motel gebracht hatte, war sie nun unterwegs, um zu sehen, ob sie Agent Ryan zu einem Gespräch bewegen konnte. Vielleicht war er ja gesprächiger, wenn es um seine Arbeit im Allgemeinen ging und sie – zumindest für den Anfang – jede Frage über den Schlitzer vermied. Zunächst einmal musste sie allerdings an der Pforte und dann an seiner Assistentin vorbei, die ihn wie ein Dobermann abschirmte.

Sie wechselte von der MCB-1 auf die MCB-4 und bog schließlich nach links, in die J. Edgar Hoover Road, die sie direkt ans Ziel bringen würde. In einiger Entfernung waren bereits die weitläufigen Gebäude der Akademie und die Einfahrt zum Parkplatz zu sehen.

Da es sonst niemanden gab, den sie im Rahmen des Vortrags Informationen entlocken wollte, hatte sie darauf verzichtet, sich herauszuputzen, und sich angesichts der für Anfang Mai überraschend niedrigen Temperaturen für einen dunkelblauen Rollkragenpullover und verwaschene Jeans entschieden. Dazu trug sie bequeme Sneakers. Agent Ryan war es nicht wert, dass sie sich seinetwegen den Hintern abfror.

Die Arroganz, mit der er sie behandelte, als sei sie irgendein Grünschnabel, den er herumschieben konnte, wie es ihm gefiel, brachte sie regelmäßig zur Weißglut. Sicher, sie war ein Anfänger, doch sie hatte alles getan, ihn das nicht merken zu lassen. Andererseits war es sein Job, Menschen zu durchschauen und Zusammenhänge zu erkennen. Sosehr es sie auch ärgerte, dass er ihr ihre Unerfahrenheit anmerkte, so sehr hätte es sie enttäuscht, wenn es ihm nicht aufgefallen wäre. Wie könnte er ein guter Profiler sein, wenn er bereits an etwas derart Einfachem scheiterte?

Abgesehen davon, dass er – zumindest soweit sie es beurteilen konnte – etwas von seiner Arbeit verstand, machte ihn das ständige Pochen auf Einhaltung der Vorschriften zum größten Langweiler, dem Kate je begegnet war. Chase Ryan war ein Bürohengst und Paragrafenreiter, wie er im Buche stand. Wahrscheinlich hatte er nicht einmal eine Dienstwaffe, und falls doch, war sie vermutlich ebenso gut weggesperrt wie sein Humor.

Sie bog in die Zufahrt zum Parkplatz ein, hielt an der Schranke und ließ das Fenster herunter. Der Torwächter, der vor dem kleinen Häuschen stand, beugte sich zu ihr herunter, bis sein schmales Gesicht im Fenster erschien. »Name und Ziel?«, fragte er wenig freundlich.

»Kate Lombardi. Ich möchte zu Special Agent Ryan.«

»Sind Sie angemeldet?«

Sie schüttelte den Kopf.

»Warten Sie hier.«

Er verschwand in seinem Häuschen und griff nach dem Telefon. Während Kate beobachtete, wie er eine Nummer eintippte, fragte sie sich, ob es wirklich eine gute Idee gewesen war, hierherzukommen. Vermutlich würde sie einmal mehr an Miss Tanner scheitern. Und wenn Ryan Wind davon bekam, dass sie schon wieder versucht hatte ihn zu erreichen, war er morgen vermutlich bereits genervt, wenn er sie nur von Weitem sah.

So sehr konnte sie ihm gar nicht schmeicheln, um ihn dann noch davon zu überzeugen, dass sie sich für seine Arbeit interessierte. Er würde schlichtweg abblocken – allein schon, um sie zu ärgern.

»Was für eine Scheißidee«, murmelte sie und wünschte sich, sie wäre im Motel geblieben. Als sie dem Torwächter jedoch sagen wollte, dass sie es sich anders überlegt hatte und er nicht oben anzurufen brauchte, hörte sie ihn bereits sprechen. Sie lehnte sich zurück und wartete, den Blick auf das Gelände hinter der Schranke gerichtet, als sie Agent Ryan mit einem Ordner unter dem Arm über den Parkplatz gehen sah.

Er war keine zwanzig Meter entfernt. Statt jedoch aus dem Wagen zu springen und nach ihm zu rufen, sank Kate tiefer in den Sitz in der Hoffnung, dass er sie nicht bemerken würde. Sein dunkelblondes Haar war kürzer als beim letzten Mal, was seine kantigen Züge noch mehr zur Geltung brachte. Wie fast immer hatte er auch jetzt die Stirn in Falten gelegt – eine Angewohnheit, die er immer dann an den Tag zu legen schien, wenn er konzentriert war oder ihn etwas beschäftigte. Heute jedoch lag ein Ausdruck in seinen Augen, der ihn noch ernster erscheinen ließ als sonst. Ryans Blick war stur geradeaus gerichtet, sodass sie in Ruhe sein Profil betrachten konnte. Sein Nasenrücken war krumm und schien bereits mehrfach gebrochen gewesen zu sein; ungewöhnlich für einen Bürohengst, ebenso wie der entschlossene Zug um den Mundwinkel. Er sah nicht aus, als wisse er, wie man lachte. Dabei hatte sie bei ihrem letzten Telefonat den Eindruck gehabt, dass es ihm Spaß machte, sie aufzuziehen. Sie hätte schwören können, dass er gegrinst hatte! Allerdings hatte sich das Gefühl, dass es sich bei ihm doch um einen Menschen und nicht um einen blind nach Vorschrift agierenden Roboter handelte, schnell wieder gelegt, nachdem er seitdem jeden weiteren ihrer Anrufe von seiner Assistentin hatte abwimmeln lassen.

An seinem Wagen angekommen warf er den Ordner auf den Rücksitz und stieg ein.

Der Torwächter kehrte zurück und riss Kate aus ihren Gedanken. »Agent Ryan ist nicht mehr im Haus.«

Was dieses Mal sogar der Wahrheit entsprach.

Kate nickte. »Danke.« Sie legte den Rückwärtsgang ein, wendete und fuhr ein Stück die Straße entlang, ehe sie in einer Haltebucht stehen blieb. Vielleicht bekam sie Ryan an die Angel, wenn sie sich für ihr aufdringliches Verhalten entschuldigte und ihm deutlich machte, dass sie sich für seine Arbeit als Profiler interessierte. Wenn ihn das auch nicht erweichen konnte, war jeder weitere Versuch, etwas aus ihm herauszubekommen, hoffnungslos.

3

Chase folgte der I-95 in Richtung Süden. Franks neue Wohnung lag in Richmond, ein ganzes Stück weiter von Quantico entfernt als das nördlich gelegene Washington.

Nach dem Anruf des Killers hatte Chase mit dem Gedanken gespielt, sein Treffen mit Frank abzusagen. Da er aber nicht wusste, ob Frank ihn noch einmal einladen würde, hatte er beschlossen, die Gelegenheit nicht verstreichen zu lassen. Abgesehen davon hätte er im Büro ohnehin nichts ausrichten können. Es war den Jungs von der Technik zwar gelungen, den Anruf zurückzuverfolgen, die Spur endete jedoch an einem Münzfernsprecher in Edmonston, nur wenige Straßen vom letzten Tatort entfernt und unmittelbar an einer U-Bahn-Haltestelle. Bis das Einsatzteam vor Ort ankam, war der Gesuchte längst verschwunden. Niemand konnte sich an einen Mann an der Telefonzelle erinnern – auch nicht an eine Frau – und Chase war sicher, dass die Spurensicherung am Telefon und in der Umgebung ebenfalls keine verwertbaren Spuren finden würde.

Was für ein Spiel spielte der Kerl? War er tatsächlich so übermütig, dass er die ermittelnden Behörden herausforderte? *Nein, nicht die ermittelnden Behörden*, korrigierte er sich. *Nur mich.* Immerhin passte dieses Verhalten ins Profil. Es war eine Herausforderung, aus dem Denken entstanden, besser und schlauer zu sein als Polizei und FBI.

Zum ersten Mal seit langer Zeit war Chase froh, dass zu Hause niemand auf ihn wartete. Seine Eltern waren vor vier Jahren bei einem Verkehrsunfall ums Leben gekommen und seine Schwester Ellen lebte mit ihrem Mann in Frankreich. Es gab niemanden, den ihm der Schlitzer nehmen konnte. Wenn er also spielen wollte – bitte sehr!

»Hauptsache, wir kriegen dich endlich, du Arschloch.«

In Richmond angekommen verließ er die Interstate und ließ sich von seinem Navigationssystem durch die Stadt lotsen. Die Adams Street, in der Frank wohnte, lag am Rande des Stadtzentrums in einem Gebiet, das eine Mischung aus Industriegelände und mehrstöckigen Mietshäusern darstellte. Hausnummer 232 war ein achtstöckiges Backsteingebäude, dessen einstmals rote Fassade unter dem Straßendreck einen bräunlichen Farbton angenommen hatte. Ringsherum standen ähnliche Bauten, einige davon schienen als Wohnhäuser genutzt zu werden, während andere den Eindruck verlassener Fabrikgebäude erweckten. Chase fand einen Parkplatz vor dem Haus und stellte den Wagen ab.

Als er ausstieg und zur Tür ging, begann es zu regnen. Er schlug den Kragen seines Sakkos hoch und warf einen Blick auf das Klingelbrett. Es dauerte einen Moment, bis er Franks Klingel fand und sie drückte. Knackend und knisternd erwachte die Gegensprechanlage zum Leben.

»Hallo?«

»Ich bin es. Chase.«

»Siebter Stock.«

Der Türsummer sprang an und Chase schob die schwere Tür auf. Vor ihm öffnete sich ein breiter Eingangsbereich, der von einer nackten Glühbirne erhellt wurde, die an einem langen Kabel von der hohen Decke hing und langsam im Luftzug hin und her schwang. Schatten tanzten über die Wände und den Boden und offenbarten ein abstraktes Mosaik aus verblichenen Bodenfliesen, das nach einigen Schritten unter einem fadenscheinigen dunkelgrünen Teppich verschwand. Zu seiner Linken hingen mehrere Reihen verbeulter Briefkästen an der Wand, von denen der Lack abblätterte.

Chase passierte den Eingang und ging an der breiten Treppe mit dem Holzgeländer vorbei zum Aufzug. Er drückte den Rufknopf und wartete. Sein Blick folgte den beiden Gängen, die hinter der Treppe abzweigten und sich im Halbdunkel verloren. Das Haus war ebenso alt wie verwinkelt. Von zwei vergitterten Milchglasscheiben neben der Eingangstür einmal abgesehen gab es im Treppenhaus keine Fenster, sondern lediglich eine Reihe weiterer nackter Glühbirnen, die in regelmäßigen Abständen von Wänden und der Decke hingen.

Ein leises *Ping* kündigte die Ankunft des Aufzugs an. Ratternd öffneten sich die Schiebetüren. Chase betrat die Kabine, streifte den blinden Spiegel an der Rückwand nur mit einem kurzen Blick und drückte den Knopf für den siebten Stock. Als sich die Schiebetüren schlossen und sich der Aufzug ruckend in Bewegung setzte, fragte er sich für einen Moment, ob es nicht besser gewesen wäre, zu Fuß zu gehen. Doch seine Bedenken waren überflüssig. Der Aufzug war zwar langsam, brachte ihn aber immerhin ohne Zwischenfälle an sein Ziel.

Die Gänge hier oben waren noch verwinkelter als das Erdgeschoss. Zu seinem Glück stand Frank an einer Ecke und ersparte ihm damit eine längere Suche. »Es ist ein bisschen unübersichtlich hier«, entschuldigte er sich zur Begrüßung und führte Chase an einer ganzen Flucht von Türen vorbei zu seiner Wohnung.

Drinnen war es überraschend gemütlich. Teppiche dämpften Chase' Schritte auf dem Weg zum Wohnzimmer. Vor den Fenstern hingen weiße Jalousien und milderten das Licht des ausklingenden Tages. Ein rechteckiger Wohnbereich erstreckte sich vor Chase, die Couchgarnitur gegenüber der Wohnzimmertür auf der rechten Seite des Raumes, ein runder Esstisch mit vier Stühlen auf der linken Seite vor der Wand. Dazwischen war eine Menge Platz. Tiefe Abdrücke im Teppich deuteten allerdings darauf hin, dass

Frank die Möbel erst vor Kurzem umgestellt haben musste. Links setzte sich der Raum in einer L-Form fort und führte in eine offene Küche. Die Möbel waren neu, die Wände in freundlichem Gelb gestrichen. Der stechende Geruch frischer Farbe hing noch in der Luft.

»Dein Sakko ist nass. Gib her.« Frank streckte die Hand aus und wartete, bis Chase aus dem Sakko geschlüpft war und es ihm zuwarf. Er fing es geschickt auf, ohne dass etwas aus den Taschen gefallen wäre, und hängte es über einen der Stühle am Esstisch. »Was ist damit?«, fragte er und deutete auf die Pistole an seinem Gürtel. »Willst du die auch loswerden?«

Chase schüttelte den Kopf.

»Wieso trägst du das Ding überhaupt?«

Chase löste seine Krawatte und warf sie neben das Sakko auf den Stuhl. »Ich war auf dem Schießstand, bevor ich gegangen bin, und wollte nicht mehr zurück ins Büro«, behauptete er. Seit er nach Quantico versetzt worden war, hatte er seine Dienstwaffe tatsächlich nur noch für die monatlich verlangten Schießübungen in die Hand genommen. Die restliche Zeit lag die Pistole in einem Waffensafe in seinem Büro. Nach dem Anruf des Killers heute Nachmittag, von dem er Frank nichts erzählen wollte, hatte er es jedoch für sicherer befunden, die Glock bei sich zu tragen. Wer konnte schon wissen, ob der Kerl nicht vorhatte, ihm einen Besuch abzustatten.

»Setz dich.« Frank deutete auf die Couch. »Willst du ein Bier?«

»Sicher.«

Frank ging am Esstisch vorbei, um den Tresen herum, der die Küche vom Wohnbereich trennte, und öffnete den Kühlschrank. »Das Haus ist längst nicht so übel, wie es auf den ersten Blick aussieht«, erklärte er, während er mit Gläsern und Bierdosen hantierte. »Trotzdem soll das hier nur eine vorübergehende Bleibe sein.« Er riss eine Tüte Chips auf, schüttete sie in eine Schüssel und brachte sie zum Couchtisch, ehe er noch einmal zum Tresen zurückkehrte, um die vollen Biergläser zu holen. Eines drückte er Chase in die Hand, bevor er sich in den Sessel fallen ließ und sein eigenes Glas hob. »Auf den Neuanfang.«

Chase prostete ihm zu und trank einen Schluck, ehe er das Glas unter Franks prüfendem Blick auf den Tisch zurückstellte.

»Du brauchst dich nicht zurückzuhalten, Ryan. Wenn du nicht mehr fahrtüchtig bist, kannst du meinetwegen auf der Couch schlafen.«

Es würde sich zeigen, ob Frank ihn immer noch hierhaben wollte, wenn er ansprach, weshalb er gekommen war. Da Chase das Thema nicht als Erster auf den Tisch bringen wollte, hörte er geduldig zu, wie Frank erst über die Renovierung der Wohnung und später über seinen neuen Job sprach. Es war belangloser Small Talk, doch die Anspannung, die in jeder Bewegung und jeder Geste Franks zu spüren war, machte deutlich, wie wichtig es für ihn war, sich langsam an das heranzutasten, worüber er wirklich sprechen wollte. Nebenbei aßen sie Chips und tranken noch mehr Bier, wobei Chase mit jedem Schluck den Farbgeruch zu vertreiben versuchte, von dem ihm ganz schwindlig wurde. Noch eine Stunde und er bekäme Kopfschmerzen. An eine Nacht auf dieser Couch wollte er gar nicht erst denken.

Nachdem Frank alles über seine neuen Aufgaben erzählt hatte, sagte er nichts mehr. Die Stille, die seinen letzten Worten folgte, wurde mit jedem Atemzug undurchdringlicher. Früher hatten sie oft zusammengesessen, Bier getrunken und schweigend ihren Gedanken nachgehangen. Doch damals waren sie mit sich und der Welt im Reinen gewesen. Es hatte keine Notwendigkeit bestanden, zu sprechen.

»Warum Richmond?«, durchbrach Chase die Stille, ehe sie sich noch weiter ausbreiten konnte.

Franks Miene verfinsterte sich. Er hatte sich im Sessel zurückgelehnt, das Glas in der Hand, und starrte mit demselben abwesenden Blick an die Decke, den Chase während der vergangenen Wochen oft an ihm gesehen hatte. »In Washington erinnert mich alles an sie.« Die Worte kamen leise und so zögernd, als würde er versuchen, sie in dem Augenblick, in dem er sie aussprach, wieder zurückzunehmen. »Selbst Quantico und die umliegenden Orte sind noch zu nah dran.« Er wischte das Kondenswasser von seinem Glas, ehe er fortfuhr: »Wenn wir diesen Mistkerl haben, werde ich mich versetzen lassen, vielleicht an die Westküste, auf jeden Fall weit genug weg von D. C. und jedem anderen Ort, an dem ich mit Diana gewesen bin.«

Chase warf sich zwei Aspirin ein und bat Frank das Fenster zu öffnen. Trotzdem wollte das schwummerige Gefühl nicht mehr weichen, dafür hatte er die Farbdämpfe schon zu lange eingeatmet. Allmählich wurde ihm übel. »Ich weiß, dass du dabei sein willst, wenn sie ihn schnappen«, begann er vorsichtig. »Aber warum quälst du dich damit? Du bist nicht in die Ermittlungen involviert, stell deinen Versetzungsantrag und lass dich beurlauben, bis er bewilligt wird. Nimm dir die Zeit, um alles zu verarbeiten.« Er leerte sein Bier und widersprach nicht, als Frank in die Küche ging, um ihm ein frisches aus dem Kühlschrank zu holen.

Mittlerweile war es dunkel geworden. Frank schaltete die Stehlampe neben der Couch ein und blinzelte gegen das Licht an, das sich wie Flammen in seinen Augen spiegelte. »Ich kann nicht einfach gehen und so tun, als wäre nichts gewesen, Chase.«

»Das verlangt auch niemand von dir. Ich weiß, dass das nicht einfach ist und dass du nicht hören willst, was ich dir sage, aber du weißt nur zu gut, dass ich recht habe.« Er suchte Franks Blick und nagelte ihn fest. »Und früher oder später wirst du dich damit auseinandersetzen müssen.«

»Dianas Tod hat mich verändert«, räumte er ein. »An manchen Tagen fühlt es sich an, als wäre ich mit ihr gestorben. Allerdings habe ich auch einige Dinge gesagt, die mir im Nachhinein leidtun, und ich hätte dich nicht schlagen dürfen.« Er richtete sich auf, bis er gerade auf der Sitzkante des Sessels saß. »Aber ich merke auch, dass ich nicht einfach weitermachen kann wie bisher. Ich kann nicht tatenlos herumsitzen und zusehen, wie unsere Leute überhaupt nichts erreichen. Verdammt, Chase! Der Kerl hat heute wieder zugeschlagen und wir sind ihm keinen Schritt näher gekommen!«

Er hat mich angerufen. Die Worte lagen Chase auf der Zunge, doch er wollte Franks Besessenheit nicht noch weiter anstacheln. Er würde es ohnehin früh genug erfahren.

»Im Augenblick hast du das Gefühl, dass es dir niemals wieder besser gehen wird – und das wird es auch nicht, wenn du nicht aufhörst, dich mit diesem Fall zu beschäftigen.« Frank setzte zum Widerspruch an, doch Chase ließ ihn nicht zu Wort kommen. »Du brauchst Abstand, Frank, sonst wirst du es nie schaffen.« Der Farbgeruch machte ihn verrückt! Er hatte das Gefühl, nicht mehr klar denken zu können, ganz zu schweigen davon, dass die Aspirin nichts gebracht hatten und sich das schmerzhafte Hämmern hinter seinen Schläfen immer weiter ausbreitete.

»Ich werde auf jeden Fall weitermachen – ganz gleich, was du davon hältst.«

Es dauerte einen Moment, bis er begriff, wovon Frank sprach. »Der Indianer?«

»Ich habe bereits mit ihm gesprochen.«

»Scheiße, Frank, du …« Chase wurde schwindlig und für einen Moment war ihm schwarz vor Augen.

»Geht es dir nicht gut?«

Er blinzelte. »Muss wohl an der Farbe liegen.«

Zu seiner Überraschung schüttelte Frank den Kopf. »Es ist das Schlafmittel in deinem Bier. Sichtlich verträgst du mehr, als ich dachte. Das Zeug hätte dich schon nach dem ersten Glas aus den Schuhen hauen sollen.«

Chase stemmte sich vom Sofa hoch und kam wankend zum Stehen. Durch die Bewegung in Schwung gebracht pumpte das Mittel nur noch schneller durch seinen Blutkreislauf. Was auch immer Frank vorhatte, er wollte nicht lange genug hier sein, um es herauszufinden. Taumelnd umrundete er den Tisch und wollte in Richtung Tür, als seine Beine unter ihm einknickten und er mit einem dumpfen Laut auf den Teppich schlug. Dunkle Flecken breiteten sich vor seinen Augen aus. Er blinzelte sie weg.

»Frank, was soll das?«, keuchte er und versuchte sich aufzurichten. Sein Körper gehorchte ihm nicht mehr. Sosehr er sich auch zu einer Bewegung zwingen wollte, er brachte nicht mehr als ein Zucken zustande.

Über ihm stellte Frank sein Bierglas auf den Tisch. »Tut mir leid, Kumpel. Ich will diesen Kerl unbedingt – und dafür brauche ich dich.«

Warum mich? Die Frage wollte nicht mehr über seine Lippen kommen und selbst in seinem Geist fühlte sie sich schwammig und nur schwer greifbar an. Ein letzter zusammenhangloser Gedanke, ehe ihn das Schlafmittel endgültig in die Dunkelheit stieß.

*

Der stechende Geruch von frischer Farbe war das Erste, was Chase wahrnahm, als er wieder zu sich kam. Es dauerte einen Moment, bis ihm klar wurde, dass nicht die Farbe, sondern ein Schlafmittel für seinen Zustand verantwortlich war. An den hämmernden Kopfschmerzen und der Übelkeit, die sich durch den widerwärtig bitteren Geschmack in seinem Mund nur noch verschlimmerte, änderte dieses Wissen jedoch nichts.

Als er die Augen öffnete, bewegten sich zwei verschwommene Schemen durch das Zimmer. Der eine beugte sich zu ihm herab, um ihn zu begutachten, während der andere sich im Hintergrund hielt und mit etwas auf dem Küchentresen hantierte. *Zwei?!* Die Erkenntnis, dass Frank nicht länger allein war, jagte einen Adrenalinschub durch seine Adern, der seine Sicht schlagartig klärte. Ruckartig setzte er sich auf und wurde von den Schnüren gebremst, die seine Arme und Beine an einen Stuhl fesselten, der in der freien Mitte des Raumes stand. Er zerrte an den Fesseln und versuchte die Hände hinter seinem Rücken freizubekommen. Doch statt sich zu lockern, zogen sich die Schnüre nur noch fester zusammen und gruben sich in seine Handgelenke. Das beruhigende Gewicht der Glock war aus der Halterung an seinem Gürtel verschwunden. Als Chase' Blick den Esstisch streifte, lag die Waffe dort.

Die Fenster waren wieder geschlossen.

»Meine Güte, Ryan!« Frank stand über ihn gebeugt und begutachtete seine Augen. Chase schielte an ihm vorbei in dem Versuch, einen Blick auf die zweite Person im Raum zu erhaschen, doch sein früherer Partner machte einen Schritt zur Seite, versperrte ihm die Sicht und nahm ihn erneut in Augenschein. »Wenn deine Pupillen nicht die Größe von Pfirsichkernen hätten, käme ich nie auf die Idee, dass du etwas intus hast. Ich hoffe wirklich, dass du nie Einschlafschwierigkeiten bekommst, sonst müsstest du dich vermutlich mit einer Betäubung ausknocken, die für Elefanten gedacht ist.«

»Wovon sprichst du überhaupt?« Seine Stimme klang rau und seine Kehle war so trocken, dass er husten musste.

»Hier, trink einen Schluck.« Frank setzte ihm ein Glas Wasser an die Lippen und Chase schluckte es gierig hinunter. Es vertrieb den Husten, gegen den bitteren Geschmack konnte es jedoch nichts ausrichten.

»Das Schlafmittel hätte dich für ein paar Stunden außer Gefecht setzen müssen«, fuhr Frank gelassen fort. »Du hättest gar nicht mitbekommen sollen, was wir hier machen. Aber da du nun schon einmal wach bist ...« Mit einem Schulterzucken trat er zur Seite und gab den Blick auf den Indianer frei, der am Küchentresen mit kleinen Lederbeuteln, Schalen und Kerzen hantierte. »Sicher erinnerst du dich an Mr Quinn. Ich sagte ja bereits, dass ich Kontakt zu ihm aufgenommen habe – er war so freundlich, mir seine Hilfe anzubieten. Joseph«, sagte er an den Indianer gewandt, »erklären Sie Agent Ryan bitte, was passieren wird.«

Joseph Quinn wirkte nicht sonderlich glücklich, trotzdem lag in seinen Zügen eine Entschlossenheit, die besagte, dass er zu Ende bringen würde, was immer ihn hierhergeführt hatte. Er rollte ein Lederbündel auf dem Tresen auseinander, dessen Inhalt Chase von seinem Platz aus nicht erkennen konnte. »Erinnern Sie sich noch daran, was ich Ihnen über Rituale gesagt habe?«, erkundigte sich Quinn und schob eine kleine Messingschale zur Seite, ehe er sich Chase ganz zuwandte. »Ich kann Sie zu diesem Mann führen – und ich werde es tun.«

»Und um mich zu überzeugen, bringen Sie meinen Freund dazu, mich zu betäuben?«

Quinn verzog das Gesicht, sagte jedoch nichts. Das war auch nicht nötig, denn in dem Augenblick zuckte sein Blick kurz zu Frank, und Chase begriff, dass das Betäubungsmittel nicht die Idee des Indianers gewesen war. Keine angenehme

Erkenntnis. Es ging ihm nicht einmal darum, dass Frank ihm irgendwelche Medikamente eingeflößt hatte. Was ihn vielmehr beunruhigte, war die Frage, wie sehr er sich bereits in seinen Wahn hineingesteigert hatte – und wie weit er gehen würde, um diesen Killer zu fassen.

»Ihr beide solltet lieber zusehen, dass ihr mich schnell losmacht.« Als er sah, wie Frank den Kopf schüttelte, wandte er sich an den Indianer. »Ein Angriff auf einen Bundesbeamten ist kein Kavaliersdelikt, Mr Quinn.«

»Das ist mir bewusst.« Er zog ein kleines Messer hervor, das in einer Lederscheide an seinem Gürtel gesteckt hatte, und machte sich daran, den Docht einer dicken weißen Kerze zurechtzustutzen. »Ich bin mir sicher, dass es sich mildernd auswirken wird, wenn Ihnen der Schlitzer dank meiner Hilfe ins Netz geht.«

Dem Mann sollten vor Angst die Beine schlottern angesichts der Tatsache, dass ihn diese Aktion hier für fünfzehn Jahre hinter Gitter bringen konnte – stattdessen redete er nur davon, den Killer zu schnappen.

»Ich werde einen indianischen Geist heraufbeschwören und an Sie binden, Agent Ryan.« Quinn griff nach einem kleinen Lederbeutel und schüttete etwas, das nach einer getrockneten Kräutermischung aussah, in eine der Schalen. »Der Geist des Jägers wird Sie auf die Spur des Mannes führen, den Sie suchen.«

»Wer sagt Ihnen, dass nicht Sie und Frank die Ersten sein werden, nach denen ich suche, sobald ich diese Stricke los bin?«

Quinn ließ den Beutel sinken und sah Chase an. »Sie wollen ihn und Sie werden sich diese Gelegenheit nicht entgehen lassen«, sagte er voller Überzeugung.

Was nicht bedeutet, dass ich mir euch beide nicht auch noch vorknöpfen werde. »Nehmen wir einmal an, ich würde Ihr

Zauberspielchen mitspielen: Was würde passieren? Wie wollen Sie mir diesen Dämon ans Bein binden?«

»Es ist ein Geist, ein spirituelles Wesen – kein Dämon.« Der Indianer warf einen Blick zu Frank, und erst als dieser nickte, fuhr er fort: »Ich werde eine Tinte mischen, zu deren Bestandteilen neben Ihrem Blut auch das des Killers gehört.«

»Das wir nicht haben.«

»Doch, Chase, wir haben es.«

Franks Worte ließen ihn aufsehen. Ein einziges Mal war es einem Opfer gelungen, sich gegen seinen Peiniger zu wehren. Die Frau musste ihn gekratzt haben, denn unter ihren Fingernägeln fanden sich neben DNA-Spuren auch Reste getrockneten Bluts. »Du hast es aus dem Labor geklaut?«

»Offiziell warst du es. Ich war so frei, deine Fingerabdrücke an den Behältnissen anzubringen, als du dich vorhin ausgeruht hast.«

Chase versuchte das geisterhafte Grinsen seines Freundes ebenso zu ignorieren wie die Tatsache, dass man ihn des Diebstahls von Beweismitteln verdächtigen würde. Darüber konnte er sich Gedanken machen, wenn er hier raus war. »Sie mischen also eine Tinte und pinseln irgendwelche Zauberrunen an die Wand?«

Der Indianer wand sich sichtlich unter seinem Blick.

»Er wird dir mit dieser Tinte ein Tattoo stechen«, half Frank aus. »Keine Sorge, die damalige Blutuntersuchung hat ergeben, dass der Kerl gesund war – du kannst dir also nichts holen.«

»Ein Tattoo?« Chase glaubte sich verhört zu haben. »Ihr wollt mich verarschen! Glaubt ihr im Ernst, dass ihr damit durchkommt?«

»Was wir glauben oder nicht, braucht dich in diesem Fall nicht zu kümmern.«

Großartig! Jetzt war Frank endgültig durchgedreht. Die Trauer um seine Frau hatte ihn um den Verstand gebracht, und wenn es Chase nicht gelang, ihn in Gewahrsam zu nehmen, würde er womöglich noch ernsthaften Schaden anrichten. Blieb nur die Frage, wie er die Fesseln loswerden sollte.

Am Tresen rührte Joseph Quinn seine Tinte an, mischte Zutaten aus verschiedenen daumengroßen Fläschchen zusammen, fügte eine rotbraune Flüssigkeit hinzu, die viel zu sehr nach Rost aussah, und sah dann erneut Chase an. »Fehlt nur noch Ihr Blut.«

»Was ich ganz sicher nicht kampflos hergeben werde!«

»Das dachte ich mir schon, deshalb war ich so frei, auch hierfür deinen Schlaf auszunutzen.«

Erst da wurde ihm bewusst, dass einer seiner Hemdsärmel nach oben geschoben worden war. »Frank, du verdammter –«

»Reg dich nicht auf, das ist nicht gut für dein Karma.«

»Der Geist des Jägers ist eine alte indianische Gottheit.« Quinns Stimme hatte an Festigkeit verloren, als wäre er nicht länger überzeugt, das Richtige zu tun. Trotzdem hörte er nicht auf, in seiner Tinte zu rühren. Er drückte den Inhalt einer Kanüle in das Gefäß, dessen zähes Rot bei Chase keinen Zweifel aufkommen ließ, dass es sich dabei um sein eigenes Blut handelte, und vermengte es sorgfältig mit dem Rest der Mischung, ehe er eine Handvoll Fäden aus einer Lederhülle nahm und diese in die Tinte legte. »Durch das Blut des Täters nimmt der Jäger die Witterung auf und schafft eine Verbindung zwischen ihm und Ihnen, Agent Ryan. Auf diese Weise werden Sie ihn finden.«

Er stellte einen metallenen Dreifuß auf den Tresen, in dessen Mulde er eine der Schalen hängte, die er zuvor mit Kräutern befüllt hatte, schob die Kerze darunter und machte sich daran, dünne Räucherstäbchen in Halterungen zu stecken. Eine Tätowiermaschine war nirgendwo zu sehen.

»Hast du eine Vorstellung davon, welche Vorwürfe ich mir angesichts Dianas Tod mache?« Frank stellte sich wieder vor den Stuhl und versperrte Chase die Sicht auf den Indianer. »Ich war so arrogant! Ich dachte wirklich, ich könnte ihn mit meinen Aussagen hinter dem Ofen hervorlocken, ohne dass es irgendwelche Konsequenzen hätte.« Seine Stimme kippte und einen Moment schwieg er, ehe er leiser fortfuhr: »Wusstest du, dass wir eine Familie gründen wollten? Sobald sie schwanger geworden wäre, hätte ich mich in den Innendienst versetzen lassen, weg von den gefährlichen Einsätzen.«

»Du arbeitest seit über zehn Jahren für das FBI«, begann Chase beschwörend. »Glaubst du wirklich, dass es keinen anderen Weg gibt, diesen Kerl zu fassen, als mir gegen meinen Willen ein Tattoo zu verpassen? Merkst du denn gar nicht, wie lächerlich das ist? Einen gesuchten Mörder mithilfe eines Tattoos zu finden! Ein blödes Hautbildchen, Frank!« Ein Blick in die Augen seines früheren Partners genügte, um zu erkennen, dass er ihn nicht erreichte. Franks Leben war ein Scherbenhaufen, das nur noch einen einzigen Zweck verfolgte: den Mann zu fassen, der ihm das angetan hatte.

Chase wusste nicht, ob er – wäre er in dieser Situation – mit demselben Wahn reagiert hätte, den Frank an den Tag legte. Er hoffte, dass er das nie herausfinden musste. Die Hilflosigkeit jedoch, die nicht nur von den Fesseln herrührte, sondern auch von der Tatsache, dass es ihm nicht gelang, an Franks Vernunft zu appellieren, machte ihn verrückt.

Quinn riss ein Streichholz an und entzündete damit den Docht der Kerze. Schwefelgeruch breitete sich im Raum aus. All die Tiegel und Töpfchen, selbst die Kerze, sahen auf ihre Art antiquiert aus und standen in krassem Gegensatz zu der modernen Tube, die der Indianer jetzt aus seinem Beutel zog. »Ich bin so weit.«

Als wären seine Worte das vereinbarte Zeichen, packte Frank Chase' Hemd und riss es auf. Nähte ächzten, Knöpfe sprangen ab und fielen zu Boden.

»Hey, ich mochte dieses Hemd!«

»Du wirst es nicht vermissen.« Statt ihm das Hemd vollständig auszuziehen, zog Frank es nur weit genug zurück, um Chase' Nacken und Schultern freizulegen. Das Gefühl, ausgeliefert zu sein, überkam ihn mit derartiger Wucht, dass er erneut an seinen Fesseln zerrte, diesmal heftiger. Er hörte erst auf, als Frank ihn an den Armen packte und seine Daumen in die Nervenbahnen bohrte, bis seine Finger taub wurden. Ein Hoch auf das Nahkampftraining!

Quinn kam um den Tresen herum und öffnete die Tube. »Das ist eine Lidocain-Salbe«, erklärte er, während er die kühle Paste auf Chase' Schulter zu verteilen begann. »Sie wird die Nervenzellen unter Ihrer Haut – und damit den Schmerz – ein wenig betäuben.«

Ein wenig? »Ich dachte, diese Maschinen verursachen kaum Schmerzen.«

»Rituale haben viel mit Tradition zu tun, Agent Ryan. Eine Tätowiermaschine nicht. Wir machen das auf die althergebrachte Art meines Volkes.«

»Und die wäre?«

»Während des Rituals werde ich gefärbte Fäden mit einer Nadel unter ihrer Haut durchziehen, bis die Farbe das gewünschte Muster hinterlässt.« Er schraubte die Tube zu und warf sie auf die Couch, bevor er zum Tresen zurückkehrte und eine Nadel von der Länge eines halben Daumens über der Kerzenflamme erhitzte. Aus der Schale darüber stieg weißer Rauch in die Luft und erfüllte den Raum mit dem

Geruch verschiedener Kräuter, unter den sich noch ein anderes, schärferes Aroma mischte.

»Worauf warten Sie noch, Mr Quinn?«

»Die Salbe braucht ein paar Minuten, bis die Wirkung einsetzt.«

Frank schüttelte den Kopf. »Kein Warten mehr. Fangen Sie an!«

Der Indianer kniff die Augen zusammen und für einen Moment sah es so aus, als wolle er widersprechen, dann jedoch nickte er. »Treten sie vom Stuhl zurück, ich brauche den Platz.« Sobald Frank zur Seite gegangen war, griff Quinn nach einem weiteren Beutel, löste die Schnüre und stellte sich in die Mitte des Raumes. Eine monotone Melodie summend, die immer wieder von schnell gesprochenen Worten in einer fremden Sprache unterbrochen wurde, umkreiste er den Stuhl mit langsamen, wohlbedachten Schritten. Nachdem er Chase dreimal umrundet hatte, griff er – jetzt in einen Sprechgesang verfallend – in das Säckchen und holte eine Handvoll graues Pulver heraus, das er in feinen Zickzacklinien auf den Teppich streute. Eine weitere Runde, diesmal wieder singend, dann kehrte er zum Tresen zurück, fischte den ersten Faden aus der Schale, der vor Farbe nur so troff, und fädelte ihn ein, ohne seine Beschwörungen zu unterbrechen.

Chase hatte genug gesehen. Er begann mit dem Stuhl hin und her zu wippen, brachte ihn immer mehr in Schwung und wartete darauf, dass er endlich umkippen würde, in der Hoffnung, dass sich seine Fesseln lockerten, wenn er zu Boden stürzte.

»Wenn ich du wäre, würde ich das lassen.« Frank hielt eine Pistole auf ihn gerichtet und entsicherte sie mit einem vernehmlichen Klicken.

»Frank, das kann unmöglich dein Ernst sein!«

»Quatsch weiter und du wirst herausfinden, *was* alles mein Ernst ist.«

Ehe Chase noch etwas erwidern konnte, stürmte Frank vor, holte aus und drosch ihm den Griff der Pistole gegen die Schläfe. Der Gesang des Indianers wurde zu einem leisen Summen im Hintergrund und Franks Umrisse verloren mehr und mehr an Schärfe, als es um ihn herum finster wurde.

Ein heftiger Stich am unteren Ende seines Nackens ließ ihn auffahren. Blinzelnd kämpfte er gegen die Benommenheit an, bis er langsam in die Wirklichkeit zurückkehrte, begleitet von pochenden Schmerzen in seinem Nacken und dem fortwährenden Gemurmel indianischer Worte. Blut verklebte seine linke Gesichtshälfte und spannte auf der Haut – so trocken, dass er sich fragte, wie lange er außer Gefecht gesetzt gewesen war. Ganz sicher mehr als ein paar Minuten. Der Geruch der Räucherstäbchen hatte sich mittlerweile im ganzen Raum ausgebreitet und ließ seine Augen tränen.

Chase war in sich zusammengesunken. Als er jedoch versuchte sich aufzurichten, stieß Frank ein warnendes Zischen aus. »Stillhalten«, mahnte er. »Es ist gleich fertig.«

Die Nadel bohrte sich unterhalb seines Nackens unter die Haut und sandte ein feuriges Brennen aus. Chase unterdrückte ein Keuchen. Zu gern hätte er versucht sich zu befreien, doch zum einen hatte sich Frank wieder vor ihm aufgebaut, die Waffe locker in der Hand, und zum anderen wusste er nicht, welchen Schaden die Nadel an den falschen Stellen seines Körpers anrichten konnte. Ihm blieb nichts anderes übrig, als die Zähne zusammenzubeißen und zu warten, dass der Indianer endlich fertig wurde. Trotz des Lidocains war der Schmerz erstaunlich stark zu spüren. Wie sich die Prozedur ohne die Salbe anfühlen würde, wollte er gar nicht wissen.

Nach einer schier endlosen Abfolge weiterer Stiche, während der Chase sich in einer Mischung aus Wut und Schmerz befand, die ihm das Gefühl gab, nicht länger Herr seiner Sinne zu sein, trat der Indianer einen Schritt zurück und legte die Nadel beiseite. Noch immer in seinen Sprechgesang vertieft, die Augen von einem milchigen Film überzogen, als sei er in Trance, griff er nach dem Behältnis mit der Tinte. Der Rhythmus seines Gesangs wurde schneller, drängender, als er zwei Finger in die Farbmischung tauchte und unter immer weiter anschwellenden Gesängen ein Muster auf Chase' Rücken zeichnete. Mit einem Schrei knallte er das Tintengefäß auf den Tresen und fuhr herum.

»Öffnen Sie das Fenster, Agent Cassell.«

»Warum?«

Quinn deutete auf Chase. Erst jetzt spürte er den kühlen Hauch, der über seinen Rücken hinauf zu seinem Hals kroch und eine schmerzhafte Gänsehaut hinterließ. Er drehte den Kopf, um etwas erkennen zu können, und zuckte zusammen, als er einen feinen weißen Nebel über seine Haut wabern sah, der sich langsam von seinem Hals löste und in Richtung des Fensters schwebte.

»Heilige Scheiße«, flüsterte Chase.

»Beeilen Sie sich«, drängte Quinn. »Der Geist des Jägers sucht nach seinem Ziel.«

Frank stürmte zum Fenster und schob es auf. Der Nebel kroch an der frisch gestrichenen Wand entlang und entschwand nach draußen.

4

Brentwood, Maryland – nahe Washington D. C.

Die Sporttasche mit seinem Werkzeug in der Hand näherte er sich dem Eckgrundstück, auf dem der kleine Bungalow stand. Das Haus sah alt und renovierungsbedürftig aus, doch Jane Mercer, die Frau, die hier wohnte, verdiente bei Wal-Mart vermutlich gerade genug, um die Miete zu bezahlen. Vielleicht war es ihr auch einfach gleichgültig, wie das Haus von außen aussah. Nach heute Nacht würde das alles ohnehin keine Rolle mehr spielen.

Ein rascher Blick genügte ihm, um sich zu vergewissern, dass ihn niemand bemerkt hatte. Er ließ das rostige Gartentor links liegen, stieg stattdessen über den kniehohen Zaun und folgte dem verwilderten Kiesweg zum Haus mit einer Selbstverständlichkeit, als gehöre er hierher. Der Bungalow kauerte in der Dunkelheit, als wolle er sich auf ihn stürzen und ihn zerreißen, bevor er tun konnte, weshalb er gekommen war. Er hielt inne und nahm sich einen Moment Zeit, den Bau zu betrachten. Dunkle Fenster starrten ihm wie leere Augenhöhlen entgegen, flankiert vom bodenlosen Schlund der in den Schatten eines kleinen Vordaches verborgenen Tür. »Du bist nur ein Haus«, zischte er dem zusammengezimmerten Haufen aus Holz und Glas herausfordernd entgegen. »Das Raubtier hier ist jemand anderes.«

Bevor er die Tür erreichte, schwenkte er nach links und huschte geduckt unter den Fenstern vorbei zur Hausecke, wo er im Schatten eines Buchsbaums innehielt, um einen erneuten Blick in die Umgebung zu werfen. Kurz vor Einbruch der Dunkelheit hatte leichter Regen eingesetzt, der die Nachbarn früh in ihre Häuser getrieben hatte. Abgesehen vom entfernten Bellen eines Hundes und dem dumpfen Dröhnen des Fernsehers, das aus dem Wohnzimmer um die Ecke drang, war alles ruhig.

Es war nicht das erste Mal, dass er nachts hierherkam. Er kannte Jane Mercers Gewohnheiten mittlerweile gut genug, um darauf zu wetten, dass sie im Wohnzimmer auf der Couch saß, die Beine auf dem Glastisch ausgestreckt, und sich die *Tonight Show* mit Jay Leno ansah.

Es würde die Cops und das FBI die Wände hochtreiben, wenn er entgegen seiner Gewohnheit in zwei aufeinanderfolgenden Nächten zuschlug, obwohl die Profiler ihn längst als Perfektionisten eingestuft hatten, der sich jedes Mal viel Zeit für seine Vorbereitungen und Beobachtungen nahm. *Daran werdet ihr ordentlich zu knabbern haben,* dachte er grinsend. Sie konnten ja nicht wissen, dass er die letzten drei Monate damit verbracht hatte, abwechselnd mehrere Häuser zu beobachten. Den Millers in Edmonston hatte er zuerst seine Aufwartung gemacht – heute war Jane Mercers Nacht. Ihre Gewohnheiten herauszufinden war weniger aufwendig gewesen als bei den Millers. Sie wohnte allein, hatte keinen Freund und keine Kinder. Jeden Donnerstag ging sie mit ein paar Freundinnen in ein Kino an der Mainstreet, samstags war ihr Bowlingabend und ihren freien Tag verbrachte sie für gewöhnlich in einem der umliegenden Shoppingcenter. Die Kollegin, mit der sie jeden Morgen zur Arbeit fuhr, würde sie morgen früh finden – gerade rechtzeitig, um die Nachricht des weiteren Mordes noch ins Frühstücksfernsehen zu bringen.

Er war wirklich gespannt, wie Agent Ryan sein geändertes Vorgehen bewerten würde. Der Mann war keineswegs zu unterschätzen, die Beurteilung des Agenten kam seinem tatsächlichen Wesen in vielerlei Hinsicht erstaunlich nahe.

Sein Anruf bei Ryan hatte lediglich den Zweck gehabt,

ein wenig Unruhe zu stiften, während die Ermittler am Tatort eingespannt waren. Agent Ryans Zurückhaltung hatte ihn beeindruckt. Im Gegensatz zu Cassell hatte er nicht versucht ihn zu provozieren. Diesen Fehler würde Ryan nicht machen, dazu war er zu clever. Stattdessen wollte der Agent ihn in ein Gespräch verwickeln. Natürlich war ihm das Kritzeln des Stiftes nicht entgangen. Es war nicht schwer gewesen, sich auszumalen, dass Ryan versuchen würde den Anruf zurückzuverfolgen. Das konnte er ihm kaum zum Vorwurf machen. An seiner Stelle hätte er nichts anderes getan.

Von der Polizei und den Behörden gejagt zu werden war nie sein Ziel gewesen. Er hatte nie gewollt, dass es so weit kam. Doch sie hatten ihm deutlich gemacht, dass sie ihn nicht haben wollten. Keine ausreichende körperliche Fitness und möglicherweise psychisch instabil, hatte das Urteil gelautet, das man ihm am Ende der Aufnahmeprüfungen für die Polizeiakademie verkündet hatte. Rückblickend hatten die Mitglieder des Aufnahmegremiums damit womöglich gar nicht so verkehrt gelegen. Er war jedoch bereit gewesen, seine Fähigkeiten und sein Können in den Dienst der Polizei zu stellen. Dass er jetzt auf der Gegenseite spielte und ihnen aufzeigte, wie unzulänglich sie in vielen Bereichen waren, war ganz sicher nicht seine Schuld. Hätten sie sein Potenzial nicht verkannt, wäre er jetzt nicht gezwungen ihnen aufzuzeigen, worauf sie verzichtet hatten.

Er streifte seine Latex-Handschuhe über und vergewisserte sich mit einem letzten Blick in die Umgebung, dass niemand auf ihn aufmerksam geworden war, ehe er zum Wohnzimmerfenster huschte und hineinspähte. Bingo! Jane hatte es sich in ihrem Sessel gemütlich gemacht, eine Schüssel mit Chips auf dem Schoß, und schaute Jay Leno. Zufrieden schlich er weiter zur Rückseite des Hauses. Der verwilderte Garten war von einem mannshohen Holzzaun umgeben, der ihn ebenso vor neugierigen Blicken schützte wie die unzähligen Büsche und Sträucher, die überall aus dem Rasen schossen. Selbst wenn irgendwo jemand aus dem Fenster sah, wäre er nicht von den Schatten der Büsche zu unterscheiden, die sich in einer sanften Brise wiegten.

Es war einfach perfekt.

Er würde durch das Fenster im Gästezimmer einsteigen und sich dort verstecken. Sobald Jane schlief, konnte er sich ans Werk machen. Der Gedanke, bei der Ausführung von seinem gewohnten Muster abzuweichen – nicht viel, gerade genug, um der Polizei ordentlich zu denken zu geben –, schoss ihm durch den Kopf, er verwarf ihn jedoch rasch wieder. Vielleicht beim nächsten Mal. Für heute hatte er die gewohnten Pfade bereits weit genug verlassen, um die Ermittler vor ein Rätsel zu stellen. Noch mehr zu verändern, wäre Verschwendung.

Er öffnete seine Tasche, als ihn ein heftiges Stechen hinter den Schläfen zusammenfahren ließ. Er presste die Hände gegen den Kopf und atmete tief durch. Nach einigen Herzschlägen war der Schmerz verflogen und er atmete auf. Einen Migräneanfall konnte er jetzt wirklich nicht gebrauchen.

Erleichtert zog er das Brecheisen aus der Tasche und setzte es zwischen Fenster und Rahmen an. Das morsche Holz knirschte und für einen Moment befürchtete er, dass es entzweibrechen würde, ehe er das Fenster öffnen konnte. Er setzte an einer anderen, weniger maroden Stelle an, als ein gleißender Blitz vor seinen Augen aufleuchtete und ihm die Sicht raubte. Unwillkürlich duckte er sich in den Schatten eines Busches, von dem er wusste, dass er da war, den er jedoch nicht sehen konnte. Blinzelnd kämpfte er gegen die flammende Röte an, die sich in seinem Sichtfeld ausgebreitet hatte. Die Stimmen mehrerer Männer, die vorher nicht da gewesen waren, drangen an sein Ohr. Jane hatte keinen Besuch gehabt! Das hätte er gewusst!

Aber woher kamen die Stimmen?

Noch immer geduckt rieb er sich die Augen. Langsam klärte sich seine Sicht, doch was er sah, ließ ihn zurückzucken. Das war nicht mehr Jane Mercers Garten! Eine Abfolge schneller Bilder fuhr wie ein Gewitter durch seinen Geist. Er saß auf einem Stuhl. Die Luft erfüllt von einem Singsang, dessen Monotonie an seinen Nerven zerrte. Was ging hier vor? Er wollte aufstehen und verschwinden, doch er konnte sich nicht bewegen. Fesseln hielten ihn an Ort und Stelle gefangen. In einer Mischung aus Zorn und Schmerz starrte er auf die schemenhaften Umrisse eines Mannes, die ihm mit jedem Blinzeln ein wenig vertrauter schienen, ohne dass sie wirklich fassbar wurden. Eine heftige Schmerzwelle schoss durch seinen Nacken und ließ ihn aufstöhnen. Er schnappte nach Luft und plötzlich erkannte er Cassell, der mit einer Pistole im Anschlag vor ihm stand.

»Verdammt, was soll das?«, wollte er brüllen, doch kein Laut kam über seine Lippen.

Der Singsang verstummte. Ein Indianer tauchte in seinem Blickfeld auf. »Beeilen Sie sich!«, rief er Cassell zu. »Der Geist des Jägers sucht nach seinem Ziel.«

Cassell eilte zum Fenster, um es aufzureißen.

»Heilige Scheiße!« Das Flüstern kam aus seinem Mund. Zumindest dachte er, dass er es war, der gefesselt auf diesem Stuhl saß. Doch die Stimme war nicht seine – sie gehörte Special Agent Chase Ryan.

Die Erkenntnis und der Schmerz, der schlagartig zurückkehrte und seinen Schädel in Stücke zu reißen drohte, ließ ihn zurückfahren. Etwas riss an ihm, zwang ihn in die Knie. Um ihn herum wurde es dunkel.

Als er die Augen wieder öffnete, lag er auf dem Rasen. Das

vom Regen feuchte Gras kühlte seine Wange und dämpfte das Echo des Schmerzes, den er noch immer hinter seiner Stirn zu spüren glaubte. Blinzelnd starrte er auf den Garten, der sich vor ihm erstreckte. Jane Mercers Garten. Ein dünner Streifen Bodennebels kroch auf ihn zu, so zielgerichtet, als hätte er es auf ihn abgesehen. Er hob den Kopf und sah sich um, doch nirgendwo sonst lag Dunst über dem Rasen.

Nebel verfolgte keine Menschen!

Und Menschen befanden sich nicht plötzlich an anderen Orten – oder sahen durch die Augen anderer. Sein Kopf fühlte sich an, als hätte ihn jemand voll Watte gepackt. Da war noch immer der Nachhall des Schmerzes, unter den sich Verwirrung mischte.

Was zum Teufel hatte das zu bedeuten?

Er war beinahe sicher, durch Agent Ryans Augen geblickt zu haben, doch nichts davon ergab Sinn – weder die Tatsache, dass das überhaupt möglich sein sollte, noch der Umstand, dass Cassell seinen ehemaligen Partner mit einer Waffe bedroht hatte. Und woher waren der Singsang und die Schmerzen gekommen?

Er stemmte die Arme in den Boden und kam im selben Moment auf die Knie, in dem der Nebel ihn erreichte. Ein eisiger Hauch fuhr über ihn hinweg, streifte ihm über die Wange und fuhr mit dem nächsten Atemzug in seine Lungen. Kalt. So kalt, dass seine Kehle brannte. Hustend kämpfte er sich auf die Beine, hob das Stemmeisen auf, das er hatte fallen lassen, und stopfte es in die Tasche zurück, ehe er sich stolpernd davonmachte. Die Gefahr, in diesem Zustand einen Fehler zu begehen, war zu groß. Heute Nacht würde es keine Tote geben.

5

Benommen blinzelnd starrte Chase auf das Fenster. Hatte er tatsächlich einen Nebel aus seiner Schulter aufsteigen und zum Fenster hinaus entschwinden sehen? Das musste er sich eingebildet haben. Vermutlich ließ ihn das Betäubungsmittel halluzinieren.

Der Indianer hatte endlich mit seinem Gesang aufgehört. Er blies die Kerze aus und löschte die Räucherstäbchen. Schlagartig verschwand der trübe Schleier aus seinen Augen, die Anspannung wich von ihm, seine Schultern fielen herab und mit einem Mal sah er nur noch müde und erschöpft aus.

Du kannst dich im Knast erholen. Grimmig fragte sich Chase, wann Frank endlich seine Waffe zur Seite legte und ihm die Fesseln abnahm. Sobald er frei war, würde er den beiden Handschellen verpassen und die Polizei alarmieren. Aber was, wenn er die Polizei aus dem Spiel ließ? War das die Gelegenheit, an Frank heranzukommen? Es fiel Chase schwer, sich zu konzentrieren und den Gedanken bis zum Ende durchzuspielen. Trotzdem kam er zu dem Schluss, dass er es zumindest versuchen musste. Frank hatte heute eine Grenze überschritten. Wie dünn war die Linie zwischen Wahn und Wahnsinn?

»Das Ritual ist abgeschlossen«, erklärte Quinn feierlich. »Der Geist des Jägers ist an das Tattoo gebunden, der Kanal ist geöffnet.«

»Ein Kanal?«, echote Chase ungläubig. Er hatte nichts sagen wollen, doch die Überzeugung, mit der der Indianer all diese unglaublichen Dinge von sich gab, war schweigend nur schwer zu ertragen. »Wie bei einem Funkgerät?«

»So ähnlich. Während des Rituals ist ein Teil des Geistes

in denjenigen übergegangen, nach dem Sie suchen. Sie sind jetzt mit ihm verbunden und können ihn auf diese Weise ausfindig machen.«

»Nehmen wir mal an, ich spiele dieses Spiel mit.« Chase richtete sich auf, so weit es seine Fesseln zuließen. Ihm wurde schwindlig und er musste die aufsteigende Übelkeit hinunterschlucken, ehe er fortfahren konnte. »Wie soll das funktionieren? Wie soll ich diesen Kerl orten? Müsste ich nicht etwas spüren? *Irgendetwas?*« Abgesehen von den Nachwirkungen der Droge, die Frank ihm eingeflößt hatte, war da nichts. Und es würde auch nichts passieren, nur dass die beiden das nicht kapieren wollten.

»Das klären wir gleich.« Frank steckte die Pistole in den Bund seiner Jeans, legte dem Indianer eine Hand auf die Schulter und schob ihn auf den Gang hinaus, wo die beiden aus Chase' Blickfeld verschwanden.

»Meine Sachen!«, protestierte Quinn auf dem Weg nach draußen.

»Die können Sie morgen holen.«

Ein gemurmelter Protest, gefolgt vom Klappen der Tür, dann kehrte Frank ins Wohnzimmer zurück. »Den wären wir los.«

Frank hatte im Laufe des Abends eine ganze Reihe von Gesetzen gebrochen, trotzdem war sein Verhalten für Chase nachvollziehbar. Sein ganzes Handeln begründete sich auf dem verzweifelten Wunsch, den Mörder seiner Frau zu finden. Dass er jetzt jedoch den Einzigen fortschickte, der ihm den vermeintlichen Weg aufzeigen konnte, passte nicht ins Bild.

»Du glaubst an diesen Scheiß.« Er zerrte an seinen Fesseln, vorsichtig, sodass Frank es nicht merkte. »Du nötigst mir ein Ritual samt Tattoo auf und dann schickst du den Kerl fort, bevor er dir die Gebrauchsanweisung geben kann?«

»Die brauchen wir nicht.«

Die Knoten der Kunststoffschnur waren so festgezurrt, dass sie sich keinen Millimeter rührten. Chase veränderte seine Sitzposition ein wenig in der Hoffnung, dass seine Arme auf diese Weise mehr Spielraum bekämen. »Wie stellst du dir das überhaupt vor, Frank? Was, glaubst du, passiert, wenn du mich losbindest? Erwartest du ernsthaft von mir, dass ich dein Spielchen mitspiele?« Was er in Franks Gesicht sah, ließ ihn heftiger an den Fesseln zerren. Seine Züge waren ohne jede Regung, in seinen Augen jedoch spiegelte sich Wahnsinn wider. Frank hatte den schmalen Grat verlassen, auf dem er sich in den letzten Wochen und Monaten bewegt hatte, und stand jetzt vor einem steilen Abgrund, der ins Bodenlose führte. Chase musste ihn von dort wegbekommen – und vor allem musste er die verdammten Fesseln loswerden!

»Ich mache dir einen Vorschlag.« Es kostete ihn Mühe, seine wachsende Beunruhigung zu verbergen. »Lass dich behandeln und ich werde vergessen, was heute Abend passiert ist. Ich verspreche dir sogar, dass ich versuchen werde herauszufinden, ob an diesem Ritual tatsächlich etwas dran ist. Du musst mich nur losbinden.«

Frank lachte, ein kalter, humorloser Laut, der den Irrsinn in seinen Augen aufflackern ließ. »Netter Versuch, Ryan.«

»Ich werde keinen Finger krümmen, wenn du dir nicht helfen lässt.«

»Es genügt, dass du hier bist.« In seiner Stimme lag eine Endgültigkeit, die Chase einen Schauer über den Rücken jagte.

»Ich weiß, wie sehr du an deinem Job hängst«, versuchte er es weiter. »Willst du wirklich riskieren, dass sie dich rauswerfen? Lass es nicht so weit kommen. Nimm meine Hilfe an.«

»Der Indianer muss mir nicht sagen, wie es funktioniert«,

fuhr Frank ungerührt fort. »Ich habe mich informiert und weiß, was ich zu tun habe.«

»Dann erklär es mir. Lass uns zusammenarbeiten – ich tue etwas für dich und du etwas für mich.«

Frank stand still da und sah ihn an, als würde er ernsthaft über Chase' Angebot nachdenken. Dann schüttelte er den Kopf. »Weißt du, was ich herausgefunden habe? Nein, natürlich nicht. Woher solltest du das auch wissen, du interessierst dich ja nicht für Hokuspokus.« Ein breites Grinsen legte sich wie eine starre Maske über sein Gesicht. »Wenn ein Teil der Verbindung den Tod findet, stirbt auch der andere.«

»Du machst Witze!«

»Wenn mir in den letzten Monaten etwas abhandengekommen ist, dann mein Humor.« Er zog seine Waffe.

Chase stieß sich vom Boden ab. Der Stuhl geriet ins Wanken, kippte dann aber wieder in seine Ausgangsposition zurück. Er starrte in den dunklen Lauf der Waffe, der auf seine Stirn gerichtet war, und hörte das metallische Klicken des Sicherungshebels. Diesmal stieß er sich mit aller Kraft ab und warf sein gesamtes Gewicht nach hinten. Im selben Augenblick, in dem Frank den Abzug durchzog, brach eines der Stuhlbeine. Der Stuhl kippte und Chase fiel nach hinten. Die Kugel verfehlte seinen Kopf, streifte ihn am Hals und hinterließ ein feuriges Brennen. Seine Beine waren jetzt frei, doch die Hände waren noch immer hinter der Rückenlehne fixiert. Er versuchte seine Arme nach oben zu ziehen, um zumindest vom Stuhl loszukommen, als sich Franks Schatten über ihn legte. Chase wollte sich zur Seite rollen, doch der klobige Stuhl behinderte ihn.

»Halt still!« Frank setzte ihm einen Fuß in die Seite und nagelte ihn damit auf dem Boden fest. Regungslos starrte Chase am Lauf der Waffe vorbei, in Franks kalte Züge. Er musste nicht sehen, wie sich der Finger am Abzug bewegte, er sah es in Franks Augen – ein winziges Flackern. Im selben Moment flog die Wohnungstür krachend gegen die Wand. Frank fuhr herum und Chase trat nach ihm. Es war kein heftiger Tritt. Da Frank jedoch ein Bein noch immer in Chase' Seite gestemmt hatte, reichte der Schwung aus, ihn aus dem Gleichgewicht zu bringen. Er machte einen taumelnden Schritt zurück und stolperte über das abgebrochene Stuhlbein. Noch im Fallen versuchte er sich wieder zu fangen, doch alles mit den Armen Rudern half nichts. Sein Sturz endete damit, dass er sich den Kopf an der Glasplatte des Couchtisches anschlug und regungslos liegen blieb, die Finger noch immer um die Pistole geklammert.

Der Indianer stürmte ins Wohnzimmer. Bei Franks Anblick hielt er kurz inne, ehe er sein Messer vom Gürtel riss und zu Chase eilte. »Halten Sie still«, zischte er, als Chase versuchte sich herumzurollen. »Ich will Sie nicht verletzen.«

Das fiel ihm reichlich früh ein.

»Warum sind Sie zurückgekommen?«

Die Klinge durchtrennte den ersten Strick an seinen Handgelenken. »Ich wollte meine Sachen holen.« Der zweite Strick war durch, dann war Chase frei und sprang auf. Er wankte und musste sich an der Couch abstützen.

»Sie sind verletzt. Ich rufe einen Arzt.«

Zum ersten Mal nahm Chase das Blut wahr, das über seinen Hals rann und von seinem Kragen aufgesogen wurde. Doch der Schmerz, den er spüren sollte, wurde überdeckt vom Adrenalin, das durch seinen Körper pumpte. Er beobachtete, wie Quinn kehrtmachte und zum Küchentresen ging, auf dem ein schnurloses Telefon lag, ehe er seine Aufmerksamkeit wieder auf Frank richtete.

Sein ehemaliger Partner setzte sich auf. Chase sah sich nach seiner Pistole um, doch sie war zu weit weg, als dass er sie rechtzeitig hätte erreichen können. Frank hingegen war noch immer bewaffnet, und obwohl er benommen wirkte, hob er die Pistole und schwenkte sie in Chase' Richtung.

»Verschwinden Sie, Quinn!«, rief Chase dem Indianer zu und hechtete hinter die Couch. Ein Schuss peitschte. Die Kugel schlug hinter ihm in die Wand. Chase duckte sich tiefer und robbte im Schutz der Couch auf den Esstisch zu, auf dem seine Waffe lag. Auf dem Gang waren Schritte zu hören, die sich schnell entfernten.

»Du entkommst mir nicht, Chase.« Sichtlich hatte sich Frank nicht die Mühe gemacht, den Indianer zu verfolgen. »Warum gibst du nicht einfach auf, du zögerst das Unvermeidliche doch nur hinaus.«

Frank war irgendwo links von ihm, vermutlich in der Nähe der Wohnzimmertür. Nur noch ein kleines Stück, bis er das Ende der Couch erreichte. Dann musste er seine Deckung verlassen, um an die Waffe zu kommen – und an sein Sakko, in dem die Autoschlüssel waren.

Eine Zeitschrift war halb unter die Couch gerutscht. Chase zog sie hervor und warf sie am anderen Ende der Couch gegen die Wand. Frank ballerte sofort los. Mehrere Kugeln durchschlugen die Polster dort, wo die Zeitung gelandet war. Chase sprang auf, stürzte zum Esstisch und schnappte sich seine Glock und das Sakko. Aus dem Augenwinkel sah er, wie Frank herumwirbelte, die Waffe im Anschlag. Mit einem Satz war Chase wieder hinter der Couch und warf sich flach auf den Boden. Noch im Fallen entsicherte er die Glock. Frank feuerte mehrfach in seine Richtung. Kugeln schlugen über ihm in das Sofa ein, und als er sich mit seiner Waffe im Anschlag herumrollte, sah er Stoff- und Schaumstofffetzen, die in einer kleinen Wolke durch die Luft schwebten und sich langsam auf ihn herabsenkten. Schwarze und rote Punkte gesellten sich dazu, tanzten vor seinen Augen auf und ab. Es dauerte einen Moment, bis ihm klar wurde, dass er im Begriff war, die Besinnung zu verlieren. Blinzelnd kämpfte er gegen den Kontrollverlust an, bis sich seine Sicht wieder klärte. Zumindest weit genug, um ihn seine Umgebung erkennen zu lassen.

»Frank«, rief er, »gib auf! Ich habe meine Waffe!« Von der anderen Seite des Wohnzimmers war nur ein Schnauben zu hören, zu leise, als dass er es hätte orten können. Hastig zog er Handy, Autoschlüssel und Handschellen aus dem Sakko und stopfte alles in seine Hosentaschen. »Komm schon, du willst es doch nicht auf diese Weise zu Ende bringen!«

Stoff raschelte, ein gedämpfter Schritt zur Seite. Chase unterdrückte einen Fluch. Durch seine Worte hatte er Frank verraten, wo er war. Vorsichtig und so leise wie möglich schob er sich an die Ecke der Couch heran in der Hoffnung, Frank würde auf die Mitte schießen, wo er sich eben noch befunden hatte. Nicht der geringste Laut war zu hören. Keine Bewegung, kein Atmen. Nichts. Das Wohnzimmer war in völliger Stille erstarrt.

Mit dem Rücken an die Couch gelehnt, die Waffe in der einen, das Sakko in der anderen Hand, verharrte er. Dann sah er eine Bewegung in der Nähe des Esstisches und warf sich zu Boden. Ein Schuss peitschte an ihm vorbei. Zwei weitere folgten, dann ein Klicken, als Frank den Abzug durchzog. Zweimal. Dreimal. Das Magazin war leer. Chase sprang auf und richtete die Pistole auf seinen ehemaligen Partner und Freund.

»Lass deine Waffe fallen!«

Frank drückte den Knopf und ließ den Clip aus der Pistole rutschen. Mit einem dumpfen Schlag landete das leere Magazin auf dem Teppich. Dann griff er in seine Hosentasche.

»Tu das nicht!«, warnte Chase. Ihm war so schwindlig,

dass er sich mit den Beinen gegen die Couch lehnen musste, um nicht das Gleichgewicht zu verlieren. Franks Umrisse fransten aus und verschwammen mehr und mehr. Er kniff die Augen zusammen. »Waffe weg, Frank!«

Ohne Chase aus den Augen zu lassen, zog sein ehemaliger Partner ein frisches Magazin aus der Hosentasche.

»Du lässt mir keine andere Wahl.« Chase zielte auf Franks Bein und drückte ab.

Statt dem Donnern eines Schusses war nur ein ärmliches *Klick* zu hören, das immer wieder erklang, wenn Chase den Abzug drückte.

Klick. Klick. Klick.

»Verdammter Bastard!«

Frank lachte. »Glaubst du wirklich, ich würde riskieren, dass du eine geladene Waffe in die Finger bekommst? Dafür schießt du mir ein bisschen zu gut, mein Freund.«

Er schob das neue Magazin in seine Pistole. Ehe es in der Führung einrastete, sprang Chase vor und stürzte sich auf Frank. Schon im Sprung wurde ihm klar, dass er diesen Kampf nicht gewinnen konnte. Seine Beine schafften es kaum, die Landung abzufangen. Chase ging in die Knie, musste sich mit einer Hand am Boden abstützen, um nicht zu fallen, und stolperte ungebremst nach vorn. Er schlug mit dem Sakko nach Franks Pistole und prallte dann in seinen ehemaligen Partner, bevor er sich selbst am Küchentresen abfangen konnte. Frank wurde zurückgeworfen und ging hinter dem Tresen zu Boden. Sofort rollte er sich herum und mit einem Schlag ließ er das Magazin einrasten.

Chase warf seine Jacke nach ihm, schlug einen Haken und stürmte aus dem Wohnzimmer, den Gang entlang, aus der Wohnung. Hinter ihm war Frank bereits wieder auf den Beinen. Der kleine Vorsprung, den er hatte, würde rasch schwinden. Immer wieder musste er sich an der Wand abstützen, um nicht das Gleichgewicht zu verlieren. Als er die Treppe erreichte, hörte er Frank bereits hinter sich. Nicht mehr lange und er würde um die Ecke kommen. Dann hätte er freies Schussfeld. Chase' Blick fiel auf die Treppe. Überall gut einsehbar. Frank musste sich nur oben postieren und warten, bis er in Sicht gelangte.

Sein Blick fuhr den Gang entlang, auf der Suche nach einem anderen Ausweg, als ein *Ping* die Ankunft des Aufzugs ankündigte. Ratternd öffneten sich die Türen. Eine Frau kam heraus, bepackt mit Einkaufstüten. Chase rannte los.

»FBI«, rief er der Frau zu. »Suchen Sie sofort Schutz!«

Kaum hatte er die Worte ausgesprochen, kam Frank um die Ecke. Als die Frau seine Waffe sah, ließ sie mit einem Schrei ihre Tüten fallen und flüchtete in den nächsten Gang. Mit einem Satz war Chase in der Aufzugkabine und drückte zeitgleich den Türschließer und den Knopf für das Erdgeschoss.

Frank blieb mitten im Flur stehen, hob seine Waffe und schoss. Kugeln schlugen in das Metall der Aufzugskabine. Auf der Suche nach Deckung presste sich Chase an die Seitenwand. Zwei weitere Schüsse. Die Tür war bereits halb geschlossen und bot ihm zumindest ausreichend Deckung, da sah er, dass Frank losstürmte. Er wollte in die Kabine! Wieder und wieder schlug Chase auf den Türschließer. Knarrend glitten die beiden Türflügel aufeinander zu und schlossen sich. Die Verriegelung wurde aktiviert. Draußen schlug Frank zornig gegen das Metall. Chase rechnete schon damit, dass sich die Tür noch einmal öffnete, dann jedoch setzte sich der Aufzug mit einem Ruck in Bewegung.

Chase lehnte sich an die Wand und atmete aus. Viel Zeit blieb ihm nicht. Er brauchte einen Plan. *Denk nach!* Doch es fiel ihm schwer, überhaupt einen klaren Gedanken zu fassen. Das Adrenalin begann aus seinem Blut zu schwinden und darunter lauerten Schmerz und Erschöpfung. Er schob die nutzlose Pistole ins Hüftholster und warf einen Blick in den Spiegel an der Rückwand. Um ein Haar hätte er sich selbst nicht mehr erkannt. Überall war Blut, seine Haut war von einem dünnen Schweißfilm überzogen und hatte einen wächsernen Ton angenommen. Sein Blick war glasig und wirkte abwesend. Für eine weitere Bestandsaufnahme blieb ihm keine Zeit, seine Aufmerksamkeit richtete sich auf die Schusswunde an seinem Hals, aus der noch immer Blut sickerte. Sie war nicht tief, aber tief genug, dass sie genäht werden musste. Ihm war noch immer schwindlig. *Was für ein Teufelszeug war in dem verdammten Bier gewesen?* Gegen die Übelkeit ankämpfend stemmte er die Hände auf die Knie und atmete tief durch. Kein guter Zeitpunkt, um schlappzumachen. Der Aufzug war so langsam, dass Frank ihn mit Sicherheit bereits unten erwarten würde. Von dem Gedanken aufgeschreckt warf er einen Blick auf die Anzeige. Die Kabine ließ gerade den dritten Stock hinter sich. Chase legte den Schalter für den Nothalt um und musste sich festhalten, als der Aufzug mit einem Ruck zum Stehen kam. Die Beleuchtung flackerte kurz auf. Er klappte den kleinen Sitz aus der Wand, auf dem früher der Liftführer gesessen haben mochte, stieg darauf und griff nach der Wartungsluke im Dach. Mit einem Ruck löste sich die Metallplatte und fiel nach außen. Chase klappte den Sitz wieder nach oben und löste den Nothalt. Als sich der Aufzug wieder in Bewegung setzte, sprang er hoch, zog sich durch die Öffnung auf das Dach der Kabine und schloss die Luke hinter sich. Dunkelheit umfing ihn. Es dauerte eine Weile, bis sich seine Augen daran gewöhnten und ihm bewusst wurde, dass es nicht vollkommen finster war. Aus der Kabine drang gerade so viel Licht nach oben, dass er seine Umgebung schemenhaft erkennen konnte. Er wich den dicken Kabeln aus, die in der Mitte des Schachts baumelten, und sah sich am Rand um, bis er eine Eisenleiter entdeckte, die an der Wand des Schachts entlangführte. Zwischen der Kabine und der Leiter war ein wenig Platz. Es könnte genügen.

Als der Aufzug im Erdgeschoss zum Stehen kam, kletterte er auf die Leiter und folgte den Stufen nach unten, bis er sich neben der Kabine befand. Es war eng, und wenn sich der Aufzug wieder in Bewegung setzte, würde er ihn womöglich mitreißen, doch das Risiko musste er eingehen. Flach atmend, die Hände um die Eisenstreben geklammert und den Körper an die Wand gepresst, verharrte er.

Das gedämpfte *Ping* erklang, dann ein Rattern, als sich die Schiebetüren öffneten. Halb rechnete Chase damit, dass Frank sofort das Feuer eröffnen würde, doch es blieb still.

Je länger die Stille andauerte, desto weiter schien sie sich auszudehnen. Das Schlagen der Aufzugskabel drang nur gedämpft an sein Ohr, als hätte jemand seinen Kopf in Watte gepackt. Sein eigener Atem war kaum noch zu hören, einzig sein Herzschlag dröhnte in einem hämmernden Stakkato in seinen Ohren. Sein Hals und seine Schulter pulsierten und gaben ihm einen Vorgeschmack darauf, was ihn erwarten würde, wenn das Adrenalin und die Wirkung der Lidocain-Salbe endgültig aus seinem Körper verschwunden waren. Er konnte noch immer nicht glauben, was Frank getan hatte. Noch schlimmer jedoch war, dass er nicht einmal bemerkt hatte, wie schlimm es um seinen Freund tatsächlich bestellt war.

Ich hätte es sehen müssen.

Die Stimme der Vernunft sagte ihm jedoch, dass das nicht möglich war – nicht, solange Frank es darauf angelegt hatte, seinen Zustand zu verbergen. Wie Chase auch, hatte er eine psychologische Ausbildung. Er wusste, wie er sich zu verhalten hatte, damit niemand Verdacht schöpfte, und er hatte es brillant umgesetzt und dabei immer gerade so viel Trauer und Schwäche gezeigt, wie von ihm erwartet wurde.

Wie lange hatte er das alles schon geplant? Wie viel Zeit hatte er in seine Vorbereitungen und Nachforschungen investiert, bevor er Chase zu sich eingeladen hatte?

In der Eingangshalle erklangen Schritte und kamen langsam näher. Vor seinem inneren Auge sah Chase, wie Frank sich an die Kabine herantastete, die Waffe noch immer im Anschlag. Jetzt musste er nah genug sein, um zu erkennen, dass der Aufzug verlassen war. Ein gedämpfter Fluch bestätigte Chase' Vermutung.

»Was zum Teufel …?« Frank betrat die Kabine. Seine Schritte waren jetzt deutlicher. Etwas knarzte. Der Klappsitz. Die Kabine wackelte leicht, dann wurde die Luke auf dem Dach geöffnet. Licht strömte den Schacht hinauf und entriss ihn auf einem Stück von gut zwei Stockwerken der Dunkelheit.

»Verdammter Bastard!«, knurrte Frank.

Wieder wackelte der Aufzug. Chase verlagerte sein Gewicht und machte sich bereit, der Leiter nach unten zu folgen. Statt jedoch Frank auf dem Dach zu sehen, hörte er, wie sich die Luke wieder schloss. Die Dunkelheit kehrte zurück. Kurz darauf entfernten sich Franks Schritte vom Aufzug. Erst jetzt bemerkte Chase, dass er die Luft angehalten hatte. Er stieß den Atem aus. Jetzt musste er nur noch warten, bis Frank weit genug entfernt war, dann konnte er verschwinden.

Er kletterte die Sprossen nach oben und stieg auf das Kabinendach zurück. Dabei rutschte der Autoschlüssel aus seiner Hosentasche, landete scheppernd auf dem abgeschrägten Rand des Aufzugdachs und schlitterte über die Kante. Chase griff danach, doch der Schlüssel fiel, bevor er ihn zu fassen bekam, und schlug mit einem gedämpften Klimpern am Boden des Aufzugsschachts auf.

Einen Fluch unterdrückend setzte er sich auf das Kabinendach und zog das Handy heraus. Auf dem Display leuchteten immerhin zwei von fünf Balken auf, die die Stärke des Empfangs anzeigten. Das musste genügen. Er wählte Munarez' Nummer aus dem Adressverzeichnis und hielt sich das Handy ans Ohr. Zunächst hörte er nichts, dann klickte es in der Leitung und das Freizeichen erklang. Nach dem sechsten Klingeln schallte ihm ein derbes »*Sí?*« entgegen.

»Munarez, hier ist Agent Ryan.« Er sprach leise und hoffte, dass die Verbindung gut genug war, dass die Polizistin ihn trotzdem verstand. »Ich bin in Richmond.« Er gab ihr die Adresse durch. »Schicken Sie sofort ein paar Einheiten her.«

Er hörte das Klappern einer Tastatur. »Das ist Cassells Adresse.«

»Verdammt, das weiß ich selbst!«, schnappte Chase. »Für Erklärungen habe ich jetzt keine Zeit. Ich brauche dringend Verstärkung! Fahndung nach Frank Cassell. Er ist bewaffnet und gefährlich.«

»Was hat er getan?«

»Was ist los mit Ihnen?« Abgesehen davon, dass er bisher keinen einzigen Fluch zu hören bekommen hatte, war es sonst so gar nicht ihre Art, Fragen zu stellen, wenn schnelles Handeln gefragt war. Es schien fast, als wolle sie ihn hinhalten. Frank hatte sich in der Tat auf diesen Abend vorbereitet. »Was hat er Ihnen erzählt?«

»*Carajo!*« Plötzlich klang ihre Stimme wieder vertraut, als könne sie wieder sie selbst sein und müsse sich nicht länger verstellen. »Ich weiß nicht, warum Sie das getan haben, aber wenn Sie sich stellen …«

»Warum ich *was* getan habe?«

»Hören Sie auf, mir etwas vorzuspielen«, fuhr sie ihn an. »Cassell hat gesehen, wie Sie die Blutprobe aus der

Asservatenkammer gestohlen haben. Heute Abend hat er Sie deswegen zur Rede gestellt. Himmelarsch, Sie haben versucht ihn umzubringen, um das zu vertuschen – einen Bundesagenten! Dafür bekommen Sie lebenslänglich! Also hören Sie auf mit Ihrem kleinen Schauspiel und stellen Sie sich!« Ehe Chase etwas erwidern konnte, fuhr sie fort: »In welcher Verbindung stehen Sie zu diesem Killer, Ryan? Warum die Blutprobe? Wollten Sie Beweise vernichten, um ihn zu schützen?«

»Sie wissen, dass das absurd ist. Verdammt, Anita, Sie kennen mich!« Frank musste sie angerufen haben, nachdem ihn das Betäubungsmittel ausgeschaltet hatte. Wenn die Polizei hier eintraf, würden sie neben der verwüsteten Wohnung auch die Behältnisse mit den DNA- und den Blutspuren des Killers finden. Kein Mensch würde ihm glauben, dass Frank dafür gesorgt hatte, dass sich seine Fingerabdrükke darauf befanden. Chase wusste, dass es ihm nicht gelingen würde, Detective Munarez am Telefon davon zu überzeugen, dass Frank ihn hereingelegt hatte. Zu ihr aufs Revier konnte er jedoch nicht fahren, denn sobald er sich irgendwo zeigte, würde Frank ihn umbringen. *Würde er wirklich in aller Öffentlichkeit einen Mord begehen?* Die Antwort war Ja. Für Frank zählte nur noch, dass der Mörder seiner Frau gerichtet wurde. Und er war fest davon überzeugt, dass er das durch Chase' Tod erreichen konnte. Er würde alles daransetzen, Chase zu erwischen, ohne sich um die Konsequenzen zu scheren.

»Vielen Dank für Ihr Vertrauen.« Er beendete die Verbindung. Damit sie ihn nicht orten konnten, schaltete er das Handy aus, bevor er es wieder in die Hosentasche schob. Vorsichtig öffnete er die Luke und spähte in die darunter liegende Kabine. Sie war noch immer verlassen und auch davor konnte er niemanden erkennen. Mit ein wenig Glück durchkämmte Frank noch immer die einzelnen Stockwerke nach ihm. So oder so, er musste hier weg, denn bald würde nicht nur Frank das Haus nach ihm absuchen, sondern auch ein Rudel Polizisten.

Vorsichtig glitt er vom Dach in die Kabine zurück und schloss die Luke hinter sich. Der Eingangsbereich war leer. Chase schob sich an die Aufzugtür heran und spähte um die Ecke zum Treppenhaus. Niemand zu sehen. Er verließ den Fahrstuhl und durchquerte den Hausflur, als er Schritte auf den Holzstufen hörte. Schnelle Schritte. Er warf einen Blick über die Schulter zurück und sah Frank, der die Stufen herunterhastete, immer auf der Suche nach einer freien Schusslinie. Chase rannte los. Er sprintete an der Wand entlang auf die Tür zu, riss sie auf und stürmte nach draußen. Da er seinen Autoschlüssel nicht mehr hatte, musste er einen anderen Weg finden, der ihn von hier fortbrachte. Ab jetzt war nicht nur Frank, sondern auch die Polizei und das FBI hinter ihm her.

6

Von einem schlechten Traum aufgeschreckt fuhr Kate aus dem Schlaf. Verwirrt blinzelnd setzte sie sich auf und starrte auf das Innere ihres Wagens, das sich vor ihr aus der Dunkelheit schälte. Mit dem Erwachen kehrte auch die Erinnerung zurück.

Sie hatte sich in Quantico an Agent Ryan gehängt und war ihm bis nach Richmond gefolgt. Doch statt eine Bar oder ein Restaurant anzusteuern, hatte er seinen Wagen vor einem Backsteinhaus geparkt und war darin verschwunden, ehe sie sich auch nur bemerkbar machen konnte. In der Hoffnung, dass er rasch wieder herauskäme, hatte Kate ihren Charger ein paar Autos hinter seinem abgestellt und gewartet. Höchstens eine Stunde, hatte sie sich vorgenommen. Falls er bis dahin nicht zurück wäre, wollte sie zum Motel fahren und ihr Glück morgen versuchen.

Der Tag war lang gewesen und das Warten erwies sich als schrecklich eintönig. Sie hatte mit dem Gedanken gespielt, auszusteigen und sich die Klingelschilder anzusehen. Da sie jedoch fürchtete, der Agent könne ausgerechnet in dem Moment aus dem Haus kommen, wenn sie davorstand, hatte sie es bleiben lassen. Im Nachhinein betrachtet vollkommen idiotisch. Sie war ihm gefolgt in der Hoffnung, eine Gelegenheit zu finden, mit ihm zu sprechen, wollte aber gleichzeitig vermeiden, ihm über den Weg zu laufen.

»Ziemlich ausgeklügelter Plan«, brummte sie.

Es war eine dämliche Idee gewesen, ihm zu folgen. Wie üblich hatte sie aus einem Impuls heraus gehandelt. Demselben Impuls, der sie vor drei Monaten veranlasst hatte, sich an Ryan zu hängen, statt sich das offizielle Statement des Lieutenants anzuhören – was sie die Berichterstattung über die Schlitzermorde gekostet hatte. Wenn sie weiter so unüberlegt vorging, würde sie auch noch ihren Job verlieren. Dabei war sie davon überzeugt, dass gerade ihr Instinkt, der sie immer wieder zu solchen Handlungen verleitete, sie zu einer guten Journalistin machte. Es wäre wohl besser, ihren Instinkt für eine Weile an die Leine zu legen. Zumindest so lange, bis nicht nur sie, sondern auch Trent davon überzeugt war, dass sie das nötige Zeug für den Job hatte.

Sie warf einen Blick auf ihre Uhr und stöhnte auf. Es war kurz nach Mitternacht. Großartig! Ein Betäubungspfeil hätte sie kaum länger außer Gefecht setzen können wie die Langeweile des Wartens. Zurück zum Motel war es über eine Stunde Fahrt. Bis sie endlich ins Bett käme, konnte sie fast schon wieder aufstehen. »Und ich habe mir über den Berufsverkehr Sorgen gemacht.« Dank ihres Ausfluges würde sie jetzt noch weniger Schlaf bekommen, als wenn sie direkt von Washington aus nach Quantico gefahren wäre.

Sie warf einen Blick auf die Straße. Alles war ruhig. Keine Passanten und nur hin und wieder ein vorbeirauschendes Fahrzeug. Mit einem weiteren Seufzer zog sie den Zündschlüssel ab und stieg aus. Gähnend reckte sie ihre steifen Glieder, dann sperrte sie den Kofferraum auf und öffnete die Klappe. Ihre Handtasche, in der sie ihren Laptop mit sich herumschleppte, war umgekippt. Kate stellte sie auf und holte die Wasserflasche heraus, die sie heute Morgen gekauft hatte. Nach einem großen Schluck fühlte sie sich ein wenig munterer – wach genug für den Rückweg.

Sie schraubte den Verschluss wieder auf die Flasche, als ein Geräusch sie herumfahren ließ. Ein Mann hatte die Haustür aufgerissen und rannte in ihre Richtung. Kate ließ die Flasche fallen und wollte sich schon in die Sicherheit ihres Wagens flüchten, als sie Agent Ryan erkannte. Er war über und über mit Blut verschmiert und taumelte mehr, als er lief.

Aus einiger Entfernung schnitt das Heulen von Polizeisirenen durch die Nacht.

»Agent Ryan!«, rief sie entsetzt, als er näher kam. »Was ist passiert? Brauchen Sie Hilfe? Soll ich einen Krankenwagen rufen?«

Im ersten Moment schien er sie nicht zu erkennen, dann blieb er abrupt stehen, den Blick auf den Zündschlüssel in ihrer Hand gerichtet. Hinter ihm kam ein weiterer Mann aus dem Haus gelaufen. Auf dem Gehweg hielt er kurz inne und sah sich um. Als er Kate und Agent Ryan erblickte, hielt er auf sie zu. Hinter ihm bogen zwei Polizeiwagen um die Ecke, deren blinkende Blaulichter die Hauswände in zuckendes Licht tauchten.

»Ich brauche Ihren Wagen«, stieß Ryan hervor. »Geben Sie mir den Schlüssel!«

»Was?« Kates Blick war noch immer auf den Mann gerichtet, der auf sie zulief. »Ist das Cassell?« Sie kniff die Augen zusammen. »Er hat eine Waffe! Mein Gott, er zielt auf uns!«

Agent Ryan riss ihr den Autoschlüssel aus der Hand.

»Hey! Was soll das!«

»Keine Zeit für Erklärungen.« Ein kräftiger Stoß ließ sie über die Ladekante in den Kofferraum fallen. »Machen Sie sich möglichst klein!« Dann warf er die Klappe zu und Kate versank in Finsternis.

Sie hämmerte gegen den Deckel. »Lassen Sie mich raus!« Sie schrie und tobte und gab erst auf, als der Motor angelassen wurde und sich der Wagen mit quietschenden Reifen in Bewegung setzte. »Das Auto ist neu, Sie Penner!«

Das würde er bereuen!

Sie würde ihn verklagen, wegen Freiheitsberaubung, Entführung und Autoschändung, bis er sich kein Hemd mehr über dem Hintern leisten konnte! Nicht dass das Hemd, das er trug, noch sonderlich gut ausgesehen hätte. Nur langsam lichtete sich der zornige Schleier, der sich über ihren Verstand gelegt hatte, weit genug, um sie wieder einen klaren Gedanken fassen zu lassen.

Agent Ryan hatte ausgesehen, als hätte er einen heftigen Kampf hinter sich. Der Mann war ein Schreibtischhengst! Wie konnte sich einer wie er auf einen Kampf einlassen? Und warum hatte es so ausgesehen, als sei Cassell hinter ihm her?

Noch immer war das Heulen der Sirenen zu hören. Kate zählte bis zehn, dann bis zwanzig, doch es wurde nicht leiser. *Die verfolgen uns!* Nein, korrigierte sie ihren Gedanken. Sie verfolgten Agent Ryan

Es gab einen ohrenbetäubenden Schlag, sie spürte einen Luftzug und schloss erschrocken die Augen. Als sie sie wieder öffnete, sickerte fahles Licht durch ein Loch von der Größe eines Dimes an der Rückwand des Kofferraums herein, nur wenige Handbreit über ihrem Kopf.

Machen Sie sich möglichst klein!

Der Wagen schlingerte in atemberaubendem Zickzack, wobei Kate von einer Seite zur anderen geworfen wurde. Noch ein Schlag, noch ein Loch, diesmal etwas weiter oben. Mit einem erschrockenen Schrei drängte Kate sich an die Rücksitzbank und rollte sich zusammen. Weitere Schüsse waren zu hören, streiften den Wagen aber nur oder gingen ins Leere. Sie würde im Kugelhagel draufgehen, weil sie nicht aufhören konnte einen Agenten zu verfolgen, der nicht einmal mit ihr sprechen wollte. Wenn der Tank nicht vorher explodierte, würden die sie erschießen, und sie wusste nicht einmal warum! Panik schwappte in einer heiß-kalten Welle über ihr zusammen und drohte sie mit sich zu reißen. Sie begann zu zittern und war sich längst nicht mehr sicher, ob das Quietschen, das sie hörte, tatsächlich von den Reifen kam oder ob sie selbst diese Laute von sich gab.

»Ruhig bleiben!«, rief sie in die Schwärze des Kofferraums. »Tanks explodieren nicht.« *Großartig. Also nur erschossen werden.* Sie schüttelte energisch den Kopf. »Reiß dich zusammen, Kate!«

Tief durchatmen! Wenn sie jetzt in Panik geriet, konnte sie nicht mehr nachdenken. Das würde die Sache noch schlimmer machen.

Aber wie sollte sie ruhig bleiben, wenn jemand auf sie – oder zumindest den Wagen, in dem sie sich befand – schoss? Heilige Scheiße, wie sollte sie der Versicherung beibringen, dass sie Einschusslöcher in ihrem neuen Wagen hatte? *Tut mir schrecklich leid, Ma'am, aber der Agent, der meinen Wagen gestohlen und mich entführt hat, fuhr so einen Schlingerkurs, dass die Polizisten, die ihn stoppen wollten, die Reifen nicht treffen konnten.*

Die Versicherung würde sie hochkant rauswerfen. Vielleicht würde ein Exklusivbericht über ihre Entführung die Reparaturkosten decken. »Ein Artikel also«, sagte sie sich, und der bloße Gedanke ließ sie ein wenig ruhiger werden. »Nur dass ich diesmal live dabei bin. Informationen aus erster Hand.«

Okay. Damit konnte sie leben. Fürs Erste. Allerdings würde nur etwas daraus werden, wenn sie das Ganze überlebte und nicht versehentlich erschossen wurde, bevor sie auch nur eine Zeile schreiben konnte. Kate fluchte. Wie oft hatte sie versucht an Agent Ryan heranzukommen? Und jetzt, wo sie sich endlich in nächster Nähe zu ihm befand, war ihr das entschieden zu nah.

Sie wusste ja nicht einmal, was er ausgefressen hatte, dass ihn seine eigenen Leute nicht nur jagten, sondern auch auf ihn schossen! Womöglich war er durchgedreht und Amok gelaufen. Denkbar wäre es, bei den Scheußlichkeiten, mit denen er täglich konfrontiert war. *Profiler – sie blicken in die Abgründe der menschlichen Seele!* Das war die Überschrift gewesen, die sie dem Artikel über Ryans Arbeit hatte geben wollen. Jetzt wäre wohl passender: *Profiler – arbeiten am Rande des Wahnsinns!*

An ihren Artikel zu denken, half ihr, nicht durchzudrehen. Zumindest war die blinde Panik gewichen und hatte einer Angst Platz gemacht, die sich wie ein Pilz in ihr ausbreitete. Die Gedanken an ihre Arbeit waren wie ein Fungizid: Sie hinderten den Pilz am wachsen und würden ihn früher oder später ausrotten.

Sofern nicht etwas Schlimmeres geschah.

Ohne Vorwarnung trat Ryan auf die Bremse. Kate wurde

gegen die Lehne der Rücksitzbank geschleudert und schlug sich hart den Kopf an, als er mit quietschenden Reifen eine scharfe Kurve nahm. Die darauf folgende Beschleunigung warf sie gegen die Rückwand des Kofferraums. Etwas, was sich nach Wagenheber anfühlte, grub sich unerbittlich in ihren Rücken. Sie angelte danach und stopfte ihn hinter eine der unzähligen Abdeckungen, bevor er ihr beim nächsten Bremsmanöver den Schädel einschlagen konnte.

Die Sirenen waren leiser geworden. In einem Anfall von Mut hob sie den Kopf und spähte durch eines der Einschusslöcher nach draußen. Das Einzige, was sie von der Welt jenseits des Kofferraums erkennen konnte, war das entfernte Aufblitzen der Blaulichter. Niemand schoss mehr. Soweit sie es sich zusammenreimen konnte, waren die Schüsse nicht aus den Polizeifahrzeugen gekommen, die sie verfolgten. Vermutlich hatte Ryan eine Straßensperre durchbrochen, woraufhin die Cops das Feuer auf den Wagen eröffnet hatten.

Zwei weitere Kurven, dann wurde es still hinter ihnen. Doch obwohl keine Sirenen mehr zu hören waren und Kate durch das Einschussloch keine Verfolger mehr entdecken konnte, blieb Ryan nicht stehen. Immerhin fuhr er nicht länger wie ein Henker, sodass sie – zumindest für den Augenblick – nicht fürchten musste, bei der nächsten Gelegenheit erneut mit dem Kopf gegen etwas zu knallen.

Kate atmete tief durch und fragte sich, was passieren würde, wenn Ryan anhielt. Er hatte eine Waffe an seinem Gürtel getragen. Die Aussicht auf einen Exklusivbericht war das eine, es bestand jedoch immer noch die Möglichkeit, dass er sie einfach abknallte, wenn er den Kofferraum öffnete.

Nein, das würde er nicht machen! Wenn er ihr etwas antun wollte, hätte er das bereits auf der Straße erledigen können; er hatte ihr jedoch lediglich den Autoschlüssel aus der Hand gerissen. *Und mich in den scheiß Kofferraum gesperrt!* Warum, zur Hölle, hatte er das getan? Hätte er sie nicht einfach zur Seite schubsen und abhauen können? *Dann wäre ich in die Schusslinie geraten.* Sie schüttelte den Kopf. Die hätten wohl kaum auf sie geschossen. Oder?

Sie musste die Polizei anrufen. Womöglich hatten die überhaupt nicht mitbekommen, dass sie sich im Kofferraum befand, sonst hätten sie wohl kaum das Feuer eröffnet.

Kate tastete nach ihrer Handtasche, die im Dunkeln alles andere als einfach zu finden war. Zweimal schlug sie sich den Kopf an und einmal blieb sie mit der Hand an einer scharfen Kante hängen, dann endlich bekam sie den Henkel zu fassen und zog die Tasche zu sich. Sie öffnete den Reißverschluss und griff nach dem Handy. Glücklicherweise steckte es noch in dem kleinen Seitenfach, in dem sie es verstaut hatte. Mit einem Ruck zog sie es heraus und schaltete es an. Um Empfang zu bekommen, musste sie erst verschiedene Winkel ausprobieren und schließlich in einer ziemlich unbequemen Verrenkung verharren und das Handy über ihren Kopf halten. Als sie die 911 wählen wollte, begann das Telefon zu klingeln. Kate erschrak so sehr, dass es ihr um ein Haar aus der Hand gerutscht wäre, dann hatte sie es wieder fest im Griff und warf einen Blick auf das Display. Marc Headley. *Gott sei Dank!* Womöglich war es gut, wenn außer der Polizei noch jemand wusste, wo sie sich befand. Andererseits hatte Trent ihm bereits ihre Schlitzerstory übertragen. Wer konnte schon wissen, wie lange es dauern würde, bis sie in die Redaktion konnte, um die Geschichte ihrer Entführung zu verfassen. Am Ende hatte Marc bis dahin längst einen Artikel geschrieben.

»Du bist wirklich verrückt, Lombardi.« Machte sie sich tatsächlich mehr Sorgen um diesen blöden Artikel als um ihr Leben? Nein, definitiv nicht. Sie nahm das Gespräch an.

»Marc?«

»Da bist du ja endlich.« Mein Gott, wie tröstlich selbst dieser vorwurfsvolle Ton klang. »Habe ich dich geweckt oder treibst du dich etwa ohne mich in irgendwelchen Bars herum?«

»Ich bin in Schwierigkeiten und brauche deine Hilfe.«

»Was ist los, Herzblatt?«, fragte er, schlagartig ernst geworden. »Was kann ich tun?«

»Du musst für mich die Polizei anrufen. Sag ihnen, dass ich mich in dem Wagen befinde, den sie verfolgen.« Obwohl Kate hörte, wie er am anderen Ende der Leitung nach Luft schnappte, ließ er sie ausreden. In knappen Sätzen erklärte sie ihm, was geschehen war. Sie gab ihm das Kennzeichen ihres Wagens durch, damit er es an die Polizei weitergeben konnte – für den Fall, dass die es nicht bereits kannten. »Sie sollen um Himmels willen nicht mehr auf den Wagen schießen!«

»Bist du verletzt? Geht es dir gut?«

»Zweimal Nein.« *Ich drehe hier allmählich durch und denke über dumme Dinge wie Versicherungen und Artikel nach, um nicht völlig in Panik zu geraten.*

»O Gott, Kate, ich wünschte, ich könnte jetzt bei dir sein.«

»Glaub mir, hier wäre es entschieden zu eng für uns beide«, stieß sie hervor. »Wenn du die Polizei verständigst, hilfst du mir mehr.«

»Okay, ich mache das sofort.« Er überlegte einen Moment, dann sagte er: »Lass dein Handy eingeschaltet. Ich gebe deine Nummer an die Polizei weiter, dann können sie dich zum einen orten und zum anderen kannst du mit ihnen sprechen und ihnen sagen, was passiert. Hast du verstanden?«

»Ja.« Die bloße Vorstellung, das Gespräch zu beenden und wieder allein in der Dunkelheit und Ungewissheit ihres Gefängnisses zu versinken, ließ ihre Stimme zittern. Am liebsten hätte sie Marc gebeten dranzubleiben, doch sie wusste, dass es ohnehin nur für kurze Zeit sein würde. Sobald er die Polizei benachrichtigt hatte, würde er die Leitung für die Cops räumen müssen.

»Ist dein Akku voll?«

Sie warf einen kurzen Blick auf das Display. »Randvoll.«

»Gut.« Er schwieg einen Moment. »Ich muss jetzt auflegen, Kate.«

»Ich weiß.«

»Hör zu, wenn du … sei einfach vorsichtig, okay?«

»Okay«, flüsterte sie und trennte die Verbindung.

Sie klammerte die Finger um das Handy und wartete darauf, dass es klingelte. Nur mühsam gelang es ihr, sich klarzumachen, dass es auf jeden Fall einige Minuten dauern würde, bis Marc mit der Polizei gesprochen hatte.

Der Wagen nahm eine weitere Kurve. Die Handtasche rutschte herum und stieß ihr gegen den Arm. Da fiel ihr etwas ein. Das Handy in der einen Hand, kramte sie mit der anderen in der Tasche, bis sie das Pfefferspray fand, das sie sich vor einigen Monaten angeschafft hatte. Mit der kleinen runden Spraydose in der Hand fühlte sie sich ein wenig sicherer.

Endlich klingelte das Handy.

»Kate Lombardi«, meldete sie sich.

»Lombardi, hier ist Detective Anita Munarez von der D. C. Metro.«

Munarez? Was zum Henker hatte die Mordkommission mit ihrer Entführung zu tun? Hatte Ryan etwa jemanden umgebracht?

»Detective.« Kate hätte nicht gedacht, einmal so erleichtert zu sein, Anita Munarez' Stimme zu hören. »Hat Marc Ihnen gesagt, was passiert ist?«

»Sie sind in Ryans Wagen.«

»Es ist *mein* Wagen. Er hat ihn gestohlen und mich gleich mit.«

»*Cállate!* Für Haarspaltereien haben wir keine Zeit«, schnaubte Munarez. »Während wir sprechen, arbeiten meine Kollegen daran, Ihr Handy zu orten. Haben Sie eine Ahnung, wo Sie sind oder was Ryan vorhat?«

»Nein.« Sie schwieg einen Moment. »Was hat er getan?«, fragte sie dann. »Warum ist die Mordkommission hinter ihm her?«

Munarez stieß ein heiseres Lachen aus. »Sie glauben nicht ernsthaft, dass ich Ihnen das sagen werde.«

Obwohl der Detective es nicht aussprach, hörte Kate das stumme *Schmierfink* am Ende ihres Satzes durchaus heraus. »Denken Sie nicht, dass ich ein Recht habe, zu erfahren, warum mich ein durchgedrehter FBI-Agent entführt hat?«

»Nein.«

Neben Munarez wurden Stimmen laut, jemand sprach mit ihr, dann sagte sie zu Kate: »Okay, der Radius ist auf zehn Blocks eingekreist. Wir haben ihn fast.«

Eine scharfe Bremsung schleuderte Kate das Handy aus der Hand und warf sie selbst gegen die Rückwand des Kofferraums. Fluchend tastete sie nach dem Telefon, das ihr entgegenrutschte. Sie griff danach und hielt es sich wieder ans Ohr. »Wir fahren eine Steigung hinauf. Vielleicht ein Parkdeck.«

»Wie viele Parkhäuser haben wir innerhalb des Radius?«, bellte Munarez einem ihrer Leute zu, ehe sie sich wieder an Kate wandte. »Können Sie etwas sehen oder hören?«

Kate spähte durch eines der Löcher nach draußen, doch alles, was sie erkennen konnte, war Finsternis, die gelegentlich von Lichtpunkten und -streifen durchzogen war, die von Straßenlaternen über Hausbeleuchtungen alles sein konnten. Sie nahm das Telefon vom Ohr und lauschte. Da erst wurde ihr bewusst, wie still es geworden war.

»Munarez?«, flüsterte sie und kämpfte gegen die aufsteigende Panik an. »Wir sind stehen geblieben. Er hat den Motor abgestellt.«

Schweigen am anderen Ende. Munarez sagte kein Wort, lediglich die Stimmen im Hintergrund dröhnten geschäftig in Kates Ohr. »Munarez?«

»Okay«, rief die Polizistin. »Wir haben ihn. Unsere Leute sind unterwegs. In drei Minuten sind sie da.«

Drei Minuten? Wie lange dauerte es, einen Kofferraum zu öffnen und eine Kugel abzufeuern? Zehn Sekunden? Fünf? »Beeilen Sie sich!«

Kate ließ das Handy fallen und umklammerte das Pfefferspray mit beiden Händen.

7

Chase fuhr den Charger auf das Parkdeck einer Versicherungsgesellschaft und stellte den Motor ab. Lombardi war seine Rettung gewesen. Allerdings hatte er es vorgezogen, ihr einfach den Schlüssel aus der Hand zu reißen und mit ihrem Wagen abzuhauen, statt sie in den Kofferraum zu sperren. Jetzt musste er sie wieder herauslassen. Der Gedanke, den Wagen einfach stehen zu lassen und abzuhauen, war verlockend. Für heute Nacht jedoch hatte er ihr bereits genug zugemutet. Plage hin oder her, sie hatte es nicht verdient, dass er sie so in Panik versetzte. Er würde den Kofferraum entriegeln und abhauen. Mit ein bisschen Glück bemerkte sie es erst, wenn er längst über alle Berge war.

Er stieß die Wagentür auf und stieg aus. Der Schwindel

schlug wie eine Welle über ihm zusammen und zwang ihn, sich am Dach festzuhalten. Chase blinzelte einige Male und wartete, bis sich die schwarzen Flecken lichteten, die vor seinen Augen Tango tanzten, ehe er sich dem Kofferraum zuwandte. Mittlerweile hatten die Schmerzen die Oberhand gewonnen, jede Bewegung war schlimmer als die davor, trotzdem zwang er sich weiter. Für den Augenblick mochte er seine Verfolger abgehängt haben, allerdings machte er sich nicht die Hoffnung, dass es lange dauern würde, bis sie seine Spur wieder aufnahmen. Je eher er von hier fortkam, desto besser.

Er entriegelte den Kofferraum. Es klackte vernehmlich, viel zu laut, als dass Lombardi es überhören konnte. Er würde ihr sagen, dass sie keine Angst haben musste und dass sie einfach nach Hause fahren sollte. Chase seufzte und griff nach der Klappe, als diese von innen aufgestoßen wurde. Lombardi sprang ihm mit einem Schrei entgegen und zielte mit einem Spray auf ihn. Er bekam sie am Handgelenk zu fassen und drückte ihren Arm zur Seite. Der Sprühstoß ging an seinem Gesicht vorbei und verpuffte in der Luft. Ohne ihren Arm loszulassen, machte er einen Schritt zur Seite, weg von der wabernden Wolke, riss ihr die Dose aus der Hand und schleuderte sie in den Kofferraum. Da sah er das Handy. Er bückte sich danach. Die Nummer auf dem Display war ihm auch ohne einen Namen vertraut, er hatte sie vor gar nicht allzu langer Zeit selbst gewählt.

Er schaltete das Handy ab, warf es mit Schwung auf den Boden und zertrat das, was nach dem Aufprall noch davon übrig geblieben war. »Wie lange hängt Munarez schon in der Leitung?«

»Lange genug.« Lombardi wand sich unter seinem Griff und versuchte sich ihm zu entziehen, doch all ihre Gegenwehr konnte nicht über die Angst hinwegtäuschen, die ihre Stimme deutlich verriet. »Lassen Sie mich los, Ryan!«

»Damit Sie noch einmal auf mich losgehen?«

»Ich werde nichts tun, wenn Sie mir versprechen …« Ihre Stimme erstarb.

»Dass ich Sie nicht umbringe?«

Sie nickte.

»Das Letzte, was ich vorhabe, ist mein Gewissen ausgerechnet mit Ihnen zu belasten. Ich werde jetzt verschwinden und Sie vergessen am besten, dass Sie mich gesehen haben.«

Wieder nickte sie.

Sie konnte es ihm zusichern, ihm einen Eid leisten und beim Leben ihrer Mutter schwören, dass sie sich ruhig verhielt – Munarez würde das nicht tun und die war ihm mit Sicherheit bereits dicht auf den Fersen. Er gab Lombardis Arm frei, machte kehrt und ging davon.

»Sie haben meinen Wagen ruiniert!«, rief sie ihm hinterher.

Chase drehte sich noch einmal zu ihr herum. »Das ist Ihre einzige Sorge?«

»Haben Sie eine Ahnung, was mich die Reparatur kosten wird?«, fuhr sie ihn an. »Die Versicherung wird mir die Hölle heißmachen und jede Zahlung verweigern, und meine Bank freut sich sicher über den Kredit, den ich aufnehmen muss, um die Werkstattkosten zu begleichen.« Die Worte stolperten immer schneller aus ihrem Mund. »Abgesehen davon haben Sie mein Handy in einen Haufen Schrott verwandelt, von den Schäden, die sich in den nächsten Tagen und Wochen an meiner Psyche manifestieren werden, ganz zu schweigen! Wissen Sie überhaupt, wie hoch der Stun densatz eines guten Therapeuten ist?«

»Immerhin wurden Sie nicht erschossen.«

Sie zuckte unter seinen Worten zusammen, als hätte er ihr eine Ohrfeige verpasst. Schlagartig wich alle Farbe aus ihren Zügen und mit ihr die Wut, was sie zum ersten Mal, seit

Chase sie kannte, klein und hilflos aussehen ließ. Sie starrte ihn an und schien erst jetzt zu begreifen, was geschehen war.

»Die haben auf uns geschossen«, flüsterte sie.

In der Ferne waren Polizeisirenen zu hören.

Ihm blieb nicht mehr viel Zeit, zu verschwinden. Zu Fuß würde er in seiner derzeitigen Verfassung nicht weit kommen, dummerweise fühlte er sich auch längst nicht mehr fahrtüchtig. Es fiel ihm schon schwer genug, Lombardi zu fixieren, ohne dass ihre Umrisse vor seinen Augen verschwammen.

Es half nichts. Wenn er von hier verschwinden wollte, brauchte er die Reporterin. Mit zwei Schritten war er bei ihr, packte sie am Handgelenk und zog sie zur Fahrertür. »Setzen«, befahl er, schob sie unsanft in den Sitz und zog seine Handschellen aus der Hosentasche. »Eine um ihr rechtes Handgelenk, die andere um das Lenkrad. Schnell!«

»Sie glauben doch nicht ernsthaft –«

Chase zog seine Glock und richtete den Lauf auf sie. »Machen Sie schon!«

Ihre Hand zitterte, als sie nach den Handschellen griff und sie anlegte, wie er es verlangt hatte. Chase schlug die Fahrertür zu, lief um den Wagen herum, nicht ohne den Kofferraum zu schließen, und ließ sich auf den Beifahrersitz fallen.

»Lassen Sie den Motor an und verlassen Sie das Parkhaus durch die Auffahrt dort hinten.« Als sie nicht sofort reagierte, hob er die Pistole höher und löste den Sicherungshebel. »Na los!«

»Ich dachte, Sie wollten mir nichts antun.« Trotz ihres Widerspruchs ließ sie den Motor an. Da ihre Hand ans Lenkrad gefesselt war, legte Chase den Hebel der Automatik um, damit sie losfahren konnte.

Das habe ich auch nicht vor. »Manchmal bleibt einem keine Wahl.«

Er lotste sie aus dem Parkhaus hinaus in eine der Seitenstraßen, fort vom näher kommenden Heulen der Sirenen. Wann immer sie auch nur kurz zögerte, hielt er die Waffe hoch, was sie sofort daran erinnerte, wer hier das Sagen hatte. Nach einer Weile waren die Sirenen kaum noch zu hören, sodass er das Fenster herunterließ, um zumindest die ungefähre Richtung zu erahnen, in der sich die Cops befanden. Immer weiter ließ er Lombardi durch dunkle, enge Straßen fahren. Sie holperten über rissigen Asphalt und Kopfsteinpflaster auf ihrem Weg zur Stadtgrenze von Richmond.

»Was haben Sie angestellt?«, durchbrach Lombardi nach einer Weile das Schweigen.

Chase wollte sich nicht unterhalten, schon gar nicht mit Miss Superreporter. Er lehnte sich im Sitz zurück und kämpfte gegen den Schmerz und die Benommenheit an, die sich weiter in ihm ausbreiteten. Als ihm bewusst wurde, dass ihm die Augen zufielen, setzte er sich senkrecht auf. »Nehmen Sie es nicht persönlich, Lombardi, aber ich möchte mich nicht in der nächsten Ausgabe ihres Käseblatts als Schlagzeile wiederfinden.«

»So wie Sie aussehen, kann ich mir gut vorstellen, dass Sie es damit in die Schlagzeilen aller existierenden Käseblätter von Richmond bis D. C. schaffen, inklusive einer TV-Berichterstattung.«

»Ein Traum wird wahr«, brummte er. »Biegen Sie da vorn links ab.«

»Wo wollen wir überhaupt hin?«

Im Augenblick ging es ihm erst einmal darum, die Polizei abzuhängen. Danach musste er Lombardi loswerden. Am besten lotste er sie irgendwohin, wo er problemlos einen anderen Wagen stehlen konnte, und sperrte sie wieder in den Kofferraum. Davon, wie es danach weitergehen sollte, hatte er nur eine vage Vorstellung. Er musste Joseph Quinn finden. Wenn er den Indianer dazu brachte, bei der Polizei auszusagen, was geschehen war, würde ihn das entlasten. Quinn hatte gesehen, dass Frank ihn bedroht hatte, vermutlich hatte er auch mitbekommen, unter welchen Umständen Chase' Fingerabdrücke auf die Behälter mit dem DNA-Material gekommen waren.

»Fahren Sie einfach so, wie ich es Ihnen sage.«

Sie verzog das Gesicht, doch sie sagte nichts mehr. Zumindest für den Moment schien sie begriffen zu haben, dass er sich nicht unterhalten wollte. Den Blick stur auf die Straße gerichtet fuhr sie weiter. Im einfallenden Licht der Straßenlaternen wirkte sie noch bleicher als zuvor. Etwas an ihr war anders als sonst, auch wenn er nicht hätte sagen können, was genau. Sie hatte Angst, doch das war es nicht allein. Eigentlich sollte es ihn nicht interessieren. Dass er trotzdem darüber nachdachte, schob er seinem schlechten Gewissen zu, das er angesichts der Tatsache empfand, dass er sie in Todesangst versetzt hatte und – angesichts der Waffe in seiner Hand – noch immer versetzte. Dass sie trotz allem den Mut fand, mit ihm zu sprechen und ihm Fragen zu stellen, war fast schon bewundernswert. Andererseits war sie Journalistin. Fragen zu stellen, gehörte zu ihrem Job. Vermutlich war das nichts weiter als eine Übersprunghandlung, genau wie vorhin auf dem Parkdeck, als sie sich über die Reparaturkosten und ihr zerstörtes Handy ausgelassen hatte. Wäre sie nicht Lombardi, die lästige Reporterin, hätte ihr Ausbruch beinahe etwas Niedliches an sich gehabt.

Er lehnte sich erneut im Sitz zurück, seine Lider wurden schwer und fielen zu. Als der Wagen langsamer wurde und die Handschellen leise klirrten, riss er die Augen wieder auf. Lombardi hatte die freie Hand nach seiner Waffe ausgestreckt.

»Machen Sie keinen Blödsinn!«

Sie fuhr erschrocken zurück, richtete den Blick wieder auf

die Straße und beschleunigte auf die erlaubten dreißig Meilen pro Stunde.

»Ich würde mich wirklich wohler fühlen, wenn ich wüsste, was mich erwartet.« Nach einer kurzen Pause fügte sie hinzu: »Oder was hier überhaupt los ist.«

»Kann man Sie nicht einmal mit einer Waffe dazu bringen, keine Fragen zu stellen?«

Sie verzog das Gesicht. »Vielleicht, wenn Sie ein Fremder wären, aber Sie sind Special Agent Ryan, der Paragrafenreiter, der mit seinen Vorschriften verheiratet ist. Ich könnte mir vorstellen, dass darin etwas steht wie: ›Das Erschießen entführter Frauen ist strengstens untersagt‹.«

Ihre Worte waren leicht dahingesagt. Wenn er sie dabei nicht angesehen hätte, wäre ihm das Beben in ihrer Stimme kaum aufgefallen. Es war ihre Körperhaltung, die den wahren Grad ihrer Angst verriet. Die Hände fest um das Lenkrad geklammert, die Haltung gezwungen aufrecht, Schultern hochgezogen und den Blick nie lange auf einen Punkt gerichtet – entspannt und furchtlos sah anders aus.

»Fahren Sie einfach, wie ich es Ihnen sage, und Sie sind mich bald los. Verstanden?«

Sie biss sich auf die Unterlippe und nickte stumm.

Geschickt war sie, das musste er ihr lassen. Sie erinnerte ihn daran, dass es Regeln gab, und versuchte gleichzeitig, eine Verbindung zu ihm aufzubauen. Sichtlich hatte sie gehört, dass die Wahrscheinlichkeit stieg, mit dem Leben davonzukommen, je näher ein Verbrecher mit seinem Opfer in Kontakt kam. Nur in der Umsetzung haperte es. Um eine Täter-Opfer-Beziehung möglich zu machen, musste sie Dinge über sich selbst erzählen, ihm vor Augen führen, dass sie ein Mensch war – ein individuelles Wesen mit einem Leben, jemand, den andere schmerzlich vermissen würden, wenn er nicht mehr da wäre. *Den Täter niederzuquatschen und mit Fragen zu löchern, wird dir nicht helfen. Einen weniger beherrschten Menschen bringst du damit höchstens dazu … dazu …* Der Gedanke entglitt ihm, entwand sich ihm wie ein Aal. Chase wusste, dass er jetzt den Faden nicht verlieren durfte. Er versuchte den Gedanken festzuhalten und folgte ihm in die Dunkelheit, in der er entschwunden war. Er wollte es nicht, doch er hatte nicht länger die Kraft, dagegen anzukämpfen. Sein Kopf fiel gegen das Seitenfenster.

Dann herrschte endlich Stille.

8

Wir sehen uns wieder«, flüsterte er dem Foto von Jane Mercer zu, das vor ihm auf dem Tisch lag. Wie alle anderen Bilder auch hatte er es mit einer billigen Digitalkamera geschossen und am PC selbst ausgedruckt. Grobkörnig und verschwommen blickte ihm ihr Gesicht entgegen, verhärmt und müde.

Nachdenklich starrte er in die weitläufige Dunkelheit seines Zuhauses, die lediglich von der kleinen Stehlampe durchbrochen wurde, die auf dem großen Tisch vor ihm stand und die daraufliegenden Papiere der Finsternis entriss. Alles andere lag in den Schatten verborgen.

Was auch immer in ihrem Garten geschehen war, jetzt war es vorbei. Der Kopfschmerz war fort, ebenso die Kälte, die mit dem Nebel in ihn gekrochen war. Ein Nebel, dessen Existenz und Eigenartigkeit er sich immer noch nicht erklären konnte. Um ehrlich zu sein, wollte er gar nicht länger darüber nachdenken und den eisigen Hauch schnellstens vergessen, dessen Brennen er in seinen Atemwegen gespürt hatte; was ihm immer dann gelang, wenn er sich an den Rest dieses seltsamen Erlebnisses erinnerte. Hatte er wirklich durch die Augen des FBI-Agenten geblickt? Auf einer Skala der Möglichkeiten lag die bloße Vorstellung, dass das passiert sein könnte, irgendwo zwischen vollkommen lächerlich und absolut unmöglich. Noch seltsamer jedoch war gewesen, *was* er gesehen hatte. Cassell, der seinen ehemaligen Partner mit der Waffe bedrohte. Spätestens das war wohl der Punkt, an dem er das Ganze als Spinnerei abtun sollte, doch die Bilder verfolgten ihn. Agent Ryan hatte Schmerzen gehabt und sein Verstand war auf eigenartige Weise umwölkt gewesen. Er schüttelte den Kopf. Woher zum Teufel sollte er wissen, was im Gehirn des FBI-Mannes vor sich ging? Aber er hatte es gespürt, als wäre es sein eigener Körper gewesen.

Bullshit!

Seine Aufmerksamkeit kehrte zu den Fotos zurück, die vor ihm auf dem Tisch lagen. Vier Frauen – und Jane Mercer. Daneben und darunter lagen seine Aufzeichnungen ausgebreitet. In kleinen, akribischen Buchstaben hatte er über Wochen und Monate hinweg jede Beobachtung notiert. Um welche Zeit sie morgens das Haus verließen, wann sie abends nach Hause kamen, welche Restaurants, Cafés und Geschäfte sie besuchten, an welchen Tagen sie bevorzugt wo hingingen und wann sie sich mit wem trafen. Da er die Namen der meisten Menschen, mit denen seine Zielpersonen Kontakt hatten, nicht kannte, hatte er sie selbst getauft, um sie auseinanderhalten zu können. Es gab die dürre Rothaarige, die Brünette mit dem Pferdegebiss, die rauchende Kollegin, Mister Bowlingschädel und einige mehr. Dieselbe Aufmerksamkeit hatte er den Ehemännern gewidmet. Allesamt Männer, die oft nicht zu Hause waren. Einige von ihnen arbeiteten Schicht, im Krankenhaus, auf dem Polizeirevier oder in einer der großen Fabriken. Einer war ein Versicherungsvertreter im Außendienst.

Beim bloßen Anblick der unzähligen Blätter, die sich über dem Tisch ausbreiteten, jedes oben rechts mit dem Namen der jeweiligen Familie gekennzeichnet, musste er lächeln. Er war fleißig gewesen während der letzten Monate.

Längst hatte sich in den Schichtplänen der Männer ein Muster abgezeichnet und er konnte genau absehen, zu welchen Zeiten sie Dienst hatten. Am einfachsten war es bei dem Mann von der Versicherung: Er war immer mittwochs und donnerstags nicht zu Hause. Ein eigenartiger Rhythmus, der ihn daran zweifeln ließ, dass dieser Mann tatsächlich dienstlich unterwegs war. Vermutlich behauptete er das nur und besuchte stattdessen seine heimliche Geliebte. Was er an diesen beiden Tagen wirklich tat, war nicht weiter wichtig, solange er nur fort war.

Anfangs war es schwierig gewesen, Frauen zu finden, die häufig allein waren, doch mit der Zeit hatte er seine Methode entwickelt. Er drückte sich an den Nachmittagen in den Cafés und Diners der Vorstädte herum und belauschte die Frauen an den Nachbartischen. Fast immer war eine dabei, die sich über ihre Einsamkeit beklagte und darüber, dass ihr Mann nie zu Hause war. Ihnen folgte er und begann sie zu beobachten. Die meisten entpuppten sich als gelangweilte Hausfrauen, die tagsüber nichts mit ihrer Zeit anzufangen wussten, deren Männer jedoch jeden Abend pünktlich nach Hause kamen. Verwöhnte Schnepfen, die sich besser eine Arbeit suchen sollten, statt ihn auf falsche Fährten zu lenken. Sie kamen jedenfalls nicht infrage.

Die fünf Frauen, deren Leben vor ihm ausgebreitet lag, waren – zusammen mit seinem gestrigen Opfer – seine Auserwählten. Es war in der Tat viel Arbeit gewesen, mehrere Familien gleichzeitig auszuspionieren, doch allein sich die Gesichter der Cops vorzustellen, wenn sie jeden Morgen ein neues Opfer fanden, ein neues Werk, war die Mühe wert.

Nicht jeden Morgen.

Dank der merkwürdigen Ereignisse dieser Nacht würde es morgen früh keinen Fund geben. Aber selbst wenn er nur jeden zweiten Tag oder dreimal die Woche zuschlug, würde das nicht nur die Cops in Aufruhr, sondern auch gleich die ganze Stadt in Panik versetzen. Er freute sich jetzt schon auf die Schlagzeilen und Fernsehberichte, die starren Mienen der Reporter und ihr geheucheltes Mitleid, während sie sich in Wahrheit voller Sensationsgier auf jeden Mord stürzten, und auf das Entsetzen in den Gesichtern ihrer Interviewpartner. Gegen ihn würden Jeffrey Dahmer und die Manson Family wie eine Bande Teletubbies aussehen.

Sein Blick fiel auf das Foto von Jane Mercer. Morgen Nacht würde er noch einmal zu ihr gehen und es zu Ende bringen. Danach waren die Übrigen an der Reihe. Eine nach der anderen. Er griff nach dem Blatt, auf dem er die Dienstzeiten der Ehemänner festgehalten hatte, und warf einen Blick darauf, als ihn ein heftiges Ziehen in der Brust zusammenzucken ließ. Er presste die Hand gegen die Stelle und wartete, dass der Schmerz verging – sicher nur eine Nervenreizung –, doch der Schmerz hielt an.

»Stell dich nicht so an«, schimpfte er sich selbst. »Abgesehen davon, dass du zu jung für einen Herzinfarkt bist, ist es die falsche Seite.« Von seiner eigenen Wehleidigkeit angewidert, schob er die Papiere zu fünf ordentlichen Stapeln zusammen, für jede Frau einen, und steckte jeden in eine separate Klarsichthülle. Das Ziehen in seiner Brust weitete sich zu einem Brennen aus, das er nicht länger ignorieren konnte.

Er zog den Kragen seines T-Shirts von sich und spähte unter den Stoff, doch es war zu dunkel, um etwas erkennen zu können. Näher an die Lampe heranzugehen machte es eher schlechter als besser, denn das Licht blendete ihn so sehr, dass er kaum noch etwas anderes erkennen konnte. Schließlich stand er auf, ging ins Bad und schaltete die Neonlampe über dem Spiegel an, bevor er sein Shirt auszog.

»Da soll mich doch …« Das Tattoo auf seiner rechten Brust, eine handtellergroße Schlange, die sich selbst in den Schwanz biss, war entzündet und geschwollen. Durch die Schwellung wirkte es größer als gewöhnlich und auf eigenartige Weise lebendig, ein Eindruck, den die rot gewellten Ränder rund um das Tattoo noch unterstrichen. Soweit er sehen konnte, schien sich jedoch kein Eiter unter der Haut zu sammeln. Allerdings war ihm schleierhaft, wie sich ein Tattoo entzünden konnte, das er sich vor zehn Jahren hatte stechen lassen. Es sah beinahe so aus, als würde sich die Schlange bewegen. Aus zusammengekniffenen Augen starrte er auf das Tier, das nun seinen eigenen Schwanz freigab. Die gespaltene Zunge streifte hektisch züngelnd über seine Brust und hinterließ ein Kribbeln dort, wo sie ihn berührte, Schuppen rieben über seine Haut.

»Das bilde ich mir ein!« Er löste den Blick vom Spiegel, drehte den Wasserhahn auf und wusch sich das Gesicht mit kaltem Wasser, ehe er sich erneut seinem Spiegelbild stellte. Wasser rann über seine Stirn und seine Wangen und tropfte von seinem Kinn, seine Züge veränderten sich, zerflossen wie Nebel und setzten sich vor seinen Augen zu einem verschwommenen Gesicht zusammen, in dem er sich noch immer selbst zu erkennen glaubte. Doch da war noch etwas anderes. Es sah aus, als hätte man zwei Bilder – zwei Gesichter – übereinandergelegt. Vertrautes mischte sich mit Fremdem, ohne ein klares Ganzes zu ergeben.

Die Schlange hob ihren Kopf – er löste sich einfach von seiner Brust, als hätte sie ihn nur dort abgelegt – und starrte ihm aus dem Spiegel entgegen. »Du bist jetzt nicht mehr allein.« Die Worte kamen nicht aus seinem Mund und es war auch nicht seine Stimme, die er hörte. Es war die Schlange, die zu ihm gesprochen hatte. Oder nicht?

Er schloss die Augen und rieb sich mehrmals fest mit den Händen darüber, bevor er sie wieder öffnete. Rote Punkte tanzten vor seinem Sichtfeld und gaben nur langsam den Blick auf den Spiegel frei. Blinzelnd starrte er auf das Tattoo. Die Schlange hatte sich wieder zu einem Kreis zusammengerollt und ihre Zähne in den eigenen Schwanz geschlagen, lediglich die Schwellung war noch da, zornig rot und auf eigenartige Weise pulsierend.

Als er die Augen zu seinem Gesicht wandern ließ, starrten ihm nicht seine eigenen Züge, sondern die des FBI-Agenten entgegen. Mit einem Schrei drosch er die Faust gegen den Spiegel und zertrümmerte ihn.

9

»Du bist jetzt nicht mehr allein.«

Die Worte trieben durch Chase' Geist, von unzähligen Echos gefolgt. Eine sich windende Schlange blitzte vor seinen Augen auf, dann sah er sein eigenes Gesicht im Spiegel, ehe es in tausend Scherben zerfiel.

Chase öffnete die Augen, bevor er endgültig wegtreten und die Kontrolle über Lombardi verlieren würde, und starrte auf einen schartigen Nachttisch vor seiner Nase. *Das muss ein Traum sein.* Er saß doch neben Lombardi im Wagen, die Pistole noch immer in der Hand. *Verdammt, Ryan! Du kannst nicht schlafen! Nicht in so einer Situation! Wach auf!* Doch ganz egal, was er sich in Gedanken auch zurief, am Anblick des Nachttischs änderte sich nichts. Dafür war der Schmerz abgeflaut. Von seiner Schulter aufwärts verspürte er nur noch ein dumpfes Pochen. Er glaubte sich daran zu erinnern, dass er – auf Lombardi gestützt – gelaufen war. Das konnte jedoch ebenso gut ein Traum gewesen sein wie das plötzlich aufflackernde Bild einer Wolldecke, die sie über ihm ausgebreitet hatte.

Es entsprach jedoch der Realität, dass er nicht länger im Wagen saß. Höchste Zeit, herauszufinden, wo er war und wie tief er in der Klemme steckte. Vielleicht konnte er Lombardi noch überzeugen, ihn nicht auszuliefern, oder zumindest abhauen, ehe sie es tat.

Er setzte sich vorsichtig auf. Die Wolldecke rutschte hinunter, der kühle Hauch einer Klimaanlage strich über seinen nackten Oberkörper und ließ ihn schaudern. Mit einem raschen Blick vergewisserte er sich, dass er zumindest seine Hosen noch anhatte, bevor er sich weiter umsah. Die durchgelegene Matratze ächzte bei jeder Bewegung und schaukelte so wild, dass er Mühe hatte, sich aufrecht zu halten. Aus der leise vor sich hin röchelnden Klimaanlage strömte muffige Feuchtigkeit in die Luft. Eine Stehlampe tauchte das Zimmer in orangefarbenes Licht. Scheußliche rot und grün geblümte Vorhänge, deren Muster sich im Teppich wiederfanden, verwehrten den Blick nach draußen und lenkten seine Aufmerksamkeit zurück auf den Raum. Ein Motelzimmer, ausgestattet mit einem kleinen Tisch, zwei Stühlen, einer Kommode und zwei Einzelbetten. Die Tür zu seiner Linken stand offen und gewährte ihm einen Blick auf das dahinterliegende Badezimmer. Aus einem grauen Plastikmülleimer hing ein Ärmel seines blutigen Hemdes heraus. Neben der Kommode stand eine Reisetasche, auf dem Tisch lagen zwei braune Papiertüten und mehrere Tablettenpackungen, Salbentuben und Verbandsmaterial ausgebreitet. Erst jetzt bemerkte er den Verband an seinem Hals und spürte das Ziehen eines großen Pflasters in seinem

Nacken. Die größte Überraschung war jedoch Lombardi, die im Schneidersitz auf dem anderen Bett saß. Sie war mit seiner Pistole in der Hand eingenickt, trotzdem schaffte sie es irgendwie, sich aufrecht zu halten.

Als Chase die Beine über die Bettkante schwang, um sich vernünftig hinzusetzen, öffnete sie die Augen. Für einen Moment wirkte sie ebenso verwirrt, wie er es gerade gewesen war, dann jedoch klärte sich ihr Blick und sie musterte ihn.

»Wie fühlen Sie sich?« Sie klang schlaftrunken, was ihrer Stimme einen verführerisch dunklen Klang verlieh.

Verführerisch? Das war in etwa das Letzte, was auf Lombardi zutraf. Es sah ganz danach aus, als hätte er noch an den Nachwirkungen von Franks Drogen zu beißen. Allerdings ließ sich nicht leugnen, dass etwas an ihr anders war – auch wenn er im Augenblick nicht die Nerven hatte, sich Gedanken zu machen, was das sein sollte.

Abgesehen davon, dass er sich fragte, wie es ihr gelungen war, sich von den Handschellen zu befreien, wunderte er sich darüber, dass sie ihn nicht damit ans Bett gefesselt hatte. Sie musste doch wissen, wie leicht es für ihn wäre, sie zu überwältigen. Als sein Blick jedoch erneut auf die Pistole in ihrem Schoß fiel, war ihm klar, warum sie sich in Sicherheit wähnte.

»Wann wird die Polizei hier sein?«, fragte er heiser und sah sich gleichzeitig nach einem Weg aus dem Zimmer um. Wenn das Bad kein Fenster hatte – und das hatten die wenigsten Motelbäder –, blieb ihm nur die Eingangstür.

Lombardi zuckte die Schultern. »Keine Ahnung, wie lange es dauert, bis die Ihre Spur finden.«

»Sie haben nicht …?«

»Nein.«

Er runzelte die Stirn. »Warum nicht?«

»Vielleicht ist es Dummheit – vielleicht hoffe ich immer noch auf ein Interview mit Ihnen.« Sie schüttelte den Kopf und wirkte dabei ebenso verwirrt, wie er sich fühlte. »Ich weiß es nicht. Irgendwas an der ganzen Sache stimmt nicht.«

»Sagt Ihnen das Ihr Reporterspürsinn?«

»Gesunder Menschenverstand.«

Darauf erwiderte Chase nichts. Sie war nur scharf auf eine Story, und jeder Ansatz einer Erklärung würde sie ihrem Ziel ein Stück näher bringen – abgesehen davon gab es Dinge, die er sich im Augenblick selbst nicht erklären konnte oder wollte. Statt also ihre Neugierde zu befriedigen, fragte er: »Wo sind wir?«

»Sleep Inn in Woodbridge.«

Woodbridge lag etwa acht Meilen nördlich von Quantico. Sie war über eine Stunde gefahren, um hierherzukommen. »Warum ausgerechnet hier?«

»Ich hatte das Zimmer gemietet, wegen des Vortrags morgen«, erklärte sie. »Nachdem Sie im Wagen zusammengeklappt sind, wusste ich nicht, wo ich mit Ihnen hinsoll, da dachte ich … Es war der einzige Ort, der mir eingefallen ist. Ich habe Sie hierhergebracht und bin dann noch mal los. Neben der Potomac Mills Mall ist ein Superstore, der rund um die Uhr geöffnet hat. Dort habe ich ein paar Sachen besorgt. Danach habe ich mich um Ihre Verletzungen gekümmert.« Für einen Moment ruhte ihr Blick auf seinem nackten Oberkörper, ehe sie schnell wieder wegsah. »Die Wunde an Ihrem Hals hat nicht aufgehört zu bluten, ich musste sie nähen. Allerdings fürchte ich, dass es nicht sonderlich gut geworden ist. Wenn Sie keine hässliche Narbe zurückbehalten wollen, sollten Sie das so schnell wie möglich von einem Arzt noch einmal machen lassen.«

»Das wird nicht nötig sein.« Sich in einem Krankenhaus blicken zu lassen, wo man die Wunde sofort als das erkennen würde, was sie war – ein Streifschuss –, und den Behörden melden würde, war das Letzte, was er vorhatte. Eine Narbe scherte ihn nicht, solange er mit dem Leben davonkam.

Ohne die Glock zur Seite zu legen, ging sie zum Tisch, zog eine Wasserflasche aus einer der braunen Tüten, kehrte mit der Flasche und einer Packung Tabletten zu ihm zurück und hielt ihm beides hin. »Das sind Antibiotika, die sollten Sie lieber nehmen. Ich bin mir nicht sicher, ob sich die Wunden nicht entzündet haben. Vor allem dieses Tattoo sieht seltsam aus.«

Chase warf einen Blick auf die Tablettenpackung. Antibiotika. Wie sie gesagt hatte. Sie würde ihn wohl kaum vergiften. Er musste einige Stunden bewusstlos gewesen sein. Stunden, in denen ihm nichts passiert war. Er nahm ihr die Flasche aus der Hand, drückte eine Tablette aus der Packung und spülte sie mit einem großen Schluck hinunter.

Als er die Flasche wieder zuschraubte und auf den Nachttisch stellte, drückte sie ihm eine weiße Plastikdose in die Hand. »Paracetamol. Sie werden es brauchen.«

Chase schüttelte den Kopf. »Ich glaube nicht. Ich spüre nichts.«

»Das liegt daran, dass ich Ihnen vor einer Stunde zwei Stück eingeflößt habe.« Ihr Blick streifte seine Schulter. »Ich hätte nicht gedacht, dass Sie der Typ sind, der sich freiwillig ein Tattoo stechen lässt.«

»Das war alles andere als freiwillig.«

»Du meine Güte, müssen Sie besoffen gewesen sein.«

Chase hatte nicht vor, ihr zu erzählen, was es mit dem Tattoo auf sich hatte. Er hatte nicht vor, ihr überhaupt *irgendetwas* zu erzählen. »Es wird Zeit, dass ich verschwinde, bevor eine Streife Ihren Wagen entdeckt oder jemandem die Einschusslöcher auffallen.«

»Das wird nicht passieren.« Sie setzte sich ihm gegenüber

auf die Kante des anderen Bettes. »Der Wagen ist nicht hier. Ich habe ihn auf dem Parkplatz des Superstore zurückgelassen und bin mit dem Taxi zum Motel gefahren.«

Kluges Mädchen. Chase streckte die Hand aus. »Geben Sie mir die Pistole.«

»Kommt nicht infrage!«

Er zuckte die Schultern und spürte zum ersten Mal den Anflug eines dumpfen Schmerzes zwischen seinen Schulterblättern. »Sie ist sowieso nicht geladen.«

»Ja, sicher«, spottete Lombardi. »Sie erzählen mir, dass die Waffe nicht geladen ist, ich gebe sie Ihnen zurück und Sie beweisen mir mit einem Schuss in die Luft, dass doch ein Magazin drin ist, und können mich wieder bedrohen. Tut mir leid, aber auf den Trick falle ich nicht herein.«

Chase hatte keine Lust zu diskutieren. Er packte die Waffe am Lauf und riss sie ihr mit einem Ruck aus der Hand. »Abgesehen davon, dass man auch entschlossen sein sollte zu schießen, wenn man eine Waffe auf jemanden richtet, ist sie tatsächlich nicht geladen.« Er zielte in die Luft und drückte den Abzug durch, woraufhin lediglich ein trauriges *Klick* erklang.

Ihre Augen funkelten vor Zorn. »Haben Sie überhaupt eine Ahnung, wie viel Angst ich hatte?«

»Dafür entschuldige ich mich.«

»Und Sie«, rief sie, ohne auf seine Entschuldigung zu reagieren. »Sie bedrohen mich mit einer Waffe, die nicht einmal geladen ist!«

»Wäre es Ihnen lieber gewesen, wenn ich es mit einer scharfen getan hätte?«

Sie gab ein nicht identifizierbares Geräusch von sich, das irgendwo zwischen Schnauben und Stöhnen lag, und sank ein Stück in sich zusammen, als wäre ihr mit einem Schlag die Luft ausgegangen.

Zum ersten Mal fand Chase die Zeit, Lombardi genauer anzusehen. Schon zuvor hatte er bemerkt, dass etwas an ihr anders war, doch erst jetzt wurde ihm bewusst, wie groß diese Veränderung war. Sie trug kein Make-up und hatte auf Schmuck ebenso verzichtet wie auf eine auffällige Frisur. Ihr goldblondes Haar fiel in weichen Locken auf ihre Schultern und in ihren blauen Augen lag ein misstrauisches Funkeln. Ohne die Pampe, mit der sie für gewöhnlich ihr Gesicht zukleisterte, wirkte sie jünger, beinahe mädchenhaft. Die Stupsnase, auf der sich ein paar Sommersprossen zeigten, verlieh ihren Zügen etwas Spitzbübisches, das so viel besser zu ihr passte als der verführerische Augenaufschlag, den sie sonst an den Tag legte.

Statt eines kurzen Rocks und einer tief ausgeschnittenen Bluse trug sie einen einfachen Rollkragenpullover und Jeans. Nicht nur ihr Aussehen hatte sich verändert, sondern auch ihre Bewegungen. Ihr war anzusehen, dass sie sich in ihrer Haut wohlfühlte – wenn man einmal davon absah, was sie in den letzten Stunden erlebt hatte.

»Sie haben Sommersprossen.« Ein idiotischer Kommentar, aber er konnte nicht anders – die kleinen Tupfen zogen seinen Blick immer wieder auf sich.

Sie runzelte die Stirn. »Das ist nichts, womit ein gutes Make-up nicht fertigwird.«

»Schade, sie stehen Ihnen.« *Noch so eine bescheuerte Bemerkung. Großartig. Scheiß Drogen.*

Zu seinem Erstaunen wich sie seinem Blick aus, als wisse sie nicht, wie sie mit seinem Kompliment umgehen sollte. »Was ist hier los, Ryan? Warum haben diese Leute auf uns geschossen – *Ihre* Leute?«

»Sie kennen meine Antwort auf solche Fragen.«

»Machen Sie Witze? Sie wollen mich allen Ernstes mit dem üblichen Blabla abspeisen?« Seinen Tonfall nachäffend sagte sie: »Warten Sie auf das offizielle Statement, Lombardi.« Sie schnappte nach Luft, und als sie fortfuhr, war es wieder ihre eigene Stimme. »Finden Sie nicht, dass ich ein Recht habe, zu erfahren, was vor sich geht?«

»Je weniger Sie wissen, desto besser ist es.«

»Für Sie oder für mich?«

»Für uns beide.«

»Sie sind echt ein rücksichtsloser Mistkerl!«, fuhr sie ihn an. »Alles, was Sie interessiert, ist Ihre eigene Karriere. Was aus uns anderen wird, ist Ihnen egal.«

»Falls es Ihnen entgangen sein sollte, meine *Karriere* liegt gerade ein wenig auf Eis.«

Für die Dauer einiger Herzschläge schwieg sie und Chase war nicht sicher, ob sie explodieren oder sich mit seiner Weigerung abfinden würde. Statt etwas zu sagen, stand sie auf, ging zum Tisch, zog eine weitere Wasserflasche aus der Tüte und trank einen Schluck, ehe sie sich wieder ihm zuwandte. »Haben Sie eigentlich eine Ahnung, gegen wie viele Gesetze Sie heute Nacht verstoßen haben?«

»Nicht genau, aber ich habe einen Näherungswert.« Er stand auf und geriet ins Wanken. Sofort war Lombardi neben ihm, um ihn zu stützen.

»Es geht schon. Ich bin nur zu schnell aufgestanden.«

Einen Moment noch lag ihre Hand auf seiner Schulter, dann zog sie sie zurück, als hätte sie sich die Finger verbrannt. Als sich ihre Blicke trafen, schoss ihr die Röte ins Gesicht. Um ein Haar hätte er gelacht. Ausgerechnet die Frau, der das verführerische Lächeln an jedem Tatort ins Gesicht geklebt zu sein schien, ließ sich von seiner Nähe – oder wohl eher vom Anblick seines nackten Oberkörpers – in Verlegenheit bringen!

»Kann ich duschen gehen oder muss ich fürchten, dass Sie irgendwelchen Unsinn anstellen?«

»Wie wollen Sie mich von Unsinn abhalten? Mit Ihrer nicht geladenen Pistole?« Sie schüttelte den Kopf. »Von mir haben Sie nichts zu befürchten. Die Frage ist wohl eher: Kann ich Sie duschen gehen lassen oder muss ich fürchten, dass Sie mir im Bad zusammenklappen?«

»Diese Schlagzeile werde ich Ihnen nicht liefern.«

Sie biss sich auf die Lippe, trotzdem entging Chase das unterdrückte Lachen nicht – es spiegelte sich in ihren Augen wider und breitete sich wie ein Strahlen über ihre Züge aus. »Im Bad liegt etwas zum Anziehen.« Sie musterte ihn kurz, bevor sie erneut den Blick abwandte. »Ich hoffe, die Sachen passen.«

Mit dem Gefühl, dass Lombardi, die Reporterin, und die Lombardi, die jetzt mit ihm im selben Raum stand, zwei vollkommen verschiedene Menschen waren, ging er ins Bad und sperrte die Tür hinter sich ab. Die Dusche war zweitrangig. Zuerst musste er das Tattoo sehen.

Vor dem Spiegel blieb er stehen und sah sich ins Gesicht. Lombardi hatte ihn nicht nur verarztet, sondern ihm auch das Blut abgewaschen, was nichts daran änderte, dass er grauenhaft aussah. Bleich, mit dunklen Ringen unter den Augen und sprießenden Bartstoppeln am Kinn. Seine Inventur ergab eine kleine Platzwunde an der Stirn, dort, wo Frank ihn niedergeschlagen hatte, den Streifschuss am Hals, der unter einem Pflasterverband verborgen lag, und ein großes Pflaster unterhalb seines Nackens. Einige Zeit lang starrte er auf das Pflaster, ehe er es packte und mit einem Ruck herunterriss.

Er drehte den Kopf und musste sich verrenken, um das Tattoo im Spiegel betrachten zu können. Die Haut dort war rot und sah tatsächlich entzündet aus. Vielleicht war es auch nur die natürliche Reaktion auf diese beschissen schmerzhafte Methode. Gefärbte Fäden und eine lange Nadel. Verdammter Neandertaler!

Chase wusste nicht, was er erwartet hatte, vielleicht ein geheimnisvolles Symbol oder irgendwelche Zauberformeln. Stattdessen sah es aus wie eine verschlungene Ranke, deren Hauptast sich an seinem Nacken in zwei kleinere Zweige teilte, die rechts und links seines Halses verliefen, ehe sie nach etwa einem Zoll endeten.

Es gab vermutlich hässlichere Motive. Allerdings war es erstaunlich, wie jemand in derart kurzer Zeit und mit diesen primitiven Mitteln ein Tattoo von der Länge einer Hand zustande bringen sollte.

Magie, flüsterte eine Stimme in ihm.

»Unsinn!« Chase schüttelte entschieden den Kopf und stellte die Dusche an.

10

Kaum hatte sich die Badezimmertür hinter Agent Ryan geschlossen, ließ sich Kate mit einem erleichterten Seufzer aufs Bett fallen. Noch immer hatte sie den Anblick seines durchtrainierten Oberkörpers vor Augen, definitiv etwas, was sie unter seinem Anzug nicht zu finden erwartet hatte, und spürte die Hitze in ihrem Gesicht. Sie war rot geworden wie ein Schulmädchen!

Wie tief konnte sie noch sinken?

Dabei war sie für gewöhnlich nicht einmal schüchtern. Heute Nacht jedoch fühlte sich alles auf eigenartige Weise falsch an. Als hätte jemand die Welt gepackt und auf den Kopf gestellt. Agent Ryan benahm sich nicht wie der Bürohengst, für den sie ihn gehalten hatte, sondern vielmehr wie einer dieser Actionhelden aus dem Kino. Entgegen ihrer früheren Einschätzung trug er sehr wohl eine Waffe – auch wenn die nicht geladen war. Der Himmel allein wusste, warum der Kerl mit einer ungeladenen Knarre herumlief!

Noch immer glaubte sie zu spüren, wie die Wärme seiner Haut in ihren Fingerspitzen prickelte, und schalt sich dafür eine Idiotin. Der Kerl machte sie verrückt! Erst versetzte er ihr den Schock ihres Lebens und dann schaffte er es auch noch, sie in Verlegenheit zu bringen.

Statt über ihn nachzudenken, sollte sie sich lieber Sorgen machen. Bundesbeamter hin oder her, Agent Ryan hatte sie entführt und mit einer Waffe bedroht. Sie müsste in Panik sein und alles daransetzen, so schnell wie möglich von hier fortzukommen, aber sie hatte nicht einmal die Polizei alarmiert. Stattdessen hatte sie ihn in ihrem Zimmer versteckt und verarztet.

»Du bist keine Idiotin, Lombardi. Du bist vollkommen irre!«

Die Ereignisse der letzten Stunden waren alles andere als spaßig gewesen, trotzdem hatte sie das Gefühl, dass diese Nacht ein entscheidender Wendepunkt in ihrem Leben – ihrer Karriere – sein konnte, und Chase Ryan war dabei ein entscheidender Faktor.

Wenn er glaubte, dass sie sich mit einem: »Es ist besser, wenn Sie nichts wissen«, abspeisen ließ, dann war er auf dem Holzweg. Sie würde schon herausfinden, warum seine Leute hinter ihm her waren und wieso er aussah, als hätte ihn jemand durch den Fleischwolf gedreht. Vielleicht konnte sie ja etwas in Erfahrung bringen, solange er im Bad war.

Sie schaltete den Fernseher an und zappte sich durch die Kabelkanäle, bis sie fündig wurde. Ein Sprecher berichtete von den Ereignissen des vergangenen Abends, während ein Einspieler lief, der das Haus in Richmond zeigte, zu dem Kate dem Agenten gefolgt war. Im Hintergrund glaubte sie Detective Munarez zu erkennen, die mit Agent Cassell sprach und sich Notizen machte.

Der eigentliche Inhalt des Berichts gab kaum etwas wieder, was Kate nicht ohnehin schon gewusst hätte. Alles lief unter der großen Überschrift: *Durchgedrehter FBI-Agent nimmt Journalistin als Geisel.*

Während im Hintergrund der Sprecher weitere Details verkündete, wurde der Film ausgeblendet und durch einen Splitscreen abgelöst, auf dem zwei Fotos zu sehen waren. Das eine zeigte Agent Ryan, geschniegelt und gestriegelt, als hätten sie das Bild aus seinem Dienstausweis genommen – was vermutlich auch der Fall war. Auf dem anderen war sie selbst zu sehen. Allerdings in ihren Arbeitsklamotten samt einer dicken Make-up-Schicht.

»Du meine Güte«, flüsterte sie, von ihrem eigenen Anblick erschreckt. »Ich sehe aus wie ein Zirkusclown.« *Oder wie eine billige Schlampe.* »Alles für den Job, yeah.« Doch es klang selbst in ihren Ohren wenig enthusiastisch.

Der Sprecher berichtete von einer Schießerei in einer Wohnung in Richmond und davon, dass ein Mordversuch an einem FBI-Agenten gescheitert war. »Das Opfer hat erst vor Kurzem unter tragischen Umständen seine Frau verloren und sah sich nun einem Anschlag auf sein eigenes Leben ausgesetzt – von seinem früheren Partner, Special Agent Chase Ryan, der sich seitdem mit einer Geisel auf der Flucht befindet.«

Kate hörte sich den Bericht bis zum Ende an, doch abgesehen von wilden Spekulationen und ein paar Informationen über sie – das Entführungsopfer –, gab es keine neuen Erkenntnisse. Nichts, was für sie von Interesse gewesen wäre.

Warum zum Teufel sollte er Cassell umbringen wollen? In seiner Waffe war nicht einmal ein Magazin gewesen. Er könnte es leer geschossen und dann entfernt haben. Ryan mochte vieles sein – er war ganz bestimmt ein arroganter Mistkerl –, doch er war ganz sicher kein Mörder. Aber wer sollte ihr das garantieren? Bis vor ein paar Stunden war er auch noch kein Entführer gewesen. Überhaupt benahm er sich vollkommen anders, als sie es von ihm gewohnt war. *Ihm gefallen meine Sommersprossen.* Okay, das war vielleicht ein dämlicher Kommentar von ihm gewesen, den sie wohl kaum als Gradmesser für seine Veränderung heranziehen konnte. Seine Worte bewiesen wohl eher, dass Beipackzettel sich nicht irrten, was Nebenwirkungen anging. Aber egal wie sie es auch drehte und wendete, sie konnte nicht leugnen, dass er nicht der war, den sie bisher in ihm gesehen hatte.

Das wäre ich auch nicht, wenn mich jemand jagen würde. Abgesehen davon war er verletzt und schien unter dem Einfluss irgendwelcher Drogen gestanden zu haben – zumindest hatte sie den Eindruck gehabt, als sie im Wagen seinen verschleierten Blick bemerkt hatte. Vorhin jedoch waren seine Augen wieder klar gewesen. Was immer es auch gewesen sein mochte, es hatte seine Wirkung verloren.

Als Ryan aus dem Bad kam, trug er die Jeans, die sie ihm besorgt hatte – den Strickpullover hielt er in der Hand. Sein Haar war noch feucht und vom Handtuch zerzaust, was ihn ein wenig verschlafen aussehen ließ, doch er wirkte jetzt lebendiger als vorhin. Selbst die dunklen Schatten unter seinen Augen schienen sich zurückgezogen zu haben.

»Was starren Sie mich so an?«

Ihr war nicht einmal aufgefallen, dass sie das tat – aber er hatte recht. In Jeans und mit nacktem Oberkörper sah er ausgesprochen männlich aus. »Entschuldigung. Ich … die Jeans sehen ungewohnt an Ihnen aus.«

»Ich bin nicht im Anzug zur Welt gekommen.«

In Jeans allerdings auch nicht.

Er warf den olivfarbenen Pullover aufs Bett und bat sie um ein Pflaster für seinen Nacken. Kate ging zum Tisch, fischte die Packung aus einer der Tüten, schnitt eines zurecht und gab es ihm. Mit einem Ruck zog er die Schutzstreifen ab, hob den Arm und zuckte zusammen.

»Warten Sie.« Kate nahm es ihm aus der Hand. »Lassen Sie mich das machen.« Sie klebte das Pflaster auf und trat einen Schritt zurück, damit er den Pullover anziehen konnte. Er spannte ein wenig über der Brust und den Armen, aber er passte. Sein Blick fiel auf den Fernseher. Die Nachrichten wurden gerade wiederholt und sie ließ ihm die Zeit, sich alles anzuhören. Als am Ende des Berichts noch einmal ihre beiden Fotos eingeblendet wurden, schaltete er den Fernseher aus.

»Sieht so aus, als könnten Sie sich so schnell nirgendwo mehr blicken lassen.«

»Nein, wohl eher nicht.« Er sah sie an. »Sie sind jetzt auch berühmt. Die Talkshows werden sich um Sie reißen.«

Kate schnaubte. »Als ob mich das interessiert.«

»Was interessiert Sie dann?«

Meinen Job gut zu machen und Aufmerksamkeit für meine Arbeit zu bekommen, nicht dafür, dass ich zufällig entführt wurde. »Ich will immer noch wissen, was eigentlich los ist.«

*

Vermutlich war es nur fair, ihr zu erklären, warum sie überhaupt in diese Lage geraten war. Reporterin hin oder her, er hatte sie in die Sache mit hineingezogen, jetzt schuldete er ihr zumindest den Ansatz einer Erklärung.

»Frank hat mich hereingelegt«, sagte er. »Ich sollte etwas für ihn tun, und als ich mich geweigert habe, hat er mich dazu gezwungen und hinterher versucht mich umzubringen. Mir blieb nichts anderes übrig als abzuhauen – und jetzt sind wir hier.«

Lombardi blinzelte. »Das ist Ihre Erklärung? Himmel, Ryan, selbst die Nachrichten sind in diesem Fall informativer!«

»Zugegeben, es war die Kurzfassung, aber –«

»Kurzfassung? Ein einzeiliger Slogan zu einem Kinofilm verrät mehr als Ihre sogenannte *Erklärung*.« Kopfschüttelnd sah sie ihn an. »Wissen Sie was? Allmählich glaube ich, dass Sie gar nicht versuchen mich abzuwimmeln, wenn ich mit Ihnen sprechen will. Sie können einfach nicht anders – irgendwie ist das Ihre Art, sich auszudrücken. Nur dass Sie jetzt zur Abwechslung einmal darauf verzichtet haben, mich auf das offizielle Statement zu verweisen.«

»Sie wollen die ausführliche Version? Sie werden sie bekommen.« Er griff nach ihrem Arm und zog sie zum Bett. »Setzen Sie sich. Und beschweren Sie sich hinterher nicht, wie schwachsinnig sich das alles anhört und dass Ihr Chefredakteur so einen Blödsinn niemals abdrucken würde.«

»Was? Aber –«

»Setzen und Mund halten!«

Sie ließ sich auf die Bettkante fallen und starrte ihn an. Die Klimaanlage schaltete sich ratternd ein und blies einen Schwall modrig feuchter Luft in den Raum.

Chase setzte sich ihr gegenüber auf das andere Bett. »An dem Tag, als Franks Frau ermordet wurde, kam ein Indianer zu mir und behauptete, er könne den Killer finden. Der Mann faselte etwas von Ritualen und Traditionen und davon, dass er imstande sei, eine Verbindung zu schaffen, die es uns möglich machen sollte, den Mörder zu finden.«

»Sie haben es ausprobiert?«

»Sehe ich aus wie jemand, der an Hokuspokus glaubt oder

damit herumexperimentiert?« Er schüttelte den Kopf. »Natürlich nicht. Frank wollte es versuchen, aber ich habe den Kerl in die Wüste geschickt.«

Er erzählte ihr, wie Frank gestern – war das wirklich erst gestern gewesen? – zu ihm gekommen war, um noch einmal mit ihm über den Indianer zu sprechen. »Er kann den Tod seiner Frau nicht verwinden, und die Vorstellung, dass sich ihr Mörder noch immer da draußen herumtreibt und weitertötet, muss unerträglich für ihn sein. Trotzdem habe ich ihm gesagt, er solle sich nicht in die Ermittlungen einmischen, und dabei nicht erkannt, wie besessen er von dem Gedanken ist, den Killer zur Strecke zu bringen.« *Vielleicht wollte ich es auch nicht erkennen.*

Chase berichtete von seinem Besuch bei Frank und davon, wie Frank ihn unter Drogen gesetzt hatte. In knappen, sachlichen Worten, die er vermutlich auch für einen schriftlichen Bericht gewählt hätte, sprach er über die Anwesenheit des Indianers und das Ritual, in dessen Verlauf er zu der archaischen Tätowierung in seinem Nacken gekommen war. Dass er geglaubt hatte, einen Nebel aus seinem Körper aufsteigen und durch das Fenster entschwinden zu sehen, behielt er allerdings für sich. Als er vom Ende des Rituals erzählte und davon, dass Frank den Indianer fortgeschickt hatte, ehe er ihnen sagen konnte, wie sie die Verbindung zu nutzen hatte, schnappte Lombardi nach Luft.

»Warum sollte Cassell das tun? Er glaubt daran, zieht es aber nicht bis zum Schluss durch. Das ist doch idiotisch.«

»Glauben Sie mir, er hatte durchaus vor, die Sache durchzuziehen – allerdings auf eine etwas andere Art, als das Ritual es vorsieht.« Chase dachte an den Wahnsinn in Franks Augen und an die Kälte, die ihn bei jedem Wort, jedem Blick und jeder Bewegung umgeben hatte. »Frank hat seine eigenen Nachforschungen angestellt und herausgefunden, dass es einen einfacheren Weg gibt, den Killer zur Strecke zu bringen, als über diese angebliche Verbindung nach ihm zu suchen.«

»Ach ja? Und wie sieht dieser Weg aus?«

»Stirbt ein Teil der Verbindung, dann ist es auch das Ende des anderen Teils.«

Einen Moment lang sagte sie nichts, schien nur über seine Worte nachzudenken, dann fuhr sie auf. »Das ist nicht Ihr Ernst! Er hat versucht Sie umzubringen, weil er denkt, dass dann auch der Schlitzer stirbt? Wegen eines dämlichen Tattoos?«

»Frank glaubt daran.«

»Wie sind Sie ihm entkommen?«

»Der Indianer kam zurück.«

Lombardi strich sich mit dem Finger über die Unterlippe, eine nachdenkliche Geste, ihr Blick war irgendwo ins Nichts gerichtet. »Warum haben Sie nicht die Polizei verständigt?«

»Das habe ich.« Obwohl erst ein paar Stunden vergangen waren, konnte er sich nur lückenhaft erinnern, wie er aus der Wohnung entkommen war. Sein Gespräch mit Munarez jedoch hatte er noch deutlich im Ohr. »Frank war schneller. Er hatte Munarez bereits angerufen und ihr erzählt, dass er mich erwischt hatte, wie ich Beweise aus der Asservatenkammer gestohlen habe – die DNA-Proben unseres Serienmörders.«

»Aber das sind haltlose Anschuldigungen«, rief sie empört und schien nicht im Geringsten daran zu zweifeln, dass er nicht getan hatte, wofür man ihn beschuldigte. Ihre offene Entrüstung tat erstaunlich gut.

»Meine Fingerabdrücke sind auf den Beweismitteln.«

»War er das? Als Sie ausgeknockt waren?«

Chase nickte. »Munarez glaubte mir nicht und mir blieb keine Zeit mehr. Meine Wagenschlüssel waren in den Aufzugschacht gefallen. Ich brauchte einen Ausweg – und das waren Sie. Hören Sie, Lombardi, es tut mir wirklich leid, dass ich Ihnen solche Angst gemacht habe, aber für eine Diskussion mit Ihnen blieb mir keine Zeit.«

»Und ohne hätte ich meinen Autoschlüssel garantiert nicht herausgerückt.«

»Das war meine Befürchtung.«

Du bist jetzt nicht mehr allein. Die Worte, die er gehört hatte, ehe er vorhin zu sich gekommen war, schlichen sich in seinen Geist und weckten die Frage in ihm, ob an dem Ritual womöglich doch etwas dran sein könnte. Doch das war Unsinn. Er hatte geträumt. Der Himmel wusste, was für ein Teufelszeug Frank ihm eingeflößt hatte. Vermutlich musste er noch dankbar sein, dass ihn keine schlimmeren Träume verfolgt hatten. Es gab keine Verbindung und es würde auch nie eine geben.

»Was haben Sie jetzt vor, Ryan?«

»Je weniger Sie –«

Sie hob abwehrend die Hände. »Nicht schon wieder! Ich sage Ihnen, wie ich die Sache sehe: Ihr Gesicht wird im Fernsehen ausgestrahlt, jeder kennt Ihren Namen. Vermutlich können Sie keine drei Schritte vor die Tür machen, bis der Erste Sie erkennt.« Sie stand auf, stellte sich vor ihn und sah ihm in die Augen. »Was auch immer Sie planen, Sie werden nicht ohne Hilfe auskommen – und da es vermutlich ziemlich schwierig werden dürfte, jemanden davon zu überzeugen, Ihnen zu helfen, ist meine Unterstützung die Einzige, die Sie bekommen werden.«

»Darf ich Sie daran erinnern, dass Ihr Gesicht neben meinem zu sehen war?«

»Und wie viel Ähnlichkeit habe ich im Augenblick mit meinem Foto?«, schoss sie zurück.

»Punkt für Sie.« Man würde sie schon sehr genau ansehen müssen, um auf die Idee zu kommen, es könne sich bei ihr und der Frau auf dem Foto um ein und dieselbe Person handeln. Trotzdem gefiel ihm der Gedanke nicht, sie noch weiter in Schwierigkeiten zu bringen. »Ich habe Sie entführt und bedroht und Sie wollen mir trotzdem helfen?«

»Sie hätten mich nicht umgebracht – auch nicht, wenn Ihre Waffe geladen gewesen wäre.«

»Dass ich Ihnen nichts getan hätte, kann wohl kaum der Grund für Ihr Angebot sein. Also?«

»Können Sie sich das nicht denken?«

Chase stöhnte. »Das ist nicht Ihr Ernst.«

»Ich will die Exklusivrechte an dieser Story und ein Interview mit Ihnen, wenn alles vorbei ist – nicht über den Schlitzer-Fall, sondern über das hier.«

Er hätte sich denken können, dass es ihr nicht darum ging, ihm aus dem Schlamassel zu helfen, sondern dass sie sich nur für eine Story interessierte. Zu gern hätte er ihr gesagt, wohin sie sich ihr Angebot stecken konnte. Doch ganz gleich, wie er es auch drehte und wendete, sie hatte recht: Er würde keine andere Unterstützung finden.

Darauf, dass andere Klamotten nichts an ihrer Reporterseele änderten, hätte er auch selbst kommen können. Trotzdem wäre es dumm gewesen, ihr Angebot auszuschlagen.

»Also gut«, stimmte er schließlich zu. »Sie bekommen Ihre Story. Aber *danach* will ich, dass Sie nie wieder mit Fragen oder Interviewwünschen an mich herantreten.«

Ein Schatten zog über ihr Gesicht und fast schien es ihm, als hätten seine Worte sie verletzt. »Es geht mir nicht um Sensationsgier, Ryan, aber ich brauche diese Story«, sagte sie. »Ich stehe kurz davor, meinen Job zu verlieren. Trent hat mir bereits die Berichterstattung über die Schlitzermorde entzogen und beschäftigt mich mit todlangweiligem Kleinkram. Noch ein Fehler und ich bin raus. Das hier ist meine Chance, alles wieder hinzubiegen.«

»Sie brauchen sich nicht vor mir zu rechtfertigen.« Tatsächlich jedoch fand er es interessant, dass sie es tat. Es war fast, als wolle sie sich dafür entschuldigen, dass sie scharf auf diese Story war. Wollte sie, dass er sie in einem anderen Licht sah? »Versprechen Sie mir einfach, dass es das letzte Mal ist, dass ich etwas mit Ihnen zu tun haben werde.«

Lombardi zögerte einen Moment, bevor sie nickte. »Sie haben mein Wort darauf. Keine Anrufe und keine Fragen mehr. Wenn Sie darauf bestehen, wechsle ich sogar die Straßenseite, falls wir uns zufällig begegnen sollten. Aber bis dahin haben Sie mich an der Backe.«

Sie fuhr sich über die Augen, eine Geste, die Chase erst bewusst machte, wie müde sie sein musste. Er warf einen Blick auf seine Armbanduhr – vier Uhr morgens.

»In Ordnung«, fuhr sie mit einem unterdrückten Gähnen fort, »wie geht es jetzt weiter? Was haben Sie vor?«

»Wir müssen diesen Indianer finden.« Joseph Quinn war seine beste Hoffnung – vielleicht auch seine einzige. »Er kann mich entlasten.«

»Wissen Sie, wo er wohnt?«

Chase schüttelte den Kopf. Er konnte sich nur noch an den Ort erinnern, der auf seiner Visitenkarte gestanden hatte. »Die Adresse finden wir sicher im Internet.«

»Das sollte kein Problem sein.«

Lombardi zog ihre Handtasche unter dem Bett hervor und packte einen Laptop aus. Als sie ihn jedoch aufklappen wollte, legte Chase ihr eine Hand auf den Arm. »Später. Es war eine harte Nacht. Schlafen Sie ein wenig. Danach werden wir nach ihm suchen und uns Gedanken machen, wie wir ungesehen zu ihm kommen.«

Der Laptop verschwand samt Tasche wieder unter dem Bett und Lombardi kroch unter die Decke und rollte sich zusammen. »Ich nehme an, Ihr Vortrag fällt aus.«

»Sieht ganz danach aus.« Chase streckte sich auf seinem Bett aus und löschte das Licht. Als sich die Dunkelheit ausbreitete, kam sein Geist langsam zur Ruhe.

Er sollte sich überlegen, wie sie ungesehen zu Joseph Quinn gelangen konnten, stattdessen wanderten seine Gedanken zu Lombardi. Sie hatte keinen Zweifel daran gelassen, wie sehr sie diese Story wollte, und er konnte es ihr nicht wirklich verdenken, das Schreiben war schließlich ihr Job. Aber sie hatte heute Nacht so viel mehr für ihn getan, als ihm sein Einverständnis über die Berichterstattung abzuschwatzen. Ohne sie wäre er jetzt vermutlich längst hinter Gittern.

Oder tot.

»Lombardi?«

»Hm?«, kam es schlaftrunken von ihrer Seite.

»Haben Sie eigentlich einen Vornamen?«

»Kate«, murmelte sie.

»Kate also«, wiederholte er leise. »Ich bin Chase.«

Ihre Antwort bestand aus einem trägen »Mhm«.

»Danke, Kate. Für alles.«

11

Chase erwachte mit brennenden Schmerzen an seinem Hals und in seinem Nacken und verfluchte sich dafür, dass er kein Paracetamol mehr geschluckt hatte, bevor er sich schlafen gelegt hatte. Schnell spülte er zwei Tabletten mit einem großen Schluck Wasser hinunter und beschloss den Schmerz zu ignorieren, bis die Wirkung des Medikaments einsetzte und das Brennen abflaute.

Schmale Streifen Tageslicht sickerten unter den Rändern

der Gardine in den Raum, gerade genug, um ihn erkennen zu lassen, dass das Bett neben ihm verlassen war. Ein rascher Blick auf die Uhr zeigte ihm, dass es bereits Mittag war und er länger geschlafen hatte als geplant. Chase stand auf und ging in Richtung Badezimmer. Als er jedoch sah, dass die Tür geschlossen war, machte er kehrt und schaltete den Fernseher ein, um sich die Zeit zu verkürzen, bis Lombardi – Kate – fertig war.

In den Nachrichten liefen noch immer dieselben Berichte, die sie auch schon in der Nacht ausgestrahlt hatten – jetzt jedoch waren sie angereichert mit Augenzeugenberichten (die Einzige, die tatsächlich etwas gesehen hatte, war die Frau, der er am Aufzug begegnet war) und wilden Spekulationen darüber, warum ein FBI-Agent, noch dazu einer mit seinem Ruf, plötzlich Amok laufen sollte, und ob das womöglich an der gewaltigen Belastung liegen könnte, die ein Job wie dieser mit sich brachte. »Ihr wisst nichts über die Belastung, ihr Schwätzer!« Sollten sie sich doch einmal tagein und tagaus mit blutigen Tatorten und der verworrenen Psyche der Täter auseinandersetzen, dann hätten sie zumindest eine Ahnung, worüber sie sprachen – und wüssten immer noch nicht das Geringste darüber, was letzte Nacht wirklich geschehen war.

»Agent Ryan hat keine Frau und keine Kinder, über weitere Familienangehörige ist nichts bekannt«, berichtete der Sprecher. »Möglicherweise liegt die Ursache für sein Verhalten in seinen privaten Verhältnissen begründet. Sprechen wir mit Psychologin Dr. Amy Berkovitz darüber.«

Dr. Berkovitz erklärte in epischer Breite, wie private Einsamkeit und immense psychische Belastung im Beruf einen Menschen dazu bringen konnten, sich zu verändern.

»Sie meinen also, dass ein normaler Mann, der sich bisher nie etwas zuschulden kommen ließ, zu einem Monster mutieren könnte?«, unterbrach der Sprecher den Monolog der Psychologin.

Chase schaltete den Fernseher wieder ab. Sie wussten nicht das Geringste über ihn und sein Privatleben. Er arbeitete viel, doch auch wenn seine Eltern tot waren und seine Schwester am anderen Ende der Welt lebte, war er alles andere als einsam. Er hatte Freunde und Kollegen, mit denen er regelmäßig seine Abende verbrachte, aber vermutlich galt man in den Augen anderer nur als normal, wenn man verheiratet war und Kinder hatte. Doch Beziehungen funktionierten in seinem Job nicht – zumindest nicht, wenn man die Arbeit über die Beziehung stellte, was er stets getan hatte. Seine Ehe war deshalb gescheitert und jede andere Partnerschaft war in die Brüche gegangen, ehe etwas Ernsthaftes daraus werden konnte. Keine Frau war bereit, ihn mit seiner Arbeit zu teilen, und er dachte nicht im Traum daran, kürzerzutreten oder sich gar versetzen zu lassen. Er liebte seine Arbeit – sofern man bei dem, was er tat, von Liebe sprechen konnte – und glaubte daran, etwas Bedeutsames zu tun. Das konnte und wollte er nicht aufgeben.

Allmählich sollte Kate im Bad fertig sein. Die Tür war immer noch geschlossen und dahinter war kein Laut zu hören. Er stand auf, ging zum Bad und klopfte an.

Keine Antwort.

»Kate?«

Nichts.

Er öffnete die Tür und spähte in den Raum. Das Badezimmer war leer.

Eine schreckliche Ahnung griff mit eisiger Hand nach ihm. Hatte sie nur vorgegeben, ihm helfen zu wollen, um so viele Informationen wie möglich aus ihm herauszubekommen, bevor sie die Cops alarmierte? Würde jeden Moment ein SWAT-Team das Zimmer stürmen, ihn auf den Boden werfen und festnehmen? Alles nur, damit ihr beschissener Artikel ein wenig spannender wurde?

Er schlug mit der Faust gegen den Türstock und verfluchte sich dafür, dass er so dumm gewesen war, ihr zu vertrauen, als hinter ihm die Zimmertür geöffnet wurde.

Chase fuhr herum. Geblendet vom hereinströmenden Tageslicht kniff er die Augen zusammen. Die Umrisse einer Gestalt zeichneten sich im Gegenlicht ab. Keine sichtbaren Waffen, trotzdem fragte er sich, wie er an dem Eindringling vorbei nach draußen kommen sollte – über den Haufen rennen oder einfach an ihm vorbei? –, da trat sein Besucher über die Schwelle und schloss die Tür hinter sich. Das blendende Licht verebbte und Chase sah sich Kate gegenüber, auch wenn er zweimal hinsehen musste, um sie zu erkennen. Sie trug eine Baseballkappe, deren Schirm ihr Gesicht in tiefe Schatten tauchte, das Haar hatte sie darunter verschwinden lassen, nur ein paar blonde Strähnen waren ihr ausgekommen und ragten unter den Rändern der Kappe hervor.

»Sie sind schon auf«, begrüßte sie ihn und hob eine braune Papiertüte in die Höhe, während er noch darum kämpfte, seinen Pulsschlag wieder zu beruhigen. »Ich habe uns was zu essen besorgt. Nur ein paar Sandwiches aus dem Motelrestaurant und zwei Dr. Pepper – aber erst einmal besser als nichts. Chase? Alles in Ordnung?«

»Ja sicher. Für einen Moment dachte ich nur …«

»Dass ich Sie hereingelegt hätte und ein Special-Ops-Team zur Tür hereinstürmt, um sie zu überwältigen?« Die Enttäuschung war ihr anzusehen, als sie die Tüte auf den Tisch stellte und den Inhalt auspackte. Trotzdem suchte sie seinen Blick. »Ich bin Journalistin, ich gebe mein Bestes, um Leuten Informationen zu entlocken, aber ich bin keine Lügnerin.« Dann seufzte sie. »Allerdings kann ich verstehen, dass es Ihnen in Ihrer Situation schwerfällt, Vertrauen zu fassen.«

»Was hätten Sie an meiner Stelle gedacht, wenn Sie aufgewacht wären und plötzlich allein sind?«

»Ich habe ja bereits gesagt, dass ich Sie verstehe.« Nach einer kurzen Pause fügte sie hinzu: »An Ihrer Stelle wäre ich vermutlich getürmt.«

»Ich hatte daran gedacht.«

»Was hat Sie davon abgehalten?«

Er deutete auf den Tisch. »Die Sandwiches.«

»Vermutlich werden Sie doch noch schreiend davonlaufen, wenn Sie die Dinger erst einmal probiert haben«, lachte sie. »Ich wette, der Salat ist welk und der Rest auch nicht unbedingt ein kulinarischer Genuss.«

»Nach dieser Nacht könnten Sie mir einen Gummistiefel vorsetzen und ich würde ihn verschlingen. Vorausgesetzt, es gäbe Ketchup oder Majo dazu.« Er setzte sich zu ihr an den Tisch, öffnete die Plastikpackung, griff nach dem Sandwich und biss hinein, als ihm bewusst wurde, dass sie ihn anstarrte. »Stimmt was nicht?«

»Ich weiß nicht«, gab sie zurück. »Es ist irgendwie seltsam, mit Ihnen hier zu sitzen.«

»Seltsamer, als von mir entführt zu werden oder mich vor der Polizei zu verstecken?«

»Irgendwie schon.« Für einen Moment richtete sie ihre Aufmerksamkeit auf ihr Sandwich. Als sie ihn wieder ansah, lag eine Ernsthaftigkeit in ihrem Blick, die er von ihr nicht kannte. »Ich weiß, dass Sie mich nicht mögen, Chase, aber wir hängen jetzt gemeinsam in dieser Sache. Sie sollten wenigstens versuchen mir zu vertrauen.«

»Ich kenne Sie zu wenig, um mir ein Urteil darüber erlauben zu können, ob ich Sie mag oder nicht«, sagte er. »Allerdings muss ich zugeben, dass Lombardi, die rasende Reporterin, nicht unbedingt auf der Liste meiner zehn Lieblingspersonen steht.«

»Was mir Ihre Assistentin bei jedem Anruf deutlich zu verstehen gegeben hat, ohne es auch nur ein einziges Mal auszusprechen.«

»Miss Tanner ist eine talentierte Frau.« Es war seltsam, denn während der letzten Monate hatte er um jeden Preis eine Begegnung mit Kate zu vermeiden versucht, und das nur, weil er ihre ständigen Fragen ebenso leid war wie die Art, auf die sie versuchte an Informationen zu gelangen. Allmählich jedoch begann er hinter die Maske aus Make-up zu sehen, die sie für gewöhnlich trug. Dahinter verbarg sich eine Frau, die zwar eine neugierige Journalistin war, doch da war noch mehr. Andernfalls säße er jetzt nicht hier.

»Was ist mit Ihnen?«, gab er den Ball zurück. »Sie können mich doch ebenso wenig leiden. Ich erinnere mich an Worte wie unausstehlich und arrogant – bevor Sie Ihre Zunge verschluckt haben aus Angst, ich würde Sie einsperren lassen.«

Kate zuckte die Schultern. »Sie haben mir bisher auch nicht wirklich einen Grund gegeben, Sie zu mögen.«

»Touché.« Er legte sein Sandwich auf der Packung ab. »Vielleicht sollten wir uns auf einen Waffenstillstand einigen, zumindest bis zu dem Zeitpunkt, an dem wir wieder getrennte Wege gehen.«

»Klingt vernünftig.«

Chase hob sein Dr. Pepper und prostete ihr zu. »Auf den Frieden.«

»Auf den Frieden«, gab sie zurück.

Während sie aßen, erzählte er ihr, was er in den Nachrichten gesehen hatte.

Kate nickte. »In den Zeitungen steht derselbe Quatsch.« Sie trank einen Schluck von ihrem Soda. Als sie die Flasche wieder auf den Tisch stellte, fügte sie hinzu: »Aber die Fotos sind qualitativ schlechter.«

Nachdem sie gegessen hatten, nahm Kate ihren Laptop

aus der Tasche. Chase kritzelte den Namen des Indianers und seinen Wohnort auf einen Zettel und ging ins Bad. Er wusch sich das Gesicht mit kaltem Wasser, dann stützte er die Hände auf den Waschbeckenrand und betrachtete sich im Spiegel. Die Bartstoppeln juckten so sehr, dass er sich einen Rasierapparat herbeisehnte, doch das würde noch eine Weile warten müssen. Er zog den Duschvorhang zur Seite und tastete nach dem Pflaster in seinem Nacken, um zu sehen, ob es fest saß, als sich der Raum um ihn herum veränderte. Das kleine Badezimmer mit der Kunststoffwanne zerfloss vor seinen Augen. Die Wände rückten weiter auseinander, anstelle der billigen beigen Plastikverkleidung traten Mosaikfliesen in unterschiedlichen Blautönen. Der Boden war nicht länger mit einfachem Linoleum ausgelegt, sondern – passend zu den Wänden – nun ebenfalls gefliest.

Chase stand nicht länger vor der Wanne, sondern wieder am Waschbecken. Sein Blick fiel auf einen zerbrochenen Spiegel, ein paar scharfkantige Scherben hingen noch im Rahmen und fingen Teile seines Gesichts auf, so verschwommen und klein, dass er sich selbst nicht wiedererkannte. Weißer Schaum bedeckte sein Kinn und den unteren Teil seiner Wangen.

Er hielt ein Rasiermesser in der Hand und ließ es über das Kinn gleiten, doch die Hand, die das Messer führte, war nicht seine, ebenso fühlte sich der Körper *falsch* an. Chase versuchte den Kopf zu drehen und an sich hinunterzusehen, einen Blick auf sich zu erhaschen, doch der Körper verweigerte sich seinem Befehl, starrte stattdessen weiter auf den zertrümmerten Spiegel und schabte mit dem Rasiermesser über das Gesicht. Der frische Geruch des Rasierschaums stieg ihm in die Nase.

Er war in einem Körper gefangen, dessen Bewegungen er folgen musste, der ihm aber nicht gehorchte, ja nicht einmal der Seine zu sein schien – an einem Ort, den er noch nie gesehen hatte. Beinahe fühlte es sich an, als würde er durch die Augen eines Fremden blicken.

»Was hat das zu bedeuten?« Obwohl sich die Lippen nicht bewegten, waren seine Worte laut und deutlich zu hören.

Die Hand mit dem Rasiermesser zuckte zurück, die Klinge grub sich ins Kinn und hinterließ einen blutigen Kratzer.

»Was ist das für eine Scheiße?«, dröhnte eine zornige Stimme durch den Raum, die Stimme des Mannes, dessen Züge sich in den Scherben des Spiegels mit Chase' eigenen vermischten.

Der Rasierschaum brannte in der winzigen Wunde. Chase blinzelte, und als er den Blick erneut auf den Spiegel richtete, war der verschwunden. Er stand vor der Wanne, die Finger seiner linken Hand auf dem Pflaster in seinem Nacken liegend. Die blauen Fliesen waren fort, zurück war nur das abgenutzte Motelbad geblieben. Jetzt konnte er sich auch wieder bewegen. Er ging zum Spiegel, dessen Oberfläche vollkommen unversehrt war, blickte hinein und sah sich selbst klar und deutlich. Das Rasiermesser war weg, ebenso wie der Schaum an seinem Kinn, trotzdem blutete er an der Stelle, an der er sich geschnitten hatte.

»Ist da jemand?«, rief er in den Raum hinein, obwohl er ihn bis in den letzten Winkel einsehen konnte.

»Ist alles in Ordnung?«, erklang Kates Stimme von der anderen Seite der Tür.

»Ja sicher. Ich dachte nur, ich hätte jemanden gehört. Sind Sie allein?«

»Nur ich und mein Laptop.«

»Gut.« Er drehte die Dusche an, um ihr zu signalisieren, dass das Gespräch beendet war, doch statt sich unter den dampfenden Strahl zu stellen, setzte er sich auf den Wannenrand und starrte auf den Spiegel.

Er war an einem anderen Ort gewesen, in einem anderen Körper. Anders konnte er sich nicht erklären, was passiert war. Der zerbrochene Spiegel passte zu dem Traum, den er vergangene Nacht gehabt hatte. *Du bist jetzt nicht mehr allein.* Mit diesen Worten und dem Anblick von Scherben war er aufgewacht.

Heilige Scheiße, kann das wirklich wahr sein? Konnte es möglich sein, dass diese Verbindung tatsächlich existierte, von der der Indianer gesprochen hatte? War er im Kopf des Killers gewesen und hatte durch dessen Augen geblickt?

Nein, unmöglich! Es musste an den Drogen liegen, dass er diese Dinge sah. Doch noch während er versuchte sich das einzureden, wurde ihm bewusst, dass es nicht zutraf. Letzte Nacht mochte sein Verstand noch umwölkt gewesen sein, jetzt jedoch war er vollkommen klar im Kopf.

Er hatte soeben in die Überreste des Spiegels geblickt, der letzte Nacht in seinem Traum zerbrochen war.

Das war kein Traum.

Er stellte die Dusche ab und stürmte aus dem Bad zurück ins Zimmer, wo Kate über ihrem Laptop saß. Als sie ihn bemerkte, sah sie auf.

»Das Internet spuckt keine Adresse von diesem Mr Quinn aus«, sagte sie über den Bildschirm hinweg. »Wir werden wohl ins Reservat fahren und uns nach ihm durchfragen müssen.«

Chase schüttelte den Kopf. »Meine Pläne haben sich geändert. Ich muss nach D. C.«

»Was? Warum?«

»Es funktioniert«, platzte er heraus. »Diese Scheißverbindung funktioniert!«

Er hatte die Stimme eines Mannes gehört, womöglich die Stimme des Killers, sie hatte verzerrt und dumpf geklungen, dennoch war die Überraschung nicht zu überhören gewesen.

Der Kerl hatte es ebenfalls gespürt – und er hatte Chase gehört und sich dabei so erschrocken, dass er sich geschnitten hatte. Ein winziger Schnitt, der auch Chase' Kinn zeichnete.

In Kates Zügen spiegelte sich eine Mischung aus Verwirrung und Zweifel wider.

»Ich habe durch seine Augen gesehen«, versuchte er zu erklären, was er selbst kaum verstand. »Durch die Augen des Mörders!«

Wenn ein Teil der Verbindung den Tod findet, stirbt auch der andere. Das waren Franks Worte gewesen.

»Ich muss ihn finden, bevor Frank es tut.«

»Aber …«

»Wenn Frank ihn findet, wird er ihn umbringen, und wenn sein Leben wirklich mit meinem verbunden ist … Ich habe keine Lust, abzuwarten und zu sehen, ob es nun stimmt oder nicht.«

»Sie glauben daran?« Sie schüttelte den Kopf. »Letzte Nacht waren Sie noch davon überzeugt, dass es nichts als abergläubische Spinnerei ist, und plötzlich wollen Sie sich darauf einlassen?«

»Der Kerl, durch dessen Augen ich gesehen habe, hat sich beim Rasieren geschnitten. Sehen Sie sich das an!« Er neigte den Kopf zur Seite, damit sie den winzigen Schnitt sehen konnte. »Ich hatte kein Messer in der Hand und es war auch sonst nichts in der Nähe, mit dem ich das hätte machen können. Ich habe durch seine Augen gesehen. Ich war dort, in seinem Badezimmer! Ich habe den Schnitt gespürt und ich will nicht herausfinden, wie es sich anfühlt, von Kugeln durchlöchert zu werden.«

Kate war aufgestanden, um sein Kinn zu begutachten. Ihre Finger ruhten warm auf seiner Haut, als sie seinen Kopf ein Stück zur Seite drehte, bevor sie nach seiner Stirn tastete. »Fieber haben Sie jedenfalls nicht«, bemerkte sie, ehe sie ihre Hand zurückzog. »Sie haben ihn also wirklich gesehen? Wer ist es? Wie sieht er aus?«

Chase schüttelte den Kopf. »Ich fürchte, so einfach wird es nicht. Es war nur ein verschwommener Umriss, auf dem auch ein Teil meines Gesichts zu liegen schien – es ist schwer zu beschreiben, aber ich weiß, dass er es war.«

»Vielleicht könnten wir sein Badezimmer zur Fahndung ausschreiben«, meinte sie trocken. »Zumindest das scheinen Sie ja genauer gesehen zu haben.«

»Gott schütze uns vor Frauen mit Humor.«

Kate ignorierte seinen Kommentar. »Glauben Sie wirklich, dass Frank ihn finden wird, nachdem das den Cops und dem FBI – wie lange, drei Jahre? – nicht gelungen ist?«

»Ich will mein Glück jedenfalls nicht noch weiter herausfordern. Und selbst wenn nicht, dann ist das meine Chance, diesen Kerl zu kriegen!«

»Sie denken an Ihren Job, obwohl Sie genau dieser Job so tief reingeritten hat?«

»Ich denke daran, dieses Monster davon abzuhalten, weiter Angst und Schrecken zu verbreiten und noch mehr Familien zu zerstören. Als netten Nebeneffekt würde ich gerne meine eigene Haut retten.« Er sah sie an. »Tauchen Sie irgendwo unter, wo niemand sie kennt und mit Fragen löchert, und warten Sie, bis die Sache vorbei ist.«

»Ich dachte, wir machen das gemeinsam.«

»Das war, als es noch darum ging, diesen Quinn zu finden«, gab er zurück. »Jetzt ist das etwas anderes – es ist zu gefährlich. Das ist keine Story der Welt wert. Meinetwegen können Sie trotzdem exklusiv darüber berichten, wenn ich ihn habe. Dann bekommen Sie ihr verdammtes Interview.«

»Vergessen Sie die Story. Was ist mit Ihnen? Wie wollen Sie unbemerkt nach D. C. kommen und wo wollen Sie untertauchen?«

Darüber hatte er sich noch keine Gedanken gemacht. »Mir fällt schon was ein.«

»Tja, ich bin Ihnen einen Schritt voraus«, erwiderte sie grinsend. »*Mir* ist nämlich bereits was eingefallen.«

Sie erzählte ihm von Penny, deren Blumen sie gestern gegossen hatte, und ihrem verlassenen Haus.

»Sie ist einige Monate fort und niemand weiß, dass ich den Schlüssel habe«, erklärte sie. »Es ist der perfekte Unterschlupf. Abgesehen davon könnten wir Pennys Wagen benutzen.«

12

Kate sperrte die Tür zu Pennys Bungalow auf und schleppte die Tüten über die Schwelle. Sie musste viermal gehen, ehe sie alles vom Auto in die Küche bugsiert hatte und der Tresen beinahe überquoll.

Nachdem Chase und sie übereingekommen waren, Pennys Haus als Unterschlupf zu benutzen, war Kate mit dem Zug nach D. C. gefahren und von dort aus weiter zum Haus. Sie hatte Pennys schwarzen SUV geholt und sich auf den Weg zum nächsten Wal-Mart gemacht, um sich mit Vorräten für die nächste Zeit einzudecken. Nach Einbruch der Dunkelheit würde sie nach Woodbridge fahren, um Chase abzuholen.

Sie verteilte die Lebensmittel auf den Kühlschrank und die Küchenschränke. Sie hatte so viel gekauft, dass sie einige Zeit damit über die Runden kamen und lediglich von Zeit zu Zeit ein paar frische Sachen nachkaufen mussten.

Das Haus war ein gutes Versteck, allerdings würden sie auslosen müssen, wer im Schlafzimmer und wer auf der

Couch schlafen durfte, denn neben dem großen Wohn-Ess-Bereich mit der angrenzenden offenen Küche gab es lediglich ein Arbeitszimmer und einen Raum, der eine Mischung aus Hauswirtschaftsraum und Abstellkammer war, aber kein Gästezimmer. Das Haus selbst war ein Durcheinander aus geblümten Stoffen, gehäkelten Deckchen und Regalen voller Nippes, Bücher und Zeitschriften. Alles nicht gerade Dinge, die Kate in ihrer eigenen Wohnung hätte haben wollen, aber sie gehörten ebenso zu Penny wie deren liebenswert chaotische Art.

Kate brachte die Haartönung, Shampoo, Duschgel, Zahnpasta, Zahnbürsten und noch ein paar andere Dinge ins Bad und verteilte sie über die Ablagen. Beim Anblick der beiden nebeneinanderliegenden Zahnbürsten hielt sie inne.

Es sah seltsam aus.

Ungewohnt.

Die beiden Zahnbürsten machten ihr erst bewusst, worauf sie sich einließ. Bisher hatte sie noch nie eine Wohnung mit einem Mann geteilt, der nicht zu ihrer Familie gehörte, und jetzt sollte sie mit einem zusammenwohnen, den sie nicht einmal kannte.

Sie zuckte die Schultern. »Es ist eine Zweckgemeinschaft, nichts weiter.«

Seit sie ihren Waffenstillstand geschlossen hatten, war Chase tatsächlich freundlicher zu ihr gewesen. *Das sollte er auch, immerhin helfe ich ihm seinen Arsch zu retten.* Nachdem er erst einmal seine Arroganz beiseitegeschoben hatte, schien er gar kein so übler Kerl zu sein. Ihr gefiel der Sarkasmus, den er von Zeit zu Zeit durchschimmern ließ.

Versprechen Sie mir, dass es das letzte Mal ist, dass ich etwas mit Ihnen zu tun habe, hatte er verlangt. Dass er in ihr nur die lästige Reporterin sah, die er so schnell wie möglich wieder loswerden wollte, hatte sie in ihrem Stolz gekränkt. Allerdings war ihr bewusst, dass sie sich das Bild, das er von ihr hatte, selbst zuschreiben musste.

Sie kehrte in die Küche zurück, um die restlichen Einkäufe wegzuräumen. Im Wal-Mart war sie jedes Mal fast gestorben vor Schreck, sobald jemand auch nur den Gang betreten hatte, in dem sie gerade war. Ständig hatte sie darauf gewartet, dass jemand mit dem Finger auf sie zeigen und »Das ist sie! Die entführte Frau!«, rufen würde. Sie hatte sich die Baseballkappe immer tiefer in die Stirn gezogen, das Gesicht den Regalen zugewandt und wäre am liebsten unsichtbar geworden. Der Einkauf war die Hölle gewesen, trotzdem hatte sie daran gedacht, nicht nur Lebensmittel und Badartikel zu kaufen, sondern auch zwei Einweg-Handys, die nirgendwo registriert werden mussten und deren Gesprächsguthaben zumindest für Notfälle ausreichen würde. Zu guter Letzt hatte sie die Dinge, um die Chase sie gebeten hatte, in den Einkaufswagen gepackt – unter anderem Magazine für die Glock. *Gott segne Amerika, das vermutlich einzige Land auf der Welt, in dem man einfach in einen Wal-Mart marschieren und Munition kaufen kann.* Nicht dass der Kauf von Waffen wesentlich komplizierter gewesen wäre.

Fehlten nur noch Klamotten zum Wechseln. Sie setzte die Baseballkappe wieder auf, ging in die Garage, stieg in den Wagen und fuhr los. Da es in der Nähe nur kleinere Shops gab und sie sich nicht ins Stadtzentrum wagte, fuhr sie zur Pentagon City Mall nach Arlington. Es war ein sonniger, aber nicht sonderlich warmer Maitag. Aus der Klimaanlage blies ein eisiger Wind, der Kate veranlasste, die Jacke anzuziehen, die sie über dem Arm trug. Obwohl es erst früher Nachmittag war, herrschte bereits reger Betrieb, in erster Linie Teenies, die von Geschäft zu Geschäft schlenderten, Kaffee und Milkshakes tranken und sich von den Sonderangeboten in den Auslagen anlocken ließen. Die Musik, die aus den Läden drang, vermischte sich mit dem Gelächter und Gerede der Menschen. Der abgestandene Geruch der Klimaanlage, der sich in der Mall breitgemacht hatte, wurde von den verschiedenen Aromen überlagert, die aus den einzelnen Shops wehten. Süße Seifengerüche aus dem Body Shop wurden nach wenigen Schritten von fruchtigen Düften der Candle Factory und kurz darauf vom Geruch von Auntie Anns heißen Laugenbrezeln abgelöst. Aus den versteckten Lautsprechern schallte gedämpfte Musik, und auf einer der Veranstaltungsflächen im Zentrum des Shoppingkomplexes saßen die Stars einer Seifenoper, die Kate nicht einmal kannte, und gaben kreischenden Fans Autogramme und Küsschen. Zwei Fernsehteams und mehrere Reporter verfolgten das Geschehen und interviewten die Leute, die sich um den Tisch drängten, an dem die Schauspieler – abgeschirmt von ihren Bodyguards – saßen. Als Kate sah, dass einige ihrer Kollegen auch Leute ansprachen, die an dem Durcheinander vorbeigingen, machte sie kehrt und fuhr mit einer Rolltreppe in den ersten Stock. Von dort aus sah sie unter sich in der Menge einen dunklen Haarschopf, dessen blonde Strähnen so auffällig aus der Masse herausstachen, dass sie ihn überall erkannt hätte: Marc.

Mit einem unterdrückten Fluch wandte sie sich ab und ging weiter. Am liebsten wäre sie losgerannt, doch das hätte zu viel Aufmerksamkeit erweckt – im schlimmsten Fall die des Sicherheitsdienstes, der sie darauf hinweisen würde, dass Rennen und Rollschuhlaufen verboten war. *Wenn die mich erkennen* … Es war zu riskant. Kate zwang sich zu einem schnellen Tempo, von dem sie hoffte, sie würde damit als gestresste vierfache Mutter durchgehen, die schnell ihre Einkäufe erledigen musste, ehe die Kinder nach Hause kamen. Zweimal noch warf sie einen Blick nach unten, bevor die Massen aus ihrem Blickfeld verschwanden. Marc hatte sich zu einem der männlichen Darsteller vorgearbeitet, einem Kerl, der wie eine Mischung aus Model, Surfer und griechischem Gott aussah, und hielt ihm sein Diktiergerät unter die Nase, während er mit breitem Lächeln seine Fragen stellte. Dieser Adonis beanspruchte Marcs Aufmerksamkeit so sehr, dass er den Blick keine Sekunde von ihm abwandte.

Gut so!

Ohne Umwege hielt sie auf einen Old Navy Store zu, schnappte sich einen der riesigen Einkaufskörbe und arbeitete sich zielsicher durch das Gewühl im Laden. Keine fünfzehn Minuten später stand sie bereits an der Kasse. Die Verkäuferin zog ein Teil nach dem anderen über den Scanner. Eine Ewigkeit schien zu vergehen, in der die Frau die Kleidungsstücke zusammenfaltete und in die großen Plastiktüten stopfte. Ungeduldig beobachtete Kate, wie die Sachen Stück für Stück in die Tüten wanderten. Für Chase hatte sie ein weiteres Paar Jeans, Socken, Boxershorts, ein T-Shirt und einen dunkelblauen Kapuzenpullover ausgesucht, der das hellgelbe Logo der George Washington University trug. Außerdem eine passende Baseballmütze, und zum Schluss wanderte noch ein Paar schwarze Chucks in die Tasche. Für sich selbst hatte sie lediglich Unterwäsche und ein weiteres Paar Jeans gekauft. Zusammen mit dem Satz Klamotten, den sie in ihrer Reisetasche hatte, sollte sie damit problemlos über die Runden kommen.

Die Verkäuferin schob die Tüten zur Seite und drückte einen Knopf an der Kasse. »Das macht dann 187 Dollar.«

Es lebe der Schlussverkauf! Kate zog ihre Kreditkarte aus dem Geldbeutel und reichte sie der Frau. Als die Verkäuferin die Karte durch den Leser zog und das Gerät ratternd den Beleg ausspuckte, überlief es Kate eiskalt. Kreditkarte! Wie konnte sie nur so dämlich sein?! Hatte sie nicht genügend Krimis gesehen, um zu wissen, dass die Polizei die

Umsätze abfragen und auf diese Weise herausfinden konnte, wo sie überall gewesen war?

Kate unterschrieb den Zahlungsbeleg und hätte um ein Haar erleichtert aufgeseufzt, als die Verkäuferin lediglich die Unterschrift verglich, ohne dabei den Namen auf der Karte auch nur eines Blickes zu würdigen. Sie stopfte die Karte in den Geldbeutel zurück und verstaute ihn in ihrer Tasche, ehe sie die Tüten packte und den Laden verließ. In der Nähe des Gastrobereichs entdeckte sie einen Geldautomaten. Nachdem ihr Weg ohnehin schon hierher zurückzuverfolgen war, schob sie die Karte in den Automaten und hob tausend Dollar von ihrem Konto ab. Damit wäre sie zumindest eine Weile flüssig und musste die Karte nicht noch einmal einsetzen.

Voll beladen und noch immer mit der Erkenntnis im Gepäck, eine riesige Dummheit begangen zu haben, machte sie sich in Richtung Ausgang auf den Weg, als plötzlich jemand ihren Namen rief. Marc! Kate tat, als hätte sie ihn nicht gehört – als wäre es gar nicht ihr Name –, und ging einfach weiter. Mit ein wenig Glück dachte er, dass er sie verwechselt hatte, und würde nicht noch einmal nach ihr rufen. Ohne sich umzusehen, bog sie um eine Ecke und fand sich in einem langen, breiten Gang wieder, der an den Personaleingängen einiger Shops vorbeiführte und weiter hinten einen scharfen Knick nach rechts machte, in Richtung der Kundentoiletten. Zwei Automaten mit Süßigkeiten und Getränken standen an der Wand Spalier und warteten darauf, ihr Innerstes an einen zahlungswilligen Kunden auszuspucken.

Geh weiter!, beschwor sie ihn und schloss ihre Finger so fest um die Henkel ihrer Tüten, dass es schmerzte. *Bitte sieh deinen Irrtum ein.* Schritte in ihrem Rücken verrieten ihr, dass er das nicht tat.

»Kate!«

Die Damentoilette! Nur noch zwanzig Meter, dann konnte sie darin verschwinden. Mit ein wenig Glück war dort genug los, sodass er es nicht wagen würde, ihr hineinzufolgen. Die Frage war: Wie sollte sie wieder herauskommen, solange er vor der Tür lauerte?

Wie sich herausstellte, musste sie sich zumindest darüber keine Gedanken machen, denn Marc holte sie ein, lange bevor die rettende Tür in Reichweite kam. Er griff nach ihrem Arm und drehte sie so unsanft herum, dass sie um ein Haar ihre Tüten hätte fallen lassen.

Großartig. Erst die Kreditkarte und jetzt das! Sie hätte sich aus dem Staub machen sollen, als sie Marc auf der Veranstaltungsfläche gesehen hatte, aber nein, Frau Superagentin dachte ja, sie hätte alles im Griff.

Marcs ebenmäßiges Gesicht schwebte vor ihr, ein Gesicht, das ein Bildhauer nicht perfekter hinbekommen hätte. Lediglich die gehobenen Augenbrauen verrieten, wie aufgewühlt er war. Der Rest seiner Mimik litt unter dem Botox, das er sich regelmäßig spritzen ließ. »Du bist es wirklich. Gott sei Dank!«

Ehe sie etwas erwidern konnte, zog er sie samt den Tüten in seine Arme. Der Duft seines Aftershaves hüllte sie ein, ein Geruch, so beruhigend und vertraut, dass sie um ein Haar vergessen hätte, in welcher Klemme sie steckte. Glücklicherweise gab er sie sofort wieder frei, bevor ihr Verstand noch weiter umnebelt werden konnte. Er zog seinen Maßanzug zurecht und betrachtete sie von oben bis unten.

»Himmel, geht es dir gut, Herzblatt? Was ist passiert? Bist du verletzt?«

Kate nahm alle Tüten in eine Hand und legte ihm die freie Hand auf den Arm. Sofort endete sein Redeschwall. »Mach dir keine Sorgen, es ist alles in Ordnung.«

Ich muss nur weg von hier und du musst vergessen, dass du mich gesehen hast, dann ist alles gut.

»Ich plappere und plappere und merke dabei gar nicht, wie müde du aussiehst«, fuhr er fort. »Mein Gott, du musst zu Tode erschöpft sein – und verängstigt. Lass uns zu mir fahren, dann kannst du dich ein wenig ausruhen und mir in Ruhe erzählen, was passiert ist. Und wir müssen natürlich die Polizei verständigen.« Er wollte ihr die Tüten abnehmen, doch Kate gab sie nicht frei. »Komm schon, ich helfe dir mit dem Zeug.«

Sie schüttelte den Kopf. »Ich kann nicht, Marc.« Wie sollte sie ihm erklären, dass sie sich mit Chase zusammengetan hatte, um ihm zu helfen? Wie konnte sie ihm klarmachen, dass er sich keine Sorgen um sie machen musste. *Am besten gar nicht. Halt einfach den Mund und hau ab.*

Marc sah sie irritiert an. Eine blonde Strähne fiel ihm in die Stirn, doch entgegen seiner Gewohnheit strich er sie nicht zurück. »Was ist los?«

»Ich muss gehen«, platzte sie heraus. »Sag bitte niemandem, dass du mich gesehen hast – nicht Trent und schon gar nicht der Polizei oder dem FBI. Nie-man-dem, hörst du?«

»Bist du verrückt? Was soll das, Kate?«

Ein paar Leute kamen den Gang entlang. Kate zog Marc zur Seite und senkte ihre Stimme. »Ich bin an einer unglaublichen Story dran, aber die bekomme ich nur, wenn du dichthältst.« Es war nicht einmal gelogen, sie hatte nur ein paar Details weggelassen – abgesehen davon war es die einzige Erklärung, die ihr einfiel.

Er sah sie lange schweigend an, so lange, dass Kate sich am liebsten losgerissen hätte und davongelaufen wäre, dann hob er plötzlich die Hand und strich ihr beinahe zärtlich über die Wange. »Mein Gott«, flüsterte er. »Er hat dich in der Hand. Ist es das? Agent Ryan zwingt dich, ihm zu helfen.«

Die Wahrheit wollte er nicht hören, er wollte ihr nicht abkaufen, dass sie tatsächlich an einer Story dran war. Wenn er glauben wollte, sie sei in Gefahr, dann sollte er das tun, solange er sie nur ziehen ließ. Sobald sie ihn los war, wären Chase und sie in Sicherheit, denn auch Marc wusste nichts von Pennys Haus.

»Du musst mich gehen lassen, Marc.«

»Womit bedroht er dich?«

Was soll ich mir jetzt aus den Fingern saugen? »Das kann ich dir nicht sagen. Bitte«, sagte sie beschwörend und wusste nicht, was ihr mehr leidtat – dass sie Agent Ryan den Schwarzen Peter zuschob oder dass sie zuließ, dass Marc sich weiter um sie sorgte. So oder so, sie fühlte sich mies dabei. »Lass mich gehen.«

Seine Hand lag noch immer auf ihrer Wange, die Wärme seiner Finger ging ihr durch und durch, doch noch schlimmer war sein Blick. Diese Mischung aus Sorge und Hilflosigkeit, die in seinen dunklen Augen lag, hätte sie um ein Haar dazu gebracht, ihm alles zu erzählen. Damit, dass Chase hinter Gittern landete, hätte sie leben können. Sobald der Indianer seine Aussage gemacht hatte, wäre er ohnehin wieder auf freiem Fuß. Wenn es jedoch stimmte und Cassell tatsächlich vorhatte ihn umzubringen, waren ein Polizeirevier oder ein Gefängnis gefährliche Orte für ihn.

Marc hob ihre Kappe so weit an, dass er sie auf die Stirn küssen konnte. »Pass auf dich auf.« Er rückte die Mütze wieder zurecht. »Und ruf mich an, wenn du Hilfe brauchst.«

Kate atmete auf, als er sie freigab, und trat einen Schritt zurück. »Das werde ich. Hab keine Angst«, fügte sie schnell hinzu, um ihn zumindest ein wenig zu beruhigen. »Ich glaube nicht, dass er mir etwas antun wird.«

Ohne eine Antwort abzuwarten, machte sie kehrt und ging den Gang entlang, zurück in Richtung der Läden. Sobald sie um die Ecke war, wurde sie schneller. Vor ihr kam ein Angestellter aus einer der Hintertüren und ging in Richtung Mall davon. Kate rannte auf die Tür zu und warf sich dagegen, ehe sie zufallen konnte. Rasch schlüpfte sie durch den Spalt und fand sich in einem winzigen dunklen Raum wieder. Hier war es heiß und stickig, der Geruch von Kunststoff und Gummi lag in der Luft. Zu ihrer Linken entdeckte sie einen Vorhang, hinter dem sie das Lager vermutete, und vor ihr lag eine weitere Tür, durch die das Piepen einer Registrierkasse zu hören war. In der Hoffnung, der Mann möge so schnell nicht zurück- und niemand aus dem Laden nach hinten kommen, stellte sie ihre Tüten ab und spähte durch den winzigen Spalt auf den Gang hinaus.

Als Erstes hörte sie Marcs Stimme. »Nein, Officer, ich habe sie gesehen.« Dann erreichte er selbst ihr Sichtfeld. Mit dem Handy am Ohr ging er den Gang entlang und blieb stehen, nur einen halben Meter von ihrem Versteck entfernt. »Hören Sie, Schätzchen, ich bin nicht dämlich«, maulte er. »Ich bin ihr auf den Fersen und werde sehen, wohin sie fährt.« Einen Moment lauschte er der Stimme am anderen Ende. »Ja, er hat sie noch immer in seiner Gewalt.« Jetzt ging er weiter, seine Schritte wurden schneller, seine Stimme leiser. »Ich bleibe dran. Sagen Sie Ihren Leuten, sie sollen sich verdammt noch mal beeilen!«

Er sagte noch mehr, war jedoch mittlerweile zu weit entfernt, als dass Kate noch etwas hätte verstehen können. Sie ließ die Tür leise ins Schloss schnappen und lehnte sich mit dem Rücken dagegen. Bald würde es hier nur so von Cops wimmeln. Sie musste zum Wagen – und das, ohne Marc oder jemandem in Uniform über den Weg zu laufen.

Die Tür zum Laden wurde geöffnet, das einfallende Licht blendete Kate und es dauerte einen Moment, bevor die Umrisse der matronenhaften Verkäuferin klarer wurden.

»Was haben Sie hier zu suchen?«, schnappte die Frau. »Verschwinden Sie oder ich rufe den Sicherheitsdienst!« Sie warf einen Blick auf Kates Tüten und sah dann in Richtung des Lagers. »Vielleicht sollte ich den auf jeden Fall rufen.«

»Nein, warten Sie!«

Die Frau hielt inne, das Licht spiegelte sich in ihrer Brille wider, sodass Kate ihre Augen nicht erkennen konnte. »Worauf?«

»Ich habe nichts gestohlen«, versicherte Kate. »Sie können sich meine Tüten ansehen. Aber ich brauche Hilfe.« Plötzlich wusste sie, wie sie von hier verschwinden konnte. »Da draußen, am Ende des Gangs, steht mein Ex-Freund. Er hat mich entdeckt, als ich zur Toilette gegangen bin, und ist mir gefolgt und jetzt …«

»Er ist wohl einer von der unangenehmen Sorte, was?«

Kate nickte. »Das kann man wohl sagen.«

Ihr Blick wanderte zurück zu Kates Tüten, als wolle sie sichergehen, dass sie tatsächlich nichts gestohlen hatte. Kate hob eine der Tüten auf, öffnete sie und hielt sie der Verkäuferin entgegen. »Überzeugen Sie sich selbst.«

Die Frau winkte ab und rückte ihre Brille ein wenig verlegen zurecht. »Schon in Ordnung. Kommen Sie mit, Sie können durch den Laden hinausgehen, dann kann sich Ihr Kerl da hinten die Beine in den Bauch stehen.«

Erleichtert sammelte Kate ihre Tüten ein und folgte der Frau nach vorn. Ehe sie den Laden verließ, bedankte sie sich noch einmal bei der hilfsbereiten Dame. Vor dem Geschäft sah sie sich nach allen Seiten um, ohne Marc zu entdecken. So schnell sie konnte, ohne Aufmerksamkeit auf sich zu ziehen, verließ Kate die Mall und ging zu Pennys Wagen. Sie warf die Tüten in den Kofferraum, kletterte hinter das Lenkrad und verriegelte die Türen von innen. Hinter den getönten Scheiben fühlte sie sich sofort sicherer, trotzdem nahm sie sich nicht die Zeit, sich von ihrem Schrecken zu erholen. Sie ließ den Motor an und fuhr los. Als sie den Parkplatz verließ, kamen ihr mehrere Streifenwagen mit eingeschaltetem Blaulicht entgegen. Kate hielt die Luft an und fürchtete schon, sie würden sie stoppen, doch sie fuhren an ihr vorbei, in Richtung der Mall, wo Marc sie erwarten würde.

Es tat ihr leid, dass es ihr nicht gelungen war, ihm seine Furcht zu nehmen, und dass sie – im Gegenteil – seine Angst nur noch weiter geschürt hatte, aber ihr war keine andere Wahl geblieben. Er hätte sie zur Polizei geschleppt, während Chase in Woodbridge darauf wartete, dass sie ihn abholen kam. Die Story wäre dahin gewesen. Viel schlimmer jedoch fand sie den Gedanken, dass Chase dann auf sich allein gestellt wäre. Es würde ihm kaum gelingen, sich länger als ein oder zwei Tage vor der Polizei zu verstecken, schon gar nicht, wenn er vorhatte nach D. C. zurückzukehren. Sie hatte ihm ihre Unterstützung versprochen und sie *wollte* ihm auch helfen – obwohl sie im Augenblick nicht sicher war, was sie tun konnte.

13

Frank Cassell saß in seinem Wagen und starrte aus dem Fenster, ohne viel von seiner Umgebung wahrzunehmen. Heute Morgen hatte er ein Urlaubsgesuch eingereicht und war nach Tombesdale Point, ins Reservat der Nidwaya-Indianer gefahren, eine feuchte, waldige Gegend, in der die Moskitos bereits zu dieser Jahreszeit eine Plage waren.

Joseph Quinns Tod war nie Teil seines Plans gewesen, trotzdem war er unvermeidlich, wenn er verhindern wollte, dass die Aussage des Indianers ihn hinter Gitter brachte, bevor er Chase in die Finger bekam. Unglücklicherweise schien der Indianer das ebenfalls zu ahnen, denn er war nicht in seinem Haus anzutreffen und ging auch nicht ans Telefon. Frank hatte den ganzen Tag am Rand der Zufahrtsstraße gewartet, den Wagen im Schatten einiger Ahornbäume geparkt, doch Quinn war nicht aufgetaucht.

Nach einer Stunde war er sicher gewesen, dass der Indianer sich nicht blicken lassen würde, allerdings hatte er darauf gebaut, dass Chase früher oder später auf der Suche nach dem einzigen Zeugen hier aufkreuzen würde. Doch auch diese Hoffnung war bisher vergebens geblieben.

Es war mittlerweile später Nachmittag, vom angrenzenden Fluss kroch die Feuchtigkeit herauf und breitete sich in dunstigen Schwaden zwischen den Bäumen aus. Der Wald verbreitete einen erdig-modrigen Geruch, der durch die Lüftungsschlitze ins Innere des Wagens drang und Frank an das Grab denken ließ, in dem Diana seit nunmehr drei Monaten lag, während ihr Mörder noch immer auf freiem Fuß war.

Obwohl er nicht glaubte, dass er hier heute noch etwas erreichte, fuhr er nicht nach Hause. Alles in ihm sträubte sich dagegen, an den Ort zurückzukehren, der ihn an sein Versagen erinnerte.

Chase war ihm entkommen, dabei hatte der Mann unter Drogen gestanden und war verletzt gewesen. Wer hätte auch damit gerechnet, dass diese verdammte Reporterin ausgerechnet an diesem Abend vor seinem Haus aufkreuzte? Hätte Chase nicht ihren Wagen gestohlen, läge er jetzt im Leichenschauhaus.

Zusammen mit dem Mörder meiner Frau.

Ihm war durchaus bewusst, dass er womöglich niemals erfahren würde, wer Diana umgebracht hatte. Das Wissen jedoch, dass derjenige starb, wenn Chase ins Gras biss, genügte ihm. Das Ritual hatte Chase' Leben mit dem des Killers verbunden, es würde funktionieren, daran glaubte er mit jeder Faser seines Körpers.

Anfangs hatte er tatsächlich Mitleid mit Chase gehabt, immerhin waren sie Freunde gewesen, doch das war lange her und an manchen Tage erschien es Frank wie die Erinnerung an ein anderes Leben. Chase musste sterben, daran führte kein Weg vorbei. Er hatte versucht ein anderes Opfer zu finden, jemanden, der ihm nicht so nah stand. Doch niemand war bereit gewesen, den weiten Weg nach Richmond zu fahren. Stattdessen hatten sie ihm vorgeschlagen, das Bier in einer der Kneipen in Quantico zu trinken.

Mit Chase war alles so viel einfacher gewesen. Die bloße Andeutung, reden zu wollen, hatte genügt, um ihn nach Richmond zu locken. Den Indianer hatte er nicht lange überzeugen müssen. Ein wenig mehr Mühe hatte es gekostet, den Mann zum Bleiben zu bewegen, nachdem er erkannt hatte, dass Chase nicht aus freien Stücken an dem Ritual teilnehmen würde.

Es war alles bis ins letzte Detail vorbereitet gewesen. Die DNA-Proben aus der Asservatenkammer, Chase' Fingerabdrücke darauf, der Anruf bei Munarez.

Glücklicherweise hatte er schnell gehandelt, denn nur wenig später hatte auch Chase bei Munarez angerufen. Ohne ihm seine Geschichte abzunehmen, hatte die Polizistin sogar versucht Chase hinzuhalten, bis die Streifenwagen vor Ort eintrafen. Beinahe hätte es gereicht.

Diese verdammte Reporterschlampe!

Seit Chase die Cops abgehängt hatte, war er untergetaucht und die Frau blieb verschwunden – lediglich ihr Wagen war vor einem Superstore in Woodbridge gefunden worden.

Was mit der Frau geschah, interessierte ihn nicht, er wollte nur Chase – und solange die Cops nach ihm fahndeten, würde er ihm früher oder später ins Netz gehen. Ein sauberer Schuss, das war alles, was er brauchte.

Sein Handy klingelte und riss ihn aus seinen Gedanken.

»Special Agent Cassell.«

»*Mierda!* Cassell, wo stecken Sie?«

»Auf dem Weg nach Hause«, behauptete er. »Was gibt es?«

»Wir haben eine Spur«, erklärte Munarez. »Ein Kollege hat die Reportertussi in einer Mall gesehen und unsere Leute verständigt.«

»Konnte sie sagen, wo Chase sich versteckt?«

»Sie konnte gar nichts sagen«, schnaubte die Polizistin in den Hörer. »Dieser Trottel hat sie ziehen lassen und dann aus den Augen verloren. *Imbécil!*«

Es dauerte eine Weile, bis Frank sie dazu brachte, ihm einen zusammenhängenden Bericht der Geschehnisse zu liefern. So wie es aussah, hatte Chase die Frau noch immer in seiner Gewalt und zwang sie, ihm zu helfen. Womit er sie in der Hand hatte, wusste laut Munarez niemand. Frank war sich allerdings nicht so sicher, ob es überhaupt ein Druckmittel brauchte, um sie zur Zusammenarbeit zu bewegen. Vermutlich würde allein die Aussicht auf eine Story genügen.

Zumindest wusste er jetzt, dass Chase wieder in D. C. war.

»Passen Sie auf, Anita, ich habe ein paar freie Tage«, erklärte er. »Ich komme nach D. C. und werde Sie bei der Fahndung nach Chase unterstützen. Rufen Sie mich an, sobald es etwas Neues gibt, ich tauche morgen früh bei Ihnen im Revier auf, damit wir unsere Suche koordinieren können.«

»Kommt überhaupt nicht infrage«, fuhr sie ihn an. »Ich brauche keinen von euch Anzügen, der mir sagt, wie ich meine Arbeit zu machen habe!«

»Ich kenne Chase, ich weiß, wie er tickt. Wenn Sie ihn wirklich aufspüren wollen, werden Sie keine bessere Hilfe als mich bekommen.« Nach einer kurzen Pause fügte er hinzu: »Ich habe nicht vor, mich in Ihre Arbeit einzumischen, ich will Ihnen nur helfen Chase zu schnappen, bevor er den Killer mit Mitteln unterstützen kann, die über den Diebstahl von Beweismaterial hinausgehen.«

»*Váyase al carajo!* Sie halten sich im Hintergrund, reden mir nicht drein und sagen meinen Leuten nicht, was Sie zu tun haben, dann können Sie meinetwegen dabei sein.«

»Einverstanden.«

Frank beendete die Verbindung. Selbst wenn Munarez an Chase' Schuld zweifeln sollte, würde sie alles daransetzen, ihn zu fassen – für Fragen war später noch Zeit, sobald sie ihn in ihrem Verhörzimmer hatte. Nur dass Frank nicht vorhatte, Chase jemals bis dorthin kommen zu lassen.

Washington also. Darauf hätte er auch selbst kommen können, nachdem Chase sich den ganzen Tag nicht im Reservat blicken ließ. Aber was hatte er dort zu suchen?

Darauf gab es nur eine Antwort: Das Ritual hatte funktioniert und Chase war nun auf der Jagd nach dem Schlitzer.

Und ich bin ab sofort ebenfalls auf der Jagd.

Wer ihm zuerst ins Netz ging, würde sich zeigen. Wer von den beiden es auch sein mochte, am Schicksal des anderen würde das ohnehin nichts ändern.

14

Während seiner Jahre beim FBI hatte Chase oft Situationen erlebt, in denen sich die Zeit wie Kaugummi gezogen hatte, und nicht nur einmal hatte er dabei auch um seine Sicherheit bangen müssen. Selten jedoch war er so rastlos gewesen wie in den Stunden, nachdem Kate das Motel verlassen hatte, um nach D. C. zu fahren.

Mehr als nur einmal hatte er sich gefragt, ob sie tatsächlich zurückkommen würde. Jedes Mal hatte er sich gesagt, dass ihr gar keine andere Wahl blieb – ohne ihn gab es keine Story. Nachdem er endlich davon überzeugt war, dass sie ihn weder verraten noch sitzen lassen würde, war seine nächste Sorge, dass sie der Polizei ins Netz ging. Womöglich wurde sie schon seit Stunden verhört und war kurz davor, seinen Aufenthaltsort preiszugeben. Vielleicht hatte sie es in dieser Sekunde getan.

Draußen wurde es bereits dunkel, als sie endlich kam. Sie drückte sich durch den Türspalt wie ein Einbrecher und sah so gehetzt aus, dass er das Schlimmste befürchtete.

»Ist Ihnen jemand gefolgt?«

»Nein, niemand.«

»Sind Sie sicher?«

»Abgesehen davon, dass ich mehr in den Rückspiegel gestarrt habe als nach vorn, bin ich mehrmals am Straßenrand stehen geblieben, um zu sehen, wer alles an mir vorbeifährt – von den ganzen Umwegen mal gar nicht zu reden.« Sie nickte. »Also ja, ich bin mir sicher.«

Sie wollte ihre Reisetasche nehmen, die sie schon am Morgen gepackt hatte, doch Chase nahm sie ihr ab. »Geben Sie den Schlüssel an der Rezeption ab, ich warte im Wagen.«

»Der schwarze SUV gleich vor der Tür.« Sie hielt ihm den Autoschlüssel hin, schloss jedoch ihre Finger darum, als er ihn nehmen wollte. »Machen Sie sich keine Hoffnungen – ich fahre.« Dann ließ sie den Schlüssel los und ging zur Rezeption.

Keine fünfzehn Minuten später lagen das Motel und Woodbridge hinter ihnen und sie fuhren auf dem Highway in Richtung Washington. Chase hatte erwartet, dass sie ihn mit Fragen oder Berichten darüber, was sie im Laufe des Nachmittags getan und erlebt hatte, überhäufen würde, doch sie sagte kein Wort. Schweigend starrte sie auf die Straße und kaute dabei auf ihrer Unterlippe.

»Haben Sie Hunger?«, fragte Chase schließlich.

»Wieso?«

»Weil ich das Gefühl habe, dass Sie sich jeden Moment selbst auffressen werden.«

»Ich habe Mist gebaut«, gestand sie zerknirscht.

»Was haben Sie angestellt?«

»Kreditkartenzahlung«, stöhnte sie und verzog das Gesicht, als würde ihr das bloße Wort schon Schmerzen bereiten.

Chase wusste nicht, ob er Mitleid haben oder sich ärgern sollte. In Anbetracht ihres Gesichtsausdrucks tendierte er am ehesten zu einem schadenfrohen Grinsen, trotzdem blieb er ernst. »Wo?«

Sie sagte es ihm.

»Das war so dumm von mir!«, schimpfte sie. »Ich hätte daran denken müssen!«

»Wie oft waren Sie in Ihrem Leben schon auf der Flucht vor der Polizei?«

»Noch nie.«

»Und wie oft haben Sie schon ein Verbrechen begangen?«

Sie sah ihn kurz an, ehe sie den Blick wieder auf den Verkehr richtete. »Sprechen wir von richtigen Verbrechen, etwas, das schlimmer ist, als vor einem Hydranten zu parken?«

Er nickte.

»Dann auch noch nie.«

»Dann kann auch niemand von Ihnen erwarten, dass Sie wissen, wie man so etwas macht und wie man sich dabei verhält.«

»Aber es gibt das Fernsehen«, protestierte sie. »Krimis und Thriller – ich hätte vorbereitet sein müssen.«

»Fernsehen als Vorbereitung? Warum bin ich darauf nicht

gleich gekommen? Stattdessen habe ich Jahre mit meiner Ausbildung verschwendet.« Jetzt tat sie ihm tatsächlich leid, sie machte sich solche Vorwürfe, als hätte sie ihn persönlich bei der Polizei angeschwärzt. »Das ist genauso ein Blödsinn, als würden Sie sagen, sie hätten alle Superman- und Spiderman-Comics gelesen, um sich auf Ihre Karriere als Reporterin vorzubereiten.«

Sie zuckte so schuldbewusst zusammen, dass ihm ein »Sagen Sie, dass das nicht wahr ist!« herausrutschte.

»Natürlich ist das nicht wahr«, sagte sie mit einem bösen Seitenblick in seine Richtung. »Allerdings habe ich die Comics als Kind sehr gern gelesen und vielleicht habe ich dabei tatsächlich meine Faszination für diesen Beruf entdeckt. Nur dass ich natürlich nie vorhatte, über Superhelden zu berichten.«

»Nein«, meinte er lächelnd. »Sie geben sich mit FBI-Agenten zufrieden.«

»Ich bin eben genügsam.«

Jetzt lachten sie beide.

Ein Hinweisschild kündete in einer halben Meile Entfernung eine Raststätte an.

»Fahren Sie dort raus, Lois Lane.«

»So wie es derzeit um meine Karriere bestellt ist, können Sie mich wohl eher Jimmy Olsen nennen.« Sie setzte den Blinker, bog auf den Rastplatz ein und stellte den Wagen auf dem Parkplatz vor dem riesigen Flachbau ab. »Okay, was wollen wir hier? Müssen Sie aufs Klo?«

»Ich habe nicht vor, auszusteigen, aber Sie gehen jetzt da hinein und kaufen etwas – irgendwas – und bezahlen es mit Ihrer Kreditkarte.«

»Was? Aber …« Sie sah ihn an, als hätte er den Verstand verloren.

»Ihren ersten Einkauf haben Sie in diesem Wal-Mart irgendwo im Norden von D. C. gemacht«, erklärte er, »danach waren Sie eine ganze Ecke weiter südlich in der Mall in Arlington und jetzt kaufen Sie hier ein, noch weiter im Süden. Was würden Sie denken, wenn Sie der ermittelnde Beamte wären und diese Kreditkartendaten zu sehen bekämen?«

Schlagartig verschwand der Zweifel aus ihren Augen und ihre Miene hellte sich auf. »Dass wir auf dem Weg nach Süden sind – fort von Washington. Sie sind ein Genie, Ryan!«

Als sie eine Stunde später in Cheverly ankamen, trug Chase die Einkaufstüten ins Haus und schluckte zwei Paracetamol, um das aufkeimende Pulsieren an seinem Hals und in seinem Nacken im Zaum zu halten, bevor er begann, sich durch ihre Errungenschaften zu wühlen.

»Ich habe die Shirts und Pullover eine Nummer größer genommen«, sagte sie. »Der von gestern sieht ein wenig knapp aus.«

Chase nickte nur. Sie hatte wirklich an alles gedacht, sogar Unterwäsche und Socken hatte sie besorgt. Beim Anblick der neutralen Boxershorts musste er grinsen – an ihrer Stelle hätte er vermutlich nicht widerstehen können, ihn zu ärgern, und einen Männerstring besorgt. Zum Glück hatte sie darauf verzichtet.

Das Haus selbst überraschte ihn, es war nicht sonderlich groß, dabei aber vollkommen überladen mit Rüschen, Blümchenstoffen und kitschigen Porzellanfiguren. Kitsch und Tand hatten die Räume bis in den letzten Winkel erobert. Ein wenig erinnerte ihn das alles an das Haus seiner verstorbenen Großmutter, in dem er früher oft seine Ferien verbracht hatte. Umso erstaunlicher war es, dass hier eine junge Frau leben sollte. Trotzdem war es der beste Unterschlupf, den sie hatten finden können.

»Haben Sie auch die Sachen besorgt, um die ich Sie gebeten habe?«

Kate, die dabei war, die Preisschilder und Etiketten aus den Klamotten zu schneiden, deutete mit dem Kopf in Richtung Esstisch. »Alles da.«

Während sie im Bad verschwand, breitete Chase den Stadtplan aus und machte sich daran, die jeweiligen Tatorte mit einem Kreuz zu markieren. Ihren eigenen Aufenthaltsort kennzeichnete er mit einem Kringel. Sobald er alle Markierungen gesetzt hatte, trat er einen Schritt zurück und ließ den Plan auf sich wirken. Das Haus lag perfekt. Sämtliche Morde waren im Umkreis von zwanzig Meilen passiert. Wenn der Killer seinen Wirkungskreis nicht plötzlich wechselte, hatten sie hier einen idealen Ausgangspunkt, um sich auf die Suche nach ihm zu begeben.

Plötzlich stand Kate neben ihm und sah ihm über die Schulter. »Wie wollen Sie den Kerl finden?«

Er war so sehr in Gedanken versunken gewesen, dass er nicht gemerkt hatte, wie die Zeit vergangen war. Als er jetzt aufsah, hätte er sie fast nicht wiedererkannt. »Was ist mit Ihren Haaren passiert?«

»Tönung. Je weniger ich mir selbst ähnle, desto leichter kann ich mich draußen bewegen, ohne dass mich jemand erkennt.«

Ihr vormals blondes Haar hatte jetzt einen warmen Braunton. Abgesehen davon, dass sie mit dieser Haarfarbe und ohne Make-up tatsächlich niemand mehr erkennen würde, stand ihr die Farbe. Sie ließ ihre Züge weicher wirken.

»Also?«, hakte sie nach.

»Ich muss versuchen diesen Link zu aktivieren, der mich mit ihm verbindet«, überlegte Chase laut. »Wenn es mir gelingt, durch seine Augen zu sehen, erkenne ich vielleicht etwas, das mich zu ihm führen kann.«

»Was soll das sein?«

Er zuckte die Schultern. »Eine Kirche, ein Straßenschild,

eine U-Bahn-Station. Irgendwas. Ich müsste ihn nur erwischen, wenn er sein Haus verlässt. Wenn es dort irgendetwas Auffälliges gibt, wäre ich ihm ein gewaltiges Stück näher. Ich könnte die Gegend überwachen und hoffen, dass er auftaucht. Dann haben wir ihn.«

»Sie wissen, wie er aussieht?«

»Nein.« Das war ein Problem, für das er noch keine Lösung hatte – mal davon abgesehen, dass er noch nicht so recht wusste, wie er diese Verbindung herstellen sollte. Selbst wenn er wusste, *wo* sich der Killer aufhielt, wusste er noch nicht, wer es war. Es konnte jeder sein, der ihm auf der Straße begegnete. »Vielleicht kann ich ihn beim nächsten Mal genauer sehen.« Bei seiner letzten Vision, sofern man es so nennen wollte, hatte er zwar ein Gesicht im Spiegel erblickt, doch abgesehen davon, dass es sich mit seinen Zügen überlagert hatte, war es zu verschwommen gewesen, um mehr zu erkennen. »Ich werde etwas finden«, sagte er mehr, um sich selbst zu überzeugen. »Irgendein Merkmal, das sich wiedererkennen lässt.«

»Wollen Sie es jetzt gleich versuchen?«

»Je eher es mir gelingt, umso besser.« Er sah sich nach einem geeigneten Platz um und entschied sich für den Sessel. Falls er die Kontrolle verlor, würden ihn die Seitenlehnen aufrecht halten. Als er sich setzte, versank er beinahe in den weichen Polstern.

Kate betrachtete ihn noch einen Moment nachdenklich, dann zog sie den Laptop aus ihrer Handtasche. »Wenn Sie mich brauchen, sagen Sie Bescheid.«

Den Kopf in den Nacken gelegt starrte er an die Decke und hatte nicht die geringste Ahnung, wie er diese Verbindung aufbauen sollte. Hinter ihm saß Kate am Esstisch und tippte. Die regelmäßigen Tastenanschläge beruhigten ihn und versetzten ihn in eine Art Trance. Er schloss die Augen und versuchte sich ins Gedächtnis zu rufen, wie es sich angefühlt hatte, in die Haut eines anderen zu schlüpfen. Das Erste, woran er sich erinnerte, war ein Gefühl der Leichtigkeit, nicht länger Teil seines Körpers zu sein, gefolgt von der Erinnerung an die Machtlosigkeit, die es mit sich gebracht hatte, keine Kontrolle über den fremden Körper zu haben. Gefangen und ausgeliefert, so hatte er sich gefühlt und das hatte ihm eine Scheißangst eingejagt.

Er hatte die Emotionen eingefangen, die ihn heute Morgen im Badezimmer überfallen hatten, trotzdem geschah nichts. Als er die Augen öffnete, hatte sich nichts verändert. Über ihm lag noch immer dieselbe weiß gestrichene Decke, seine Hände ruhten auf dem samtigen Stoff der Armlehnen und seine Füße versanken im Teppich.

Vielleicht würde es helfen, wenn die Umstände ähnlich waren. Es war ein anderes Haus mit einem anderen Badezimmer, aber womöglich reichte eine ähnliche Umgebung aus. Er stand auf und ging ins Bad. Im Vergleich zu der winzigen Nasszelle im Motel hatte er es hier mit einer Luxusausführung zu tun. Beim Blick auf die Ablage über dem Waschbecken musste er grinsen. Kate hatte wirklich an alles gedacht, sogar Rasierzeug und ein Aftershave hatte sie ihm besorgt. Wenn er sich so im Spiegel betrachtete, hatte er eine Rasur auch dringend nötig.

Später.

Er stützte die Hände auf den Waschbeckenrand und starrte auf sein Spiegelbild, bis es verschwamm, während er sich vorstellte, dass sich die Umgebung um ihn herum veränderte.

»Komm schon!«

Als sich nichts tat, schloss er die Augen und rief sich die blauen Fliesen und den zertrümmerten Spiegel ins Gedächtnis. Er konnte sich an jedes Detail erinnern, die Maserung der Fliesen, die Form der Spiegelscherben, doch als er die Augen öffnete, stand er noch immer im hellgrau gefliesten Badezimmer von Kates Freundin. Was, wenn er es nicht beeinflussen konnte? Wenn die Visionen kamen und gingen, wie es ihnen gefiel, ohne dass er die Kontrolle darüber hatte?

»Was wäre das für ein blödsinniges Ritual, das man nicht einmal beherrschen kann?« Er hob den Arm und drückte auf das Pflaster in seinem Nacken, in der Hoffnung etwas auszulösen, wenn er das Tattoo berührte, doch das Einzige, was er damit auslöste, war Schmerz. Fluchend verstärkte er den Druck. Ohne Ergebnis. Vielleicht half direkter Hautkontakt. Er riss das Pflaster herunter und presste die Fingerspitzen auf die frische Wunde. Durch den fehlenden Schutz des Pflasters wuchs lediglich der Schmerz, sonst veränderte sich nichts. Trotzdem versuchte er es weiter, setzte sich auf den Wannenrand, den Boden und den Klodeckel, konzentrierte sich, ahmte sogar einmal den Singsang nach, den der Indianer während des Rituals von sich gegeben hatte.

Es half alles nichts.

Schließlich gab er auf. Die erste – und gleichzeitig einzige – Vision hatte er heute Morgen gehabt, vielleicht funktionierte es nur einmal am Tag oder nur zu einer bestimmten Tageszeit. Womöglich musste er auch einfach ausgeruht sein.

Auf einer der Ablagen fand er die Pflasterpackung und schnitt sich eines zurecht. Ein Blick in den Spiegel genügte, um zu erkennen, dass das Tattoo, oder besser gesagt das geschundene Fleisch darunter, rot glühte. Die Haut fühlte sich heiß und entzündet an. Zum Glück hatte ihm Kate die Antibiotika besorgt. So wie es aussah, waren sie dringend nötig. Ein wenig umständlich klebte er das Pflaster fest und kehrte ins Wohnzimmer zurück.

Obwohl er enttäuscht und auch ein wenig wütend auf sich selbst war, dass es nicht funktioniert hatte, schob er alle negativen Gefühle beiseite. Kate hatte so viel für ihn getan, dass er sie seinen Frust nicht spüren lassen wollte, zumindest nicht, solange er sich nicht so weit aufgestaut hatte, dass er es nicht mehr verbergen konnte. Abgesehen davon hoffte er darauf, dass ihm eine gewisse Ausgeglichenheit helfen würde in die Sicht des Mörders zurückzufinden.

Kate saß immer noch an ihrem Laptop. Als er ins Zimmer kam, sah sie auf. »Sie sehen nicht aus, als hätten Sie Glück gehabt.«

So viel zu dem Versuch, die negativen Gefühle zur Seite zu schieben. »Nein, wohl eher nicht«, brummte er. »Ich denke, dass es sinnlos ist, es heute noch einmal zu versuchen.«

»Dann also morgen wieder.«

Er nickte. »Was schreiben Sie? Ihren Artikel?«

»Ich halte fest, was bisher passiert ist, damit ich später nichts vergesse.« Sie klappte den Deckel des Laptops zu. »Was ist, haben Sie Hunger?«

»Worauf Sie wetten können.«

»Dann lassen Sie uns etwas zu essen machen.«

Er folgte ihr hinter die Küchenzeile, spähte in den Vorratsschrank und den Kühlschrank und war überrascht, dass sie nicht nur Fertigfraß, sondern auch einige frische Sachen besorgt hatte. Sie einigten sich auf Indisches Curry, und während Chase das Huhn schnitt und briet, kümmerte sich Kate um den Reis und die Soße. Eine knappe Stunde später saßen sie am Esstisch, den Laptop hatten sie ans andere Ende geschoben, und machten sich über das Curry her. Sie waren beide so hungrig, dass sie während des Essens kaum ein Wort sprachen. Sobald sie fertig waren, räumten sie den Tisch ab. Kate öffnete die Spülmaschine und sortierte Teller und Besteck ein. »Wenn das hier vorbei ist, sind Sie mir eine Einladung zum Essen schuldig – bevor diese ›Ich will Sie nie wiedersehen‹-Sache in Kraft tritt.«

»Tut mir leid, aber Sie passen nicht in mein Beuteschema.«

»Für eine Entführung reicht es, aber nicht für ein Wiedergutmachungsessen?« Sie verzog keine Miene, trotzdem wusste er, dass seine Worte sie getroffen hatten. Er sah es daran, wie sich das Blau ihrer Augen veränderte, eine Nuance dunkler zu werden schien, ehe sie rasch den Blick abwandte, die Spülmaschine schloss und sich daranmachte, die Arbeitsfläche abzuwischen.

Es war nichts weiter als seine gewohnte Standardreaktion gewesen, mit der er ungelegene Flirtversuche im Keim erstickte, doch diesmal kam er wohl nicht ohne eine Erklärung davon – zumindest wollte er sie so nicht im Regen stehen lassen. »So war das nicht gemeint.«

»Sie sind nicht der Typ, der Dinge sagt, die er nicht meint.«

Chase seufzte. »Die Wahrheit ist, ich habe überhaupt kein Beuteschema.«

Sie warf den Lappen in die Spüle und sah auf.

»Ich bin mit meiner Arbeit verheiratet«, fuhr er fort. »Da ist einfach kein Platz für andere Dinge. Abgesehen davon würde keine Frau jemals akzeptieren, dass mein Job immer an erster Stelle steht.«

»Wenn man dem richtigen Menschen begegnet, ändert sich vieles. Manchmal verschieben sich dann auch die Prioritäten.«

Er fragte sich, ob da etwas dran sein konnte und ob es diesen Menschen tatsächlich gab, der ihm wichtiger sein könnte als seine Arbeit. Bisher war er ihm noch nicht begegnet.

»Ich habe lediglich von einem Essen gesprochen, Chase, nicht von einer Hochzeit, aber ich kann auch darauf verzichten – auf beides übrigens.« Sie zuckte die Schultern. »Wollen Sie ein Glas Wein?«

»Gern.«

Sie drückte ihm die Flasche und den Korkenzieher in die

Hand und brachte zwei Gläser zum Couchtisch. Als Chase mit der offenen Flasche aus der Küche kam, hatte sie es sich im Sessel gemütlich gemacht. Chase goss den Wein ein und setzte sich auf die Couch. »Sie haben gerade einiges über mich erfahren.«

»Zumindest weiß ich jetzt, dass Sie ein Einzelgänger sind.«

Das stimmte so nicht. Er hatte Freunde und von Zeit zu Zeit ging er aus und hatte seinen Spaß wie jeder andere auch, er ließ sich nur nicht mehr auf eine feste Beziehung ein. »Ich war verheiratet – ganze sechs Monate lang.« Er schwenkte das Weinglas in der Hand und beobachtete, wie sich das Licht in der dunkelroten Flüssigkeit brach. Das fruchtigsüße Aroma kitzelte seine Sinne. »Wir hatten schon vorher Probleme, Caroline wollte nicht akzeptieren, wie wichtig mir meine Arbeit war, trotzdem hat sie auf die Hochzeit gedrängt. Sie dachte, wenn wir erst verheiratet wären, würde ich mich ändern.«

»Aber das haben Sie nicht.«

»Nein.« Es überraschte ihn immer wieder, dass die Erinnerung an Caroline und seine kurze Ehe kein bisschen schmerzhaft war. Wenn er ehrlich war, musste er sich eingestehen, dass er von Anfang an gewusst hatte, wohin ihre Beziehung führen und wie sie enden würde. Trotzdem war er bereit gewesen, es zu versuchen. Er hatte sie geliebt, doch das hatte ihr nicht genügt – sie hatte darauf bestanden, dass er einen Teil von sich selbst aufgab. Das Ende war unvermeidbar. Trotzdem hatte er sich danach noch zwei- oder dreimal auf eine Frau eingelassen. Im Laufe einer jeden Beziehung war ihm jedoch früher oder später der Gedanke gekommen, dass auch die an seinem Job zerbrechen würde. Dass ihm das nichts ausmachte, war schlimmer als das eigentliche Ende der Beziehung. »Man kann einen Menschen nicht ändern.«

»Nicht, wenn er es nicht selbst will.«

»Was ist mit Ihnen?«, wechselte er das Thema. »Sind Sie verheiratet?«

Sie lachte. »Glauben Sie im Ernst, dass es einen Mann gäbe, der mich jeden Morgen in dem Aufzug auf die Straße ließe, in dem Sie mich kennen?«

»Zumindest nicht ohne lange Diskussionen.«

»Ich bin noch nicht lange in Washington und im Augenblick habe ich alle Hände voll zu tun, mich in meinen Job einzufinden – und ihn zu behalten –, dass mir nicht viel Zeit für andere Dinge bleibt.«

»Was ist mit Ihrer Familie?«

»Mein Vater und mein Bruder leben in San Francisco, meine Mutter ist vor fünf Jahren an Krebs gestorben.«

Wieder zog dieser Schatten über ihre Augen und plötzlich wurde ihm bewusst, dass Kate zwar vergangene Nacht furchtbare Angst gehabt hatte, ihre Familie aber noch immer nicht aus ihrer Sorge erlöst war.

»Wollen Sie ihren Vater anrufen? Wenn Sie sich kurzfassen und das Prepaid-Handy benutzen, wird niemand das Gespräch zurückverfolgen können.«

Sie schüttelte den Kopf. »Lieber nicht.« Als sie seinen überraschten Blick bemerkte, seufzte sie. »Mein Vater und ich haben ein ziemlich … angespanntes Verhältnis. Das letzte Mal, als wir uns sahen, sagte er mir, dass ich mich nie wieder blicken lassen bräuchte, wenn ich jetzt gehe. Abgesehen davon, dass er mich quasi aus dem Haus geworfen hat, ist er sowieso viel zu beschäftigt, um mitzubekommen, was in den Nachrichten läuft – noch dazu in den Nachrichten eines anderen Bundesstaates.«

»Mag sein, aber in solchen Fällen werden die Angehörigen von der Polizei verständigt. Er weiß also mit Sicherheit, was passiert ist.«

»Dann soll er schmoren, dieser verbohrte alte Dickschädel!«

»Ist das nicht ein bisschen hart?«

»Hart?«, schnappte sie. »Hart ist, dass er vermutlich gerade dabei ist, eine Klage gegen das FBI zu verfassen, das zugelassen hat, dass seine Tochter von einem seiner Agenten entführt wird. Hart ist, dass er stinksauer sein wird, wenn ich ihn nicht beauftrage, damit vor Gericht zu ziehen. Hart ist, dass es ihm dabei scheißegal ist, was mit mir passiert, solange ich nicht nach Frisco zurückkomme und das beschissene Studium zu Ende bringe, das er für mich ausgesucht hat.« Sie sprang auf, ließ sich aber sofort wieder in den Sessel fallen und fuhr sich über das Gesicht. Ihre Hände zitterten. »Entschuldigung«, sagte sie leise. »Ich wollte meinen Müll nicht bei Ihnen abladen.«

Chase sah den entschiedenen Zug um ihren Mundwinkel, mit dem sie sich zwang, ihre Gefühle unter Kontrolle zu halten. Gefühle, die sie anscheinend eine ganze Weile in sich verschlossen hatte. »Ihr Vater ist also Anwalt?«

»Er ist *der* Anwalt an der Westküste.«

»Erzählen Sie mir von ihm.«

»Viel gibt es nicht zu sagen.« Ihr Blick wanderte über den Teppich, an den Gardinen hinauf zur Decke. »Er wollte immer, dass Tim und ich Jura studieren, um danach in seine Kanzlei einzusteigen. Tim ist mittlerweile fertig und arbeitet für ihn, aber ich … Solange ich getan habe, was er von mir erwartete, war ich sein kleines Mädchen. An dem Tag, an dem ich ihm sagte, dass ich mein Studium abbrechen würde und als Journalistin arbeiten wollte, war ich für ihn gestorben. Er hat versucht mich davon zu überzeugen, weiterzumachen – erst hat er mir geschmeichelt und mir eine Belohnung in Aussicht gestellt, dann hat er mich angebrüllt, und als alles nichts half, hat er mich hinausgeworfen.«

»Da sind Sie nach Washington gegangen?«

Sie schüttelte den Kopf. »Nicht sofort. Ich habe bei mehreren kleinen Zeitungen in Frisco gearbeitet, zumindest so lange, bis mir mein Bruder dermaßen auf die Nerven gegangen ist, dass ich mich anderweitig umgesehen habe. Jeden Tag stand er bei mir auf der Matte und flehte mich an, ich solle zurückkommen und mein Studium wiederaufnehmen. Er kann einfach nicht begreifen, dass es nicht das ist, was ich will.«

»Das war ziemlich selbstbewusst von Ihnen. Nicht jeder hätte die Kraft gefunden, sich einem starken Mann, wie es Ihr Vater sichtlich ist, zu widersetzen.«

»Was glauben Sie, warum mein Bruder mich anfleht zurückzukommen?«

Sichtlich hatte Kates Bruder weniger Rückgrat. Statt seinem Vater zu sagen, dass auch er etwas anderes tun wollte, versuchte er seine Schwester zur Rückkehr zu bewegen.

»Seine Devise lautet: Geteiltes Leid ist halbes Leid. Ich finde eher, dass es sich potenziert.« Sie zuckte die Schultern. »Das habe ich lange genug mitgemacht. Ich will mein Leben selbst bestimmen und mir weder von meinem Vater noch von meinem Bruder vorschreiben lassen, was ich zu tun und zu lassen habe. Der Job bei der Evening Post ist nicht das, was ich den Rest meines Lebens machen will, aber ich kann davon meine Miete bezahlen. Und wenn ich die Zusage der Universität von Maryland bekomme, kann ich nebenbei weiter für die Post arbeiten.«

»Sie wollen studieren?«

Kate nickte. »Journalismus und Politik. Ich möchte mich auf Politberichterstattung spezialisieren.«

»Ihnen ist aber schon klar, dass Sie mit Ihren üblichen Arbeitsklamotten da nicht weiterkommen.«

»Und darüber bin ich heilfroh«, grinste sie. »Jetzt sind

aber Sie dran. Erzählen Sie mir etwas über sich. Haben Sie Familie?«

Er erzählte ihr von seiner Schwester Ellen in Frankreich, von seinen Eltern und dem Unfall. Es fühlte sich seltsam an, über sie zu sprechen, und für gewöhnlich tat er das auch nicht. Das Thema war einfach zu persönlich, um seinen Kollegen in einer Bar damit zu kommen. Die meiste Zeit gestattete er sich gar nicht, an seine Eltern oder ihren Tod zu denken. Er hatte geglaubt, längst darüber hinweg zu sein. Als er Kate jetzt jedoch davon erzählte, stellte er fest, dass der Verlust noch immer schmerzte.

Es war vier Jahre her, dass er die Aufnahmen des Wagens gesehen hatte, doch plötzlich hatte er die Bilder des verkohlten Metallskeletts wieder so deutlich vor Augen, als hätte ihm jemand ein Foto in die Hand gedrückt. Er glaubte sogar den Rauch zu riechen, auch wenn es wohl eher nur die Reste des gebratenen Hühnchens waren, deren Geruch noch in der Luft hing. Ein Tankwagen war ins Schlingern geraten und hatte sich auf der Fahrbahn quer gestellt, bevor er umgekippt war und sich die geladenen Chemikalien entzündet hatten. Seine Eltern waren unmittelbar hinter dem Tanklaster gewesen, als es geschah. Selbst eine Vollbremsung und ein Ausweichmanöver hatten den Zusammenprall und die explosionsartige Ausbreitung der Flammen nicht mehr verhindern können. Sie hatten keine Chance – ebenso wenig wie die Insassen von vier weiteren Fahrzeugen, die zu dicht dran gewesen waren.

Noch mehr als die Trauer, die die Erinnerung mit sich brachte, erstaunte ihn Kates Reaktion. Sie versuchte nicht, ihm mit einem Schwall leerer Floskeln ihr Beileid auszusprechen oder ihn in einem Anflug von Sensationsgier dazu zu bewegen, mehr Details über den Unfall preiszugeben. Stattdessen saß sie nur da und hörte zu. Sie ließ ihn einfach reden und versuchte auch nicht, das Thema zu wechseln oder zumindest so schnell wie möglich zu beenden, wie es die meisten getan hätten.

Es war merkwürdig, sie saßen hier und sprachen über einschneidende Ereignisse in ihrer beider Leben, obwohl sie einander kaum kannten. Wenn er mit einer Frau verabredet war, sprach er nicht über seine Familie – zumindest nicht in dieser Ausführlichkeit. Um jemanden kennenzulernen, unterhielt er sich über banale Dinge, Musik und Filme, manchmal auch Bücher. Meistens dauerte es nicht lange, bis die ersten peinlichen Gesprächspausen entstanden, in denen man öfter an seinem Getränk zu nippen begann, um die Stille zu überbrücken. Pausen, in denen er jedes Mal abwägte, wie viel er von sich erzählen sollte, wie viel der andere überhaupt wissen wollte und ab wann sich sein Gegenüber zu langweilen begann. In seinem Fall stellte sich auch oft die Frage, *was* er über sich und sein Leben erzählen konnte, ohne seine Verabredung sofort in die Flucht zu schlagen.

Mit Kate war das anders. Abgesehen davon, dass es sich bei diesem Abend nicht um ein Date handelte, existierte zwischen ihnen auch keine Beziehung, sondern eher eine Form der gegenseitigen Abhängigkeit – sie wollte ihre Story und er ein sicheres Versteck. Es war leicht, offen zu sein, wenn man nicht versuchen musste den anderen zu beeindrucken.

15

Am nächsten Morgen erwachte Chase vom kalten Geruch des Abendessens, der noch im Zimmer hing. Die Couch war zu weich für seinen Geschmack. Da es jedoch kein weiteres Schlafzimmer gab und er Kate das Bett überlassen hatte, würde er sich damit arrangieren müssen.

Es war noch nicht einmal halb sieben, trotzdem war er hellwach. Er stand auf und streckte sich, ehe er zum Fenster ging und es weit aufriss, um frische Luft hereinzulassen. Das Gras hinter dem Haus war feucht vom Tau, die Sonne brach sich in den einzelnen Tropfen und tauchte den Rasen in Regenbogenfarben. Der Garten war nicht groß, ein grüner Schuhkarton, von einer hohen Thujahecke umgeben, die vor neugierigen Blicken schützte.

Chase schluckte zwei Paracetamol und das Antibiotikum und kehrte dann zum offenen Fenster zurück, um ein paar Übungen zu machen. Er zog sein T-Shirt aus und machte Liegestützen und Sit-ups – mehr als sonst, ein Ausgleich dafür, dass er nicht laufen gehen konnte. Der Wind trug den schweren Duft der Thujen herein, der langsam die Essensgerüche vom Vorabend vertrieb. Bald war er in Schweiß gebadet und in seinen Arm- und Bauchmuskeln machte sich ein angenehmes Spannungsgefühl breit. Ein vertrautes Gefühl, das ihm Normalität vermittelte, wo keine war, nicht seit Frank versucht hatte ihn umzubringen.

Ich habe mich informiert und weiß, was ich zu tun habe. Die Erinnerung an Franks Worte ließ ihn innehalten. Wenn Frank selbst etwas über die Verbindung in Erfahrung gebracht hatte, dann mussten diese Informationen frei zugänglich sein. Womöglich im Internet.

Er ging zum Esstisch, auf dem immer noch Kates Laptop stand, und setzte sich. Ein kühler Luftzug fuhr zum Fenster herein, strich über seinen nackten Oberkörper und ließ ihn frösteln. Trotzdem machte er sich nicht die Mühe, sein T-Shirt wieder anzuziehen. Er klappte den Laptop auf und wollte ihn einschalten, aber Kate hatte den Deckel gestern nur geschlossen, ohne den Rechner herunterzufahren. Als sich der matte Bildschirm anschaltete, sah Chase, dass ihr Dokument noch geöffnet war. Neugierig warf er einen

Blick auf die stichpunktartigen Notizen. In den letzten Zeilen hatte sie ihren Ärger darüber festgehalten, dass sie ihre Kreditkarte eingesetzt hatte, und die Erleichterung über seine Lösung, als er sie an der Raststätte zum Einkaufen geschickt hatte. Grinsend scrollte er weiter nach oben, ihre zerknirschte Miene noch deutlich vor Augen, und hielt inne. *Marc in der Mall getroffen – musste ihn belügen – gehört, dass er die Polizei rief – ihn abgehängt.*

»Wer zum Teufel ist der Kerl?«

»Er ist ein Freund und Kollege.«

Erst als er ihre Antwort hörte, wurde ihm bewusst, dass er die Frage laut ausgesprochen hatte. Kate stand in der Schlafzimmertür. Sie trug ein Big-Shirt, das ihr bis zu den Knien reichte, und ein Paar dicke Wollsocken. Ihr Haar war von der Nacht zerzaust und sie sah noch immer ein wenig verschlafen aus.

»Ich wollte nicht schnüffeln, das Dokument war offen«, entschuldigte er sich. »Aber so etwas müssen Sie mir sagen.«

»Ich weiß«, sagte sie kleinlaut, »aber ich hatte so ein schlechtes Gewissen.«

»Sie können ja nichts dafür, dass Sie ihm in die Arme gelaufen sind.« Er runzelte die Stirn. »Es sei denn, Sie haben ihn absichtlich getroffen.«

»Nein!« Sie schüttelte hastig den Kopf und wich seinem Blick aus. »Es ist nur … ich musste ihm erzählen, dass Sie mich zwingen, Ihnen weiter zu helfen. Er denkt, Sie würden mich immer noch bedrohen.«

»Und?«

»Und?« Sie sah ruckartig auf. »Ich habe Sie aussehen lassen wie einen Verbrecher!«

»Darüber machen Sie sich Gedanken?«

»Irgendwie schon.«

»Hey!« Er machte einen Schritt auf sie zu und griff nach

ihren Händen. »Sehen Sie mich an, Kate.« Erst als sie den Kopf hob und ihr Blick den seinen traf, fuhr er fort: »Ich *habe* Sie entführt und es ist mir ehrlich gesagt vollkommen egal, was andere von mir denken, solange wir beide miteinander klarkommen und uns unsere Verfolger vom Hals halten können. Okay?«

»Okay.«

»Gut.« Er ließ ihre Hände los. »Sind Sie sicher, dass Sie ihn abgehängt haben?«

»Todsicher. Eine Verkäuferin hat mich nach draußen gelotst. Sie dachte, Marc sei mein durchgeknallter Ex-Freund, der mich verfolgt und belästigt.«

»Ist er das?«

»Durchgeknallt?«

»Nein, Ihr Freund?«

Ein Lächeln strich über ihr Gesicht. »Marc wäre wohl eher an Ihnen interessiert.«

Vielmehr, als dass dieser Marc schwul war, erstaunte ihn, wie sehr es ihn erleichterte, dass der Kerl nicht mit Kate zusammen war. »Keine Geheimnisse mehr?«

»Keine Geheimnisse.« Sie warf einen Blick auf den Rechner. »Was haben Sie vor?«

»Ich wollte sehen, ob ich im Internet etwas über das Ritual finde. Es tut mir leid, ich hätte fragen sollen.«

»Unsinn. Ich habe nichts zu verbergen. Sie können an den Rechner, wann immer Sie wollen.«

»Keine Leichen im Keller?«

»Vielleicht finden Sie irgendwo ein paar Beschimpfungen über sich«, meinte sie schulterzuckend. »Damit müssen Sie dann eben leben.«

»So lassen Sie also Ihre Wut raus.«

»Das war vor … also, bevor … Sie nicht mehr der Agent Ryan waren, den ich bis vorgestern noch kannte.«

»Sie *kannten* mich?«

Sie schüttelte den Kopf. »So wie es aussieht, nicht.«

Das wollte er wohl meinen! Er hatte höchstens fünf- oder sechsmal mit ihr gesprochen, seit sie bei der Evening Post arbeitete. Von Kennen konnte da keine Rede sein, bestenfalls davon, sich ein Bild von ihm gemacht zu haben. *So wie ich mir ein Bild von ihr gemacht habe.* Eines, das nichts mit der Frau gemein hatte, die jetzt vor ihm stand und ihn mit diesen unglaublich blauen Augen ansah, die ihn beinahe vergessen ließen, was er sagen wollte.

»Jetzt würden Sie so etwas nicht mehr schreiben?«, hakte er neugierig nach.

Kate wurde rot und wandte den Blick ab. »Nein.«

Es war dämlich, aber er freute sich darüber.

»Können Sie das Dokument bitte noch speichern, bevor Sie es schließen.«

»Sicher.« Er klickte auf Speichern, da fiel sein Blick auf den Titel des Dokuments. »Dämonisches Tattoo? Klingt ganz schön reißerisch.«

»Wie würden Sie es nennen?« Sie hielt ihm einen USB-Stick hin, damit er eine Sicherheitskopie machen konnte. »Eine Tätowierung, die imstande ist, eine Verbindung zu diesem Monster zu schaffen – Freundschaftstattoo wäre wohl kaum passend.«

Chase kopierte die Daten und gab ihr den Stick zurück. »Dämonisch ist vielleicht gar nicht so verkehrt«, meinte er nachdenklich. »Der Indianer faselte ständig etwas von einem Geist des Jägers, der in mich übergegangen sei.«

Kate ließ den USB-Stick in ihrer Handtasche verschwinden. »Wollen Sie einen Kaffee?«

»Je starker, desto besser.«

Als sie kehrtmachte und auf die Küchenzeile zuging, starrte er auf ihren Hintern, der sich deutlich unter dem

Big Shirt abzeichnete. *Sei kein Narr!* Gestern hatte er den entspannten Abend genossen und heute glotzte er ihr auf den Hintern. Ihr, Kate Lombardi, die nicht einmal in sein nicht vorhandenes Beuteschema passte! Verdammt, er war es nicht mehr gewohnt, rund um die Uhr eine Frau um sich zu haben, schon gar nicht eine, die sich nicht einmal bewusst zu sein schien, wie verführerisch ihre Rundungen unter dem Shirt zutage traten. Sie war hübsch, doch damit hätte er leben können, hätte sie sich nicht während der letzten eineinhalb Tage auch noch als klug, mutig und witzig entpuppt. Ihre unverblümte Art, der Sarkasmus und der Humor lösten etwas in ihm aus, was ihn auf sie reagieren ließ.

Du meine Güte, vor zwei Tagen konnte ich sie nicht einmal ausstehen!

Er wandte seine Aufmerksamkeit wieder dem Laptop zu, schloss das Textverarbeitungsprogramm und wäre um ein Haar zurückgezuckt, als ihm darunter die verstümmelte Fratze einer Leiche mit leerem Blick entgegenstarrte. Es dauerte einen Moment, bis er in der Frau auf dem Foto Mary Hopkins, das achte Opfer, erkannte. Ihre Lider waren nach oben genäht, der Mund mit einer groben Naht versiegelt. Ihr Gesicht war übersät von unzähligen kleinen Schnitten, aus denen das Blut geronnen war und sich wie eine Maske über ihre Haut gelegt hatte – unter all dem Blut, den Nähten, Schnitten und Stichen lagen das Entsetzen und Grauen verborgen, das die Frau in den letzten Stunden ihres Lebens durchgemacht hatte. Der Anblick des Bildes ließ in ihm die Erinnerung an den Gestank aufkommen, der die Tatorte einhüllte – jene Mischung aus Blut, Schweiß und Urin, die selbst den erfahrenen Polizisten den Frühstücksdonut im Magen umdrehte und die jetzt vom Geruch des starken Kaffees überlagert wurde, der aus der Küche zog und ihm in die Nase stieg.

»Was ist das für ein Foto?« Er drehte den Laptop herum, damit Kate es sehen konnte.

Sie warf einen Blick auf den Bildschirm. »O Gott, das ist furchtbar, oder?« Sie wandte den Blick rasch wieder ab und sah ihn stattdessen an. »Wie halten Sie das aus, sich all diese Frauen anzusehen, das Blut, den Schmerz und das Leid? Mich macht das Bild schon fast verrückt.«

»Wo haben Sie es her?«

»Von Summers.«

»Wie bitte?« Der Tatortfotograf gab Fotos an die Presse weiter? Ben Summers mochte ein noch so netter Kerl sein, das würde ihn den Job kosten – dafür würde Chase sorgen.

»Hören Sie, Chase, er kann nichts dafür.« Sie lehnte sich gegen den Tresen. »Er weiß nicht, dass ich es habe – ich habe es sozusagen gefunden, bevor er es verloren hat.«

»Sie meinen, gestohlen.«

»Wir haben uns in einer Bar getroffen«, fuhr sie unbeirrt fort. »Ich wollte sehen, ob ich ihm ein paar Informationen aus dem Kreuz leiern kann, aber er hat dichtgehalten. Irgendwann ging er zur Toilette und ließ seine Tasche zurück und … ich konnte nicht widerstehen, als ich das Foto sah. Ich habe es aus seiner Tasche gefischt.«

Für ihre Karriere tat sie wirklich alles, dabei hatte er gerade begonnen sie zu mögen. *Ich Idiot.* Sein einziges Glück bestand darin, dass sie sich eine größere Story davon versprach, wenn sie ihm half, als wenn sie ihn sofort an die Polizei auslieferte. Doch wer war die Frau, die während der letzten Stunden so hilfsbereit, freundlich und voll Wärme gewesen war? Entweder steckte sie voller Widersprüche oder sie war einfach nur eine gute Schauspielerin. Dann jedoch fiel ihm etwas anderes auf.

»Ich kann mich nicht erinnern, dass Sie das Foto in einem Ihrer Artikel verwendet hätten.«

»Habe ich auch nicht.«

»Warum nicht?« Mit diesem Bild wäre ihr unglaubliche Aufmerksamkeit sicher gewesen, die Auflage ihres Blattes wäre in die Höhe geschnellt und ihr Name schlagartig bekannt geworden. Dieses Foto war Tausende von Dollar wert.

Sie griff nach einer Kaffeetasse und schenkte sie voll. Als sie die zweite Tasse zu sich heranzog und den Kaffee eingießen wollte, hielt sie inne. Die Kanne schwebte in der Luft, ein Tropfen perlte über den Rand nach unten. »Es wäre nicht richtig gewesen«, sagte sie leise. »Das hätte ich der Familie des Opfers nicht antun können.«

»Sie haben tatsächlich ein Gewissen.«

»Ich bin neugierig und ich sammle Informationen, aber es gibt Grenzen, zumindest für mich.«

»Darüber bin ich sehr froh.« Es war seltsam. Mit jeder Stunde, die sie länger miteinander verbrachten, rückte das Bild, das er anfangs von ihr gehabt hatte, weiter in die Ferne. Von Zeit zu Zeit, wie gerade eben beim Anblick des Fotos, erlitt er einen Rückfall, doch ihre Worte hatten es geschafft, seine Zweifel auszuräumen. Die Frau, die ihn an den Tatorten mit Fragen überschüttete, war nichts weiter als eine Rolle, die sie spielte, um ihren Job zu erledigen.

Kein Wunder, dass ihr Redakteur ihr die Story entzogen hat.

Nach allem, was er in den letzten beiden Tagen beobachtet hatte, wurde ihm klar, dass sie zwar eine gute und talentierte Journalistin war, ihr allerdings der nötige Killerinstinkt fehlte. Ein Gewissen war in diesem Job nur hinderlich. Es war nicht der richtige Beruf für sie – und um ehrlich zu sein, es freute ihn, dass sie nicht die kalte, abgebrühte Reporterin war, die sie zu sein vorgab. Da war es endgültig dahin, das Bild der karrieregeilen Reportertussi, die für eine gute Story über Leichen ging – und er brauchte jetzt dringend eine kalte Dusche.

Der Stuhl schrammte über den Teppich, als er aufstand. Plötzlich wurde ihm schwindlig, er griff nach der Tischkante, um sich festzuhalten, doch der Tisch war mit einem Mal ebenso verschwunden wie der Raum um ihn herum.

16

Er breitete die Fotos der Frauen vor sich auf dem Tisch aus und brachte sie in die Reihenfolge, nach der er sie »abarbeiten« würde, als die Gesichter vor seinen Augen verschwammen. Er richtete den Blick auf die gegenüberliegende Wand und blinzelte. Seine Sicht klärte sich wieder, doch sein Kopf fühlte sich an, als hielte ihn jemand fest. Ein Gefühl, als müsse er ein zusätzliches Gewicht tragen.

Er griff nach seiner Kaffeetasse und seine Hand zitterte, als er sie an den Mund führte, um einen kräftigen Schluck zu nehmen und die Unruhe hinunterzuspülen, die sich in ihm breitmachte. Der Kaffee war stark und kalt und löste den Nebel auf, der sich über seinen Verstand gelegt hatte.

Etwas Ähnliches hatte ihn neulich beim Rasieren überfallen – das Gewicht eines zweiten Geistes – und dann war da diese Stimme in seinem Kopf gewesen. Sie hatte verzerrt und hallend geklungen, trotzdem war er sicher, dass es sich dabei um die Stimme des FBI-Agenten gehandelt hatte.

Auch beim zweiten Mal fühlte es sich eigenartig an, seinen Körper nicht für sich allein zu haben, doch auch wenn er sich der Anwesenheit des anderen bewusst war, beeinträchtigte sie ihn nicht mehr als das Wissen um einen Parasiten, der sich in seinem Körper angesiedelt hatte. Im Gegensatz zum letzten Mal traf ihn das Ganze diesmal nicht unvorbereitet.

Nach dem Zwischenfall im Badezimmer hatte er Nachforschungen angestellt. Ihm war wieder eingefallen, was er in Jane Mercers Garten gehört und gesehen hatte – der Indianer, Cassells Worte über den Geist des Jägers. Dem Internet sei Dank, hatte er inzwischen eine sehr genaue Vorstellung davon, was vor sich ging. Allerdings hatte er bis eben noch gehofft, dass er mehr in der Sache gesehen hatte, als tatsächlich dahintersteckte. Jetzt jedoch wusste er, dass er keinen Hirngespinsten nachgejagt hatte.

Sie waren miteinander verbunden.

Er wusste jetzt nicht nur, womit er es zu tun hatte, sondern auch, dass er nichts dagegen unternehmen konnte – aber er konnte die Spielregeln bestimmen. Denn so, wie Agent Ryan in seinem Kopf war, konnte er lernen, in den Kopf des Agenten einzudringen, und mit ein wenig Glück und der Hilfe des alten Indianers konnte es ihm gelingen, Agent Ryan zu kontrollieren.

Auf der Suche nach weiteren Informationen, Dingen, die im Internet lediglich angedeutet wurden, war er vergangene Nacht nach Tombesdale Point, ins Reservat der Nidwaya-Indianer gefahren. Er hatte versucht mit William Quinn, dem Stammesältesten, zu sprechen. Der Mann, der so knorrig wie eine alte Eiche aussah, hatte sich sein Anliegen zwar angehört, ihn dann jedoch abgewiesen.

Ein alter Indianer würde seine Pläne nicht durchkreuzen!

Er hatte das Reservat verlassen, war aber nach Einbruch der Dunkelheit noch einmal zurückgekehrt. Das Haus des Indianers lag am Ortsrand, sodass es nicht schwierig war, es unbemerkt zu erreichen. Der Alte hatte auf seiner Veranda gesessen, als er sich von der Seite herangeschlichen und ihn mit einem in Chloroform getränkten Tuch betäubt hatte. Trotz seines Alters war William Quinn ein ziemlicher Brocken. Ihn zum Wagen zu schleifen war schon nicht einfach gewesen, der schwierigste Part hatte jedoch darin bestanden, Quinn in den Kofferraum zu wuchten. Der Mann war schwer wie ein Ochse.

Anfangs hatte sich der Indianer störrisch gezeigt und seine Mithilfe verweigert. Erst nachdem er erfuhr, mit wem er es zu tun hatte und was seine Familie erwartete, wenn er sich weiterhin stur stellte, war sein Widerstand geschwunden. Dass der Mann nun wusste, wer er war, bedeutete natürlich, dass er ihn langfristig nicht am Leben lassen konnte. Solange er jedoch nicht alle Antworten hatte, wurde der Indianer noch gebraucht. Das Versteck, in dem er den Mann festhielt, war das perfekte Gefängnis, die Wände gemauert, die Tür aus Eisen. Niemand würde seine Hilferufe hören und es gab kein Entkommen.

Im Laufe der Nacht, nachdem der Indianer begriffen hatte, dass ihm keine andere Wahl blieb, als mit ihm zusammenzuarbeiten, hatte der Mann ihm einige interessante Dinge verraten. Mit einem Ritual hatte alles begonnen, ein Ritual würde alles in eine Richtung lenken, die er haben wollte.

Kontrolle.

Er war gespannt, ob es ihm gelingen würde, Agent Ryan dazu zu bringen, Dinge zu tun, die er ihm einflüsterte. Es würde Spaß machen, mit dem Agenten zu spielen. Er hatte sich einmal mit ihm unterhalten und Agent Ryan hatte den Standpunkt vertreten, dass eine gewisse Veranlagung in Form einer psychischen Störung vorhanden sein musste, damit jemand zum Mörder wurde – lediglich Affekthandlungen oder Taten unter dem Einfluss von Drogen und Alkohol hatte er ausgeklammert. Er hatte dem Agenten widersprochen und die These aufgestellt, dass unter bestimmten Umständen jeder zum Mörder werden und es genießen konnte – wobei er den Part mit dem Genießen nicht laut ausgesprochen hatte.

»Was ist mit Menschen, die töten, um ihre Familie zu schützen?«, hatte er nachgebohrt.

»Das ist eine Extremsituation«, widersprach der Agent, »aber auch hier gibt es zwei Reaktionen. Die einen, die tatsächlich alles tun, um ihre Familien zu retten, und jene, die den Kopf einziehen und warten, bis die Gefahr von selbst vorübergeht. Letzteren fehlt die Veranlagung, grausame Dinge zu tun. Selbst dann, wenn es womöglich ihren eigenen Tod oder den ihrer Familien bedeutet, würden sie nicht darüber hinausgehen, mehr als einen halbherzigen Angriff zu wagen. Die meisten Rettungsversuche würden trotz allem nur daraus bestehen, den Täter mit Worten davon zu überzeugen, von seiner Tat abzulassen.«

Es war ein interessantes Gespräch gewesen, mit noch interessanteren Inneneinsichten. Er hätte beleidigt sein sollen, dass Agent Ryan ihm – ohne zu wissen, wen er vor sich hatte – eine psychische Störung attestierte, doch im Gegensatz zu Cassells denkwürdigem Pressestatement war Ryan sachlich geblieben, wo Cassell persönlich beleidigend geworden war.

Er hatte sich über Agent Ryan informiert. Normale Kindheit, normaler Werdegang bei der Polizei, später beim FBI. Keine dunklen Flecken in seiner Vergangenheit. Alles deutete darauf hin, dass bei ihm keine psychische Störung zugrunde lag. Bald schon würden sie herausfinden, ob ein normaler Mann wie Chase Ryan zum Mörder werden konnte. Er sollte erleben, wie es sich anfühlte, zu töten. Der erste Schrecken, gefolgt von der Erregung. Später nur noch ein Hochgefühl, das jeglichen Schrecken verlor.

Auch wenn er das Ritual noch nicht durchgeführt hatte, war Ryans Auftauchen in seinem Kopf eine wunderbare Gelegenheit, zu sehen, wie viel Einfluss er auf die Situation hatte. Der Agent sah durch seine Augen, sah, was er sah – er konnte also bestimmen, was Ryan zu Gesicht bekam und was nicht.

Er richtete seinen Blick auf die Fotos, die wie ein Fächer auf dem Tisch ausgebreitet lagen. »Das«, sagte er mit kaltem Lächeln, »sind die Nächsten.«

Sein Blick verweilte gerade lange genug auf den Bildern, um dem Agenten einen kurzen Eindruck zu vermitteln, welche Schlagzeilen in der nächsten Zeit zu erwarten waren. Er glaubte ein Zucken zu spüren, als hätte die Erkenntnis dessen, was vor ihm lag, Ryan einen Schlag versetzt.

»Sie scheinen nicht sonderlich erfreut zu sein.« Grinsend schob er die Fotos zur Seite, lehnte sich zurück und nahm seinem Gast die Sicht, indem er die Augen schloss. »Ich habe ein paar sehr interessante Details in Erfahrung gebracht«, fuhr er fort. »Wussten Sie, dass diese Verbindung nicht nur einseitig funktioniert? Wissen Sie, was? Ich würde wirklich gerne einmal einen Blick auf die andere Seite des Zauns werfen. Lassen Sie mich durch Ihre Augen sehen, Agent Ryan.«

17

Lassen Sie mich durch Ihre Augen sehen, Agent Ryan

Chase taumelte zurück. Schlagartig aus der Vision gerissen, die ihm einen Raum mit kargen Ziegelwänden und einen Tisch voller Fotos gezeigt hatte, fiel es ihm im ersten Moment schwer, sich zu orientieren. Er stand nicht länger am Esstisch, sondern vor der Couch, Kate hielt ihn an den Schultern und stemmte sich gegen ihn, um ihn aufrecht zu halten. Er richtete sich auf und brachte Kate damit aus dem Gleichgewicht.

»Vorsicht!« Chase schlang einen Arm um ihre Taille und fing sie auf. Er war knapp einen halben Kopf größer, und als sie ihn ansah, waren sich ihre Gesichter ganz nah. Ihr Atem strich über seine Wange, warm und so verführerisch, dass er auch noch den anderen Arm um sie schlang und sie näher zog. Kates Hände lagen auf seiner nackten Brust und ihr Blick hing an seinen Augen. In diesem Moment wirkte sie so verletzlich und unsicher, wie er sie noch nie zuvor gesehen hatte. Ihre Fingerspitzen zitterten und ihr hämmernder Herzschlag übertrug sich in unzähligen kleinen Echos auf ihn.

Als seine Lippen den ihren näher kamen, befreite sie sich aus seiner Umarmung und wich einen Schritt zurück. »Das verstößt ganz bestimmt gegen irgendwelche Vorschriften«, stieß sie atemlos hervor.

Nur gegen den gesunden Menschenverstand. Du meine Güte, vor zwei Tagen hatte er noch nicht einmal mit ihr sprechen wollen und jetzt hätte er sie um ein Haar geküsst. »Entschuldigung. Ich dachte, Sie würden fallen.«

Kate sah ihn an und einen Herzschlag lang sah es aus, als wolle sie wieder auf ihn zukommen, um ihn erneut zu berühren. Doch sie blieb, wo sie war. »Hat es funktioniert?«

Er war noch so gefangen von ihrer Nähe, dass er im ersten Augenblick nicht wusste, wovon sie sprach, dann jedoch kehrte sein Verstand zurück. »Ein wenig zu gut, für meinen Geschmack.« Sein Kopf fühlte sich eigenartig schwer an und er sah alles verschwommen, als würde er durch viel zu dickes Glas blicken. »Er weiß, dass ich in seinem Kopf war.«

Und jetzt bin ich in Ihrem. Keine Einbahnstraße, schon vergessen?

Er zuckte zusammen, als die Worte in seinem Kopf erklangen. Kate war wieder näher gekommen. Ihre Hand lag auf seinem Arm. Sie sagte etwas, Chase sah verschwommen, wie sie die Lippen bewegte, aber er konnte sie nicht verstehen.

Niedlich, die Kleine, erklang die Stimme in seinem Kopf erneut. *Die ist einen genauen Blick wert.*

»Verschwinden Sie!« Brüllend schlug Chase mit seinen Fäusten gegen die Schläfen. Er spürte ein Zucken, als hätte er den anderen damit aufgeschreckt. Schlagartig schwand die Schwere aus seinem Kopf.

Heute Nacht in Brentwood. Es war das Letzte, was er hörte, bevor sich seine Sicht klärte und seine Augen wieder ihm allein gehörten.

»Chase! Himmel, hören Sie auf damit, Sie machen mir Angst!«

Er griff nach ihrer Hand, die noch immer auf seinem Arm ruhte, und drückte sie sacht. »Sie brauchen keine Angst zu haben.« Er sprach leise, da er seiner Stimme im Moment nicht traute und Kate nicht merken lassen wollte, wie erschrocken er war. Mein Gott, er hatte sie gesehen! Der Killer wusste jetzt, dass er – Chase – nicht allein war. Er wusste, wie Kate aussah, und konnte sie finden!

»Es ist alles in Ordnung«, behauptete er, obwohl er ihr am liebsten befohlen hätte, ihre Sachen zu packen und von hier zu verschwinden. Doch abgesehen davon, dass sie sich ohnehin weigern würde, das zu tun, konnte er sie zumindest im Auge behalten, solange sie in seiner Nähe blieb.

»Was ist passiert?«

»Nichts, ich …« Er schüttelte den Kopf, nicht sicher, was er ihr sagen sollte. »Ich habe seine Stimme gehört«, sagte er dann und ließ unter den Tisch fallen, dass der Mörder durch seine Augen gesehen hatte und dass er von Kate wusste. Ihm war klar, dass er es ihr sagen sollte, doch er wollte ihr keine Angst machen. »Brentwood«, stieß er hervor. »Ich muss heute Nacht dort sein.«

»Was?«

»Heute Nacht in Brentwood«, wiederholte er. »Das waren seine Worte. Ich denke, dass er dort zuschlagen wird.«

18

Ein Schlag gegen den Kopf und ein Schrei hatten ihn aus der Konzentration gerissen und ihn die Verbindung verlieren lassen. So ähnlich musste es Ryan ergangen sein, als er sich beim Rasieren geschnitten hatte. Es war also wahr: Ihre Leben waren miteinander verbunden.

Dass Agent Ryan Gesellschaft hatte, gefiel ihm. Das hübsche dunkelhaarige Ding würde dem Spiel den nötigen Pfeffer verleihen.

Er rieb sich über die Brust und ging ins Bad, um einen Blick in den mittlerweile ausgetauschten Spiegel zu werfen. Die Schlange hatte sich verändert. Sie war größer geworden und wirkte so lebendig, dass er glaubte, die Hand um ihren Leib schließen zu können, wenn er jetzt nach ihr griff. Doch er machte keine Anstalten, das Vieh zu berühren, starrte es nur an und nahm jede noch so winzige Veränderung in sich auf. Der Kreis war aufgebrochen. Statt sich weiterhin in den eigenen Schwanz zu beißen, reckte sich ihr Kopf nun quer über seine Brust. Ihre Schuppen schimmerten mal silbern, mal beinahe golden, je nachdem wie sie sich bewegte. *Sie bewegt sich nicht!* Er starrte auf das Tier, wartete darauf, ein Anzeichen von Leben zu entdecken, doch da war nichts. Keine Zunge, die aus ihrem Maul hervorschoss, keine Schuppen, die über seine Haut strichen. Es waren die Lichtreflexe, die sie so lebendig wirken ließen, gepaart mit dem Heben und Senken seines Brustkorbes, das jeden seiner Atemzüge begleitete.

Die Schlange mochte nicht lebendig sein, trotzdem hatte sie sich verändert.

»Der Geist des Jägers«, flüsterte er. »Fragt sich nur, wer Jäger und wer Gejagter ist.«

19

Kate wurde das Gefühl nicht los, dass Chase ihr nicht alles gesagt hatte. Die Art, wie er sie ansah und keinen Moment lang aus den Augen zu lassen schien, vermittelte ihr das Gefühl, dass etwas nicht stimmte.

Natürlich stimmte etwas nicht! Sie hätte ihn um ein Haar geküsst – oder er sie, je nachdem wie man es betrachtete. Kein Wunder, dass sie kurz vor dem Durchdrehen war, wenn er die ganze Zeit halb nackt vor ihr herumlief. Wäre er der arrogante, vorschriftsliebende Klugscheißer gewesen, für den sie ihn bis vor Kurzem noch gehalten hatte, hätte ihr das nichts ausgemacht. Doch das war er nicht und dummerweise mochte sie ihn. Er hatte etwas an sich, von dem sie sich angezogen fühlte wie eine Motte vom Licht. Oder eine Maus von einem Stück Käse in einer Mausefalle. Es hatte nicht einmal etwas mit seinem Aussehen zu tun oder damit, dass er ihr gefiel, sondern es war seine Art, die Dinge anzugehen. In einer Situation, in der vermutlich jeder andere ausgeflippt oder in Panik geraten wäre, strahlte er eine Gelassenheit aus, die sich auf sie übertrug und sie beruhigte. Natürlich machte sie sich Sorgen – um Chase und auch um sich selbst. Sie hatte nicht die geringste Ahnung, wohin sie diese ganze »Fang den Killer«-Aktion führen würde, und das allein wäre Grund genug für eine Panikattacke gewesen, doch Chase musste sie nur ansehen und schon wurde sie ruhiger. Er schien zu spüren, was in ihr vorging, als wäre er nicht nur mit dem Killer, sondern auch mit ihr verbunden.

Hör auf, dir so einen Scheiß einzureden! Sie war kein Mensch, der sich schnell verliebte, aber wenn sie weiterhin so viel Zeit mit ihm verbrachte und in jede seiner Bewegungen, jeden Blick und jedes Wort etwas hineininterpretierte, das vermutlich nicht einmal da war, würde es passieren.

Sie konnte sich unmöglich auf ihn einlassen!

Er hatte selbst gesagt, dass er sich an erster Stelle für seine Arbeit interessierte und seine Beziehungen dabei auf der Strecke blieben. Chase Ryan würde ihr nur das Herz brechen und es nicht einmal bemerken, weil seine Aufmerksamkeit irgendeinem Fall gehörte. Er mochte noch so nett sein, wenn sie sich hinterher nicht die Augen aus dem Kopf heulen wollte, war es besser, ihre Beziehung auf das Geschäftliche zu beschränken.

Da es für sie im Augenblick nichts anderes zu tun gab, richtete sie ihre Aufmerksamkeit wieder auf ihren Laptop, tippte *Geist des Jägers* in die Suchwortabfrage und überflog die ausgeworfenen Ergebnisse. Indianisches Ritual. Das war es, wonach sie suchte. Der Reihe nach klickte sie sich durch die ausgespuckten Links und sog die Informationen auf wie ein Schwamm. Abgesehen von einigen Seiten, auf denen sich abergläubische Leute über Rituale ausließen oder Rollenspieler über eine Spielfigur gleichen Namens diskutierten, fand sie alles bestätigt, was Chase erzählt hatte.

Sie warf einen Blick zum anderen Ende des Esstischs, wo Chase über dem ausgebreiteten Stadtplan saß und ihn so eindringlich anstarrte, als würde er darauf warten, dass ein Kreuz an exakt der Stelle aufleuchtete, an der der Killer zuschlagen wollte. Dabei kniff er die Augen so fest zusammen, dass sich eine steile Falte auf seiner Stirn gebildet hatte. Doch trotz aller Versunkenheit warf er immer wieder kurze Seitenblicke in ihre Richtung, als fürchtete er, sie könne sich in Luft auflösen, wenn er kurz nicht achtgab.

Kate scrollte auf der aktuellen Seite weiter nach unten, als sie auf das Wort *Verbindung* stieß. Mit einem Klick folgte sie dem Hyperlink und schon nach einer Zeile hatte sie das Gefühl, gefunden zu haben, wonach sie suchte. Immer aufgeregter las sie weiter, bis sie schließlich mit der flachen Hand auf den Tisch schlug. »Das ist es!«

Chase sah auf. »Was?«

»Ist der Geist des Jägers in seine Zielpersonen übergegangen, lässt sich die Verbindung jederzeit erstellen«, las sie vor. »Dazu ist vollkommene Entspannung nötig. Anfangs mag es schwierig erscheinen, doch es wird mit jedem Mal leichter, sich in diesen losgelösten Zustand zu versetzen. Oftmals hilft es, die Augen zu schließen, die Fingerspitzen aneinanderzulegen, was es erleichtert, die Energien fließen zu lassen, und sich auf seinen eigenen Körper zu konzentrieren, ihn sich bewusst zu machen, während der Geist sich langsam leert und zur Ruhe kommt. Es existieren jedoch auch Berichte, denen zufolge ein Zustand extremer Anspannung oder innerer Unruhe dazu geführt haben soll, die Verbindung zu aktivieren.«

Chase stand auf und ging um den Tisch herum. Hinter ihr blieb er stehen, beugte sich über ihre Schulter und sah in den Bildschirm. Während Kate sich seiner Nähe nur zu bewusst war, schien er nicht einmal zu bemerken, dass seine Hand auf ihrer Schulter lag, während er den Text noch einmal las.

Nachdem er durch war, richtete er sich wieder auf. »Soll ich etwa meditieren?«

»Haben Sie schon einmal Yoga gemacht? Da gibt es ein paar Entspannungsübungen, die vielleicht hilfreich sein könnten.«

»Dann googeln wir als Nächstes wohl danach.«

»Nicht nötig. Das kann ich Ihnen zeigen.«

Er wirkte überrascht, dann nickte er. »In Ordnung. Legen Sie los.«

»Was? Jetzt?«

»Vielleicht brauche ich es heute Abend.«

Sichtlich hoffte er darauf, dass ihn eine Vision zum Killer führen konnte, wenn es der Stadtplan schon nicht vermochte. »Rücken Sie den Sessel zur Seite.«

Er tat es und beobachtete, wie sie sich im Schneidersitz auf dem Teppich niederließ, der die Sitzecke vom restlichen Wohnzimmer abhob. Als er sich nicht rührte, klopfte sie mit der flachen Hand auf den Boden neben sich und sah zu, wie er ihrer Aufforderung folgte.

»Legen Sie die Handgelenke auf den Knien ab und schließen Sie die Augen.« Eine Weile lenkte sie ihn, sagte ihm, wie er atmen und in sich hineinhören sollte, suggerierte ihm, dass sein Körper schwer wurde, während sich sein Herzschlag verlangsamte, und spürte, wie sie dabei selbst ruhiger wurde. Trotzdem öffnete sie nach einer Weile die Augen, um zu sehen, wie er sich anstellte. Er saß aufrecht da, sein Atem ging flach, die Pupillen zuckten hinter den geschlossenen Lidern hin und her und seine Züge waren vollkommen entspannt. Sie betrachtete seinen Oberkörper. Er war so muskulös, dass sich sein Sixpack selbst im Sitzen deutlich abzeichnete.

»Okay«, sagte sie, ehe sie anfangen konnte zu sabbern. »Ich denke, Sie haben den Bogen raus.« Als er die Augen öffnete, wandte sie den Blick ab und stand auf. »Haben Sie es gespürt?«

»Die Stille?« Er nickte und kam ebenfalls auf die Beine. »Ich muss es wohl ein wenig üben, aber ich denke, dass es funktionieren könnte. Danke.«

»Gern geschehen.« Sie dachte einen Moment nach, dann fragte sie: »Wie wollen wir heute Abend vorgehen?«

»Wir?« Er schüttelte den Kopf. »Sie bleiben hier.«

»Ich soll hier sitzen und warten, ob Sie zurückkommen?« Der bloße Gedanke, nichts tun zu können und nicht zu wissen, ob ihm womöglich etwas zugestoßen war, jagte ihr einen Schauer über den Rücken. »Kommt überhaupt nicht infrage.«

Er sah sie ernst an. »Was, wenn es gefährlich wird? Ich will mich nicht um Sie sorgen müssen.«

»Was, wenn Sie ihn kriegen und unter Kontrolle halten müssen«, hielt sie dagegen. »Erschießen können Sie ihn nicht. Wer fährt dann den Wagen? Wer ruft die Polizei?«

Er lehnte sich an die Wand und sah sie lange an. Schließlich nickte er. »Also gut, Sie begleiten mich.« Bevor sie etwas erwidern konnte, erklärte er: »Aber ich stelle drei Bedingungen. Erstens: Sie halten sich zurück. Wenn auch nur andeutungsweise zu erkennen ist, dass wir ihm näher kommen, gehen Sie auf Tauchstation. Zweitens: Sie hören bedingungslos darauf, was ich sage. Sollte ich auch nur den leisesten Zweifel haben, dass Sie sich einmischen oder nicht auf mich hören wollen, landen Sie im Kofferraum. Einverstanden?«

»Was ist drittens?«

»Was?«

»Sie sagten, drei Bedingungen, das waren erst zwei.«

»Ich fahre.«

»Es ist Pennys Wagen, vielleicht wäre es besser, wenn ich –«

»Ich weise noch einmal auf Punkt zwei hin: Bedingungslos auf mich hören!« Er stieß sich von der Wand ab und kam zwei Schritte auf sie zu. »Wenn wir ihn verfolgen oder vor den Cops fliehen müssen, ist es besser, wenn ich am Steuer sitze.« Nach einer kurzen Pause fügte er hinzu: »FBI-Fahrertraining.«

»Einverstanden – mit allen Punkten.«

»Gut. Dann gehe ich jetzt duschen.«

Ihr Blick folgte ihm, als er an ihr vorbeiging, und blieb an dem Pflaster in seinem Nacken hängen – oder besser an dem, was sich darunter verbarg. »Schneiden Sie das Pflaster dieses Mal ein wenig größer, damit es das ganze Tattoo abdeckt.«

Er blieb stehen. »Das habe ich.«

Sie wollte ihm widersprechen. Als sie sich jedoch das Pflaster ansah, erschien es ihr nicht kleiner als die, die sie selbst zurechtgeschnitten hatte. »Lassen Sie mich mal sehen.«

Chase drehte ihr den Rücken zu und legte den Kopf nach vorn, damit sie seinen Nacken besser erreichen konnte. Mit einem Ruck zog sie das Pflaster ab und erstarrte. Die Tätowierung hatte sich verändert. Anstelle der beiden Ranken, die von dem Hauptarm abzweigten, waren es jetzt fünf, die sich nach allen Seiten erstreckten. Nicht genug damit, dass weitere dazugekommen waren, sie waren auch gewachsen, hatten jetzt etwa die doppelte Länge wie zuvor.

Davon hatte nichts im Internet gestanden.

»Chase«, flüsterte sie. »Schauen Sie in den Spiegel.«

Er zog eine Augenbraue in die Höhe, sparte sich jedoch jedes Wort und marschierte ins Bad. Kate folgte ihm und blieb in der Tür stehen, als er sich vor dem Spiegel herumdrehte und das Tattoo von allen Seiten beäugte.

»Sie sagen ja gar nichts«, durchbrach Kate die Stille, als sie es nicht länger aushielt.

»Was soll ich dazu sagen?«

»Macht Ihnen das keine Angst?«

Er drehte sich zu ihr herum. »Um ehrlich zu sein, bin ich im Augenblick zu wütend, um Angst zu haben.«

Sie blinzelte verwirrt. »Wütend?«

»Sehen Sie sich diese Scheiße an«, schimpfte er und drehte ihr seinen tätowierten Rücken zu. »Das Ding werde ich nie wieder los und wer weiß schon, wie groß es noch wird!«

Kate kämpfte gegen das Bild an, das ihn mit einem Tattoo zeigte, dessen Ranken sich wie wild wuchernder Efeu über seinen ganzen Körper, seinen Hals und sein Gesicht zogen, ihn mehr und mehr einhüllten und langsam erstickten, und schüttelte den Kopf. »So schlimm wird es schon nicht werden.«

Zumindest hoffte sie das.

20

Als Chase sich nach Einbruch der Dämmerung hinter das Steuer des SUV setzte und den Wagen aus der Garage auf die Straße hinausfuhr, war er froh, endlich etwas zu tun zu haben, das über bloße Planungen hinausging.

Sie hatten den Rest des Tages mit Vorbereitungen verbracht, die in erster Linie daraus bestanden hatten, Kate immer und immer wieder einzuschärfen, dass sie sich auf keinen Fall in eine gefährliche Situation begeben durfte.

Niedlich, die Kleine. Noch immer brannten die Worte des Killers in seiner Erinnerung. Wenn dieser Mann Kate in die Finger bekam, würde er sie umbringen und sei es nur, um ihm, Chase, eins auszuwischen. Im Laufe des Nachmittags hatten ihn die furchtbarsten Bilder verfolgt und ihm in grausamen Einzelheiten gezeigt, was Kate alles zustoßen konnte. Was er ihr antun konnte. Chase hatte versucht sich einzureden, dass dieser Hurensohn sie erst einmal finden musste. Doch er wurde das Gefühl nicht los, dass es für seinen Gegner weniger problematisch war, die Verbindung zu nutzen, die das Ritual zwischen ihnen geschaffen hatte. Er hatte versucht, noch mehr darüber herauszufinden, doch das Internet hatte lediglich allgemeines Blabla hergegeben. Nichts davon half ihm entscheidend weiter, außer dass es ihn zu der Frage brachte, woher der Killer sein Wissen bezog, das deutlich über die online auffindbaren Informationen hinauszugehen schien.

Am liebsten hätte er Kate im Haus eingesperrt und wäre allein losgezogen. Ihm war jedoch klar, dass sie nicht dortbleiben und tatenlos auf seine Rückkehr warten würde. Sie wollte ihre Story als Augenzeugin schreiben und nicht als jemand, der die Ereignisse aus zweiter Hand übermittelt bekam. Allerdings war er sich längst nicht mehr sicher, ob es ihr tatsächlich nur um ihre Story ging, auch wenn sie das nach wie vor behauptete. Natürlich würde sie sich diese Gelegenheit um nichts in der Welt entgehen lassen, immerhin konnte sie damit ihren Job retten. Doch jedes Mal, wenn er sie ansah, fand er in ihren Augen mehr als bloßes berufliches Interesse. Da war etwas in ihrem Blick, eine Mischung aus Sorge, Entschlossenheit und noch etwas anderem – Zuneigung? –, was ihn zutiefst berührte und seine Beherrschung auf eine harte Probe stellte. Wann immer er diesen Blick auffing, hätte er sie am liebsten an sich gezogen und ihr gesagt, dass alles gut werden würde. Stattdessen gab er vor, nichts zu bemerken, und konzentrierte sich auf seine Vorbereitungen. Kate wollte weder seinen Trost noch seine Nähe. Dass sie auf Letzteres gut verzichten konnte, hatte er heute Morgen gesehen, als er sie beinahe geküsst hatte. Sie war so schnell zurückgewichen, dass es sich wie ein Schlag angefühlt hatte. *Du meine Güte, sie hat sich nicht von dir küssen lassen, das hat dein Ego verletzt.* Aber das allein war es nicht. Wäre es lediglich um einen verwehrten Kuss gegangen, hätte er es verschmerzen können. Was ihm zu schaffen machte, war die Distanz, die sie mit ihrer Zurückweisung geschaffen hatte. Als hätten ihre Worte eine Grenze gezogen, von der sie nicht wollte, dass er sie übertrat. Eine Grenze, die so gar nicht zu dem passte, was er in ihren Augen zu sehen glaubte.

Als er frisch geduscht und rasiert aus dem Bad kam, hatte Kate am Esstisch gesessen, die Bedienungsanleitung der Handys vor sich ausgebreitet, und eines der Geräte zu ihm herübergeschoben. »Auf Kurzwahltaste eins ist meine Handynummer eingespeichert. Die Dinger haben eine ›Push to Talk‹-Funktion, sodass wir sie als Walkie-Talkies benutzen können. Außerdem habe ich in der Abstellkammer das da gefunden.« Sie hob eine Stabtaschenlampe in die Höhe, groß und schwer im Vergleich zu denen, die das FBI und die Polizei benutzten. »Die Batterien sind frisch.«

Die Zeit bis zu ihrem Aufbruch verbrachten sie damit, immer wieder durchzugehen, was passieren könnte. Ein Unterfangen, so sinnlos wie ein Kühlschrank in der Arktis. Wie sollte man sich auf etwas vorbereiten, von dem man nicht wusste, was es war?

Jetzt saß Kate neben ihm auf dem Beifahrersitz, den gefalteten Stadtplan auf dem Schoß, die Taschenlampe griffbereit, damit sie nicht jedes Mal die Innenbeleuchtung einschalten musste, wenn sie etwas nachsehen wollte, und lotste ihn nach Brentwood. Die Glock steckte geladen in seinem Hüftholster am Gürtel, in einer Tasche seiner Jeans hatte er ein Ersatzmagazin, in der anderen das Handy.

Den ganzen Tag über hatte er seine volle Aufmerksamkeit auf die Vorbereitungen gelenkt und es tunlichst vermieden, über das Tattoo nachzudenken, das sich wie ein lebender Organismus über seinen Körper auszubreiten schien. Ihm war nicht entgangen, dass die Veränderung Kate ängstigte, und um ihr nicht noch mehr Anlass zur Sorge zu geben, hatte er den bitteren Geschmack der Angst hinuntergeschluckt, der sich beim Anblick der verzweigten Ranken in seinem Mund breitgemacht hatte, und vorgegeben wütend zu sein.

Nach nicht einmal drei Meilen erreichten sie Brentwood, einen der unzähligen Vororte von Washington, die alle gleich auszusehen schienen, mit ihren hübschen weißen Häusern, die meisten davon im viktorianischen Stil, den großen Gärten mit den weißen Zäunen und den Grünstreifen, die die

Bürgersteige von der Straße abgrenzten. Es war sauber und still. Die Straßen waren so leer gefegt, als sei es bereits weit nach Mitternacht und nicht erst kurz nach sieben. Von Zeit zu Zeit begegneten sie einem anderen Fahrzeug, und jedes Mal fragte sich Chase, ob sie gerade an dem vorbeigefahren waren, nach dem sie suchten. Er war ständig versucht, das Lenkrad herumzureißen, mit quietschenden Reifen zu wenden und sich demjenigen an die Fersen zu heften. Lediglich das Wissen, dass er unmöglich jedes Fahrzeug verfolgen konnte, an dem sie vorbeikamen, hielt ihn davon ab. Er wusste ja nicht einmal, ob der Killer überhaupt mit dem Wagen kommen würde. Allerdings blieb ihm kaum eine Alternative. Eine U-Bahn gab es hier nicht, die nächstgelegene Haltestelle war in Cheverly, ganz in der Nähe des Hauses, in dem Kate und er untergekommen waren.

»Halten Sie nach einem Fußgänger Ausschau«, sagte er.

Kates Augen funkelten im Mondschein, als sie ihn ansah. »Sie denken, er kommt zu Fuß?«

»Er wird mit dem Wagen kommen, aber er kann nicht vor dem Haus seines Opfers parken, also wird er ein ganzes Stück zu Fuß gehen müssen.«

Drei Stunden lang fuhren sie die Straßen ab, von denen die meisten als Allee angelegt waren, deren dichte Baumreihen es schwer machten, den dahinterliegenden Gehweg und die Häuser im Auge zu behalten. Von Zeit zu Zeit parkte Chase den SUV am Straßenrand und beobachtete die Umgebung, ehe er die Patrouille wiederaufnahm. Die einzigen Fußgänger, denen sie begegneten, waren Pärchen. Einmal hatten sie einen Mann gesehen, der mit schnellen Schritten den Gehweg entlanggehastet war, und sich ihm an die Fersen geheftet – bis zu dem Moment, als er ein Grundstück betreten hatte und an der Haustür mit einem Kuss empfangen worden war.

Zu wissen, dass der Mörder heute Nacht hierherkommen wollte, ohne auch nur das geringste Anzeichen zu finden, das sie hätte zu ihm führen können, war frustrierend.

»Vielleicht hat er Sie verarscht.«

Sie hatten den Wagen einmal mehr am Straßenrand abgestellt und starrten in die Nacht hinaus, als Kate aussprach, was er schon die ganze Zeit über dachte. Vielleicht hatte sich der Kerl nur einen Spaß mit ihm erlaubt und führte seine Tat entweder an einem anderen Ort aus oder hatte gar nicht vor, heute Nacht zuzuschlagen.

»Das wäre denkbar«, räumte er ein. »Aber *falls* er die Wahrheit gesagt hat … Wenn ich den ganzen Abend vor dem Fernseher sitzen würde in der Annahme, dass er nur Spielchen mit mir treibt, und morgen in den Nachrichten von einem Mord höre, könnte ich mir das nicht verzeihen.«

Kate nickte.

Eine Weile schwiegen sie und starrten in die Dunkelheit hinaus, die in regelmäßigen Abständen von den Lichtkegeln der Straßenlaternen unterbrochen wurde. Es war eine angenehme Stille, die ihm nicht das Gefühl gab, sie mit belanglosem Small Talk füllen zu müssen, ehe sie sich weiter ausbreiten und ihm die Luft abschnüren würde. Bisher war er nur selten einem Menschen begegnet, mit dem er auch schweigen konnte, ohne dass es nach kurzer Zeit unangenehm wurde. In Kates Gegenwart fühlte es sich vollkommen natürlich an. Er war ruhig und entspannt und seine Gedanken liefen nicht Amok auf der rastlosen Suche nach den nächsten leeren Worten, die die Stille füllen konnten.

Kate trank einen Schluck aus der Wasserflasche, die sie mitgenommen hatte, und bot sie ihm an. Als Chase den Kopf schüttelte, schraubte sie den Verschluss wieder darauf, stellte sie in den Flaschenhalter zurück und richtete ihren Blick wieder auf den Bürgersteig.

»Das Ganze ist schon ziemlich merkwürdig«, seufzte sie nach einer Weile.

»Was meinen Sie?«

»Uns natürlich. Vor ein paar Tagen wollten Sie nicht einmal mit mir sprechen und jetzt sitzen wir hier.«

»Nach einem kleinen Umweg über Ihren Kofferraum«, fügte er lächelnd hinzu.

»O Gott, erinnern Sie mich nicht daran«, stöhnte sie. »Mir tut jetzt noch alles weh.«

»Das tut mir wirklich leid.« Er hatte nicht gewollt, dass sie sich verletzte, nicht damals, als er sie noch für die lästige Reporterplage hielt, und erst recht nicht jetzt. »Warum haben Sie nichts gesagt? Wir hätten eine Salbe gegen Blutergüsse und Prellungen besorgen können. Ich hätte sogar mein Paracetamol mit Ihnen geteilt.«

»Paracetamol ist für die Bedürftigen«, schoss sie zurück. »Und was die Salbe angeht: Die habe ich – eine wirklich große Familientube für den Fall, dass Sie sich noch einmal hinters Steuer setzen wollen und mir den Beifahrersitz verweigern.«

»Ich hoffe trotzdem, dass Sie meine Entschuldigung akzeptieren.«

Sie nickte. »Das tue ich. Kein Grund, deswegen Händchen zu halten.«

Erst jetzt fiel ihm auf, dass er nach ihrer Hand gegriffen und ihre Finger sanft mit seinen umschlossen hatte. Er murmelte eine Entschuldigung, gab ihre Hand frei und lehnte sich im Sitz zurück. Sein Blick war auf den verlassenen Gehweg gerichtet.

»Wer auch immer unser Schicksal lenkt, scheint jedenfalls Humor zu haben«, meinte er. »Andernfalls wären wir jetzt nicht zusammen hier.«

»Sehen Sie es als Prüfung.«

Chase schüttelte den Kopf. »Wenn das eine Prüfung wäre, säße jetzt Munarez neben mir und ich könne mit mir selbst Wetten abschließen, welches Schimpfwort als Nächstes drankommt.«

»Sie mögen Munarez nicht?«

»Sie ist schon okay. Nur eben …« Er zuckte die Schultern. »Na ja, auf ihre Weise ein wenig verdreht.«

»Mich kann sie nicht ausstehen.«

»Bei Munarez hat man immer den Eindruck, dass sie niemanden mag.«

»Sie nennt mich aufgetakelte Reportertussi.«

»Nicht unbedingt ein mexikanisches Schimpfwort.« Vielmehr klang es nach einer Beobachtung. Es sah ganz danach aus, als mochte Munarez sie tatsächlich nicht.

Kate seufzte. »Ich bin ziemlich furchtbar, oder?«

»Ich mag Sie«, antwortete er, ohne nachzudenken.

Ihre Augen weiteten sich vor Überraschung, dann schüttelte sie den Kopf. »Sie mögen mich vielleicht so, wie ich jetzt bin, aber nicht mein Reporter-Ich.«

Damit hatte sie den Nagel auf den Kopf getroffen. Munarez hatte keine Ahnung, wie Kate wirklich war. Er ließ den Motor an und fuhr wieder los. »Sie machen sich wirklich Gedanken darüber, oder? Ist das …« Er brach ab, als sich sein Kopf plötzlich anfühlte, als hätte ihn jemand in einen Schraubstock gespannt.

Hallo, Agent Ryan, erklang die mittlerweile beinahe vertraute Stimme in seinem Kopf.

Ein Bild blitzte vor seinem inneren Auge auf, der Anblick einer gefesselten Frau, die in sich zusammengesunken auf einem Stuhl saß, die Augen geschlossen, das verhärmte Gesicht erschlafft. Ein süßlicher Geruch lag in der Luft. Es dauerte einen Moment, ehe Chase ihn als das erkannte, was es war: Chloroform. Er versuchte mehr zu erkennen, etwas von der Umgebung, das ihm verraten konnte, wo sie war, als ihn Kates Schrei in die Wirklichkeit zurückschleuderte. Der Wagen schoss auf einen Baum zu. Chase riss das Lenkrad herum, trat hart auf die Bremse und kam mit einem Reifen im Grünstreifen am Straßenrand zum Stehen.

»Er ist in einem Haus!«, rief er und wurde in die nächste Vision gerissen, bevor er mehr sagen konnte.

Ein eigenartiges Zwielicht beherrschte den Raum, hervorgerufen von der kleinen Stehlampe in der Ecke, die als einzige Lichtquelle ihren matten Schimmer aussandte. Neben dem Stuhl, auf den die Frau gefesselt war, stand eine dunkelblaue Sporttasche auf dem Boden.

»Willkommen.« Dieses Mal war die Stimme des Mannes deutlicher zu hören, als sei er näher dran.

»Wie haben Sie das gemacht?«, wollte Chase wissen. »Warum bin ich hier?«

»Sie meinen, obwohl Sie sich nicht auf die Verbindung konzentriert haben?« Ein leises Lachen folgte seinen Worten. »Ich habe Sie sozusagen eingeladen. Wussten Sie, wie groß die Möglichkeiten dieses Bandes sind, das zwischen uns existiert? Ist das nicht spannend?«

Chase versuchte einen Blick auf seine Umgebung zu erhaschen, doch der Killer richtete seine Augen auf den dunkelrot geblümten Teppich. »Wenn Ihnen die Auslegware nicht gefällt – ich persönlich finde sie reichlich geschmacklos –, kann ich auch die Augen schließen.« Er ließ eine kurze Pause auf seine Worte folgen. »Oder ist es das, was Sie sehen wollen?« Er lenkte seinen Blick auf die gefesselte Frau. Sie war schlank, beinahe hager. Das kurze rote Haar hing ihr kraftlos in die Stirn, die Haut war bleich und ebenso spröde wie ihre rissigen Lippen. Obwohl er ihre Augen nicht sehen konnte, fand Chase, dass sie müde aussah, wie jemand, der entweder große Sorgen hatte oder zu viel arbeitete.

Sein Blick wurde von ihr fortgerissen, als sich der Killer nach der Tasche bückte und den Reißverschluss öffnete. Er griff hinein, die Hände mit Latex-Handschuhen geschützt, kramte ein Lederetui hervor und öffnete es. Darin lagen Einwegspritzen und mehrere Fläschchen mit Serum, deren Inhalt Chase auch kannte, ohne den Aufdruck auf den Etiketten zu sehen.

*

Der Agent sah durch seine Augen, ein mittlerweile vertrautes Gefühl, das mit einem Prickeln einherging, das das Wissen um die Macht mit sich brachte, die er über Agent Ryan hatte.

»Wollen Sie wissen, wie ich zu dem gekommen bin, was ich hier tue?« Er nahm eine der Spritzen aus dem Etui und zog sie mit dem Gerinnungshemmer auf, dann hielt er inne. »Die Erste war eine Hure, die ich in einer Bar getroffen habe. Wir haben getrunken und geredet.«

Es hatte ihn einiges an Überwindung gekostet, sich ihr anzuvertrauen, ihr von seinem Frust zu erzählen und davon, dass er nicht wusste, was er mit seinem Leben anfangen sollte, nachdem die Polizeiakademie ihn abgelehnt hatte. Und sie hatte gelacht! Als sei es der größte Witz der Welt. Als sei *er* der größte Witz der Welt. Wahrscheinlich hatten sich die arroganten Uniformträger, die ihm am selben Morgen mangelnde Fitness und psychische Instabilität bescheinigt hatten, ebenfalls auf seine Kosten amüsiert. Von seinen Bemühungen, in den Polizeidienst aufgenommen zu werden, würde er Agent Ryan jedoch nichts sagen. Der Mann wäre imstande, alle Bewerbungsunterlagen der letzten Jahre zu durchforsten und jeden abgelehnten Teilnehmer unter die Lupe zu nehmen. Zumindest, wenn er nahe genug an das

Archiv herankam, ohne vorher festgenommen zu werden. So oder so, das Risiko wollte er nicht eingehen.

Er hatte das Gesicht der Frau noch immer vor Augen, als wäre es erst gestern gewesen. Ihr Haar war zu blond, die Lippen zu rot, das Parfüm stechend und billig. Der kurze Rock und das weit ausgeschnittene Oberteil überließen kaum etwas der Fantasie.

»Wie gerne hätte ich ihr das Lachen aus dem Gesicht gedroschen.« Er wusste nicht, warum er das überhaupt erzählte, vielleicht wollte er das Spiel auf eine persönlichere Ebene bringen – oder nach all den Jahren endlich über das sprechen, was damals geschehen war. Beides war denkbar. »Sie sollte mich ansehen und erkennen, dass ich niemand bin, über den man sich lustig macht.«

Seine Noten waren immer gut gewesen, an der Highschool hatte er sogar zu den Besten seines Jahrgangs gehört, doch niemanden hatte das interessiert. Sein Vater war tot, seine Mutter meistens zu besoffen, um ihn überhaupt zu bemerken, und wenn sie ihn zur Kenntnis nahm, verspottete sie ihn, nannte ihn einen Versager, einen, der sein Leben ebenso wenig auf die Reihe bekommen würde wie sein Vater.

»Meine Mutter glaubte auch, sie könne über mich lachen. Sie prophezeite mir, dass ich meinen Job verlieren würde. *Jeden* verdammten Job, den ich jemals annehmen würde – und eines Tages, so meinte sie, würde ich es nicht mehr aushalten und mich vor den Zug werfen.« Genau, wie sein Vater es getan hatte.

»Sie haben sie umgebracht?« Es war das erste Mal, dass Ryan etwas sagte.

»Nein, nicht doch.« Er hatte ihr die versoffene Fresse poliert, bis sie keine Zähne mehr für ihr mieses Grinsen gehabt hatte, aber er hatte sie nicht getötet. Scheiße, sie war seine Mutter, ganz gleich, was sie getan hatte! Sein Versäumnis von damals hatte Johnnie Walker mittlerweile für ihn übernommen – sie hatte sich totgesoffen.

»Was war mit der Frau?«, hakte Ryan nach. »Die aus der Bar.«

Er fragte sich, ob der Agent das wirklich wissen wollte oder ob er lediglich versuchte ihn hinzuhalten. Als ob er ihn noch rechtzeitig finden könnte, um Jane Mercers Leben zu retten!

»Als ich sie nach dem Preis für eine schnelle Nummer fragte, zögerte sie – als müsse sie erst entscheiden, ob mein Geld gut genug ist, um sich mit mir einzulassen. Fünfzig Dollar – und sie musste erst darüber nachdenken! Schließlich entschied sie sich, mein Geld anzunehmen und hinter dem Haus auf mich zu warten.«

Als sie vom Barhocker glitt, war ihr Rock nach oben gerutscht und hatte offenbart, was für die nächste Stunde ihm gehören würde. Plötzlich war ihm die Aussicht auf einen schnellen Fick nicht mehr so verlockend erschienen. Tief in seinem Inneren wusste er, dass es ihn nur kurzfristig befriedigen würde, aber ihm nicht seine Unruhe und auch nicht den Zorn über ihr Gelächter nehmen konnte. Trotzdem war er ihr nach draußen gefolgt.

Er erinnerte sich noch an die kühle Novemberbrise, die den Alkoholdunst und die Hitze der Bar vertrieben und seinen Verstand geklärt hatte.

»Ich bin ihr hinter das Haus gefolgt.« Der Wind fegte um die Ecke des alten Backsteinbaus und hatte ein paar Zeitungsseiten vor sich hergetrieben, als wollten sie ihm den Weg weisen. »Halb hatte ich damit gerechnet, dass sie nicht dort sein würde, doch sie hat tatsächlich auf mich gewartet. Sie stand an die Hauswand gelehnt da und paffte eine Zigarette.«

Die Glut hatte in der Dunkelheit aufgeleuchtet, sobald

sie daran zog. Durch die blinden Fensterscheiben der Bar sickerte fahles Licht, gerade genug, um den Müll erkennen zu können, der sich überall auf dem gepflasterten Hof türmte. Selbst heute erinnerte er sich noch an den Geruch, eine Mischung aus Schmieröl, verfaulenden Essensresten und Urin. Darunter hatte sich der Gestank ihres billigen Tabaks gemischt, der mit den Rauchringen aufgestiegen war, die sie in die Luft geblasen hatte.

»Sie wollte wissen, wo mein Wagen steht.« Er legte die aufgezogene Spritze zur Seite, packte das Fläschchen mit dem restlichen Serum zurück ins Etui und zog den Reißverschluss zu. »Ich behauptete, keinen zu haben und sie gleich hier, an der Ziegelwand, vögeln zu wollen. Schätze, das hat sie ein wenig abgeturnt. Dabei fand ich, dass die Umgebung durchaus zu ihr passte.«

Er erinnerte sich noch gut an den angewiderten Blick, mit dem sie den Dreck auf dem Hinterhof und die überquellenden Müllcontainer betrachtet hatte. So ähnlich hatte sie ihn angesehen, als er ihren Preis wissen wollte.

»Sie haben die Frau vergewaltigt und umgebracht«, mutmaßte Agent Ryan.

Er spürte einen Druck in seinem Kopf und wusste, dass der Bundesagent versuchte ihn dazu zu bringen, sich zu bewegen und ihm einen Blick auf die weitere Umgebung zu gewähren. Statt sich jedoch herumzudrehen und dem Drängen des Agenten nachzukommen, schüttelte er den Kopf. Schlagartig verschwand der fremde Einfluss und einen Moment lang befürchtete er, er hätte auch den Agenten abgeschüttelt, dann jedoch verspürte er das mittlerweile fast schon vertraute Muster einer zweiten Präsenz in seinem Geist.

»Agent, Agent, Agent«, sagte er. »Sie glauben doch nicht ernsthaft, dass sie mich kontrollieren können? Ich bin ein wenig besser vorbereitet und weiß mehr über unsere Verbindung, als sie jemals erfahren werden.« Der alte Indianer hatte ihm alles verraten, was er wissen musste. Trotzdem wurde er das Gefühl nicht los, dass nicht mehr viel gefehlt hatte und er wäre dem Einfluss des Agenten erlegen. Der Mann lernte dazu. Ihn zu unterschätzen wäre ein Fehler.

»Ich habe der Schlampe fünfzig Dollar gezahlt«, fuhr er fort. »Wenn ich also meinen Schwanz in sie hätte stecken wollen, wäre das wohl kaum eine Vergewaltigung gewesen. Meine Arbeit mag schmutzig sein und nicht immer schön anzusehen, aber ich schände keine Frauen. Und ich besudele mich nicht mit einer, die über mich lacht. Abgesehen davon hatte sie es sich anders überlegt und sagte mir, ich könne mir mein Geld sonst wo hinstecken.«

Sie hatte die Zigarette fallen lassen und sich zum Gehen gewandt. Als er ihr den Weg verstellte, stieß sie ihn zur Seite und drängte sich an ihm vorbei. In diesem Augenblick war ihm klar geworden, auf welche Weise sie ihm doch noch Befriedigung verschaffen konnte. Er packte sie am Arm und zog sie zu sich heran, bis er ihren nikotingeschwängerten Atem auf seinem Gesicht spürte.

»Sie hat über mich gelacht«, sagte er an den Agenten gewandt, ohne die Bilder verdrängen zu können, die in seiner Erinnerung immer deutlicher aufstiegen wie Luftblasen in einem Teich. Sie hatte sich gewehrt und behauptet, sich nicht auf seine Kosten amüsiert zu haben, und als das nichts half, wortreich begonnen sich zu entschuldigen. Er hatte ihre Angst riechen können, deren süßes Aroma den Geruch des billigen Parfüms überlagert und seine Sinne auf erregende Weise gekitzelt hatte.

»Ich hielt sie fest und drängte sie an die Wand, bis sie sich nicht mehr bewegen konnte. Dann zog ich mein Messer.« Es war ein Geschenk von seinem Vater gewesen, ein Überlebenswerkzeug. Nur dass sich sein Vater vermutlich eher vorgestellt hatte, er würde Bierflaschen damit öffnen und nicht den Hals einer verdreckten Hure. »Ich ließ die Klinge hervorspringen und presste ihr die Spitze gegen die Kehle.«

Bitte, hatte sie gekeucht und sich nach Hilfe umgesehen.

Er hatte ihr befohlen ihn anzusehen, und sie hatte um ihr Leben gefleht. Tränen waren über ihr Gesicht gelaufen, hatten die Wimperntusche in dicken schwarzen Rinnsalen über ihre Wangen fließen lassen. *Ich mache, was du willst. Alles. Nur bitte tu mir nichts.* Es gab tatsächlich etwas, was sie für ihn tun konnte. Er wollte, dass sie für ihn starb. Mit einem Ruck hatte er die Klinge über ihre Kehle gezogen. Ihr entsetzter Schrei erstickte in einem blutigen Blubbern. Ihr Mund öffnete und schloss sich und das Flehen in ihren Augen spiegelte wider, was nicht mehr über ihre Lippen kommen wollte.

»Es ist schnell gegangen, roh und ohne die Perfektion, die ich mittlerweile erlangt habe.« Trotzdem mochte er die Erinnerung. Zu sehen, wie ihr schamloses Grinsen für immer erlosch, erfüllte ihn selbst jetzt noch mit einer tiefen Befriedigung, die ihn zum Lächeln brachte. Die bangen Tage und Wochen, die jener Nacht gefolgt waren, in denen er sich in seinem Apartment verschanzt und darauf gewartet hatte, dass die Polizei an seine Tür klopfen und ihn verhaften würde, gehörten der Vergangenheit an. Niemand war gekommen, nicht einmal, um ihn zu befragen. Er war mit einem Mord davongekommen. Dieses Wissen war beinahe noch aufregender gewesen als die Tat an sich. Nein, mit seinem Vater hatte er nichts gemein, er würde niemals werden wie sein alter Herr, unsichtbar und zu schwach, der Welt ihre Grenzen aufzuzeigen.

*

Es fiel Chase schwer, sich auf seine Umgebung zu konzentrieren. Die Geschichte des Killers zog ihn zu sehr in Bann. Er sog jedes Detail in sich auf in der Hoffnung, einen Anhaltspunkt zu finden, der ihn auf die Spur der Identität dieses Mannes bringen konnte. Doch der verdammte Drecksack schaffte es, viel zu reden, ohne wirklich etwas zu sagen. Erstaunlich, angesichts der Erregung, die in seiner Stimme schwang. Offenbar durchlebte er gerade alles noch einmal, doch sosehr ihn die Erinnerung berauschen mochte, so gut hatte er sich auch im Griff. Kein Wort zu viel, keine Andeutung, nicht der geringste Anhaltspunkt. Letztlich war der Kerl am Ende seines Berichts angelangt und Chase hatte weder etwas Greifbares über ihn erfahren noch einen Hinweis darauf erhalten, wo er sich im Augenblick aufhielt.

Um ein Haar wäre es Chase gelungen, die Kontrolle über ihn zu erlangen. Sein Einfluss war gewachsen, das hatte er ebenso gespürt wie die verzweifelte Gegenwehr des anderen. Dann jedoch war er auf eine Mauer gestoßen und so heftig dagegen geprallt, dass er zurückgeworfen wurde, wodurch er beinahe die Verbindung verloren hätte. Er war sich nicht sicher, wie es ihm gelungen war, sie aufrechtzuhalten. Es hatte sich angefühlt, als hätte sich sein Geist an den des Killers geklammert und sich mit aller Macht daran festgehalten – ein Parasit, der sich in einem Wirt einnistet.

»Was haben Sie mit ihrer Leiche gemacht?«, hakte Chase nach, als der Mann nichts mehr sagte. »Wie sind Sie sie losgeworden?«

Doch der Killer schüttelte den Kopf, eine Bewegung, die Chase zwar nicht spüren, aber durch die Augen des Mannes sehen konnte. »Das waren schon zu viele Informationen – mehr, als ich ursprünglich mit Ihnen teilen wollte, Agent.«

»Mich würde trotzdem interessieren, warum diese Frau über Sie gelacht hat.«

»Das kann ich verstehen.« Er stieß ein heiseres Lachen hervor, das mehr einem Bellen glich. »Es würde Ihnen mehr über mich verraten, womöglich genug, um mich früher oder später ausfindig zu machen. Tut mir leid, Chase. Ich darf Sie doch so nennen? Aber so einfach mache ich Ihnen unser Spiel dann doch nicht.«

Zumindest sah Chase nun um einiges klarer, was die Motivation dieses Mannes anging. Seine Mutter hatte ihn nie beachtet, und wenn, hatte sie ihn nur ausgelacht. Ebenso diese Prostituierte. Mit seinen Morden übte er Rache an seiner Mutter. Er sah sie in seinen Opfern, was auch der Grund war, warum er keine der Frauen vergewaltigt hatte. Durch die nach oben genähten Augenlider zwang er sie, ihm die Beachtung zu schenken, die seine Mutter ihm immer verwehrt hatte, während er sich in den Spiegeln die Bestätigung für seine eigene Existenz holte. Sich selbst zu sehen – und bei seiner *Arbeit* zu bewundern – gab ihm das Gefühl, lebendig zu sein.

Er hatte von einer rohen ersten Tat gesprochen. Um die Perfektion zu erlangen, mit der er heute seine Morde verübte, musste er eine Weile geübt haben, was bedeutete, dass es weitere Opfer gab. Ungeklärte Morde, die bisher niemand mit dem Schlitzer in Verbindung gebracht hatte. Er musste Fehler gemacht oder Spuren hinterlassen haben. Vielleicht gab es sogar Zeugen. Wenn sich ein paar Beamte die Akten ungeklärter Morde aus den letzten fünf bis sechs Jahren vornahmen, kämen sie ihm womöglich ein ganzes Stück näher. Unglücklicherweise befand Chase sich im Augenblick nicht in der Position, der Mordkommission zu sagen, was sie zu tun hatte. Abgesehen davon, dass sie ihn beim ersten Sichtkontakt einlochten, würde ihm Munarez kein Wort glauben, solange sie annahm, dass er mit dem Killer zusammenarbeitete.

Danke, Frank! Elendes Arschloch!

Chase schreckte aus seinen Gedanken auf, als sich der Killer der bewusstlosen Frau näherte. Er packte ihren Kopf, zog ihn zur Seite und entblößte ihren Nacken. Mit Schwung rammte er ihr die Nadel unter die Haut und spritzte ihr den Gerinnungshemmer. Als er die Spritze zurückzog und den Kopf hob, hegte Chase die Hoffnung, endlich einen Blick aus dem Fenster zu erhaschen. Wenn er draußen etwas erkannte, irgendeinen der Orte, an denen sie im Laufe des Abends unzählige Male vorbeigefahren waren … Doch sein Gegenspieler war nicht dumm, er hatte die Vorhänge zugezogen.

Jetzt drehte er sich ganz langsam herum. Seine Augen strichen über das Bett, aus dessen zerwühlten Laken er die Frau zuvor geholt hatte, wanderten weiter an einem Wandspiegel entlang, in dem Chase lediglich sein eigenes verschwommenes Spiegelbild erkennen konnte, zu einer Kommode. Darauf lag ein Briefumschlag. Jane Mercer stand darauf.

Und eine Adresse.

Ein Adrenalinschub pumpte durch Chase' Adern. Die Straße war nicht weit entfernt, vielleicht drei Minuten mit dem Auto – eine Minute, wenn er sich nicht um Geschwindigkeitsbegrenzungen scherte. Chase zog seinen Geist zurück und wollte die Verbindung lösen, doch etwas hielt ihn fest und verhinderte, dass er sich losreißen konnte.

Verdammt!

Wenn er der Frau helfen wollte, musste er los!

Sosehr er auch kämpfte, er kam nicht frei, fand nicht in die Wirklichkeit zurück.

»Spüren Sie es auch? Die Veränderung, die diese Verbindung in uns beiden bewirkt?«

Chase sagte nichts, doch hätte er eine Antwort gegeben, hätte sie Ja gelautet. Es fühlte sich wie eine Berührung an. Finger, die über seinen Rücken strichen und deren Kälte unnachgiebig unter seine Haut kroch. Er wusste, dass es keine Finger waren, sondern das Tattoo, das sich weiter ausbreitete.

»Ich habe das Gefühl, dass mir heute nicht so viel Zeit bleibt wie sonst.« Der Killer klang amüsiert, als sei das Ganze für ihn nichts weiter als ein riesiger Spaß. Er griff in seine Tasche, holte ein Messer heraus und zog die Klinge mit einem kräftigen Ruck über die Kehle der Frau, deren Name Jane Mercer war. Beinahe nachdenklich betrachtete er den Schnitt, der sich wie ein ausgefranstes Lächeln quer über ihren Hals erstreckte, und zwang Chase zuzusehen, wie das Blut aus der klaffenden Wunde strömte und mit ihm das Leben aus ihrem Leib rann. »Es ist eine Schande, dass Sie mich zu dieser Stümperei zwingen.« Sein Blick ruhte noch immer auf der Frau, die im Todeskampf zuckte. Ihr Kopf fuhr hoch, die abrupte Bewegung ließ den Schnitt noch weiter aufklaffen. Sie riss die Augen auf, doch statt eines Schreis kam lediglich ein ersticktes Keuchen über ihre Lippen.

»Andererseits hat es durchaus etwas für sich«, fügte ihr Mörder trocken hinzu. »Wenn Ihre Profiler-Kollegen diese Sauerei sehen, werden Sie denken, Sie hätten es mit einem Trittbrettfahrer zu tun und nicht mit dem Original.«

Jane Mercer zuckte ein letztes Mal, dann sank ihr Kopf nach vorn und sie regte sich nicht mehr. Ihr Kinn, das Nachthemd und der Teppich waren getränkt von ihrem Blut, die Luft von seinem Gestank geschwängert, so sehr, dass Chase glaubte, das metallische Aroma von Blut und Tod auf seiner Zunge zu schmecken.

»Ich schätze, für uns gibt es hier nichts mehr zu tun. Sie haben wirklich tapfer gekämpft, mein Freund, trotzdem konnten Sie sie nicht retten. Es wird Ihnen auch bei den anderen nicht gelingen.«

Schlagartig verschwand der unsichtbare Griff, der Chase in der Verbindung gefangen gehalten hatte. Alles um ihn herum war dunkel und verschwommen, trotzdem durfte er keine Zeit mehr verlieren. Er hämmerte den Hebel der Automatik auf *Drive,* trat das Gaspedal durch und raste los. In seinem Kopf herrschte ein einziges Durcheinander, als brüllten seine Gedanken um die Wette. Sosehr er sich auch bemühte, es wollte ihm weder gelingen, den Lärm zum Verstummen zu bringen, noch, den Anblick von Blut und Tod aus seinem Gedächtnis zu bannen. Der metallische Geschmack hatte sich in seinem Mund eingenistet und verlieh den Bildern aus seiner Erinnerung eine erschreckende Dreidimensionalität.

Vor dem Haus trat er in die Eisen. Der SUV kam mit quietschenden Reifen zum Stehen. Chase musste ins Haus, er wollte sich mit *eigenen* Augen davon überzeugen, dass das, was er gesehen hatte, der Wirklichkeit entsprach. Doch das musste er nicht. Er hatte den Schnitt gesehen, ebenso wie ihren Todeskampf.

Für Jane Mercer kam jede Hilfe zu spät.

Als er die Wagentür aufstoßen wollte, legte sich eine Hand über seine. Erst jetzt erinnerte er sich daran, dass er nicht allein im Wagen war. Kate hatte sich über ihn gebeugt und hinderte ihn daran, die Tür zu öffnen.

»Mein Gott, Chase, du machst mir Angst! Sprich endlich mit mir!«

Die plötzliche Vertraulichkeit katapultierte ihn endgültig ins Hier und Jetzt zurück. Nur ganz allmählich wurde ihm klar, dass es nicht nur der Aufruhr seiner Gedanken, sondern auch Kates Stimme gewesen war, die für den Tumult in seinem Kopf die Verantwortung trug. Sie musste die ganze Zeit über auf ihn eingeredet haben, ohne dass er sich ihrer Anwesenheit überhaupt bewusst gewesen war. Kein Wunder, dass sie so aufgelöst war.

Chase nahm die Hand vom Türgriff und atmete tief durch. »Es ist zu spät.«

Kate setzt sich auf. Selbst im Halbdunkel des Wageninnern sah er, dass sie noch eine Spur blasser wurde. »Ist sie …?«

»Tot.« Er nickte.

»O Gott«, flüsterte sie und sank in den Sitz zurück.

»Kate, hör zu.« Das vertrauliche Du kam ihm wie von selbst über die Lippen. Er griff nach ihrer Hand und zwang sie, ihn anzusehen. »Ich muss ins Haus, vielleicht ist er noch dort. Du wartest im Wagen, ich lasse den Zündschlüssel stecken. Verriegle die Türen hinter mir, und beim ersten Anzeichen von Gefahr will ich, dass du von hier abhaust. Hast du mich verstanden?«

»Ja.«

Sparen Sie sich die Mühe, Chase, vernahm er die Stimme des Killers in seinem Geist. *Ich bin nicht mehr im Haus und Sie sollten Ihren Wagen nicht zu lange davor stehen lassen. Ein aufmerksamer Nachbar könnte sich daran erinnern und die Beschreibung an die Polizei weitergeben.*

Chase fluchte. Auch wenn er es nur ungern zugab, aber dieses Schwein hatte recht. Das Kennzeichen des SUV würde die Cops zu Pennys Haus und damit zu ihrem Unterschlupf führen. Trotzdem musste er sichergehen, dass der Kerl ihn nicht belogen und das Haus tatsächlich verlassen hatte. Dann musste Kate eben um den Block fahren, solange er sich drinnen umsah.

Ein Bild blitzte kurz vor seinen Augen auf, eine Baumreihe, die rasch an ihm vorüberzog. Er war tatsächlich nicht mehr im Haus! Chase konzentrierte sich, versuchte in den Kopf des Mannes zu dringen und durch seine Augen zu sehen, doch diesmal ließ der Killer ihn nicht bereitwillig eindringen und Chase fand nicht die innere Ruhe, die nötig gewesen wäre, um die Verbindung herzustellen.

»Er ist fort.« Er ließ den Motor an und fuhr die Straßen entlang.

Bis spät in die Nacht hinein fuhr er immer und immer wieder durch die umliegenden Straßen, auf der Suche nach jemand Verdächtigem, von dem er wusste, dass er längst nicht mehr in der Nähe war. In der Zwischenzeit erzählte er Kate, was er gesehen und gehört hatte. Lediglich die Details von Jane Mercers Tod ersparte er ihr. Es erstaunte ihn, zu hören, dass sie mehrmals versucht hatte ihn aus der Verbindung zu lösen – er hatte nichts davon bemerkt –, nicht einmal ihre Nähe hatte er gespürt.

Schließlich gaben sie ihre Suche auf und fuhren nach Cheverly zurück.

Während Kate im Wohnzimmer auf ihn wartete, ging er ins Badezimmer und zog seinen Pullover aus. Ein Blick in den Spiegel bestätigte seine Vermutung. Es waren weitere Ranken dazugekommen, die sich über seinen Rücken ausbreiteten und mittlerweile zu beiden Seiten die Schulterblätter erreicht hatten. Wann immer er die Verbindung nutzte, veränderte sich das Tattoo und wuchs, als würde sich der Geist oder Dämon – oder was auch immer an seinen Körper gebunden war – daran nähren. Dumm nur, dass zwar das Tattoo größer wurde, aber nicht seine Kontrolle über die Verbindung.

Da jede Form von Pflaster längst ein hoffnungsloses Unterfangen war, wechselte er lediglich das Pflaster über der Schusswunde, die glücklicherweise – oder dank des Paracetamols, das er noch immer mehrmals am Tag einwarf – kaum mehr schmerzte, und kehrte zu Kate zurück. Sie hatte sich auf der Couch zusammengerollt und war eingeschlafen. Chase ging neben ihr in die Hocke und strich ihr ein paar Haare zurück, die ihr ins Gesicht gefallen waren. Sie war gerade einmal ein paar Tage bei ihm und trotzdem fühlte sich ihre Nähe auf eigenartige Weise vertraut an, als wäre sie schon immer Teil seines Lebens gewesen. Als gehöre sie hierher – zu ihm. Mit einem Kopfschütteln verdrängte Chase den letzten Gedanken. Er breitete eine Decke über ihr aus und setzte sich in den Sessel. Immer wieder wanderte sein Blick zu ihr. Es war seltsam, seine Gedanken sollten mit den Ereignissen des vergangenen Abends beschäftigt sein, doch wenn er Kate ansah, konnte er nur daran denken, dass sie ihn plötzlich geduzt hatte. Es war ein gutes Gefühl, als sei sie ihm dadurch ein Stück nähergekommen.

*

Am Ende einer kurzen und unruhigen Nacht im Sessel war Chase früh auf den Beinen. Nach einer schnellen Dusche ging er in die Küche und setzte Kaffee auf. Das kräftige Aroma breitete sich langsam aus, sodass es nicht lange dauerte, bis Kate sich auf der Couch regte. Ein wenig verwirrt sah sie sich um.

»Du hast so müde ausgesehen, deshalb wollte ich dich nicht noch einmal wecken, um dich ins Bett zu verfrachten.« Chase hielt ihr eine Tasse Kaffee unter die Nase, die sie ihm mit einem dankbaren Lächeln abnahm. Auf dem Weg zum Sessel machte er einen Umweg zum Fernseher und schaltete ihn ein. Er drückte auf der Fernbedienung herum, bis er eine Nachrichtensendung im Frühstücksfernsehen fand. Mit mäßiger Aufmerksamkeit folgte er den einzelnen Berichten des Tages, bis das Foto eines roten Dodge Charger eingeblendet wurde. »Die Polizei hat heute Morgen den Wagen der entführten Journalistin Kate Lombardi auf dem Parkplatz eines Superstores in Woodbridge gefunden«, sagte die Moderatorin. »Von der Eigentümerin und ihrem Entführer, Special Agent Chase Ryan vom FBI, fehlt weiterhin jede Spur.«

Beim Anblick des Wagens seufzte Kate aus tiefstem Herzen, ein Laut, der in seiner Sehnsucht so komisch wirkte, dass Chase sich das Lachen verkneifen musste.

»Mach dir keine Gedanken«, sagte er stattdessen. »Die Reparatur übernehme ich natürlich.« Als sie ihn ansah, fügte er schnell hinzu: »Und auch deine Therapiekosten.«

»Was ist mit der Suche nach einem guten Therapeuten?«, hakte sie nach. »Ich will mein Entführungstrauma schließlich nicht von einem Stümper therapieren lassen, der alles nur noch schlimmer macht.«

»Du hast doch sicherlich meine Vita gelesen, bevor du dich für meinen Vortrag angemeldet hast, oder?«

»Einen Vortrag, der übrigens niemals stattgefunden hat. Ich werde mein Geld zurückverlangen.«

»Einen, den du ohnehin nicht besucht hättest, da du … verhindert warst.«

Sie schnitt eine Grimasse. »Was ist also mit deiner Vita?«

»Wenn du sie gelesen hast, weißt du, dass ich eine psychologische Ausbildung habe«, sagte er ungerührt, obwohl sie das natürlich wusste. »Ich könnte mich also persönlich um deine Therapie kümmern.«

»Hört, hört, da will jemand den Bock zum Gärtner machen.« Das amüsierte Glitzern in ihren Augen wich rasch einem ernsteren Ausdruck, das Lächeln erreichte ihre Augen nicht mehr, als sie fragte: »Bist du so sehr darauf versessen, Geld zu sparen, dass du sogar vergisst, dass du mich nach dieser Sache nie wiedersehen wolltest?«

»Manchmal muss man einmal getroffene Entscheidungen auch revidieren können.« Er hatte tatsächlich vergessen, dass er ihr dieses Versprechen abgenommen hatte, im Gegenzug dafür, dass sie ihre Story bekam. Es war erst zwei Tage her, trotzdem sah er die Dinge heute vollkommen anders. Würden sie dieses Gespräch noch einmal führen, würde er den Teufel tun und darauf bestehen, sie nie wiedersehen zu müssen. Auch wenn die Umstände alles andere als angenehm waren, fühlte er sich in ihrer Nähe wohl. »Vielleicht sollten wir die genauen Bedingungen unserer Abmachung noch einmal neu verhandeln«, überlegte er laut. »Wenn wir ergänzen, dass es dein Reporter-Ich ist, mit dem ich nichts zu tun haben will, könnte es gehen.«

»Aha, und was ist mit meinem anderen Ich?« Sie schaute so misstrauisch drein, dass er um ein Haar schon wieder gelacht hätte.

Er wollte ihr gerade sagen, dass er ihr anderes Ich, wie sie es nannte, gerne zum Essen ausführen wollte, als in den Nachrichten die Rede von einem Mord in Brentwood war. Sofort stellte er seine Kaffeetasse auf den Tisch und drehte die Lautstärke höher. Kate rutschte auf der Sitzkante nach vorn, bis sie so aufrecht saß, dass Chase glaubte, es würde sie jeden Moment auf die Beine katapultieren.

In einem Einspieler wurde der Bungalow gezeigt, an dem sie im Laufe des Abends mehrmals vorübergefahren waren und vor dem Chase schließlich angehalten hatte.

»Die Leiche wurde entdeckt, als eine Kollegin Jane Mercer heute Morgen abholen wollte, um mit ihr gemeinsam zur Arbeit zu fahren«, berichtete ein Sprecher. »Als Miss Mercer nicht öffnete, wurde die Kollegin unruhig und sperrte die Tür mit einem Ersatzschlüssel auf, der sich in ihrem Besitz befand.«

Im Hintergrund wurden noch immer Liveaufnahmen des Hauses gezeigt. Im Vorgarten schoss Ben Summers einige Fotos vom Boden – vermutlich Fußabdrücke – und wich zur Seite, als die Assistenten des Gerichtsmediziners den Leichnam aus dem Haus brachten. In einer Ecke des Vorgartens stand Munarez, neben ihr ein schlaksiger rotblonder Jungspund, dessen Anzug lose um seinen Leib schlabberte. Das musste Andersons Ersatz sein, der Frischling, über den sie sich so beschwert hatte. Im Vorgarten waren einige Männer in FBI-Windjacken unterwegs. Uniformierte aus dem örtlichen Sheriffbüro sperrten den Tatort ab und hinderten die Reporter daran, zu nahe heranzugehen. Es gab keine Spur von Lieutenant Murphy oder einem anderen hohen Tier.

»Die Polizei hat den Tatort weiträumig abgeriegelt«, fuhr der Sprecher in einer Tonlage fort, die bestenfalls als gelangweilt bezeichnet werden konnte. »Die Detectives haben bereits mit der Zeugenvernehmung begonnen und noch heute Abend sollen in einer offiziellen Pressekonferenz erste Informationen über den Tathergang bekannt gegeben werden. Im Augenblick wird nur von einem Mord mit ungeklärtem Motiv gesprochen, es ist jedoch davon auszugehen, dass es sich möglicherweise um einen Raubmord handelt. Wir halten Sie über die neuesten Entwicklungen auf dem Laufenden.«

Chase schaltete den Fernseher ab und warf die Fernbedienung auf den Tisch.

»Ich verstehe das nicht.« Kate schüttelte den Kopf. »Warum sagen die nichts vom Schlitzer?«

»Entweder wollen sie die Information bewusst zurückhalten oder aber sie gehen nicht davon aus, dass er diesen Mord begangen hat.« Hatte der Schlitzer nicht selbst gesagt, dass die Profiler Jane Mercers Mörder für einen Trittbrettfahrer halten würden? Es gab einige Gemeinsamkeiten, doch selbst für den unfähigsten aller Nachahmungstäter war dieser Mord zu stümperhaft durchgeführt, sodass die Cops Jane Mercers Ableben vermutlich für ein eigenständiges Verbrechen hielten, das mit den Serienmorden in keinem Zusammenhang stand.

Kate seufzte. »Wahrscheinlich ist es besser, wenn der Schlitzer nicht damit in Verbindung gebracht wird.«

Chase musste ihr zustimmen. Er hatte erst vor zwei Tagen in Edmonston zugeschlagen. Ein weiterer Mord innerhalb so kurzer Zeit würde die ohnehin schon nervösen Bewohner der Vororte in Panik versetzen und womöglich zu unüberlegten Handlungen verleiten. Es wäre nicht das erste Mal, dass sich eine Bürgerwehr auf unschuldige Leute stürzte, die den Fehler begingen, sich nach Einbruch der Dunkelheit noch auf der Straße blicken zu lassen.

21

»Wie geht es jetzt weiter?«

Kate hatte die Frage am Ende ihres gemeinsamen Mittagessens gestellt. Die Worte nisteten sich in seinem Verstand ein und drehten sich dort in unzähligen Echos im Kreis. Immer und immer wieder fragte er sich dasselbe. Gestern waren sie dicht dran gewesen, den Killer am Tatort zu stellen, doch trotz allem hatte es nicht gereicht. Heute wussten sie nicht einmal, ob er überhaupt zuschlagen würde. Allerdings ging Chase davon aus, dass er mit dem nächsten Mord nicht lange warten würde, dafür gefiel ihm die Vorstellung zu gut, Angst und Schrecken in der Bevölkerung und Ratlosigkeit bei den Ordnungshütern zu verbreiten. Es hatten sich nicht nur die Intervalle zwischen den einzelnen Morden geändert, sondern auch seine Beweggründe. War es ihm anfangs darum gegangen, seine Überlegenheit zu demonstrieren und die Morde wie Kunstwerke zu zelebrieren, hatte die Verbindung, die durch das Ritual zwischen ihnen entstanden war, alles geändert: Jetzt wollte er spielen.

Er hatte sich seine nächsten Opfer bereits ausgesucht, das bewiesen die Fotos, die Chase auf seinem Tisch gesehen hatte. *Das sind die Nächsten.* Jane Mercer hatte er nicht retten können. Wie sollte er den anderen helfen, wenn er nicht einmal wusste, wer sie waren oder wo er sie finden konnte? Washington hatte unzählige Vororte – er konnte unmöglich überall zur selben Zeit sein.

Die Hilflosigkeit machte ihn wahnsinnig.

Chase hatte die Nase voll. Er wollte nicht länger warten, bis sich der andere zu erkennen gab und ihm die Hinweise zuspielte, die ihn auf seine Spur führten – die Informationen außerdem so gestreut und manipuliert, dass er keine Chance hatte, jemals rechtzeitig am Tatort zu sein. Der Killer durfte nicht länger die Spielregeln bestimmen! Wenn er jedoch etwas daran ändern wollte, musste er lernen, die Kontrolle über die Verbindung zu übernehmen und ebenso bewusst in die Gedanken des Killers zu gelangen, wie dieser in seine eigenen gelangte. Er musste lernen, den Mann zu lenken und ihn dazu zu bringen, ihm durch seine Augen einen Überblick über die Umgebung zu verschaffen. Bisher war er nicht einmal imstande, die Verbindung aus eigener Kraft herzustellen. Dass es ihm beim allerersten Mal gelungen war, rechnete er eher dem Zufall zu, denn bei allen anderen Gelegenheiten war es der Killer gewesen, der entweder in seinen Kopf gedrungen war oder ihn in die Verbindung gezwungen hatte. Es war höchste Zeit, dass er lernte die Kontrolle zu übernehmen, statt sich weiterhin fremdbestimmen zu lassen.

Womöglich konnten ihm die Entspannungsübungen helfen, die Kate ihm gezeigt hatte. Er musste einen Weg finden, zu fokussieren und die Verbindung bewusst zu steuern.

Kate saß am Esstisch vor ihrem Laptop und machte sich einmal mehr Notizen für ihren Artikel. Davor hatten sie gemeinsam noch einmal nach dem Ritual gegoogelt, dabei jedoch nichts Neues gefunden. Als sie seinen Blick bemerkte, sah sie auf.

»Was gibt es?«

Er schüttelte den Kopf. »Nichts. Ich dachte mir, ich

könnte es noch einmal mit den Entspannungsübungen versuchen.«

»Gute Idee – falls es nicht klappt, bist du zumindest locker. Brauchst du Hilfe?«

»Ich denke, ich weiß noch ungefähr, was du mir gestern gesagt hast. Wenn ich nicht zurechtkomme oder mir die Füße einschlafen, erfährst du es als Erste.«

Kate nickte geistesabwesend, den Blick schon wieder auf den Bildschirm gerichtet. »Ich sichte so lange die Nachrichten, vielleicht ist ja was Interessantes dabei.«

Er rückte den Sessel zur Seite und ließ sich im Schneidersitz auf dem Teppich nieder. Die Handgelenke auf die Knie gelegt schloss er die Augen und konzentrierte sich auf seine Atmung. Das Klappern der Tastatur und das leise Klicken der Maustasten rückten immer weiter in den Hintergrund, bis er nichts anderes mehr vernahm als das Rauschen seines Blutes und das Wummern seines eigenen Herzschlags. Es würde funktionieren! Nicht mehr lange, dann hatte er seine innere Mitte gefunden und konnte damit beginnen, sich auf die Verbindung zu konzentrieren!

»Chase?«, riss Kate ihn aus seinen Gedanken.

Frustriert sah er auf. »Was?«

»Ich würde das Tattoo gerne dokumentieren.«

»Du meinst, mit Fotos?«

Sie nickte. »Wenn es dir nichts ausmacht.« Nicht dass er Gelegenheit gehabt hätte, zu widersprechen, denn noch bevor er überhaupt antworten konnte, hatte sie bereits ihre Digitalkamera in der Hand und stand vor ihm. Sie beugte sich zu ihm herab und zupfte an seinem T-Shirt. »Kannst du …?«

»Sicher.« Chase stand auf, zog das T-Shirt aus und drehte ihr den Rücken zu.

Kate holte hörbar Luft. »O mein Gott«, flüsterte sie.

Ihre Worte brachten sein Herz fast zum Stillstand. »Ist es schlimmer geworden?« Das war doch nicht möglich, seit gestern Nacht hatte es keine Verbindung mehr gegeben. Abgesehen davon war er davon überzeugt, dass er eine Veränderung gespürt hätte.

»Nein, es sieht noch aus wie gestern.« Eine Weile gab sie keinen Laut von sich. Sie war so still, dass lediglich ihr Atem, der über seinen Rücken strich, verriet, dass sie noch da war.

»Um ehrlich zu sein, es hat was«, sagte sie schließlich. »Ich weiß nicht genau, was es ist, aber es ist irgendwie … hübsch.« Sie kam noch näher und plötzlich spürte er ihre Hand auf seinem Rücken. Ihre Fingerspitzen fuhren über seine Haut und zeichneten die verschlungenen Ranken nach, die sich über die obere Hälfte seines Rückens zogen. »Es sieht so ursprünglich und natürlich aus, als wäre es ein Teil von dir.«

Nur dass es dummerweise ein Teil von ihm war, der ihn langsam auffraß. Zumindest äußerlich. Welche Veränderungen das Tattoo in ihm bewirkte, wollte er sich lieber nicht ausmalen. Die sanfte Berührung von Kates Fingerspitzen lenkte ihn jedoch von seinen finsteren Gedanken ab und jagte ihm einen angenehmen Schauder über den Rücken. Unwillkürlich fragte er sich, wie es sich erst anfühlen würde, ihre Hände überall auf sich zu spüren. Wie würde sie reagieren, wenn er sich jetzt herumdrehte und sie küsste?

Als hätte sie die Richtung erraten, die seine Gedanken einschlugen, zog sie die Hand zurück und fluchte.

Chase dreht sich zu ihr herum. »Was ist los? Sind mir Dornen gewachsen und du hast dich gestochen?«

»Die Dornen hattest du schon vor dem Tattoo.« Sie schüttelte den Kopf. »Ich hätte es von Anfang an fotografieren sollen, eine Dokumentation in jedem Stadium.«

Beim Anblick ihres missmutigen Gesichts keimte ein

Verdacht in ihm auf. »Kann es sein, dass du Spaß an der ganzen Geschichte hast?«

»Nein!«, rief sie ein wenig zu schnell.

»Schwindel' nicht.« Er drehte ihr wieder den Rücken zu, damit sie ihre Fotos schießen konnte, und fuhr fort: »Ich habe gesehen, wie du mit leuchtenden Augen vor deinem Laptop sitzt und tippst. Deine Wangen waren vor Aufregung gerötet und du hast auf deiner Unterlippe herumgekaut, ganz zu schweigen von diesem zufriedenen Grinsen – vermutlich jedes Mal, wenn dir wieder eine gute Formulierung für deinen Artikel eingefallen ist. Erzähl mir nicht, dass du keinen Spaß hast!«

»Ja. Nein!« Sie ließ den Fotoapparat sinken und zuckte die Schultern. »Ich weiß nicht«, seufzte sie. »Das alles ist wie eine Achterbahnfahrt. Wenn du die Loopings siehst, rutscht dir das Herz in die Hosen, gleichzeitig verpasst dir das einen Adrenalinrausch, der besser ist als Sex.«

»Das bezweifle ich.«

»Was?«

»Wenn du denkst, dass das hier besser ist als Sex, waren deine bisherigen Erfahrungen wohl nicht sonderlich toll. Es ist jedenfalls ein ziemlich seltsamer Vergleich, beinahe so, als würdest du Folter in Relation zu einer Nackenmassage setzen.«

»Äh, ja.« Ihre Wangen färbten sich rot und sie wandte rasch den Blick ab, um ein paar Knöpfe auf ihrer Kamera zu drücken. »Wie auch immer«, fuhr sie schließlich fort, und obwohl sie damit angefangen hatte, sagte sie: »Ich bin nicht hier, um mit dir über Sex zu sprechen. Der Punkt ist, wenn ich einen vernünftigen Artikel zustande bringe, wird mir mein Redakteur den Hintern küssen und mir jeden Job geben, den ich möchte!«

»Und wenn du dabei draufgehst?«

»Dann brauche ich den Job nicht mehr.« Es war locker dahingesprochen, doch ihre Augen sagten etwas anderes. Natürlich hatte sie Angst, sie sorgte sich ja sogar um sein Wohlergehen. Ihre flapsigen Sprüche waren nichts weiter als ihre Art, damit umzugehen. »Es wäre gelogen, wenn ich behaupten würde, dass ich das Ganze nicht auf eine Weise aufregend finde – aber gleichzeitig habe ich die Hosen gestrichen voll«, räumte sie ein und bestätigte damit seine Vermutungen. »Es ist ein ziemlich gravierender Unterschied, ob man für einen Artikel recherchiert und Beteiligte interviewt oder selbst in die Ereignisse involviert ist. Und offen gestanden bin ich mir nicht sicher, ob mir dieser Part uneingeschränkt gefällt.«

»Du schlägst dich großartig.« Plötzlich hielt er ihre Hand in seiner und drückte sie sanft. »Ich passe auf dich auf, das verspreche ich dir. Solange du auf mich hörst, wird dir nichts passieren.«

Im ersten Moment starrte sie ihn an, als wisse sie nicht, was sie darauf erwidern sollte, im nächsten schlang sie die Arme um seinen Hals und drückte ihn an sich, nur um ihn so schnell wieder freizugeben, dass er nicht einmal Gelegenheit fand, ihre Umarmung zu erwidern. »Wir packen das, oder?« Sie war schon wieder zurück am Tisch, legte die Kamera darauf ab und setzte sich. »Wir kommen heil aus der Sache raus.«

»Natürlich.« Er war sich nicht sicher, wie sich die Dinge für ihn selbst entwickeln würden, aber er wollte verdammt sein, wenn er nicht dafür sorgen würde, dass Kate alles unbeschadet überstand.

Er zog sich das T-Shirt über und ließ sich wieder auf dem Boden nieder. Kates Verhalten irritierte ihn. Wann immer es einen Augenblick der Nähe zwischen ihnen gab, ganz gleich, wer von ihnen ihn herbeigeführt hatte, sorgte sie dafür, dass er ein abruptes Ende fand. Beinahe kam es ihm vor, als hätte sie Angst. Die Frage war nur: wovor?

Während er sich noch den Kopf über ihr rätselhaft heißkaltes Verhalten zerbrach, hatte sie ihre Aufmerksamkeit wieder auf ihren Laptop gerichtet. Eine Weile beobachtete Chase, wie sie sich durch die Nachrichtenportale klickte, bis es ihm endlich gelang, seinen Blick von ihr loszureißen. Als er die Augen schloss, um seine Konzentrationsübungen wieder aufzunehmen, riss ihn ihre Stimme erneut in die Wirklichkeit zurück.

»Wie hieß der Indianer noch mal, der das Ritual durchgeführt hat? William?«

Chase öffnete die Augen und unterdrückte einen frustrierten Seufzer. »Joseph – Joseph Quinn. Warum?«

»Hier ist ein Artikel darüber, dass ein Indianer namens William Quinn aus dem Nidwaya-Reservat seit vorgestern vermisst wird.« Ein paar Klicks und in die Suchmaske eingetippte Worte später sah sie auf. »Dieser William ist der Stammesälteste und gleichzeitig der Großvater deines Ritualindianers.«

»Das erklärt einiges.«

»Denkst du …?«

Chase nickte. Er hatte noch immer keine Ahnung, woher der Killer von dem Ritual wusste, aber ganz gleich, wie er es herausgefunden hatte, William Quinn war der Grund dafür, dass er so viel Kontrolle über die Verbindung hatte. Vielleicht hatte er sogar einen Weg gefunden, den Indianer das Band verstärken zu lassen oder ihm zumindest größere Macht darüber einzuräumen.

Kate kaute auf dem Ende ihres Bleistifts herum. »Ob er noch lebt?«

»Solange er etwas von ihm will, wird er ihm nichts tun. Ich frage mich allerdings, was er vorhat.« Schon jetzt verstand er es um einiges besser als Chase, die Verbindung zu nutzen. Was konnte ihm der Indianer noch bieten? Oder war er bereits tot und man hatte lediglich seine Leiche noch nicht gefunden? Letzteres war ziemlich wahrscheinlich, trotzdem überkam Chase ein ungutes Gefühl. Obwohl er nicht daran glaubte, hatte das Ritual seine Wirkung gezeigt. Er wagte nicht einmal, daran zu denken, welche Möglichkeiten diese indianischen Rituale sonst noch bargen und welchen Schaden sie in den falschen Händen anrichten konnten.

»Kannst du mal nachsehen, was die Mühle an Informationen über Nidwaya-Rituale ausspuckt?«, bat er Kate.

»Sicher.«

Zwei Herzschläge später war sie bereits in ihre Suche vertieft und schien Chase nicht einmal mehr zu bemerken. Draußen waren dunkle Regenwolken aufgezogen, die das Tageslicht nach und nach in sich aufsogen. Selbst im Zimmer war es dunkler geworden. Eine Weile starrte Chase aus dem Fenster in den bleigrauen Himmel, und als es zu regnen begann, stand er noch einmal auf, um die Terrassentür zu öffnen. Kühle Luft strömte in den Raum und brachte einen Geruch von Erde und Feuchtigkeit mit sich. Chase atmete tief durch, schloss die Augen und konzentrierte sich auf das Prasseln des Regens, der gegen die Scheiben schlug. Obwohl er sich wirklich alle Mühe gab und es ihm tatsächlich gelang, ruhiger zu werden, wollte sich die Verbindung einfach nicht einstellen. Zweimal hatte er das Gefühl, kurz davor zu sein. Er glaubte schon, die Präsenz des anderen zu spüren – bis er plötzlich gegen eine Wand lief und mit einem Ruck ins Wohnzimmer zurückkatapultiert wurde. Er war dort gewesen, das hatte er gespürt, doch dann war etwas geschehen. Es hatte sich angefühlt, als hätte jemand ihm die Tür vor der Nase zugeknallt. Der Killer hatte ihn ausgeschlossen.

Fluchend schlug Chase auf den Boden. »Wie zum Teufel macht er das?«

Er schloss die Augen wieder und versuchte es erneut, nach zwei Stunden erfolgloser Versuche war er jedoch zu unruhig und zu zornig. Er hatte die Hilflosigkeit satt, doch seine Ungeduld würde ihm nicht dabei helfen, die Verbindung aufzubauen. Mittlerweile schaffte er es ja nicht einmal mehr, seine innere Mitte zu finden.

Die Nacht hatte die Dämmerung vertrieben und er hatte noch nichts erreicht, außer dass er gegen eine Wand geprallt war, die der Killer ihm in den Weg gestellt hatte.

Plötzlich stand Kate vor ihm und musterte ihn. »So wird das nichts. Du bist viel zu wütend und zu ruhelos.«

»Danke, das ist mir auch schon aufgefallen.«

»Versuchen wir es gemeinsam, vielleicht klappt es dann.« Sie ließ sich ihm gegenüber nieder, ihre Sitzposition ein Spiegelbild seiner eigenen. »Gib mir deine Hände.«

»Wieso?«

»Du brauchst ein paar positive Schwingungen.«

Schwingungen waren nicht unbedingt das, woran er dachte, wenn er sie berührte, trotzdem streckte er seine Hände aus. Ihre Finger schlossen sich um seine, eine Berührung, so sanft wie ein Windhauch. Er war versucht sie an sich zu ziehen, doch er wusste, dass sie ihn sofort abblocken würde.

»Kate?«, fragte er stattdessen. »Was würdest du tun, wenn ich dich jetzt küsse?«

Sie zog eine Augenbraue in die Höhe. »Das hier ist Yoga, keine Streicheltherapie. Aber um deine Frage zu beantworten: Ich würde dir eins zwischen die Augen verpassen. Und jetzt schließ die Augen, bevor ich das für dich übernehme!«

Er kam ihrer Aufforderung nach, doch er war noch nicht bereit, das Thema ruhen zu lassen. »Bin ich so schlimm?«

Er spähte durch seine halb geschlossenen Lider und erhaschte einen Blick auf ihr Gesicht. Für den Bruchteil einer Sekunde wirkte sie beinahe traurig, dann verzog sie unwillig den Mund. »Chase, was soll das? Ich bin hier, um dir bei deinen Konzentrationsübungen zu helfen, nicht um mir seltsame Fragen stellen zu lassen, deren Sinn ich nicht verstehe.«

Er verstand sich ja selbst nicht, wie konnte er da erwarten, dass sie es tat. Er öffnete die Augen und sah sie an. »Ich habe nur versucht herauszufinden, warum du mich auf Abstand hältst.«

»Du bist derjenige, der Menschen auf Abstand hält«, gab sie zurück. »Dann sollte es dich nicht überraschen, wenn jemand deine selbst gezogenen Grenzen akzeptiert.«

»Ich halte niemanden auf …« Plötzlich begriff er, worum es hier ging. So wie es aussah, hatte sie sehr genau zugehört, als er über seine zerbrochene Ehe und seine bisherigen Beziehungen gesprochen hatte, und sichtlich legte sie es nicht darauf an, verletzt zu werden. Chase unterdrückte ein Seufzen. An jenem Abend hatte er jedes Wort so gemeint, wie er es gesagt hatte. Himmel, er meinte es doch immer noch so, oder etwa nicht? Im Prinzip schon, nur … Wenn er Kate ansah, hatte er das Gefühl, dass es mit ihr anders sein könnte. Dass *sie* anders war. »Vielleicht sollten wir das in Ruhe besprechen.«

»Gibt es denn etwas zu besprechen?«

Eine Menge. »Nein, vermutlich nicht. Lass uns weitermachen.« Er schloss die Augen wieder und wartete darauf, dass er sich nicht länger fühlte, als hätte er sich gerade vollkommen zum Affen gemacht. Doch das Gefühl verschwand nicht, stattdessen gesellte sich Bedauern dazu. Was auch immer aus Kate und ihm hätte werden können, er hatte es versaut – und das, noch bevor es begonnen hatte. Üblicherweise war er nicht ganz so schnell, wenn es darum ging, seine Beziehungen in den Sand zu setzen.

»Du musst dich konzentrieren«, mahnte Kate.

»Das tue ich.«

»Ach ja? Warum hängen deine Arme dann nicht locker, sondern fühlen sich an wie zwei Stahlrohre? Atme! Eins. – Zwei. – Drei. Eins. – Zwei. – Drei.« Sie zählte weiter. Chase schob alle Gedanken beiseite und passte seine Atemzüge ihrem Rhythmus an. Auch wenn er es nicht für möglich gehalten hatte, schaffte sie es mit ihren ruhigen Worten, seine Rastlosigkeit zu vertreiben und ihn in einen Zustand tiefer Ruhe zu versetzen.

»Spürst du, wie der Atem durch deinen ganzen Körper fließt? Deine Beine werden schwerer, deine Gedanken treiben dahin, verschwimmen und werden schließlich eins mit dem Nichts.«

Chase konzentrierte sich nun voll und ganz auf ihre Worte und bald schon hörte er nur noch ihre Stimme, ohne zu verstehen, was sie sagte. Ihre Stimme war sein Anker, sein Ruhepol und sein Fokus zugleich. Er liebte diese sexy Stimme, die einige Nuancen dunkler war als die ihres Reporter-Ichs, und während er sich von ihr leiten ließ, blitzten plötzlich Bilder vor ihm auf. Nur vereinzelte Schlaglichter, die ebenso schnell wieder verschwanden, wie sie gekommen waren. Straßenlaternen, ein roter Gartenzaun und ein Bürgersteig, große sandfarbene Betonplatten, nass vom Regen, zwischen denen das Unkraut wucherte. Chase' Puls beschleunigte sich und um ein Haar hätte er die Verbindung verloren, dann jedoch sah er die Straße erneut vor sich. Der Killer drehte den Kopf zur Seite, dort stand eine Kirche an einer Kreuzung, ein wenig von der Straße zurückversetzt. Der Blick war auf die Kirchturmuhr gerichtet, doch die Uhrzeit interessierte Chase nicht. Er kannte diese Kirche! Er wusste, wo sie war! Seine Aufregung wuchs, die Bilder verblassten vor seinem inneren Auge und plötzlich war er sich Kates Nähe wieder bewusst. Er durfte die Verbindung nicht verlieren. Nicht jetzt! Er war so dicht dran!

Atmen!, rief er sich ins Gedächtnis. Er lauschte dem Prasseln des Regens, das sich mit seinen eigenen Atemzügen mischte, spürte die Wärme von Kates Händen in seinen und trieb langsam wieder davon. Sein Rücken kribbelte und er glaubte beinahe zu spüren, wie sich das Tattoo weiter ausdehnte. Dann hatte er die Verbindung wieder. Der Killer bog jetzt auf ein Grundstück ein. Sein Blick fiel auf eine Hausnummer, die über dem Garagentor an die Wand gepinselt war: 327.

In diesem Augenblick riss der Killer den Kopf herum, für einen Moment blitzte die holzgetäfelte Fassade eines hellgelb gestrichenen Hauses auf, ehe sich sein Blick auf den Boden richtete. »Chase, es ist unhöflich, nicht anzuklopfen, bevor Sie in meinen Kopf dringen.«

»Es liegt mir nicht, mein Kommen mit Pauken und Trompeten anzukündigen.«

»Sie haben dazugelernt«, gab der Killer zurück. »Beinahe hätte ich Sie nicht bemerkt. Aber es ist ja nicht so, dass Sie mit dem Anblick einer Garage viel anfangen können, oder?«

Nein, aber mit der Kirche und einer Hausnummer. Er hatte Chase' Anwesenheit tatsächlich erst jetzt bemerkt und ahnte nicht, dass Chase wusste, wo er war.

Dieses Mal entwischst du mir nicht!

»Wissen Sie, Chase, ich muss unseren Plausch jetzt leider beenden«, fuhr er fort. »Ich melde mich später wieder bei Ihnen, wenn ich mit meiner Arbeit begonnen habe. Oh, und ich habe heute noch eine Überraschung für Sie.«

Ein Ruck durchfuhr Chase und im nächsten Augenblick war die Verbindung getrennt. Chase versuchte sie wieder aufzubauen, diesmal jedoch stieß er auf die Wand, die er bereits zuvor gespürt hatte. Der Killer hatte ihn ausgesperrt.

Trotzdem hatte er genug gesehen.

Um was für eine Überraschung es sich handeln mochte, von der der Kerl gesprochen hatte, wollte er lieber gar nicht erst wissen.

Chase sprang auf. »Wir müssen los! Ich weiß, wo er ist.«

Er riss seine Pistole vom Küchentresen und griff nach dem Autoschlüssel, als Kate ihre Hand auf seine legte.

»Ich fahre.«

»Schon vergessen: Ich bin der mit dem Fahrertraining.«

»Du bist auch der, der uns gegen einen Baum knallen lässt, wenn du plötzlich wieder in eines dieser Visionsdinger gerissen wirst.«

Chase überließ ihr den Autoschlüssel. Auf dem Weg zur Garage befestigte er die Glock samt Holster an seinem Gürtel und zog sich den dunkelblauen Kapuzenpullover über, den Kate ihm besorgt hatte. Kurz darauf waren sie auf dem Weg nach Hyattsville, einem Nachbarort von Brentwood. Kate folgte seinen Richtungsanweisungen und lenkte den SUV sicher durch die nassen Straßen. Der Regen war zu einem leichten Nieseln abgeklungen, für das sie nicht einmal den Scheibenwischer brauchten. Einzelne Wolkenfetzen zogen rasch dahin, vom Wind so schnell vorwärtsgetrieben, dass sie den Mond niemals lange verdeckten und ein seltsames Wechselspiel aus Licht und Schatten auf den Boden zeichneten.

»Und du bist dir sicher, dass du den Ort erkannt hast?«

Er nickte. »Ich bin da aufgewachsen, meine Eltern hatten dort bis zu ihrem Tode ein Haus, nicht weit von unserem Ziel entfernt.« Hyattsville war ein beschaulicher kleiner Ort, an den er sich gern zurückerinnerte, auch wenn er es als Teenager wenig prickelnd gefunden hatte, in so einem Kaff leben zu müssen statt in der nahen Großstadt. Heute erinnerte er sich gern an die Jahre, die er dort verbracht hatte, trotzdem hinterließ die Erinnerung an das hübsche viktorianische Haus auch einen bitteren Beigeschmack auf seiner Zunge. An das Zuhause seiner Eltern zu denken ließ ihren Verlust greifbarer werden. »Hast du noch etwas über die Rituale herausgefunden?«, fragte er, um sich auf andere Gedanken zu bringen.

Kate zuckte die Schultern. »Nur das Übliche, würde ich sagen. Regen- und Fruchtbarkeitstänze und ein paar Zeremonien, die Tapferkeit und Glück verleihen sollen. Die könnten wir jetzt gebrauchen. So wie es aussieht, taucht die Sache mit dem Geist des Jägers nur im Internet auf, weil in der Vergangenheit ein Häuptling seine Stammesfeinde angeblich auf diese Weise aufgespürt und zur Strecke gebracht hat, was wohl der Grund dafür ist, dass der Stamm nicht – wie so viele andere – ausgerottet wurde. Falls es etwas gibt, was für den Schlitzer interessant ist, steht es jedenfalls nicht im Internet.«

Vielleicht hatte er William Quinn auch nur auf Verdacht in seine Gewalt gebracht. Sobald er herausfand, dass der alte Mann ihm nichts bieten konnte – oder wollte –, würde er ihn umbringen.

Als sie an der Kirche vorüberkamen, wies er Kate an, links abzubiegen. »Bleib hier stehen, es ist gleich um die Ecke.«

Sie parkte den Wagen am Straßenrand, schnappte sich die Stabtaschenlampe und folgte ihm nach draußen. Chase wollte sie zum Auto zurückschicken. Es war zu gefährlich, sie mitzunehmen. Andererseits konnte er auf sie aufpassen, solange sie bei ihm war. Wenn er sie allein ließ und der Killer sie fand …

»Bleib dicht hinter mir.« Er griff nach ihrer Hand und zog sie zu sich heran, bis er das Gefühl hatte, dass es nah genug war, um sie zu schützen. »Wenn –«

»Ich mache, was du sagst«, kam sie ihm zuvor. »Wenn du

sagst ›lauf‹, dann sehe ich zu, dass ich Land gewinne, und wenn du sagst, ich soll grüne Mäuse sehen, dann tue ich das.«

Er warf ihr einen durchdringenden Blick zu. »Das ist nicht witzig.«

»Nein, ist es nicht. Aber wir haben bereits geklärt, dass du hier der Beschützer bist und ich mich beschützen lasse, wenn du es befiehlst. Es ist nicht nötig, alles noch einmal durchzukauen.«

»Es ist nicht unbedingt die Art, wie wir beim FBI einen erhaltenen Befehl bestätigen, aber ich schätze, es wird genügen.«

»Du trägst auch keinen Anzug«, hörte er sie hinter sich murmeln und konnte sich ein Grinsen nicht verkneifen.

Im Schatten einer Buchsbaumhecke bogen sie um die Ecke und erreichten nach wenigen Metern das Grundstück, das zu Haus Nummer 327 gehörte. Chase zog Kate an der Garage vorbei durch ein kleines Stück Vorgarten. Der Rasen war nass und aufgeweicht, seine Turnschuhe sanken bei jedem Schritt ein Stück ein und lösten sich mit einem schmatzenden Laut wieder, sobald er zum nächsten Schritt ansetzte. Im Schatten des Hauses blieb er stehen. Hinter keinem der Fenster brannte Licht.

»Er wird oben sein«, sagte er leise. »Im Schlafzimmer. Wenn wir ins Haus kommen, werde ich mich als Erstes unten umsehen – du wartest so lange an der Tür. Beim geringsten verdächtigen Laut will ich, dass du abhaust.«

Kate nickte. Sie kaute auf ihrer Unterlippe und hatte den Blick auf die geschlossene Haustür gerichtet, ihr Sinn für Scherze schien ihr vergangen zu sein. Sosehr Chase ihre trockenen Bemerkungen mochte, so erleichtert war er darüber, dass sie jetzt schwieg und konzentriert bei der Sache war.

Er fischte eine Kreditkarte aus seinem Geldbeutel, zog

seine Glock und entsicherte sie, ehe er die Karte in den Türspalt oberhalb des Schlosses schob. Es dauerte nicht lange, bis das erlösende Klicken zu hören war und die Tür leise aufsprang. Schnell steckte er die Karte in die Hosentasche und betrat, mit der Waffe im Anschlag, den Hausflur.

Drinnen war es still.

Es dauerte einen Moment, bis sich seine Augen an das fehlende Licht der Straßenlaternen gewöhnten und er imstande war, im fahlen Mondlicht etwas zu erkennen. Er trat über die Schwelle und verharrte. Erst als noch immer nichts zu hören und zu sehen war, packte er Kate am Arm und zog sie herein. Mit dem Zeigefinger bedeutete er ihr, an der Wand stehen zu bleiben, bevor er die Haustür schloss und sich in Bewegung setzte. Der Boden war mit mehreren Läufern ausgelegt, die zwar seine Schritte dämpften, aber nicht verhindern konnten, dass von Zeit zu Zeit eine Diele unter seinem Gewicht knarrte. Er hielt die Waffe gesenkt, wenn er ging, und riss sie jedes Mal in die Höhe, wenn er einen Raum, eine Nische oder einen weiteren Gang erreichte. Wohnzimmer, Hauswirtschaftsraum, Arbeitszimmer und Küche – alle verlassen. Eine Tür, die von der Küche in den Keller führte, war von außen verriegelt, sodass sich dahinter niemand verstecken konnte.

Chase kehrte in den Flur zurück und lauschte. Noch immer war alles still, bis auf seinen und Kates Atem und das gelegentliche Ächzen von Holz. Von oben glaubte er gedämpfte Rufe zu hören, war sich jedoch nicht sicher.

Er beugte sich zu Kate, bis sein Mund an ihrem Ohr war. »Unten ist alles klar«, wisperte er. »Du wartest hier, ich gehe nach oben.«

Als er sich abwandte, griff sie nach seinem Arm und brachte ihn dazu, sich noch einmal zu ihr umzudrehen. »Sei vorsichtig«, formten ihre Lippen lautlos.

Er nickte.

Mit dem Rücken zur Wand stieg er seitlich die Stufen hinauf. Er spähte zwischen den Streben des Treppengeländers hindurch und versuchte einen Blick auf den oberen Flur zu erhaschen. Abgesehen vom gedämpften Mondlicht, das durch ein Fenster hinter ihm hereinfiel, war es finster. Er wünschte sich Kates Taschenlampe, doch er hätte sie ohnehin nicht angeschaltet, um sich nicht zur Zielscheibe zu machen. Oben verlief der Gang längs zur Treppe. Die meisten Zimmertüren waren lediglich angelehnt, nur aus einem Raum drang gedämpftes Licht auf den Flur. Zweifelsohne das Schlafzimmer.

Dort begann er mit seiner Suche.

Eine Stehlampe entriss den Raum der Dunkelheit. Schon von der Schwelle aus sah er die Frau. Sie saß gefesselt auf dem Stuhl, der Kopf auf ihre Brust gesunken, und rührte sich nicht. Ein Anblick, der ihn erschreckend an Jane Mercer erinnerte, nur dass er dieses Mal nicht zu spät gekommen war. Der helle Teppich war sauber und ohne jede Spur von Blut.

Rasch erfasste sein Blick jeden Winkel des Zimmers, glitt über jeden Schatten und über jedes Möbelstück hinweg. Der Killer war nicht hier. Ohne die Waffe zu senken, ging Chase zu der reglosen Frau und legte ihr zwei Finger an den Hals, um nach ihrem Puls zu tasten. Ihr Herzschlag war stark und regelmäßig. Sofort umfasste er den Griff der Glock wieder mit beiden Händen und setzte seine Suche fort. Er riss die Tür des begehbaren Kleiderschrankes ebenso auf wie die zum angrenzenden Badezimmer. Nichts. Sogar unter das Bett warf er einen Blick, ehe er das Schlafzimmer verließ und auf den Flur zurückkehrte, um die anderen Zimmer zu filzen. Als er an der Treppe vorbeikam, sah er zu Kate hinunter, erfüllt von der irrationalen Angst, der Killer könne sich nach unten geschlichen und sie in seine Gewalt gebracht haben.

Sie stand noch immer am Fuß der Treppe, die Finger

um die Taschenlampe geklammert, und sah ihn fragend an. Ein Gefühl der Erleichterung durchflutete Chase, trotzdem konnte er nicht umhin, einen genauen Blick in die Schatten hinter ihr zu werfen, ehe er ihr bedeutete zu warten.

Oben gab es noch drei weitere Räume, alle so verlassen wie der Rest des Hauses auch. Trotzdem nahm er sich die Zeit, in jeden Winkel und jeden größeren Schrank zu blicken, ehe er schließlich zur Treppe zurückkehrte.

»Er ist fort.«

Kaum hatte er Entwarnung gegeben, kam Kate nach oben. »Ist sie tot?« Ihr war anzusehen, dass sie sich vor der Antwort fürchtete. Da lag ein Flehen in ihrem Blick, als wolle sie sagen: »Lass uns dieses Mal nicht zu spät gekommen sein!«

»Sie lebt.«

Kate stieß die Luft aus. »Gott sei Dank.«

Allerdings wusste er nicht, in welchem Zustand sie sich befand, denn bisher hatte er nicht mehr getan, als nach ihrem Puls zu tasten. »Möglicherweise braucht sie ärztliche Hilfe. Lass uns sehen, was wir tun können.«

Sie entfernten sich von der Treppe und gingen in Richtung Schlafzimmer, als unten die Haustür ins Schloss fiel, ein gedämpfter Laut voller Heimlichkeit. Chase fuhr herum. Unten war niemand zu sehen.

»Er ist raus!«, rief er Kate zu und war schon auf halbem Weg nach unten. »Kümmere dich um die Frau!«

Mit großen Sätzen ließ er die Treppe hinter sich, riss die Haustür auf und stürmte nach draußen. Kühle Luft schlug ihm ins Gesicht, geschwängert von der Feuchtigkeit des Regens. Chase' Blick schoss über das Grundstück, und als er dort niemanden entdeckte, nach vorn, zur Straße. Wasser spritzte unter seinen Füßen auf, als er über den Rasen zum Zaun lief. Die Straße war so verlassen wie ein Hochzeitsbankett im Morgengrauen.

Nur langsam wurde ihm bewusst, dass der Killer sich die ganze Zeit über unten versteckt gehalten haben musste. Chase war von Anfang an davon ausgegangen, dass er oben wäre, deshalb hatte er bei der Durchsuchung des unteren Stockwerks weniger Sorgfalt walten lassen. Zu wenig. Dieses Dreckschwein war Kate so nah gewesen, dass sich Chase bei dem bloßen Gedanken daran, was er ihr alles hätte antun können, der Magen umdrehte.

Sie sind ein wenig zu früh dran, Chase, erklang die Stimme des Killers in seinem Geist. *Ich mag es nicht, wenn ich meine Arbeit nicht vollenden kann.*

»Und ich mag Ihre Arbeit nicht.«

Wie auch immer. Er gab einen Laut von sich, der wie ein Glucksen klang. *Sie werden mich auch dieses Mal nicht erwischen.*

Das Schlimme war, dass der Kerl vermutlich recht hatte. Chase hatte nicht die geringste Ahnung, wohin er verschwunden war. Dann jedoch spürte er einen Drang, der tief aus seinem Inneren aufstieg und ihn nach links zog. Konnte er wirklich einem bloßen Gefühl folgen? Andererseits hatte er ohnehin keinen anderen Anhaltspunkt. Etwas sagte ihm, dass der Killer auf dem Weg zur U-Bahn war – als würde ihm eine geheimnisvolle Stimme den Weg flüstern. War das der Geist des Jägers, der ihm die Richtung wies?

22

Kate starrte nach unten, wo Chase aus dem Haus verschwunden war. Die Tür stand halb offen und schwang leicht im Wind. Eine Gänsehaut, die nichts mit dem Luftzug zu tun hatte, der die Treppe heraufwehte, breitete sich über ihren Rücken und die Arme aus. Sie war sich nicht sicher, was schlimmer war: dass ihr der Killer so nah gewesen oder Chase so weit fort war.

Als er dem Kerl nach draußen gefolgt war, hätte sie ihn am liebsten festgehalten und ihn angefleht, sie nicht allein zu lassen. Doch das wäre albern gewesen. Der Killer war nicht mehr im Haus und sie waren hierhergekommen, um ihn zu erwischen – was wohl kaum funktionieren konnte, wenn sie ihn jetzt aufhielt.

Sie rieb sich über die Arme und versuchte die schmerzhafte Gänsehaut zu vertreiben, was ihr jedoch nicht gelingen wollte. Ihre Gedanken waren bei Chase. Sie fragte sich, was geschehen würde, wenn er den Kerl einholte. Würden sie kämpfen? Hatte der Schlitzer womöglich eine Waffe bei sich? Auch wenn sie wusste, dass Chase' Leben mit dem des Killers verbunden war, konnte sie es noch immer nicht so recht glauben. Sie hatte den Schnitt an seinem Kinn gesehen, den sich der Killer beim Rasieren zugezogen hatte, trotzdem fiel es ihr schwer, ihn als das zu sehen, was er angeblich war: eine Verbindung zwischen zwei Leben. Auch wenn ihr keine andere Erklärung einfiel, wie Chase an die Verletzung gekommen sein konnte, klammerte sie sich noch immer an die Hoffnung, dass es eine geben musste. Alles andere war vollkommen irrsinnig. *So irrsinnig wie ein Tattoo, das sich verändert?* Und mindestens so verrückt wie das Durcheinander, das Chase' Nähe regelmäßig in ihrem Inneren auslöste. Sie kannte die Beschreibung von Schmetterlingen im Bauch. Was Chase mit ihr anrichtete, fühlte sich eher nach einer Fliegerstaffel auf Übungsflug an.

Ein leises Stöhnen riss sie aus ihren Gedanken und erinnerte sie daran, dass sie nicht allein war. Ein wenig zögernd wandte sie sich der Schlafzimmertür zu. Nicht zu wissen, was sie dahinter erwartete, verursachte ein mulmiges Gefühl in ihrem Magen, an der Stelle, an der eben noch das Fluggeschwader seine Loopings gezogen hatte. Trotzdem war es höchste Zeit, dass sie der armen Frau half.

Als sie das Schlafzimmer betrat, starrte ihr die Frau mit weit aufgerissenen Augen entgegen. »Haben Sie keine Angst …« Kate gab sich alle Mühe, beruhigend zu klingen. »… der Kerl ist fort.« Ihre Worte konnten das Entsetzen und die Panik in den Zügen der Frau jedoch nicht mildern.

Kate stellte die Stablampe auf eine Kommode neben der Tür und tastete nach dem Schalter der Deckenlampe. Das Licht flammte auf, sein gnadenloser weißer Schein flutete das Zimmer und offenbarte das unvollendete Werk des Schlitzers. Das Gesicht der Frau glänzte feucht in einer Mischung aus Tränen und Blut, ihr Blick war verhangen – vermutlich eine Nachwirkung des Betäubungsmittels –, die Züge in Panik verzerrt. Das Schlimmste jedoch waren die Lippen, blutig und geschwollen, von dicken blauen Fäden zusammengehalten, deren Enden wie störrische Stacheln in die Luft ragten. Er war nicht ganz fertig geworden, sodass ihre Lippen auf einer Seite auseinanderklafften. Ein schmerzerfülltes Stöhnen quälte sich aus der Lücke hervor.

»Nicht bewegen.« Sie ging um den Stuhl herum, erleichtert, nicht länger in das fratzenhaft verzerrte Gesicht der Frau blicken zu müssen, und machte sich an den Fesseln zu schaffen. »Alles kommt wieder in Ordnung«, redete Kate weiter auf sie ein in der Hoffnung, ihr die Furcht, die beinahe greifbar in der Luft lag, ein wenig nehmen zu können. »Ich befreie Sie jetzt und dann rufe ich einen Krankenwagen.«

Ein Schluchzen vibrierte in der Kehle der Frau und ließ sie erbeben.

»Ganz ruhig.« Kate legte ihr eine Hand auf die Schulter und drückte sie sanft. »Versuchen Sie, sich nicht aufzuregen.« Die Fäden würden spannen und ihre Lippen nur weiter aufreißen, wenn sie nicht ruhig blieb. »Ich weiß, dass es wehtun muss, und auch, dass Sie Angst haben, aber Sie müssen mir jetzt vertrauen, okay? Je ruhiger Sie bleiben, desto leichter wird es.«

Die Frau versuchte trotzdem etwas zu sagen. Ihre Lippen bewegten sich, zerrten an den Fäden, und je größer der Widerstand wurde, auf den sie traf, desto mehr wuchs auch ihre Panik. Die Augen waren weit aufgerissen und von einem fiebrigen Glanz erfüllt, der Kate daran zweifeln ließ, ob sie überhaupt viel davon mitbekam, was um sie herum geschah.

»Nicht sprechen«, versuchte sie es noch einmal. »Es kommt gleich Hilfe.«

Unten fiel die Haustür ins Schloss. Vermutlich war es nur ein Luftzug, der sie zugeworfen hatte, vielleicht aber auch Chase, der zurückgekehrt war und die Tür hinter sich geschlossen hatte. Es waren weder Stimmen noch die Schritte mehrerer Füße zu hören – nicht einmal die einer einzelnen Person.

Kate ging zur Tür und sah auf den Flur hinaus. Auf der Treppe war niemand zu sehen.

»Chase?«, rief sie ins Halbdunkel. »Bist du das?«

Keine Antwort.

Also doch nur der Wind.

Sie drehte sich wieder herum und wollte zu der Frau zurück, die ihr aus weit aufgerissenen Augen entgegenstarrte, als sie ein Knarren hörte.

»Holz arbeitet«, sagte sie sich selbst. Das Ächzen der Dielen war der Pulsschlag dieser alten Häuser. Vollkommen normal, kein Grund zur Beunruhigung. Sie musste wirklich aufhören sich verrückt zu machen. Beinahe wäre es ihr gelungen, ihre Gelassenheit zurückzuerlangen, dann jedoch war von unten ein Schaben zu hören. Kate fuhr herum.

Ganz gleich, wie sehr sie auch versuchte, es sich einzureden, dieses Geräusch hatte weder etwas mit Holz noch mit einem alten Haus zu tun – mit Schuhsohlen, die über den Boden schleiften, schon eher.

Das war der Wind, das ist alles. Nur der blöde Wind.

Sie könnte noch eine Stunde damit verbringen, nach harmlosen Erklärungen zu suchen, beruhigen würde sie nichts davon.

Was, wenn *er* zurückgekommen war? Womöglich hatte er sich irgendwo versteckt gehalten und war zurückgekehrt, sobald Chase auf die Straße gelaufen war. Zurückgekehrt, um zu vollenden, was er begonnen hatte.

So oder so, sie musste sich Gewissheit verschaffen. Mit einem raschen Blick zurück zur Tür ging sie ins angrenzende Bad und riss ein paar Schubladen auf. In einer fand sie eine Rasierklinge und kehrte damit ins Schlafzimmer zurück. Vorsichtig, um sich nicht selbst zu verletzen, und trotzdem so schnell wie möglich durchtrennte sie die Fesseln der Frau. Sie warf die Klinge auf das Fensterbrett und streifte die Stricke von den Handgelenken des Opfers.

»Ich gehe jetzt nach unten«, erklärte sie schnell. »Vermutlich war es nur ein Luftzug, trotzdem werde ich nachsehen. Können Sie aufstehen?« Als die Frau nickte, fuhr sie fort: »Gut. Ich möchte, dass Sie die Tür hinter mir abschließen. Wenn Sie können, schieben Sie eine Kommode davor und öffnen Sie nicht, bevor ich nicht Entwarnung gebe. Verstanden?«

Wieder ein Nicken.

Kate riss die Taschenlampe von der Kommode und trat auf den Flur hinaus. Sie warf einen Blick über die Schulter und stellte erleichtert fest, dass die Frau, deren Namen sie nicht einmal kannte, es tatsächlich geschafft hatte, aufzustehen und sich jetzt an die Wand gestützt vorwärtsbewegte.

Kate zog die Tür hinter sich zu und hoffte, dass die andere die Kraft finden würde abzuschließen.

Sie überquerte den Flur. Am oberen Ende der Treppe blieb sie stehen und spähte nach unten. Nichts zu sehen. Sie lauschte, doch der einzige Laut war ein leises Klicken an der Schlafzimmertür, als die Frau sie verriegelte. Kate wartete darauf, das Scharren eines Möbels zu hören, das über den Boden geschoben wurde, doch das Geräusch blieb aus. Dazu schien der Frau die Kraft zu fehlen. Dann musste das eben genügen.

Kate zählte langsam bis zwanzig. Nachdem sie bis dahin immer noch nichts gehört hatte, betrat sie die oberste Stufe. Von hier aus hatte sie die Haustür im Blick, sie war tatsächlich zugefallen.

Ihre Finger klammerten sich um die Stablampe, dankbar dafür, dass sie so groß und schwer war. Kate hatte nicht vor, sie anzuschalten, sie wollte nicht unnötig auf sich aufmerksam machen, aber wenn es sein musste, würde sie damit zuschlagen.

Die Schulter an die Wand gepresst schob sie sich langsam voran. Stufe um Stufe stieg sie nach unten. Nach jedem Schritt hielt sie kurz inne und lauschte, ehe sie ihren Fuß auf die nächste Stufe setzte. Sie war beinahe unten angekommen, als sie es erneut hörte. Ein Scharren. Etwas, das über Fliesen strich. Die Küche. Es kam aus der Küche! Sie versuchte zu lauschen, doch ihr Herz wummerte so laut, dass sie kaum noch etwas anderes hörte. Mit einem Schlag sprang die Haustür weit auf und knallte gegen die Wand dahinter. Kate sprang zurück, stolperte über eine Stufe und fiel. Ihr Blick war auf die Tür geheftet. Sie hoffte Chase auf der Schwelle zu sehen, doch abgesehen von ein paar Blättern, die der Wind hereintrug, war da nichts. Die Tür war nicht richtig im Schloss eingerastet gewesen und bei der ersten Brise aufgeflogen. Das war alles. Kein Grund zur Panik.

Ihr rasender Puls sah das anders. Vermutlich würde sie der Schlag treffen, lange bevor sie herausfand, woher die Geräusche kamen.

Bei ihrem Sturz hatte sie sich den Ellbogen angeschlagen, was höllisch wehtat, trotzdem rappelte sie sich wieder auf und griff nach der Lampe, die neben ihr auf den Boden gefallen war. Sie holte noch einmal tief Luft und zwang sich weiterzugehen. Was würde sie darum geben, wenn Chase jetzt hier wäre! Immer wieder zuckte ihr Blick zur Haustür in der Hoffnung, dass er jeden Augenblick dort auftauchen würde, doch abgesehen von der Dunkelheit und dem wieder einsetzenden Regen war nichts zu sehen.

Kate packte die Taschenlampe so fest, dass ihre Hände zu schmerzen begannen, und stieg die letzten Stufen nach unten. Bevor sie die Treppe verließ, hielt sie noch einmal inne. Sie schob sich voran und spähte um die Ecke, in Richtung der Küche. Eine Bewegung ließ sie zurückfahren. Jemand war im Flur! Sie hielt den Atem an und versuchte ihr Herz davon abzuhalten, zu explodieren, während sich ihre Finger noch heftiger um die Lampe klammerten. Sie würde sie benutzen. Heilige Scheiße, in ein paar Sekunden würde sie damit auf einen Menschen einschlagen!

Sie stand still und wartete.

Und wartete.

Niemand kam.

Nichts war zu hören.

Sie hob die Lampe, bereit zuzuschlagen, und spähte noch einmal um die Ecke – noch vorsichtiger als vorhin. Ihr blieb beinahe das Herz stehen, als sie den Eindringling erneut erblickte. Er rührte sich nicht. Kate blinzelte … und ließ die Taschenlampe sinken, als sie ihn als das erkannte, was er war: ein Mantel an der Garderobe, der sich im Luftzug blähte, der durch die offene Haustür hereinfuhr.

Erleichtert stieß sie den Atem aus.

Also weiter.

Sie schlüpfte um die Ecke und näherte sich der Küchentür. Eine Diele knarrte unter ihren Füßen, trotzdem blieb sie nicht stehen. Wer auch immer dort drin lauerte, sie wollte schneller sein und würde sich nicht von ihm übertölpeln lassen. Vor der Küchentür hielt sie inne. Von hier kamen die Geräusche. Ein gedämpftes Klacken auf den Fliesen. Was zum Teufel war das? Angst breitete sich bitter in ihrem Mund aus. Noch eine Minute länger und ihr würde das Herz durch den Hals herausspringen.

Jetzt oder nie!

Den Arm mit der Stablampe zum Schlag erhoben, stieß sie mit der anderen Hand die Tür auf. Ein Schatten raste auf sie zu und plusterte sich fauchend vor ihr auf. Dann raste das Fellbündel an ihr vorbei und verschwand in der Dunkelheit des Hauses. Auf den Fliesen lag ein kleiner Plastikball. Als Kate mit der Fußspitze dagegentrat, gab er ein gedämpftes Klacken von sich.

Eine spielende Katze. Kopfschüttelnd lehnte sie sich gegen den Kühlschrank und starrte aus dem Fenster, hinter dem sich ein Busch gegen den Wind stemmte. Mit einem Mal hatte sie das Gefühl, sich nicht länger auf ihren zitternden Beinen halten zu können, als hätte das Adrenalin ihr alle Kraft aus dem Körper gesogen. Sie nahm die Lampe in die andere Hand und versuchte die verkrampften Muskeln zu lockern, indem sie die Finger abwechselnd zur Faust ballte und dann wieder ausstreckte. Allmählich ließ der Schmerz nach und sie hatte nicht mehr das Gefühl, jeden Augenblick einen Krampf zu bekommen.

Höchste Zeit, wieder nach oben zu gehen. Die arme Frau war vermutlich schon halb wahnsinnig vor Angst. Kate machte kehrt, als sie ein Rumpeln vernahm. Die Lampe zum Schlag erhoben fuhr sie herum. Halb erwartete sie, jemanden hinter sich stehen zu sehen, doch da war niemand. Nur die Tür zur Speisekammer.

Zwei Katzen, sagte sie sich. Man hielt nicht eine allein. Zumindest nicht, wenn sie nicht nach draußen durfte. Zögernd machte sie einen Schritt auf die Kammer zu. Ihre Hand zitterte, als sie sie nach dem Türknauf ausstreckte. Das Metall fühlte sich kühl unter ihren Fingern an, fremdartig. Sie holte noch einmal tief Luft, dann riss sie die Tür auf. Etwas Dunkles schoss ihr entgegen und traf sie am Kopf. Ein harter Schlag, der sie zu Boden schleuderte. Sie versuchte zu erkennen, was sie getroffen hatte, doch ihr Bewusstsein verwandelte sich in nebligen Brei, der mehr und mehr zerfloss, während die Dunkelheit dahinter näher kroch. *Das war es also,* war ihr letzter Gedanke, bevor die Finsternis sie erreichte.

*

Als sie wieder zu sich kam, kniete jemand neben ihr. Sie musste die Augen nicht öffnen, um zu wissen, dass da jemand war; sie spürte seine Anwesenheit. Er war so nah, dass er sie berührte. Im ersten Moment dachte sie, es wäre Chase, doch dann erinnerte sie sich wieder. Das war er! Der Schlitzer! Er hatte sich im Haus versteckt und Chase war draußen. Und jetzt war sie mit ihm allein. Eine Hand legte sich auf ihren Arm. Die Berührung war kaum zu ertragen, ebenso wenig wie das Wissen, dass sie enden würde wie die Frau oben im Schlafzimmer. Nur toter.

Nein! Solange er ihr nicht sein verdammtes Betäubungsmittel gespritzt hatte und sie sich wehren konnte, würde sie sich nicht so einfach geschlagen geben. Sie würde ihm ihr Leben teuer verkaufen!

Sie riss die Augen auf und kniff sie sofort wieder geblendet zusammen, als der grelle Schein der Deckenlampe auf ihre Netzhaut traf. Sie mochte nicht mehr als einen Umriss erkennen, doch das genügte. Mit einem zornigen Schrei holte sie aus und trat nach ihrem Peiniger. Sie traf ihn an der Brust. Grimmige Zufriedenheit strömte mit ihrem Blut durch die Adern, als sie sah, wie er zurückgeschleudert wurde. Kate war nicht so dumm zu warten, bis er sich wieder fing. Sie rollte sich herum und bekam die Taschenlampe zu fassen, die ihr bei ihrem Sturz aus der Hand gefallen war. Ihre Finger schlossen sich darum. Der Kerl rief etwas, doch das Blut rauschte so heftig in ihren Ohren, dass sie nicht mehr als ein undeutliches Raunen hörte.

Dann war er über ihr. Er setzte sich auf ihren Rücken und hielt ihre Arme fest. Kate schlug um sich und versuchte sich loszureißen, doch er hatte sie so auf dem Boden festgenagelt, dass sie sich kaum noch bewegen konnte. Jeden Moment würde ihr der süßliche Geruch von Chloroform in die Nase steigen oder sie den Stich einer Nadel in ihrem Hals spüren.

»Kate!«

»Chase?« Schlagartig gab sie alle Gegenwehr auf und schloss erleichtert die Augen, riss sie jedoch sofort wieder auf. »Wo ist er?«

»Es ist alles in Ordnung, er ist fort«, sagte er leise. »Hab keine Angst.«

Angst?! Sie war fast verrückt geworden vor Panik und hatte geglaubt, ihr Leben wäre vorbei! Es würde ein paar Minuten dauern, ehe sie den Schalter von nackter Panik wieder auf Normalbetrieb umlegen konnte. Oder ein paar Jahre. Wieder ein Thema mehr für ihre zukünftigen Therapiesitzungen.

Sein Gewicht verschwand von ihrem Rücken, dann kniete er neben ihr und half ihr sich aufzusetzen. Schon vor Tagen war ihr aufgefallen, wie gut er aussah, doch sein Anblick war noch nie so fantastisch gewesen wie in diesem Moment, dem richtigen Moment, dem, in dem er ihr mit seinem Auftauchen das Leben gerettet hatte. Regenwasser tropfte ihm aus den Haaren und lief über sein Gesicht, seine Klamotten waren nass und er erinnerte ein wenig an eine Ratte, die ins Klo gefallen war. Trotzdem hatte sie sich niemals mehr gefreut, ihn zu sehen. Sein Timing war einfach perfekt – auch wenn er durchaus ein paar Minuten früher hätte zurückkehren können.

Sie lehnte sich mit dem Rücken gegen einen Unterschrank und konzentrierte sich auf ihren Atem. Allmählich beruhigte sie sich tatsächlich ein wenig. Der Schrecken wich und machte dem Schmerz Platz, der wie ein irrer Gnom in ihrem Kopf saß und bei jeder Bewegung mit einem Vorschlaghammer gegen ihre Schläfen drosch, bis sie glaubte, ihr würde der Kopf platzen.

Chase kniete noch immer vor ihr und musterte sie besorgt. Er legte zwei Finger unter ihr Kinn und drehte ihren Kopf zur Seite, um sich ihre Wange anzusehen. Als sich zu seinen Blicken auch noch seine Finger gesellten, wurde es unangenehm.

»Au! Lass das!«

»Er hat dir ein Marmeladenglas übergezogen«, erklärte er, ohne seine Untersuchung zu unterbrechen. »Keine Platzwunde, aber eine ordentliche Schwellung.«

Tatsächlich war der Boden mit klebrig aussehendem Zeug überzogen, aus dem Scherben wie durchsichtige Stacheln emporragten. Ein verschmiertes Schild deklarierte die Sauerei als Aprikosenmarmelade.

Chase ging zum Kühlschrank. Kate beobachtete, wie er einen Kühlakku aus dem Gefrierfach holte, ihn in ein Geschirrtuch wickelte und es ihr vorsichtig gegen die Wange drückte. Es tat weh – zumindest so lange, bis die Kälte unter ihre Haut kroch und den Schmerz so weit betäubte, dass sie nur noch den Druck der Schwellung spürte.

»Was ist passiert?« Ihre Worte klangen eigenartig undeutlich in ihren Ohren. Sie konnte nur hoffen, dass die Schwellung nicht noch schlimmer wurde und das Nuscheln schnell verging.

Chase antwortete nicht sofort. Sein Blick wanderte noch immer über ihr Gesicht, als wolle er sichergehen, dass er keine Verletzungen übersehen hatte. Schließlich schien er halbwegs beruhigt zu sein.

»Ich konnte ihn draußen nicht finden«, erklärte er. »Als ich auf dem Rückweg zum Haus war, sah ich ihn. Er rannte vom Grundstück die Straße hinauf.«

»Hast du ihn erwischt?«

Er schüttelte den Kopf.

»War er so schnell?«

Wieder ein Kopfschütteln.

»Was dann?«

»Ich wusste nicht, was hier passiert war. Wenn er dir …«

Ein Teil von ihr war entsetzt, dass er den Schlitzer ihretwegen hatte entkommen lassen, während ein anderer Teil erleichtert war, dass Chase ihr Wohlergehen an erste Stelle gesetzt hatte.

Er schwieg einen Moment, dann sagte er: »Es tut mir leid, Kate.«

»Das muss es nicht.«

»Aber es ist meine Schuld.«

»Du warst nicht derjenige, der mir ein Glas Marmelade an den Schädel geknallt hat.«

»Nein, aber ich hätte dich niemals allein lassen dürfen.« Er schüttelte den Kopf. »Verflucht, ich hätte dich nicht einmal mitnehmen dürfen.«

»Diese Diskussion hatten wir schon.« Sie musste aufstehen. Wenn sie noch länger hier sitzen blieb, würde sie nicht mehr die Kraft finden, auf die Beine zu kommen. Umständlich kämpfte sie sich auf die Knie.

Sofort rückte Chase näher heran. »Bleib sitzen«, mahnte er. »Vielleicht hast du eine Gehirnerschütterung.«

»Ich glaube nicht.« Vorsichtshalber verzichtete sie darauf, den Kopf zu schütteln. »Allerdings würde ich später gern auf dein Angebot zurückkommen und doch ein paar Paracetamol nehmen.«

»Warte hier.« Wieder stand er auf. Diesmal öffnete er ein paar Schranktüren, bis er ein Glas fand, das er mit Leitungswasser füllte und ihr reichte. Sobald sie es in der Hand hielt, zog er das Röhrchen mit den Schmerztabletten aus der Vordertasche seiner Jeans, schüttete sich zwei auf die Hand und gab sie ihr.

Dankbar schluckte sie die Tabletten, spülte sie mit einem großen Schluck Wasser hinunter und stand auf. Sie kam wankend zum Stehen und lehnte sich an Chase, als er nach ihrem Arm griff, um sie zu stützen. Ohne sie loszulassen, nahm er ihr das Glas ab und stellte es zur Seite. Dann hielt er ihr einen Finger vor die Nase. »Wie viele Finger siehst du?«

»Zwölf.« Sie schob seine Hand zur Seite. »Es geht mir gut.« So gut es einem nach einem Zusammenstoß mit einem Marmeladenglas samt anhängendem Killer eben gehen konnte. »Wir müssen uns um die Frau kümmern, sie ist vermutlich schon halb verrückt vor Angst.« Vielleicht war das Wissen um die Frau, die ihrer Hilfe bedurfte, der einzige Grund, warum sie selbst noch nicht durchgedreht war. Viel schien jedenfalls nicht zu fehlen, wenn sie ihre Gedanken der letzten Minuten noch einmal Revue passieren ließ. Nicht mehr lange und sie würde anfangen Unsinn zu plappern.

Als sie auf die Küchentür zuging, war Chase dicht neben ihr, bereit zuzugreifen, sobald sie ins Taumeln geriet. Doch sie schaffte es. Anfangs war sie unsicher auf den Beinen und ihre Knie fühlten sich matschig an, doch mit jedem Schritt wurde es ein wenig besser. Es gelang ihr sogar, den Schmerz so weit zurückzudrängen, dass er auf ein halbwegs erträgliches Maß abflaute. Vielleicht setzte auch die Wirkung des Paracetamols allmählich ein. Die Treppe stellte sich allerdings als beinahe unüberwindliches Hindernis für ihre weichen Knie heraus. Glücklicherweise hatte Chase seine Hand auf ihren Rücken gelegt und schob sie sanft vorwärts.

Die Schlafzimmertür war noch immer verschlossen.

Kate klopfte an. »Sie können aufmachen, es ist alles in Ordnung.« Sie wartete darauf, etwas hinter der Tür zu hören, doch es blieb still. Zu still. Noch einmal hämmerte sie mit der flachen Hand gegen das Holz und versuchte die Frau dazu zu bewegen, sie zu öffnen, doch nichts geschah.

»Geh da rüber.« Chase schob sie ein Stück zur Seite und warf sich mit der Schulter gegen die Tür. Er brauchte zwei Anläufe, dann sprang die Tür auf.

Die Frau war nirgends zu sehen. »Wo ist sie?«

Chase deutete in Richtung des Badezimmers. Dort brannte Licht. Ein paar schnelle Schritte, zu schnell für Kate, um in ihrem Zustand mit ihm mitzuhalten, dann stand er auf der Schwelle. Kate spähte über seine Schulter. Die Frau kauerte weinend auf den Bodenfliesen. Eine Rasierklinge – womöglich dieselbe, mit der Kate die Fesseln durchtrennt hatte – lag im Waschbecken und hatte blutige Schlieren auf dem Porzellan hinterlassen. Überall um das Waschbecken herum war Blut.

Als Chase den Raum betrat, sah die Frau auf – und wich schreiend zurück. Kate drängte sich an ihm vorbei und ließ sich vor der Frau auf die Knie fallen, die sich in einer Ecke Schutz suchend zusammengerollt hatte.

»Haben Sie keine Angst.« Die Schwellung machte ihr das

Sprechen schwer, es schmerzte. »Das ist nicht der Mann, der Sie überfallen hat. Er ist Bundesagent und hier, um Ihnen zu helfen.« Vorsichtig legte sie der Frau eine Hand auf die Schulter und spürte, wie sie unter der Berührung zusammenzuckte. »Es ist vorbei«, fuhr sie ruhig fort. »Er ist weg – und er wird auch nicht mehr wiederkommen.« Zumindest hoffte sie, dass er nicht verrückt genug sein würde, diese Frau noch einmal aufzusuchen.

Langsam hob die Frau den Kopf. Blut lief über ihre Lippen und tropfte auf die Fliesen. Ihr Nachthemd war blutgetränkt. Sie hatte einen Teil der Fäden mit der Rasierklinge durchtrennt. In ihrer Lippe klaffte ein tiefer Schnitt, vermutlich waren ihre zitternden Hände abgerutscht. Kate wusste nicht, ob es der Schlag auf den Kopf oder der Anblick des geschundenen Gesichts war, plötzlich wurde ihr schwindlig und sie musste sich abstützen.

»Du musst dich hinlegen«, sagte Chase leise.

Sie schüttelte den Kopf, sehr vorsichtig, um den Gnom mit dem Vorschlaghammer nicht noch weiter herauszufordern.

Chase schob sie zur Badewanne und half ihr, sich auf den Rand zu setzen. »Warte hier.« An die Frau gewandt sagte er: »Ich rufe jetzt den Notarzt. Halten Sie so still wie möglich, okay?«

Dann verschwand er aus dem Bad. Kate hörte ihn am Telefon und lauschte dem beruhigenden Klang seiner Stimme, zu leise, als dass sie die Worte hätte verstehen können. Als er zurückkehrte, griff er nach Kates Hand und half ihr auf die Beine.

»Hilfe ist unterwegs«, sagte er an die Frau gewandt. »Halten Sie nur noch ein paar Minuten durch. Wir gehen nach unten, um den Notarzt hereinzulassen. In Ordnung?«

Die Antwort bestand aus einem schwachen Nicken.

Auf dem Weg nach unten klammerte sich Kate ans Treppengeländer. Erst als sie vor die Tür traten und ihr die kühle Nachtluft ins Gesicht schlug, klärte sich ihr Kopf und ihre Schritte wurden sicherer.

»Wir warten nicht wirklich, oder?«

Chase schüttelte den Kopf. »Die Notärzte werden die Polizei rufen und die würden uns einbuchten. Von jetzt an kommt sie ohne uns zurecht. Ich glaube nicht, dass er zurückkommen wird.«

Er legte einen Stein in den Spalt, damit die Haustür nicht zufallen konnte, dann gingen sie zum Wagen und fuhren nach Cheverly zurück. Diesmal bestand Kate nicht darauf, zu fahren. Die Wahrscheinlichkeit, dass sie den SUV in den Graben setzte, erschien ihr größer als die Möglichkeit, dass Chase ausgerechnet jetzt eine seiner Visionen hatte.

Die Fahrt über sagte keiner von ihnen ein Wort. Kate starrte aus dem Fenster, ohne mehr von der Umgebung wahrzunehmen als das Einerlei schnell vorbeiziehender Häuserreihen und Vorgärten. Zurück im Haus ging sie sofort in Richtung Schlafzimmer. Sie musste allein sein, musste mit dem fertig werden, was geschehen war, was sie in den letzten beiden Stunden gesehen und erlebt hatte. Das konnte sie nicht, wenn er bei ihr war.

Auf der Schwelle hielt sie kurz inne. »Ich bin erledigt«, sagte sie. »Ich muss ins Bett. Gute Nacht.« Sie schloss die Tür hinter sich, ehe Chase Gelegenheit fand, etwas zu erwidern.

Sie bewegte sich wie eine Schlafwandlerin. Alles lief vollkommen automatisiert ab, ohne dass sie darüber nachdenken musste, und das war gut so, denn wenn sie eines im Augenblick vermeiden wollte, dann war es, zu denken. Ganz gleich woran. Sie wollte, dass ihr Kopf vollkommen frei war, frei von den Bildern und Erinnerungen an die letzten Stunden, frei von all diesen »Was wäre, wenn«-Fragen, die ihr seitdem durch den Kopf schwirrten. Was wäre, wenn Chase nicht rechtzeitig zurückgekehrt wäre, war nur eine davon.

Sie putzte sich die Zähne, sehr vorsichtig, trotzdem sparte sie den größten Teil der linken Seite lieber aus, und zog sich um. Statt des Big-Shirts streifte sie eine Trainingshose und ein Baumwollshirt über. Sie brauchte die Wärme des Stoffs, die ihr ein Gefühl von Sicherheit vermittelte, so dringend wie die Luft zum Atmen. Sobald sie im Bad fertig war, kehrte sie ins Schlafzimmer zurück, wo Chase sie erwartete.

»Ich wollte nur sehen, ob es dir gut geht.« Es klang beinahe entschuldigend und seine Sorge hatte etwas Rührendes an sich, trotzdem ertrug sie seine Nähe im Moment nicht. Sie wollte ihm versichern, dass alles in Ordnung war und dass er sie jetzt allein lassen konnte, als ihr schlagartig speiübel wurde. Sie rannte ins Bad zurück. Vor der Kloschüssel fiel sie auf die Knie und schaffte es gerade noch, sich nach vorn zu beugen, bevor sich ihr Innerstes nach außen stülpte. Sie spürte Chase mehr, als dass sie ihn sah. Er trat hinter sie und hielt ihr die Haare aus dem Gesicht, während sie erst ihr Mittagessen und später nur noch bittere Galle erbrach. Keuchend und würgend kauerte sie über dem Klo. Immer wieder zogen sich ihre Eingeweide in einem weiteren Würgereiz zusammen, bis nichts mehr in ihr war und sie kraftlos auf die Fliesen sank. Ein kalter Schweißfilm lag über ihrer Stirn und ihrem Nacken. Der bittere Geschmack von Erbrochenem hatte sich in ihrem Mund ausgebreitet und stieg ihr mit jedem Atemzug in die Nase. Als sie aufzustehen versuchte, fasste Chase ihr unter die Arme und stellte sie auf die Beine. Wankend ging sie auf das Waschbecken zu. Im Spiegel sah sie ihn, ganz nah bei sich. So dicht, dass sie sich beinahe berührten. Sein Blick war auf sie gerichtet, die Augenbrauen in tiefer Sorge zusammengezogen. Er wich kein Stück zur Seite und schien bereit, jederzeit nach ihr zu greifen, sollte sie auch nur ins Taumeln geraten. Kate drehte den Hahn auf und hielt den Mund unter den Wasserstrahl. Lange ließ sie das Wasser laufen, füllte ihren Mund, verteilte es darin, spuckte es wieder aus und begann die Prozedur von vorn. Erst als auch der letzte Hauch von Erbrochenem von ihrer Zunge verschwunden war, richtete sie sich auf und wusch sich das Gesicht, wobei sie es vermied, ihr eigenes Spiegelbild anzusehen, das ihr hohläugig und fahl wie der Mond entgegenglotzte.

Als sie sich endlich sauber genug fühlte, war sie vollkommen erschöpft.

Chase musterte sie lange und eingehend, dann schüttelte er den Kopf. »Das reicht«, sagte er entschieden.

Kate starrte ihn an. Sie verstand nicht, was er meinte. Scheiße, sie hatte ja schon Schwierigkeiten, bei all dem Durcheinander, das in ihrem Kopf herrschte, überhaupt seine Worte zu verstehen. Aber deren Sinn entzog sich ihr vollständig.

»Ich bringe dich in ein Krankenhaus.«

Das hatte sie verstanden. Ebenso wie die Konsequenzen, die das für ihn nach sich ziehen würde. »Das kommt überhaupt nicht infrage.« Obwohl die Schwellung es ihr immer noch schwer machte, deutlich zu sprechen, legte sie alle Entschlossenheit, die sie aufbringen konnte, in ihre Worte.

Wieder sah er sie lange an. Schließlich hob er die Hand und legte sie auf ihre unversehrte Wange, eine zärtliche Berührung voller … *voller was?*, fragte sie sich. *Liebe?* Das war das Wort, das ihr als Erstes in den Sinn kam, doch es waren wohl eher Sorge und Mitgefühl, die sein Handeln prägten.

»Das ist es nicht wert«, sagte er ernst. »Ich wollte nie, dass du verletzt wirst, und ich werde dein Leben nicht für meine verdammte Jagd aufs Spiel setzen.«

»Und ich werde nicht zulassen, dass du eine Dummheit begehst.«

»Kate«, mahnte er. »Wenn du eine Gehirnerschütterung hast …«

»Ich glaube nicht, dass ich eine habe. Es …« Nur mit Mühe gelang es ihr, die Bilder des hinter ihnen liegenden Abends zurückzudrängen, bevor sie sie überrollen und eine weitere Welle der Übelkeit in ihr auslösen konnten. »Es war einfach alles ein bisschen viel.« Sie dachte einen Moment nach. »Lass uns einen Deal machen: Wir warten bis morgen. Wenn es mir besser geht, will ich das böse K-Wort nicht mehr hören. Fühle ich mich schlechter, werde ich mich in ein Taxi setzen und in die nächste Notaufnahme fahren. Allein. Dich will ich nicht einmal ansatzweise in der Nähe haben.« Auf diese Weise musste er nicht riskieren, erkannt und verhaftet zu werden.

Sein Blick ruhte noch immer auf ihr und er sah ihr so tief in die Augen, dass sie glaubte, er könnte bis in ihre Gedanken blicken. »Du bist wirklich bemerkenswert, weißt du das?« Dann fügte er hinzu: »Und vollkommen anders, als ich erwartet habe.«

»Tut mir leid, wenn ich eine Enttäuschung bin.« Ihr Sarkasmus, so hoffte sie, würde ihn davon überzeugen, dass sie in Ordnung war. Ob er es ihr abnahm, konnte sie nicht sagen, doch ihre Worte bewirkten etwas anderes. Plötzlich zog er sie an sich und einen Atemzug später waren seine Lippen auf ihren, weich und warm und so voller Zärtlichkeit, dass ihr sofort wieder schwindlig wurde, auch wenn es dieses Mal nichts mit dem Schlag auf den Kopf zu tun hatte. Dieser Schlag ging tiefer. Die sanfte Berührung seiner Lippen brach ihren Widerstand, und als seine Zunge über ihren Mundwinkel glitt, ließ sie ihn ein. Sie wollte das nicht, versuchte sie sich selbst zu erinnern. *Er wird dir das Herz brechen, du dumme Kuh. Lass das nicht zu!* Doch sie konnte sich seiner Wärme und ihrer eigenen Sehnsucht, die sie seit Tagen zu verdrängen versuchte, nicht länger entziehen. Sie ließ sich fallen und ergab sich dem Spiel seiner Zunge in einem leidenschaftlichen Kuss – bis er versehentlich ihre Wange berührte und sie mit einem schmerzvollen Stöhnen zurückfuhr. Sofort entschuldigte er sich wortreich, doch Kate hörte kaum hin. Ihre Lippen prickelten dort, wo er sie eben noch mit den seinen berührt hatte, und in ihrer Körpermitte hatte sich ein heißes Ziehen ausgebreitet, das nach mehr als einem Kuss verlangte. Trotzdem war sie froh um den Schmerz, der sie davon abgehalten hatte, einen gewaltigen Fehler zu begehen.

»Eigentlich ist es nicht meine Art, die Hilflosigkeit einer Frau auszunutzen. Komm, ich bringe dich ins Bett.« Er nahm sie am Arm und führte sie ins Schlafzimmer zurück. »Leg dich hin, ich bin gleich wieder da.«

Als er das Zimmer verließ, fühlte es sich an, als habe er all ihre Kraft mit sich genommen und nichts weiter als ein schwarzes Loch hinterlassen, dort, wo für gewöhnlich ihr Mut und ihre Entschlossenheit lagen. Kaum war er fort, drängten die Ereignisse des Abends, die sie tief in sich verschlossen zu halten versuchte, in ihrer Erinnerung nach oben und drohten sie mit sich zu reißen.

Statt unter die Bettdecke zu kriechen und sich dort zusammenzurollen und zu warten, bis all die schrecklichen Gedanken und Bilder verschwanden, die an der von ihr gezogenen Mauer kratzten, setzte sie sich auf die Bettkante und starrte auf den Teppich. Sie wollte sich hinlegen, doch sie konnte sich nicht bewegen. Die Mauer, die sie so krampfhaft aufrecht zu halten versuchte, begann zu bröckeln, offenbarte immer mehr Erinnerungen und stürzte schließlich ein.

Das Zittern begann in ihren Händen und breitete sich weiter über ihren Körper aus. Sie schlang sich die Arme um den Leib in dem verzweifelten Versuch, nicht auseinanderzubrechen, doch es war nicht das Zittern, das sie in Stücke riss, sondern die Bilder, die sie verfolgten. Das verschwollene und geschundene Gesicht dieser Frau, das Entsetzen in ihren Augen, die Naht auf ihren Lippen, aufgeplatzt und blutig von den Versuchen, um Hilfe zu schreien. Welche Ängste musste sie ausgestanden haben?

»Kate?« Chase war zurückgekehrt, ohne dass sie ihn gehört hatte. Er stellte eine Flasche Wasser und das Röhrchen mit dem Paracetamol auf den Nachttisch. »Am besten nimmst du gleich noch einmal zwei Tabletten, bevor du dich hinlegst.«

Seine Fürsorge tat so gut, gleichzeitig zerrte sie an dem letzten bisschen Selbstbeherrschung, das ihr noch geblieben war. Sein Gesicht verschwand hinter dem Tränenschleier, der sich über ihre Augen legte. Sie schluckte und kämpfte gegen das heiße Brennen in ihren Augen und ihrer Kehle an. »Wir waren ihm so nah«, flüsterte sie. »Ich konnte ihn beinahe spüren.« Himmelarsch, sie *hatte* ihn gespürt – zumindest das Glas, das er ihr an den Schädel geknallt hatte. Alles war so schnell gegangen, dass sie nicht einmal einen Blick auf ihn erhascht hatte. Sie war dem Killer begegnet und konnte ihn trotzdem nicht beschreiben. Nicht einmal ansatzweise. »So nah. Diesem Monster.«

Die Matratze gab nach, als Chase sich neben sie setzte und sie in seine Arme zog. Kate ließ es geschehen. Sie lehnte sich an ihn und schloss die Augen.

»Wir haben heute ein Leben gerettet«, sagte er.

Kate nickte, ohne aufzusehen. »Ja, das haben wir. Ich wünschte nur, er wäre uns nicht entwischt.«

»Ich auch.« Er legte sein Kinn auf ihren Kopf und strich

ihr über den Rücken. »Noch wichtiger ist mir allerdings, dass dir nichts passiert ist.«

Gestern war eine Frau gestorben, das war schrecklich, doch im Gegensatz zu der Frau heute Abend hatte sie Jane Mercer nicht gesehen. Ihre Qualen, ihr Leid und ihr Entsetzen waren vor ihren Augen verborgen geblieben.

»Ich kann dieses Gesicht nicht vergessen.« Es gelang ihr nicht länger, die Tränen zurückzuhalten. Sie ließ ihnen freien Lauf, ließ das Schluchzen heraus, das in ihrer Kehle steckte, seit sie die Frau zum ersten Mal erblickt hatte, gefesselt – so wie sie ihren Gefühlen während der letzten Stunden Fesseln angelegt und nur noch funktioniert hatte. »Ich habe mich geirrt«, schluchzte sie. »Das hier ist keine Achterbahn. Es ist die Geisterbahn – nur dass die Monster echt sind.«

Chase sagte nichts. Er war einfach nur da und hielt sie fest. Allmählich versiegten ihre Tränen. Seine Wärme kroch durch den Stoff ihres Shirts unter ihre Haut, langsam ließ das Zittern nach. Alles in ihr fühlte sich schwer und träge an. Schließlich fielen ihr die Augen zu.

*

Als Kate erwachte, war ihr warm. Es war eine angenehme Wärme, die ihr durch und durch ging und den pulsierenden Schmerz in ihrer linken Gesichtshälfte dämpfte. Sie wollte die Augen noch nicht öffnen, aus Furcht davor, schneller von der Wirklichkeit eingeholt zu werden, als ihr lieb war. Doch der Schrecken, der sie vergangene Nacht fest im Griff gehalten hatte, war verschwunden. Das hatte sie Chase zu verdanken, der geduldig an ihrer Seite geblieben war und sie getröstet und festgehalten hatte. Ohne ihn hätte sie die Nacht nicht überstanden.

Sie wollte die Hand heben, um die Schwellung an ihrer Wange zu betasten, doch sie konnte sich nicht bewegen. Jetzt öffnete sie doch die Augen und fand sich in Chase' Arme geschmiegt wieder. Sein warmer Atem strich wie eine sanfte Berührung über ihre Haut. Als er ihren Blick bemerkte, lächelte er, während sie krampfhaft versuchte sich zusammenzureimen, warum er in ihrem Bett lag. Sie hatten doch nicht etwa …?

»Ach du Scheiße!« Sie fuhr zurück und setzte sich auf.

»Ich nehme an, in San Francisco heißt das guten Morgen.«

»Was immer ich gesagt oder getan habe, es hat nichts zu bedeuten«, sagte sie schnell.

Sein Lächeln wurde breiter. »Gut, dann können wir ›Ach du Scheiße‹ ja schon mal streichen.«

»Was? Ich …«

»Es ist nichts passiert«, sagte er ruhig. »Du warst ein wenig durch den Wind und ich wollte dich nicht allein lassen. Das ist alles. Okay?«

Dass sie beide noch ihre Klamotten anhatten, untermauerte seine Worte. Kate bezweifelte, dass sie es in ihrem gestrigen Zustand geschafft hätte, mit ihm zu schlafen und sich danach wieder anzuziehen.

»Okay.« Sie nickte. Als er jedoch näher rückte, wich sie zurück. »Nicht, Chase. Ich will mich nicht auf etwas einlassen, das von Anfang an zum Scheitern verurteilt ist.« Um ihm gar nicht erst die Gelegenheit zu geben, eine Diskussion anzufangen oder – viel schlimmer – sie davon zu überzeugen, dass sie womöglich unrecht hatte, sprang sie auf und flüchtete sich ins Badezimmer. Eine Dusche war jetzt genau das Richtige. Je kälter, desto besser.

23

Es war nicht ganz so gelaufen wie geplant. Unter strengen Maßstäben war es nicht einmal annähernd so gelaufen. Der verdammte Agent war zu früh aufgetaucht und hatte ihn davon abgehalten, sein Werk zu vollenden. Nicht einmal den Mund hatte er ihr ganz zunähen können. *Fick dich ins Knie, du Arschloch!* Verflucht, wenn er nicht plötzlich die Präsenz des anderen gespürt hätte, hätte der ihn auf frischer Tat ertappt. Game over. Und das, noch bevor der Spaß überhaupt richtig losgegangen war.

Es hätte nicht passieren dürfen, doch irgendwie musste es Agent Ryan gelungen sein, in seinen Kopf einzudringen, ohne dass er etwas davon bemerkt hatte. Ryan lernte dazu. Noch einmal würde er seinen Gegner nicht unterschätzen. Künftig, das nahm er sich vor, würde er mehr auf der Hut sein.

Aber vielleicht war das gar nicht nötig. Der Agent mochte ihm seine Arbeit verpfuscht haben, das war ärgerlich – dafür war der Rest des Tages ein voller Erfolg gewesen. Er hatte endlich alle Zutaten beisammengehabt, sodass der alte Indianer – nach einer freundlichen Erinnerung daran, was seiner Familie zustoßen würde, wenn er sich nicht kooperativ zeigte – mit dem ersten Teil des Rituals begonnen hatte. In den kommenden Stunden und Tagen würden noch zwei weitere folgen, um die Kontrolle zu festigen und ihm vollends die Herrschaft über Chase Ryans Willen zu geben.

Einen ersten vorsichtigen Versuch hatte er heute Abend bereits gewagt, als er den Agenten aus dem Haus gelockt hatte. Mit der bloßen Kraft seiner Gedanken und ein paar Einflüsterungen hatte er ihn in eine bestimmte Richtung gedrängt, ohne ihn dabei durch seine Augen sehen zu lassen – andernfalls wäre ihm aufgefallen, dass er das Haus gar nicht verlassen hatte. Nicht auszudenken, welche Möglichkeiten sich auftun würden, wenn das Ritual beendet war und er seine volle Macht über Ryans Willen ausüben konnte.

Sein Einfluss über den Agenten würde wachsen, ebenso wie die Schlange unter seinem Hemd weiterhin wuchs. Mittlerweile wand sich ihr Leib von seiner Brust quer über den Oberkörper hinauf zum Hals. Von Zeit zu Zeit glaubte er ein Züngeln auf seiner Haut zu spüren, immer dann, wenn sich das Tattoo veränderte und weiter ausdehnte. Zufrieden lächelnd strich er sich über die Schulter, dort, wo der Kopf des Schlangentattoos lag. Anfangs hatte er die Veränderung als beängstigend empfunden, mittlerweile jedoch hatte er sie als das akzeptiert, was sie war: das Herz seiner Macht.

24

Chase sah Kate nach, bis die Badezimmertür hinter ihr ins Schloss fiel, dann seufzte er. Sie war schon wieder auf der Flucht. Dabei hatte sie seinen Kuss letzte Nacht erwidert – zumindest bis zu dem Augenblick, in dem er versehentlich ihre Wange berührt hatte. Erst da war ihm bewusst geworden, dass er im Begriff war, ihre Angst und ihren Wunsch nach Trost auszunutzen. Ganz gleich, wie sehr er sich danach sehnte, mit ihr zu schlafen, es wäre nicht richtig gewesen. Wäre sie gestern nicht so durch den Wind gewesen, hätte sie sich nicht einmal von ihm küssen lassen. Allein deshalb hatte er sie nicht weiter bedrängt. Er wollte nicht, dass sie etwas tat, was sie hinterher bereute.

Er drehte sich auf den Rücken, lauschte dem Rauschen der Dusche und starrte an die Decke, an der sich noch einmal der Film von letzter Nacht abspielte. Der Killer hatte Kate angegriffen. Es wäre ein Leichtes für ihn gewesen, sie umzubringen. Dass er es nicht getan hatte, schien Teil seines Spiels zu sein. Trotzdem war es nur eine Frage der Zeit, bis er ihr etwas antun würde, und ganz gleich, was es auch war, es würde qualvoll und schmerzhaft sein. Kate selbst interessierte den Mann dabei nicht, sie war nur ein Mittel zum Zweck – er wollte Chase treffen.

Himmel, der Kerl hatte ihn sogar kontrolliert! Gestern Nacht hatte er noch gedacht, es sei der Geist des Jägers gewesen, der ihn in eine bestimmte Richtung gedrängt hatte. Die Verbindung war jedoch bisher immer mit einer Veränderung des Tattoos vonstattengegangen – im Haus war davon nichts zu spüren gewesen. Abgesehen davon war ihm der Blick durch die Augen des Killers verwehrt geblieben, der ihm sonst gezeigt hatte, wo sich der Mann aufhielt. Als er letzte Nacht aus dem Haus gelaufen war, war er einem inneren Zwang gefolgt. Einem Zwang, der ihm die Richtung vorgegeben und ihm nicht die Möglichkeit zur freien Wahl gelassen hatte.

War das die Überraschung, von der er zuvor gesprochen hatte?

Es war nur Spekulation, doch Chase wurde den Eindruck nicht los, dass das Gefühl, ferngesteuert zu werden, etwas mit William Quinns Verschwinden zu tun hatte. Womöglich hatte der Killer den Stammesältesten benutzt, um seinen Einfluss auf die Verbindung zu erweitern. Anders konnte er sich nicht erklären, was geschehen war.

Der Killer hatte Chase beeinflusst, ihm seinen Willen aufgezwungen. Das war beängstigend. Er versuchte sich einzureden, dass er sich der Kontrolle entzogen hatte und zum Haus zurückgekehrt war, ein Zweifel blieb jedoch – was, wenn ihm das lediglich gelungen war, weil der Kerl seine Kontrolle über ihn hatte aufgeben müssen, um Kate anzugreifen?

Im Badezimmer wurde die Dusche abgestellt und die Tür der Duschkabine geöffnet. Kate summte leise vor sich hin und hantierte mit irgendwelchem Kram. Es schien ihr besser zu gehen, ihre Stimme hatte klarer geklungen und ihr Gang war sicher gewesen. Selbst die Schwellung schien zurückgegangen zu sein. Dank ihrer überstürzten Flucht war ihm jedoch keine Gelegenheit geblieben, sie zu fragen, wie es ihr tatsächlich ging. Zumindest schien sie wieder sie selbst zu sein. Mit einem »Ach du Scheiße« war er morgens noch nie begrüßt worden. Das Lächeln, das bei der Erinnerung an ihr erschrockenes Gesicht in ihm aufstieg, schwand so schnell, wie es gekommen war.

Er durfte sie nicht länger in Gefahr bringen und vor allem musste er aufhören, darauf zu warten, dass der Killer ihm Hinweise gab, denen er nachjagen konnte. Es war an der Zeit, dass er selbst die Initiative ergriff.

Und er wusste auch schon wie.

Nachdem feststand, dass er seine Taktik ändern musste, ging er in die Küche. Auf dem Tresen lag das Handy. Er schaltete es ein und wählte Munarez' Nummer.

Nach dem dritten Klingeln ging sie ran. »Munarez, Mordkommission.«

»Anita, hier ist Chase Ryan.«

»*Carajo!*«, bellte sie ins Telefon. »Wo stecken Sie, Sie verdammter Penner?«

»In Schwierigkeiten, würde ich sagen«, erwiderte Chase trocken. »Ich muss mit Ihnen sprechen, Anita.«

»Dann schwingen Sie Ihren Arsch aufs Revier.«

»Unter vier Augen.«

»Hier gibt es ein paar wunderbare Zimmer, in denen wir uns ungestört unterhalten können.«

»Ich würde Ihr Verhörzimmer nicht lebend verlassen.«

Munarez schickte eine ganze Tirade an Flüchen durch die Leitung. »Reden Sie keinen Quatsch«, war das Erste, was er verstand. »Niemand wird Ihnen in einem Haus voller Cops etwas antun.«

»Außer einem Cop«, fügte er hinzu. »Oder jemandem, der sehr nah dran ist. Ich werde Ihnen alles erklären, nur Ihnen und nicht auf dem Revier.« Als sie nicht sofort antwortete, sagte er: »Lassen Sie mich nicht hängen, Anita.«

Munarez sagte noch immer nichts.

»Kommen Sie schon«, drängte er. »Es geht nicht nur um mein Leben, sondern auch um das einer unschuldigen Unbeteiligten.«

»Die Schmiertussi?«

Chase atmete tief durch. Wenn es ihm jetzt nicht gelang, Munarez zu einem Treffen zu bewegen, befand er sich in einer Sackgasse. »Geben Sie mir eine Chance, zu erklären, was passiert ist. Verdammt, glauben Sie wirklich, dass ich Sie anrufen würde, wenn ich getan hätte, was mir vorgeworfen wird?«

»Vermutlich wären Sie längst über alle Berge und würden mir Postkarten von den Fidschis schicken.«

»Ich bin aber noch hier«, wandte er ein. »Allein das sollte Ihnen zu denken geben, oder?«

Munarez stieß einen weiteren Fluch aus. »Also gut«, gab sie sich schließlich geschlagen. »In einer Stunde am Lincoln Memorial.«

Ebenso gut konnte er sich auf den Präsentierteller setzen. Abgesehen davon, dass überall Cops sein würden, hatten sie in den Constitution Gardens auch die Möglichkeit, Scharfschützen zu positionieren. »Pentagon City Mall, im Gastrobereich. Und, Anita«, fügte er dann noch hinzu: »Lassen Sie die Kavallerie im Schrank.«

Er beendete das Gespräch, schob das Handy in die Hosentasche und kritzelte eine rasche Notiz für Kate.

Mach dir keine Sorgen und bleib auf Tauchstation,
bis ich mich bei dir melde.
C.

Er überprüfte das Magazin der Glock und schob die Pistole ins Gürtelholster, bevor er den Kapuzenpullover darüberzog, bis die Waffe nicht mehr zu sehen war. Mit einem raschen Blick vergewisserte er sich, dass Kate noch immer im Bad war, und als der Föhn anging, schnappte er sich den Autoschlüssel und die Baseballkappe und ging in die Garage.

Auf dem Weg nach Arlington war er immer wieder versucht, sich die Worte zurechtzulegen, mit denen er Munarez von seiner Geschichte überzeugen wollte. Doch die Polizistin war niemand, den man mit einer einstudierten Rede einwickeln konnte. Dafür war sie zu unberechenbar. Statt sich also einen Text zu überlegen, dachte er darüber nach, wie die Chancen stünden, den Killer mit Munarez' Unterstützung zu fassen. Allein hatte er kaum eine Chance, das war ihm mittlerweile bewusst. Nicht, solange ihm dieser Drecksack nicht Bilder von Orten lieferte, die er zufällig kannte. Mit einem Trupp Polizisten zur Hand, die sie an verschiedene Orte gleichzeitig schicken konnten, sah die Sache schon anders aus.

Dass Munarez bereit war, sich mit ihm zu treffen, wertete er als gutes Zeichen. Mit ihr zu sprechen war einen Versuch wert und die beste – eigentlich die einzige – Hoffnung, die er zurzeit hatte. Natürlich war es ein Risiko, doch ihm blieb keine andere Wahl, wenn er Kate dauerhaft schützen wollte.

Er fuhr über den Anacostia Freeway nach Südwesten, bog auf die I-395, eine Umgehungsstraße am Rande Washingtons, und überquerte schließlich den Potomac auf der Rochambeau Bridge nach Arlington. Diese Seite des Flusses gehörte bereits zu Virginia. Auf Höhe des Pentagons verließ er die Interstate und bog auf den südlich gelegenen Army Navy Drive ein, der ihn unmittelbar zum Parkplatz der Pentagon City Mall führte. Chase lenkte den SUV auf die Rückseite des weitläufigen Shoppingcenters und suchte sich einen Parkplatz in der Nähe des Eingangs.

Er setzte sich die Kappe auf und zog sie sich tief ins Gesicht, bevor er den Wagen verließ. Sein Blick flog nach allen Seiten, hielt Ausschau nach Cops und FBI-Agenten, ohne mehr zu entdecken als ein Fahrzeug der Mall-Security und dessen rundlichen Fahrer, der mit einem Becher Kaffee in der Hand an der Wagentür lehnte.

Es war ein angenehm warmer Maitag, zu warm für seinen Kapuzenpullover. Der Asphalt war von der Sonne aufgeheizt, Chase spürte die Wärme an seinen Beinen und sah das leichte Hitzeflirren, das sich über dem Boden ausbreitete. Als er die Mall durch eine der Schwingtüren betrat, war die Wärme wie ausgelöscht, weggeblasen von den Klimaanlagen, die dafür sorgten, dass die Menschen bei ihren Einkaufstouren nicht ins Schwitzen gerieten.

Mit raschen Schritten folgte er dem breiten Gang zu einer offenen Fläche, auf der sich neben einzelnen Verkaufsständen auch die Rolltreppen und die Aufzüge befanden – ein großer Turm aus Glas und weißen Gittern, der Chase ein wenig an einen riesigen Vogelkäfig erinnerte. Durch ein Zeltdach aus Glas und weißen Streben, das von der Bauweise zu den Aufzügen passte, fiel Tageslicht herein. Chase nahm die Rolltreppe ins Untergeschoss und holte sich am Rand des Gastrobereiches einen Kaffee bei Starbucks. Die Zeit, die er in der Schlange stand, nutzte er dazu, sich einen Überblick zu verschaffen.

Der Gastrobereich war hufeisenförmig angelegt. Außen die verschiedenen Stände der Fast-Food-Ketten, an denen ein Gang vorbeiführte, auf dem bereits einige hungrige Leute unterwegs waren und die Angebote der einzelnen Läden studierten. Im Zentrum standen Tische und Stühle, umgeben von Pflanzenkübeln, aus denen hüfthohe Farngewächse emporschossen, von denen Chase nicht hätte sagen können, ob sie echt waren. Es war erst später Vormittag, sodass viele Tische noch frei waren. Munarez war noch nicht da. Teenager und Familien mit Kindern ignorierte Chase, während er die Tische mit seinem Blick scannte. Ein Pärchen, das in einer abgeschiedenen Ecke saß, erregte seine Aufmerksamkeit. Die beiden hatten Bagels und Muffins auf ihrem Tablett und nippten an ihren Kaffeebechern. Scheinbar in ein Gespräch vertieft wirkten sie zu aufmerksam – ganz davon abgesehen, dass sie ihr Essen noch nicht angerührt hatten. Zivilbullen. Genau wie der rotblonde Typ, der bei McDonalds in der Schlange stand und sich ein wenig zu sehr für seine Umgebung interessierte, statt den Blick auf die Tafel mit den angebotenen Menüs zu richten. Es war der schlaksige Frischling, der Munarez für die Dauer von Andersons Abwesenheit zugeteilt worden war. Unter seinem Sakko glaubte Chase den Umriss einer Waffe zu erkennen.

Okay, also mindestens drei in Zivil. Vermutlich noch ein paar mehr.

Er war an der Reihe, bestellte sich einen Latte macchiato, in den er Unmengen von Zucker schüttete. Während er mit einem Plastikstäbchen umrührte, ließ er seinen Blick weiterwandern. Munarez war mittlerweile angekommen und hatte sich einen Platz in der Nähe des Muffin-Bagel-Pärchens gesucht. Sie trug einen dunkelblauen Hosenanzug und passende Pumps. Es war ihre typische Arbeitskluft, in der sie ebenso gut als Geschäftsfrau hätte durchgehen können – zumindest solange sie nicht den Mund aufmachte. Die Jacke hatte sie geöffnet, sodass sie schnell genug an ihre Waffe kam, die sie darunter verborgen trug. Lediglich auf die goldene Marke, die für gewöhnlich an ihrem Gürtel hing, hatte sie verzichtet.

Chase nahm seinen Kaffee und ging zu ihr hinüber.

Jetzt lag es an ihm. Er musste alles dransetzen, sie davon zu überzeugen, was er ihr zu sagen hatte. Andernfalls hatte er ein Problem. Eines, das sich mit Schwung an die Spitze der Liste all seiner Probleme katapultieren würde. Obwohl er gehofft hatte, dass Munarez allein kam, hatte er bereits geahnt, dass sie sich nicht darauf einlassen würde. Deshalb hatte er die Mall als Treffpunkt ausgewählt, einen belebten öffentlichen Ort mit mehreren Zugängen.

»Danke, dass Sie gekommen sind.« Er stellte den Kaffee auf den Tisch und setzte sich so neben Munarez, dass er das Muffin-Bagel-Pärchen im Blick hatte. Der dritte Cop hatte die Schlange bei McDonalds mittlerweile verlassen und sich einen Platz hinter Chase gesucht. Er streifte das Unbehagen ab, das ihn bei dem Gedanken überkam, jemanden in seinem Rücken zu haben. Er konnte es nicht ändern. Abgesehen davon war er sicher, dass mindestens noch ein oder zwei weitere Cops hier waren, die vermutlich die Zugänge zum Gastrobereich im Auge behielten.

Schweigend wartete Chase darauf, dass Munarez das Gespräch eröffnete. Die ersten Worte sollten aus ihrem Mund kommen, damit er ein Gefühl dafür bekam, in welcher Stimmung sie war und wie sie zu ihm stand. Munarez schien denselben Plan zu haben, denn auch sie schwieg. Die Stille zog sich in die Länge, zäh und klebrig wie Teer.

Schließlich seufzte Munarez. »Sie waren letzte Nacht in Hyattsville.«

Ein guter Beginn!

Chase nickte.

»Ihre Fingerabdrücke sind überall im Haus – auch am Telefon. Auf den Tasten eins und neun. Sie haben den Notruf gewählt.« Sie schnitt eine Grimasse. »Das Opfer hat ausgesagt, dass eine Frau bei Ihnen war. Lombardi?«

»Das tut nichts zur Sache.« Sie wussten beide, dass es Kate gewesen war, trotzdem würde er sie nicht durch eine offizielle Aussage mit in die Sache hineinziehen. Noch galt sie als Entführungsopfer. Wenn er jedoch zugab, dass sie mit ihm an einem der Tatorte gewesen war, würde er sie damit zu seiner Komplizin machen.

»Also gut, was ist an diesem Bild falsch?« Munarez lehnte sich nach vorn, um leiser sprechen zu können. »Sie stehlen Beweismittel, versuchen den Agenten zu töten, der Sie dabei erwischt hat, aber Sie verhindern einen Mord. Ist Ihnen Ihr Schlitzer-Kumpel zu gefährlich geworden? Oder werden Sie von ihm erpresst? Haben Sie ihm deshalb geholfen?«

»Ich habe ihm weder geholfen noch etwas von den anderen Dingen getan, die Sie mir vorwerfen.« Kates Entführung einmal ausgenommen.

»*Mierda!* Chase, was ist hier los? Rücken Sie endlich raus mit der Sprache!«

»Ich bin nicht das Schwein, für das Sie mich halten.« Er nippte an seinem Kaffee, um ein wenig Zeit zu gewinnen und sich seine nächsten Worte zurechtzulegen. Wenn es ihm gelang, Munarez dazu zu bringen, seine Aussage zu überprüfen, konnte sie Frank festnehmen und er wäre aus dem Schneider.

»Es gibt einen Zeugen«, sagte er schließlich. »Sprechen Sie mit ihm, er kann meine Geschichte bestätigen und mich entlasten.«

»Sie meinen die Story, in der Sie behaupten, Cassell hätte sie hereingelegt.« Es war eine Feststellung, keine Frage.

»Ich gebe Ihnen seinen Namen«, er stellte den Kaffeebecher auf den Tisch zurück, »und rufe Sie morgen wieder an, dann können wir uns erneut treffen.«

Munarez schüttelte den Kopf. »Ich will, dass Sie mit aufs Revier kommen und Ihre Geschichte zu Protokoll geben – in der Zwischenzeit schicke ich jemanden zu Ihrem Zeugen. Wenn Sie die Wahrheit sagen und der Kerl das bestätigt, sind Sie bis zum Abend wieder auf freiem Fuß.«

»Wenn ich mit Ihnen komme, bin ich bis zum Abend tot.«

»Ein bisschen melodramatisch, oder?« Sie strich sich eine Strähne ihres dichten dunklen Haars aus der Stirn. »So was Ähnliches haben Sie am Telefon auch gesagt. Meinen Sie Cassell? Warum sollte er Sie umbringen wollen?«

Chase hatte gehofft, Munarez überzeugen zu können, ohne auf das Ritual zu sprechen zu kommen. Später, wenn er sie und ihre Leute brauchte, um den Killer zu stellen, würde er ihr davon erzählen müssen, im Augenblick jedoch war es noch zu früh. Wenn er ihr jetzt eine Geschichte über Hokuspokus erzählte, würde sie ihn für ein geistiges Wrack halten und auf der Stelle abführen lassen. »Ich fürchte, Sie würden mir die Antwort nicht glauben. Nicht ohne einen Beweis vor der Nase zu haben. Aber ich muss Ihnen nur in die Augen sehen, um zu wissen, dass Sie sich diese Beweise nur auf dem Revier ansehen werden.«

»Wer auch immer Sie bedroht, wir passen auf Sie auf.« Es war ein ernsthaftes Versprechen, trotzdem bezweifelte Chase, dass sie es halten konnte. Frank würde einen Weg finden. Munarez strich sich nachdenklich übers Kinn. »Wenn Sie wirklich einen Zeugen haben, wird es höchstens ein paar Stunden dauern, bis Sie wieder ein freier Mann sind.«

»Ein paar Stunden zu viel.« Chase stand auf. Aus dem Augenwinkel sah er, wie sich Muffin und Bagel anspannten.

Jetzt konnte er nur hoffen, dass seine Worte Munarez überzeugt hatten und sie ihren Leuten bedeutete, sich zurückzuhalten. Die Hände auf die Tischplatte gestützt beugte er sich zu Munarez, die sich nicht vom Fleck gerührt hatte. »Suchen Sie Joseph Quinn«, sagte er. »Seine Visitenkarte ist in Diana Cassells Akte. Er kann alles bezeugen.« Nach einer kurzen Pause fügte er hinzu: »Stellen Sie ihn unter Polizeischutz. Frank wird versuchen ihn umzubringen.« Scheiße, warum hatte er nicht schon viel früher daran gedacht! Womöglich war Quinn längst tot. *Dann hätten es die Nachrichten gebracht.* Es sei denn, Frank hatte dafür gesorgt, dass sein Leichnam nicht gefunden wurde.

Chase verfluchte sich dafür, dass er nicht an die Sicherheit des Indianers gedacht hatte. Er war in den letzten Tagen so mit sich selbst – und mit Kates Nähe – beschäftigt gewesen, dass er keinen Gedanken an Quinn verschwendet hatte.

Er nahm die Hände von der Tischplatte und richtete sich auf. »Ich rufe Sie morgen an.«

Munarez schüttelte den Kopf. »Ich kann nicht zulassen, dass Sie wieder untertauchen. Ich würde es gern, denn ich glaube Ihnen tatsächlich, aber … Scheiße, es geht einfach nicht!« Sie stand nun ebenfalls auf. »Sie sind verhaftet. Sie haben das Recht, zu schweigen. Alles, was Sie sagen, kann vor Gericht gegen Sie verwendet werden. Sie haben das Recht auf einen Anwalt. Sollten Sie sich keinen leisten …«

Chase hörte nicht weiter hin. Während sie fortfuhr, ihm seine Rechte zu verlesen, traten Muffin und Bagel zu ihnen. Bagel, ein gedrungener Bulle mit kurz geschorenem Haar, griff unter Chase' Pullover und nahm ihm die Glock ab. Muffin und der Frischling postierten sich so, dass die Leute in der Umgebung möglichst wenig zu sehen bekamen.

»Wenn Sie mir versprechen, keinen Ärger zu machen, verzichte ich auf die Handschellen«, raunte ihm Munarez zu.

Chase nickte. Ohne Handschellen waren seine Chancen, zu entkommen, größer. *Sicher,* dachte er düster. *Vermutlich liegen sie dann bei drei Prozent statt nur bei einem.* Abgesehen davon, dass ihn Munarez' Hilfssheriffs vermutlich abknallen würden, wenn er auch nur zuckte, sanken seine Fluchtmöglichkeiten mit jedem Meter, den sie sich dem Revier nähern würden. Trotzdem musste er es versuchen. Jetzt jedoch war nicht der geeignete Zeitpunkt. Munarez packte ihn am Arm und führte ihn aus dem Gastrobereich. Muffin und Bagel gingen zwei Schritte vor ihnen, der Frischling hielt sich seitlich.

Chase' Blick wanderte aufmerksam nach allen Seiten, auf der Suche nach einer Gelegenheit. *Der* Gelegenheit. Statt jedoch eine Möglichkeit zur Flucht zu finden, entdeckte er zwei weitere Cops, diesmal welche in Uniform, die sich ihrer Prozession anschlossen. Ihre Hände lagen empfindlich nah an ihren Dienstwaffen.

Ehe er auch nur den Ansatz eines Fluchtplans im Kopf hatte, schob Munarez ihn in einen Servicegang, der nach wenigen Metern einen Knick machte und schließlich an der Vorderseite aus dem Gebäude führte.

Chase war auf der Rückseite hereingekommen, wo auch sein Wagen stand. Den konnte er für seine Flucht abschreiben – allein schon, um die Cops nicht durch das Kennzeichen zu Kate zu führen.

Der Serviceeingang endete in einem quadratischen Ladehof, der durch ein Rolltor von der Straße abgetrennt war. Im Augenblick stand das Tor offen und erlaubte ihm einen Blick auf den vorüberrauschenden Verkehr. Über eine Rampe führten sie ihn von der Ladekante herunter über den Hof, der so verflixt aufgeräumt war, dass es kein Versteck und keinen Ausweg zu geben schien. Wenn er sich aus Anitas Griff befreite, würden ihre Kollegen ihn abknallen, lange bevor er eine Deckung erreichte.

Sie waren in unmittelbarer Nähe des Haupteingangs, an der Hayes Street. Wenn er den Kopf reckte, konnte er zu seiner Linken, hinter ein paar gepflegten Büschen, die Säulen sehen, die die riesigen Glasfronten über dem Haupteingang stützten. Er spannte seine Oberarmmuskeln an, um die Festigkeit von Munarez' Griff zu testen. Sofort packte sie fester zu. Auch die Cops hinter ihm rückten ein Stück näher, als hätte sein Muskelzucken einen stillen Alarm ausgelöst. Seine Hoffnungen schwanden immer weiter, als Munarez ihn über den Hof durch das Tor führte, und erstarben vollends, als er die Streifenwagen sah, die davor auf dem Gehweg parkten.

»Anita«, sagte er so leise, dass nur sie ihn hören konnte. »Überlegen Sie sich das noch einmal.«

»Wir haben das im Griff, Chase«, antwortete sie ebenso leise. »Sobald Sie im Wagen sitzen, werde ich den Lieutenant anrufen und ihn bitten, Vorbereitungen für eine Sicherheitsverwahrung zu treffen. Wir passen auf Sie auf.«

Chase warf einen Blick zu den Beamten, die ihn flankierten. *Ein wenig zu gut, für meinen Geschmack.* Womöglich musste er sich auf Munarez' Zusicherungen verlassen. Vielleicht war es an der Zeit, sich ein wenig zu entspannen. Frank war in Quantico, vierzig Meilen entfernt. Solange er nicht Wind davon bekam, dass Chase hier war, hatte er eine Chance, heil aus der Nummer herauszukommen. Vorausgesetzt, Munarez fand den Indianer.

»Sorgen Sie dafür, dass Frank nicht in meine Nähe kommt«, sagte er. »Er darf nicht erfahren, dass ich auf dem Revier bin.«

Munarez verzog das Gesicht. »Ich fürchte, dazu ist es zu spät.«

»Was soll das heißen?«

»Er war vorhin auf dem Revier, als wir losgefahren sind.«

Chase klappte beinahe die Kinnlade herunter. »Sie meinen, er weiß, dass wir hier sind?«

»Er ist in der Stadt, um uns bei der Suche nach Ihnen zu unterstützen. Ich konnte doch nicht ahnen, wie sich das alles entwickeln würde. *Carajo!* Ich glaube es ja immer noch nicht!«

»Wo ist er?«

»Nicht hier«, sagte sie. »Ich habe ihm gesagt, dass er sich fernhalten soll.«

Was er ganz bestimmt tun wird. »Ganz gleich was er sagt oder tut, halten Sie ihn mir vom Leib.«

Munarez runzelte die Stirn. »Sie glauben das wirklich, oder? Sie denken, er wird Sie umbringen.«

Ich weiß es.

»Wir haben ein Auge auf Sie, Chase.« Mit einem Nicken bedeutete sie einem der Cops, die hintere Tür des mittleren Streifenwagens zu öffnen, und übergab Chase an Bagel, der ihm den Kopf nach unten drückte, damit er ihn sich beim Einsteigen nicht anschlug. Dann fiel die Tür hinter ihm zu.

Er glaubte Munarez, wenn sie sagte, dass sie nicht zulassen wollte, dass ihm etwas zustieß. Die Betonung lag in diesem Fall auf *wollte*. Denn Chase fürchtete, dass sie es trotz aller Mühe nicht schaffen würde. Dafür war Frank zu clever.

Chase saß allein im Wagen, ein Gitter trennte den Rücksitz von den Vordersitzen ab und die Türen hatten auf der Innenseite keine Griffe und konnten nur von außen geöffnet werden.

Er war gefangen.

Draußen zog Munarez ihr Handy aus der Tasche, drückte eine Taste und hielt es sich ans Ohr. Mit der freien Hand hielt sie sich das andere Ohr zu, um den Straßenlärm zu dämpfen, und entfernte sich langsam vom Streifenwagen in Richtung der Mauer, die die Außenanlagen der Mall umgab.

In ihren braun gebrannten Zügen stand die Anspannung geschrieben. Sie glaubte ihm, davon war Chase mittlerweile überzeugt. Zumindest wollte sie ihm glauben und ihm helfen. Dummerweise tat sie es auf ihre Weise, den Vorschriften entsprechend, die besagten, dass man einen Verdächtigen aufs Revier zu bringen hatte. Ach verflucht, noch vor ein paar Tagen hätte er genau dasselbe getan! Dafür waren Richtlinien schließlich da, damit man sich an sie hielt. Aber manchmal gab es einfach Situationen, in denen man die Vorschriften sausen lassen musste, das hatte er in den letzten Tagen gelernt.

Munarez schien endlich eine Verbindung zu haben, denn Chase sah, wie sich ihre Lippen bewegten, und versuchte die Worte davon abzulesen, doch sie wandte ihm jetzt den Rücken zu. Sein Blick wanderte weiter, zur Beifahrerseite hinaus, wo Muffin und Bagel mit den beiden Uniformierten in der Einfahrt des Ladehofs standen – vielleicht zehn Meter vom Wagen entfernt – und sich unterhielten. Er hörte das Lachen der vier, das schlagartig verstummte, als der Frischling sich zu ihnen gesellte. Sichtlich war der Scherz auf seine Kosten gegangen. Bis auf Munarez wirkten sie alle vollkommen entspannt. Sie hatten einen seit Tagen gesuchten Verbrecher gefasst, einen, der es angeblich auf einen Kollegen abgesehen hatte. Von seinem Gespräch mit Munarez hatten sie nichts mitbekommen.

Hinter den Polizisten, am anderen Ende des Hofs, sah er eine Bewegung. Der Wagen stand nicht mittig in der Einfahrt, sodass Chase sich nach vorn beugen musste, um mehr zu erkennen. Im ersten Moment dachte er, es wäre ein Arbeiter, dann jedoch sah er, dass der Mann einen Anzug trug, und einen Atemzug später erfasste er Franks kalte Züge. Sein Blick war auf den Streifenwagen gerichtet, bohrte sich geradewegs durch die Scheibe in Chase. Ein kurzes selbstgefälliges Nicken war Franks einzige Reaktion, doch der Ausdruck in seinen Augen sagte deutlich: *Jetzt bist du fällig.*

Bei Franks Anblick zog sich alles in ihm zusammen. Blitzartig kehrten die Bilder zurück, wie sein ehemaliger Partner versucht hatte, ihn umzubringen. Der Irrsinn in seinen Augen, gepaart mit der wilden Entschlossenheit, den Tod seiner Frau zu rächen, ganz gleich, was es ihn selbst kosten würde. Der Streifschuss, dem Chase in den letzten Tagen kaum noch Beachtung geschenkt hatte, begann zu brennen, als wolle er ihm ins Gedächtnis rufen, wozu Frank in der Lage war.

To protect and serve. Schützen und dienen. Das Motto der Polizei, das auch auf jedem Streifenwagen stand. Die Frage war nur, wem sie in diesem Fall dienten.

Frank sprang von der Ladekante und blieb stehen. Sein Blick war noch immer auf Chase gerichtet. Ein hässliches Grinsen spaltete seine Lippen, dann wandte er seine Aufmerksamkeit ab und rief den Polizisten etwas zu. Chase glaubte, »die Frau« von seinen Lippen ablesen zu können, und wusste genau, was er den anderen sagte. Er behauptete, Kate gesehen zu haben, um die Leute dazu zu bringen, nach drinnen zu laufen und nach ihr zu suchen – und tatsächlich setzten sie sich in Bewegung. Gefolgt von den beiden Uniformierten liefen Bagel und Muffin die Rampe hoch und verschwanden kurz darauf außer Sicht. Lediglich der Frischling blieb bei Frank stehen. Die beiden sprachen kurz miteinander. Der Frischling warf einen Blick zum Streifenwagen. Offensichtlich hatte er vor, beim Wagen zu bleiben, um auf seinen Gefangenen aufzupassen. Frank sagte etwas zu ihm, redete freundlich auf ihn ein und schlug ihm schließlich ermutigend auf die Schulter. Da lief auch er los und war kurz darauf nicht mehr zu sehen.

Frank wandte sich wieder dem Wagen zu und ging langsam los. Ihn trennten noch etwa dreißig Meter von seinem

Ziel. Chase sah sich nach Munarez um. Die Polizistin stand noch immer mit dem Rücken zu ihm und telefonierte. Chase hämmerte gegen die Scheibe, um sie auf sich aufmerksam zu machen, doch das Donnern der vorbeirauschenden Trucks übertönte jedes Geräusch.

Frank knöpfte sein Sakko auf und löste den Sicherheitsverschluss, der die Pistole im Holster hielt. Etwas in Chase hoffte, dass Frank herkommen und die Tür öffnen würde, um sein Werk zu vollenden. Doch sein einstiger Freund war nicht dumm, er würde nicht riskieren, dass Chase ihn angriff, sondern einfach durch die Scheibe ballern.

Frank zog seine Waffe.

Zwanzig Meter. Nah genug für einen gezielten Schuss. Dadurch jedoch, dass der Wagen nicht mittig in der Zufahrt stand, hatte er keine gerade Schusslinie. Ein paar Schritte zur Seite noch, dann hätte er freies Schussfeld.

Munarez sah sich noch immer nicht um.

Scheiße! Chase drehte sich auf dem Sitz herum, zog die Beine an und trat mit voller Wucht gegen die Tür auf der Fahrerseite. Wenn es ihm gelang, sie aufzubekommen …

Seine Fußsohlen prallten gegen die Innenverkleidung, die den Stoß abfing und seine Wucht umlenkte, geradewegs zurück in seine Beine. Chase ignorierte den Schmerz und holte noch einmal aus. Und noch einmal. Etwas in der Verkleidung brach, doch es war nur ein oberflächlicherer Riss im Kunststoff. Das Blech dahinter war unversehrt. Er holte gerade erneut aus, als die Tür plötzlich aufgerissen wurde. Um ein Haar hätte er Kate ins Gesicht getreten, die am hinteren Kotflügel kauerte und sich nach vorn gebeugt hatte, um die Tür zu öffnen. Im letzten Augenblick lenkte er seinen Tritt um.

Chase starrte sie an.

Er hätte erleichtert sein müssen, angesichts der Möglichkeit, die sich ihm bot. Stattdessen spürte er kalte Wut in sich aufsteigen. Sie dürfte überhaupt nicht hier sein! Er wusste nicht, ob er sie anschreien oder sie erleichtert in seine Arme ziehen sollte. Da ihm für nichts davon Zeit blieb, rutschte er vom Sitz auf die Straße hinaus. Ein Blick über die Schulter zeigte ihm Frank, der auf ihn zielte.

Chase sprang auf die Beine, packte Kate an der Hand und riss sie mit sich. Frank war noch immer im Hof, sodass sie bereits nach ein paar Metern nicht länger in seiner Schusslinie waren. Trotzdem blieb er nicht stehen.

»Über die Straße«, rief er Kate zu, »zur U-Bahn!«

Der U-Bahn-Eingang zur Pentagon City Station befand sich unmittelbar gegenüber dem Haupteingang der Mall. Ohne auf den Verkehr zu achten, liefen sie auf die Straße hinaus. Autos kamen mit quietschenden Reifen zum Stehen, ein Hupkonzert erschallte. Chase rannte weiter. Ein Wagen kam so knapp vor ihm zum Halten, dass die Stoßstange ihn touchierte. Er streckte die Hand aus, fing sich an der Motorhaube ab, fand sein Gleichgewicht wieder und hetzte weiter. Auf der anderen Straßenseite angekommen warf er einen Blick zurück. Frank war im Begriff, die Straße zu überqueren. Er hatte die Pistole noch in der Hand, hier waren jedoch zu viele Passanten unterwegs, als dass er einen Schuss gewagt hätte. Ihm blieb keine andere Wahl, als Chase zu folgen. Auch Munarez war jetzt auf ihn aufmerksam geworden und hatte die Verfolgung aufgenommen, war jedoch ein gutes Stück hinter Frank.

Chase lief weiter, auf den Zugang zum U-Bahnhof zu. Nach ein paar Schritten tauchten er und Kate unter den gewölbten Glashimmel ein und rasten die Treppen hinunter.

Sie hasteten durch das Zwischengeschoss, drängten sich im Zickzack an den Menschen vorüber, die gemütlich bummelnd oder mit zielstrebigen Schritten unterwegs waren.

»Da lang!« Chase deutete auf eine Rolltreppe, die zum

Bahnsteig hinabführte. Die Stufen flogen nur so an ihnen vorbei. Immer wieder rempelte er jemanden an, sparte sich jedoch den Atem, den ihn eine Entschuldigung gekostet hätte, und zog Kate weiter.

Unten stand eine U-Bahn auf dem Gleis bereit. Männer, Frauen und Kinder strömten aus dem Zug, während andere neben den Türen standen und darauf warteten, dass sie einsteigen konnten.

»Weiter!« Chase scheuchte Kate über den Bahnsteig, sie schoben sich durch die Menge, die ihr Tempo unweigerlich bremste. Er stieß mit einem Mann zusammen und musste einen Schritt zur Seite machen, um ihm auszuweichen, dabei rutschten Kates Finger aus seiner Hand. Sie war jetzt ein paar Schritte vor ihm. Als sie sich nach ihm umsah, bedeutete er ihr weiterzulaufen und folgte ihr, darum bemüht, sie nicht aus den Augen zu verlieren. Schließlich waren sie an den größten Menschentrauben vorbei.

Hinter ihm erreichte Frank das obere Ende der Treppen. Chase sah, wie er kurz stehen blieb, um sich einen Überblick zu verschaffen, ehe er ihnen nach unten folgte.

»Einsteigen!« Er schob Kate vor sich in den letzten Waggon. Nach dem kühlen Bahnsteig war es im Zug heiß und stickig. Dicht an der Tür blieb Chase stehen und spähte nach draußen. Der Schweiß lief ihm über Gesicht und Rücken, ihm juckte die Kopfhaut unter der Baseballkappe, doch sosehr er versucht war, sie abzunehmen, wusste er auch, dass er sich das nicht erlauben konnte. Zu viele Menschen kannten sein Gesicht aus dem Fernsehen und den Zeitungen.

Nachdem Frank noch nicht auf dem Bahnsteig zu sehen war, wandte er sich Kate zu.

»Verflucht, was hast du hier zu suchen?« Er war noch immer schockiert, dass sie ihm gefolgt war. Wenn es zu einem Schusswechsel gekommen wäre und sie mittendrin …

»Ich habe mir Sorgen gemacht«, sagte sie atemlos.

»Um mich?«

»Nein, um Munarez. Natürlich um dich!«

Wieder sah er nach draußen, wo Frank gerade das Ende der Treppe erreichte und den Bahnsteig entlanghetzte. Die Pistole hielt er unter dem Sakko verborgen. Als das Signal zum Türenschließen erklang, sprang er in den nächsten Wagen. Chase verpasste Kate einen Stoß, der sie durch die Tür auf den Bahnsteig hinaustaumeln ließ, und folgte ihr mit einem Satz. Hinter ihm schlossen sich die Türen mit einem dumpfen Knall.

Frank riss und rüttelte am Türhebel und versuchte ebenfalls herauszukommen, doch der Fahrer hatte bereits die Verriegelung aktiviert. Da half es ihm auch nichts, gegen die Scheibe zu schlagen. Er konnte nur zusehen, wie sich der Zug in Bewegung setzte und sich immer weiter entfernte, bis er im Tunnel verschwunden war.

Am anderen Ende des Bahnsteigs entdeckte Chase Detective Munarez. Sie war am Fuß der Rolltreppen stehen geblieben und sah ihn an. Ein langer, nachdenklicher Blick. Schließlich hob sie die Hand ans Ohr, ihre Finger die Imitation eines Handys. »Rufen Sie mich an!«, formten ihre Lippen. Dann machte sie kehrt und verließ den Bahnsteig auf demselben Weg, den sie gekommen war.

25

Scheiße, er war so dicht dran gewesen!

An der nächsten Haltestelle stürmte Frank aus der U-Bahn, hinüber zum anderen Bahnsteig und stieg in einen Zug, der ihn zur Pentagon City Mall zurückbrachte. Nicht dass er sich Hoffnungen machte, Chase dort noch zu finden, aber er musste mit Munarez sprechen, um sicherzugehen, dass sie nicht an ihm zweifelte.

Warum konnte zur Abwechslung nicht einmal alles nach Plan verlaufen? Ihm hatten nur noch zwei Schritte und ein sauberer Schuss gefehlt, dann wäre der Killer tot gewesen – ebenso wie Chase Ryan. Das verdammte Weibsstück hatte seine Pläne durchkreuzt. Sie sah jetzt anders aus, sodass es eine Weile gedauert hatte, bis er in ihr die Reporterin erkannt hatte, die sie war. Dass ausgerechnet sie Chase half, fand er erstaunlich. Sichtlich hatte er sie nach der Entführung mit seinen Psychotricks dazu gebracht, sich auf seine Seite zu schlagen.

Detective Munarez und ihre Kollegen waren noch vor der Mall. Munarez hing wieder am Telefon. Als sie Frank kommen sah, beendete sie das Gespräch.

Er warf einen Blick in den Streifenwagen, doch die Rücksitzbank war leer. Auch die anderen Wagen boten dasselbe Bild. Verflucht! Chase und das Weib mussten einen der Fußgängertunnels benutzt und Munarez abgehängt haben.

»Sie haben ihn verloren.«

»Sie doch auch«, schoss die Polizistin zurück. Ihre Augen sprühten zornige mexikanische Funken. »Was haben Sie überhaupt hier zu suchen?«

»Ich weiß, dass Sie mich nicht dabeihaben wollten«, versuchte er die Wogen zu glätten, um ihr Vertrauen nicht zu verlieren. »Aber ich kenne Chase besser als jeder andere und ich wusste, dass er sich nicht einfach verhaften lassen würde. Dass ich recht hatte, ist mir klar geworden, als ich seine Komplizin in der Mall sah.«

Es war eine glatte Lüge. Er hatte nicht einmal geahnt, dass Lombardi tatsächlich in der Nähe war. Sie hatte ihm lediglich als Ausrede gedient, um die Cops von Chase fortzulocken. »So wie es aussieht, ist sie den Kollegen durchs Netz gegangen und hat es geschafft, sich zum Streifenwagen zu schleichen.« Er ballte die Fäuste und setzte eine Miene auf, von der er hoffte, dass sie nach Selbstvorwürfen aussah. »Verdammt, ich habe es nicht bemerkt! Ich hätte es ahnen müssen, doch als ich sie gesehen habe, war es bereits zu spät. Die sind wie zwei Lebensmüde über die Straße gerannt und haben uns keine Chance gelassen, sie einzuholen. Zumindest nicht, wenn wir sie nicht erschießen wollten.«

Ihm entging weder Munarez' nachdenkliche Miene, noch dass sie ihn länger ansah als nötig. Deshalb entschloss er sich, noch weiter in die Offensive zu gehen.

»Was hat er Ihnen erzählt, Anita? Sie glauben doch nichts von diesem Bullshit!«

»Im Moment«, sagte sie bedächtig, »glaube ich nur, dass es besser wäre, wenn wir ihn so schnell wie möglich finden.«

Dem konnte Frank nur zustimmen. Es war ihm vollkommen egal, ob Munarez Chase in die Finger bekam oder nicht. Ganz gleich, was er ihr auch erzählen mochte, es würde sich alles völlig verrückt anhören. Er hatte keine Zeugen, denn der Indianer war noch immer auf Tauchstation, und wenn er verschwunden blieb, bis Chase tot war, gab es für Frank keine Notwendigkeit, ihn ebenfalls auszuschalten. Alle Beweise sprachen gegen Chase. Nichts davon, was sein ehemaliger Partner sagte oder tat, konnte ihn – Frank – hinter Gitter bringen. Zumindest nicht, solange der Indianer nicht auf der Bildfläche erschien. Was nach Chase' Tod geschah, interessierte Frank nicht. Für ihn zählte nur, dass dieses Schwein starb, das Diana auf dem Gewissen hatte. Mit ein wenig Glück würde es ihm gelingen, sich selbst zu richten, ehe sie ihn fassen und einsperren konnten. Dann wäre er endlich wieder mit Diana vereint.

26

Chase kniff die Augen zusammen, als sich die Dunkelheit der Garage im Wageninnern ausbreitete und den Rücksitz erreichte, auf dem er saß. Kate stellte den Motor ab und drückte den Knopf an der Fernbedienung, der das Tor hinter ihnen schloss. Sofort war Chase aus dem Wagen.

Sie hatten die U-Bahn-Station durch einen anderen Ausgang verlassen und waren auf Umwegen zu dem Parkplatz zurückgekehrt, auf dem er den SUV zuvor abgestellt hatte. Kate hatte sich hinter das Steuer gesetzt und er war hinten eingestiegen, wo ihn die abgedunkelten Scheiben vor neugierigen Blicken verbargen. Es war so verdammt knapp gewesen. Was glaubte Kate, warum er das alles gemacht hatte? Damit sie ihm wie ein Schoßhündchen folgte? Ein Schoßhündchen, ohne dessen Einmischung er jetzt tot wäre! Trotzdem konnte er immer noch nicht glauben, dass sie aufgetaucht war.

Die ganze Fahrt über war er so sehr damit beschäftigt gewesen, seine aufkochenden Gefühle unter Kontrolle zu halten, dass er es vorgezogen hatte, zu schweigen. In ihm brodelte es. In dem Augenblick, in dem sie das Haus betraten und die Garagentür hinter ihnen ins Schloss fiel, fuhr er zu Kate herum.

»Bist du irre?«, herrschte er sie an, doch seine Worte gingen in ihrem geschrienen »Hast du sie noch alle?« unter, das sie ihm im selben Moment entgegenschleuderte. Ihre Züge waren ein Spiegelbild seiner eigenen Wut. Das erstaunte ihn so sehr, dass sein Zorn abkühlte.

»Das kann doch nicht dein Ernst sein!«, schnappte sie, im Gegensatz zu ihm kein Stück beschwichtigt. »Dich ausgerechnet mit der Polizistin zu treffen, die hinter dir her ist!

Wie konntest du nur so gedankenlos sein! Ach, was sage ich, von wegen gedankenlos.« Sie warf die Hände in die Luft. »Verantwortungslos. Das war es!«

»Woher wusstest du überhaupt davon?«

»Ich habe dein Kamikaze-Telefonat mit angehört.«

»Mir blieb keine andere Wahl«, sagte er. »Es war die einzige Möglichkeit, es endlich zu beenden und dich nicht immer noch weiter in die Sache hineinzuziehen.«

Sie war mindestens genauso stinksauer wie er selbst, nur dass er in ihren Augen noch etwas anderes fand: Dass er gegangen war, ohne mit ihr zu sprechen, hatte sie getroffen. »Kate, ich konnte diese Entscheidung nicht mit dir zusammen fällen. Das war einzig und allein meine –«

»Egoistisches Arschloch!« Mit einem Ruck machte sie kehrt, stürmte ins Schlafzimmer und knallte die Tür hinter sich zu.

»Großartig.« Chase ließ sich in den Sessel fallen. Er zog die Kappe vom Kopf, warf sie auf den Tisch und streckte die Beine aus. Das war ja bestens gelaufen. Statt froh zu sein, dass er sie zu schützen versuchte, beschimpfte sie ihn. Andererseits hatte er ihr nicht direkt gesagt, dass es ihm um ihre Sicherheit gegangen war.

Seufzend fuhr er sich durch das verschwitzte Haar. Er spielte mit dem Gedanken, ihr zu folgen, um noch einmal mit ihr zu reden, aber es war wohl besser, zu warten, bis sie sich ein wenig abreagiert hatte – andernfalls würde sie am Ende noch anfangen mit Dingen nach ihm zu werfen.

Trotzdem musste er zugeben, dass ihm ihre hitzige Reaktion gefiel. Sie war nicht nur wütend gewesen, sie hatte Angst um ihn gehabt. Womöglich hatte sie doch Gefühle für ihn, die über bloße Sorge hinausgingen. Sie hatte nie behauptet, nichts für ihn zu empfinden. Streng genommen hatte sie sich gar nicht dazu geäußert und ihm lediglich deutlich gemacht, dass sie sich nicht auf ihn einlassen wollte. Vielleicht war ja noch nicht alles verloren.

Es hielt ihn nicht länger im Sessel. Am liebsten wäre er unter die Dusche gegangen. Da er sich dafür jedoch durch das Schlafzimmer hätte wagen müssen, verschob er es auf später. Um sich zu beschäftigen, ging er in die Küche, setzte Kaffee auf und holte Salat, Wurst, Käse und Majo aus dem Kühlschrank. Er bezweifelte, dass Kate heute schon etwas gegessen hatte – ebenso wenig wie er. Wenn sie aus ihrem Schmollwinkel kam, würde sie hungrig sein.

Er belegte gerade das zweite Sandwich, als sie in der Schlafzimmertür erschien.

»Der Kaffee riecht gut.«

»Warte, bis ich dir das Sandwich unter die Nase halte.«

Sie versuchte sich an einem schwachen Lächeln, das jedoch rasch einem ernsten Ausdruck wich. »Chase, so geht das nicht. Du kannst mir nicht an einem Abend das Leben retten und am nächsten Morgen beschließen …« Sie schüttelte den Kopf. »Ich weiß, dass ich eine Belastung für dich bin, aber du hättest mit mir darüber sprechen sollen. Vielleicht hätte ich es verstanden.«

»Eine Belastung«, echote er. »Es geht doch nicht darum, dass du mir zur Last fällst.«

Sie sah ihn an. »Worum dann?«

»Ich will dich nicht länger in Gefahr bringen, Kate. Gestern Nacht … Wenn dir etwas zugestoßen wäre, hätte ich mir das nie verziehen.«

»Deshalb gehst du zu Munarez und riskierst, dass Frank dich umlegt?«, fragte sie ehrlich erstaunt. »Wäre es nicht einfacher gewesen, mit mir darüber zu reden?«

»Hättest du auf mich gehört?«

Ihr Schweigen war Antwort genug.

»Es war die einzige Möglichkeit, dich zu beschützen.«

»Du lieferst dich meinetwegen aus und setzt dein Leben aufs Spiel?« Sie schüttelte den Kopf. »Hör auf, dir meinen Kopf zu zerbrechen, Chase. Ich kann sehr gut selbst entscheiden, was ich tue und was nicht.«

Sein Blick fing ihren ein. »Dir ist der Ernst der Lage nicht bewusst.«

»Ach ja? Glaubst du?«, gab sie beißend zurück.

Er ging um den Tresen herum, zu ihr. Nur mit Mühe gelang es ihm, das Verlangen zu unterdrücken, sie in seine Arme zu ziehen, stattdessen legte er ihr eine Hand auf die Schulter. »Der Killer weiß, dass es dich gibt«, sagte er. »Er hat dich angegriffen und es ist nur eine Frage der Zeit, bis er herausfindet, wo wir sind. Er wird es durch meine Augen sehen, so wie ich durch seine sehen kann. Du bist in Gefahr.«

Sie zog seine Hand von ihrer Schulter, ließ sie aber nicht sofort los. Ihre Finger umklammerten seine, ihre Hand war eiskalt. »Deswegen rufst du Munarez an und lässt dich beinahe von Cassell abknallen?«

»Glaub mir, ich plane, nicht zu sterben.«

»Es ist gut, wenn du leben willst, denn ich schreie dich lieber persönlich an als nur einen verfluchten Grabstein.«

Chase seufzte. »Wenn du das Gespräch mit angehört hast, warum hast du dann nicht versucht mich aufzuhalten?«

»Sie ließ seine Hand los. »Du hast nicht ausgesehen wie jemand, der sich aufhalten lässt. Vermutlich hättest du mir nicht einmal zugehört.«

»Aber du warst der Meinung, dass ich dabei war, einen Fehler zu machen.«

»Konnte nur schiefgehen«, nickte sie.

Das stimmte so nicht. Er war dicht dran gewesen, Munarez zu überzeugen. Letztlich war es ihm auch gelungen – wenn auch anders als geplant.

»Vielleicht war ich nur so misstrauisch, weil ich weiß,

dass Munarez mich nicht ausstehen kann«, räumte sie ein. »Aber in der Regel kann ich mich auf meine Intuition verlassen. Deshalb bin ich dir in einem Taxi gefolgt. Ich war in der Mall und habe beobachtet, wie sie dich abgeführt haben – und dann habe ich ihn gesehen.«

»Frank?«

Sie nickte. »Er ist euch gefolgt. Sobald ich sah, dass ihr über die Ladezone nach draußen gegangen seid, habe ich einen Bogen zum Haupteingang geschlagen und mich im Schutz der Büsche angeschlichen.«

»Und jetzt kommst du dir vor wie James Bond?«

Kate verzog das Gesicht. »Dafür war die Verfolgungsjagd zu armselig. Nur ein U-Bahn-Bahnsteig, keine Autowracks, nicht mal eine kleine Explosion. Pah!«

Ihre Worte entlockten ihm ein Grinsen, trotzdem war ihm nicht wirklich nach Scherzen zumute. »Wenn wir weiter zusammenarbeiten wollen, müssen wir ein paar Regeln aufstellen.«

»Noch mehr?«

Er zog fragend eine Augenbraue in die Höhe.

»Wir haben doch schon drei«, sagte sie. »Ich halte mich zurück und übe bedingungslosen Gehorsam. Allerdings nur, wenn es um den Schlitzer geht, nicht dass du auf dumme Gedanken kommst.«

»Und Regel Nummer drei?«

»Die »Du fährst«-Regel? Außer Kraft gesetzt, seit du uns beinahe gegen einen Baum gefahren hättest.«

Sie hatten Regeln aufgestellt und trotzdem war sie in Gefahr geraten. Künftig würde er noch besser dafür sorgen müssen, dass das nicht passierte. Er würde sie nicht noch einmal an einen Tatort mitnehmen. Aber vielleicht war das gar nicht mehr nötig. Wenn Munarez den Indianer fand und der ihn entlastete, würde Frank hinter Gittern landen und

Chase hätte die Einsatzkräfte der Polizei zur Verfügung, um den Killer dingfest zu machen. Kate brauchte dann nur noch an einem sicheren Ort abzuwarten, bis es vorüber war. Genau genommen war es noch immer derselbe Plan wie heute Morgen, als er sich aus dem Haus geschlichen hatte. Nur dass er jetzt einen Schritt weiter war. Er hatte Munarez auf seiner Seite. Dass sie ihm bedeutet hatte, er solle sie anrufen, hieß, dass sie der Bitte nachkommen würde, die er in der Mall geäußert hatte.

»Also gut, ich werde in Zukunft mit dir über meine Pläne sprechen«, stimmte er zu. »Aber das ist keine Demokratie – ich entscheide, was das Beste ist, und das wird dann auch gemacht.«

»Das fällt unter die ›Du bist der Boss‹-Regel.« Kate kniff die Augen zusammen. »Die Entscheidungen überlasse ich dir, aber ich erwarte, dass du dir meine Argumente anhörst und darüber nachdenkst.«

»Einverstanden.«

Sie lehnte sich gegen den Türstock und verschränkte die Arme vor der Brust. »Und wie geht es jetzt weiter? Warum hat Munarez dir signalisiert anzurufen?«

Chase erzählte ihr von seinem Gespräch mit der Polizistin.

»Das heißt, sie fährt ins Reservat und spricht mit Quinn?«

Er nickte. Nachdem, was geschehen war, würde sie es nicht weiter aufschieben und sich sofort auf den Weg machen. Er beschloss, ihr bis zum Abend Zeit zu geben, bevor er anrief.

»Dann heißt es jetzt wohl warten«, seufzte Kate und warf einen sehnsüchtigen Blick auf eines der Sandwiches. »Denkst du, du kannst dich dazu entscheiden, es mir zu geben, bevor ich verhungere?«

*

Während des Essens sprachen sie nicht viel, trotzdem war die Stimmung nicht länger angespannt. Auch wenn es ihm lieber gewesen wäre, Kate in Sicherheit zu wissen, war er gleichzeitig froh, dass sie da war. Ihre Nähe tat gut und gab ihm ein Gefühl der Ausgeglichenheit.

Als sie nach dem Essen die Teller in die Spülmaschine räumten, fiel sein Blick auf Kates Wange. Das schlechte Gewissen traf ihn wie ein Vorschlaghammer. Er war die ganze Zeit so sehr mit seinem eigenen Mist beschäftigt gewesen, dass er sie nicht einmal gefragt hatte, wie es ihr ging.

»Deine Wange sieht besser aus.« Tatsächlich war die Schwellung zurückgegangen und schimmerte lediglich leicht bläulich, und im Gegensatz zu gestern klangen ihre Worte klar und deutlich. »Wie fühlst du dich?«

»Es dröhnt noch ein bisschen, aber das Paracetamol hilft.«

»Ist dir schlecht? Schwindlig? Wird dir plötzlich schwarz vor –«

Sie legte ihm eine Hand auf den Arm. »Beruhige dich. Es geht mir gut.«

Am liebsten hätte er gefragt, ob sie sich sicher war, doch sie hätte ihm auch beim zehnten Mal keine andere Antwort gegeben. Er löste ihre Hand von seinem Arm, führte sie an seinen Mund und hauchte ihr einen Kuss auf die Fingerspitzen. »Ich bin froh, dass du da bist.«

Sie lächelte, trotzdem entzog sie sich ihm. Plötzlich wirkte sie nervös, und vermutlich konnte er froh sein, dass sie nicht sofort wieder die Flucht ergriff. Da er ihre Gesellschaft nicht missen wollte, bedrängte er sie nicht weiter.

Im Laufe des Nachmittags verabschiedete sich seine Ausgeglichenheit und machte einer wachsenden Unruhe Platz. Anfangs gelang es ihm noch, sich abzulenken – erst mit dem Essen, danach durch eine ausgedehnte Dusche. Als er merkte, dass seine Rastlosigkeit wuchs und der Impuls immer stärker wurde, zum Telefon zu greifen und Munarez anzurufen, ließ er sich auf dem Teppich nieder und versuchte es mit Entspannungsübungen. Kate leistete ihm eine Weile Gesellschaft, doch sie wirkte selbst so nervös, dass es sie nicht lange auf dem Boden hielt und sie sich stattdessen an den Laptop setzte und auf die Tasten trommelte.

Nach drei Stunden war Chase mit seiner Geduld am Ende und griff nach dem Handy. Beim dritten Klingeln meldete sich Munarez.

»Anita, wo stecken Sie?«

»Ich bin gerade auf dem Rückweg von Tombesdale Point«, erklärte sie. »Dieser Quinn war nicht dort.«

Chase fluchte. »Weiß jemand, wo er ist?«

»Falls ja, haben sie es mir nicht gesagt.« Munarez schwieg einen Moment. »Sie denken, dass Frank dort war, oder?«

»Kann gut sein.« Chase wollte sich seine Zuversicht bewahren, andernfalls wäre er versucht gewesen das Handy zu packen und es gegen die Wand zu schleudern. »Aber es besteht noch immer die Möglichkeit, dass er einfach untergetaucht ist.«

»Sagen Sie mir doch endlich, was los ist, Chase!«

Er unterdrückte ein Seufzen. »Ich habe Ihnen schon gesagt, dass Sie mir nicht glauben werden.« Es würde absolut nichts bringen, ihr seine Geschichte zu erzählen, ohne dass Quinn sie bestätigte. Sie würde ihm einen Vogel zeigen, noch während die Handschellen zuschnappten. Er brauchte Quinn.

»*Mierda!* Ich habe genug von eurer Geheimniskrämerei! Cassell verbirgt etwas, das sehe ich an seinen Augen, und Sie rücken auch nicht mit der Sprache heraus. Dabei habe ich Ihretwegen meinen Job aufs Spiel gesetzt! Wenn jemand herausfindet, dass ich Sie absichtlich habe laufen lassen …« Sie machte eine kurze Pause, dann schnappte sie: »Ihr verdammten FBI-Anzüge könnt euch warm anziehen, denn wenn ich herausbekomme, was hinter der ganzen Sache steckt, werde ich euch beide in den Arsch treten.«

»Suchen Sie im Internet nach dem Geist des Jägers, einem Nidwaya-Ritual«, sagte Chase und beendete die Verbindung. Als er Kates Blick auf sich spürte, hob er den Kopf.

Sie runzelte die Stirn. »Was ist passiert?«

»Nichts.«

»Nichts? Warum glaube ich das nicht? Du siehst aus, als hätte jemand dein Vorschriftenbuch genommen und vor deinen Augen in der Luft zerrissen.«

»Glaub es ruhig, denn gerade dieses Nichts ist das Problem.« Er fuhr sich mit der Hand durchs Haar. »Sie hat ihn nicht gefunden.«

Kates Fluch hätte ebenso gut aus seinem eigenen Mund kommen können, so deutlich drückte er aus, was auch er empfand. »Was machen wir jetzt?«

Er schüttelte den Kopf. »Ich habe keine Ahnung.«

Kate starrte aus dem Fenster in den Garten hinaus und kaute nachdenklich auf ihrer Lippe. Plötzlich hellten sich ihre Züge auf. »Dass Munarez ihn nicht angetroffen hat, heißt nicht, dass wir ihn ebenfalls nicht finden werden.«

»Ach ja?«

»Wir werden die Leute in seiner näheren Umgebung befragen«, sagte sie aufgeregt. »Vielleicht kann uns einer von denen zu ihm führen – und wenn wir uns durch ganz Tombesdale Point telefonieren müssen!« Als sie seinen erstaunten Blick bemerkte, lachte sie. »Ich schätze, Recherchearbeiten sind euren Ermittlungen manchmal nicht ganz unähnlich.«

»Sieht ganz so aus.« Er schlug mit der Hand auf die Tischplatte. »Lass uns loslegen!«

Binnen kürzester Zeit hatte Kate aus dem Internet das

Telefonbuch von Tombesdale Point hochgeladen. Auf Chase' Anweisung hin kopierte sie alle Einträge zum Familiennamen Quinn in die linke Spalte einer zweispaltigen Tabelle. Es sah beinahe so aus, als bestünde der halbe Ort aus Familien mit diesem Namen. Sie würden sie alle abtelefonieren, und wenn sie keinen Erfolg hatten, würden sie sich den Rest des Telefonbuchs vornehmen.

Bewaffnet mit Stift, Papier und ihren Handys setzten sie sich an den Tisch und machten sich an die Arbeit. Jeden erfolglosen Kontakt verschoben sie von der linken in die rechte Spalte, die sich im Laufe der nächsten Stunden immer weiter füllte. Die Quinns waren eine Familie, die zusammenhielt. Niemand war bereit Auskunft zu geben. Die meisten gaben vor, nichts zu wissen (obwohl ihr Tonfall das Gegenteil sagte), und beendeten das Gespräch so schnell wie möglich.

Einige legten einfach auf, sobald Chase sein Anliegen vorbrachte. Der Rest behauptete, Quinn sei nicht da. Chase musste Kate nur ansehen, um zu erkennen, dass es ihr nicht anders erging. Mit jedem weiteren Gespräch wuchs seine Überzeugung, dass dem Indianer nichts zugestoßen war und er rechtzeitig das Weite gesucht hatte. Andernfalls hätte er von mindestens einem zu hören bekommen, dass er verschwunden war – oder zumindest mehr Sorge aus den Stimmen der Leute herausgehört.

Sie hatten die Liste beinahe durch, als er eine Frau in der Leitung hatte, die sich schließlich als Joseph Quinns Schwester zu erkennen gab.

»Es ist wichtig, dass ich mit Ihrem Bruder spreche, Miss«, sagte Chase nun mindestens zum dritten Mal.

»Das wollen zurzeit ziemlich viele.«

Hatte sich Frank im Ort blicken lassen und nach Quinn gefragt? »Wenn Sie mir nicht sagen wollen, wo ich ihn finde, dann übermitteln Sie ihm wenigstens eine Nachricht von mir.«

»Gar nichts werde ich ihm sagen«, schnappte sie. »Es interessiert mich nicht, was Sie und Ihresgleichen von ihm wollen. Ich weiß nicht einmal, wo er ist. Also lassen Sie uns in Ruhe!«

Chase war davon überzeugt, dass sie sehr genau wusste, wo ihr Bruder sich aufhielt. Die Frage war nur, wie er sie dazu bringen konnte, ihm zu helfen. Über die Zeugenaussage wollte er am Telefon nichts sagen, aus Furcht, Quinn würde sich dann auf keinen Fall bei ihm melden. Kate tippte ihn am Arm an. Er sah auf. Sie kritzelte etwas auf ein Blatt Papier und schob es ihm hin. *William Quinn.* Das war es!

»Ich weiß, was mit William Quinn geschehen ist.« Er hörte, wie sie Luft holte und den Mund öffnete, um ihm ins Wort zu fallen. Als jedoch der Name ihres Großvaters fiel, klappte ihr Mund hörbar zu. »Sagen Sie Ihrem Bruder, dass *er* ihn hat und ich seine Hilfe brauche, um ihn zu finden. Er weiß, was ich meine.«

»Sie wissen wirklich …?«

Ich vermute es. »Ja.«

»Geben Sie mir Ihre Nummer. Wenn er sich meldet, werde ich ihm sagen, dass er Sie anrufen soll.«

Chase gab ihr seine Handynummer durch und lauschte dem Kratzen des Stifts auf dem Papier, als sie sie notierte. »Sagen Sie ihm, dass er sich von Cassell fernhalten soll – um jeden Preis.«

Dann beendete er das Gespräch. Er hätte erleichtert sein müssen, stattdessen fiel es ihm schwer, seine Frustration im Zaum zu halten. Einmal mehr hieß es, zu warten, statt zu handeln.

Die Untätigkeit machte ihn fast verrückt. Kate gab sich alle Mühe, ihn zu beschäftigen. Sie überredete ihn sogar zu weiteren Yogaübungen und leistete ihm dabei Gesellschaft, doch selbst die Atem- und Entspannungsübungen konnten ihn nicht zur Ruhe bringen. Immer wieder sah er auf das Handy, überprüfte, ob es eingeschaltet war, und wartete darauf, dass es endlich klingelte. Es grenzte an ein Wunder, dass er Kate mit seiner Rastlosigkeit nicht in den Wahnsinn trieb. Von Zeit zu Zeit, wenn sie sich unbeobachtet fühlte, fiel die äußerliche Ruhe von ihr ab und er sah in ihren Augen dieselbe Unruhe, die auch ihn erfüllte. Sobald sie sich ihm jedoch zuwandte, hatte sie die Maske der Gelassenheit wieder aufgesetzt. Dafür war er ihr unendlich dankbar.

Bis zum Abend hatte Quinn sich noch immer nicht gemeldet. Als Chase schlafen ging, verzichtete er darauf, seine Klamotten auszuziehen. Womöglich rief Quinn an und er musste schnell bereit sein. Er legte das Handy neben sich auf den Couchtisch, wo er es sofort erreichen konnte. Doch es schwieg auch weiterhin.

27

Nehmen Sie das Messer.

Die Worte gruben sich in seinen Verstand, durchdrangen die Mauer des Schlafs und ließen Chase aufschrecken. Er öffnete die Augen, doch er fühlte sich nicht wirklich wach, als er aufstand, zum Messerblock ging und die Hand nach dem großen Fleischmesser ausstreckte. Er wollte es nicht anfassen – ein Teil von ihm wusste, dass etwas Schreckliches geschehen würde, wenn er es tat –, doch etwas befahl ihm, es zu nehmen. Seine Finger schlossen sich um den Kunststoffgriff. Es fühlte sich gefährlich an. Tödlich. Und richtig. So musste es sein. Das war es, was *er* von ihm erwartete. Ein metallisches Scharren erklang, als er die Stahlklinge aus dem Block zog.

Als er sich von der Arbeitsplatte abwandte, sah er deutlich den Weg vor sich, den er zu gehen hatte. Die Konturen seines vorgegebenen Pfads waren klar, während alles rechts und links davon hinter einem undurchdringlichen Schleier verborgen lag.

Mit dem Messer in der Hand ging er zum Schlafzimmer und öffnete vorsichtig die Tür. Seine nackten Füße sanken in den Teppich, der seine Schritte dämpfte. Langsam ging er auf das Bett zu und blieb daneben stehen.

Stoßen Sie zu!

Chase hob den Arm. Sein Blick heftete sich auf das Zielobjekt, suchte nach jener Stelle, an der er den tödlichen Stich ansetzen würde, und wanderte weiter nach oben.

Dieses Gesicht.

Er kannte dieses Gesicht.

Machen Sie schon! Die Stimme in seinem Kopf wurde drängender. *Bringen Sie es zu Ende!*

Chase' Augen ruhten noch immer auf diesem Gesicht, bei dessen Anblick ihn eine Welle der Wärme und Zärtlichkeit erfasste. Die Frau war ihm so vertraut wie sein eigenes Spiegelbild. Er brauchte sie nur anzusehen, um zu wissen, dass er niemals die Hand gegen sie erheben würde. Nie.

Er wollte kehrtmachen, doch er konnte sich nicht bewegen. Erst als ihm die Stimme befahl, sich zurückzuziehen, schob er das Messer in seinen Ärmel und verließ das Schlafzimmer so leise, wie er gekommen war.

*

Kate erwachte, als sie draußen ein Geräusch hörte.

Obwohl sie übereingekommen waren, weiter zusammenzuarbeiten, saß tief in ihr noch immer die Furcht, dass er erneut eine Dummheit begehen könnte. Es war Unsinn, das zu glauben, denn sie vertraute Chase. Er hatte sie aus diesen unglaublichen Augen heraus angesehen – Augen, so grün wie Moos, bei deren Anblick sie immer öfter das Gefühl hatte, darin zu versinken – und ihr sein Wort gegeben. Trotzdem war da eine Unruhe in ihr, die sie nicht loslassen wollte.

Sie schlug die Decke zurück, stand auf und zog ihre Trainingshose und das Baumwollshirt zurecht, ehe sie das Schlafzimmer verließ. Im Wohnzimmer war es dunkel, trotzdem sah sie sofort, dass die Couch leer war.

Ihr Blick schoss durch den Raum, auf der Suche nach Chase. Sie hoffte darauf, ihn in der Küche zu entdecken. Vielleicht hatte er Durst bekommen und war noch einmal aufgestanden, doch die Küchenzeile war ebenso verlassen wie sein Schlafplatz. Dann entdeckte sie ihn auf dem Weg zur Haustür. Abgesehen von Socken und Schuhen war er vollständig angezogen.

»Chase?«

Ohne sich nach ihr umzusehen, ging er weiter. Also doch! Er hatte schon wieder irgendetwas vor, in das sie nicht eingeweiht war.

»Du glaubst doch nicht im Ernst, dass ich dich einfach gehen lasse!« Als er noch immer nicht reagierte, lief sie zu ihm. Kurz vor der Tür holte sie ihn ein, schob sich an ihm vorbei und baute sich zwischen ihm und der Tür auf. Mit einer Hand tastete sie nach dem Lichtschalter. Als das Licht über ihn hinwegflutete und sein Gesicht der Dunkelheit entriss, schnappte Kate nach Luft. Seine Augen waren glasig, sein Blick abwesend. Sie stand unmittelbar vor ihm, doch er schien geradewegs durch sie hindurchzusehen. Ein Schlafwandler! Die Erkenntnis erleichterte sie. Alles war besser, als erkennen zu müssen, dass er noch weitere Geheimnisse vor ihr hatte.

Sie legte ihm eine Hand auf den Arm, um ihn zu schütteln – und hielt mitten in der Bewegung inne. Vorsichtig zog sie die Hand zurück. Sie hatte einmal gehört, dass es gefährlich sein konnte, einen Schlafwandler zu wecken. Manchmal taten sie in der Verwirrung des Aufwachens gefährliche Dinge, schlugen um sich oder griffen jene an, die sie aus dem Schlaf gerissen hatten. Kate wollte weder selbst etwas abbekommen noch wollte sie, dass er sich versehentlich verletzte.

Aber womöglich konnte sie etwas tun, ohne ihn zu wecken. Sie nahm ihn am Arm und versuchte ihn mit sanftem Druck dazu zu bewegen, sich umzudrehen, in der Hoffnung, dass er zur Couch zurückgehen und sich wieder hinlegen würde. Doch er schob sie einfach zur Seite, öffnete die Tür und ging nach draußen.

Kate zischte einen Fluch, lief ins Schlafzimmer und schlüpfte in ihre Sneakers. Als sie aus der Tür lief, hatte er den Vorgarten bereits verlassen. Sie folgte dem kurzen Weg zum Bürgersteig und sah sich um.

Verflucht, wo steckte er?

Es dauerte einen Moment, ehe sie einen dunklen Umriss ausmachte, der in einiger Entfernung um eine Ecke bog. Waren seine Bewegungen im Haus noch langsam und bedächtig gewesen, so bewegte er sich nun schnell und mit der Präzision eines Mannes, dem die Dunkelheit nichts ausmachte. Kate lief los. Der Regen schlug ihr ins Gesicht und durchnässte sie binnen kürzester Zeit bis auf die Haut. In den Pfützen spiegelte sich das Licht der Straßenlaternen wider und verwandelte sie in silbern schimmernde Tümpel, deren Oberfläche sich unter den aufschlagenden Regentropfen kräuselte. Die Straßen waren verlassen – fast drei

Uhr morgens, wie ihr ein schneller Blick auf ihre Armbanduhr verriet.

Als sie an die kleine Kreuzung kam, an der er abgebogen war, hatte sich der Abstand zwar verkleinert, trotzdem war er ihr noch immer ein gutes Stück voraus.

Obwohl er nicht rannte, hatte sie Mühe, zu ihm aufzuschließen. Seine Bewegungen waren so effizient und zielgerichtet, als wisse er genau, wohin er ging. Sein Vorsprung schrumpfte weiter, dennoch trennten sie noch beinahe fünfzig Meter von ihm. Kate war mittlerweile so außer Atem, dass sie das Fluchen einstellen musste, um mit ihm Schritt halten zu können. Allerdings schwor sie sich, künftig wieder mehr Sport zu treiben und weniger Abende auf ihrer Couch vor dem Fernseher zu verbringen.

Während sie ihm durch die Straßen von Cheverly folgte, holte sie weiter auf – langsam, aber immerhin. Die Gegend veränderte sich, die Grundstücke wurden kleiner, die Einfamilienhäuser rückten dichter zusammen, und als sie um eine weitere Ecke bogen, erreichten sie eine Straße, in der die hübschen Häuser von kleinen Läden, Restaurants und Bars abgelöst wurden. Es war der Weg zur U-Bahn-Station. Im Gegensatz zu den verlassenen Straßen, die hinter ihnen lagen, waren hier noch vereinzelt Leute unterwegs. Die Bars hatten mittlerweile geschlossen, die Restaurants schon sehr viel länger, und diejenigen, die jetzt noch auf der Straße waren, gehörten zu den Letzten, die von den Stühlen gekehrt worden waren.

Ihr Abstand zu Chase war weiter geschmolzen. Er blieb am Straßenrand stehen, aufgehalten von zwei Autos, die in diesem Moment an ihm vorüberrauschten, ehe er die Straßenseite wechselte und auf eine Bar namens *Metro Station* zuhielt. Kate wollte ihm folgen. Dank der kurzen Verzögerung beim Überqueren der Straße war sie nun dicht an ihm dran. Keine fünfzehn Meter mehr. Bevor sie jedoch einen Fuß auf die Straße setzen konnte, taumelte ihr ein blonder Schönling in den Weg, einer jener Typen, die grundsätzlich Captain des Footballteams waren – nur dass dieses Exemplar ordentlich einen in der Krone hatte.

»Hey Süße!«, begrüßte er sie mit schwerer Zunge. »Willst du einen mit mir trinken? Ich hab da noch was in meinem Wagen.«

Kate sparte sich eine Antwort und schob sich an ihm vorbei. Chase hatte die andere Straßenseite erreicht und ging auf eine Frau zu, die gerade die Bar verließ. Ein vierschrötiger Typ kam hinter ihr aus dem Laden und schloss die Eingangstür ab. Mit einem kurzen Nicken in Richtung der Frau stieg er in einen alten Toyota, der vor der Bar am Straßenrand parkte, und fuhr davon.

Die Straße war nun nahezu verlassen. Lediglich die Frau war noch da und kramte in ihrer Handtasche. Chase' Blick war direkt auf sie gerichtet. Was sollte das? Was wollte er von ihr?

Kate wollte auf die andere Straßenseite, doch der Betrunkene hielt sie fest.

»Warte doch mal«, lallte er. »Will doch nur 'n bisschen Spaß.«

»Den kannst du dir woanders suchen!« Sie schüttelte seine Hand ab, und als er einen weiteren Schritt auf sie zu machte, verpasste sie ihm einen Stoß, der ihn zurücktaumeln ließ. »Verpiss dich!«

Murrend und über frigide Weiber schimpfend, zog er ab. Kate wandte sich wieder der Bar zu, doch Chase war nicht mehr zu sehen. Ebenso wenig wie die Frau.

Sie lief über die Straße. »Chase?«

Das leise Knirschen von Kies war die einzige Antwort. Es kam aus einer schmalen Durchfahrt zwischen der Bar und einem angrenzenden Gemüseladen. Kate folgte dem Geräusch um die Ecke. Sie strich sich das nasse Haar aus dem Gesicht, um besser sehen zu können, und starrte in die Gasse. Nur langsam gewöhnten sich ihre Augen an die Finsternis abseits der Straßenlaternen, und die Dunkelheit gab eine vertraute Silhouette frei, groß und muskulös: Chase. Er stand mit dem Rücken zu ihr.

Noch einmal rief sie seinen Namen. Sie war nahe genug, dass er sie gehört haben musste, doch er reagierte nicht. Sichtlich befand er sich noch immer in einem Trancezustand. Ihr Blick fiel auf seine nackten Füße. Sie musste ihn dort herausholen, bevor er sich die Fußsohlen noch an irgendwelchen Scherben zerschnitt, die hier garantiert herumlagen.

Mit schnellen Schritten schloss sie zu ihm auf und legte ihm eine Hand auf die Schulter, doch er schüttelte sie mit einer einzigen fließenden Bewegung ab und ging weiter.

»Verflucht, dreh um, bevor du dich verletzt!« Sie folgte ihm, bis sich die Durchfahrt zu einem kleinen, schäbigen Hinterhof öffnete. Eine schummrige Lampe an der Rückwand des Hauses weichte die Finsternis auf und verwandelte sie in ein Gemisch aus fahlem Licht und langen Schatten.

Kate beschleunigte ihren Schritt, schob sich an Chase vorbei und stolperte rückwärts vor ihm her, als er nicht stehen blieb und sie nur immer weiter vor sich hertrieb. Zum ersten Mal, seit sie versucht hatte, ihn daran zu hindern, das Haus zu verlassen, sah sie sein Gesicht. Ein Anblick, der ihr den Atem stocken ließ. Es war sein Gesicht, doch zugleich war es das eines vollkommen Fremden. Sein Blick war leer, beinahe leblos, doch in seinen Zügen lagen Entschlossenheit und Hass. Und eine Grausamkeit, die sie niemals zuvor an ihm gesehen hatte.

Ein Lichtreflex an seiner Seite zog ihre Aufmerksamkeit

auf sich. Kates Blick folgte seinem Arm nach unten. Als sie das Messer in seiner Hand sah, sog sie scharf die Luft ein.

»Chase, was hast du vor? Wach auf!«

Als er weiterging, machte sie einen Schritt zur Seite, um dem Messer nicht zu nahe zu kommen. Einen Herzschlag später war er an ihr vorbei. Sie wollte nach ihm greifen, überlegte es sich jedoch anders, als ihr Blick einmal mehr auf die lange Klinge in seiner Hand fiel.

»Du schlafwandelst. Hörst du? Du musst aufwachen!« Sie schüttelte den Kopf. Es mochte gefährlich sein, Schlafwandler zu wecken, ganz besonders, wenn sie ein Messer in der Hand hielten, aber was, wenn es noch gefährlicher war, es nicht zu tun?

Sie griff nach seinem Arm, dem, mit dem er das Messer hielt, und versuchte ihn wach zu rütteln. Doch ganz gleich, wie sehr sie ihn schüttelte und auf ihn einredete, er reagierte nicht.

Sein Gesichtsausdruck.

Das Messer.

Konnte das wirklich Schlafwandeln sein?

Chase schob sie zur Seite, ohne sie dabei auch nur anzusehen. Er hob weder das Messer noch fügte er ihr sonst wie Schaden zu. Er ging einfach weiter. Kate heftete sich mit einem halben Schritt Abstand an seine Fersen.

Am hinteren Ende des Hofes lehnte ein windschiefer Holzschuppen an einer Mauer. Die Tür war nur angelehnt und aus dem Inneren strömte der Schein einer einzelnen Glühbirne durch den Spalt. Chase riss die Tür auf. Der erschrockene Aufschrei einer Frau durchbrach die Stille.

Kate spähte ihm über die Schulter und entdeckte die Frau, die sie aus der Bar hatte kommen sehen. Sie war gerade dabei, das Schloss ihres Fahrrads aufzusperren. Als sie den Mann sah, der mit dem Messer in der Hand auf sie zukam, wich sie nach hinten, bis eine Wand ihren Rückzug beendete. Sie schrie um Hilfe, doch niemand würde sie hören. Nachdem die letzte Bar geschlossen hatte, waren die Straßen leer gefegt. Dies war kein Wohngebiet, sondern eine Geschäftsgegend, in der sich vor dem Morgengrauen niemand mehr blicken lassen würde. Kate war die Einzige, die etwas tun konnte.

Als Chase einen weiteren Schritt auf die Frau zutat, drängte Kate sich an ihm vorbei und stellte sich zwischen ihn und die Frau. Sie konnte nur hoffen, dass Chase es sich nicht anders überlegte und ihr doch noch das Messer zwischen die Rippen stieß.

»Sobald der Weg frei ist, laufen Sie!«, raunte sie der Frau in ihrem Rücken zu, ohne Chase dabei aus den Augen zu lassen.

Er stand wie erstarrt vor ihr, den Blick auf ihre Augen gerichtet. Das faszinierende Grün seiner Pupillen lag noch immer hinter einem nebligen Schleier verborgen.

»Du musst aufwachen«, sagte sie mit aller Eindringlichkeit, die sie aufbringen konnte, doch der Nebel wich nicht aus seinen Augen. Sein Blick wanderte über ihre Schulter hin zu der Frau, die noch immer vor der Wand kauerte. Das Messer zuckte in seinen Fingern, eine angedeutete Aufwärtsbewegung, als wolle er ihr die Klinge in den Leib jagen, doch sein Arm blieb starr.

Das Messer! Sie musste es ihm abnehmen. Als sich ihre Augen erneut auf die blitzende Klinge richteten, wurde ihr mulmig. Bisher hatte er sie nicht angegriffen. Das konnte sich jedoch schnell ändern, wenn sie versuchte ihn zu entwaffnen. Trotzdem packte sie ihn mit der Linken am Gelenk seiner Waffenhand und versuchte ihm mit der Rechten das Messer zu entwinden. Er hielt den Griff so fest umklammert, dass es sich kein Stück bewegte. Kate versuchte seine Finger zu öffnen, die sich wie ein Schraubstock um die Waffe schlossen. Vergebens.

»Ich weiß nicht, was los ist«, sagte sie, ohne sein Handgelenk freizugeben, »aber ich weiß, dass das nicht du bist. Du willst weder mir noch sonst jemandem etwas tun. Das. Bist. Nicht. Du.«

Großartig, so etwas sagten sie in schlechten Filmen auch immer. *Ich bin ein wandelndes Filmklischee!* Nur dass sie nicht die Hauptdarstellerin eines B-Movies war, die ihren Liebsten aus der Beeinflussung eines Dämons retten wollte. Das hier war verdammt real. Sie wusste nicht einmal, was Chase dazu trieb, zu tun, was er tat.

»Chase, sieh mich an«, verlangte sie.

Sein verschleierter Blick blieb unverändert auf der Frau in ihrem Rücken haften. Kate redete weiter auf ihn ein, doch er schien sie nicht einmal zu bemerken. Selbst als sie ihn an den Schultern packte und schüttelte, geschah nichts. Für ihn war sie nichts weiter als ein Hindernis auf dem Weg zu seinem Ziel. Vermutlich konnte sie froh sein, dass er noch nicht versucht hatte sie anzugreifen. Etwas schien ihn davon abzuhalten. Erkannte ein Teil tief in seinem Inneren sie womöglich doch und hinderte ihn daran, ihr etwas anzutun?

Er setzte sich wieder in Bewegung, ging einfach weiter, ohne sie anzufassen, und zwang sie mit seinem Körper zur Seite. Noch zwei Schritte, dann wäre er an ihr vorbei, und es gab nichts mehr, was ihn noch von der Frau fernhalten konnte.

»Chase!« Sie packte ihn am Arm, riss ihn zu sich herum und küsste ihn. Sie drückte ihren Mund auf seinen, ohne dass etwas geschah. Ebenso gut hätte sie ihre Lippen auf eine Wand oder ein Stück Holz pressen können. Chase Ryan stand wie erstarrt und rührte sich nicht – doch zumindest machte er auch keine Anstalten mehr, sich an ihr vorbeizudrängen. Plötzlich ging ein Ruck durch seinen Körper. Das Messer fiel scheppernd zu Boden und einen Herzschlag später spürte Kate seine Arme um sich. Seine Lippen wurden weich, seine Zunge strich über ihre Lippen und drang begierig in ihren Mund. Er zog sie noch enger an sich und vertiefte den Kuss. Sie schlang die Arme um seinen Hals und erwiderte das Spiel seiner Zunge. Heiße Blitze schossen durch ihren Leib und trieben ihren Herzschlag immer weiter an, während sie sich ganz seinem langen und leidenschaftlichen Kuss ergab. Einem Kuss, den sie bis tief in ihr Innerstes zu spüren glaubte.

Es war Chase, der den Kuss schließlich beendete. Ohne seine Arme von ihr zu lösen, sah er sich um. »Wo sind wir?«

Seine Augen waren klar, das Grün war in seine Pupillen zurückgekehrt und mit ihm hatte die Verwirrung darin Einzug gehalten. Kate warf einen Blick an ihm vorbei, doch die Frau war verschwunden.

»Ich erkläre es dir später«, sagte sie, noch ein wenig atemlos von seinem Kuss. »Erst müssen wir weg, bevor die Polizei kommt.« Die Frau würde garantiert die Cops rufen!

Sie löste sich aus Chase' Armen und hob das Messer auf. »Komm!« Sie griff nach seiner Hand und zog ihn mit sich, aus dem Schuppen heraus, über den Hinterhof, auf die Straße zurück.

Als sie kurz stehen blieb, um sich umzusehen, wanderte sein Blick zu seinen Füßen. »Ich habe keine Schuhe an.« Seine Verwirrung steigerte sich noch, aber seine jahrelange Ausbildung und Erfahrung schienen ihn gelehrt zu haben, dass es Zeiten gab, um zu rennen, und Zeiten, in denen man Fragen stellen konnte.

Jetzt rannte er.

Er hielt Kates Hand umklammert und hastete mit ihr

die Straßen entlang. Der Regen schlug ihnen ins Gesicht und fühlte sich an wie spitze Nadelstiche. Wasser spritzte unter ihren Füßen auf und durchnässte ihre Hosenbeine immer mehr. Triefend nass erreichten sie endlich das Haus. Kate schob Chase vor sich über die Schwelle, schlug die Tür hinter sich zu und lehnte sich mit dem Rücken dagegen, als wolle sie aussperren, was auch immer Chase aus dem Haus gelockt hatte. Immer wieder wanderte ihr Blick zu ihm, suchte in seinen Augen nach Anzeichen, dass etwas anderes erneut die Kontrolle übernommen hatte, doch da war nichts. Er war wieder der Chase, den sie kannte. Ihr Chase.

Er war mitten im Eingangsbereich stehen geblieben und sah sie an. »Kate, was ist da passiert? Habe ich wirklich versucht …«

Sie schüttelte hilflos den Kopf. »Ich weiß nicht, was es war, aber jetzt ist es vorbei.«

»Vorbei? Wer sagt dir, dass es nicht wieder geschieht?«, fuhr er sie an. »Womöglich bist du das nächste Mal diejenige, hinter der ich mit einem Messer her bin.«

»Du kannst dich erinnern, was passiert ist?«

»Undeutlich. Es ist wie ein Traum, den man nach dem Aufwachen noch vor Augen hat, und der dann langsam zu verblassen beginnt.« Er schlug mit der Faust gegen die Wand, eine Bewegung, die so plötzlich kam, dass Kate erschrocken zusammenzuckte. »Ich hätte beinahe jemanden umgebracht!«

»Aber du hast es nicht getan.« Es kostete sie Kraft, ruhig zu bleiben, doch wenn sie jetzt den Kopf verlor, würde ihm das auch nicht helfen. »Du hast es nicht getan«, wiederholte sie. »Das ist alles, was zählt.«

Er fuhr sich mit beiden Händen durch das nasse Haar, krallte seine Finger hinein, als wolle er es sich ausreißen.

Das Entsetzen hatte seine Züge in eine starre Maske verwandelt. »Ich bin eine Gefahr! Eine unberechenbare Gefahr. Du musst dich von mir fernhalten, bevor –«

Sie machte einen Schritt auf ihn zu, legte ihm den Zeigefinger auf die Lippen und brachte ihn zum Schweigen. »Hör auf, Chase. Mir ist nichts passiert und mir wird auch nichts passieren.« Anfangs hatte sie tatsächlich Angst vor ihm gehabt, dann jedoch hatte sie gemerkt, dass er zwar versuchte an ihr vorbeizukommen, dabei aber keine Gewalt angewandt hatte.

Eine dunkle Wolke huschte über sein Gesicht und verfinsterte für einen Moment seinen Blick, ehe die gewohnte Gelassenheit in seine Züge zurückkehrte, die sie so sehr an ihm mochte. »Das Letzte, woran ich mich erinnere, ist, dass ich schlafen gegangen bin, und plötzlich stehe ich in einem Schuppen und spüre deine Lippen auf meinen. Alles dazwischen ist unklar und verschwommen. Aber dein Kuss … Dein Kuss hat mich – von wo auch immer – zurückgeholt.« Er trat einen Schritt näher. »Womöglich geschieht es wieder und du musst es noch einmal tun.« Noch ein Schritt auf sie zu. In seinen Augen brannte der Hunger eines Raubtiers. »Wir sollten das vielleicht üben.«

»Chase!« Was ein entrüsteter Ausruf hätte sein sollen, verließ als atemloses Wispern ihre Kehle.

Sie stand noch immer mit dem Rücken zur Tür und ähnlich wie bei der Frau im Schuppen gab es auch für sie keinen Ausweg mehr, nur dass sie nicht sicher war, ob sie überhaupt nach einem suchte. Er war ihr jetzt so nah, dass sie nicht nur seine Wärme spüren, sondern ihn auch riechen konnte, männlich, würzig und verführerisch.

»Wir sollten uns Gedanken machen, wie wir dafür sorgen können, dass etwas Ähnliches nicht noch einmal passiert«, brachte sie heiser hervor.

»Im Augenblick sind meine Gedanken, ehrlich gesagt, ein wenig abgelenkt.« Seine Lippen streiften über ihre Wange zu ihrem Ohr und seine Hand schob sich unter ihr nasses Shirt. »Was sagt das über mich aus?«

»In psychologischer Hinsicht?« Es grenzte an ein Wunder, dass sie noch einen zusammenhängenden Satz herausbekam.

»Zum Beispiel.« Seine Zunge strich über ihr Ohrläppchen.

Kate stöhnte auf. »Ich glaube nicht, dass ich jetzt darüber nachdenken kann.«

»Dann lass es.«

Sie wusste, dass sie ihn von sich stoßen und so viel Abstand wie möglich zwischen ihn und sich bringen sollte, doch sie konnte sich nicht bewegen. Wollte es nicht. Heute Nacht hätte sie ihn beinahe verloren. Nicht an den Tod, sondern an etwas unsagbar Dunkleres. Etwas, das ihn von innen heraus erfasst und beherrscht hatte und dessen Ursprung sie sich noch immer nicht erklären konnte, wenngleich sie ahnte, dass es mit dieser Verbindung zu tun haben musste. Im Augenblick wollte sie sich weder darüber noch über ihre eigene Angst davor, sich auf ihn einzulassen, den Kopf zerbrechen. Sie wollte ihn nur festhalten, ihn berühren und spüren und sich immer wieder vergewissern, dass er wirklich bei ihr war.

Als er sie küsste, schlang sie die Arme um seinen Nacken und erwiderte seinen Kuss. Sofort war da wieder diese Hitze, die sie von innen heraus zu verschlingen schien. Die Fliegerstaffel in ihrem Magen bekam Starterlaubnis und schwang sich in ein paar höllische Loopings, die ihre Knie so weich werden ließen, dass sie sich nur noch fester an Chase klammerte. Sobald er das bemerkte, zog er sie enger an sich. Sein Kuss war zärtlich und stürmisch zugleich. Seine Lippen nahmen die ihren in Besitz, und als sie sie leicht öffnete, drang er mit seiner Zunge in ihren Mund.

Ohne sich aus ihrem wilden Kuss zu lösen, schob er sie zur Couch.

»Chase, ich bin ganz nass«, protestierte sie, als er sie in die Polster drücken wollte.

»Du meinst hoffentlich nicht nur deine Kleider.«

Die hatte sie gemeint, doch der erotische Klang seiner dunklen Stimme, gepaart mit seinen Worten entfachten ein loderndes Feuer in ihrer Mitte. Die Lust überkam sie so überraschend, dass sie für einen Moment den Atem anhielt. All die Zurückhaltung, die sie während der vergangenen Tage aufgebracht hatte, war unter seinem Kuss und diesen heißen, erotischen Worten dahingeschmolzen.

Sie schob ihn ein Stück von der Couch weg und fuhr mit der flachen Hand über den Schritt seiner Jeans, spürte der harten Wölbung darunter nach, ehe sie den Knopf und den Reißverschluss öffnete und seine Erektion befreite.

*

Chase stöhnte auf, als sich ihre Finger um ihn schlossen. Mit jedem Streicheln und jeder Berührung wuchs seine Erregung. Doch er wollte es auskosten, wollte sie bis in die letzte Faser spüren und dafür sorgen, dass auch sie ihn spürte, bis sie begriff, dass es keinen Grund gab, sich von ihm fernzuhalten. Dass sie sich überhaupt auf ihn einließ, kam nach den Ausweichmanövern der letzten Tage einem mittleren Wunder gleich. Er griff nach ihren Armen, zog sie hoch und küsste sie erneut leidenschaftlich.

Ihm war bewusst, dass er in Schwierigkeiten steckte und sich vermutlich besser den Kopf darüber zerbrechen sollte, wie er da wieder herauskam. Im Augenblick jedoch wollte er nichts weiter, als Kate in seinen Armen halten und wenigstens für ein paar Stunden alles andere vergessen.

Sie knabberte an seiner Unterlippe und versuchte seine Lippen festzuhalten, doch er entzog sich ihrer Liebkosung. Seinen Blick auf ihre Augen geheftet strich er ihr über die Wange, eine sanfte Berührung, in der all seine Zuneigung lag. Die Gefühle, die sie in ihm hervorrief, erstaunten ihn noch immer. Sicher, er kannte sie nicht erst seit gestern, doch die Frau, der er vor einigen Monaten zum ersten Mal begegnet war, war nicht *seine* Kate, die er jetzt in den Armen hielt. Seine Kate, die ihm das Gefühl gab, sie schon sein ganzes Leben lang zu kennen, und in deren Gegenwart er einfach er selbst sein konnte.

Er vergrub sein Gesicht in ihrem nassen Haar. Es roch nach Frühlingsregen und ihre Haut schmeckte süß und salzig zugleich, als er mit der Zunge über ihren Hals strich und langsam abwärtsglitt. In einer fließenden Bewegung streifte er ihr das Shirt über den Kopf und ließ es fallen. Ihre Brüste waren klein und fest, die elfenbeinfarbene Haut so zart, dass sie ihn dazu verlockte, sie zu berühren. Seine Hände glitten unter ihre Brüste und wanderten nach oben. Er strich mit dem Daumen über ihre Brustwarzen, bis sie hart wurden, dann nahm er sie in den Mund, sog und knabberte daran, bis Kate sich ihm verlangend entgegenreckte.

»Chase«, keuchte sie. »Was tun wir hier?«

»Etwas, das wir längst hätten tun sollen.« Er leckte über ihre linke Brust und blies dann über die Haut. Ein Schauder durchlief Kate. »Möchtest du, dass ich aufhöre?«

»Um nichts in der Welt!«

Da griff er nach ihrer Hand und zog sie ein Stück von der Couch fort. Mit sanfter Gewalt und unter heißen Küssen drückte er sie auf den Teppich. Sobald sie vor ihm lag, streifte er ihr auch die Hose und den Slip ab.

»Du bist so schön.« Spielerisch strich er mit dem Daumen über ihre Scham. Kate stieß ein überraschtes Keuchen aus, das in ein Stöhnen überging, als er mit dem Finger in sie drang. Er ließ einen zweiten Finger folgen und liebkoste sie, bis sie sich unter ihm aufbäumte. Die ganze Zeit über konnte er den Blick nicht von ihr wenden. Ihre Augen waren geschlossen, ihre Züge entspannt, die Haut leicht gerötet. Sie so zu sehen, ihr so nah zu sein und das Vertrauen zu spüren, mit dem sie sich ihm hingab, erfüllte ihn mit einer Wärme, die er niemals zuvor empfunden hatte.

Sie nur zu berühren war ihm längst nicht mehr genug. Er drückte ihre Schenkel auseinander und beugte sich nach vorn. Unendlich langsam ließ er seine Zunge den Pfaden folgen, die seine Finger zuvor erkundet hatten. Ihr Atem beschleunigte sich und ihr Stöhnen erregte ihn so sehr, dass er sich beherrschen musste, um nicht sofort in sie zu dringen. Sein Glied pulsierte hart und heiß, er war mehr als bereit, sie zu nehmen, doch er hatte sich so sehr danach gesehnt, sie unter sich zu spüren, dass er es so lange auskosten wollte wie möglich.

»O Gott, du machst mich verrückt!« Sie bäumte sich auf und reckte ihm ihr Becken entgegen, eine deutliche Einladung, die er im Augenblick noch nicht annehmen wollte. »Bitte, Chase, lass mich nicht länger warten.«

»Das werde ich nicht.« Er öffnete sie noch ein wenig mehr und ließ seinen Daumen über ihre Klitoris streichen, während er sie mit einem langen Zungenschlag über die Kante hinweg in den Abgrund stieß. Sie grub ihre Finger in sein Haar, alles in ihr zog sich zusammen, pulsierte voller Leben und Wonne, und noch ehe ihr Höhepunkt verebbt war, streifte er seine Jeans und die Boxershorts ab und drang in sie ein.

Ihr heißer Atem fuhr in sein Ohr, ihre Bewegungen passten sich seinem Rhythmus an, anfangs langsam, dann immer schneller und härter. Es war ein Tanz, den er seit langer Zeit nicht mehr in dieser Intensität getanzt hatte, Herz und Körper in völligem Einklang, erfüllt von dem Wunsch, es möge niemals enden.

Er verlor sich vollkommen in den Reaktionen seines Körpers und der Art, wie sie seinen Stößen begegnete, darauf reagierte und ihn immer weiter auf den Höhepunkt zutrieb.

Ein Kribbeln zwischen seinen Schulterblättern riss ihn aus seiner Ekstase. Er hörte nicht auf, sich in ihr zu bewegen, doch er lauschte nun tiefer in sich hinein, spürte, wie sich das Tattoo weiter ausdehnte. So wie es sich ausgedehnt hatte, als er die Frau verfolgt und beinahe umgebracht hatte.

Es lebte und atmete.

Der Killer war bei ihm!

Chase wusste, dass er sich hätte zurückziehen sollen, doch er konnte nicht aufhören. Nicht jetzt. Wie hätte er Kate erklären sollen, dass sie in diesem intimen Moment nicht allein waren? Wie sollte er sie dazu bringen, jemals wieder mit ihm zu schlafen, wenn sie fürchten musste, dass der Killer sie dabei wie ein Spanner beobachtete? Trotzdem war er kurz davor, sich zurückzuziehen, als sie ihre Beine um seinen Hintern schlang und ihn tiefer in sich zog. Ihr Verlangen zerschmetterte seine Selbstbeherrschung und riss ihn mit sich. Er schloss die Augen und nahm seinem ungebetenen Gast die Sicht, als er mit jedem Stoß härter und tiefer in sie drang, bis sie beide in einem lang andauernden Höhepunkt Erleichterung fanden. Erfüllt von einer Mischung aus tiefer Befriedigung und schlechtem Gewissen stand er auf. Er hob Kate hoch, trug sie ins Schlafzimmer und legte sie ins Bett. Kaum war er neben ihr unter die Decke geschlüpft, kuschelte sie sich an ihn, und schon bald erkannte er an ihren regelmäßigen Atemzügen, dass sie eingeschlafen war.

Chase lag wach und beobachtete sie, wunderte sich über ihr Vertrauen und die völlige Furchtlosigkeit, mit der sie ihm heute Nacht gefolgt war und ihn aus dem Bann befreit hatte, von dem er gefangen gewesen war. Er glaubte sich an eine Stimme in seinem Kopf zu erinnern, die ihn gezwungen hatte, das Messer zu nehmen und ins Schlafzimmer zu gehen. Plötzlich erinnerte er sich. Er hätte Kate töten sollen, das war der Plan. Aus irgendeinem Grund jedoch hatte er es nicht getan.

Es war die Stimme des Killers gewesen, die ihn dazu gedrängt hatte, davon war er mittlerweile überzeugt. Schon in der Nacht davor hatte er ihn beeinflusst und ihn dazu gebracht, das Haus zu verlassen, um einem Gespenst nachzujagen. Jetzt schien er seinen Einfluss vergrößert zu haben. Dieser Drecksack konnte ihn lenken und manipulieren, und nur durch ein Wunder hatte er Kate nicht umgebracht.

Ihre Gefühle für sie sind zu stark, erklang die vertraute Stimme in seinem Kopf. *Ich habe es wirklich versucht, aber dagegen kam ich nicht an.*

»Warum tun Sie das?«, fragte Chase leise und vergewisserte sich mit einem raschen Seitenblick, dass Kate schlief und nichts mitbekam.

Warum ich Ihre angefangene Arbeit beende?

»Wovon sprechen Sie? Welche angefangene Arbeit?«

Statt einer Antwort fluteten Bilder durch seinen Geist. Eine dunkle Gasse, Blut auf dem Boden. Der Killer wandte den Kopf. Er kniete über dem geschundenen Leichnam der Frau, die Kate zuvor gerettet hatte. Sie lag im Dreck, den gebrochenen Blick in den Himmel gerichtet. Regentropfen liefen wie Tränen über ihr Gesicht, mischten sich mit dem Blut aus ihrer offenen Kehle und tropften zu Boden.

Mein Einfluss auf Sie wird wachsen, sagte der Killer. *Bald schon werden Sie sein wie ich.*

Sein Herz hämmerte hart gegen seinen Brustkorb. »So werde ich niemals sein.«

Wir werden sehen.

28

Er war verärgert darüber, dass er die Arbeit des Agenten selbst hatte zu Ende bringen müssen. Ein schneller Mord wie Fast Food, weit entfernt von seinem sonstigen Können, doch ihm war keine Zeit für eine ausführliche Planung geblieben. Die Frau war ihm auf der Straße entgegengelaufen gekommen. Er hatte sie gepackt, in den Schatten einer Liefereinfahrt gezerrt und ihr die Kehle durchgeschnitten, ehe sie auch nur einen Laut von sich geben konnte.

Als das Leben aus ihrem Leib floss, hatte er sich in den Kopf des Agenten geschlichen, um zu sehen, was er trieb. Zu seinem Erstaunen war *treiben* in diesem Falle durchaus wörtlich zu nehmen. Ein Anblick, der so erregend gewesen war, dass er beinahe selbst Hand an sich gelegt hätte. Er hatte sie stöhnen gehört, hatte beinahe gespürt, wie der Agent in sie stieß. Mein Gott, sie hatte so gut gerochen, nach Lust und Leben. Fast hatte er geglaubt, sie auch schmecken zu können. Selbst als Ryan die Augen schloss und ihn von den köstlichen Bildern abtrennte, war seine Lust nicht gewichen. Wichtiger jedoch als seine eigene Erregung war die Erkenntnis, die er beim Zusehen gewonnen hatte. Die Kleine war nicht nur heiß, sie bedeutete dem Agenten etwas.

Er würde sie ihm wegnehmen.

Er hatte versucht Ryan dazu zu bewegen, sie umzubringen, aber dessen Gefühle waren stärker gewesen als sein Einfluss auf ihn. Schließlich war er zu Plan B übergegangen.

Chase Ryan sollte in dieser Nacht töten – wenn schon nicht seine Geliebte, dann irgendeine Schlampe von der Straße. Dass er auf seinen Befehl hin das Haus verließ, hatte ihm nicht nur bewiesen, wie groß seine Macht über den Agenten war, sondern ihm zudem gezeigt, wo er sich versteckt hielt. Er kannte die Gegend und hatte seine Marionette zu einer Bar nahe der U-Bahn geführt. Dass die Frau in diesem Moment den Laden verlassen hatte, war Schicksal. Pech für sie, aber für seine Zwecke einfach perfekt. Chase Ryan würde seinen ersten Mord an einem ähnlichen Ort begehen wie er selbst. Nur dass der Hinterhof nicht ganz so verkommen und die Frau keine Hure, sondern lediglich eine Kellnerin gewesen war. Doch das machte nichts. Es war ähnlich genug. Das und die Tatsache, dass er gemordet hatte, würden den Agenten auf eine harte Probe stellen.

Alles war wunderbar gelaufen – bis dieses Miststück aufgetaucht war und Ryan seinem Einfluss entrissen hatte. Im einen Moment hatte er sie noch vor dem Agenten stehen sehen, im nächsten war die Verbindung abgerissen.

Glücklicherweise war er in der Nähe gewesen und es war ihm gelungen, die Frau aufzuspüren, um dem Agenten zu zeigen, welche Aufgabe ihm ursprünglich zugedacht gewesen war.

Er würde Chase Ryan brechen – und wenn er dessen Geliebte dafür selbst umbringen musste.

29

Schließlich war Chase doch noch eingeschlafen. Es war ein unruhiger Schlaf, durchzogen von Gedanken und Erinnerungen, die wie Nebelschwaden dahintrieben. Bilder von Kate fluteten durch seinen Geist. Kate, die seine Küsse und Zärtlichkeiten erwiderte und sich ihm voller Leidenschaft hingab. Kate, die ihn mit ihrem spöttischen Grinsen ansah und mit ihm herumalberte. Sie war überall, er konnte sie sehen, spüren und riechen und er war so glücklich wie schon lange nicht mehr. Als er sie jedoch erneut an sich ziehen und in seine Arme schließen wollte, legte sich ein dunkler Schatten über sie. *Ich werde sie mir holen*, erklang die Stimme des Killers.

Chase schreckte hoch.

Kate, die noch immer auf seiner Brust lag, hob den Kopf. »Was ist los?«, murmelte sie verschlafen.

Er zwang sich zu einem Lächeln und strich ihr übers Haar. »Nur ein Traum«, sagte er leise. »Schlaf weiter, ich wollte dich nicht wecken.« Er hauchte ihr einen Kuss aufs Haar und beobachtete, wie sich ihre Augenlider senkten. Eine Sekunde später war sie wieder eingeschlafen.

Sein Puls raste. Es war tatsächlich nur ein Traum gewesen, doch die Bedrohung war real. Erst letzte Nacht hatte der Killer versucht ihn dazu zu bringen, Kate etwas anzutun. Dass er sie dieses Mal nicht umgebracht hatte, bedeutete nicht, dass es nicht passieren konnte. Was, wenn der Einfluss des Killers weiterwuchs und es ihm schließlich nicht länger gelang, sich dagegen zur Wehr zu setzen? Himmel, um ein Haar hätte er eine unschuldige Frau getötet! Eine Frau, die auch Kate mit ihrem Eingreifen nicht hatte retten können. Zumindest hatte sie verhindert, dass ihr Blut an seinen Händen klebte. Doch wie lange würde ihr das noch gelingen?

Sie musste fort von ihm, an einen Ort, den er nicht kannte und nicht erreichen konnte. Die Frage war nur, wie er ihr das beibringen sollte. Sie würde sich weigern zu gehen, würde die Gefahr nicht sehen wollen, in der sie schwebte. Verdammt, er wollte nicht, dass sie ging! Nicht jetzt und auch nicht später. Aber ihm blieb keine andere Wahl. Er musste sich nur etwas einfallen lassen, um sie ebenfalls davon zu überzeugen, dass es keine andere Möglichkeit gab.

Einen Moment noch gab er sich dem Gefühl hin, dass alles in Ordnung war. Er strich Kate über den Rücken und das Haar, und als sie im Schlaf etwas murmelte, küsste er sie auf die Stirn, ehe er sie vorsichtig zur Seite schob und aufstand, um ins Bad zu gehen.

Ein Schatten neben dem Spiegel zog seine Aufmerksamkeit auf sich. Es sah aus wie ein Stück Papier, das jemand zwischen Spiegel und Wand geklemmt hatte. Mit gerunzelter Stirn trat er näher und schnappte entsetzt nach Luft. Was er für einen Fetzen Papier gehalten hatte, war ein Polaroid, das Kate schlafend in seinen Armen zeigte. Auf dem weißen Streifen darunter stand: *Wie nah kann ich ihr noch kommen?*

Chase riss es heraus und warf es auf den Waschtisch. Noch immer konnte er die Augen nicht von Kates Gesicht darauf abwenden. Schlafend. Ahnungslos. Er stützte die Arme auf das Waschbecken und atmete tief durch, versuchte sein Entsetzen und die Furcht zu verdrängen, die ihn beim Anblick des Fotos überkamen. Der Killer war im Haus gewesen, letzte Nacht, und weder er noch Kate hatten es bemerkt.

Er weiß, wo wir sind. Eine eisige Faust schloss sich um sein Herz und drückte es zusammen, bis er glaubte, nicht länger atmen zu können.

Chase wollte schreien. *Lass sie da raus!*, wollte er brüllen, doch jeder Laut blieb ihm im Hals stecken, als er im Spiegel Kate sah, die den Gang entlangkam und auf der Schwelle zum Badezimmer stehen blieb. Er fuhr herum und schob sich vor das Foto, das hinter ihm auf dem Waschtisch lag.

»Was ist denn los?« Sie hatte sich ein langes T-Shirt

übergestreift, bei dessen Anblick ihm seine eigene Nacktheit deutlich bewusst wurde. Verflucht, er hatte nicht einmal eine Hose an, in deren Bund er das Foto hätte verschwinden lassen können! Sie sollte es nicht sehen – doch wohin damit?

»Was hast du da?« Sie beugte sich zur Seite und versuchte an ihm vorbeizuspähen.

Ehe er etwas erwidern und ihr sagen konnte, dass es nichts war, stand sie schon vor ihm. Er spürte ihre Wärme auf seiner Haut und konnte nicht verhindern, dass sein Körper auf sie reagierte. Halb aus Verlangen, halb aus dem Wunsch heraus, das Foto vor ihr verborgen zu halten, zog er sie an sich und küsste sie. Ihre Arme wanderten über seine Schultern, den Rücken hinunter zu seinem Hintern, ihre Zunge glitt forschend in seinen Mund. Chase schob ihr Shirt nach oben und ließ seine Hand zwischen ihre Beine gleiten.

»Du kriegst wohl nie genug.« Sie knabberte an seiner Lippe, bevor sie ihre Zunge über seine Wange zu seinem Ohr gleiten ließ.

»Von dir nicht.« Er schob seine Hände unter ihren Hintern, hob sie hoch und rieb sein Glied an ihrer Scham. Mit einem lustvollen Seufzer schlang sie die Beine um seine Hüften und erstarrte mitten in der Bewegung.

»Was ist das?«

Er musste sie nicht ansehen, um zu wissen, dass ihr Blick über seine Schulter auf den Waschtisch gerichtet war. *Nichts,* wollte er sagen, doch er konnte sie jetzt nicht länger belügen. Sie würden darüber sprechen müssen.

Kate glitt von ihm herunter, zog ihr T-Shirt zurecht und griff nach dem Foto.

»Mein Gott«, flüsterte sie. »Er war hier.«

»Er muss gesehen haben, wo wir sind, als er mich gestern aus dem Haus gezwungen hat.« Davon, dass er letzte Nacht noch ganz andere Dinge gesehen hatte, sagte Chase nichts.

Kate ließ das Foto auf den Waschtisch fallen. Ihre Hände zitterten. »Was machen wir jetzt?« Als Chase zu einer Antwort ansetzte, hob sie die Hand. »Sag mir jetzt nicht, dass ich mich an einem dir unbekannten Ort verkriechen soll, bis es vorbei ist.«

Doch genau darauf lief es hinaus. »Es ist der einzige Weg.«

Sie sank mit dem Rücken gegen den Waschtisch. »Das ist nicht dein Ernst. Wir haben das doch alles schon besprochen.«

»Das war, bevor er wusste, wo wir sind.« Er legte die Arme um sie und hielt sie fest, als sie den Kopf an seine Brust legte. »Glaubst du etwa, ich möchte, dass du gehst? Uns bleibt keine andere Wahl, Kate. Ich werde nicht riskieren, dass er dir etwas antut. Verstehst du das?«

»Natürlich verstehe ich das«, sagte sie, ohne den Kopf zu heben. Ihr Atem strich warm über seine nackte Brust. »Aber das heißt noch lange nicht, dass es mir gefällt.«

»Du bekommst deine Story, das verspreche ich dir.«

Mit einem Ruck löste sie sich aus seinen Armen. Ihr Blick heftete sich voller Unglauben auf ihn. »Das ist nicht dein Ernst? Nach letzter Nacht denkst du ernsthaft an diesen blöden Artikel? Nicht einmal ich tue das!«

Seufzend griff er nach ihren Schultern und zwang sie, ihn anzusehen. »An erster Stelle denke ich an deine Sicherheit. Nachdem Munarez uns nicht sofort hat hochgehen lassen und wir die Aussicht auf Quinns Aussage hatten, dachte ich, du wärst aus der Schusslinie. *Das* hier«, er nahm das Foto vom Waschtisch und wedelte damit in der Luft, ehe er es zurückwarf, »ändert alles.«

»Chase.«

Er schüttelte den Kopf. »Du hättest mich womöglich davon überzeugen können, dass ich tatsächlich nicht imstande bin, dir etwas anzutun – er ist es und er weiß jetzt, wo wir sind.«

»Dann lass uns woanders hingehen.«

»Damit gewinnen wir lediglich ein wenig Zeit«, widersprach er. »Einen Tag, vielleicht auch zwei oder drei. Früher oder später wird er durch meine Augen etwas sehen, was ihn erneut zu uns führt.«

Sie schluckte. »Also schickst du mich weg.«

Der bittere Unterton in ihren Worten war das genaue Abbild seiner eigenen Gefühle. »Uns bleibt keine andere Wahl.« Er zog sie an sich und legte sein Kinn auf ihren Kopf. »Ich möchte, dass du untertauchst, am besten weit weg, in einer anderen Stadt. Nimm dir irgendwo ein Zimmer und sieh zu, dass keine Spuren zu dir führen. Wenn ich nicht weiß, wo du bist, wird er es auch nicht erfahren.«

»Keine Spuren? Du meinst wohl: Lass die Finger von deiner Kreditkarte, Lois Lane.«

Obwohl ihm nicht danach zumute war, musste er lächeln. »Ja, das meine ich.«

»Wenn es dir gelingt, eine Sicherheitstür in deinen Kopf einzubauen, die deinen Geist vor ihm abschirmt, könnte ich zurückkommen.«

Er hob den Kopf und sah sie an. »Wie soll ich das machen? Meditieren wie einer dieser Shaolin-Mönche? Die Augen zu schließen und mir eine dicke Tür vorzustellen, wird wohl kaum funktionieren.«

»Vielleicht weiß der Indianer Rat«, meinte sie. »Immerhin hat er die Verbindung geschaffen.«

Die Verzweiflung, mit der sie nach einem Weg suchte, um nicht lange von ihm getrennt sein zu müssen, rührte ihn. Am liebsten hätte er ihr gesagt, sie solle bleiben. Er würde einen Weg finden, sie zu beschützen. Doch er wusste, dass es eine Lüge gewesen wäre.

30

Kate hatte ihre Sachen gepackt und das Haus verlassen. Statt ein Taxi zu nehmen und sich zu einem der günstigen Motels am Stadtrand fahren zu lassen, war sie mit der U-Bahn in die Innenstadt gefahren und hatte sich unter falschem Namen in einem unscheinbaren Hotel ein Zimmer genommen. Seitdem saß sie dort fest und verließ den Raum nur, um sich etwas zu essen zu holen, meistens ein Sandwich und eine Flasche Wasser aus den Automaten in der Lobby oder einen Burger aus dem Laden an der Ecke. Sie wäre gern länger nach draußen gegangen, allein schon, um der Enge des Zimmers und der erdrückenden Stille darin zu entfliehen. Aus Furcht, jemand könne sie erkennen, tat sie es nicht. Es war Blödsinn, denn sie war schon zuvor in der Öffentlichkeit unterwegs gewesen, ohne dass das passiert war. Dieses Mal jedoch galt ihre Angst weniger den Leuten, die ihr Foto im Fernsehen gesehen haben könnten. Vielmehr fürchtete sie sich davor, dem Killer zu begegnen. Himmel, es konnte jeder sein! Vom Kofferträger ihres Hotels bis hin zu dem alten Mann, der mit seinem Hotdog-Wagen auf der anderen Straßenseite stand. Natürlich war ihr bewusst, dass die Wahrscheinlichkeit, ausgerechnet hier auf den Killer zu treffen, gegen null tendierte. Trotzdem bekam sie diese irrationale Furcht nicht in den Griff.

Zwei Tage waren vergangen, seit sie Chase in Cheverly zurückgelassen hatte. Zwei Tage, die sie nun schon in diesem verfluchten Zimmer festsaß. Sie versuchte an ihrem Artikel zu arbeiten, die meiste Zeit über war sie jedoch zu abgelenkt, um sich darauf konzentrieren zu können. Immer wieder fragte sie sich, wie es Chase gehen mochte. Mein Gott, sie wusste ja nicht einmal, ob er noch am Leben war.

Natürlich verfolgte sie die Nachrichten, und mit Sicherheit wären ihr die Schlagzeilen nicht entgangen, wenn man ihn aufgegriffen oder umgebracht hätte – trotzdem beharrte eine hinterhältige Stimme tief in ihr darauf, dass nicht jede Leiche gefunden wurde.

Das Zimmer war zu klein, zu dunkel und zu muffig – und vor allem zu einsam. Sie sehnte sich nach Chase, wollte seine Stimme hören, sein Lächeln sehen, wollte ihn berühren. Scheiße! Sie hatte mit ihm geschlafen und ihr war nicht einmal die Zeit geblieben, herauszufinden, ob ihm das überhaupt etwas bedeutete.

Kate rückte den Laptop auf ihren Knien zurecht und versuchte eine Position zu finden, in der ihr das Kopfteil des Bettes nicht unbequem ins Kreuz drückte. Das verfluchte Zimmer hatte nicht einmal einen Stuhl!

Ihr Blick flog über die Notizen auf dem Bildschirm, doch ihre Gedanken schweiften schon wieder ab. Nach einer weiteren halben Stunde des Kampfes gab sie auf. Sie stellte den Laptop zur Seite, dabei fiel ihr Blick auf ihr Handy, das auf dem Nachttisch lag.

»Ach, zum Teufel mit der Warterei.« Sie griff danach, drückte die Kurzwahltaste eins und wartete.

Schon nach dem ersten Klingeln wurde ihr Anruf angenommen. »Du sollst mich doch nicht kontaktieren!«

Trotz der unfreundlichen Begrüßung freute sie sich, seine Stimme zu hören. »Kannst du auf diese Weise herausfinden, wo ich bin?«

»Nein.«

»Dann bin ich in Sicherheit. Also, nimm uns nicht diese Möglichkeit, in Kontakt zu bleiben und mir meine geistige Gesundheit zu erhalten.«

»Du hast ja recht«, seufzte er. »Was ist mit deiner geistigen Gesundheit? Wie geht es dir?«

»O Gott, Chase, ich langweile mich hier zu Tode!«, platzte sie heraus. »Ich fühle mich wie in einem Käfig, und als wäre das alles noch nicht schlimm genug, frage ich mich die ganze Zeit, ob du in Ordnung bist oder womöglich in Schwierigkeiten steckst.«

»Nicht mehr Schwierigkeiten als bisher auch.« Sie glaubte beinahe zu sehen, wie er mit den Schultern zuckte. »Das Haus ist leer ohne dich«, sagte er dann. »Ich bin froh, dass du angerufen hast. Du fehlst mir.«

Seine Worte ließen ihr Herz schneller schlagen. »Gut, dass deine Miss Tanner nicht bei dir ist.«

Er lachte leise.

»Ich hätte nicht gedacht, dass ich das mal sagen würde, aber ich vermisse dich auch.« Sie war kurz davor, ihn zu fragen, welche Bedeutung ihre gemeinsame Nacht für ihn hatte, doch das war nichts, was sie am Telefon besprechen wollte. Sie wollte ihm dabei in die Augen sehen. »Hast du schon mit Quinn gesprochen?«

»Nein.« Die Frustration war ihm deutlich anzuhören. Wenn sie jetzt bei ihm gewesen wäre, hätte sie nach seiner Hand gegriffen. »Es ist absolut gar nichts passiert. Kein Anruf von Quinn und auch nichts Neues von *ihm*. Er hat nicht versucht Kontakt zu mir aufzunehmen, und mir ist es ebenfalls nicht gelungen, die Verbindung aufzubauen. Meine Beine sind schon völlig gefühllos, so oft sitze ich im Yogasitz auf dem Teppich und versuche zu ihm durchzudringen. Er schottet sich ab.«

»Ich schätze, er will dich zappeln lassen«, überlegte sie laut. »Erst lässt er die große Bombe platzen, indem er uns zu verstehen gibt, dass er weiß, wo wir sind, und dann strapaziert er deine Nerven durch völlige Abwesenheit.«

Chase seufzte. »Ich denke auch, dass er genau weiß, was er tut.«

»Ich wünschte, du würdest das Haus verlassen, Chase. Auch wenn ich aus seiner Reichweite bin, weiß er noch immer, wo *du* steckst.«

»Aber mir kann er nichts tun, wenn er nicht vorhat, sich selbst umzulegen.«

Er hatte ja recht, trotzdem gefiel es ihr nicht. Im Haus saß er mehr oder weniger auf dem Präsentierteller.

»Weißt du«, meinte er nach einer kurzen Pause, »am liebsten würde ich ewig mit dir weitersprechen.«

»Was nicht möglich ist, da eher früher als später das Gesprächsguthaben zu Ende ginge«, vollendete sie seine Überlegung.

»Verfluchte Einweg-Handys.«

»Sieht so aus.«

»Kate?«

»Ja?«

»Versprich mir, dass du dir keine Sorgen machst. Bleib einfach, wo du bist, und warte ab. Alles wird gut werden.«

Wie konnte sie sich keine Sorgen machen? Um ihn jedoch zu beruhigen, versprach sie es ihm. »Tu mir einen Gefallen und lass nicht zu, dass ich dich als Leiche des Tages in den Nachrichten zu sehen bekomme, ja?«

»Ich werde alles daransetzen, damit du mich am Stück und lebend zurückbekommst.«

»Andernfalls bekommst du Ärger.« Schnell trennte sie die Verbindung, ehe ihr noch dumme Worte wie »Ich liebe dich« herausrutschen konnten. Tat sie das überhaupt? Liebte sie ihn? Es war zu früh, das zu sagen, ganz sicher allerdings war sie ziemlich verschossen in diesen speziellen Bundesagenten.

Es war höchste Zeit, dass der Killer dingfest gemacht wurde, damit sie endlich mit Chase sprechen konnte. Der einzige Weg, das zu beschleunigen, bestand darin, dass er die Hilfe der Polizei bekam – was nicht passieren würde, solange ihn alle für einen Verbrecher hielten.

Es musste doch eine Möglichkeit geben, ihn zu entlasten. Auch ohne den Indianer. Es würde ja schon genügen, wenn Cassell aus dem Weg wäre. Wenn ihr das gelänge, könnte sie Chase zumindest in dieser Hinsicht den Rücken frei halten.

Die Frage war nur, wie sich das anstellen ließe.

Ganz gleich, wie sie es auch drehte und wendete, die Antwort darauf war immer derselbe Name: Anita Munarez. Die Polizistin hatte Chase und sie entkommen lassen, sie hatte sogar versucht Quinn aufzutreiben. Wenn es Kate gelang, mit ihr zu sprechen und ihr alles zu erklären, wäre sie womöglich bereit, Cassell aus dem Verkehr zu ziehen.

Kate glaubte nicht, dass ihr Detective Munarez eine ähnliche Falle stellen würde wie zuvor Chase. Nicht nachdem sie ihre Kooperationsbereitschaft unter Beweis gestellt hatte. Trotzdem war Munarez durch und durch Polizistin, sie handelte – ähnlich wie Chase – nach Vorschriften, deshalb war nicht auszuschließen, dass sie Kate aufs Revier schleifen und verhören würde. Sie konnte sie sogar wegen Beihilfe zur Flucht drankriegen. Doch es war nicht die drohende Anklage, die Kate davon abhielt, geradewegs ins Revier zu marschieren, sondern der Gedanke daran, dass Cassell davon Wind bekommen könnte. Wenn er sie für eine Bedrohung hielt, würde er versuchen sie aus dem Weg zu räumen.

Die beste Lösung war, die Polizistin bei sich zu Hause aufzusuchen. Zu Kates Ärger gab jedoch weder das Internet noch das Telefonbuch oder die Telefonauskunft Munarez' Adresse her. Nicht einmal eine Telefonnummer war gespeichert.

Ob es ihr gefiel oder nicht, ihr blieb nur der Weg über das Revier.

Es lag im ersten Bezirk, im Süden der Stadt, nicht weit

vom Anacostia River entfernt. Kate kannte die Dienstzeiten der Polizistin nicht und wollte nicht einfach auf Verdacht hinfahren. Deshalb suchte sie sich die Telefonnummer der Zentrale aus dem Internet und rief dort unter falschem Namen an, um sich nach Munarez zu erkundigen. Sie hatte Glück, der Detective würde bis zum späten Abend auf dem Revier sein.

Kate wartete bis kurz vor Einbruch der Dämmerung, ehe sie das Hotel verließ. Allein aus diesem Käfig herauszukommen, war die Sache schon wert. Draußen brummte das Leben, in ihrem Zimmer war das einzige Brummen von der altersschwachen Klimaanlage gekommen. Touristen bevölkerten die Straßen der Innenstadt und strömten in die Restaurants und Bars, wo sie den Tag ausklingen lassen würden. Neonreklametafeln kündeten überall von gutem Essen und Abendunterhaltung und in einiger Entfernung glaubte sie die Umrisse des Kapitols ausmachen zu können. Sie genoss die frische Luft und die Freiheit, die viel zu schnell wieder vorüber war, als sie die U-Bahn erreichte und mit der Green Line bis zur Navy Yard Station fuhr. Die letzten Meter zum Revier legte sie zu Fuß zurück.

Als Kate den verwinkelten Parkplatz in der M Street erreichte, war es beinahe dunkel. Im Schatten eines lang gezogenen Nebengebäudes pirschte sie sich über den Parkplatz näher heran. Das Hauptgebäude des Polizeireviers war ein vierstöckiger Backsteinbau, dessen rote Ziegel in der Dunkelheit beinahe schwarz schimmerten.

Drei große Müllcontainer standen in einer ruhigen Ecke am Ende des Parkplatzes, nicht weit vom Eingang entfernt. Kate tauchte in die dazwischen liegenden Schatten ein und wartete. Sie konnte nur hoffen, dass es keinen anderen Zugang gab und dass sie Munarez nicht bereits verpasst hatte. Verflucht, es hätte schon geholfen, wenn sie wüsste, was für einen Wagen die Polizistin fuhr. So blieb ihr nichts anderes übrig, als zu warten.

Nach einer Stunde war sie so mürbe, dass sie ihr Handy aus der Tasche zog, die Wahlwiederholung drückte und erneut in der Telefonzentrale des Reviers anrief. Munarez war noch dort. Sie hatte geglaubt, dass ihr das Warten leichter fiele, wenn sie wusste, dass sie nicht vergebens auf der Lauer lag, doch das Gegenteil war der Fall. Ihre Ungeduld wuchs mit jeder verstreichenden Minute.

Es war nach zehn, als Munarez endlich auf den Parkplatz trat. Sie stieß die Tür mit dem gewohnten Elan auf, bei dem Kate nie so recht wusste, ob die Frau nur zu viel Energie hatte oder ob sie auf irgendetwas wütend war. Ihr Pferdeschwanz schwang bei jedem Schritt im Takt, als sie mit großen Schritten über den Parkplatz marschierte.

Mit einem raschen Blick über den Parkplatz und zurück zum Gebäude vergewisserte Kate sich davon, dass niemand anderes hier war, ehe sie sich herauswagte.

»Detective!«, rief sie gerade laut genug, dass die Polizistin sie hören musste.

Munarez wandte sich um, die Hand in der Nähe ihrer Waffe, den Blick suchend in die Schatten zwischen den Containern gerichtet. Kate trat in den Lichtkreis einer Laterne, die Hände vorsichtshalber ein Stück erhoben, um der Polizistin zu zeigen, dass sie weder bewaffnet war noch vorhatte sie anzugreifen.

Einen Moment lang musterte Munarez sie, suchte mit geschultem Auge nach verborgenen Waffen, bevor ihr Blick an Kate vorbei in die Schatten glitt.

»Ich bin allein«, sagte Kate schnell, trotzdem dauerte es einige Herzschläge, ehe die Polizistin ihre Musterung beendete und ihre Aufmerksamkeit wieder auf Kate richtete. Ihre Hand ruhte noch immer an der Waffe.

Als Kate langsam näher kam, kniff Munarez die Augen zusammen. »Sie sind die Frau, die an der Pentagon City Station bei Ryan war.«

Kate kam noch ein wenig näher.

»Lombardi?« Es klang so ungläubig, als hätte sie gerade erfahren, dass es den Weihnachtsmann doch gäbe.

»Ich muss mit Ihnen sprechen, Detective.«

»Ich würde lieber mit Ryan sprechen.«

Kate seufzte. »Das ist im Moment nicht möglich.« Sie trat nun vor die Polizistin und war erleichtert, dass sie endlich die Hand von der Waffe nahm. »Chase steckt bis zum Hals in Schwierigkeiten, und wenn ihm niemand den Rücken frei hält, lautet die Frage nicht mehr, *ob* er sterben wird, sondern nur noch, wer ihn zuerst erwischt – Cassell oder der Schlitzer.«

»Váyase al carajo!« Munarez verdrehte die Augen. »Ihr beide macht mich fertig. Alles, was er mir an die Hand gegeben hat, war der Hinweis, nach irgendwelchem Voodoo-Zeug zu googeln.«

»Kein Voodoo«, korrigierte Kate automatisch. »Stammesrituale der Nidwaya.«

»Wie auch immer. Das ergibt überhaupt keinen Sinn.«

»Ich kann Ihnen das alles erklären – von Anfang an. Vielleicht sehen Sie dann klarer und wir finden gemeinsam einen Weg, um Chase zu helfen.«

»Also gut. Gehen wir in mein Büro.«

Kate schüttelte den Kopf. Noch einmal sah sie sich nach allen Seiten um, bevor sie sagte: »Nicht hier. Bitte! Ich kann nicht riskieren, dass Cassell mich sieht.«

»Meinetwegen.« Munarez klang genervt. »Dann fahren wir zu mir. Aber nur, damit ich endlich erfahre, was das alles soll.«

Die Polizistin führte Kate zu ihrem Wagen. Unzählige

Gedanken, was alles schiefgehen konnte, wenn sich Munarez entschied, ihr nicht zu glauben, schossen ihr durch den Kopf. Kate schob alle Bedenken beiseite und stieg in den Honda – immerhin hatte sich Munarez bereit erklärt, mit ihr zu sprechen, statt sie in Handschellen zum Revier zu schleifen.

Munarez nahm den Southeast Freeway, ehe sie an der 11th Street Bridge den Fluss nach Anacostia überquerte und über die Good Hope Road in die Minnesota Avenue einbog, eine von Bäumen gesäumte Straße, die trotz ihrer Länge so idyllisch wirkte wie mancher Vorort. Unwillkürlich fragte sich Kate, wie sich Munarez mit dem Wissen fühlen mochte, dass es Gegenden wie diese waren, wo sie selbst lebte, in denen der Killer regelmäßig zuschlug. Aber vermutlich konnte sie das ausblenden. Abgesehen davon schien er ruhigere, weniger befahrene Straßen als diese zu bevorzugen. Die Mischung aus Reihenhäusern, Einfamilienhäusern und kleineren Blocks mit Mietwohnungen wirkte so willkürlich, als seien die Gebäude entstanden, bevor die Städteplaner begonnen hatten, sich darüber Gedanken zu machen. Trotzdem war es eine hübsche Gegend, weitaus gemütlicher als der dicht bebaute Straßenzug, in dem Kates winzige Wohnung lag – die einzige Wohnung, die sie von ihrem Gehalt bezahlen konnte.

Vor einem dreistöckigen Haus mit roter Fassade fuhr Munarez rechts ran und stellte den Motor ab. Kate folgte ihr ins Haus, die knarrenden Stufen hinauf ins Dachgeschoss. Die Wohnung der Polizistin war eine echte Überraschung. Kate hatte kahle weiße Wände und unzählige Möbel, von denen keines zum anderen passte, erwartet. Ein Sammelsurium aus Holz, Stoff und angesammeltem Plunder. Stattdessen fand sie sich in einer gemütlichen Zweizimmerwohnung wieder, deren Wände in einem warmen Terrakottaton gestrichen waren. Geschmackvolle Bilder setzten farbliche Akzente, passend zu dem gemütlichen Sofa und einem wundervollen dunklen Parkettboden. Munarez führte Kate durchs Wohnzimmer in die Küche.

»Setzen Sie sich.« Sie deutete auf den runden Esstisch vor dem Fenster. »Wollen Sie einen Kaffee?«

Kate nickte. Sie setzte sich an den Tisch und beobachtete, wie Munarez die Kaffeemaschine anwarf. Die Polizistin hantierte mit Tassen, stellte Kondensmilch und Zucker auf den Tisch und zog eine Schachtel mit Donuts aus dem Schrank.

»Bedienen Sie sich«, sagte sie. »Ich ziehe mich nur rasch um.«

Kate versuchte sich die Worte zurechtzulegen, mit denen sie Munarez ihre und Chase' Geschichte erzählen wollte, doch sie konnte nichts anderes tun, als die Donuts anzustarren. Seit dem Morgen hatte sie nichts mehr gegessen und beim Anblick des Gebäcks wurde ihr erst bewusst, wie hungrig sie war. Sie nahm sich einen Donut mit Puderzucker und biss hinein.

Als Munarez zurückkehrte, hatte sie die dunkelblaue Bundfaltenhose und den Blazer gegen Trainingshose und T-Shirt getauscht. Statt der Pumps trug sie nur ein Paar dicke Baumwollsocken. Sie schenkte Kaffee ein und schob Kate eine Tasse über den Tisch, bevor sie sich ihr gegenüber niederließ. Kate löffelte Zucker in den Kaffee und schüttete Milch hinein. Erst beim Umrühren wurde ihr bewusst, dass Munarez sie musterte.

»Ich hätte Sie fast nicht erkannt«, meinte die Polizistin nach einer Weile.

»Das ist die Haarfarbe.«

»Wohl eher die fehlende Farbschicht in Ihrem Gesicht und der viele Stoff Ihrer Klamotten. Kein Wunder, dass da draußen niemand auf Sie aufmerksam geworden ist, obwohl Ihr Foto durch alle Medien geistert.«

»Ich bin eben wandelbar.« Grinsend nippte sie an ihrem Kaffee, wurde jedoch schnell wieder ernst, als sie Munarez' Blick auffing. Seufzend stellte sie die Tasse ab und lehnte sich zurück. »Wissen Sie von dem Indianer, der Chase damals angesprochen hat?«

»Als Cassells Frau ermordet wurde.« Munarez nickte. »Ryans Bericht dazu liegt in der Akte.«

Stück für Stück berichtete Kate, was seitdem geschehen war, ergänzte ihre eigenen Erlebnisse mit den Dingen, die Chase ihr erzählt hatte, und zeichnete auf diese Weise mit ihren Worten ein vollständiges Bild. Allerdings beschränkte sie sich dabei auf den Fall. Was zwischen Chase und ihr passiert war, ging die Polizistin nichts an. Obwohl Munarez' Augenbraue an einigen Stellen nach oben gewandert und ihr der eine oder andere Fluch über die Lippen gekommen war, hatte sie Kate kein einziges Mal unterbrochen.

»Chase versucht den Indianer zu erreichen«, schloss Kate ihren Bericht. »Bisher allerdings ohne Erfolg.«

Munarez rührte sich nicht. Sie saß einfach nur da, die Kaffeetasse in Händen, und starrte Kate in einer Mischung aus Misstrauen und Unglauben an. »Und was erwarten Sie von mir?«, fragte sie schließlich.

»Können Sie Cassell nicht irgendwie aus dem Verkehr ziehen?«

»Ich soll ihn einlochen? Ohne Beweise?« Die Polizistin schüttelte den Kopf. »Das lässt das Gesetz nicht zu.«

Kate dachte kurz nach. »Könnten wir ihm vielleicht eine Falle stellen?«

»Wie soll das gehen, *Tesorita?*«

»Ich weiß es nicht«, gestand Kate. »Ich weiß nur, dass er eine Gefahr für Chase ist.« Das Problem war, dass sie keinen

Plan hatte – außer dem, zu Munarez zu gehen und darauf zu hoffen, dass die Polizistin Cassell hinter Schloss und Riegel stecken würde. Sie fuhr sich über die Stirn. »Ich hatte mir das wohl ein wenig zu einfach vorgestellt. Cassell aus dem Weg schaffen, damit er Chase nicht mehr in den Rücken fallen kann, und dann dafür sorgen, dass Sie und Ihre Leute ihn bei der Suche nach dem Schlitzer unterstützen.« Sie schüttelte müde den Kopf. »Er schafft das unmöglich allein. Wir haben es versucht.«

»Warum sind Sie so versessen darauf, ihm zu helfen?«

»Er hat sonst niemanden und er steht mit dem Rücken zur Wand.« *Abgesehen davon bedeutet er mir etwas.* »Können wir Cassell nun eine Falle stellen oder nicht?«

»Darüber muss ich in Ruhe nachdenken.« Die Polizistin stand auf, nahm die leeren Kaffeetassen und stellte sie in die Spüle. »Am besten schlafen Sie heute Nacht hier und wir sprechen morgen früh weiter.«

»Sie wollen, dass ich hierbleibe? Ist das Ihr Ernst?«

»Ich will nicht riskieren, dass Sie wieder untertauchen.«

Munarez hätte ihr längst Handschellen anlegen und sie aufs Revier schleifen können. Dass sie es nicht getan hatte, wertete Kate als gutes Zeichen – sie würde kaum ein SWAT-Team rufen, das sie im Schlaf überfiel und festsetzte. Die Nacht über hierzubleiben war allemal besser, als in die Enge ihres Hotelzimmers zurückzukehren.

»In Ordnung.«

Munarez holte eine Decke und ein Kopfkissen aus dem Schlafzimmer und warf beides auf die Couch. Den größten Teil der Nacht verbrachte Kate jedoch damit, im Wohnzimmer auf und ab zu laufen und sich den Kopf darüber zu zerbrechen, wie eine Falle für Cassell aussehen konnte. Als sie endlich ein wenig Ruhe gefunden hatte, weckte sie kurz darauf der Kaffeeduft, der von der Küche ins Wohnzimmer zog. Kate schlug die Decke zurück, stand auf und ging in die Küche. Munarez saß am Tisch und blätterte in einer Tageszeitung, Kaffee dampfte in zwei Tassen und auf einem Teller lagen mehrere Sandwiches. Ein wenig wehmütig dachte Kate daran, dass es sonst Chase gewesen war, der ihr Sandwiches gemacht hatte – das letzte Mal, kurz nachdem sie Cassell und Munarez entkommen waren und sie so wütend auf ihn gewesen war.

»Guten Morgen, Detective.«

Munarez sah auf. »Anita.«

»Kate.«

Die Polizistin nickte nur, faltete ihre Zeitung zusammen und legte sie zur Seite. Sobald Kate saß, schob sie ihr den Kaffee vor die Nase und deutete auf die Sandwiches. »Greifen Sie zu.«

Der Wunsch nach Antworten brannte stärker als der Hunger. »Haben Sie nachgedacht?«

Anita nickte.

»Und?«, bohrte Kate nach.

»Versuchen wir es.«

Gott sei Dank! »Ich hätte da auch schon eine Idee«, platzte Kate heraus. »Sie könnten einen USB-Stick auf Ihrem Schreibtisch platzieren und behaupten, dass sich darauf Quinns Aussage befindet, Sie aber noch nicht dazugekommen sind, sie sich anzuhören. Wenn Cassell Wind davon bekommt, wird er versuchen den Stick verschwinden zu lassen – und schon haben wir ihn!«

Anita schüttelte den Kopf. »Dann haben wir ihn bestenfalls wegen Beweismittelunterschlagung. Dafür können wir ihn zwar anklagen, aber es reicht nicht, um ihn einzubuchten.« Sie sah Kate lange an, so lange, dass die begann, sich vor ihren nächsten Worten zu fürchten. Wie sich herausstellte, zu Recht. »*Sie* werden der USB-Stick sein.«

»Wie bitte?«

»Er wird denken, dass Sie eine Zeugenaussage machen, die ihn belasten kann, und wird Sie angreifen. Dann können wir ihn wegen Mordversuchs fassen und tatsächlich einsperren.«

Kate stöhnte. Großartig. Chase hatte sie fortgeschickt, um sie nicht in Gefahr zu bringen, und jetzt sollte sie sich als Köder zur Verfügung stellen. Trotzdem musste sie nicht lange darüber nachdenken. »In Ordnung«, stimmte sie zu. »Ich mache es.«

31

Es war der Morgen des dritten Tages ohne Kate, als Chase lange vor Sonnenaufgang aus einem unruhigen Schlaf erwachte und unter die Dusche ging. Schon kurz nachdem er das Wasser aufgedreht hatte, breitete sich warmer Dampf in der Duschkabine aus. Unter anderen Umständen hätte die Wärme entspannend gewirkt, heute jedoch half sie nicht, ihn zur Ruhe kommen zu lassen. Die Warterei machte ihn verrückt. Seit Kate fort war, kam ihm selbst dieses kleine Haus riesig und vor allem leer vor. Ihr gestriger Anruf war der einzige Lichtblick während der letzten Tage gewesen – auch wenn er im ersten Moment darüber erschrocken war. Doch sie hatte recht gehabt: Ohne technische Hilfsmittel konnte er über das Handy nicht herausfinden, wo sie war.

Seit sie aufgelegt hatte, erschien ihm die Stille noch viel durchdringender.

Während er darauf wartete, dass das Telefon klingelte und er endlich mit dem Indianer sprechen konnte, war ihm viel Zeit geblieben, über Kate und sich nachzudenken. Es war beinahe schon beängstigend, wie wichtig sie ihm in den wenigen gemeinsamen Tagen geworden war und wie gern er sie um sich hatte.

Genug Wärme. Er drehte den Wasserhahn bis zum Anschlag nach links, der eisige Wasserstrahl traf auf sein Gesicht und seinen Körper und ließ ihn schlagartig hellwach werden. Auch wenn es noch nicht einmal halb sechs Uhr morgens war, wollte er nicht zu viel Zeit abseits des Telefons verbringen und dabei riskieren, Quinns Anruf zu verpassen, deshalb stellte er das Wasser ab, rubbelte sich mit einem Handtuch trocken und zog sich an. Als er ins Wohnzimmer kam, warf er als Erstes einen Blick auf das Handy. Keine Anrufe in Abwesenheit.

Kein Lebenszeichen von Joseph Quinn und noch immer gab es keine Verbindung zum Killer. Chase war klar, dass er versuchte ihn zu zermürben, indem er erst Kates Leben bedrohte und dann auf Tauchstation ging. Doch das Wissen, dass der Mann es absichtlich tat, änderte nichts daran, dass sein Plan aufging und Chase kurz davorstand, durchzudrehen. Die Vorstellung, noch länger untätig zu sein und darauf warten zu müssen, was als Nächstes geschah, war kaum auszuhalten.

Er wollte sich gerade Frühstück machen, als das Handy klingelte. Halb hoffte er, Kates Namen auf dem Display aufblinken zu sehen, stattdessen zeigte es einen unbekannten Teilnehmer an.

»Hallo?«, meldete er sich.

»Was wissen Sie über meinen Großvater?« Nicht die Begrüßung, die Chase erwartet hatte, aber zumindest deutlich genug, um zu wissen, wer am anderen Ende der Leitung war. Endlich.

»Er hat ihn.«

»Cassell?«

»Nein.« Chase schüttelte den Kopf. »Der, den Cassell finden will.«

Der Indianer stieß einen Fluch aus.

»Ich brauche Ihre Hilfe«, kam Chase ohne Umschweife zur Sache. »Wenn wir den Killer – und Ihren Großvater – finden wollen, muss ich alles über diese Verbindung wissen.«

»In Ordnung. Vielleicht ist es sinnvoll, wenn Sie sich Notizen machen«, meinte Quinn. »Haben Sie etwas zu schreiben?«

»Nicht am Telefon.«

»Ich glaube nicht, dass ich mich irgendwo blicken lassen sollte«, gab der Indianer zu bedenken.

Chase konnte die Sorge des Mannes verstehen, gleichzeitig wusste er, dass es keinen anderen Weg gab. Wenn er nicht die nötigen Informationen bekam, konnte er nichts ausrichten. »Dieser Kerl kann mich über die Verbindung steuern«, sagte er. »Ich hätte beinahe jemanden umgebracht, weil er es wollte.«

Eine Weile schwieg der Indianer, einzig sein regelmäßiger Atem kündete davon, dass er noch in der Leitung war. Dann sagte er: »Es ist jetzt fünf nach sechs. Wir treffen uns um acht. Nehmen Sie die I-95 in Richtung Baltimore und verlassen Sie die Straße bei Hillandale. Dort gibt es einen alten Truck Stop. Ich warte auf Sie.«

Bevor Chase noch etwas erwidern konnte, hatte Quinn auch schon aufgelegt. Der Treffpunkt war lediglich eine gute halbe Stunde Fahrt entfernt. Schwieriger, als den Truck Stop zu finden, war es, nicht auf der Stelle in den Wagen zu steigen und loszufahren. Einzig der Gedanke, dort eineinhalb Stunden mit Warten zu verbringen und sich eineinhalb Stunden länger als nötig der Gefahr auszusetzen, dass ihn jemand erkannte, hielten ihn davon ab. Stattdessen ließ er noch eine Stunde verstreichen, in der er mehr als einmal versucht war Munarez anzurufen. Das Treffen mit Quinn war seine Chance, die Zeugenaussage zu bekommen. Immer wieder nahm er das Telefon in die Hand, schob es dann aber doch jedes Mal wieder in die Hosentasche. Zuerst musste er herausfinden, was es mit dieser Beeinflussung auf sich hatte und was er dagegen tun konnte. Danach würde er Kontakt zu Munarez aufnehmen.

Als es endlich an der Zeit war, aufzubrechen, schnappte er sich die Baseballkappe und ging zum Wagen. Er folgte dem Baltimore-Washington Parkway bis zur I-95 und fuhr dann weiter in Richtung Norden. Bei Hillandale verließ er, wie von Quinn beschrieben, die Interstate und folgte einer kleineren, kaum befahrenen Landstraße weiter nach Norden. Am Straßenrand wuchsen nur wenige Bäume, die Felder waren trocken und staubig und schon nach wenigen Meilen war die Windschutzscheibe des SUV von einer dicken Staubschicht überzogen.

Es dauerte nicht lange, bis er den Truck Stop erreichte, einen flachen Bau, auf dessen Dach in dreckigen Neonbuchstaben das Wort »Diner« prangte. Chase fuhr auf den Parkplatz und stellte den Wagen in der Nähe des Eingangs ab. Zwei Trucks parkten am hinteren Ende, ein Stück davor stand ein Pick-up, ansonsten war der Parkplatz verlassen. Vermutlich wurde die Landstraße in erster Linie von Leuten benutzt, die in der Gegend wohnten, und denen, die einem Stau auf der Interstate aus dem Weg gehen wollten.

Chase wartete, bis sich die Staubwolke gelegt hatte, die er beim Befahren des Parkplatzes aufgewirbelt hatte, dann stieg er aus. Zwei Stufen führten zur Tür des Truck Stop, der von der Bauart einem großen Container glich. Chase stieß die Tür auf und betrat den lang gezogenen Gastraum. Zu seiner Rechten verlief ein Tresen beinahe über die gesamte Länge. Davor standen eine Reihe abgenutzte Holzhocker.

Am Ende der Theke saß ein Mann im Flanellhemd vor einer Tasse Kaffee und einem Teller mit Rührei und Bacon. Die Fensterseite war mit Sitznischen ausgestattet, kleine Bänke mit abgewetzten roten Sitzbezügen. Der Tisch an der Tür war besetzt, vermutlich der zweite Trucker. Ein Stück weiter hinten entdeckte Chase den Indianer. Sein dunkler Schopf schimmerte bläulich im Licht der einfallenden Morgensonne und wie schon beim letzten Mal trug er auch jetzt das geflochtene Stirnband mit der Rabenfeder. Ohne sein exotisches Äußeres hätte er sich mit seinen abgewetzten Jeans und dem rot-schwarz-grau karierten Holzfällerhemd nicht von den Truckern abgehoben.

Chase zog seine Mütze tiefer ins Gesicht und ging zu ihm. Vor dem Indianer standen eine Tasse Kaffee und ein Teller mit einem Stück Apfelkuchen auf dem Tisch. Mit einem Nicken glitt Chase auf die gegenüberliegende Bank, aus dem Augenwinkel sah er bereits eine Kellnerin näher kommen.

»Der Apfelkuchen hier ist gut«, meinte Quinn. »Den sollten Sie unbedingt probieren.«

Chase verzichtete darauf und bestellte lediglich Kaffee. Sobald die Kellnerin ihn gebracht hatte und wieder hinter dem Tresen verschwunden war, beugte sich Quinn nach vorn. »Was wissen Sie über meinen Großvater?«

»Ich habe es aus dem Internet.« Chase berichtete von dem Artikel, den Kate entdeckt hatte, und davon, dass der Killer Informationen hatte, die er eigentlich nicht haben konnte – und noch wichtiger: Dinge tun konnte, die mit dem Wissen, das im Internet über den Geist des Jägers zur Verfügung stand, nicht möglich sein dürften. »Der Killer weiß nicht nur über das Ritual Bescheid, er kann die Verbindung anscheinend auch perfekt nutzen. Ganz zu schweigen von der Beeinflussung.«

»Deshalb vermuten Sie …?«

Chase nickte.

»In Ordnung.« Der Indianer klang vollkommen sachlich, obwohl ihm anzusehen war, wie sehr es ihn drängte, seinen Großvater zu finden. »Am besten erzählen Sie mir erst einmal, wie sich die Verbindung bisher auswirkt und was unter dieser Beeinflussung passiert ist, von der Sie gesprochen haben.«

Es war nicht so leicht, einen Anfang zu finden. Chase lehnte sich zurück, nippte an seinem Kaffee und suchte nach den ersten Worten. Tatsächlich hatte es mit dem Traum begonnen, aus dem er im Motel aufgeschreckt war. Der Traum mit dem zerbrochenen Spiegel und der Stimme, die ihm eingeflüstert hatte, nicht länger allein zu sein. An dieser Stelle begann er seine Schilderung und ging detailliert auf alle bisherigen Verbindungen ein und auch darauf, wie sich das Tattoo dabei veränderte. Sein Bericht endete mit jener Nacht, in der er beinahe eine Frau umgebracht hatte. »Am nächsten Morgen fand ich ein Polaroid. Er war im Haus, während wir geschlafen haben.« Dass er nichts davon bemerkt hatte, machte ihn noch immer ganz verrückt. »Ich habe Kate fortgeschickt, an einen Ort, den ich nicht kenne und den ich ihm nicht verraten kann«, kam er zum Ende.

Eine ganze Weile sagte Quinn nichts. Er aß seinen Kuchen, trank Kaffee und ließ sich sogar noch einmal nachschenken, ehe er schließlich die Kuchengabel auf den Teller fallen ließ und Chase ansah. »Es gibt ein Ritual, das diese Art von Beeinflussung ermöglicht, die Sie beschrieben haben.«

»Was die These nährt, dass er Ihren Großvater in seiner Gewalt hat.«

Der Indianer nickte.

»Können sie es rückgängig machen?«

Quinn dachte einige Zeit darüber nach, dann sagte er: »Ich kann die Einflussnahme vielleicht beenden, aber ich kann weder seine Stimme aus ihrem Kopf bannen noch die Verbindung trennen. Nicht ohne die Hilfe meines Großvaters.«

»Das will ich auch gar nicht.«

Der Indianer wirkte überrascht. »Warum nicht? Sie wurden dazu gezwungen …« Er brach ab, vermutlich als ihm seine eigene Beteiligung an diesem Zwang bewusst wurde.

»Ich will diesen Kerl! Und auch wenn mir nicht gefällt, was Cassell und Sie mit mir angestellt haben, würde ich eine einmalige Gelegenheit vergeben, wenn ich diese Möglichkeit nicht nutzen würde. Abgesehen davon stehen die Chancen gering, dass wir Ihren Großvater ohne die Verbindung finden.« Ganz zu schweigen davon, dass der Killer den alten Mann vermutlich töten würde, sobald er herausfand, dass die Verbindung durchtrennt worden war und sich nicht wiederherstellen ließ. Quinn schien das ebenso bewusst zu sein, denn bei der Erwähnung seines Großvaters verfinsterte sich seine Miene schlagartig.

»Wissen Sie, was ich mich schon die ganze Zeit frage?«, überlegte Chase laut. »Warum sind Sie so erpicht darauf, diesen Kerl zu erwischen? Erzählen Sie mir nicht, dass Sie Ihren Großvater retten wollen, denn Sie waren schon vor seinem Verschwinden daran interessiert, ihn zu schnappen – und kommen Sie mir auch nicht mit Gewissen und dem Wunsch, ein Schwein wie ihn aus dem Verkehr ziehen zu wollen! Ihr Interesse ist anderer Natur und ich will wissen, welcher.« Er beugte sich ein Stück vor und fixierte den Indianer mit seinem Blick. »Warum also ist jemand wie Sie, der nicht einmal in der Nähe der Tatorte lebt, so sehr darauf versessen, dass der Kerl gefasst wird?«

»Sie denken, es dürfte mich nicht interessieren, da mein

Stamm abgeschieden in seinem Reservat vor sich hin dämmert und sich nicht für die Belange der realen Welt interessiert?«

Chase schüttelte den Kopf. »So habe ich das nicht gemeint. Das ist eine Frage, die ich jedem stellen würde, der sich meldet und glaubt etwas beitragen zu können. Es gibt zu viele Leute, die behaupten, irgendwelche übernatürlichen Fähigkeiten zu besitzen. Die Toten würden mit ihnen sprechen und könnten ihnen sagen, wann und wo der Täter seinen letzten Stuhlgang hatte und ähnlichen Blödsinn. Alles nur Schaumschläger, die uns unsere Zeit stehlen. Zeit, die wir an anderer Stelle sinnvoller in die Ermittlungen einbringen könnten. Es tut mir leid, wenn ich das so deutlich sagen muss«, er hielt noch immer Quinns Blick fest, »denn Sie haben bereits bewiesen, dass Sie kein Schaumschläger sind. Die Frage ist nur, sind Sie einfach ein Gutmensch, der unbedingt helfen will, oder haben Sie etwas anderes im Sinn?«

Quinns Beweggründe hätten ihm egal sein können – er brauchte seine Hilfe und hätte ihn ohnehin nicht mehr abweisen können, wie er es an jenem Tag getan hatte, als er in Franks Garten aufgetaucht war. Trotzdem musste er wissen, woran er bei dem Indianer war. Nur dann konnte er entscheiden, wie weit er ihm vertraute.

»Ich bin weder auf Publicity aus noch wollte ich Ihnen Ihre Zeit stehlen, Agent Ryan. Offen gestanden habe ich ein persönliches Interesse daran, dass dieser Drecksack gefasst wird.«

»Ach ja?«

»Nicht alle von uns leben abgeschieden im Reservat«, fuhr er fort. »Meine älteste Schwester zum Beispiel.« Nach einer kurzen Pause, in der er nicht zu wissen schien, wohin mit seinem Blick, sagte er: »Sie war sein erstes Opfer.«

Nicht sein erstes, dachte Chase, der sich daran erinnerte, was ihm der Killer über seine Anfänge erzählt hatte. »Sie sind also auf Rache aus.«

»Gerechtigkeit«, korrigierte Quinn.

Ganz gleich, ob er es nun Rache oder Gerechtigkeit nannte, es war ein gefährlicher Antrieb, wie Frank unter Beweis gestellt hatte. »Wie lange wird es dauern, bis Sie versuchen werden mich umzulegen, um damit auch den Killer zur Strecke zu bringen?«

»Rache und Gerechtigkeit sind zwei verschiedene Dinge, das sollten Sie eigentlich wissen.«

»Manchmal sind die Grenzen fließend.«

»Ich will, dass er seine Strafe bekommt, aber ich gehe nicht über Leichen. Abgesehen davon …«

»… brauchen wir ihn womöglich lebend, damit er uns zu Ihrem Großvater führen kann«, vollendete Chase seine Überlegung. Es bestand die Möglichkeit, dass der Killer William Quinn in irgendeinem Loch versteckt hatte, in dem er nach dem Tod seines Entführers verhungern oder verdursten würde, wenn sie ihn nicht rechtzeitig fanden. Quinns Miene zeigte deutlich, dass ihm das ebenfalls bewusst war. Allein deswegen konnte Chase darauf vertrauen, dass er nicht versuchen würde ihn umzubringen.

»Warum so spät?«

Der Indianer runzelte die Stirn. »Was?«

»Wenn Ihre Schwester das erste Opfer war, dann ist das drei Jahre her. Warum melden Sie sich erst jetzt? Und warum haben Sie nicht auf eigene Faust versucht, ihn zu finden?«

Quinn winkte der Kellnerin und ließ noch einmal seinen Kaffee nachfüllen. »Ich habe lange Zeit nach Hinweisen gesucht«, begann er, kaum dass sie wieder gegangen war. »Und nach Möglichkeiten, diesen Mann«, das letzte Wort spie er aus wie eine giftige Wurzel, »zu finden. Erst letztes Jahr bin ich auf das Ritual gestoßen, doch es half mir nicht weiter, denn ohne das Blut des Gesuchten konnte ich nichts tun.«

»Und dann haben Sie in irgendeinem Bericht gehört, dass ein paar Blut- und DNA-Spuren sichergestellt werden konnten.«

Quinn nickte. »Die einzige Möglichkeit, daran heranzukommen, war, Kontakt mit Ihnen aufzunehmen.«

Es erstaunte Chase noch immer, dass Quinn damals damit zu ihm gekommen war statt zur Polizei – oder zu irgendjemandem sonst – zu gehen. »Und ich habe Sie abgewiesen.«

»Im Gegensatz zu Cassell. Während ich darüber nachdachte, wie ich Sie doch noch überzeugen oder wen ich an Ihrer Stelle für meine Sache gewinnen könnte, nahm er Kontakt zu mir auf. Für mich war das die Gelegenheit, auf die ich so lange gewartet hatte«, sagte er beinahe schon entschuldigend. »Ich wusste nicht, dass Sie das Tattoo bekommen sollten. Ich dachte, Cassell würde sich zur Verfügung stellen, und als ich in seine Wohnung kam, sah ich Sie auf dem Stuhl sitzen. Betäubt. Scheiße, natürlich ist es nicht gerade nett, jemandem gegen seinen Willen ein Tattoo zu verpassen. Mein Gott, was hätte ich denn tun sollen? Das war meine Chance auf Gerechtigkeit! Ich konnte doch nicht ahnen, dass dieser Cassell vollkommen irre ist!«

»Dann hätten Sie ihn sich mal ein wenig genauer ansehen sollen«, brummte Chase.

Quinn seufzte. »Ja, das hätte ich wohl.«

Nichtsdestotrotz konnte Chase den Indianer sogar verstehen. Wahrscheinlich hätte er an seiner Stelle nicht anders gehandelt.

»Ich dachte, Sie könnten das Tattoo danach mit einem Laser entfernen lassen – oder es gefällt Ihnen sogar und Sie behalten es.«

Chase lachte auf. »Weglasern? Haben Sie mir vorhin zugehört?« Er war ein wenig zu laut geworden. Rasch sah er sich um, doch niemand schenkte ihm Beachtung. Leiser sagte er: »Wissen Sie, wie groß dieses Scheißteil inzwischen ist?«

Quinn senkte zerknirscht den Blick. »Es war für eine gute Sache.« Plötzlich runzelte er die Stirn und sah wieder auf. »Wissen Sie, was ich nicht verstehe?«

»Was?«

»Sie sagten, Cassell wollte Sie umbringen, und es scheint ihm vollkommen gleichgültig zu sein, ob man ihn dabei erwischt oder nicht. Wenn er mit seinem Leben ohnehin abgeschlossen hat, warum hat er sich das Tattoo nicht einfach selbst machen lassen und sich anschließend eine Kugel in den Kopf gejagt?«

Chase zuckte die Schultern. »Vielleicht hatte er Angst, dass er schlecht zielt und am Ende mit einer Gehirnverletzung überlebt.« Wenn Frank wirklich alles egal war und es ihm nur noch um seine Rache ging, war das die einzige Erklärung, warum er das Risiko eingegangen war, jemanden in die Sache hineinzuziehen, der ihm entkommen und ihn an die Polizei verraten konnte. Er wollte sichergehen, dass der Killer wirklich starb – und das konnte er nur, wenn er entweder den Killer oder den anderen Teil der Verbindung tot vor sich liegen sah.

Chase trank seinen Kaffee aus. Er war kalt und bitter, ebenso wie seine Gedanken. »Aber Sie sind zurückgekommen. Warum?«

»Er hat mich fortgeschickt, ohne dass ich meine Sachen mitnehmen konnte. Ich fuhr mit dem Aufzug nach unten und wollte das Haus schon verlassen, als ich entschied, sie lieber gleich zu holen. Es sind einige alte Gegenstände meines Volkes … Als ich nach oben kam, hörte ich Lärm. Und einen

Schuss. Ich dachte daran, die Cops zu rufen, aber die hätten es nicht mehr rechtzeitig geschafft. Den Rest kennen Sie.«

Chase nickte. Ohne Quinns Eingreifen wäre er nicht mehr am Leben. Er dachte eine Weile nach. Etwas an der Art, wie der Indianer über das Ritual gesprochen hatte, machte ihn misstrauisch. Es dauerte allerdings eine Weile, bis er herausfand, was es war. *Erst letztes Jahr bin ich auf das Ritual gestoßen.* Das waren seine Worte gewesen. »Diese ganze Sache mit dem Dämon –«

»Es ist ein Geist«, verbesserte Quinn ihn sofort. »In unserer Sprache heißt es Chaquinatok – lange vergessene Seele.«

»Für mich ist es ein Dämon«, beharrte Chase. »Das ist kein gängiges Ritual Ihres Volkes, oder?«

»Was heißt schon gängig?«

»Zum Beispiel dass es erprobt ist und die Nebenwirkungen bekannt sind.« Das Ganze erinnerte Chase an Arzneimitteltests, nur dass es hier vorher wohl keine Labortests gegeben hatte und es vermutlich auch nicht helfen würde, wenn er sich wegen der Nebenwirkungen an seinen Arzt oder Apotheker wandte. Von der fehlenden Packungsbeilage ganz zu schweigen.

»Nun ja.« Der Indianer fühlte sich sichtlich unwohl unter Chase' Blick. Viel fehlte nicht und er würde anfangen sich zu winden. »Es handelt sich dabei um ein in Vergessenheit geratenes Ritual, das ich in den Aufzeichnungen meines Großvaters entdeckt habe, die er in einer Truhe auf dem Dachboden aufbewahrt.«

»Und Ihr Großvater würde Ihnen vermutlich den Kopf abreißen, wenn er wüsste, was Sie getan haben«, mutmaßte Chase.

»Zumindest wäre er nicht erfreut.«

Was sicherlich eine ziemliche Untertreibung war. Doch trotz allem war der Indianer so entschlossen, den Mörder seiner Schwester endlich zur Strecke zu bringen, dass er bereit war, den Zorn seines Großvaters auf sich zu ziehen. Gewisse Parallelen zu Franks Verhalten ließen sich nicht verleugnen.

32

Es war später Vormittag, als Frank das Revier in der M Street betrat. Er musste mit Munarez sprechen und herausfinden, wie der aktuelle Stand der Ermittlungen in Sachen Chase Ryan war. Seit Chase ihm an der Mall entkommen war, gab es keine Spur mehr von ihm. Vielleicht hatten Munarez' Leute mittlerweile etwas in Erfahrung gebracht, was ihn an sein Ziel bringen konnte.

Frank durchquerte die Halle mit großen Schritten, vorbei am Empfangstresen und den doppelten Schwingtüren, die in das eigentliche Revier führten, in dem die Streifenpolizisten ihren Dienst taten, wenn sie nicht auf den Straßen unterwegs waren. Er fuhr in den dritten Stock, ging den Gang entlang, vorbei an einem Wartebereich mit den Automaten, an denen sich Besucher Kaffee und Snacks ziehen konnten, zum Großraumbüro, in dem die Arbeitsplätze der Mordkommission lagen. Es herrschte nur wenig Betrieb. Die meisten schienen entweder bereits in der Mittagspause zu sein, an irgendwelchen Tatorten oder bei Zeugenbefragungen. Munarez' Schreibtisch war ebenso verwaist wie der ihres Partners Jim Button. Die beiden zogen sich häufig in einen der Besprechungsräume zurück, um in Ruhe über den Fall diskutieren und ihre Unterlagen ausbreiten zu können. Vielleicht waren sie auch jetzt dort.

Frank folgte dem Gang, der blaugraue Teppich dämpfte seine Schritte, sodass er die Stimme schon aus der Ferne hörte, die durch die angelehnte Tür aus *Besprechung 1* kam. Unverkennbar Jim Buttons sonorer Bass. Wann immer Frank den jungen Detective reden hörte, wunderte er sich darüber, dass eine Bohnenstange wie er über eine derart tiefe Stimme verfügte. Im Moment wunderte er sich jedoch nicht über Buttons Tonlage, sondern über die Worte, die zu ihm auf den Gang drangen. Der Mann telefonierte.

»Okay, Anita«, sagte er gerade. »Ich soll also durchsickern lassen, dass unser Zeuge im Best Western ist, und wenn Cassell dort auftaucht, um ihn umzulegen, schnappen wir ihn uns.«

Frank blieb neben der Tür stehen, den Blick nach allen Seiten schweifend, um sicherzugehen, dass niemand ihn bemerkte, und lauschte. Munarez sagte etwas am anderen Ende der Leitung, dann meldete sich Button erneut zu Wort: »Sollen wir jemanden zu Ihrer Wohnung schicken, der ein Auge auf den Zeugen hat?« Wieder schwieg er kurz, hörte zu, dann: »Verstehe. Erst ziehen wir Cassell aus dem Verkehr, und wenn es sicher ist, bringen wir den Zeugen aufs Revier und nehmen seine Aussage auf.«

Buttons Anzug raschelte leise, als er sich bewegte. Vorsichtig beugte sich Frank ein Stück nach vorn und versuchte einen Blick in den Raum zu erhaschen, doch die Milchglastür gestattete ihm lediglich einen winzigen Bildausschnitt auf einen verlassenen Bereich.

»Nein, ich habe nichts daran auszusetzen«, sagte Button gerade. Seine Stimme wurde mal leiser und mal lauter. Er marschierte hinter der Tür auf und ab. »Sie sind der Boss, Anita.« Ein wenig genervt fügte er hinzu: »Auch wenn ich finde, dass Sie die Aussage durchaus gleich in Ihrer Wohnung … Was? Nein, natürlich nicht. Schon klar.«

Sie wollten also tatsächlich sichergehen, dass er dem Zeugen nicht mehr gefährlich werden konnte, bevor sie seine

Aussage aufnahmen. *Amateure!* Frank hatte genug gehört. Er zog sich ein Stück von der Tür zurück und ging dann mit festem Schritt auf den Raum zu. Als er die Tür öffnete und Button ihn sah, entgleisten seine Züge für einen winzigen Moment. Der Frischling hatte sich jedoch schnell wieder unter Kontrolle und hob rasch die Hand, um Frank zu signalisieren, dass er gleich fertig war. »Best Western, Zimmer 302«, sagte er in den Hörer und kritzelte die Adresse auf einen Block. Sein rotblonder Schopf schimmerte hell im einfallenden Sonnenlicht. »In zwei Stunden. Alles klar.« Er beendete die Verbindung und wandte sich Frank zu. »Wir haben einen Zeugen, der Ryan angeblich entlasten kann.«

Hätte Frank nicht zuvor gehört, dass dieses ganze Schauspiel seinetwegen inszeniert wurde, hätte er es dem Polizisten glatt abgenommen. Der Mann mochte relativ neu bei der Mordkommission sein, aber er hatte Talent. Einzig die Schweißränder unter seinen Achseln waren vielleicht ein bisschen verräterisch. Allerdings ließen die sich ebenso auf die Raumtemperatur zurückführen. Die Klimaanlage war ausgefallen und die Sonne hatte das Zimmer ordentlich aufgeheizt. So sehr, dass Buttons Sakko auf dem Tisch lag und er die Hemdsärmel hochgekrempelt hatte.

»Das ist großartig!« Auch Frank war nicht ohne Talent. »Warum kommt er nicht aufs Revier?«

»Traut sich wohl nicht.« Button zuckte die Schultern, riss den Zettel, auf den er gerade gekritzelt hatte, vom Block und schob ihn in die Hosentasche. »Die Gründe dafür werden wir in zwei Stunden erfahren.«

Frank konnte es sich nicht verkneifen, sein Gegenüber ein wenig zu ärgern. »Ich komme mit.«

»Nein!«, rief Button ein wenig zu schnell und zügelte sich sofort wieder. »Munarez und ich werden allein fahren. Der Zeuge will niemanden sonst dabeihaben.«

Nur Munarez und du und eine Horde Cops, die mich überwältigen soll, was? Frank nickte. Wenn sie ihn in eine Falle locken wollten, würde er ihnen den Gefallen tun und vorgeben, ihnen auf den Leim zu gehen. »Ich habe sowieso noch etwas zu erledigen«, meinte er mit einem Schulterzucken. »Anita soll mich anrufen, sobald ihr fertig seid. Sie können sich ja bestimmt vorstellen, wie gespannt ich darauf bin, wie dieser angebliche Zeuge Chase entlasten will.« Nach einer kurzen Pause fügte er hinzu: »Für Taten, die ich mit eigenen Augen gesehen habe! Ganz zu schweigen von den Kugeln, die mir dabei um die Ohren geflogen sind.«

»Wir halten Sie auf dem Laufenden.«

Frank nickte und ging zum Aufzug zurück. Auf dem Weg nach unten dachte er über den Zeugen nach. Es konnte sich nur um den Indianer handeln. Chase hatte ihn also doch aufgetrieben und dazu gebracht, sich an die Polizei zu wenden. Pech für ihn.

Sobald die Aufzugtüren aufglitten, verließ er das Revier auf demselben Weg, auf dem er gekommen war. Er überquerte den Parkplatz im Eiltempo, um Button, der garantiert am Fenster klebte und ihn beobachtete, auch ein schönes Schauspiel zu liefern, sprang in seinen Wagen und fuhr los. Entgegen den Erwartungen der Cops fuhr er jedoch nicht zum Hotel, sondern zu Munarez' Wohnung nach Anacostia. Er war bisher nur einmal dort gewesen, kurz nach Dianas Tod, als Munarez es für besser befunden hatte, seine Aussage außerhalb des Reviers aufzunehmen, doch er fand das Haus, dessen rote Fassade im Sonnenlicht zu glühen schien, auf Anhieb wieder.

Munarez' Honda stand noch vor der Tür. Frank fuhr am Haus vorbei und parkte an der Straßenecke, weit genug entfernt, um nicht sofort gesehen zu werden, aber noch nah genug, um das Haus im Auge behalten zu können. Er wunderte sich noch immer darüber, dass Munarez das Risiko einging, mit der Zeugenaussage zu warten, bis es zu spät war. Gerade ihr hätte er mehr Verstand zugetraut.

Er hätte es gern vermieden, hierherzufahren, doch ihm blieb keine andere Wahl. Der Indianer musste sterben. Er konnte nicht zulassen, dass sich jemand zwischen ihn und Chase stellte – nicht, solange er nicht diesen einen sauberen Schuss abgegeben hatte.

Frank wartete im Wagen und ließ den Hauseingang nicht aus den Augen. Er warf einen Blick auf seine Armbanduhr. In zwei Stunden, hatte Button gesagt. Lange konnte Anita nicht mehr warten, wenn sie noch rechtzeitig im Best Western sein wollte, um ihn – Frank – zu schnappen. Er hatte den Gedanken kaum vollendet, als die Haustür aufflog und Munarez im Eilschritt herausstürmte. Zehn Sekunden später saß sie in ihrem Honda und brauste davon.

Frank öffnete das Handschuhfach, holte eine Pappschachtel mit Latex-Handschuhen heraus, die noch aus seiner Zeit als Field Agent stammte, und streifte sich ein Paar davon über. Noch einmal ließ er seinen Blick über die Umgebung schweifen, doch von ein paar vorüberfahrenden Autos einmal abgesehen war alles ruhig. Zumindest war niemand unterwegs, dem bereits von Weitem ein FBI- oder Polizeistempel auf der Stirn prangte – keine Männer von der Telefongesellschaft, die auf den Masten arbeiteten und doch nichts anderes taten, als das Haus zu beobachten, keine Frauen, die ihre Köter spazieren führten (und das immer wieder um dasselbe Haus herum) und auch keine auf der Straße geparkten Lieferwagen, in denen sich die Überwachungszentrale befand. Vermutlich hatte sich die ganze Schauspielertruppe im und um das Best Western verteilt. Hier war jedenfalls alles ruhig.

Er stieg aus dem Wagen und ging gemessenen Schrittes zum Haus. Aus den Augenwinkeln warf er immer wieder

Blicke in die Umgebung, konnte jedoch nichts Verdächtiges erkennen. Stümper! Zu Munarez' Ehrenrettung musste er jedoch zugeben, dass er ihnen vermutlich in die Falle getappt wäre, hätte er nicht zuvor Buttons Gespräch mit angehört. So gesehen war es die Schuld des Frischlings, dass der sorgfältig ausgeklügelte Plan nach hinten losging.

Die Haustür war nicht richtig im Schloss eingerastet, sodass er lediglich dagegendrücken musste, um hineinzugelangen. Das Treppenhaus war hell und freundlich. Er folgte den Stufen bis unters Dach. Anitas Wohnung war die einzige auf der obersten Etage, sodass er nicht fürchten musste, einem neugierigen Nachbarn in die Arme zu laufen. Er ließ die letzte Stufe hinter sich, näherte sich mit bedächtigen Schritten der Wohnungstür und legte das Ohr an das Holz.

Alles war ruhig.

Frank zückte seinen Geldbeutel, zog eine Kreditkarte heraus und schob sie in den Spalt zwischen Tür und Türstock. Keine drei Sekunden später sprang die Tür auf. Schnell verstaute er Karte und Geldbeutel wieder und schlüpfte in die Wohnung. Gedämpftes Licht drang vom Wohnzimmer in den fensterlosen Flur, immer noch hell genug, um Frank erkennen zu lassen, dass er allein war. Leise drückte er die Tür hinter sich ins Schloss, ehe er innehielt und lauschte. Nicht der geringste Laut drang an sein Ohr. Keine Schritte, kein Rascheln von Zeitungspapier, kein Radio und auch kein Fernsehen. Dafür, dass der Zeuge hier sein sollte, war es verdammt still.

Viel zu still.

Trotzdem ging er weiter.

Er folgte dem Flur zum Wohnzimmer, darauf bedacht, keine Geräusche zu verursachen. Kurz bevor er die Schwelle erreichte, zog er seine SIG Sauer und entsicherte sie. Ein Blick ins Wohnzimmer genügte, um den Grund für die Stille zu erkennen. Die orangefarbenen Vorhänge waren vorgezogen und tauchten den Raum in Dämmerlicht, dennoch entdeckte er die Gestalt auf der Couch sofort. Der Zeuge, der einzige Mann, der ihm gefährlich werden konnte, hielt ein Nickerchen. Die Wolldecke bis zum Kopf gezogen konnte Frank nicht mehr als einen dunklen Haarschopf und einen Arm ausmachen, der darunter hervorschaute.

Er nahm eines der Zierkissen vom Sessel und drückte es auf die Mündung der SIG. Dann ging er zur Couch. Von wegen Falle! Es war eine Schande, dass ausgebildete Polizisten sich einen derartigen Fauxpas leisteten und ihre Falle dermaßen amateurhaft aufzogen.

Frank nahm Maß. Die ersten drei Schüsse gab er auf den Kopf ab, ehe er den Rest des Magazins in den Körper des Indianers pumpte. Nach den ersten paar Schüssen war das Kissen derart zerfetzt, dass es den Schall nicht länger zu dämpfen vermochte. Es war ihm egal. In nicht einmal einer Minute wäre er von hier fort. Lange bevor auch nur jemand daran denken würde, die Cops zu rufen. Nur noch ein rascher Blick, um sich davon zu vergewissern, dass der Zeuge ihm nicht länger gefährlich werden konnte.

Er machte einen Schritt nach vorn, als ihn das Klicken eines Sicherungshebels in seinem Rücken innehalten ließ. »Waffe fallen lassen, Cassell!«

Fluchend drehte sich Frank herum und blickte in die Läufe von vier auf ihn gerichteten Pistolen. Munarez, Button und zwei Streifencops standen im Gang und hatten ihn ins Visier genommen.

Scheiße! Sie durften ihn nicht festhalten. Nicht, solange der Killer am Leben war!

Er sah sich nach allen Seiten um. Kein Balkon, keine Feuerleiter, der einzige Ausweg lag im Rücken der Cops, die den Flur verstopften. Wenn es ihm gelang, an ihnen vorbei …

»Runter mit der Waffe!«, rief Munarez noch einmal.

Wem wollte er jetzt noch etwas vormachen? Es saß in der Falle. Das Magazin der SIG war leer, sodass er sich nicht einmal den Weg hätte freischießen können. Sein Plan war gescheitert. Jede Hoffnung, den Killer zur Strecke zu bringen, war dahin. Lediglich eine Wahl blieb ihm noch.

Er hob die Waffe und richtete sie auf die Cops.

»Frank, machen Sie keinen Blödsinn!« Munarez machte einen Schritt zur Seite in den Raum hinein, um ihren Kollegen freies Schussfeld zu geben. »Sie wissen, was passiert, wenn Sie die verdammte Knarre jetzt nicht schön langsam auf den Boden legen. Kommen Sie schon, lassen Sie uns das Ganze sauber zu Ende bringen.«

Genau das hatte er vor. Ein sauberes Ende.

Er legte den Sicherungshebel zurück, nicht um noch irgendetwas zu erreichen, sondern nur um den Cops ein glaubwürdiges Schauspiel zu liefern.

»Frank!«, warnte Munarez.

Sein Finger zuckte, als er langsam den Abzug drückte. Er spürte noch nicht einmal den Widerstand des Abzugshebels, als das Donnern mehrerer Schüsse die angespannte Stille zerriss. Funken flogen vor seinen Augen und explodierten in brennenden Feuerbällen, als die Kugeln in seinen Körper schlugen. Noch während er fiel, bereute er den sinnlosen Tod des Indianers. Sein Blick richtete sich auf die Couch, und was er dort sah, ließ ihn erstarren: Die Decke war verrutscht und offenbarte den Blick auf eine zerschossene Schaufensterpuppe, der jemand eine dunkelhaarige Perücke auf den Kopf gesetzt hatte.

Er hatte eine verdammte Kunststoffpuppe erschossen!

Frank wollte schreien oder lachen, doch kein Laut kam über seine Lippen. Eine Kugel hatte seine Lunge zerfetzt, andere wer weiß welche Teile seines Körpers durchschlagen.

Langsam kroch die Dunkelheit heran. Dahinter, das wusste er, wartete sie – Diana. Er konnte es kaum erwarten, endlich wieder mit ihr vereint zu sein, auch wenn sein Abgang einen bitteren Nachgeschmack hinterließ. Offensichtlich waren Munarez und ihre Leute nicht so dilettantisch, wie er geglaubt hatte. Der Dilettant war er.

33

Es war nicht schwer gewesen, den Indianer dazu zu bringen, ihm zu helfen. Immerhin war das auch in seinem eigenen Interesse. Sobald klar war, dass sie etwas unternehmen mussten, hatten sie den Truck Stop verlassen. Chase stieg in den Wagen und folgte Quinns Pick-up zurück auf die I-95 und dann weiter auf der I-495, die an Washington vorbei nach Süden führte, ehe sie auf der Höhe von Arlington nach Westen abbogen und in Richtung des Shenandoah National Park fuhren. Kurz nach Manassas legten sie einen Stopp bei einem Bauernmarkt ein. Chase wartete auf dem Parkplatz im Wagen und beobachtete, wie der Indianer sich in das Getümmel zwischen den einzelnen Ständen stürzte und tütenweise Kram kaufte, den er laut eigener Aussage benötigen würde, um den Einfluss des Killers auf Chase zu brechen.

Bei Front Royal verließen sie die Hauptstraße und folgten einem schmalen Forstweg in die Wälder, bis Quinn vor einer Blockhütte anhielt.

Chase stellte den SUV ab und stieg aus.

Die Hütte war aus dunklen Holzstämmen gebaut, die im Zwielicht rötlich schimmerten. Sie war nicht sonderlich groß, aber groß genug als Wochenendhaus für ein oder zwei Personen. Auf der kleinen Veranda, die über zwei flache

Stufen zu erreichen war, stand ein Schaukelstuhl und trotzte der kühlen Brise, die zwischen den Bäumen hindurchfuhr. Bis auf den schmalen Weg, den sie gekommen waren, und die kleine Lichtung, auf der sie ihren Wagen abgestellt hatten, war das Haus nach allen Seiten von hohen Nadelbäumen umgeben, die selbst an einem strahlend schönen Tag wie diesem das Licht dämpften, als zöge die Dämmerung bereits herauf.

Chase' Blick wanderte über die Baumwipfel nach Süden, wo die ersten Ausläufer des Skyline Drive zu erkennen waren. Die Straße führte auf dem Rücken der Blue Ridge Mountains entlang, deren Gipfel auch jetzt unter jenem bläulichen Dunstschleier verborgen lagen, dem sie ihren Namen verdankten. Die Luft hier draußen war klar und sauber und deutlich frischer als in der Stadt. Abgesehen davon war es kälter.

»Ist das Ihr Haus?«, erkundigte er sich.

»Es gehört einem Freund von mir – jemandem, den Cassell hoffentlich nicht ausfindig machen kann.« Quinn drückte Chase ein paar Tüten in die Hand, nahm den Rest von der Ladefläche seines Pick-ups und kramte den Schlüssel aus der Hosentasche, ehe er zum Haus hinüberging.

Die Veranda knarrte unter ihren schweren Schritten. Quinn schloss die Tür auf und betrat die Hütte. »Warten Sie, ich mache Licht.«

Einen Moment später erklang ein leises Summen, dann leuchtete eine Deckenlampe auf. Das Innere der Hütte bestand aus einem einzigen Raum mit Fenstern an drei Seiten. Links vom Eingang gab es eine winzige Küchenzeile mit einem kurzen Tresen, auf dem der Indianer die Tüten abstellte. Chase folgte seinem Beispiel, ehe er seinen Blick weiterwandern ließ. Unter einem der Fenster stand ein schmales Bett. Ein kleiner Fernseher mit ausgefahrenen Empfangsantennen stand auf einer Kommode unmittelbar neben der Küchenzeile, davor ein zerschlissener Sessel, auf dem eine zusammengefaltete Wolldecke lag. Ein eckiger Tisch mit zwei Stühlen komplettierte die Einrichtung. Über dem Raum lag eine modrige Feuchtigkeit, deren süßlich-erdiger Geruch Chase bei jedem Atemzug in die Nase drang.

»Das Badezimmer ist hinter dem Haus«, erklärte Quinn, der sich daranmachte, die Tüten auszupacken. Einiges davon verstaute er in einem Schrank, den Rest, wobei es sich in erster Linie um irgendwelche Kräuter und Gewürze zu handeln schien, die Chase in seinem Leben noch nie gesehen hatte, reihte er auf der Theke auf. »Es gibt kein heißes Wasser, und wenn sie den Anbau verlassen, sehen Sie zu, dass die Tür ordentlich geschlossen ist, damit die Waschbären nachts keine Party drin feiern.«

Chase nickte nur. Er hatte nicht vor, das Bad zu benutzen – zumindest nicht im Augenblick –, weshalb ihn Waschbären und Wassertemperatur auch nicht interessierten.

»Wie kann ich nun diese Verbindung besser nutzen?«, erkundigte er sich stattdessen. »Ich muss imstande sein, sie zu schaffen und zu unterbrechen, wann immer ich es möchte.«

»Konzentration und Entspannung«, lautete Quinns enttäuschende Antwort, nichts anderes, als das Internet auch ausgespuckt hatte. »Manchmal funktioniert es auch, wenn man vollkommen aufgewühlt ist. Dann ist die Verbindung jedoch instabil und leicht zu verlieren – oder man verliert sich selbst darin.«

»Und überlässt die Kontrolle dem anderen?«

Der Indianer nickte.

»Gibt es nicht noch einen anderen Weg?«

»Nein.«

Großartig. Bisher hatte es ja mit der Konzentration hervorragend geklappt. Er beobachtete, wie Quinn eine Kerze aus einem Schrank holte, verschiedene Schalen bereitstellte und die eingekauften Zutaten in eine Reihenfolge brachte, in der Chase keinen Sinn sehen konnte.

»Dieser Schnitt, den er sich – und mir – beim Rasieren zugefügt hat«, überlegte er weiter. »Wenn Sie mich jetzt niederschlagen würden, würde er dann ebenfalls das Bewusstsein verlieren?«

»Er bekommt Ihre Verletzungen nur ab, wenn die Verbindung steht«, erklärte Quinn und machte sich daran, bestimmte Mengen der bereitgestellten Kräuter abzumessen. »Würde Cassell Sie jedoch töten, wäre das auch sein Ende. Fragen Sie mich nicht, woran das liegt. Vielleicht hat es damit zu tun, dass der Tod so drastisch ist, dass er die Verbindung auf jeden Fall erreicht, wohingegen Verletzungen weniger starke Auswirkungen haben.«

»Was ist mit lebensgefährlichen oder zumindest ernsthaften Verletzungen?«

»Ich kann nur spekulieren, Agent Ryan«, sagte er beinahe entschuldigend. »Etwas, was so schwerwiegend ist, dass der Tod denkbar wäre, könnte durchaus eine durchschlagende Wirkung haben, aber …« Er seufzte. »Es ist ein altes Ritual, kein erforschtes wissenschaftliches Fachgebiet. Ich kann Ihnen keine Garantien geben.« Er deutete auf die Zutaten, die er vor sich aufgereiht hatte. »Das hier wird helfen, Ihnen eine bessere Kontrolle zu gestatten und den Einfluss des Killers zu beenden.«

Chase warf einen Blick auf die Kräutertöpfe und Büschel. »Sieht eher aus, als wollten Sie ein Salatdressing machen.«

Der Indianer ging um die Theke herum, schob den Sessel zur Seite und schleppte den Tisch und die beiden dazugehörigen Stühle in die Mitte des Raums, bevor er sich daranmachte, die Kräuter von der Theke auf den Tisch zu räumen. Chase wollte ihm helfen, doch Quinn schüttelte den Kopf.

»Ist alles schon sortiert und darf nicht mehr durcheinandergeraten. Setzen Sie sich einfach und warten Sie, bis es losgeht.«

Chase stellte den Stuhl so, dass er Quinn im Auge behalten konnte, und setzte sich. Es dauerte eine ganze Weile, bis alle Zutaten abgemessen und vorbereitet auf dem Tisch standen. Schließlich schien der Indianer jedoch zufrieden zu sein. Er nahm eine Tasche aus einem der Schränke, holte einen Dreifuß samt dazugehöriger Messingschale daraus hervor – vermutlich dieselben Utensilien, die er auch schon in Franks Apartment benutzt hatte – und warf zum Schluss noch einen Kugelschreiber und einen Block auf den Tisch, ehe er sich Chase gegenüber niederließ und sofort begann etwas zu notieren.

»Was machen Sie da?«

»Ich schreibe die Formeln auf, die Sie während des Rituals sprechen müssen.«

»Welche Sprache?«, fragte Chase skeptisch.

»Keine Sorge, ich schreibe alles so auf, wie man es spricht.«

Chase ließ ihm die Zeit, die er benötigte, um alles zu Papier zu bringen, und warf einen neugierigen Blick auf das Blatt, als Quinn es ihm über den Tisch zuschob. Vor den einzelnen Zeilen befanden sich Nummerierungen von eins bis fünf.

»An der jeweiligen Stelle des Rituals werde ich Ihnen die passende Zahl anzeigen«, erklärte Quinn. »Ein Finger für die erste Formel, zwei für die zweite und so weiter. Den restlichen Text übernehme ich.« Als er Chase' Stirnrunzeln bemerkte, sagte er: »Versuchen Sie es. Lesen Sie es laut vor.«

»Eine Generalprobe kann vermutlich nicht schaden.« Obwohl er sich dämlich dabei vorkam, Zeilen auszusprechen, deren Sinn er nicht erfassen konnte, las er das Blatt Stück für Stück herunter.

Als er geendet hatte, nickte Quinn zufrieden. »Das wird

genügen.« Er stellte die Kerze unter den Dreifuß, zündete sie an und positionierte die Messingschale in der Vertiefung darüber. »Am besten lehnen Sie sich jetzt zurück und entspannen sich, während ich die letzten Vorbereitungen treffe. Es ist wichtig, dass Sie konzentriert sind, wenn es losgeht.«

Chase schloss die Augen und rief sich Kates Entspannungsübungen ins Gedächtnis. Er konzentrierte sich auf seinen Atem und seinen Herzschlag und ließ alle Gedanken, Bilder und Erinnerungen, die ihm durch den Geist schwebten, Stück für Stück in den Hintergrund treten, bis er vollkommen ruhig war.

»Öffnen Sie jetzt die Augen, Agent.«

Chase folgte der Aufforderung. Die Kerze unter dem Dreifuß brannte, die ersten Kräuter lagen in der Schale, aus der nun grauer Rauch in die Luft stieg. Mit dem Kopf bedeutete Quinn ihm, den Zettel mit den Formeln zur Hand zu nehmen, und noch während Chase danach griff, begann der Indianer in einer fremden Sprache zu sprechen. Sein Tonfall war gedämpft und ruhig, die Worte selbst hatten fast schon etwas Meditatives an sich und halfen Chase, den Zustand innerer Entspannung aufrechtzuerhalten, in den er sich zuvor versetzt hatte. Er war innerlich so ruhig, dass er um ein Haar seinen Einsatz verpasst hätte, als Quinn einen Finger hob. Zunächst ein wenig stockend, dann immer sicherer las er die erste Zeile ab. Sobald er geendet hatte, griff der Indianer nach einem der Schälchen, die neben ihm auf dem Tisch standen, hob es in die Höhe und sprach einige Worte. Zuletzt wiederholte er Chase' Formel und kippte den Inhalt des Schälchens, ein faseriges grünes Kraut, in die Schale über dem Feuer, ehe er mit seiner Litanei fortfuhr. Das Ganze wiederholte sich noch viermal – jedes Mal ließ er Chase eine andere Zeile ablesen, ehe er unter denselben Worten eine weitere Zutat in die Feuerschale gab, die geruchlos verbrannte. Mit jeder weiteren Beigabe veränderte sich die Farbe des Rauchs, wandelte sich langsam von anfänglichem Grau über Blau hin zu einem silbern schimmernden Farbton. Im Gegensatz zu der Zeremonie, die Chase das Tattoo eingebracht hatte, tat diese hier weder weh noch stieg am Ende Nebel aus seinem Körper empor. Mit seinen letzten Worten blies der Indianer die Kerze aus und sah auf.

»Er kann jetzt keinen Einfluss mehr auf Sie ausüben.« Quinn zog einen gerafften Lederbeutel von der Größe eines Taubeneis aus seiner Hosentasche, schüttete die Asche hinein, zu der die Kräuter verbrannt waren, und verschnürte ihn sorgfältig, bevor er ihn über den Tisch zu Chase schob. »Tragen Sie das immer bei sich«, sagte er. »Es wird Ihnen helfen die Verbindung aufzubauen.«

Chase runzelte die Stirn. »Ein Häufchen Asche?«

»Es ist nicht die Asche, sondern die Kraft, die während des Rituals darin gebunden wurde. Sehen Sie mich nicht so skeptisch an, das Zeug wird nicht explodieren.«

»Das hatte ich auch nicht angenommen.« Chase nahm den Beutel und schob ihn in die vordere Tasche seiner Jeans. »Dann ist die Tür jetzt also zu?«

»Die Tür?«

»Die, die ihm den Weg in meinen Verstand geöffnet hat.«

Quinn nickte. »Abgesehen davon sollten Sie es jetzt auch leichter schaffen, in seinen Kopf einzudringen – und zwar, ohne dass er es bemerkt.« Er stand auf und holte eine Plastiktüte, in die er die Reste der Kräuter warf. »Am besten probieren Sie es gleich einmal aus.«

»Was, jetzt?«

»Natürlich. Oder wollen Sie warten, bis Sie darauf angewiesen sind, dass es funktioniert, um herauszufinden, ob es das auch wirklich tut?«

»Natürlich nicht.«

»Dann legen Sie los. Sehen Sie durch seine Augen, Agent Ryan.«

Chase schloss die Augen, atmete tief durch und versuchte sich in einen Zustand der Ruhe zu versetzen. Dabei stellte er sich vor, durch die Augen dieses Mannes zu sehen. Und plötzlich geschah alles wie von selbst. Es war, als sähe er ein Band vor sich, das – von seinem Körper ausgehend – durch eine Art Äther führte, ein besseres Wort fiel Chase für diese Leere nicht ein, durch die er dem Band wie einem Schienenstrang folgte, und ihn geradewegs zum anderen Ende der Verbindung leitete.

Er war drin, das spürte er, noch bevor er durch die fremden Augen sah, die auf einen Burger auf dem Tablett vor ihm gerichtet waren. Als der Killer den Blick hob, eröffnete sich Chase statt des Anblicks von Pommes, Burger und Cola die Aussicht auf eine lebensgroße Ronald-McDonald-Pappfigur an der gegenüberliegenden Wand. Er wartete darauf, dass der Killer ihn bemerkte und ansprach, doch die Aufmerksamkeit des Mannes galt seinem Essen und einer Horde spielender Kinder, die hinter einer Glasscheibe im Kinderparadies zu sehen war.

Das Gefühl, das die Verbindung in Chase hervorrief, war ein ähnliches wie während der letzten Male auch, nur dass er dieses Mal sicher war, die Kontrolle über seinen eigenen Geist zu haben. Er war noch immer Passagier in einem Fahrzeug, das er nicht lenken konnte, doch im Gegensatz zu seinen vorherigen Erfahrungen wusste ein Teil von ihm, dass er jetzt jederzeit aussteigen konnte.

Er blieb noch eine Weile bei dem anderen, um herauszufinden, ob dieser seine Anwesenheit wirklich nicht zur Kenntnis nahm oder nur so tat. Nachdem nichts darauf hindeutete, dass sich der Killer seiner Präsenz bewusst war, zog er sich zurück. Der Killer zuckte nicht einmal.

»Es hat funktioniert«, sagte er, noch immer erstaunt, wie leicht es ihm gefallen war, die Verbindung aufzubauen und in den fremden Geist einzudringen. Als ihm bewusst wurde, was das bedeutete, erfasste ihn eine Aufregung wie schon lange nicht mehr. Auf diese Weise konnte er den Killer unbemerkt auf Schritt und Tritt überwachen, bis dieser ihm endlich einen Anhaltspunkt lieferte, wo er sich aufhielt. Jetzt brauchte er nur noch die Unterstützung von Munarez und ihren Leuten.

»Wie wäre es jetzt mit Ihrer Zeugenaussage?«

Quinn runzelte die Stirn. »Können Sie mir garantieren, dass ich Cassell nicht über den Weg laufe?«

»Haben Sie einen Laptop mit Webcam?«

»In meinem Wagen.«

»Dann holen Sie ihn und Sie haben meine Garantie, dass Frank Ihnen nichts tun kann.«

Mit einem skeptischen Blick schnürte der Indianer die Plastiktüte mit den Überbleibseln des Rituals zusammen und nahm sie mit nach draußen. Chase hörte den Plastikdeckel der Mülltonne klappen, wenig später vom Schlagen der Autotür gefolgt, ehe Quinn in die Hütte zurückkehrte und den Laptop vor Chase auf den Tisch stellte.

»Wir werden über Skype Kontakt zu Munarez aufnehmen und Sie können Ihre Aussage von hier aus machen«, erklärte Chase seine Idee, während der Indianer den Laptop anschaltete und das System startete. »Dann brauchen wir nur noch zu warten, bis Frank hinter Gittern sitzt, und schon können Sie sich wieder aus Ihrem Versteck wagen.«

Und ich mich auch.

»Klingt vernünftig.«

Chase zog sein Handy aus der Hosentasche und wählte Munarez' Nummer. »Anita, hier ist Chase«, meldete er sich, als die Polizistin das Gespräch annahm. »Loggen Sie sich bei Skype ein, dann bekommen Sie Joseph Quinns Zeugenaussage.«

»Kommen Sie aufs Revier.«

Chase seufzte genervt. »Die Diskussion hatten wir schon.«

»Nur dass Cassell damals noch am Leben war.«

»Wie bitte?«

Munarez lachte angesichts seines ungläubigen Tonfalls. »Kommen Sie her und bringen Sie Ihren Zeugen mit, dann erkläre ich Ihnen alles.«

Er blieb misstrauisch. Immerhin konnte das Ganze ebenso gut eine Finte sein, um ihn aus seinem Versteck zu locken.

»*Carajo*, Ryan!«, schnappte die Polizistin ungeduldig. »Jetzt schwingen Sie Ihren Arsch endlich hierher. Ich versuche schon nicht, Sie hereinzulegen.«

Das sagen Sie. »Was ist passiert?«

»Das haben Sie Ihrer kleinen Reporterin zu verdanken.«

Ihm wurde eiskalt. »Kate? Ist sie verletzt? Geht es ihr gut?«

Er hörte ein Knacken, dann eine zweite Stimme. »Mir fehlt nichts, Chase.« Kate. Gott sei Dank! »Cassell ist keine Gefahr mehr, ihr könnt kommen. Und bevor du fragst: Nein, Anita hat keine Knarre auf mich gerichtet, um mich dazu zu zwingen, das zu sagen.«

Anita? Wann hatten die beiden sich verbündet? Er hätte erleichtert sein sollen und erfreut darüber, Kates Stimme zu hören, trotzdem rang er mit sich. Einerseits konnte er kaum erwarten, sie wiederzusehen, zugleich jedoch wollte er nicht am selben Ort sein wie sie. Der Killer mochte ihn nicht mehr kontrollieren können, aber er konnte noch immer durch seine Augen sehen.

»Was ist nun, Ryan?«, meldete sich Munarez entnervt zu Wort. »Kommen Sie?«

Chase sah kurz zu Quinn, der genug von der Unterhaltung mitbekommen hatte, um zu nicken. »Also gut«, sagte er schließlich. »Wir sind unterwegs.«

Es dauerte nicht lange, bis Quinn alles Nötige zusammengepackt und in seinen Pick-up geladen hatte. Bevor sie aufbrachen, gab Chase ihm noch die Anschrift des Polizeireviers für den Fall, dass sie sich unterwegs aus den Augen verloren. Die Vorstellung, in getrennten Wagen zu fahren, gefiel ihm nicht. Zu deutlich war ihm bewusst, dass nur Quinns Aussage ihn endgültig rehabilitieren konnte. Der Gedanke, dass der Indianer es sich womöglich noch anders überlegen und wieder untertauchen könnte, beschäftigte ihn die ganze Fahrt über. Erst als er knapp zwei Stunden später auf den Parkplatz des Reviers bog und Quinns Wagen noch immer im Rückspiegel hinter sich sah, gelang es ihm, endlich das Gefühl abzuschütteln, dass jetzt noch etwas schiefgehen konnte.

Zusammen mit Quinn betrat er den düsteren Backsteinbau. Sie waren kaum durch die Tür, als ihnen die Zivilpolizistin entgegenkam, die er in der Pentagon City Mall Muffin getauft hatte. Sie stellte sich als Sergeant Hiller vor.

»Folgen Sie mir, Agent Ryan«, sagte sie. »Detective Munarez erwartet Sie schon.« Sie warf einen Blick auf Quinn. »Sie beide.«

Muffin Hiller führte die beiden in einen Besprechungsraum, durch dessen Milchglasscheiben er lediglich schemenhafte Umrisse im Inneren erkennen konnte. Als Hiller die Tür öffnete, fiel sein Blick als Erstes auf Kate. Sie saß in einem der Stühle am Besprechungstisch und starrte aus dem Fenster. In dem Augenblick, in dem er in der Tür erschien, sah sie auf.

»Chase!« Sofort war sie auf den Beinen und auf dem Weg zu ihm.

Munarez war dicht hinter ihr, doch sobald Kate vor ihm

stand, hatte er nur noch Augen für sie. Er zog sie in seine Arme und küsste sie. Was als sanfter Begrüßungskuss gedacht war, wurde rasch leidenschaftlicher, so leidenschaftlich, dass er seine Lippen von ihren lösen musste, um sich nicht zu vergessen.

»*Mierda!*«, entfuhr es Munarez, die sich zunächst Quinn zugewandt hatte. »Wer hätte gedacht, dass in Ihnen so ein Vulkan schlummert, Ryan.«

Ohne Kate ganz aus seinen Armen zu lassen, schob er sie ein Stück von sich und musterte sie. Soweit er es beurteilen konnte, war sie unverletzt. »Was hast du angestellt?«

»Ich habe meine Kreditkarte nicht benutzt.«

Gegen seinen Willen musste er lachen, wurde aber gleich wieder ernst. »Du hättest dich nicht in Gefahr begeben müssen. Quinn war bereit, seine Aussage per Webcam zu machen. Das hätte genügt, um Frank festzusetzen.«

»Ich wollte mich nicht darauf verlassen, dass es mit dem Kontakt tatsächlich klappt«, gestand sie. »Ich wusste ja nicht einmal, ob er überhaupt einverstanden sein würde, diese Aussage zu machen.«

Ein Seitenblick genügte Chase, um zu sehen, dass der Indianer durchaus einverstanden war. Munarez hatte ihn zum Tisch geführt und bereitete das Aufnahmegerät vor, während sie ihm das Prozedere erklärte. Als die beiden sich setzten und Munarez den Aufnahmeknopf drückte, wandte Chase sich wieder Kate zu.

»Du bist verrückt, weißt du das? Ich habe dir doch gesagt, du sollst –«

»Du hast gesagt, ich soll mich von dir fernhalten«, unterbrach sie ihn. »Das habe ich getan. Du wusstest nicht, wo ich bin – und der Killer auch nicht.«

Nein, das hatte er in der Tat nicht gewusst. Sie hätte sterben können und er hätte nicht die geringste Ahnung davon gehabt! Allein der Gedanke machte ihn schon verrückt. »Was ist denn nun passiert?«

Kate sah kurz zu Munarez hinüber und zog Chase dann zur Wand am gegenüberliegenden Ende des Raums, wo sie das Gespräch der Polizistin nicht störten. Stück für Stück berichtete sie ihm, was geschehen war, seit sie gestern Morgen zum letzten Mal miteinander gesprochen hatten. Chase konnte nur staunen, zum einen über Kates Einsatz und zum anderen über die Offenheit, die Munarez unter Beweis gestellt hatte.

»Cassell ist auf dem Weg ins Krankenhaus gestorben«, beendete Kate ihren Bericht, und obwohl der Mann eine Gefahr gewesen war, wirkte sie traurig. »Seine Waffe war nicht einmal geladen. Das hätte nicht sein müssen.«

»Nein, aber vermutlich ließ es sich ebenso wenig vermeiden.« Frank war erfahren genug gewesen, um zu wissen, was passieren würde, wenn er seine Waffe nicht ablegte, sondern sie stattdessen auf die Polizisten richtete. Was er getan hatte, war aus voller Absicht heraus geschehen. Womöglich war es besser so, denn auch wenn Chase es lange nicht hatte wahrhaben wollen, so hatte Franks Leben doch am selben Tag geendet wie das seiner Frau. Chase trauerte nicht um den Mann, der in seinem Wahn versucht hatte ihn zu töten – er trauerte um den Freund, der er einst gewesen war. Es war tragisch, dass es so weit hatte kommen müssen, aber vielleicht war das von Anfang an das einzig mögliche Ende gewesen.

Zu hören, dass sich Kate zu keiner Zeit wirklich in Gefahr befunden hatte und der einzig kritische Punkt darin bestanden hatte, Munarez davon abzuhalten, sie einzusperren, ohne ihr zuzuhören, erleichterte ihn. »Ich kann dir wohl nicht genug dafür danken, was du für mich getan hast.«

»Da kommt noch ein Aber, oder?«

»Du musst gehen.«

»Wegen der Killersache.«

Er nickte. »Quinn hat dafür gesorgt, dass er mich nicht mehr beeinflussen kann, aber er kann noch immer durch meine Augen sehen und dich auf diese Weise finden.« Er wandte sich an Munarez. »Anita, brauchen Sie Kate noch hier?«

»Nein, sie kann gehen. Ich habe ihre Aussage bereits – zu allem.«

»Geh«, sagte er an Kate gewandt. »Sofort.«

Einen Moment ruhte ihr Blick auf ihm, dann nickte sie und umarmte ihn noch einmal. Ein kurzer zärtlicher Kuss ersetzte alle Abschiedsworte. Ihre Hand glitt von seiner Schulter seinen Arm hinunter. Für einen Moment drückte sie seine Finger, dann machte sie kehrt und ging.

Selten war ihm etwas so schwergefallen, wie sie in diesem Augenblick ziehen zu lassen. Die bloße Vorstellung, sie nicht mehr bei sich zu haben, schmerzte. Dabei hatten sie noch nicht einmal ein Wort über die Zukunft verloren. Sie hatten miteinander geschlafen, doch keiner von ihnen hatte bisher die Frage ausgesprochen, ob und wie es zwischen ihnen weitergehen sollte.

34

Als die Tür des Besprechungsraums hinter ihr zufiel, atmete Kate tief durch. Sie war erleichtert, dass Cassell keine Bedrohung mehr darstellte und Chase durch die Aussage des Indianers endgültig entlastet wurde. Sein Ruf war wiederhergestellt. Von jetzt an hatte er – so wie er es sich erhofft hatte – Anita und ihre Leute auf seiner Seite. Mithilfe der Polizistin und der Verbindung würde es ihnen hoffentlich innerhalb kürzester Zeit gelingen, den Killer zu fassen.

Langsam folgte sie dem Gang in Richtung der Aufzüge. Sie kam an einigen Einzelbüros vorüber, bis sie den Hauptteil des Reviers erreichte, in dem sich die Schreibtische paarweise drängten und die engen Gänge dazwischen von geschäftigen Leuten bevölkert waren, die Akten durch die Gegend trugen oder Verdächtige vor sich herführten. Im hinteren Teil des lang gezogenen Raumes sah sie den rotblonden Schopf von Munarez' Partner. Er saß an seinem Schreibtisch, das Sakko über die Lehne seines Stuhls geworfen und sprach mit einem weißhaarigen Mann, den sie erst auf den zweiten Blick als Doug Edwards erkannte. Es war das erste Mal, dass sie den Gerichtsmediziner ohne seinen weißen Schutzanzug sah. In Jeans und Poloshirt wirkte er eigenartig fremd und fehl am Platz.

Als Button aufsah und sie bemerkte, nickte er ihr zu. Sein Gruß ließ auch Dr. Edwards aufmerksam werden. Der Mediziner sah sie kurz an, wandte sich dann aber ohne jede Reaktion wieder seiner Unterhaltung zu.

Kate hatte den Aufzug fast erreicht, als sie Ben Summers bei den Automaten entdeckte, der wie immer die Tasche mit seiner Kameraausrüstung mit sich herumschleppte. Er winkte ihr freundlich zu und hob seinen Pappbecher in die Höhe, eine stumme Frage, ob sie ebenfalls einen Kaffee wollte. Kate schüttelte den Kopf. Da packte er seine Tasche und kam zu ihr. Eine Wolke herben Aftershaves hüllte ihn ein und vermischte sich mit dem Geruch des Kaffees.

»Ich habe verfolgt, wie Sie auf allen Kanälen Schlagzeilen gemacht haben«, begrüßte er sie. »Geht es Ihnen gut?«

Kate nickte.

»Sind all die Dinge, die Agent Ryan vorgeworfen werden, wirklich wahr?« Er sah sich nach allen Seiten um, als wolle er sichergehen, dass niemand ihn belauschte. »Die Leute hier sind nicht sonderlich gut auf ihn zu sprechen.« Er zuckte die Schultern. »Ich kenne ihn nur von den Tatorten, aber dort wirkte er immer so normal und freundlich auf mich. Es fällt mir schwer, zu glauben, dass ein Mann wie er all diese Dinge getan haben soll«

»Ich kann Ihnen Ihren Glauben an die Menschheit bewahren«, meinte sie lächelnd. »Er sitzt im Augenblick mit Munarez und einem Entlastungszeugen zusammen und wird das Revier als rehabilitierter Mann verlassen.«

Summers stieß hörbar die Luft aus. »Na, Gott sei Dank!« Er deutete auf seine Tasche. »Tut mir leid, Kate, auch wenn ich wahnsinnig neugierig auf Ihre Geschichte bin, aber ich habe einen Termin mit Lieutenant Murphy.« Er beugte sich ein Stück weiter vor und erklärte mit gedämpfter Stimme: »Ich habe auf einem der Tatortfotos etwas gefunden, was … Ich weiß nicht, es könnte eine Spur sein, die zum Schlitzer führt.«

Kate horchte auf. »Wirklich?« Sie hatte Mühe, ihre Aufregung zu unterdrücken. »Was ist es?«

Er schüttelte den Kopf. »Ich mag Sie, Kate, aber Sie sind noch immer Journalistin. Murphy würde mir den Arsch aufreißen, wenn er erführe, dass ich mit der Presse darüber spreche – noch dazu, bevor er informiert ist.«

»Verständlich.« Sie war versucht weiterzubohren, doch wenn er tatsächlich etwas gefunden hatte, würden Anita und Chase ebenfalls davon erfahren und könnten die Information für ihre Suche nutzen. Dieses Wissen genügte ihr.

»Ich muss gehen, sonst macht Murphy mich auch platt, ohne dass ich Ihnen etwas verrate«, meinte er entschuldigend und fügte hinzu: »Vielleicht können wir demnächst einen Kaffee trinken – oder auch ein Bier – und Sie erzählen mir von Ihren Erlebnissen.«

»Sicher«, meinte sie unverbindlich. »Warum nicht.«

Er winkte ihr noch einmal zu und machte sich auf den

Weg. Kurz darauf war er um eine Ecke verschwunden und Kate ging weiter zum Aufzug. Sie drückte gerade den Knopf, als sich von hinten ein Schatten über sie legte. Erschrocken fuhr sie herum und erkannte Dr. Edwards. Der Mediziner musterte sie mit gerunzelter Stirn.

»Kennen wir uns?«, fragte er nach einer Weile.

»Kate Lombardi, Doc.«

»Tatsache! Irgendwie habe ich Sie anders in Erinnerung.«

»Da sind Sie nicht der Einzige«, entgegnete sie lächelnd.

Die Aufzugtüren glitten lautlos auf und sie stiegen ein. Edwards drückte den Knopf für das Erdgeschoss. »Stimmen die Nachrichten?«, fragte er, als sich die Türen schlossen.

Es sah ganz danach aus, als sei das die Frage, die sie in den nächsten Wochen am häufigsten gestellt bekommen würde. »Wenn Sie den Wetterbericht meinen – nein. Der stimmt fast nie.«

Er lachte, ein eigenartig kratziger Laut, der von den metallenen Wänden widerhallte. »Nein, ich meinte die Nachrichten über Sie und Ryan.«

»Ich sollte dazu nichts sagen, solange die Ermittlungen noch laufen.« Die Ermittlungen waren ihr gleichgültig, ihr stand nur im Augenblick nicht der Sinn danach, schon wieder über die Ereignisse der letzten Tage zu sprechen – nicht mit jemandem, von dem sie kaum mehr als seinen Namen wusste.

»Ich kann mir nicht vorstellen, dass Ryan das alles getan haben soll.« Sein Blick ruhte auf ihr. »Allerdings ist er zu beneiden. Zweifelsohne sind sie eine ziemlich niedliche Geisel.«

Die Stockwerksanzeige sprang auf Erdgeschoss um und die Aufzugtüren öffneten sich. Kate verabschiedete sich mit einem knappen Nicken und stürmte aus dem Aufzug aus Furcht, er würde beginnen anzügliche Bemerkungen zu machen, wenn sie länger bliebe. Fehlte nur noch, dass er sie *Kleine* genannt hätte!

Sie stieß die Tür auf und trat auf den Parkplatz.

Ein Schwall kühler Abendluft schlug ihr aus der aufziehenden Dämmerung entgegen. Kate blieb einen Moment stehen und atmete tief durch, ehe ihr Edwards einfiel, der dicht hinter ihr war. Nach dem seltsamen Kommentar im Aufzug wollte sie nicht allein sein.

Mit schnellen Schritten überquerte sie den Parkplatz und verließ das Gelände des Reviers. Es war an der Zeit, in das verhasste Hotelzimmer zurückzukehren. Zumindest konnte sie in Zukunft offiziell Munarez anrufen und sich von ihr über die Ermittlungen auf dem Laufenden halten lassen.

Eine kühle Brise fegte um die Hausecken und trieb dichte Regenwolken vor sich her. Den Blick auf die Straße geheftet, in der Hoffnung, ein Taxi zu finden, bevor der Regen einsetzte, ging sie weiter und verfluchte sich bei jedem Windstoß dafür, dass sie nicht einfach auf dem Revier eines gerufen hatte. Wenn sie nicht in den nächsten zwei Minuten eines fand, würde sie zur U-Bahn gehen, auch wenn sie die Ruhe und Schnelligkeit eines Taxis vorgezogen hätte.

Sie folgte dem Gehweg in Richtung der U-Bahn-Station und hielt dabei noch immer nach einem Taxi Ausschau, als sie von hinten gepackt wurde. Sie wollte schreien, doch die Hand, die sich sofort über ihren Mund legte, erstickte jeden Laut im Keim. Ein kräftiger Arm schlang sich um ihre Taille und zerrte sie tiefer in die Schatten einer Seitengasse. Was sie jedoch weit mehr entsetzte als der gewaltsame Überfall, war die Aftershave-Wolke, die ihr in die Nase stieg.

Sie hätte es merken müssen! Niemand hatte sie auf den ersten Blick erkannt. Munarez nicht, Edwards nicht und anfangs nicht einmal Chase. Nur er hatte ihr sofort zugewinkt. Sie hätte es ahnen müssen!

Kate trat um sich und versuchte sich zu befreien, als sich ein Tuch über ihren Mund legte. Ein durchdringend süßlicher Geruch stieg daraus empor und drang ihr in die Nase. Die Welt verschwamm und zerfiel in Dunkelheit.

35

Nachdem Kate gegangen war, hatte sich Chase ans andere Ende des langen Tisches gesetzt und Quinns Aussage mit angehört. Es war ein Bild für Götter, Munarez' Gesicht zu beobachten, während der Indianer von alten Ritualen, Geistern und Verbindungen sprach. Die Skepsis troff der Polizistin schier aus jeder Pore, trotzdem saß sie so ruhig auf ihrem Stuhl, als hätte sie jemand festgeleimt. Chase hätte schwören können, dass sie die Geduld verlieren und aufspringen würde, doch das tat sie nicht. Kate hatte gute Vorarbeit geleistet.

Auch wenn Quinns Aussage nötig war, dauerte sie ihm viel zu lang. Seit wann saßen sie jetzt hier? Zwei Stunden? Fast schon drei, stellte er mit Blick auf seine Armbanduhr fest. Kostbare Zeit, die sie längst in die Suche nach dem Mörder hätten investieren können.

Der professionelle Teil seines Ichs sagte ihm, dass das Blödsinn war und dass er sich gedulden musste, denn auch wenn er wohl ab sofort auf die Unterstützung der Polizei hoffen konnte, mussten sie zunächst ihr weiteres Vorgehen planen, ehe sie auf die Jagd gingen. Die andere Hälfte seines Ichs hatte die Warterei satt und wollte nur noch, dass es endlich vorüber war.

Er stand auf, um sich noch einen Kaffee zu holen – vermutlich den siebten oder achten, seit er hier war –, als eine vertraute Stimme in seinem Kopf erklang.

Hängen Sie sehr an ihr, Agent Ryan?

Sein Rücken kribbelte, als das Tattoo auf die Verbindung reagierte und sich weiter ausdehnte, so als kröchen unzählige kleine Spinnenbeine über seine Haut.

»Sie können ihr nichts anhaben«, sagte Chase in gezwungener Ruhe.

Sind Sie sicher?

Im selben Moment, in dem Chase in den Kopf des Mannes dringen und durch seine Augen blicken wollte, öffnete der Killer die Verbindung und Chase wurde hineingerissen. Der Blick des Killers war auf eine nackte Betonwand gerichtet, über die der wankende Schein einer hin und her schwingenden Glühbirne strich. Im Augenwinkel sah er einen großen staubigen Ofen, daneben lagen Tonscherben, manche zu einem Haufen zusammengefegt, andere weitflächig verstreut. Er versuchte mehr zu erkennen, doch abgesehen von einem verblichenen Metallschild, dessen Schriftzug unter der dicken Staubschicht unlesbar geworden war, vermochte er nicht mehr zu erfassen als die Wand unmittelbar vor ihm. Chase' Augen wurden von der Wand abgelenkt, als der Killer sich umdrehte und den Blick in die Schatten richtete. Dort stand ein Stuhl. Es dauerte einige Herzschläge, ehe Chase in der Dunkelheit einen menschlichen Umriss darauf ausmachen konnte, gefesselt wie all die anderen. Der Killer knipste eine Taschenlampe an und richtete den Lichtstrahl auf sein Opfer.

»Du krankes Arschloch!«, brüllte Chase.

Der andere lachte nur – und schloss ihn aus seinem Kopf aus, so plötzlich, dass Chase ins Taumeln geriet und sich an der Wand abstützen musste, um nicht das Gleichgewicht zu verlieren. Er starrte auf den blaugrauen Teppich des Besprechungsraums, doch alles, was er sah, war sie. Kate. Dieser elende Dreckskerl! In seinem Kopf rauschte es, er war kurz davor loszulaufen, wenn er verdammt noch mal gewusst hätte wohin. Das Rauschen wurde lauter, ließ ihn schwanken. Dann schob sich Munarez' Gesicht in sein Blickfeld und ihm wurde bewusst, dass das, was er für Rauschen gehalten hatte, Worte waren und es ihre Hand auf seiner Schulter war, die ihn schüttelte und zum Wanken brachte.

»*Mierda!* Ryan, was ist los?«, brüllte sie ihm ins Gesicht. »Reden Sie endlich!«

Blinzelnd fragte sich Chase, wie lange sie schon auf ihn einredete. Zur Hölle, wen interessierte es! »Er hat Kate«, platzte er heraus. »Wir müssen sie finden!«

Er streifte Munarez' Hand ab und wollte zur Tür, doch die Polizistin vertrat ihm den Weg. »Wissen Sie, wo sie ist?«

»Nein!«

»Dann bleiben Sie jetzt verdammt noch mal stehen, atmen Sie durch und kommen Sie vor allem wieder runter!« Sie schob ihn zu einem Stuhl und zwang ihn sich zu setzen. Am liebsten wäre er sofort wieder aufgesprungen. Alles in ihm schrie danach, loszulaufen und Kate zu finden, trotzdem gewann allmählich seine Vernunft wieder die Oberhand. Abgesehen davon, dass er nicht einmal gewusst hätte, wo er nach ihr suchen sollte, würde es sie nicht retten, wenn er jetzt den Kopf verlor. Der Killer würde Kate nicht sofort töten. Allerdings wagte Chase nicht, sich vorzustellen, was er ihr alles antun konnte, ohne ihr dabei das Leben zu nehmen.

»Was ist da gerade passiert?« Munarez' Frage riss ihn aus seinen sich im Kreis drehenden Gedanken. »War das diese Geisterverbindung?«

Chase nickte. Stück für Stück gab er wieder, was der Killer gesagt und welche Ansichten er ihm gewährt hatte. »Nackte Wände, ein grauer Betonboden. Weitläufige Räume.« Er hatte nicht viel gesehen außer der Wand, dem Boden und Kate, doch was sich ihm offenbart hatte, war keine Wohnung, es hatte mehr ausgesehen wie … »Eine Fabrikhalle! Das muss es sein! Er hat sie in eine alte Fabrik verschleppt!«

»Wenn wir ihn finden wollen, brauchen wir mehr.« Munarez stand mit dem Rücken zum Fenster, den Blick auf Chase gerichtet. »Wir haben nicht den geringsten Anhaltspunkt.«

Chase hielt es nicht länger auf seinem Stuhl. Er sprang auf und begann auf und ab zu laufen, halb verrückt vor Sorge und Hilflosigkeit. Es musste doch einen Weg geben, sie zu finden!

»Sie müssen in seinen Kopf«, meldete sich Quinn zu Wort. »Beobachten Sie ihn, finden Sie heraus, wo er ist.«

Was sollte das bringen? Der Mann war in einem Gebäude, Kate war gefesselt und es sah nicht danach aus, als hätte er vor, sie an einen anderen Ort zu schaffen. Wie sollte er ihn da lokalisieren? Trotzdem musste er dem Indianer zustimmen – es war die einzige Hoffnung. Wenn er sich heimlich in seinen Geist schlich und durch seine Augen sah, würde er womöglich früher oder später etwas entdecken, was ihn zu ihm führen konnte. *Wie der Briefumschlag mit Jane Mercers Adresse.* Daran, dass er damals zu spät gekommen war, wollte er jetzt allerdings nicht denken.

Er stützte sich mit den Händen auf die Rückenlehne eines Stuhls, schloss die Augen und konzentrierte sich auf seinen Atem. Die Ruhe wollte sich nicht einstellen, von Entspannung konnte erst recht keine Rede sein. Immer wieder schob sich Kates Anblick in seinen Geist. Er sah sie auf dem Stuhl, gefesselt und nicht bei Bewusstsein. Was, wenn sie gar nicht bewusstlos war, sondern längst tot? Nein, so leicht würde der Killer es ihr nicht machen. Er hatte keinem seiner Opfer einen schnellen Tod vergönnt und für Kate würde es schlimmer werden als für alle anderen. Er würde es so lange wie möglich hinauszögern, dieses Mal nicht, um seine

Kunstfertigkeit und Überlegenheit unter Beweis zu stellen. Dieses Mal wollte er Chase treffen.

Ich kann ihr nicht helfen, wenn ich mich nicht konzentriere. Kate brauchte ihn, er konnte sie jetzt nicht im Stich lassen! Er war noch immer aufgewühlt, als er erneut die Augen schloss. Dennoch verdrängte er alles um sich herum, schloss jeden Gedanken, jedes Wort, selbst die Atemzüge von Munarez und Quinn aus seinem Geist aus und dachte nur an eines: Kate. Dieses Mal rief er sich ihren Anblick bewusst ins Gedächtnis, ließ ihn zu einer Mahnung werden und zur Erinnerung, warum es so wichtig war, seine innere Mitte zu finden und in den Kopf des Killers zu dringen. Im einen Moment lauschte er noch auf seine eigenen Atemzüge, im nächsten waren es die des Killers, die er vernahm. Als er Kate dieses Mal vor sich sah, war es nicht das Bild, das er in seiner Erinnerung heraufbeschworen hatte, sondern die reale Kate.

Der Killer beobachtete sie. Lange Zeit rührte er sich nicht, stand einfach nur da und sah sie an. Schließlich beugte er sich zu ihr hinab, packte sie am Kinn und drehte ihren Kopf zur Seite. Ihre Lider flatterten, doch sie schlug die Augen nicht auf.

Chase' Aufmerksamkeit richtete sich auf die Tätowierung, die am Arm des Killers unter seinem T-Shirt hervorschaute. Der riesige Leib einer Schlange, der sich um seinen Arm wand und weiter oben unter dem Ärmel zu verschwinden schien. Ein auffallendes Tattoo, an das sich ein Tätowierer auf jeden Fall erinnern würde. Die Tattoo-Studios abzuklappern würde jedoch zu lange dauern. Zu lange, um Kate noch retten zu können. Es musste einen anderen Weg geben.

Der Killer hob die Hand und strich Kate in einer beinahe zärtlichen Geste über die Wange. Zuzusehen, wie der Mann sie anfasste, und dabei nicht zu schreien und seine Anwesenheit zu verraten, kostete Chase immense Kraft. Als sie die Augen aufschlug, hätte er um ein Haar vor Erleichterung die Luft ausgestoßen. Gerade noch gelang es ihm, still zu verharren.

Über ihren Pupillen lag ein trüber Schleier, der sich nur allmählich verzog und das klare Blau ihrer Augen offenbarte. Hustend und leise stöhnend versuchte sie sich aufzurichten. Der Killer griff nach ihr, wollte ihr helfen, da ihre Hände mit Kabelbinder gefesselt waren, aber sie schüttelte ihn ab. Es wäre ein Leichtes für ihn gewesen, sie dennoch zu packen, doch er tat es nicht.

»Warum?« Kates Stimme klang rau und brüchig, eine Nachwirkung der Betäubung, doch im Gegensatz zu den anderen Opfern war sie immerhin noch imstande zu sprechen.

Mein Gott, schoss es Chase durch den Kopf. *Was, wenn er ihr die Lippen zunäht?*

»Ich mag Sie, Kate«, sagte der Killer mit dunkler, dröhnender Stimme, die wie immer ein wenig verzerrt in Chase' Ohren klang. »Und ich hätte Ihnen das hier gern erspart. Aber Sie haben meine Pläne durchkreuzt und das kann ich nicht zulassen.«

»Durchkreuzt?«, echote sie.

»Sie haben verhindert, dass er tötet. Dabei wollte ich ihm beweisen, dass jeder zum Mörder werden kann.«

»Jeder? Sind Sie noch ganz dicht? Sie haben ihn beeinflusst! Sie hatten die Kontrolle über seinen Verstand und haben versucht ihn dazu zu bringen, es zu tun. Damit hätten Sie nichts bewiesen, gar nichts!«

Chase bewunderte ihren Mut. Dass sie in ihrer Situation überhaupt noch einen Ton herausbrachte, statt zu einem jammernden Bündel Elend zusammenzufallen, brachte ihr seine Hochachtung ein. Sie zitterte am ganzen Leib und ihre Stimme klang gepresst, als hätte sie Mühe, die Worte herauszuquetschen, trotzdem fand sie die Kraft, zu sprechen. Und diese Kraft war es, die sie in noch größere Gefahr bringen würde, wenn sie nicht bald den Mund hielt.

Himmel, sei still! Fordere ihn nicht heraus!

Doch wie schon in jener Nacht, in der er sie entführt hatte, gelang es ihr nicht, sich zu zügeln: »Sie haben nicht das Geringste erreicht.«

»Das ist ein Irrtum.« Zu Chase' Erstaunen klang der Killer noch immer vollkommen gelassen. »Vielleicht ist es mir nicht gelungen, zu beweisen, dass jeder das Zeug zum Mörder in sich trägt – auch wenn ich nach wie vor davon überzeugt bin –, aber ich habe etwas anderes erreicht.«

»Was soll das sein?«, stieß Kate zischend hervor, als er nicht weitersprach.

»Ich habe ihnen gezeigt, dass sie mich besser nicht abgelehnt hätten.«

Wovon zum Teufel redete er da?

»Sie hätten mich auf ihrer Seite haben können, stattdessen müssen sie mich nun jagen. Ich bin klüger als sie – aber das interessierte sie einen Dreck. Die Cops wollten mich trotzdem nicht.«

Jagen? Auf ihrer Seite haben? Das war es! Er hatte sich bei der Polizei beworben und war an den Aufnahmeprüfungen gescheitert. In Anbetracht der Morde musste es in den letzten drei bis sieben Jahren gewesen sein, doch ebenso wie ihnen keine Zeit blieb, nach dem Tätowierer zu suchen, der für die Schlange auf seinem Arm verantwortlich war, konnten sie unmöglich alle abgelehnten Bewerber sichten. Das würde Tage dauern!

»*Das* ist Ihr Grund?« Kate starrte ihn aus zusammengekniffenen Augen an. »Sie töten all diese Menschen, um irgendeinem bescheuerten Gremium, das vermutlich noch nicht einmal ahnt, dass diese Botschaft an seine Mitglieder gerichtet ist, zu beweisen, dass es damals einen Fehler gemacht hat?«

In ihren Augen stand deutlich geschrieben, dass sie die Entscheidung nicht für einen Fehler hielt. Chase musste ihr recht geben. Zweifellos war es seine psychische Verfassung, die ihm den Weg in den Polizeidienst verwehrt hatte. Er konnte nur hoffen, dass Kate ihre Gedanken nicht laut aussprach. Andernfalls würde sie dafür büßen, so wie Frank gebüßt hatte.

Zu seiner Erleichterung ging sie nicht weiter darauf ein. »Aber Sie haben einen Job«, fuhr sie fort. »Sie gehören dazu, auch ohne Uniform. Scheiße, alle mögen Sie!«

Sie sagte noch mehr, doch Chase hatte Schwierigkeiten, sich auf ihre weiteren Worte zu konzentrieren. Zu sehr spukte ihm das eben Gesagte im Kopf herum. Dazugehören, ohne Uniform. Beliebt sein. Die ganze Art, wie sie mit ihm sprach – so würde sie niemals mit einem Fremden sprechen. Kate kannte den Killer, wie vermutlich die halbe Mordkommission auch! Aber wer konnte es sein? Einer von Edwards Gehilfen? Fotografen? Pressesprecher? *Verflucht, sprich ihn mit seinem Namen an!*

»Werden Sie mich auch umbringen?«

»Nicht sofort.«

Kate reagierte auf seine Worte in keiner Weise erleichtert. »Was haben Sie vor?«

»Er soll es spüren, den Rausch, die Erregung. Ich will, dass er tötet.«

»Mich?«

Daran, wie seine Sicht plötzlich wankte, erkannte Chase, dass der Killer den Kopf schüttelte. »Er würde sich eher erschießen lassen, als auch nur Hand an Sie zu legen.« Noch ein Kopfschütteln. »Entgegen meiner Gewohnheit habe ich extra für ihn ein wenig Arbeit mit nach Hause gebracht.« Er richtete den Lichtkegel seiner Taschenlampe auf eine Ecke. Schlagartig zerfiel die Dunkelheit und offenbarte den Blick auf eine weitere Frau, die gefesselt und reglos auf dem Betonboden lag. Nicht weit von ihr stand die dunkelblaue Sporttasche, die Chase schon zuvor gesehen hatte.

»Es ist alles bereit. Wir warten nur noch auf Agent Ryan.«

Chase platzte der Kragen. »Dann sag mir, wo du bist, du verdammtes Arschloch!«

Der Killer zuckte überrascht zusammen, hatte sich jedoch sofort wieder unter Kontrolle. »Wo bleibt da der Spaß? Sie sind der Ermittler. Finden Sie mich!« Er versuchte Chase aus seinem Kopf zu drängen, versuchte die Verbindung zu beenden, doch Chase klammerte sich daran. Sein Blick war nun wieder auf Kate gerichtet, die den Killer mit gerunzelter Stirn betrachtete.

»Chase?«, fragte sie vorsichtig, und als der Killer sich ruckartig von ihr abwandte, rief sie: »Ben! Es ist Ben!«

Der Killer fuhr zu ihr herum und verpasste ihr einen Schlag mit der Faust, der sie samt Stuhl ins Wanken brachte. Sie fiel zur Seite, lediglich die Fesseln hielten sie noch auf dem Stuhl, und rührte sich nicht mehr.

»Kate!« Chase brüllte ihren Namen, obwohl er wusste, dass sie ihn nicht hören konnte und er damit nur dem Killer in die Hände spielte, doch das war ihm egal. In diesem Moment bestand er nur noch aus brennender Sorge. Wieder und wieder rief er nach ihr, doch die einzige Antwort war das leise Lachen des Killers.

Ben Summers' Lachen.

Damit endete die Verbindung abrupt. Es war jedoch Chase, der sich zurückgezogen hatte. »Es ist Summers!«, rief er, noch ehe sich seine Sicht vollkommen geklärt hatte.

»*Qué?*« Munarez starrte ihn wie vom Donner gerührt an.

»Ben Summers? Der Kerl, den jeder mag, der ständig mit Cops herumhängt? *Sácatelas!*«

»Dann wissen Sie, wo mein Großvater ist?«, mischte Quinn sich ein. »Haben Sie ihn gesehen, Agent Ryan?«

Chase schüttelte den Kopf. »Nein, aber er hat noch eine Frau in seiner Gewalt, und er erwartet von mir, dass ich sie töte.« Ehe Anita weiter in ihre mexikanischen Flüche abgleiten konnte, beschrieb er, was er gehört und gesehen hatte.

»Diese Scherben«, überlegte er laut, »müssen Fliesenreste gewesen sein. Zumindest würde das zu dem Brennofen passen, den ich gesehen habe. Wir brauchen Einblick in die Gewerberegister!« Dort musste es Hinweise auf eine stillgelegte Fliesenfabrik geben. Es würde Zeit kosten, aber nicht so viel Zeit, wie sie benötigen würden, die Bewerberunterlagen der Polizeiakademie durchzugehen.

Ben Summers. Chase konnte es noch immer nicht glauben, dass ausgerechnet der freundliche, bei allen beliebte Fotograf der grausamste Mörder sein sollte, den D. C. je gesehen hatte. Wie oft hatte er an den Tatorten mit ihm gesprochen, hatte ihm zu erklären versucht, warum ein Mensch zu derartigen Abscheulichkeiten in der Lage sein konnte, und jetzt stellte sich heraus, dass Summers die ganze Zeit nur mit ihm gespielt hatte. Er hatte ihn ausgehorcht und verarscht!

Munarez, die keinen Ton gesagt und auch sonst keine Regung gezeigt hatte, seit er das Gewerberegister erwähnt hatte, sah auf. »Hendersons Tiles«, sagte sie.

Chase runzelte die Stirn. »Die Fabrik?« Als sie nickte, fragte er: »Woher wollen Sie das wissen?«

»Es ist eine kleine Fliesenfabrik, die vor ein paar Jahren geschlossen wurde, nachdem Henderson Junior seinen Vater im Streit um ein geändertes Testament erschossen hatte.«

»Das ist ein Anhaltspunkt, aber nicht mehr.«

»Es ist die einzige Fliesenfabrik, die es hier in der Gegend gab«, erklärte Munarez. »Und soweit ich weiß, steht das Gebäude immer noch leer. Abgesehen davon kennt Summers den Ort – er hat damals die Tatortfotos gemacht.«

Das genügte Chase. »Schicken Sie eine Streife hin«, wies er sie an. »Die sollen sich davon überzeugen, dass tatsächlich jemand in der Fabrik ist. Wir brauchen lediglich die Bestätigung. Summers darf sie auf keinen Fall bemerken!«

»Ich lasse sofort jemanden anfunken.« Munarez war so schnell aus dem Zimmer, dass Chase keine Gelegenheit mehr blieb, ihr weitere Warnungen mit auf den Weg zu geben. Das war auch nicht nötig. Sie war ebenso ein Profi wie die Cops, die sie zur Fabrik schicken würde. Sie alle wussten, was sie taten, das durfte er in seiner Sorge um Kate nicht aus den Augen verlieren. Andernfalls lief er Gefahr, sich in sinnlosen Debatten über Vorgehensweisen und Vorsicht zu verlieren. Dafür hatte er keine Zeit.

»Und was machen wir in der Zwischenzeit?«, meldete sich Quinn zu Wort.

»*Sie* werden sich draußen zu den Kaffeeautomaten setzen und sich nicht vom Fleck rühren, bis wir zurück sind«, sagte Chase. »Wir kümmern uns um den Rest und holen uns diesen Dreckskerl.«

Der Indianer sah ihn lange an, schließlich nickte er. »Nutzen Sie die Verbindung, Agent Ryan.«

36

Nicht einmal eine Stunde später stand Chase im Schutz eines Flachbaus und starrte auf die ehemalige Fliesenfabrik, die wie ein fauliger Zahn in den Nachthimmel ragte. Eine Streife war auf der Rhode Island Avenue unterwegs gewesen, nicht weit von dem Ort, an dem sich die Fabrik befand, in der sie Summers vermuteten. Tatsächlich hatten sie wenige Minuten später über Funk die Bestätigung bekommen, dass jemand in der Fabrik war. Halb hinter dem Haus versteckt hatten sie einen parkenden Wagen entdeckt, der auf Summers zugelassen war. Die Polizisten hatten Abstand zum Gebäude gehalten, um nicht Gefahr zu laufen, entdeckt zu werden. Ihnen war jedoch der matte Lichtschein aufgefallen, der durch die Ritzen der teilweise mit Brettern vernagelten Fenster nach außen drang.

Ein Lichtschein, den jetzt auch Chase sah.

Es hatte einige Debatten gegeben, ehe er Munarez davon hatte überzeugen können, ihn allein zu Summers gehen zu lassen, statt die Fabrikhalle mit einem SWAT-Team zu stürmen. Letztlich hatte sie einsehen müssen, dass er recht hatte. Die Spezialeinheiten waren dafür ausgebildet, nicht lange zu fackeln. Wenn Summers auch nur falsch zuckte, würden sie ihm eine Kugel in den Schädel jagen – und damit auch Chase. Mehr Sorgen als um sich selbst machte er sich jedoch um Kate und die andere Frau. Wenn Summers argwöhnte, dass sie ihm eine Falle stellten, würde er beide töten, ohne mit der Wimper zu zucken.

Anita hatte darauf bestanden, ihn mit einem Mikrofon auszustatten und ihm, kaum dass er verkabelt war, das Signalwort genannt. Sobald er es aussprach, würde sie mit ihren Leuten die Halle stürmen. *Rotkäppchen* war zweifelsohne eines der idiotischsten Signalwörter, die er je gehört hatte, aber immerhin bestand damit nicht die Gefahr, dass er es zufällig verwenden und Munarez daraufhin zum Angriff blasen würde.

Obwohl ihm bewusst war, dass er Summers nicht einfach erschießen konnte, hatte er sich eine Pistole geben lassen. Wenn sich die Möglichkeit bot, würde er sie benutzen. Natürlich hatte er nicht vor, dem Fotografen einen Kopfschuss zu verpassen, aber einen Schuss ins Bein, um ihn an der Flucht zu hindern, zog er durchaus in Erwägung.

Die Fabrik, die einmal *Hendersons Tiles* geheißen hatte, befand sich in Eckington, einem nördlichen Teil von D. C., in einem Industriegebiet voller Fabriken und Lagerhallen. Flachbauten und Schornsteine wucherten hier wie Pilze aus dem Boden. Um diese Zeit war die Gegend ausgestorben, lediglich ein paar Schichtarbeiter waren unterwegs, um die sich die Polizei kümmerte und dafür sorgte, dass niemand *Hendersons Tiles* zu nahe kam. Die Straßen waren abgesperrt, die Einsatzwagen standen im Schutz einer anderen Fabrikhalle, und Munarez' Team hatte sich auf dem Gelände verteilt, bereit zuzuschlagen, wann immer Chase danach war, über Märchenfiguren zu sprechen.

Munarez stand neben ihm und starrte auf die Fabrik am Ende der Stichstraße. Sie hatte ihren Blazer gegen eine kugelsichere Weste getauscht, die Waffe war griffbereit und ihre Dienstmarke deutlich sichtbar am Gürtel befestigt. Sie hatte versucht Chase dazu zu bewegen, ebenfalls eine Schutzweste anzuziehen, doch er bezweifelte, dass das Kevlar ihm helfen würde. Ben Summers war nicht der Typ, der um sich schoss.

Chase überprüfte noch einmal den Sitz seiner Waffe. »Bringen wir es hinter uns.«

Er wollte gehen, doch Munarez hielt ihn zurück. »Seien Sie vorsichtig, Ryan.«

»Machen Sie sich um mich keine Sorgen.«

Sie betrachtete ihn aus zusammengekniffenen Augen, ein Ausdruck, der ebenso gut von Misstrauen herrühren konnte wie von der Dunkelheit. »Keine Heldentaten, okay?«

»Ich werde nichts tun, was andere gefährdet.«

Einen Moment noch ruhte ihr Blick auf ihm. Schließlich

schien sie zu begreifen, dass er ihr nicht mehr als das versprechen würde. »In Ordnung«, nickte sie. »Jetzt hauen Sie schon ab!«

Chase trat aus dem Schatten des Gebäudes und folgte der Straße in Richtung Fabrik. Um ihn herum herrschte Totenstille. Lediglich seine eigenen Schritte und das Rascheln der Ratten hinter einem Müllcontainer waren zu hören. Keine Stimmen, keine Automotoren. Nichts. Entschlossen näherte er sich *Hendersons Tiles,* deren alter Firmenschriftzug sich noch immer als Schatten auf der Fassade abzeichnete, wo einst große Buchstaben befestigt gewesen waren.

Er kam an einem Parkplatz vorbei, der mit einem Maschendrahtzaun von der Straße abgetrennt war. Das Tor stand halb offen, doch bis auf einige Container und Unmengen von Unrat war der Parkplatz verlassen.

Chase versuchte die verbliebenen Augenblicke der Stille zu nutzen, die ihm noch blieben, bis er die Fabrikhalle erreichte, um sich Gedanken über sein Vorgehen zu machen. Er wusste, was Summers von ihm wollte, doch er hatte nicht die geringste Ahnung, wie er Kate retten konnte, ohne der anderen Frau etwas anzutun.

Mit jedem Schritt wurde er schneller, getrieben von dem Wunsch, endlich herauszufinden, was genau ihn im Inneren der Fabrik erwartete. Erst wenn er sich ein Bild von der Situation gemacht hatte, konnte er entscheiden, was er tun würde.

Er ging an einem Rolltor vorbei zu einem Seiteneingang, der über eine kurze Treppe zu erreichen war, und hämmerte mit der Faust gegen die Tür.

»Summers!«, rief er. »Ich bin hier. Wie geht es jetzt weiter?«

Er fürchtete schon, keine Antwort zu erhalten und lediglich Kates Leiche und die der Frau hinter der Tür vorzufinden, dann jedoch erklang Ben Summers' Stimme: »Kommen Sie herein und verriegeln Sie die Tür hinter sich. – Und vermeiden Sie abrupte Bewegungen, ich bin ein wenig nervös.«

Chase drehte den Türknauf herum, zog die Tür weit genug auf, um durch den Spalt schlüpfen zu können, und zog sie sofort hinter sich wieder ins Schloss. Mit einem leisen Klicken rastete der Riegel ein, als er ihn vorschob.

Dämmriges Licht erfüllte die weitläufige Halle und verbreitete mehr Schatten als Helligkeit, trotzdem reichte es aus, ihn seine Umgebung zumindest halbwegs erkennen zu lassen. Zu seiner Rechten befand sich ein Glaskasten, der früher als Büro gedient haben musste. Die verdreckten Lamellen waren vorgezogen und verwehrten Chase den Blick nach drinnen. Er konnte nur hoffen, dass Summers dort nicht noch weitere Überraschungen bereithielt. Vor ihm führten drei Stufen nach unten in die weitläufige Halle, deren Dachkonstruktion von acht kantigen Säulen getragen wurde, die in Zweierreihen bis zum hinteren Ende verliefen. An einigen Stellen baumelten nackte Glühbirnen von der Decke und erhellten den Teil, den der kalte Schein der verdreckten Neonlampen im Zentrum der Halle nicht zu erreichen vermochte. In einer Ecke hatte sich Summers eingerichtet: Chase sah einen Tisch, einen Stuhl und etwas, was wie ein alter Sessel aussah. Der Rest lag hinter einer hüfthohen Mauer verborgen.

Keine fünf Meter von ihm entfernt stand etwas vor einer Säule, verhüllt von fließenden schwarzen Stoffbahnen, die bis auf den Boden fielen. Chase brauchte nicht erst darunterzusehen, um zu wissen, was er dort finden würde: die andere Frau.

»Bleiben Sie stehen, Chase.« Im Zentrum der Halle, unmittelbar unter einer Lampe, stand Ben Summers. Doch es war nicht der Anblick des Killers, der Chase' Herz für einen

Schlag aussetzen ließ, sondern Kates. Sie war noch immer an den Stuhl gefesselt, der Mund jetzt mit Klebeband versiegelt. Summers Hand ruhte auf ihrer Schulter, als wolle er verhindern, dass sie aufsprang und davonlief. Abgesehen davon, dass die Fesseln das nicht zulassen würden, wirkte sie nicht, als sei sie in der Verfassung dazu. Dort, wo Summers' Schlag sie getroffen hatte, war ihre Wange geschwollen und die Ränder des Klebebandes blutig. Sie schien noch immer benommen zu sein. Was er jedoch in ihren Augen entdeckte, war schlimmer als alles andere. Es war nackte Angst, die er dort sah, eine Angst, von der er wusste, dass sie nicht ihrem eigenen Leben galt, sondern seinem.

Er war schon zwei Schritte auf sie zugegangen, als Ben den Kopf schüttelte.

»Sie wollen doch nicht, dass ich ihr die Halsschlagader durchtrenne?«

Chase blieb stehen, nicht weit von der Frau entfernt, die unter den Stoffbahnen keinen Laut von sich gab. »Was passiert jetzt?«

»Als Erstes verabschieden Sie sich von Ihrer Pistole«, befahl Summers. »Nehmen Sie das Holster ab, und ich rate Ihnen, die Waffe dabei nicht zu berühren.« In seiner Hand blitzte etwas auf, ein Skalpell, das er jetzt an Kates Kehle hielt. Beinahe spielerisch strich er mit der Klinge über ihre Haut, ohne sie dabei zu verletzen.

Chase löste das Holster. Er hielt die Finger, die er dazu nicht brauchte, weit abgespreizt, sodass Summers sehen konnte, dass er die Waffe nicht anfasste. Es war umständlich, sich auf diese Weise des Holsters zu entledigen, schließlich jedoch hielt er es in der Hand.

»Schieben Sie es über den Boden in meine Richtung. Wenn Sie mich nicht erzürnen wollen, sollte es genug Schwung haben, um bis zu mir zu kommen.«

Chase folgte den Anweisungen. Das Holster schlitterte über den Boden und wurde erst von Kates Füßen gebremst.

Summers nickte zufrieden. »Sie dürfen jetzt Ihr Geschenk auspacken.«

Chase rührte sich nicht.

»Machen Sie schon! Oder ist Ihnen das Leben Ihrer Freundin plötzlich nicht mehr wichtig?«

Ohne etwas zu erwidern, ging er zu der Frau, langsam und darauf bedacht, Summers stets seine Hände zu zeigen. Neben ihr befand sich eine Säule, an der ein Verteilerkasten mit fehlender Abdeckung hing, unmittelbar darunter stand ein wackliger Campingtisch, auf dem Summers Werkzeuge ausgebreitet lagen. Verschiedene Messer und Rasierklingen, das Etui mit den Spritzen, blauer chirurgischer Faden und die dazugehörige Nadel.

»Entfernen Sie den Stoff.«

Chase tat es, wobei er darauf achtete, nicht versehentlich einen der unzähligen Kabelstränge, die in und aus dem Verteilerkasten führten, zu berühren. Obwohl er gewusst hatte, was ihn erwartete, war er nicht darauf vorbereitet gewesen. All die Tatortfotos, die Leichen, die er gesehen hatte, selbst Jane Mercers Tod hatten ihn nicht auf das unendliche Entsetzen in den Augen dieser Frau vorbereiten können. Blut und Tränen rannen über ihr Gesicht und verschmierten die Fäden, mit denen Summers ihr die Augenlider nach oben und die Lippen zusammengenäht hatte.

»Ich dachte, ich fange schon einmal an«, meinte Summers, als hätte er Chase lediglich ein wenig lästige Arbeit abgenommen. »Ich habe mehr Übung darin als Sie. Abgesehen davon hat mich ihr Geschrei verrückt gemacht.«

Verrückt warst du schon vorher.

»Nehmen Sie die Spritze, Agent. Die, die ich bereits aufgezogen habe, und injizieren Sie ihr das Mittel in den Hals.«

Chase zögerte. Er hatte gehofft, einen Plan zu schmieden, sobald er sich einen Überblick verschafft hatte, doch in seinem Kopf zeigte sich nicht einmal der Funken einer Idee. Alles, woran er denken konnte, war, dass er Kates Leben in Gefahr brachte, wenn er sich weigerte, Summers' Aufforderungen nachzukommen. Er konnte die Frau nicht töten – er würde es auch nicht tun, doch der Gedanke an Kate lähmte ihn und hielt ihn davon ab, all seine Möglichkeiten zu erwägen, da er alles von vornherein verwarf, was sie noch mehr gefährden konnte.

Er griff nach der Spritze. »Das Antigerinnungsmittel?«

Summers nickte. »Spritzen Sie es ihr.«

Chase packte die Spritze fester und stellte sich so vor die Frau, dass er ihren Körper mit seinem verdeckte. Wenn er lediglich so tat und das Serum an ihrem Hals herabrinnen ließ …

»So, dass ich es sehen kann«, zerstörte Summer jedwede Illusion, er könne darauf verzichten, der Frau das Mittel zu verabreichen.

Mit einem Schritt gab er die Sicht frei, setzte die Injektionsnadel an die linke Halsseite und stach zu. Mit beständigem Druck pumpte er den Gerinnungshemmer unter ihre Haut und versuchte ihr leises Stöhnen ebenso zu ignorieren wie die Todesangst in ihrem Blick. Das Mittel würde sie nicht umbringen. Noch blieb ihm Zeit, einen Ausweg zu finden.

»Gut gemacht«, lobte Summers, als Chase die leere Spritze auf den Tisch zurückwarf. »Jetzt das Messer.«

»Scheiße, Summers, was soll das? Sie wissen, dass ich nicht allein gekommen bin.«

»Natürlich weiß ich das.« Ein Grinsen spaltete seine Lippen und ließ seine Augen voller Irrsinn funkeln. »Aber ich weiß auch, dass die mich nicht erschießen werden.«

»Was macht Sie so sicher, dass ich jemandem von der Verbindung erzählt habe? Oder – falls doch – dass mir jemand geglaubt hat?« Es kostete ihn Mühe, sich auf Summers zu konzentrieren und nicht ständig zu Kate zu sehen. »Womöglich«, fuhr er fort und zwang sich, seinen Blick von Kate abzuwenden, »bin ich wie Cassell und es ist mir gleichgültig, was mit mir passiert, solange Sie endlich zur Strecke gebracht werden.«

Summers schüttelte den Kopf. »Sie sind kein Selbstmörder.« Seine Augen richteten sich auf Kate, sanft strich er ihr über die Wange und hörte auch nicht auf, als sie zusammenzuckte, als seine Hand die Schwellung berührte. Allein dafür hätte Chase ihn am liebsten umgebracht. »Im Gegensatz zu Cassell haben Sie etwas, wofür es sich zu leben lohnt.«

Chase sah das Flehen in Kates Augen, das ihn dazu bewegen sollte, kehrtzumachen und den Rest Munarez und ihren Leuten zu überlassen. Ein Flehen, dem er nicht nachgeben würde. »Was bezwecken Sie, Ben?« Er wählte bewusst die vertrauliche Anrede, um Nähe zu schaffen und eine Verbundenheit, die über das Ritual hinausging. Wenn er ihn davon überzeugen konnte, dass er ihm helfen wollte – nicht dass er das tatsächlich vorhatte –, würde er die Frauen womöglich gehen lassen. »Sie wissen, dass Sie aus dieser Sache nicht mehr herauskommen. Wozu also das Ganze? Wozu noch mehr Tote? Für nichts und wieder nichts?«

»Vielleicht geht es mir nur noch darum, Ihnen zu beweisen, dass jeder zum Mörder werden kann.«

»Das ist es?«, entfuhr es Chase. Ihm war klar, dass die früheren Morde nichts damit zu tun hatten – all die Morde, die er begangen hatte, bevor er Diana umgebracht hatte, um Frank zu bestrafen. Erst da hatte sich alles auf eine persönliche Ebene verschoben und war zu einem Spiel für ihn geworden, in dem es ihm nur darum ging, etwas zu beweisen.

Chase konnte sich sogar noch an das Gespräch erinnern, auf das Summers anspielte, jene Unterhaltung, während der Summers voller Überzeugung erklärt hatte, dass in jedem Menschen ein Mörder steckte, und Chase dagegengehalten hatte. »Scheiße, Summers! Das alles wegen einer Aussage von mir? Deswegen setzen Sie alles aufs Spiel? All die Jahre, in denen Sie der Polizei immer einen Schritt voraus waren, in denen Sie Ihre Überlegenheit demonstriert haben – und jetzt riskieren Sie alles, nur um mir zu beweisen, dass ich womöglich unrecht hatte?«

»Womöglich?« Summers lachte. »Sie hatten ganz *sicher* unrecht und Sie werden es sich in dem Moment eingestehen, indem Sie Mrs Wilkes hier das Leben nehmen, um Ihre Freundin zu retten.«

»Noch ist es für Sie nicht vorbei, Ben.« Chase hatte seine Ruhe wiedergefunden. »Wenn Sie jetzt aufgeben und niemandem hier etwas zustößt, werde ich dafür sorgen, dass Ihnen die Todesstrafe erspart bleibt. Sie werden den Rest Ihres Lebens hinter Gittern verbringen, im Gefängnis oder in einer Anstalt, aber wenn ich Ihnen geistige Unzurechnungsfähigkeit attestiere, werden Sie mit dem Leben davonkommen.«

»Und was für ein Leben soll das sein?«, schnaubte er. »Hinter Gittern, umgeben von Irren oder von gewöhnlichen Verbrechern und Mördern, die lediglich Schlachtvieh vor sich sehen statt Kunstobjekte?« Er schüttelte langsam den Kopf. »Alles hat einmal ein Ende. Wie jede Kunst verliert auch diese mit der Zeit ihren Reiz. Aber für Sie wird es sich gut anfühlen. Mein Gott, ich beneide Sie darum! Sie haben es noch vor sich, herauszufinden, wie es ist, zum ersten Mal eine Klinge in das Fleisch eines Menschen zu stoßen. Ich wünschte, ich könnte die Zeit zurückdrehen und noch einmal erleben, wie die ersten Male waren.« Ein fiebriger Glanz hatte sich über seine Augen gelegt, trotzdem hielt er nach wie vor die Klinge an Kates Hals. »Das berauschende Gefühl, nicht erwischt zu werden, und von Mal zu Mal das Vorgehen zu perfektionieren, als würde man ein Handwerk erlernen. Das ist wunderbar. Einzigartig! Aber für mich ist es vorbei.« Schlagartig war sein Blick wieder klar. Er zuckte die Schultern. »Man sollte aufhören, wenn man auf dem Höhepunkt seines Schaffens angekommen ist, und ich denke, das hier«, mit einer ausholenden Geste umfasste er die gesamte Halle, Kate, die gefesselte Frau, Chase und sich selbst, »wird ein Abgang, der in die Annalen der Geschichte eingeht. Vermutlich schaffe ich es damit nicht nur in Bücher, Zeitungen und ins Fernsehen, sondern auch in die Polizei- und FBI-Lehrbücher. – Lassen Sie uns nicht noch mehr Zeit verschwenden. Fangen Sie endlich an, Agent.«

Chase nahm das Messer, darauf bedacht, den Leitungen im Verteilerkasten nicht zu nahe zu kommen. Die Augen der Frau starrten ihm entgegen, aufgerissen und voller Entsetzen. Unterdrückte Laute schlüpften durch die Lücken ihrer zusammengenähten Lippen, drängten nach draußen und verhallten als gedämpftes Wimmern.

»Schneiden Sie ihr über die Wange – ich will sehen, ob Sie es können.«

Chase rührte sich nicht.

»Sie sollten besser tun, was ich verlange. Jedes Mal, wenn Sie sich weigern, meine Anweisungen auszuführen, wird Ihre Freundin dafür büßen. Und im Gegensatz zu der Frau vor Ihnen werden Sie Kate schreien hören. Jedes Mal.«

Chase' Finger schlossen sich so fest um den Griff des Messers, dass sich der Kunststoffgriff in seine Handflächen grub. Nur ein Schnitt. Ein winziger Schnitt über die Wange der Frau konnte ihm die Zeit erkaufen, einen Plan zu fassen. Doch was, wenn ihm nichts einfiel? Ein weiterer Schnitt und immer noch einer, bis die Frau tot war?

Nein!

Es ist nur ein Schnitt ins Gesicht, versuchte er sich zu überzeugen. Aber was mit einem harmlosen Schnitt anfing, würde sich schnell steigern. Er durfte den Anfang nicht machen, konnte die Linie nicht überschreiten, die ihn von Menschen wie Summers trennte.

Wo begann es? Wo hörte es auf?

Er spürte eine Berührung in seinem Geist. Der Killer versuchte in seinen Verstand einzudringen, doch Chase hielt die Tür geschlossen, verweigerte ihm den Zugriff auf seinen Willen. Summers tastete sich am Rande der Barriere entlang, mit deren Hilfe Chase ihn aussperrte, suchte nach einem Zugang und wurde immer ungeduldiger. Schließlich zog er sich zurück.

»Wie haben Sie das gemacht, Ryan? Warum kann ich Sie nicht erreichen?«

»Ich weiß nicht, wovon Sie sprechen«, behauptete Chase.

Sie starrten einander an, Summers' Blick so durchdringend, als versuche er herauszufinden, was Chase getan hatte. Schließlich nickte er. »Sie sind wirklich ein würdiger Gegner. Trotzdem findet unser Spiel nun ein Ende. Sie hätten nicht zögern sollen. Ein einfacher Schnitt hätte genügt. Jetzt ist es zu spät.« Mit einem Ruck riss er das Klebeband von Kates Mund. »Hören Sie genau hin, Agent!«

Er drückte das Skalpell gegen die Seite ihres Halses, bis Blut floss. Kate stieß ein unterdrücktes Keuchen aus. Summers trieb die Klinge tiefer und drehte sie in ihrem Fleisch, bis sie aufschrie.

»Wenn Sie sich weiterhin weigern, werde ich ihr die Kehle durchschneiden!«

Chase' Hand zitterte. Er würde die Frau nicht schneiden. Die Pistole war außer Reichweite ebenso wie Summers selbst. Er hätte sich mit bloßen Händen auf ihn gestürzt, wenn auch nur die geringste Aussicht bestanden hätte, ihn zu erreichen, bevor er Kate umbrachte.

»Vermutlich«, fuhr Summers fort, »muss ich Ihnen zugutehalten, dass Sie Ihren Prinzipien treu bleiben – auch wenn Sie damit Ihre Freundin zum Tode verurteilen.«

Er setzte ihr die Klinge an die Halsschlagader.

Kate zitterte, ihre Augen waren riesig, trotzdem schüttelte sie – soweit es das Skalpell an ihrem Hals zu ließ – den Kopf. »Tu es nicht, Chase«, stieß sie hervor.

Chase war versucht, sich die Klinge selbst ins Fleisch zu stoßen, doch abgesehen davon, dass die Verbindung stehen musste, würde das nicht genügen. Um Kate zu retten, musste er Summers sofort von ihr wegbekommen. Ein banaler Schnitt oder Stich würde ihn nicht davon abhalten, den tödlichen Schnitt anzubringen.

Nutzen Sie die Verbindung, Agent Ryan.

Chase' Blick glitt über die Säule. Das war es! In der einen Hand hielt er noch immer das Messer, die andere ließ er in seine Hosentasche gleiten. Seine Finger schlossen sich um das Säckchen mit der Kräuterasche. Hatte Quinn nicht gesagt, dass die Kraft des Rituals darin gebunden war?

Er schloss die Augen und konzentrierte sich auf die Verbindung, bis er sie glasklar vor sich sah, ein Lichtfaden, der aus seiner Brust aufstieg und bis zum Zentrum der Halle reichte, wo Summers Kate noch immer bedrohte. Leuchtend hell, als bräuchte er nur die Hand danach auszustrecken, um sie zu berühren.

Doch statt nach der Verbindung zu greifen, fasste er in den Verteilerkasten und riss an den Kabeln.

»Rotkäppchen«, keuchte er, als tausend Volt durch seinen Körper schossen und die Welt in einem Funkenregen explodierte.

*

Kate schrie.

Summers' Klinge war schlagartig von ihrem Hals verschwunden, als er wie ein gefällter Baum zu Boden gegangen war, doch es war Chase, dem ihre Aufmerksamkeit galt. Chase, der reglos auf dem Boden lag, während die Kabel über ihm noch Funken schlugen.

Immer wieder brüllte sie seinen Namen, selbst als die Polizei die Halle stürmte und jeden Winkel sicherte, hörte sie nicht auf, nach ihm zu rufen. Auch dann nicht, als ihr die Cops die Sicht versperrten, die Summers umringten, um zu sehen, ob von ihm noch Gefahr ausging.

Jemand durchtrennte ihre Fesseln. Verschwommen erkannte sie Anita Munarez' Züge vor sich. »Geht es Ihnen gut?«, wollte die Polizistin wissen. »Sind Sie verletzt?«

Kate schüttelte den Kopf, eine Antwort auf beide Fragen.

»Rufen Sie einen Krankenwagen! Schnell!« Ohne Munarez' Reaktion abzuwarten, schob sie sich an ihr vorbei und rannte zu Chase. Warmes Blut lief über ihren Hals, doch der Schmerz, den sie spürte, hatte nichts mit der Verletzung zu tun. Neben ihm fiel sie auf die Knie und tastete nach seinem Puls.

Nichts.

»Ich brauche einen Arzt!«, schrie sie.

Ohne auf eine Reaktion zu warten – jemand musste sie gehört haben –, drehte sie Chase auf den Rücken, schob seinen Pullover nach oben und legte ihre Handflächen auf sein Brustbein. Immer wieder drückte sie ihre Hände darauf. Einmal. Zweimal. Dreimal. Kurze Pause. Eins. Zwei. Drei. Wieder und wieder von vorn. Sie wusste nicht, wie lange sie das schon machte, ihre Hände fühlten sich taub und gefühllos an, und sie war ziemlich sicher, dass sie Chase eine Rippe gebrochen hatte, trotzdem hörte sie nicht auf. Auch nicht, als Munarez sich neben sie kniete.

»Der Notarzt ist gleich da. Beatmen Sie ihn, ich mache hier weiter.«

Als Kate nicht sofort reagierte, schob sie ihre Hände zur Seite. »Beatmen, Lombardi!«

Sie rückte zur Seite und sofort übernahm Munarez die Herzdruckmassage, während Kate nach Chase' Kopf griff und ihn überstreckte. Sie hielt ihm die Nase zu und blies ihren Atem in seinen Mund, bis sich sein Brustkorb hob – lediglich eine Reaktion auf ihre Beatmung.

Chase selbst sprach nicht auf die Wiederbelebungsversuche an. Er atmete nicht und sein Herz begann nicht zu schlagen. Doch Kate weigerte sich, aufzugeben. Sie würde nicht zulassen, dass er sich ihretwegen umbrachte!

»Komm schon!«, fuhr sie ihn an. »Atme!«

Sie wollte nicht aufhören, ihm ihren Atem zu geben. Erst als Anita sie packte und halb von ihm fortschleifte, begriff sie, dass die Notärzte längst da waren. Sie stellten die Koffer mit ihrer Ausrüstung neben ihm ab. Einer der Männer bereitete den Defibrillator vor, während der andere Chase' Vitalfunktionen prüfte.

»Kammerflimmern!«, rief er. »Defi bereit machen!«

Kate spürte kaum, dass Munarez sie an den Schultern aufrecht hielt, hörte kaum, was die Sanitäter sagten. Sie sah, wie die Männer mit ihren Gerätschaften hantierten und das EKG anschlossen, hörte das Aufladen des Defibrillators und den Knall der Entladung, doch das Einzige, was sie wirklich klar und deutlich wahrnahm, war Chase.

Wieder das Knallen des Defibrillators, gefolgt vom Pfeifen, als sich das Gerät erneut auflud.

»Keine Reaktion! Adrenalinspritze!«

Sie jagten ihm die Nadel direkt ins Herz.

»Nulllinie.«

Heiße Tränen liefen ihr über die Wangen, während sie

beobachtete, wie die Sanitäter um Chase' Leben kämpften. Munarez redete auf sie ein, doch die Worte der Polizistin gingen im Dauerpiepton des EKGs unter.

»Mehr Adrenalin!«

Noch eine Spritze, gefolgt von einem einzelnen Piepton.

»Wir haben ihn! Stabilisieren!«

Kate schloss erleichtert die Augen. Als sie sie wieder öffnete, sah sie sich zum ersten Mal bewusst um. Die beiden Ärzte bei Chase waren nicht die einzigen. Jemand hatte die gefesselte Frau befreit, ein Sanitäter kümmerte sich um sie und half ihr, sich auf eine Trage zu legen, während er ohne Unterlass beruhigend auf sie einredete. Auch Ben Summers wurde behandelt, und wie bei Chase war es den Sanitätern gelungen, ihn ins Leben zurückzuholen. *Die Verbindung*, schoss es Kate durch den Kopf, während sie beobachtete, wie Summers auf eine Trage geladen und mit Handschellen daran festgekettet wurde. Zwei Polizisten blieben an der Seite der Sanitäter und verließen mit ihnen die Halle. Zweifelsohne würden sie ihn auch im Krankenhaus nicht aus den Augen lassen.

Chase war sehr schwach. Die Ärzte hatten alle Hände voll zu tun, ihn zumindest halbwegs stabil zu halten. »Er muss sofort ins Krankenhaus«, hörte sie einen der Männer sagen. Kurz darauf hatten sie ihn schon auf eine Tragbahre gehoben. Sofort war Kate bei ihm. Er sah sie an, seine Mundwinkel zuckten im Anflug eines Lächelns. Sie griff nach seiner Hand, der linken, unversehrten. Die rechte hatte er sich durch den Stromschlag schlimm verbrannt.

»Wie konntest du das nur tun?«, schluchzte sie. »Du bist wirklich ein dummer, dummer Mann.«

»Dumm vielleicht«, brachte er angestrengt hervor. »Aber nicht langweilig, oder?«

Sie schüttelte den Kopf. »Nein, ganz sicher nicht.«

Epilog

Während der kommenden Tage wich Kate nur von Chase' Seite, wenn die Ärzte sie aus dem Zimmer schickten, um ihn zu untersuchen. Die Schläuche und die Maschinen, an die er angeschlossen war, machten ihr Angst. Vermutlich hätte sie das regelmäßige Piepen der Geräte in den Wahnsinn getrieben, wäre nicht jeder Piepton ein Beweis dafür gewesen, dass er am Leben war.

Er war noch immer bewusstlos und die Ärzte hatten sie darauf vorbereitet, dass sein Herz plötzlich zu schlagen aufhören oder der Stromschlag seinem Gehirn dauerhaften Schaden zugefügt haben könnte. Genaueres ließe sich erst sagen, wenn er zu sich kam. Doch selbst das konnten ihr die Halbgötter in Weiß nicht garantieren. Es bestand die Möglichkeit, dass das Koma, in das er nach seiner Einlieferung gefallen war, nicht nur vorübergehender Natur war.

Sie hatte ihm mit ihrer Herzdruckmassage tatsächlich eine Rippe gebrochen, doch die Ärzte versicherten ihr, dass das nichts Ungewöhnliches war und dass ihm ihr schnelles Eingreifen vermutlich das Leben gerettet hatte. Seine Hand war dort, wo er mit dem Strom in Kontakt gekommen war, verbrannt, würde jedoch bis auf ein paar Narben vollständig heilen.

Als er nach ein paar Tagen die Augen aufschlug, wenn auch nur für wenige Herzschläge, nährte das ihre Hoffnung, dass alles gut werden würde – trotzdem gaben die Ärzte noch keine Entwarnung. Er war zu schwach, schwächer, als er sein sollte, und die Phasen, in denen er zu sich kam, waren zu kurz, um mehr über seinen Zustand sagen zu können.

Kate war Tag und Nacht an seiner Seite. Jemand hatte ihr ein Klappbett ins Zimmer gestellt, die meiste Zeit jedoch saß sie in einem Sessel neben seinem Bett, in dem sie auch schlief. Sie hielt Chase' Hand und redete auf ihn ein, flehte ihn an, gesund zu werden und sie nicht allein zu lassen, und wann immer ihr die Stimme unter ihren Gefühlen zu ersticken drohte, zwang sie sich, ihm eine Geschichte zu erzählen. Belanglose Märchen, die sie aus ihrer Kindheit kannte und die ihn wissen lassen sollten, dass sie noch immer da war. Ihre Stimme sollte sein Anker sein, an dem er sich festhalten und – sobald er dazu bereit war – ins Leben zurückfinden konnte.

Am Abend des vierten Tages hatte er einen Atemstillstand. Die Ärzte konnten sich den Ursprung nicht erklären und hatten alle Hände voll zu tun, ihn am Leben zu erhalten. Letztlich waren sie gezwungen, zu intubieren und ihn künstlich zu beatmen. Anfangs glaubte Kate, der Erstickungsanfall sei eine Folge des Stromschlags, doch so schnell er gekommen war, so schnell war er auch wieder gegangen, und Chase war imstande, wieder aus eigener Kraft zu atmen. Erst als Munarez am Abend kam, um nach Chase zu sehen, erfuhr sie den wahren Grund für seinen Anfall: Ben Summers hatte versucht, sich in der Toilette des Gefängniskrankenhauses zu erhängen. Dieses Mal hatten die Ärzte sein Leben gerettet – ebenso wie Chase' –, doch Kate wusste, dass es jederzeit wieder geschehen konnte. Beim nächsten Mal hatten sie womöglich nicht so viel Glück.

In ihrer Verzweiflung rief sie Joseph Quinn an. Sie erzählte ihm, was geschehen war, und bat ihn darum, die Verbindung zwischen Chase und Summers aufzuheben. Nicht einmal eine Stunde später betrat der Indianer das Krankenzimmer. Sein Großvater folgte ihm in den Raum und schloss die Tür hinter sich. Kate war froh, zu sehen, dass es dem alten Mann gut ging. Er hatte seine Gefangenschaft weit besser überstanden als die arme Margret Wilkes. Nachdem Summers ausgeschaltet war, hatte ein Polizist den alten Indianer im Büro der Fabrik gefunden, gefesselt und geknebelt in einen Besenschrank gesperrt.

Die beiden Männer trugen den Tisch vom Fenster zum Fußende des Bettes und breiteten darauf ihre mitgebrachten Utensilien aus. Als die Schwestern bemerkten, dass die Indianer etwas im Schilde führten, musste Kate die Tür verbarrikadieren, um sie daran zu hindern, Quinn und seinen Großvater hinauszuwerfen.

Wie gebannt verfolgte sie den Ritus der beiden Männer. Eine Räucherschale verströmte einen intensiv süßlichen Kräutergeruch, der das Zimmer bald bis in den letzten Winkel erfüllte. Unter fremd klingenden Gesängen verbrannten sie weitere Kräuter zu Asche und rührten damit eine Paste an. Noch immer singend und rezitierend hob Quinn Chase an und legte seinen Rücken frei, während sein Großvater die Paste auf den ursprünglichen Kern des Tattoos auftrug. Der Gesang steigerte sich zu einem drängenden Stakkato, ehe er abrupt endete.

»War es das?«, wollte Kate gerade fragen, doch die Worte blieben ihr im Hals stecken, als sie den dünnen Nebel sah, der von Chase' Rücken aufstieg und sich in der Luft verflüchtigte.

Mit einem letzten Blick auf das Tattoo nickte Quinn zufrieden. »Das war es.«

Kate erkannte sofort, was er meinte. Das Tattoo war auf seine ursprüngliche Größe zusammengeschrumpft. Dort, wo die verschlungenen Ranken vor wenigen Augenblicken noch seinen gesamten Rücken überzogen hatten, war nichts mehr davon zu sehen. Die Haut war unversehrt, als sei nichts gewesen.

Zwei Tage nachdem Quinn und sein Großvater die Verbindung aufgehoben hatten, unternahm Summers einen weiteren Selbstmordversuch. Dieses Mal mit Erfolg. Chase erlangte am nächsten Tag sein Bewusstsein endgültig zurück. Sein Zustand war stabil.

Nachdem er über den Berg war, begann Kate wieder zu arbeiten – sie hätte es vorgezogen, auch weiterhin bei Chase zu bleiben, doch sie musste ihre Miete bezahlen. Daher blieb ihr keine andere Wahl, als jeden Morgen in die Redaktion zu fahren. Allerdings verzichtete sie darauf, sich wieder aufzubrezeln. Wenn ihr Ruhm als Entführungsopfer nicht ausreichte, um den Leuten Informationen zu entlocken, konnte sie es auch nicht ändern. Der wichtigste Teil ihres Tages blieben jedoch die Abende im Krankenhaus, die sie nach wie vor an Chase' Seite verbrachte. Sie sprachen nicht viel. Anfangs war er zu schwach und später beschränkten sie sich auf belanglose und unverfängliche Themen wie Kates Arbeitstage und die Tatsache, dass er sich das Tattoo mit dem Laser entfernen lassen wollte. »Sicher ist sicher«, hatte er mit einem Augenzwinkern gemeint.

Die ganze Zeit über wartete sie darauf, dass er zur Sprache brachte, wie es zwischen ihnen weitergehen sollte. *Ob* es überhaupt weitergehen sollte. Doch Chase verlor kein Wort darüber. Er hielt ihre Hand und küsste sie, wann immer sie ihm nahe kam, aber er hüllte sich auch weiterhin in Schweigen.

Am Tag seiner Entlassung holte Kate ihn mit einem Taxi ab und begleitete ihn nach Hause. Die Fahrt verlief ebenso still wie die letzten Tage. Einzig, dass Chase sie immer wieder von der Seite musterte, wenn er glaubte, sie würde es nicht bemerken, war neu.

An diesem Nachmittag liebten sie sich. Das erste Mal nahm er sie auf dem Esstisch, kaum dass die Wohnungstür hinter ihnen ins Schloss gefallen war, hart und schnell. Ausgehungert. Danach trug er sie ins Schlafzimmer, diesmal nahm er sich mehr Zeit und sorgte dafür, dass auch sie auf ihre Kosten kam.

Als sie später in seinen Armen lag, wagte sie nichts zu sagen. Ihr fehlte der Mut, auszusprechen, was sie für ihn empfand. Zu groß war ihre Angst, dass er ihre Gefühle nicht erwiderte, und so erfuhr sie lediglich, dass er morgen seine Arbeit wiederaufnehmen wollte.

»Ich fürchte, in den nächsten Tagen werde ich nicht viel Zeit für dich haben.« Er zog sie enger an sich heran und strich mit dem Finger über ihre Schulter. »Die Rückkehr ins Büro, meine Zeugenaussage bei Munarez unterschreiben und all die großen und kleinen Dinge, die sich während der letzten Wochen angesammelt haben.«

»Ist schon in Ordnung«, versicherte sie ihm. »Ich habe mindestens genauso viel um die Ohren, also mach dir keine Sorgen.« Wenn das sein Weg war, langsam auf Abstand zu gehen, dann wollte sie ihn nicht daran hindern.

Sobald er eingeschlafen war, stand sie auf, zog sich an und schlich wie eine Diebin davon. Erst vor der Wohnung blieb sie stehen. Am liebsten hätte sie kehrtgemacht und gegen die Tür gehämmert. Sie wollte mit ihm über all das reden, was unausgesprochen geblieben war. Doch sie ging nicht zurück. Sein Apartment hatte ihr die Antworten gegeben, nach denen sie gesucht hatte. Es war sauber, aufgeräumt und praktisch – das komplette Gegenteil ihrer eigenen Wohnung. Zwei vollkommen verschiedene Welten, zwischen denen es keine weiteren Berührungspunkte gab als jene zufällige Begegnung vor Cassells Haus. Zwei Welten, die nicht zusammenpassten. Morgen würde Chase in seinen Job und damit endgültig in sein eigenes Leben zurückkehren. Er brauchte sie nicht länger.

*

Die kommenden Tage waren eine einzige Qual. Kate fühlte sich, als hätte sie jemand in Watte gepackt, die nun verhinderte, dass sie noch etwas von ihrer Umwelt wahrnahm. Einzig dem Telefon schenkte sie ihre volle Aufmerksamkeit. Von morgens bis abends wartete sie darauf, dass es klingelte, und hoffte, Chase' Stimme am anderen Ende der Leitung zu hören, doch das Telefon schwieg.

Da sie nicht den Eindruck erwecken wollte, sie würde ihm hinterherlaufen, unterdrückte sie jeden Impuls, selbst zum Telefon zu greifen und ihn anzurufen.

Es war schon später Nachmittag und sie war eine der wenigen, die es an diesem strahlend schönen Tag noch in der Redaktion hielt. Sie brütete über einem Artikel, der sich passenderweise um einen Stalker drehte, und schaffte es einfach nicht, einen geraden Schlusssatz zustande zu bringen. Mit jedem Mal, das sie den Satz erneut löschte, um ihn neu zu formulieren, verschlechterte sich ihre Laune weiter.

Abgesehen davon ärgerte sie sich über die Polizei, die ihr auch vorhin wieder mitgeteilt hatte, dass sie ihren Charger noch immer nicht abholen konnte. Seit Wochen bekam sie immer und immer wieder dasselbe zu hören. »Tut mir leid, Miss, der Wagen wird noch zur Beweissicherung benötigt. Wir rufen Sie an, sobald er freigegeben wird.« Beweissicherung! Wochenlang, wegen ein paar verfluchter Einschusslöcher, die noch dazu im Beisein und unter Mitwirkung der Cops entstanden waren? Allmählich begann sie sich zu fragen, ob sie den Wagen je wiedersehen würde. Vielleicht war es besser, ihn zu vergessen, er würde sie ohnehin nur jedes Mal an Chase erinnern.

»Hier, Herzblatt!« Marc stellte einen Becher heißen Kakao vor ihr auf den Tisch. »Schokolade macht glücklich und ausgeglichen.«

»So viel Schokolade kann ich gar nicht in mich reinstopfen, dass das helfen würde.« Seufzend lehnte sie sich in ihrem Stuhl zurück. »Entschuldige, Marc. Ich weiß, dass du es nur gut meinst, und ich bin eine undankbare Zicke. Das hast du nicht verdient.«

»Übellaunig hast du vergessen.« Er setzte sich auf die Kante ihres Schreibtischs und sah sie lange an, ehe er meinte: »Du bist nicht schlecht gelaunt, Liebes.«

»Ach ja? Wie würdest du den Zustand dann nennen, bei dem man jeden am liebsten in der Luft zerreißen würde – selbst wenn einem derjenige lediglich einen guten Morgen wünscht?«

»Todtraurig und unglücklich verliebt.«

Obwohl sie alles darum gegeben hätte, es zu verhindern, konnte sie nichts gegen die Tränen tun, die ihr so plötzlich in die Augen schossen, als hätte Marc mit seinen Worten einen Schalter umgelegt. »Ich wollte das nicht.« Sie hatte genau gewusst, was passieren würde, und trotzdem hatte sie sich darauf eingelassen, getrieben von der dummen, dummen Hoffnung, dass sie sich geirrt haben könnte. Oder dass es ihr nichts ausmachen würde. »Aber es ist passiert.«

»Natürlich ist es passiert.« Marc griff nach ihrer Hand und hielt sie fest. »In einer Situation wie dieser ist das doch normal, dass man sich an denjenigen klammert, der da ist. Allein schon, um nicht vor Angst verrückt zu werden. Dass der Kerl dann auch noch so eine Sahneschnitte war, macht es wohl nicht leichter.«

»Nein, nicht wirklich.« Kate wischte die Tränen ab, stumme Zeugen ihrer eigenen unterdrückten Gefühle. Sie kaute auf ihrem Bleistift und beobachtete, wie Marc an seinen eigenen Platz zurückkehrte, während ihre Gedanken einmal mehr zu Chase wanderten. Was sie für ihn empfunden hatte – noch immer empfand –, hatte nichts mit Angst zu tun, sondern damit, dass sie noch nie einem Mann wie ihm begegnet war, jemandem, bei dem sie sein konnte, wie sie war, und der ihr ein Gefühl der Geborgenheit gab, wie sie es von zu Hause nicht kannte. Himmel, er hatte sich sogar umgebracht, um ihr Leben zu retten! Dass er jetzt nicht mehr bei ihr war und sie Abend für Abend in ihrer Wohnung saß und sich in Pennys Haus zurückwünschte, machte es nicht leichter. Womöglich wäre es das Beste, wenn sie zu Chase fuhr und mit ihm redete. Selbst wenn er nichts mehr von ihr wissen wollte, würde ihr ein Gespräch zumindest die Klarheit verschaffen, die sie brauchte, um eines Tages einen Schlussstrich unter die Sache ziehen zu können.

Sie warf den Bleistift mit so viel Schwung auf den Schreibtisch, dass er über die Kante rollte und mit einem Ploppen auf den Teppich fiel, trotzdem machte sie sich nicht die Mühe, ihn aufzuheben. Stattdessen drehte sie sich mitsamt dem Stuhl herum, lehnte sich zurück und schloss die Augen.

»Brauchst du den nicht mehr?«

Kate riss die Augen wieder auf. Wenn sie nicht eingeschlafen war und träumte, dann stand Chase vor ihr, ihren Bleistift in der bandagierten Hand. Sein Erscheinen kam so plötzlich, dass sie nicht wusste, was sie sagen sollte. Schließlich brachte sie immerhin ein vielsagendes »Hi« zustande.

Er legte den Stift auf den Tisch, nahm ihre Hand und zog sie auf die Beine.

»Was soll das werden?«, protestierte sie.

»Ich will dir etwas zeigen«, sagte er. »Komm einfach mit.«

Ohne eine Antwort abzuwarten, schob er sie vor sich her den Gang entlang, in den Aufzug und drückte den Knopf für die Lobby. Es gab so vieles, was sie ihm sagen wollte, so vieles, was sie fragen und klären wollte, doch nichts von dem, was ihr vor drei Minuten noch durch den Kopf gespukt war, wollte ihr jetzt über die Lippen kommen.

»Wie geht es dir?«, war schließlich das Vernünftigste und Unverfänglichste, wofür sie sich entscheiden konnte.

»Ich lebe«, erwiderte er mit einem leisen Lächeln. »Dank dir.«

Als sich die Aufzugtüren öffneten, nahm er sie an der Hand und führte sie durch die Lobby nach draußen. Vor der Tür parkte ihr Charger. Oder vielleicht auch *irgendein* Charger, der nur zufällig feuerrot war und dasselbe Kennzeichen hatte wie ihrer. Dieser hier hatte jedenfalls keine Einschusslöcher. Der Wagen stand da wie neu.

»Du hast es tatsächlich getan!« Jetzt begriff sie auch, warum die Polizei ihren Wagen nicht herausgerückt hatte. Er war längst abgeholt worden.

»Ich wollte ihn eigentlich nur waschen lassen, aber der Typ in der Waschstraße meinte, die atmungsaktiven Löcher im Kofferraum seien gar keine atmungsaktiven Löcher.«

»Mist. Dann kann ich sie mir wohl nicht patentieren lassen.«

Er schüttelte den Kopf. »Tut mir leid, wir haben sie zugespachtelt.«

»Gespachtelt«, echote sie. Nichts an diesem Auto sah auch nur im Entferntesten gespachtelt aus.

»Wir hatten keinen Kaugummi zur Hand, sonst hätten wir den genommen.«

Sein gut gelauntes Geplauder machte sie völlig verrückt. »Was hast du mit diesem langweiligen, vorschriftstreuen Agenten gemacht, der dir so ähnlich sah?«

»Der ist nicht im Dienst.« Grinsend nahm er sie an den Schultern und drehte sie herum, sodass sie den Wagen wieder ansehen musste. »Die Teile sind ausgetauscht und dein Auto ist wie neu. Mir blieb ja gar nichts anderes übrig.«

»Warum nicht?«

Er sah sie an. »Du hast doch die Gegend gesehen, in der

ich wohne. Die Leute dort würden sich bestimmt über Autos mit Einschusslöchern aufregen. Die würden glatt die Polizei rufen, wenn sie deinen Wagen sehen.«

Kate hatte Mühe, seine Worte zu verdauen. Ihr Herz begann zu hämmern und ihre Fingerspitzen wurden eiskalt. »Was …?«

»Ich hatte gehofft, dass dein Wagen künftig öfter vor meiner Tür stehen wird.«

Mit einem Mal fühlte sie sich so zittrig und unsicher, dass sie nichts weiter tun konnte, als fragend eine Augenbraue in die Höhe zu ziehen, während sie darum kämpfte, ihre verloren gegangene Stimme wiederzufinden und nebenbei nicht schon wieder in Tränen auszubrechen.

»Ich habe noch mal über die Sache mit dem Beuteschema nachgedacht.«

»Aha.« Ein erstes Wort oder zumindest etwas, das dem recht nahe kam. Es war ein Anfang.

»Es sieht ganz danach aus, als hätte ich doch eines, und ich glaube, es ist ziemlich wenig verbreitet, weshalb es auch mein halbes Leben gedauert hat, ein passendes Wild zu finden.« In seinem Blick war etwas derart Zwingendes, dass sie die Augen selbst dann nicht hätte abwenden können, wenn sie es gewollt hätte. »Ich fürchte, ich stehe auf Reporterinnen mit gespaltener Persönlichkeit, die sich entführen lassen und ihrem Entführer dann auch noch helfen. In so eine könnte ich mich verlieben.«

Kate hatte endlich ihre Sprache wiedergefunden. »Dir ist aber schon klar, dass das mit dem Stockholmsyndrom eigentlich andersherum funktioniert?«

Er zuckte die Schultern. »Ich war nicht sicher, ob du dich in mich verlieben würdest, da dachte ich, ich ergreife vorsichtshalber die Initiative.«

Ihre Knie wurden so weich, dass sie fürchtete, jeden Moment aus den Schuhen zu kippen. »Ich glaube, ich habe mich gerade verhört. Hast du gerade gesagt, dass …«

»… ich mich in dich verliebt habe. Es war vielleicht ein wenig kryptisch, aber ja, das habe ich gesagt.« Er griff nach ihrer Hand und zog Kate zu sich heran. Seine Finger strichen über ihre Wange und sein Blick war noch immer auf ihre Augen geheftet. »Im Krankenhaus und während der letzten Tage hatte ich viel Zeit, nachzudenken, und mir ist einiges klar geworden. Ich dachte immer, dass meine Beziehungen an meiner Arbeit zerbrochen seien, aber das stimmt nicht. Es waren die falschen Frauen. Ich brauche dich nur anzusehen, um zu wissen, dass es mit dir anders sein wird. *Du* bist anders. Du hast deinen Beruf und deine eigenen Karrierepläne und wartest nicht den ganzen Tag zu Hause darauf, dass ich endlich aus dem Büro komme … Abgesehen davon sieht deine Zahnbürste wunderbar neben meiner aus.«

»Du hast meine Zahnbürste gekidnappt?«

»Genau genommen habe ich eine neue gekauft, aber sobald du sie das erste Mal benutzt hast, gehört sie dir.«

»Oh, wow«, brachte sie hervor. »Ich weiß gar nicht, was ich sagen soll.«

»Dann lass uns einfach auf nonverbale Kommunikation setzen.« Er zog sie an sich und küsste sie, erst ganz sanft, dann immer stürmischer, bis sie die Arme um ihn schlang und sich vollkommen in seinem Kuss verlor. Sie erwiderte jeden Schlag seiner Zunge und drückte sich so fest an ihn, dass sie seine Erregung deutlich spüren konnte. Mit einem leisen Stöhnen beendete er schließlich den Kuss und räusperte sich. »Wir sollten es wohl erst einmal doch mit Worten versuchen, bevor noch jemand die Cops ruft.«

Es war gar nicht so einfach, die Finger wieder von ihm zu lassen und sich aus seiner Umarmung zu lösen, nicht nachdem sie sich tagelang danach gesehnt hatte. Trotzdem musste sie ihm recht geben.

»Lass uns zu mir fahren«, schlug er vor. »Ich finde, es ist höchste Zeit, dass du deine Zahnbürste bewunderst und dass ich dich anfassen kann, ohne eine Verhaftung wegen Erregung öffentlichen Ärgernisses fürchten zu müssen.« Er warf ihr den Autoschlüssel zu und öffnete ihr die Fahrertür des Charger.

»Was macht dein Artikel?«, fragte er, kaum dass er neben ihr auf dem Beifahrersitz saß. »Hast du ihn schon geschrieben?«

»Nein.« Sie schüttelte den Kopf. »Das werde ich auch nicht.«

»Nicht?«

»Es sind so viele Dinge geschehen, die man dem Leser selbst in einem mehrseitigen Artikel nur schwer vermitteln kann – persönliche Dinge. Deshalb dachte ich, ich schreibe einen Roman darüber. Ich habe sogar schon einen Titel.«

»Wie soll er heißen?«

»Dämonisches Tattoo.«

LE RETOUR DU PROFESSEUR DE DANSE

Henning Mankell

LE RETOUR DU PROFESSEUR DE DANSE

roman

TRADUIT DU SUÉDOIS
PAR ANNA GIBSON

ÉDITIONS FRANCE LOISIRS

Titre original : *Danslärarens återkomst*
Éditeur original : Ordfront Förlag, Stockholm

Cette traduction est publiée en accord avec Ordfront Förlag, Stockholm et l'agence littéraire Leonardt & Høier, Copenhague

Édition du Club France Loisirs,
avec l'autorisation des Éditions du Seuil

Éditions France Loisirs,
123, boulevard de Grenelle, Paris
www.franceloisirs.com

ISBN : 978-2-298-00125-9

PROLOGUE

Allemagne | décembre 1945

Le 12 décembre 1945, peu après quatorze heures, l'avion décolla de la base militaire des environs de Londres. Il faisait plutôt froid et une pluie fine tombait sur la piste, où des bourrasques irrégulières s'engouffraient dans la manche à air ; puis le calme revenait. L'appareil, un bimoteur Bristol Blenheim, avait déjà servi lors de la bataille d'Angleterre, à l'automne 1940. Plusieurs fois touché par des chasseurs allemands et contraint à des atterrissages forcés, il avait toujours pu être réparé et renvoyé au combat. Depuis la fin de la guerre, on l'employait essentiellement à des opérations de transport de vivres et de matériel à l'intention des troupes anglaises stationnées dans l'Allemagne vaincue.

Ce matin-là, le capitaine Mike Garbett avait appris qu'il convoierait après le déjeuner, vers un lieu nommé Bückeburg, non pas du matériel mais un passager unique, qu'il devrait ensuite récupérer au même endroit et rapatrier en Angleterre le lendemain soir. L'identité du passager et l'objet de son déplacement ne lui furent pas révélés par le major Perkins, son plus proche supérieur hiérarchique. Garbett ne posa pas de question ; la guerre avait beau être terminée, il lui semblait parfois qu'elle continuait comme avant. Les transports secrets n'avaient rien d'exceptionnel.

Muni de son ordre de mission, il s'installa dans l'un des baraquements en compagnie du copilote Peter Foster et du navigateur Chris Wiffin. Ils déroulèrent sur la table les cartes du nord-ouest de l'Allemagne. La base de Bückeburg se trouvait à quelques dizaines de kilomètres de la ville de Hameln. Garbett n'y était jamais allé, mais Peter Foster, lui, connaissait l'endroit. Aucune difficulté prévisible à l'approche – ce n'était pas un coin montagneux. Le seul problème pourrait venir du brouillard. Wiffin partit consulter les météorologues. À son retour, il annonça qu'on prévoyait un ciel dégagé dans l'après-midi et la soirée au-dessus de l'Allemagne du Nord. Ils établirent le plan de vol et calculèrent la quantité de carburant nécessaire avant de ranger les cartes.

— Nous aurons un passager à bord, dit Garbett. Je ne sais pas qui c'est.

Les deux autres ne réagirent pas ; le contraire l'aurait d'ailleurs étonné. Il volait avec Foster et Wiffin depuis trois mois maintenant. Ils étaient liés par le simple fait qu'ils faisaient partie des survivants. Beaucoup de pilotes de la Royal Air Force étaient morts ; aucun des trois n'aurait pu énumérer tous les amis perdus depuis le début de la guerre. Le fait d'être encore là n'était pas seulement un soulagement. Il y avait une souffrance à jouir de cette vie dont les autres, les morts enfouis sous la terre, avaient été privés.

Peu avant quatorze heures, une voiture couverte

franchit les grilles de l'aéroport. Foster et Wiffin étaient déjà à leur poste et vaquaient aux derniers préparatifs avant le décollage pendant que Garbett attendait, debout, sur le tarmac de béton fissuré. Il fronça les sourcils en voyant que leur passager était un civil. L'homme trapu qui venait d'émerger de l'arrière du véhicule, un cigare éteint entre les dents, ouvrit le coffre et en sortit une petite valise noire. Au même moment, la jeep du major Perkins apparut. L'homme qui devait se rendre en Allemagne avait le chapeau enfoncé au ras des yeux, de sorte que Garbett ne put saisir son regard ; il en éprouva un malaise indéfinissable. Quand le major Perkins le présenta, et qu'en retour le passager marmonna son nom, Garbett ne le comprit pas.

— C'est bon, dit Perkins, vous pouvez y aller.

— Pas de bagages ? s'enquit Garbett.

Le passager fit non de la tête.

— Il vaudrait mieux ne pas fumer pendant le vol, ajouta Garbett. L'appareil est vieux, il peut y avoir des fuites. Les vapeurs de fioul, on ne les remarque en général que quand il est trop tard.

L'homme ne répondit pas. Garbett l'aida à monter à bord. Il y avait en tout et pour tout trois sièges d'acier inconfortables ; pour le reste, la carlingue était vide. Le passager s'installa, plaçant la valise entre ses jambes. Garbett s'interrogea sur la précieuse marchandise qui devait à présent passer en Allemagne.

Il fit décoller l'appareil et décrivit un virage jusqu'à parvenir au cap indiqué par Wiffin. Une fois l'altitude de croisière atteinte, il le redressa, abandonna les commandes à Foster et se retourna pour observer le passager. L'homme avait relevé le col de son manteau et rabattu son chapeau plus bas encore.

Garbett se demanda s'il dormait. Mais quelque chose lui disait qu'il était au contraire éveillé et attentif.

L'atterrissage à Bückeburg se passa sans encombre malgré l'obscurité – la piste était à peine éclairée. Une voiture les guida jusqu'à l'angle d'un long hangar, où les attendaient plusieurs véhicules militaires. Garbett aida le passager à descendre. Mais quand il voulut prendre la valise, l'homme fit non de la tête, et la porta lui-même vers l'une des voitures. Dès qu'il eut grimpé à bord, la colonne s'ébranla. Wiffin et Foster, qui étaient entre-temps sortis eux aussi et qui grelottaient de froid sur la piste, regardèrent s'éloigner les feux arrière du convoi.

— Forcément on s'interroge..., dit Wiffin.

— Vaut mieux pas, répliqua Garbett.

Il désigna une jeep qui venait dans leur direction.

— On doit passer la nuit dans un cantonnement. Je suppose que cette voiture vient nous chercher.

Quand on leur eut montré leur couchage et qu'ils eurent dîné, quelques mécaniciens proposèrent d'aller boire des bières dans l'une des tavernes de la ville ayant survécu aux bombardements. Wiffin et Foster acceptèrent, mais Garbett, fatigué, préféra rester. Une fois couché, il eut cependant du mal à s'endormir. Il s'interrogeait sur l'identité du passager solitaire et sur le contenu de cette valise que personne n'avait le droit de toucher.

Il se surprit à marmonner tout seul dans le noir. Le passager était en mission secrète et quant à lui, tout ce qu'on lui demandait, c'était de le ramener en Angleterre le lendemain soir, point final.

Il jeta un regard à son bracelet-montre. Déjà minuit – il rajusta son oreiller. Quand Wiffin et Foster revinrent vers une heure du matin, il dormait.

Donald Davenport ressortit de la prison peu après vingt-trois heures. On lui avait attribué une chambre dans un hôtel endommagé pendant la guerre qui servait maintenant de cantonnement aux officiers anglais stationnés à Hameln. Il sentit qu'il était fatigué et qu'il aurait besoin d'une bonne nuit de repos s'il voulait s'acquitter sans erreur de sa tâche du lendemain. Il nourrissait certaines appréhensions à l'égard du sergent anglais MacManaman, qu'on lui avait désigné comme assistant. Davenport n'aimait pas travailler avec des inconnus. Tant de choses pouvaient mal tourner, surtout dans le cadre d'une mission de cette envergure.

Il déclina l'offre d'une tasse de thé et se rendit tout droit dans sa chambre. Là, il s'assit devant le bureau avec l'intention de relire les notes prises au cours de la réunion qui avait débuté une demi-heure après son arrivée à Hameln. Mais auparavant, il parcourut le document que lui avait remis un jeune commandant du nom de Stuckford, sur qui reposait la responsabilité de l'opération.

Il lissa la page dactylographiée, ajusta la position de la lampe et examina la liste. *Kramer. Lehmann. Heider. Volkenrath. Grese...* Douze noms en tout. Trois femmes et neuf hommes. Il étudia les informations concernant leur poids et leur taille, en faisant des calculs. Le travail n'avançait pas vite, car sa conscience professionnelle exigeait de lui la plus grande minutie. Il était près d'une heure et demie du matin lorsqu'il posa son stylo, enfin satisfait. Il avait refait ses calculs en vérifiant par trois fois qu'il n'avait négligé aucun paramètre. Il se leva, alla s'asseoir sur le lit et ouvrit la valise. Il avait beau savoir qu'il n'oubliait jamais rien, il s'assura que chaque chose était à sa place. Il choisit une chemise propre, ferma la valise et se lava ensuite à l'eau froide, seule option que l'hôtel eût encore à offrir.

Il n'eut pas de difficulté à trouver le sommeil. Cette nuit pas plus que les autres nuits.

Quand on frappa à sa porte vers cinq heures, il était levé et habillé. Après un rapide petit déjeuner, il fut emmené en voiture, à travers la triste bourgade plongée dans l'obscurité, jusqu'à la prison britannique. Le sergent MacManaman était déjà arrivé. Il était blême ; Davenport se demanda s'il serait à la hauteur de sa tâche. Mais Stuckford, qui s'était joint à eux et qui parut deviner l'inquiétude de Davenport, le prit à part pour le rassurer : MacManaman, malgré sa pâleur, ne faillirait pas.

À onze heures, les préparatifs étaient terminés. Davenport avait choisi de commencer par les femmes. Leurs cellules donnaient sur le couloir jouxtant l'échafaud : elles ne manqueraient pas d'entendre le bruit de la trappe. Il voulait leur épargner cela. Davenport ne tenait aucun compte des crimes commis par tel ou tel individu. S'il commençait par les femmes, c'était parce que son propre sens de la dignité l'exigeait.

Tous ceux dont la présence était requise avaient pris leur place. Davenport adressa un hochement de tête à Stuckford, qui fit signe à l'un des gardiens. Il y eut quelques ordres brefs, un bruit de clés, la porte d'une cellule qui s'ouvrait. Davenport attendit.

La première à entrer fut Irma Grese. L'espace d'une seconde, un sentiment d'étonnement prit forme dans le cerveau froid de Davenport. Comment cette blonde maigrichonne de vingt-deux ans avait-elle pu fouetter des gens à mort ? Elle n'était encore qu'une enfant. Mais lors de sa condamnation, personne n'avait émis de doutes. Elle avait été l'un des monstres de Belsen et maintenant elle allait mourir. Irma Grese croisa son regard ; puis elle leva la tête vers l'échafaud. Deux gardes lui firent gravir les marches, Davenport la fit avancer au centre de la trappe et lui passa le nœud coulant, tout en vérifiant que MacManaman resserrait bien, sans faux mouvement, la courroie en cuir autour de ses jambes. Juste avant de faire glisser la cagoule sur sa tête, il l'entendit prononcer un mot, d'une voix à peine audible.

— *Schnell !*

MacManaman avait reculé d'un pas. Davenport tendit la main vers la poignée qui commandait la trappe. La condamnée tomba tout droit, et Davenport eut aussitôt confirmation qu'il avait bien calculé la longueur de la corde : suffisante pour briser les vertèbres cervicales, sans pour autant arracher la tête. Avec l'aide de MacManaman, il descendit sous la structure pour détacher le corps, après que le médecin des armées eut tâté le pouls et constaté le décès. Le cadavre fut emporté. Davenport savait que les tombes attendaient déjà, creusées dans la terre dure de la cour de la prison. Il remonta sur la plate-forme et vérifia dans ses papiers la longueur de corde qu'il fallait attribuer à la suivante. Quand tout fut prêt, il fit signe à Stuckford et bientôt Elisabeth Volkenrath apparut à la porte, les mains liées dans le dos. Elle était habillée, comme Irma Grese, d'une robe grise qui lui arrivait aux genoux.

Trois minutes plus tard, elle aussi était morte.

L'ensemble des exécutions prit deux heures et sept minutes – Davenport avait calculé deux heures quinze. MacManaman s'était acquitté de sa tâche. Tout s'était passé normalement. Douze criminels de guerre allemands avaient été pendus. Davenport rangea la corde et les courroies dans la valise noire et prit congé du sergent MacManaman.

— Buvez un cognac, lui dit-il. Vous avez été un bon assistant.

— Ils le méritaient, répliqua sèchement MacManaman. Je n'ai pas besoin de cognac.

Davenport quitta la prison en compagnie du major Stuckford, en pensant qu'il serait peut-être possible de retourner en Angleterre plus tôt que prévu. C'était lui, à l'origine, qui avait demandé à ne repartir que le soir. Un contretemps n'était jamais à exclure ; même le bourreau le plus expérimenté d'Angleterre n'avait pas l'habitude d'assurer douze pendaisons le même jour. Il résolut finalement de ne pas bousculer l'horaire.

Stuckford l'emmena déjeuner à l'hôtel, où il avait réservé un cabinet particulier. Stuckford traînait la jambe gauche, séquelle d'une blessure de guerre. Davenport éprouvait d'autant plus de sympathie à son égard qu'il ne posait pas de questions oiseuses. Il avait horreur des gens qui lui demandaient ce qu'il avait ressenti en exécutant tel ou tel criminel rendu célèbre par les journaux.

Pendant le déjeuner, ils échangèrent quelques phrases à propos de la météo et des rations supplémentaires de thé et de tabac que le gouvernement anglais distribuerait probablement à l'approche de Noël.

Ce fut seulement après, pendant qu'ils buvaient leur thé, que Stuckford commenta les événements de la matinée.

— Une chose me chagrine, dit-il. C'est que les gens oublient que cela aurait pu être l'inverse.

Davenport n'était pas sûr de saisir.

— Tout aussi bien, poursuivit Stuckford, un bourreau allemand aurait été envoyé chez nous pour exécuter des criminels de guerre anglais, parmi lesquels des jeunes filles. Le mal aurait pu nous frapper de la même manière qu'il a frappé les Allemands.

Davenport ne dit rien. Il attendait la suite.

— Il se trouve que les nazis étaient allemands. Mais personne ne me fera croire que ce qui est arrivé ici n'aurait pas pu se produire en Angleterre. Ou en France. Ou, pourquoi pas, aux États-Unis.

— Je comprends votre point de vue. Mais je ne sais pas si vous avez raison.

Stuckford remplit leurs tasses.

— Nous exécutons les pires, reprit-il, mais beaucoup d'entre eux nous échappent. Le frère de Josef Lehmann, pour prendre un exemple.

Josef Lehmann avait été pendu le dernier ce matin-là. Un petit homme qui avait accueilli la mort avec calme, presque distraitement.

— Son frère a disparu. Peut-être a-t-il réussi à s'enfuir grâce aux réseaux. Peut-être est-il déjà en Argentine, ou en Afrique du Sud. Dans ce cas, nous ne le retrouverons jamais.

Ils restèrent quelques instants silencieux, pendant que la pluie tombait de l'autre côté des fenêtres.

— Waldemar Lehmann était un homme d'un sadisme inimaginable, reprit Stuckford. Il ne se contentait pas d'être impitoyable avec les prisonniers. Il prenait plaisir à former ses subalternes dans l'art de torturer les gens. Nous devrions le pendre comme nous avons pendu son frère. Mais nous ne l'avons pas retrouvé. Pas encore.

À dix-sept heures, Davenport était de retour à Bückeburg. Il avait froid, malgré son épais manteau. Comme à l'aller, le pilote l'attendait près de l'avion. Davenport se demanda ce qu'il pensait. Puis il prit place sur le siège glacial et releva son col pour se protéger du vrombissement des moteurs.

L'appareil prit de la vitesse, décolla et disparut parmi les nuages.

Davenport avait accompli sa mission. Tout s'était bien passé. Ce n'était pas pour rien qu'il avait la réputation d'être le meilleur bourreau d'Angleterre.

L'avion traversa une zone de turbulences. Davenport songeait aux paroles de Stuckford à propos de ceux qui parvenaient à s'échapper. Et au frère de Lehmann, qui avait pris plaisir à enseigner aux autres des formes atroces de cruauté.

Davenport s'enveloppa plus étroitement dans son manteau. Les turbulences avaient cessé. L'avion volait vers l'Angleterre. La journée avait été fructueuse. L'opération s'était déroulée sans anicroche. Aucun prisonnier ne s'était débattu en montant sur l'échafaud. Aucune tête n'avait été arrachée au corps.

Davenport était satisfait. Il se réjouissait à l'idée des trois jours de repos qui l'attendaient maintenant. Son prochain rendez-vous professionnel serait à Manchester, pour pendre un assassin.

Il finit par s'assoupir sur le siège dur, malgré le hurlement des moteurs.

Mike Garbett se demandait encore qui était son passager.

PREMIÈRE PARTIE

Härjedalen | octobre-novembre 1999

1

Il se réveillait la nuit, cerné par les ombres. Cela avait commencé à l'âge de vingt-deux ans ; maintenant il en avait soixante-seize. Pendant cinquante-quatre années consécutives, il avait été insomniaque. Les ombres ne l'avaient jamais quitté. À certaines périodes, en se bourrant de somnifères, il avait réussi à dormir jusqu'au matin. Mais au réveil, il comprenait que les ombres étaient restées présentes. À son insu.

Cette nuit qui touchait à sa fin ne faisait pas exception à la règle. Il n'était pas nécessaire d'attendre que surgissent les ombres, ou les *visiteurs,* ainsi qu'il les appelait parfois. Les ombres survenaient en général quelques heures après la tombée du jour. Soudain elles étaient là, comme surgies de nulle part, tout contre lui, avec leurs visages blancs et muets. Après tant d'années, il s'était habitué à elles. Mais il savait qu'il ne pouvait s'y fier. Un jour, elles cesseraient de se taire. Qu'arriverait-il alors ? Il l'ignorait. Passeraient-elles à l'attaque ou se contenteraient-elles de le démasquer ? Il avait essayé de pousser des cris, de frapper l'air pour les chasser. Pendant quelques minutes, il parvenait ainsi à les tenir en respect. Puis elles revenaient et restaient jusqu'à l'aube. Enfin il s'endormait, mais pour quelques heures à peine, car il avait presque chaque matin un travail qui l'attendait.

Toute sa vie adulte, il avait été harassé de fatigue. Il se demandait encore où il avait puisé la force de tenir. Quand il songeait à son existence, il voyait une file interminable de jours traversés avec effort. Il n'avait presque aucun souvenir qui ne fût, d'une manière ou d'une autre, lié à sa fatigue. Il regardait parfois les photographies où il figurait. Il avait toujours le même air hagard, d'un homme à bout de forces. Les ombres avaient également exercé leur revanche les deux fois où il avait tenté de vivre avec une femme ; à tour de rôle, ses deux épouses s'étaient lassées de sa perpétuelle anxiété et du fait qu'il ne pensait qu'à se reposer, les jours où il ne travaillait pas. À la longue, elles n'avaient pas supporté ces nuits qu'il passait debout, agité, incapable de leur dire pourquoi il ne dormait pas comme un homme normal. Elles l'avaient quitté et il s'était retrouvé seul.

Il regarda sa montre : quatre heures et quart du matin. Il alla à la cuisine, prit la bouteille thermos, se versa un café. Le thermomètre extérieur affichait moins deux degrés. Ce thermomètre allait bientôt tomber, d'ailleurs, s'il n'en changeait pas les vis. Quand il lâcha le rideau, le chien aboya, dehors. Shaka, le chien, était son unique réconfort. Il avait trouvé ce nom dans un livre dont il ne se rappelait plus le titre. En tout cas, ce nom était celui d'un puissant chef zoulou, et il avait jugé qu'il irait bien à un chien de garde. Un nom bref, facile à crier.

Il retourna dans le séjour avec son café et jeta un coup d'œil aux fenêtres. Les rideaux, épais, étaient soigneusement tirés. Il le savait, mais il devait cependant s'assurer que tout était normal.

Puis il se rassit et contempla les pièces éparpillées sur la table. C'était un bon puzzle. S'il voulait le finir, il devrait faire preuve à la fois d'imagination et de ténacité. Dès qu'il en avait achevé un, il le brûlait et en commençait immédiatement un autre. Il veillait toujours à en avoir un bon stock chez lui. Il avait souvent pensé que sa relation aux puzzles ressemblait à celle d'un fumeur envers les cigarettes. Depuis de nombreuses années, il adhérait à une association internationale chargée de promouvoir l'art du puzzle. Cette association avait son siège à Rome ; chaque mois, il recevait un bulletin l'informant de l'état du marché, des nouveaux fabricants et de ceux qui avaient cessé leur activité. Dès le milieu des années soixante-dix, il avait constaté qu'il devenait difficile de se procurer de très bons puzzles, découpés à la main. Il n'aimait pas les puzzles taillés à la machine, dont les pièces manquaient de logique et n'avaient aucun lien intrinsèque avec le motif. Ils pouvaient être difficiles, bien sûr, mais la difficulté était d'ordre mécanique. En ce moment, il travaillait à la reproduction d'une toile de Rembrandt intitulée *La Conjuration de Claudius Civilis*, un puzzle de trois mille pièces réalisé par un artiste rouennais. Quelques années plus tôt, il avait fait le voyage en voiture jusqu'à Rouen pour rendre visite à cet homme. Les meilleurs puzzles, avaient-ils estimé d'un commun accord, étaient ceux qui mettaient en jeu de subtiles variations de lumière. Celui qu'il avait sous les yeux en était un superbe exemple.

Il tenait à la main un fragment de l'arrière-plan, dont il mit presque dix minutes à découvrir l'emplacement correct. Il regarda à nouveau sa montre. Quatre heures trente. Encore plusieurs heures à attendre jusqu'au départ des ombres et à l'arrivée du jour, lorsqu'il pourrait enfin s'endormir.

Il songea que la vie était malgré tout devenue beaucoup plus supportable depuis qu'il avait pris sa retraite à l'âge de soixante-cinq ans. Au moins, il ne s'angoissait plus à l'idée de s'assoupir à son poste.

Les ombres auraient dû le quitter depuis longtemps. Il avait purgé sa peine. Elles n'avaient plus besoin de veiller sur lui. Sa vie était détruite. Alors pourquoi ne le laissaient-elles pas en paix ?

Il se leva et se dirigea vers le lecteur de CD acheté quelques mois plus tôt lors d'une de ses rares visites à la ville. Le disque était déjà dans le boîtier, ce disque qu'il avait eu la surprise de découvrir au milieu de la pop et de la variété dans le même magasin d'Östersund où il avait trouvé le lecteur. Il appuya sur la touche de lecture. Du tango argentin. Tout à fait authentique. Il monta le son. Le chien, qui avait l'ouïe excellente, réagit par un aboiement. Il revint vers la table et contempla son puzzle. Encore beaucoup de travail en perspective. Au moins trois nuits avant d'en avoir fini et de pouvoir le brûler. Il en avait plusieurs autres en attente, dans leurs boîtes scellées. D'ici quelques jours, il irait en voiture au bureau de poste de Sveg récupérer un nouvel envoi du vieux maître de Rouen.

Il s'assit sur le canapé et écouta la musique. Il avait souvent rêvé de se rendre en Argentine. Passer quelques mois à Buenos Aires et danser le tango chaque nuit. Mais quelque chose l'avait toujours retenu. Quand il avait quitté le Västergötland onze ans plus tôt pour s'installer dans les forêts du Härjedalen, il avait eu le projet d'accomplir un voyage par an. Il n'avait que peu de besoins ; sa pension, bien que modeste, supporterait cette dépense supplémentaire. Mais au final il n'était parti que pour de rares escapades en Europe, toujours en voiture, à la recherche de nouveaux puzzles.

Il n'irait jamais en Argentine. Il ne danserait jamais le tango à Buenos Aires.

Mais rien ne l'empêchait de danser ici même. Il avait la musique, et il avait sa partenaire.

Il se leva du canapé. Cinq heures du matin. L'heure de danser. Dans sa chambre, il prit le costume sombre dans l'armoire et l'examina soigneusement. Il y avait une petite tache sur le revers de la veste. Exaspéré, il humecta un mouchoir et la tamponna prudemment. Puis il se changea. Pour aller avec la chemise blanche, il choisit ce matin-là une cravate couleur rouille.

Restait le plus important : les souliers. Il avait dans son armoire plusieurs paires de souliers de danse italiens hors de prix. Pour un homme qui prenait cette passion au sérieux, les souliers se devaient d'être parfaits.

Enfin, il se posta devant le miroir en pied qui doublait la porte de l'armoire et examina son visage, sous les cheveux gris coupés court. Il se trouva un peu émacié ; il devrait manger davantage. Néanmoins il était satisfait. Il paraissait nettement moins que ses soixante-seize ans.

Il repassa dans le séjour et s'arrêta devant la porte de la chambre d'amis. Il frappa, en imaginant qu'on lui proposait d'entrer, ouvrit et alluma le plafonnier. Sa partenaire était allongée sur le lit. Il était toujours surpris de la trouver si vivante. Il déplia les couvertures et la souleva dans ses bras. Elle portait un chemisier blanc et une jupe noire. Il l'avait appelée Esmeralda. Il la déposa sur le sol. Parmi les flacons de la table de chevet, il choisit un Dior discret et en vaporisa son cou. Ainsi, quand il fermait les yeux, il n'y avait plus de différence entre sa poupée et un être vivant.

Il passa le bras d'Esmeralda sous le sien et l'escorta dans le séjour. Tant de fois il avait songé à supprimer tous ces meubles, mettre en place un éclairage tamisé et disposer ensuite la touche finale, un cigare qui se consumerait lentement dans un cendrier. Il aurait alors sa propre *milonga.* Mais cela ne s'était jamais fait. Il n'y avait que la surface de parquet comprise entre la table et le meuble où se trouvait le lecteur de CD. Il glissa la pointe de ses chaussures dans les brides cousues tout spécialement sous les pieds d'Esmeralda.

Ils dansèrent. Quand il enchaînait les passes avec elle, toutes les ombres étaient comme chassées. Il dansait avec beaucoup de légèreté. De tous les styles qu'il avait appris au cours de sa vie, le tango était celui qui lui convenait le mieux. Et personne ne l'accompagnait aussi bien qu'Esmeralda. Il y avait eu autrefois, à Borås, une femme prénommée Rosemarie qui possédait une boutique de chapeaux. Elle était sa partenaire, la meilleure qu'il eût jamais connue. Or un soir, alors qu'il s'apprêtait à la rejoindre dans un club de danse de Göteborg, il avait appris sa mort, dans un accident de voiture. Après cela, il avait dansé avec d'autres femmes. Mais les sensations éprouvées avec Rosemarie, il ne les avait connues à nouveau que du jour où il avait créé Esmeralda.

L'idée de la poupée lui était venue au cours d'une nuit d'insomnie, alors qu'il regardait par hasard une vieille comédie musicale à la télé. Dans une séquence du film, un homme – peut-être Gene Kelly ? – dansait avec une poupée. Fasciné, il avait pris la décision de s'en fabriquer une.

Le plus difficile, curieusement, avait été le problème du rembourrage. Il avait fait plusieurs essais, avec différents matériaux. Lorsqu'il l'avait remplie de caoutchouc mousse, il avait eu enfin la sensation de tenir dans ses bras une femme vivante. Il avait choisi de lui donner des fesses et des seins volumineux. Ses deux ex-femmes étaient plutôt maigres. Celle qu'il s'offrait là avait de la matière. En dansant avec elle, en respirant son parfum, il lui arrivait encore d'être excité. Bien moins cependant que cinq ou six ans plus tôt. Ses besoins érotiques déclinaient peu à peu et il se disait qu'au fond ça ne lui manquait pas.

Il dansa plus d'une heure. Quand il ramena enfin Esmeralda dans la chambre d'amis et l'enfouit à nouveau sous les couvertures, il était en sueur. Il se déshabilla, suspendit son costume dans l'armoire et alla se mettre sous la douche. Bientôt le jour, bientôt le sommeil. Une autre nuit franchie à force de volonté.

Il enfila son peignoir éponge et se resservit un café. Le thermomètre indiquait toujours deux degrés en dessous de zéro. Quand le rideau retomba, Shaka émit deux aboiements brefs. Il pensa à la forêt qui l'entourait. Voilà ce dont il avait rêvé : une maison isolée, avec tout le confort moderne, mais pas de voisins. Une maison située tout au bout d'un chemin privé. Il l'avait désirée, et il l'avait obtenue. Spacieuse, bien conçue, avec un vaste séjour qui répondait à l'exigence qu'il avait d'une salle de danse. Le précédent propriétaire, un garde-chasse à la retraite, était parti vivre en Espagne.

Attablé dans la cuisine, il buvait son café. L'aube approchait. Bientôt il pourrait s'allonger entre les draps et dormir. Les ombres le laisseraient tranquille.

Shaka aboya une fois. Puis deux. Puis le silence. Sans doute un animal. Probablement un lièvre. Shaka était libre de ses mouvements à l'intérieur de la grande cage du chenil. Shaka veillait sur lui.

Il rinça sa tasse et la déposa sur la paillasse. Dans sept heures, il en aurait à nouveau besoin. Il n'aimait pas changer de tasse et d'ailleurs ce n'était pas nécessaire ; il pouvait utiliser la même pendant des semaines d'affilée. Il retourna dans la chambre, ôta son peignoir et se glissa dans le lit. En attendant le lever du jour, il avait pour habitude d'écouter la radio en position allongée. Dès l'instant où il devinerait les premières lueurs de l'aube, de l'autre côté de la fenêtre, il éteindrait lampe et radio et s'apprêterait à dormir.

Alors qu'il tendait la main vers l'appareil, Shaka aboya encore. Il fronça les sourcils, compta jusqu'à trente. Pas un bruit. L'animal, quel qu'il fût, avait dû disparaître. Il alluma la radio et écouta distraitement la musique.

Nouvel aboiement. Différent, cette fois. Il se redressa dans le lit. Shaka aboyait avec rage. Cela ne pouvait signifier qu'une chose : un élan à proximité. Ou un ours. Chaque année, on en abattait dans le coin. Pour sa part, il n'en avait jamais vu. Mais Shaka aboyait furieusement. Il se leva, renfila son peignoir. Shaka se tut. Il attendit. Rien. Il se déshabilla et se recoucha une fois de plus. Il dormait toujours nu. La lampe à côté de la radio était allumée.

Soudain, il fut aux aguets. Quelque chose n'allait pas. Le chien! Il écouta en retenant son souffle. L'angoisse l'étreignit. Comme si les ombres qui l'encerclaient avaient entrepris de se transformer. Il se releva. Le dernier aboiement de Shaka : il ne s'était pas fini d'une façon naturelle, comme si on l'avait coupé net. Il alla dans le séjour et écarta le rideau de la fenêtre côté chenil. Shaka restait silencieux. Le cœur battant, il retourna dans sa chambre, enfila un pantalon et un pull et prit le fusil qu'il gardait sous son lit, un fusil de chasse à six cartouches. Dans l'entrée il enfila ses bottes, sans cesser de guetter les bruits du dehors. Il pensa qu'il se faisait des idées, que tout allait bien. L'aube ne tarderait pas. Les ombres l'avaient rendu nerveux, voilà tout. Il défit les trois verrous et entrouvrit la porte avec le pied. Toujours aucune réaction de Shaka. Il était maintenant certain que quelque chose n'allait pas. Il prit la lampe torche sur l'étagère, éclaira l'obscurité du dehors. Shaka était invisible dans le chenil. Il promena le faisceau lumineux le long de l'orée de la forêt en appelant son chien. Pas de réponse. Il referma la porte. Il était inondé de sueur. Puis il défit le cran de sécurité du fusil et sortit sur le perron. Silence absolu. Il avança. Devant le chenil, il s'immobilisa. Shaka gisait sur le sol, les yeux ouverts, sa fourrure grise maculée de sang. Il courut jusqu'à la maison, se barricada à l'intérieur. Quelque chose était en train de se produire, seulement il ne savait pas quoi. On avait tué Shaka. Il alluma toutes les lampes et s'assit sur son lit. Il constata qu'il tremblait.

Les ombres l'avaient dupé. Il n'avait pas perçu le danger à temps. Il avait toujours cru que ce seraient elles qui se transformeraient et qui passeraient à l'attaque. Mais il avait été dupé. La menace venait de l'extérieur. Les ombres avaient déformé sa perception. Pendant cinquante-quatre ans, il s'était laissé berner. Il croyait s'en être tiré, mais c'était une erreur, les images affluaient maintenant, débordaient, envahissaient tout, les images de l'atroce année 1945, il ne s'en était pas tiré, et il ne s'en tirerait pas.

Puis il s'obligea à se calmer. Il ne se rendrait pas sans résistance. Il ne savait pas qui l'attendait là, dehors, dans le noir, après avoir tué son chien. Shaka avait malgré tout réussi à donner l'alerte. Et il ne se rendrait pas de son plein gré. Il ôta ses bottes, enfila une paire de chaussettes et chercha à tâtons les baskets qu'il gardait sous son lit, à l'affût du moindre bruit suspect. Et où était passée l'aube ? Dès que le jour serait là, on ne pourrait plus l'atteindre. Il essuya ses mains moites sur le couvre-lit. Le fusil le rassurait. Il était bon tireur. Et il ne se laisserait pas prendre à revers.

Puis la maison s'effondra. Ce fut du moins son impression. Il se jeta à terre, sans ôter le doigt de la détente ; le coup partit, pulvérisant la glace de l'armoire. Il rampa jusqu'à la porte et jeta un regard prudent vers le séjour. Quelqu'un avait tiré une balle, ou peut-être balancé une grenade, par la baie vitrée donnant au sud. La pièce était jonchée de débris de verre.

Au même instant, la fenêtre côté nord explosa. Il s'aplatit au sol. Ils attaquent sur tous les flancs, pensa-t-il, la maison est encerclée, ils brisent les vitres, ils vont entrer. Il chercha désespérément une issue.

L'aube. L'aube le sauverait. Il suffisait d'attendre que la maudite nuit s'achève.

Puis ce fut au tour des vitres de la cuisine. Plaqué au sol, sur le ventre, les mains sur la tête, il comprit au coup de feu suivant qu'on avait pulvérisé la fenêtre de la salle de bains. L'air froid de la nuit s'engouffrait par les ouvertures béantes.

Il y eut un sifflement. Un objet rebondit tout contre lui. Levant la tête, il reconnut une cartouche lacrymogène. Il s'en détourna, trop tard. La fumée attaquait déjà ses yeux et ses poumons. Aveuglé, il entendit qu'on tirait de nouvelles cartouches par les vitres brisées. La brûlure aux yeux devenait intolérable. Il tenait encore le fusil. Il devait sortir, il n'avait plus le choix. Peut-être malgré tout serait-il sauvé par la nuit, non par le jour. Il chercha la porte à tâtons. La toux lui déchirait les bronches, ses yeux le faisaient horriblement souffrir. Il finit par la trouver et se jeta dehors, en tirant au hasard. Il savait que la distance était d'environ trente mètres jusqu'à la forêt. Bien qu'aveugle, il courut de toutes ses forces. À chaque instant, il s'attendait à recevoir la balle qui l'achèverait, à être tué sans savoir par qui. Pour quelle raison, il le savait. Mais par qui ? Cette incertitude lui causa une douleur aussi forte que celle qui lui brûlait les yeux.

Il heurta un tronc et faillit tomber. Aveuglé par le gaz, il s'enfonça en trébuchant parmi les arbres. Les branches basses lui lacéraient le visage, mais il ne pouvait pas ralentir, il devait disparaître loin dans la forêt, sinon ses poursuivants le rattraperaient.

Il s'étala de tout son long. En voulant se relever, il sentit une pression à la base du crâne. Il comprit tout de suite. Quelqu'un avait posé le pied sur sa nuque. Et appuyait, fort. La partie était finie. Les ombres avaient gagné. Elles avaient ôté leur habit nocturne et révélaient enfin leur visage.

Il voulait voir. Il voulait savoir *qui*. Il fit une tentative pour tourner la tête. Le pied l'en empêcha.

On le mit debout. Il était aveugle, mais on lui plaça quand même un bandeau sur les yeux. Un court instant, il sentit le souffle de celui ou de celle qui attachait le bandeau derrière sa tête. Il voulut dire quelque chose. Mais quand il ouvrit la bouche, aucune parole n'en sortit. Seulement une nouvelle quinte de toux.

Puis deux mains se refermèrent autour de son cou. Il voulut se débattre, mais il n'en avait pas la force. Il sentit la vie s'échapper lentement de son corps.

Deux heures s'écouleraient encore avant qu'il meure pour de bon. Comme dans une zone frontière terrifiante entre la douleur qui le cisaillait et la volonté désespérée de survivre, on le força à remonter le temps jusqu'à sa première rencontre avec le destin qui venait de le rattraper cette nuit. Il fut jeté à terre. On lui arracha son pull et son pantalon. Il sentit le froid humide contre sa peau juste avant que les coups de fouet se mettent à pleuvoir et transforment tout en un enfer. Les coups s'abattaient sur lui sans interruption. Dès qu'il perdait connaissance, on le ramenait à la surface en lui balançant de l'eau glacée. Puis les coups reprenaient. Il s'entendait hurler, mais il n'y avait personne pour lui venir en aide, Shaka moins que quiconque – Shaka aux yeux ouverts dans le chenil.

La dernière chose dont il eut conscience fut qu'on le traînait sur le gravier de la cour, puis à l'intérieur de la maison ; puis les coups de fouet appliqués à la plante de ses pieds. Tout devint noir. Il était mort.

Pour finir, alors qu'il n'était plus en mesure de sentir quoi que ce soit, son corps nu fut traîné dans l'autre sens jusqu'à la lisière de la forêt et abandonné ainsi, le visage collé à la terre froide.

L'aube était venue.

Le 19 octobre 1999. Quelques heures plus tard, il se mit à pleuvoir, une pluie fine qui se transforma imperceptiblement en neige

2

Stefan Lindman était policier. Au moins une fois par an, il lui arrivait de vivre une situation où il éprouvait une peur intense. Ainsi le jour où il s'était retrouvé aux prises avec un psychopathe de plus de cent kilos, immobilisé à terre, le type à califourchon sur lui, essayant de lui attacher la tête avec ses énormes pognes. Il y serait d'ailleurs parvenu si un collègue de Stefan ne l'avait pas assommé au bon moment. Ou une autre fois, quand il avait failli se prendre une balle dans la jambe alors qu'il frappait à la porte d'un appartement où il avait été appelé pour régler une dispute familiale. Mais jamais de sa vie il n'avait eu aussi peur qu'en ce matin du 25 octobre 1999 où il contemplait le plafond du fond de son lit.

Il n'avait presque pas dormi ; à chaque tentative, il était assailli par les cauchemars. Résigné, il était allé s'asseoir devant la télé et, en zappant, il avait fini par trouver un film porno. Mais au bout d'un moment ça l'avait dégoûté, il avait éteint le poste et il s'était recouché.

Il était sept heures. L'heure de se lever. Au cours de la nuit, il avait élaboré un plan, qui était aussi un exorcisme. Il n'irait pas tout droit à l'hôpital. Il prendrait le temps de flâner. Et, en arrivant, il ferait deux fois le tour de l'enceinte, en guettant d'éventuels signes de bon augure par rapport à l'annonce que lui ferait le médecin. Enfin, il prendrait un café à la cafétéria de l'hôpital et il s'obligerait à lire posément le journal.

Sans l'avoir prémédité, il enfila son meilleur costume. D'habitude, quand il ne portait pas l'uniforme ou une autre tenue de travail, il était en jean et en sweat-shirt. Mais là, le costume paraissait nécessaire. Tout en nouant sa cravate devant le miroir de la salle de bains, il observa son visage. Il n'avait pas dormi ni mangé correctement depuis des semaines, et ça se voyait. Il avait les joues creuses. Et il allait devoir se couper les cheveux ; il n'aimait pas qu'ils lui couvrent les oreilles.

Le visage qu'il voyait ce matin-là ne lui plaisait pas du tout. C'était une sensation inhabituelle. D'habitude, il se trouvait plutôt beau gosse. Mais ce matin, tout était changé.

Une fois habillé, il but un café. Il avait sorti du pain et du beurre, mais il n'avait vraiment aucun appétit.

Il avait rendez-vous à huit heures quarante-cinq. Il était sept heures vingt-sept. Il disposait donc d'une heure et dix-huit minutes pour accomplir sa promenade jusqu'à l'hôpital.

Dans la rue, il constata qu'il pleuvait.

Stefan Lindman habitait Allégatan, dans le centre de Borås. Avant, il avait vécu à Sjömarken, en dehors de la ville. Mais quand ce trois-pièces s'était libéré trois ans plus tôt, il avait sauté sur l'occasion. L'immeuble se trouvait pile en face de l'hôtel *Vävaren*. Stefan pouvait maintenant aller à pied à son travail. Il pouvait même aller à pied jusqu'au stade de Ryavallen quand l'équipe d'Elfsborg jouait sur son terrain. Le football était le principal centre d'intérêt de Stefan en dehors du boulot. Il ne le disait à personne, mais il collectionnait encore dans un classeur les photos et les coupures de presse consacrées à l'équipe d'Elfsborg. Il se rêvait souvent en joueur professionnel, en Italie. À la place de policier. Ces rêveries l'embarrassaient. Mais il n'avait jamais réussi à s'en défaire.

Il gravit l'escalier jusqu'à Stengärdsgatan et obliqua vers le théâtre et le lycée. Une voiture de police passa sans ralentir. Les collègues ne l'avaient pas vu. Aussitôt la peur lui noua le ventre. La sensation, soudain, d'être déjà mort. Il serra plus étroitement sa veste contre lui. Rien ne prouvait que le médecin lui annoncerait une mauvaise nouvelle. Il accéléra le pas. Il ne contrôlait plus ses pensées. Les gouttes de pluie sur son visage lui évoquaient une vie, la sienne, qui coulait sans s'arrêter, et sans laisser de traces.

Il avait trente-sept ans. Depuis sa sortie de l'école de police, il avait toujours travaillé à Borås, conformément à ses désirs. Il était né à Kinna et avait grandi dans une famille de trois enfants ; son père vendait des voitures d'occasion et sa mère était employée dans une boulangerie. Stefan était le petit dernier, littéralement : ses sœurs avaient neuf et sept ans de plus que lui.

Quand Stefan repensait à son enfance, elle pouvait lui sembler bizarrement fade et ennuyeuse. Une vie de sécurité et de routine, sans aspérités ni surprises. Ses parents n'aimaient pas voyager. Leur but d'excursion le plus lointain n'avait jamais dépassé Borås ou Varberg. Göteborg déjà était une trop grande ville, lointaine et effrayante. Ses sœurs s'étaient rebellées et avaient fui de bonne heure, l'une à Stockholm, l'autre à Helsinki. Les parents avaient ressenti cela comme une défaite, et Stefan avait compris qu'il devrait rester à Kinna ou, du moins, y revenir après ses études. Adolescent, il avait été agité, inquiet, sans aucune idée de ce qu'il pourrait bien choisir comme métier.

Par hasard, il avait fait la connaissance d'un gars qui vouait sa vie au motocross de compétition. Il était devenu son assistant, et il avait ainsi passé quelques années à crapahuter sur les circuits du centre de la Suède. Puis il en avait eu assez et il était revenu à Kinna, où ses parents l'avaient accueilli en fils prodigue. Il ne savait toujours pas ce qu'il voulait faire de sa vie. Par hasard encore, il avait croisé un policier de Malmö en visite chez des amis communs à Kinna. L'idée avait alors germé dans son esprit : peut-être policier ? Il y avait réfléchi pendant quelques jours avant de se décider. Qu'avait-il à perdre ?

Ses parents accueillirent la nouvelle avec une inquiétude maîtrisée. Mais Stefan leur fit valoir qu'on avait besoin de policiers partout, même à Kinna. Il ne serait pas obligé de déménager.

Puis il se mit au travail. Sa première initiative fut de retourner sur les bancs de l'école pour passer son bac. Compte tenu de sa motivation, ce fut plus facile que prévu. Pendant ce temps, il gagna sa vie en tant que pion remplaçant, dans différentes écoles.

À sa propre surprise, il fut admis du premier coup à l'école de police. La formation ne lui posa pas de problèmes. Sans se distinguer particulièrement, il s'arrangea pour faire toujours partie de la meilleure moitié de sa promotion. Il rentra à Kinna en uniforme pour expliquer à ses parents qu'il travaillerait désormais à Borås, c'est-à-dire à quarante kilomètres à peine de sa ville natale.

Les premières années, il fit l'aller-retour quotidien. Puis il tomba amoureux d'une fille qui bossait au commissariat, du côté administratif. Il prit alors la décision d'emménager à Borås. Ils vécurent ensemble pendant trois ans, jusqu'au jour où elle lui annonça qu'elle avait rencontré un Norvégien de Trondheim et qu'elle partait vivre là-bas avec lui.

Stefan accueillit la nouvelle plutôt calmement. Il avait pris conscience que leur relation commençait à l'ennuyer – un peu comme si, avec elle, il retrouvait la sensation de son enfance. Ce qui le tracassait, c'était qu'elle ait pu rencontrer un autre homme et nouer une liaison avec lui sans qu'il se doute de quoi que ce soit.

Entre-temps, sans presque s'en apercevoir, il était parvenu à la trentaine. Son père mourut brusquement d'un infarctus. Quelques mois après, sa mère décédait elle aussi. Le lendemain des funérailles, Stefan passa une petite annonce dans la rubrique « rencontres » du journal local, *Borås Tidning*. Il obtint quatre réponses et rencontra les femmes à tour de rôle. L'une était une Polonaise établie à Borås de longue date. Elle avait deux enfants déjà adultes et elle travaillait à la cafétéria du lycée de la ville. Elle avait presque dix ans de plus que lui, mais cela ne fut jamais un problème entre eux. Il était tout de suite tombé amoureux d'elle, sans savoir pourquoi. Plus tard, il comprit qu'elle le fascinait simplement parce qu'elle était absolument normale. Elle prenait la vie au sérieux sans pour autant compliquer les choses. Pour la première fois de sa vie, Stefan découvrit qu'il pouvait ressentir pour une femme autre chose que du désir physique. Elle s'appelait Elena et habitait Norrby. Il dormait chez elle deux ou trois fois par semaine.

Ce fut là, dans la salle de bains d'Elena, qu'il découvrit un matin qu'il avait comme une boule à la langue.

Il coupa court aux mauvaises pensées. L'hôpital se dressait devant lui. Il était sept heures cinquante-six, et il pleuvait toujours. Stefan dépassa l'entrée du bâtiment et accéléra le pas. S'il avait décidé de faire deux fois le tour de l'enceinte, alors il s'y tiendrait.

À huit heures trente, il s'asseyait dans la cafétéria avec un café et le journal du matin. Mais il n'ouvrit pas le journal et ne toucha pas à son café.

Au moment de frapper à la porte, il fut pris d'une peur panique. Il entra. Le médecin était une femme. Il essaya de lire sur son visage à quoi il devait s'attendre : grâce ou condamnation à mort. Elle lui sourit, mais cela ne fit qu'accentuer son désarroi. Que trahissait ce sourire ? Un manque d'assurance ? De la compassion ? Ou le soulagement de ne pas avoir à annoncer à un patient qu'il avait un cancer ?

Il s'assit en face d'elle, pendant qu'elle rajustait quelques papiers sur son bureau. Après coup, il lui fut reconnaissant d'être allée droit au but.

— Il s'avère que cette grosseur que tu as à la langue est malheureusement une tumeur.

Il déglutit et hocha la tête. Il le savait, il l'avait toujours su, depuis ce matin dans la salle de bains d'Elena à Norrby. Il avait un cancer.

— Nous ne voyons aucun signe de dissémination. C'est un diagnostic précoce ; nous pouvons donc réagir sur-le-champ.

— Me couper la langue ?

— Non. Radiothérapie d'abord. Opération ensuite.

— Est-ce que je vais mourir ?

Il n'avait rien préparé. La question avait jailli d'elle-même.

— Un cancer doit toujours être pris au sérieux. Mais nous avons des techniques. Cela fait longtemps que ce diagnostic n'est plus synonyme d'issue fatale.

Il resta plus d'une heure dans le bureau du médecin. En ressortant, il était en sueur. Au creux du ventre, tout au fond, il sentait un point absolument froid. Une douleur qui ne le brûlait pas. Mais qui lui faisait le même effet que les mains du psychopathe autour de son cou. Il s'obligea à rester très calme. Maintenant il allait prendre son café et lire le journal. Ensuite il déciderait s'il était mourant ou pas.

Mais l'édition du matin avait disparu. À la place, il trouva un tabloïd. L'espèce de nœud glacé était là, sans arrêt. Il but son café en feuilletant le journal. Les mots et les images s'effaçaient de sa conscience dès l'instant où il tournait la page.

Soudain, un détail retint son intérêt. Un nom sous une photographie. Le titre de l'article parlait de meurtre. Il resta assis, à contempler ce nom. *Herbert Molin, 76 ans. Policier à la retraite.*

Il posa le journal et se leva pour reprendre du café. Il savait que cela coûtait deux couronnes, mais il ne prit pas la peine d'aller payer. Il avait un cancer, il pouvait se permettre quelques libertés. Un autre type s'était déjà traîné jusqu'au comptoir. Il tremblait tellement qu'il versa du café à côté de sa tasse. Stefan lui proposa de l'aider, et l'homme lui adressa un regard de gratitude.

En revenant à sa table, Stefan reprit le journal. Il lut l'article sans comprendre ce qu'il lisait.

À son arrivée à Borås en tant qu'aspirant, il avait été présenté à l'enquêteur le plus âgé et le plus expérimenté du commissariat : Herbert Molin. Ils avaient travaillé ensemble à la brigade criminelle pendant quelques années, jusqu'au départ à la retraite de Molin. Stefan avait souvent repensé à lui. Sa manière inquiète de toujours chercher des traces et des liens. Les collègues avaient tendance à dire du mal de lui, mais pour Stefan il avait été un maître. En particulier, il lui avait enseigné que l'intuition était la ressource la plus nécessaire et la plus sous-estimée d'un enquêteur. Avec l'expérience, Stefan lui avait donné raison.

Herbert Molin était un solitaire. À la connaissance de Stefan, personne n'était jamais allé chez lui. Il habitait une villa dans Brämhultsvägen, juste en face du tribunal. Quelques années après son départ du commissariat, Stefan avait appris par hasard qu'il avait quitté la ville. Mais personne ne savait où il était allé.

Stefan repoussa le journal.

Herbert Molin était donc parti vivre dans le Härjedalen. Il avait choisi de s'installer dans une ferme isolée au fond, de la forêt. Et c'est là qu'il avait été sauvagement assassiné. Aucun mobile apparent, aucune trace d'un suspect. Le meurtre remontait à plusieurs jours, mais la nervosité à l'idée du rendez-vous chez le médecin avait coupé Stefan du monde extérieur. La nouvelle lui parvenait maintenant, par l'intermédiaire de ce tabloïd qui était déjà passé entre de nombreuses mains.

Il se leva brusquement. Là, tout de suite, sa propre mortalité lui suffisait amplement. Il sortit de l'hôpital, sous la pluie qui tombait toujours. Il boutonna sa veste et se dirigea à pied vers le centre-ville. Herbert Molin était mort. Lui-même venait d'apprendre qu'il faisait désormais partie de ceux dont les jours étaient peut-être comptés. Il avait trente-sept ans et il n'avait jamais sérieusement envisagé sa vieillesse. C'était comme si on lui volait soudain toutes ses perspectives d'avenir. Comme s'il avait jusque-là navigué en haute mer et qu'on le précipitait au fond d'une crique étroite entourée de falaises. Il s'immobilisa sur le trottoir et inspira profondément. Ce n'était pas seulement la panique. Il avait le sentiment de se faire avoir. Quelque chose d'invisible s'était introduit dans son corps en secret et s'apprêtait à le détruire.

Ridicule, aussi, de devoir expliquer aux gens qu'il avait un cancer. Et où ça ? À la langue, parmi tous les endroits possibles.

On pouvait tomber malade du cancer, c'était connu. Mais un cancer de la langue... ?

Il s'était remis en marche. Pour gagner du temps, il résolut de garder la tête vide tant qu'il ne serait pas parvenu à la hauteur du lycée. Là, il prendrait une décision. Son médecin lui avait demandé de revenir le lendemain pour de nouvelles analyses. Elle avait prolongé d'un mois – jusqu'à nouvel ordre – son arrêt de travail. Le traitement devait débuter dans un peu plus de trois semaines.

Devant l'entrée du théâtre, quelques comédiens se faisaient photographier en perruques et costumes de scène. Ils étaient jeunes, ils riaient fort. Stefan Lindman n'était jamais allé au théâtre de Borås. Il n'était jamais allé au théâtre tout court. En entendant rire les comédiens, il accéléra le pas.

Devant la bibliothèque municipale, mû par une impulsion, il poussa la porte et entra dans la salle de lecture. Un vieil homme feuilletait un journal russe. Stefan attrapa au hasard un magazine sur le speedway. Une fois assis et bien caché derrière sa revue, le regard rivé à l'image en couleurs d'une moto, il essaya de mettre de l'ordre dans ses idées.

Le médecin avait dit qu'il ne mourrait pas. En tout cas, pas tout de suite.

Au même instant, il imagina que la tumeur était peut-être en train de grossir, de se répandre, de se multiplier. Ce serait un duel. Victoire ou défaite. Il n'y aurait pas de match nul.

Sans quitter la moto du regard, il pensa pour la première fois depuis très longtemps que sa mère lui manquait. Avec elle, il avait pu parler. Maintenant il n'avait plus personne. L'idée de se confier à Elena lui paraissait déplacée. Pourquoi ? C'était incompréhensible. S'il y avait bien quelqu'un à qui il devait parler et qui lui accorderait le soutien nécessaire, c'était Elena. Pourtant il ne l'avait pas appelée. Comme s'il avait honte de lui avouer qu'il venait de se faire rattraper par un cancer. Il ne lui avait même pas dit qu'il avait rendez-vous à l'hôpital.

Il feuilleta lentement la revue où se succédaient les images de motos. Il continuerait de la feuilleter jusqu'à être parvenu à une décision.

Une demi-heure plus tard, c'était fait. Il parlerait à son chef, le commissaire Olausson, qui revenait juste d'une semaine de chasse à l'élan. Il lui dirait qu'il était en arrêt de travail, sans préciser la raison, et qu'il devait subir des analyses. Pourquoi ? Un mal de gorge persistant, sûrement rien de grave. Le certificat médical, il pourrait l'envoyer lui-même au service du personnel. Cela lui laisserait au moins une semaine de répit avant qu'Olausson apprenne la vérité.

Ensuite il rentrerait chez lui et il appellerait Elena. Il lui dirait qu'il devait partir quelques jours. Par exemple à Helsinki pour voir sa sœur, cela lui était déjà arrivé, Elena ne se méfierait pas. Puis il passerait à Systembolaget[1] s'acheter quelques bouteilles de vin. Toutes les autres décisions, il pourrait les prendre au cours de la soirée et de la nuit. En premier lieu, celle de savoir s'il avait la force et la volonté de combattre un cancer qui menaçait peut-être sa vie. Ou s'il préférait abandonner tout de suite.

Il posa la revue et se dirigea vers le rayon « médecine ». Il prit un livre sur le cancer. Puis il le rangea à sa place, sans l'avoir ouvert.

Le commissaire Olausson était un homme qui traversait l'existence en riant. Sa porte était toujours ouverte. Stefan entra dans son bureau à midi pile. Olausson était au téléphone. Il finit sa conversation, raccrocha bruyamment et se moucha.

— On veut que je fasse une conférence, dit-il en rigolant. Les gens du Rotary aimeraient que je leur parle de la mafia russe. Mais nous n'avons pas de mafia russe à Borås. Nous n'avons pas de mafia du tout. Alors j'ai dit non.

1. Chaîne de magasins d'État détenant en Suède le monopole de la vente de l'alcool. (Toutes les notes sont de la traductrice.)

Il fit signe à Stefan de s'asseoir.

— Qu'est-ce qui t'amène ?

— Je voulais juste te dire que mon arrêt de travail a été prolongé.

— Toi ? Tu n'es jamais malade.

— Maintenant je le suis. Je serai arrêté pendant au moins un mois. Je dois subir des analyses. J'ai un mal de gorge qui ne passe pas.

Olausson se rencogna dans son fauteuil et croisa les mains sur son ventre.

— Un mois, ça me paraît un peu long pour un mal de gorge.

— C'est le médecin qui a établi le certificat, pas moi.

Olausson hocha pensivement la tête.

— Les policiers s'enrhument à l'automne. J'ai l'impression que ce n'est jamais le cas des bandits. À quoi cela tient-il, d'après toi ?

— Ils ont peut-être de meilleures défenses immunitaires.

— Très possible. On devrait en informer le patron.

Olausson n'aimait pas le chef de la direction centrale de la police. Il n'aimait pas non plus le ministre de la Justice. De façon générale, il n'aimait pas les supérieurs hiérarchiques. Au commissariat de Borås, c'était une source de joie intarissable que de rappeler le jour, bien des années plus tôt, où un ministre de la Justice social-démocrate venu inaugurer le nouveau tribunal avait tellement bu, lors du dîner offert en son honneur, qu'Olausson avait dû le porter jusque dans sa chambre d'hôtel.

Stefan se leva.

— J'ai appris ce matin dans un journal que Herbert Molin avait été assassiné.

Olausson le dévisagea.

— Molin ? Quand ça ?

— Il y a quelques jours, dans le Härjedalen. Il s'était apparemment installé là-bas. J'ai lu ça ce matin.

— Dans quel journal ?

— Un tabloïd. Je ne sais plus lequel.

Olausson le raccompagna jusqu'au hall d'accueil où traînaient les journaux. Stefan retrouva le journal, et l'article.

— Je me demande ce qui a bien pu se passer, dit-il.

— Je m'en occupe, coupa Olausson. J'appelle les collègues d'Östersund.

Stefan quitta le commissariat sous la pluie qui semblait disposée à ne jamais s'arrêter. Il fit la queue à Systembolaget pour acheter deux bouteilles d'un vin italien très cher et rentra chez lui. Sans même prendre le temps d'enlever sa veste, il déboucha la première et remplit un verre qu'il vida d'un trait. Puis il fit valser ses chaussures et se débarrassa de sa veste sur une chaise. La lampe du répondeur clignotait. Un message d'Elena. Voulait-il venir dîner ? Il emporta le verre et la bouteille dans la chambre. La circulation, dans la rue, lui parvenait comme une lointaine rumeur. Il s'allongea, la bouteille à la main. Il y avait une tache au plafond. Il l'avait contemplée longuement, la nuit précédente. À la lumière du jour, elle n'avait pas le même aspect. Après un deuxième verre, il se tourna sur le côté et s'endormit presque aussitôt.

Il se réveilla vers minuit. Il avait dormi onze heures. Sa chemise était trempée. Il ouvrit les yeux sur le noir ; les rideaux ne laissaient filtrer aucune lumière.

Sa première pensée fut qu'il allait mourir.

Puis il prit la décision de se battre. Après les analyses, il aurait trois semaines de liberté totale. Il en profiterait pour se renseigner à fond. Et il se préparerait au combat.

Il se leva, ôta sa chemise et la jeta dans le panier de la salle de bains. Il s'approcha de la fenêtre qui donnait sur la rue. Quelques hommes ivres se disputaient devant le parking de l'hôtel. L'asphalte brillait sous la pluie.

Il songea de nouveau à Herbert Molin. Un souvenir confus, qui le taraudait depuis l'instant où il avait lu l'article à l'hôpital... Ça venait de lui revenir.

Une fois, ils avaient traqué ensemble un meurtrier en fuite dans la forêt, au nord de Borås. C'était l'automne, comme maintenant. Stefan avait perdu Molin de vue. En le retrouvant, il l'avait pris par surprise, car il se déplaçait sans aucun bruit. Molin avait fait volte-face, avec une expression de terreur.

Stefan s'était excusé de l'avoir effrayé ainsi sans le vouloir. Molin avait haussé les épaules. Puis il avait dit : « J'ai cru que c'était quelqu'un d'autre. »

Rien que cela. *J'ai cru que c'était quelqu'un d'autre.*

Stefan s'attarda à la fenêtre. Les ivrognes avaient disparu. Il fit glisser sa langue contre les dents du haut. Sa langue où rôdait la mort... Mais quelque part dans sa conscience, il y avait aussi Herbert Molin. *J'ai cru que c'était quelqu'un d'autre.*

Il comprit une chose qu'il avait toujours sue, au fond. Herbert Molin avait peur. Au cours des années de leur collaboration, cette peur n'avait cessé d'être présente. Le plus souvent, il parvenait à la cacher. Mais pas toujours.

Herbert Molin avait été assassiné dans une lointaine forêt du Norrland, après avoir eu peur pendant de longues années.

Peur de qui ?

3

Giuseppe Larsson était un homme qui, fort de son expérience, ne tenait jamais rien pour acquis. Au matin du 26 octobre, il ouvrit les yeux grâce à la sonnerie de son réveil de secours. Il tourna la tête. Sur la table de chevet, son autre réveil s'était arrêté à trois heures et quatre minutes. Même un réveille-matin, on ne pouvait pas s'y fier. C'était bien pourquoi il en avait deux. Il se leva et tira sur le fil du store, qui remonta d'un coup, clac. La veille au soir, le météorologue de la télé avait annoncé de la neige sur le Jämtland. Or Giuseppe ne voyait aucune neige. Le ciel était noir, mais limpide.

Il avala en vitesse le petit déjeuner préparé par sa femme. Leur fille de dix-neuf ans, qui vivait à la maison, dormait encore dans sa chambre. Elle faisait des vacations à l'hôpital et elle commençait ce soir-là une semaine de gardes de nuit. Peu après sept heures, Giuseppe enfila ses bottes, enfonça son bonnet sur sa tête, caressa la joue de sa femme et sortit de la maison.

Il avait maintenant en perspective un trajet de cent quatre-vingt-dix bornes. Cette dernière semaine, il n'avait cessé de faire l'aller-retour, sauf un soir où il était si fatigué qu'il avait choisi de dormir à l'hôtel, à Sveg.

Là, il y retournait une fois de plus. Sur la route, il lui faudrait rester vigilant, à cause des élans qui traversaient à l'improviste, mais aussi s'essayer à un récapitulatif de l'enquête en cours. À la sortie d'Östersund, il prit la direction de Svenstavik et régla le régulateur de vitesse sur quatre-vingt-cinq kilomètres heure. De lui-même, il n'était pas sûr de se maintenir sous la barre des quatre-vingt-dix. À cette allure, il aurait largement le temps d'arriver pour la réunion avec les techniciens, prévue à dix heures.

L'obscurité était encore compacte. Le long, le profond hiver du Norrland prenait lentement ses quartiers. Né à Östersund quarante-trois ans plus tôt, Giuseppe ne comprenait pas ceux qui se plaignaient de la nuit et du froid. Pour lui, c'était la période de l'année où un calme infini descendait sur l'existence. De temps à autre, bien sûr, un type rendu fou par l'hiver se suicidait ou assassinait un proche. Il en avait toujours été ainsi, même la police n'y pouvait rien.

Mais ce qui s'était produit près de Sveg ne relevait pas de la folie ordinaire.

L'alerte était parvenue au commissariat d'Östersund le 19 octobre en fin d'après-midi, sept jours auparavant. Giuseppe était sur le point de sortir pour aller se faire couper les cheveux quand quelqu'un lui avait tendu un combiné en disant : Écoute ça. Une femme hurlait à l'autre bout du fil.

Giuseppe avait dû éloigner l'écouteur de son oreille pour comprendre ce qu'elle disait. Mais il avait immédiatement saisi deux choses : cette femme était bouleversée, et elle n'avait pas bu. Il s'assit et approcha un bloc-notes : en quelques minutes, il avait rassemblé les informations essentielles. La femme s'appelait Hanna Tunberg. Deux fois par mois, elle faisait le ménage chez un certain Herbert Molin, qui habitait une ferme appelée Rätmyren, à quelques dizaines de kilomètres de Sveg. En arrivant ce jour-là, elle avait découvert le chien égorgé dans le chenil et toutes les fenêtres brisées. Elle n'avait pas osé rester, croyant que Molin était devenu fou. Elle était donc repartie vers Sveg pour chercher son mari, qui était en préretraite pour cause de maladie. Ils étaient retournés à la ferme ensemble. Il était environ seize heures à ce moment-là. Leur première pensée avait été d'alerter la police, mais ils voulaient d'abord en apprendre un peu plus – une décision qu'ils avaient amèrement regrettée par la suite. Elle était restée dans la voiture, pendant que son mari entrait seul dans la maison. Il était ressorti en courant et en criant qu'il y avait plein de sang à l'intérieur. Croyant voir quelque chose à l'orée de la forêt, il y était allé. Il avait battu précipitamment en retraite et s'était mis à vomir sans plus pouvoir s'arrêter. Puis il avait repris ses esprits et ils étaient rentrés tout droit à Sveg. Son mari, qui était cardiaque, s'était allongé sur le canapé pendant qu'elle téléphonait à la police de Sveg, d'où les appels étaient transférés vers Östersund. Giuseppe, qui avait noté son nom et son numéro de téléphone, la rappela pour vérifier l'origine de l'appel, et aussi qu'il avait bien saisi le nom du mort, Herbert Molin. Quand il raccrocha pour la deuxième fois, toute idée d'aller chez le coiffeur avait disparu.

Il se rendit tout droit dans le bureau du chef d'intervention, Rundström, et lui expliqua la situation. Vingt minutes plus tard, ils étaient en route dans une voiture de police au gyrophare allumé, pendant que les techniciens se préparaient à les suivre.

Ils arrivèrent à la ferme peu après dix-huit heures trente. Hanna Tunberg attendait à l'embranchement dans sa voiture, en compagnie du commissaire Erik Johansson de Sveg, qui revenait d'un accident : un camion chargé de troncs d'arbres s'était retourné près d'Ytterhogdal. Il faisait déjà nuit. À l'expression de la femme, Giuseppe comprit que ce qu'il allait découvrir à la ferme ne serait pas très agréable à voir. Ils commencèrent par l'orée de la forêt, à l'endroit décrit par Hanna Tunberg. Quand le faisceau des lampes éclaira le corps, ils en eurent le souffle coupé, même Giuseppe, qui croyait pourtant avoir vu à peu près tout ce qu'il était possible de voir. Des suicidés qui s'étaient tiré une balle en plein visage, rien que ça, il en avait connu plusieurs. Mais cette chose, là, par terre, c'était pire que tout. Ce n'était pas un être humain, c'était une masse sanguinolente. Il n'avait plus de visage. À la place des pieds, il avait des moignons sanglants et son dos était tellement déchiqueté qu'on voyait luire les os au travers.

Ils revinrent vers la maison en s'éclairant avec les lampes torches, prêts à tirer. Ils avaient déjà constaté à ce moment-là qu'il y avait effectivement dans le chenil un chien mort, la gorge tranchée. En éclairant l'intérieur de la maison, ils constatèrent que le compte rendu fait par Hanna n'avait rien d'excessif. Le sol était couvert de sang et de débris de verre. Pour ne pas gêner le travail des techniciens, ils ne franchirent pas le seuil.

Pendant tout ce temps, Hanna était restée dans sa voiture, les mains crispées sur le volant. Giuseppe la plaignit. Il savait que ce jour resterait à jamais gravé en elle, comme une peur ou un cauchemar récurrent. Et pour son mari, ce serait pire.

Il avait envoyé Erik attendre les techniciens au carrefour. Il lui avait aussi donné l'ordre de noter scrupuleusement toutes les observations de Hanna Tunberg. L'horaire, en particulier, était important.

Une fois seul, Giuseppe avait pensé que cette enquête dépassait ses compétences. Mais aussi que nul n'était plus qualifié que lui dans tout le district du Jämtland pour la diriger. Il résolut de dire le jour même au chef de district qu'il faudrait sans doute faire appel à des renforts de Stockholm.

Il approchait de Svenstavik. L'obscurité était encore compacte. Au cours des derniers jours, on n'avait pas progressé d'un pouce dans l'élucidation du meurtre de la forêt.

Le mort, avait-on appris, était un policier à la retraite qui avait emménagé dans le Härjedalen après une longue carrière d'enquêteur à la brigade criminelle de Borås. La veille au soir, Giuseppe s'était installé dans le canapé pour lire les fax transmis par Borås. Il possédait maintenant toutes les informations relatives à la victime. Pourtant, il lui semblait toujours être face à un grand vide. Aucun mobile, aucune trace, aucun témoin. À croire qu'une ombre bestiale s'était détachée de la forêt pour agresser Herbert Molin avec une cruauté inouïe, avant de se volatiliser.

Il venait de dépasser Svenstavik. L'aube se devinait à présent, un léger ton de bleu par-dessus les sapins qui l'entouraient de toutes parts. Il pensa au rapport préliminaire envoyé par le médecin légiste d'Umeå, qui rendait compte des lésions, mais ne fournissait nul indice quant à l'origine ou à la cause de cette attaque forcenée. Le rapport d'autopsie décrivait en détail les violences dont Molin avait été l'objet. Les atteintes au dos semblaient provenir de coups de fouet. La peau ayant entièrement disparu, le médecin avait été renseigné par un fragment de lanière retrouvé dans les blessures – si nombreuses qu'elles ne formaient plus qu'une seule plaie. C'était du cuir, affirmait-il après l'avoir examiné au microscope. Mais il ne pouvait en préciser l'origine ; il s'agissait d'un animal inconnu en Suède. La plante des pieds avait, selon toute probabilité, été lacérée avec le même instrument. En revanche, la victime n'avait pas été frappée au visage. Là, les lésions provenaient du fait qu'elle avait été traînée au sol ; elles étaient remplies de terre. Enfin, les hématomes au niveau du cou indiquaient une tentative de strangulation. Tentative seulement, précisait le médecin. La strangulation n'était pas la cause du décès, pas plus que le gaz dont on avait retrouvé des traces dans ses yeux, sa gorge et ses poumons. Molin était mort d'épuisement. Il avait été littéralement fouetté à mort.

Giuseppe freina et s'arrêta sur le bas-côté. Il coupa le moteur, sortit et attendit que le camion qui arrivait en sens inverse soit passé. Puis il ouvrit sa braguette. Parmi toutes les choses qui rendaient la vie agréable, la possibilité de pisser au bord de la route n'était pas la moindre. Il se rassit dans la voiture, mais ne remit pas tout de suite le contact. Il essayait de voir à distance tout ce qu'il savait, désormais, de la mort de Molin. Lentement, il laissa tout ce qu'il avait vu de ses propres yeux et tout ce qu'il avait lu dans les différents rapports défiler dans son esprit et se ranger spontanément dans différentes cases.

Il entrevoyait quelque chose.

Rien qui puisse les mettre sur la piste du meurtrier. Mais il était clair que Molin avait été exposé à une violence inouïe et prolongée.

De la rage, pensa Giuseppe. C'est de ça qu'il s'agit. Et il est possible alors que la rage elle-même soit le mobile.

S'ajoutait à cela un autre élément. Toute l'opération donnait l'impression d'avoir été préméditée en détail. Le chien de garde avait été égorgé. Le meurtrier s'était équipé d'un ou de plusieurs fouets, d'un fusil, de cartouches lacrymogènes. Rien à voir avec un concours de circonstances fortuit. La rage était empaquetée dans un projet.

Rage et préméditation, songea Giuseppe. Vengeance ?

La préméditation impliquait que le meurtrier de Molin fût déjà venu à la ferme au moins une fois. Si un inconnu s'était déplacé dans le coin, il y avait toutes les chances qu'il ait été repéré. A fortiori s'ils étaient plusieurs. Ou alors, au contraire, personne n'avait remarqué quoi que ce soit. Dans ce cas, le ou les coupables devaient être recherchés dans le cercle des relations de Molin.

Mais Molin n'avait pas de relations. Hanna Tunberg leur avait dit très clairement que Herbert Molin ne fréquentait personne. C'était un solitaire.

Une fois de plus, Giuseppe visualisa l'enchaînement des faits. Pour lui il était clair, même s'il manquait de fondements objectifs pour l'affirmer, que le tueur était un homme seul. Quelqu'un, donc, était venu à la ferme, armé d'un fouet confectionné avec le cuir d'un animal inconnu, d'un fusil et de cartouches lacrymogènes. De façon très méthodique, ce quelqu'un avait piégé Herbert Molin avant de le mettre à mort avec un sadisme caractérisé et d'abandonner son corps nu à l'orée de la forêt.

Il devenait urgent de contacter la brigade criminelle de Stockholm pour obtenir son assistance. Il ne s'agissait pas d'un meurtre ordinaire. Giuseppe était de plus en plus convaincu d'avoir affaire à une exécution programmée.

Il était dix heures moins vingt quand Giuseppe s'engagea dans la cour de la ferme de Herbert Molin. Les bandes plastique étaient toujours là, mais aucun véhicule de police n'était en vue. Giuseppe sortit de sa voiture. Le vent s'était levé. Sa rumeur, dans les arbres, donnait une espèce de tonalité sourde à cette matinée d'automne. Immobile, il regarda autour de lui. Les techniciens avaient identifié des traces de pneus à l'endroit même où il se tenait ; des traces qui n'appartenaient pas à la vieille Volvo de Molin. Chaque fois qu'il revenait sur les lieux d'un meurtre, il essayait d'imaginer la façon dont les choses avaient pu se passer. Qui était sorti de la voiture inconnue ? Quand ? Ce devait être au cours de la nuit. Le légiste n'avait pas encore établi l'heure exacte du décès. Le rapport préliminaire laissait prudemment entendre que les sévices avaient pu durer très longtemps. On ne pouvait affirmer combien de coups de fouet la victime avait reçus. Mais, avec des interruptions, la séance avait pu se prolonger plusieurs heures.

Giuseppe rassembla ses pensées, qui vagabondaient sans arrêt depuis le début du trajet en voiture.

La rage. La vengeance.

L'homme seul.

Une organisation minutieuse. Rien à voir avec des circonstances fortuites.

La sonnerie de son portable le fit tressaillir ; Giuseppe ne s'était pas complètement habitué au fait de pouvoir être joint jusqu'au fin fond de la forêt. Il sortit le téléphone de sa veste.

— Giuseppe.

Combien de fois avait-il maudit sa mère de lui avoir donné ce prénom. Celui d'un crooner italien qu'elle avait entendu un soir alors qu'il se produisait dans le parc du Peuple à Östersund. Pendant toute sa scolarité, les autres s'étaient moqués de lui, et aujourd'hui encore, chaque fois qu'il le prononçait au téléphone, il percevait le temps d'arrêt de l'interlocuteur.

— Giuseppe Larsson ?

— C'est moi.

L'homme dit s'appeler Stefan Lindman. Il était policier, il appelait de Borås, il avait travaillé autrefois avec Molin et il désirait connaître les détails de sa mort. Giuseppe demanda à le rappeler ; il était déjà arrivé que des journalistes se fassent passer pour des collègues. Stefan Lindman dit qu'il comprenait très bien. Comme il n'avait pas de crayon sur lui, Giuseppe traça le numéro dans le gravier, du bout de sa chaussure. Lindman décrocha à la première sonnerie. Ça ne prouvait rien, évidemment ; il pouvait être journaliste quand même. En réalité, il aurait fallu appeler le commissariat de Borås et demander s'ils avaient chez eux un dénommé Stefan Lindman. Mais la manière de s'exprimer de ce type avait suffi à le convaincre. Il répondit de son mieux à ses questions, mais ce n'était pas facile au téléphone. La liaison était mauvaise, et la camionnette des techniciens approchait.

— Écoute, dit Giuseppe, il faut que je file. Je garde ton numéro. Rappelle-moi plus tard, si tu veux, sur ce portable, ou au commissariat d'Östersund. Je voudrais juste te poser une question à mon tour. On n'est pas très avancés ici, ou plutôt, on nage complètement. Alors voilà ma question : Herbert Molin se sentait-il menacé ?

Il écouta en silence pendant que la voiture des techniciens freinait dans la cour. Après avoir raccroché, Giuseppe marqua plus nettement les chiffres dans le gravier.

Le policier de Borås avait dit quelque chose d'important. Herbert Molin ne s'était jamais expliqué là-dessus, mais Lindman était sûr de son fait : Molin avait eu peur en permanence.

Les techniciens étaient au nombre de deux. Jeunes, l'un comme l'autre. Giuseppe les appréciait. Ils étaient très efficaces dans le travail, aussi énergiques que minutieux. Ensemble ils entrèrent dans la maison dont l'investigation allait à présent reprendre. Giuseppe faisait attention à l'endroit où il mettait les pieds. Une fois de plus, il contempla le sang séché au sol et sur les murs. Pendant que les jeunes enfilaient leur combinaison, il essaya à nouveau de visualiser les faits.

Il en avait déjà une image superficielle. D'abord, on avait tué le chien. Ensuite, on avait brisé toutes les vitres et tiré des cartouches de gaz lacrymogène. Ce n'étaient pas les cartouches qui avaient brisé les vitres. Les policiers avaient retrouvé dans la cour plusieurs douilles provenant d'un fusil de chasse. L'homme était méthodique. On pouvait supposer que Herbert Molin avait été endormi, au départ. Ou du moins couché. Il était nu, mais un pull et un pantalon pleins de sang gisaient dans le gravier au pied des marches. Le nombre des cartouches lacrymogènes laissait penser que la fumée avait rempli la maison. Molin s'était enfui en emportant son fusil. Il avait même tiré plusieurs fois. Mais il n'avait pas réussi à aller bien loin. Son fusil était par terre, dans la cour. Giuseppe savait que Herbert Molin était encore aveuglé par le gaz en déboulant de la maison. Et qu'il ne respirait qu'avec la plus grande difficulté.

Herbert Molin avait été contraint à la fuite. Il était sans défense au moment d'ouvrir la porte. Son meurtrier l'avait vu sortir, hébété, asphyxié, aveuglé.

Giuseppe se dirigea avec précaution vers la chambre qui ouvrait directement sur le séjour et qui recelait la plus grande énigme de toutes : une poupée maculée de sang, couchée sur un lit. Une poupée de taille humaine, mais beaucoup plus souple qu'un mannequin. Ils avaient d'abord pensé à un jouet sexuel servant à distraire Molin de sa solitude. Mais elle n'avait aucun orifice. Les brides cousues sous ses pieds avaient fini par les mettre sur la voie : la poupée faisait office de partenaire de danse. On pouvait se demander pourquoi elle était barbouillée de sang. Molin s'était peut-être réfugié dans cette chambre avant que le gaz ne l'oblige à partir. Mais cela ne répondait pas à la question. Depuis six jours que la maison était passée au crible, ils n'étaient pas parvenus à une conclusion valable sur ce point. Giuseppe avait décidé d'y consacrer la matinée. Cette poupée l'inquiétait. Elle dissimulait quelque chose qu'il n'arrivait pas à cerner.

Il ressortit prendre l'air dans la cour. Son téléphone sonna. C'était le chef du district de police d'Östersund. Giuseppe lui dit ce qu'il en était : le travail continuait, mais rien de neuf pour l'instant. Hanna Tunberg avait en ce moment même un entretien approfondi à Östersund avec Artur Nyman, le plus proche collaborateur de Giuseppe. Le chef de district l'informa qu'on avait réussi à joindre la fille de Molin, en Allemagne, et qu'elle était en route vers la Suède. Le fils, steward sur un paquebot de croisière dans les Caraïbes, avait été contacté lui aussi.

La première femme de Molin, la mère de ses deux enfants, était décédée quelques années plus tôt. Giuseppe avait consacré beaucoup de temps à vérifier ce point, mais elle était bien morte de cause naturelle. Et leur divorce remontait à dix-neuf ans. La deuxième, qui avait partagé les dernières années de Molin à Borås, avait été plus difficile à localiser.

Giuseppe retourna à l'intérieur. De l'entrée, il contempla le sang séché sur le parquet du séjour. Puis il s'écarta de quelques pas et regarda à nouveau. Il fronça les sourcils. Ces empreintes lui posaient problème. Il prit son carnet, emprunta un crayon à l'un des techniciens et fit un croquis. En tout, il y avait dix-neuf traces de pas. Dix provenant d'un pied droit et neuf d'un pied gauche.

Il ressortit dans la cour. Une corneille s'envola. Giuseppe contemplait son croquis. Puis il alla chercher un râteau qu'il avait repéré dans là remise et égalisa le gravier devant la maison. Quand il fut satisfait, il posa le pied droit en l'enfonçant bien dans le gravier, puis le gauche et ainsi de suite, en suivant son croquis. Il observa le résultat, puis il revint sur ses pas, en plaçant ses pieds dans les traces. Revenu au point de départ, il répéta le mouvement, plus vite cette fois, en fléchissant les genoux.

Soudain le déclic se fit.

L'un des techniciens était entre-temps apparu sur le perron. Il alluma une cigarette et considéra les empreintes de pas dans le gravier.

— Qu'est-ce que tu fabriques ?

— J'explore une théorie. Que vois-tu ?

— Des empreintes dans le gravier. Identiques à celles qu'on a à l'intérieur.

— C'est tout ?

— Oui.

Giuseppe hocha la tête. Le deuxième technicien sortit avec une thermos. Giuseppe s'adressa à lui.

— Il n'y avait pas un CD dans le lecteur ?

— Mais si.

— C'était quoi, comme disque ?

Le technicien tendit la thermos à son collège, retourna dans le séjour et revint après quelques secondes.

— Un truc argentin. Un orchestre. Ne me demande pas de prononcer le nom.

Giuseppe se remit une fois de plus en mouvement dans les empreintes, pendant que les deux techniciens fumaient et buvaient leur café en l'observant du coin de l'œil. Giuseppe s'arrêta et leva la tête.

— L'un de vous danse-t-il le tango ?

— Pas tous les jours. Pourquoi ?

— Parce que c'est ça que vous avez sous les

yeux. Comme quand on était petits, à l'école de danse, et que le professeur scotchait des formes de pied noires sur le plancher, pour nous aider à comprendre. Ici, c'est du tango.

Pour démontrer sa théorie, Giuseppe se mit à fredonner un air de tango improvisé tout en se déplaçant dans les traces. Les pas coïncidaient avec le rythme.

— Vous voyez ? Quelqu'un a traîné Molin à travers le salon en plaçant ses pieds, ou ce qu'il en restait, comme dans une leçon de danse.

Les techniciens étaient incrédules ; en même temps, ils étaient bien obligés de lui donner raison. Ils retournèrent à l'intérieur.

— Voilà ce qu'on a ici, répéta Giuseppe. L'assassin de Molin l'a invité à danser un tango.

En silence, ils contemplèrent les traces de sang séché sur le sol.

— Mais qui ? C'est toute la question. Qui invite un mort à danser ?

4

Stefan Lindman avait la sensation que son corps se vidait peu à peu de son sang. Les techniciennes de laboratoire avaient beau le manipuler avec douceur, l'épuisement le gagnait. Il passait plusieurs heures chaque jour à l'hôpital, pour ses analyses. Il eut encore deux occasions de parler à son médecin. Il avait de nombreuses questions à lui poser, mais le courage ou la présence d'esprit de le faire lui manquait à chaque fois. Au fond de lui, il savait que toutes ces questions se réduisaient en fait à une seule. Allait-il survivre ? Et si elle ne pouvait répondre là-dessus avec certitude, combien de temps pouvait-elle lui garantir ? Il avait lu quelque part que la mort était un tailleur discret, silencieusement occupé à prendre les mesures du dernier costume de chacun. Même s'il survivait à l'épreuve, il aurait toujours le sentiment que son temps était compté, et qu'il l'avait su beaucoup trop tôt.

Le soir du deuxième jour d'analyses, il alla chez Elena. Contrairement à son habitude, il ne l'avait pas prévenue. Dès qu'elle le vit, elle comprit que quelque chose n'allait pas. Stefan avait essayé de prendre une décision, savoir s'il allait lui dire ou pas, mais au moment de sonner à sa porte, il était encore indécis. Il avait à peine posé sa veste qu'elle lui demanda ce qui était arrivé.

— Je suis malade, dit-il.

— Comment ça ?

— J'ai un cancer.

Après cela, il n'avait plus été en mesure de se taire. Autant tout lui dire, tant qu'il y était. Il avait besoin de se confier à quelqu'un, et il n'avait personne en dehors d'Elena. Ils veillèrent tard, ce soir-là, et elle eut la sagesse de ne pas tenter de le consoler. Ce dont il avait besoin, c'était de courage. Elle alla chercher un miroir et le lui tendit en disant que, comme il pouvait le constater, un homme vivant était assis là, pas un mort. Et il devait raisonner en tant que tel. Il passa la nuit chez elle et garda les yeux ouverts longtemps après qu'elle se fut endormie.

À l'aube, il se leva doucement pour ne pas la réveiller et quitta l'appartement sans bruit. Au lieu de repartir tout droit à Allégatan, il fit un long détour par le lac de Ramnasjön. Quand il se décida enfin à rentrer, il s'aperçut qu'il avait poussé jusqu'à Druvefors. Ce jour-là, avait dit son médecin, il en aurait terminé avec les analyses. Il lui avait demandé s'il pourrait partir en voyage, peut-être à l'étranger, en attendant le début du traitement, et elle lui avait répondu de faire ce dont il avait envie. Arrivé chez lui, il but un café et écouta les messages sur le répondeur. Elena s'était inquiétée au réveil, en voyant qu'il était parti.

Vers dix heures, il se rendit dans une agence de voyages de Västerlångatan et s'installa sur un canapé pour feuilleter des catalogues. Il avait presque fait le choix de Majorque, quand la pensée de Molin revint le hanter. Soudain, sa décision fut prise. Il n'allait pas se rendre à Majorque. Là-bas, il ne ferait qu'errer sous le soleil en ruminant les événements précédant son départ et ceux qui le guettaient après son retour. Dans le Härjedalen, sa solitude ne serait pas moindre, puisqu'il ne connaissait personne là-bas. Mais au moins son activité serait sans lien avec sa propre personne. Il n'avait pas d'idée très précise de ce qu'il pourrait entreprendre là-haut, mais il ressortit de l'agence de voyages et entra chez le libraire de la place pour s'acheter une carte du Jämtland. Rentré chez lui, il l'étala sur la table de la cuisine et calcula que, pour se rendre de Borås à Sveg, il fallait compter entre douze et quinze heures. En cas de fatigue, il pourrait s'arrêter en cours de route et passer la nuit quelque part.

L'après-midi, il se rendit à l'hôpital pour ses dernières analyses. Rendez-vous était déjà pris avec son médecin pour le début du traitement. Il l'avait noté dans son agenda, de son écriture habituelle qui partait dans tous les sens, comme il aurait inscrit ses dates de vacances ou l'anniversaire de quelqu'un : *vendredi 19 novembre. 8 h 15.*

Ce soir-là, il fit sa valise. En consultant la météo sur télétexte, il apprit qu'il ferait entre cinq et dix degrés le lendemain à Östersund. Entre Östersund et Sveg, la température ne devait pas être très différente. Avant de se coucher, il pensa qu'il devait informer Elena de ses projets de voyage. Elle s'inquiéterait s'il disparaissait comme ça. Mais il repoussa l'échéance. Il avait son portable, elle connaissait son numéro. Peut-être voulait-il qu'elle s'inquiète ? Peut-être se vengeait-il sur une innocente parce qu'il était malade, et pas elle ?

Le lendemain, vendredi 29 octobre, Stefan se leva très tôt. À huit heures, il était déjà loin de Borås. Avant de prendre l'autoroute, il avait fait le détour par Brämhultsvägen et l'ancienne villa de Herbert Molin. Molin avait vécu là, d'abord avec sa femme, puis seul, et c'était de là qu'il était parti vers le nord au moment de sa retraite.

Stefan repensa à la fête d'adieu qu'ils avaient organisée pour lui à la cafétéria du personnel, au dernier étage du commissariat. Molin n'avait pas beaucoup bu. C'était probablement le plus sobre de la bande. Le commissaire Nylund, qui devait lui-même partir à la retraite l'année suivante, avait prononcé un discours dont Stefan ne se rappelait pas un mot. La fête manquait un peu d'ambiance, et on s'était séparé de bonne heure. Ensuite, contrairement à la coutume, Molin n'avait pas invité ses collègues chez lui pour les remercier. Il avait simplement quitté le commissariat. Quelques semaines plus tard, il quittait aussi la ville.

Stefan réalisa qu'il reproduisait aujourd'hui le trajet exact de Molin, au départ de Brämhultsvägen. Il le suivait à la trace sans rien savoir des raisons de son déménagement, ou peut-être de sa fuite, vers le Norrland.

Stefan parvint à Orsa dans la soirée. Il s'arrêta pour dîner, un bifteck trop gras dans un routier, puis il retourna sur le parking et se roula en boule sur la banquette arrière. Il était si fatigué qu'il s'endormit presque aussitôt. Les sparadraps au creux de ses coudes le grattaient. Dans son rêve, il courait à travers une enfilade sans fin de salles plongées dans le noir.

Il se réveilla avant l'aube, ankylosé, avec un mal de tête terrible, et s'extirpa de la voiture. Pendant qu'il pissait, debout sur le parking, il s'aperçut que son haleine formait une vapeur blanche. Le gravier crissait sous ses pieds. Il comprit que la température avait chuté en dessous de zéro. La veille au soir, il avait pensé à faire remplir sa thermos. Il se versa un café, et le but assis derrière le volant. Un poids lourd qui stationnait à côté de lui s'ébranla brutalement et disparut dans l'obscurité. Stefan alluma la radio et écouta les infos matinales. Cela ranima son angoisse. Quand il serait mort, il ne pourrait plus écouter la radio. La mort impliquait plein de choses. La radio se tairait, elle aussi.

Il rangea la thermos sur la banquette arrière et mit le contact. Il lui restait une centaine de kilomètres à parcourir jusqu'à Sveg, à travers l'interminable Orsa Finnmark. Il s'engagea sur la route en songeant qu'il devait faire attention aux élans.

La lumière grignotait lentement le ciel pendant que Stefan pensait à Herbert Molin, en essayant de se rappeler tout ce qu'il pouvait, les conversations, les rendez-vous, les moments anodins. Quelles étaient les habitudes de Molin? En avait-il même eu? Quand avait-il ri? Quand s'était-il mis en colère? Stefan constata qu'il avait du mal à s'en souvenir. L'image de Herbert Molin se dérobait. Sa seule certitude, c'était qu'il avait eu peur.

La forêt s'ouvrit. Stefan traversa le fleuve Ljusnan. Peu après, il entrait dans Sveg, mais le bourg était si petit qu'il faillit en ressortir, le temps de comprendre qu'il avait atteint son but. Il tourna à gauche après l'église et aperçut presque aussitôt une enseigne d'hôtel. Il n'avait pas jugé utile de réserver. Mais la réceptionniste lui dit qu'il avait de la chance. Il restait une chambre, et encore, parce que le client s'était décommandé. Stefan n'en revenait pas.

— Qui loge à l'hôtel, à Sveg?

— Des pilotes d'essai, qui testent de nouveaux modèles de voiture. Puis il y a les informaticiens.

— Pardon?

— On en a beaucoup en ce moment. De nouvelles boîtes s'installent dans la région, et il n'y a pas de logements disponibles. La commune envisage de construire des baraquements. Tu comptes rester combien de jours?

— Une semaine au moins. C'est possible?

Elle feuilleta le registre.

— Pas sûr. On est complet presque tout le temps.

Stefan déposa sa valise dans la chambre et redescendit à l'entresol, où le buffet du petit déjeuner était servi. Les clients déjà attablés étaient des types jeunes, presque tous revêtus d'une espèce de combinaison d'aviateur. Après avoir mangé, Stefan monta dans sa chambre, se déshabilla, arracha ses sparadraps et se mit sous la douche. Puis il se glissa dans le lit. Qu'est-ce que je fais ici ? pensa-t-il. J'aurais pu être à Majorque. Au lieu de me balader sur une plage face à une mer bleue, je suis encerclé par un million d'arbres.

Au réveil, il se demanda où il était. Puis il s'attarda sous les couvertures en essayant d'imaginer un plan d'action. Il ne pouvait prendre aucune initiative tant qu'il n'aurait pas vu l'endroit où Herbert Molin avait été tué. Le plus simple, évidemment, aurait été de s'adresser à l'homme d'Östersund, Giuseppe Larsson. Mais, pour une raison confuse, il voulait y aller seul et sans prévenir personne. Plus tard, il pourrait en parler avec Giuseppe, peut-être même lui rendre visite à Östersund. N'y avait-il donc pas de policier sur place, à Sveg ? Il s'était posé la question pendant son long voyage à travers la Suède. Quelqu'un devait-il réellement se taper les cent quatre-vingt-dix kilomètres à la moindre infraction ?

Il finit par se lever. Les questions étaient nombreuses. Mais le plus important dans l'immédiat, c'était de voir de ses propres yeux le lieu du meurtre.

Il se rhabilla et descendit à la réception. La fille qui l'avait accueilli en début de matinée était au téléphone. Stefan déplia sa carte de la région et attendit. Elle parlait à un enfant – le sien, sans doute – en lui expliquant qu'elle n'allait pas tarder à rentrer.

— La chambre te convient ? demanda-t-elle après avoir raccroché.

— Tout va bien. Mais j'ai une question, euh, comment dire. Je ne suis pas pilote d'essai, ni touriste, ni pêcheur. Je suis venu parce qu'un ami à moi a été tué par ici la semaine dernière.

Elle prit un air grave.

— Celui qui vivait près de Linsell ? L'ancien policier ?

— C'est ça.

Il lui montra sa carte professionnelle. Puis il tourna vers elle sa carte de la région.

— Tu peux me montrer où il habitait ?

Elle chercha quelques instants avant de poser son doigt sur une intersection.

— Il faut aller à Linsell. Là, tu prends vers Lofsdalen, tu traverses le fleuve. Tu verras un panneau où il est écrit « Linkvarnen ». Après ce panneau, tu continues tout droit sur une dizaine de kilomètres. Sa maison est sur la droite, au bout d'un chemin. Mais le chemin n'est pas indiqué.

Elle leva la tête et le regarda.

— Je ne suis pas très curieuse de nature. Beaucoup de gens sont allés là-bas jeter un coup d'œil. Pas moi. Mais des policiers d'Östersund sont venus, et ils ont logé ici. Je les ai entendus décrire l'itinéraire au téléphone à quelqu'un qui devait arriver par hélicoptère.

— J'imagine que les meurtres ne sont pas fréquents dans la région.

— Je n'ai jamais entendu parler d'un meurtre.

Et je suis née ici, du temps où il y avait encore une maternité à Sveg.

Stefan essaya de replier sa carte, sans succès.

— Donne, dit-elle.

Il la laissa faite. Elle lissa la carte avant de la replier.

Dans la cour de l'hôtel, Stefan s'aperçut que les nuages du matin avaient disparu. Le ciel était dégagé, l'air vif. Il inspira profondément.

Puis il s'imagina mort.

Et il se demanda qui viendrait à ses funérailles.

Peu après quatorze heures, il était à Linsell. À son étonnement, il y découvrit une pâtisserie qui portait l'enseigne « cybercafé ». Il y avait également une station-service et un magasin d'alimentation. Il prit à gauche, traversa le pont. Entre Sveg et Linsell, il avait compté en tout et pour tout trois voitures sur la route. Il conduisait lentement. Une dizaine de kilomètres, avait-elle dit. Sept kilomètres plus loin, il distingua sur sa droite un chemin de gravier à peine visible qui s'enfonçait dans la forêt. Cinq cents mètres d'ornières plus loin, le chemin s'arrêtait. Quelques panneaux tracés à la main signalaient que les sentiers qu'on voyait au-delà étaient des pistes de scooter pour la circulation hivernale. Il fit demi-tour et retrouva la route principale. Un kilomètre plus loin, il essaya un autre sentier impraticable qui s'arrêtait au bout de deux kilomètres au pied d'un tas de bois. Plusieurs fois, il avait senti des pierres érafler le dessous de la voiture. Il ne restait plus qu'à rebrousser chemin.

En arrivant à Dravagen, il comprit qu'il avait dépassé l'embranchement. Il fit demi-tour encore une fois, croisa un camion et deux voitures, puis plus rien. Il roulait très lentement, vitre baissée. De temps à autre, la pensée de la maladie revenait. Que serait-il arrivé s'il avait choisi d'aller à Majorque ? Là-bas il n'aurait pas eu à chercher des chemins invisibles dans la forêt. Qu'aurait-il imaginé de faire alors ? Boire, se saouler tout au fond d'un bar obscur ?

Soudain il l'aperçut, juste après un tournant de la route. Il sentit tout de suite que c'était le bon. Une montée, trois virages serrés – le sol était égal, du gravier, comme elle l'avait dit. À peine deux kilomètres plus loin, il aperçut la maison entre les arbres. Il s'arrêta au milieu de la cour. Les bandes plastique de la police étaient encore là. Mais l'endroit était désert. Il sortit de la voiture.

Il n'y avait pas un souffle de vent. Immobile, il regarda autour de lui. Herbert Molin avait quitté sa villa de Borås pour venir vivre ici. Au fond, tout au fond de la forêt. Où quelqu'un était venu pour le tuer. Stefan contempla la façade, les fenêtres éventrées. Il s'avança, la porte était fermée à clé. Il contourna la maison. Toutes les vitres étaient dans le même état. À l'arrière, il devina un scintillement entre les arbres. Un lac. Il tâta la poignée de la remise. La porte s'ouvrit. Dans la pénombre, il identifia les contours d'un établi et de quelques outils. Il ressortit.

Solitude, songea-t-il. Ici, Herbert Molin a été seul. Et c'était ce qu'il voulait, déjà du temps où il vivait à Borås. Je le comprends maintenant. Il voulait être seul, c'est cela qui l'a poussé à s'installer ici.

Comment s'était-il procuré cette maison ? À qui l'avait-il achetée ? Pourquoi dans ce coin précis du Härjedalen ?

Il s'approcha d'une fenêtre du mur pignon. Un traîneau était rangé contre la façade. Il le déplaça, s'en servit comme d'un escabeau, fit un rétablissement, glissa le bras par l'ouverture béante et ouvrit la croisée de l'intérieur. Puis il épousseta ses vêtements et entra dans la maison. Il règne toujours une odeur spéciale dans les endroits où la police est passée, pensa-t-il. Chaque métier laisse des traces olfactives. On ne fait pas exception à la règle.

Il se trouvait dans une petite chambre à coucher. Le lit était fait, mais il restait des taches de sang séché. Même si l'investigation technique était terminée, il ne voulait toucher à rien. Il désirait voir exactement ce qu'avaient vu les techniciens de la police. Là où ils s'étaient arrêtés, il prenait la relève.

Mais par où devait-il commencer ? Que croyait-il pouvoir découvrir ? Il se persuada qu'il était dans la maison de Herbert Molin à titre privé. Pas en tant que policier ou détective, seulement comme un homme atteint d'un cancer et qui voulait réfléchir à autre chose qu'à sa maladie.

Il passa dans le séjour. Les meubles gisaient, renversés. Il y avait des traces de sang au sol et sur les murs. Il comprit alors à quel point la mort de Herbert Molin avait dû être atroce. Il n'avait pas été tué d'une balle ou d'un coup de couteau. Il avait été la cible d'un assaut dément, et tout indiquait qu'il avait été pourchassé et qu'il s'était débattu.

Stefan fit le tour de la pièce avec précaution et s'arrêta devant le lecteur de CD ouvert. Aucun disque sur la platine, mais une pochette à côté. Du tango argentin. Il poursuivit son inspection du séjour. Herbert Molin vivait sans bibelots superflus. Pas de tableaux, pas de vases. Et pas la moindre photo de famille.

Une pensée frappa soudain Stefan. Il retourna dans la chambre et ouvrit l'armoire. Parmi les vêtements, il n'y avait pas d'uniforme de police. Molin s'en était donc débarrassé. Les collègues retraités conservaient en général le leur.

Il alla dans la cuisine, sans cesser de se représenter Herbert Molin à ses côtés. Un homme de soixante-quinze ans, seul. Qui se lève le matin, se prépare à manger, fait passer le temps.

On s'occupe toujours à quelque chose. Personne ne peut rester en permanence assis sans bouger sur une chaise. Même le plus passif des hommes *fait* quelque chose. Que faisait Herbert Molin ? À quoi employait-il ses journées ? Il regagna le séjour. Par terre, à côté d'une empreinte sanglante, il avait repéré une pièce de puzzle. Il vit qu'il y en avait d'autres. En se redressant, il sentit un élancement dans le bas du dos. La maladie, pensa-t-il aussitôt. Ou peut-être seulement sa posture inconfortable dans la voiture, pendant la nuit. Il attendit que ça passe.

Puis il se dirigea vers le meuble de rangement où se trouvait le lecteur de CD, se pencha à nouveau et ouvrit les battants de la partie basse. Celle-ci était remplie de boîtes, qu'il prit tout d'abord pour des jeux de société. Mais en regardant la première de la pile, il vit que c'était un puzzle. Il examina le motif reproduit sur le couvercle et qui, d'après le texte, était celui d'une toile de Matisse. Ce nom lui disait vaguement quelque chose. L'image représentait un grand jardin, au fond duquel on distinguait deux silhouettes de femmes vêtues de blanc. Il sortit les autres puzzles à tour de rôle. Presque tous avaient pour motif une œuvre d'art, et un nombre impressionnant de pièces. Il ouvrit le meuble voisin. Plein de puzzles, lui aussi, tous emballés dans leur cellophane d'origine. Il se redressa avec précaution, pour ne pas réveiller la douleur. Herbert Molin consacrait donc au moins une partie de son temps à assembler des puzzles. C'était surprenant. Pas plus, après tout, que sa propre collection d'articles idiots sur les joueurs d'Elfsborg.

Il regarda à nouveau autour de lui. Le silence était si profond qu'il entendait les pulsations de son cœur. Il pensa qu'il devait appeler ce policier d'Östersund au prénom étrange. Peut-être irait-il lundi bavarder un moment avec lui ? Quoi qu'il en soit, il était complètement extérieur à cette affaire. Ça, il avait l'intention de le lui dire d'emblée. Il n'était pas venu dans le Härjedalen pour jouer à l'enquêteur parallèle. Selon toute vraisemblance, la mort de Herbert Molin trouverait une explication toute simple. Le mobile était presque toujours l'argent ou la vengeance. L'alcool tenait aussi un rôle, dans la plupart des cas. Et le coupable se rencontrait le plus souvent dans le cercle des proches, famille ou amis.

Peut-être Giuseppe et ses collègues avaient-ils déjà cerné un mobile et présenté un suspect au procureur ? C'était même probable.

Stefan jeta un dernier regard à la ronde. En se demandant ce que lui racontait ce séjour quant au drame qui s'était joué là. Mais il ne trouva aucune réponse. Il contempla longuement les empreintes de sang séché sur le parquet. Elles formaient un motif. Et elles étaient étrangement nettes, comme imprimées là délibérément, et non au hasard d'un corps à corps ou par un agonisant. Il se demanda quelles conclusions Giuseppe et les techniciens en avaient tirées.

Puis il se tourna vers ce qu'il restait de la grande baie vitrée.

Il sursauta et se jeta contre le mur.

Il venait de voir un homme dans la cour. Un fusil à la main, complètement immobile, cet homme regardait fixement la fenêtre.

5

Stefan n'eut pas le temps d'avoir peur. En découvrant l'inconnu au fusil, il s'était plaqué au mur, et, la seconde d'après, il entendit une clé tourner dans la serrure. L'idée folle qui avait tourbillonné en lui, que ce pouvait être le meurtrier, disparut aussitôt. Le meurtrier n'aurait pas ouvert avec sa clé.

La porte s'ouvrit et l'homme se planta sur le seuil du séjour, son arme le long du corps. Stefan vit que c'était un fusil de chasse. L'inconnu prit la parole.

— Il ne devrait y avoir personne ici. Pourtant il y a quelqu'un.

Il parlait lentement et distinctement, mais pas comme la réceptionniste de l'hôtel. Son dialecte était différent, Stefan ne parvenait pas à le situer.

— Je connaissais la victime, répondit-il. L'homme hocha la tête.

— Je te crois. Ce que je voudrais savoir, c'est : qui es-tu ?

— J'ai travaillé avec Herbert Molin pendant des années. Il était policier, je le suis encore.

— C'est à peu près tout ce que je sais de Herbert. Qu'il avait été flic.

— Et toi ?

L'homme lui fit signe de le suivre dans la cour et indiqua le chenil.

— En fait, je crois que je connaissais Shaka mieux que je ne connaissais Herbert. Personne ne connaissait Herbert.

Stefan regarda le chenil, puis l'individu debout à son côté. Chauve, maigre, la soixantaine. Une veste enfilée par-dessus un bleu de travail. Des bottes en caoutchouc. Il se tourna vers Stefan.

— Tu te demandes qui je suis. Pourquoi j'ai la clé. Et un fusil.

Stefan acquiesça en silence.

— Dans ce coin du pays, les distances sont grandes. J'imagine que tu n'as croisé personne sur la toute. On peut dire que j'étais le plus proche voisin de Herbert. Même si j'habite à dix kilomètres d'ici.

— Quel est ton métier ?

L'homme sourit.

— D'habitude, on commence par demander aux gens comment ils s'appellent. Avant de leur demander ce qu'ils font comme boulot.

— Je m'appelle Stefan. Stefan Lindman. Je suis policier à Borås, là où travaillait Herbert avant sa retraite.

— Abraham Andersson. Mais par ici, on m'appelle plutôt Dunkärr, parce que j'habite une ferme qui s'appelle Dunkärret.

— Tu es fermier ?

L'homme éclata de rire et cracha dans le gravier.

— Non. Je ne travaille ni dans les champs ni dans la forêt. Si, dans la forêt, mais pas pour couper les arbres. Je joue du violon. Pendant vingt ans, j'ai eu ma place dans l'orchestre symphonique de Helsingborg. Un beau jour, j'en ai eu assez. Alors je suis venu ici. Ça m'arrive de jouer. Surtout pour entretenir les doigts, vu que les anciens violonistes ont des problèmes articulaires s'ils arrêtent trop brutalement. C'est comme ça qu'on s'est rencontré, avec Herbert.

— Comment ?

— J'ai l'habitude d'emmener mon violon dans la forêt. Je me mets au milieu des arbres, là où ils sont très serrés. Ça produit un certain son. D'autres fois, je grimpe sur un rocher, ou alors je me plante à côté d'un lac. Le son change sans arrêt. Après tant d'années passées dans une salle de concert, j'ai l'impression d'avoir un nouvel instrument entre les mains.

Il montra le lac qu'on devinait entre les arbres.

— Je jouais là-bas. Le concerto de Mendelssohn, je crois, le mouvement lent. Herbert est arrivé avec son chien. Il se demandait ce qui se passait. Je peux le comprendre. Qui s'attend à trouver un bonhomme en train de jouer du violon dans la forêt ? Et il était furieux, en plus, parce que j'étais sur ses terres. Mais après on est devenu des amis. Enfin, si on peut dire.

— Comment ça ?

— Herbert n'avait pas vraiment d'amis.

— Pourquoi ?

— Il avait acheté cette maison pour avoir la paix. Mais on ne peut pas cesser de fréquenter complètement les autres, c'est impossible. Au bout d'un an à peu près, il m'a dit qu'il avait le double de la clé dans sa remise. Je ne sais toujours pas pourquoi il me l'a dit.

— Mais vous vous fréquentiez ?

— Non. Il me laissait jouer au bord du lac quand j'en avais envie. Pour te dire la vérité, je n'ai jamais mis le pied dans cette maison. Et il n'est jamais venu chez moi.

— Recevait-il d'autres visiteurs ?

La réaction de l'homme fut imperceptible. Mais Stefan perçut son hésitation.

— Pas à ma connaissance.

Il y avait donc bien un visiteur, pensa Stefan.

— Tu es à la retraite, si je comprends bien, dit-il à voix haute. Tu t'es retiré dans la forêt, comme Herbert...

L'homme rit à nouveau.

— Pas du tout. Je ne suis pas à la retraite et je ne me suis pas « retiré dans la forêt ». J'écris pour des orchestres de danse.

— Pardon ?

— Quelques chansons par-ci par-là, cœur et douleur, ce genre de chose. De vraies merdes, en général. Mais j'ai figuré plusieurs fois en tête du top 50 suédois. Pas sous le nom d'Abraham Andersson, évidemment. J'ai ce qu'on appelle un pseudonyme.

— Lequel ?

— Siv Nilsson.

— Un nom de femme ?

— J'avais une camarade dont j'étais amoureux au collège. Elle s'appelait Siv Nilsson. Il m'a semblé que ce pouvait être une belle déclaration.

Stefan se demanda si cet Abraham Andersson se payait sa tête. Puis il prit le parti de le croire. Ses doigts étaient longs et minces. Il pouvait fort bien être violoniste.

— On se demande ce qui a pu se produire, reprit soudain Andersson. Qui pouvait en vouloir à ce point à Herbert. Les policiers n'ont pas cessé de venir jusqu'à hier. On a vu arriver des types en hélicoptère, ils ont lâché des chiens dans la forêt, ils ont fait le tour des fermes en posant des tas de questions. Mais personne ne sait.

— Personne ?

— Personne. Herbert Molin a débarqué de nulle part parce qu'il voulait avoir la paix. Mais quelqu'un ne voulait pas qu'il ait la paix. Et maintenant il est mort.

— Quand l'as-tu vu pour la dernière fois ?

— Tu poses les mêmes questions que les flics.

— Je suis flic.

Andersson le jaugea du regard.

— Tu n'es pas d'ici. Alors tu ne peux pas être sur l'enquête.

— Je connaissais Herbert. Je suis en arrêt de travail. J'ai fait le voyage.

Andersson hocha la tête ; mais il était clair qu'il ne le croyait pas.

— J'ai l'habitude de m'absenter une semaine par mois, dit-il soudain. Je vais à Helsingborg voir ma femme. Le truc étrange, c'est que ça s'est produit quand je n'étais pas là.

— Pourquoi étrange ?

— Parce que je ne suis jamais absent aux mêmes

dates. Ça peut être au milieu du mois, du dimanche au samedi. Ou alors du mercredi au mardi suivant. Jamais pareil. Et juste quand je m'en vais, ça arrive.

Stefan réfléchit.

— Tu veux dire qu'on aurait profité de ton absence ?

— Je ne veux rien dire du tout. Sinon que c'est étrange. À part Herbert, j'étais le seul à remuer mes abattis dans le coin.

— Alors ? Que s'est-il passé, à ton avis ?

— Je n'en sais rien. Et maintenant je dois y aller.

Stefan le raccompagna jusqu'à sa voiture, qu'il avait laissée en contrebas de la maison. Sur la banquette arrière, il distingua un étui de violon.

— Où est-ce que tu as dit que tu habitais ? Dunkärret ?

— C'est de ce côté de Glöte. Tout droit sur la route, à huit kilomètres environ. L'écriteau sur la gauche. Dunkärret 2.

Andersson s'installa au volant et baissa sa vitre.

— Il faudrait arrêter le type qui a fait ça. Herbert était un gars bizarre. Mais pacifique. Celui qui l'a tué devait être un fou furieux.

Stefan suivit la voiture du regard, et resta ensuite immobile jusqu'à ce que le bruit du moteur eût disparu. Il pensa que les bruits s'entendaient longtemps, dans la forêt. Puis il retourna à la maison et prit le sentier qui descendait vers le lac. Il pensait sans cesse à ce qu'avait dit Abraham Andersson. Personne ne connaissait Herbert Molin. Mais quelqu'un lui rendait pourtant visite. Andersson n'avait pas voulu citer de nom. Il songea aussi au détail qui semblait l'inquiéter, à savoir que le meurtre avait été commis à un moment où il n'était pas sur place. Si on pouvait considérer Dunkärret comme « sur place ». Stefan s'immobilisa sur le sentier. Cela ne peut signifier qu'une chose, pensa-t-il. Abraham Andersson soupçonne que le tueur savait qu'il serait absent ce jour-là. Et cela à son tour ne laisse que deux possibilités. Ou bien le tueur est du coin, ou bien il surveillait Herbert depuis longtemps. Un mois au moins, peut-être davantage.

Il parvint au lac, qui se révéla plus grand qu'il ne l'aurait cru. La surface brune était agitée de mouvements imperceptibles. Il s'accroupit et plongea la main dans l'eau. Froide. En se relevant, il vit soudain devant lui l'hôpital de Borås. Cela faisait plusieurs heures qu'il n'y avait pas pensé. Il s'assit sur une pierre et laissa son regard errer par-dessus le lac. Sur l'autre rive, le sommet des sapins dessinait une crête sinueuse. Il distingua le bruit lointain d'une scie électrique.

Je n'ai rien à faire ici. Herbert Molin avait peut-être une raison de se cacher dans cette forêt et ce silence. Moi non. Au contraire, je devrais me préparer à ce qui m'attend. Le médecin a dit que j'avais de grandes chances de survivre. Je suis jeune, costaud. Mais la vérité, c'est que personne ne sait si je vais m'en sortir.

Il se remit en marche le long du rivage. Quand il se retourna, la maison avait disparu. Il était complètement seul à présent. Il poursuivit le long de la grève caillouteuse, jusqu'à une barque vermoulue que quelqu'un avait tirée au sec. Une fourmilière occupait les restes du bateau. Il continua tout droit sans savoir où il allait. Parvenu à hauteur d'une clairière, il s'assit de nouveau, cette fois sur un tronc renversé. Le sol alentour était piétiné. L'écorce portait des entailles au couteau. Peut-être Herbert avait-il l'habitude de venir là, songea-t-il distraitement. Entre deux puzzles. Peut-être emmenait-il son chien – comment s'appelait-il déjà ? Shaka. Drôle de nom pour un chien.

Il avait la tête vide. Il ne vit plus que la route, la longue route depuis Borås jusqu'à cette forêt.

Soudain l'image fut dérangée. Par un détail auquel il aurait dû prêter attention. Puis il comprit. C'était ce qu'il venait de penser à l'instant. Que Herbert avait peut-être promené son chien à cet endroit.

Ce pouvait aussi être quelqu'un d'autre. Quelqu'un d'autre avait fort bien pu s'asseoir sur ce tronc. Il regarda autour de lui, attentivement cette fois. L'endroit avait été déblayé. Il le voyait maintenant. Quelqu'un avait fait le ménage et égalisé la terre. Il se leva, s'accroupit au centre de cette surface approximative. Elle n'était pas grande, vingt mètres carrés à peine, mais bien abritée des regards. Des arbres aux racines enchevêtrées et quelques blocs rocheux la rendaient quasi inaccessible, à moins de passer comme lui par le rivage. En examinant le sol de plus près, il distingua une ligne de démarcation dans la mousse, qui formait un rectangle. Il tâta les angles. Ses doigts rencontrèrent des trous. Il se releva.

Une tente, pensa-t-il. Si je ne fais pas fausse route,

il y a eu une tente à cet endroit. Je ne pourrais dire à quel moment, mais ce devait être cette année. Autrement, la neige aurait effacé les traces.

Il promena à nouveau son regard sur la clairière, lentement, comme si chaque impression pouvait être décisive. En son for intérieur, il était rongé par l'idée qu'il se livrait à une activité absurde. Mais il n'avait rien d'autre qui puisse le distraire en cet instant. Il chercha des restes d'un feu. Il n'y en avait pas. Mais ça ne voulait rien dire. Les campeurs d'aujourd'hui partaient dans la forêt avec des réchauds à gaz. Il examina une fois de plus le sol autour du tronc abattu sans rien découvrir de neuf.

Il redescendit vers le rivage. Il y avait une grosse pierre, juste au bord du lac. Il s'assit dessus et regarda dans l'eau. Puis il jeta un coup d'œil derrière, en tâtonnant du bout des doigts. La mousse se détachait toute seule. Quand il eut fini de gratter, il reconnut des restes de mégots. Le papier était marron, presque détruit par l'humidité, mais on distinguait encore quelques brins de tabac. Il continua à creuser. Partout des mégots. Celui ou celle qui venait s'asseoir sur cette pierre était un grand fumeur. Il en dénicha un dont le papier avait conservé une trace de blancheur. Il le prit délicatement et chercha dans ses poches de quoi l'envelopper. Il ne trouva qu'un ticket de caisse de la cafétéria de l'hôpital de Borås. Il emballa le mégot en appuyant bien sur les plis pour en faire un petit paquet. Puis il continua à chercher, en imaginant ce que lui-même aurait fait s'il avait campé à cet endroit. Des toilettes, pensa-t-il. Par un étroit passage contournant le plus grand des rochers, il était possible de grimper vers la forêt. Il examina la paroi, où la mousse semblait avoir été raclée. Il avança en scrutant le sol. Rien. Mètre par mètre, il s'enfonça dans la forêt, en songeant aux chiens policiers dont avait parlé Abraham. S'ils n'avaient rien flairé autour de la maison, il était peu probable qu'ils aient poussé jusqu'au lac. Soit les chiens flairaient une piste, soit ils n'en flairaient aucune.

Il tomba en arrêt. Devant lui, au pied d'un pin, il venait d'apercevoir des excréments humains. Et du papier toilette. Son cœur battit plus vite. Il n'avait pas rêvé, quelqu'un avait bien monté une tente au bord du lac. Quelqu'un qui fumait des cigarettes et qui faisait ses besoins dans la forêt.

Pourtant, il lui manquait l'essentiel. Le lien entre cet individu et Herbert Molin. Il retourna à la clairière avec l'idée de chercher un chemin forestier où le campeur aurait pu se garer.

Puis il se dit qu'il raisonnait de travers. Cette cachette, habilement dissimulée, ne coïncidait pas avec l'idée d'une voiture stationnée près de la route. Quelles étaient les autres possibilités ? Une moto ou un vélo, plus faciles à camoufler. Ou alors se faire déposer par un tiers. Il regarda vers le lac. Le campeur pouvait évidemment être arrivé par là. Dans ce cas, où était le bateau ?

Giuseppe, pensa Stefan. C'est à lui que je dois parler. Je n'ai aucune raison de jouer au détective, tout seul dans la forêt. Cette enquête relève de la police du Jämtland et du Härjedalen.

Il se rassit sur le tronc renversé. La température

baissait, le soleil était presque couché. Il entendit un battement d'ailes tout près de lui, mais quand il leva la tête l'oiseau avait déjà disparu. Il se décida à rentrer. Un silence lugubre régnait autour de la maison de Herbert Molin. Stefan s'aperçut qu'il était gelé. Le froid de cet endroit le pénétrait jusqu'aux os.

Il reprit la direction de Sveg. À Linsell, il s'arrêta à la supérette Ica pour acheter le journal local, qui s'appelait *Härjedalen* et qui paraissait tous les jeudis, sauf fériés. Le caissier lui adressa un signe de tête aimable. Stefan comprit qu'il était curieux.

— On ne voit pas beaucoup d'étrangers par ici à l'automne, dit-il.

Son badge indiquait qu'il s'appelait Torbjörn Lundell. Autant lui dire ce qu'il en est, pensa Stefan.

— Je connaissais Herbert Molin. Nous étions amis. C'était aussi mon collègue, avant qu'il parte à la retraite.

Lundell le dévisagea.

— Pourquoi ? Nos agents à nous ne suffisent pas à régler cette affaire ?

— Je ne suis pas impliqué dans l'enquête.

— Mais tu es venu jusqu'ici du, euh, du Halland ?

— Du Västergötland. Je suis en congé. Herbert t'a donc dit qu'il était de Borås ?

Lundell secoua la tête.

— Ce sont les policiers qui me l'ont dit. En tout cas, il venait faire ses courses ici. Un jeudi sur deux, sans exception. Jamais un mot de trop. Et il achetait toujours les mêmes choses. Mais pour le café, il avait des goûts de luxe. Je devais le commander spécialement pour lui. Du café français.

— Quand l'as-tu vu pour la dernière fois ?

— Le jeudi précédant sa mort.

— Et tu n'as rien remarqué ?

— Quoi, par exemple ?

— Qu'il aurait été différent.

— Il était comme d'habitude. Pas un mot de trop.

Stefan réfléchit. Il n'aurait pas dû endosser son rôle professionnel ainsi à la légère. La rumeur se répandrait vite qu'un policier curieux venu de loin écumait la région en interrogeant les gens. Il y avait pourtant une question qu'il ne pouvait laisser passer.

— Tu n'aurais pas eu de nouveaux clients, ces derniers temps, que tu n'avais pas vus avant ?

— Les policiers d'Östersund et l'agent de Sveg m'ont demandé la même chose. Et je leur ai dit la vérité. À part quelques Norvégiens et un Belge cueilleur de baies la semaine dernière, je n'ai vu personne que je ne connaissais pas.

Stefan le remercia et reprit la route. La nuit était tombée. Il avait faim maintenant.

Il avait tout de même appris quelque chose. Il existait au moins un agent de police à Sveg. Même si l'enquête était dirigée depuis Östersund.

Juste avant Glissjöberg, un élan apparut soudain sur la route. Stefan le cueillit dans la lumière des phares et put freiner à temps. L'animal disparut entre les arbres. Stefan attendit, au cas où un autre le suivrait. Mais la route était déserte. Il continua jusqu'à Sveg et se gara devant l'hôtel. Quelques types en combinaison discutaient à la réception. Il monta dans sa chambre et s'assit sur le lit. La pensée de la maladie revint immédiatement. Il se voyait dans un lit d'hôpital, avec des tuyaux qui partaient de son visage et de son corps. Elena était assise à côté sur une chaise et elle pleurait.

Il se leva d'un bond et projeta son poing contre le mur. L'instant d'après, il entendit frapper à sa porte. C'était l'un des pilotes d'essai.

— Tu me voulais quelque chose ?

— Non, pourquoi ? demanda Stefan.

— Tu as cogné au mur.

— Ça devait venir de dehors, dit-il.

Il lui claqua la porte au nez. Ça y est, pensa-t-il, je me suis fait mon premier ennemi dans le Härjedalen. Alors que j'aurais le plus grand besoin de me faire des amis.

La question résonna en lui. Pourquoi avait-il si peu d'amis ? Pourquoi repoussait-il le moment d'emménager avec Elena et de commencer une vie qu'il désirait pourtant ? Pourquoi avait-il choisi un mode de vie qui le laissait seul pour affronter une maladie grave ? Il n'avait pas de réponse.

Il faillit appeler Elena, mais décida qu'il devait dîner d'abord. Il descendit à la salle de restaurant et s'assit à une table isolée près de la fenêtre. Il était l'unique client. Un téléviseur était allumé du côté du bar. Quand la serveuse s'approcha, il reconnut avec surprise la réceptionniste. Elle avait simplement changé de tenue. Il demanda un bifteck et une bière. Tout en dînant, il feuilleta le journal acheté à Linsell. Il lut à fond les rubriques nécrologiques, en essayant d'imaginer la sienne. Ensuite il commanda un café qu'il avala à petites gorgées, le regard perdu vers la nuit du dehors.

De retour à la réception, il hésita entre une promenade et sa chambre. Il choisit la chambre, s'assit sur le lit et appela Elena, qui décrocha aussitôt. Stefan eut l'impression qu'elle attendait son coup de fil.

— Où es-tu ?

— À Sveg. Dans le Härjedalen. Je n'avais rien à faire, alors voilà.

— Comment ça va ? demanda-t-elle d'une voix prudente.

— Froidement.

— C'est à cause de ton ancien collègue que tu es là-haut ?

— Oui.

— Je ne comprends pas pourquoi tu es parti.

— Moi non plus.

— Rentre alors.

— Si je pouvais, je rentrerais dès ce soir. Mais je dois rester quelques jours.

— Tu ne peux pas me dire au moins que je te manque ?

— Tu me manques, et tu le sais très bien.

Il raccrocha après lui avoir donné le numéro de l'hôtel. Ni l'un ni l'autre n'aimaient parler au téléphone. Leurs conversations étaient presque toujours brèves ; mais Stefan avait quand même senti qu'elle était proche de lui.

Il s'aperçut qu'il était fatigué. La journée avait été

longue. Il défit ses lacets et se débarrassa de ses chaussures. Puis il s'allongea et se mit à regarder le plafond.

Je dois savoir ce que je fais ici.

Je suis venu pour essayer de comprendre pourquoi Herbert Molin avait toujours peur. Maintenant j'ai vu la maison où il a été tué et j'ai découvert un campement qui était peut-être une cachette.

Il réfléchit à la suite. La chose naturelle serait de se rendre jusqu'à Östersund pour rencontrer Giuseppe Larsson. Mais après ? Qu'allait-il faire après ?

Il pensa une fois de plus que ce voyage était absurde. Il aurait dû s'envoler pour Majorque. La police du Jämtland ferait son travail. Un jour il saurait le fin mot de l'histoire.

Il se tourna sur le côté et regarda l'écran noir du téléviseur. Quelques jeunes riaient dans la rue. Lui-même avait-il ri au cours de cette journée ? Il eut beau fouiller sa mémoire, il ne trouva même pas un sourire. D'habitude, je ris souvent, se dit-il. Là, tout de suite, je ne suis pas comme d'habitude. Là, tout de suite, je suis un homme qui a une tumeur à la langue et qui a peur de ce qui va lui arriver.

Puis il regarda ses chaussures. Un objet clair s'était coincé sous une semelle, dans le relief du caoutchouc. Un caillou sans doute. Il attrapa la chaussure pour l'enlever.

Mais ce n'était pas un caillou. C'était une pièce de puzzle. Il se redressa sur le lit et orienta la lampe de chevet. La pièce était molle, maculée de terre.

Elle pouvait provenir des abords de la maison de Molin. Pourtant son intuition lui disait autre chose. Cette pièce s'était accrochée à sa semelle pendant qu'il arpentait les vestiges du campement.

Le meurtrier de Herbert Molin avait vécu un temps plus ou moins long sous une tente au bord du lac.

6

La découverte du fragment de puzzle ranima d'un coup l'énergie de Stefan. Il s'assit à la table et entreprit de noter par écrit tout ce qu'il avait fait ce jour-là. Ça prenait la forme d'une lettre, sauf qu'il ne savait pas à qui elle était adressée. Puis il réalisa qu'il écrivait à son médecin, avec qui il avait rendez-vous à Borås le 19 novembre. Pourquoi il faisait cela, il n'en savait rien. Peut-être parce qu'il n'avait personne d'autre. Ou parce que Elena ne comprendrait pas. Tout en haut de la page, il avait écrit : *la peur de Herbert Molin*. Ces mots étaient soulignés plusieurs fois. Puis, point par point, les observations qu'il avait faites dans la maison, autour de la maison, et sur le lieu du campement. Quand il eut fini, il essaya de tirer quelques conclusions. Mais rien ne lui paraissait certain, en dehors du fait que le meurtre de Molin avait été prémédité.

Il était vingt-deux heures. Après beaucoup d'hésitation, il se résolut à appeler Giuseppe chez lui pour lui annoncer sa venue à Östersund le lendemain. Il chercha le numéro dans l'annuaire. Il y avait de nombreux Larsson, mais un seul évidemment se prénommait Giuseppe et était policier. Stefan composa le numéro et tomba sur sa femme.

Il se présenta. Elle répondit aimablement que Giuseppe était dans le garage en train de se livrer à son hobby. Tout en attendant, Stefan se demanda quel pouvait être le hobby de Giuseppe. Et pourquoi lui-même n'en avait aucun. À part le foot. Il ne trouva pas de réponse.

— Ici Giuseppe.

— Stefan Lindman. De Borås. J'espère que je n'appelle pas trop tard.

— Presque. Une demi-heure de plus, et j'aurais été au lit. Où es-tu ?

— À Sveg.

— La porte à côté, quoi.

Giuseppe rigola dans l'écouteur.

— Pour nous, cent quatre-vingt-dix bornes, c'est peu de chose. Si tu couvres la même distance en partant de Borås, tu arrives où ?

— Presque à Malmö.

— Pas possible !

— Je pensais venir à Östersund demain.

— Tu es le bienvenu. Je me rends au commissariat tôt le matin. C'est une petite ville, tu n'auras pas de mal à trouver. Dès que tu vois le bâtiment de Glesbygdsverket, ne cherche plus, c'est juste derrière. Tu comptais passer à quelle heure ?

— Ce qui te conviendra le mieux.

— Alors disons onze heures. Notre petite commission d'enquête pour meurtre doit se réunir à neuf heures.

— Vous avez un suspect ?

— Rien du tout, répliqua gaiement Giuseppe. Mais on arrivera sûrement à résoudre l'affaire.

en tout cas c'est ce qu'on espère. Demain, on devra entre autres décider s'il faut demander l'aide de Stockholm. Au moins pour esquisser le profil du type qu'on cherche. Ce serait intéressant. On n'a jamais fait ça ici.

— Ils font du bon travail, dit Stefan. On a déjà fait appel à eux, à Borås.

— Tu es le bienvenu à onze heures.

Après le coup de fil, Stefan sortit dans le couloir et écouta. Son voisin le pilote ronflait. Il descendit sans bruit l'escalier. Il trouva la réception éteinte, le restaurant fermé. Il était vingt-deux heures trente. Dans la rue, il constata que le vent s'était levé. Il boutonna sa veste et partit à travers les rues désertes. Il parvint à la gare. Elle paraissait abandonnée. En consultant le panneau d'affichage, il comprit que les trains ne s'arrêtaient plus à Sveg. Il croyait pourtant se souvenir que la ligne de chemin de fer historique du Nord, Inlandsbanan, passait par là. Maintenant il ne restait donc plus que les rails. Il poursuivit sa promenade dans la nuit, longea un parc équipé de balançoires et de courts de tennis et se retrouva enfin, au retour, devant l'église dont le portail était fermé. En face de l'école se dressait la statue d'un bûcheron. Il tenta de déchiffrer son expression à la lumière d'un réverbère. Mais le bûcheron était impassible. Jusque-là, Stefan n'avait croisé personne. Il parvint à une station-service près de laquelle un kiosque à saucisses était encore ouvert. Il retourna à l'hôtel, s'allongea sur le lit et regarda un moment la télé en baissant le volume au minimum. Les ronflements du pilote s'entendaient à travers la cloison.

Il était quatre heures et demie quand il s'endormit. Il se sentait complètement vide.

À sept heures, il se leva et s'habilla ; son cerveau ruminait des pensées épuisées. Il s'assit dans un coin de la salle à manger remplie de pilotes en pleine forme. La fille de la réception était redevenue serveuse.

— Bien dormi ?

— Oui, merci, dit-il en se demandant si elle le croyait.

Le temps qu'il atteigne Östersund, il s'était mis à pleuvoir. Stefan erra dans la ville avant de parvenir au bâtiment sombre qui s'ornait d'une enseigne rouge au nom de « Glesbygdsverket[1] ». Il se demanda intérieurement quelle pouvait bien être la fonction d'un tel organisme. Faciliter la mise au rancart des patelins déserts ?

Il trouva à se garer dans une rue adjacente, mais resta assis dans la voiture. Son rendez-vous avec Giuseppe était dans quarante-cinq minutes. Il rabattit son siège et ferma les yeux.

J'ai la mort dans le corps. Je devrais la prendre au sérieux, mais je n'y arrive pas. La mort est impossible à saisir, du moins la mienne. Que Herbert Molin soit mort, je peux le concevoir. J'ai vu les

1. Glesbygdsverket : littéralement « office des zones rurales de faible peuplement ».

traces de sa lutte. Mais ma mort à moi ? Elle est comme l'élan qui est sorti de la forêt près de Linsell. Je ne sais pas s'il a vraiment traversé la route, ou si c'était dans mon imagination.

À onze heures pile, Stefan franchit le seuil du commissariat. La réceptionniste ressemblait étonnamment à l'une de celles du commissariat de Borås. Stefan se demanda de façon fugitive si les réceptionnistes de la police devaient avoir un certain type de physique, conforme aux choix de la direction centrale.

Il se présenta.

— Giuseppe m'a prévenue, dit-elle en indiquant le couloir le plus proche. Il est là-bas, deuxième bureau à gauche.

Stefan s'arrêta devant la porte qui portait le nom de Giuseppe Larsson et frappa.

L'homme qui lui ouvrit était grand et massif, avec des lunettes de lecture repoussées sur le front.

— Tu es ponctuel, dit-il en le poussant presque dans le bureau avant de claquer la porte.

Stefan s'assit. Il reconnaissait le mobilier, le même qu'à Borås. Même nos bureaux sont en uniforme, eut-il le temps de penser.

Giuseppe avait pris place dans son fauteuil. Il croisa les mains sur son ventre.

— Es-tu déjà venu par ici ?

— Jamais. Je me souviens d'être allé à Uppsala une fois, quand j'étais petit. Je ne suis jamais monté plus au nord.

— Mais Uppsala, c'est le sud ! Ici, à Östersund, tu as encore la moitié de la Suède devant toi.

Autrefois, Stockholm était loin. Ce n'est plus vrai maintenant, avec l'avion, tu vas n'importe où en moins de deux heures. En quelques décennies, la Suède est devenue un petit pays.

Stefan indiqua la carte punaisée au mur.

— Jusqu'où s'étend ton district ?

— Loin, tu peux me croire.

— Combien de policiers y a-t-il dans le Härjedalen ?

Giuseppe réfléchit.

— Cinq ou six à Sveg, deux à Hede. Plus quelques collègues éparpillés ici et là, par exemple à Funäsdalen. Une quinzaine en tout, enfin, selon les jours.

Ils furent interrompus par deux coups frappés à la porte. Elle s'ouvrit avant que Giuseppe ait pu réagir. L'homme qui se tenait sur le seuil était l'exact opposé de Giuseppe : petit et sec.

— J'ai proposé à Nisse de se joindre à nous, expliqua Giuseppe. Lui et moi, on est les responsables de l'enquête.

Il se leva pour saluer le nouveau venu. Celui-ci parlait d'une voix si basse que Stefan dut faire un effort pour entendre qu'il s'appelait Rundström. Giuseppe semblait lui aussi affecté par sa présence. Il s'était redressé dans son fauteuil. Son sourire avait disparu.

— On s'était dit qu'on pourrait parler un peu, reprit Giuseppe avec prudence. De choses et d'autres.

Rundström n'avait pas pris place dans le fauteuil vacant. Il se tenait appuyé contre la porte et évitait de croiser le regard de Stefan.

— Nous avons eu un appel ce matin, dit-il à voix basse. Nous informant qu'un policier de Borås se livrait à des recherches près de Linsell. Notre interlocuteur était en colère. Il voulait savoir si la police locale avait abandonné l'enquête.

Il fit une pause et regarda ses mains.

— Il était vraiment en colère. Et on peut dire que nous le sommes aussi.

Stefan commençait à transpirer.

— J'imagine deux possibilités, dit-il. Ou bien l'homme qui a téléphoné s'appelle Abraham Andersson, ou bien c'était le caissier du magasin Ica, à Linsell.

— C'était plutôt Lundell. Mais nous n'apprécions pas que des policiers venus d'ailleurs se mêlent de nos enquêtes.

Stefan se fâcha d'un coup.

— Je ne me mêle pas de votre enquête. J'ai parlé à Giuseppe, je lui ai dit au téléphone que j'avais travaillé plusieurs années avec Molin. Je suis en congé, je suis venu. Je suis allé sur le lieu du meurtre, c'est vrai. Mais je ne vois pas ce que ça a de contestable.

— Ça sème la confusion, dit Rundström d'une voix à peine audible.

Stefan renonça à masquer sa colère.

— J'ai acheté un journal. Je me suis présenté et j'ai bien précisé que je n'avais aucun lien avec l'enquête.

Rundström agita un papier qu'il tenait jusque-là caché derrière son dos.

— Tu as posé des questions, dit-il. Lundell les a toutes notées. Il m'en a fait lecture au téléphone.

Ils sont fous, pensa Stefan. Il jeta un regard à Giuseppe. Mais celui-ci semblait très absorbé par la contemplation de son ventre.

Rundström leva la tête et regarda Stefan en face pour la première fois.

— Qu'est-ce que tu veux savoir ?

— Qui a tué mon collègue Herbert Molin.

— Nous aussi. Cette enquête est notre plus haute priorité. La dernière fois que nous avons monté un groupe d'investigation de cette ampleur remonte à loin. Et il nous est tout de même déjà arrivé de traiter des affaires de meurtre. Nous ne sommes pas complètement novices.

Stefan nota que Rundström laissait libre cours à sa rancœur, mais que cette attitude ne convenait pas forcément à Giuseppe. Cela lui ménageait une ouverture.

— Mon intention n'est en aucun cas de critiquer votre travail.

— Est-ce que tu as des informations qui pourraient nous aider ?

— Non, dit Stefan, qui ne voulait pas raconter à Rundström la découverte du campement avant d'en avoir parlé à Giuseppe. Je ne connaissais pas suffisamment Herbert Molin pour vous parler de sa vie, à Borås ou ici. D'ailleurs, je vais bientôt repartir.

Rundström acquiesça et se tourna vers Giuseppe.

— Des nouvelles d'Umeå ?

— Rien encore.

Rundström adressa un bref signe de tête à Stefan et sortit. Giuseppe eut un geste d'excuse.

— Il peut être un peu sec, parfois. Mais il n'est pas mauvais.

— Il a raison, dans le sens où je n'ai pas à me mêler de votre travail.

Giuseppe se carra dans son fauteuil et le dévisagea.

— C'est ce que tu fais ? Tu t'en mêles ?

— Non. C'est juste qu'on ne peut pas toujours s'empêcher de voir certaines choses.

Giuseppe regarda sa montre.

— Combien de temps comptes-tu rester à Östersund ?

— Je n'ai rien décidé encore.

— Alors reste jusqu'à demain. Je suis de service ce soir. Reviens après dix-neuf heures. Avec un peu de chance, la maison sera calme. J'assure la permanence ce soir, exceptionnellement, parce qu'on a plein de gars malades. Tu pourras te mettre dans mon bureau.

Il désigna une série de classeurs sur l'étagère derrière lui.

— Je te laisse lire le dossier. Ensuite on discutera.

— Et Rundström ?

— Il habite Brunflo. Il ne sera pas là ce soir, c'est une certitude. Personne ne posera de questions.

Giuseppe se leva, et Stefan comprit que l'entretien était terminé.

— Le vieux théâtre a été reconverti en hôtel. Un bon hôtel. Ça m'étonnerait qu'il soit complet en octobre.

— Pourquoi a-t-il parlé d'Umeå ? demanda Stefan en boutonnant sa veste. Umeå, pour moi, c'est la Laponie.

— C'est là qu'on envoie nos morts.

— Ah. J'aurais plutôt imaginé Uppsala ou Stockholm.

Giuseppe sourit.

— Tu es à Östersund maintenant. Umeå est plus près.

Quand Giuseppe le raccompagna dans le hall, Stefan s'aperçut qu'il boitait légèrement. Giuseppe avait suivi son regard.

— J'ai glissé dans la salle de bains. Rien de grave.

Il sortit dans la rue avec Stefan.

— Il y a de l'hiver dans l'air, annonça-t-il après un regard scrutateur vers le ciel.

— Herbert Molin a acheté la maison à quelqu'un, dit Stefan. Directement ou par l'intermédiaire d'une agence.

— Oui, on s'en est occupé. Il s'était adressé à un petit agent indépendant, un gars du coin qui s'appelle Hans Marklund.

— Qu'a-t-il dit ?

— Rien jusqu'à présent. Il était en « vacances d'automne », paraît-il. Apparemment, il a une maison en Espagne. Il est sur ma liste des choses à faire demain.

— Ah. Il est donc revenu ?

— Il est rentré hier. Je peux dire aux collègues que je me charge de l'interroger. Dans ce cas, rien ne t'empêche d'aller discuter avec lui.

Giuseppe éclata de rire.

— Où puis-je trouver Hans Marklund ?

— Il travaille chez lui. Une villa à Krokom. Tu prends vers le nord. À Krokom, tu verras le panneau

« Glesbygdsmäklaren ». C'est là. Reviens ici pour dix-neuf heures quinze, je t'ouvrirai.

Giuseppe retourna à son travail. L'attitude de Rundström irritait Stefan tout en stimulant son énergie. Et maintenant Giuseppe allait l'aider en lui donnant accès au dossier. Cette initiative, pensa Stefan, risquait de lui attirer des ennuis. Même si le fait de permettre à un collègue d'un autre district de prendre connaissance d'un dossier pouvait difficilement passer pour une faute grave.

Stefan n'eut aucun mal à trouver l'hôtel suggéré par Giuseppe. On lui donna une chambre sous les combles. Après y avoir déposé sa valise, il reprit sa voiture et appela l'hôtel de Sveg.

— Personne ne va te voler ta chambre, lui assura la réceptionniste.

— Je reviens demain.

— Tu reviendras quand tu reviendras.

Stefan s'orienta vers la sortie nord de la ville. Krokom n'était qu'à vingt kilomètres ; il découvrit immédiatement l'enseigne dont avait parlé Giuseppe, devant une maison jaune entourée d'un grand jardin. Un homme promenait un aspirateur à feuilles sur la pelouse. En apercevant Stefan, il coupa le moteur de son engin. Il avait à peu près son âge. Bronzé, il paraissait en excellente forme. Il avait un tatouage au poignet.

— Tu cherches une maison ? demanda-t-il en approchant.

— Pas directement. C'est toi, Hans Marklund ?

— Mais oui.

Soudain, l'homme se rembrunit.

— Tu représentes les impôts ?

— Pas vraiment. C'est Giuseppe Larsson qui m'a dit que je pourrais te trouver ici.

Hans Marklund fronça les sourcils. Puis il fit le rapprochement.

— Ah oui, le policier. Je reviens d'Espagne, tu comprends. Là-bas il y a plein de Giuseppe, ou de noms dans le même genre. Ici, à Östersund, il n'y en a qu'un seul. Tu es de la police ?

Stefan hésita.

— Oui, dit-il. Tu as vendu autrefois une maison à un certain Herbert Molin. Comme tu le sais, il est mort.

— Si on entrait ? proposa Marklund. La police m'a appelé en Espagne, c'est comme ça que j'ai appris la nouvelle. Je croyais qu'ils ne devaient me recontacter que demain.

— Ils n'y manqueront pas.

Une des pièces du rez-de-chaussée était aménagée en bureau. Les murs étaient tapissés de cartes de la région et de photographies en couleurs de maisons à vendre. Stefan eut le temps de constater que les prix des villas étaient nettement inférieurs à ceux de Borås.

— Je suis tout seul, dit Hans Marklund. Ma femme est restée une semaine de plus en Espagne avec les enfants. Nous avons une petite maison à Marbella, un héritage de mes parents. Les enfants sont en vacances d'automne.

Hans Marklund alla chercher du café et ils s'installèrent de part et d'autre d'une table encombrée de dossiers.

— J'ai eu quelques problèmes avec le fisc l'an dernier, expliqua Hans Marklund d'un air penaud. C'est pour ça que je t'ai posé la question. Vu l'état des finances de la commune, j'imagine qu'ils sont à l'affût de la moindre couronne.

— Il y a onze ans environ, tu as vendu une maison près de Linsell à Herbert Molin. Je travaillais avec lui à Borås. Il a déménagé pour venir s'installer ici au moment de sa retraite. Maintenant il est mort.

— Que s'est-il passé ?

— Il a été assassiné.

— Pourquoi ? Par qui ?

— Nous ne le savons pas encore.

Hans Marklund secoua la tête.

— C'est vraiment désagréable. Tout le monde s'imagine que nous vivons dans une zone protégée, ici dans le Nord du pays. Mais ça n'existe peut-être plus, les zones protégées.

— Peut-être. Que te rappelles-tu concernant cette transaction il y a onze ans ?

Hans Marklund se leva, disparut dans une pièce voisine et revint avec un classeur. Il n'eut pas besoin de le feuilleter longtemps.

— Le 18 mars 1988. Nous avons conclu l'affaire ici même dans ce bureau. Le vendeur était un ancien ingénieur des Eaux et Forêts. Le prix était de cent quatre-vingt-dix-huit mille couronnes. Pas de crédit. Il a payé avec un chèque postal.

— Quel souvenir as-tu gardé de Herbert Molin ?

La réponse prit Stefan au dépourvu.

— Aucun.

— Comment cela ?

— Je ne l'ai jamais vu.

— Comment est-ce possible ?

— C'est très simple. Quelqu'un d'autre s'est chargé de prendre contact avec moi, de visiter différentes maisons et d'en choisir une. À ma connaissance, Molin n'est jamais venu avant son emménagement. À ma connaissance, je dis bien.

— Qui était l'intermédiaire ?

— Une femme nommée Elsa Berggren. Elle a une adresse à Sveg. Hans Marklund fit pivoter le classeur et le poussa vers Stefan.

— Voici la procuration.

Stefan examina la signature. Il eut une drôle de sensation en la reconnaissant. C'était bien celle de Molin. Il retourna le classeur.

— Tu n'as donc jamais rencontré Herbert Molin ?

— Je n'ai même jamais entendu sa voix au téléphone.

— Comment cette femme a-t-elle pris contact avec toi ?

— De la manière habituelle. Elle m'a appelé.

Hans Marklund feuilleta le classeur et indiqua une rubrique.

— Voici ses coordonnées et son numéro de téléphone. C'est probablement à elle que tu dois t'adresser. Je dirai la même chose demain à Giuseppe Larsson. Je ne sais pas si je pourrai me retenir de lui demander d'où il tient son prénom. Tu le sais, toi ?

— Non. N'est-ce pas inhabituel, de ne pas rencontrer la personne ?

— Pourquoi ? J'ai conclu l'affaire avec Elsa

Berggren et elle, je l'ai rencontrée. Non, en fait, ce n'est pas si inhabituel que ça. Je vends pas mal de chalets de vacances à des Allemands et à des Hollandais qui se font représenter, eux aussi.

— Rien de particulier, donc, dans cette transaction ?

— Rien du tout.

Hans Marklund le raccompagna jusqu'à la grille.

— Peut-être tout de même, commença-t-il alors que Stefan était déjà dans la rue.

— Quoi ?

— Je me souviens qu'Elsa Berggren a dit une fois que son client ne voulait pas avoir affaire aux grosses agences. Sur le moment, ça m'a paru curieux.

— Pourquoi ?

— Si on veut acheter une maison dans un coin qu'on ne connaît pas, en principe on ne s'adresse pas en premier lieu à un petit agent local.

— Comment interprètes-tu ce choix ?

Hans Marklund sourit.

— Je n'interprète rien du tout. Je te dis juste ce dont je me souviens.

Stefan reprit la direction d'Östersund. Après une dizaine de kilomètres, il s'engagea sur un chemin forestier et coupa le moteur. Cette Elsa Berggren, quelle qu'elle fût, avait reçu la consigne d'éviter les grosses agences. Pourquoi ?

Stefan ne voyait qu'une réponse à cette question. Herbert Molin voulait s'installer dans la région le plus discrètement possible.

Sa première impression était donc confirmée. La maison où Herbert Molin avait vécu les dernières années de sa vie n'était pas à proprement parler une maison.

Mais une cachette.

7

Ce soir-là, Stefan entreprit un voyage dans le passé de Herbert Molin. Entre les lignes des notes, rapports, déclarations et protocoles qui gonflaient déjà les classeurs de Giuseppe, bien que l'enquête n'en fût qu'à ses débuts, se dégageait l'image d'un Herbert Molin jusque-là inconnu. Stefan prit connaissance d'informations qui le laissèrent songeur, et même incrédule. L'homme qu'il croyait avoir côtoyé de près se révélait être un autre. Un parfait étranger.

Il était plus de minuit quand il referma le dernier classeur. Au cours de la soirée, Giuseppe était passé le voir de temps à autre. À chacune de ces visites, ils s'étaient contentés de boire un café en échangeant quelques mots sur la soirée type du policier de permanence de la brigade criminelle d'Östersund. Les premières heures étaient toujours calmes, avait dit Giuseppe. Ensuite, vers vingt et une heures, il avait dû partir sur un cambriolage à Häggenås. À son retour, plusieurs heures plus tard, Stefan avait achevé sa lecture.

Qu'avait-il découvert au juste ?

Une carte, se disait-il. Une carte parsemée de

zones blanches. Un homme dont l'histoire révélait par endroits de curieuses failles. Un homme qui s'était, semblait-il, éloigné de la voie tracée pour mieux la retrouver ensuite, bien que de façon imprévue. Un homme dont le passé était fuyant et, par moments, très difficile à suivre.

Stefan avait pris des notes tout au long de la soirée. Après avoir refermé le dernier classeur, il les relut et s'essaya à une synthèse.

Le plus surprenant avait été de découvrir que Herbert Molin portait autrefois un autre nom. L'extrait d'état civil demandé par la police d'Östersund révélait que Molin était venu au monde le 10 mars 1923 à l'hôpital de Kalmar sous le nom d'August Gustaf Herbert Mattson-Herzén, né d'Axel Mattson-Herzén, capitaine de cavalerie, et de son épouse Marianne. Ce nom avait disparu en juin 1951 lorsque l'Office des brevets et des registres lui avait reconnu le droit d'adopter celui de Molin. Par la même occasion, il avait changé l'ordre de ses prénoms, Herbert devant August.

Stefan avait longuement contemplé ces noms successifs. Deux questions avaient immédiatement surgi. Elles lui semblaient décisives. Quel avait été le facteur déclenchant ? Et pourquoi avait-il choisi un patronyme plus répandu que ne l'était le sien ? En général, quand un Suédois changeait de nom, c'était pour être seul à le porter ou, du moins, ne plus être confondu avec un millier d'autres.

Stefan avait noté les grands traits de la biographie de Herbert Molin. En 1951, année du changement de nom, August Mattson-Herzén a vingt-huit ans. Militaire de carrière, il est lieutenant d'infanterie à Boden. Quelque chose a dû lui arriver à ce moment-là, car plusieurs bouleversements interviennent coup sur coup. D'abord, le changement de nom. Puis, en mars 1952, il quitte l'armée. Il est bien noté par ses supérieurs. Mais on n'a aucune information quant au choix éventuel d'un autre métier. En revanche, il se marie. Deux enfants naissent, en 1953 et 1955, d'abord un fils baptisé Herman, ensuite une fille, Veronica. Avec sa femme, Jeanette, il quitte Boden et se retrouve à Solna, près de Stockholm. Son adresse est Råsundavägen 132. En octobre 1957, soit cinq ans après sa démission de l'armée, on lui connaît à nouveau une activité professionnelle. Il est engagé dans la police rurale de la commune d'Alingsås. Il est par la suite muté à Borås. Après l'étatisation des forces de l'ordre dans les années soixante, il devient fonctionnaire de police. En 1980, sa femme demande le divorce. L'année suivante, il épouse en secondes noces Kristina Cedergren. Ce mariage prendra fin quelques années plus tard, en 1986.

Stefan méditait sur ses notes. Entre mars 1952 et octobre 1957, Herbert Molin n'a pas de métier officiel. C'est une période assez longue, plus de cinq ans. Et, juste avant, il a changé de nom. Pourquoi ?

Quand Giuseppe revint de son intervention à Häggenås, Stefan était debout à la fenêtre, plongé dans la contemplation de la rue déserte. Giuseppe lui raconta en peu de mots le cambriolage, une broutille en fait, un garage dont on avait fracturé la serrure pour voler deux scies électriques.

— Ce n'est pas un problème. On a une bande de frères à Järpen qui sont spécialisés dans ce genre d'opération. On les retrouvera, ces scies. Et toi ? Tu as trouvé des choses intéressantes ?

— C'est curieux. Je découvre un homme que je ne connaissais pas.

— Comment ça ?

— Le changement de nom. Pourquoi ? Et ce trou dans sa biographie, entre 1952 et 1957.

— Je me suis interrogé là-dessus, dit Giuseppe. Mais on n'en est pas encore là de l'enquête, si tu vois ce que je veux dire.

Stefan voyait très bien. Les enquêtes pour meurtre suivaient toujours le même processus. Au début, on avait l'espoir d'identifier très vite le coupable. En cas d'échec commençait le long travail consistant à rassembler puis à analyser tout le matériau disponible.

Giuseppe bâilla.

— La journée a été longue. J'ai besoin de dormir car celle de demain le sera tout autant. Quand pensais-tu retourner dans le Västergötland ?

— Je ne sais pas. Giuseppe bâilla derechef.

— J'ai compris ce matin que tu avais quelque chose à me dire. Quand Rundström était là. Je l'ai vu. Est-ce que ça peut attendre demain ?

— Oui.

— Tu n'as donc pas de suspect à me soumettre ?

— Non.

Giuseppe se leva.

— Je passe te voir demain matin à l'hôtel. On pourrait prendre le petit déjeuner ensemble. Sept heures trente, ça te va ?

Stefan acquiesça en silence. Giuseppe rangea les classeurs à leur place et éteignit les lampes. Ils sortirent ensemble. Le hall du commissariat était plongé dans le noir. Un policier solitaire prenait les appels dans un bureau.

— Le mobile, dit Giuseppe quand ils furent dehors. Celui qui a tué Molin n'a pas fait ça sur un coup de tête. Ça au moins, c'est une certitude.

Il bâilla encore.

— Mais on pourra en parler demain.

Giuseppe mit le contact et démarra. Stefan lui fit un signe de la main. Puis il remonta la rue et tourna à gauche. La ville était déserte.

Il avait froid.

Il pensait à sa maladie.

À sept heures trente, quand Stefan descendit au restaurant, Giuseppe était déjà installé à une table un peu à l'écart des autres. Pendant le petit déjeuner, Stefan lui parla de sa rencontre avec Abraham Andersson et de la balade qui l'avait conduit à découvrir le campement au bord du lac. À ce point du récit, Giuseppe repoussa son omelette et commença à écouter avec attention. Stefan sortit les petits paquets où il avait rangé les brins de tabac accrochés au papier de cigarette, et le fragment de puzzle.

— Les chiens n'ont sans doute pas poussé jusque-là, conclut-il. Je ne sais pas si ça vaut la peine de faire revenir une patrouille.

— On n'avait aucune piste. On nous a envoyé trois chiens par hélicoptère, le lendemain de la découverte du corps. Mais ils n'ont rien trouvé.

Il ramassa la serviette posée à ses pieds et en sortit une photocopie. C'était une carte des environs de la maison de Herbert Molin. Stefan pointa avec un cure-dents l'endroit qu'il croyait être le bon. Giuseppe mit ses lunettes de lecture et examina la carte.

— Quelques pistes de scooter sont indiquées... Mais aucune voie carrossable. Celui qui a monté sa tente à cet endroit a dû franchir au moins deux kilomètres de terrain impraticable. À moins qu'il soit passé par la maison de Molin. Mais c'est peu probable.

— Et le lac ?

— Possible. Quelques chemins aboutissent à la rive opposée. Il a pu traverser avec une barque ou un canot pneumatique.

Il continua d'examiner la carte. Stefan attendit.

— Tu as peut-être raison, dit enfin Giuseppe en levant la tête.

— Ce n'était pas une enquête privée. Je suis tombé dessus par hasard.

— Il est rare qu'un policier tombe sur quelque chose « par hasard ». Tu cherchais sans savoir...

Giuseppe était passé à l'examen du reste de mégot et du fragment de puzzle.

— J'embarque ça pour les techniciens, dit-il. Il faudra évidemment qu'ils se rendent sur place.

— Que dira Rundström ?

Giuseppe sourit.

— Rien n'empêche que ce soit moi qui aie découvert cet hypothétique campement.

Ils allèrent se resservir de café. Stefan nota que Giuseppe boitait encore.

— Que t'a raconté l'agent immobilier ?

Stefan lui résuma leur entrevue. Giuseppe l'écouta avec la plus grande attention.

— Elsa Berggren..., dit-il ensuite.

— Il m'a donné son adresse et son numéro de téléphone.

Giuseppe plissa les yeux.

— Tu es allé la voir ?

— Non.

— Vaut peut-être mieux que tu me laisses faire, sur ce coup-là.

— Bien entendu.

— Tes observations sont bonnes, dit Giuseppe. Mais Rundström a raison d'estimer qu'on doit faire le travail nous-mêmes. Je voulais te donner la possibilité de voir où on en était. Je ne peux pas t'intégrer dans le groupe d'enquête.

— Je n'y comptais pas.

Giuseppe vida sa tasse, la reposa, le regarda.

— Pourquoi es-tu venu à Sveg ?

— Je suis en arrêt de travail. Je n'avais rien à faire. Je connaissais assez bien Herbert, malgré tout.

— C'est du moins ce que tu croyais.

Stefan le dévisagea à son tour. Cet homme assis en face de lui était un inconnu. Pourtant il éprouvait un besoin irrépressible de lui parler. Comme s'il n'avait soudain plus la force de porter son malheur tout seul.

— Je suis parti de Borås parce que je suis malade. J'ai un cancer. Je suis en attente de commencer une radiothérapie. J'avais le choix entre Majorque et Sveg. J'ai choisi Sveg parce que je voulais comprendre ce qui était arrivé à Herbert Molin. Maintenant, je me demande si j'ai bien fait.

Giuseppe hocha la tête. Ils restèrent une minute silencieux.

— Les gens veulent toujours savoir d'où je tiens mon prénom, dit enfin Giuseppe. Toi, tu ne m'as pas posé la question. Parce que tu pensais à autre chose. Je me suis demandé ce qui te préoccupait à ce point. Tu as envie d'en parler ?

— Je ne sais pas. En fait non. Je voulais juste que tu saches.

— Alors je ne t'interrogerai pas.

Giuseppe se pencha à nouveau vers sa serviette et en sortit un carnet, qu'il feuilleta avant de le donner à Stefan. Sur la page, il y avait un croquis. Des empreintes. Stefan reconnut immédiatement les traces de sang qu'il avait vues sur le parquet du séjour de Herbert Molin. Il y avait repensé la veille au soir, à cause des photos qui figuraient dans les classeurs de Giuseppe. Il ne lui avait pas dit qu'il s'était introduit dans la maison. Mais il serait idiot de feindre l'innocence. Abraham Andersson l'avait vu là-bas, et il serait sûrement réinterrogé tôt ou tard par la police.

Il lui dit donc la vérité. Giuseppe ne parut pas surpris et revint aussitôt à son carnet.

— Ce que tu vois ici, dit-il en montrant le croquis du doigt, c'est un pas de tango.

Stefan resta médusé. Giuseppe hocha la tête.

— Cela ne fait absolument aucun doute. Autrement dit, quelqu'un a traîné le corps de Molin sur le parquet de manière à laisser précisément ces traces-là. Tu as lu le rapport d'autopsie. Le dos déchiqueté par des lanières de cuir d'origine inconnue. Pareil pour les pieds.

Stefan avait parcouru ce rapport avec le plus grand malaise. Les images étaient atroces.

— On peut s'interroger là-dessus, poursuivit Giuseppe. Qui traîne un cadavre de la sorte ? Pourquoi ? Qui est censé identifier ces empreintes ?

— Nous, peut-être.

— Mais oui. La question demeure : pourquoi ?

— Tu as sûrement envisagé la possibilité qu'elles aient pu être photographiées ? Ou filmées ?

Giuseppe rangea son carnet.

— Tout cela nous porte à conclure que ce n'est pas un meurtre ordinaire. D'autres forces sont en jeu ici.

— Un fou ?

— Comment qualifierais-tu le traitement infligé à Molin ?

— Torture – c'est à cela que tu penses ?

Giuseppe fit oui de la tête.

— Je ne vois pas comment appeler ça autrement. Et ça me préoccupe.

Giuseppe referma sa serviette.

— Herbert Molin dansait-il le tango du temps où il habitait à Borås ?

— Pas que je sache.

— Nous l'apprendrons tôt ou tard.

Un bébé se mit à crier dans le restaurant. Stefan regarda autour de lui.

— Cette pièce était autrefois le foyer du théâtre, dit Giuseppe. La salle proprement dite se trouvait derrière le comptoir que tu vois là-bas.

— Il y avait aussi autrefois à Borås un beau théâtre en bois. Mais on n'en a pas fait un hôtel. On l'a rasé. Ça a mis beaucoup de gens en colère, à l'époque.

Stefan raccompagna Giuseppe jusqu'à la réception pendant que le bébé continuait à brailler.

— Tu devrais peut-être aller à Majorque tout compte fait, dit Giuseppe. Je te tiendrai au courant de la suite.

Stefan ne répondit pas. Giuseppe avait évidemment raison. Il n'avait plus aucun motif de rester dans le Härjedalen.

Ils se dirent au revoir. Stefan remonta dans sa chambre, récupéra sa valise, paya sa note et quitta Östersund en direction de Svenstavik. Il s'aperçut qu'il conduisait beaucoup trop vite dans les lignes droites. Il ralentit et essaya de prendre une décision. S'il rentrait immédiatement à Borås, il aurait encore le temps de monter dans l'avion. Pour Majorque ou ailleurs, n'importe où, deux semaines de vacances. Rester à Sveg ne ferait qu'amplifier son angoisse. Il avait aussi promis à Giuseppe de ne pas interférer dans leur travail plus qu'il ne l'avait déjà fait. Il ne pouvait pas continuer à se faufiler sous les bandes plastique. C'était à la police d'Östersund de découvrir le mobile et le coupable.

La décision s'imposa d'elle-même. Il retournerait

à Borås dès le lendemain. L'excursion dans le Härjedalen était terminée.

Il roulait lentement, l'aiguille du compteur juste au-dessus de soixante. Les rares automobilistes présents sur la route le doublaient en lui jetant au passage un regard perplexe. Stefan ruminait ce qu'il avait appris dans les classeurs de Giuseppe. L'enquête semblait conduite de façon rigoureuse et efficace. Quand l'alerte était parvenue au poste, le policier de garde avait réagi selon les règles. Les premiers enquêteurs s'étaient rendus sur place, l'accès au lieu avait été barré, trois maîtres-chiens étaient arrivés par hélicoptère d'Östersund et les techniciens avaient bien travaillé. Stefan avait découvert les restes du campement par un pur hasard ; tôt ou tard, un policier l'aurait repéré. L'entretien approfondi avec Hanna Tunberg avait confirmé l'image d'ermite de Herbert Molin. La tournée des voisins débouchait sur une conclusion univoque. Personne n'avait observé de déplacement suspect de personnes ou de véhicules. Torbjörn Lundell, du magasin Ica de Linsell, n'avait pas constaté d'inquiétude chez Herbert Molin ou de changement dans ses habitudes.

Tout était normal, pensa Stefan.

Dans ce décor immobile, soudain, quelqu'un fait son entrée. Il monte sa tente, il attend. Puis il passe à l'attaque. Il tue le chien, il tire des cartouches de gaz lacrymogène par les fenêtres de l'ancien policier. Tout à la fin, il le traîne, agonisant ou déjà mort, sur le parquet en veillant à laisser des empreintes précises. Des empreintes qui correspondent à un pas de tango. Puis il s'éloigne – à la rame ? – et le silence revient dans la forêt.

Stefan eut brusquement l'impression de pouvoir tirer deux conclusions prudentes. La première était que son hypothèse initiale était correcte. C'était la peur qui avait conduit Herbert Molin à se cacher dans le Härjedalen.

La deuxième conclusion découlait de la première. Malgré les précautions prises, quelqu'un l'avait retrouvé.

Mais pourquoi ?

Il s'est passé quelque chose au début des années cinquante. Herbert Molin quitte l'armée et disparaît derrière un autre nom. Il se marie, il a deux enfants. Mais personne ne sait ce qu'il fait de ses journées. Cinq années durant, il s'efface ainsi. Avant de ressurgir comme employé de la police rurale d'Alingsås.

Avait-il été rattrapé par des faits vieux de presque un demi-siècle ?

Stefan ne put aller au-delà. Le raisonnement s'épuisait de lui-même. Il s'arrêta à Ytterhogdal et fit le plein d'essence avant de continuer sa route. De retour à Sveg, il laissa la voiture devant l'hôtel. À la réception, il fut accueilli par un inconnu, qui lui remit sa clé avec un sourire. Stefan monta l'escalier, ôta ses chaussures et s'allongea sur le lit. Un aspirateur bourdonnait dans la chambre voisine. Il se redressa. Pourquoi ne pas partir le jour même ? Il n'arriverait pas jusqu'à Borås, mais il pourrait dormir en route. Il se rallongea. Il n'avait pas l'énergie nécessaire pour organiser un voyage à Majorque. L'idée de retrouver son appartement d'Allégatan le déprimait. Là-bas, il ne ferait que tourner en rond en pensant à l'échéance qui se rapprochait.

Il resta étendu, incapable de prendre une décision. L'aspirateur se tut. À treize heures, il décida d'aller manger, quoiqu'il n'eût pas faim. Il devait bien y avoir une bibliothèque à Sveg. Il pourrait s'y installer après le déjeuner et lire tout ce qu'il y avait à lire concernant les effets de la radiothérapie. Son médecin lui avait déjà expliqué ce point. Mais il lui semblait avoir tout oublié. Peut-être ne l'avait-il même pas écoutée ? Peut-être était-il hors d'état d'assimiler le sens de ses paroles ? Leurs implications réelles ?

Il remit ses chaussures. Puis il voulut changer de chemise et ouvrit sa valise, posée sur une petite table bancale près de la porte de la salle de bains. Il tendit la main vers la chemise pliée et s'immobilisa, sans comprendre ce qui venait d'arrêter son geste. Puis il se dit qu'il exagérait. Mais non. Sa mère lui avait enseigné l'art de faire une valise. Il savait plier ses chemises de manière qu'elles ne se froissent pas et l'organisation des bagages, de façon générale, relevait chez lui d'une précision quasi maniaque.

Une fois de plus, il pensa qu'il divaguait.

Puis il se rendit à l'évidence. Quelqu'un avait

touché à ses affaires. Le changement était minime, mais suffisant pour qu'il le remarque.

Lentement, méthodiquement, il examina le contenu de la valise. Il ne manquait rien. Mais il était sûr de lui. Quelqu'un l'avait fouillée pendant son séjour à Östersund.

Ce pouvait être une femme de chambre indélicate. Bien sûr. Mais il n'y croyait pas.

Quelqu'un s'était introduit dans sa chambre et avait inspecté ses bagages.

8

Stefan descendit à la réception, furieux. Mais quand la fille, revenue entre-temps à son poste, lui sourit, il perdit tous ses moyens. Sûrement, la femme de chambre avait dû heurter la valise par mégarde, et elle l'avait ramassée et refaite de son mieux. Rien n'avait d'ailleurs disparu. Il hocha donc la tête en réponse au sourire, posa la clé sur le comptoir et sortit. Puis il resta planté devant l'hôtel en se demandant que faire. Comme s'il avait perdu la faculté de prendre même les décisions les plus simples. Il fit glisser sa langue le long de ses dents. La boule était toujours là.

Je porte ma mort dans ma bouche. Si je survis à ça, je jure que je surveillerai toujours ma langue.

Il secoua la tête à cette pensée idiote et résolut à l'instant même d'aller voir où habitait Elsa Berggren. D'accord, il avait promis à Giuseppe de ne pas lui parler. Mais il pouvait regarder sa maison, ce n'était pas un délit. Il retourna à l'intérieur. La réceptionniste parlait au téléphone. Il s'approcha du plan de la ville fixé au mur et repéra la rue qui se trouvait de l'autre côté du fleuve, dans un endroit qui s'appelait Ulvkälla. Il existait un deuxième pont, un ancien pont de chemin de fer, qui lui permettrait de traverser le fleuve à pied.

Il quitta l'hôtel. Une lourde couverture nuageuse obstruait le ciel au-dessus de Sveg. Traversant la rue, il s'arrêta devant les fenêtres de la rédaction du journal local et lut l'article consacré au meurtre de Herbert Molin. Après une centaine de mètres le long de Fjällvägen, il parvint au passage à niveau et tourna à gauche. Le pont qui s'étendait devant lui avait des arches bombées. Il s'arrêta à mi-chemin et contempla l'eau brunâtre avant de continuer. L'adresse d'Elsa Berggren était sur la gauche, après le pont. Une villa en bois à deux étages peinte en blanc, au milieu d'un jardin bien entretenu. Il y avait un garage, dont les portes étaient ouvertes. Pas de voiture. En passant, il crut voir un léger mouvement derrière un rideau du rez-de-chaussée. Il continua sans s'arrêter. Un homme se tenait debout sur le trottoir, le regard levé vers le ciel. Quand il fut à sa hauteur, l'homme tourna la tête et le salua.

— Tu crois qu'il va neiger ?

Stefan aimait bien l'accent des gens d'ici. Il avait un je-ne-sais-quoi de gentil, de presque innocent.

— Peut-être, répondit-il. Mais n'est-ce pas un peu tôt, au mois d'octobre ?

L'homme secoua la tête.

— Ici il peut neiger en septembre. Et en juin.

Il était vieux, très ridé, et rasé au petit bonheur.

— Tu cherches quelqu'un ? demanda-t-il, sans plus cacher sa curiosité.

— Je suis en visite, dit Stefan. Je me promène.

Puis, très vite, il se décida. Il avait promis à Giuseppe de ne pas parler à Elsa Berggren. Mais il ne s'était pas engagé à ne pas parler d'elle.

— Une belle maison, dit-il en indiquant la bâtisse blanche qu'il venait de dépasser.

— Ah, ça. La maison d'Elsa est bien entretenue, comme son jardin. Tu la connais ?

— Non.

L'homme le regarda, paraissant attendre autre chose.

— Je m'appelle Björn Wigren, dit-il ensuite. Le plus long voyage que j'aie fait dans ma vie, c'est quand je suis allé à Hede. Tout le monde voyage, de nos jours. Sauf moi. J'habitais de l'autre côté du fleuve quand j'étais petit. Puis je suis venu ici. Un jour, je ferai le trajet en sens inverse. Jusqu'au cimetière.

— Je m'appelle Stefan. Stefan Lindman.

— Et tu es en visite ?

— Oui.

— Tu as de la famille dans le coin ?

— Non. Je suis de passage.

— Et tu te promènes ?

— Oui.

La conversation prit fin. La curiosité de Wigren était aimable, pas intrusive. Stefan cherchait un moyen d'aiguiller à nouveau la conversation vers Elsa Berggren.

— J'habite ici depuis 1959, dit soudain Wigren. Je n'ai jamais vu un étranger se promener ici. Du moins pas en octobre.

— Il faut bien une première fois.

— Tu peux avoir un café. Si ça te dit. Ma femme est morte, les enfants sont partis.

— Ce n'est pas de refus.

Il le suivit. Peut-être Björn Wigren avait-il l'habitude de faire le guet sur le trottoir, dans l'espoir d'attraper quelqu'un qui veuille bien partager sa solitude ?

La maison dans laquelle entra Stefan était de plain-pied. Dans l'entrée trônait une reproduction de la traditionnelle bohémienne aux seins nus ; dans le salon, il reconnut le vieux pêcheur. Mais il y avait aussi quelques trophées de chasse, parmi lesquels un bois d'élan. Stefan fit le compte, quatorze cors. Il se demanda si c'était peu ou beaucoup. Sur la table de la cuisine, une thermos attendait déjà, à côté d'une assiette de brioches à la cannelle recouverte d'un torchon. Wigren apporta une deuxième tasse et l'invita à s'asseoir.

— On n'est pas obligés de parler, dit-il de façon inattendue. C'est possible de boire un café avec un inconnu en se taisant.

Ils burent leur café et mangèrent une brioche chacun. L'horloge au mur sonna le quart. Stefan se demanda ce qu'avaient bien pu faire ensemble les gens de ce pays avant l'arrivée du café.

— Je suppose que tu es à la retraite, dit Stefan.

Il regretta immédiatement cette remarque idiote, mais Björn Wigren ne parut pas s'en formaliser.

— J'ai travaillé trente ans dans la forêt. Parfois, je me dis que c'est incompréhensible. Les bûcherons étaient des esclaves sous le règne des entreprises forestières. Je ne crois pas que les gens mesurent la bénédiction que ça a été quand on a vu arriver les scies électriques. Après j'ai attrapé mal au dos et j'ai arrêté. Les dernières années, je travaillais à l'office des routes. Je ne sais pas si je me suis rendu bien utile, là-bas. Je m'occupais surtout d'une machine qui aiguisait les lames de patins, pour les gosses. Mais j'ai fait au moins un truc sensé au cours de ces années-là : j'ai appris l'anglais. Je passais mes soirées à m'escrimer avec les livres et les cassettes. Je peux te dire que j'ai failli abandonner plus d'une fois. Mais je m'étais mis en tête de réussir. Puis je suis parti à la retraite. Deux jours après, ma femme est morte. Je me suis réveillé le matin, elle était déjà froide. Ça va faire dix-sept ans. J'ai eu quatre-vingt-deux ans en août.

Stefan fronça les sourcils. Il avait du mal à croire que Björn Wigren puisse être octogénaire.

— Je ne mens pas, dit Wigren, en percevant son incrédulité. J'ai quatre-vingt-deux ans, et ma santé est tellement bonne que je peux m'attendre à vivre jusqu'à quatre-vingt-dix ans et plus. Si ça sert à quelque chose, je n'en sais rien.

— J'ai un cancer. Je ne sais même pas si j'atteindrai la quarantaine.

Les mots avaient surgi de nulle part. Wigren haussa les sourcils. Puis il dit :

— Ça ne doit pas arriver tous les jours, que quelqu'un raconte qu'il a un cancer à quelqu'un qu'il ne connaît pas du tout.

— Je ne sais pas pourquoi je l'ai dit.

Björn Wigren poussa l'assiette de brioches vers Stefan.

— Si tu l'as fait, c'est que tu en avais besoin. Si t'as envie de parler, je t'écoute.

— Je préfère pas.

— Alors on oublie. Si tu ne veux pas parler, il n'y a pas de problème. Si tu veux, il n'y a pas de problème non plus.

Stefan comprit soudain comment il allait pouvoir aborder le sujet d'Elsa Berggren.

— Si on voulait acheter une maison dans le coin, comme celle de la voisine par exemple, ça irait chercher dans les combien ?

— La maison d'Elsa, tu veux dire ? Oh, c'est bon marché par ici. Je regarde parfois les annonces. Pas dans le journal. Sur Internet. Je me suis dit que ça serait quand même le diable si j'arrivais pas à me débrouiller avec cet Internet. Ça ne va pas vite, mais le temps, tu sais, c'est pas ça qui me manque. J'ai une fille à Gävle qui est employée de la commune. Elle m'a apporté un ordinateur un jour, et elle m'a appris à m'en servir. Maintenant j'ai l'habitude de chater avec un type de quatre-vingt seize ans qui s'appelle Jim, il habite au Canada et il travaillait dans la forêt, lui aussi. Il y a de tout dans cet ordinateur. On est en train de créer un forum où les anciens bûcherons pourront se raconter des conneries. C'est quoi, tes sites préférés ?

— Je n'y connais rien. Je n'ai même pas d'ordinateur chez moi. Björn Wigren s'assombrit.

— Ah. Tu devrais t'en acheter un. Surtout si tu es malade. Il y a plein de gens dans le monde qui ont le cancer. Un jour, j'ai fait une recherche sur le cancer du squelette, parce que c'est le pire truc que je peux m'imaginer. Il y avait deux cent cinquante mille réponses.

Il s'interrompit.

— Ah. Je ne devais pas en parler, c'est toi qui l'as dit.

— Ça ne fait rien. En plus, moi, ce n'est pas le squelette. Enfin, pas que je sache.

— Désolé, c'est sorti tout seul.

Stefan orienta à nouveau la conversation vers les prix de l'immobilier.

— Combien alors, pour une maison comme celle de la voisine ?

— Deux ou trois cent mille. Maximum. Mais je ne pense pas qu'Elsa ait envie de vendre.

— Elle vit seule ?

— Je ne crois pas qu'elle ait jamais été mariée. Elle peut être un peu pète-sec, Elsa. Je m'étais dit, après la mort de ma femme, que j'essaierais peut-être de la brancher. Mais elle n'a pas été d'accord.

— Quel âge a-t-elle ?

— Soixante-treize, je crois.

À peu près le même âge que Herbert Molin, songea Stefan.

— Elle a toujours vécu ici ?

— Quand on a fait construire notre maison, elle était déjà là. Je te parle de la fin des années cinquante.

— Elle avait un métier ?

— Elle dit qu'elle était prof, avant. Mais ça, j'y crois si je veux.

— Pourquoi ?

— Qui irait prendre sa retraite à trente ans à peine ? Elle est en pleine santé, en plus.

— Elle doit bien vivre de quelque chose.

— Elle a hérité de ses parents. C'est à ce moment-là qu'elle a emménagé ici. D'après ce qu'elle raconte.

Stefan essayait de réfléchir.

— Elle n'est donc pas née à Sveg ?

— Elle était de Scanie, je crois. Eslöv, il me semble que c'était ce nom-là. C'est possible, ça, Eslöv ? Que ça se trouve là-bas tout au sud, là où la Suède se termine ?

— Oui. Alors pourquoi est-elle venue vivre ici ? Elle avait de la famille dans la région ?

Björn Wigren lui jeta un regard amusé.

— Tu parles comme un flic. On croirait presque que tu m'interroges.

— Je suis curieux, comme tout le monde. On se demande bien pourquoi quelqu'un choisirait de quitter la Scanie pour venir ici, à moins que ce ne soit pour se marier ou parce qu'on a trouvé le boulot de ses rêves.

Tout en parlant, Stefan pensa qu'il commettait une grosse bourde en ne disant pas la vérité.

— Je me suis interrogé là-dessus. Ma femme aussi. Mais tu sais ce que c'est, on n'aime pas être indiscret. Elle est gentille, Elsa. Serviable. Elle s'occupait des gosses quand ma femme ne pouvait pas. Mais pourquoi elle est venue ici, franchement, je n'en sais rien. Elle n'avait pas de famille, ça non.

Bjorn Wigren se tut d'un coup. Stefan attendit.

— Oui, on peut dire que c'est bizarre. Elsa et moi, nous sommes voisins depuis quarante ans.

Une génération. Et je ne sais toujours pas pourquoi elle a acheté cette maison ici, à Ulvkälla. Mais il y a un truc qui est encore plus bizarre.

— Quoi donc ?

— De toutes ces années, je n'ai jamais mis les pieds chez elle. Ma femme non plus. Ni les enfants. Je ne connais personne qui ait jamais été invité chez Elsa. Et ça, tu conviendras que c'est tout de même un peu bizarre.

Stefan hocha lentement la tête. Quelque chose dans cette description de la vie d'Elsa Berggren rappelait celle de Herbert Molin.

Tous deux viennent d'ailleurs et vivent en solitaires, pensa-t-il. Je me demande si ce que faisait Molin – se cacher – vaut aussi pour Elsa Berggren. C'est elle qui lui a trouvé sa maison. Mais pourquoi ? Dans quelles circonstances se sont-ils connus ? Quel était leur lien ?

La question suivante coulait de source.

— Tu dis qu'elle ne reçoit jamais de visites ?

— Jamais.

— Ça ne me paraît pas naturel.

— Ça ne l'est peut-être pas. Mais le fait est que personne n'a jamais vu quelqu'un entrer dans sa maison. Ni en sortir.

Il était temps de partir. Stefan regarda sa montre.

— Il faut que j'y aille. Mais je te remercie pour le café.

En retraversant le séjour, Stefan indiqua le bois d'élan aux quatorze cors.

— Celui-là, je l'ai abattu pendant une partie de chasse du côté de Lillhärdal.

— Il était gros ?

Björn Wigren éclata de rire.

— Le plus gros que j'aie jamais tiré. Sinon je ne l'aurais pas accroché à mon mur. À ma mort, il ira à la décharge. Aucun des enfants n'en veut.

Il le raccompagna jusque dans la rue.

— Il y aura peut-être de la neige cette nuit, dit-il en scrutant le ciel.

Puis il regarda Stefan.

— Je ne sais pas pourquoi tu m'as posé toutes ces questions sur Elsa. Et je n'y vois rien à redire. Mais un jour tu reviendras peut-être prendre le café chez moi et tu me raconteras toute l'histoire.

Stefan hocha la tête. Il avait eu raison de ne pas sous-estimer Björn Wigren.

— Bonne chance pour le cancer, dit celui-ci en le quittant. Je veux dire, bonne chance pour la guérison.

Stefan revint par le même chemin. Toujours pas de voiture chez Elsa Berggren. Le garage était vide. Il jeta un regard aux fenêtres. Aucun frémissement derrière les rideaux, cette fois. Parvenu au milieu du pont, il s'arrêta de nouveau pour contempler l'eau en dessous de lui. La terreur de la maladie affluait par vagues. Il ne pouvait plus repousser la pensée de ce qui l'attendait. L'occupation qu'il s'était choisie, cette balade à la périphérie du meurtre de Herbert Molin, était une thérapie aux effets limités.

Il retourna dans le centre de Sveg et vit que la bibliothèque était logée dans la maison communale. Il entra. Dans le hall d'entrée, un ours empaillé le dévisageait. Stefan eut l'impulsion de se jeter sur lui, de mesurer ses forces avec celles de l'ours. L'idée le fit éclater de rire. Un homme qui passait, chargé de dossiers, lui jeta un regard plein de curiosité.

Stefan entra dans la bibliothèque et se mit en quête du rayon « médecine ». Mais quand il fut assis à une table avec un livre bourré d'informations sur toutes les formes de cancer, il n'eut pas le courage de l'ouvrir.

C'est trop tôt. Encore un jour, un seul. Ensuite j'affronterai la situation, au lieu de l'enterrer sous des investigations futiles autour du destin de mon collègue.

Dans la rue, il se découvrit une fois de plus incapable de prendre une décision. Furieux, il s'éloigna vers l'hôtel au pas de charge. En passant devant le magasin de Systembolaget, il s'immobilisa. Le médecin de Borås ne lui avait pas imposé de restrictions. Sûrement, il valait mieux ne pas boire. Mais là, tout de suite, ça lui était égal. Il acheta deux bouteilles de vin, d'une marque italienne comme d'habitude. Il venait de ressortir quand son téléphone sonna. Il posa son sac et répondit. C'était Elena.

— Je me demandais pourquoi tu ne m'appelais pas.

Stefan eut immédiatement mauvaise conscience. Il entendait à sa voix qu'elle était triste. Et blessée.

— Je ne vais pas très bien, dit-il sur un ton d'excuse.

— Tu es toujours à Sveg ?

— Où serais-je sinon ?
— Qu'est-ce que tu fabriques là-bas, au juste ?
— Je ne sais pas. J'attends peut-être l'enterrement de mon collègue.
— Tu veux que je vienne ? Je peux me libérer.
Il fut sur le point de dire oui. Oui, il voulait qu'elle vienne.
— Non. Je crois que je préfère être seul.
Elle ne renouvela pas sa question. Leur conversation se poursuivit quelques instants encore, sans que rien soit dit. Après coup, il se demanda pourquoi il avait menti. Pourquoi n'avait-il pas dit à Elena qu'elle lui manquait ? Qu'il ne voulait pas du tout être seul, au contraire ? Il se comprenait de moins en moins. Tout ça à cause de cette saloperie de boule qu'il avait dans la langue.
Il rapporta son sac à l'hôtel. La fille arrosait les plantes de la réception.
— Tu as ce qu'il te faut ? demanda-t-elle.
— Tout va bien.
Elle alla chercher sa clé sans poser son arrosoir.
— Dire que la grisaille est déjà là, reprit-elle en souriant. Et on n'est qu'en octobre. Le pire est encore à venir. Tout l'interminable hiver...
Elle retourna à ses fleurs pendant que Stefan montait dans sa chambre. La valise était dans l'état où il l'avait laissée. Il posa sur la table le sac contenant les bouteilles. Quinze heures passées de quelques minutes.
C'est trop tôt. Je ne peux quand même pas me mettre à boire dans ma chambre d'hôtel en plein après-midi.

Immobile au milieu de la pièce, il regardait le paysage par la fenêtre. Puis, très vite, il se décida. Il avait le temps de repartir au lac. Mais cette fois, il irait sur l'autre rive, par les chemins forestiers dont avait parlé Giuseppe. Il ne pensait pas y découvrir quoi que ce soit. Mais au moins, ça ferait passer le temps.

Il mit plus d'une heure à trouver un des chemins en question. Sur la carte, il avait vu que le lac s'appelait Stångvattnet. Tout en longueur, il s'élargissait à l'endroit précis où aboutissait ce chemin. Stefan sortit de la voiture et s'approcha du rivage. Le crépuscule tombait déjà. Il écouta, immobile. Il ne perçut que la rumeur des arbres. Il essaya de se rappeler s'il avait lu dans le dossier d'enquête quelque chose sur la météo de la nuit où Herbert Molin avait été tué. Même en cas de fort vent contraire, pensa-t-il, les coups de feu ont dû s'entendre jusqu'ici.

Mais qu'est-ce qui indiquait qu'il y ait eu quelqu'un à cet endroit la nuit du meurtre ?

Rien. Absolument rien du tout.

Il resta au bord de l'eau jusqu'à la nuit tombée. Un coup de vent venait parfois rider la surface du lac. Puis l'eau redevenait lisse. Il réalisa qu'il ne s'était jamais de sa vie trouvé seul dans une forêt. Sauf la fois où il avait perdu Molin, dans les environs de Borås. Le fameux jour où il avait découvert la peur de son collègue. Il tournait en rond, décidément.

Pourquoi Herbert Molin est-il venu ici ? Cherchait-il vraiment un refuge, un terrier ? Ou bien y avait-il autre chose ?

Il pensa à ce qu'avait dit Björn Wigren. Elsa Berggren ne recevait jamais de visiteurs. Mais elle, de son côté, rendait peut-être visite à Herbert Molin...

S'il avait été plus malin, il aurait posé deux questions à Björn Wigren.

Elsa Berggren avait-elle l'habitude de s'absenter la nuit ? Elsa Berggren aimait-elle danser ?

Deux questions simples qui auraient pu lui donner de nombreuses réponses.

Il songea soudain que c'était Molin qui lui avait enseigné autrefois cette vérité policière : la bonne question posée au bon moment permettait d'obtenir plusieurs réponses à la fois.

Il tressaillit en entendant un bruit dans son dos. Une branche cassée, sans doute. Ou un petit animal.

Puis il n'eut plus la force de penser à Herbert Molin ni à Elsa Berggren. C'était absurde. Dès le lendemain, il mobiliserait ses forces pour affronter ce qui lui arrivait. Et il quitterait le Harjedalen. Il n'avait rien à faire là. Giuseppe Larsson allait continuer. Pour sa part, il allait préparer sa radiothérapie.

Il s'attarda quelques instants au bord du lac. Les arbres l'entouraient comme une haie de soldats, l'eau noire était une douve. L'espace d'un instant, il se sentit invulnérable.

De retour à Sveg, il se reposa une heure dans sa chambre en buvant deux verres de vin. À dix-neuf heures, il descendit à la salle à manger. Les pilotes d'essai avaient disparu. La fille de la réception avait une fois de plus endossé sa tenue de serveuse. Elle joue tous les rôles, pensa Stefan. Peut-être est-ce le seul moyen de faire tourner l'hôtel ?

Il s'assit à la même table que les autres soirs et constata avec déception que la carte n'avait pas changé. Il ferma les yeux et laissa son index se poser au hasard sur la liste limitée des plats. Bifteck d'élan, encore. Il venait de commencer son repas quand quelqu'un entra dans la salle, derrière lui. En tournant la tête, il vit une femme qui avançait vers sa table. Elle s'arrêta et le regarda. Stefan fut frappé par sa beauté.

— Je ne voudrais pas t'importuner. Mais j'ai appris par un policier d'Östersund qu'un ancien collègue de mon père était ici.

Stefan resta un instant interdit. Puis le déclic s'opéra.

La femme qui se tenait devant lui était la fille de Herbert Molin.

9

Après coup, Stefan pensa qu'elle était sans doute l'une des plus belles femmes qu'il ait jamais eu l'occasion de rencontrer. Avant qu'elle ait pu s'asseoir, avant même qu'il cût dit son nom, il l'avait mentalement déshabillée, tout en feuilletant un des classeurs de Giuseppe jusqu'à la page où il était écrit que Herbert Molin avait eu en 1955 une fille prénommée Veronica. La femme debout devant lui, dont il percevait le parfum discret, avait donc quarante-quatre ans, soit sept ans de plus que lui. S'il ne l'avait pas su, il aurait imaginé qu'ils avaient le même âge.

Puis il se présenta, lui serra la main et exprima ses condoléances.

— Merci.

La voix, qui manquait curieusement de timbre, ne coïncidait pas avec sa beauté.

Elle ressemble à quelqu'un qu'on n'arrête pas de voir dans la presse et à la télé. Mais qui ?

Il l'invita à s'asseoir. La réceptionniste s'approcha.

— Ah ! dit-elle à Stefan. Avec un peu de chance, tu ne dîneras pas seul ce soir.

Il faillit lui dire d'aller se faire foutre, mais se maîtrisa.

— Je ne voudrais pas m'imposer, dit Veronica Molin. Je comprendrais que tu n'aies pas envie d'être dérangé.

Il vit qu'elle portait une alliance. Un court instant, cela le déprima. Réaction absurde, violente, vite disparue.

— Pas du tout, dit-il.

Elle haussa les sourcils.

— Pas du tout quoi ?

— Envie de ne pas être dérangé.

Elle s'assit, ramassa la carte et la reposa aussitôt.

— Est-ce que je pourrais avoir une salade ? Et une omelette ?

— Pas de problème, dit la réceptionniste.

Stefan pensa soudain que c'était peut-être elle aussi qui assurait la cuisine.

Veronica Molin commanda de l'eau minérale pendant que Stefan essayait à nouveau de se rappeler à qui elle ressemblait.

— Il y a eu un malentendu, dit-elle. Je croyais avoir rendez-vous avec la police ici, à Sveg. Mais ils sont à Östersund. Ce n'est pas grave, j'irai demain.

— D'où viens-tu ?

— De Cologne. C'est là que j'ai appris la nouvelle.

— Tu habites en Allemagne ?

Elle secoua la tête.

— J'habite à Barcelone. Ou à Boston, ça dépend. Mais là, j'étais à Cologne. C'était très étrange, très effrayant. Je venais d'entrer dans ma chambre de l'hôtel *Dom*, juste à côté de la cathédrale. Les cloches ont sonné en même temps que le téléphone.

Puis un homme, dont la voix me parvenait de très loin, a dit que mon père avait été assassiné. Il m'a demandé si je voulais parler à un pasteur. Ce matin, j'ai pris l'avion jusqu'à Stockholm, puis jusqu'ici. En fait, j'aurais mieux fait d'atterrir directement à Östersund.

Elle se tut pendant que la fille de la réception apportait l'eau minérale. Un homme, au bar, éclata d'un rire aigu. Comme s'il essayait d'imiter un chien, pensa Stefan.

Puis ça lui revint. Elle ressemblait à la vedette d'un de ces sitcoms interminables. Il essaya de se rappeler son nom, mais impossible.

Veronica Molin était grave et tendue. Stefan se demanda comment lui-même aurait réagi s'il avait été dans une chambre d'hôtel quelque part et qu'on lui eût annoncé au téléphone l'assassinat de son père.

— Je ne peux que compatir, dit-il. Ça paraît terrible, absurde.

— N'est-ce pas le cas de tous les meurtres ?

— Bien sûr. Mais parfois on discerne un mobile.

— Personne ne pouvait avoir de raisons de tuer mon père. Il n'avait pas d'ennemis, il n'était pas riche.

Mais il avait peur, pensa Stefan.

La salade et l'omelette arrivèrent. Stefan avait le sentiment confus d'être dominé par la femme qui lui faisait face. Elle possédait une assurance qu'il n'avait pas.

— Si j'ai bien compris, mon père et toi étiez collègues autrefois. Cela veut dire que tu es policier

— À Borås, oui. C'était mon premier poste, ton père m'a aidé. Il a laissé un grand vide en partant.

Je parle comme si nous avions été amis, songea-t-il. Mais ce n'était pas le cas.

— Je me suis naturellement demandé pourquoi il avait choisi de s'installer dans le Härjedalen, dit-il après un silence.

Elle déjoua immédiatement la manœuvre.

— Je ne pense pas que mon père ait jamais parlé de ses intentions à qui que ce soit.

— Ma mémoire me trompe peut-être. Si ça se trouve, je l'ai appris plus tard. Mais ma curiosité est intacte. Pourquoi est-il venu vivre ici ?

— Il voulait être tranquille. C'était un solitaire. Je le suis aussi.

Que dire, après pareille déclaration ? Ce n'est pas une réponse, se dit Stefan, c'est une manière de couper court à la conversation. Pourquoi s'assied-elle à ma table si elle ne veut pas me parler ?

— Je n'ai rien à voir avec l'enquête, dit-il froidement. J'étais en congé, je suis venu.

Elle posa sa fourchette et le considéra.

— Pourquoi ?

— Peut-être pour assister aux funérailles. Si elles ont lieu ici.

Elle ne le croyait pas, visiblement. Cela augmenta son dépit.

— Est-ce que tu voyais souvent ton père ? demanda-t-il pour changer de sujet.

— Non. Je travaille comme consultante pour une boîte d'informatique qui opère dans le monde entier, et je suis souvent en voyage. Je lui envoyais une carte postale deux ou trois fois par an, et je l'appelais à Noël. C'est tout.

— Vos relations n'étaient pas très bonnes ?

Il la regardait intensément. Même s'il la trouvait toujours très belle, il pensa qu'elle dégageait une grande froideur, une grande distance.

— La relation qui existait entre mon père et moi ne concerne que nous. Il voulait qu'on le laisse tranquille. Je respectais sa volonté. Il respectait la mienne. J'étais comme lui.

— Tu as aussi un frère, je crois.

La réponse fusa, carrée, sans hésitation.

— Nous ne nous parlons pas, à moins d'y être obligés. La meilleure façon de caractériser nos rapports serait de dire qu'ils sont à la limite de l'hostilité déclarée, pour des raisons, là encore, qui ne concernent que nous. J'ai pris contact avec une entreprise de pompes funèbres. Elle s'occupe de tout. Mon père sera enterré ici, à Sveg.

Stefan appuya le bout de sa langue contre ses dents. La boule était toujours là.

Ils commandèrent des cafés. Elle lui demanda si elle pouvait fumer, il dit que cela ne le dérangeait pas. Elle alluma une cigarette et souffla quelques ronds de fumée vers le plafond. Brusquement, elle le regarda en face.

— Pourquoi es-tu venu ?

Stefan se décida à dire une partie de la vérité.

— Je suis en arrêt de travail. Je n'avais rien de mieux à faire.

— Le policier d'Östersund a dit que tu t'étais impliqué dans l'enquête.

— On est toujours affecté par la mort violente d'un collègue. Mais ma visite est d'ordre personnel. J'ai parlé à quelques personnes, c'est tout.

— Qui ?

— Surtout le policier que tu dois rencontrer demain, Giuseppe Larsson. En dehors de lui, j'ai discuté avec Abraham Andersson.

— Qui est-ce ?

— Le plus proche voisin de ton père. Il habite à dix kilomètres.

— Avait-il quelque chose à dire ?

— Non. Mais si quelqu'un a vu quoi que ce soit, ce devrait être lui. Tu pourras lui parler toi-même.

Elle écrasa son mégot comme si c'était un insecte.

— Ton père a changé de nom autrefois, dit Stefan doucement. De Mattson-Hetzén, il est devenu Molin. Cela s'est passé quelques années avant ta naissance. À peu près au même moment, il a démissionné de l'armée et il est parti pour Stockholm. Tu ne peux pas en avoir le souvenir, puisque vous avez déménagé à Alingsås quand tu avais deux ans. Mais une chose m'intrigue : que faisait-il là-bas ?

— Il tenait un magasin de musique.

La surprise dut se peindre sur son visage car elle poursuivit :

— Comme tu le disais toi-même à l'instant, je n'en ai aucun souvenir. C'est par la suite que j'ai appris qu'il avait décidé de se lancer dans le commerce, et qu'il avait ouvert cette boutique à Solna. Les premières années, il a rencontré un certain succès. Puis il a ouvert une deuxième boutique dans une autre banlieue de Stockholm, à Sollentuna. Il a fait faillite assez rapidement. Mes premiers souvenirs datent d'Alingsås. On habitait en dehors de la ville, une vieille maison qu'on n'arrivait jamais à chauffer correctement l'hiver.

Elle marqua une pause et alluma une nouvelle cigarette.

— Pourquoi veux-tu savoir tout cela ?

— Ton père a été tué. Alors toutes les questions deviennent importantes.

— On l'aurait tué parce qu'il avait eu autrefois un magasin de musique ?

Stefan ne répondit pas. Il passa à la question suivante.

— Pourquoi a-t-il changé de nom ?

— Je ne sais pas.

— Pourquoi se faire appeler Molin quand on porte le nom de Herzén ?

— Je ne sais pas.

Stefan sentit soudain qu'il devait être prudent. Il posait des questions, elle y répondait. Mais, en filigrane, se jouait tout autre chose.

Veronica Molin se renseignait. Elle voulait savoir ce qu'il avait appris, concernant son père.

Il lui proposa un autre café. Elle déclina.

— À l'époque où nous travaillions ensemble, dit Stefan, j'avais l'impression que ton père était inquiet. Qu'il avait peur, plus exactement. De quoi, je l'ignore. Mais cela m'est resté, bien que nos chemins se soient séparés il y a plus de dix ans.

Elle fronça les sourcils.

— De quoi aurait-il eu peur ?

— Je n'en sais rien. Je te pose la question.

— Mon père n'était pas quelqu'un de peureux. Au contraire, il avait du courage.

— De quelle manière ?

— Il n'avait pas peur d'intervenir, de s'opposer. Jamais peur d'exprimer son opinion.

Son portable sonna. Elle s'excusa et répondit. Il y eut un échange dans une langue étrangère, espagnol ou français, Stefan n'était pas sûr de bien faire la différence. Après avoir fini sa conversation, elle appela d'un geste la fille de la réception et demanda l'addition.

— Tu es allée à la maison ? demanda Stefan.

Elle le dévisagea avant de répondre.

— Je garde un bon souvenir de mon père. Nous n'avons jamais été proches, mais j'ai vécu assez pour savoir ce que peuvent être les relations parents-enfants. Je ne veux pas ternir cette image en allant voir le lieu où il a été tué.

Stefan comprenait. Du moins, il croyait comprendre.

— Ton père aimait beaucoup danser, je crois.

— Ah bon ? Comment le sais-tu ?

Sa surprise paraissait authentique.

— Quelqu'un l'a dit, éluda Stefan.

La fille de la réception revint avec deux additions séparées. Stefan voulut les prendre, mais elle avait déjà saisi la sienne.

— Je préfère payer pour moi.

— De quoi s'occupe une consultante en informatique ? demanda Stefan pendant que la fille de la réception partait chercher la monnaie.

Elle sourit, mais ne répondit pas.

Ils se séparèrent dans le hall de l'hôtel. La chambre de Veronica Molin était au rez-de-chaussée.

— Comment comptes-tu te rendre à Östersund ? demanda-t-il.

— Sveg n'est pas grand, mais j'ai quand même trouvé un loueur de voitures. Merci pour la compagnie.

Il la suivit du regard. Ses vêtements devaient coûter une fortune, sans parler des chaussures. Cette conversation lui avait rendu un peu de son énergie. Mais qu'allait-il en faire ? Existait-il une vie nocturne à Sveg ?

Il résolut de repartir pour une promenade. Ce que lui avait raconté Björn Wigren l'intriguait. Il voulait en savoir plus sur les rapports entre Elsa Berggren et Herbert Molin.

Le rideau avait bougé. Il en était certain.

Il monta chercher sa veste et quitta l'hôtel.

Il faisait plus froid que la veille. Il prit le même chemin que la première fois, s'arrêta sur le pont et écouta le bruit du fleuve. Quand il passa devant un homme qui promenait son chien, il eut la sensation de croiser un navire aux feux éteints au milieu d'une mer noire. Parvenu près de la villa, il fit halte à distance des halos lumineux projetés par les réverbères. Il y avait à présent une voiture dans la cour. Mais il faisait trop sombre pour distinguer le modèle. Une fenêtre était éclairée au deuxième étage. Il resta immobile, sans trop savoir ce qu'il attendait.

L'homme qui s'approcha de lui par-derrière se déplaçait sans aucun bruit.

Il avait longuement observé Stefan avant d'estimer qu'il en avait assez vu. Il était à deux mètres quand Stefan sursauta.

Erik Johansson ne savait pas qui il avait en face de lui. Pour sa part, il avait la cinquantaine, mais une excellente condition physique. Il laissa pendre ses mains sans quitter l'étranger du regard.

— Salut, dit-il. Je me demandais juste ce que tu faisais là.

Stefan avait eu peur. Ce type était vraiment silencieux.

— Qui me pose cette question ?

— Erik Johansson. Police. Je voudrais savoir ce que tu fais ici.

— Je regarde une maison. Je suis sobre, je ne fais pas de bruit, je ne suis même pas en train de pisser. C'est interdit de regarder les maisons ?

— Pas du tout. Mais celle qui habite là, ça l'a mise un peu mal à l'aise, et elle a pris son téléphone. Quand les gens s'inquiètent, par ici, c'est moi qu'ils appellent. Je me suis dit alors que j'allais me renseigner sur place. Les gens n'ont pas l'habitude d'être observés par des étrangers dans la rue. En tout cas, pas le soir.

Stefan sortit son portefeuille de sa poche et s'approcha du réverbère pour lui montrer sa carte. Erik Johansson hocha la tête.

— Alors c'est bien toi, dit-il comme si Stefan avait été une vieille connaissance et qu'il ne s'en souvenait qu'à l'instant.

— Stefan Lindman.

Erik Johansson se gratta le front. Stefan vit qu'il ne portait qu'un maillot de corps sous sa veste.

— Bon, eh bien, on est de la police tous les deux. Giuseppe m'a dit que tu étais dans les parages. Mais je ne pouvais pas savoir que tu surveillais la maison d'Elsa.

— C'est elle qui a acheté la maison pour le compte de Molin, dit Stefan. Mais ça, je suppose que tu le savais déjà.

— Pas du tout.

— C'est ce que m'a expliqué l'agent immobilier à qui j'ai rendu visite à Krokom. Je pensais que Giuseppe t'en aurait parlé.

— Il m'a juste dit que tu étais un ancien collègue de Herbert Molin en visite chez nous. Il ne m'a pas dit que je risquais de te surprendre en train d'espionner Elsa.

— Je n'espionne personne. Je me promène. Je ne sais même pas pourquoi je me suis arrêté ici.

Réponse idiote, évidemment. Ça faisait un moment qu'il était planté au même endroit.

— Vaut mieux qu'on y aille, dit Erik Johansson. Autrement, Elsa va se poser des questions.

Stefan le suivit jusqu'à une rue adjacente. La voiture d'Erik Johansson n'était pas un véhicule de police, mais un break Toyota avec un grillage derrière les sièges avant.

— Alors comme ça, tu te promenais et tu t'es retrouvé par hasard devant la maison d'Elsa.

— Oui.

Erik Johansson paraissait contrarié. Il réfléchit.

— Il vaut peut-être mieux qu'on n'en dise rien à Giuseppe. Ça l'inquiéterait. Je ne crois pas qu'ils seraient ravis, à Östersund, de savoir que tu espionnes la population.

— Je n'espionne personne.

— Oui, tu l'as déjà dit. Mais ça fait quand même bizarre de te trouver planté devant la maison d'Elsa.

— Tu la connais ?

— Elle a toujours été là. Gentille. Elle s'intéresse aux gosses.

— Comment ça ?

— Elle a une école de danse dans les locaux de la maison du Peuple. Elle avait, plutôt. Les gosses apprenaient à danser. Je ne sais pas si elle le fait encore.

Stefan hocha la tête, mais ne posa pas d'autres questions.

— Tu loges à l'hôtel ? demanda Erik Johansson. Je peux te déposer.

— Je préfère marcher. Merci quand même. Je n'ai pas vu de poste de police à Sveg.

— On est logé dans la maison communale.

— Est-ce que je pourrais passer demain matin ? Juste une visite. On pourrait bavarder un peu.

— Pas de problème. Bon, il faut que j'appelle Elsa pour lui dire que tout est rentré dans l'ordre.

Il s'installa au volant, dit salut et claqua la portière. Stefan attendit que la voiture ait disparu avant de s'éloigner.

Pour la quatrième fois ce jour-là, il s'arrêta sur le pont. Le lien, pensa-t-il. Entre Herbert Molin et Elsa Berggren. Qu'est-ce que c'était ?

Il se remit lentement en marche, tandis que ses pensées s'emboîtaient les unes dans les autres.

Herbert Molin s'était servi d'Elsa Berggren pour trouver une maison. Ils se connaissaient donc d'avant. Peut-être même était-ce pour se rapprocher d'elle que Herbert Molin était venu dans le Härjedalen ?

Stefan avait atteint l'autre rive quand il s'immobilisa à nouveau. Il aurait dû y songer plus tôt ! Elsa Berggren l'avait repéré sur le trottoir, malgré l'obscurité. Cela ne pouvait signifier qu'une chose. Elle surveillait la rue. Elle attendait – redoutait ? – la venue de quelqu'un.

Il en était certain. Elle n'avait pas pu le repérer par hasard.

Il se remit en marche, plus vite cette fois, en pensant que la passion commune d'Elsa Berggren et de Herbert Molin pour la danse n'était pas une coïncidence, elle non plus.

De retour à l'hôtel, il trouva la réception fermée. Il monta l'escalier en se demandant si Veronica Molin dormait. S'appelait-elle d'ailleurs encore Molin ? À voir.

Il entra dans sa chambre et alluma le plafonnier. Par terre, glissé sous la porte, il y avait un message.

Rappeler Giuseppe Larsson à Östersund. Urgent.

10

Giuseppe décrocha en personne.

— Je ne retrouvais plus ton numéro de portable, j'ai dû le laisser traîner au bureau. C'est pour ça que j'ai appelé l'hôtel. Ils m'ont dit que tu étais sorti.

Stefan se demanda si Erik Johansson n'avait pas tout compte fait rapporté leur rencontre à Giuseppe.

— Je suis allé me promener, dit-il. Il n'y a pas grand-chose d'autre à faire par ici.

Giuseppe ricana dans l'écouteur.

— De temps en temps, ils passent un film à la maison du Peuple.

— J'ai besoin de bouger, pas de m'asseoir.

Stefan entendit Giuseppe dire quelques mots à quelqu'un, et qu'on baissait le son d'un téléviseur.

— Tu es encore là ? Je pensais te divertir avec un truc qui nous est arrivé d'Umeå. Un papier signé du Dr Hollander. On se demande pourquoi il n'en a rien dit dans son premier rapport. Les légistes sont des types insondables. Tu as le temps ?

— Tout le temps du monde.

— Il nous écrit qu'il a découvert trois vieux trous d'entrée.

— Qu'est-ce que ça veut dire ?

— Que Herbert Molin s'est fait tirer dessus par le passé. Tu étais au courant ?

— Non.

— Pas une balle, mais trois. Et le Dr Hollander s'autorise une extrapolation. Il estime que Herbert Molin a survécu par une chance incroyable, une chance « miraculeuse », je cite. Deux balles l'ont atteint au thorax juste sous le cœur, la troisième est entrée dans le bras gauche. À partir des cicatrices et d'autres trucs auxquels je ne comprends rien, Hollander conclut que ça s'est passé dans sa jeunesse. Il n'affirme pas qu'elles ont été tirées à la même occasion, mais on peut le présumer.

Giuseppe éternua plusieurs fois de suite.

— Je ne supporte pas le vin rouge, s'excusa-t-il. Mais ce soir, je n'ai pas pu résister à la tentation. Voilà, je suis puni.

— Dans le rapport d'enquête que tu m'as fait lire, il n'y avait rien concernant des blessures par balle.

— En effet. J'ai appelé à Borås, où on m'a mis en communication avec un homme sympathique qui rigole tout le temps.

— Le commissaire Olausson ?

— C'est ça. Je n'ai pas dit que tu étais parmi nous, je lui ai juste demandé s'il savait que Herbert Molin avait été blessé par balle. Il m'a dit que non. Et alors on peut tirer une conclusion très simple.

— Ça s'est passé avant qu'il entre dans la police.

— Bien avant, même. Lors de sa création, en

1965, la nouvelle police d'État a récupéré les archives de l'ancienne police rurale. Le cas échéant, la chose aurait figuré dans le fichier de Molin quand il est devenu fonctionnaire de Sa Majesté.

— Cela remonterait donc à sa carrière dans l'armée.

— C'est ce que je me dis. Mais ces archives-là, il faut du temps pour y accéder. On devrait donc d'ores et déjà envisager que ces blessures puissent être plus anciennes encore.

Giuseppe se tut.

— Ça change quelque chose à l'image d'ensemble ? demanda Stefan.

— Ça change tout. Ou plutôt, on n'a aucune image d'ensemble. Je ne pense pas qu'on mette la main sur le meurtrier dans un avenir proche. Mon expérience me dit que ça va être long, car il va falloir creuser profond. Que te dit ton expérience ?

— Que tu peux avoir raison.

Giuseppe se remit à éternuer.

— Je dois rencontrer la fille de Molin demain, dit-il ensuite.

— Elle loge dans le même hôtel que moi.

— Je pensais bien que vous vous croiseriez. Alors ?

— Réservée. Mais très belle.

— Un plaisir en perspective, donc. Tu lui as parlé ?

— On a dîné ensemble. Elle m'a appris quelque chose au sujet de ce blanc au milieu des années cinquante. Son père aurait eu deux magasins de musique dans la banlieue de Stockholm, qui ont fait faillite après quelques années.

— On ne voit pas quelle raison elle aurait de mentir à ce sujet.

— Non. Enfin, tu verras demain.

— Une chose est sûre, c'est que je vais l'interroger sur ces blessures par balle. Tu as décidé jusqu'à quand tu restais ?

— Peut-être demain encore. Pas plus longtemps. Mais je t'appellerai.

— Très bien.

Après avoir raccroché, Stefan se laissa tomber sur le lit. Il était épuisé. Sans même ôter ses chaussures, il s'allongea et s'endormit.

Il se réveilla en sursaut et regarda sa montre. Cinq heures moins le quart. Il avait rêvé. Quelqu'un le pourchassait. Soudain il était encerclé par une meute de chiens qui déchiraient ses vêtements et commençaient à lui arracher des lambeaux de chair. Son père était là à l'arrière-plan, ainsi qu'Elena. Il alla se rincer le visage sous le robinet. Le rêve n'était pas difficile à interpréter. La maladie, les cellules qui se multipliaient hors contrôle comme une meute de chiens sauvages lâchés dans son organisme... Il se déshabilla, se glissa entre les draps, mais ne parvint pas à se rendormir.

C'était toujours à ce moment, au petit matin, qu'il se sentait le plus vulnérable. Il pensa qu'il était un policier de trente-sept ans, qui essayait de mener une vie digne. Rien de remarquable, rien qui sorte de l'ordinaire. Mais c'était quoi, l'ordinaire ? Il se rapprochait à toute vitesse de la quarantaine et n'avait même pas d'enfants. Et maintenant il en était réduit à lutter contre une maladie qui le détruirait peut-être. Dans ce cas, sa vie n'aurait même pas été ordinaire. Elle n'aurait été qu'un essai, sans possibilité de démontrer sa valeur.

Il se leva. Le buffet ouvrait à six heures trente. Il choisit des vêtements propres dans la valise, se dit qu'il devrait se raser, mais ne le fit pas. À six heures trente, il était en bas. En jetant un regard par les portes entrebâillées du restaurant, il reconnut avec surprise la fille de la réception. Elle était assise sur une chaise, en train de s'essuyer les yeux. Il recula précipitamment. Puis il risqua un nouveau coup d'œil. Elle avait pleuré, c'était clair. Il remonta silencieusement la volée de marches et attendit à la réception. Les portes de la salle s'ouvrirent.

— Tu es matinal, dit-elle en lui souriant.

Il entra, se servit, déjeuna, tout en se demandant pourquoi elle avait pleuré. Mais cela ne le concernait pas. À chacun sa misère, se dit-il. À chacun sa meute.

Le temps de ressortir, il était parvenu à une décision. Il allait retourner à la maison de Herbert Molin. Non qu'il pensât y découvrir du nouveau. Mais il voulait faire le point sur ce qu'il avait appris. Ou pas appris. Puis il laisserait cette histoire à son destin, sans attendre des funérailles auxquelles il ne voulait de toute façon pas assister. En cet instant, c'était bien la dernière chose à laquelle il avait envie de s'exposer. Il allait rentrer à Borås, laver son linge et boucler sa valise, avec l'espoir d'embarquer sur un vol pas cher pour Majorque.

Il me faut une stratégie. Sinon, je n'arriverai pas à me tenir debout jusqu'au traitement.

À sept heures et quart, il quittait l'hôtel. Veronica Molin ne s'était pas montrée. La fille de la réception oublia de lui sourire quand il déposa sa clé. Elle a des ennuis, pensa-t-il. Mais ça m'étonnerait qu'elle ait appris qu'elle avait un cancer.

Il prit vers l'ouest, à travers l'automne et le silence. Quelques gouttes isolées s'écrasaient de temps à autre sur le pare-brise. Il écouta distraitement les nouvelles à la radio. La Bourse de New York avait gagné ou perdu quelques points, il ne comprit pas bien si c'était l'un ou l'autre. En traversant Linsell, il aperçut un groupe d'enfants qui attendaient le ramassage scolaire, leur sac sur le dos. Il y avait des antennes paraboliques sur le toit des maisons. Il se rappela son enfance à Kinna – le passé était soudain très proche. Le regard fixé sur la route devant lui, il repensa aux innombrables voyages désespérants dans le centre de la Suède, à l'époque où il servait d'assistant au pilote de motocross qui n'avait quasi jamais gagné une course. Il était si abîmé dans ses réflexions qu'il dépassa la sortie vers Rätmyren. Il fit demi-tour et se gara au même endroit qu'à sa première visite.

Quelqu'un était venu. Il y avait de nouvelles traces de pneus dans le gravier. Peut-être Veronica Molin avait-elle changé d'avis ? Il sortit de la voiture et inspira l'air froid au fond de ses poumons.

La bourrasque agitait le sommet des sapins. C'est ça, la Suède, pensa-t-il. Arbres, vent, froid. Gravier et mousse. Une personne seule au fond d'une forêt. Mais d'habitude cette personne n'a pas une tumeur maligne à la langue.

Il fit lentement le tour de la maison en songeant à tout ce qu'il savait maintenant des circonstances de la mort de Herbert Molin. Il dressa intérieurement une liste. En premier lieu, les vestiges d'un campement où quelqu'un avait bivouaqué avant de disparaître. Deuxièmement, les informations de Giuseppe concernant des blessures par balle. Stefan s'immobilisa. Qu'avait donc dit Giuseppe ? Deux entrées sous le cœur et une dans le bras gauche. On lui avait donc tiré dessus de face. Et par trois fois. Il essaya sans succès d'imaginer ce qui avait pu se produire.

Puis il y avait Elsa Berggren, l'ombre invisible derrière le rideau. S'il avait raison, elle montait la garde. Pourquoi ? Erik Johansson l'avait décrite comme une femme aimable qui donnait des leçons de danse aux enfants. Encore un lien, la danse. Mais que signifiait-il ? Signifiait-il même quoi que ce soit ? Il continua son errance autour de la maison aux vitres brisées, en se demandant pourquoi la police n'avait pas mieux recouvert ce qui restait des fenêtres. Du plastique déchiré flottait dans les trous béants. L'image de Veronica Molin surgit devant lui. Une femme de grande beauté, qui avait appris la mort de son père dans un hôtel de Cologne, pendant l'un de ses voyages de par le monde.

Stefan avait maintenant fait un tour complet de la maison. Il repensa au jour où il avait traqué avec Herbert Molin le prisonnier évadé de la maison d'arrêt de Tidaholm. Sa peur, ce jour-là. *J'ai cru que c'était quelqu'un d'autre.* Stefan s'immobilisa à nouveau. À moins que Herbert Molin ait été victime d'un fou, le point de départ devait être celui-là. La peur. Sa fuite jusque dans les forêts du Härjedalen. Une cachette tout au bout d'un chemin que Stefan lui-même avait eu le plus grand mal à découvrir.

Il ne parvenait pas à voir au-delà. La mort de Molin était une énigme ; il avait peut-être identifié quelques éléments, mais ceux-ci menaient pour l'instant à un grand vide. Il retourna à la voiture. Le vent avait forci. Au moment d'ouvrir sa portière, il eut la sensation que quelqu'un l'épiait. Il jeta un rapide regard à la ronde. La forêt était déserte. Le chenil, abandonné. Le plastique déchiré battait contre les traverses des fenêtres. Il remonta en voiture et quitta les lieux en pensant qu'il n'y reviendrait jamais.

Dans le hall de la maison communale, l'ours l'accueillit avec la même expression que la veille. Pendant que Stefan cherchait les bureaux de l'antenne de police, il croisa Erik Johansson, qui s'apprêtait à sortir.

— Tiens ! J'allais prendre un café avec les bibliothécaires. Mais ça peut attendre. J'ai des nouvelles pour toi.

Stefan l'accompagna dans son bureau. Erik

Johansson avait réchauffé la banalité du décor à l'aide d'un masque de diable.

— Je l'ai acheté autrefois à La Nouvelle-Orléans, dit-il en suivant le regard de Stefan vers le mur. J'étais ivre, et je crois bien que je l'ai payé beaucoup trop cher. Je pensais que je pourrais le mettre ici. Comme un symbole de toutes les forces du mal qui donnent du fil à retordre à la police.

— Tu es seul aujourd'hui ?

— Mais oui, répondit gaiement Erik Johansson. On est censé être quatre ou cinq. Mais les gens sont malades, ou en formation, ou en congé parental, ou en congé tout court. Alors il n'y a que moi. C'est impossible d'obtenir des remplaçants.

— Comment ça fonctionne ?

— Ça ne fonctionne pas. Mais les gens qui appellent en journée ont au moins la chance de ne pas tomber sur un répondeur.

— Elsa Berggren t'a appelé hier soir.

— Il y a un numéro d'alerte, disons, provisoire. Et ils sont nombreux à le connaître, en ville.

— Quelle ville ?

— Sveg. J'aime bien dire « en ville », on a l'impression que c'est plus grand.

Le téléphone sonna. Stefan regarda le masque en se demandant quelles pouvaient bien être les nouvelles promises par Erik Johansson. La conversation, au téléphone, portait sur la découverte par quelqu'un d'un pneu de tracteur au milieu de la route. Erik Johansson était apparemment un homme doué d'une grande patience. Enfin il raccrocha.

— Elsa Berggren a appelé ce matin. J'ai essayé de te joindre à l'hôtel.

— Que voulait-elle ?

— T'inviter à prendre le café.

— Tiens donc. C'est très étrange.

— Pas plus que le fait que tu surveilles sa maison.

Erik Johansson jaillit de son fauteuil. Stefan se leva et le suivit.

— Elle est chez elle. Vas-y tout de suite, elle devait sortir faire des courses après. Et reviens me raconter votre conversation, si jamais elle a dit des trucs intéressants. Mais pas cet après-midi, ni ce soir. Je dois aller à Funäsdalen, en mission, et aussi pour jouer au poker avec quelques potes. On a beau être sur une enquête pour meurtre, il faut essayer de vivre comme d'habitude.

Erik Johansson partit rejoindre les bibliothécaires. Stefan resta un petit moment dans le hall à observer l'ours. Puis il prit la route d'Ulvkälla et se gara devant la villa blanche. En sortant de la voiture, il aperçut Björn Wigren sur le trottoir, cherchant des yeux quelqu'un qu'il pourrait inviter à prendre un café dans sa cuisine.

Elle ouvrit sans lui laisser le temps de sonner. Stefan ne savait pas ce qu'il avait imaginé au juste. En tout cas pas cette dame élégante aux longs cheveux teints en noir et aux yeux très maquillés.

— J'ai pensé qu'il valait mieux que tu viennes. Au lieu de rester sur le trottoir.

Stefan franchit le seuil, en se disant qu'il était maintenant plus avancé que Björn Wigren ne l'avait été en quarante ans. Elle le précéda dans le séjour, qui donnait sur le jardin à l'arrière de la maison. Au-delà, la crête des sapins s'élevait en direction d'Orsa Finnmark.

Le salon était meublé avec recherche. Pas l'ombre d'une bohémienne aux seins nus comme chez Björn Wigren. Stefan jeta un coup d'œil aux huiles encadrées qui ornaient les murs et pensa qu'Elsa Berggren avait du goût. Elle s'était entre-temps excusée pour aller dans la cuisine. Il s'assit sur le canapé et attendit.

Il se releva en apercevant une série de photos, dans la bibliothèque ; l'une représentait deux filles assises sur un banc, dans un parc, bien des décennies plus tôt. À l'arrière-plan, une façade surmontée d'une enseigne. Stefan se pencha pour tenter de la déchiffrer, mais les lettres étaient floues. En tout cas, ce n'était pas du suédois. Puis il entendit un bruit de porcelaine et se rassit sur le canapé. Elsa Berggren entra, posa les tasses sur la table basse et entreprit de le servir.

— Un étranger observe ma maison. Je suis surprise, c'est normal. Et inquiète. Après ce qui est arrivé à Herbert, rien n'est plus comme avant.

— Je comprends, dit Stefan. Il se trouve que Herbert Molin était mon collègue, au commissariat de Borås.

— Erik me l'a dit.

— Je suis en arrêt de travail. J'avais du temps, je suis venu. Par un pur hasard, j'ai parlé à Hans

Marklund, l'agent immobilier de Krokom, qui m'a raconté les circonstances de rachat de la maison.

— Il m'avait demandé ce service. Juste avant son départ à la retraite.

— Vous vous connaissiez donc ?

Elle lui jeta un regard méfiant.

— Pourquoi sinon m'aurait-il demandé de l'aider ?

— J'essaie de comprendre qui il était. Depuis mon arrivée ici, je découvre que l'homme avec qui j'ai collaboré pendant des années n'était pas celui que je croyais.

— De quelle façon ?

— De plusieurs façons.

Elle se leva et rajusta le tombé d'un rideau.

— Je connaissais sa première femme, dit-elle. Nous étions camarades de classe. C'est ainsi que j'ai rencontré Herbert. Ils vivaient à Stockholm à l'époque. Après leur divorce, j'ai perdu le contact avec elle. Mais pas avec Herbert.

Elle revint s'asseoir.

— Ce n'est pas plus extraordinaire que cela. Maintenant il est mort. Et je le pleure.

— Sais-tu que sa fille, Veronica, est ici ?

Elle secoua la tête.

— Je l'ignorais. Mais je ne crois pas qu'elle me rende visite. Je connaissais Herbert. Pas ses enfants.

— Est-ce pour toi qu'il a déménagé ?

Elle le regarda droit dans les yeux.

— Cette question ne concernait que lui et moi. Désormais, elle ne concerne plus que moi.

— Bien sûr.

Stefan but son café. Elsa Berggren ne disait pas la vérité. L'histoire de la première épouse était crédible, et pourtant elle sonnait creux. Pourquoi ? Il devait pouvoir le découvrir.

Il posa sa tasse, qui était bleue avec un liseré d'or.

— As-tu une idée de qui a pu le tuer ?

— Non. Et toi ?

Stefan secoua la tête.

— Un vieil homme qui désirait vivre en paix. Pourquoi aurait-on eu la moindre raison d'en vouloir à sa vie ?

Stefan regardait ses mains.

— Pourtant quelqu'un le voulait, dit-il prudemment, tout en pensant qu'il n'avait au fond qu'une question. Je trouve curieux que tu n'aies pas pris contact avec la police d'Östersund.

— J'attendais que la police prenne contact avec moi.

Stefan en était certain, à présent. Cette femme ne disait pas toute la vérité. Mais n'aurait su dire où était la faille.

— Je m'interroge beaucoup sur les raisons qui ont pu pousser Herbert à venir s'installer ici, dit-il. Pourquoi avoir choisi un endroit si isolé ?

— Sveg n'a rien d'isolé. Il y a pas mal de choses à faite pour peu qu'on en ait l'énergie et le désir. Par exemple, je vais ce soir écouter un organiste de Sundsvall qui donne un concert dans notre église.

— J'ai appris par Erik Johansson que tu dirigeais une école de danse.

— Les enfants doivent savoir danser. Si personne ne s'en occupe, je veux bien me dévouer.

Mais je ne sais pas si j'aurai la force de continuer longtemps encore.

Stefan résolut de ne pas l'interroger sur le goût de Herbert Molin pour la danse. De façon générale, c'était à Giuseppe, non à lui, qu'il revenait d'interroger Elsa Berggren.

Un téléphone sonna quelque part. Elle s'excusa et quitta la pièce. Stefan se leva. Il hésita un instant entre la porte du balcon et la fenêtre ; puis il défit les deux crochets de la fenêtre et la poussa un peu. Il se rassit. Elsa Berggren revint après quelques minutes.

— Je ne vais pas te déranger davantage, dit Stefan en se levant. Merci pour le café. C'est rare qu'il soit aussi corsé.

— Pourquoi tout doit-il être si fade par les temps qui courent ? Le café comme les gens. Ça me dépasse.

Stefan avait laissé sa veste dans l'entrée. Tout en l'enfilant, il chercha du regard un détail qui trahirait la présence d'un système d'alarme. Mais il ne vit rien.

Il reprit la direction de l'hôtel, en pensant à la réflexion d'Elsa Berggren sur le café fade et les gens qui l'étaient aussi.

La fille de la réception paraissait plus contente qu'au matin. Sur le panneau près du comptoir, une affichette jaune signalait qu'un concert d'orgue serait donné à l'église de Sveg, à dix-neuf heures trente. Au programme, exclusivement de la musique de Johann Sebastian Bach.

Peu après dix-neuf heures, Stefan se rendit à pied jusqu'à l'église. Il se posta contre le mur et attendit. Il entendait l'organiste répéter à l'intérieur. À dix-neuf heures vingt, il recula parmi les ombres. Elsa Berggren apparut et entra dans l'église.

Très vite, Stefan retourna à l'hôtel, prit sa voiture, traversa le fleuve et se gara sur un terrain en friche à côté du pont. Puis il s'approcha de la maison d'Elsa Berggren par l'arrière. Le concert durerait au moins une heure. Il regarda sa montre. Vingt heures moins dix-neuf minutes. Un chemin longeait le fond du jardin de la villa blanche. Il n'avait pas de lampe, et progressait à tâtons. La pièce où il s'était tenu le jour même avec elle était éclairée. Parvenu à la clôture, il s'arrêta et écouta. Puis il l'escalada et courut, plié en deux, jusqu'à la maison. Se hissant sur la pointe des pieds, il effleura la fenêtre. Elsa Berggren n'avait pas découvert les crochets défaits. Il l'ouvrit avec précaution, fit un rétablissement et se glissa dans le séjour en évitant de heurter le vase posé sur le rebord.

Il pensa qu'il s'introduisait chez Elsa Berggren de la même manière qu'il l'avait fait chez Herbert Molin quelques jours plus tôt.

Il essuya ses semelles avec un mouchoir. Dix-neuf heures quarante-cinq. Il regarda autour de lui. Il ne savait pas ce qu'il cherchait. Peut-être la confirmation qu'Elsa Berggren ne disait pas la vérité. Il savait par expérience qu'un mensonge pouvait être trahi par un objet. Il jeta un coup d'œil dans la cuisine, puis dans une pièce aménagée en bureau. Il résolut de finir par là. Il voulait d'abord voir le premier étage. Il grimpa les marches quatre à quatre. La première pièce où il entra était de toute évidence une chambre d'amis. La suivante était celle d'Elsa Berggren. Elle dormait dans un grand lit double. Il y avait de la moquette au sol. Il ouvrit la porte de sa salle de bains. Flacons et pots étaient disposés en rangées bien alignées sous le miroir.

Il s'apprêtait à redescendre quand une impulsion le fit retourner dans la chambre et ouvrir la penderie. Les vêtements étaient nombreux. Il toucha les étoffes, toutes d'excellente qualité.

Puis quelque chose, au fond, attira son regard. Il repoussa les robes pour mieux voir.

Un uniforme.

Il mit quelques secondes à comprendre ce qu'il avait sous les yeux. Un uniforme de l'armée allemande.

Sur l'étagère, au-dessus, une casquette.

Il la prit. Une casquette militaire. Il reconnut aussitôt la tête de mort.

C'était un uniforme SS qu'il venait de découvrir dans la penderie.

11

Stefan ne prit pas la peine d'explorer le bureau du rez-de-chaussée. Il quitta la maison d'Ulvkälla comme il était venu, en repoussant soigneusement la fenêtre, et se hâta vers la voiture, près du pont. Il neigeait, de lourds flocons mêlés de pluie. Il rentra tout droit à l'hôtel, se servit un verre de vin et essaya de prendre une décision. Devait-il appeler Giuseppe Larsson tout de suite ? Il avait promis de ne pas parler à Elsa Berggren. Là, non seulement il lui avait parlé, mais il s'était introduit chez elle de façon clandestine.

Ce n'est pas le genre de chose qu'on raconte au téléphone, pensa-t-il. Giuseppe comprendra sans doute, mais pour ça, il faut qu'on soit face à face et qu'on ait du temps.

Il alluma la télé et, après avoir zappé un peu, resta devant un vieux western aux couleurs passées. Un homme armé d'un fusil rampait au milieu des rochers dans un paysage de carton-pâte pour échapper à d'autres hommes qui approchaient à cheval. Stefan baissa le son et alla chercher son bloc-notes. Il essaya de rédiger une synthèse des événements survenus depuis son arrivée à Sveg. Que savait-il maintenant qu'il avait jusque-là ignoré ? Il voulait construire une hypothèse sur les causes de la mort de Herbert Molin. Il le fit simplement, comme s'il se racontait une histoire écrite par un autre.

Un jour, un homme nommé Herbert Molin est victime de trois coups de feu. Il survit.

À une certaine époque, cet homme possède un magasin de musique.

Cet homme a une relation particulière à la danse, une passion secrète. Comme d'autres se consacrent à cueillir des champignons ou à pêcher la truite dans les torrents norvégiens.

Il a aussi dans sa vie une femme nommée Elsa Berggren. À l'heure de prendre sa retraite, il lui demande d'acheter pour son compte une maison isolée dans les forêts du Härjedalen, pas trop loin de chez elle. Il ne lui rend cependant jamais visite, du moins si l'on en croit le meilleur de tous les témoins possibles, c'est-à-dire un voisin curieux. Dans la penderie de cette femme, bien caché, il y a un uniforme SS.

Puis quelqu'un vient le tuer. Quelqu'un qui a peut-être campé longtemps tout près de sa maison.

Dans la tête de Stefan, l'histoire s'arrêtait sur cette image. Celle d'un homme qui traverse un lac à la rame et qui disparaît sans laisser de traces.

Mais il y avait aussi d'autres balises à insérer dans ce récit. Les empreintes de sang qui reproduisaient les pas du tango. La peur de Herbert Molin. Le fait qu'il avait autrefois changé de nom. Un changement curieux : des Mattson-Herzén, il ne devait pas y en avoir beaucoup en Suède, alors que Molin était un nom courant. Il n'y avait qu'une explication. Le nouveau nom était lui aussi une cachette. Herbert Molin camouflait ses traces. Mais lesquelles ? Et pourquoi ? S'il trouvait Mattson-Herzén trop long ou trop compliqué, il aurait pu se faire appeler tout simplement Mattson.

Il relut ce qu'il avait écrit, tourna la page et ajouta deux dates. *Né en 1923, mort en 1999*. Puis il revint aux notes prises pendant la soirée où il était resté enfermé dans le bureau de Giuseppe Larsson avec le dossier de l'enquête. En 1941, Molin a dix-huit ans. Il accomplit son service militaire en pleine guerre, à la défense côtière. Les notes de Stefan n'étaient pas complètes, mais il se rappelait que Herbert avait été affecté quelque part dans l'archipel de l'Östergötland, sur un îlot minuscule, pour surveiller une portion des eaux territoriales. Stefan présumait qu'il y était resté jusqu'à la fin de la guerre. Sept ans plus tard, il quitte l'armée, s'essaie sans succès à la gestion d'une boutique, trouve ensuite un emploi dans la police rurale avant d'être incorporé dans la nouvelle police d'État.

Issu d'une famille de militaires, avait inscrit Stefan. Le père capitaine de cavalerie à Kalmar, la mère femme au foyer. Au départ, il ne s'éloigne donc pas trop de l'arbre généalogique. Puis il abandonne soudain sa carrière d'officier. Pourquoi ?

Stefan reposa son bloc et remplit son verre. L'homme qui rampait dans les rochers non loin de Hollywood avait été capturé par les hommes à cheval, qui procédaient à présent à sa pendaison.

La corde au cou, il paraissait curieusement insouciant. L'image était toujours aussi décolorée.

Si l'enquête sur la mort de Herbert Molin était un film, il faudrait qu'il se passe un truc maintenant, pensa Stefan, sinon le public ne va pas tarder à en avoir marre. Chose qui peut arriver aussi aux policiers. Mais qui ne les empêche pas de continuer à chercher une explication et un coupable.

Il reprit son bloc-notes. Au même moment, l'homme du film réussissait à s'enfuir, d'une manière complètement invraisemblable. Stefan s'essaya à quelques théories. La première, la plus évidente, consistait à penser que Molin avait malgré tout été victime d'un cinglé. D'où celui-ci avait surgi et pourquoi il s'était équipé d'une tente et de cartouches lacrymogènes restait évidemment une énigme. Cette théorie était mauvaise, mais il fallait néanmoins la formuler.

La deuxième envisageait un lien confus entre le meurtre de Herbert Molin et un événement enfoui dans le passé. Ainsi que l'avait fait remarquer sa fille Veronica, Herbert Molin n'était pas riche. L'argent n'était pas un mobile plausible, même si la fille avait presque laissé entendre que c'était la seule raison valable de tuer quelqu'un. Les policiers se font des ennemis, pensa Stefan. Un policier menacé de mort, ou une bombe placée dans la voiture d'un procureur, ça s'est déjà vu. Quelqu'un qui désire vraiment se venger peut sans doute attendre toute sa vie le bon moment. Autrement dit, il faut commencer à fouiller sérieusement, et surtout patiemment, dans les archives.

Il existait aussi une troisième possibilité. Celle-ci avait trait à Elsa Berggren. L'uniforme caché dans la penderie avait-il appartenu à Herbert Molin ? Ou bien Elsa Berggren avait-elle dans son propre passé un lien avec l'Allemagne nazie ?

Stefan réfléchit. Selon Björn Wigren, Elsa Berggren et Herbert Molin avaient à peu près le même âge. Il était né en 1923. On pouvait imaginer qu'Elsa Berggren était de 1924 ou 1925. Dans ce cas, elle aurait eu une quinzaine d'années au début de la guerre. Ça ne pouvait pas coller. Mais Elsa Berggren avait eu un père. Et peut-être un frère aîné. Il prit note. Elsa Berggren vit seule, possède une source de revenus inconnue, fait preuve de vigilance. Il continua d'écrire. Herbert et Elsa. Selon ses propres dires, elle connaît Herbert depuis le premier mariage de celui-ci. Stefan avait eu le sentiment qu'elle mentait à ce moment-là, mais il pouvait se tromper. C'était peut-être la pure vérité.

Il referma son bloc. Le lendemain, il parlerait à Giuseppe. Autrement dit, il devait retourner à Östersund. Ensuite il pourrait rentrer à Borås. Tout en se déshabillant, il envisagea de demander à Elena si elle pourrait se libérer une semaine pour l'accompagner dans le Sud. Mais il n'était pas certain d'en avoir la force ou l'envie. Le choix entre la compagnie d'Elena et la solitude ne serait pas simple.

Il alla dans la salle de bains, ouvrit grand la bouche et tira la langue. La boule n'était pas visible, mais elle était là. Il se regarda. Il était pâle. En imagination, il enfila la casquette qu'il avait découverte chez Elsa Berggren. Puis il essaya de se rappeler les grades qu'on donnait aux SS. *Rottenführer* Lindman. *Unterscharführer* Lindman.

Il ôta sa casquette invisible et se rinça le visage. Quand il ressortit de la salle de bains, le western touchait à sa fin. L'homme qui avait failli être pendu était maintenant attablé dans une cabane de rondins avec une femme dotée d'une forte poitrine. Stefan attrapa la télécommande et éteignit le poste.

Puis il composa le numéro d'Elena. Elle répondit presque aussitôt.

— Je m'en vais, dit-il. Je serai peut-être rentré dès demain soir.

— Ne conduis pas trop vite.

— Je voulais juste te dire ça. On pourra parler quand on se verra.

— Comment ça va ?

— De quel point de vue ?

— Le tien.

Il répondit qu'il n'avait pas la force de parler de ça. Elena comprit.

Il but encore un verre de vin avant de se coucher. De l'autre côté de la fenêtre, la neige mêlée de pluie tombait toujours. Le sol était déjà blanc.

Il me reste une seule visite à accomplir, pensa-t-il au moment de s'endormir. Une personne que je veux voir avant de parler à Giuseppe et de laisser tout ça derrière moi.

Il se réveilla peu avant l'aube. Sa joue le faisait atrocement souffrir. Il avait aussi de la fièvre. Il resta sans bouger dans le noir, essayant de surmonter la douleur. Mais c'était impossible. Quand il se leva, il sentit un élancement terrible. Il dénicha un tube d'antalgiques et fit fondre deux comprimés dans un verre d'eau en se demandant s'il avait peut-être adopté une posture bizarre pendant son sommeil. Mais il savait bien que non, et que ça venait de l'intérieur. Le médecin l'avait prévenu. Cela pouvait arriver n'importe quand. Il vida son verre et se recoucha pour attendre que la douleur passe. En vain. Il était sept heures, et il ne se sentait toujours pas capable de descendre à la salle à manger.

Une heure plus tard, il n'en pouvait plus. Il chercha le numéro de l'hôpital de Borås et eut de la chance. Son médecin répondit dès qu'on eut transféré l'appel sur son poste. Il lui décrivit les symptômes. Elle s'engagea à lui faire une ordonnance et à la dicter par téléphone au pharmacien de Sveg. Si les élancements persistaient, il devait la rappeler. Il se recoucha. Elle avait promis de s'en occuper aussitôt. Il décida de tenir le coup une heure encore, si possible. Puis il prendrait sa voiture. Il avait repéré l'emplacement de la pharmacie, à l'entrée du bourg. Il resta allongé, en essayant de ne pas bouger du tout. La souffrance excluait toute réflexion. À neuf heures il se leva, s'habilla tant bien que mal et descendit. La fille de la réception le salua. Il hocha la tête et posa sa clé sur le comptoir.

À la pharmacie, on lui remit ses médicaments sans problème. Il prit la première dose tout de suite. Puis il retourna à l'hôtel. La fille lui rendit sa clé.

— Ça ne va pas ?

— J'ai mal. Mais ça va passer.

— Tu n'as même pas déjeuné. Tu veux qu'on te monte quelque chose ?

— Du café, merci. Et un ou deux oreillers en plus

Il se recoucha et attendit qu'elle arrive, avec le plateau et les oreillers.

— Appelle la réception si tu as besoin d'autre chose,

— Hier matin, tu étais triste. J'espère que ça va mieux maintenant.

Elle ne parut pas étonnée.

— Je t'ai vu quand tu as regardé par la porte. Ce n'était rien. Juste un moment de faiblesse.

Elle sortit. Stefan s'allongea sur le lit en se demandant ce que signifiait exactement un « moment de faiblesse ». Il pensa aussi qu'il ne connaissait même pas son prénom. Il avala un autre cachet.

La douleur commença à refluer. Il lut le nom du médicament. Doleron. Il y avait un triangle rouge sur la boîte. Il sentit qu'il était gagné par la somnolence. Mais aussi que peu de joies dans la vie pouvaient se mesurer à la disparition d'une souffrance aiguë.

Il resta couché toute la journée. Les élancements revenaient par vagues. Il somnola, rêva à nouveau des chiens sauvages. En fin d'après-midi, il sentit que la douleur était réellement sur le départ, pas seulement mise en sourdine par les drogues. Il n'avait pas mangé de la journée, pourtant il n'avait pas faim. Son portable sonna peu après seize heures. C'était Erik Johansson.

— Alors ? demanda Stefan.
— Alors quoi ?
— La partie de poker à Funäsdalen.
Erik Johansson éclata de rire.
— J'ai gagné dix-neuf couronnes. Après quatre heures de jeu. Dis donc, je croyais que tu devais passer me voir ce matin.
— Je suis malade.
— C'est grave ?
— Non, un peu de douleur, c'est tout. Mais j'ai donc vu Elsa Berggren.
— Elle avait des choses à dire ?
— Pas vraiment. Sinon que Herbert Molin et elle étaient de vieilles connaissances.
— Elle a une idée sur le mobile du meurtre ?
— Non.
— C'est bien ce que je pensais. Quand veux-tu venir ? J'ai oublié de te demander combien de temps tu comptais rester à Sveg.
— Je pars demain. Je passerai te voir avant.
— Vers neuf heures, ce serait parfait.
Il éteignit son portable. La douleur avait presque entièrement disparu.
Il s'habilla, descendit l'escalier, posa la clé sur le comptoir et s'arrêta sur les marches de l'hôtel. La neige avait fondu. Il fit une promenade dans le bourg. À la droguerie Agardhs Färghandel, il s'acheta un paquet de rasoirs jetables.
La veille au soir, il avait décidé de rendre visite à Abraham Andersson. Il se demandait maintenant s'il en aurait l'énergie. Il faisait déjà noir, et il n'était pas sûr de trouver son chemin. Mais Abraham avait

dit que Dunkärret était signalé par un écriteau. Il retourna vers l'hôtel chercher sa voiture. J'y vais, pensa-t-il. Demain, ce sera une courte visite chez Erik Johansson. Puis Östersund, Giuseppe Larsson. Je pourrai être à Borås dans la nuit.

Il prit de l'essence à la station-service avant de quitter Sveg. Au moment de payer, il aperçut un présentoir de lampes électriques ; il en choisit une et la rangea dans la boîte à gants.

Puis il partit en direction de Linsell sans cesser de guetter le retour de la douleur. Mais pour le moment elle le laissait tranquille. Il conduisait lentement, attentif à la présence d'animaux éventuels au bord de la route. Il ralentit encore en dépassant le chemin menant à la maison de Herbert Molin. Un court instant, il envisagea de s'arrêter. Mais il n'avait rien à faite là-bas. Il continua tout droit en se demandant si Veronica Molin et son frère comptaient vendre la propriété. Qui voudrait d'une maison où un homme avait été massacré avec sauvagerie ? La rumeur du meurtre ne s'estomperait pas avant longtemps dans la région.

Il traversa Dravagen, continua vers Glöte et ralentit à nouveau. Il aperçut alors le panneau. *Dunkärret 2*. Le chemin, étroit et irrégulier, se divisait au bout d'un kilomètre. Stefan choisit celui de gauche, car l'autre paraissait abandonné. Après un kilomètre, il aperçut un écriteau tracé à la main. *Dunkärret*. Il était arrivé. Un chien aboya quand il sortit de la voiture et commença à grimper la côte vers la maison, enveloppée de nuit. Il y avait de la lumière aux fenêtres. Il se demanda ce qui poussait certains à s'installer dans des endroits pareils. Qu'espéraient-ils y trouver, sinon une cachette? Il aperçut le chien, attaché à une corde tendue entre la façade et un arbre, au pied duquel il y avait une niche. C'était un chien gris, de la même race que celui de Herbert Molin. Stefan se demanda soudain qui avait enterré le chien mort. La police? Il gravit les marches du perron et frappa. Le chien aboya de plus belle. Stefan attendit avant de frapper plus fort. Il tourna la poignée. La porte s'ouvrit. Il appela vers l'intérieur. Abraham Andersson était peut-être quelqu'un qui se couchait de bonne heure. Il regarda sa montre. Vingt heures quinze. C'était trop tôt. Il entra et se remit à appeler.

Brusquement, sa vigilance s'aiguisa. Pourquoi? Il n'aurait su le dire, mais ce silence, déjà, n'était pas naturel. Il se dirigea vers la cuisine. Une tasse à café vide était posée sur la table, à côté d'un programme annonçant les concerts de l'orchestre symphonique de Helsingborg. Il appela une troisième fois. Pas de réponse. Il passa dans le séjour. Près du téléviseur, il reconnut un pupitre de musicien. Un violon était posé sur le divan. Il fronça les sourcils. Puis il monta l'escalier. Aucune trace d'Abraham Andersson. La sensation revint, plus forte qu'avant : ce silence n'était pas normal.

Il ressortit. Le chien aboyait en courant d'un bout à l'autre de la corde. Stefan approcha. Aussitôt le chien se tut et se mit à remuer la queue. Stefan tendit la main avec précaution et le caressa. Pas farouche, pour un chien de garde... Puis il repartit vers la voiture, prit sa lampe torche toute neuve et éclaira la cour. La sensation qu'un malheur était arrivé ne le quittait pas. La voiture d'Abraham Andersson était stationnée à côté d'une remise. Stefan tâta la portière ; elle n'était pas verrouillée. Il jeta un regard à l'intérieur ; les clés étaient sur le contact. Le chien émit trois aboiements brefs. Puis le silence, encore. Seul le vent faisait frémir l'obscurité. Stefan prêta l'oreille. Il appela à nouveau. Le chien lui répondit. Stefan retourna à l'intérieur, effleura les plaques de la cuisinière électrique ; elles étaient froides. Un téléphone sonna. Stefan sursauta. L'appareil était posé sur une table du séjour. Il s'approcha, souleva le combiné. Quelqu'un voulait envoyer un fax. Il enfonça la bonne touche et raccrocha. Après quelques instants, le papier commença à sortir de la machine. Des salutations manuscrites de la part d'une certaine Katarina. « La partition de Monteverdi est arrivée », écrivait-elle.

Stefan ressortit sur le perron. Il était maintenant certain qu'il s'était passé quelque chose.

Le chien. Le chien devait pouvoir le renseigner.

Il revint sur ses pas et prit la laisse qu'il avait vue plus tôt, accrochée au mur.

Le chien, qui n'arrêtait pas de faire des aller et retour, s'immobilisa quand Stefan attacha la laisse à son collier et le libéra de la corde. Il se dirigea aussitôt vers la forêt. Stefan éclairait le sol avec sa lampe. Le chien l'entraînait sur un sentier qui s'enfonçait tout droit au milieu des pins.

Je ne devrais pas faire ça. Pas s'il y a un fou furieux en liberté dans la forêt.

Soudain, le chien s'écarta du sentier. Stefan le suivit tout en essayant de le retenir. Le terrain était impraticable, il faillit tomber plusieurs fois. Le chien tirait fort sur sa laisse.

Puis il s'arrêta, leva une patte et flaira le vent. La lampe de Stefan éclairait les arbres.

Il essaya de faire reculer le chien, mais celui-ci résistait.

La laisse était suffisamment longue pour que Stefan puisse l'attacher à un tronc.

Toute l'attention du chien était dirigée vers deux grands blocs rocheux à moitié dissimulés par quelques sapins touffus.

Stefan s'avança en direction des arbres. Il vit qu'il y avait une ouverture, à côté d'un des rochers.

Puis il s'immobilisa.

Il ne savait pas ce que c'était. Quelque chose de blanc luisait entre les arbres.

Épouvanté, il reconnut Abraham Andersson. Il était nu, ligoté à un arbre. Sa poitrine était couverte de sang. Ses yeux grands ouverts étaient fixés sur Stefan.

Mais leur regard était aussi mort qu'Abraham Andersson lui-même.

DEUXIÈME PARTIE

L'homme de Buenos Aires
octobre-novembre 1999

12

À son réveil, Aron Silberstein ne savait pas qui il était. Une nappe de brouillard séparait le rêve de la réalité, et il devait la traverser pour découvrir s'il était réellement Aron ou, à ce moment précis, Fernando Hereira. Dans ses rêves, les deux noms s'intervertissaient souvent. Chaque réveil impliquait quelques secondes de grande confusion. Ce matin, en ouvrant les yeux et en voyant la lumière qui filtrait par la toile de tente, il sortit son bras du duvet et regarda sa montre. Neuf heures passées de quelques minutes. Il écouta. Silence au-dehors. La veille au soir, il avait quitté l'autoroute après avoir traversé une ville du nom de Falköping. À la sortie d'une petite bourgade qui s'appelait peut-être Gudhem, il avait trouvé un chemin s'enfonçant dans la forêt, et il avait pu monter sa tente. C'était là qu'il se réveillait à présent avec le sentiment de devoir s'arracher à son rêve. Il entendit qu'il pleuvait. Pas une vraie pluie, plutôt une averse ; les gouttes faisaient plic-ploc contre la toile de tente. Il rentra le bras à l'intérieur du duvet avec un frisson. Chaque matin, il éprouvait la même nostalgie intense de la chaleur. La Suède en automne était un pays froid. Il avait eu le temps de l'apprendre pendant son long séjour.

Bientôt, ce serait terminé. Il parviendrait à Malmö en fin de journée ; là, il rapporterait la voiture chez le loueur, il se débarrasserait de la tente et il passerait la nuit à l'hôtel. Le lendemain de bonne heure, il ferait la traversée jusqu'à Copenhague pour embarquer sur un vol qui le ramènerait, via Francfort et São Paulo, chez lui, à Buenos Aires.

Il changea de position et ferma les yeux. Il n'était pas obligé de se lever tout de suite. Il avait la bouche sèche et mal au crâne.

J'ai franchi la limite hier. J'ai trop bu, bien plus qu'il n'en fallait pour dormir.

La tentation était grande d'ouvrir le sac à dos et d'en sortir la bouteille qui se trouvait à l'intérieur. Mais il ne pouvait pas prendre le risque d'être arrêté à un contrôle. Avant de quitter l'Argentine, il s'était renseigné auprès de l'ambassade de Suède sur les règles de la circulation routière là-bas, et il avait compris que la tolérance pour l'alcool au volant était voisine de zéro. Cela l'avait surpris, car il avait lu dans un journal que les Suédois buvaient beaucoup et qu'ils se donnaient souvent en spectacle quand ils étaient ivres. Quoi qu'il en soit, il résista à la tentation. Si la police l'arrêtait, au moins il n'aurait pas l'haleine chargée.

La lumière filtrait par la toile de tente. Il repensa à son rêve. Il y était de nouveau le petit Aron Silberstein et son père, Lukas, était présent. Son père était professeur de danse, et il recevait ses élèves chez lui, dans son appartement de Berlin.

Le rêve se déroulait au cours de la dernière année, il le savait, parce que son père n'avait plus sa moustache. Or il l'avait rasée quelques mois avant la catastrophe. Ils se trouvaient dans la seule pièce de l'appartement dont les vitres étaient encore intactes. Il n'y avait que son père et lui, les autres membres de la famille avaient disparu. Ils attendaient. Ils étaient silencieux et ils attendaient. Cinquante-cinq ans après, il avait toujours le sentiment que son enfance entière n'avait été qu'une attente prolongée. Attente et terreur. Toutes les choses horribles qui se passaient dehors, la nuit, quand les sirènes hurlaient et que tout le monde se précipitait à la cave, n'avaient pas vraiment laissé de traces en lui. Mais cette attente, elle, avait orienté et dominé toute sa vie.

Il s'extirpa du sac de couchage et dénicha la bouteille d'eau et le tube d'aspirine. Il regarda ses mains. Elles tremblaient. Il avala le comprimé avec quelques gorgées d'eau. Puis il sortit à croupetons pour pisser. La terre était froide et mouillée sous ses pieds nus. Dans vingt-quatre heures il serait parti, il pourrait oublier tout ce froid, ces longues nuits. Il retourna sous la tente, se glissa à nouveau dans le duvet, remonta la fermeture à glissière jusque sous son menton. La tentation de boire était très forte. Mais il se maîtriserait. Parvenu à ce point, il n'allait pas prendre de risques inutiles.

La pluie au-dehors s'intensifia. Ça ne pouvait pas se passer autrement, pensa-t-il. J'ai attendu. Pendant plus de cinquante ans, j'ai attendu. J'avais presque, mais presque seulement, abandonné l'espoir. Alors, par un hasard incompréhensible, quelqu'un a croisé mon chemin et m'a tendu la pièce manquante. C'était une coïncidence inouïe, qui n'aurait jamais dû avoir lieu.

Dès qu'il serait de retour à Buenos Aires, il rendrait visite à la tombe de Höllner et il y déposerait une fleur. Sans lui, il n'aurait pas pu aller au bout de sa tâche. Peut-être existait-il malgré tout une justice énigmatique, peut-être divine. Elle lui avait permis de connaître Höllner avant sa mort et d'obtenir de lui les réponses à ses questions. La découverte de ce qui s'était réellement produit, ce jour-là de son enfance, l'avait plongé dans un état de choc. Jamais il n'avait autant bu que les nuits et les jours qui suivirent leur rencontre. Mais ensuite, après la mort de Höllner, il s'était contraint à redevenir sobre afin de reprendre son travail à l'atelier et, plus tard, d'élaborer un plan.

Désormais tout était fini.

Pendant que la pluie crépitait contre la toile, il déroula une fois de plus en pensée le film des événements. Tout d'abord Höllner, croisé par hasard au restaurant *La Cabaña*, cela faisait maintenant plus de deux ans. Filip Monteiro, le vieux maître d'hôtel à l'œil de verre, était venu le voir, un soir où le restaurant était bondé, en lui demandant s'il pouvait partager sa table avec quelqu'un. Il s'était retrouvé face à Höllner. Celui-ci était déjà marqué par le cancer de l'estomac qui ne tarderait pas à l'emporter, mais Aron l'ignorait encore.

Ils avaient tout de suite constaté qu'ils étaient

tous deux des immigrés allemands. Leur accent était le même. Aron ne s'était pas présenté sous son vrai nom, puisque Höllner pouvait fort bien être de ceux qui avaient gagné l'Argentine grâce au réseau très organisé qui s'était mis en place après la débâcle, pour aider les nazis haut placés à fuir les ruines du Reich. Peut-être avait-il débarqué, muni de faux papiers, de l'un des sous-marins qui avaient croisé au large des côtes argentines tout au long du printemps 1945, à moins qu'il eût bénéficié de l'aide de l'un ou l'autre groupe nazi opérant à partir de la Suède, de la Norvège et du Danemark. Ou bien il avait pu arriver plus tard, quand Juan Perón avait ouvert grand les bras aux émigrés d'origine allemande sans prendre la peine de les interroger sur leur passé. L'Argentine était pleine d'anciens nazis, de criminels de guerre vivant dans la terreur d'être capturés. Des gens qui n'avaient jamais regretté quoi que ce soit, qui gardaient encore chez eux, à la place d'honneur, le buste de Hitler. Mais Höllner n'était pas ainsi. Il avait évoqué la guerre comme la catastrophe qu'elle était. Aron apprit rapidement que son père avait été un nazi haut placé, mais que Höllner lui-même, à l'instar de beaucoup de ses compatriotes, avait seulement émigré en quête d'un avenir meilleur. Meilleur, en tout cas, que celui qu'ils pouvaient espérer dans les décombres de l'Europe.

Ils avaient donc partagé une table ce soir-là, à *La Cabaña*. Aron se rappelait qu'ils avaient tous deux commandé un certain ragoût, une spécialité de la maison. Après dîner, ils avaient cheminé ensemble à travers la ville, car ils vivaient du même côté, Aron sur l'Avenida Corrientes et Höllner quelques rues plus loin. Ils avaient décidé de se revoir. Höllner lui raconta qu'il était veuf, et que ses enfants étaient retournés vivre en Europe. Il avait été jusque récemment le patron d'une imprimerie, qu'il venait de vendre. Aron lui proposa de venir le voir dans son atelier de rénovation de meubles anciens. Höllner accepta, et cela devint très vite une habitude. Il rendait visite à Aron dans la matinée. Il ne se lassait pas, semblait-il, d'observer ses gestes lents tandis qu'il retapissait les fauteuils anciens livrés par l'un ou l'autre représentant de la riche bourgeoisie de Buenos Aires. De temps à autre, ils allaient dans la cour boire un café et fumer une cigarette.

À la manière des vieux, ils avaient comparé leurs vies. Ce fut ainsi, comme en passant, que Höllner lui demanda un jour s'il était par hasard de la famille d'un certain Herr Jacob Silberstein de Berlin, qui avait échappé aux persécutions car il était le seul à pouvoir donner à Herman Göring le massage qui soulageait son mal de dos. Pris de vertige, comme si l'Histoire le rattrapait en une fraction de seconde, Aron répondit que Jacob Silberstein était son oncle paternel. Et que, grâce à la protection dont jouissait Jacob, son frère Lukas – le père d'Aron – avait lui aussi échappé à la déportation. Höllner le regarda alors d'un air songeur. Puis il dit qu'il avait lui-même rencontré autrefois Jacob Silberstein, parce que son père se faisait également masser par lui.

Ce jour-là, Aron ferma son atelier et punaisa un mot sur la porte disant qu'il ne serait de retour que le lendemain. Puis il suivit Höllner jusqu'au vieil immeuble délabré où il vivait, du côté du port. L'appartement était exigu et donnait sur la cour. Aron se rappelait la forte odeur de lavande qui régnait là-dedans, et toutes les mauvaises aquarelles de la pampa peintes par la femme de Höllner. Ils commentèrent jusque tard dans la nuit cette coïncidence remarquable, que leurs existences s'étaient ainsi croisées autrefois dans la ville de Berlin, si loin dans l'espace et si loin dans le temps. Höllner était de trois ans plus jeune qu'Aron. En 1945, il n'avait que neuf ans, et ses souvenirs étaient un peu incertains. Mais il se rappelait parfaitement l'homme qu'on allait chercher en voiture une fois par semaine, et qui massait son père. Il se rappelait même son propre sentiment par rapport à cela, que c'était une situation étrange, étrange et un peu dangereuse, qu'un juif – dont il ignorait à l'époque le nom – puisse habiter encore à Berlin, et sous la protection du redoutable maréchal Göring. Quand ensuite il décrivit la physionomie de Jacob et sa démarche, les derniers doutes d'Aron furent levés. C'était bien de son oncle que parlait Höllner.

Il se souvenait en particulier de son oreille gauche, qui était déformée depuis l'enfance, quand Jacob s'était blessé contre un carreau cassé. Aron attendait ce détail ; il se mit à transpirer quand Höllner lui décrivit cette oreille, qu'il connaissait si bien. Le doute n'était plus possible. L'émotion d'Aron fut telle qu'il serra Höllner dans ses bras.

À présent allongé sous la tente, il repensait à ces événements comme s'ils avaient eu lieu la veille. Il ne comprendrait jamais vraiment comment Höllner avait pu croiser son chemin, et lui apprendre en dernier recours ce qu'il ignorait encore.

Aron regarda à nouveau sa montre. Dix heures et quart. Intérieurement, il changea d'identité, et redevint Fernando Hereira. Il était entré en Suède sous ce nom. Citoyen argentin. En voyage de tourisme. Voilà. Il était tout, sauf Aron Silberstein, arrivé à Buenos Aires un jour de printemps 1953 et qui n'avait plus jamais remis les pieds en Europe. Jusqu'à cet automne, où il était revenu pour mettre fin, une fois pour toutes, à l'attente.

Il s'habilla, démonta la tente, reprit le chemin forestier dans l'autre sens et poursuivit sa route. Il s'arrêta pour déjeuner près de Varberg. Le mal de crâne avait disparu. Dans deux heures, il serait à Malmö. Le loueur de voitures était à côté de la gare. C'est là qu'il avait pris le volant quarante jours plus tôt. Il laisserait la voiture à l'endroit où il l'avait prise. Il trouverait certainement un hôtel dans le quartier. Avant cela, il devait se débarrasser du duvet et de la tente. Le camping-gaz, les casseroles et les assiettes, il les avait jetés dans une poubelle, sur un parking quelque part dans la région des Dalarna. Les couverts, il les avait balancés dans un torrent. Il comptait s'arrêter sur un autre parking, avant Malmö, pour se défaire du reste.

Il trouva ce qu'il cherchait un peu au nord de Helsingborg : un conteneur, derrière une station-service où il s'était arrêté pour remplir une dernière fois le réservoir. Il enfouit la tente et le duvet sous les bidons et les cartons vides. Puis il prit un sac plastique qui renfermait une chemise pleine de sang. Cette nuit-là, il avait porté par-dessus ses vêtements une combinaison de travail qu'il avait brûlée, après, dans la forêt. Mais Herbert Molin était parvenu à ensanglanter sa chemise. Comment ? Ça restait une énigme. Au même titre que la raison pour laquelle il n'avait pas brûlé cette chemise en même temps que la combinaison.

Mais, au fond de lui, il savait. Il avait gardé la chemise pour se convaincre, en la regardant, qu'il n'avait pas rêvé. À présent, il n'en avait plus besoin. Il enfouit le sac plastique le plus profondément possible dans le conteneur. Au même moment, l'image de Höllner surgit à nouveau. L'homme pâle, marqué par la mort, dont il avait fait la connaissance par hasard, à *La Cabaña*. Sans lui, il ne se serait jamais tenu sur ce parking suédois, à se débarrasser des dernières traces matérielles d'un voyage au cours duquel il avait assassiné un homme et adressé une dernière salutation atroce à un passé tout aussi atroce par l'intermédiaire de quelques empreintes rouges laissées sur un plancher.

Désormais, ces empreintes n'existeraient plus que dans sa tête.

Il remonta dans la voiture, mais ne démarra pas tout de suite. Une question le rongeait, depuis la nuit où il avait lancé son assaut contre la maison de Herbert Molin. Une découverte imprévue qui le concernait, lui. Au moment de se rendre en Suède, il avait eu peur. Pendant tout l'interminable voyage en avion, il s'était demandé comment diable il pourrait accomplir la mission qu'il s'était imposée, lui qui n'avait jamais de sa vie même envisagé de faire du mal à quelqu'un. Il détestait la violence, il redoutait la possibilité d'en être lui-même victime, et, pourtant, il s'était mis en route vers un autre continent avec l'unique projet d'ôter la vie à un autre être humain. Un homme qu'il avait rencontré à six ou sept reprises, quand il avait douze ans.

Or le fait de le tuer n'avait présenté aucune difficulté.

Voilà ce qu'il ne comprenait pas. Ce qui l'effrayait et l'obligeait à revenir en arrière, jusqu'aux événements survenus plus de cinquante ans plus tôt, et qui étaient à l'origine de l'acte qu'il venait de commettre.

Pourquoi était-il si facile de tuer ? Cela aurait dû être pourtant la chose la plus difficile au monde.

Ce constat le déprimait.

Il aurait voulu que ce soit difficile. Il avait toujours cru qu'il flancherait au moment de passer à l'acte, et qu'il éprouverait par la suite une angoisse, un remords intenses. Mais sa conscience restait silencieuse. Il resta longtemps sans bouger, derrière le volant, à essayer de comprendre. Quand l'envie de boire devint trop forte, il redémarra et quitta la station-service.

Il roulait vers Malmö. En approchant, il découvrit sur sa droite le grand pont inachevé qui s'élançait par-dessus le détroit entre la Suède et la côte danoise. Puis il entra dans la ville. Il n'eut aucun mal à retrouver le loueur. Au moment de payer, il s'étonna du prix, qui lui parut très élevé. Il ne protesta pas et régla la somme en liquide, bien qu'il eût laissé l'empreinte de sa carte de crédit quand il avait pris le véhicule. Il espérait maintenant que ce bout de papier révélant que Fernando Hereira avait loué une voiture en Suède disparaîtrait tout au fond des archives du loueur.

Quand il se retrouva dehors, un vent froid soufflait de la mer, mais la pluie avait cessé. Il prit la direction du centre et entra dans le premier hôtel qu'il aperçut. Dès qu'il eut refermé la porte de sa chambre, il ôta tous ses vêtements et se plaça sous la douche. Pendant le temps passé dans la forêt, il s'était obligé à se laver une fois par semaine dans les eaux glacées du lac. Mais là, sous la douche à Malmö, ce fut comme si toute sa crasse accumulée le quittait enfin.

Après, il s'enveloppa dans un drap de bain et ouvrit la dernière bouteille. Voilà. C'était la délivrance suprême. Il but trois rasades au goulot, sentit la chaleur se répandre dans son corps. La nuit précédente il avait trop bu, et il se l'était reproché. Mais ce soir, il n'était tenu à aucune limite. Il devait juste être en état de se rendre jusqu'à l'aéroport le lendemain.

Il s'allongea sur le lit. Ses pensées devenaient plus légères maintenant que le cognac coulait dans ses veines. Tout ce qui s'était produit depuis son départ se transformait déjà en souvenirs. Il se languissait de rentrer, de retrouver l'atelier qui était le vrai centre de son existence. L'atelier exigu à l'arrière de sa maison sur l'Avenida Corrientes était en réalité une cathédrale où il se rendait chaque matin. Ensuite, bien sûr, il y avait la famille. Les enfants, qui étaient grands à présent : Dolores, partie à Montevideo, allait bientôt donner naissance au premier petit-fils ou à la première petite-fille d'Aron ; Rakel faisait encore ses études de médecine à l'université ; enfin Marcus, l'inquiet de la fratrie, rêvait de devenir poète mais gagnait sa vie en faisant des recherches pour une émission à la télévision argentine. Aron aimait sa femme, Maria, et ses enfants. Pourtant son véritable havre restait l'atelier. Il allait le retrouver dans quelques jours. Herbert Molin était mort. Les événements qui le poursuivaient depuis 1945 allaient peut-être enfin le laisser en paix.

De temps à autre, il tendait la main vers la bouteille de cognac. À chaque nouvelle gorgée, il portait un toast silencieux à Höllner. Sans lui, rien n'aurait pu se faire. Sans Höllner, il n'aurait pas découvert la vérité sur l'homme qui avait tué son père. Il se leva, renversa le sac à dos, dont le contenu se répandit au sol, et ramassa le cahier où il tenait son journal depuis le début de ces quarante-trois jours en Suède. Une page par jour, c'était le quota qu'il s'était fixé, pourtant il en était déjà à la page quarante-cinq. Il avait commencé à écrire à bord de l'avion qui l'emmenait vers Francfort, puis dans l'avion suivant, jusqu'à Copenhague. Il se rallongea sur le lit, alluma la lampe de chevet et feuilleta lentement le cahier. Toute l'histoire y était consignée. Peut-être l'avait-il écrite pour la donner à ses enfants – mais, dans ce cas, uniquement après sa mort. C'était l'histoire de sa famille. Une tentative d'explication de son geste. Ce qu'il avait décrit à sa femme comme un voyage d'étude, où il rendrait visite à des ébénistes européens capables de lui enseigner quelque chose de neuf, avait été en réalité tout autre chose : un voyage dans le passé. Dans son journal, il le décrivait comme une porte qu'il devait refermer à tout prix.

Mais à présent qu'il le lisait, il était rattrapé par le doute. Ses enfants ne comprendraient peut-être pas pourquoi leur père avait fait un si long voyage afin de tuer un vieil homme qui vivait seul dans une forêt.

Il laissa tomber le cahier par terre et but une gorgée de cognac, la dernière avant de s'habiller et de sortir dîner. Il boirait du vin au repas. Ce qui restait de la bouteille serait réservé à la nuit et à la matinée du lendemain.

Il s'aperçut qu'il était déjà ivre. À Buenos Aires, Maria lui aurait jeté un regard de muet reproche. Là, il n'avait pas à s'en faire. Il serait bientôt rentré. Cette nuit n'appartenait qu'à lui, et à ses pensées.

À dix-huit heures trente, il se leva, s'habilla et quitta l'hôtel. Le vent froid et dur s'empara de lui dès qu'il mit le pied dehors. Il avait envisagé de commencer par une petite promenade, mais ce vent lui en coupait toute envie. Il regarda autour de lui. Un peu plus loin, dans la même rue que l'hôtel, une enseigne de restaurant se balançait sous les rafales. Il s'y rendit. Une fois le seuil franchi, il hésita. Un téléviseur posé dans un coin diffusait un match de hockey, probablement en direct. Le volume sonore était très élevé. Quelques hommes attablés devant le poste suivaient le match en buvant des bières. Il devina que la nourriture ne serait pas très bonne. D'un autre côté, il n'avait pas envie de ressortir dans le froid. Il prit place à une table. Son voisin, un homme seul, contemplait sans bouger son verre de bière presque vide. La serveuse apporta la carte à Aron. Il commanda un bifteck sauce béarnaise avec des pommes frites, et une bouteille de rouge. Il était voué au vin rouge et au cognac. Jamais de bière, jamais quoi que ce soit d'autre.

— *I hear that you speak English,* dit soudain l'homme au verre presque vide.

Aron hocha la tête, en espérant du fond du cœur que l'autre n'entamerait pas une conversation. Il n'en avait pas la force. Il voulait être seul avec ses pensées.

— *Where do you come from ?*

— *Argentina.*

L'homme le dévisagea avec un air inexpressif.

— *Entonces, debe hablar español.*

Sa prononciation était parfaite. Aron le regarda, très surpris.

— J'ai été marin, poursuivit l'homme en espagnol. J'ai vécu quelques années en Amérique du Sud. Il y a longtemps de ça. Mais quand on apprend une langue à fond, elle reste.

Aron acquiesça en silence.

— Je vois que tu veux être tranquille, reprit l'homme. Ça me va. Moi aussi, je veux être tranquille.

Il demanda une autre bière, pendant qu'Aron goûtait son vin. Il avait commandé ce qui, sur la carte, portait le nom de « cuvée maison ». Il n'aurait pas dû. Mais il ne voulait pas rappeler la serveuse. La seule chose qui lui importait, au fond, c'était d'entretenir l'ivresse.

Un hurlement de joie remplit le local. Des joueurs en maillot bleu et jaune s'embrassaient à l'écran. Le bifteck arriva. À son étonnement, Aron le trouva bon. Il commanda encore du vin. Le calme était descendu en lui. La tension cédait peu à peu la place à un grand vide libérateur.

Herbert Molin était mort. Il avait accompli sa mission.

Il venait de reposer ses couverts, quand son regard se posa par hasard sur le téléviseur. On devait être entre deux périodes, car les joueurs avaient été remplacés par une femme qui lisait des informations. Aron faillit lâcher son verre. Le visage de Herbert Molin venait d'apparaître à l'écran. La femme continuait de parler, mais Aron ne comprenait évidemment rien à ce qu'elle disait. Il se tenait absolument immobile, le cœur battant. Un court instant, il crut que son propre visage allait apparaître à la suite de celui de Molin.

Ce ne fut pas le cas. Un visage apparut en effet, mais ce n'était pas le sien. C'était celui d'un autre vieil homme. Aron le reconnut.

Il se pencha vers son voisin, qui paraissait abîmé dans ses pensées.

— Qu'est-ce qu'ils racontent, aux nouvelles ?

Le marin tourna son attention vers le poste.

— Deux types ont été tués. D'abord l'un... puis encore un, pas loin de là. Quelque part dans le Norrland. Elle dit que le premier était policier... et que le deuxième jouait du violon. On croit que c'est le même meurtrier.

Le visage disparut. Mais Aron savait qu'il n'avait pas eu la berlue. D'abord Herbert Molin, puis l'autre type, le voisin, qu'il avait vu rendre visite un jour à Molin.

Lui aussi, on l'avait tué.

Il posa son verre et essaya de réfléchir. *Le même meurtrier.* Ça ne collait pas. Il avait tué Herbert Molin. Mais pas l'autre homme.

Aron était pétrifié sur sa chaise.

Le match de hockey reprit.

Il ne comprenait absolument pas ce qui avait pu se produire.

12

La nuit du 4 novembre 1999 fut l'une des plus longues de la vie de Stefan Lindman. Quand l'aube arriva enfin, comme une faible lueur par-dessus les arbres, il eut la sensation qu'il flottait dans le vide, en apesanteur. Il avait depuis longtemps cessé de réfléchir. Ce qui se passait autour de lui ressemblait à un étrange cauchemar, et cela depuis l'instant où, contournant les blocs de rocher, il avait découvert le cadavre d'Abraham Andersson attaché à un arbre. Maintenant que la lumière revenait enfin, il n'avait plus aucune image claire des événements de la nuit.

Il s'était obligé à avancer et à tâter le pouls d'Abraham Andersson, bien qu'il sût que son cœur avait cessé de battre. Mais le corps était presque tiède. Cela pouvait signifier que le meurtrier était encore dans les parages. Abraham Andersson avait été tué d'une balle. À la lueur de sa lampe, il avait vu le trou d'entrée, juste au-dessus du cœur. Il avait été au bord de s'évanouir, ou de vomir. Le trou était béant. Andersson avait été abattu, à bout portant ou presque, avec un fusil de chasse.

Soudain, le chien avait hurlé à la mort. La pensée réflexe de Stefan fut qu'il avait perçu la présence du tueur, et il se mit à courir. Les branches basses lui griffaient le visage, il perdit son portable, mais il continua de courir, entraînant le chien avec lui jusqu'à la maison. Là, il avait donné l'alerte. Le policier de garde à Östersund avait tout de suite pris son appel au sérieux. En fait, Stefan avait cité le nom de Giuseppe Larsson et, après cela, l'autre n'avait plus posé de questions, demandant simplement à Stefan s'il avait un portable, à quoi il répondit qu'il l'avait perdu. Le policier d'Östersund avait alors proposé de composer son numéro, pour l'aider à le repérer dans le noir. Mais à présent que le jour se levait, le téléphone restait toujours introuvable. Il n'avait entendu aucune sonnerie. Que s'était-il passé ensuite ? Stefan avait sans cesse eu la sensation que le tueur était tout proche. Plié en deux, il avait couru jusqu'à sa voiture. Il avait démarré en trombe, et renversé une poubelle en faisant demi-tour pour aller attendre les premiers policiers au carrefour. Celui d'Östersund avait prévenu que ce seraient des collègues de Sveg.

Le premier fut Erik Johansson, accompagné d'un certain Sune Hodell. Stefan les avait conduits jusqu'au cadavre, et Erik Johansson et le collègue avaient reculé d'épouvante. Ensuite, le temps s'était traîné en attendant l'aube. Ils avaient établi leur QG dans la maison d'Abraham Andersson. Erik Johansson était en contact téléphonique permanent avec Östersund. Il était passé voir Stefan, allongé sur le canapé du séjour parce qu'il saignait du nez, et lui avait annoncé que Giuseppe Larsson était en route. Les voitures du Jämtland étaient arrivées vers minuit, suivies peu après par le médecin qu'Erik Johansson avait eu le plus grand mal à localiser dans une cabane de chasse au nord de Funäsdalen. Il avait également réveillé des collègues des districts voisins du Hälsingland et des Dalarna pour les informer de la situation. Au cours de la nuit, Stefan l'avait aussi entendu parler avec les collègues de Röros, de l'autre côté de la frontière norvégienne. Les techniciens avaient monté des projecteurs dans la forêt. Mais le travail piétinait dans l'attente du jour.

Vers quatre heures du matin, Giuseppe et Stefan s'étaient retrouvés un moment seuls dans la cuisine.

— Rundström arrivera dès qu'il fera jour, dit Giuseppe. Avec trois maîtres-chiens. On les fait venir par hélicoptère, c'est plus facile. Bref, il va se demander ce que tu fais là. Et je devrai lui donner une réponse.

— Non. *Je* devrai donner une réponse.

— Laquelle ?

Stefan réfléchit.

— Je ne sais pas. Je voulais peut-être juste demander à Abraham Andersson s'il avait repensé à quelque chose, concernant Herbert Molin...

— Et tu tombes sur une scène de meurtre ? Rundström va trouver ça bizarre.

— Je vais m'en aller.

— D'accord. Mais pas avant qu'on ait discuté sérieusement, toi et moi.

Leur conversation nocturne n'avait pu aller plus loin. Un collègue de Giuseppe le prévint que la police de Helsingborg avait informé la femme d'Abraham Andersson du décès de son mari. Giuseppe disparut pour parler à quelqu'un, peut-être la femme, sur l'un des innombrables portables qui sonnaient sans arrêt. Stefan se demanda comment on s'y prenait pour diriger les enquêtes criminelles avant l'invention de ces engins. De façon générale, cette nuit-là, il se demanda quels mécanismes entraient en jeu quand on mettait en route une enquête pour meurtre. Il y avait bien sûr toutes les règles qu'il fallait suivre, sans qu'il soit besoin d'y réfléchir. Mais au-delà ? Stefan avait la sensation de *voir* fonctionner l'esprit de Giuseppe ; il partageait ses cheminements, ou ses tentatives de cheminements intérieurs. Mais il était paralysé par l'image qui lui revenait sans cesse, celle d'Abraham Andersson affaissé au pied de l'arbre. Le grand trou, là où la balle était entrée. Une balle tirée presque à bout portant.

Abraham Andersson avait été exécuté.

Ça non plus, pensa-t-il plusieurs fois au cours de cette longue veille, ce n'est pas un meurtre ordinaire. Mais alors qu'est-ce que c'est ? Herbert Molin et Abraham Andersson forment la base d'un triangle dont la pointe est un inconnu qui s'est matérialisé dans la forêt, la nuit, pas une fois mais deux, pour abattre deux hommes âgés qui, en apparence, n'avaient rien de commun.

À ce point du raisonnement, toutes les portes lui claquaient à la figure. C'est le centre, songea-t-il encore, le cœur de cette enquête. Un lien obscur entre deux personnes, une relation si profonde que quelqu'un conçoit le dessein de les supprimer toutes les deux. Voilà ce que pense Giuseppe, pendant qu'il s'efforce d'assurer les étapes réglementaires en attendant l'aube qui n'arrive pas.

Toute la nuit, Stefan était resté près de Giuseppe. Il l'avait suivi pendant ses aller et retour entre le lieu de la découverte et la maison transformée en quartier général, s'étonnant sans cesse de la facilité avec laquelle Giuseppe s'était mis au travail. Malgré le spectacle infernal du cadavre nu, ligoté contre l'écorce, il l'entendit rire plusieurs fois au cours de la nuit. Il n'y avait pas l'ombre d'un cynisme ou d'une dureté chez lui, seulement ce rire libérateur qui l'aidait à supporter toutes les abominations.

Le jour finit quand même par arriver et un hélicoptère se posa sur la pelouse. En descendirent Rundström et trois maîtres-chiens avec des bergers allemands qui tiraient avec enthousiasme sur leur laisse. L'hélicoptère repartit aussitôt.

Avec la lumière, le rythme lent de la nuit se transforma du tout au tout. Les policiers, qui travaillaient sans interruption depuis la veille au soir, et qui étaient à ce stade aussi gris que l'aube naissante, accélérèrent la cadence. Après avoir rendu compte brièvement à Rundström, Giuseppe rassembla les maîtres-chiens autour d'une carte pour organiser la battue. Puis le groupe s'éloigna en direction de l'arbre, où l'on avait commencé à détacher le corps.

Le premier chien découvrit immédiatement le

portable de Stefan. Quelqu'un l'avait piétiné au cours de la nuit, et la batterie était détruite. Stefan le rangea dans sa poche.

Après quelques heures d'un travail silencieux et concentré, Rundström rassembla tous les policiers à l'intérieur de la maison pour faire le point. Deux autres véhicules étaient entre-temps arrivés d'Östersund, chargés de matériel supplémentaire destiné aux techniciens. L'hélicoptère était revenu et avait emporté le corps d'Abraham Andersson. À Östersund, celui-ci serait transféré en voiture à la station médico-légale d'Umeå.

Juste avant la réunion, Rundström s'approcha de Stefan et lui demanda d'y participer. Il ne lui avait pas encore posé la question en suspens : comment diable se faisait-il qu'il ait été le premier à découvrir le corps ?

Les policiers épuisés et frigorifiés se serrèrent dans la cuisine. Giuseppe se tenait appuyé contre un mur et arrachait des poils de ses narines. Stefan pensa qu'il paraissait bien plus que ses quarante-trois ans, avec ses traits affaissés, ses paupières lourdes. Il semblait complètement absent. Mais Stefan le croyait plutôt plongé dans un abîme d'interrogations concernant les derniers événements. Sa concentration était dirigée vers l'intérieur. Stefan devina qu'il cherchait une réponse à la question que les policiers se posaient encore et encore, toujours la même. *Qu'est-ce que je ne vois pas ?*

Rundström commença par évoquer les barrages routiers qui étaient en place dans toute la région. Avant que la police de Särna ait fini de boucler les siens, on avait signalé le passage vers le sud d'une voiture lancée à grande vitesse, sur la route d'Idre. L'information était importante. Rundström demanda à Erik Johansson de parler aux collègues des Dalarna.

Puis il désigna Stefan.

— Je ne sais pas si tout le monde ici connaît Stefan Lindman. Bref, nous avons parmi nous un collègue de Borås, qui travaillait autrefois avec Herbert Molin. Je crois que le plus simple serait que tu nous dises toi-même comment tu as trouvé le corps d'Abraham Andersson.

Stefan obéit. Rundström posa quelques questions, tout d'abord concernant les horaires. Stefan avait eu la présence d'esprit, ou plutôt l'expérience, de regarder deux fois sa montre : à son arrivée à Dunkärret, et à la découverte du corps.

La réunion fut très brève. Les techniciens voulaient reprendre le travail au plus vite puisque la météo annonçait de la neige dans le courant de la journée. Stefan suivit Giuseppe dans la cour.

— Il y a quelque chose qui ne colle pas, dit Giuseppe. Tu as formulé l'idée que la mort de Herbert Molin s'expliquerait par son passé, et ça m'a paru cohérent. Comment envisageons-nous les choses dans ce nouveau contexte? Abraham Andersson et lui ne se connaissaient pas avant de s'installer par hasard dans le même patelin. La théorie ne tient plus.

— Il faudrait vérifier. Herbert Molin et Abraham Andersson avaient peut-être des points communs que nous ignorons.

— Bien sûr. Mais je n'y crois pas, dit Giuseppe. Les policiers ne doivent pas extrapoler, je sais. Pourtant on le fait. Dès la première seconde sur le lieu d'un crime, on commence à échafauder des hypothèses. On tricote des filets sans savoir quelle doit être la grosseur des mailles, ni quel genre de poisson on veut pêcher, ni même où on va poser ses filets. Dans la mer ou dans un lac de montagne ? Dans un torrent ou dans un petit ruisseau ?

Stefan avait du mal à comprendre la métaphore de Giuseppe. En tout cas, c'était expressif.

Un des maîtres-chiens ressortit de la forêt avec son animal, qui semblait épuisé.

— On n'a rien trouvé, dit le policier. En plus je crois que Stamp est malade.

— Quel est le problème ?

— Il vomit. Il a peut-être chopé une infection.

Giuseppe hocha la tête. Stefan regardait le chien gris d'Andersson, immobile au bout de sa corde tendue, le regard rivé à l'endroit d'où provenaient les voix des techniciens.

— Qu'est-ce qui se passe dans cette forêt ? dit soudain Giuseppe. On croirait avoir affaire à une ombre qui commence à bouger au crépuscule. On ne sait pas si elle est imaginaire ou réelle.

— Quel genre d'ombre ?

— Du genre de celles dont on n'a pas l'habitude par ici. L'attaque contre Molin était préméditée. Abraham Andersson a été exécuté. Je ne comprends pas.

La conversation fut interrompue par Erik

Johansson, qui traversait la cour à grands pas en se dirigeant vers eux.

— On peut oublier la voiture de Särna, dit-il. C'était un type pressé d'emmener sa femme à la maternité.

Giuseppe marmonna une réponse pendant qu'Erik Johansson repartait vers la maison.

— Qu'est-ce que tu en penses ? demanda Giuseppe à Stefan. Vas-y, parle.

— Je crois que j'emploierais le même mot que toi. C'est une exécution. Pourquoi se donne-t-on la peine d'emmener un homme dans la forêt et de l'attacher à un arbre, si on a juste l'intention de l'abattre ?

— À supposer que les choses se soient produites dans cet ordre. Mais c'est évidemment la question que je me pose aussi : pourquoi tant d'efforts ? C'est une autre ressemblance avec le meurtre de Molin. Pourquoi se donner la peine d'imprimer des pas de tango dans le parquet avec le sang de la victime ?

Il apporta lui-même la réponse.

— Pour raconter quelque chose. Mais à qui ? On en a déjà parlé. À qui s'adresse le message ? À nous ou à quelqu'un d'autre ? Et pourquoi le fait-il ? Et n'oublions pas non plus qu'ils peuvent être plusieurs.

Giuseppe leva les yeux vers le ciel chargé de nuages.

— Est-ce que c'est un fou ? Est-ce que c'est fini ? Est-ce qu'il y en aura d'autres ?

Ils retournèrent à l'intérieur. Rundström parlait au téléphone. Les techniciens avaient commencé l'investigation de la maison. Stefan eut la sensation de gêner leur travail. Rundström raccrocha et pointa un doigt dans sa direction.

— Il faut qu'on parle. Viens, sortons.

Ils allèrent derrière la maison. Les nuages qui se pourchassaient là-haut étaient de plus en plus sombres.

— Combien de temps comptes-tu rester? demanda Rundström.

— Je pensais repartir aujourd'hui, mais, vu les circonstances, je crois que ce sera plutôt demain.

Rundström le fixait du regard.

— J'ai l'impression que tu ne me dis pas tout. Je me trompe? Stefan secoua la tête.

— Tu ne partageais rien avec Molin que tu devrais nous dire?

— Rien.

Rundström donna un coup de pied à un caillou.

— Il vaut peut-être mieux que tu nous laisses nous occuper de cette enquête maintenant. Que tu ne t'en mêles plus, en clair.

— Je n'ai aucune intention de me mêler de quoi que ce soit.

Il avait élevé la voix. Rundström enveloppait ses paroles dans une sorte d'amabilité distraite qui l'exaspérait.

— Parfait, dit Rundström. C'est une chance que tu sois passé par là, évidemment, et qu'il ne soit pas resté trop longtemps attaché à cet arbre.

Rundström s'en alla. Stefan s'aperçut que Giuseppe l'observait depuis une fenêtre et il lui fit signe de le rejoindre.

Giuseppe le raccompagna jusqu'à sa voiture.

— Tu t'en vas, alors ?

— Pas avant demain.

— Je t'appellerai dans la journée.

— À l'hôtel. Mon portable est cassé.

Stefan démarra, mais après quelques kilomètres à peine, il sentit le sommeil le gagner. Il s'engagea sur un chemin forestier, coupa le moteur et baissa le dossier de son siège.

Quand il ouvrit les yeux, il était entouré de murs blancs. La neige s'était mise à tomber pendant qu'il dormait ; elle recouvrait déjà vitres et pare-brise. Stefan retint son souffle. Se pouvait-il que la mort soit ainsi ? Un espace blanc traversé par une lumière vague ? Il releva son dossier. Il avait mal dans tout le corps. Il avait rêvé, mais ne se souvenait pas de quoi. Peut-être quelque chose en rapport avec le chien d'Abraham Andersson. L'animal avait commencé à se ronger la patte... Stefan se secoua. Quel que soit le rêve, il n'avait pas spécialement envie de s'en rappeler. Il regarda sa montre : onze heures et quart. Il avait dormi plus de deux heures d'affilée. Il ouvrit la portière et sortit pisser dans la neige. Tout était blanc. Mais il ne tombait plus de flocons. Les pins l'encerclaient, immobiles. Pas de vent. Rien, pensa-t-il. Si je restais là sans bouger, je me transformerais en arbre.

Il reprit la route. Il allait retourner à Sveg, manger quelque chose, attendre un éventuel coup de fil de Giuseppe. C'était tout. À Giuseppe, il raconterait son incursion chez Elsa Berggren, l'uniforme dans sa penderie. Il n'avait pas trouvé l'occasion d'en parler au cours de la nuit. Mais il ne quitterait pas Sveg sans avoir transmis à Giuseppe toutes les informations qui pourraient l'aider dans son travail.

Il approchait du chemin de Herbert Molin. Il n'avait aucune intention de s'arrêter. Pourtant il freina, si fort que les pneus dérapèrent. Pourquoi ? Une dernière visite. Une dernière très courte visite. Il parcourut le chemin jusqu'à la maison. En sortant de la voiture, il aperçut des traces dans la neige. Un lièvre ? De mémoire, il essaya de reconstituer le motif formé par les empreintes sanglantes sur le parquet. Il les reproduisit, avec ses pieds, dans la blancheur. Il s'efforçait de visualiser Herbert Molin et sa poupée. Un homme et une poupée dansent un tango dans la neige. À l'orée de la forêt, un orchestre argentin joue. Quels instruments figurent dans un orchestre de tango ? Guitare ? Violon ? Contrebasse ? Accordéon, peut-être ? Il l'ignorait. D'ailleurs, ça n'avait pas d'importance. Herbert Molin dansait sans le savoir avec la mort. Ou le savait-il au contraire. Que la mort rôdait dans la forêt, qu'elle l'attendait. Il se savait déjà suivi par cette ombre à l'époque où je le fréquentais en croyant le connaître. Un policier d'un certain âge, qui ne s'était jamais distingué de quelque manière que ce soit. Mais qui avait quand même pris le temps de me raconter, à moi, un jeune débutant, tout ce qu'on peut ressentir lorsqu'on se fait vomir dessus par un ivrogne, cracher au visage par une femme saoule ou, pourquoi pas, arracher la tête par un psychopathe déchaîné.

Stefan contemplait la maison. Elle paraissait différente sous la neige.

Puis son regard tomba sur la remise. Il y était entré à sa première visite, mais c'était alors surtout la maison qui l'intéressait. Il ouvrit la porte. La remise se composait d'une seule pièce au sol bétonné. Il alluma. Du bois, proprement entassé contre le mur. Contre le mur opposé, un établi chargé d'outils et une armoire en fer. Stefan ouvrit l'armoire en pensant qu'il découvrirait peut-être un uniforme. Mais il n'y avait là qu'un bleu de travail crasseux et une paire de bottes en caoutchouc. Il ferma l'armoire et regarda autour de lui.

Que raconte cette pièce ? Le tas de bois ne m'apprend rien, sinon que Herbert Molin savait comment construire une pile parfaitement symétrique. Il s'approcha des outils. Que racontaient les outils ? Rien d'inattendu.

Stefan songea à son enfance. Son père avait eu une remise à outils à Kinna. Une toute pareille. Herbert Molin avait ce qu'il fallait, ni plus ni moins, pour réaliser lui-même les menues réparations dans sa maison et sur sa voiture. Aucun détail ne retint son intérêt. Il continua à fouiller la pièce du regard.

Dans un coin étaient rangés des skis et des bâtons. Stefan prit un ski et l'examina à la lumière. Les fixations étaient usées. Herbert Molin s'en servait donc. Peut-être traversait-il le lac à skis, quand le lac était gelé et le temps ensoleillé ? Parce que ça lui plaisait, ou pour prendre de l'exercice, ou encore pour pêcher sous la glace. Stefan rangea le ski à sa place. Tiens, un détail curieux. Une deuxième paire de skis plus courts : des skis de femme ? Il crut voir deux personnes avancer sur les eaux gelées, par un jour d'hiver étincelant. Herbert Molin et Elsa Berggren. De quoi parlaient-ils ? Peut-être gardait-on le silence, à skis. Stefan n'en savait rien, il n'avait jamais skié depuis l'enfance. Son regard continua d'errer. Dans un coin, un traîneau cassé, quelques bobines de fil métallique et un tas de tuiles.

Soudain, son attention s'aiguisa. Il lui fallut près d'une minute pour comprendre ce qui l'avait alerté ainsi. Les tuiles étaient mal rangées. Ça ne collait pas avec le reste. Herbert Molin aimait les puzzles complexes, il entassait son bois avec un sens consommé de l'ordre et de la symétrie. Pareil pour les outils. Mais du côté des tuiles, c'était le grand désordre. Ou alors un ordre différent, pensa Stefan. Il approcha et commença à les déplacer une à une.

Sous les tuiles, encastrée dans le béton du sol, il y avait une plaque en métal. Une trappe. Stefan se redressa et saisit un pied-de-biche parmi les outils. Il l'inséra entre le bord de la plaque et le sol, mais dut employer toutes ses forces pour la soulever. Elle s'ouvrit d'un coup et Stefan tomba en avant. Son front avait heurté le mur. Il passa la main dessus et la retira pleine de sang. Sous le plan de travail, il avait repéré une boîte de bourre. Il se servit, s'essuya le front et garda le tampon de bourre appuyé contre la plaie le temps que le saignement cesse.

Puis il se pencha pour jeter un regard dans la cavité. Il y avait un paquet. Quand il le prit, il vit que c'était un vieil imperméable noir bien ficelé. Herbert Molin était tout près de lui maintenant. À cet endroit, il avait caché quelque chose que nul ne devait voir. Stefan posa le paquet sur le plan de travail, demanda silencieusement pardon à Herbert Molin et déplaça ensuite les outils. Le paquet était noué avec une ficelle grossière. Stefan la défit et déplia l'imperméable.

Il avait devant lui trois objets. Un cahier noir, des lettres entourées d'un ruban rouge, et une enveloppe. Il commença par ouvrir l'enveloppe. Elle contenait des photographies. Il constata que ces images ne le surprenaient guère. Depuis sa visite chez Elsa Berggren, au fond de lui, il savait. À présent, il en avait la confirmation.

Trois photographies en noir et blanc. Sur la première, quatre jeunes gens se tenaient par les épaules en souriant à l'objectif ! L'un des quatre était Herbert Molin – qui s'appelait à l'époque August Mattson-Herzén. L'arrière-plan était flou, mais ce pouvait être une façade.

La deuxième image représentait Molin seul. Elle avait été prise chez un photographe dont le nom était apposé en bas à droite.

La troisième était elle aussi un portrait de Molin dans sa jeunesse. Il posait cette fois à côté d'une moto flanquée d'un side-car. Il était armé. Et il souriait, là encore, droit vers l'objectif.

Stefan disposa les images sur une rangée.
Un détail commun les reliait.
Les vêtements de Herbert Molin. Son uniforme.
Le même que celui qu'il avait vu dans la penderie d'Elsa Berggren.

14

Il y avait une histoire à propos de l'Écosse.

Elle intervenait à mi-parcours du journal, comme une parenthèse inattendue dans la vie de Herbert Molin. En mai 1972, il prend deux semaines de vacances. Le bateau le conduit de Göteborg à Immingham, sur la côte est de l'Angleterre, d'où il poursuit son voyage en train. Il parvient à Glasgow le 11 mai en fin d'après-midi. Il descend à l'hôtel *Smith,* situé, selon sa description, « près de quelques musées et d'une université ». Mais il ne visite aucun musée. Dès le lendemain, il loue une voiture et continue vers le nord. Il note qu'il traverse des localités telles que Kinross, Dunkeld et Spean Bridge. Il accomplit un long trajet ce jour-là, jusqu'à Drumnadrochit à l'ouest du Loch Ness, où il passe la nuit. Le monstre ne semble cependant pas l'intéresser.

Tôt le matin du 13 mai, il repart, toujours vers le nord, et dans l'après-midi il touche à son but, qui est la ville de Dornoch, située sur un cap de la côte est des Highlands. Il prend une chambre dans un hôtel du port, qui s'appelle *The Rosdale Hotel,* et écrit que « l'air est différent de celui du Västergötland ». Ce qui le rend différent, Herbert

Molin ne l'explique pas. Il est arrivé à Dornoch, on est à la mi-mai et il n'a encore rien dit de la raison pour laquelle il a entrepris ce voyage. Rien, sinon qu'il doit « rencontrer M. ». La rencontre a lieu le soir même. « Longue promenade dans la ville avec M. Vent cinglant, mais pas de pluie. » Au cours des sept jours qui suivent, il inscrit la même chose. « Longues promenades dans la ville avec M. » C'est tout. Les seuls détails qu'il donne concernent les variations de la météo. Le vent semble souffler en permanence à Dornoch. Mais parfois il pleut « à verse », parfois le ciel paraît « menaçant » et une fois, le jeudi 18 mai, « le soleil brille » et il fait « assez chaud ». Quelques jours plus tard, il s'en va par la même route. Il ne précise pas si c'est à bord de la même voiture, ou s'il a rendu la première pour en louer une autre. Il évoque par contre sa surprise au moment de régler sa note au *Rosdale Hotel*. « Ce n'est pas cher. » Ensuite, après avoir attendu vingt-quatre heures à Immingham « à cause d'une avarie du ferry, qu'il a fallu réparer », il revient à Göteborg, puis à Borås. Le 26 mai, il est de retour au commissariat.

L'histoire écossaise détonne, dans ce journal qui présente pour le reste d'immenses lacunes. Parfois il s'écoule plusieurs années entre deux prises de notes, effectuées au stylo à plume ou, plus rarement, au crayon. Le voyage à Dornoch fait figure d'exception énigmatique. Il y va pour rencontrer cette personne qu'il désigne toujours par la lettre « M. ». Ils se promènent. Le soir, invariablement. Qui est « M. » ? De quoi parlent-ils ? Pas un mot là-dessus. Ils se promènent, c'est tout. Une seule fois, le mercredi 17 mai, Herbert Molin s'autorise l'un des très rares commentaires personnels du journal : « Me suis réveillé reposé ce matin. J'aurais dû accomplir ce voyage il y a longtemps. » C'est tout. L'adjectif « reposé » revêt un caractère décisif, dans la mesure où le reste du journal traite essentiellement des problèmes d'insomnie de Molin. Mais à Dornoch, il se réveille reposé et se dit qu'il aurait dû entreprendre ce voyage bien avant.

L'après-midi était déjà entamé quand Stefan en arriva à ce point de sa lecture. En découvrant le paquet dans la remise, il avait tout d'abord pensé l'emporter dans sa chambre, à Sveg. Puis il avait changé d'avis. Pour la deuxième fois, il s'était introduit dans la maison de Herbert Molin en passant par une fenêtre, et il avait débarrassé la table du séjour des fragments de puzzle qui l'encombraient. Il voulait lire ce journal dans la maison détruite, là où il pouvait encore sentir la présence de Molin. À côté du cahier, il posa les trois photographies. Avant de l'ouvrir, il défit le ruban rouge qui retenait les enveloppes. Il y en avait neuf. Adressées sans exception par Molin à ses parents, à Kalmar. Les lettres s'échelonnaient d'octobre 1942 à avril 1945. Toutes avaient été expédiées d'Allemagne. Stefan décida de parcourir d'abord le journal.

La première entrée était datée d'Oslo, le 3 juin 1942. Herbert Molin écrit qu'il a acheté ce cahier dans une librairie-papeterie de Stortingsgaten, afin de « relater les événements importants de ma vie ».

Il a franchi la frontière norvégienne à l'ouest d'Idre, dans le nord des Dalarna, par une route qui traverse Flötningen. L'itinéraire lui a été recommandé par un « lieutenant W. à Stockholm, qui veille à ce que ceux qui désirent s'enrôler côté allemand trouvent leur chemin dans la montagne ». Il ne précise pas de quelle manière il s'est rendu de la frontière jusqu'à Oslo. Quoi qu'il en soit, il est maintenant dans la capitale norvégienne, on est en juin 1942 et il s'est acheté un cahier où il commence à tenir son journal.

Stefan s'était arrêté là-dessus. En 1942, Molin a dix-neuf ans. Il ne s'appelle d'ailleurs pas Herbert Molin, mais August Mattson-Herzén. Quand il commence son journal, il est déjà engagé dans un choix décisif. À dix-neuf ans, il a choisi de rallier les forces allemandes. Il veut se battre pour Hitler. Il a quitté Kalmar et lié connaissance, d'une manière ou d'une autre, avec un certain lieutenant de Stockholm qui s'occupe de recruter pour le compte des Allemands. À ce stade du journal, les questions sont déjà nombreuses. S'engage-t-il avec le consentement de ses parents ou contre leur volonté ? Quelles sont ses motivations ? Veut-il combattre le communisme ? Ou bien est-il un aventurier ? Rien ne permet de répondre. Il a dix-neuf ans et il est à Oslo, point.

Stefan reprit sa lecture. Le 4 juin, après avoir inscrit la date, il commence une phrase, qu'il barre. Ensuite, il n'y a plus rien jusqu'au 28 juin. Ce jour-là, il écrit en gras et en capitales qu'il a « été admis ». Et qu'il sera transféré en Allemagne dès le 2 juillet.

Son écriture traduit le triomphe. Il a été accepté dans la Wehrmacht! Puis il note qu'il mange une glace. Qu'il se promène sur Karl Johan en regardant les jolies filles, dont les regards, écrit-il, « m'embarrassent quand il m'arrive de les croiser ». C'est le premier commentaire personnel dans le journal. Il mange une glace, il regarde les filles. Et il est gêné.

L'entrée suivante était difficile à lire, et Stefan finit par en comprendre la raison. Herbert Molin se trouve à bord d'un train qui brinquebale et le secoue. Il est en route vers l'Allemagne. Il marque qu'il est tendu, mais plein de confiance et d'enthousiasme. Et qu'il n'est pas tout à fait seul. Il voyage en compagnie d'un autre Suédois, enrôlé comme lui dans la Waffen SS : Anders Nilsson, de Lycksele. Il écrit que « Nilsson ne parle pas beaucoup et ça me convient puisque je ne suis pas très causant, moi non plus ». Il y a avec eux quelques Norvégiens, dont les noms, semble-t-il, ne valent pas la peine d'être notés.

Le reste de la page est vierge, à l'exception d'une tache marron clair. Stefan croit voir le jeune Molin, le café renversé sur la page blanche, le cahier qu'il range dans son paquetage pour ne pas l'abîmer davantage.

Lorsqu'il reprend la plume, il est en Autriche. On est déjà à l'automne. « 12 octobre 1942. Klagenfurt. Je suis en passe de terminer ma formation au maniement des armes au sein de la Waffen SS. Si tout va bien, je serai un soldat d'élite du Führer. J'ai décidé de réussir. J'ai écrit une lettre qu'Erngren pourra rapporter en Suède, puisqu'il est tombé malade et qu'il a été renvoyé chez lui. »

Stefan regarda les lettres posées sur la table. La première était datée de Klagenfurt, le 11 octobre. Il constata qu'elle avait été rédigée avec le même stylo que le journal, un stylo qui avait tendance à fuir et à faire des pâtés d'encre. Stefan s'approcha de la fenêtre cassée pour avoir plus de lumière. Un oiseau s'envola d'un arbre.

Chers parents,

Vous vous êtes sans doute inquiétés en ne recevant aucune nouvelle de moi. Mais en tant que militaire, père doit savoir qu'il n'est pas toujours facile de trouver le temps et l'espace nécessaires pour s'asseoir avec du papier à lettres et un stylo. Je veux seulement vous dire, chers parents, que je vais bien. De Norvège, je suis passé via l'Allemagne en France, où j'ai reçu ma première formation. Je suis à présent en Autriche pour me perfectionner dans le maniement des armes. Il y a beaucoup de Suédois ici, ainsi que des Norvégiens, des Danois, des Hollandais et trois Belges. La discipline est dure et tout le monde ne la supporte pas. Mais je m'en suis bien sorti jusqu'à présent et j'ai été complimenté par le capitaine Stirnholz, qui s'occupe d'une partie de la formation. L'armée allemande, en particulier la Waffen SS à laquelle j'appartiens désormais, possède probablement les meilleurs soldats du monde. J'avoue que nous attendons avec impatience le moment de nous rendre utiles. La nourriture est bonne, de façon générale. Pas toujours, mais je ne me plains pas. J'ignore quand je pourrai venir en Suède. On ne reçoit sa première permission qu'après un certain temps d'active. Vous me manquez, bien entendu, mais je serre les dents et accomplis mon devoir. C'est une grande cause que ce combat pour l'Europe nouvelle, contre le bolchevisme.

Recevez les salutations de
Votre fils August.

Quand Stefan souleva à la lumière le papier fin et jauni, le filigrane portant l'aigle allemand apparut avec netteté. Il s'attarda près de la fenêtre. Herbert Molin quitte la Suède, franchit clandestinement la frontière norvégienne et s'engage dans la Waffen SS. Dans la lettre à ses parents, sa motivation est clairement indiquée. Il n'est pas un aventurier. Il a rejoint l'armée allemande pour participer à la construction d'une Europe « nouvelle » dont la condition première est l'écrasement du bolchevisme.

Herbert Molin est, à dix-neuf ans, un nazi convaincu.

Stefan retourna au journal. Début janvier 1943, Molin est sur le front oriental, au fin fond de la Russie. L'optimisme se transforme d'abord en doute, puis en désespoir, finalement en peur. Stefan s'arrêta sur quelques phrases datant de la fin de l'hiver.

« Le 14 mars. Lieu inconnu. Russie. Le froid toujours aussi intense. Peur chaque nuit de me réveiller avec un membre gelé. Strömberg tué hier par un éclat d'obus. Hyttler a déserté. Si on le capture, il sera abattu d'une balle ou bien pendu. Nous sommes enterrés dans l'attente d'une contre-offensive. J'ai peur. La seule chose qui me fait tenir est l'espoir d'arriver jusqu'à Berlin et de prendre là-bas des leçons de danse. Je me demande si je reverrai jamais Berlin. »

Il danse, pensa Stefan. Enterré quelque part, il se rêve glissant sur un parquet verni.

Stefan regarda les trois photos. Molin souriait. Aucune peur chez ce jeune homme, qui était l'image même du danseur mondain tel qu'on pouvait l'imaginer. La peur est ailleurs. Sur les photos qui n'ont jamais été prises. Ou qu'il a choisi de ne pas conserver, de peur d'y être confronté malgré lui.

La vie de Herbert Molin se divise en deux, pensa encore Stefan. Avant la peur, et après. La peur arrive en rampant pendant l'hiver 43, tandis qu'il essaie de survivre sur le front oriental. Il a vingt ans. Peut-être est-ce cette peur-là que j'ai découverte à l'improviste dans la forêt près de Borås. La même, quarante ans après.

Le crépuscule, entre-temps, était tombé. Le froid entrait par les vitres brisées du séjour. Il emporta le cahier dans la cuisine, ferma la porte, boucha les trous de la fenêtre à l'aide d'une couverture prise dans la chambre et reprit sa lecture.

En avril, Herbert Molin écrit pour la première fois qu'il veut rentrer. Il a peur de mourir. Les soldats de la Wehrmacht sont contraints de battre en retraite, une retraite lourde, désespérante, au cours de laquelle il leur faut renoncer à une guerre impossible, mais aussi à l'idéologie qui s'est écroulée. Les conditions sont atroces. Il évoque régulièrement les morts qui l'entourent, les membres épars, les visages sans yeux, les gorges tranchées. Il cherche sans cesse une échappatoire, mais n'en trouve aucune. En revanche, il voit clairement quelle est celle qui ne peut être envisagée. Au cours du printemps, il participe à une exécution collective. Deux Belges et un Norvégien ont été capturés, après avoir déserté. C'est une des entrées les plus longues du journal.

« 19 mai 1943. Russie. Ou peut-être territoire polonais. Ai été choisi par le capitaine Emmers pour faire partie d'un peloton. Deux Belges et le Norvégien Lauritzen ont été condamnés pour désertion. On les a alignés dans un fossé. On était sur la route. Difficile de viser vers le bas. Lauritzen pleurait et essayait de s'enfuir à quatre pattes dans la boue. Le capitaine Emmers a ordonné qu'on l'attache à un poteau de téléphone. Les Belges silencieux. Lauritzen hurlait. J'ai visé le cœur. C'étaient des déserteurs. La loi de la guerre s'applique. Qui a envie de mourir ? Après, on nous a donné à chacun un verre de cognac. C'est le printemps en ce moment à Kalmar. Si je ferme les yeux, je vois la mer. Parviendrai-je jamais à rentrer chez moi ? »

Stefan sentait la peur de Herbert Molin suinter des lignes du cahier. Il tire sur des déserteurs, il considère que la sentence est juste, il boit son cognac et il rêve de la Baltique. Au milieu de tout ça, la peur rampe, rôde, s'insinue dans son cerveau et ne lui laisse pas de répit. Stefan essaya d'imaginer ce que pouvait être l'existence dans une tranchée quelque part sur le front oriental. Un enfer, pensa-t-il. En moins d'un an, la dévotion naïve est devenue terreur. Il n'écrit plus rien sur l'Europe nouvelle, maintenant il s'agit de survivre. Et peut-être un jour de rentrer à Kalmar.

Mais la guerre s'éternise. De Russie, Herbert Molin est retourné en Allemagne. Il est blessé. Le 19 octobre 1944, Stefan trouve l'explication aux cicatrices découvertes par le légiste d'Umeå. Ce n'est pas très précis. Il écrit simplement qu'il a été la cible de tirs, en août 1944, et qu'il a survécu de justesse. Mais ses notes de cette période n'expriment aucune gratitude. Quelque chose, constate Stefan, est en train d'arriver à Herbert Molin. Ce n'est plus uniquement la peur qui domine ce journal. Un autre sentiment se fait jour.

Herbert Molin a commencé à haïr. Il exprime sa colère face aux événements et souligne la nécessité de se montrer « impitoyable » et de ne « pas hésiter à punir ». Il a beau savoir que la guerre est perdue, il garde intacte la conviction que le dessein était bon, l'ambition juste. Hitler a peut-être trahi. Moins cependant que tous ceux qui n'ont pas compris que la guerre était avant tout une sainte croisade contre le bolchevisme. Ce sont eux que Herbert Molin commence à haïr au cours de l'année 1944. Dans l'une des lettres qu'il envoie à ses parents à Kalmar, la chose apparaît très clairement. Le courrier, daté de janvier 1945, n'a pas plus d'adresse d'expédition que les autres. Il a apparemment reçu une lettre de ses parents, qui s'inquiètent pour lui. Stefan se demanda soudain pourquoi Herbert Molin n'avait pas gardé les lettres reçues, seulement celles qu'il avait lui-même écrites. L'explication était peut-être que celles-ci venaient compléter le journal. C'est toujours sa propre voix qui parle, sa propre main qui tient le stylo.

Chers parents,

Pardonnez le retard de ce billet. Nous avons subi des déplacements incessants et sommes actuellement non loin de Berlin. Ne vous tourmentez donc pas pour moi. La guerre, il est vrai, est souffrance et sacrifice. Mais je m'en sors plutôt bien et j'ai eu de la chance. Même si j'ai vu tuer beaucoup de mes camarades, je n'ai pas perdu courage. Je me demande seulement pourquoi les jeunes Suédois – et les moins jeunes – n'ont pas été plus nombreux à s'engager comme je l'ai fait. Ne voient-ils donc pas ce qui se trame dans notre patrie ? N'ont-ils pas réalisé que le Russe prendra le contrôle partout, à moins que nous lui opposions une résistance farouche ? Je ne voudrais pas vous éreinter avec mes ruminations et ma colère, mais je crois bien que vous me comprenez, chers parents. Vous ne vous êtes pas opposés à mon départ. Père a même dit qu'il aurait suivi mon exemple s'il avait été plus jeune et s'il n'avait eu sa blessure à la jambe. Je dois m'arrêter ici, mais vous savez maintenant que je suis en vie et que je continue à me battre. Je rêve souvent de Kalmar. Comment vont Karin et Nils ? Comment vont les rosiers de tante Anna ? Il y a tant de sujets sur lesquels je m'interroge quand je suis seul. Mais je n'ai pas souvent l'occasion de l'être,

Votre fils
August Mattson-Herzén,
désormais promu au grade d'Unterscharführer.

Les motivations de Herbert Molin apparaissaient là sans aucune ambiguïté. Il avait été encouragé par ses parents à rejoindre l'armée de Hitler. Il était parti en Norvège parce qu'il s'était fixé une mission. Fin 1944, peut-être en rapport avec ses blessures, il bénéficie d'une promotion. Qu'était-ce qu'un *Unterscharführer* ? Quel était l'équivalent suédois ? Existait-il un équivalent ?

Stefan poursuivit sa lecture. Les notes deviennent plus sporadiques et plus brèves, mais Herbert Molin demeure en Allemagne jusqu'à la fin. Il est à Berlin pendant les derniers combats, qui se livrent rue par rue. Il mentionne le jour où, pour la première fois, il voit de près un char soviétique. Il écrit qu'il est à plusieurs reprises sur le point de « tomber entre les griffes des Russes, que Dieu me vienne en aide ». Plus aucun nom suédois ne figure dans ces pages, pas plus que de noms norvégiens ou danois. Il est désormais le seul Scandinave au milieu des camarades allemands. Le 30 avril, c'est la dernière entrée du journal de guerre.

« 30 avril. Je me bats pour ma vie, pour sortir vivant de cet enfer. Tout est perdu. J'ai échangé mon uniforme contre des vêtements que j'ai pris à un mort civil allemand. Ça revient à déserter. Mais de toute façon, c'est le chaos maintenant. Je vais essayer de franchir le pont cette nuit. Ensuite, advienne que pourra. »

Le journal de guerre s'arrêtait là. Pas un mot sur les détails de sa fuite. Quoi qu'il en soit, il survit et parvient à regagner la Suède, car, un an plus tard, il reprend son journal. Il est alors à Kalmar. Sa mère est décédée le 8 avril 1946. Le jour de ses funérailles, il écrit : « Mère va me manquer. C'était une femme pleine de bonté. La cérémonie était belle. Père a dominé son émotion. Je pense sans cesse à la guerre. Les grenades me sifflent aux oreilles même quand je suis à la voile sur le détroit de Kalmar. »

Stefan lisait. Les entrées devenaient de plus en plus éparses, de plus en plus laconiques. Herbert Molin note qu'il se marie. Qu'il a des enfants. Mais rien sur son changement de nom. Rien non plus sur le magasin de musique près de Stockholm. Un jour de juillet 1955, sans raison apparente, il se lance dans un poème, avant de biffer les quelques vers, qui restent cependant déchiffrables.

Soleil du matin sur le détroit de Kalmar
Le chant des oiseaux me parvient
L'un s'égosille au sommet d'un pin

Il n'a peut-être pas trouvé de rime pour Kalmar, pensa Stefan. « Cithare » aurait pu convenir. Ou « tintamarre », pourquoi pas ? Stefan sortit un crayon de sa poche, s'empara du bloc-notes posé sur le plan de travail et écrivit : « Un autre fait entendre son joyeux tintamarre. »

En l'état, c'était déjà un très mauvais poème. Herbert Molin avait peut-être eu le bon sens de reconnaître les limites de son talent.

Herbert Molin note son déménagement à Alingsås, puis à Borås. Une dizaine de jours en Écosse fournissent l'occasion d'un épanchement inattendu. Pour retrouver l'équivalent, il faut remonter à ses débuts en Allemagne, quand son optimisme est encore intact.

Après le voyage en Écosse, le journal reprend comme avant, avec des annotations plus espacées. Herbert Molin note des événements isolés, sans y ajouter de commentaires personnels.

L'attention de Stefan s'aiguisa tout à la fin. Herbert Molin vient d'inscrire la date de son dernier jour au commissariat et celle de son départ pour le Härjedalen. Voilà qu'il ajoute :

« 12 mars 1993. Reçu une carte du vieux Wetterstedt, le portraitiste, pour mon anniversaire. »

Les dernières phrases du journal dataient du mois de mai.

« 2 mai 1999. Sept degrés au-dessus de zéro. Mon maître ès puzzles, Castro de Barcelone, est mort. Reçu une lettre de sa femme. Je comprends maintenant que les dernières années ont dû être très difficiles pour lui. Maladie des reins, incurable. »

C'est tout. Il y a beaucoup de pages blanches après celle-là. Le cahier acheté dans une librairie-papeterie d'Oslo en juin 1942 l'a suivi tout au long de sa vie, mais reste inachevé. À supposer qu'un journal puisse être achevé un jour. Quand il l'entreprend, il est un tout jeune homme, nazi enthousiaste, en route vers l'Allemagne et la guerre. Il mange une glace et se dit embarrassé par le regard des Norvégiennes. Cinquante-sept ans plus tard, il parle d'un fabricant de puzzles de Barcelone qui vient de mourir. Six mois après, il meurt à son tour, de mort violente.

Stefan referma le cahier. Il faisait nuit noire à présent. La solution devait-elle être cherchée dans ce journal ou en dehors de lui ? Je ne peux pas répondre, pensa-t-il. Je ne sais pas ce qu'il a omis d'écrire. Mais je sais quelque chose concernant Herbert Molin que j'ignorais auparavant. Il était nazi, il a participé à la guerre du côté hitlérien. Et en 1972, il est parti en Écosse, un séjour au cours duquel il s'est longuement promené avec « M ».

Stefan rangea les lettres, les photographies et le journal dans l'imperméable et quitta la maison par la fenêtre. Au moment d'ouvrir la portière de sa voiture il s'immobilisa, rattrapé par un vague sentiment de chagrin. À la pensée de la vie qui avait été celle de Herbert Molin. Mais le chagrin pouvait aussi s'adresser à lui-même. Il avait trente-sept ans, pas d'enfants, et il était porteur d'une maladie capable de l'expédier *ad patres* avant même la quarantaine.

Il reprit la route de Sveg. Les automobilistes étaient rares. Peu après Linsell, il fut dépassé par une voiture radio en route vers Sveg, puis une deuxième. Les événements de la nuit précédente paraissaient étrangement lointains, comme irréels.

Pourtant il ne s'était pas écoulé vingt-quatre heures depuis qu'il avait fait la découverte effarante, dans la forêt. Herbert Molin n'évoquait pas Abraham Andersson dans son journal. Pas davantage Elsa Berggren. Ses deux épouses et ses deux enfants étaient brièvement mentionnés, sans plus.

La réception était déserte quand il pénétra dans l'hôtel. Il se pencha par-dessus le comptoir et attrapa sa clé. Une fois dans la chambre, il inspecta sa valise. Personne n'y avait touché. Il commençait vraiment à croire qu'il s'était monté la tête pour rien.

Vers dix-neuf heures, il était attablé dans le restaurant. Giuseppe n'avait toujours pas donné signe de vie. La fille de la réception apparut, en tenue de serveuse, et sourit en l'apercevant.

— J'ai vu que tu avais pris ta clé.

Puis son visage se fit grave.

— J'ai appris qu'un autre vieil homme avait été tué du côté de Glöte.

Stefan acquiesça en silence.

— Mais c'est terrible, dit-elle. Qu'est-ce qui se passe ?

Sans attendre la réponse, elle lui tendit la carte.

— On a changé le menu. Mais les côtes de veau, franchement, je ne te les recommande pas.

Stefan choisit un steak d'élan sauce béarnaise avec des pommes vapeur. Il venait de finir quand la fille revint lui dire qu'on le demandait au téléphone. Il remonta à la réception.

— Je passe la nuit à Sveg, annonça la voix joyeuse de Giuseppe. J'ai pris une chambre à l'hôtel.

— Ça avance ?
— Rien de concret.
— Les chiens ?
— Ils n'ont rien trouvé. Je pense être à l'hôtel d'ici une heure. Tu me tiens compagnie pour dîner ?
— Bien sûr.

J'ai malgré tout quelque chose à offrir à Giuseppe, se dit Stefan après avoir raccroché. Même si je n'ai rien découvert sur le lien entre Herbert Molin et Abraham Andersson.

Chez Elsa Berggren, il y a un uniforme caché au fond d'une penderie.

Et Herbert Molin avait pris grand soin de dissimuler un témoignage direct concernant sa vie passée.

La possibilité existe, pensa Stefan. Que l'uniforme dans la penderie d'Elsa Berggren ait appartenu à Herbert Molin. Même s'il affirme s'en être dépouillé et l'avoir troqué contre des vêtements civils, pour sauver sa peau pendant que Berlin brûlait autour de lui.

15

Giuseppe arriva à l'hôtel épuisé. Pourtant il éclata de rire en prenant place face à Stefan. La fille qui alternait entre le service et la réception était déjà occupée à préparer la salle pour le petit déjeuner du lendemain. En dehors de Stefan et de Giuseppe il n'y avait qu'un seul client, attablé contre le mur du fond. Stefan supposa que c'était un pilote d'essai, même s'il paraissait un peu vieux pour être un professionnel de la conduite en terrain accidenté.

— Quand j'étais jeune, j'allais souvent au restaurant, dit Giuseppe pour expliquer sa bonne humeur. Maintenant ça n'arrive que lorsque je passe la nuit quelque part. C'est-à-dire quand j'ai un crime ou une affaire vraiment désagréable sur les bras.

Tout en avalant son dîner, Giuseppe lui raconta ensuite les événements de la journée. Un seul mot aurait pourtant suffi. « Rien. »

— On piétine. Aucune trace de quoi que ce soit. On a déjà parlé à quatre ou cinq individus qui sont passés par là dans la soirée, mais personne n'a rien vu. Ce qu'on se demande à nouveau, Rundström et moi, c'est s'il existe réellement un lien entre

Abraham Andersson et Herbert Molin. Et si ce n'est pas le cas, alors de quoi s'agit-il ?

Giuseppe commanda un thé et Stefan un café. Puis Stefan lui relata son intrusion chez Elsa Berggren, et sa découverte du journal dans la remise de Herbert Molin. Déplaçant sa tasse, il aligna les lettres, les photos et le cahier sur la nappe.

— Tu vas trop loin, dit Giuseppe avec irritation. Je croyais qu'on s'était mis d'accord et que tu n'allais plus fouiner de ton côté.

— Désolé.

— Que serait-il arrivé, à ton avis, si Elsa Berggren t'avait surpris chez elle ?

Stefan n'avait pas de réponse.

— C'est la dernière fois, dit Giuseppe. Maintenant, écoute-moi bien. Concernant ta première visite chez la dame, il vaut mieux qu'on n'en dise rien à Rundström. Il peut être sensible à ce genre de détail. De façon générale, il préfère qu'on s'en tienne au règlement. Et, comme tu as déjà pu le remarquer, ça ne lui plaît pas tant que ça de voir un étranger piétiner le terrain de son enquête. Je dis « son » parce qu'il a la mauvaise habitude, lorsqu'il s'occupe d'un crime, d'en faite une affaire personnelle.

— Erik Johansson lui en parlera peut-être. Même s'il a dit qu'il ne le ferait pas.

Giuseppe secoua la tête.

— Erik n'est pas un fan de Rundström. On ne doit pas sous-estimer les tensions entre individus, pas plus qu'entre provinces. Le Härjedalen n'aime pas être considéré comme le petit frère du gros Jämtland. La même chose vaut pour les policiers.

Il reprit du thé et examina les photographies.

— C'est une drôle d'histoire que tu me racontes là, dit-il. Herbert Molin aurait donc été un mordu du nazisme au point d'aller se battre pour Hitler. Qu'est-ce que c'est qu'un *Unterscharführer* ? Ça un lien avec la Gestapo ? Avec les camps ? Qu'avaient-ils inscrit, déjà, au-dessus de l'entrée d'Auschwitz ? *Arbeit macht frei* [1]. C'est terrible, des trucs pareils.

— Je ne sais pas grand-chose de tout ça, répondit Stefan. Mais si on était un fan de Hitler à l'époque, je suppose qu'on préfère le garder pour soi. Herbert Molin a changé de nom. On tient peut-être l'explication. Il a camouflé ses traces.

Giuseppe régla l'addition. Puis il prit un crayon et inscrivit le nom de Herbert Molin au dos de la note.

— Je réfléchis mieux quand j'écris. August Mattson-Herzén devient *Herbert Molin.* Tu as évoqué sa peur. Qu'on pourrait donc interpréter comme une peur d'être rattrapé par son passé. Tu as parlé à sa fille...

— Veronica Molin n'a rien dit sur le passé nazi de son père. Il est vrai que je ne lui ai pas posé la question.

— Ce doit être comme les gens qui ont commis des crimes. On n'en parle pas volontiers, dans les familles.

— C'est sûr. On peut se demander si Abraham Andersson avait un passé, lui aussi.

1. Le travail rend libre.

— On va bien voir ce qu'on découvrira chez lui, dit Giuseppe en écrivant le nom d'Abraham Andersson à la suite de celui de Herbert Molin. Les techniciens sont partis se reposer quelques heures, avant de reprendre pour la nuit.

Giuseppe traça une flèche à deux pointes entre les deux noms. Puis il dessina, à côté de celui d'Andersson, une croix gammée suivie d'un point d'interrogation.

— Nous allons évidemment avoir dès demain une conversation approfondie avec Elsa Berggren, dit-il tout en écrivant son nom à elle, avec des flèches vers les deux autres.

Puis il chiffonna la note et la jeta dans le cendrier.

— « Nous » ?

— Disons que tu pourrais m'accompagner en tant qu'assistant personnel sans aucun titre.

Giuseppe rit, mais retrouva aussitôt son sérieux.

— On a deux meurtres épouvantables sur les bras. Je me fiche de Rundström. Et du règlement. Je veux que tu viennes. Deux personnes écoutent mieux qu'une.

Ils quittèrent la salle de restaurant. L'homme solitaire était toujours à sa table. Ils se séparèrent dans le hall après être convenus de se retrouver le lendemain matin à sept heures trente.

Stefan dormit d'un sommeil lourd. Au réveil, il constata qu'il avait rêvé de son père. Ils se cherchaient dans une forêt. En retrouvant enfin son père, dans le rêve, Stefan avait éprouvé un soulagement infini et une grande joie.

Giuseppe avait mal dormi, en revanche. Dès quatre heures, il était debout. Quand il vint chercher Stefan à l'hôtel, il avait déjà accompli une visite sur le lieu du meurtre.

Le résultat demeurait inchangé. Rien. On n'avait absolument aucune trace du meurtrier d'Abraham Andersson, qui était peut-être aussi celui de Herbert Molin.

En quittant l'hôtel, Giuseppe demanda à la fille de la réception si elle avait par hasard récupéré son addition de la veille au soir. Il s'était aperçu trop tard qu'il en avait besoin pour ses notes de frais. Mais elle ne l'avait pas vue.

— Je ne l'ai pas laissée sur la table ?

— Tu l'as chiffonnée dans le cendrier, dit Stefan.

Giuseppe haussa les épaules. Ils décidèrent de se rendre chez Elsa Berggren à pied. Petite promenade matinale. Le vent ne soufflait pas, et les nuages s'étaient dispersés. Il faisait encore nuit quand ils s'engagèrent sur le pont vers Ulvkälla. Giuseppe montra à Stefan le bâtiment blanc du tribunal.

— On a eu une affaire qui a fait pas mal de bruit, voilà quelques années. Une agression raciste. Deux des types arrêtés se définissaient eux-mêmes comme des néonazis. Je ne me rappelle pas le nom de leur organisation. *Bevara Sverige Svenskt*[1], il me semble. Mais elle est peut-être dissoute.

— Maintenant ils s'appellent VAM.

— Qu'est-ce que ça veut dire ?

1. La Suède aux Suédois.

— *Vitt Ariskt Motstånd*[1].

Giuseppe secoua la tête.

— Ça fait peur. On croyait, du moins je croyais, que le nazisme avait été enterré une fois pour toutes. Mais apparemment il sévit encore. Même si ce n'est qu'auprès d'une bande de morveux qui se rasent le crâne pour défiler dans les rues.

Ils avaient franchi le pont.

— Le train passait ici quand j'étais petit, dit Giuseppe. Celui de la ligne qu'on appelait Inlandsbanan. Venant d'Östersund, il s'arrêtait à Sveg, puis à Orsa. Là, on changeait de train. Ou peut-être non, peut-être était-ce à Mora. Je l'ai pris avec une de mes tantes, autrefois. Maintenant, la ligne ne fonctionne qu'en été. Le chanteur italien que ma mère a vu dans le parc est venu par ce train. Il n'y avait pas d'avions, pas de limousines. Ma mère faisait partie du groupe qui est allé lui dire adieu, à la gare. Elle a une photo de l'événement. Tellement floue qu'on ne voit quasi rien, prise avec un appareil reflex ordinaire. Mais elle la garde comme un trésor. Elle devait être très amoureuse de ce type.

Ils étaient arrivés devant la maison d'Elsa Berggren.

— Tu l'as prévenue ? demanda Stefan.

— Je pensais aller la surprendre.

Ils remontèrent l'allée, Giuseppe sonna. Elle ouvrit presque aussitôt, comme si elle les attendait.

— Giuseppe Larsson, police criminelle d'Östersund. Tu connais déjà Stefan. Nous avons quelques

1. Résistance aryenne blanche.

questions à te poser dans le cadre de l'enquête sur la mort de Herbert Molin. Vous étiez proches, apparemment.

« Nous », songea Stefan. Moi, en tout cas, je ne lui poserai aucune question. Pendant qu'Elsa Berggren les faisait entrer, il jeta un regard à Giuseppe, qui lui fit un clin l'œil.

— Ce doit être urgent, si vous venez me voir à cette heure.

— Tout juste, dit Giuseppe. Où pouvons-nous nous asseoir ? Ça risque de durer un moment.

Stefan nota que Giuseppe était d'une brusquerie inaccoutumée. Il se demanda très vite comment lui-même se serait comporté à sa place.

Elsa Berggren les conduisit dans le séjour, mais ne demanda pas s'ils voulaient du café.

Giuseppe n'y alla pas par quatre chemins.

— Tu détiens chez toi un uniforme nazi, déclara-t-il.

Elsa Berggren se figea. Puis elle tourna vers Stefan un regard froid, qu'il interpréta de la manière suivante : elle l'avait immédiatement soupçonné, mais elle ne comprenait pas de quelle manière il avait pu entrer dans sa chambre.

— Je ne sais pas si la loi l'interdit, poursuivait entre-temps Giuseppe. En tout cas, il est sûrement défendu de porter un tel uniforme en public. Tu peux aller le chercher ?

— Comment l'avez-vous appris ?

— Je n'ai pas l'intention de répondre. Mais, autant que tu le saches, il nous intéresse dans le cadre de deux enquêtes pour meurtre.

Elle parut décontenancée. Stefan jugea sa surprise authentique. Elle ne savait rien du meurtre de Glöte, ce qui le surprit à son tour. Quarante-huit heures s'étaient pourtant écoulées. Elle n'a pas regardé la télé, pensa-t-il. Elle n'a pas écouté la radio. Il y a des gens comme ça, même s'ils sont rares.

— Pourquoi deux ?

— Abraham Andersson. Ça te dit quelque chose ?

Elle hocha la tête.

— C'était le voisin de Herbert. Que lui est-il arrivé ?

— Pour l'instant, je peux seulement dire qu'il a été assassiné.

Elle se leva et quitta la pièce.

— Autant foncer tout droit, dit Giuseppe à voix basse. Mais elle n'était pas au courant, pour Andersson.

— La nouvelle est pourtant connue depuis un moment.

— Elle ne ment pas.

Elle revint avec l'uniforme et la casquette et les posa sur le canapé. Giuseppe se pencha pour examiner l'un et l'autre.

— À qui appartient cet uniforme ?

— Il est à moi.

— Mais ce n'est pas toi qui l'as porté.

— Je ne pense pas devoir répondre à cette question. Et pas seulement parce qu'elle est inepte.

— En effet. Tu peux aussi être convoquée à Östersund pour un tout autre type d'interrogatoire. À toi de voir.

Elle réfléchit avant de reprendre la parole.

— Il appartenait à mon père, Karl-Evert Berggren. Il est mort depuis longtemps.

— Il a donc combattu dans l'armée allemande pendant la guerre ?

— Il faisait partie du corps de volontaires suédois qu'on appelait Svenska Kompaniet. Il a été décoré deux fois pour bravoure. Si vous voulez, je peux aussi aller chercher les médailles.

Giuseppe secoua la tête.

— Ce n'est pas nécessaire. Je ne t'apprends sans doute rien en disant que Herbert Molin avait dans sa jeunesse des convictions nazies, au point de s'engager volontairement dans la Waffen SS ?

Elle se redressa un peu dans son fauteuil, mais ne demanda pas d'où ils tenaient cette information.

— Pas « dans sa jeunesse », répliqua-t-elle. Herbert est resté un national-socialiste convaincu jusqu'à sa mort. Mon père et lui ont combattu au coude à coude. Il était beaucoup plus âgé que Herbert, mais ils sont restés amis après la guerre. Cette amitié a duré toute leur vie.

— Et toi ?

— Je ne pense pas devoir répondre à cette question. On n'est pas tenu de déclarer ses opinions politiques.

— Sauf si ces opinions impliquent l'adhésion à un groupe soupçonné d'incitation à la haine raciale.

— Je n'adhère à aucun groupe, répondit-elle avec colère. Quel groupe ? Cette racaille au crâne rasé qui profane le salut hitlérien ?

— Prenons les choses autrement. Partageais-tu l'idéal de Herbert Molin ?

Elle observa un silence.

— Oui, dit-elle ensuite. J'ai grandi dans une famille consciente de la hiérarchie des races. Mon père a été l'un des fondateurs du parti national-socialiste suédois, en 1933. Sven-Olov Lindholm, notre chef, venait souvent à la maison. Mon père était médecin et officier de réserve. Nous habitions Stockholm. Je me souviens encore des jours où ma mère m'emmenait défiler à Östermalm dans les rangs de l'organisation national-socialiste Kristina Gyllenstierna. Je pratique le salut hitlérien depuis l'âge de dix ans. Mes parents étaient lucides par rapport aux dangers qui nous menaçaient. L'importation de juifs, la décadence politique, la dissolution morale. Et la menace communiste. Rien n'a changé. La Suède d'aujourd'hui est gangrenée par l'immigration incontrôlée. La simple pensée qu'on construit en ce moment même des mosquées sur le sol suédois me donne la nausée. Notre société est en train de pourrir de l'intérieur. Et personne ne réagit.

Elle était si indignée qu'elle en tremblait. Stefan se demanda avec malaise d'où pouvait provenir tant de haine.

— Voilà un point de vue peu édifiant, dit Giuseppe.

— Je suis prête à le défendre point par point. La Suède n'existe pour ainsi dire plus. On ne peut que haïr ceux qui ont laissé faire ça.

— Ce n'est donc pas un hasard si Herbert Molin est venu vivre ici ?

— Bien sûr que non. Par ces temps difficiles, ceux d'entre nous qui avons encore à cœur de faire vivre les idéaux anciens avons le devoir de nous entraider.

— Il existe bel et bien une organisation, alors ?

— Non. Mais nous savons qui sont nos amis.

— La liste de ces amis est-elle secrète ?

Elle renifla avec mépris.

— Le patriotisme, de nos jours, est presque assimilé à un crime. Si nous voulons vivre en paix, nous devons nous cacher.

Giuseppe jaillit presque de son fauteuil pour lancer la réplique suivante :

— Quelqu'un a pourtant réussi à retrouver la trace de Herbert Molin.

— Pourquoi y aurait-il un lien entre son assassinat et sa qualité de patriote ?

— Tu l'as dit toi-même. Vous êtes obligés de taire vos idées délirantes.

— Herbert a été tué pour d'autres raisons.

— Lesquelles ?

— Je ne le connaissais pas suffisamment pour le savoir.

— Tu as pourtant dû réfléchir à la question.

— Bien sûr. Mais sa mort reste incompréhensible pour moi.

— Ces derniers temps, dit Giuseppe, avais-tu remarqué quelque chose ? Un changement de comportement chez lui ?

— Il était comme d'habitude. Je lui rendais visite une fois par semaine.

— Il n'a rien dit d'une éventuelle inquiétude ?

— Rien.

Giuseppe se tut. Elsa Berggren, pensa Stefan, disait la vérité. Elle n'avait pas perçu de changement chez Herbert Molin. À son tour, elle interrogea :

— Qu'est-il arrivé à Abraham Andersson ?

— Il a été abattu. D'une manière qui suggère une exécution. Faisait-il partie de votre groupe qui n'en est pas un ?

— Non. Herbert parlait parfois avec lui. Mais jamais de politique. Il était très prudent. Il avait peu de véritables amis.

— As-tu une idée de l'identité du meurtrier d'Abraham Andersson ?

— Je ne le connaissais pas.

— Peux-tu me dire qui était la personne la plus proche de Herbert Molin ?

— Je suppose que c'était moi. Et ses enfants. Sa fille, tout au moins. Il n'avait plus de relation avec son fils.

— De son fait, ou du fait de son fils ?

— Je ne sais pas.

— As-tu entendu parler d'un certain Wetterstedt de Kalmar ?

Elle hésita. Giuseppe et Stefan échangèrent un regard. Elle était manifestement surprise d'entendre ce nom.

— Il mentionnait parfois ce nom-là, oui. Herbert était né à Kalmar, il avait grandi là-bas. Ce Wetterstedt est de la famille de l'ancien ministre de la Justice, celui qui a été assassiné il y a quelques années. Je crois qu'il est portraitiste, mais je n'en suis pas tout à fait sûre.

Giuseppe avait sorti son carnet et notait les réponses d'Elsa Berggren.

— Et à part lui ?

— Non, je ne vois pas. Mais Herbert n'était pas un homme bavard. Chacun tient à sa vie privée, n'est-ce pas ?

Giuseppe regarda Stefan.

— J'ai encore une question, dit-il ensuite. Aviez-vous l'habitude, Molin et toi, de faire un petit tour de piste quand tu allais chez lui ?

— C'est-à-dire ?

— Je veux savoir s'il vous arrivait de danser.

Pour la troisième fois au cours de l'entretien, elle parut sincèrement surprise.

— Oui, c'est vrai.

— Le tango ?

— Pas seulement. Les anciennes danses de société ont tendance à disparaître, comme le reste. Je parle de celles qui exigent un minimum de technique et une petite mesure de raffinement. Comment danse-t-on aujourd'hui ? Comme des singes.

— Tu sais sans doute que Herbert Molin avait une, euh, poupée, qui lui servait de partenaire.

— Herbert était un danseur passionné. Un très bon danseur. Sa poupée lui servait à répéter les pas, et il répétait souvent. Dans sa jeunesse, je crois bien qu'il rêvait de passer professionnel. Puis il a répondu à l'appel du drapeau et il a accompli son devoir.

Stefan pensa qu'elle utilisait à dessein ce langage anachronique, comme pour contraindre le temps à revenir en arrière jusqu'aux années trente-quarante.

— J'imagine que peu de gens étaient informés de ce passe-temps, dit Giuseppe.

— Il n'avait pas beaucoup d'amis. Combien de fois dois-je le répéter ?

Giuseppe se frotta le nez au moment d'aborder la question suivante.

— A-t-il toujours été intéressé par la danse ?

— Je crois que sa vocation est née pendant la guerre. Ou juste avant. C'est normal, il était jeune.

— Qu'est-ce qui te fait croire ça ?

— Il me l'a dit un jour.

— Qu'a-t-il dit ?

— Ce que je viens de dire. La guerre était dure. Mais il lui arrivait d'avoir une permission. L'armée allemande prenait soin de ses soldats. Dès que c'était possible, elle leur accordait un congé et alors, elle payait tout.

— Parlait-il souvent de la guerre ?

— Non. Mais mon père, lui, l'évoquait volontiers. Une fois, ils ont eu une semaine de permission au même moment et ils sont partis pour Berlin. Mon père m'a raconté que Herbert voulait aller danser tous les soirs. Chaque fois qu'il pouvait quitter le front, je crois bien que Herbert retournait à Berlin pour danser.

Giuseppe resta un instant silencieux.

— As-tu autre chose à nous dire ?

— Non. Mais je veux que vous capturiez celui qui a fait ça. Évidemment, il ne sera pas puni. La Suède protège les criminels, pas leurs victimes.

En plus, le fait que Herbert soit resté fidèle à son idéal va se savoir. Il sera condamné par-delà sa mort. Mais je veux malgré tout que vous retrouviez le coupable. Je veux savoir qui c'est.

— Nous n'avons plus de questions dans l'immédiat, dit Giuseppe. Mais tu seras convoquée pour d'autres entretiens.

— Suis-je soupçonnée de quelque chose ?

— Non.

— Puis-je savoir, dans ce cas, comment tu as su que j'avais un uniforme chez moi ?

— Une autre fois, répondit Giuseppe en se levant.

Elle les raccompagna dans l'entrée.

— Je dois dire que tes opinions frôlent l'insupportable, dit Giuseppe alors qu'il était déjà dehors.

— Il n'y a plus d'espoir pour la Suède. Quand j'étais jeune, on rencontrait souvent des policiers doués d'une conscience politique, et qui partageaient nos idéaux. Ça aussi, c'est terminé.

Elle referma sa porte. Giuseppe parut pressé de franchir la grille du jardin.

— C'est vraiment ce qu'on peut appeler une personne épouvantable, dit-il quand ils furent dans la rue. J'ai eu envie de lui en coller une.

— Il y a sans doute plus de gens qu'on ne l'imagine qui pensent comme elle.

Ils reprirent en silence le chemin de l'hôtel. Soudain Giuseppe s'arrêta.

— Qu'a-t-elle dit, au fond ? Concernant Herbert Molin.

— Qu'il avait la passion de la danse.

— Ce qu'elle a dit, au fond, c'est que Herbert Molin est resté jusqu'à sa mort quelqu'un qui avait des opinions affreuses. On peut se demander ce qu'il a fait exactement pendant son séjour en Allemagne. Et si certains n'avaient pas d'excellentes raisons de souhaiter sa mort.

— La guerre a tout de même pris fin il y a cinquante-quatre ans. Cela me paraît une trop longue attente.

— Peut-être, dit Giuseppe. Peut-être.

Ils se remirent en marche. Ils avaient dépassé le tribunal quand Stefan s'immobilisa à son tour.

— Et si on inversait la question ? Pour l'instant, nous pensons que tout commence par Molin, parce qu'il a été tué le premier. Mais imaginons que ce soit le contraire. Nous devrions peut-être nous concentrer sur Abraham Andersson.

— Pas « nous », dit Giuseppe, « je ». Je l'ai envisagé, mais ça ne me paraît pas vraisemblable. Abraham Andersson est venu vivre ici pour d'autres raisons que Molin. Et il ne se cachait de personne. D'après ce que nous savons de lui, il fréquentait ses autres voisins et il possédait un tempérament complètement différent.

Ils étaient arrivés à l'hôtel. La brusque mise au point de Giuseppe avait irrité Stefan. Cette manière de lui signifier que lui et ses collègues avaient l'affaire en main... Stefan se retrouvait, une fois de plus, exclu. C'était irrationnel, bien sûr. Mais l'irritation persistait.

— Qu'est-ce que tu vas faire à présent ?

Stefan haussa les épaules.

— M'en aller.

Giuseppe parut hésiter. Puis il se jeta à l'eau.

— Comment ça va ?

— J'ai eu mal avant-hier. C'est passé maintenant.

— J'essaie d'imaginer ce que ça peut être. Mais je n'y arrive pas.

Ils étaient plantés devant l'hôtel. Stefan contemplait un moineau occupé à picorer un ver mort.

Moi non plus, pensa-t-il, je n'arrive pas à l'imaginer. Je crois encore que c'est un cauchemar, que je n'ai pas rendez-vous à l'hôpital le 19 novembre pour commencer une radiothérapie.

— Avant ton départ, j'aimerais que tu me montres le campement.

Stefan voulait quitter Sveg le plus vite possible. Mais il ne pouvait pas refuser cela à Giuseppe.

— Quand ?

— Tout de suite.

Ils partirent en direction de Linsell dans la voiture de Giuseppe. Celui-ci brisa soudain le silence qui régnait dans l'habitacle.

— Les forêts, dans ce coin du pays... Elles sont vraiment infinies, dit-il. Si tu t'arrêtes, si tu t'enfonces de dix mètres entre les arbres, tu passes dans un autre monde. Mais tu le savais peut-être déjà ?

— J'en ai fait l'expérience, oui.

— Un homme comme Herbert Molin a peut-être moins de mal à vivre avec ses souvenirs dans la forêt. Où personne ne viendra le déranger. Où le temps est immobile, si on veut. Il n'y avait pas d'uniforme, là où tu as découvert le journal ? Si ça se trouve, il allait dans la forêt pour tendre le bras droit et marcher au pas sur les sentiers...

— Il écrit lui-même qu'il a déserté. Il a échangé son uniforme contre des vêtements civils arrachés à un cadavre, dans Berlin en flammes. Si j'ai bien lu son journal, il devient déserteur le jour même où Hitler se suicide dans son bunker. Mais il ne devait pas le savoir, je pense.

Giuseppe fronça les sourcils.

— Je crois me souvenir qu'on a caché l'information pendant quelques jours et qu'ensuite quelqu'un a fait un speech à la radio disant que le Führer était tombé à son poste. Mais il se peut que je me trompe.

Ils s'engagèrent sur le chemin conduisant à la maison de Herbert Molin. Les bandes plastique déchirées flottaient toujours aux branches basses des arbres.

— On aurait pu faire le ménage, s'emporta Giuseppe. Enfin maintenant, on a rendu la maison à la fille... Tu l'as revue, au fait ?

— Pas depuis notre conversation à l'hôtel.

— Une femme très déterminée. Je me demande vraiment si elle connaît l'histoire de son père. En tout cas, je vais lui poser la question.

— Elle devrait être au courant.

— Elle doit avoir honte. Qui n'aurait pas honte d'avoir un père nazi ?

Ils sortirent de la voiture et restèrent un moment à écouter la rumeur des arbres. Puis Stefan ouvrit la marche en direction du lac, jusqu'aux vestiges du campement.

Il vit immédiatement que quelqu'un était venu. Il s'immobilisa. Giuseppe le regarda.

— Qu'est-ce qu'il y a ?

— Je ne sais pas. Je crois que quelqu'un est venu depuis l'autre jour.

— Quelque chose a changé ?

— Sais pas.

Le regard de Stefan errait de l'emplacement supposé du bivouac jusqu'au rivage. De prime abord, tout était semblable à la première fois. Pourtant, il savait. Giuseppe attendit. Stefan fit le tour de la clairière. Un tour, puis un deuxième. Soudain, il comprit. Quand il s'était assis sur le tronc abattu, il avait eu à la main une branche de sapin, qu'il avait lâchée en se relevant. Or cette branche avait changé de place. Elle se trouvait maintenant plus loin, à côté du sentier qui descendait vers le bord de l'eau.

— Quelqu'un s'est assis sur ce tronc, dit Stefan. Il indiqua la petite branche de sapin.

— Est-ce qu'on peut relever des empreintes là-dessus ?

— Très possible, répondit Giuseppe en sortant de sa poche un sac plastique. On peut toujours essayer. Tu es sûr de toi ?

Stefan acquiesça en silence. Il se rappelait l'endroit où il l'avait laissée tomber. Il visualisait l'inconnu s'asseyant sur le tronc, comme il l'avait fait lui-même, se penchant pour ramasser la branche et la rejetant ensuite distraitement au loin.

— Alors on appelle les chiens, dit Giuseppe en prenant son portable.

Stefan regardait du côté de la forêt. Il eut la sensation qu'il y avait peut-être quelqu'un tout près d'eux. Qui les surveillait.

En même temps, il pensa qu'il aurait dû se rappeler quelque chose. Qui avait trait à Giuseppe. Il chercha en vain à capturer le souvenir fugitif.

Giuseppe donna un ordre, posa quelques questions et éteignit son portable après avoir écouté les réponses.

— C'est curieux, dit-il.

— Quoi ?

— Le chien d'Abraham Andersson a disparu.

— Comment ça, « disparu » ?

Giuseppe secoua la tête.

— Comme je te le dis. Il n'est plus là. Malgré les policiers qui grouillent autour de la maison.

Ils échangèrent un regard perplexe. Un oiseau s'envola d'un arbre et s'éloigna à tire-d'aile par-dessus le lac. En silence, ils le suivirent des yeux jusqu'à ce qu'il quitte leur champ de vision.

16

Aron Silberstein était étendu sur la mousse, au sommet d'une hauteur d'où il avait une excellente vue sur la maison d'Abraham Andersson. Il ajusta ses jumelles et compta huit véhicules de police : trois voitures radio, deux camionnettes et trois voitures banalisées. De temps à autre, un type en combinaison émergeait de la forêt. Il avait compris qu'Abraham Andersson avait été tué là-bas, parmi les arbres, à l'abri des regards. Mais il n'avait pas encore pu se rendre sur les lieux. Il le ferait cette nuit, si possible.

Il observa la cour. Un chien, de la même race que celui qu'il avait été obligé de tuer chez Molin, était attaché à une corde tendue entre la maison et un arbre. Il pensa soudain que c'étaient peut-être deux chiens de la même portée, ou en tout cas de la même famille. Le souvenir de celui qu'il avait égorgé lui souleva le cœur. Il baissa ses jumelles, se retourna sur le dos et inspira plusieurs fois profondément. La mousse humide embaumait. Au-dessus de sa tête passaient des nuages.

Je suis fou, se dit-il. Je devrais être à Buenos Aires. Pas dans cette sauvagerie suédoise. Maria aurait été contente de me voir rentrer. Peut-être aurions-nous même couché ensemble ? Dans un cas comme dans l'autre, j'aurais bien dormi cette nuit, et ce matin j'aurais rouvert mon atelier. Don Antonio a sûrement essayé de me joindre, de plus en plus furieux, pour savoir pourquoi le fauteuil qu'il m'a laissé il y a trois mois n'est pas encore prêt.

S'il ne s'était pas retrouvé attablé par hasard dans ce restaurant de Malmö à côté d'un marin suédois qui parlait l'espagnol, si cette satanée télé n'avait pas été allumée, et s'il n'avait pas vu le visage du vieil homme mort, il n'aurait pas été contraint de bouleverser ainsi son programme. Il serait en cet instant même en train de se réjouir à la perspective d'une bonne soirée à *La Cabaña*.

Il avait cru que c'était fini. Qu'il s'était débarrassé de l'obsession qui le poursuivait depuis l'enfance. Que les années qu'il lui restait à vivre seraient, ainsi qu'il l'avait rêvé, empreintes d'un très grand calme.

Et voilà qu'en une fraction de seconde, à cause d'une image entrevue à la télévision, tout avait basculé. Il avait quitté le restaurant et le marin suédois. Puis il était resté assis sur le bord de son lit d'hôtel jusqu'à ce que sa décision soit prise. Il n'avait pas bu une goutte de plus cette nuit-là. À l'aube, il s'était rendu en taxi à l'aéroport, situé à quelques dizaines de kilomètres de la ville. Une femme souriante lui avait réservé un siège sur un vol à destination d'Östersund. Une voiture de location l'attendait sur place. À Östersund, il avait aussi racheté une tente et un duvet, un camping-gaz, des vêtements chauds et une lampe torche. Dans un magasin de Systembolaget, il s'était constitué un stock de vin et de cognac pour une semaine. Enfin il était entré dans une librairie située sur une place pentue, et il s'était procuré une carte de la région. Celle d'avant, il l'avait jetée en même temps que les casseroles et le reste. Le cauchemar recommençait. Dans l'*Enfer* de Dante, il existait un cercle où les gens étaient torturés de cette manière, par la répétition. Il fit un effort pour se rappeler quels péchés ils avaient commis, mais cela ne lui revint pas.

Ensuite il avait quitté la ville. En s'arrêtant à une station-service, il avait acheté les journaux locaux disponibles, qui étaient au nombre de deux. Installé derrière le volant, il avait cherché les articles concernant le meurtre. L'information faisait les gros titres. Le texte lui était incompréhensible. Mais le nom d'Abraham Andersson revenait à plusieurs reprises, suivi d'un autre : *Glöte*. Il devina que c'était la commune où il avait vécu. Un autre nom revenait souvent. *Dunkärret*. Celui-là ne figurait pas sur la carte. Ressortant de la voiture, il avait étalé la carte informe sur le capot en essayant d'établir un plan. Il ne voulait pas trop s'approcher. La police pouvait avoir installé des barrages sur la route.

Après de nombreux détours, il parvint à un endroit nommé Idre, qu'il estima suffisamment éloigné de la maison d'Abraham Andersson. S'il cachait bien sa tente, personne ne verrait en lui autre chose qu'un touriste résolu à visiter la Suède en automne.

Quand il eut enfin monté sa tente dans un coin de forêt où il se sentait à l'abri, il constata qu'il était à bout de forces. Il avait recouvert sa tente de branchages, qu'il avait traînés à grand-peine jusqu'au lieu du campement. Puis il avait repris la route vers le nord. Passé Sörvattnet, il avait bifurqué vers Linsell et découvert sans difficulté le chemin qui portait l'écriteau « Dunkärret 2 ». Mais au lieu de l'emprunter, il avait continué vers Sveg.

Peu avant l'embranchement conduisant à la maison de Molin, il avait croisé une voiture de police. Après environ un kilomètre, il s'était enfoncé parmi les arbres, sur un chemin quasi enseveli sous la végétation. Au cours des trois semaines passées à proximité de Herbert Molin, il avait méthodiquement exploré le terrain. Il s'était vu comme un animal creusant de nombreuses issues à son terrier.

Laissant sa voiture, il suivit un chemin qu'il avait déjà emprunté quelquefois. Il ne pensait pas que la maison de Herbert Molin fût toujours surveillée, mais il s'arrêtait malgré tout régulièrement pour écouter. Enfin il aperçut la bâtisse entre les arbres. Il attendit vingt minutes. Puis il s'avança vers l'endroit où il avait laissé le corps de Herbert Molin. Le sol était piétiné. Des lambeaux de bandes rayées rouge et blanc pendaient à quelques arbres. Il se demanda si l'homme qu'il avait tué reposait à présent dans un cimetière. Peut-être les médecins de la police l'examinaient-ils encore ? Avaient-ils compris que les plaies de son dos provenaient d'un fouet à bœufs utilisé par les vachers des pampas ? Il s'avança jusqu'à la maison et se hissa sur la pointe des pieds. Les empreintes dans le séjour avaient séché, mais elles étaient visibles. La femme qui faisait parfois le ménage chez Molin n'était pas revenue nettoyer.

Quittant la maison, il emprunta le chemin familier vers le lac. C'était par là qu'il était monté, ce soir-là. Les souvenirs affluèrent. L'autre femme, celle qui rendait visite à Molin et qui dansait avec lui, était venue la veille. S'ils respectaient leurs habitudes, il s'écoulerait maintenant une semaine avant sa prochaine visite. L'autre homme – qui s'appelait donc Abraham Andersson – était passé, lui aussi, la veille. Aron l'avait suivi jusqu'à sa maison ; à l'abri des arbres, il l'avait vu fermer ses volets, donner un tour de clé à la remise et manifester tous les signes d'un départ en voyage imminent. Il se rappelait encore le moment où il avait décidé de mettre fin à l'attente. Il avait plu toute la journée, mais vers le soir les nuages s'étaient dispersés d'un coup. Il était descendu au bord du lac et il avait nagé dans l'eau froide pour avoir l'esprit parfaitement clair. Après, il s'était réchauffé dans le duvet. Ses armes étaient posées devant lui, sur une bâche.

L'instant était venu. Pourtant, il était saisi d'un doute étrange. Il avait attendu si longtemps qu'il n'avait aucune idée ce qui se produirait quand cette attente prendrait fin. En pensée, comme tant de fois auparavant, il revint sur les événements bouleversants de la dernière année de guerre, quand son existence s'était écroulée. Il n'avait jamais pu vraiment la reconstruire. Il se voyait volontiers sous la figure d'un bateau au mât cassé, aux voiles déchirées. Sa vie s'était présentée ainsi depuis ce jour-là, et rien ne serait vraiment modifié par l'acte qu'il s'apprêtait maintenant à commettre. Toujours il avait joué avec l'idée de la vengeance. Il avait quelquefois haï cette obsession plus encore que l'homme vers lequel était dirigée sa haine. Mais, même s'il l'avait voulu, il était trop tard pour reculer. Il ne pourrait pas retourner à Buenos Aires tant qu'il ne serait pas passé à l'acte. Il avait pris sa décision ce soir-là, après sa baignade dans le lac obscur. Et il avait frappé la nuit même, respectant point par point le plan établi. Herbert Molin n'eut jamais l'occasion de comprendre ce qui lui tombait dessus.

Aron suivait la ligne sinueuse de la rive, constamment aux aguets. Mais on n'entendait que la rumeur du vent dans les arbres.

Parvenu à l'endroit de son ancien campement, il se dit que la violence ne l'avait pas complètement déformé malgré tout. Il était un homme doux, qui supportait mal la violence. Le fait d'en user contre un autre être humain, dans des circonstances différentes de celles-ci, aurait été pour lui inenvisageable. Ce qu'il avait fait à Herbert Molin s'était évanoui à l'instant même où il s'éloignait de son cadavre nu, à l'orée de la forêt.

La violence ne m'a pas empoisonné, pensa-t-il. J'étais anesthésié. L'accumulation de la haine en moi me rendait inconscient. C'est moi qui ai fouetté Herbert Molin jusqu'à ce que sa chair ne soit plus qu'une bouillie sanglante. Pourtant ce n'était pas moi.

Assis sur le tronc renversé, il tournait entre ses doigts une petite branche de sapin. La haine l'avait-elle quitté aujourd'hui ? Aurait-il le droit de vivre ses dernières années en paix ? Il l'ignorait. Mais c'était son espoir. Il allumerait un cierge pour Herbert Molin dans l'église devant laquelle il passait chaque jour en se rendant à son atelier. Peut-être même pourrait-il boire à sa mémoire, maintenant qu'il était mort ?

Il s'attarda dans la forêt jusqu'à la tombée du jour. Il retrouva une pensée qui lui était venue du temps où il avait dressé sa tente à cet endroit. La forêt était une cathédrale, et les arbres étaient les piliers soutenant son dôme invisible. Malgré le froid, il se sentait empli d'une grande sérénité. S'il avait eu une serviette de bain, il se serait immergé dans le lac glacé, il aurait nagé jusqu'aux eaux profondes où il n'avait plus pied.

Puis il avait regagné sa voiture au crépuscule et avait pris la route de Sveg. Par une coïncidence étrange, alors qu'il dînait dans un hôtel, deux hommes assis à une autre table avaient parlé de Herbert Molin et d'Abraham Andersson. Il avait d'abord cru à une erreur de sa part, mais non. Il avait beau ne pas comprendre le suédois, les deux noms revenaient sans cesse. Il s'était levé et était allé à la réception. Il n'y avait personne. Très vite, il avait consulté le registre. Sous la rubrique « profession », il avait repéré par deux fois les mots « police criminelle ». Il était retourné dans le restaurant. Les deux hommes ne lui accordaient aucune attention. En écoutant intensément, il avait capté au vol d'autres noms, parmi lesquels *Elsa Bergén*, ou quelque chose d'approchant. Puis il avait vu l'un des policiers griffonner au dos d'une note et la jeter dans le cendrier au moment de partir. Il avait attendu que la serveuse se rende aux cuisines pour quitter rapidement l'hôtel, après avoir ramassé le papier au passage. Il avait repris la voiture. Sur un parking désert, à la lumière de sa lampe torche, il avait ensuite tenté de déchiffrer l'écriture du policier. Le plus important était le nom de la femme. Elsa Berggren. Entre les trois – Herbert Molin, Abraham Andersson et Elsa Berggren – un jeu de flèches formait un triangle.

Le nom d'Andersson était suivi d'une croix gammée. Elle-même suivie d'un grand point d'interrogation.

Il avait repris la direction de Linsell, puis de Glöte. Laissant la voiture derrière un tas de rondins, il avait marché dans la forêt jusqu'à découvrir, près de la maison d'Abraham Andersson, cette hauteur où il était maintenant réfugié, sans vraiment savoir ce qu'il cherchait. Mais il devait rester tout près du centre des événements s'il voulait avoir la moindre chance de répondre à sa question : qui avait tué Abraham Andersson ? Et à son corollaire : était-il indirectement coupable ? Il devait en avoir le cœur net avant de rentrer à Buenos Aires. Sinon l'angoisse le poursuivrait le restant de ses jours. Ce serait comme si Herbert Molin avait eu le dernier mot. Sa mission, qui était de se délivrer de la haine, lui exploserait alors en plein visage.

Avec ses jumelles, il observait les allées et venues des policiers. Bien entendu, ils partaient de l'hypothèse que Herbert Molin et Abraham Andersson avaient été victimes du même tueur.

On n'est que deux à savoir que ce n'est pas vrai. Moi, et le meurtrier d'Andersson. Ils cherchent un homme, tandis qu'ils devraient en chercher deux.

Il comprit soudain pourquoi il était revenu. Pourquoi il n'avait pas pris le bateau pour Copenhague, puis l'avion pour Buenos Aires. Il était revenu car il voulait faire savoir, d'une manière ou d'une autre, que ce n'était pas lui, pour Abraham Andersson. Les policiers qu'il voyait à travers ses jumelles suivaient une piste qui ne les conduirait pas à la solution. Naturellement, il ne pouvait savoir avec certitude quelles hypothèses ils agitaient entre eux, là-bas dans la forêt.

Mais il y a toujours une logique, pensa-t-il. Je suppose qu'il n'est pas très courant d'assister à deux crimes graves, coup sur coup, dans un patelin comme celui-ci. Les habitants sont peu nombreux, ils vivent à l'écart les uns des autres, ils ne parlent pas beaucoup et ils semblent coexister dans une harmonie relative. Herbert Molin et Abraham Andersson en étaient un exemple. Maintenant ils sont morts. J'en reviens au point de départ. Qui a tué Abraham Andersson ? Pourquoi ?

Il se frotta les yeux. L'alcool commençait à s'évaporer de son organisme. Il avait encore la bouche sèche et la gorge douloureuse quand il avalait sa salive. Mais il pouvait à nouveau réfléchir. Il s'étira sur la mousse froide. Son dos le faisait souffrir. Les nuages flottaient dans le ciel. Il entendit une voiture démarrer en bas et s'éloigner après une marche arrière.

Il essaya de raisonner. Pouvait-il y avoir entre Herbert Molin et Abraham Andersson une relation qu'il n'avait pas soupçonnée ? Les questions étaient nombreuses. Peut-être Molin n'avait-il pas choisi par hasard de s'installer près d'Andersson. Lequel des deux était arrivé le premier ? Andersson était-il originaire du coin ? Cherchait-il, lui aussi, une planque dans la forêt ? S'était-il battu, comme Molin, pour le compte des Allemands ? Avait-il lui aussi commis des actes pour lesquels il n'avait jamais été puni ? Tout cela lui paraissait invraisemblable. Mais pas impossible.

Il se redressa en entendant un bruit de moteur. À travers ses jumelles, il vit un homme descendre d'une voiture qui n'était pas un véhicule de la police. Il essaya d'ajuster sa vision. Il reconnaissait cet homme. C'était le policier qui avait crayonné au dos de l'addition, au restaurant. Jusque-là, il ne s'était donc pas trompé. Cet homme était bien sur les deux enquêtes. C'est-à-dire aussi celle qui concernait Molin. Quelle sensation étonnante que de contempler à travers des jumelles un policier qui était à votre recherche. L'envie de fuir le submergea. Il avait tué Herbert Molin, ils pouvaient l'arrêter d'un instant à l'autre et l'accuser à bon droit de ce crime. Mais son besoin de comprendre ce qui était arrivé à Abraham Andersson restait le plus fort. Était-il ou non responsable ? Il ne pouvait s'en aller avant de le savoir. Quel était le mobile ?

Qui l'avait fait ? Il passa la main sur les muscles endoloris de sa nuque. Quelle situation étrange. Il ne pouvait tout simplement pas endosser la responsabilité de la mort d'Abraham Andersson. Quel que soit le meurtrier, quelle que soit la raison de son geste, il ne pouvait pas y avoir de lien avec lui. Si seulement il avait choisi un autre restaurant, sans téléviseur, et si seulement ce marin n'avait pas parlé l'espagnol, il serait maintenant à Buenos Aires. Ce long trajet à rebours pour approcher le lieu d'un crime voisin du lieu d'un autre crime dont il était lui-même l'auteur : c'était de la folie. Il reprit ses jumelles et suivit les mouvements du policier, qui s'avança vers le chien pour lui caresser la tête puis s'enfonça dans la forêt.

Le regard d'Aron s'attarda sur l'animal, pendant qu'une idée, lentement, prenait forme dans son esprit. Il se retourna sur le dos. Je dois leur faire savoir qu'ils se trompent. Pour ça, je dois signaler ma présence. Pas pour leur révéler que j'ai tué Herbert Molin, non. Pour leur expliquer que c'est un autre qui a tué Abraham Andersson. Ma seule chance, c'est le grain de sable, le bâton dans les roues. Susciter une incertitude quant à ce qui s'est réellement produit.

Le chien va m'aider.

Il se leva, étira ses membres engourdis et s'éloigna dans la forêt. Bien qu'il eût toujours vécu dans les grandes villes, il avait un bon sens de l'orientation et une faculté remarquable de se déplacer dans la nature. Il mit moins d'une heure à retrouver sa voiture. Il avait emporté de quoi manger et quelques bouteilles d'eau. L'idée de boire un peu de vin ou de cognac le titillait. Mais il résista. Il avait une tâche à accomplir, et il n'était pas question de la compromettre. Après avoir mangé, il se roula en boule sur la banquette arrière. Il pouvait s'accorder une heure de repos avant de se mettre en route, s'il voulait être sur place à minuit. Pour être certain de repartir à temps, il programma la fonction réveil de sa montre.

Dès qu'il ferma les yeux, il fut de retour en Argentine. Il hésita entre le lit, où Maria dormait déjà, et le matelas au fond de son atelier. Il choisit le matelas. Ce qui l'entourait n'était plus la rumeur des arbres, mais celle de la rue, à Buenos Aires.

Il avait fait un rêve dont il ne restait rien. Au même instant, le bip de sa montre se déclencha. Il l'éteignit, prit dans le coffre sa lampe torche neuve et se mit en marche à travers la forêt.

À l'approche du but, il fut guidé par les projecteurs qui illuminaient la forêt. Cette lumière montant des arbres lui rappela la guerre. Cela faisait partie de ses tout premiers souvenirs. Quand personne ne le regardait, il allait coller son œil à la fente des rideaux noirs du couvre-feu et il voyait la défense antiaérienne fouiller le ciel nocturne à la recherche des bombardiers ennemis qui survolaient Berlin. Il avait toujours très peur qu'une bombe ne tombe sur leur maison et tue ses parents. Lui-même survivait toujours, dans ce fantasme, mais cela ne faisait qu'intensifier sa panique. Comment pourrait-il continuer à vivre si ses parents n'étaient plus là, ni son frère et sa sœur ?

Il repoussa le souvenir, couvrit sa lampe et sortit ses jumelles de la poche plastique destinée à les protéger de l'humidité. Une fois parvenu en haut, il s'installa, dos à un arbre, et commença à observer la maison à travers ses jumelles. Toutes les fenêtres du rez-de-chaussée étaient éclairées. De temps à autre, la porte s'ouvrait, quelqu'un sortait ou entrait. Il n'y avait que deux voitures dans la cour. Peu après son arrivée, deux hommes partirent à bord de la première. À ce moment-là aussi, quelqu'un éteignit une partie de l'éclairage de la forêt. Il orienta ses jumelles jusqu'à trouver ce qu'il cherchait. Le chien était assis sans bouger à la périphérie de la lumière projetée par une des fenêtres. Quelqu'un avait rempli son bol de croquettes.

Il regarda sa montre. Vingt-deux heures trente. À cette heure, il devrait être en train de quitter *La Cabaña* – après y avoir rencontré un client, comme il le prétendait à Maria. Il fit une grimace. C'était un tourment pour lui de penser qu'il avait si souvent menti à Maria. Il n'avait jamais donné rendez-vous à un client, à *La Cabaña* ou ailleurs. Il n'osait pas lui dire la vérité, qu'il n'avait pas envie de manger avec elle, de répondre à ses questions, d'entendre sa voix. Toute mon existence s'est progressivement rétrécie pour devenir une toute petite rue étroite pavée de mensonges. Ça aussi, ça fait partie du prix que j'ai payé. On peut se demander si je serai plus franc avec Maria, maintenant que j'ai tué Herbert Molin. J'aime Maria. Mais je constate en même temps que je préfère être seul. Il y a une faille entre ce que je fais et ce que je veux. Cette faille est présente depuis la catastrophe de Berlin.

La vie a rétréci.

Que reste-t-il, en dehors du constat que tout ou presque m'a été enlevé et ne me sera pas rendu ?

Le temps ne passait pas vite. Parfois, un flocon isolé tombait en voltigeant du haut du ciel. Il continua d'attendre, dans l'expectative. Une chute de neige, c'était la dernière chose dont il avait besoin en cet instant. Elle annulerait automatiquement son projet. Mais les flocons restaient clairsemés et rares.

À vingt-trois heures quinze, l'un des policiers sortit pisser sur le perron. Il venait de refermer sa braguette quand un autre homme sortit, tenant une cigarette. Aron comprit alors qu'il ne restait sur place que ces deux-là ; les deux policiers censés monter la garde jusqu'au matin.

Il attendit minuit. La maison restait silencieuse. Par moments il croyait entendre le bruit d'un téléviseur, ou peut-être d'une radio. Mais il n'en était pas sûr. Il éclaira le sol, vérifia qu'il n'avait rien oublié derrière lui. Puis il commença lentement à descendre, le long du versant opposé à la maison. Il devait se contenter d'exécuter son projet. Mais il ne put résister au besoin de voir de ses propres yeux l'endroit où Abraham Andersson était mort. Ils pouvaient avoir laissé un policier de garde aussi là-bas. C'était un risque. Tant pis.

Parvenu à la lisière, il éteignit sa lampe. Il bougeait avec d'infinies précautions, tâtant le terrain du bout du pied, prêt à entendre le chien aboyer d'un instant à l'autre. Il s'enfonça dans la forêt. À présent, la lumière filtrait entre les arbres.

Il n'y avait aucune surveillance. Rien du tout. Juste un pin, où la police avait apposé différentes marques. Il avança jusqu'au tronc et l'examina. À hauteur de poitrine à peu près, l'écorce était en partie arrachée. Il fronça les sourcils. Abraham Andersson avait-il été tué au pied de cet arbre ? Dans ce cas, il devait être attaché. Et alors ? Ce meurtre était-il en réalité une exécution ? Pris d'une suée froide, il fit volte-face. Il n'y avait personne. J'ai attaqué Herbert Molin. Puis quelqu'un a surgi dans le dos d'Abraham Andersson. Maintenant j'ai l'impression qu'il est derrière moi. Il s'éloigna de la lumière des projecteurs, redevint invisible. Il essayait de réfléchir. Avait-il déclenché un jeu de forces sur lesquelles il n'avait aucun contrôle ? Avait-il déboulé dans une réalité inconnue, alors même qu'il poursuivait un objectif entièrement personnel ? Il ne pouvait le savoir. Les questions tournoyaient en même temps que la peur. Il fut pendant quelques instants sur le point de faire ce qu'avait fait Herbert Molin. Fuir, disparaître, se cacher et oublier, non pas au fond d'une forêt, mais à Buenos Aires. Il n'aurait pas dû revenir. Trop tard. Il ne rentrerait pas chez lui avant de savoir. Il pensa soudain que c'était là la vengeance de Herbert Molin. Cette idée le mit hors de lui. Si cela avait été possible, il n'aurait pas hésité à le tuer une seconde fois.

Puis il s'obligea à reprendre son sang-froid. Inspira plusieurs fois profondément, en pensant à des vagues déferlant sur une plage. Enfin il regarda sa montre. Une heure et quart. Il retourna vers la cour. Cette fois, il entendit nettement de la musique et un bruit de voix assourdies en provenance de la maison. Probablement une radio, et deux policiers qui luttaient contre le sommeil en bavardant de choses et d'autres. Prudemment, il s'approcha du chien et l'appela à voix basse. L'animal émit un léger grondement. Mais sa queue frétillait. Aron se plaça hors de la lumière projetée par les fenêtres. Le chien le suivit dans l'ombre. Il le caressa. Le chien avait l'air inquiet, mais continuait d'agiter la queue.

Alors Aron détacha le chien.

Dans le noir, ils ne laissèrent aucune trace.

17

Stefan avait souvent eu l'occasion de voir ça. Un policier confronté à une nouvelle inattendue réagissait en s'emparant d'un téléphone. Mais Giuseppe avait déjà un portable dans la main et Stefan, lui, n'avait personne à appeler.

Tous deux savaient qu'il fallait prendre position par rapport à cette histoire de chien. Qui pouvait éventuellement représenter une percée, mais aussi bien une perte de temps.

— Il n'a pas pu s'échapper ? demanda Stefan par acquit de conscience.

— Pas vraiment.

— A-t-on pu le voler ?

— Sous le nez de deux policiers ? Ça m'étonnerait.

— On ne va quand même pas imaginer que le tueur est revenu chercher le chien.

— À moins qu'on ait affaire à un fou. Ce qui n'est pas exclu.

Ils ruminèrent la question en silence.

— On va attendre, dit enfin Giuseppe. Il ne faudrait pas non plus en faite une fixette. Il reviendra peut-être. C'est souvent le cas, avec les chiens.

Giuseppe rangea son portable dans sa poche

et se remit en marche vers la maison de Molin. Stefan resta planté là en réalisant que ça faisait plusieurs heures qu'il n'avait pas pensé à sa maladie, ou éprouvé une sourde inquiétude à l'idée que les douleurs reviennent. En voyant Giuseppe s'éloigner, soudain, il eut le sentiment qu'on l'abandonnait.

Tout petit, il était allé voir un match de foot dans le stade de Ryavallen, à Borås. C'était un match de qualification très important, peut-être décisif en vue du championnat, et il avait été autorisé à accompagner son père. Il savait que l'équipe adverse était l'IFK Göteborg. « Là, il s'agit de gagner », avait dit son père plusieurs fois de suite pendant le trajet en voiture entre Kinna et Borås. Une fois arrivés au stade, son père lui avait acheté une écharpe jaune et noir. Stefan pensait parfois que cette écharpe, plus encore que le match, avait allumé sa passion pour le football. Effrayé par la foule qui se pressait vers les entrées, il serrait à l'en écraser la main de son père. Il était totalement concentré sur cet objectif unique : ne pas lâcher sa main. C'était une question de vie ou de mort. S'il lâchait sa main, il serait perdu à jamais. Et ce fut alors, dans la bousculade, juste au moment de franchir les tourniquets, qu'il leva la tête et découvrit, au bout de cette main d'adulte qu'il tenait, un visage étranger. Il baissa les yeux ; la main aussi était étrangère. Il avait dû lâcher un instant celle de son père et en agripper une autre par erreur. Panique. Il se mit à hurler, pendant que les gens se retournaient. L'inconnu, qui ne semblait pas avoir remarqué jusque-là qu'un garçon à l'écharpe jaune et noir se cramponnait à lui, retira brutalement sa main, avec une expression de peur, comme si l'enfant avait eu l'intention de la lui voler. Au même moment, il avait aperçu son père. Ils avaient franchi le tourniquet sans encombre. Leurs places étaient tout en haut et au milieu. De là, on avait la meilleure vue sur les bleu et blanc, et les jaune et noir, et sur leur lutte pour le ballon, qui était marron clair. Il ne se rappelait pas quelle avait été l'issue du match. IFK Göteborg avait probablement gagné puisque le trajet du retour s'était déroulé en silence. Mais ce que Stefan n'avait jamais oublié, c'était ce court instant où il avait lâché la main de son père et s'était retrouvé complètement seul. Abandonné.

Il se rappela l'incident en voyant Giuseppe s'enfoncer dans la forêt vers la maison de Molin.

Giuseppe se retourna.

— Tu ne viens pas ?

Stefan boutonna sa veste et se hâta de le rejoindre.

— Je croyais que tu voulais y aller seul. À cause de Rundström.

— Oublie Rundström. Tant que tu es ici, tu restes mon assistant privé.

Ils remontèrent dans la voiture et laissèrent Rätmyren derrière eux. Giuseppe conduisait vite. Dès leur arrivée à Dunkärret, il commença à se disputer avec un des policiers de garde, un type d'une cinquantaine d'années, petit et très maigre, qui s'appelait Näsblom. Stefan comprit en les écoutant que c'était l'un des gars qui travaillaient habituellement à Hede. Giuseppe s'énervait parce que

Näsblom était incapable de fournir une réponse intelligible à une question pourtant simple. À quelle heure le chien avait-il disparu ? Personne ne semblait le savoir avec certitude.

— On lui a donné à manger hier soir, dit Näsblom. Il se trouve que j'ai des chiens, alors j'ai apporté des croquettes de chez moi.

— Ça, dit Giuseppe méchamment, tu pourras sûrement te les faire rembourser si tu envoies la note. Ce que je veux savoir, c'est à quel moment l'animal a disparu.

— Ça devait être après.

— Je m'en doute. Mais *quand* avez-vous remarqué sa disparition ?

— Juste avant que je t'appelle.

Giuseppe regarda sa montre.

— À quelle heure l'as-tu nourri ?

— Vers dix-neuf heures.

— Il est maintenant treize heures trente. Un chien, ça ne doit pas manger deux fois par jour ?

— Je n'étais plus de service. Je suis rentré tôt ce matin. Là, je viens de reprendre mon service.

— Quand tu es parti ce matin, tu as bien dû voir si le chien était là ou non ?

— Euh, non.

— Et tu as des chiens ?

Näsblom contemplait la corde inerte.

— Bien sûr que j'aurais dû faire attention. Mais je ne l'ai pas fait. J'ai cru peut-être qu'il était dans sa niche.

Giuseppe eut un soupir résigné.

— Qu'est-ce qui est plus facile à repérer ? Un

chien qui a disparu ou un chien qui n'a pas disparu ?

Il se tourna vers Stefan.

— Qu'en penses-tu ?

— Si le chien est à l'endroit où il est censé être, on n'y réfléchit peut-être pas. Mais s'il n'y est plus, je pense qu'on le remarque.

— Moi aussi. Et toi ?

La question s'adressait à Näsblom.

— Je ne sais pas. Mais je crois bien que le chien n'était plus là ce matin.

— Tu n'en es pas certain ?

— Non.

— Tu en as parlé avec tes collègues, je suppose. Alors ?

— Personne n'a remarqué quoi que ce soit.

Ils s'approchèrent de la corde, qui pendait mollement entre l'arbre et la façade.

— Comment peux-tu être certain qu'il ne s'est pas échappé ?

— J'ai jeté un œil à sa laisse quand je l'ai nourri. C'est un modèle récent, complexe, très solide. Il n'a pas pu se libérer de lui-même, c'est impossible.

Giuseppe considérait pensivement la corde.

— Il faisait nuit à dix-neuf heures. Comment pouvais-tu voir quoi que ce soit ?

Näsblom indiqua le bol vide.

— La lumière de la fenêtre de la cuisine. J'y voyais parfaitement. Giuseppe tourna ostensiblement le dos à Näsblom.

— Qu'est-ce que tu en dis ?

— Quelqu'un a dû venir pendant la nuit et emmener le chien, dit Stefan.

— Et à part ça ?

— Je ne m'y connais pas trop, en chiens. Mais s'il n'a pas aboyé, ce devait être une personne familière. Du moins si c'est un chien de garde.

Giuseppe acquiesça distraitement, tout en observant la forêt autour de la maison.

— Cela devait être important pour lui, dit-il après un silence. S'il est venu jusqu'ici, dans l'obscurité, pour chercher le chien. Un meurtre a été commis, il y a des policiers sur place, l'accès est barré. Malgré cela, il est venu. Il y a deux questions auxquelles j'aimerais bien pouvoir répondre sur-le-champ.

— Qui ? Pourquoi ?

Giuseppe hocha la tête.

— Ça ne me plaît pas. Qui, à part le meurtrier, a pu vouloir récupérer le chien ? La famille d'Abraham Andersson vit à Helsingborg. Sa femme est sous le choc, elle a fait savoir qu'elle ne ferait pas le voyage. L'un de ses enfants est-il venu ? Nous serions au courant. Et ses enfants n'iraient pas chercher le chien comme ça, en cachette et en pleine nuit. Alors voilà. À moins d'imaginer un fou, ou un ami des bêtes un peu morbide, ou quelqu'un qui gagne sa vie en revendant des bestioles, c'est celui qu'on poursuit qui a fait ça. Ce qui signifie qu'il n'a pas quitté le coin. Il est resté après le meurtre de Molin, et il reste encore après avoir tué Andersson. On peut en tirer plusieurs conclusions.

— Il a aussi pu revenir, objecta Stefan.

Giuseppe le considéra d'un air songeur.

— Pourquoi reviendrait-il ? Parce qu'il aurait oublié qu'il avait quelqu'un d'autre à tuer ? Ou parce qu'il a oublié le chien ? Ça ne tient pas debout. L'homme auquel nous avons affaire, si c'est bien un homme et s'il est bien seul, prémédite minutieusement ses actes.

Giuseppe raisonnait juste. Pourtant, quelque chose tracassait Stefan.

— À quoi penses-tu ?

— Je ne sais pas.

— Bien sûr que si. Parfois on est trop paresseux pour formuler ce qu'on a dans la tête.

— D'accord, dit Stefan. Nous ne savons pas si c'est le même homme, pour Molin et pour Andersson. Nous le croyons. Mais nous ne le savons pas.

— Le bon sens et l'expérience me disent qu'il est extrêmement improbable que deux événements de cette nature se produisent quasi simultanément au même endroit sans qu'il existe un coupable et un mobile communs.

— Je suis d'accord. Mais l'improbable se produit quelquefois.

— Tôt ou tard, nous en aurons le cœur net. Nous allons creuser profond dans la vie de ces deux hommes. Nous découvrirons le lien.

Näsblom, qui avait entre-temps disparu dans la maison, ressortit et approcha timidement. Stefan devina qu'il avait un grand respect pour Giuseppe Larsson.

— Je voulais te proposer d'aller chercher un de mes chiens, dit-il. Il flairera peut-être une piste.

— C'est un chien-loup ?

— Non, un chien de chasse. Un bâtard.

— Ne faudrait-il pas plutôt faire appel à Östersund ?

— Il refuse.

Giuseppe le regarda sans comprendre.

— Qui refuse ?

— Rundström. Il croit que c'est inutile. « Le clébard a dû s'enfuir », voilà ce qu'il a dit.

— Va chercher ton chien, dit Giuseppe. C'est une bonne idée. Mais tu aurais dû y penser tout de suite.

Näsblom revint avec son bâtard, qui fila immédiatement à fond de train vers la forêt, en tirant Näsblom derrière lui. Giuseppe et un policier dont Stefan ne connaissait pas le nom commentaient les résultats de l'opération porte-à-porte qui battait son plein dans les alentours. Stefan commença par écouter, puis il s'éloigna. Il était temps pour lui de repartir. Son voyage dans le Härjedalen était terminé. Il avait découvert la photo de Molin par hasard, en ouvrant un journal à la cafétéria de l'hôpital de Borås. Il était maintenant à Sveg depuis une semaine. On ne savait toujours pas qui avait tué Herbert Molin, et probablement aussi Abraham Andersson. Giuseppe avait peut-être raison d'associer les deux meurtres. Stefan, lui, avait des doutes sur ce point. En revanche, il savait à présent que Molin avait autrefois combattu du côté allemand, sur le front oriental, qu'il était resté nazi peut-être jusqu'à son dernier souffle, et qu'une femme partageant ses convictions l'avait aidé à trouver une maison dans la forêt.

Herbert Molin était en fuite. Il avait quitté Borås pour se réfugier dans une tanière où on l'avait finalement débusqué. Il savait – cela, Stefan en était certain – que quelqu'un était à sa recherche.

Il s'est passé quelque chose pendant la guerre, pensa-t-il pour la énième fois. Quelque chose dont il ne parle pas dans son journal. Ou alors d'une manière telle que je n'ai pas repéré la faille. Il y a aussi le voyage en Écosse et les promenades avec « M. ». Peut-être y a-t-il un lien avec ce qui s'est passé en Allemagne.

Maintenant, quoi qu'il en soit, je vais partir. Giuseppe Larsson est un homme d'expérience et un bon policier. Un jour, ses collègues et lui trouveront la solution.

Lui-même serait-il encore en vie à ce moment-là ? Soudain il fut incapable de se protéger davantage de la réalité. Le traitement n'allait peut-être pas suffire. Son médecin avait dit qu'on pourrait recourir à la chimie, si la radiothérapie et l'opération n'avaient pas l'effet escompté, sans compter la panoplie d'autres techniques dont ils disposaient, un cancer n'était plus synonyme d'issue fatale, etc. Mais la guérison, d'un autre côté, n'avait rien d'une évidence. Si ça se trouve, dans un an, je serai mort. Je dois l'accepter. Mais c'est insupportable.

La peur se jeta sur lui. S'il avait pu, il se serait enfui à toutes jambes hors de sa propre peau.

Giuseppe, qui avait fini sa conversation, s'approcha de lui.

— Je vais y aller maintenant, dit Stefan. Je pars.

Giuseppe le regarda en plissant les yeux.

— Tu m'as beaucoup aidé, dit-il. Mais je me demande évidemment comment tu vas.

Stefan haussa les épaules.

— Veux-tu que je te tienne au courant ? demanda Giuseppe.

Stefan réfléchit. Que désirait-il au juste ? À part guérir ?

— Il vaut mieux que ce soit moi qui t'appelle, dit-il. Je ne sais pas comment j'irai, une fois qu'on aura commencé les rayons.

Ils se serrèrent la main. Stefan pensa que Giuseppe Larsson lui plaisait. Même s'il ne savait rien de lui.

Puis il se rappela que sa propre voiture était à Sveg.

— Je préfère rester ici pour attendre Näsblom, dit Giuseppe. Je vais demander à Persson de te ramener.

Le dénommé Persson était un policier taciturne. Stefan regarda défiler les sapins en songeant qu'il aurait aimé revoir Veronica Molin. Il aurait voulu l'interroger sur ce qu'il avait lu dans le journal secret. Que savait-elle du passé de son père ? Et son frère, au fait ? Où était-il ? Pourquoi ne s'était-il pas manifesté ?

Persson le déposa dans la cour de l'hôtel. La fille de la réception sourit en le voyant.

— Je m'en vais, annonça Stefan.

— Prends garde sur la route. Ça se refroidit, le soir, il peut y avoir du verglas.

— Je ne vais pas rouler vite.

Il monta boucler sa valise. Quand il referma la porte, ce fut comme s'il avait déjà tout oublié de cette chambre.

Il paya sans vérifier le détail de la note.

— À la prochaine, dit-elle. Est-ce qu'ils vont retrouver le tueur, à ton avis ?

— Espérons-le.

Dehors, il faisait froid. Stefan rangea la valise dans le coffre. Il allait prendre le volant quand il vit Veronica Molin sortir de l'hôtel. Elle venait vers lui.

— J'ai appris que tu partais.

— Qui te l'a dit ?

— La fille de la réception.

— Tu lui as posé la question ?

— Oui.

— Pourquoi ?

— Je veux savoir où en sont les recherches.

— Ce n'est pas à moi qu'il faut t'adresser.

— C'était pourtant l'avis de Giuseppe Larsson. Je l'avais en ligne à l'instant, il m'a dit que tu serais peut-être encore là. J'ai de la chance.

Stefan referma sa portière et la suivit jusqu'au restaurant, qui était vide.

— Larsson m'a dit qu'il avait trouvé le journal de mon père, dit-elle. C'est vrai ?

— Oui. J'ai eu l'occasion de le parcourir. Pour l'instant, il est important pour l'enquête. Mais ensuite il te reviendra naturellement. Ainsi qu'à ton frère.

— Je ne savais pas que mon père tenait un journal. Cela me surprend.

— Pourquoi ?

— Il n'était pas du genre à écrire pour le plaisir.

— Beaucoup de gens tiennent un journal en cachette. Je serais même enclin à croire que tout le monde l'a fait, à un moment ou un autre de sa vie.

Il l'observa pendant qu'elle sortait de son sac un paquet de cigarettes. Elle en alluma une et le regarda dans les yeux.

— Giuseppe Larsson m'a dit que la police continuait de travailler sans a priori. Qu'ils n'avaient pas de piste, en somme. Il a dit aussi que c'est vraisemblablement le même individu qui a tué mon père et l'autre homme. Le voisin.

— Que tu ne connaissais pas ?

Elle parut surprise.

— Pourquoi l'aurais-je connu ? Tu oublies que je connaissais à peine mon propre père.

Stefan pensa qu'il pouvait aussi bien foncer dans le tas et lui poser les questions qu'il s'était formulées intérieurement.

— Savais-tu que ton père était nazi ?

Il ne put déterminer si l'assaut la prenait par surprise.

— Pardon ?

— Son journal commence en 1942. Un jeune homme de Kalmar traverse la frontière norvégienne pour s'enrôler dans l'armée allemande. Il combat jusqu'à la fin de la guerre. Puis il revient en Suède, se marie, deux enfants naissent – ton frère et toi. Il change de nom, divorce, se remarie, divorce à nouveau. Mais rien n'indique qu'il ait jamais changé de conviction.

— Tout ça figure dans son journal ?

— Oui. On a aussi trouvé quelques lettres. Et des photos de ton père portant l'uniforme allemand.

Elle secoua la tête.

— Ça ne me paraît pas croyable.

— Il n'évoquait jamais la guerre ?

— Jamais.

— Et ses opinions politiques ?

— Je ne savais même pas qu'il en avait. On n'abordait jamais ces questions-là chez nous.

— On peut manifester ses opinions sans parler de politique.

— Comment ça ?

— Il y a bien des manières d'exprimer la vision qu'on a de l'humanité.

Elle réfléchit. Puis elle secoua de nouveau la tête.

— Je me souviens qu'il a dit un jour que la politique ne l'intéressait pas. S'il nourrissait des opinions extrémistes, il le cachait bien. Mais j'ai du mal à le croire.

— Le journal est très explicite.

— Et la famille ? Qu'écrivait-il sur nous ?

— Pas grand-chose.

— C'est-à-dire ?

— Presque rien.

— Au fond, ça ne m'étonne pas. J'ai grandi avec le sentiment que mon frère et moi étions surtout une gêne pour lui. Il ne s'intéressait pas vraiment à nous. Il faisait semblant.

— Ton père avait une amie ici, à Sveg. Peut-être était-elle sa maîtresse, je n'en sais rien. J'ignore ce que peuvent faire ensemble des personnes de plus de soixante-dix ans.

— Une amie ? À Sveg ?

Stefan regretta de lui avoir dit. Elle aurait dû obtenir ce renseignement par Giuseppe. Trop tard.

— Elle se nomme Elsa Berggren et elle habite au sud du fleuve. C'est elle qui a acheté la maison pour le compte de ton père. Elle partageait ses opinions politiques. Si on peut les qualifier ainsi.

— Comment faudrait-il les qualifier ?

— De criminelles.

Soudain ce fut comme si elle saisissait l'arrière-plan des informations délivrées par Stefan.

— Tu veux dire que les opinions de mon père auraient un lien avec sa mort ?

— Je ne veux rien dire du tout. Mais la police doit tenir compte de toutes les éventualités.

Elle alluma une deuxième cigarette. Il vit que sa main tremblait.

— Je ne comprends pas que personne ne m'en ait parlé. Le fait que mon père ait combattu pour les Allemands, et l'existence de cette femme...

— Tu l'aurais su, tôt ou tard. Ce genre d'enquête peut prendre beaucoup de temps. Maintenant ils ont deux meurtres à élucider. Plus un chien disparu.

— Je croyais que le chien était mort.

— Le chien de ton père, oui. Celui qui a disparu est le chien du voisin, Abraham Andersson.

Elle frissonna comme si elle avait froid tout à coup.

— Je veux m'en aller d'ici. Je lirai son journal

plus tard. Je dois juste veiller à ce qu'il soit enterré comme il faut. Ensuite je partirai. Et je lirai ses notes. En sachant déjà qu'elles me forceront sans doute à admettre que ce père qui ne s'est jamais intéressé à moi était en plus un nazi.

— Que vas-tu faire de la maison ?

— J'ai parlé à un agent immobilier. Elle sera vendue après le règlement de la succession. Si quelqu'un en veut, ce qui n'est pas sûr.

— Tu y es allée ?

Elle hocha la tête.

— Oui, en fin de compte j'y suis allée. C'était pire que ce que j'imaginais. Surtout ces traces séchées, par terre. C'était affreux.

La conversation prit fin. Stefan regarda sa montre. Il devait se lever, sinon il serait trop tard pour prendre la route.

— Dommage que tu t'en ailles, dit-elle.

— Pourquoi ?

— Je n'ai pas l'habitude de me retrouver seule dans un petit hôtel perdu. Je me demande ce que cela peut être, de vivre ici.

— Ton père avait choisi de le faire.

Elle le raccompagna jusqu'à la réception.

— Merci d'avoir pris le temps de me parler.

Avant de démarrer, Stefan appela Giuseppe pour savoir si on avait retrouvé le chien. Mais la piste flairée par le bâtard s'était interrompue au bord d'un chemin de gravier, après une demi-heure de course effrénée à travers la forêt. Näsblom était éreinté.

— On a fait monter le chien dans une voiture qui

devait être à cet endroit, dit Giuseppe. Reste à savoir où ils sont partis.

Stefan mit cap au sud, traversa le fleuve et pénétra dans la forêt. De temps à autre, s'apercevant qu'il roulait trop vite, il donnait un coup de frein. Il avait la tête vide. La seule pensée qui revenait par intermittence était ce qui avait bien pu arriver au chien d'Abraham Andersson.

Peu après minuit, il parvint à Mora. Il s'arrêta devant un kiosque à saucisses qui s'apprêtait à fermer. Quand il eut fini sa barquette, il sentit qu'il était trop fatigué pour continuer. Il gara sa voiture au bout du parking et se recroquevilla à l'arrière. Quand il rouvrit les yeux, il était trois heures du matin. Il sortit pisser dans le noir. Puis il continua vers le sud à travers la nuit. Quelques heures plus tard, il s'arrêta à nouveau pour dormir.

Quand il se réveilla, il était neuf heures du matin. Il fit plusieurs fois le tour de la voiture pour se dégourdir les jambes. Il serait à Borås avant le soir. Il résolut d'appeler Elena de Jönköping, pour lui faire la surprise. De là, avec un peu de chance, il pourrait être chez elle une heure après.

Mais il n'était pas encore arrivé à Örebro lorsqu'il s'arrêta une nouvelle fois. Il avait retrouvé ses esprits. Et il repensait à sa conversation de la veille avec Veronica. Soudain il avait la certitude qu'elle ne lui avait pas dit la vérité.

Cela concernait son père. Quand il lui avait demandé si elle connaissait son passé, elle avait feint la surprise. Or elle savait. Elle savait, mais elle ne voulait pas le dire. Sans pouvoir se l'expliquer, Stefan en avait la certitude. Venait alors la question : connaissait-elle aussi Elsa Berggren, malgré ses dénégations ?

Stefan sortit de la voiture. Cette histoire ne me concerne plus. Je suis malade, je dois consacrer mes forces à essayer de guérir. Je vais rentrer à Borås et m'avouer qu'Elena m'a manqué tous ces jours-ci. Quand j'aurai envie d'appeler Giuseppe, je le ferai et je lui demanderai comment ça avance. Point barre.

La seconde d'après, il avait pris la décision de se rendre à Kalmar. La ville où Molin était né autrefois sous le nom de Mattson-Herzén. Là où tout avait commencé, dans une famille qui révérait Hitler et le national-socialisme.

Là où habitait aussi un certain Wetterstedt, portraitiste. Qui avait envoyé une carte à Herbert Molin pour son anniversaire.

Stefan récupéra la vieille carte de Suède déchirée qui traînait dans le coffre. C'est de la folie, pensa-t-il tout en étudiant les itinéraires possibles d'Örebro à Kalmar. Je devais rentrer à Borås.

Mais il se savait incapable de lâcher prise maintenant. Il voulait comprendre ce qui était arrivé à Herbert Molin. Et à Abraham Andersson. Et peut-être aussi au chien. L'énigme de la disparition du chien.

Il parvint à Kalmar dans la soirée. On était le 5 novembre. La radiothérapie devait débuter quatorze jours plus tard.

Il avait commencé à pleuvoir quelques dizaines de kilomètres avant Västervik. Les gouttes d'eau scintillaient dans le faisceau des phares quand Stefan entra dans la ville et se mit à la recherche d'un hôtel.

18

Tôt le lendemain matin, il descendit au bord de l'eau. Le pont vers l'île d'Öland était à peine visible dans la brume matinale qui couvrait le détroit. Il resta planté sur la rive à écouter le paisible clapotis. Son corps se ressentait du long trajet en voiture. Deux fois dans la nuit, il avait rêvé que d'énormes poids lourds fonçaient sur lui. Il essayait de les éviter, trop tard, il était propulsé hors du sommeil. L'hôtel qu'il avait trouvé était situé dans le centre. Par la mince cloison de sa chambre, il pouvait entendre une femme qui parlait au téléphone. Au bout d'une heure, il avait cogné au mur, et la voix s'était tue. Avant de s'endormir, il avait longuement regardé le plafond en se demandant pourquoi il avait choisi de venir à Kalmar. Voulait-il retarder le plus longtemps possible son retour à Borås ? S'était-il, sans oser l'admettre, lassé d'Elena ? Il ne le savait pas. Mais il doutait fort que cette excursion soit uniquement motivée par son intérêt pour le passé de Herbert Molin.

Les forêts du Härjedalen étaient déjà loin. Ne restaient que lui, sa maladie, et les treize jours qui le séparaient du début du traitement. Rien d'autre. Les treize jours de Stefan Lindman en novembre, pensa-t-il. Comment les verrai-je dans dix ou vingt ans, si je suis encore en vie? Il retourna vers le centre-ville, laissant derrière lui la mer et le brouillard. Il entra dans un café, prit une tasse au comptoir et demanda à emprunter un annuaire.

Il n'y avait qu'un seul abonné au nom de Wetterstedt à Kalmar. Emil Wetterstedt, artiste, habitait Lagmansgatan. Stefan chercha le plan de la ville dans l'annuaire et découvrit aussitôt la rue, en plein centre, à quelques pâtés de maisons de l'endroit où il se trouvait. Il prit son portable avant de se rappeler qu'il était hors d'usage. Il faut que j'achète une nouvelle batterie. Je peux y aller à pied et sonner à sa porte. Mais pour lui dire quoi? Que j'étais un ami de Herbert Molin? C'est un mensonge, nous n'avons jamais été amis. Nous travaillions dans le même commissariat. Une fois, nous avons recherché ensemble un meurtrier évadé. De temps à autre il me donnait un conseil. Mais ses conseils étaient-ils vraiment aussi bons que je me plais à le croire? Je n'en sais rien. Je ne peux même pas lui dire que j'aimerais qu'il fasse mon portrait. En plus, il doit avoir l'âge de Molin. Un vieil homme, qui ne s'intéresse plus trop au monde.

Il but son café lentement. Après avoir formulé toutes ces objections, il ne restait plus qu'à aller sonner. Il lui dirait qu'il était de la police et qu'il désirait lui parler de Herbert Molin. Ce qui arriverait ensuite dépendrait entièrement de la réaction de Wetterstedt.

Il finit sa tasse et sortit. L'air était différent de celui du Härjedalen. Là-bas il avait été sec et froid, alors qu'ici, à Kalmar, il était humide. Tous les magasins étaient encore fermés, mais Stefan en repéra un qui vendait des portables. Puis il se dirigea vers le domicile d'Emil Wetterstedt, en se demandant distraitement si les vieux portraitistes faisaient la grasse matinée.

C'était un immeuble gris, à trois étages, dépourvu de balcons. La porte d'entrée s'ouvrit sans difficulté. Il consulta la liste des habitants. Emil Wetterstedt logeait au dernier étage. Il n'y avait pas d'ascenseur. Le vieux devait avoir de bonnes jambes... Une porte claqua quelque part ; le bruit résonna dans toute la cage d'escalier. Le temps d'arriver en haut, Stefan était hors d'haleine. Son excellente condition physique semblait avoir décliné d'un coup.

Il enfonça le bouton et compta en silence jusqu'à vingt. Puis il appuya à nouveau. Aucun écho dans l'appartement. Il sonna une troisième fois. Rien. La sonnette était peut-être cassée. Il frappa, attendit, tambourina avec les poings. Soudain une porte s'ouvrit dans son dos. Il se retourna. Sur le palier se tenait un vieil homme vêtu d'un peignoir.

— Je cherche M. Wetterstedt, dit Stefan. Il n'est peut-être pas chez lui ?

— Il est toujours dans sa résidence secondaire à l'automne. C'est le moment où il prend ses vacances.

Le voisin le toisait d'un air dédaigneux. Comme s'il était tout naturel de prendre ses vacances en novembre. Et d'avoir un travail alors qu'on aurait dû être à la retraite depuis longtemps.

— Où se trouve sa résidence secondaire ?

— Qui êtes-vous ? Nous essayons de contrôler les allées et venues dans l'immeuble.

— J'ai besoin de lui parler concernant une affaire importante.

Le vieil homme le dévisagea avec méfiance. Puis il parut en prendre son parti.

— La maison d'Emil se trouve sur la côte sud de l'île d'Öland. Après Alvaret, vous verrez un panneau. « Lavande ». Et un autre précisant qu'il s'agit d'une voie privée et d'un domaine privé. C'est là.

— Sa maison s'appelle vraiment « Lavande » ?

— Emil parle d'une nuance très spéciale, qui est d'après lui le plus beau ton de bleu qui existe, impossible à reproduire pour un peintre. Il dit que la nature est le seul maître pour cette couleur. Qui est celle de la lavande.

— Je vous remercie.

— Il n'y a pas de quoi.

Stefan se retourna alors qu'il était déjà dans l'escalier.

— Quel âge a Emil Wetterstedt ?

— Quatre-vingt-huit ans. Mais sa vitalité est excellente.

Le voisin referma sa porte pendant que Stefan redescendait les étages sans se presser. J'ai donc une raison de traverser le pont et de m'enfoncer dans le brouillard. Moi aussi, je suis en vacances, bien malgré moi, sans autre occupation que de faire passer le temps jusqu'au 19.

Il repartit à l'hôtel par le même chemin. Le magasin qui vendait des téléphones portables avait entre-temps ouvert. Un jeune homme le reçut en bâillant et lui tendit une batterie adaptée. Stefan était occupé à payer quand son portable sonna pour annoncer qu'il avait des messages. Il les écouta avant de monter dans sa voiture. Elena avait essayé de le joindre deux fois, d'une voix de plus en plus découragée. Venait ensuite un message de son dentiste lui rappelant qu'il fallait prendre rendez-vous pour le contrôle annuel. Rien d'autre. Giuseppe ne l'avait pas appelé. Stefan n'y comptait pas, mais il l'avait peut-être espéré malgré tout. Aucun de ses collègues de Borås ne s'était d'ailleurs manifesté. Ça aussi, c'était une surprise. Il n'avait pour ainsi dire pas d'amis.

Il posa son portable sur le siège du passager, quitta le parking et commença à chercher une sortie vers le pont. Le brouillard était encore très dense quand il traversa le détroit. C'était peut-être comme ça, la mort. Autrefois il y avait eu un passeur, une barque, un fleuve. Maintenant c'était peut-être un pont, une voiture qui s'enfonçait dans le brouillard, et puis rien.

Arrivé de l'autre côté, il tourna à droite, dépassa l'entrée d'un parc animalier et poursuivit vers le sud. Il roulait lentement, sans croiser beaucoup de voitures. Il n'y avait pas de paysage, uniquement ce brouillard blanc. Stefan s'arrêta quelque part au bord de la route et sortit de la voiture. Il crut entendre une corne de brume et peut-être aussi la rumeur de la mer ; pour le reste, tout était silencieux. Il eut la sensation que le brouillard avait enseveli jusqu'à son cerveau. Il leva la main droite et la regarda. Elle était très blanche.

Il repartit et faillit manquer l'écriteau « Lavande 2 », qui lui en rappela un autre, qu'il avait cherché récemment, « Dunkärret 2 ». La Suède était un pays où les gens vivaient à deux kilomètres de la route.

Le chemin sur lequel il s'engagea était plein d'ornières et semblait pour ainsi dire inutilisé. Il s'achevait sur un portail fermé, devant lequel se trouvaient une vieille Volvo 404 et une Harley-Davidson. Stefan coupa le moteur et descendit. Il avait gardé certains repères du temps de ses vadrouilles avec le pilote de motocross. Ce n'était pas un modèle standard de chez Harley, mais du sur-mesure, une machine de grand prix. Un homme de quatre-vingt-huit ans pouvait-il conduire une moto ? Alors il avait en effet une vitalité exceptionnelle. Stefan ouvrit le portail et remonta l'allée. Il ne voyait aucune maison. Soudain, une silhouette surgit du brouillard. Elle venait à sa rencontre. Un jeune homme aux cheveux courts, bien habillé, veste en cuir et chemise bleu ciel ouverte au col, s'arrêta devant lui. Il était de constitution plutôt athlétique.

— Qu'est-ce que tu fais là ? demanda-t-il d'une voix aiguë, en criant presque.

— Je cherche Emil Wetterstedt.

— Pourquoi faire ?

— Je veux lui parler.

— Qu'est-ce qui te fait croire qu'il a envie de te parler, lui ?

Stefan perdit patience. C'était absurde. Et la voix du garçon lui écorchait les oreilles.

— Je viens le voir au sujet de Herbert Molin. Police.

Le jeune homme le toisa en silence. Seule sa mâchoire bougeait. Il devait mâcher du chewing-gum.

— Attends là. Ne bouge pas.

Il disparut dans la blancheur. Stefan le suivit à petite vitesse. Il n'avait pas fait deux mètres qu'une maison émergea du brouillard. Il vit le garçon entrer. La maison était chaulée, longue, étroite, avec une aile d'un côté. Stefan se demanda à quelle distance était la mer. La porte se rouvrit, le garçon approcha.

— Je t'avais dit d'attendre ! cria-t-il de sa voix de fausset.

— On n'a pas toujours ce qu'on veut. Alors ? Il reçoit ?

L'autre lui fit signe. Une odeur de térébenthine flottait dans la maison. Les lampes étaient allumées. Stefan dut s'incliner pour passer sous les embrasures des portes. Le garçon le conduisit dans une pièce qui donnait sur l'arrière, et dont le mur était vitré sur toute sa longueur.

Emil Wetterstedt était assis dans un coin. Au fond d'un fauteuil, un plaid sur les genoux. Sur une table d'appoint, Stefan vit une pile de livres et une paire de lunettes. Le garçon s'était placé derrière le fauteuil. Le visage du vieil homme était très ridé, sous ses cheveux blancs et rares. Mais le regard qu'il dirigeait vers Stefan était limpide.

— Je n'aime pas être dérangé pendant mes vacances.

Sa voix était à l'exact opposé de celle du garçon, grave et basse.

— Je ne serai pas long.

— Je ne prends plus de commandes. D'ailleurs, ton visage ne m'inspire pas, il est trop rond. Je préfère les traits anguleux.

— Je ne suis pas venu pour un portrait.

Emil Wetterstedt changea de position dans le fauteuil. Le plaid glissa de ses genoux. Le garçon le rajusta immédiatement.

— Alors pourquoi es-tu venu ?

— Je m'appelle Stefan Lindman et je suis policier. J'ai travaillé quelques années avec Herbert Molin à Borås. Je ne sais pas si vous êtes au courant, mais il est mort.

— Je sais. A-t-on identifié le coupable ?

— Non.

Emil Wetterstedt indiqua un fauteuil. Le garçon l'approcha à contrecœur. Stefan s'assit et enchaîna.

— Comment avez-vous été informé de la mort de Herbert Molin ?

— C'est important ?

— Non.

— Est-ce un interrogatoire ?

— Non, juste une conversation.

— Je suis trop vieux pour converser. J'ai arrêté à mon soixantième anniversaire. J'avais assez parlé dans la vie. Donc je ne dis plus rien et je n'écoute plus les autres. À part mon médecin. Et quelques rares jeunes gens.

Il gratifia d'un sourire le garçon qui veillait derrière le fauteuil. Stefan commençait à se sentir mal à l'aise. Qui était ce type qui servait apparemment de valet au vieil homme ?

— Tu es venu, reprit Wetterstedt, pour me parler de Herbert Molin. Que veux-tu savoir ?

Stefan résolut d'éviter les détours. Wetterstedt se moquait probablement de savoir qu'il n'avait aucun mandat.

— Le mobile et l'identité du meurtrier nous échappent encore. Nous devons donc travailler en profondeur. Qui était Herbert Molin ? Sa mort peut-elle être liée à son passé ? Voilà le genre de questions que nous nous posons, et que nous posons également à ceux qui le connaissaient.

Emil Wetterstedt garda le silence. Le garçon continuait d'observer Stefan avec une hostilité non déguisée.

— En réalité, je connaissais surtout le père de Herbert. J'étais plus jeune que lui, mais plus âgé que son fils.

— Axel Mattson-Herzén était capitaine de cavalerie, je crois.

— Mais oui. Un noble titre, qui se transmettait dans la famille. Un de ses ancêtres avait combattu à Narva[1]. Les Suédois ont gagné, mais l'ancêtre y est resté. L'événement avait donné lieu à une tradition familiale. Chaque année, on célébrait la bataille de

1. En novembre 1700, l'armée suédoise conduite par le roi Charles XII infligea une spectaculaire défaite aux troupes du tsar Pierre le Grand qui assiégeaient Narva (ville de l'Estonie actuelle, qui appartenait alors à la Suède).

Narva. Il y avait aussi chez eux un buste imposant de Charles XII, et toujours des fleurs fraîches dans le vase à côté. Je m'en souviens encore.

— Vous étiez parents ?

— Non. Mais j'ai un frère à qui il est également arrivé malheur.

— L'ancien ministre ?

— C'est cela. Je lui avais pourtant déconseillé de faire de la politique. Surtout dans la mesure où ses opinions étaient ridicules.

— Il était social-démocrate.

Wetterstedt le regarda droit dans les yeux.

— J'ai dit que ses opinions étaient ridicules. Comme tu le sais peut-être, il a été tué par un fou. On a retrouvé son corps sous un bateau, sur une plage des environs d'Ystad. Je ne lui rendais jamais visite. Nous n'avions plus aucun contact depuis vingt ans.

— N'y avait-il pas un autre buste chez les Mattson-Herzén ? À côté de celui de Charles XII ?

— Ah ! Tu penses à qui ?

— À Hitler.

Le garçon tressaillit. Ce fut imperceptible, mais Stefan l'enregistra. Wetterstedt, lui, était resté impassible.

— Où veux-tu en venir ?

— Herbert Molin s'est volontairement enrôlé dans la Waffen SS pendant la guerre. Ses parents soutenaient le nazisme. Est-ce exact ?

— Bien entendu.

Wetterstedt avait répondu sans hésiter et sans détourner son regard.

— Nous n'avons pas besoin de feindre, monsieur le policier. Que sais-tu de moi, exactement ?

— Rien, sinon que vous êtes peintre et que vous étiez en relation avec Herbert Molin.

— Je lui ai toujours été dévoué. Il a fait preuve d'un grand courage pendant la guerre. Évidemment, tous les gens raisonnables étaient du côté de Hitler. Le choix était simple : assister, impuissants, au triomphe du communisme, ou résister. Notre gouvernement de l'époque n'était fiable qu'en partie. Tout était prêt.

— Prêt pour quoi ?

— Une invasion allemande.

La réponse avait été donnée par le garçon. Stefan lui jeta un regard.

— Tout n'a pas été vain, quoi qu'il en soit, reprit Wetterstedt. J'aurai bientôt peint mon dernier portrait. Mais il existe fort heureusement une génération de jeunes gens qui voient d'un œil lucide ce qui se passe en Suède, en Europe, dans le monde. On peut se réjouir de la chute du bloc de l'Est. Un spectacle lamentable. Mais réconfortant. La situation de la Suède, en revanche, est pire que jamais. Décadence, laxisme. Les frontières n'existent plus. N'importe qui entre chez nous quand il veut, comme il veut, avec n'importe quel dessein. Je doute qu'on puisse sauver le caractère national. Il est trop tard. Pourtant il faut essayer.

Wetterstedt s'interrompit et considéra Stefan avec un sourire.

— Comme tu le vois, j'ai le courage de mes opinions. Je ne les ai jamais reniées, ni même cachées.

Bien sûr, il est arrivé que certains refusent de me saluer, ou crachent sur mon passage. Mais il s'agissait toujours d'individus insignifiants. Comme mon frère, par exemple. Et je n'ai jamais eu le moindre problème pour obtenir des commandes en tant que portraitiste. Ce serait plutôt le contraire.

— Que voulez-vous dire ?

— Il y a toujours eu dans ce pays des personnes qui me respectaient à cause de mon courage. Des personnes qui partagent mes convictions, mais qui, pour différentes raisons, préfèrent ne pas se faire connaître. Dans certains cas, je peux les comprendre. Dans d'autres, il ne s'agit que de lâcheté. Mais j'ai fait leur portrait à tous.

Wetterstedt signala qu'il voulait se lever. Le garçon l'aida à se mettre debout et lui tendit une canne. Comment faisait-il donc pour grimper les étages de son immeuble à Kalmar ? se demanda Stefan intérieurement.

— J'ai quelque chose à te montrer, déclara Wetterstedt.

Ils sortirent. La canne résonnait sur les dalles du couloir. Soudain Wetterstedt s'arrêta et regarda Stefan.

— Tu t'appelles Lindman, c'est bien cela ?

— Stefan Lindman.

— Si je ne me trompe pas du tout au tout, tu as l'accent du Västergötland.

— Je suis né à Kinna, près de Borås.

Wetterstedt hocha pensivement la tête et se remit en marche.

— Je ne suis jamais allé à Kinna. J'ai traversé

Borås une fois. Mais je ne me sens nulle part aussi bien qu'ici ou à Kalmar. Je n'ai jamais compris pourquoi les gens éprouvaient un tel besoin de voyager.

Stefan pensa qu'il avait entendu récemment un autre vieil homme évoquer les voyages sur le même ton sceptique. Ils entrèrent enfin dans une pièce entièrement nue, à l'exception d'une tenture qui masquait l'un des murs. Wetterstedt l'écarta du bout de sa canne, révélant trois portraits sertis dans des cadres dorés de forme ovale. Celui du milieu représentait Hitler, de trois quarts. À gauche, Stefan reconnut Göring, de profil. Celui de droite était un portrait de femme.

— Voici mes divinités, déclara Wetterstedt. J'ai réalisé le portrait du Führer en 1944 alors que tous, y compris ses généraux, commençaient à se détourner de lui. C'est le seul portrait de ma carrière que j'ai réalisé uniquement d'après photographies.

— Vous avez donc rencontré Göring ?

— Oui. En Suède et à Berlin. Il a été marié quelques années, pendant l'entre-deux-guerres, à une Suédoise prénommée Karin. En mai 1941, la légation d'Allemagne à Stockholm a pris contact avec moi. Le maréchal Göring souhaitait faire peindre son portrait et il m'avait désigné. J'avais en effet eu l'occasion de faire celui de Karin, et il avait apprécié le résultat. C'était un grand honneur. Je suis donc parti pour Berlin. Il était très aimable. À un moment donné, il a été question de me faire rencontrer le Führer, lors d'une réception. Mais il y a eu un empêchement. C'est le grand regret de ma vie. J'étais tout près de lui, pourtant je n'ai jamais pu lui serrer la main.

— Qui est la femme ?

— Mon épouse, Teresa. J'ai réalisé ce portrait l'année de notre mariage, en 1943. Si tu sais voir, tu discerneras l'amour dans ce travail. J'ai peint l'amour. Nous avons eu dix années ensemble, avant qu'elle soit emportée par une inflammation du muscle cardiaque. De nos jours, elle aurait survécu.

Wetterstedt fit signe au garçon, qui remit la tenture en place.

Ils retournèrent dans l'atelier.

— Maintenant tu sais qui je suis, dit le vieil homme quand il fut à nouveau assis sous son plaid et que le garçon eut repris sa place derrière le fauteuil.

— Vous avez dû réagir à l'annonce de la mort de Herbert Molin. Vous avez dû vous interroger sur ce meurtre.

— J'ai pensé que ce devait être un fou. Un de ces innombrables délinquants qui viennent commettre leurs forfaits chez nous en toute impunité.

Stefan commençait à avoir la tête lourde, à force d'écouter sans broncher les avis de Wetterstedt.

— Le meurtre était prémédité. Ce n'était pas un fou.

— Alors je ne sais pas.

Le ton était abrupt. Un peu trop vif et un peu trop appuyé, pensa Stefan. Il choisit d'avancer avec prudence.

— Il peut y avoir eu autre chose. Il y a longtemps. Peut-être pendant la guerre.

— Quoi donc ?
— C'est la question que je me pose.
— Herbert Molin était soldat, point. S'il était arrivé quelque chose de... spécial, il m'en aurait parlé. Ce n'est pas le cas.
— Vous vous fréquentiez régulièrement ?
— Jamais. Du moins au cours des trente dernières années. Notre contact était épistolaire. Il m'écrivait et je répondais par cartes postales. Je n'ai jamais aimé les lettres. Pas plus en écrire qu'en recevoir.
— Vous a-t-il jamais dit qu'il avait peur ?
Les doigts minces de Wetterstedt tambourinaient impatiemment contre l'accoudoir.
— Bien sûr qu'il avait peur. Tout comme moi. Peur de ce que ce pays est en train de devenir.
— Je songeais plutôt à autre chose. Qui l'aurait concerné personnellement.
— Et ç'aurait été quoi ? Il a choisi de dissimuler son identité politique, ce que je peux comprendre. Mais je ne crois pas qu'il ait eu peur au sens où tu l'insinues, peur d'être compromis, au cas où certains documents tomberaient entre de mauvaises mains ou ce genre de chose.
Le garçon toussota et Wetterstedt s'interrompit aussitôt. Il en a trop dit, pensa Stefan. Le garçon veille sur lui.
— Quels documents ?
Wetterstedt secoua la tête avec irritation.
— Il y a tant de documents qui traînent, éluda-t-il.
Stefan attendit une suite qui ne vint pas. Les

doigts de Wetterstedt continuaient de tambouriner contre l'accoudoir.

— Je suis un vieil homme. Les conversations me pèsent. Je vis dans un crépuscule qui n'en finit pas de se prolonger. Je n'attends rien. Et maintenant, je voudrais que tu t'en ailles.

Le garçon sourit d'un air mauvais. Stefan pensa que ses autres questions resteraient sans réponse. L'audience était terminée.

— Magnus te raccompagne, dit Wetterstedt. Ce n'est pas la peine de me serrer la main. Je redoute les microbes plus encore que les humains.

Quand le prénommé Magnus lui ouvrit la porte de la maison, l'épais brouillard pesait toujours, immobile, sur la campagne.

— À quelle distance est la mer ? demanda Stefan pendant que l'autre le raccompagnait jusqu'à sa voiture.

— Je ne suis pas obligé de répondre.

Stefan s'arrêta net. La fureur le submergea.

— Je m'étais toujours représenté les petits fachos comme des types rasés, avec des rangers. En fait, ils peuvent avoir n'importe quelle tête. La tienne, par exemple.

Magnus sourit.

— Emil m'a appris à ignorer les provocations.

— Qu'est-ce que tu t'imagines ? Que vos idées ont un avenir ? Que vous allez pouvoir persécuter les immigrés ? Dans ce cas, c'est deux millions de Suédois qu'il faudra mettre à la porte. Le nazisme est mort. Il est mort en même temps que Hitler. Mais toi ? Tu trouves ça intéressant, de torcher un vieillard parce qu'il a eu l'honneur de serrer la main de Göring ? Que crois-tu donc qu'il peut t'apprendre ?

Ils étaient arrivés près des voitures et de la moto. Stefan était en nage. Il insista.

— Que crois-tu donc qu'il peut t'apprendre ?

— À ne pas commettre les mêmes erreurs qu'eux. À ne pas s'énerver. Va-t'en maintenant.

Stefan mit le contact et fit demi-tour. Dans le rétroviseur, il vit que le garçon le suivait du regard.

Il reprit lentement la route du pont en repensant à ce qu'avait dit Wetterstedt. Le vieil homme était quantité négligeable. Ses idées ne représentaient plus un danger, seulement le vague reflet nostalgique d'une époque épouvantable. Épouvantable, mais déjà lointaine. Wetterstedt était de ceux qui n'avaient jamais voulu comprendre. Comme Herbert Molin, comme Elsa Berggren. Magnus représentait autre chose. Il croyait très sérieusement que la doctrine national-socialiste avait un présent et un avenir.

Stefan allait s'engager sur le pont quand son téléphone sonna.

Il s'arrêta, mit les warnings et répondit.

— C'est Giuseppe. Tu es arrivé à Borås ?

Stefan hésita à lui raconter sa rencontre avec Emil Wetterstedt. Puis il résolut de ne rien dire dans l'immédiat.

— Presque. J'ai eu mauvais temps.

— Je voulais juste t'annoncer qu'on a retrouvé le chien.

— Où ?

— Dans un endroit auquel on n'aurait jamais pensé.

— Où ?
— Devine.
Stefan essaya de réfléchir. Aucune idée ne lui vint.
— Je renonce.
— Dans le chenil de Herbert Molin.
— Il était mort ?
— Bien vivant. Et affamé.
Giuseppe éclata de rire.
— Quelqu'un vient voler le chien d'Abraham Andersson en pleine nuit sous le nez de la police, tout ça pour l'enfermer dans le chenil de Molin après lui avoir enlevé sa laisse. Qu'en dis-tu ?
— Qu'il y a quelqu'un tout près de vous qui essaie de vous dire quelque chose.
— Précisément. Mais quoi ? Admettons que le chien soit une bouteille à la mer lancée dans les flots verts de nos forêts. Quel est le texte du message ? Et à qui s'adresse-t-il ? Réfléchis et rappelle-moi. Je rentre à présent à Östersund.
— C'est vraiment remarquable.
— Mais oui. Remarquable et effrayant, je suis convaincu que cette histoire cache un truc dont on n'a absolument aucune idée.
— Tu crois toujours que c'est le même homme ?
— Oui, sûrement. Rappelle-moi. Sois prudent sur la route.
Il y eut un grésillement. Puis la communication fut coupée. Stefan écouta le tic-tac des warnings. Une voiture passa, puis une autre. Allez, pensa-t-il, je rentre. Emil Wettetstedt ne m'a rien appris de neuf. En revanche, il a confirmé ce que je savais

déjà. Herbert Molin n'a jamais varié dans ses opinions. Il faisait partie des irréductibles.

Stefan s'engagea sur le pont de Kalmar, fermement décidé à rentrer chez lui. Mais avant même de toucher terre, il avait changé d'avis.

19

Il rêva qu'il marchait à travers la forêt, en direction de la maison de Herbert Molin. Le vent soufflait si fort qu'il peinait à garder son équilibre. Il tenait une hache, et il était effrayé par quelque chose derrière lui. Il s'arrêtait devant le chenil. Le vent violent avait disparu, comme si quelqu'un avait soudain coupé la bande-son. Deux chiens se jetaient contre la clôture. Ils étaient enragés.

Il fut projeté hors du rêve. Pas à cause des chiens qui auraient réussi à arracher le grillage, mais parce qu'une femme lui tapotait l'épaule.

— Il est interdit de dormir ici, dit-elle sur un ton sévère. C'est une bibliothèque, pas une salle de repos.

— Désolé.

Stefan jeta autour de lui un regard désemparé. Un vieux monsieur à la moustache tortillée était plongé dans un numéro de *Punch*. On aurait dit la caricature d'un gentleman anglais. Il leva la tête et toisa Stefan d'un air réprobateur. Stefan ramassa le livre sur lequel il s'était assoupi et regarda sa montre. Dix-huit heures quinze. Combien de temps avait-il dormi ? Une dizaine de minutes tout au plus. Il secoua la tête, chassa les chiens de ses pensées et s'absorba à nouveau dans sa lecture.

Il avait pris sa décision sur le pont. Il allait s'introduire dans l'appartement d'Emil Wetterstedt. Mais il ne voulait pas reprendre une chambre à l'hôtel. Il attendrait la nuit. Puis il fracturerait la porte.

D'ici là, il n'y avait rien à faire, sinon attendre. Dans une quincaillerie, il avait acheté un tournevis et le plus petit pied-de-biche qu'il avait trouvé en rayon. Puis il était entré dans une boutique de confection pour hommes et il avait choisi une paire de gants bon marché.

Ensuite il avait erré dans la ville jusqu'à ressentir les effets de la faim. Il avait dîné dans une pizzeria en parcourant le journal local, qui avait pour titre *Barometern,* « Le Baromètre ». Après deux tasses de café, il lui restait le choix entre retourner à sa voiture dormir quelques heures ou poursuivre sa promenade. Il s'était souvenu alors qu'il restait toujours l'option de la bibliothèque municipale. Dans la section histoire, il avait fini par dénicher ce qu'il cherchait : un épais volume consacré à l'Allemagne nazie, et un livre plus petit consacré à la même période en Suède. L'épais volume avait été vite feuilleté.

Mais le petit livre avait retenu son intérêt.

L'histoire y était racontée de façon limpide. Une heure plus tard, il avait pris la mesure d'une donnée qui lui avait toujours échappé jusqu'alors. Emil Wetterstedt l'avait pourtant dit, et Elsa Berggren aussi, à sa manière. Tout au long des années trente, puis des années de guerre jusqu'en 1943 ou 1944, le nazisme avait été beaucoup plus répandu en Suède qu'il ne l'était rétrospectivement admis, avec plusieurs partis nazis concurrents. Mais au-delà des hommes et des femmes engagés, ceux qu'on voyait défiler dans les rues, il y avait eu une masse anonyme, qui aurait accueilli favorablement une invasion allemande et l'instauration d'un régime national-socialiste en Suède. Il découvrit des informations surprenantes sur les concessions faites aux Allemands par le gouvernement en place, et sur l'exportation de minerai de fer suédois, qui avait contribué de façon décisive à l'essor de l'industrie de l'armement en Allemagne, en lui permettant de faire face aux exigences insatiables de Hitler. Stefan se demanda où donc était passée cette histoire du temps de sa scolarité. Les vagues souvenirs qu'il gardait de l'école donnaient une image toute différente, celle d'une Suède qui, alliant sagesse et prudente diplomatie, était restée à l'écart de la guerre, et dont le gouvernement avait su maintenir une position de stricte neutralité, épargnant ainsi au pays d'être écrasé par la formidable machine de guerre allemande. L'existence de nazis indigènes, non pas isolés mais nombreux, il n'en avait jamais entendu parler. La réalité qu'il découvrait à présent expliquait mieux les actes de Herbert Molin et sa joie, une fois la frontière norvégienne franchie et alors qu'il anticipait son transfert en Allemagne. Stefan avait soudain le sentiment de discerner à la fois Emil Wetterstedt et les parents de Herbert Molin dans la masse floue des spectateurs qu'on distinguait à l'arrière-plan sur ces photographies de défilés des nationaux-socialistes suédois.

C'était à ce point de sa lecture qu'il avait dû s'endormir pour rêver des chiens enragés.

Le lecteur de *Punch* se leva et quitta la salle. Deux filles assises dans un coin chuchotaient en rigolant sous cape. Stefan devina qu'elles étaient originaires du Proche-Orient. Il songeait à ce qu'il venait de lire dans son petit livre, la manière dont les étudiants d'Uppsala avaient protesté contre le fait que des médecins juifs demandent l'asile en Suède pour échapper aux persécutions en Allemagne. Cet asile leur avait d'ailleurs été refusé.

Il se leva et descendit les marches jusqu'au bureau de prêt. La femme qui l'avait réveillé n'était pas là. Il chercha les toilettes, se rinça la figure et retourna en salle de lecture. Les deux filles étaient parties. À leur place, il restait un journal. Il s'en approcha. Il était en arabe. Elles avaient laissé derrière elles un léger parfum. Il pensa à Elena, il devrait l'appeler. Puis il se rassit et lut le dernier chapitre, qui s'intitulait : « Le nazisme en Suède après la guerre. » Il y était question de groupuscules sectaires et de diverses tentatives plus ou moins adroites pour organiser un parti capable d'atteindre une réelle ampleur politique. Derrière ces petites organisations locales qui naissaient, changeaient de nom, s'entre-déchiraient, disparaissaient et renaissaient sans cesse, il lui semblait discerner la masse grise. Ces gens-là n'avaient rien à voir avec les nazillons au crâne rasé. Ils n'avaient jamais braqué une banque, assassiné un policier ou maltraité un immigré innocent. Il comprit qu'il existait une frontière nette entre ces gens et les autres, ceux qui défilaient en braillant en l'honneur de Charles XII[1]. Il repoussa le livre. Où, dans ce contexte, fallait-il situer le garçon de compagnie d'Emil Wetterstedt ? Existait-il malgré tout un réseau dont personne n'avait encore eu vent, à l'abri duquel les « anciens » tels que Herbert Molin, Elsa Berggren et Emil Wetterstedt pouvaient diffuser leur propagande ? Une organisation secrète où était accueillie la nouvelle génération ? Il pensa à ce qu'avait dit Wetterstedt à propos de « documents qui pouvaient tomber entre de mauvaises mains ». Le garçon avait réagi et Wetterstedt s'était tu.

Il rangea les livres à leur place et sortit de la bibliothèque. La nuit était tombée. De retour à sa voiture, il téléphona à Elena. Il ne pouvait plus repousser l'échéance. Elle parut contente d'entendre sa voix, mais aussi sur ses gardes.

— Où es-tu ?

— En route.

— Pourquoi mets-tu tant de temps ?

— J'ai eu des problèmes avec la voiture.

— Quels problèmes ?

— Un truc avec la boîte de vitesses. Mais j'arrive demain.

1. Le 30 novembre, jour anniversaire de la mort de Charles XII, récupéré par les néonazis.

— Pourquoi ce ton exaspéré ?
— À cause de la fatigue.
— Comment vas-tu ? Pour de vrai ?
— Je n'ai pas la force d'en parler maintenant. Je voulais juste te dire que j'arrivais.
— Tu dois comprendre que je m'inquiète.
— Je serai à Borås demain.
— Ne peux-tu pas me dire pourquoi tu es si énervé ?
— Je te l'ai déjà dit. La fatigue.
— Ne conduis pas trop vite.
— Je ne conduis jamais vite.
— Si, toujours.

La communication fut coupée. Stefan soupira. Mais au lieu de la rappeler, il éteignit le portable. L'horloge du tableau de bord indiquait dix-neuf heures vingt-cinq. Il ne pourrait pas s'introduire chez Wetterstedt avant minuit, au moins.

C'est n'importe quoi. Je devrais rentrer. Et si quelqu'un me voit ? Je serai viré comme un malpropre. Un flic cambrioleur, ce n'est pas quelque chose que le procureur prendra à la légère. Non seulement je m'attirerai les pires ennuis, mais je créerai un problème pour tous les collègues de la corporation. Giuseppe croira qu'il a reçu la visite d'un fou, Olausson à Borås ne rira plus jamais.

Il se demanda s'il *voulait* être arrêté. Si c'était ça, son but. Un passage à l'acte destructeur. Il avait un cancer, donc il n'avait rien à perdre.

Était-ce la vérité ? Il n'en savait rien. Il serra sa veste contre lui et ferma les yeux.

Il était vingt heures trente lorsqu'il se réveilla. Il n'avait plus rêvé des chiens. Une nouvelle fois, il tenta de se persuader de quitter Kalmar. En vain.

La dernière lumière s'éteignit aux fenêtres de Lagmansgatan. Stefan, abrité sous un arbre, observa la façade encore un moment. Le vent s'était levé et il pleuvait. Puis il traversa rapidement la rue et poussa la porte d'entrée de l'immeuble. Curieusement, elle n'était toujours pas fermée à clé. Il se glissa dans le hall d'entrée obscur et écouta. Rien. Il alluma sa lampe, grimpa jusqu'au dernier étage et éclaira la porte de l'appartement de Wetterstedt. Il ne s'était pas trompé. Ce matin, pendant qu'il sonnait vainement chez lui, il avait étudié les serrures. Il y en avait deux, mais aucune n'était d'un modèle bien compliqué. Cela l'étonna. Un homme comme Wetterstedt ne devait-il pas être un maniaque de la sécurité ? Dans le pire des cas, il aurait installé une alarme. Mais il fallait accepter ce risque.

Il ouvrit le rabat de la fente destinée au courrier et y colla son oreille. Il ne pouvait pas être absolument certain que l'appartement soit vide. Mais tout était silencieux. Il sortit le pied-de-biche et glissa la lampe entre ses dents. Il n'avait pas droit à l'erreur. Ou bien il ouvrait la porte du premier coup, ou bien il devrait partir. Tout au début de sa carrière, il avait appris la technique élémentaire des cambrioleurs. Un seul essai, si possible. Un bruit inhabituel passait le plus souvent inaperçu, à condition de rester isolé. Mais si on s'y reprenait, le risque d'attirer les soupçons devenait bien plus grand. Il s'accroupit, posa son pied-de-biche au sol et enfonça le tournevis jusqu'à rencontrer une résistance. Il força un peu ; la porte cédait. Il le remonta le plus haut possible, et le coinça sous la serrure du bas. Il ramassa le pied-de-biche, l'inséra entre les deux serrures tout en écartant le tournevis avec sa jambe pour élargir l'ouverture. Il transpirait sous l'effort, mais il n'était pas satisfait. À la moindre tentative, il risquait de fendre le chambranle au lieu d'arracher les serrures. Il enfonça encore un peu le tournevis. Le pied-de-biche mordit davantage entre la porte et le chambranle. Il reprit son souffle avant de vérifier la position du pied-de-biche. Il ne pouvait forcer plus loin.

Il s'essuya le front. Puis il poussa de toutes ses forces en maintenant la pression de sa jambe contre le tournevis. La porte s'entrouvrit. On n'avait entendu qu'un craquement, et le bruit du tournevis tombant sur son pied. Il éteignit la lampe et écouta dans le noir, prêt à fuir. Le silence était compact. Il ouvrit doucement la porte et la referma derrière lui. Une odeur de renfermé flottait dans l'appartement. Il pensa vaguement à celle de la maison de sa grand-mère, près de Värnamo, où il allait quelquefois enfant. L'odeur des vieux meubles. Il ralluma sa lampe en évitant de diriger le faisceau vers les fenêtres. Il n'avait aucun plan, aucune idée de ce qu'il cherchait. S'il avait été un cambrioleur normal, les choses auraient été plus simples. Il inspecta un tas de journaux posés sur une table. Rien n'indiquait que Wetterstedt fût abonné à un journal livré par un coursier matinal.

L'appartement n'était pas grand – trois pièces –, mais, contrairement à la maison de vacances, plutôt spartiate, il était encombré par le mobilier. Il jeta un coup d'œil dans la chambre, puis dans le séjour qui servait manifestement aussi d'atelier. Il y avait un chevalet. Et un secrétaire, contre le mur. Il ouvrit un tiroir.

Vieilles lunettes, jeux de cartes, coupures de journaux. « Le portraitiste Emil Wetterstedt fête ses cinquante ans. » La photo avait pâli, mais Stefan reconnaissait parfaitement le regard limpide dirigé vers l'objectif. Le ton de l'article était révérencieux.

> *Le portraitiste de renommée internationale qui n'a jamais quitté sa ville natale de Kalmar, même si les occasions ne lui ont guère manqué de s'établir ailleurs... On murmure que de multiples invitations auraient pressé notre artiste de venir prendre sa place parmi ses riches et nobles clients sur la Riviera.*

Il rangea la coupure de presse en pensant qu'elle était incroyablement mal écrite. Qu'avait dit Wetterstedt ? Qu'il n'aimait pas les lettres, leur préférant de brefs messages qui pouvaient tenir au dos d'une carte postale. Peut-être était-ce lui qui avait rédigé l'article, dont la maladresse s'expliquerait alors par le manque d'habitude. Stefan ouvrit distraitement les autres tiroirs puis, laissant le secrétaire, il entra dans la dernière pièce, qui était un bureau, et s'avança jusqu'à la table. Les rideaux étaient tirés. Avant d'allumer la lampe de travail, il posa sa veste par-dessus.

Il y avait deux piles de documents sur la table. Il feuilleta la première : des factures et des dépliants touristiques, de Toscane et de Provence. Il se demanda si Wetterstedt aimait voyager, tout compte fait, malgré ses dénégations. Il passa à la deuxième pile, qui contenait des grilles de mots croisés arrachées à des journaux. Toutes complétées, aucune rature. Il songea à nouveau à ce qu'avait dit Wetterstedt. Il n'aimait pas écrire. Mais il était familier des mots.

Sous la pile, Stefan découvrit une enveloppe ouverte. Il en sortit un carton d'invitation imprimé, dont les caractères évoquaient les runes antiques.

> *Le 30 novembre, retrouvons-nous comme d'habitude à treize heures dans la Grande Salle. Après le repas, l'évocation de souvenirs et la musique, nous écouterons la conférence de notre ami le capitaine Akan Forbes, qui nous parlera de sa contribution aux années de lutte pour une Rhodésie du Sud blanche. Ensuite nous passerons à l'ordre du jour de l'assemblée générale.*

L'invitation était signée « Le Grand Maître de cérémonie ». Stefan examina l'enveloppe. Le cachet de la poste portait le nom de la ville de Hässleholm. Il approcha la lampe et lut le texte une deuxième fois. De quoi s'agissait-il ? Où se trouvait cette « Grande Salle » ? Il rangea la carte dans son enveloppe et la remit sous la pile des mots croisés. Puis il parcourut les tiroirs, qui n'étaient pas fermés à clé, sans cesser de prêter l'oreille, attentif au moindre bruit suspect. Tout en bas à gauche, il découvrit un dossier relié qui remplissait tout l'espace du tiroir. En le posant sur la table, il vit qu'une croix gammée était imprimée dans le cuir. Il l'ouvrit avec précaution car la reliure était en très mauvais état. À l'intérieur, une épaisse liasse de feuilles tapées à la machine. Des copies, pas des originaux. Le papier était mince. Le texte avait été écrit sur une machine où le A et le E avaient tendance à sauter et à se retrouver placés plus haut que les autres lettres.

En haut de la première page, une main inconnue avait tracé ces mots : « Amis fidèles à leur mission jurée. » Suivait une longue liste de noms classés par ordre alphabétique et précédés d'un numéro. Stefan tourna la page. La liste continuait. Il parcourut les noms sans en reconnaître un seul. Mais c'étaient des noms suédois. Il continua à tourner les pages.

À la lettre D, à côté de Karl-Evert Danielsson, la main de la première page avait porté une annotation : « Décédé – cotisation annuelle versée pour trente ans ». Cotisation annuelle de quoi ? Il n'y avait aucun sigle, aucun nom d'organisation, rien que ces noms de personnes alignés, dont beaucoup étaient assortis de la mention « décédé ». À certains endroits, la main précisait que la cotisation annuelle avait été « acquittée par donation ». Ailleurs il était écrit que « la succession paie » ou encore « cotisation payée par fils ou fille non identifié(e) ». Il revint à la lettre B. Elsa Berggren figurait dans la liste. Il alla à la lettre M. Herbert Molin y était. Il recommença depuis le début. Il n'y avait pas d'Abraham Andersson. Puis il regarda le dernier nom de la liste : Öxe, Hans. Il portait le numéro 1430.

Stefan referma le dossier et le replaça avec précaution dans le tiroir. Était-ce là un des « documents » dont avait parlé Wetterstedt ? Et que cachait-il ? Une association d'amis du nazisme ? Une organisation politique ? Il essayait de comprendre. Il aurait fallu emporter ce dossier et le montrer à qui de droit. Mais c'était impossible, vu la manière dont il avait mis la main dessus. Stefan éteignit la lampe et resta assis dans le noir. L'atmosphère lui semblait encore épaissie par son propre malaise. Ce n'étaient pas les vieux tapis ni les vieux tissus d'ameublement qui dégageaient cette odeur ; c'était cette liste. Tous ces gens, morts ou vifs, qui payaient leur cotisation annuelle, eux-mêmes ou par le biais de leurs héritiers, à cette entité qui n'avait même pas de nom. Mille quatre cent trente individus se réclamant d'un idéal qui aurait dû être enterré une fois pour toutes. Or, à l'évidence, ce n'était pas le cas. Derrière le fauteuil de Wetterstedt s'était tenu un très jeune homme, comme un rappel que tout cela était bien vivant.

Stefan resta assis. Il devait partir. Mais quelque chose le retenait. Il ressortit du tiroir le dossier à la reliure abîmée, l'ouvrit et chercha la lettre L. « Lennartsson, David – cotisation payée par sa femme. » Il tourna la page.

Ce fut comme si on l'avait frappé. Il n'était en rien préparé à ce coup. Pas plus que si un ennemi l'avait attaqué par-derrière. Mais pas d'erreur, c'était bien le nom de son père. « Evert Lindman, décédé – cotisation payée pour vingt-cinq ans. » Figurait aussi la date de sa mort, en 1992. Et puis ce détail qui balaya les derniers doutes de Stefan. Il se rappelait très clairement l'entrevue avec un avocat ami de son père, lors du règlement de la succession. Le testament, établi un an environ avant sa mort, faisait don de quinze mille couronnes – une somme suffisamment importante pour ne pas passer inaperçue – à une fondation, Stiftelsen Sveriges Väl[1], qui possédait un numéro de compte postal, mais pas d'adresse. Stefan s'était interrogé sur ce don, et sur cette mystérieuse fondation. Mais l'avocat avait affirmé que la volonté du défunt ne faisait aucun doute, qu'il avait même été très clair sur ce point précis. Et dans le chagrin suivant la mort de son père, Stefan n'y avait plus repensé.

Voilà que ce don resurgissait, contre toute attente, dans l'appartement confiné d'Emil Wetterstedt. Stefan ne pouvait se soustraire à l'évidence. Son père avait été un homme d'extrême droite. L'un de ceux qui cachaient leurs opinions. Un représentant de la masse grise. C'était inimaginable. Pourtant, c'était vrai. Stefan comprit soudain pourquoi Wetterstedt l'avait interrogé sur son nom et sur sa ville d'origine. Il savait ce que Stefan ignorait encore à ce

1. Littéralement : « Le Bien de la Suède ».

moment-là. Son père avait été comme Wetterstedt, comme Molin, comme Elsa Berggren.

Il rangea le dossier, referma le tiroir et remit la lampe à sa place. Il s'aperçut que sa main tremblait. Puis il vérifia avec soin qu'il n'avait rien perdu ni oublié. Deux heures moins le quart du matin. Il était pressé de sortir de là, de mettre une distance entre lui et les secrets du bureau de Wetterstedt. Avant de sortir, il attendit quelques instants, aux aguets. Puis il se glissa dehors et referma la porte fracturée du mieux qu'il put.

Au même instant, il entendit claquer la porte en bas de l'immeuble. Quelqu'un venait d'entrer. Ou de sortir. Immobile dans le noir, il écouta en retenant son souffle. Personne ne montait l'escalier. Mais il pouvait y avoir quelqu'un au rez-de-chaussée. Il continua à écouter, tout en vérifiant une fois de plus qu'il avait tout emporté, la lampe, le tournevis, le pied-de-biche. Rien ne manquait. Il descendit un étage à tâtons. La folie de l'entreprise lui revenait en plein visage. Non seulement il s'était rendu coupable de cette effraction absurde, mais il avait débusqué un secret qu'il aurait préféré ne jamais connaître.

Il alluma la minuterie. Tout était silencieux. Il finit de descendre l'escalier. Une fois dehors, il regarda autour de lui. Personne. Il longea la façade avant d'obliquer vers le trottoir d'en face. En arrivant à sa voiture, il jeta un nouveau regard circulaire. Rien n'indiquait qu'on l'ait suivi. Pourtant, il était sûr de son fait. Il n'avait pas rêvé. Quelqu'un était sorti de l'immeuble au moment où il refermait la porte de l'appartement.

Il mit le contact, fit marche arrière et fila droit devant.

Pas un instant il ne vit l'homme qui notait son numéro d'immatriculation.

Il quitta Kalmar et prit vers Västervik, où il savait pouvoir trouver un café en bord de route ouvert la nuit. Un poids lourd solitaire occupait le parking. En entrant, Stefan vit le chauffeur qui dormait bouche ouverte, appuyé contre le mur. Personne ne viendra te réveiller ici, pensa-t-il. Ce n'est pas comme dans les bibliothèques.

La femme du comptoir lui sourit. Elle portait un badge au nom d'Erika. Il lui demanda un café.

— Tu es routier ?

— Pas vraiment.

— Je te demande ça parce que la nuit, pour les routiers, le café est offert.

— Je devrais peut-être changer de métier.

Quand il voulut payer, elle fit non de la tête. Il la regarda et se dit qu'elle avait un beau visage, malgré la lumière blafarde des néons.

Une fois assis, il sentit la fatigue. Il peinait à assimiler ce qu'il avait découvert chez Wetterstedt. Mais il s'en occuperait plus tard. Pas maintenant.

Il finit son café et reprit son voyage en direction du nord, avant de bifurquer vers l'ouest, via Jönköping. Il arriva chez lui sur le coup de neuf heures. Il s'était arrêté deux fois pour dormir, d'un sommeil profond et sans rêves, dont il avait été tiré, chaque fois, par des phares de camion éblouissants.

Il se déshabilla et s'allongea sur son lit. C'est bon, pensa-t-il, personne ne m'a vu. Personne ne pourra prouver que c'est moi qui ai forcé la porte de Wetterstedt.

Juste avant de s'endormir, il essaya de calculer combien de jours il était resté absent de Borås. Les dates ne collaient pas. Rien ne collait.

Il ferma les yeux en songeant à la femme qui n'avait pas voulu le laisser payer son café. Mais il avait déjà oublié qu'elle s'appelait Erika.

20

Il s'était débarrassé de ses outils quelque part sur la route. Mais en se réveillant après deux heures d'un sommeil inquiet, il n'en était plus tout à fait certain. Il fouilla ses vêtements. Les outils n'y étaient pas. Il avait le souvenir d'avoir enfoui le pied-de-biche et le tournevis sous la mousse d'un talus, sur une aire de stationnement où il s'était arrêté pour dormir aux environs de Jönköping, au cours des heures les plus sombres et les plus froides de la nuit. Il se rappelait chacun de ses gestes. Pourtant, il s'interrogeait. Comme s'il n'était plus sûr de rien.

Debout à la fenêtre, il regardait Allégatan. La vieille Mme Håkansson jouait du piano à l'étage au-dessous. Tous les jours sauf le dimanche, elle prenait place sur son tabouret et jouait de onze heures quinze à midi quinze. Toujours le même morceau, encore et encore. Il y avait un inspecteur, au commissariat, qui s'y connaissait en musique classique. Stefan lui avait fredonné la mélodie une fois, et le collègue avait tout de suite dit que c'était une mazurka de Chopin. Plus tard, Stefan avait acheté un disque où figurait ce morceau. À une époque où il était de service de nuit, il avait essayé de le passer en même temps que Mme Håkansson se mettait au piano. Mais il n'avait jamais réussi à faire coïncider exactement les deux versions.

Mme Håkansson jouait. Stefan pensa que, dans son monde chaotique, elle représentait le seul élément immuable. Il continua à regarder la rue. La discipline qu'il avait toujours observée, comme une évidence, n'existait plus. C'était délirant d'être entré par effraction dans l'appartement de Wetterstedt. Même s'il n'avait laissé aucune trace compromettante, même s'il n'avait rien emporté d'autre qu'une information indésirable.

Il prit son petit déjeuner et rassembla le linge sale qu'il comptait emporter chez Elena. Il y avait une buanderie collective au sous-sol de son propre immeuble, mais il ne s'en servait jamais. Puis il alla chercher l'album qu'il conservait dans une commode et s'installa sur le canapé du séjour. Sa mère avait collé les photos dans cet album et le lui avait offert pour ses vingt et un ans. Il se rappelait l'appareil reflex archaïque qui avait accompagné toute son enfance. Par la suite, son père avait acheté des modèles plus récents, et les dernières photos de l'album avaient été prises avec un Minolta sophistiqué. C'était toujours son père qui photographiait, jamais sa mère. Mais il utilisait volontiers un déclencheur automatique. Stefan regarda les images : sa mère à gauche, son père à droite – il avait toujours un air tendu, puisqu'il devait courir s'installer précipitamment. Bien souvent, ça ne marchait pas. Stefan se rappelait en particulier un jour où il ne restait qu'une seule image sur la pellicule. Son père s'était étalé sur le tapis, en courant vers sa place. Il tourna la page. Ses sœurs étaient là, toujours côte à côte, et sa mère avait toujours le regard fixe, rivé à l'objectif.

Que savent mes sœurs ? Probablement rien. Que savait ma mère ? Partageait-elle ses idées ?

Il feuilleta lentement l'album, photo après photo.

1969, rentrée des classes. Les couleurs commencent à pâlir, mais il se rappelle encore sa fierté à arborer sa veste bleu marine toute neuve. Il a sept ans.

1971, il a neuf ans. *C'est l'été. Ils ont fait le voyage jusqu'à Varberg et loué une petite maison sur l'île de Jetterön. Draps de bain étalés sur les rochers, transistor. Il se souvient même de la musique qui passait à la radio quand cette photo a été prise.* Sail Along, Silvery Moon. *Son père l'a dit juste avant d'actionner le déclencheur. C'est idyllique, les rochers, son père, sa mère et ses deux sœurs adolescentes. Le soleil cogne, les ombres sont dures, mais les couleurs sont aussi fanées que sur les autres photos.*

L'image est une surface, pensa Stefan. Dessous, il y avait tout autre chose. Mon père menait une double vie. Peut-être faisait-il le salut nazi la nuit, sur les rochers, pendant que le reste de la famille roupillait ? Peut-être y avait-il d'autres gens sur l'île, dans d'autres petites maisons semblables à la leur, qu'il allait voir pour discuter et entretenir la flamme, l'espoir de voir advenir un jour le quatrième Reich. Pendant son enfance et son adolescence, dans les années soixante-soixante-dix, il n'avait jamais été question du nazisme. Il se rappelait vaguement que certains, à l'école, pouvaient siffler « sale juif » sur le passage de quelqu'un dont la tête ne leur revenait pas. Ils gravaient des croix gammées sur le mur des toilettes, que le gardien devait ensuite gratter en les maudissant. Mais que l'idéologie nazie eût été vivante, cela il n'en avait aucun souvenir.

Les photos réveillaient peu à peu sa mémoire. Elles étaient comme des pierres plates ; il pouvait sauter de l'une à l'autre. Entre ces galets étaient enfouis d'autres souvenirs, qui n'avaient jamais été immortalisés et qui lui revenaient maintenant.

Il devait avoir dans les douze ans. Ça fait longtemps qu'il espère un nouveau vélo. Son père n'est pas avare, mais il a fallu du temps pour le convaincre que l'ancien était pourri. Bref, il a cédé et ils se rendent ensemble à Borås, en voiture.

Dans le magasin où ils attendent leur tour, un autre homme est en train d'acheter un vélo à son fils. Il parle mal le suédois. L'affaire met un certain temps à se conclure. Enfin l'homme et son fils s'en vont avec le vélo neuf. Le gars du magasin, qui peut avoir le même âge que son père, s'excuse de les avoir fait attendre.

— Ces Yougoslaves, dit-il. Il y en a de plus en plus.

— On devrait les renvoyer chez eux, répond son père. Ils n'ont rien à venir chercher en Suède. On a déjà assez à faire avec les Finlandais. Sans parler des gitans. Il faudrait les exterminer.

Stefan se rappelait l'échange mot pour mot. Ce n'était pas une reconstruction. Son père avait dit cela et le vendeur n'avait pas réagi à la dernière phrase, *il faudrait les exterminer.* Il avait peut-être souri ou hoché la tête, mais sans répondre. C'était surtout cela : il n'avait pas réagi. Ensuite ils avaient choisi une bicyclette et ils étaient rentrés à Kinna, la bicyclette arrimée par des sangles sur le toit de la voiture. Le souvenir de Stefan était très net à présent. Quelle avait été sa propre réaction ? Il était obnubilé par ce vélo, qui était maintenant à lui. Il se rappelait l'odeur du magasin, mélange d'huile et de caoutchouc. Mais en cherchant bien, il y avait aussi autre chose. Il avait tiqué. Pas parce que son père avait dit que les gitans devraient être exterminés et les Yougoslaves renvoyés chez eux. Ce n'était pas cela, mais le fait que son père eût exprimé une opinion, chose très inhabituelle pour lui. Une opinion politique.

Pendant toute son enfance et son adolescence, on n'avait jamais abordé en famille que des sujets inoffensifs. Qu'allait-on manger ce soir, la pelouse avait-elle besoin d'être tondue, quelle couleur choisir pour la nouvelle toile cirée de la cuisine...

Il y avait une exception. La musique. Ça, c'était un sujet dont on pouvait parler. Son père n'écoutait que du jazz classique. Stefan n'avait pas oublié le nom de certains musiciens que son père essayait en vain de lui faire apprécier. King Oliver, le cornettiste qui avait été le grand inspirateur de Louis Armstrong et qui cachait ses doigts sous un mouchoir pour que les autres trompettistes ne voient pas de quelle manière il s'y prenait pour exécuter ses solos virtuoses. Il y avait aussi un clarinettiste du nom de Johnny Doods. Et par-dessus tous les autres, le grand Bix Beiderbecke. Son père l'obligeait à écouter les vieux disques grésillants et lui, Stefan, feignait l'enthousiasme parce qu'il savait que ça faciliterait les choses, ensuite, au moment de réclamer une nouvelle crosse de hockey ou un autre truc qui lui faisait envie. En réalité, il préférait la musique de ses sœurs. Les Beatles, mais surtout les Rolling Stones. Pour son père, les Rolling Stones, c'était la fin de tout. Il estimait que ses filles étaient perdues, mais qu'il était peut-être encore temps de sauver Stefan.

Son père avait lui-même joué étant jeune. Du jazz classique, bien sûr. Dans ses moments perdus, il lui arrivait parfois de décrocher le banjo suspendu au mur du salon, mais il ne jouait jamais autre chose que des accords. Le banjo était un Levin à long manche. C'était un instrument précieux, lui avait expliqué son père, fabriqué dans les années vingt. Il y avait aussi au mur une photographie du temps où il avait fait partie d'un orchestre, le Bourbon Street Band. Batterie, basse, trompette, clarinette, et trombone. Plus son père au banjo.

On parlait donc musique à la maison. Mais on n'aurait jamais pris le risque de soulever un sujet susceptible de se révéler dangereux et de susciter une des fameuses crises de rage paternelles, aussi rares que spectaculaires. L'enfance de Stefan avait été marquée par la peur des accès de fureur imprévisibles de son père.

Mais le jour de cette expédition à Borås pour acheter le vélo, son père avait exceptionnellement exprimé une opinion qui ne concernait pas les dangers qu'on courait à écouter l'affreuse musique pop. Là il s'agissait de personnes, de leur existence même. *Il faudrait les exterminer.* La scène grandissait en lui à mesure qu'il se la remémorait.

Il y avait un épilogue.

Il est assis à l'avant. Dans le rétroviseur, il voit le guidon du vélo qui dépasse du toit de la voiture.

— Pourquoi est-ce qu'il faudrait exterminer les gitans ?

— Ce sont des incapables. Des parasites. Ils ne sont pas comme nous. Ce pays va pourrir si on n'y fait pas le ménage.

Il se rappelait distinctement les paroles de son père. Mais ce souvenir en contenait un autre : sa propre inquiétude, en entendant cela. Pas à l'idée de ce qui risquait d'arriver aux gitans s'ils ne quittaient pas le pays. Non, c'était pour lui qu'il s'inquiétait. Car si son père avait raison, alors Stefan serait lui aussi obligé de penser la même chose, qu'il fallait exterminer les gitans.

Après cela, le souvenir disparaissait. Il ne lui restait rien de la suite du trajet en voiture, jusqu'à leur arrivée à la maison, sa mère sortant dans la cour pour admirer le vélo neuf.

La sonnerie du téléphone le fit sursauter. Il posa l'album et alla répondre.

— Olausson, dit celui-ci. Comment ça va ?

Il s'était attendu à entendre la voix d'Elena. Il fut aussitôt sur ses gardes.

— Couci-couça.

— Tu pourrais passer ?

— Pourquoi ?

— Un truc sans importance. Quand peux-tu venir ?

— Tout de suite.

— Disons dans une demi-heure. Dans mon bureau.

Olausson n'avait pas ri une seule fois. Déjà, pensa Stefan en raccrochant ; ils n'avaient pas perdu de temps. La porte cassée, la police de Kalmar qui pose des questions, tiens, justement, un collègue à vous est passé hier, oui, tout à fait à l'improviste, il était de Borås. *Sait-il quelque chose ? Allez, on appelle Borås et on se renseigne.*

Ça ne pouvait être que ça. Il était deux heures de l'après-midi. La police de Kalmar avait eu largement le temps de visiter l'appartement et de parler à Wetterstedt.

Il s'aperçut qu'il transpirait. Personne ne pourrait l'associer au cambriolage, il en était certain. Mais il serait obligé de répondre aux questions d'Olausson. Et il ne pourrait rien dire du dossier à la reliure en cuir découvert dans le tiroir.

Le téléphone sonna à nouveau. Cette fois, c'était Elena.

— Je croyais que tu devais venir chez moi.

— J'ai deux ou trois trucs à faire. Je viendrai après.

— Quels trucs ?

Il faillit raccrocher brutalement.

— Je dois passer au bureau. À tout à l'heure. Salut.

Il n'avait pas la force de répondre à ses questions.

Ce serait déjà assez difficile d'aller voir Olausson et d'inventer un mensonge qui ait l'air plausible.

Il se posta à la fenêtre et répéta son emploi du temps imaginaire de la veille. Puis il prit sa veste et monta jusqu'au commissariat.

Il s'arrêta pour saluer les filles de la réception. Personne ne lui demanda comment il allait, ce qui acheva de le convaincre que tout le monde à son travail était maintenant informé du fait qu'il avait un cancer. Le policier de garde, qui s'appelait Corneliusson, sortit de son bureau pour échanger deux mots avec lui. Aucune question, aucun cancer, rien. Stefan prit l'ascenseur jusqu'à l'étage d'Olausson. La porte de son bureau était entrouverte. Il frappa, Olausson lui cria d'entrer. Chaque fois que Stefan allait le voir, il se demandait quelle cravate l'accueillerait ce jour-là. Olausson était connu pour son choix de couleurs et de motifs étranges. Aujourd'hui elle n'était que bleu marine, sans plus. Stefan s'assit. Olausson éclata de rire.

— Figure-toi qu'on a arrêté un cambrioleur ce matin. Sans doute un des plus gros imbéciles que j'aie jamais rencontrés. Tu vois le magasin qui vend des radios dans Osterlånggatan, juste à côté de la place ? Il est entré par la porte de service. Mais comme il avait chaud, il a enlevé sa veste. Et il l'a oubliée en partant. Dans sa poche, il y avait un portefeuille avec son permis de conduire et, tiens-toi bien, cet abruti s'était fait imprimer des cartes de visite où il se donnait le titre de « consultant ». Il en avait plein son portefeuille ! On n'a eu qu'à aller le cueillir chez lui. Il dormait. Il avait complètement oublié cette histoire de veste.

Olausson se tut. Stefan se cuirassa en pensant qu'il valait mieux prendre l'initiative.

— Qu'est-ce que tu me voulais ?

Olausson ramassa un fax posé sur le bureau.

— Rien d'important. Mais voici ce que j'ai reçu ce matin des collègues de Kalmar.

— Je suis allé là-bas, si c'est ça que tu veux savoir.

— Oui, justement. Tu aurais rendu visite à un certain Wetterstedt sur l'île d'Öland. Le nom m'est familier, d'ailleurs...

— Son frère était le ministre qui a été assassiné il y a quelques années, en Scanie.

— Mais oui, bien sûr. Qui était le meurtrier ?

— Un adolescent. Il s'est suicidé après. Je me souviens d'avoir lu ça dans le journal à l'époque.

Olausson hocha pensivement la tête.

— Est-il arrivé quelque chose ? enchaîna Stefan.

— L'appartement de Wetterstedt à Kalmar aurait été cambriolé cette nuit. Et un voisin affirme que tu es passé là-bas hier. Le signalement coïncide avec celui qu'a donné Wetterstedt.

— Je voulais le voir. Le voisin a ouvert sa porte. C'est lui qui m'a appris que Wetterstedt se trouvait dans sa maison de vacances.

Olausson reposa le fax.

— C'est bien ce que je pensais.

— Qu'est-ce que tu pensais ?

— Qu'il y avait une explication.

— Une explication à quoi ? Quelqu'un a-t-il émis

l'idée que je pourrais être l'auteur du cambriolage ? Wetterstedt était à Öland. Je l'ai rencontré là-bas.

— Je te pose la question, voilà tout.

Stefan pensa qu'il devait garder l'initiative. Sinon Olausson aurait toujours un doute.

— C'est tout ce que tu voulais savoir ?

— En gros.

— Suis-je soupçonné de quelque chose ?

— Absolument pas. Tu cherchais donc Wetterstedt, et il n'était pas chez lui...

— J'ai frappé. J'ai cru que sa sonnette était cassée, ou peut-être qu'il était un peu sourd, je ne sais plus. Il a quand même quatre-vingts ans bien tassés. Le voisin a dû m'entendre.

— Alors tu es allé à Öland ?

— Oui.

— Puis tu es reparti pour Borås ?

— Pas tout de suite. J'ai passé quelques heures à la bibliothèque. J'ai pris la route dans la soirée, et je me suis arrêté près de Jönköping pour dormir.

Olausson acquiesça. Stefan poursuivit.

— Si j'avais eu l'intention de m'introduire chez lui, il me semble que je n'aurais pas d'abord attiré l'attention des voisins en cognant à sa porte.

— Bien entendu.

Olausson commençait à battre en retraite. Stefan sentit qu'il avait réussi à orienter la conversation dans le sens qu'il voulait. Pourtant il n'était pas rassuré. Quelqu'un avait pu apercevoir sa voiture. Et puis il y avait ce détail de la porte de l'immeuble qui s'était refermée au moment où il sortait de chez Wetterstedt.

— Personne ne croit évidemment que tu aies cambriolé qui que ce soit. Mais nous voudrions répondre aux collègues de Kalmar le plus vite possible.

— J'ai répondu.

— Tu n'aurais rien observé qui puisse les aider dans leur travail ?

— Et ce serait quoi ?

Olausson éclata d'un rire bref.

— Je n'en sais rien.

— Moi non plus.

Stefan sentit qu'Olausson le croyait. Il s'étonna d'avoir menti avec autant de facilité. Puis il pensa qu'il fallait l'aiguiller ailleurs.

— J'espère qu'on n'a rien volé de précieux chez Wetterstedt.

— D'après les informations que je vois ici, on n'a rien volé du tout. Ce qui peut paraître curieux dans la mesure où Wetterstedt affirme posséder quelques œuvres d'art de valeur.

— Les toxicos ne connaissent pas les cours du marché de l'art. Le monde des receleurs n'est pas le leur.

— Il aurait eu aussi des bijoux et de l'argent liquide. Mais apparemment, tout y était.

— Le type a peut-être pris peur ?

— Possible. Mais la façon dont la porte a été fracturée relève plutôt d'un professionnel que d'un amateur.

Olausson se carra dans son fauteuil.

— J'appelle Kalmar, je leur dis que j'ai parlé avec

toi, et que tu n'as pas d'observations à leur communiquer.

— Je ne peux pas prouver que j'ai quitté la ville comme je l'ai dit.

— Pourquoi te demanderait-on de prouver quoi que ce soit ?

Olausson se leva et entrouvrit la fenêtre. Stefan s'aperçut alors seulement qu'on étouffait dans ce bureau.

— La ventilation déconne dans tout le bâtiment, dit Olausson. Les gens font des allergies, les gars dans les cellules se plaignent de maux de tête. Mais on ne fait rien, parce qu'il n'y a pas d'argent.

Olausson se rassit. Stefan constata qu'il avait encore grossi. Son ventre débordait de sa ceinture.

— Je ne suis jamais allé à Kalmar, dit Olausson. Ni à Öland d'ailleurs. Il paraît que c'est beau.

— Si tu ne m'avais pas fait venir, je t'aurais téléphoné. La raison pour laquelle j'ai voulu rencontrer Wetterstedt est liée à Herbert Molin.

— Alors ?

— Herbert Molin était nazi.

Olausson le regarda.

— Quoi ?

— Bien avant d'entrer dans la police, alors qu'il avait à peine dix-neuf ans, il s'est engagé comme volontaire dans la Waffen SS. Il est resté en Allemagne jusqu'à la fin. Et il n'a jamais renié ses convictions. Wetterstedt l'avait rencontré dans sa jeunesse et ils avaient gardé le contact. Ce Wetterstedt est quelqu'un de franchement désagréable.

— Et tu es allé à Kalmar pour lui parler de Herbert ?

— Ce n'est pas interdit.

— Non. Mais tu comprendras que ça m'étonne.

— Tu étais au courant du passé de Herbert Molin ? Ou de ses idées ?

— Absolument pas. C'est une totale surprise.

Olausson se pencha par-dessus le bureau.

— Est-ce que ça a un lien avec le meurtre ?

— Peut-être.

— Et l'autre type qui a été tué là-haut ? Le violoniste ?

— Il n'y a pas de rapport évident entre les deux. Du moins il n'y en avait pas quand je suis parti. Autre chose : Herbert Molin s'était installé là-haut à cause d'une femme, une autre nostalgique du national-socialisme. C'est elle qui lui a déniché sa maison. Elle s'appelle Elsa Berggren.

Olausson secoua la tête. Ce nom ne lui disait rien. Stefan pensa que Kalmar était oublié. Si Olausson avait eu le moindre soupçon concernant le cambriolage, celui-ci était maintenant effacé.

— Tout cela est très surprenant.

— Oui. En tout cas, nous savons à présent que nous avons eu ici, pendant des années, un collègue qui était nazi.

— Quelles qu'aient été ses opinions, c'était un bon policier.

Olausson se leva. L'entretien était terminé. Il raccompagna Stefan jusqu'à l'ascenseur.

— Comment vas-tu, au fait ? Je ne te l'ai même pas demandé.

— J'ai rendez-vous à l'hôpital le 19. Ensuite, on verra bien.

Les portes de l'ascenseur s'ouvrirent.

— J'appelle Kalmar, dit Olausson.

Stefan se retourna.

— Savais-tu que Herbert Molin avait la passion de la danse ?

— Non. Il dansait quoi ?

— Le tango, entre autres.

— Eh bien, je dois dire qu'il y a beaucoup de choses de lui que j'ignorais.

— N'est-ce pas le cas pour nous tous ? Nous ne savons pas grand-chose, au-delà de la surface qu'on veut bien nous présenter.

Les portes se refermèrent avant qu'Olausson ait pu répondre. Stefan se retrouva dans la rue. Il se demanda quoi faire. En attendant, Kalmar n'était plus un problème – à moins que quelqu'un l'ait vu, mais c'était peu probable.

Il resta planté sur le trottoir, en proie à l'irrésolution. Pour une raison ou pour une autre cela le mit en colère, et il jura à voix haute. Une femme qui s'apprêtait à le contourner recula de surprise.

Stefan rentra chez lui et changea de chemise. Puis il regarda son visage dans la glace. Quand il était petit, tout le monde disait qu'il ressemblait à sa mère. Mais plus il avançait en âge, plus c'était le visage de son père qui ressortait. Quelqu'un est au courant, pensa-t-il. Quelqu'un devrait pouvoir me parler de mon père. Il faut que j'appelle mes sœurs. Mais il y a peut-être une personne mieux placée.

L'avocat qui a rédigé son testament. Stefan s'aperçut qu'il ne savait même pas s'il était toujours vivant. Son nom était Hans Jacobi. Un nom juif ? Jacobi était blond, athlétique et, dans le souvenir de Stefan, grand amateur de tennis. Il chercha dans l'annuaire. Le cabinet Jacobi & Brandell existait en tout cas encore.

Il composa le numéro.

— Jacobi et Brandell, dit une voix de femme.

— Je désire parler à maître Hans Jacobi.

— De la part de qui ?

— Mon nom est Stefan Lindman.

— Maître Jacobi a pris sa retraite.

— C'était un ami de mon père.

— Je m'en souviens. Mais maître Jacobi ne travaille plus au cabinet depuis cinq ans.

— En fait, je voulais savoir s'il était toujours en vie.

— Il est malade.

— Habite-t-il encore à Kinna ?

— Il est soigné par sa fille, chez elle, près de Varberg.

— J'aimerais entrer en contact avec lui.

— Je ne peux vous donner ni son adresse ni son numéro personnel, puisque maître Jacobi m'a expressément demandé de ne pas les communiquer. Mais je peux vous dire qu'il a bien fait les choses, avant son départ.

— C'est-à-dire ?

— Il a transmis tous ses dossiers à son neveu, Lennart Jacobi, qui est maintenant l'un des associés de Jacobi & Brandell.

Stefan la remercia et réfléchit. Il ne serait pas difficile de dénicher l'adresse à Varberg. Mais il hésitait. Allait-il réellement déranger un vieil homme malade et lui demander de remuer le passé ? Il repoussa la décision au lendemain. Dans l'immédiat, il avait autre chose de plus important à faire.

Peu après dix-neuf heures, il se garait devant l'immeuble d'Elena à Norrby. Il leva la tête vers ses fenêtres.

Sans Elena, là, tout de suite, je ne suis rien, pensa-t-il.

21

Quelque chose avait inquiété Aron Silberstein pendant la nuit. Il s'était réveillé une fois à cause du chien, qui geignait de l'autre côté de la toile de tente. Il lui avait sifflé un ordre, le chien s'était tu et Aron s'était rendormi en rêvant à *La Cabaña* et à Höllner. Quand il se réveilla, il faisait nuit noire. Il écouta, immobile. La montre accrochée au piquet de la tente indiquait cinq heures moins le quart. Il essaya de sentir si la menace qui l'avait déstabilisé venait de l'intérieur ou de la nuit d'automne froide. Bien que l'aube fût encore loin, il n'avait pas le courage de rester là. L'obscurité du dehors était pleine de questions.

Au pis, s'il devait être jugé, il le serait pour le meurtre de Herbert Molin, dans la mesure où il n'avait aucune intention de nier les faits. Si tout s'était passé comme prévu, il se serait envolé pour Buenos Aires et ce meurtre serait resté à jamais une énigme dans les annales de la police suédoise.

Plusieurs fois, surtout pendant la période où il avait campé au bord du lac à attendre son heure, il avait envisagé de rédiger une confession, qu'il demanderait à un avocat d'envoyer à la police de Sveg après sa mort. Ce serait le récit de la raison pour laquelle il avait été contraint de tuer Herbert Molin. Une histoire qui remonterait à l'année 1945, et qui expliquerait en termes simples ce qui s'était passé alors. Mais si on l'arrêtait maintenant, il serait aussi accusé d'un meurtre qu'il n'avait pas commis.

Il s'extirpa du duvet et entreprit de démonter la tente. Le chien tirait sur sa laisse en agitant la queue. À l'aide de sa lampe torche, Aron éclaira le sol pour s'assurer qu'il avait effacé toute trace de son passage. Puis il chargea la voiture et démarra, le chien à l'arrière. Parvenu à un carrefour, non loin d'un endroit nommé Sörvattnet, il s'arrêta, fit la lumière dans l'habitacle et déplia sa carte. Il n'avait qu'une envie, mettre cap au sud, fuir toute cette obscurité et s'arrêter quelque part sur la route pour appeler Maria et lui dire qu'il arrivait, qu'il serait bientôt rentré. Mais il ne le pouvait pas. Son existence deviendrait impossible s'il laissait derrière lui cette confusion entre Herbert Molin et Abraham Andersson. Il prit donc vers l'est, vers Rätmyren, et s'engagea sur un des chemins forestiers qu'il connaissait bien. Il sortit de la voiture et s'approcha avec précaution de la maison de Herbert Molin. Le chien était silencieux. Quand il eut la certitude qu'il n'y avait personne, Aron le lâcha dans le chenil, referma la grille, suspendit la laisse à la clôture et s'enfonça dans la forêt. Mission accomplie. Ça ferait un bon sujet de rumination pour les policiers.

Puis il poursuivit sa route. Il faisait encore nuit. Le gravier crissa sous ses pneus quand il s'arrêta sur un autre chemin pour consulter à nouveau la carte. La frontière norvégienne n'était pas loin.

Mais il ne voulait pas la franchir. Il continua vers le nord, dépassa Funäsdalen et bifurqua ensuite sur une route plus étroite, au hasard, droit vers l'obscurité. La pente était rude, peut-être était-il maintenant dans les montagnes. S'il avait bien lu la carte, ça pouvait coller. Il s'arrêta, coupa le moteur et attendit l'aube.

Aux premières lueurs, il redémarra. Les arbres se clairsemaient, la route grimpait toujours. Çà et là, il apercevait de petites maisons nichées derrière des rochers, ou des arbustes. Il comprit qu'il se trouvait dans une zone de chalets de vacances. Il alla le plus loin qu'il put. Nulle part il ne vit de lumière aux fenêtres. La route fut soudain interrompue par une barrière. Il alla l'ouvrir et continua après l'avoir refermée derrière lui. Il savait que c'était un piège. S'ils se lançaient à sa poursuite, il serait capturé. Mais cela lui était curieusement égal. Il voulait continuer jusqu'à la fin de la route. Là, il serait contraint de prendre une décision.

Après un moment, il devint en effet impossible de continuer. Il n'y avait plus de route devant lui. Il sortit de la voiture et inspira l'air froid au fond de ses poumons. La lumière était grise. Il regarda autour de lui. Entre les sommets, il apercevait une vallée au loin et, par-delà la vallée, d'autres montagnes. Un sentier s'enfonçait entre les arbres. Il s'y engagea et parvint après quelques centaines de mètres à une vieille cabane en bois. Il la contempla, immobile. Il avait déjà pu constater que le sentier n'avait pas été emprunté récemment. Il s'avança et jeta un regard par une fenêtre. La porte était fermée à clé. Il s'imagina à la place du propriétaire. Où aurait-il caché la clé ? Il y avait un pot de fleurs ébréché au pied des pierres plates qui formaient un semblant de marches. Il se pencha et souleva le pot. Pas de clé. Il chercha à tâtons sous les pierres. La clé était sous l'une d'elles, fixée à un bout de bois. Il ouvrit.

La maison n'avait pas été aérée depuis longtemps. Elle se composait d'une grande pièce, de deux chambres exiguës et d'une cuisine. Les meubles étaient en bois clair. Il caressa le dossier d'une chaise en pensant qu'il aurait bien aimé avoir quelques meubles comme ceux-là pour éclairer son intérieur, à Buenos Aires. Au mur, des textes brodés au point de croix, dont le message lui était incompréhensible. Il alla à la cuisine et appuya au hasard sur un commutateur. La maison était reliée au réseau. Il y avait même un téléphone. Il souleva le combiné et écouta la sonnerie. Il y avait aussi un grand congélateur. Aron l'ouvrit : il était plein. Il essaya de comprendre ce que cela signifiait. La maison n'était-elle que provisoirement inoccupée ? Impossible de le savoir. Il sortit du congélateur quelques hamburgers durs comme du bois et les posa sur la table de la cuisine. Puis il s'approcha de l'évier et ouvrit le robinet. Tout fonctionnait parfaitement.

Il s'assit à côté du téléphone et composa le long numéro jusqu'à Maria, à Buenos Aires. Il n'avait jamais réussi à bien mémoriser le décalage horaire. Pendant que le téléphone sonnait dans le vide, il se demanda distraitement qui recevrait un jour la facture de cette communication internationale passée depuis le chalet en son absence.

Maria décrocha. Avec impatience, à son habitude, comme si cet appel la dérangeait au milieu d'une activité importante. Mais ses journées, il le savait, s'ordonnaient invariablement autour du ménage et de la cuisine. S'il lui restait du temps, l'agitation la gagnait. Elle sortait alors son jeu de cartes et faisait une réussite, d'une complexité telle qu'Aron n'avait jamais pu en saisir la règle. À vrai dire, il avait le sentiment qu'elle trichait. Pas pour en venir à bout, mais au contraire pour la faire durer le plus de temps possible.

— C'est moi, dit-il. Tu m'entends ?

Elle lui répondit d'une voix pressée et trop forte, comme toujours quand elle était nerveuse. Je suis resté parti trop longtemps, se dit Aron. Elle commence à croire que je l'ai quittée, que je ne reviendrai jamais.

— Où es-tu ?

— Encore en Europe.

— Où ?

Il pensa à la carte qu'il avait étudiée, dans la voiture, tout en essayant de prendre une décision.

— En Norvège.

— Qu'est-ce que tu fais là-bas ?

— Je regarde des meubles. Je rentre bientôt.

— Don Batista m'a demandé où tu étais. Il était en colère. Il a dit que tu lui avais promis pour décembre le canapé qu'il veut offrir à sa fille en cadeau de mariage.

— Dis-lui que son canapé sera prêt à temps. Est-il arrivé autre chose en mon absence ?

— Et que veux-tu qu'il arrive ? Une révolution ?

— Je ne sais pas. Je te le demande.

— Juan est mort.

— Qui ?

— Juan. Le vieux gardien.

Elle parlait moins vite maintenant, mais d'une voix encore trop forte – elle croyait peut-être que c'était nécessaire, à cause de l'éloignement de la Norvège. Aron pensa qu'elle était probablement incapable de situer la Norvège sur une carte. Et aussi qu'elle ne lui était jamais aussi proche que lorsqu'elle parlait de quelqu'un qui venait de mourir. La mort du vieux Juan n'était pas une surprise en soi. Depuis son attaque, quelques années plus tôt, il n'avait fait que se traîner dans la cour en lorgnant la besogne en attente, qu'il n'avait plus la force d'accomplir.

— Quand doit-il être enterré ?

— C'est déjà fait. J'ai mis des fleurs pour toi et pour moi.

— Merci.

Silence. Il y avait de la friture sur la ligne.

— Maria, dit-il. Je serai bientôt rentré. Tu me manques. Je ne t'ai pas été infidèle. Mais ce voyage était très important pour moi. J'ai un peu l'impression d'avoir voyagé en rêve, de n'avoir pas réellement quitté Buenos Aires. C'était nécessaire pour moi de venir ici, car je devais voir quelque chose que je n'avais pas vu avant. Pas seulement ces meubles étrangers, avec leurs couleurs claires. Je commence à me faire vieux, Maria. Un homme de mon âge doit faire un voyage, au moins une fois, en sa propre compagnie. Pour découvrir qui il est en réalité. À mon retour, je serai quelqu'un d'autre.

Elle réagit avec inquiétude.

— Comment ça, quelqu'un d'autre ?

Il regretta sa formule. Maria se méfiait des changements, quels qu'ils soient.

— Quelqu'un de mieux, dit-il. Je dînerai à la maison maintenant. Je ne te laisserai plus seule. Je n'irai plus à *La Cabaña,* ou alors de façon exceptionnelle.

Elle n'en croyait pas un mot, manifestement, puisqu'elle répondit par un silence.

— J'ai tué un homme, dit Aron. Un homme qui, il y a longtemps, quand j'habitais encore en Allemagne, a commis un crime terrible.

Pourquoi l'avait-il dit ? Il n'en savait rien. Une confession via une ligne téléphonique entre un chalet de montagne suédois et un appartement humide et exigu dans le centre de Buenos Aires, faite à quelqu'un qui n'y entendait rien, qui n'imaginait même pas qu'il puisse se rendre coupable de la moindre violence envers son prochain... C'était aussi simple que cela, se dit-il. Il ne pourrait pas endurer davantage s'il ne partageait pas son secret avec quelqu'un, fût-ce seulement avec Maria qui n'y comprendrait rien.

— Quand rentres-tu ? demanda-t-elle à nouveau.

— Bientôt.

— Ils ont encore augmenté le loyer.

— Pense à moi dans tes prières.

— Parce que le loyer a été augmenté ?

— Ne pense pas au loyer. Seulement à moi. Chaque matin et chaque soir.

— Et toi ? Est-ce que tu penses à moi dans tes prières ?

— Je ne prie pas, Maria, tu sais bien. C'est à toi que revient cette mission, chez nous. Je dois te laisser maintenant. Mais je te rappellerai.

— Quand ?

— Je ne sais pas. Au revoir, Maria.

Il raccrocha. Il aurait dû lui dire qu'il l'aimait, même s'il ne l'aimait pas. C'était elle, malgré tout, qui était là près de lui, et qui lui tiendrait la main le jour de sa mort. Mais il se demandait si elle avait saisi le sens de ses paroles. Compris qu'il avait, de fait, tué un homme.

Il se leva et s'approcha de l'une des fenêtres basses. À présent, il faisait clair au-dehors. En regardant les montagnes, il vit aussi Maria, assise dans le fauteuil de velours rouge à côté du guéridon où était posé le téléphone.

Il aurait voulu rentrer tout de suite.

Puis il prépara du café et ouvrit la porte pour aérer la maison. Si quelqu'un se matérialisait sur le chemin, il savait ce qu'il dirait. Il avait tué Herbert Molin. Pas l'autre homme. Mais personne n'approcherait, il en avait la certitude. Il était seul dans cette cabane de rondins, libre d'en faire son quartier général pendant qu'il tentait de découvrir ce qui s'était produit dans la forêt la nuit de la mort d'Abraham Andersson.

Une photo encadrée était posée sur une étagère.

Deux enfants, assis sur la dalle sous laquelle il avait trouvé la clé, souriaient à l'objectif. Il prit le cadre et le retourna. On distinguait vaguement une date, 1998, et un nom, Stockholm. Il fouilla méthodiquement la maison à la recherche de traces du propriétaire, et dénicha la facture d'un électricien de Sveg. La facture était établie au nom de Frostengren, qui avait une adresse à Stockholm. Cette découverte finit de le persuader qu'il aurait la paix ici. La maison était isolée. Et le mois de novembre n'était pas très prisé des randonneurs, ni des skieurs. Il faudrait seulement faire attention au moment de s'engager sur la route. Et à chacune de ses allées et venues, il devrait observer les autres chalets, au cas où l'un d'entre eux serait soudain occupé.

Il passa le reste de la journée dans la maison. Il dormit longtemps, d'un sommeil sans rêves, et se réveilla sans angoisse. Il but du café, fit griller les hamburgers et sortit deux ou trois fois sur les marches contempler la montagne. Vers quatorze heures, il se mit à pleuvoir. Aron alluma la lampe de table dans la grande pièce et s'assit à côté, près de la fenêtre, pour réfléchir à la suite des événements.

Il n'y avait qu'un seul point de départ évident et dépourvu de toute ambiguïté : Aron Silberstein – ou Fernando Hereira, nom qu'il préférait pour l'instant – avait commis un meurtre. Eût-il été croyant, comme Maria, cet acte l'aurait condamné à l'un des pires châtiments de l'enfer. Mais il n'était pas croyant. Pour lui, il n'existait aucun dieu, en dehors de ceux qu'il s'inventait quelquefois dans ses moments de faiblesse, et uniquement quand il en avait besoin. Les dieux, c'était bon pour les malheureux et les malportants. Pour sa part, il n'était ni pauvre ni malade. Enfant, il avait été contraint d'endosser une carapace qui s'était peu à peu confondue, au fil des ans, avec son identité même. Il ne savait pas s'il était avant tout un juif, ou un Allemand émigré en Argentine. Le judaïsme ne l'avait aidé en rien, au cours de sa vie. Ni la religion, ni les traditions, ni la communauté ne l'avaient aidé.

Il s'était rendu une fois à Jérusalem. En 1969, deux ans après la guerre des Six Jours, mais ce n'était en rien un pèlerinage. Il y était allé par curiosité, peut-être aussi pour rendre hommage à son père, ou pour expier le fait de n'avoir pas encore identifié son assassin. À l'hôtel, à Jérusalem, il avait parfois pris son petit déjeuner avec un vieux juif de Chicago, un hassid du nom d'Isak Sadler. Ce Sadler était un homme plein de bonté. Il lui avait raconté qu'il était un survivant, avec un sourire mélancolique, qui ne cachait pas son étonnement continuel devant cet état de fait. Lors de la libération des camps – libération qui se confondait pour lui, dit-il, avec le visage des soldats américains –, il avait dû consacrer ses dernières forces à leur expliquer qu'il ne fallait pas l'enterrer, qu'il était, malgré les apparences, vivant. Après cela, il lui avait paru évident d'aller en Amérique et de passer le restant de ses jours dans ce pays. Un matin, ils avaient évoqué Eichmann et la question de la vengeance. Aron traversait alors une période défaitiste. Il s'était résigné à l'idée qu'il ne retrouverait jamais l'homme qui avait tué son père.

Mais les conversations avec Isak Sadler lui avaient rendu l'inspiration – c'est le mot qui lui était venu à l'esprit – de poursuivre ses recherches. Isak Sadler avait exprimé sa forte conviction que l'exécution d'Eichmann avait été une chose juste. La chasse aux criminels nazis devait continuer aussi longtemps que subsistait le moindre espoir de retrouver vivant ne fût-ce qu'un seul d'entre eux.

Ce voyage en Israël l'avait laissé toujours aussi indifférent à son origine juive. Mais il avait repris ses recherches, en se faisant aider cette fois par Simon Wiezenthal à Vienne, sans le moindre résultat. Il avait encore de longues années à attendre, même s'il n'en savait évidemment rien à l'époque.

Il contemplait la vallée et les cimes par la fenêtre de ce chalet en rondins appartenant à un inconnu nommé Frostengren. Contre toute attente, il avait retrouvé l'aiguille dans la botte de foin. Et à l'heure d'agir, il n'avait pas hésité. Herbert Molin était mort. Mais ensuite, il y avait eu ce dérapage imprévu. L'histoire du voisin.

Il existait des ressemblances entre les deux hommes abattus. Comme si l'autre avait cherché à l'imiter. Tous deux étaient âgés et vivaient seuls dans une maison isolée de la forêt. Tous deux avaient un chien. Tous deux avaient été tués dehors. Mais tout cela comptait cependant moins que les différences. Il ignorait bien sûr ce qu'en pensaient les policiers. Mais lui, dans la mesure où il n'avait rien à voir avec le meurtre d'Andersson, il les avait tout de suite repérées.

Un banc de brouillard s'insinuait lentement dans

la vallée. En son for intérieur, Aron savait qu'il approchait maintenant de la croisée des chemins. Celui qui avait tué Andersson voulait donner l'impression que le même homme avait frappé deux fois, afin de pouvoir imputer son crime à un autre. Mais voici quelle était la complication. Qui pouvait savoir comment s'était déroulé, en détail, le meurtre de Molin ? Aron n'avait pas accès aux journaux, et il n'avait aucune idée de ce que les policiers avaient révélé lors de leurs probables conférences de presse. Pas grand-chose, sans doute. Alors *qui* était au courant ?

Il restait aussi un autre grand point d'interrogation. Le deuxième meurtrier avait un mobile. Aron se figurait intérieurement un ressort comprimé. La mort de Herbert Molin déclenchait un mécanisme, qui entraînait le meurtre du voisin.

Pourquoi ? Par qui ? Toute cette journée, il approcha ces deux questions par différents angles. Il mangea plusieurs fois, non qu'il eût particulièrement faim, mais pour atténuer l'anxiété. Il ne pouvait se débarrasser de l'idée qu'il portait une responsabilité dans la mort d'Abraham Andersson. Les deux hommes avaient-ils partagé un secret ? Un secret qu'Andersson risquait de dévoiler après la mort de Molin ? Il devait en être ainsi. Un secret dont lui, Aron, n'avait rien su. La mort de Herbert Molin avait signifié un danger pour quelqu'un. Abraham Andersson devait mourir pour éliminer ce danger.

Il sortit. La mousse embaumait après la pluie. Les nuages étaient bas au-dessus de sa tête. Les nuages ne faisaient pas de bruit, pensa-t-il. Leur mouvement était parfaitement silencieux. Il fit lentement le tour du chalet, une fois, puis une deuxième.

Une tierce personne fréquentait la zone où avaient vécu Herbert Molin et Abraham Andersson. Une femme. Elle était venue à trois reprises chez Herbert Molin. Ils s'étaient promenés ensemble dans la forêt. Aron les avait suivis. À la deuxième visite de la femme, Molin et elle s'étaient dirigés vers le lac, et Aron avait eu très peur qu'ils ne découvrent sa tente. Mais ils avaient fait demi-tour avant le dernier virage. Il les avait suivis, comme un pisteur ou l'un de ces Indiens dont il lisait les aventures, enfant, dans les livres d'Edward S. Ellis. Ils bavardaient de façon décousue. Parfois, ils riaient.

Après la promenade, ils étaient retournés chez Molin. En approchant par l'arrière de la maison, Aron avait entendu de la musique. Il n'en avait pas cru ses oreilles. Une voix chantait en espagnol. En espagnol d'Argentine, avec cette cadence caractéristique, qui n'existait nulle part ailleurs dans le monde hispanique. Chaque fois, la musique avait duré entre trente minutes et une heure. Puis un silence total était descendu sur la maison. Aron s'était demandé s'ils faisaient l'amour, mais il n'en avait jamais eu la certitude. Si oui, ils le faisaient en silence. Aucun soupir, aucun grincement n'avait jamais filtré à travers les murs. Ensuite Molin avait raccompagné la femme, le long du sentier, jusqu'à l'endroit où elle avait laissé sa voiture en arrivant, et il lui avait serré la main. Jamais de baiser ou d'embrassade. Et elle était repartie vers l'est.

Il s'était interrogé sur cette femme, dont il devinait maintenant qu'elle ne pouvait être qu'Elsa Berggren, celle dont le nom figurait en dessous de ceux de Herbert Molin et d'Abraham Andersson au dos de la note abandonnée par le policier, à l'hôtel. Ce que cela pouvait signifier, il l'ignorait. Elsa Berggren était-elle aussi une nostalgique de Hitler retranchée dans la forêt ?

Il regardait les montagnes tout en essayant de formuler une hypothèse quant au triangle formé par Herbert Molin, Elsa Berggren et Abraham Andersson. Elsa Berggren connaissait-elle également Abraham Andersson ? Il ne les avait jamais vus ensemble. Andersson et Elsa Berggren étaient des figurants dans le drame auquel il était venu, de très loin, mettre un point final. Des figurants, rien de plus.

Il fit encore une fois le tour du chalet. Au loin, il crut entendre un moteur d'avion. Puis le silence revint. Seul le vent soufflait le long des parois de la montagne.

Il n'y avait pas d'autre explication. Entre ces trois personnes, ainsi que le suggéraient les flèches du policier, il y avait eu un secret. Une complicité. Herbert Molin était mort, Abraham Andersson devait donc mourir lui aussi. Restait la femme.

Il retourna dans la cuisine, où un deuxième paquet de hamburgers décongelait lentement sur le plan de travail. C'est elle qui détient la clé, pensa-t-il. Elle seule peut m'apprendre ce qui s'est passé.

Au cours de la soirée, il échafauda un plan d'action. Il avait tiré les rideaux et posé la lampe au sol afin qu'aucune lumière ne filtre dans la nuit. Il était plus de minuit quand il se leva. Il savait de quelle manière il allait s'y prendre. Les risques étaient énormes. Mais il n'avait pas le choix.

Avant de se coucher, il rappela Buenos Aires. L'homme qui décrocha était pressé. Aron pouvait entendre le brouhaha à l'arrière-plan.

— *La Cabaña*, j'écoute. Allô ?

Aron raccrocha. Le restaurant était toujours là. Bientôt il en franchirait le seuil et il irait s'asseoir à sa table habituelle, sur la droite, contre la fenêtre qui donnait sur une rue perpendiculaire à l'Avenida Corrientes.

Dans l'annuaire posé à côté du téléphone, il trouva les coordonnées d'Elsa Berggren. En consultant le plan de la ville qui figurait dans les premières pages, il vit que son adresse correspondait à une route située juste au sud du fleuve. Il fut soulagé de ne pas devoir la chercher dans la forêt. Mais cela augmentait évidemment le risque d'être repéré. Il nota le numéro et la rue sur un bout de papier et remit l'annuaire à sa place.

Il dormit d'un sommeil inquiet cette nuit-là. Au réveil, il sentit qu'il était à bout de forces. Il resta toute la journée allongé, ne se levant que pour manger, en se servant au fur et à mesure dans le congélateur.

Aron resta encore trois jours dans le chalet de Frostengren avant que les forces commencent à lui revenir. Au matin du quatrième jour, il fit le ménage. Puis il attendit la fin de l'après-midi avant de refermer la porte et de ranger la clé sous la dalle. Dans la voiture, il déplia à nouveau sa carte. Il estimait peu probable que la police ait maintenu ses barrages, mais, dans le doute, il choisit de ne pas emprunter la route directe jusqu'à Sveg.

Au contraire, il prit vers le nord en direction de Vålådalen. Parvenu à Mittådalen, il obliqua vers Hede. Il faisait nuit quand il arriva à Sveg. Laissant la voiture à l'entrée du bourg, là où se trouvaient des magasins, une station-service et un panneau avec un plan détaillé de la ville, il partit à pied vers l'adresse d'Elsa Berggren, de l'autre côté du fleuve. Elle habitait une maison blanche entourée d'un grand jardin. Une fenêtre était éclairée au rez-de-chaussée. Quand il en eut assez vu, il retourna à la voiture.

Il avait encore de nombreuses heures à attendre. Dans un supermarché, il choisit un bonnet de laine tricotée et se plaça dans la file la plus longue, où la caissière paraissait la plus stressée. Il lui donna la somme juste, en liquide. En quittant le magasin, il était à peu près certain qu'elle ne se souviendrait jamais de sa physionomie. Dans la voiture, il entreprit de faire deux trous dans le bonnet à l'aide d'un couteau emprunté à Frostengren.

Vers vingt heures, la circulation se fit rare. Il traversa le pont et se gara sur un emplacement discret, peu visible de la route. L'attente recommença. Pour faire passer le temps, il retapissa en imagination le canapé que Don Batista offrirait à sa fille en cadeau de noces.

Vers minuit, il s'anima.

Il prit dans le coffre une petite hache, elle aussi empruntée au chalet.

Un poids lourd approchait. Il le laissa passer.

Puis il se hâta de traverser la route et disparut le long du sentier qui longeait le fleuve.

22

À deux heures du matin, Stefan quitta l'appartement d'Elena dans un état de rage. Le temps d'arriver en bas, sa colère était évanouie. Pourtant il n'eut pas la force de remonter. Malgré l'envie qu'il en avait. Il reprit sa voiture, direction le centre-ville, mais en évitant Allégatan. Il ne voulait pas rentrer chez lui. Il remonta jusqu'à l'église Gustav-Adolf et coupa le moteur. La ville était déserte.

Que s'était-il passé ? Elena l'avait accueilli avec joie. Ils s'étaient installés à la cuisine et avaient partagé une bouteille de vin. Il lui avait parlé de son voyage, des douleurs qui l'avaient immobilisé à Sveg. Au sujet de Herbert Molin, Abraham Andersson et Emil Wetterstedt, il n'avait dit que le strict minimum. Elena voulait surtout savoir comment il allait, lui. Elle était attentive, et ses yeux trahissaient suffisamment son anxiété. Ils avaient veillé tard. Quand il lui avait demandé si elle était fatiguée, elle avait répondu que non, qu'elle voulait l'écouter jusqu'au bout. On n'a pas toujours besoin de dormir, avait-elle dit, d'autres choses sont parfois plus importantes. Après un moment, ils s'étaient levés de table. Et là, comme en passant, alors qu'elle rinçait les verres, elle lui avait dit qu'il aurait tout de même pu l'appeler plus souvent. Ne comprenait-il pas combien elle s'était inquiétée ?

— Tu sais que je n'aime pas le téléphone, Elena. On en a déjà parlé je ne sais combien de fois.

— Rien ne t'empêche de composer mon numéro, de dire salut et de raccrocher.

— Là, tu m'énerves. Là, tu es en train de me mettre la pression.

— Je te demande seulement pourquoi tu m'as si peu appelée.

C'est à ce moment-là qu'il avait empoigné sa veste et claqué la porte. En regrettant son geste à peine le seuil franchi. Il pensa qu'il ne devait pas prendre le volant, en cas de contrôle ce serait un désastre. Je fuis. Je suis sans arrêt en fuite, dans l'espoir d'échapper au 19. J'erre dans les forêts du Härjedalen, je cambriole un appartement à Kalmar et maintenant je conduis en état d'ébriété. La maladie me chasse devant elle, ou la peur, plus exactement, et elle est si intense que je ne peux même pas rester avec la personne qui m'est la plus proche, une femme qui est absolument sincère et qui me montre qu'elle m'aime.

Il prit son portable et composa son numéro.

— Qu'est-ce qui s'est passé ? demanda Elena.

— Je ne sais pas. Je te demande pardon. Je ne voulais pas te blesser.

— Je sais. Tu reviens ?

— Non. Je dors chez moi.

Il ne savait pas pourquoi il avait dit ça. Elle répondit par un silence.

— Je te rappelle demain, ajouta-t-il sur un ton qui se voulait encourageant.

— On verra bien, dit Elena d'une voix lasse.

Il éteignit le portable et resta assis dans le noir. Puis il sortit de sa voiture et descendit à pied jusqu'à Allégatan. Il s'imagina que la mort ressemblait à ça : un promeneur nocturne, un promeneur solitaire.

Il dormit mal. Dès six heures, il était à nouveau debout. Elena était sûrement levée elle aussi. Il aurait dû l'appeler, mais c'était au-dessus de ses forces. Il s'obligea à avaler un petit déjeuner copieux, puis quitta l'appartement. Le vent soufflait fort, et il avait froid en marchant. Il rejoignit sa voiture et prit la direction du sud, jusqu'à la ville de Kinna.

Il s'arrêta devant la maison où il avait grandi. Il savait qu'elle était maintenant habitée par un céramiste ; il avait aménagé son atelier dans l'ancien garage qui avait aussi servi d'atelier de menuiserie à son père. La maison paraissait abandonnée dans la lumière matinale. Les branches de l'arbre où Stefan et ses sœurs avaient eu leur balançoire s'agitaient sous le vent.

Soudain ce fut comme s'il voyait son père sortir de la maison et s'avancer vers lui. Mais au lieu du costume et du pardessus gris habituels, il portait l'uniforme que Stefan avait vu chez Elsa Berggren.

Il reprit la route et ne s'arrêta qu'à Varberg. Il but un café en face de la gare et chercha dans l'annuaire le numéro d'Anna Jacobi. L'adresse correspondait à une zone résidentielle au sud de la ville. Il devait peut-être s'annoncer. Mais Anna Jacobi, ou quelqu'un d'autre, lui répondrait peut-être que le vieil avocat ne pouvait pas, ou ne voulait pas, recevoir de visites. Il se mit en quête de la rue et finit par la trouver après s'être égaré deux fois.

La villa début de siècle se distinguait de ses voisines, toutes des constructions modernes sans exception. Il ouvrit la grille et remonta l'allée jusqu'à la porte surmontée d'une large marquise. Il hésita avant de sonner. Qu'est-ce que je fais ? Qu'est-ce que j'attends de Jacobi ? C'était l'ami de mon père. En apparence du moins. Ce que mon père pensait des juifs en réalité, je ne peux que le deviner, ou plutôt le craindre. Mais ils appartenaient tous deux au groupe des notables de Kinna, à l'époque. Pour mon père, le plus important était sans doute de maintenir la concorde au sein de ce petit monde. Ce qu'il pensait vraiment de Jacobi, je ne le saurai jamais.

Il résolut de commencer par l'histoire de ce legs, qui avait sans doute motivé la rédaction du testament. Il l'avait déjà interrogé là-dessus, lors de la succession. Au besoin, il expliquerait que cela avait un rapport avec la mort de Herbert Molin. J'ai bien menti à Olausson en le regardant droit dans les yeux, rien ne peut aggraver mon cas, pensa-t-il en sonnant.

À la deuxième tentative, la porte s'ouvrit sur une femme d'une quarantaine d'années. Elle le dévisagea, à travers des verres épais qui lui agrandissaient les yeux. Il se présenta et expliqua l'objet de sa visite.

— Mon père ne reçoit personne. Il est vieux et malade et il veut qu'on le laisse tranquille.

De la musique classique s'échappait des profondeurs de la villa. Devant le silence de Stefan, la femme ajouta :

— Si ça t'intéresse, mon père écoute du Bach tous les matins. Aujourd'hui, il m'a demandé de lui mettre le concerto brandebourgeois n° 3. Il dit que cette musique est la seule chose qui le maintienne encore en vie.

— Si je suis venu, c'est pour une affaire importante.

— Mon père a depuis longtemps laissé tomber tout ce qui a trait au travail.

— Il s'agit d'une affaire personnelle. Il a établi autrefois le testament de mon père. Il se trouve qu'un point de ce testament vient de ressurgir dans le cadre d'une affaire judiciaire complexe. Qui a aussi une grande importance personnelle pour moi.

— Je n'en doute pas. Mais ma réponse reste la même.

— Je m'engage à ne pas rester plus de quelques minutes.

— Je regrette.

Elle recula pour fermer la porte.

— Ton père est vieux, il va bientôt mourir. Moi, je suis jeune mais je vais peut-être mourir aussi, parce que j'ai un cancer. Ce serait plus facile pour moi de m'en aller si je pouvais auparavant lui poser ma question.

Anna Jacobi le considéra à travers ses culs de

bouteille. Stefan nota aussi son parfum lourd, qui lui irritait les narines.

— Je suppose qu'on ne ment pas sur un sujet pareil, dit-elle enfin.

— Si tu veux, je peux te donner le numéro de mon médecin à Borås.

— Je vais demander à papa. Mais s'il refuse, tu devras partir.

Stefan accepta. Elle referma la porte. La musique franchissait les murs. Il attendit. Il commençait à croire qu'elle ne reviendrait pas lorsqu'elle reparut sur le seuil.

— Un quart d'heure, pas plus. Je vais compter les minutes.

Elle le fit entrer. La musique s'entendait encore, mais on avait baissé le volume. Il la suivit à travers la maison. Anna Jacobi s'arrêta devant une porte et l'ouvrit, révélant une vaste pièce aux murs nus. Un lit d'hôpital occupait le centre de la chambre.

— Parle à son oreille gauche, dit-elle. De la droite, il n'entend rien.

Elle ressortit en refermant la porte derrière elle. Stefan crut deviner de la fatigue ou de l'irritation dans sa manière d'évoquer la surdité de son père. Il s'avança jusqu'au lit. Les traits du vieil homme étaient affaissés sous le coup de la vieillesse et de la maladie. Stefan se dit qu'il ressemblait à Emil Wetterstedt. Un autre oiseau décharné qui attendait la mort.

Jacobi tourna la tête et le regarda. Puis, d'une main, il lui fit signe de s'asseoir sur la chaise placée au chevet du lit.

— Le morceau est presque fini. Si vous m'excusez, je pense que c'est un crime que d'interrompre la musique de Johann Sébastian par une conversation.

Stefan attendit, silencieux sur sa chaise. Jacobi avait remonté le volume à l'aide d'une télécommande ; les notes emplissaient l'espace. Le vieil homme écoutait, les yeux fermés.

Quand la musique se tut, il appuya un doigt tremblant sur la télécommande, la reposa sur le drap, à hauteur de son ventre, et reprit la parole.

— Je vais bientôt mourir. Je trouve que c'est une grâce d'avoir vécu après Bach. Dans mon calendrier personnel, l'histoire du monde se divise en deux périodes : avant Bach, et après. Un écrivain dont j'ai oublié le nom a écrit des poèmes là-dessus. J'éprouve une gratitude infinie de passer les derniers instants de ma vie en compagnie de sa musique.

Sa nuque chercha une autre position contre les oreillers.

— Quoi qu'il en soit, le morceau est terminé, nous pouvons parler. Que voulez-vous ?

— Je m'appelle Stefan Lindman.

— Ma fille me l'a déjà dit, répliqua Jacobi avec impatience. Je me souviens de votre père. Vous venez m'interroger sur son testament, mais comment voulez-vous que je me rappelle le contenu d'un testament particulier ? J'en ai rédigé au moins mille, en quarante-sept ans de carrière.

— Il s'agissait d'un legs à une fondation qui a pour nom Sveriges Väl. Vous vous en souvenez ?

— Peut-être que oui, peut-être que non.

— Cette fondation fait apparemment partie d'un réseau nazi, ici en Suède.

Jacobi tapota impatiemment sa couverture.

— Le nazisme est mort avec Hitler.

— Pourtant il semble que ses idées soient reprises. Y compris par des jeunes.

Jacobi répliqua avec fermeté.

— Certains collectionnent des timbres, ou des étiquettes de boîtes d'allumettes. Je peux parfaitement imaginer que d'autres collectionnent de la même manière des idéaux politiques périmés. Les gens ont toujours gaspillé leur vie en absurdités diverses. En ce moment, ils aiment crever devant leur téléviseur, le regard rivé à ces séries idiotes et misanthropes dont on ne voit jamais la fin.

— Mon père, dans son testament, a fait don de quinze mille couronnes à cette fondation. Vous connaissiez mon père. Était-il nazi ?

— Je connaissais votre père comme un patriote et un nationaliste. C'est tout.

— Et ma mère ?

— J'étais peu en contact avec elle. Est-elle encore en vie ?

— Non.

Jacobi s'éclaircit la gorge avec une impatience grandissante.

— Pourquoi êtes-vous venu me voir ?

— Pour vous demander si mon père était un nazi.

— Qu'est-ce qui, à votre avis, m'autoriserait à répondre à cette question ?

— Il n'y a plus beaucoup de gens qui puissent me répondre. Je ne connais personne. À part vous.

— Je vous ai répondu. Mais je me demande toujours pourquoi vous êtes venu me déranger.

— J'ai découvert son nom dans une liste. À côté d'un numéro, comme un matricule, si vous voulez. Avant cela, je ne soupçonnais rien.

— Quel matricule ? De quoi parlez-vous ?

— Je n'en suis pas sûr. Mais cette liste comportait plus d'un millier de noms. Parmi eux, un certain nombre de personnes décédées, qui continuent à régler leur cotisation par l'intermédiaire de legs, ou directement par leurs héritiers.

— Ce réseau, comme vous dites, doit bien avoir un nom. Quel est celui que vous avez mentionné tout à l'heure ? Sveriges Väl ?

— Il s'agit d'une fondation qui semble appartenir à une organisation plus vaste – mais de quelle nature, je n'en sais rien.

— Comment vous êtes-vous procuré ces informations ?

— C'est mon secret, pour l'instant.

— Mais vous dites que votre père figurait sur cette liste ?

— Oui.

Jacobi s'humecta les lèvres. Stefan interpréta cela comme une tentative de sourire.

— Dans les années trente et quarante, la Suède était un pays nazifié au plus haut point. Les juristes, d'ailleurs, n'échappaient pas à la contagion. Bach, le grand maître, n'était pas le seul Allemand adulé et encensé en Suède. Dans ce pays, les idéaux, qu'ils soient littéraires, musicaux ou politiques, sont toujours venus d'Allemagne. Sauf après la Seconde Guerre mondiale, quand tout a subitement changé et que de nouveaux modèles ont commencé à nous arriver des États-Unis. Mais ce n'est pas parce que Hitler a conduit son pays à la catastrophe que des notions telles que la supériorité de l'homme blanc ou la haine des juifs, pour prendre deux exemples, ont disparu. Au sein de la génération dont la jeunesse avait été marquée par le nazisme, ces idées ont continué à vivre. Votre père faisait peut-être partie du lot, votre mère peut-être aussi. Et personne ne peut garantir que ces idées ne connaîtront pas un jour une renaissance.

Jacobi se tut, le souffle rauque d'avoir trop parlé. La porte s'ouvrit au même moment, Anna Jacobi entra et lui tendit un verre d'eau.

— Le temps est écoulé, dit-elle.

Stefan se leva. Jacobi le regardait.

— Avez-vous obtenu des réponses à vos questions ?

— J'essaie de comprendre.

— Ma fille m'a dit que vous étiez malade.

— J'ai un cancer.

— Mortel ?

Le vieil homme avait dit cela avec une bonne humeur inattendue. Comme s'il était malgré tout capable de se réjouir que la mort ne soit pas réservée aux vieillards qui consacraient leurs derniers instants sur terre à écouter Bach.

— J'espère que non.

— Bien entendu. Seulement voilà, la mort est

l'ombre dont nous ne pouvons nous débarrasser. Un jour, cette ombre se transforme en une bête féroce.

— J'espère guérir.

— Dans le cas contraire, je vous recommande Bach. Seul remède valable en dernier ressort. Il offre la consolation, ainsi qu'une petite protection contre la douleur, et une certaine mesure de courage.

— Je m'en souviendrai. Merci de m'avoir accordé de votre temps.

Le vieil homme ne répondit pas. Il avait fermé les yeux. Stefan quitta la pièce à la suite d'Anna Jacobi.

— Je crois qu'il a mal, dit-elle quand ils furent de nouveau à la porte. Mais il ne veut pas de morphine. Il dit qu'il ne peut pas écouter la musique s'il n'a pas la tête claire.

— Quelle est sa maladie ?

— Le vieillissement et le désespoir. Rien d'autre.

Stefan lui tendit la main.

— Au revoir.

— J'espère que ça va aller, dit-elle. Que tu vas guérir.

Stefan retourna à sa voiture en luttant contre le vent. Qu'est-ce que je peux faire ? À part rendre visite à des vieillards moribonds pour leur soutirer une vérité sur mon père ? Je pourrais toujours appeler mes sœurs et leur demander ce qu'elles savent. Ou leur raconter ce que je sais, et observer leur réaction. Mais après ? Qu'est-ce que je fais des réponses ? Il s'assit dans la voiture et regarda la rue.

Une femme guidait tant bien que mal une poussette d'enfant sous les rafales. Il la suivit du regard jusqu'à ce qu'elle eut disparu. Voilà ce que j'ai. Un instant solitaire dans ma voiture stationnée au milieu d'un quartier résidentiel de Varberg. Je ne reviendrai jamais ici, j'aurai bientôt oublié le nom de la rue et l'aspect des maisons.

Il prit son téléphone pour appeler Elena et vit qu'on avait essayé de le joindre. Il fit le numéro de la messagerie et écouta. Un coup de fil de Giuseppe. Il décida de le rappeler. Giuseppe répondit aussitôt.

— C'est Stefan.

— Où es-tu ?

Avec la téléphonie mobile, c'était devenu la nouvelle façon de se saluer. On demandait à l'autre où il se trouvait dans le monde. On savait qui on appelait, mais jamais à quel endroit. Stefan renonça à faire part de ces réflexions à Giuseppe.

— À Varberg.

— Comment ça va ?

— Plutôt bien.

— Je voulais juste t'informer des derniers développements. Tu as une minute ?

— J'ai tout mon temps.

Giuseppe éclata de rire.

— Ça, ce n'est vrai pour personne. En tout cas, on a appris des choses concernant les armes. Pas pour l'arsenal qui a servi dans le cas de Molin, fusil de chasse, cartouches lacrymogènes et compagnie. Ça a dû être volé quelque part, mais on ne sait toujours pas où. Ce qu'on sait maintenant, c'est que c'est une arme différente qui a servi pour Abraham Andersson. Les techniciens l'affirment. On est donc confronté à la possibilité qu'on n'avait pas franchement envisagée.

— Deux meurtriers différents ?

— Oui.

— Ce peut malgré tout être le même individu.

— Mais oui. Le hic, c'est qu'on ne peut pas éliminer la possibilité inverse. Et j'ai encore autre chose à te raconter. Il s'agit d'un gars de Säter qui s'était absenté de chez lui pendant une semaine. À son retour, il a découvert que sa maison avait été cambriolée et qu'il lui manquait un fusil de chasse. Il l'a signalé à la police. On est tombé dessus quand on a commencé à s'intéresser aux vols d'armes récents. C'est peut-être celui-là qui a servi pour Abraham Andersson. Le calibre correspond. Mais le voleur, lui, n'a pas laissé de traces.

— Parle-moi du cambriolage. D'un point de vue technique.

— Porte d'entrée fracturée proprement. Pareil pour l'armoire où étaient enfermées les armes. Ce n'est pas un amateur.

— Quelqu'un se procure un fusil dans un but précis...

— Précisément.

Stefan essaya de visualiser la carte de la région.

— Est-ce que je me trompe en disant que Säter est dans les Dalarna ?

— D'Avesta et de Hedemora, la route passe par Säter jusqu'à Borlänge, puis tout droit vers le nord et le Härjedalen.

— Quelqu'un, venant du sud, se procure une arme en chemin et poursuit sa route jusque chez Abraham Andersson.

— C'est possible. Mais on n'a pas de mobile. Et si la piste du deuxième meurtrier se confirme, l'assassinat d'Andersson devient plus inquiétant. Car, dans ce cas, on peut vraiment se demander de quoi il s'agit. Peut-être d'un truc qui ne fait que commencer.

— Une série d'homicides ?

Giuseppe éclata de rire.

— *Une série d'homicides* – tu te rends compte de ce jargon qu'on a, dans la police ? Parfois, je me dis que c'est pour ça que les bandits ont toujours une longueur d'avance. Ils parlent direct, pas comme nous avec des mots à rallonge.

— Tu crois qu'il y aura d'autres meurtres ?

— Le problème, c'est qu'on n'en sait rien. Mais déjà, si l'arme n'est pas la même, ça augmente les possibilités et les risques. Tu es en train de conduire, là ?

— Non.

— Alors je continue de te faire part de nos ruminations. Première chose, évidemment, le chien. Qui l'a pris pour le mettre dans le chenil de Molin ? Pourquoi ? Tout ce qu'on sait, c'est que le chien a été transporté là-bas en voiture. Mais les deux questions cruciales, on n'y a pas encore répondu.

— On peut imaginer une plaisanterie macabre.

— Bien sûr. Mais les gens d'ici ne sont pas très portés sur les plaisanteries macabres, surtout en ce moment. Ils sont sous le choc. On s'en aperçoit quand on fait le tour des maisons. Ils veulent vraiment nous aider.

— C'est curieux que personne n'ait observé quoi que ce soit.

— On a eu quelques vagues infos concernant l'une ou l'autre voiture que quelqu'un aurait peut-être vue ou cru voir. Mais rien de tangible, rien qui puisse nous donner une orientation.

— Et Elsa Berggren ?

— Rundström l'a convoquée ici, à Östersund. Il lui a parlé une journée entière. Mais elle s'en tient à ses premières déclarations. Toujours les mêmes opinions épouvantables, mais on ne peut pas l'accuser de manquer de suite dans les idées. Bref, elle n'a aucune idée de qui a pu tuer Herbert Molin. Abraham Andersson, elle ne l'a rencontré qu'une seule fois en vitesse, croisé plutôt, alors qu'elle rendait visite à Molin. On a été jusqu'à fouiller sa maison pour voir si elle cachait des armes, en plus de son uniforme. Mais on n'a rien trouvé. Je crois que si elle avait peur que quelqu'un s'en prenne à elle, elle nous le dirait.

La ligne fut coupée. Stefan cria allô plusieurs fois avant que la voix de Giuseppe revienne.

— Je commence à croire que ça va prendre du temps. Et je me fais du souci.

— Avez-vous découvert un lien entre Andersson et Molin ?

— On cherche, on fouille, on creuse. Mais la veuve d'Andersson nous a redit qu'Abraham parlait de Molin comme d'un voisin parmi d'autres – à croire qu'il en avait plein, des voisins. On n'est pas plus avancés.

— Et le journal ?

— À quoi penses-tu ?

— Le voyage en Écosse. La personne désignée par la lettre « M. ».

— J'ai dû mal à voir pourquoi on devrait lui donner de l'importance.

— C'était juste une question.

Giuseppe éternua violemment. Stefan écarta le téléphone de son oreille, comme si les bactéries pouvaient l'atteindre via le combiné.

— Rhume d'automne, annonça Giuseppe. Ils arrivent toujours à la même époque.

Stefan prit une profonde inspiration et lui parla de sa visite à Kalmar et à Öland. En taisant l'effraction, mais en s'attardant sur les accointances d'Emil Wetterstedt.

Quand il eut fini, le silence se prolongea si longtemps qu'il crut que la communication avait été coupée à nouveau.

— Je vais proposer à Rundström de contacter Stockholm. Ils ont toute une brigade là-bas spécialisée dans les terroristes et les factions extrémistes. J'ai du mal à imaginer que ce qui se passe chez nous soit dû à des petits gars en rangers. Mais on ne sait jamais.

Stefan répondit que c'était une bonne idée. Après avoir éteint son portable, il s'aperçut qu'il était affamé. Il déjeuna dans un restaurant de Varberg. De retour à sa voiture, il constata que quelqu'un avait fracturé la portière côté conducteur. Il eut un geste instinctif vers la poche de sa veste. Le téléphone était encore là. Contrairement à l'autoradio, disparue de son logement. Et le système de verrouillage central était pété. Stefan jura tout haut et démarra rageusement. En principe, il devait maintenant déclarer le vol au commissariat. Mais il savait qu'on ne retrouverait jamais le coupable et que les collègues ne lui consacreraient dans le meilleur des cas qu'un intérêt bureaucratique distrait. Les piles de dossiers étaient les mêmes, d'un district à l'autre. En plus, il se rappela soudain qu'il avait pris une assurance multirisque : ça valait donc le coup d'acheter un autoradio neuf. Restait la réparation du verrouillage central. Mais pour ça, il y avait un collègue à Borås qui s'y connaissait en mécanique et qui avait l'habitude de dépanner les copains. Il laissa tomber l'idée de la déclaration. L'époque était révolue où un cambriolage de voiture pouvait espérer faire l'objet d'une enquête.

Il quitta donc Varberg et reprit la direction de Borås sous les bourrasques qui malmenaient la voiture. Le paysage était gris, lugubre. L'automne de plus en plus profond, l'hiver de plus en plus proche. Comme le 19 novembre. Il aurait voulu pouvoir découper le temps à la hache et commencer son traitement le jour même.

Il venait d'entrer dans la ville quand son portable sonna. Il hésita. C'était sûrement Elena. D'un autre côté, il ne pouvait pas la laisser attendre indéfiniment. Un jour, elle en aurait assez de cette manie qu'il avait de prendre la tangente, de toujours faire passer ses propres besoins avant tout. Il s'arrêta le long du trottoir et enfonça la touche verte.

— J'espère que je ne te dérange pas, dit la voix de Veronica Molin. Où es-tu ?

— À Borås. Tu ne me déranges pas.

— Tu as le temps ?

— Oui. Où es-tu ?

— À Sveg.

— Tu attends les funérailles ?

Silence.

— Pas seulement. J'ai eu ton numéro de téléphone par Giuseppe Larsson – le policier qui prétend enquêter sur le meurtre de mon père.

Elle ne cherchait aucunement à dissimuler son mépris, et cela énerva Stefan.

— Giuseppe est l'un des meilleurs enquêteurs que j'aie eu l'occasion de voir à l'œuvre.

— Je ne voulais pas être blessante.

— Que veux-tu alors ?

— Que tu viennes.

La réponse avait fusé.

— Pourquoi ?

— Je crois savoir ce qui s'est passé. Mais je ne veux pas en parler au téléphone.

— Dans ce cas, ce n'est pas moi qu'il faut appeler. Adresse-toi à Giuseppe Larsson. Je n'ai rien à voir avec l'enquête.

— Là, tout de suite, je ne vois personne d'autre que toi qui puisses m'aider. Je te rembourserai l'aller-retour en avion et tous les frais sur place. Mais je veux que tu viennes. Le plus vite possible.

Stefan réfléchit.

— Tu prétends savoir qui a tué ton père ?
— Je le crois.
— Et Abraham Andersson ?
— Ce doit être quelqu'un d'autre. Mais il y a une autre raison pour laquelle je voudrais que tu viennes. J'ai peur.
— De quoi ?
— Ça non plus, je ne veux pas en parler au téléphone. Je voudrais que tu viennes. Je te rappelle dans deux heures.
La communication fut coupée. Stefan rentra chez lui en repoussant encore le moment d'appeler Elena. Il ruminait le coup de fil de Veronica Molin. Pourquoi donc ne voulait-elle pas parler à Giuseppe ? Et pourquoi avait-elle peur ?
Il attendit.
Deux heures plus tard, son portable sonnait à nouveau.

23

Stefan atterrit à l'aéroport d'Östersund à dix heures vingt-cinq le lendemain matin. En recevant le deuxième appel de Veronica Molin, il était fermement décidé à lui dire non. Il ne retournerait pas dans le Härjedalen. Il ne pouvait rien faire pour l'aider. Il lui expliquerait clairement qu'elle avait le devoir de contacter la police locale, sinon Giuseppe Larsson, alors quelqu'un d'autre, peut-être Rundström.

Mais rien ne s'était passé comme prévu. Elle avait attaqué d'entrée en lui demandant s'il venait. Et il avait répondu oui. Ensuite elle avait éludé toutes ses questions en répétant qu'elle ne voulait pas en parler au téléphone.

Il lui avait demandé de réserver de préférence la chambre trois, comme à sa première visite. Puis elle avait raccroché en lui disant à demain.

Après cette conversation, Stefan était resté à contempler la rue par la fenêtre en se demandant quelle était réellement sa motivation. La peur qui le rongeait, la maladie qu'il tentait désespérément de tenir à distance ? Ou Elena qu'il n'avait pas le courage de revoir ? Il ne savait pas. Depuis qu'il avait appris qu'il avait un cancer, tout était chamboulé.

Et puis son père le hantait. Ce n'est pas l'histoire de Herbert Molin qui me tracasse, pensa-t-il. C'est la mienne. Je cherche une vérité quant à cette, comment dire, cette réalité que j'ai découverte chez Emil Wetterstedt.

Il avait appelé l'aéroport de Landvetter et réservé un billet. Dans la foulée, il avait composé le numéro d'Elena, qui était restée silencieuse et distante. À dix-neuf heures quinze, il était chez elle. Et il passa la nuit avec elle, jusqu'au moment où il dut reprendre sa voiture pour aller chez lui, jeter quelques vêtements dans une valise et conduire les quarante kilomètres vers l'aéroport.

Ils avaient fait l'amour, mais pour Stefan c'était comme s'il n'avait pas été là. S'en était-elle aperçue ? En tout cas, elle n'avait rien dit. Pas plus qu'elle ne l'avait interrogé sur les raisons qui l'obligeaient subitement à retourner dans le Härjedalen. En la quittant, dans l'entrée, il avait senti qu'elle essayait de l'envelopper dans son amour. Il avait tout fait pour lui cacher son angoisse, mais tout en roulant dans la nuit à travers la ville déserte, il n'était pas certain d'avoir réussi. Il portait cette chose – une opacité, un brouillard qui rampait à l'intérieur et menaçait de l'étouffer. C'était la panique, qu'il était en train de perdre Elena, qu'il la poussait, pour son propre bien, à rompre. À l'abandonner.

En descendant de l'avion à Frösön, il sentit le froid. Le sol était gelé. Il loua une voiture ; Veronica Molin paierait la note. Il avait l'intention de se rendre directement à Sveg, mais changea d'avis en s'engageant sur le pont de Frösön à Östersund. Il était impensable de ne pas prévenir Giuseppe de son retour. Mais quel prétexte inventer ? Veronica Molin l'avait appelé en secret. D'un autre côté, il ne voulait pas agir à l'insu de Giuseppe. Il avait déjà assez de problèmes.

Il s'arrêta près du bâtiment en brique, mais resta assis dans la voiture. Que dirait-il à Giuseppe ? Pas l'entière vérité. Peut-être pas non plus un mensonge radical, même si les mensonges lui réussissaient plutôt ces derniers temps. Alors quoi ? Il pouvait présenter une semi-vérité. Dire qu'il n'avait pas le courage de rester à Borås, qu'il préférait s'éloigner de la ville jusqu'au début du traitement. Un homme atteint d'un cancer pouvait se permettre de se montrer agité et lunatique.

Il poussa la porte du commissariat et demanda à voir Giuseppe. La réceptionniste, qui l'avait reconnu, répondit en souriant que Giuseppe était en réunion, mais qu'il n'en avait plus pour longtemps. Stefan s'assit à une table et feuilleta les journaux locaux. Les enquêtes occupaient la première page. La veille, Rundström avait tenu une conférence de presse. Il y était beaucoup question des armes, et il réitérait son appel au public, tout renseignement pouvait se révéler utile. Rien, en revanche, sur les informations qu'aurait déjà rassemblées la police. Rien concernant tel ou tel type de voiture ou tel ou tel signalement de personne aperçue dans le coin. L'impression générale était que l'enquête patinait.

À onze heures trente, Giuseppe apparut dans le

hall d'accueil. Il était mal rasé et semblait épuisé et tendu.

— Je devrais te dire que je suis surpris de te voir. Mais là, tout de suite, rien ne m'étonne.

Cette résignation ne lui ressemblait pas. Ils allèrent dans son bureau. Giuseppe ferma la porte, et Stefan lui servit le couplet sur son état intérieur instable. Giuseppe l'observait attentivement. Quand Stefan eut fini, il demanda :

— Est-ce que tu joues au bowling ?

— Pardon ?

— Moi, c'est ce que je fais quand l'agitation prend le dessus. Si, si, ça m'arrive. L'existence s'écroule et alors le bowling n'est pas à négliger. On y joue de préférence avec quelques amis. Les quilles sont, au choix, ses ennemis, ses obsessions, ou les problèmes non résolus qu'on se trimballe.

— Je crois bien que je n'ai jamais joué au bowling.

— Prends-le comme un conseil d'ami.

— Comment ça avance ?

— J'ai vu que tu lisais la presse locale, à l'accueil. On sort juste de réunion, tout le petit groupe d'enquête. Que dire ? Ça roule, on suit les règles, tout le monde travaille dur et consciencieusement. Pourtant ce qu'a dit Rundström aux journalistes est vrai. On n'avance pas.

— L'hypothèse des deux meurtriers ?

— Sans doute. On a pas mal d'éléments en ce sens.

— Mais le mobile ne l'est pas forcément. Différent, je veux dire.

— C'est aussi notre avis. Et il y a l'histoire du

chien. Je n'y vois pas une plaisanterie, mais un acte conscient. De la part de quelqu'un qui veut nous dire quelque chose.

— Quoi ?

— Sais pas. Mais le simple fait de voir que quelqu'un essaie de nous passer un message engendre un désordre constructif. On est obligé d'admettre qu'il n'y a pas de réponse simple. À supposer qu'on l'ait jamais cru.

Giuseppe se tut. Un rire s'éleva dans le couloir. Puis le silence revint.

— Il y avait de la rage, reprit Giuseppe. Dans les deux cas. Une fureur incontrôlée dans celui de Molin. Dans l'autre, c'est plus maîtrisé. Pas de chien égorgé. Pas de danse macabre. Mais une exécution de sang-froid. Par ailleurs, le meurtre de Molin était parfaitement prémédité. Le campement que tu as découvert le confirme. Avec Andersson, c'était autre chose. Au-delà, je n'arrive pas à analyser la nature réelle des différences.

— Qu'est-ce que cela nous suggère ?

— Je ne sais pas. Qu'en penses-tu ?

Stefan réfléchit. Giuseppe, de toute évidence, voulait qu'il réponde, connaître son point de vue.

— Si les deux meurtres sont liés, si c'est malgré tout le même meurtrier, c'est que quelque chose a rendu nécessaire le fait de tuer aussi le voisin...

— C'est aussi comme ça que je vois les choses. Les autres ne sont pas d'accord avec moi. Ou alors, c'est que je ne m'exprime pas assez clairement. Mais la priorité reste à l'hypothèse de deux meurtriers différents.

— C'est étrange que personne n'ait observé quoi que ce soit.

— Je crois que je n'ai jamais connu une enquête où l'on ait frappé à autant de portes et diffusé autant d'appels sans récolter la moindre information en retour. D'habitude, il y a toujours au moins un bonhomme planqué derrière son rideau qui a vu un truc qui tranche sur les habitudes du voisinage.

— C'est une réponse en soi. Par rapport à une façon d'agir très délibérée. Même quand ils doivent improviser, ils le font vite et avec sang-froid.

— Maintenant tu dis « ils » ?

— J'hésite entre un homme seul et un groupe organisé.

On frappa à la porte. Un jeune homme en blouson de cuir, des mèches sombres dans ses cheveux blonds, ouvrit sans laisser à Giuseppe le temps de crier « entrez », adressa un signe de tête à Stefan et fit tomber quelques papiers sur le bureau.

— Dernier rapport du commando porte-à-porte, dit-il.

— Alors ?

— Une mamie de Glöte qui perd un peu la boule a affirmé que le tueur habitait Visby[1].

— Pourquoi donc ?

— Svenska Spel, l'entreprise de jeux, a son siège là-bas. La mamie de Glöte dit que le démon du jeu s'est emparé du peuple suédois. La moitié de la population pratique le meurtre crapuleux sur

1. Visby : chef-lieu de l'île de Gotland, à l'autre extrémité de la Suède.

l'autre moitié pour avoir de quoi jouer. À part ça, silence radio.

Le type ressortit en coup de vent.

— Il vient d'arriver, commenta Giuseppe. Cheveux teints, sûr de lui, le genre d'aspirant qui adore nous rappeler qu'il est jeune, autrement dit qu'on est très vieux. Mais je crois qu'il va se bonifier.

Giuseppe se leva.

— J'aime bien parler avec toi. Tu écoutes, tu poses les questions que j'ai besoin d'entendre. J'aurais volontiers prolongé cette conversation, mais j'ai rendez-vous avec nos techniciens pour une synthèse qui ne peut être repoussée à plus tard.

Il raccompagna Stefan dans le hall.

— Combien de temps restes-tu, cette fois ?

— Je n'en sais rien.

— Le même hôtel ?

— Pourquoi, il y en a d'autres ?

— Bonne question. Peut-être une pension de famille. Allez, salut, je te fais signe.

Stefan pensa au même instant qu'il avait failli oublier de lui demander quelque chose.

— Le corps de Molin a-t-il été restitué à sa famille ?

— Je peux me renseigner, si tu veux.

— Pas la peine.

Sur la route de Sveg, Stefan repensa à la tirade de Giuseppe sur le bowling. Juste après Överberg, il s'arrêta et sortit de la voiture. L'air était complètement statique et froid. La terre était dure sous ses semelles.

Je me lamente. Je suis en train de m'enfermer

dans une morosité qui ne me rend aucun service. En temps normal, je suis plutôt un gars joyeux. Rien à voir avec l'image que j'offre en ce moment. Giuseppe a raison. Je ne suis pas obligé de renverser des quilles si je n'en ai pas envie, mais je dois prendre au sérieux ce qu'il a essayé de me dire. Je me persuade que je vais m'en sortir, tout en faisant tout ce que je peux pour incarner le type condamné sans espoir.

Le temps d'arriver à Sveg, il en était à regretter d'avoir entrepris le voyage. Il faillit faire demi-tour dans la cour de l'hôtel, reprendre la route de Frösön, retourner le plus vite possible à Borås et à Elena.

Puis il sortit de la voiture. La fille de la réception parut contente de le voir.

— Je l'aurais parié ! s'exclama-t-elle en riant. Tu ne peux plus te passer de nous.

Stefan rit aussi. D'un rire trop sonore, trop aigu. Même mon rire ment, pensa-t-il avec résignation.

— Je te rends ta chambre. La trois. Et il y a un message pour toi de la part de Veronica Molin.

— Elle est là ?

— Non, mais elle sera de retour vers seize heures.

Il monta dans la chambre. C'était comme s'il ne l'avait pas quittée. Il alla dans la salle de bains, ouvrit la bouche en grand et tira la langue devant le miroir.

Personne ne meurt d'un cancer de la langue. Ça va aller. Je fais ma radiothérapie, et après je suis guéri. Un jour, je verrai toute cette période comme une parenthèse ou un mauvais rêve, à peine plus.

Il prit son agenda et composa le numéro de sa sœur à Helsinki. Il écouta sa voix sur le répondeur, et laissa un message en donnant son numéro de portable. Pour son autre sœur, partie vivre en France après son mariage, il n'avait pas son numéro, et pas davantage l'énergie de chercher à l'obtenir. Il n'avait jamais réussi à mémoriser l'orthographe de son nouveau nom.

Il regarda le lit. Si je m'allonge, je vais mourir, pensa-t-il. Ôtant sa chemise, il repoussa la table vers le mur et commença à faire des pompes. À vingt-cinq, il était à bout de forces. Mais il s'obligea à continuer jusqu'à quarante avant de s'affaler sur le tapis et de prendre son pouls. Cent soixante-dix. Beaucoup trop rapide. Il décida que, dorénavant, il allait faire de l'exercice. Tous les jours, quelle que soit la météo, interne ou externe. Il ouvrit sa valise. Il avait oublié d'emporter les baskets. Il renfila sa chemise et sa veste, sortit de l'hôtel et repéra l'unique magasin de sport de Sveg, qui proposait un assortiment de chaussures très succinct. Mais il réussit à trouver une paire qui lui allait. Puis il alla manger à la pizzeria, où une radio était branchée. Il entendit la voix de Giuseppe, lançant un nouvel appel au public sur les ondes locales. Ils sont vraiment au point mort, se dit Stefan.

Il se demanda brusquement si les meurtres de Herbert Molin et d'Abraham Andersson resteraient à jamais irrésolus.

Après manger, il partit à pied, vers le nord cette

fois. Il dépassa une ferme-musée, puis l'hôpital. Il marchait vite, dans le but de se fatiguer. Soudain une musique lui revint intérieurement. Il mit quelques instants à reconnaître celle qu'il avait entendue chez Jacobi. Johann Sebastian Bach, Concerto brandebourgeois.

Il continua dans la mesure de ses forces et, quand il fit enfin demi-tour, Sveg était loin.

De retour à l'hôtel, il prit une douche et descendit à la réception. Veronica Molin l'attendait, assise dans un fauteuil. Il pensa une fois de plus qu'elle était remarquablement belle.

— Merci d'être venu, dit-elle en se levant.

— C'était ça ou le bowling.

Elle haussa les sourcils. Puis elle rit.

— Heureusement que tu n'as pas dit le golf. Je n'ai jamais compris les hommes qui jouaient au golf.

— Je n'ai jamais touché un club de golf de ma vie.

Elle regarda autour d'elle. Quelques pilotes d'essai entrèrent au même moment en criant qu'une bonne bière, là, tout de suite, ne leur ferait pas de mal.

— Je n'ai pas l'habitude d'inviter les hommes dans ma chambre, dit-elle. Mais au moins, on aura la paix.

Sa chambre était au rez-de-chaussée, au bout du couloir, et elle ne ressemblait pas à celle de Stefan. D'abord, elle était plus grande. Il se demanda comment elle prenait le fait de devoir se contenter de la simplicité de Sveg, elle qui était habituée à des suites luxueuses ici ou là dans le monde. Il se souvenait qu'elle avait appris la mort de son père dans une chambre d'hôtel de Cologne d'où elle avait vue sur la cathédrale. Par la fenêtre de cette chambre-ci, elle voyait le fleuve Ljusnan et, au-delà, la ligne bleue des sapins. C'est peut-être aussi beau, pensa-t-il. Aussi imposant, à sa manière, que la cathédrale de Cologne.

Il y avait deux fauteuils. Veronica Molin alluma la lampe de chevet et dirigea la lumière vers le mur, plongeant la chambre dans une semi-pénombre où il pouvait sentir son parfum. Comment réagirait-elle s'il lui disait que son vrai désir, en cet instant, était de la déshabiller et de lui faire l'amour ? Serait-elle surprise ? Elle devait être consciente de son rayonnement. Mais elle lui suggérerait sans doute d'aller se faire voir. Il s'éclaircit la voix.

— Tu m'as demandé de venir. Je vais écouter ce que tu as à me dire. Mais cette conversation, tu le sais aussi bien que moi, ne devrait même pas avoir lieu. Je n'existe pas dans cette enquête. Tu devrais t'adresser à Giuseppe Larsson ou à un de ses collègues.

— Je sais.

Stefan nota son air tendu et attendit.

— J'ai essayé de comprendre, commença-t-elle. Qui pouvait avoir des raisons de tuer mon père ? Au début, tout paraissait incompréhensible. Cette violence déchaînée contre lui... Il ne pouvait tout simplement pas y avoir de mobile. J'étais comme paralysée. Ce qui est très inhabituel pour moi. Dans mon travail, j'affronte tous les jours des crises qui peuvent tourner à la catastrophe en un rien de temps si je ne garde pas la tête froide. Mes actes sont dictés par les faits, et par des décisions rationnelles relatives à ces faits. La paralysie n'a d'ailleurs pas duré longtemps. J'ai commencé à réfléchir. Surtout, j'ai commencé à me souvenir.

Elle leva la tête vers lui.

— J'ai lu son journal intime. C'était un choc.

— Tu ne savais rien de son passé ?

— Rien. Je l'ai déjà dit.

— As-tu parlé à ton frère ?

— Lui non plus ne savait rien.

En écoutant sa voix curieusement dépourvue de timbre, Stefan eut soudain une vague sensation de flottement, d'incertitude. Il aiguisa son attention et s'inclina légèrement pour mieux voir le visage de Veronica Molin.

— Un choc, comme je le disais, de découvrir que mon père avait été nazi. Pas seulement en paroles. En actes, et pas n'importe lesquels. Engagé volontaire dans la Waffen SS. C'est incroyable. J'ai eu honte. Je l'ai haï. Surtout parce qu'il n'en a jamais rien dit.

Stefan se demanda fugitivement si lui-même avait honte de son père. Mais il n'en était pas encore là. Il pensa que la situation était étrange. Cette femme et lui avaient fait récemment la même découverte concernant leur père respectif.

— C'est dans le journal que j'ai trouvé la possible explication à ce qui lui est arrivé.

Elle se tut pendant qu'un poids lourd passait dans la rue. Stefan attendait, en alerte.

— Qu'as-tu retenu de ce journal ? demanda-t-elle ensuite.

— Pas mal de choses.

— Il est question d'un voyage en Écosse.

Stefan acquiesça. Il se souvenait parfaitement des « longues promenades avec M. ».

— J'étais encore enfant à l'époque. Quoi qu'il en soit, mon père est parti en Écosse retrouver une femme. Je crois qu'elle s'appelait Monica, mais je n'en suis pas sûre. Il l'avait rencontrée à Borås. Elle était de la police, elle aussi. Nettement plus jeune que lui. Elle était venue dans le cadre d'un voyage d'études, un échange entre la Suède et l'Écosse. Ils sont tombés amoureux l'un de l'autre. Ma mère n'en a rien su, du moins sur le moment. Il est donc parti en Écosse, et là, il l'a menée en bateau.

— C'est-à-dire ?

Elle eut un geste d'impatience.

— Laisse-moi raconter l'histoire à mon rythme. C'est déjà assez dur. Alors voilà. Il lui a extorqué de l'argent. Ce qu'il lui a dit, évidemment je n'en sais rien. En tout cas, c'était une grosse somme. Mon père avait une faiblesse : il jouait. Aux courses surtout, mais aussi aux cartes. L'argent de cette femme a été englouti comme ça. Quand elle a réalisé qu'il l'avait escroquée, elle a exigé qu'il la rembourse. Mais il n'existait aucune trace écrite. Il a refusé. Elle est venue alors à Borås. C'est ainsi que je suis au courant de l'histoire. Elle a sonné chez nous un soir d'hiver, je m'en souviens, maman était là, moi aussi, mon père aussi, je ne sais pas où était mon frère. Mon père a essayé de l'empêcher d'entrer, mais elle l'a repoussé violemment et elle a tout révélé à ma mère, en criant à mon père qu'elle le tuerait s'il ne lui rendait pas son argent. Je comprenais suffisamment l'anglais pour suivre leur échange. Ma mère s'est effondrée, mon père était blême de rage, ou peut-être de peur. Elle a juré qu'elle le tuerait, qu'elle *attendrait le temps qu'il faudrait*. Je me souviens de ses paroles.

Veronica Molin se tut.

— Selon toi, elle serait donc revenue se venger après toutes ces années ?

— Les choses ont dû se passer comme ça.

Stefan secoua la tête. C'était complètement invraisemblable. Herbert Molin, dans son journal, avait décrit son voyage en Écosse d'une manière qui ne coïncidait en rien avec ce qu'il entendait à présent.

— Tu dois faire part de tes soupçons aux enquêteurs. Mais je doute qu'ils correspondent à la réalité.

— Pourquoi ?

— Ça ne me paraît tout simplement pas vraisemblable.

— Un meurtre n'est-il pas toujours invraisemblable ?

Un groupe de pilotes passa dans le couloir. Ils attendirent que le silence revienne.

— Je dois te poser une question, dit Stefan. Pourquoi n'as-tu pas voulu en parler à Giuseppe ?

— Bien sûr que je vais le faire. Mais je voulais te demander conseil auparavant.

— Pourquoi ?

— Parce que tu m'inspires confiance.

— Un conseil à quel sujet ?

— Je voudrais empêcher que la vérité soit divulguée. La vérité concernant mon père.

— S'il se révèle que le passé de ton père est sans rapport avec sa mort, il n'y a aucune raison que la police, ou le parquet, diffuse ces informations.

— Je redoute les journalistes. Il est déjà arrivé qu'ils me harcèlent. Je ne veux pas que ça recommence. J'ai été mêlée voilà quelques années à une fusion complexe entre deux banques, l'une à Singapour, l'autre en Angleterre, et ça s'est mal passé. J'étais l'une des personnes les mieux renseignées, les médias le savaient, et ils ne m'ont laissé aucun répit.

— Je ne pense pas que tu doives t'en faire à ce sujet. Mais à titre personnel, je ne suis pas d'accord avec toi.

— Sur quoi ?

— Sur le fait que la vérité ne doit pas être divulguée.

— Puis-je empêcher la publicité autour du journal de mon père ?

— Sans doute. Mais d'autres personnes prendront peut-être la décision de creuser cette histoire.

— Qui donc ?

— Moi, par exemple.

Elle recula dans le fauteuil, son visage disparut dans les ombres. Stefan regretta ses paroles.

— Ce n'est pas vrai, dit-il. Je suis policier, pas journaliste. Ne t'inquiète pas.

Elle se leva.

— Tu as fait un long voyage, à ma demande, dit-elle. C'était inutile, bien sûr. J'aurais pu te poser la question au téléphone. Mais j'ai un peu perdu mon sang-froid. Le métier que je fais est sensible. Si je commençais à faire l'objet de rumeurs, mes clients ne me le pardonneraient pas. C'est malgré tout mon père qui a été tué là-bas dans la forêt. Je crois que la coupable est la femme dont le prénom commence par un M. Je ne sais pas qui a tué l'autre homme.

Stefan indiqua le téléphone.

— Je propose que tu appelles Giuseppe Larsson.

— Quand pars-tu ? demanda-t-elle en le voyant se lever.

— Demain.

— Et si nous dînions ensemble ? Je te dois bien ça, au moins.

— J'espère qu'ils ont changé le menu.

— Dix-neuf heures trente ?

— D'accord.

Elle resta taciturne et comme absente pendant tout le dîner. Stefan était de plus en plus énervé. Parce qu'elle l'avait poussé à faire ce voyage idiot à cause d'une peur irrationnelle, mais surtout parce qu'elle l'attirait malgré lui.

Ils se séparèrent, assez froidement, à la réception. Veronica Molin s'engagea à virer sur son compte le montant des frais du voyage et disparut en direction de sa chambre.

Stefan monta chercher sa veste et sortit de l'hôtel. Il lui avait demandé, au cours du dîner, si elle avait appelé Giuseppe. Elle avait répondu qu'elle n'avait pas réussi à le joindre, mais qu'elle réessaierait.

Pendant sa promenade dans le bourg désert, il repensa à ce qu'elle lui avait raconté. L'histoire de la femme écossaise était peut-être vraie. Mais qu'elle soit revenue se venger après tant d'années, et de cette façon encore, ça ne tenait pas debout.

Sans s'en apercevoir, il était parvenu à l'ancien pont de chemin de fer. Il était temps de rentrer à l'hôtel et de dormir. Mais quelque chose le poussa à traverser le pont. Il approcha de la maison d'Elsa Berggren. Il y avait de la lumière au rez-de-chaussée. Il s'apprêtait à passer son chemin lorsqu'il crut voir une ombre tourner au coin de la villa. Il fronça les sourcils. Immobile, il scruta l'obscurité. Puis il ouvrit la grille du jardin et remonta l'allée. Il s'arrêta, écouta. Silence. Il longea la façade jusqu'à l'angle et jeta un coup d'œil. Il n'y avait personne. Évidemment. Malgré tout, il commença à faire le tour de la bâtisse, à tâtons.

Il n'entendit pas les pas approcher dans son dos. Quelque chose heurta violemment sa nuque. Il tomba. L'instant d'après, il sentit deux mains autour de son cou. La pression augmenta.

Puis plus rien. Que le noir.

TROISIÈME PARTIE

Les cloportes | novembre 1999

24

Stefan ouvrit les yeux. Il se redressa avec précaution, inspira profondément et tenta de percer l'obscurité. Rien. Pas un mouvement, pas un bruit. Il tâta sa nuque. Quand il retira sa main, elle était pleine de sang. Il déglutit avec difficulté. Mais il était en vie. Incapable de dire combien de temps il était resté évanoui. Il se leva, s'aidant de la gouttière. Il pouvait réfléchir, malgré la douleur au crâne et à la gorge. Il y avait donc bien eu quelqu'un. Qui avait essayé de le tuer.

Son agresseur avait dû être dérangé, puisqu'il n'était pas allé au bout de son projet. Ou alors, il ne voulait pas le tuer, mais seulement l'avertir. Stefan lâcha la gouttière et prêta l'oreille dans le noir.

Une faible lumière filtrait par la fenêtre la plus proche. Il s'est passé quelque chose ici, pensa-t-il. Comme chez Herbert Molin et Abraham Andersson. Que faire ? La décision fut rapide. Il sortit son portable et composa le numéro de Giuseppe Larsson. Sa main tremblait, il dut s'y reprendre à trois fois. Une voix de jeune fille répondit.

— Téléphone de papa, j'écoute ?

— Je voudrais parler à Giuseppe.

— Mais il dort depuis longtemps ! Tu sais quelle heure il est ?

— Je dois lui parler.

— Comment t'appelles-tu ?

— Stefan.

— C'est toi qui es de Borås ?

— Oui. Il faut le réveiller. C'est important.

— Je vais lui apporter le téléphone.

Pendant qu'il attendait, Stefan s'éloigna de quelques pas et s'immobilisa sous un arbre. En entendant la voix de Giuseppe, il lui expliqua brièvement la situation.

— Tu es blessé ?

— Je saigne de la nuque et j'ai du mal à déglutir. À part ça, tout va bien.

— Je vais essayer de joindre Erik Johansson. Où es-tu exactement ?

— Derrière la maison. Sous un arbre. Il peut être arrivé quelque chose à Elsa Berggren.

— J'ai bien compris ? Tu as surpris quelqu'un qui s'apprêtait à partir de chez elle ?

— C'est ce que je crois.

Giuseppe réfléchit.

— Reste en ligne. Sonne et attends. Si elle ne t'ouvre pas, tu te planques jusqu'à l'arrivée d'Erik.

Stefan finit de contourner la maison et enfonça le bouton de la sonnette. L'éclairage extérieur était allumé. Il tenait le portable serré contre son oreille.

— Alors ? demanda Giuseppe.

— J'ai sonné. Pas de réaction.

— Essaie encore. Frappe à la porte.

Stefan frappa. Chaque fois que son poing heurtait le bois, il avait un élancement à la nuque. Soudain il entendit un bruit de pas.

— Elle arrive !

— Tu ne peux pas savoir si c'est elle. Sois prudent.

Stefan recula. La porte s'ouvrit. Elsa Berggren était tout habillée. Mais blême.

— C'est elle qui a ouvert, dit Stefan au téléphone.

— Demande-lui si tout va bien.

Stefan s'exécuta.

— J'ai été agressée, répondit-elle. Je viens d'appeler Erik Johansson. Il est en chemin.

Stefan rendit compte à Giuseppe.

— Elle n'est pas blessée ?

— Pas d'après ce que je peux voir.

— Qui l'a agressée ?

— Qui t'a agressée ?

— Il portait une cagoule. À un moment j'ai réussi à la lui arracher, et j'ai aperçu son visage avant qu'il prenne la fuite. Je n'ai jamais vu cet homme auparavant.

Stefan transmit l'information.

— Ça me paraît étrange, cette histoire d'homme masqué. Qu'en penses-tu ?

Stefan répondit en la regardant droit dans les yeux.

— Je crois qu'elle dit la vérité.

— Dans ce cas, tu attends avec elle l'arrivée d'Erik. Je m'habille et je viens. Demande à Erik de m'appeler dès qu'il sera là. Terminé.

Stefan eut un accès de vertige en entrant dans la maison. Il dut s'asseoir, et Elsa Berggren aperçut alors sa main ensanglantée. Il lui raconta son agression. Elle alla à la cuisine et revint avec une serviette mouillée.

— Retourne-toi, dit-elle. Je supporte la vue du sang.

Elle lui tamponna doucement la nuque.

— Ça va aller, dit-il.

Une horloge sonna le quart. Stefan se leva avec précaution et la suivit dans le séjour, où une chaise gisait renversée au milieu des débris d'une coupe de verre ornementale. Elle voulut parler, mais il leva la main.

— C'est à Erik Johansson d'entendre ton récit.

Erik Johansson entra alors que l'horloge invisible sonnait la demie.

— Que se passe-t-il ? demanda-t-il à Elsa Berggren.

Au même instant, il aperçut Stefan.

— Toi ici ? Je ne savais pas que tu étais encore à Sveg.

— Non, je suis revenu. Peu importe. Cette histoire ne commence pas par moi, mais ici, dans ce salon, avant mon arrivée.

— Peut-être. N'empêche que tu pourrais quand même m'expliquer ce que tu fais là.

— J'étais sorti me promener. En passant devant la maison, j'ai cru voir une ombre dans le jardin. Je suis allé voir, et là j'ai été agressé. J'ai failli être étranglé, en fait.

Erik Johansson se pencha vers lui.

— Tu as des bleus au cou. Tu es sûr que tu n'as pas besoin de voir un docteur ?

— Sûr.

Erik Johansson s'assit prudemment sur une chaise, comme s'il craignait de la casser.

— C'est la combientième fois que tu te promènes devant la maison d'Elsa ? La deuxième ? La troisième ?

— C'est important ? répliqua Stefan, exaspéré par sa mollesse.

— Qu'est-ce que j'en sais, moi, de ce qui est important ou pas ? Quoi qu'il en soit, maintenant, je vais écouter Elsa.

Elsa Berggren était assise sur le bord du canapé. Sa voix avait changé, pensa Stefan. Sa peur transparaissait, bien qu'elle essayât encore de donner le change.

— Je sortais de la cuisine et j'allais monter me coucher quand on a frappé. Ça m'a paru bizarre, puisque je n'ai pour ainsi dire jamais de visites. J'avais laissé la chaîne de sûreté, mais dès que j'ai ouvert, il s'est jeté contre la porte, violemment. La chaîne a été arrachée. Il m'a ordonné de me taire. Je ne voyais pas son visage, il portait une cagoule, un bonnet en laine avec des trous découpés. Il m'a poussée dans le séjour – ici – en me menaçant avec une hache et il m'a demandé qui avait tué Abraham Andersson. J'ai essayé de répondre calmement – j'étais ici, sur ce canapé. J'ai vu qu'il s'énervait. Il a levé sa hache. Je me suis jetée sur lui. C'est là que la chaise s'est renversée. Je lui ai arraché sa cagoule. Il s'est enfui. Je t'ai appelé tout de suite après. Je venais de raccrocher quand on a frappé de nouveau. J'ai regardé par la fenêtre et j'ai reconnu celui-ci, dit-elle en désignant Stefan.

Stefan réagit aussitôt.

— Est-ce qu'il parlait suédois ?

— C'est moi qui pose les questions, s'énerva Erik Johansson. Je croyais pourtant que Rundström te l'avait expliqué. Réponds quand même, Elsa. Parlait-il suédois ?

— Anglais, avec un accent.

— Était-ce un Suédois qui essayait de se faire passer pour un étranger ?

Elle réfléchit.

— Non. Ce n'était pas un Suédois. Peut-être un Italien. En tout cas, il était du Sud.

— Peux-tu décrite sa physionomie ? Son âge ?

— Ça s'est passé très vite. Mais c'était un homme d'un certain âge, oui. Des cheveux gris, pas très fournis. Des yeux marron.

— Et tu ne l'avais jamais vu avant ?

La voix anxieuse d'Elsa Berggren laissa passer une note d'irritation.

— Je ne fréquente pas ce genre de personne, tu devrais le savoir.

— Je le sais, Elsa. Mais je dois t'interroger. Était-il grand, petit, maigre, gros ? Comment était-il habillé ? Comment étaient ses mains ?

— Veste sombre, pantalon sombre... Les chaussures, je n'y ai pas fait attention. Il ne portait pas de bague.

Elle se leva.

— Cette taille, à peu près, dit-elle en indiquant une hauteur sur le mur. Ni gros ni maigre.

— Un mètre quatre-vingts, dit Erik Johansson en se tournant vers Stefan. Tu confirmes ?

— Sais pas. Je n'ai vu qu'une ombre en mouvement.

Elsa Berggren se rassit.

— Il t'a menacée, reprit Erik Johansson. De quelle manière ?

— Il m'a posé des questions sur Abraham Andersson.

— Quelles questions ?

— Une seule, à vrai dire. *Qui a tué Abraham Andersson ?*

— Rien d'autre ? Rien sur Herbert Molin ?

— Non.

— Qu'a-t-il dit ?

— *Who killed Mr Abraham ?* Ou alors : *Who killed Mr Andersson ?*

— Et il t'a menacée ?

— Il a dit qu'il voulait la vérité, sinon ça se passerait mal pour moi. Qui a tué M. Abraham ? Voilà. J'ai répondu que je ne le savais pas.

Erik Johansson secoua la tête et se tourna de nouveau vers Stefan.

— Qu'en dis-tu ?

— On peut se demander pourquoi il ne l'a pas questionnée sur le mobile. C'est-à-dire : *pourquoi* Andersson a-t-il été tué ?

— Non. Il voulait simplement savoir qui l'avait fait. Au début, j'ai eu l'impression qu'il croyait que je savais. Puis j'ai compris. Et c'est alors que j'ai pris peur. Il croyait que c'était moi qui l'avais tué.

Malgré le vertige qui revenait par intermittence,

Stefan s'efforçait de se concentrer. Ce que disait maintenant Elsa Berggren concernant l'agression était décisif, il le savait. L'essentiel n'était pas ce que l'homme lui avait demandé, mais ce qu'il ne lui avait *pas* demandé. Il n'y avait qu'une explication. Il connaissait déjà la réponse. Stefan s'aperçut qu'il transpirait. L'homme qui l'avait étranglé, pour le tuer ou juste pour le neutraliser, pouvait bien être le personnage principal du drame.

Erik Johansson prit un appel sur son portable. Stefan devina que c'était Giuseppe, et que Johansson craignait qu'il ne roule trop vite.

— Il vient de dépasser Brunflo. Il veut qu'on l'attende ici. Pendant ce temps, je vais noter par écrit ce que vient de nous expliquer Elsa. Nous devons commencer à chercher cet homme.

Stefan se leva.

— Je sors, dit-il. J'ai besoin d'air.

Une fois dehors, il se mit à scanner sa mémoire à la recherche d'un détail. Qui était lié à ce que venait de leur dire Elsa Berggren. Il contourna à nouveau la maison, en évitant de s'en approcher pour ne pas compromettre d'éventuelles empreintes. Il essayait de voir le visage qu'elle avait décrit. Il n'avait sûrement jamais vu cet homme. Pourtant, c'était comme s'il le reconnaissait. Il se tapota le front du bout des doigts pour mieux retrouver l'image. Elle était associée à Giuseppe...

Le dîner à l'hôtel. Giuseppe mangeait. La serveuse allait et venait entre la cuisine et la salle. Il y avait un autre client. Un homme d'un certain âge, seul à une table. Stefan n'avait pas mémorisé ses traits. C'était autre chose. Soudain il comprit. L'homme n'avait pas dit un mot, bien qu'il eût plusieurs fois fait signe à la serveuse. Il était déjà attablé à l'arrivée de Stefan. Il était resté dans le restaurant après leur départ.

Il chercha encore. Giuseppe avait griffonné au dos de l'addition, qu'il avait ensuite chiffonnée et jetée dans le cendrier en partant.

Quelque chose en rapport avec ce bout de papier. Quoi ? Il ne s'en souvenait pas. Mais l'homme était resté silencieux. Et son attitude l'apparentait d'une manière confuse au signalement flou que venait de donner Elsa Berggren.

Il retourna à l'intérieur. Une heure vingt du matin. Elsa Berggren était toujours sur le bord du canapé, très pâle.

— Il prépare du café, annonça-t-elle.

Stefan alla à la cuisine.

— Je ne peux pas réfléchir sans café, dit Erik Johansson. Tu en veux ? Franchement, tu as une tête horrible. Je me demande si tu ne devrais pas voir un médecin malgré tout.

— Je veux d'abord parler à Giuseppe.

Erik Johansson, constata Stefan, préparait du café bouilli. Il compta lentement jusqu'à quinze. Puis il dit :

— Désolé si j'ai été un peu brusque tout à l'heure. Nous autres, dans le Härjedalen, nous avons parfois l'impression d'être traités un peu de haut. Ça vaut aussi pour Giuseppe. Juste pour ta gouverne.

— Je comprends.

— Non, je ne crois pas. Mais quand même.

Il tendit une tasse à Stefan, qui cherchait encore dans sa mémoire le souvenir lié au bout de papier de Giuseppe.

Ce fut seulement après cinq heures du matin qu'il put l'interroger sur ce qui s'était passé ce soir-là dans le restaurant de l'hôtel. Giuseppe était arrivé chez Elsa Berggren à deux heures moins dix. Après s'être fait expliquer la situation en détail, il avait entraîné Erik Johansson et Stefan au poste de police de Sveg, c'est-à-dire le bureau d'Erik, pendant qu'un autre policier appelé entre-temps surveillait la villa blanche. Le signalement était trop imprécis pour motiver un avis de recherche. En revanche, on attendait des renforts d'Östersund dans le courant de la matinée afin d'aller, une fois de plus, frapper aux portes. Quelqu'un a forcément vu quelque chose, martelait Giuseppe. Ce type ne peut pas être venu à pied. Les Sud-Européens anglophones, à cette époque de l'année, il n'y en avait pas beaucoup à Sveg. Il arrivait que des amateurs viennent de Milan ou de Madrid chasser l'élan, et les Italiens adoraient aussi ramasser les champignons. Mais, dit Giuseppe, ce n'est la saison ni des champignons ni des élans. Quelqu'un l'a forcément vu. Lui, ou sa voiture. Ou autre chose.

À cinq heures et demie, Erik Johansson partit dresser un périmètre autour de la maison d'Elsa Berggren. La fatigue rendait Giuseppe irritable.

— Il aurait dû le faire tout de suite ! Comment peut-on espérer travailler correctement si on ne respecte même pas les règles de base ?

Il se laissa tomber dans le fauteuil, les pieds sur le bureau.

— Tu te rappelles notre dîner à l'hôtel ? demanda Stefan.

— Oui, très bien.

— Il y avait un homme dans le restaurant. Tu t'en souviens ?

— Vaguement. Il était assis près de la porte des cuisines, il me semble.

— À gauche.

Giuseppe le regardait avec des yeux rougis par le manque de sommeil.

— Pourquoi penses-tu à lui ?

— Il n'a rien dit. Peut-être parce qu'il ne tenait pas à se faire repérer en tant qu'étranger.

— Et pourquoi, nom de Dieu ?

— Parce que nous étions de la police. On a répété le mot plusieurs fois. « Police » ça se dit pareil dans plein de langues. Je crois que cet homme correspond au signalement qu'a essayé de nous donner Elsa Berggren.

Giuseppe secoua la tête.

— C'est trop vague, trop hasardeux, et trop tiré par les cheveux.

— Oui. Mais bon. Tu as griffonné sur un papier, après le dîner.

— Oui, sur l'addition. J'ai voulu la récupérer le lendemain, pour mes notes de frais, mais la serveuse m'a dit qu'elle ne l'avait pas vue.

— Nous y voilà. Pourquoi ?

Giuseppe cessa de se balancer.

— Tu veux dire que ce type l'aurait prise après notre départ ?

— Je ne veux rien dire. Je réfléchis à haute voix. Tu te souviens de ce que tu avais écrit ?

Giuseppe réfléchit.

— Des noms, il me semble... Mais oui, on parlait des trois personnages, Herbert Molin, Abraham Andersson et Elsa Berggren. On essayait de deviner le lien qu'il pouvait y avoir entre eux.

Giuseppe se redressa brutalement.

— J'ai noté leurs noms et je les ai reliés par des flèches. C'était un triangle. Je crois même que j'ai dessiné une croix gammée à côté de celui d'Andersson.

— C'est tout ?

— Je crois bien.

— Il se peut que je me trompe. Mais avant que tu chiffonnes le papier, il m'a semblé voir un grand point d'interrogation avec cette croix gammée.

— C'est possible.

Giuseppe se leva et alla s'adosser au mur.

— J'écoute, dit-il. Je commence à saisir ton raisonnement.

— Cet homme dîne par hasard dans le restaurant de l'hôtel. Il comprend qu'on est de la police. Après notre départ, il récupère la note que tu as laissée sur la table. Maintenant, ça suppose un certain nombre de choses. S'il fait ça, c'est que ça l'intéresse. Et si ça l'intéresse, c'est qu'il est impliqué d'une manière ou d'une autre.

Giuseppe leva la main.

— Comment ?

— Cela nous conduit au deuxième présupposé. Si c'est bien l'homme qui a rendu visite à Elsa Berggren cette nuit et qui m'a agressé en s'enfuyant, nous devons nous poser au moins une question.

— Oui ?

— Celle qui fait suite à sa question à lui : *Qui a tué Andersson ?*

Giuseppe eut un geste d'impatience.

— Je ne te suis pas.

— Je veux dire que cette question nous conduit à une autre. La plus importante, celle qu'il n'a pas posée.

Giuseppe comprit. Ce fut comme s'il respirait à nouveau.

— Qui a tué Herbert Molin ?

— C'est ça. Je continue ?

Giuseppe acquiesça.

— On peut tirer diverses conclusions. Mais la plus plausible, c'est qu'il ne l'a pas interrogée là-dessus parce qu'il connaissait la réponse. Parce que celui qui a tué Herbert Molin, c'est lui.

Giuseppe leva les deux mains.

— Tu vas trop vite. Dans le Jämtland, il nous faut un peu plus de temps que ça. On inclinait déjà à penser qu'on devait chercher deux meurtriers au lieu d'un. Là, il faudrait aussi envisager deux mobiles...

— En tout cas, ce n'est pas exclu.

— J'ai du mal à y croire. Les crimes de ce genre sont exceptionnels par ici. Soudain on en a deux, coup sur coup. Sans que ce soit le même homme ? Tu dois comprendre que mon expérience proteste.

— Il faut une première à tout. Il est sans doute temps de formuler quelques idées neuves.

— Vas-y. À haute voix, s'il te plaît.

— Quelqu'un surgit de la forêt et règle son compte à Herbert Molin. L'opération est minutieusement organisée. Quelques jours plus tard, Abraham Andersson est tué par quelqu'un d'autre. Pour une raison que nous ignorons, le meurtrier de Molin veut savoir ce qui s'est passé. Alors il revient. Qui a tué Abraham Andersson ? Par un concours de circonstances peu commun, il récupère un papier jeté par un policier. Qu'y découvre-t-il ? Pas deux noms, mais trois.

— Elsa Berggren ?

Stefan acquiesça.

— Il se dit qu'elle détient probablement la réponse. Et il décide de lui mettre la pression. Mais quand il devient trop menaçant, elle réagit, contre toute attente, et le démasque. Il prend la fuite et là, il tombe sur moi. Tu connais l'épilogue.

Giuseppe entrouvrit une fenêtre.

— Qui est cet homme ?

— Je ne sais pas. Mais on peut risquer une hypothèse supplémentaire. Qui nous fournira peut-être la solution, si j'ai raison.

Giuseppe attendit en silence.

— Nous croyons savoir que le meurtrier de Molin a campé au bord du lac. Après avoir exécuté son projet, il s'en va. Quand il revient, il ne va pas dresser sa tente au même endroit. Alors où dort-il ?

Giuseppe le fixa d'un regard incrédule.

— Il aurait pris une chambre à l'hôtel ?

— Ça peut valoir le coup de se renseigner.

Giuseppe regarda sa montre.

— Quand commencent-ils à servir le petit déjeuner ?
— À six heures trente.
— Alors ils sont déjà au travail. Viens, on y va.

Quelques minutes plus tard, ils faisaient leur entrée. La fille de la réception parut surprise de les voir.
— Deux messieurs matinaux souhaitent prendre leur petit déjeuner ? s'enquit-elle.
— Ça attendra, dit Giuseppe. La semaine dernière, les clients de l'hôtel. Tu as un registre ou c'est informatisé ?
— Quoi, il s'est passé quelque chose ?
— Contrôle de routine, dit stupidement Stefan. Y a-t-il eu des étrangers ces deux dernières semaines ?
Elle réfléchit.
— Quatre Finlandais la semaine dernière. Ils sont restés deux nuits, mercredi et jeudi.
— C'est tout ?
— Oui.
— Il a pu loger ailleurs, évidemment, dit Giuseppe. Les possibilités ne manquent pas.
Il se retourna vers la fille.
— Le soir où nous avons dîné à l'hôtel, il y avait un autre client dans le restaurant. Quelle langue parlait-il ?
— L'anglais. Mais il était argentin.
— Comment le sais-tu ?
— Il a payé avec une carte de crédit. Il m'a montré son passeport.

Elle disparut dans la pièce située derrière la réception et revint quelques instants plus tard en brandissant une facturette. Ensemble ils déchiffrèrent le nom. Fernando Hereira.

Giuseppe laissa échapper un grognement de satisfaction.

— Alors on le tient. Si c'est lui.

— Est-il revenu à l'hôtel ? demanda Stefan.

— Non.

— As-tu vu sa voiture ?

— Non.

— A-t-il dit d'où il venait ? Où il allait ?

— Non. Il n'a pas dit grand-chose, en fait. Mais il était aimable.

— Peux-tu le décrire, physiquement ?

Elle réfléchit. Stefan vit qu'elle faisait un réel effort.

— J'ai du mal à me rappeler les visages.

— Tu as bien dû voir quelque chose. Ressemblait-il à l'un de nous deux ?

— Non.

— Quel âge avait-il ?

— Je ne sais pas. La soixantaine, peut-être.

— Ses cheveux ?

— Euh, gris.

— Ses yeux ?

— Je ne sais pas.

— Était-il plutôt gros ou maigre ?

— Je ne m'en souviens pas. Mais je ne crois pas qu'il était gros.

— Ses vêtements ?

— Une chemise... bleue, je crois. Peut-être un blouson.

— Autre chose ?
— Non.
Giuseppe secoua la tête et se laissa tomber dans un des fauteuils marron de la réception, la facturette à la main. Stefan l'imita. Il était six heures vingt-cinq, le 12 novembre. Stefan avait rendez-vous à l'hôpital de Borås sept jours plus tard. Giuseppe bâilla et se frotta les yeux. Ni l'un ni l'autre ne prononcèrent un mot.
La porte du couloir s'ouvrit.
En levant la tête, Stefan croisa le regard de Veronica Molin.

25

À l'approche de l'aube, Aron Silberstein se crut un court instant de retour en Argentine. La lumière était la même, celle qu'il avait si souvent regardée au moment où le soleil, s'élevant au-dessus de l'horizon, illuminait les plaines à l'ouest de Buenos Aires. Mais la sensation se dissipa vite.

Il était maintenant dans les montagnes suédoises, près de la frontière norvégienne. Il était retourné directement à la maison de Frostengren après sa visite désastreuse chez Elsa Berggren. L'homme qu'il avait surpris dans son jardin et qu'il s'était senti obligé de neutraliser, puis d'effrayer en lui laissant quelques marques au cou, était l'un des deux policiers qu'il avait vus le soir où il avait dîné à l'hôtel. Que faisait donc là cet homme en pleine nuit ? La maison d'Elsa Berggren était-elle surveillée, tout compte fait ? Il avait pourtant monté la garde longtemps avant de frapper à sa porte et de s'engouffrer chez elle.

Il se contraignit à envisager une possibilité qui lui était au fond insupportable. Qu'il ait serré trop fort, que le policier soit mort.

Il avait roulé vite dans la nuit, non de crainte d'être suivi, mais parce qu'il ne pouvait plus maîtriser son envie de boire. Il avait acheté du vin et des alcools forts à Sveg, comme s'il pressentait sa propre implosion imminente. La seule restriction qu'il avait encore la force de s'imposer était de ne pas ouvrir la première bouteille tant qu'il ne serait pas revenu au chalet.

Vers trois heures du matin, il aborda le dernier tronçon de route avant la maison de Frostengren. Quand il arriva enfin, il dut s'avancer à tâtons vers la porte, dans l'obscurité compacte qui l'enveloppait. Une fois à l'intérieur, il déboucha une bouteille de vin et la vida à moitié en deux rasades.

Lentement, le calme revint. Il s'assit à la table, côté fenêtre, complètement immobile, la tête vide, et continua de boire. Puis il approcha le téléphone et fit le numéro de Maria. Malgré le grésillement, sa voix lui parut très proche. Il pouvait sentir son souffle dans le combiné.

— Où es-tu ? demanda-t-elle.

— Encore là-bas.

— Que vois-tu par la fenêtre ?

— Le noir.

— Est-ce que j'ai raison ?

— Raison de quoi ?

— De penser que tu ne reviendras pas.

Cette réplique de Maria fit remonter l'anxiété. Il but une rasade de vin avant de répondre.

— Et pourquoi ne reviendrais-je pas ?

— Il n'y a que toi qui sais ce que tu fais, et pour quelles raisons tu n'es pas ici. Mais tu me mens, Aron. Tu ne dis pas la vérité.

— Pourquoi mentirais-je ?

— Tu n'as pas fait ce voyage pour regarder des meubles. C'est autre chose. Peut-être as-tu rencontré une autre femme. Je ne sais pas. Il n'y a que toi qui sais. Et Dieu.

Elle n'avait donc pas compris ce qu'il lui avait dit la dernière fois. Qu'il avait tué un homme.

— Je n'ai rencontré personne, dit-il. Je serai bientôt à la maison.

— Quand ?

— Bientôt.

— Tu ne m'as toujours pas dit où tu étais.

— Dans les montagnes. Très haut. Il fait froid.

— Tu t'es remis à boire ?

— Pas beaucoup. Juste pour dormir.

La communication fut coupée. Aron refit trois fois le numéro, sans succès.

Puis il resta assis en attendant l'aube. Tout allait se jouer maintenant. Elsa Berggren avait vu son visage. Quand elle lui avait arraché le bonnet, il s'était enfui. Pris de court, pris de panique. Il aurait dû rester, remettre la cagoule, l'obliger à lui dire ce qu'elle savait. Mais il avait pris la fuite. Et là, il était tombé sur le policier.

Malgré l'alcool dont il emplissait son corps, il restait capable de réfléchir. Il y avait toujours chez lui un instant de grande clarté avant que l'ivresse prenne le dessus. L'expérience lui avait appris quelle dose d'alcool il pouvait ingérer, à quelle vitesse, de manière à garder le plus longtemps possible le contrôle de ses pensées. Et là, il en avait besoin. Pour affronter la manche décisive.

Rien ne s'était conformé à ses attentes. En dépit

de la minutie des préparatifs. Et tout était la faute d'Abraham Andersson. Ou plutôt, de celle qui l'avait assassiné. Ce ne pouvait être qu'Elsa Berggren. La question était de savoir pourquoi. Quelles forces avait-il mises en mouvement en tuant Herbert Molin ?

Il continua à boire, et à surveiller son ivresse. Ce qu'il avait le plus de mal à admettre, c'était que ce meurtre ait pu être commis par une femme de soixante-dix ans. Avait-elle eu un complice ? Qui, dans ce cas ? Et si les policiers la soupçonnaient, pourquoi ne l'arrêtaient-ils pas ? Il recommença depuis le début. Elsa Berggren avait dit qu'elle ne savait rien, pour Abraham Andersson. Mais il était convaincu qu'elle mentait. En apprenant la mort de Herbert Molin, elle était sortie dans la nuit, elle avait pris sa voiture, elle était allée chez Abraham Andersson et elle l'avait tué. Était-ce une vengeance ? Croyait-elle qu'Andersson avait tué Molin ? Quel était le lien, entre ces trois personnages, qu'il échouait à identifier ? Un lien qui existait aussi aux yeux des policiers. Il avait encore le papier chiffonné, avec les trois noms.

Il pensa que la vengeance était un boomerang, qui entamait à présent sa trajectoire de retour et le frapperait bientôt en pleine tête. Il s'agissait de culpabilité. À l'endroit de Herbert Molin, il ne ressentait rien. Son acte avait été nécessaire, une dette envers son père. Mais Abraham Andersson ne serait pas mort s'il ne l'avait pas commis. Avait-il maintenant aussi le devoir de venger Abraham Andersson ? Toute la question était là.

Ses pensées faisaient sans cesse des aller et retour. De temps en temps, il sortait regarder le ciel rempli d'étoiles, en grelottant de froid. Il s'enveloppa dans une couverture et continua d'attendre. Qu'attendait-il ? Il l'ignorait. Que quelque chose prenne fin. À présent, son visage était connu. Elsa Berggren l'avait vu. La police commencerait à assembler les détails. Ils découvriraient son nom sur la facture de la carte de crédit. La seule faille de son organisation : il s'était retrouvé ce soir-là à court d'argent liquide. Les policiers se mettraient à sa recherche, en pensant qu'il était aussi coupable du meurtre d'Abraham Andersson. Et maintenant qu'il avait peut-être tué un policier par erreur, toutes les ressources seraient mobilisées pour le capturer.

Il revenait en permanence sur cet instant. Avait-il serré trop fort ? En relâchant son étreinte, juste avant de prendre la fuite, il avait eu la certitude que non. Là, il ne savait plus. Il devait partir, évidemment, le plus vite et le plus loin possible. Mais il savait qu'il ne le ferait pas. Il ne pouvait pas retourner à Buenos Aires tant qu'il n'aurait pas obtenu de réponse à ses questions.

L'aube arriva. Il regardait toujours les montagnes. L'épuisement le faisait piquer du nez, mais il ne pouvait pas rester là. Il devait partir, sinon ils ne tarderaient pas à le trouver. Il se leva. Où disparaître ? Il sortit pisser dans la cour. La lumière grandissait peu à peu, cette brume d'un gris clair qu'il reconnaissait, la même qu'en Argentine. Si seulement il n'avait pas fait si froid... Il retourna à l'intérieur.

Il se décida enfin, rassembla ses affaires, les bouteilles de vin, les boîtes de conserve, le pain dur. Tant pis pour la voiture, il n'allait pas la changer de place. Peut-être serait-elle découverte le jour même, peut-être aurait-il un peu d'avance. Peu avant neuf heures, il quittait la maison. Il se dirigea vers la montagne. Après deux ou trois cents mètres, il s'arrêta et se débarrassa d'une partie de son paquetage. Puis il se remit en toute. Droit vers le haut. Il était ivre, il chancelait, tombait parfois, se blessait dans la caillasse. Mais il se relevait et recommençait à marcher. Il poursuivit ainsi, tout droit, jusqu'à ne plus voir la maison.

Vers midi, il était à bout de forces.

À l'abri d'une roche, il enfonça tant bien que mal ses piquets, se déchaussa, étala le duvet et s'allongea dessus, avec une bouteille de vin.

La lumière filtrant par la toile fine transformait l'intérieur de la tente en coucher de soleil.

Il pensa à Maria, tout en vidant la bouteille à petites gorgées. Il lui semblait enfin comprendre à quel point il tenait à elle.

Puis il se glissa dans le duvet et s'endormit.

Au réveil, il se dit qu'il restait encore une décision à prendre.

Les enquêteurs étaient convoqués pour dix heures dans le bureau d'Erik Johansson. Auparavant, les techniciens avaient été dépêchés à la maison d'Elsa Berggren, avec un chien chargé de flairer la piste de l'agresseur. Giuseppe avait réveillé Stefan peu après neuf heures, au téléphone, en disant qu'il ferait bien d'assister à la réunion.

— Que tu le veuilles ou non, et que *je* le veuille ou non, tu es mêlé aux deux enquêtes. J'ai parlé à Rundström. Il est de mon avis. Pas officiellement, bien sûr. Mais vu la situation, on ne peut pas s'en tenir au règlement.

— Des traces ?

— Le chien est parti vers le pont. Sa voiture devait être garée là-bas. Les techniciens pensent pouvoir obtenir une bonne empreinte de pneu. Ensuite on verra si elle coïncide avec une de celles qu'on a relevées chez Molin et chez Andersson.

— Tu as dormi ?

— J'ai trop à faire. On m'a envoyé quatre hommes d'Östersund, plus deux gars d'Erik qui étaient en congé. Il faut frapper à toutes les portes. Quelqu'un a dû le voir. Un type brun, la soixantaine, qui s'exprime en anglais, avec un accent. On ne peut pas vivre sans adresser la parole à qui que ce soit. On fait le plein d'essence, on mange, on achète des trucs. *Quelqu'un* l'a forcément vu. À un moment ou à un autre, cet homme a ouvert la bouche pour parler, le contraire est impossible.

Stefan accepta de venir. Après avoir raccroché, il tâta sa nuque encore douloureuse. Il avait pris une douche avant de s'endormir. Tout en s'habillant, il pensa à sa rencontre avec Veronica Molin trois heures plus tôt.

Ils avaient pris leur petit déjeuner ensemble. Stefan lui avait résumé les événements de la nuit. Elle l'avait écouté attentivement sans poser de questions, jusqu'au moment où il avait dû s'excuser, à cause d'un brusque accès de nausée. Mais ils avaient décidé de dîner ensemble le soir, s'il se sentait mieux. À peine allongé, il s'était endormi.

À présent, la nausée avait disparu et il observait son reflet dans le miroir de la salle de bains. Brusquement, il fut submergé par un sentiment d'irréalité. Il ne put absolument pas s'en défendre. Il fondit en larmes, jeta la serviette qu'il tenait à la main contre le miroir et sortit. Je vais mourir, pensa-t-il avec désespoir, je vais mourir et je n'ai même pas quarante ans.

Le téléphone sonna dans la veste qu'il avait jetée par terre en arrivant. C'était Elena, avec du brouhaha à l'arrière-plan.

— Où es-tu ? demanda-t-elle.

— Dans ma chambre. Et toi ?

— À l'école. Tout à coup, j'ai senti que je devais t'appeler.

— Tout va bien. Tu me manques.

— Tu sais où me trouver. Quand reviens-tu ?

— J'ai rendez-vous à l'hôpital le 19. Je serai de retour d'ici là.

— Tu sais, j'ai rêvé cette nuit qu'on partait en voyage ensemble. On ne pourrait pas le faire ? J'ai toujours eu envie d'aller à Londres.

— Il faut se décider tout de suite ?

— Je te parle d'un rêve que j'ai fait cette nuit. On devrait avoir un projet. Ce serait une bonne idée, je pense.

— Bien sûr qu'on ira à Londres. Si je suis encore en vie.

— Quoi ?

— Rien. Je suis fatigué. Je dois y aller, on m'attend pour une réunion.

— Tu es en arrêt de travail.

— Ils m'ont demandé d'y assister.

— Il y avait un article sur les meurtres dans le journal de Borås, hier. Avec une photo de Melin.

— Pas Melin, Molin. Herbert Molin.

— Il faut que je file. Appelle-moi ce soir.

Stefan le lui promit. Il posa le téléphone sur la table.

Que serais-je sans Elena ? pensa-t-il. Rien du tout.

Rundström le surprit en lui serrant aimablement la main à son arrivée. Erik Johansson retirait ses bottes en caoutchouc boueuses pendant qu'un maître-chien exaspéré voulait savoir si un certain Anders avait donné de ses nouvelles. Puis Giuseppe martela la table du bout de son crayon et la réunion commença. Il fit un résumé bref et clair des événements de la nuit.

— Elsa Berggren a demandé qu'on attende ce soir pour l'interroger à nouveau. Ça me paraît raisonnable. Surtout qu'on a beaucoup d'autres tâches au moins aussi urgentes.

— On a pu relever des empreintes, annonça Erik Johansson. Dans la maison et dans le jardin. Quel que soit le type qui lui a rendu visite avant d'agresser Lindman, il n'a pas été prudent. Ce sera la priorité des techniciens, les comparer avec celles de chez Molin et de chez Andersson. Ça, et les pneus.

Giuseppe approuva de la tête.

— On m'a dit que la piste flairée par le chien s'arrêtait à l'entrée du pont. Que s'est-il passé ensuite ?

Le maître-chien qui répondit avait dans les quarante-cinq ans. Une cicatrice lui balafrait la joue gauche.

— La piste s'est refroidie direct.

— Des trouvailles ?

— Non.

— Il y a une place de stationnement près du pont, intervint Erik Johansson. En fait ce n'est qu'un élargissement du bas-côté, mais la piste s'arrêtait pile à cet endroit. On peut imaginer qu'il y avait laissé sa voiture, d'autant plus que c'est un emplacement très discret dès la nuit tombée. On manque un peu de réverbères là-bas. Il n'est pas rare, surtout en été, que les gens en profitent pour s'arrêter et se bisouter sur la banquette arrière.

Les hommes autour de la table éclatèrent de rire.

— De temps en temps, ça va un peu plus loin, ajouta Erik Johansson sur sa lancée. Parfois, on arrive aux mêmes cas de figure qu'autrefois sur les chemins de forêt isolés, ceux qui surchargeaient notre tribunal de demandes de reconnaissance de paternité.

— Quoi qu'il en soit, coupa Giuseppe, quelqu'un à Sveg a dû apercevoir cet homme. Qui a une carte de crédit établie au nom de Fernando Hereira.

— Je viens d'avoir Östersund en ligne, dit Rundström qui avait jusque-là gardé le silence, laissant Giuseppe diriger la réunion. Ils ont lancé une recherche nationale à ce nom-là. Ils ont découvert dans le fichier un Fernando Hereira à Västerås, inculpé de fraude sur la TVA il y a un petit paquet d'années. Mais c'est un monsieur très âgé, alors ce n'est sans doute pas lui que nous cherchons.

— Je ne parle pas l'espagnol, reprit Giuseppe. Mais Fernando Hereira, ça me fait l'effet d'un nom plutôt courant.

— Comme le mien, commenta Erik Johansson. Presque tous les garçons de ma génération et dans ce coin du Norrland s'appellent Erik.

— Nous ne savons pas si c'est son vrai nom, dit Giuseppe avec douceur.

— On transmet à Interpol, trancha Rundström. Dès qu'on aura fini de comparer les empreintes.

Plusieurs téléphones se mirent à sonner en même temps. Giuseppe se leva, proposa une pause de dix minutes et fit signe à Stefan de le suivre. Ils s'installèrent dans le hall de la maison communale, face à l'ours empaillé qui les dévisageait.

— J'ai vu un ours une fois, dit pensivement Giuseppe. Quelque part du côté de Krokom, où j'avais interrogé une bande de bouilleurs de cru. Je rentrais à Östersund, j'étais sur la route, et je songeais à mon père. J'avais longtemps cru que c'était ce fameux Italien, mais un jour, alors que j'avais douze ans, ma mère m'a raconté que mon père était un étourdi originaire de Ånge, qui avait pris la fuite en apprenant qu'elle était enceinte. Et soudain, cet ours s'est matérialisé au bord de la route. J'ai pilé, en même temps que je me disais : ça va pas, la tête ? C'est une ombre que tu as vue, peut-être une grosse pierre. Mais non, c'était bien un ours. Une femelle. Sa fourrure était toute brillante. J'ai pu la regarder presque une minute entière. Puis elle a disparu. Je me souviens d'avoir pensé que ce genre de chose n'arrive pas. Ou si ça arrive, c'est une seule fois dans une vie. Comme une quinte royale au poker. C'est arrivé à Erik, paraît-il, il y a vingt-cinq ans. Dans une donne de merde, cinq couronnes dans le pot et personne qui voulait miser quoi que ce soit.

Giuseppe s'étira en bâillant. Puis il retrouva sa gravité.

— J'ai réfléchi à notre discussion. L'histoire des idées neuves, en particulier celle des deux mobiles différents. J'ai du mal à l'admettre. Elle est trop invraisemblable, trop « grande ville », si tu vois ce que je veux dire. Par ici, les choses se passent en général autrement. Disons d'une manière un peu plus simple. Cependant, je reconnais que beaucoup d'éléments vont dans ton sens. J'en ai parlé à Rundström avant la réunion.

— Qu'a-t-il dit ?

— Rundström est un monstre pragmatique qui ne croit à rien, qui ne se laisse jamais aller aux devinettes, qui ne veut tenir compte que des faits. Et il ne faut pas le sous-estimer. Il voit vite, à la fois les ornières et les ouvertures potentielles.

Il se tut pendant qu'un groupe d'enfants traversait le hall, en route vers la bibliothèque.

— J'ai retourné le problème dans tous les sens, dit Giuseppe quand la porte se fut refermée derrière la petite troupe. Un homme, qui s'exprime en anglais avec un accent du Sud, débarque dans le coin et massacre Herbert Molin. L'histoire de sa fille, sa dette vis-à-vis de cette femme en Écosse, je n'y crois pas une seconde. En revanche, tu peux avoir raison sur le mobile secret qui remonterait à la guerre. La brutalité, la rage, ces éléments suggèrent bien une vengeance. Et cet épouvantable journal de bord. Jusque-là, ça peut coller. Dans ce cas, on cherche quelqu'un qui aurait dû en avoir fini, après avoir réglé son compte à Molin. Mais apparemment il est resté sur place. C'est ça qui ne colle pas. Il aurait dû se carapater le plus vite et le plus loin possible.

— A-t-on du nouveau sur les relations entre Molin et Andersson ?

— Rien. Les collègues de Helsingborg ont réinterrogé sa femme, qui s'en tient à ses premières déclarations, à savoir qu'Abraham lui racontait tout, et qu'il lui arrivait de mentionner Molin à l'occasion, sans plus. Et les autres recherches n'ont rien donné. On reste pour l'instant sur l'image superficielle d'un abîme entre ces deux bons hommes – d'un côté, un type sans histoires, violoniste d'orchestre qui composait des rengaines pour se détendre et, de l'autre côté, un ex-policier d'extrême droite au passé violent. Je ne crois pas que nous entamerons cette surface avant d'avoir retrouvé le salaud qui t'a amoché. Comment va ton cou, au fait ?

— Bien, merci.

Giuseppe se leva.

— Abraham Andersson a composé, entre autres tubes, un truc dont le titre était *Crois-moi, j'suis une nana.* C'est Erik qui s'en est souvenu tout à coup, à cause de ce pseudonyme, Siv Nilsson, et d'un vieux disque qu'il avait chez lui, d'un groupe qui se faisait appeler les Fabians et qui jouait dans les dancings. Très curieux, au fond, ce musicien classique qui écrivait des bêtises sous un pseudo de femme. La chanson était nulle, d'ailleurs, d'après Erik. C'est peut-être ça, la vie. Un jour du Mozart, le lendemain une rengaine débile...

Ils retournèrent dans le bureau. Mais la réunion n'eut jamais l'occasion de reprendre. Rundström, qui venait de recevoir un appel sur son portable, leva la main pour imposer le silence aux autres. Il écouta quelques instants encore, puis il coupa la communication.

— Ils ont trouvé une voiture de location du côté de Funäsdalen.

Tous s'attroupèrent autour de la carte de la région punaisée au mur.

— Ici, dit Rundström en pointant l'endroit. C'est une zone de chalets de vacances. La voiture était abandonnée.

— Qui l'a découverte ? demanda Giuseppe.

— Un homme du nom de Bertil Elmberg qui possède un chalet là-bas. Il passait vérifier que tout allait bien dans sa bicoque, quand il a aperçu des traces de pneu, ce qui lui a paru bizarre, à cette époque de l'année. Puis il a aperçu la voiture. Il s'en est approché. Il pense que le chalet le plus proche a pu être cambriolé.

— A-t-il vu quelqu'un ?

— Non. Il n'a pas osé s'attarder. Vu ce qui est arrivé à Molin et à Andersson, j'imagine. Mais il a remarqué autre chose. La voiture avait été louée à Östersund, il y avait un sticker. Et il a aussi eu le temps de voir un journal sur la plage arrière. Un journal qui n'était pas en suédois.

— C'est bon, dit Giuseppe en attrapant sa veste. On y va.

Rundström se tourna vers Stefan.

— Il vaut mieux que tu viennes. Tu l'as presque vu. À supposer que ce soit lui.

Giuseppe proposa à Stefan de prendre le volant, car il avait plein de coups de fil à passer.

— Oublie les limites de vitesse, dit-il. Tant qu'on reste sur la route.

Stefan écoutait la voix de Giuseppe au téléphone. Un hélicoptère était en route. Avec des chiens. Peu avant Linsell, il y eut un appel de Rundström. Une caissière de Sveg avait raconté à un policier qu'elle avait vendu un bonnet tricoté à quelqu'un, la veille au soir.

— Elle ne se rappelait pas à quoi ressemblait le client, ni s'il avait dit quelque chose, soupira Giuseppe. Elle ne savait même pas si c'était un homme ou une femme, seulement qu'elle avait vendu une saloperie de bonnet. Parfois les gens ont vraiment les yeux dans le cul.

Un homme les attendait à la sortie de Funäsdalen. Il se présenta : Elmberg. Ils attendirent ensemble Rundström et un autre véhicule de police. Le cortège s'ébranla derrière Elmberg, qui quitta à un moment donné la route principale.

La voiture était une Toyota rouge. Aucun des policiers présents ne savait distinguer l'espagnol de l'italien ou du portugais. Stefan croyait savoir qu'*El País* était le titre d'un journal italien mais, en regardant le prix, il se dit que *ptas* devait être l'abréviation de *pesetas,* un journal espagnol, autrement dit. Ils continuèrent à pied. La montagne se dressait devant eux. Une maison isolée en rondins était blottie au pied de la pente, peut-être une ancienne bergerie aménagée. Rundström et Giuseppe évaluèrent rapidement la situation. Ils pensaient l'un comme l'autre qu'il n'y avait plus personne. Mais ils dégainèrent tout de même avant d'approcher. Rundström cria un avertissement. Pas de réponse. Il cria à nouveau. L'écho répercuta le son de sa voix. Giuseppe tourna la poignée. La porte n'était pas verrouillée. Il l'ouvrit brusquement. Ils entrèrent. Giuseppe ressortit une minute plus tard et annonça que la maison était vide, mais depuis peu de temps. Il n'y avait plus qu'à attendre l'hélicoptère et les chiens. Les techniciens avaient interrompu leur travail dans la maison d'Elsa Berggren, ils étaient en route.

L'hélicoptère approcha par le nord-est et se posa sur un plateau rocheux au nord de la cabane. Chiens et maîtres-chiens en descendirent, et l'hélicoptère s'éleva dans les airs.

Les chiens flairèrent un verre que l'occupant du chalet n'avait pas pris la peine de rincer, récupéré par Giuseppe dans l'évier de la cuisine.

Ils commencèrent immédiatement à tirer sur leur laisse, plein nord.

Droit vers la montagne.

26

Giuseppe interrompit les recherches peu avant dix-sept heures. D'abord le brouillard était arrivé par l'ouest. Le crépuscule avait fait le reste, en leur ôtant toute visibilité.

Ils avaient commencé à grimper vers treize heures, pendant que des barrages routiers étaient installés dans toute la région. Les chiens avaient plusieurs fois perdu et retrouvé la piste, qui les avait menés plein nord au début, puis le long d'une crête, vers l'ouest, puis à nouveau vers le nord. Les policiers avaient formé une chaîne, avant de se déployer le long de la crête. La pente, au début, n'était pas trop raide. Stefan constata que sa forme physique avait beaucoup baissé. Mais il ne voulait pas être le premier à déclarer forfait. Ils étaient parvenus sur un plateau lorsque Giuseppe, en concertation avec Rundström, prit la décision de redescendre.

Un autre élément était intervenu au cours de cette marche. Une intuition, d'abord vague et insaisissable, qui avait pris progressivement la forme d'un souvenir. Un souvenir réel, qui lui revenait avec de plus en plus de détails.

Stefan était déjà allé à la montagne. Alors qu'il

avait huit ou neuf ans. Comment avait-il pu l'oublier ?

C'était à la fin de l'été, quelques semaines avant la rentrée scolaire. Sa mère n'était pas là, elle était partie chez sa sœur, qui habitait Kristianstad et qui était devenue veuve du jour au lendemain. Un matin, son père avait annoncé qu'ils allaient charger la voiture et partir pour un petit voyage improvisé. Ils iraient vers le nord, ils dormiraient sous la tente et ils vivraient de trois fois rien. Stefan n'avait qu'un vague souvenir du trajet, où il s'était retrouvé coincé sur la banquette arrière entre l'une de ses sœurs et le tas de bagages que son père, pour une raison ou pour une autre, n'avait pas voulu ficeler sur le toit. En plus, il avait le mal des transports. Son père n'aimait pas être contraint à l'arrêt sous prétexte qu'un des enfants avait envie de vomir. Stefan ne se rappelait pas s'il avait réussi à vaincre la nausée. Cette partie-là du voyage était définitivement ensevelie.

Il marchait le dernier de la chaîne. Trente mètres devant lui, Erik Johansson répondait de temps à autre à un appel radio. Son souvenir se précisait un peu plus à chaque pas.

S'il avait bien eu neuf ans à l'époque, il s'était écoulé vingt-huit années depuis. 1970, août 1970. Ils avaient dormi cette nuit-là non loin de la route, serrés sous la tente, et Stefan avait été obligé d'enjamber les autres pour sortir faire pipi. Le lendemain, ils étaient arrivés à un endroit dont Stefan se souvenait à présent qu'il s'appelait Vemdalsskalet, où ils avaient dressé leur tente derrière une cabane en rondins, à quelque distance de l'hôtel de tourisme.

Il était donc déjà venu dans cette région une fois

dans sa vie. Pourquoi n'avait-il pas voulu s'en souvenir ? Que s'était-il passé ?

Il y avait une femme là-bas. Elle était venue vers eux alors qu'ils finissaient d'installer la tente. Son père, en l'apercevant de l'autre côté de la route, était allé à sa rencontre. Stefan et ses sœurs, debout en silence, les avaient regardés se serrer la main et échanger quelques phrases, hors de portée de voix. Stefan se rappelait avoir demandé à ses sœurs qui était cette femme, mais elles lui avaient dit de la boucler. Ce souvenir le fit sourire. Son enfance était marquée par cette constance de l'attitude de ses sœurs, qui lui parlaient d'une voix sifflante, lui ordonnaient de se taire, ne l'écoutaient jamais et lui témoignaient de façon générale un mépris qu'il avait toujours interprété comme le signe qu'il ne serait jamais admis dans leurs jeux ni dans leur intimité, qu'il serait toujours trop petit, à la traîne.

Qu'avait-il ressenti ensuite ? Leur père était revenu avec la femme. Elle était plus âgée que lui. Ses cheveux pendaient en mèches grises et raides, et elle portait des habits de serveuse, noirs et blancs. Elle ressemblait à quelqu'un, pensa-t-il à présent. Au même instant, il comprit qu'il songeait à Elsa Berggren. Elle souriait, cette femme, mais il y avait chez elle quelque chose de dur, de froid. Ils étaient alignés devant la tente, et il était clair qu'elle n'était pas surprise de les voir. Elle savait donc qu'ils allaient venir. Il s'était inquiété alors à l'idée que leur père ne rentrerait plus à la maison, que sa mère ne reviendrait pas de Kristianstad. La suite de la rencontre avec l'inconnue était soudain d'une netteté parfaite. Leur père avait dit qu'elle s'appelait Vera, qu'elle venait d'Allemagne, et ensuite ils lui avaient serré la main ; d'abord ses sœurs, puis Stefan.

Erik Johansson, sur sa gauche, trébucha sur une pierre et poussa un juron. Stefan s'arrêta. L'hélicoptère apparut en vrombissant à basse altitude et décrivit un grand arc de cercle au-dessus de la vallée. Stefan se remit en marche.

Cette fois-là aussi, ils avaient marché dans la montagne. Pas de longues randonnées. Ils restaient toujours à proximité de l'hôtel.

Il s'était passé autre chose. Un soir d'août. Il faisait une chaleur inhabituelle. Où étaient ses sœurs ? Il ne s'en souvenait plus. Mais la femme qui se nommait Vera et son père étaient assis dans des fauteuils en toile, devant la cabane en rondins et ils riaient, au grand déplaisir de Stefan. Il s'était éloigné, en contournant la cabane. Avisant une porte, il l'avait poussée sans savoir si c'était permis ou non. Il était entré dans la maison de Vera. Deux pièces étroites, au plafond bas. Des photographies encadrées sur un meuble. Il fit un effort pour mieux voir. Une photo de mariage. Vera avec son mari, qui portait l'uniforme.

Soudain il s'en souvenait parfaitement. L'homme sanglé dans son uniforme, Vera en robe blanche, souriante, des fleurs dans les cheveux. À côté de cette photo-là, il y en avait une autre. Sous verre. Au même instant, la porte de devant s'était ouverte et Vera était apparue, avec son père. Elle avait crié quelque chose en allemand, ou peut-être était-ce un mélange d'allemand et de suédois, il ne s'en rappelait pas. En tout cas, elle était en colère. Son père l'avait arraché à la contemplation des photos en le giflant.

Le souvenir se volatilisa au moment où la main

atteignait sa joue. Les images s'arrêtaient là. Du retour en voiture vers Kinna, il ne lui restait rien. Pas même la promiscuité à l'arrière ou la peur de vomir. Rien du tout. Une photographie de Hitler, une gifle, et puis rien.

Stefan secoua lentement la tête. Presque trente ans plus tôt, son père avait emmené ses enfants rendre visite à une Allemande qui travaillait dans un hôtel d'altitude. Juste sous la surface du quotidien, comme une photo derrière une autre photo, l'époque hitlérienne était présente. Ainsi que l'avait dit Wetterstedt : rien n'avait vraiment disparu. Les anciennes idées avaient simplement pris de nouvelles formes. Mais le rêve de la race supérieure était toujours vivant. Son père avait rendu visite à une femme qui s'appelait Vera. Et il avait giflé son fils quand celui-ci avait vu ce qu'il n'aurait pas dû voir.

Y avait-il autre chose ? Il fouilla sa mémoire. Son père n'avait jamais commenté l'incident. Il n'y avait qu'un blanc à cet endroit. L'hélicoptère amorça un nouveau virage et disparut vers le sud. Le regard de Stefan errait sur la montagne. Mais tout ce qu'il voyait, c'était une photo, puis une deuxième, sur une commode, dans une pièce au plafond bas.

Le brouillard arriva, bientôt suivi par le crépuscule, et l'ordre fut donné de rebrousser chemin. À dix-huit heures, ils étaient tous rassemblés devant le chalet. L'hélicoptère fit un dernier survol de la vallée après avoir récupéré deux chiens et leurs maîtres, et repartit ensuite vers le nord-est, pour rentrer à Östersund. Pendant son arrêt, le pilote avait déposé des paniers contenant des sandwiches et du café. Rundström parlait sans interruption, soit au téléphone, soit par radio. Stefan se tenait à l'écart. Giuseppe prenait des notes en écoutant le compte rendu d'un des techniciens qui avaient exploré la maison. Puis il se servit un café et rejoignit Stefan.

— On aura au moins appris quelques trucs.

Il posa précautionneusement sa tasse sur une dalle et feuilleta son carnet.

— Le propriétaire s'appelle Knut Frostengren et il vit à Stockholm. Il a l'habitude de venir ici trois fois l'an, en été, à Noël et en mars, pour une semaine de ski. Le reste du temps, la maison est vide. Notre homme a bien séjourné ici. Mais il a dû comprendre qu'il devait partir. Elsa Berggren a vu son visage, et il ne peut pas exclure qu'on ait fait fonctionner nos neurones et qu'on ait mis la main sur l'empreinte de sa carte de crédit. On est sur ses traces, et il le sait.

— Où veut-il aller ?

— Je formulerais la question autrement. Pourquoi est-il encore là ?

— Il a quelque chose à faire avant de partir.

— Quoi ?

Découvrir qui a tué Abraham Andersson. On en a déjà parlé.

Giuseppe secoua la tête.

— Non. Il veut autre chose. Mettre la main sur le meurtrier d'Andersson et lui régler son compte, à lui aussi.

Giuseppe avait raison. Il n'y avait pas d'autre explication. Pourtant Stefan hésitait.

— Pourquoi est-ce si important pour lui ?

— Quand on le saura, on connaîtra aussi le pourquoi de toute cette histoire.

Ils restèrent silencieux, face au brouillard.

— Il se cache bien, dit Giuseppe. Il est habile, notre homme de Buenos Aires.

Stefan se tourna vers lui.

— Comment sais-tu qu'il est de Buenos Aires ?

Giuseppe sortit un papier de sa poche. Une page arrachée à un journal, le supplément des mots croisés d'*Aftonbladet*. Stefan vit qu'on avait gribouillé dans la marge. C'étaient des chiffres, tracés vigoureusement au stylo à bille et biffés ensuite.

— 5-4-1-1, dit Giuseppe. 54, c'est l'Argentine. 11, c'est Buenos Aires. Le journal date du 12 juin, quand Frostengren était ici. Il a l'habitude de garder les vieux journaux pour faire du feu. Ces chiffres ont été notés récemment, sans doute par Fernando Hereira. Le journal qu'on a trouvé dans la voiture n'est pas argentin, d'accord. Mais c'est la même langue. Et je crois qu'il peut être difficile de se procurer des quotidiens argentins en Suède.

— Il n'a pas laissé la suite du numéro quelque part ?

— Non.

Stefan réfléchit.

— Il aurait donc téléphoné en Argentine à partir d'ici. Peut-on retracer la communication ?

— On s'en occupe. Mais Frostengren a une ligne ouverte. Pas besoin de passer par un opérateur.

Giuseppe se pencha et ramassa sa tasse.

— J'oublie parfois qu'on n'est peut-être pas à la recherche d'un tueur, mais de deux. Qui ont fait preuve, l'un et l'autre, d'une grande brutalité et d'un grand sang-froid. Je crois qu'on saura bientôt qui se cache derrière le nom de Fernando Hereira, et quel comportement on peut attendre de sa part. Mais l'autre ? Celui qui a tué Abraham Andersson. Qui est-ce ?

La question resta en suspens dans le brouillard. Giuseppe quitta Stefan pour aller parler à Rundström et à l'unique maître-chien encore sur place. Stefan regarda l'animal couché devant la maison, épuisé, la tête posée à même la terre froide et humide, et se demanda si un chien policier pouvait désespérer en pensant avoir failli à sa mission.

Une demi-heure plus tard, Giuseppe et Stefan reprenaient la route de Sveg, pendant que Rundström restait à Funäsdalen avec le maître-chien et trois autres policiers. Ils roulaient en silence à travers la forêt. Cette fois, Giuseppe avait pris le volant. Stefan vit qu'il était à bout de forces.

Il restait une vingtaine de kilomètres jusqu'à Sveg quand Giuseppe freina et s'arrêta au bord de la route.

— Ça m'échappe, dit-il. J'ai l'impression qu'on ne fait qu'effleurer la surface de cette histoire. Un Argentin qui s'enfonce dans la montagne alors qu'il devrait se barrer d'ici au plus vite. Il ne cherche pas à s'enfuir, non, il se cache, pour mieux revenir. C'est complètement insensé.

— Il y a une possibilité que nous n'avons pas

envisagée, dit Stefan. Celui que nous appelons Fernando Hereira sait peut-être quelque chose que nous ignorons.

— Dans ce cas, il n'aurait pas enfilé une cagoule pour aller interroger Elsa Berggren.

Ils échangèrent un regard.

— Tu penses la même chose que moi ?

— Peut-être, dit Stefan. Fernando Hereira sait, ou croit savoir, que c'est Elsa Berggren qui a tué Abraham Andersson. Il voulait le lui faire avouer.

Giuseppe tambourinait sur le volant.

— C'est elle qui nous a rapporté les paroles de son agresseur. Comment savoir si elle ne ment pas ? Il lui a peut-être dit tout autre chose.

— « Je sais que c'est toi qui as tué Abraham Andersson. » Quelque chose comme ça ?

Giuseppe remit le contact.

— On continue à surveiller la montagne. Et on va mettre la pression à Elsa Berggren.

Ils reprirent la route de Sveg, à travers un paysage qui s'arrêtait au bord de la lumière des phares. Ils venaient de s'engager dans la cour de l'hôtel quand le téléphone de Giuseppe sonna. Il écouta quelques instants.

— C'était Rundström, dit-il. La voiture a été louée à Östersund le 5 novembre. Par un certain Fernando Hereira, citoyen argentin.

Ils sortirent de la voiture.

— La battue a commencé, dit Giuseppe. Hereira a justifié de son identité auprès du loueur en présentant son permis de conduire. Supposons, par souci de simplicité, que ce soit son vrai nom. Je me demande si on n'est pas plus près de lui maintenant que tout à l'heure quand on le cherchait là-haut.

Stefan était épuisé. Giuseppe s'apprêta à quitter l'hôtel.

— Je t'appelle. Tu restes jusqu'à quand ?

— Un jour encore.

Giuseppe lui posa la main sur l'épaule.

— Ça fait longtemps que je n'ai pas eu quelqu'un comme toi à qui parler. Dis-moi franchement. Qu'aurais-tu fait différemment, si tu avais été à ma place ?

— Rien.

Giuseppe éclata de rire.

— Tu es trop gentil. Je supporte la critique. Et toi ?

Il sortit sans attendre la réponse. Stefan réfléchit à la question de Giuseppe tout en récupérant sa clé. La réceptionniste était une nouvelle, que Stefan n'avait encore jamais vue. Il monta dans sa chambre et s'allongea sur le lit. Il pensa qu'il devait appeler Elena. Mais d'abord il avait besoin de se reposer.

Il rêva. Un rêve chaotique dont il ne restait, au réveil, que la peur. Il regarda sa montre. Vingt et une heure quinze. S'il voulait dîner, il fallait faire vite. Et il avait oublié son rendez-vous avec Veronica Molin.

Il la trouva dans la salle de restaurant.

— J'ai frappé à ta porte, dit-elle. Tu n'as pas répondu, j'en ai conclu que tu dormais.

— Oui. La journée a été longue. Et la nuit d'avant aussi. Tu as dîné ?

— J'ai besoin de manger à heures fixes. Surtout quand la nourriture n'est pas excellente.

La serveuse qui s'approcha de leur table était nouvelle, comme la réceptionniste. Elle avait un air apeuré. Stefan eut soudain l'intuition que Veronica Molin avait dû se plaindre.

Pour la énième fois, il commanda un bifteck. Veronica Molin buvait de l'eau. Lui voulait du vin.

Elle le dévisagea avec un sourire.

— Je n'avais jamais rencontré de policier avant toi. Pas d'aussi près, je veux dire.

— Alors ?

— Je crois que tout le monde a peur de la police, au fond.

Elle s'interrompit pour allumer une cigarette.

— Mon frère ne va pas tarder à arriver des Caraïbes. Il travaille sur un paquebot de croisière, je te l'ai peut-être déjà dit. Il est steward. Quand il n'est pas en mer, il vit en Floride. Je lui ai rendu visite une fois. J'étais à Miami pour une négociation. Il ne nous a pas fallu une heure pour commencer à nous disputer. Je ne sais plus à quel sujet.

— Quand doit avoir lieu l'enterrement ?

— Mardi à onze heures. Tu viendras ?

— Je ne sais pas.

Le plat de Stefan arriva.

— Comment se fait-il que tu sois encore là ? demanda-t-il. Au début, j'ai eu l'impression que tu hésitais même à venir. Maintenant tu sembles prête à rester indéfiniment.

— Jusqu'à mercredi. Ensuite je partirai.

— Où ?

— D'abord Londres, puis Madrid.

— Je ne suis qu'un simple policier. Mais je suis curieux de savoir ce que tu fabriques.

— En anglais, on m'appellerait *deal maker* ou *broker*, ce qui peut se traduire par « agent » ou « intermédiaire ». Quelqu'un qui fait le lien entre les parties et se débrouille pour qu'un contrat soit signé, une affaire conclue, etc.

— Oserais-je te demander combien tu gagnes ?

— Probablement plus que toi.

— Tout le monde gagne plus que moi.

Elle retourna son verre à pied et le fit glisser sur la nappe, vers lui.

— J'ai changé d'avis.

Stefan lui servit du vin. Ils trinquèrent. Il lui semblait qu'elle le regardait autrement, avec moins de distance.

— Je suis allée voir Elsa Berggren aujourd'hui, reprit-elle, sans savoir que ce n'était pas le meilleur moment. Elle m'a raconté sa mésaventure de cette nuit. La tienne aussi. Avez-vous retrouvé l'agresseur ?

— Pas encore. Et je ne suis pas officiellement sur l'enquête.

— Mais la police croit que c'est ce type-là qui a tué mon père ?

— Oui.

— J'ai essayé de joindre Giuseppe Larsson. J'ai tout de même le droit de savoir ce qui se passe. Qui est cet homme ?

— Nous croyons savoir qu'il s'appelle Fernando Hereira. Et qu'il est argentin.

— Tiens. Ça m'étonnerait que mon père ait connu un Argentin. Quel aurait été son mobile ?

— Un événement survenu pendant la guerre.

Elle alluma une nouvelle cigarette. Stefan regarda ses mains qui tenaient la cigarette et le briquet. Il aurait voulu les prendre dans les siennes.

— La police ne croit donc pas à mon hypothèse de la femme écossaise.

— L'un n'exclut pas l'autre. Il faut enquêter sans a priori. C'est une règle de base.

— Je ne devrais pas fumer pendant que tu manges.

— Ça ne fait rien. J'ai déjà un cancer.

Elle le dévisagea.

— Est-ce que j'ai bien entendu ?

— C'est une blague. Je suis en pleine forme.

Plus que tout en cet instant, il aurait voulu quitter la table. Monter dans sa chambre et appeler Elena. Mais autre chose le tenait à présent.

— Drôle de blague, dit-elle.

— Je voulais peut-être tester ta réaction.

Elle inclina la tête en plissant les yeux.

— Je rêve, ou tu me dragues ?

Stefan vida son verre.

— J'imagine que tu as l'habitude. Tu es très belle, et tu le sais.

Elle secoua la tête sans répondre. Retira son verre quand il voulut lui resservir du vin. Stefan remplit le sien à ras bord et changea de sujet.

— De quoi as-tu parlé avec Elsa Berggren ?

— Elle était fatiguée. Je crois que je voulais avant tout rencontrer l'amie de mon père, celle qui lui avait acheté sa maison. On n'a pas parlé longtemps.

— Je me suis beaucoup interrogé sur leur relation. En dehors de leurs idées communes.

— Elle est très affectée par la mort de mon père. Je ne suis restée chez elle que quelques minutes, mais je dois dire quelle ne m'a pas plu.

Stefan fit signe à la serveuse. Il commanda un café, un cognac et l'addition. Veronica Molin attendit que la serveuse se soit éloignée pour reprendre la parole.

— Où est Fernando Hereira en ce moment ?

— Peut-être dans la montagne. En tout cas, il est resté dans la région.

— Pourquoi ?

— Je crois qu'il veut savoir qui a tué Abraham Andersson.

— Je me demande bien ce que cet homme pouvait avoir en commun avec mon père.

— Nous aussi. Mais les choses s'éclairciront tôt ou tard.

— Je l'espère.

Stefan but son cognac d'un trait, puis une gorgée de café et signa la note. Ils remontèrent la volée de marches jusqu'à la réception.

— Je peux t'offrir un deuxième cognac dans ma chambre, dit-elle. Mais n'attends pas autre chose.

— Ça fait longtemps que j'ai cessé d'attendre quoi que ce soit.

— Tu parles.

Ils longèrent le couloir et elle ouvrit la porte de sa chambre. Stefan la serrait d'aussi près qu'il l'osait sans la toucher.

Un ordinateur portable était posé sur la table. Elle suivit son regard.

— Toute ma vie est là-dedans, dit-elle. Je le branche sur la prise du téléphone et voilà, je suis reliée au reste du monde. En attendant l'enterrement de mon père, je peux continuer à travailler.

Elle prit la bouteille de cognac également posée sur la table, et remplit un verre, qu'elle lui tendit. Sans se servir elle-même. Puis elle balança ses chaussures dans un coin et s'assit sur le lit, en repliant les jambes sous elle. Stefan était déjà ivre, et il le savait. Il avait envie de la toucher maintenant, de lui enlever ses vêtements.

Son portable sonna dans sa poche. Elena, à coup sûr.

— Ça peut attendre, dit-il à Veronica.

— Tu n'as pas de famille ?

Il fit non de la tête.

— Pas même une fiancée ?

— On a rompu.

Il posa son verre et tendit la main vers elle. Elle la regarda longtemps avant de la prendre.

— Tu peux dormir là, dit-elle. Mais n'attends rien d'autre.

— J'ai déjà dit que ça faisait longtemps que je n'attendais rien.

Elle se pencha vers lui.

— Et moi, ça fait longtemps que je n'ai pas rencontré quelqu'un qui en attendait autant que toi.

Elle se leva.

— Ne sous-estime pas ma faculté d'analyse, dit-elle. Tu fais comme tu veux. Remonte dans ta chambre et reviens après. Seulement pour dormir, bien sûr.

Quand Stefan se fut douché et enroulé dans la plus grande des serviettes de bain fournies par l'hôtel, son téléphone sonna à nouveau. C'était Elena.

— Je croyais que tu devais m'appeler ce soir, commença-t-elle.

— Je m'étais endormi. Je ne vais pas bien.

— Reviens s'il te plaît. Je t'attends.

— Je serai là dans quelques jours. Mais à présent, il faut que je dorme. Si on continue à discuter, je vais me réveiller tout à fait.

— Tu me manques.

— Toi aussi.

J'ai menti à Elena, pensa-t-il en raccrochant. Et tout à l'heure, je l'ai carrément reniée.

Mais le pire c'est que, là, tout de suite, je m'en fiche.

27

Quand Stefan se réveilla, tôt le matin, Veronica Molin avait disparu. Mais l'écran de l'ordinateur était allumé et il y avait un message pour lui. « Je suis sortie. Sois parti quand je reviendrai. J'aime bien les hommes qui ne ronflent pas. Tu en es. »

Stefan sortit dans le couloir, ceint de sa serviette. Dans l'escalier, il croisa la femme de chambre, qui lui souhaita le bonjour en souriant. Il se dépêcha de regagner sa chambre et se glissa dans le lit. Il se souvenait d'avoir parlé à Elena au téléphone, mais pas de ce qu'il lui avait dit. Sinon que c'était un mensonge. Il se releva pour consulter les messages sur son portable. Elena avait appelé. Il sentit immédiatement une morsure au creux de l'estomac. Il se recoucha, enfouit sa tête sous le drap. Comme quand il était petit, pour se rendre invisible. Il se demanda fugitivement si Giuseppe faisait la même chose. Et Veronica Molin ? Veronica Molin qui était déjà au lit quand il avait reparu dans sa chambre, mais qui avait ensuite fermement repoussé ses avances en lui donnant une petite tape sur le bras et en lui expliquant qu'il devait dormir. Il était terriblement excité, mais il avait quand même eu le bon sens de ne pas insister.

Il ne lui était jamais arrivé auparavant de mentir à Elena. Et maintenant qu'il l'avait fait, il ne savait pas si cela lui importait ou non.

Il décida de s'attarder au lit jusqu'à neuf heures. Alors il l'appellerait. D'ici là, il resterait sous la couverture, à jouer qu'il n'existait pas.

Neuf heures. Elle décrocha aussitôt.

— Je n'ai pas entendu le téléphone sonner, expliqua-t-il. J'ai dormi profondément cette nuit, pour la première fois depuis très longtemps.

— J'ai pris peur. À cause d'un mauvais rêve, je ne sais pas ce que c'était.

— Ça va. Mais je redoute l'échéance du 19.

— Tout va bien se passer.

— J'ai un cancer, Elena. Je dois être prêt à mourir.

— Ce n'est pas ce qu'a dit le médecin.

— Elle n'en sait rien. Personne ne peut savoir.

— Quand arrives-tu ?

— Herbert Molin doit être enterré mardi. Je pense que je rentrerai le lendemain. Je te préviendrai quand je serai à Borås.

— Tu me rappelles ce soir ?

— Si je peux.

Leur échange l'avait laissé en nage. Il n'aimait pas ce côté facile du mensonge. Puis il se leva. Ce n'était pas en restant au lit qu'il chasserait le remords. Il s'habilla et descendit. L'ancienne réceptionniste était de retour à son poste et il en fut curieusement rassuré.

— On doit changer le téléviseur de ta chambre aujourd'hui, dit-elle. Quel moment t'arrange le mieux ?

— N'importe. Est-ce que Giuseppe Larsson est là ?

— Je ne crois pas qu'il ait dormi dans sa chambre cette nuit. Sa clé est là, regarde. Vous avez arrêté quelqu'un ?

— Non.

Il commença à descendre les quelques marches jusqu'au restaurant, mais se ravisa.

— Et Veronica Molin ?

— Elle sortait quand j'ai pris mon service, à six heures.

Stefan pensa qu'il avait encore une question. Mais laquelle ?

La gueule de bois se faisait bien sentir, en tout cas. Il but un verre de lait au buffet, puis s'installa à une table avec un café. Son téléphone sonna. C'était Giuseppe.

— Réveillé ?

— Moyennement. Je prends mon café. Et toi ?

— J'ai dormi quelques heures dans le bureau d'Erik.

— Du nouveau ?

— Du nouveau, il y en a toujours. Mais du côté de Funäsdalen, ils piétinent, dixit Rundström. Le brouillard rôde toujours. Dès que ça se dissipera, ils recommenceront les recherches, avec le chien. Qu'est-ce que tu comptes faire, là, tout de suite ? Après ton café ?

— Rien.

— Alors je passe te prendre. Je te propose de m'accompagner pour une visite à domicile.

Dix minutes plus tard, Giuseppe arrivait au pas

de charge, mal rasé, les yeux cernés, de l'énergie à revendre. Il se servit un café, s'attabla en face de Stefan et posa un sac plastique sur la table.

— Hanna Tunberg. Ça te rappelle quelque chose ?

Stefan secoua la tête.

— C'est elle qui a trouvé Molin. La femme de ménage, qui venait chez lui tous les quinze jours.

— Ça y est, je vois. J'ai lu ses observations dans le dossier, le soir où tu m'as prêté ton bureau.

Giuseppe fronça les sourcils.

— J'ai l'impression que ça fait une éternité. Pourtant c'était il y a à peine quinze jours.

Il secoua la tête comme s'il venait de faire une grande découverte sur la marche du temps et de l'existence.

— Il y avait aussi son mari, il me semble, dit Stefan.

— Il a été traumatisé par ce qu'il a vu. Bref, on a eu quelques conversations approfondies avec elle. Il se révèle qu'elle ne connaissait pas du tout Molin, bien qu'elle eût régulièrement affaire à lui. Elle affirme qu'il ne la laissait jamais seule. Il la surveillait. Elle n'avait pas le droit d'entrer dans la chambre d'amis. Où il gardait sa poupée, si tu t'en souviens. Elle le trouvait arrogant et désagréable. Mais il payait bien.

Giuseppe posa sa tasse.

— Elle a appelé ce matin en disant qu'elle avait réfléchi et qu'elle croyait avoir quelque chose à me dire. J'y vais maintenant. J'ai pensé que tu aurais peut-être envie de venir.

— Volontiers.

Giuseppe ouvrit le sac plastique et en sortit une photographie encadrée sous verre. Le portrait d'une femme d'une soixantaine d'années.

— Tu sais qui c'est ?

— Non.

— Katrin Andersson. La veuve d'Abraham.

— Pourquoi l'as-tu apportée ?

— Parce que Hanna Tunberg me l'a demandé. Elle veut voir à quoi elle ressemble, Dieu sait pourquoi. Alors j'ai envoyé un gars à Dunkärret ce matin récupérer la photo.

Giuseppe vida sa tasse et se leva.

— Hanna habite Ytterberg. Ce n'est pas loin.

La maison était ancienne et bien entretenue, avec une jolie vue sur les crêtes boisées. Un chien les accueillit en aboyant. Stefan aperçut une femme qui les attendait, debout à côté d'un vieux tracteur.

— Hanna Tunberg, annonça Giuseppe. Elle est habillée comme la dernière fois où je l'ai vue. Des gens comme ça, on n'en rencontre presque plus.

— Des gens comment ?

— Qui mettent leurs habits du dimanche pour recevoir la police. On parie qu'elle nous a fait des brioches à la cannelle ?

Giuseppe sourit et sortit de la voiture.

Hanna Tunberg s'avança. Giuseppe lui présenta Stefan, qui eut du mal à estimer son âge. Peut-être soixante ans, peut-être seulement la cinquantaine.

— J'ai fait du café, annonça-t-elle. Mon mari est sorti.

— Pas à cause de nous, j'espère ?

— Il est un peu spécial. Il n'aime pas trop la police. Mais c'est un homme honnête.

— Sûrement, répondit Giuseppe. On y va ?

L'intérieur de la maison sentait la fumée de tabac, le poil de chien et les airelles. Les murs du salon s'ornaient de ramures d'élan, de citations brodées au point de croix et de quelques tableaux au motif sylvestre. Hanna Tunberg rangea un tricot, alluma une cigarette, aspira la fumée et toussa. Le bruit montait du fond des bronches. Stefan vit qu'elle avait le bout des doigts jauni par la nicotine. Elle remplit les tasses. Une assiette de brioches trônait au centre de la table.

— Alors, dit Giuseppe, on va pouvoir discuter bien tranquillement. Tu disais donc que tu avais réfléchi. Et que tu voulais nous raconter quelque chose.

— Je ne sais pas si c'est important.

— Ça, on ne peut jamais le savoir à l'avance. Nous t'écoutons.

— C'est au sujet de cette femme qui rendait souvent visite à Herbert Molin.

— Tu veux dire Elsa Berggren ?

— Elle était là, quelquefois, quand je venais faire le ménage. Elle s'en allait à mon arrivée. Je la trouvais bizarre.

— Comment ça ?

— Impolie, en fait. J'ai du mal avec les gens qui se croient au-dessus des autres. Herbert Molin était pareil.

— A-t-elle dit quelque chose, pour te donner ce sentiment ?

— Non, c'était juste une impression comme ça. Qu'elle me méprisait.

— Parce que tu faisais le ménage ?

— Oui.

Giuseppe hocha la tête.

— Tes brioches sont excellentes. On t'écoute.

Hanna Tunberg fumait, nota Stefan, sans s'apercevoir qu'elle laissait tomber de la cendre sur sa jupe.

— C'était au printemps. Vers la fin du mois d'avril. J'étais venue comme d'habitude, pour m'occuper de l'entretien, mais Herbert n'était pas là. J'ai trouvé ça étrange parce qu'on avait décidé de l'heure ensemble.

Giuseppe leva la main.

— Était-ce toujours ainsi ? Vous conveniez à l'avance de l'heure à laquelle tu devais venir ?

— Toujours. Il voulait savoir.

Giuseppe lui fit signe de continuer.

— Il n'était pas là. Je ne savais pas quoi faire. Mais j'étais certaine de ne pas me tromper. J'avais l'habitude de noter par écrit le jour et l'heure.

— Et alors ?

— J'ai attendu. Il n'arrivait toujours pas. Il y avait un traîneau sous une fenêtre. J'ai grimpé dessus pour regarder à l'intérieur. Je me disais qu'il était peut-être malade. Mais de ce que je pouvais voir, il n'y avait personne dans la maison. Puis j'ai pensé à Abraham Andersson. Je savais qu'ils se fréquentaient, tous les deux.

La main de Giuseppe se leva derechef.

— Comment le savais-tu ?

— Herbert l'a dit une fois. « Je ne connais personne ici, à part Elsa et Abraham. » Ça m'est resté.

— Alors ?

— Je me suis dit que je pouvais toujours aller voir. Je savais où il habitait. Mon mari lui avait réparé un archet une fois. Il sait faire plein de choses, mon mari. Donc j'y suis allée et j'ai frappé à sa porte. Abraham a mis un certain temps à m'ouvrir.

Elle écrasa son mégot et alluma une autre cigarette. Stefan commençait à se sentir mal au milieu de toute cette fumée.

— C'était l'après-midi, reprit-elle. Il devait être dans les trois heures. Et il n'était pas habillé.

Giuseppe ouvrit de grands yeux.

— Quoi, il était nu ?

— J'ai dit qu'il n'était pas habillé. S'il avait été nu, je l'aurais dit. Tu me laisses raconter mon histoire ou tu vas continuer à m'interrompre sans arrêt ?

— Je reprends une brioche et je me tais. Continue.

— Il avait un pantalon. Mais pas de chemise. Et pas de chaussures aux pieds, ni de chaussettes. Je lui ai demandé s'il savait où était Herbert. Il ne le savait pas. Puis il a refermé sa porte, c'était clair qu'il ne voulait pas me laisser entrer. Et j'ai tout de suite compris pourquoi.

— Il n'était pas seul ?

— Bien sûr.

— Comment pouvais-tu le savoir ? Tu as vu quelqu'un ?

— Pas sur le moment. Mais quand je suis retournée à ma voiture, que j'avais laissée un peu plus loin, j'ai vu une autre voiture, derrière le garage. J'ai eu l'impression que ce n'était pas celle d'Abraham.

— Pourquoi ?

— Je ne sais pas. On a des idées parfois, ça ne t'arrive jamais ?

— Ensuite ?

— J'allais démarrer lorsque j'ai vu dans le rétroviseur quelqu'un sortir de la maison. C'était une femme. Quand elle a vu que j'étais toujours là, elle est vite rentrée à l'intérieur.

Giuseppe sortit de son sac la photo de Katrin Andersson et la lui tendit. Elle la prit et répandit aussitôt de la cendre sur le verre.

— Non, dit-elle. J'étais assez loin, et je ne l'ai vue que dans mon rétroviseur, mais ce n'est pas elle.

— Qui était-ce, alors ?

Silence. Giuseppe répéta sa question.

— Qui était-ce ?

— Elsa Berggren. Mais je ne peux pas l'affirmer à coup sûr.

— Pourquoi ?

— Ça s'est passé trop vite.

— Elsa Berggren, pourtant, tu l'avais déjà vue. Comment peux-tu ne pas être sûre ?

— Je te raconte les choses comme elles se sont passées. Je l'ai peut-être vue deux ou trois secondes, pas plus. Elle est sortie, elle a vu la voiture, elle a sursauté et elle s'est dépêchée de refermer la porte.

— Elle ne voulait pas être vue ?

L'étonnement se peignit sur le visage de Hanna Tunberg.

— Mets-toi à sa place ! Si elle sortait d'une maison où il y avait un type pas habillé et qui n'était même pas son mari.

— La mémoire fonctionne comme un appareil photo, dit Giuseppe. On voit quelque chose, l'image s'enregistre. Pour s'en souvenir, il n'est pas nécessaire de l'avoir eue longtemps sous les yeux.

— Les photos floues, ça existe, non ?

— Bon. Pourquoi ne nous racontes-tu cela que maintenant ?

— Ça m'est revenu aujourd'hui. Ma mémoire n'est pas très bonne. Mais j'ai pensé que ça pouvait être important. Si c'était bien Elsa Berggren. Car ça voudrait dite qu'elle avait une relation à la fois avec Herbert et avec Abraham, n'est-ce pas ? Et si ce n'était pas elle, en tout cas ce n'était pas la femme d'Abraham.

— Tu n'es pas certaine d'avoir reconnu Elsa Berggren. Mais tu es sûre que ce n'était pas Katrin Andersson. C'est bien ça ?

— Oui.

Hanna Tunberg fut prise d'une nouvelle quinte de toux bronchiteuse et écrasa sa cigarette d'un geste exaspéré.

Soudain elle parut avoir quelque difficulté à reprendre son souffle. Elle fit mine de se lever de son fauteuil. Puis elle tomba en avant, renversant la cafetière. Giuseppe se leva d'un bond. Le corps de Hanna Tunberg heurta le tapis. Il se précipita vers elle et la retourna sur le dos.

— Elle ne respire plus. Appelle l'ambulance !

Il commença à lui faire du bouche-à-bouche pendant que Stefan attrapait son portable.

Après coup, il se rappellerait l'événement comme une séquence filmée au ralenti. Giuseppe essayant de ranimer la femme étendue au sol, pendant qu'un mince panache de fumée s'élevait encore du mégot, dans le cendrier, vers le plafond.

L'ambulance mit une demi-heure à arriver. Giuseppe avait entre-temps renoncé. Hanna Tunberg était morte. Pendant qu'il allait se rincer la bouche à la cuisine, Stefan pensa qu'il avait souvent vu des morts, accidentés, suicidés ou assassinés, mais qu'il réalisait maintenant seulement à quel point la mort était proche. L'instant d'avant, Hanna Tunberg tenait une cigarette entre ses doigts et répondait « oui » à la question de Giuseppe. L'instant d'après, elle n'existait plus.

Giuseppe sortit dans la cour accueillir les ambulanciers.

— Ça s'est passé en un clin d'œil, expliqua-t-il ensuite à celui des deux qui s'était agenouillé pour vérifier le décès.

— On n'est pas censés prendre en charge des personnes décédées, répliqua celui-ci. Mais on ne peut pas la laisser là.

— Deux officiers de police sont témoins qu'elle est morte de causes naturelles. Je vous enverrai un rapport.

Après le départ de l'ambulance, Giuseppe jeta un regard en coin à Stefan.

— On n'y croit pas, hein ? Que ça puisse aller si vite. D'un autre côté, c'est sans doute la plus belle mort qu'on puisse souhaiter.

— À condition qu'elle n'arrive pas trop tôt.

Ils ressortirent dans la cour, où le chien aboyait. Il s'était mis à pleuvoir, entre-temps.

— Qu'est-ce qu'elle a dit ? Que son mari était sorti ?

Stefan regarda autour de lui. Pas de voiture dans la cour, à part celle de Giuseppe. La porte du garage ouverte, et le garage vide.

— Je crois qu'il a pris sa voiture.

— Vaut mieux l'attendre. Mais on peut aussi bien le faire à l'intérieur.

Ils retournèrent dans le séjour et s'assirent en silence. Le chien continua d'aboyer un moment. Puis il se tut, lui aussi.

— Comment tu fais, toi, pour annoncer un décès aux proches ? demanda soudain Giuseppe.

— Ça ne m'est jamais arrivé. Un collègue s'est toujours chargé de prendre la parole dans ces moments-là. Moi, j'étais juste présent.

— Une fois, une seule, j'ai envisagé de donner ma démission, dit Giuseppe. C'était il y a sept ans. Deux sœurs de quatre et cinq ans étaient en train de jouer au bord d'un étang. Leur père les a laissées seules quelques minutes. On n'a jamais su comment, mais elles se sont noyées toutes les deux. Et c'est moi qui ai dû aller voir la mère, avec un pasteur, pour lui annoncer la nouvelle. Le père était dans un état que je ne peux même pas te décrire. Il était sorti avec les fillettes pour laisser leur mère préparer tranquillement la fête d'anniversaire de l'aînée. Là, j'ai vraiment failli laisser tomber. Ce fut la seule fois.

Le silence faisait des aller et retour dans le petit

salon. Stefan contemplait le tapis où Hanna Tunberg avait cessé de respirer. Le tricot en cours posé sur un guéridon, les aiguilles croisées par-dessus. Ils sursautèrent tous deux quand le téléphone de Giuseppe sonna. Il répondit et écouta quelques instants, pendant que le crépitement de la pluie s'intensifiait soudain contre les vitres.

— C'était l'ambulance, dit-il en raccrochant. Ils ont croisé le mari de Hanna en route. Il les a suivis. On n'a plus rien à faire ici.

Ni l'un ni l'autre ne bougèrent.

— Nous ne saurons jamais, dit Giuseppe. Un témoin s'avance, franchit la limite, se déclare prêt à parler, parle. Seulement voilà : disait-elle la vérité ?

— Pourquoi non ?

Giuseppe s'était approché de la fenêtre et regardait la pluie au-dehors.

— Je ne sais rien de Borås, dit-il. Sauf que c'est une ville. Alors que Sveg est un petit bourg de deux mille habitants. Toute la province du Härjedalen compte moins d'habitants qu'une seule des banlieues de Stockholm. Cela veut dire qu'il est plus difficile d'y garder des secrets.

Quittant la fenêtre, Giuseppe se posa distraitement dans le fauteuil d'où Hanna s'était levée pour mourir. Il se releva aussitôt, et resta debout.

— J'aurais dû te prévenir. Je crois que j'ai tout simplement oublié que tu n'étais pas d'ici. Mais c'est comme les anges et leurs auréoles. Tout le monde ici a sa petite auréole de rumeurs. Hanna Tunberg ne faisait pas exception à la règle.

— Je ne comprends pas où tu veux en venir.

Giuseppe fixait le tapis d'un air sombre.

— On ne doit pas dite de mal des morts. Mais il n'y a pas de mal à être curieux. La plupart des gens le sont. Le travail policier repose même en partie là-dessus. Les faits. Et la curiosité.

— Quoi, c'était une commère ?

— C'est Erik qui me l'a raconté. Et il parle toujours en connaissance de cause. J'avais sans cesse ce détail présent à l'esprit pendant qu'elle nous racontait son histoire. Si elle avait vécu cinq minutes de plus, j'aurais pu l'interroger à fond. Maintenant ce n'est plus possible.

Giuseppe reprit sa position à la fenêtre.

— On pourrait tenter l'expérience. On gare une voiture à l'endroit où elle prétend avoir laissé la sienne. Puis on demande à quelqu'un de surveiller le rétro pendant que quelqu'un d'autre sort de la maison d'Andersson, compte jusqu'à trois et retourne à l'intérieur. Je peux te l'affirmer d'ores et déjà : soit on voit tout de suite qui c'est, soit on ne voit rien du tout.

— Alors elle mentait ?

— Oui et non. Je soupçonne qu'elle a plutôt jeté un coup d'œil en catimini par la fenêtre. Mais nous ne le saurons jamais.

— L'observation était donc correcte en elle-même ?

— Je le crois. Elle voulait nous communiquer un détail qu'elle pensait peut-être important, sauf qu'elle n'avait pas envie de nous dire comment elle s'était procuré l'information.

Giuseppe soupira.

— Je suis en train de m'enrhumer. J'ai mal à la gorge. Non, pas vraiment encore, mais ça ne va pas tarder. Et dans quelques heures, j'aurai mal à la tête. On y va ?

— Juste une question. Deux, en fait. Si c'est bien Elsa Berggren que Hanna a vue, qu'est-ce que cela signifie ? Et si ce n'était pas elle, alors qui ? Et qu'est-ce que cela signifie ?

— Pour moi, ça fait trois questions. Sans doute décisives, mais auxquelles on n'a pas de réponse.

Ils se hâtèrent sous la pluie jusqu'à la voiture. Le chien, qui avait rejoint sa niche, suivit muettement leur départ. C'était le deuxième chien triste que Stefan voyait en peu de temps. Il se demanda ce qu'il avait saisi du drame de la matinée.

Peu avant d'arriver à la route, Giuseppe freina.

— Il faut que j'appelle Rundström. Mais ça m'étonnerait que le brouillard se soit levé. En plus, j'ai entendu un avis de tempête ce matin à la radio.

Il fit le numéro. Stefan essayait de penser à Elena. Mais c'était Hanna Tunberg qu'il voyait. La manière dont elle avait désespérément cherché son souffle avant d'expirer dans un sifflement.

Rundström finit par décrocher. Giuseppe lui raconta d'abord la mort de Hanna Tunberg. Puis il l'interrogea sur le brouillard, le chien, l'homme dans la montagne...

Ce ne fut pas long. Giuseppe rangea son portable et tâta son cou.

— Chaque rhume me fait l'effet d'être potentiellement fatal. Il ne s'est pas écoulé une heure depuis que Hanna Tunberg est morte sous nos yeux et pourtant, mon rhume m'inquiète davantage.

— Pourquoi t'inquiéterais-tu pour une morte ?

Giuseppe le regarda.

— Je ne pensais pas à elle. Je pensais à ma propre mort. La seule qui m'importe.

Stefan frappa du poing contre le toit de l'habitacle. Le geste, brutal, était complètement inattendu.

— Tu te plains d'un rhume alors que je suis peut-être en train de crever, merde !

Il ouvrit sa portière et sortit de la voiture. Giuseppe le rejoignit sous la pluie.

— Désolé.

Stefan fit une grimace.

— Quelle importance ? Cancer ou mal de gorge, après tout...

Il remonta dans la voiture. Giuseppe était encore debout sous la pluie.

Stefan regardait, à travers les gouttes, les arbres qui bougeaient lentement. La buée ne venait pas du pare-brise. Il avait les larmes aux yeux.

Ils reprirent la route de Sveg. Stefan, la tête appuyée contre la vitre, essayait de compter les arbres, laissait tomber, recommençait. Elena était là. Et Veronica. Lui-même, où était-il ? Il ne le savait pas.

Il était midi trente quand ils s'arrêtèrent devant l'hôtel. Giuseppe déclara qu'il avait faim. Ils coururent jusqu'à la réception, vestes déployées au-dessus de leur tête pour se protéger de la pluie.

La fille de la réception se leva en les voyant.

— Tu dois appeler Erik Johansson, dit-elle à Giuseppe. Il a essayé de te joindre. C'est urgent.

Giuseppe prit son portable, le regarda et poussa un juron en l'allumant. Il s'assit sur le canapé, pendant que Stefan feuilletait un dépliant consacré aux vieilles bergeries du Härjedalen. Hanna Tunberg continuait de mourir sous ses yeux. La fille de la réception cherchait un document dans un classeur. Giuseppe parlait avec Erik Johansson.

Stefan pensa que ce qu'il avait vraiment envie de faire, là, tout de suite, c'était se masturber. Comme l'unique manière de conclure dignement cette nuit inachevée. Et sa trahison vis-à-vis d'Elena.

Giuseppe se releva, l'air tendu.

— Alors ? demanda Stefan.

La fille de la réception les dévisageait avec curiosité. Stefan constata distraitement que l'ordinateur sur lequel elle travaillait était la copie conforme de celui que Veronica Molin avait dans sa chambre.

Giuseppe entraîna Stefan dans le restaurant désert.

— L'homme de la montagne a peut-être trouvé une issue, grâce au brouillard. Ensuite il a dû voler une autre voiture.

— Quoi ?

— Quand Erik est rentré chez lui pour manger, il a découvert qu'il avait été cambriolé. On lui a pris un pistolet et un fusil. Plus des munitions et un viseur amovible. Ça a dû se passer tôt ce matin.

Giuseppe tâta son cou.

— N'importe qui a pu le faire, bien sûr. Mais un type qui prend le risque de rester dans le coin, de venir menacer Elsa Berggren chez elle, tout cela parce qu'il *veut* quelque chose – c'est un type animé par une grande détermination. À présent, il a besoin d'une arme. S'il est intelligent, il s'est évidemment débarrassé des autres. Alors il raisonne. Qui détient à coup sûr des armes chez lui ? Un policier, naturellement.

— Dans ce cas, il devait en savoir long sur Erik Johansson. Comment s'est-il renseigné ? Où ? Quand ?

— Je ne sais pas. Mais je crois qu'il est temps de faire machine arrière. À un moment donné, on a *vu* quelque chose. Mais on n'a pas compris.

Giuseppe se mordit la lèvre.

— Au départ, on cherchait un meurtrier qui voulait nous faire croire qu'ils étaient deux. Maintenant qu'on en cherche deux, je me demande si ce n'est pas tout compte fait le même homme. Qui a lâché son ombre pour mieux nous semer.

28

À quatorze heures quinze, ils étaient à nouveau rassemblés dans le bureau d'Erik Johansson. Giuseppe avait insisté pour que Stefan assiste à la réunion, cette fois encore. Erik Johansson était fatigué et en colère. Mais par-dessus tout, il était inquiet. Stefan s'était assis contre le mur, derrière les autres. La pluie avait cessé et le soleil, déjà bas dans le ciel, les éclairait par la fenêtre ouverte. Erik Johansson avait branché le haut-parleur. La voix de Rundström s'entendait distinctement, malgré la mauvaise qualité de la liaison. Le brouillard stagnait toujours sur le nord-ouest du Härjedalen.

— On ne peut rien faire, criait-il dans le haut-parleur.

— Les barrages ?

— Toujours en place. Un Norvégien, qui était ivre, a eu tellement peur en voyant la police qu'il a foncé dans le fossé. Il avait d'ailleurs une peau de zèbre dans sa voiture.

— Pourquoi ?

— Comment veux-tu que je le sache ? Je ne savais même pas qu'il y avait des zèbres dans le Härjedalen. Une peau d'ours encore, on aurait pu comprendre.

La communication fut interrompue. Puis la voix de Rundström revint.

— J'ai une question concernant le vol d'armes, cria-t-il. Qu'est-ce qui a été pris, comme munitions ?

— Deux chargeurs pour le pistolet, douze cartouches pour le fusil.

— Ça ne me plaît pas. Que disent les techniciens ?

La voix de Rundström n'arrivait plus que par vagues.

— La maison était vide, dit Erik Johansson. Ma femme est à Järvsä pour voir notre fille. Je n'ai pas de voisins proches. L'armoire était fracturée.

— Des empreintes ? Une voiture que quelqu'un aurait vue ?

— Non.

— Le brouillard va se dissiper, d'après les gars de la météo. Mais le jour tombe. On est en train de décider quoi faire. Si c'est lui qui a volé les armes chez toi, il n'y a plus de raison de rester là. Ça veut dire qu'il a réussi à fiche le camp.

Giuseppe se pencha vers le micro.

— Ici Giuseppe. Je trouve qu'il est trop tôt pour retirer la surveillance. Ce n'est pas nécessairement lui, l'auteur du cambriolage chez Erik. Par ailleurs, j'ai une question. A-t-on une idée ce que ce Hereira a pu emporter comme provisions ?

— Frostman croit savoir – mais sans certitude – qu'il n'avait pas de conserves dans son garde-manger. En revanche, le congélateur était plein. Il a dit que ça valait le coup de le laisser branché, vu la quantité de baies et de viande d'élan qu'il reçoit de ses amis.

— Un steak d'élan décongelé sur un camping-gaz, ça ne mène pas loin. Tôt ou tard, il faudra qu'il quitte la montagne pour se ravitailler. À moins qu'il ait effectivement franchi le barrage.

— On a répertorié les habitations. Il y a un vieux bonhomme seul, du nom de Hudin, qui crèche dans un lieu-dit du nom de Högvreten. On a une surveillance là-bas. Le vieux a quatre-vingt-quinze ans, paraît-il, et il n'a pas froid aux yeux. Pour le reste, ce sont des chalets de vacances. On ne peut pas dire que le coin soit surpeuplé.

— Autre chose ?

— Pas pour l'instant.

— Dans ce cas, merci pour tout.

La voix de Rundström disparut dans un grésillement. Erik Johansson raccrocha.

— Il ne s'appelait pas Frostengren ? commenta un policier. Rundström a parlé d'un Frostman.

Giuseppe répondit avec irritation.

— Rundström n'a pas la mémoire des noms. Bon, je propose qu'on fasse le point. Quelqu'un ici ne connaît-il pas encore Stefan Lindman ? Un collègue de Borås qui a travaillé autrefois avec Herbert Molin...

Stefan reconnaissait tous les visages présents dans le bureau. Il se demanda soudain comment ils réagiraient s'il se levait et leur annonçait tout à trac qu'il devait commencer une radiothérapie dans quelques jours parce qu'il avait un cancer. Évidemment, il n'en fit rien.

Il y avait une myriade de détails et de rapports à débrouiller. Giuseppe aiguillonnait le groupe. Hors de question de s'attarder sur des vétilles. Mais c'était à lui de départager ce qui était urgent et ce qui pouvait attendre. Stefan essaya d'écouter, mais s'aperçut rapidement qu'il avait l'esprit plein de femmes. Hanna Tunberg se levant de son fauteuil. Veronica Molin, sa main et son dos endormis. Et puis Elena. Avant tout Elena. Il avait honte de l'avoir reniée face à Veronica Molin.

Il essaya de se concentrer sur ce qui se disait autour de la table.

On parlait des armes utilisées lors du meurtre de Molin. Dans la mesure où Hereira arrivait sans doute de l'étranger, il avait dû se les procurer en Suède. Giuseppe avait la liste des vols d'armes des derniers mois. Toujours aucun résultat probant de ce côté. Et aucun poste frontière n'avait d'informations relatives à l'entrée sur le territoire suédois d'un citoyen argentin répondant au nom de Hereira.

— L'affaire est entre les mains d'Interpol, dit Giuseppe. La collaboration avec les pays d'Amérique latine ne semble pas toujours simple. Quand une fille de Järpen a disparu à Rio, voilà quelques années, ç'a été un enfer pour obtenir des renseignements de la part de la police brésilienne. Dieu merci, elle est revenue toute seule. Elle était tombée amoureuse d'un Indien et elle avait séjourné un moment dans la forêt amazonienne, voilà. Mais l'idylle n'a pas duré. Maintenant elle est institutrice et mariée à un agent de voyages d'Östersund. D'après la rumeur, sa maison est pleine de perroquets.

Il y eut quelques rires. Giuseppe leva la main.

— On ne peut qu'espérer voir surgir des fichiers un Fernando Hereira qui pourrait nous convenir.

D'autres documents furent examinés et laissés en attente. Le premier rapport sur le passé d'Abraham Andersson n'était pas achevé, loin de là. Jusqu'ici on n'avait rien trouvé qui le reliât à Herbert Molin, à part ce que leur avait raconté Hanna Tunberg. Il fallait activer ce secteur des recherches, tout le monde était d'accord là-dessus.

Visiblement, Giuseppe luttait pied à pied contre sa propre impatience. Il sait qu'à l'instant où il perd son calme il devient un mauvais policier, pensa Stefan.

Ils se mirent à parler de Hanna Tunberg. Erik Johansson raconta au groupe qu'elle avait été l'une des initiatrices du club de curling de Sveg, qui remportait désormais des succès au niveau international.

— Ils faisaient ça là-haut, dans le parc près de la gare. Je vois encore Hanna en train d'arroser la glace, dès qu'il faisait assez froid à l'automne.

— Et maintenant elle n'est plus là, dit Giuseppe. Ça n'a pas été un moment agréable, je peux vous l'assurer.

— De quoi est-elle morte ? demanda un des policiers qui n'avait rien dit jusque-là, et dont Stefan se rappela qu'il venait de Hede.

Giuseppe haussa les épaules.

— Une attaque. Peut-être le cerveau, ou alors le cœur. C'était une grande fumeuse. Juste avant de mourir, elle était en train de nous parler d'Elsa Berggren. Elle croyait l'avoir vue au printemps dernier chez Abraham Andersson. Elle a eu toutefois la franchise d'admettre qu'elle n'en était pas absolument certaine. Mais si elle disait vrai, cela signifie au moins deux choses. D'abord, que nous avons établi un lien entre Andersson et Molin. Ensuite, qu'Elsa Berggren a menti en niant connaître personnellement Andersson. Dans ce cas : pourquoi ?

Giuseppe attrapa un classeur et le feuilleta.

— Katrin Andersson, la veuve d'Abraham, a dit lors d'un entretien avec la police de Helsingborg qu'elle n'avait jamais entendu le nom d'Elsa Berggren. Elle prétend avoir une bonne mémoire des noms et elle dit aussi que son mari, je cite, « n'a jamais eu de secrets pour moi ».

Giuseppe referma sèchement le classeur.

— Bon. Ça, c'est une vérité qui ne résiste peut-être pas à l'examen. On connaît ce genre de phrase.

— Je crois tout de même que nous devons rester prudents, intervint Erik Johansson. Hanna était quelqu'un de bien à tout point de vue. Mais elle adorait les potins. Les gens comme elle ne font pas toujours la part de ce qui est et de ce qu'ils inventent.

Que veux-tu dire coupa Giuseppe. On doit la prendre au sérieux, oui ou non ?

— Nous ne pouvons pas être sûrs que c'est bien Elsa Berggren qu'elle a vue sortir de chez Abraham Andersson.

— À supposer que les choses se soient passées comme ça. Je crois plutôt qu'elle a épié par la fenêtre.

— Dans ce cas, le chien aurait aboyé.

Giuseppe ramassa un autre classeur et le feuilleta sans découvrir ce qu'il cherchait.

— Je sais avoir lu quelque part dans un rapport d'audition d'Abraham Andersson, après le meurtre de Molin, qu'il gardait parfois son chien dans la maison. C'était peut-être le cas ce jour-là. Même si certains chiens de garde aboient aussi à l'intérieur dès qu'ils entendent un bruit suspect.

— Celui-ci s'est laissé kidnapper sans broncher, dit Stefan. À mon avis, ce n'était pas un chien de garde. Plutôt un chien de chasse.

Erik Johansson hésitait encore.

— Y a-t-il autre chose qui les relie ? Elsa et Molin étaient, comme on le sait, des nostalgiques du nazisme. Des malades, quoi. Mais inoffensifs. Andersson l'était-il aussi ?

— Il militait au parti centriste, dit Giuseppe. Pendant une période, il a même siégé au conseil communal de Helsingborg. Il a démissionné après une histoire concernant les subventions accordées à l'orchestre symphonique. Mais il n'a pas abandonné le parti centriste pour autant. Son engagement était incompatible avec des idées d'extrême droite. On peut d'ailleurs se demander comment il aurait réagi s'il avait su qu'il avait pour voisin un ancien SS.

— Justement, il le savait peut-être.

La phrase avait échappé à Stefan. Giuseppe le regarda. Le silence se fit.

— Répète.

— Je veux seulement dire qu'on peut retourner le raisonnement. Si Abraham Andersson avait découvert que son voisin Herbert Molin était un ancien nazi, et éventuellement aussi qu'Elsa Berggren partageait ses idées, cela ouvre la possibilité d'un autre type de lien.

— Lequel ?

— Je ne sais pas. Mais Molin était venu jusqu'ici pour se cacher. Il voulait à tout prix garder le silence sur son passé.

— Tu veux dire qu'Andersson aurait pu le menacer de révéler son secret ?

— On peut même imaginer un chantage. Herbert Molin avait tout fait pour camoufler ses traces. Il avait peur. D'une personne, ou de plusieurs. Si Abraham Andersson était au courant, et s'il parlait, toute son existence était menacée.

Giuseppe fit la moue.

— Si Andersson avait été tué avant Molin, je pourrais admettre ton raisonnement.

— Peut-être Andersson a-t-il aidé le meurtrier à retrouver Molin ? Quelque chose a pu mal tourner ensuite... Il y a évidemment aussi une autre possibilité. Qu'Elsa Berggren ait compris, ou simplement soupçonné, qu'Abraham était d'une manière ou d'une autre responsable de la mort de Herbert. Et qu'elle se soit vengée.

Erik Johansson protesta.

— Ce n'est pas possible ! Elsa, une femme de plus de soixante-dix ans, aurait traîné Abraham Andersson dans la forêt, l'aurait attaché à un arbre et l'aurait abattu de face ? Ça ne colle pas. Elle n'a même pas d'arme chez elle.

— Les armes, ça se vole, dit Giuseppe froidement. Et ça se jette. C'est bien connu.

— Je ne peux pas imaginer Elsa en meurtrière.

— Personne ne le peut. Mais tu sais aussi bien que moi que les gens les plus paisibles en apparence sont capables de n'importe quoi autant que les autres.

Erik Johansson ne répondit pas.

— Nous devons naturellement garder présente à l'esprit l'hypothèse de Stefan, reprit Giuseppe. Mais nous ne devons pas nous laisser aller aux spéculations. Il nous faut rassembler les faits. Par exemple, nous assurer de ce qu'on peut apercevoir ou non dans le rétroviseur d'une voiture stationnée à l'endroit indiqué par Hanna Tunberg. Ensuite nous devons nous concentrer sur Elsa Berggren. Sans oublier tout le reste. Les personnes présentes autour de cette table savent que cela peut prendre du temps. Nous sommes peut-être tout près du but, si nous parvenons à capturer l'homme de la montagne et qu'il se révèle qu'il a tué non seulement Molin, mais aussi Andersson.

Avant la fin de la réunion, ils rappelèrent Rundström.

Le brouillard était toujours aussi compact au nord de Funäsdalen.

Il était seize heures. Les policiers se dispersèrent, laissant Giuseppe et Stefan seuls dans le bureau. Le soleil avait disparu. Giuseppe bâilla. Puis il rit.

— Tu n'aurais pas découvert une salle de bowling par hasard, au cours de tes balades ? C'est exactement ce qu'il nous faudrait, là, maintenant.

— Je n'ai même pas trouvé un cinéma.

— Ils passent des films à la maison du Peuple.

En ce moment, c'est *Fucking Åmål*. Un bon film, soit dit en passant. Ma fille m'y a traîné, c'est pour ça que je l'ai vu.

Giuseppe alla s'asseoir dans le fauteuil de Johansson.

— Erik est indigné. Je le comprends. Ce n'est pas bien qu'un policier se fasse voler des armes. En plus, je le soupçonne d'avoir oublié de fermer sa porte à clé. C'est vite arrivé, à la campagne. Ou alors il a laissé la fenêtre entrouverte. Il est très discret sur la manière dont le voleur a réussi à s'introduire chez lui.

— Il me semble qu'il a parlé d'un carreau brisé.

— Il peut très bien l'avoir brisé lui-même. Je ne suis pas certain qu'il ait tout fait très légalement. Beaucoup d'armes dans ce pays ne sont ni achetées ni stockées dans les règles. En particulier les fusils de chasse.

Stefan ouvrit une bouteille d'eau gazeuse qui était sur la table. Puis il s'aperçut que Giuseppe l'observait.

— Comment vas-tu ?

— Je n'en sais rien, dit-il. Je crois que j'ai bien plus peur que je ne veux l'admettre.

Il reposa la bouteille.

— Je préfère ne pas en parler. Les événements d'ici m'intéressent davantage.

— Je pensais passer la soirée dans ce bureau. Relire le dossier à fond. Notre discussion d'aujourd'hui nous a apporté pas mal de nouveaux éclairages. Elsa Berggren me préoccupe. Je n'arrive pas à la cerner. Si Hanna Tunberg a bien vu ce qu'elle prétend avoir vu, qu'est-ce que ça nous donne ? Erik a raison de protester. On n'imagine pas une femme de son âge en train de traîner un type dans la forêt.

— Il y avait autrefois un vieux policier à Borås qui s'appelait Fredlund. Il était raide, colérique et lent, mais c'était un enquêteur hors pair. Un jour qu'il était pour une fois de bonne humeur, il a dit un truc que je n'ai pas oublié. « Quand on avance, on tient sa lanterne devant soi pour voir où on met les pieds. Mais parfois on doit aussi éclairer les côtés. Pour voir où on ne met *pas* les pieds. » Je ne suis pas certain d'avoir bien compris. Mais dans mon interprétation, ça veut dire qu'on doit sans arrêt repositionner le centre de l'enquête.

— Que se passe-t-il si tu appliques ton interprétation à la situation qui nous occupe ? J'ai beaucoup trop parlé aujourd'hui. J'ai besoin d'écouter.

— Quel pourrait être le lien entre l'homme de la montagne et Elsa Berggren ? Ce qu'elle affirme, à savoir qu'elle a été agressée, n'est pas nécessairement vrai. C'est peut-être ma présence qui a déclenché cette version des faits. Alors voilà la première question : y a-t-il un lien entre elle et Hereira ? La deuxième question va dans un sens différent : y a-t-il encore quelqu'un, dans ce contexte, que nous n'avons pas réussi à identifier ?

— Quelqu'un qui partagerait les opinions d'Elsa Berggren et de Herbert Molin ? Tu penses à un réseau néonazi ?

— Nous savons qu'un tel réseau existe.

— Hereira serait donc venu de loin pour danser

le tango avec Herbert Molin, et il déclenche malgré lui une série d'événements. Elsa Berggren décide de régler son compte à Abraham Andersson. Pour ce faire, elle va chercher la personne adéquate dans son réseau d'aspirants à la chemise brune, et cette personne s'occupe de tout. C'est cela ?

— J'entends moi-même à quel point ça paraît tiré par les cheveux.

— Pas tant que ça, dit Giuseppe. Je vais garder l'idée en réserve pour ce soir, quand je me réattaquerai au dossier.

Stefan retourna à l'hôtel. Aucune lumière ne filtrait par la fenêtre de Veronica Molin. La fille de la réception était penchée sur son ordinateur flambant neuf.

— Combien de temps comptes-tu rester ? demanda-t-elle en le voyant.

— Jusqu'à mercredi. Si c'est possible.

— L'hôtel ne sera complet qu'en fin de semaine.

— Des pilotes d'essai ?

— Non, un groupe de coureurs d'orientation qui nous viennent de Lettonie. Ils vont s'entraîner dans nos forêts.

Stefan prit la clé qu'elle lui tendait.

— Est-ce qu'il y a un bowling à Sveg ?

— Non, fit-elle, surprise. Pourquoi ?

— Je me posais juste la question.

Il grimpa l'escalier et s'étendit sur son lit. Quelque chose en rapport avec Hanna Tunberg... Il commença à se souvenir. Les images se dérobaient. Il lui fallut quelque temps pour leur donner une cohérence.

Il avait cinq ou six ans. Où se trouvaient sa mère et ses sœurs ? Il était seul à la maison avec son père. Dans son souvenir, c'était le soir. Il jouait par terre, derrière le canapé rouge du séjour. Sa petite voiture était en bois, jaune et bleu, avec un liseré rouge, et le regard de Stefan était fixé sur l'itinéraire invisible qu'il lui inventait sur le tapis, pendant que son ouïe enregistrait le froissement des pages du journal. Un bruit familier. Mais pas complètement inoffensif. Il pouvait arriver que son père lise quelque chose qui le mettait en colère, parfois au point de déchirer le journal. « Salopards de socialistes », grondait-il, et crac, le journal se déchirait. Ça faisait le même bruit que les feuilles d'un arbre. Ensuite survenait la tempête. La voiture de Stefan longeait à présent une route sinueuse au bord d'une paroi abrupte. Ça pouvait mal finir. Il savait que son père était dans le fauteuil vert sombre à côté de la cheminée. Dans un moment il baisserait son journal et il demanderait à Stefan ce qu'il fabriquait. Pas gentiment. Pas parce qu'il s'intéressait. Juste comme on pose une question pour vérifier que tout est en ordre.

Soudain le bruit des pages tournées s'arrêta. Il y eut un grognement, puis un choc sourd. La voiture s'immobilisa. Un pneu arrière crevé. Stefan devait s'extirper très lentement du siège du conducteur pour que la voiture ne plonge pas dans le ravin.

Prudemment, il jeta un coup d'œil par-dessus le dossier du canapé. Son père était tombé sur le tapis, le journal encore à la main. Et il gémissait. Stefan s'approcha. Pour ne pas se trouver complètement sans défense, il avait emporté la voiture. Il ne la lâchait pas. Au besoin, il pourrait s'enfuir avec. Son père le fixait avec des yeux apeurés. Ses lèvres étaient toutes bleues. Elles remuaient, elles formaient des mots. « Je ne veux pas mourir comme ça. Je veux mourir debout comme un homme. »

Le souvenir s'éteignit. Stefan n'était plus dans l'image, il était dehors. Que s'était-il passé ensuite ? Il se rappelait sa propre peur, la voiture dans sa main, les lèvres bleues de son père... Sa mère était entrée. Ses sœurs devaient être là aussi, mais il ne se souvenait pas d'elles. Il n'y avait que lui, son père et sa mère. Et une voiture au liseré rouge. Il se rappela soudain la marque. Brio. Une petite voiture en bois de chez Brio. Ils étaient plus forts pour les trains que pour les voitures, chez Brio, mais comme c'était son père qui la lui avait donnée, il l'aimait. C'était important, ce qu'il recevait de son père. Il aurait préféré un train. Mais la voiture avait un liseré rouge. Et maintenant elle était suspendue au bord du ravin.

Sa mère l'avait bousculé en poussant un cri. Ensuite tout devenait flou. Une ambulance, son père dans un lit d'hôpital, les lèvres moins bleues. Quelques paroles que quelqu'un avait dû répéter souvent, sinon comment s'en serait-il souvenu ? Une attaque sans gravité, sans gravité aucune.

Mais ce qui lui revenait très clairement à présent, c'étaient les paroles de son père. « Je ne veux pas mourir comme ça. Je veux mourir debout comme un homme. »

Comme un soldat, pensa Stefan. En marche vers un quatrième Reich qui ne finirait pas sous les décombres, contrairement au troisième.

Il prit sa veste. Au milieu de tous ces souvenirs, il avait dû s'assoupir un moment, car il était déjà vingt et une heures. Il ne voulait pas dîner à l'hôtel. Il sortit. Il y avait un kiosque en bas, du côté du pont, un kiosque à deux guichets qui faisait partie de la station-service. Il commanda de la purée de pommes de terre avec des saucisses grillées et avala le tout en écoutant les commentaires d'un groupe d'ados sur une voiture qui stationnait dehors. Puis il se remit en marche, en se demandant ce que faisait Giuseppe, s'il était encore penché sur ses rapports. Et Elena ? Il avait laissé son portable dans la chambre. Il traversa la bourgade plongée dans le noir. L'église, les quelques magasins, les locaux vides attendant que quelqu'un ait besoin d'eux.

En revenant à l'hôtel, il croisa la fille de la réception qui s'apprêtait à rentrer chez elle. Il ressortit, longea la façade. De la lumière filtrait par un interstice des rideaux de la chambre de Veronica Molin. Il approcha en se demandant à nouveau, de façon saugrenue, pourquoi la fille de la réception avait été en larmes ce matin-là, pendant sa première visite. Une voiture passa. Il se haussa sur la pointe des pieds et jeta un coup d'œil par la fente.

Elle portait un vêtement bleu sombre – peut-être un pyjama en soie ? – et travaillait à son ordinateur en lui tournant le dos. Il allait repartir, quand elle se leva soudain et sortit de son champ de vision. Stefan s'était baissé d'instinct. Quand il risqua un dernier regard, il vit l'écran du portable où se profilait une ombre, comme un motif en filigrane. Tout d'abord il ne comprit pas ce qu'il voyait.

Puis il la reconnut.

C'était une croix gammée.

29

Ce fut comme s'il avait reçu une décharge électrique. Il faillit tomber. Au même moment, une voiture tourna au coin de l'hôtel. Stefan s'enfuit en direction de la cour voisine, où le journal local avait ses bureaux. En moins d'une semaine, il avait eu la stupéfaction de découvrir un uniforme SS dans une penderie du Härjedalen, d'apprendre que son propre père avait été un partisan du nazisme qui payait jusqu'après sa mort le prix du sang pour entretenir une organisation sinon dangereuse dans les faits, du moins criminelle dans son intention. Et maintenant cette croix gammée qui luisait sur l'écran de Véronica Molin. Sa première impulsion fut de frapper à sa porte et de lui demander des comptes. Mais de quoi ? D'avoir menti, en premier lieu. Non seulement elle savait que son père avait été nazi, mais elle l'était aussi !

Il s'obligea à se calmer, à redevenir flic, à raisonner froidement, à faire la part des faits et des extrapolations. Et pendant qu'il se tenait là dans l'obscurité, devant les fenêtres éteintes de la rédaction du journal *Härjedalen*, tous les événements intervenus depuis le matin où il avait pris un café à la cafétéria de l'hôpital de Borås semblèrent soudain prendre forme. Herbert Molin avait consacré ses dernières années aux puzzles, quand il ne dansait pas avec sa poupée en rêvant de façon délirante à un nouvel empire germanique. À présent, Stefan croyait voir le puzzle dont Molin lui-même constituait une pièce centrale. *La dernière pièce se met en place, et le motif apparaît.* L'esprit de Stefan bouillonnait tout à coup, comme si de multiples vannes s'ouvraient en même temps et qu'il lui incombait de diriger très vite ces trombes d'eau vers tel et tel canal, en résistant pied à pied pour ne pas être lui-même entraîné dans le tourbillon.

Il se tenait absolument immobile. Soudain une ombre passa devant ses pieds et le fit sursauter. Un chat ! Stefan le vit disparaître à travers le cercle lumineux d'un réverbère.

Qu'est-ce que je vois ? pensa-t-il. Un motif, parfaitement clair. Et peut-être plus que cela. Peut-être une forme de conjuration.

Il se mit en marche. Il réfléchissait mieux quand il était en mouvement. Il se dirigea vers le pont de chemin de fer, le tribunal sur sa gauche, toutes fenêtres éteintes. Un peu plus loin dans la rue, il croisa trois dames chantant et rigolant, qui le saluèrent d'un « *hej !* » joyeux et passèrent leur chemin en continuant à fredonner leur chanson. Un tube de ABBA : *One of Us Is Crying,* il avait reconnu la mélodie. Puis elles disparurent et il bifurqua vers la voie ferrée, jusqu'au pont. Au-dessus du fleuve, les rails qui ne servaient plus qu'au transport de la tourbe et à la ligne touristique Inlandsbanan pendant l'été s'incrustaient dans le bois comme des crevasses désolées. Sur l'autre rive – celle d'Elsa Berggren –, un chien aboyait.

Il s'arrêta au milieu du pont. L'air de la nuit était limpide, et de plus en plus froid. Il ramassa une pierre et la laissa tomber dans l'eau.

Ce qu'il devait faire, et pas plus tard que tout de suite, c'était avoir une discussion avec Giuseppe. Mais peut-être pas tout de suite quand même. Il avait besoin de réfléchir. Il voulait profiter de sa longueur d'avance. Veronica Molin ignorait qu'il l'avait observée par la fente du rideau. Comment allait-il exploiter cet avantage ?

Il avait du mal à se défendre de la colère. Elle l'avait entortillé en le regardant droit dans les yeux. Elle l'avait même laissé partager son lit, probablement dans le seul but de l'humilier.

Il quitta le pont et revint vers l'hôtel. Il n'y avait qu'une chose à faire. Aller lui parler. Deux hommes qui jouaient aux cartes à la réception hochèrent la tête à son entrée avant de se concentrer à nouveau sur leur partie. Stefan s'arrêta devant la porte de Veronica Molin. Il aurait voulu l'enfoncer à coups de pied. Mais il frappa. Elle ouvrit aussitôt. Par-dessus son épaule, il vit que l'ordinateur était éteint.

— J'allais me coucher, dit-elle.

— Il faut qu'on parle.

— Cette nuit, je veux dormir seule. Juste pour ton information.

— Je ne viens pas pour ça. Même si je me demande encore pourquoi tu m'as fait dormir dans ton lit. Sans que je puisse te toucher.

— C'est toi qui le voulais. Enfin bon, il peut m'arriver de me sentir seule, moi aussi.

Elle s'était assise sur le lit dans la même attitude que la veille, les jambes repliées sous elle. Il avait envie d'elle, l'orgueil blessé intensifiait le désir.

Il s'assit dans le fauteuil, qui grinça sous son poids.

— Qu'est-ce que tu veux ? Il s'est passé quelque chose ? Vous avez retrouvé l'homme de la montagne ?

— Je ne sais pas. Je ne suis pas venu pour parler de lui. Mais d'un mensonge.

— Lequel ?

— Le tien.

Les yeux de Veronica Molin parurent se rétrécir.

— Je ne vois pas de quoi tu parles. Et je n'ai pas beaucoup de patience avec les gens qui ne jouent pas cartes sur table.

— Alors je vais jouer cartes sur table. Tout à l'heure, tu travaillais à ton ordinateur. Avec une croix gammée en fond d'écran.

Elle resta interloquée. Puis elle jeta un regard vers la fenêtre, le rideau pas tout à fait fermé.

— Mais oui, dit-il. Accuse-moi de voyeurisme, si tu veux, mais je n'espérais pas te surprendre toute nue. C'était juste une impulsion. Quoi qu'il en soit, je l'ai vue.

— D'accord, dit-elle d'une voix égale. Il y avait bien une croix gammée à l'écran. Mais le mensonge ?

— Tu prétendais ignorer les choix de ton père. Tu as parlé de honte. Mais je comprends mieux maintenant ton insistance à vouloir dissimuler l'histoire. En fait, c'est toi que tu veux protéger. Directement.

— Comment ça ?

— Parce que ses idées sont les tiennes.

— C'est ce que tu crois ?

Elle se leva pour allumer une cigarette et resta debout.

— Ce n'est pas seulement que tu es bête, dit-elle lentement. Tu es d'une arrogance complètement déplacée. Je croyais voir en toi un policier peut-être un peu hors norme. Mais pas du tout. Tu n'es qu'une merde. Une petite merde sans intérêt.

— Tu n'arriveras à rien en m'insultant. Tu peux me cracher au visage si tu veux, je ne perdrai pas mon sang-froid.

Elle se rassit sur le lit.

— Au fond, ce n'est peut-être pas plus mal. Comme ça, on peut éclaircir les choses.

— Je suis tout ouïe.

Elle écrasa sa cigarette à moitié consumée.

— Que sais tu de l'informatique ? Internet ?

— Pas grand-chose. Tu as dit hier soir que tu pouvais te connecter au monde, où que tu sois. Et aussi que ta vie tenait dans ton ordinateur.

Elle alla s'asseoir devant la table et lui fit signe d'approcher son fauteuil.

— Je vais t'emmener en voyage, dit-elle. Bienvenue dans le cyberespace. Tu as tout de même déjà entendu ce mot ?

Elle enfonça une touche. L'ordinateur se mit à bourdonner. L'écran s'éclaira. Elle pianota sur le clavier, des images papillotèrent jusqu'au moment où l'écran se colora en rouge. La croix gammée émergea peu à peu.

— Comme la réalité, la toile possède un sous-sol. Tu y trouves tout et n'importe quoi.

Elle continua à pianoter. La croix gammée disparut. Stefan se retrouva face à quelques petites filles asiatiques presque nues. L'image s'effaça, remplacée par des photos de la basilique Saint-Pierre de Rome.

— Il y a de tout, reprit-elle. C'est un instrument merveilleux. On peut chercher l'information où qu'on soit. En cet instant, Sveg est le centre du monde. Mais je parlais du sous-sol. Toutes les informations y sont, tout ce que tu as besoin de savoir, en quantité illimitée, que tu aies envie d'acheter des armes, de la drogue, des images pornographiques de jeunes enfants. Tout ce que tu veux.

Elle appuya sur une touche. La croix gammée revint.

— Ceci également. Des organisations néonazies, parmi lesquelles plusieurs suédoises, soit dit en passant, affichent leurs opinions sur mon écran. Tout à l'heure, j'essayais d'apprendre des choses sur ces gens qui, de nos jours, se réclament du nazisme. Combien sont-ils, quels sont leurs réseaux, comment raisonnent-ils ? Etc.

Elle pianota encore. Une image de Hitler. Ses doigts se déplaçaient à une vitesse extraordinaire. Sa propre photo apparut à l'écran. Un portrait avec cette légende : Veronica Molin. *Broker.*

Elle enfonça une dernière touche et l'écran s'éteignit.

— Maintenant je veux que tu partes, dit-elle. Tu m'as espionnée, tu as entrevu une image, tu en as tiré les conclusions que tu voulais. Très bien. Si tu es un imbécile, ce n'est pas mon problème. Je te demande juste de sortir d'ici. Nous n'avons rien à nous dire.

Stefan ne sut que répondre. Elle était furieuse, convaincante.

— Imagine que les rôles aient été inversés, dit-il. Comment aurais-tu réagi ?

— Je t'aurais interrogé avant de t'accuser.

Elle se leva avec brusquerie.

— Je ne peux pas t'empêcher de venir aux funérailles de mon père. Mais je ne me sentirai pas tenue de t'adresser la parole, ni de te serrer la main.

Elle le poussa littéralement dehors et claqua la porte. Il retourna à la réception, où les joueurs de cartes avaient disparu. Tout en grimpant l'escalier, il se demanda comment diable il avait pu se comporter de cette manière.

Le sauvetage arriva sous la forme d'une sonnerie de portable. C'était Giuseppe.

— Tu ne dormais pas, j'espère ?

— Plutôt le contraire.

— Insomnie ?

— Oui.

Autant raconter la vérité. Giuseppe éclata de rire.

— C'est dangereux de regarder dans la chambre des filles. On ne sait jamais sur quoi on peut tomber.

— Je me suis conduit comme un imbécile.

— Ça nous arrive à tous, un jour ou l'autre.

— Tu savais, toi, qu'on peut visiter toutes les organisations néonazies grâce à l'Internet ?

— Toutes, ça m'étonnerait. Tu peux être sûr qu'il y a plein de départements et de compartiments, dans ce sous-sol dont elle parle. À mon avis, les organisations dangereuses n'affichent pas leur adresse sur le net.

— Tu veux dire qu'on n'a accès qu'à un premier niveau ?

— À peu près.

Stefan éternua plusieurs fois de suite.

— J'espère que je ne t'ai pas contaminé, dit Giuseppe.

— Comment va ta gorge ?

— Un peu de fièvre, et le côté gauche enflé. Les gens comme nous, qui voient tant d'affreusetés, ont tendance à devenir hypocondriaques.

— La réalité me suffit, personnellement.

— Excuse-moi.

— Qu'est-ce que tu voulais ?

— Quelqu'un à qui parler, je crois.

— Tu es encore dans le bureau d'Erik ?

— Il y a du café.

— J'arrive.

En longeant les fenêtres de l'hôtel, Stefan jeta un regard à celle de Veronica Molin. Il y avait toujours de la lumière. Mais plus de fente entre les rideaux.

Giuseppe l'attendait devant la maison communale, avec un cigarillo allumé.

— Tu fumes ?

— Seulement quand je suis très fatigué et que je dois néanmoins garder les yeux ouverts.

Il coupa le bout de son cigarillo, piétina la braise et ils entrèrent. L'ours empaillé veillait sur eux. Le bâtiment était désert.

— Erik Johansson a téléphoné, dit Giuseppe. C'est un type très franc. Il a dit que le coup du cambriolage l'avait tellement démoralisé qu'il ne se sentait pas en état de travailler ce soir. Il allait boire un verre de gnôle et avaler un somnifère. Ce n'est peut-être pas un mélange très conseillé, mais je trouve qu'il a raison.

— Des nouvelles de la montagne ?

Giuseppe referma la porte du bureau. Stefan aperçut deux thermos estampillées « Commune du Härjedalen ». Il secoua la tête quand Giuseppe lui en proposa une tasse. Quelques viennoiseries pleines de miettes traînaient sur un sac en papier déchiré.

— Rundström m'appelle de temps en temps. On a aussi eu des nouvelles du central d'Östersund. Un des hélicoptères qu'on nous envoie d'habitude est en panne. On en aura un autre de Sundsvall demain.

— La météo ?

— Pas de brouillard en ce moment. Ils ont déplacé le QG à Funäsdalen. Les barrages routiers n'ont rien donné, à part notre ivrogne norvégien. Apparemment, sa grand-mère est missionnaire en Afrique et c'est elle qui a rapporté la peau de zèbre en Suède. Presque tout s'explique, dans la vie. Mais Rundström est inquiet. Si on lance les recherches dans la montagne demain et qu'on ne le trouve pas, c'est qu'il aura réussi à franchir le barrage. Et qu'il est peut-être bien l'auteur du cambriolage chez Erik.

— Il n'est peut-être jamais parti dans la montagne...

— Tu oublies que le chien a flairé une piste.

— Il peut avoir fait demi-tour. S'il est vraiment originaire d'Amérique latine, j'imagine qu'il doit trouver la montagne suédoise à l'automne un peu froide pour lui.

Giuseppe s'approcha de la carte punaisée au mur et traça lentement avec l'index un cercle autour de Funäsdalen.

— La question est de savoir pourquoi il n'a pas depuis longtemps quitté la région. J'en reviens toujours à ça. Parmi toutes les questions qui tournent dans cette enquête, c'est l'une des plus importantes. La seule explication que je trouve, c'est qu'il lui reste quelque chose à faire. Un truc pour lequel il est prêt à prendre tous les risques. Cette idée-là me met très mal à l'aise, d'autant plus s'il s'est équipé au passage chez Erik. Ce qui me conduit ce soir à une question qu'on ne s'est pas vraiment posée jusqu'à présent.

— Où sont les armes dont il s'est servi contre Herbert Molin ?

Giuseppe s'éloigna de la carte.

— Le fait qu'il s'en soit probablement débarrassé provoque un certain désordre dans ma cervelle. Et dans la tienne ?

Stefan réfléchit avant de répondre.

— Il a fini. Il s'en va. Ensuite quelque chose survient qui le fait revenir. Et il a besoin d'armes à nouveau. C'est ça ?

— Oui. Mais ça ne me dit rien qui vaille. Si c'est lui qui a tué Abraham Andersson, il serait donc parti et revenu deux fois de suite. Et si c'est lui qui s'est introduit chez Erik, ça veut dire qu'il se serait débarrassé par deux fois des armes qu'il détenait ? Ça ne colle pas. Nous savons que cet homme est un organisateur minutieux. Or ces armes balancées ici et là suggèrent autre chose. Est-ce Elsa Berggren qui l'intéresse ? Il lui demande qui a tué Abraham Andersson et n'obtient aucune réponse. Il insiste. Puis il tombe sur toi et te casse la figure.

— Que se passe-t-il si nous nous posons la même question que lui ?

— C'est exactement ce que j'ai fait ce soir.

Giuseppe désigna d'un geste les classeurs qui encombraient le bureau.

— Je me suis sans arrêt posé cette question en reparcourant le dossier. Je me suis même demandé s'il avait rendu visite à Elsa Berggren pour faire diversion et nous semer, alors qu'il est l'auteur du meurtre d'Abraham Andersson. Mais pourquoi reste-t-il ici ? Qu'attend-il ? Que quelque chose se produise ? Mais quoi ? Cherche-t-il quelqu'un d'autre ? Mais qui ?

— Il manque un maillon, dit Stefan lentement. Une personne, mais laquelle ? Tueur ? Ou nouvelle victime ?

Ils restèrent silencieux. Stefan avait du mal à se concentrer. Il voulait aider Giuseppe. Mais il songeait sans cesse à Veronica Molin. Et il devait appeler Elena. Il regarda sa montre. Vingt-trois heures déjà. Elle dormait sûrement, mais tant pis.

— Je dois téléphoner chez moi, dit-il en quittant le bureau.

Il se plaça à côté de l'ours empaillé en pensant que l'ours le protégeait peut-être.

Elle ne dormait pas.

— Je sais que tu es malade, dit-elle, mais je me demande si ça te donne vraiment le droit de me traiter de cette manière.

— Je travaille.

— Tu ne travailles pas. Tu es en arrêt de travail, Stefan.

— Je suis en train de discuter avec Giuseppe.

— Et alors ? Ça ne te laisse pas une minute pour m'appeler ?

— C'est ce que je fais ! Excuse-moi. Je n'avais pas vu qu'il était si tard.

Silence.

— Il faut qu'on parle, dit-elle. Mais pas maintenant.

— Je ne sais même pas pourquoi je suis ici, Elena. Peut-être le rendez-vous à l'hôpital me fait-il tellement peur que je n'ose pas rester chez moi. Je ne sais plus rien, en ce moment. Mais tu me manques.

— Tu n'aurais pas rencontré une autre femme là-haut ?

Il sentit la peur. Une peur dure, immédiate.

— Et ce serait qui ?

— Je ne sais pas. Une plus jeune.

— Bien sûr que non.

Il perçut sa tristesse et se sentit d'autant plus coupable.

— Il y a un ours empaillé à côté de moi. Il te salue.

Elle ne répondit pas.

— Tu es là ? Elena ?

— Oui. Je vais me coucher maintenant. Appelle-moi demain. Essaie de dormir.

Stefan retourna dans le bureau, où Giuseppe était penché sur un classeur. Stefan se servit un café tiède. Giuseppe leva la tête. Il avait les cheveux en bataille, les yeux injectés de sang.

— Elsa Berggren, dit-il. Demain, j'aurai une nouvelle conversation avec elle. Je pense emmener Erik. Mais c'est moi qui poserai les questions. Erik est trop gentil. Je crois même qu'il a un peu peur d'elle.

— Qu'espères-tu ?

— Découvrir ce quelle ne nous dit pas.

Giuseppe se leva et s'étira.

— Bowling ! Je vais demander à Erik d'en toucher deux mots au conseil communal. S'il ne serait pas possible d'en aménager un petit. Juste pour les policiers en visite.

Il se rembrunit à nouveau.

— Quelles questions poserais-tu à Elsa Berggren ? Tu connais le dossier presque aussi bien que moi.

Stefan resta silencieux une minute entière avant de répondre.

— J'essaierais de découvrir si elle savait qu'Erik avait des armes chez lui.

— C'est une idée. On essaie de situer cette bonne femme dans le cadre. On finira bien par trouver.

Le téléphone sonna. Giuseppe écouta, s'assit, approcha un bloc-notes. Stefan lui donna un crayon qui traînait par terre. Giuseppe hocha la tête et regarda sa montre.

— On arrive.

Il raccrocha. À son expression, Stefan comprit qu'il y avait du nouveau.

— C'était Rundström. Une voiture a forcé un barrage il y a vingt minutes. Les policiers sont indemnes. Mais de justesse.

Il s'approcha de la carte murale et marqua un carrefour au sud-est de Funäsdalen. Stefan estima à vingt kilomètres la distance entre ce carrefour et le chalet de Frostengren.

— Une berline bleu foncé, peut-être une Golf, poursuivit Giuseppe. Un homme au volant. Son signalement peut correspondre à celui que nous cherchons. Les policiers n'ont pas eu le temps de bien voir. Mais si c'est lui, il est en route vers Sveg.

Giuseppe regarda à nouveau sa montre.

— S'il roule vite, il sera ici dans deux heures.

Stefan montra une route secondaire sur la carte.

— Il peut bifurquer ici.

— On déménage en ce moment tous les barrages de Funäsdalen. Ils vont construire un mur. Ce n'est qu'ici qu'on n'a aucune surveillance.

Il s'empara du téléphone.

— J'espère qu'Erik n'est pas encore endormi.

Stefan attendit pendant que Giuseppe parlait avec Erik Johansson du barrage à installer au plus vite.

Il raccrocha en hochant la tête.

— Erik est un type bien. Il venait de prendre son somnifère, mais il a dit qu'il allait se mettre deux doigts dans le gosier. Je crois qu'il veut vraiment l'arrêter, ce salaud. Et pas seulement parce qu'il a peut-être volé ses armes.

— Ça ne colle pas, protesta Stefan. Il aurait commencé par cambrioler Erik Johansson, avant de retourner dans la montagne ?

— Rien ne colle avec rien. Mais on ne va quand même pas imaginer qu'un troisième homme est impliqué dans cette histoire.

Il s'interrompit de lui-même.

— Ou peut-être que si. Mais qu'est-ce que cela signifie ?

— Je ne sais pas.

— Quel que soit le type qui est au volant de cette voiture, c'est peut-être lui qui a les armes. Et si ça se trouve, il va commencer à s'en servir. Il faudra qu'on se tienne à carreau, dis donc.

Giuseppe sourit. Puis il cessa de sourire.

— Tu es policier. En ce moment, on manque de collègues, c'est le moins qu'on puisse dire. Tu viens ?

— D'accord.

— Erik a dit qu'il prenait une arme pour toi.

— Je croyais qu'elles avaient disparu dans le cambriolage.

Giuseppe fit la grimace.

— Il avait un pistolet en réserve. À la cave, m'a-t-il dit. Plus son arme de service.

Le téléphone sonna à nouveau. C'était Rundström. Giuseppe écouta en silence.

— Voiture volée, dit-il après avoir raccroché. C'était bien une Golf. Volée à une station-service en plein village de Funäsdalen. Un chauffeur de poids lourd est témoin. D'après Rundström, il s'agit d'un partenaire d'Erik au poker. Le témoin, bien sûr, pas le voleur.

Giuseppe était pressé maintenant. Il jeta sur la table les dossiers qui recouvraient sa veste.

— Erik va mobiliser ses deux collègues. On ne peut pas dire qu'on constitue une force impressionnante. Mais on devrait quand même pouvoir arrêter une Golf.

Trois quarts d'heure plus tard, le barrage était installé, trois kilomètres au nord-ouest de Sveg. Ils attendirent en silence. La forêt bruissait dans la nuit. Giuseppe s'entretenait à voix basse avec Erik Johansson. Les autres policiers étaient à peine visibles. Des ombres au bord de la route.

Les phares des voitures de police trouaient l'obscurité.

30

La voiture qu'ils attendaient n'arriva jamais.

En revanche, cinq autres véhicules se présentèrent au barrage. Erik Johansson connaissait deux des conducteurs. Les trois autres étaient des inconnus – deux femmes habitant à l'ouest de Sveg et employées par le service communal d'aide à domicile, et un jeune homme en bonnet de peau qui repartait vers le sud après avoir rendu visite à de la famille, du côté de Hede. Tous durent ouvrir leur coffre avant d'être autorisés à repartir.

La température avait grimpé et il tombait maintenant une neige mouillée qui fondait aussitôt. En l'absence de vent, chaque son s'entendait avec une netteté particulière. Un pet lâché par quelqu'un, une main heurtant une portière...

Sur le capot d'une des voitures de police, ils étalèrent une carte qui fut immédiatement trempée et l'éclairèrent avec leurs lampes torches. Avaient-ils commis une erreur ? Existait-il malgré tout un chemin de fuite qu'ils auraient négligé ? Mais ils ne découvrirent aucune faille. Les barrages avaient été installés au bon endroit, leur confirma Giuseppe, qui fonctionnait depuis le début comme un central téléphonique en contact permanent avec les autres groupes de policiers éparpillés dans les forêts cette nuit-là.

Stefan se tenait à l'écart. Erik Johansson lui avait donné un pistolet, d'un modèle qu'il avait déjà eu entre les mains. La neige tombait sur sa tête pendant qu'il songeait à Veronica Molin, à Elena et, surtout, au 19 novembre, en se demandant si la nuit et la forêt augmentaient ou diminuaient son angoisse. Il ne le savait pas.

Il y eut aussi un court instant où il pensa que tout pourrait être fini en quelques secondes. Il avait dans sa poche une arme chargée. S'il l'appliquait contre son front et appuyait sur la détente, il n'aurait pour sa part jamais à subir de rayons.

Personne ne comprenait où avait bien pu passer la Golf. Giuseppe, nota Stefan, s'énervait de plus en plus au téléphone.

Soudain le portable d'Erik Johansson bourdonna.

— Qu'est-ce que tu dis ? cria-t-il dans l'appareil.

Il fit signe aux autres que la carte mouillée devait être à nouveau dépliée sur le capot, pendant qu'il continuait d'écouter. Puis il pointa un endroit, si brutalement que son index fit un trou dans la carte, répéta un nom : « Löten », et raccrocha.

— Coups de feu, annonça-t-il. Il y a peu de temps, au bord du lac Löten, à trois kilomètres de l'embranchement vers Hårdabyn. Le type à qui je parlais s'appelle Rune Wallén, c'est un gars qui conduit une pelleteuse, il habite juste à côté. Il dit qu'il a été réveillé par une détonation. Sa femme l'a entendue aussi. Il est sorti. Ça a recommencé. Il en a compté dix en tout. Il est chasseur, alors on peut lui faire confiance.

Erik Johansson regarda sa montre et compta en silence.

— Il dit qu'il lui a fallu un quart d'heure pour retrouver mon numéro de portable. On chasse parfois ensemble, c'est pour ça qu'il savait l'avoir quelque part. Puis il a discuté environ cinq minutes avec sa femme pour savoir quoi faire. Il croyait évidemment qu'il me réveillerait. Autrement dit, les coups de feu ont été entendus il y a vingt-cinq minutes au maximum.

— Il faut se regrouper, dit Giuseppe. On conserve le barrage ici. Mais une partie d'entre nous et de ceux qui se trouvent plus au nord doivent se rapprocher de Löten. Nous savons maintenant qu'il y a des armes en jeu. Alors grande prudence, et pas d'interpellation.

— On ne lance pas un avis de recherche ? demanda Erik Johansson.

— Bien sûr que si. Tu t'en occupes. Appelle Östersund. Et continue de surveiller le barrage.

Giuseppe jeta un regard à Stefan, qui acquiesça.

— Stefan et moi, nous allons voir du côté de Löten. J'appellerai Rundström de la voiture.

— Pas de folies, dit Erik Johansson.

Giuseppe parut ne pas entendre. Il était immobile, une lampe torche éclairait son visage.

— Qu'est-ce qui se passe ? dit-il comme pour lui-même. Qu'est-ce qui se passe au juste ?

Stefan prit le volant pendant que Giuseppe parlait à Rundström et lui rendait compte de la situation, et des décisions qu'il avait prises.

— On peut croiser une voiture, dit-il après avoir

rangé son portable. Dans ce cas, on ne s'arrête pas. On repère simplement le modèle et l'immatriculation.

Ils mirent trente-cinq minutes à atteindre l'endroit indiqué par Rune Wallén. Ils n'avaient croisé aucune voiture. Stefan conduisait lentement. Soudain Giuseppe poussa une exclamation et leva la main. Stefan pila et vit une voiture bleu nuit à moitié enfouie dans le fossé.

— Recule un peu, dit Giuseppe. Éteins les phares.

Stefan obéit. Il avait cessé de neiger. Tout était silencieux. Giuseppe et Stefan sortirent de la voiture et se déployèrent, pliés en deux, de part et d'autre de la route, l'arme au poing. Stefan n'aurait su dire combien de temps ils attendirent ainsi, aux aguets. Enfin ils perçurent un bruit de moteur au loin. Les phares découpèrent la nuit. La voiture de police s'arrêta dans le faisceau de la lampe torche allumée par Giuseppe. C'était Rundström, accompagné d'un policier qui s'appelait Lennart Backman. En se souvenant de son nom, Stefan se rappela aussi qu'il y avait eu autrefois un joueur de foot qu'il admirait qui portait ce nom-là. Mais quelle était l'équipe ? Hammarby ou AIK ?

— Vous avez vu quelque chose ? cria Rundström.

La forêt répercuta sa question.

— La bagnole paraît vide. Mais on attendait que tu arrives.

— Qui est avec toi ?

— Lindman.

— Toi et moi, cria Rundström. On avance. Les

autres restent là. Stefan se tint prêt avec son arme, tout en éclairant les pas de Giuseppe. Rundström et lui s'approchèrent de la Golf, de part et d'autre.

— Il n'y a rien, cria Giuseppe. Bougez les voitures, qu'on ait plus de lumière.

Stefan avança celle de Giuseppe de façon que les phares éclairent le fossé.

Rune Wallén ne s'était pas trompé. La voiture bleu nuit portait des traces d'impact. Trois balles dans le pare-brise, le pneu avant gauche hors d'usage ; même le capot était perforé.

— On lui a tiré dessus de face, dit Rundström.

Ils éclairèrent l'habitacle. Giuseppe désigna une tache sombre.

— Ça peut être du sang.

La portière côté conducteur était ouverte. Ils examinèrent le sol à l'extérieur, mais ne virent aucune trace de sang. Giuseppe dirigea sa lampe vers la forêt.

— Je ne comprends rien, dit-il.

Ils formèrent une chaîne. Le faisceau des lampes jouait sur les troncs et les fourrés. Il n'y avait personne. Ils s'étaient enfoncés d'une centaine de mètres dans la forêt quand Giuseppe décida de rebrousser chemin. Des sirènes approchaient, venant de l'est.

— Le chien est en route, dit Rundström quand ils furent à nouveau sur l'asphalte, autour de la voiture abandonnée.

Les clés étaient restées sur le contact. Giuseppe ouvrit le coffre. Quelques boîtes de conserve et un sac de couchage. Ils échangèrent un regard.

— Duvet bleu foncé, dit Rundström. De la marque Alpin.

Il chercha dans la mémoire de son portable et établit la communication.

— Inspecteur Rundström, brigade criminelle, désolé de te réveiller. Y avait-il un sac de couchage dans ton chalet ? Oui ? De quelle couleur était-il ?

Il hocha la tête. Bleu foncé.

— Et la marque ?

Il écouta.

— Te rappelles-tu avoir eu des boîtes de saucisses Bullens Pilsnerkorv dans ton garde-manger ?

Frostengren dut fournir une réponse circonstanciée, car Rundström écouta longtemps.

— C'est tout ce que je voulais savoir, dit-il ensuite. Merci de ton aide.

Il raccrocha.

— Il avait beau ne pas être bien réveillé, il a pu me dire que son duvet n'était pas de la marque Alpin. L'Argentin devait avoir son propre équipement. Mais pour les conserves, ça colle.

Tout le monde comprit ce que cela signifiait. Fernando Hereira avait franchi les barrages. Il avait quitté la montagne.

Une voiture de police surgit à grande vitesse, sirène hurlante, et freina à leur hauteur. Un des techniciens que Stefan avait déjà rencontrés en sortit. Rundström lui expliqua en deux mots la situation.

— Dans quelques heures à peine, il fera jour, dit Giuseppe. On doit faire venir des agents. C'est une route fréquentée. Enfin, relativement parlant.

Stefan aida les autres à installer les bandes plastique apportées par le technicien. Ils déplacèrent les voitures pour que leurs phares n'éclairent pas seulement la voiture dans le fossé, mais aussi la route et l'orée de la forêt. Giuseppe et Rundström s'écartèrent pour laisser le technicien commencer son travail. Ils firent signe à Stefan de les rejoindre.

— Et maintenant ? dit Giuseppe. Si je peux m'exprimer franchement, on est largué.

— Les faits sont les faits, répliqua Rundström avec impatience. Le type qu'on traquait dans la montagne nous a échappé. Bien. Il vole une voiture. Quelqu'un lui tend une embuscade sur la route. Ce quelqu'un a pour intention de le tuer, puisqu'il vise le pare-brise – on ne va pas supposer que Hereira a canardé son propre moyen de transport après l'avoir flanqué dans le fossé. Bref, il a eu une chance incroyable. S'il n'est pas mort dans la forêt, évidemment. Il peut y avoir du sang sans que nous l'ayons vu. Est-ce qu'il a neigé, d'ailleurs ? On a eu quelques millimètres, là-haut, à Funäsdalen

— Pluie mêlée de neige pendant une heure, c'est tout.

— Le maître-chien arrive, dit Rundström. Il a tenu à prendre sa propre bagnole et il a crevé en route, bien sûr. Mais je crois que Hereira s'en est tiré. La tache sur le siège ne me suggère pas une blessure sérieuse. Si ça se trouve, ce n'est même pas du sang.

Il alla poser la question au technicien.

— Ça peut être du sang, dit-il en revenant. Ou du chocolat.

— Est-ce qu'on a un horaire ? demanda Giuseppe.

— Tu m'as appelé à quatre heures trois minutes, dit Rundström.

— Si on se fie aux estimations d'Erik, le drame s'est donc joué entre trois heures trente et trois heures quarante-cinq.

Ensuite ce fut comme s'ils pensaient tous la même chose au même moment.

— Les voitures, dit Giuseppe lentement. À notre barrage, il y en a deux qui sont passées juste avant que Rune Wallén appelle Erik pour lui parler des coups de feu.

Les implications étaient claires. L'homme qui avait tiré sur la Golf se trouvait peut-être parmi les conducteurs. Giuseppe regarda Stefan.

— Tu t'en souviens ?

— D'abord il y a eu une femme qui conduisait une Saab verte. Erik l'a reconnue.

Giuseppe acquiesça.

— La deuxième voiture roulait vite. C'était une Ford, il me semble.

— Une Escort rouge, confirma Stefan.

— Un jeune homme avec un bonnet de peau. Qui repartait vers le sud après une visite en famille à Hede. L'horaire peut coller. D'abord il tire sur Hereira, ensuite il franchit notre barrage.

— Vous n'avez pas demandé à voir son permis ?

Giuseppe eut un geste résigné.

— Immatriculation ?

Giuseppe appela Erik Johansson, lui expliqua la situation, attendit, écouta, rangea son téléphone.

— ABB 303. Mais Erik n'est pas certain des chiffres. Son carnet a pris l'eau et les pages se sont collées. On accumule les conneries, cette nuit.

— On fait rechercher cette voiture tout de suite, dit Rundström. Une Ford Escort rouge. ABB 303 ou quelque chose d'approchant. Il nous faut le propriétaire sur-le-champ. On engueulera Erik plus tard.

— Qui pouvait savoir ? demanda Giuseppe. Qui pouvait savoir que Fernando Hereira passerait à cet endroit à ce moment au volant d'une Golf bleu foncé ?

Rundström et lui retournèrent à leurs portables. Stefan attrapa le sien, mais ne trouva personne à qui téléphoner. Une voiture arriva. En sortirent deux policiers ainsi que le maître-chien avec sa chienne Dolly, qui flaira tout de suite une piste. La petite colonne disparut dans la forêt. Rundström raccrocha. Il était en rage.

— Le fichier des cartes grises a une panne informatique. Pourquoi faut-il toujours qu'ils nous cassent les couilles ?

— Grosse panne ou petite panne ?

Giuseppe s'adressait à la fois à Rundström et à un interlocuteur au central d'Östersund.

— C'est la nuit qu'ils saisissent les dernières infos. Ils pensent être à nouveau opérationnels dans une heure.

Le technicien passa devant eux après être retourné à sa voiture échanger ses chaussures contre des bottes en caoutchouc.

— Des indices ? demanda Giuseppe.

— Plein. Je vous appelle si quelque chose me paraît important.

Six heures. Il faisait encore nuit. Dolly et les policiers ressortirent de la forêt.

— Elle a perdu la trace, expliqua son maître. Elle est rendue, on ne peut pas la pousser à bout. Faudra faire venir d'autres chiens.

Rundström parlait sans interruption au téléphone. Giuseppe avait une fois de plus déplié la carte sur le capot.

— Il n'a pas beaucoup de choix. Il trouvera deux chemins de gravier. Le reste, c'est de la friche. Il faudra qu'il choisisse l'un des deux.

Giuseppe replia vaguement la carte et la jeta dans la voiture. Rundström s'énervait au téléphone à cause d'une personne « incapable de comprendre à quel moment ça devient sérieux ». Giuseppe entraîna Stefan de l'autre côté de la route.

— Tu raisonnes juste. En plus, tu n'as aucune responsabilité dans cette affaire. Alors dis-moi quelles conclusions on devrait tirer, à ton avis.

— Tu as formulé toi-même la question cruciale. Qui pouvait savoir que Hereira allait passer à cet endroit cette nuit ?

Giuseppe le regarda, debout dans la lumière des phares d'une des voitures.

— Y a-t-il plus d'une réponse ? dit-il enfin.

— Pas vraiment.

— Celui qui a tiré était en contact avec Hereira.

— Oui. Soit directement, soit par l'intermédiaire de quelqu'un.

— Et après, il se plante sur la route avec l'intention de le tuer ?

— Je n'ai pas d'autre explication. À moins qu'il

y ait une fuite de votre côté. Quelqu'un qui l'aurait informé du motif des barrages, et de leur emplacement.

— Ça ne paraît pas très crédible, dit Giuseppe. Quoi qu'il en soit, il faut le trouver Hereira. Et identifier le conducteur de la Ford rouge. Est-ce que tu as vu son visage ?

— Pas très bien, avec ce bonnet.

— Erik a dit qu'il ne se souvenait pas de son physique, ni de son accent. De toute façon, même s'il en avait eu un, il n'est pas sûr qu'Erik l'aurait remarqué. Il a peut-être craché son somnifère, mais j'ai l'impression qu'il n'est pas bien clair.

Soudain Stefan eut un accès de vertige complètement inattendu. Il dut s'agripper à Giuseppe pour ne pas tomber.

— Tu es malade ?

— Je ne sais pas. Tout s'est mis à tourner.

— Tu dois repartir à Sveg. Je vais demander à quelqu'un de te conduire. Erik n'est pas le seul à tenir une petite forme cette nuit, dis donc.

Giuseppe paraissait sincèrement inquiet.

— Tu crois que tu vas t'évanouir ?

Stefan fit non de la tête. Il ne voulait pas dire la vérité, qu'il se sentait capable de s'effondrer d'un instant à l'autre.

Giuseppe le reconduisit lui-même jusqu'à Sveg. Le trajet se déroula en silence. Le jour pointait. Il ne neigeait pas, mais le ciel était couvert de nuages lourds. Stefan avait distraitement noté que le soleil se levait vers huit heures moins le quart. Giuseppe freina dans la cour de l'hôtel.

— Comment tu te sens ?

— Comme n'importe qui après une nuit blanche. Dès que je me serai reposé, ça ira mieux.

— Tu ne crois pas qu'il vaudrait mieux rentrer à Borås ?

— Non. Je reste jusqu'à mercredi comme prévu. Et j'aimerais bien savoir si cette voiture a un propriétaire.

Giuseppe passa un coup de fil à Rundström.

— Le fichier des cartes grises est toujours en panne, annonça-t-il en raccrochant. Ça me dépasse. Ils n'ont aucune sortie papier ? Aucune sauvegarde ?

Stefan ouvrit la portière et s'extirpa lentement de la voiture. La peur lui vrillait le ventre. Pourquoi est-ce que je ne le dis pas ? pensa-t-il. Pourquoi est-ce que je ne dis pas à Giuseppe que je tremble littéralement de peur ?

— Va dormir, dit Giuseppe. Je t'appelle.

Il démarra. La fille de la réception, qui était devant son ordinateur, leva les yeux à l'entrée de Stefan.

— Tu es matinal ! lança-t-elle d'une voix gaie.

— Ou alors c'est le contraire, répondit-il avec raideur avant de lui prendre la clé des mains et de monter dans sa chambre.

Il s'assit sur le bord du lit et appela Elena sur son portable. Elle était déjà à l'école. Il lui raconta la nuit qu'il venait de vivre et le brusque accès de vertige. Lorsqu'elle lui demanda de confirmer le jour de son retour, il fut incapable de contrôler son irritation et répondit en élevant la voix qu'il avait besoin de dormir. Ensuite il déciderait.

À son réveil, il était treize heures trente. Stefan resta allongé à contempler le plafond.

Il avait à nouveau rêvé de son père. Ils étaient ensemble, dans un canoë à deux places. Devant eux, une chute d'eau. Il avait essayé de dire à son père qu'il fallait rebrousser chemin avant que le courant ne les entraîne dans le tourbillon. Mais son père n'avait pas répondu. En se tournant vers lui, Stefan n'avait pas vu son père, mais maître Jacobi, l'avocat. Il était nu, le torse recouvert d'algues. Le rêve se dissolvait sur cette image.

Il se leva. Le malaise était passé, et il avait faim. La curiosité le poussa cependant à appeler d'abord Giuseppe. Occupé. Il prit une douche et réessaya. Toujours occupé. En s'habillant, il s'aperçut qu'il venait de prendre les derniers sous-vêtements propres dans la valise. Il retéléphona. Giuseppe décrocha avec un rugissement.

— C'est Stefan.

— Je croyais que ce serait encore ce journaliste d'Östersund qui m'a pourchassé toute la matinée. Erik croit qu'il a été informé par Rune Wallén. Dans ce cas, ça va lui coûter cher. Le chef de la police s'agite. Il se demande ce qui se passe, et il n'est pas le seul.

— Alors ?

— On a le numéro. C'est ABB 003. Erik s'était trompé d'un chiffre.

— Qui est le propriétaire ?

— Un certain Anders Harner, qui a pour adresse une boîte postale à Albufeira. Un des policiers de Hede a pu nous dire exactement où c'était, parce qu'il est allé là-bas en vacances. C'est dans le sud du Portugal. Notre problème est d'un autre ordre. Anders Harner a soixante-dix-sept ans. Et ce n'est pas un vieux monsieur qu'on a vu dans cette voiture, aucun d'entre nous n'est myope à ce point.

— Peut-être était-ce son fils, ou un autre membre de sa famille ?

— Ou alors la voiture était volée. On s'en occupe. Rien n'est simple, dans cette enquête.

— Pourquoi ne pas dire plutôt que nous avons affaire à quelqu'un d'organisé ?

— C'est vrai.

— Et Fernando Hereira ?

— L'hélico de Sundsvall a fini par arriver. On a lâché les trois chiens dans la forêt, mais ils n'ont rien trouvé jusqu'à présent. Ce qui est très surprenant, bien sûr. Et toi, comment vas-tu ? Tu as dormi ?

— C'est passé tout seul.

— J'ai eu un accès de mauvaise conscience après t'avoir quitté. Je ne sais pas combien de règles j'enfreins en t'autorisant à participer à notre travail. Mais je n'aurais pas dû oublier que tu es malade.

— C'est moi qui ai voulu venir.

— Au fait, le technicien pense que les armes d'Erik ont pu servir cette nuit. En tout cas, la possibilité n'est pas exclue.

Stefan descendit prendre son petit déjeuner. Il se sentit mieux après, mais encore fatigué. Il remonta s'allonger dans sa chambre. Il y avait une tache au plafond qui ressemblait à un visage. Celui de maître Jacobi, pensa-t-il. Est-ce qu'il vit toujours ?

On frappa à la porte. En ouvrant, il se trouva face à Veronica Molin.

— Je te dérange ?

— Pas du tout.

— Je suis venue m'excuser. J'ai réagi trop fort hier soir.

— C'était ma faute. Je me suis conduit comme un idiot.

Il aurait voulu la faire entrer, mais le linge sale faisait obstacle. Et la chambre n'avait pas encore été aérée après la nuit.

C'est le bazar dans ma chambre.

— Pas dans la mienne, répliqua-t-elle en souriant.

Puis elle regarda sa montre.

— Je dois aller chercher mon frère à l'aéroport d'Östersund tout à l'heure. Mais avant cela, j'ai un moment.

Il prit sa veste et la suivit dans l'escalier en retenant son envie de la toucher.

Dans la chambre, l'ordinateur était éteint.

— J'ai parlé à Giuseppe Larsson, dit-elle. J'ai été obligée de lui soutirer les informations une à une, pour cette nuit. C'est par lui que j'ai su que je pourrais sans doute te trouver à l'hôtel.

— Que t'a-t-il dit ?

— Qu'il y avait eu des coups de feu. Et que l'homme que vous cherchez courait toujours.

— C'est bien le problème. On ne sait pas combien d'individus sont recherchés. Un, ou deux ou peut-être trois.

— Pourquoi ne suis-je pas informée de ce qui se passe ?

La police préfère travailler au calme. C'est-à-dire loin des journalistes. Et des proches. C'est vrai en général, mais surtout quand on ne sait pas très bien ce qui s'est produit. Et pour *quelles raisons* ça s'est produit.

— J'ai du mal à accepter l'idée que mon père ait pu être tué à cause de son passé, de ce qu'il aurait fait ou pas fait en Allemagne. La guerre est finie depuis plus de cinquante ans. Moi, je crois toujours que sa mort est liée à cette femme qu'il était parti retrouver en Écosse.

Stefan décida soudain de lui parler de la découverte qu'il avait faite dans l'appartement de Wetterstedt à Kalmar. Pourquoi, il n'en savait rien. Peut-être parce que c'était un secret qu'il avait en commun avec elle. Sans révéler la manière dont il en avait pris connaissance, il évoqua l'existence de la fondation Sveriges Val et de tous ceux, vivants ou morts, qui contribuaient à son financement.

— J'en sais encore trop peu, conclut-il. Peut-être s'agit-il d'un réseau beaucoup plus vaste ? Je ne suis pas naïf au point d'imaginer une conspiration internationale. Mais j'ai compris que les idées du nazisme étaient vivantes. Quand cette affaire sera terminée, j'en toucherai deux mots à mon chef. Je pense qu'il faut mettre la Säpo[1] sur le coup, et que ça mérite une enquête sérieuse.

Elle l'avait écouté attentivement. Elle resta un instant silencieuse avant de répondre.

1. Säpo : abréviation familière de *Säkerhetspolisen,* la « police de Sûreté ».

— Tu as raison. Je ferais la même chose à ta place.

— Même si ces gens-là ne représentent qu'un rêve sans espoir, ils contribuent à propager la folie dans le monde.

Elle regarda sa montre.

— Tu dois aller chercher ton frère, je sais. Réponds juste à une question. Pourquoi m'as-tu laissé dormir ici ?

Elle hésita. Puis elle posa la main sur son ordinateur.

— J'ai dit que cette machine contenait ma vie. Mais ce n'est pas tout à fait vrai.

Stefan regardait sa main, et l'ordinateur, tout en écoutant ce qu'elle lui disait. L'ensemble, image et son, se grava dans son esprit.

Elle retira sa main, l'image disparut.

— J'y vais, dit-il. À quelle heure commencera la cérémonie demain ?

— À onze heures, comme prévu.

— Il se dirigea vers la porte. Au moment où il allait ouvrir, la main de Veronica se posa sur son bras.

— Tu dois aller chercher ton frère, dit-il.

Le téléphone sonna dans sa poche.

— Tu ne réponds pas ?

Il obéit. C'était Giuseppe.

— Où es-tu ?

— À l'hôtel.

— Il s'est passé un truc très étrange.

— Quoi donc ?

— Elsa Berggren a téléphoné à Erik. Elle a demandé qu'on aille la chercher chez elle.

— Pourquoi ?

— Elle veut avouer le meurtre d'Abraham Andersson.

Il était quatorze heures vingt-cinq.

Le lundi 15 novembre.

31

À dix-huit heures, Giuseppe appela Stefan et lui demanda de venir au bureau de police. Un vent froid le cueillit à la sortie de l'hôtel. Devant l'église, il se retourna brusquement. Une voiture passa sur Fjällvägen, puis une deuxième. Il avait cru voir une ombre en face de l'école. Mais il n'en était pas certain. Il continua jusqu'à la maison communale. Giuseppe l'attendait dehors. Il le suivit dans le bureau d'Erik Johansson, où il nota la présence de deux fauteuils supplémentaires. Un pour Elsa Berggren, pensa-t-il. Et un pour son avocat.

— Ils sont en route vers Östersund, dit Giuseppe. Elle est inculpée et sera écrouée demain. Erik les accompagne.

— Qu'a-t-elle dit ?

Giuseppe désigna le magnétophone posé sur la table.

— La bande est en route vers Östersund, elle aussi. Mais j'avais branché deux magnétos exprès, en pensant à toi. Tu seras tranquille, personne ne te dérangera ici. Moi, je dois aller manger quelque chose et me reposer un peu.

— Si tu veux, je te prête ma chambre.

— La banquette, dehors, ça m'ira très bien.

— Je n'ai pas besoin d'écouter la bande. Tu peux me raconter.

Giuseppe s'assit dans le fauteuil d'Erik Johansson et commença à se gratter comme si son front le démangeait.

— Je préfère que tu l'écoutes.

— Elle a avoué ?

— Oui.

— Le mobile ?

— Je veux que tu écoutes la bande, et que tu me dises ce que tu en penses.

— Tu as des doutes ?

— Je ne sais pas ce que j'ai. C'est pour ça que j'aimerais avoir ta réaction.

Giuseppe se leva lourdement.

— Toujours aucune nouvelle de Hereira. La Ford rouge reste elle aussi introuvable. Tout comme le type qui a tiré. Mais on en parlera après. Je serai de retour dans deux heures maxi.

Giuseppe enfila sa veste.

— Elle était dans ce fauteuil, dit-il. Maître Hermansson dans celui-là. Elle l'avait appelé ce matin. Quand on est arrivés chez elle, il était déjà là.

Giuseppe sortit et referma la porte derrière lui. Stefan enfonça la touche de lecture. Bruit d'un micro qu'on déplaçait. Puis la voix de Giuseppe.

GL : Alors, nous commençons cet interrogatoire en notant que nous sommes le 15 novembre 1999 et qu'il est quinze heures sept. L'interrogatoire se déroule au poste de police de Sveg. Il est conduit par Giuseppe Larsson, inspecteur à la brigade criminelle d'Östersund, en présence du commissaire Erik Johansson. Il se déroule avec Elsa Berggren, à la demande de celle-ci. Elsa Berggren est représentée par maître Sven Hermansson, également présent. Eh bien, je crois qu'on peut y aller. Puis-je te demander tout d'abord de nous indiquer ton nom ainsi que tes date et lieu de naissance ?

EB : Je m'appelle Elsa Maria Berggren et je suis née le 10 mai 1925 à Tranås.

GL : Peux-tu parler un peu plus fort ?

EB : Je m'appelle Elsa Maria Berggren et je suis née le 10 mai 1925 à Tranås.

GL : Merci. Numéro d'identification ?

EB : 25 05 10 — 02 21.

GL : Merci.

(Nouveau raclement de micro, bruit de toux, une porte se refermait.)

GL : Alors, si tu veux bien parler un peu plus près du micro, peux-tu nous dire ce qui s'est passé ?

EB : C'est moi qui ai tué Abraham Andersson.

GL : Tu affirmes l'avoir tué ?

EB : Oui.

GL : De façon délibérée ?

EB : Oui.

GL : Nous parlons d'homicide volontaire. C'est bien cela ?

EB : Oui.

GL : As-tu demandé conseil à ton avocat avant de faire ces aveux ?

EB : Il n'y a rien à discuter. J'avoue que je l'ai tué. Homicide volontaire avec préméditation. C'est bien comme ça qu'on dit ?

GL : Nous avons l'habitude d'appeler ça comme ça, oui.

EB : Alors je reconnais être coupable vis-à-vis d'Abraham Andersson d'homicide volontaire avec préméditation.

GL : Tu te reconnais coupable de meurtre. C'est cela ?

EB : Comment faut-il que je le dise pour que tu l'entendes ?

GL : Pourquoi l'as-tu tué?

EB : Il menaçait de révéler que l'homme qui a été assassiné récemment dans la région, Herbert Molin, était national-socialiste. Je ne le voulais pas. Ensuite il m'a menacée de la même manière. Et il se livrait au chantage.

GL : Contre toi ?

EB : Contre Herbert Molin. Il l'obligeait à lui verser de l'argent chaque mois.

GL : Depuis combien de temps ?

EB : Ça a commencé un an environ après l'emménagement de Herbert à Rätmyren. Autrement dit, ça durait depuis huit ou neuf ans.

GL : S'agissait-il de grosses sommes ?

EB : Je n'en sais rien. Pour Herbert, je pense que ça représentait de toute façon beaucoup d'argent.

GL : Quand as-tu décidé de tuer Andersson ?

EB : Je ne pourrais pas citer une date exacte. Après la mort de Herbert, il a pris contact avec moi et il a exigé que je continue de payer. Sinon, a-t-il dit, il me dénoncerait.

GL : Comment a-t-il pris contact avec toi ?

EB : Il est arrivé chez moi sans sonner et il s'est

montré très grossier. Il voulait de l'argent. C'est à ce moment-là, je pense, que j'ai pris ma décision.

GL : Quelle décision ?

EB : Pourquoi m'obliges-tu à tout répéter ?

GL : Est-ce à ce moment-là que tu as pris la décision de le tuer ?

EB : Oui.

GL : Que s'est-il passé ensuite ?

EB : J'ai exécuté mon projet quelques jours plus tard. Puis-je avoir un verre d'eau ?

GL : Bien sûr.

(Raclement de micro, bruits de chaise. Stefan voyait la scène comme s'il y était. Erik, qui était sûrement le plus proche de la table d'appoint où étaient posés quelques verres à côté d'une bouteille d'eau gazeuse ouverte, lui donnait à boire.)

GL : Tu l'as donc tué ?

EB : C'est ce que je suis en train d'expliquer depuis le début.

GL : Peux-tu nous dire comment les choses se sont passées ?

EB : Je suis allée chez lui un soir. J'avais emporté mon fusil de chasse. J'ai menacé de le tuer s'il ne renonçait pas à ce chantage. Mais il ne m'a pas prise au sérieux. Alors je l'ai obligé à aller dans la forêt derrière la maison. C'est là que je l'ai abattu.

GL : Tu l'as abattu ? C'est-à-dire ?

EB : Je lui ai tiré une balle dans le cœur.

GL : Avec un fusil de chasse ?

EB : Mais bon sang de... Tu crois que c'était quoi ? Une mitraillette ? J'ai dit que j'avais emporté mon fusil.

GL : S'agit-il d'une arme que tu détiens habituellement chez toi ? Pour laquelle tu as une licence ?

EB : Je n'ai pas de licence. J'ai acheté ce fusil en Norvège il y a quelques années, et je l'ai rapporté en fraude.

GL : Où se trouve ce fusil maintenant ?

EB : Au fond du fleuve Ljusnan.

GL : Tu as jeté le fusil à l'eau après avoir tué Abraham Andersson ?

EB : Je ne l'ai pas fait avant, c'est sûr.

GL : Sans doute. Mais je dois te demander de répondre clairement aux questions, sans commentaires inutiles.

(Ici Giuseppe était interrompu par une voix d'homme, de toute évidence celle de Sven Hermansson. À la surprise de Stefan, l'avocat s'exprimait avec un accent du Småland très prononcé qui le rendait difficile à comprendre. Il saisit cependant que maître Hermansson n'estimait pas que sa cliente eût répondu de façon contestable. Il ne put entendre la réponse de Giuseppe car le micro était à nouveau déplacé à ce moment-là.)

GL : Reprenons. Peux-tu nous dire d'où précisément tu as jeté le fusil ?

EB : Du pont. Ici, à Sveg.

GL : Quel pont ?

EB : L'ancien.

GL : De quel côté ?

EB : Côté bourg. J'étais au milieu du pont.

GL : Tu l'as jeté, ou tu t'en es débarrassée simplement ?

EB : Je ne vois pas la différence. Le plus juste serait sans doute de dire que je l'ai lâché dans l'eau.

GL : Je fais une digression. Voici quelques jours, tu as été agressée à ton domicile par un homme masqué. Tu as affirmé que cet homme t'avait demandé avec insistance qui avait tué Abraham Andersson. Y a-t-il quelque chose, dans les déclarations que tu as faites ce jour-là, que tu souhaites modifier ?

EB : Non.

GL : Tu n'aurais pas, éventuellement, inventé cet échange pour faire diversion ?

EB : Ça s'est passé exactement comme je l'ai dit. En plus, ce Li... – comment s'appelle-t-il déjà, ce policier pâlot qui est arrivé de Borås ? Lindgren ? – a été attaqué lui aussi, devant ma maison.

GL : Lindman. Comment expliques-tu cet épisode ? Pourquoi l'homme qui t'a agressée voulait-il savoir qui avait tué Abraham Andersson ?

EB : Il pensait sans doute que c'était moi.

GL : Il avait raison, d'après ce que tu dis.

EB : Oui. Mais comment pouvait-il le savoir ?

GL : Est-ce à ce moment-là que tu as décidé d'avouer ? Pour te protéger de lui ?

EB : Il est clair que ça a joué un rôle.

GL : Alors on laisse cette histoire de côté pour l'instant. Revenons sur ce qui s'est passé chez Abraham Andersson. Tu as dit, je cite d'après mes notes, que tu l'as « obligé à aller dans la forêt derrière la maison » et que là, tu l'as « abattu ». C'est exact ?

EB : Oui.

GL : Peux-tu nous dire en détail ce qui s'est passé ?

EB : J'ai poussé l'arme dans son dos et je lui ai ordonné d'avancer. Une fois dans la forêt, je me suis mise face à lui et je lui ai dit une dernière fois que c'était sérieux, et que je ne plaisantais pas. Ça l'a fait rire. Alors j'ai tiré.

(Silence. La bande défilait. Quelqu'un, peut-être l'avocat, toussa. Stefan comprit. Ça ne collait pas. Il faisait nuit, elle était dans la forêt. Comment pouvait-elle voir quoi que ce soit ? En plus Abraham Andersson avait été attaché à un tronc. Les policiers étaient partis de l'hypothèse qu'il vivait encore à ce moment-là. Stefan devina que Giuseppe s'interrogeait sur ces aveux d'Elsa Berggren et qu'il cherchait intérieurement la meilleure manière de poursuivre. Il devait être en train de fouiller sa mémoire à la recherche des détails qui avaient été divulgués par les journaux et de ceux qui n'étaient connus que de la police.)

GL : Tu étais donc face à lui quand tu as tiré ?

EB : Oui.

GL : Peux-tu nous préciser la distance ?

EB : Peut-être trois mètres.

GL : Et il ne bougeait pas ? Il n'a pas tenté de fuir ?

EB : Il ne croyait sans doute pas que j'allais tirer.

GL : Te souviens-tu de l'heure qu'il était ?

EB : Autour de minuit.

GL : Autrement dit, il faisait nuit noire.

EB : J'avais emporté une lampe torche puissante, que je lui ai fait porter quand on est parti dans la forêt.

(Nouveau silence. Elsa Berggren avait répondu à la première question qui arrêtait Giuseppe.)

GL : Que s'est-il passé ensuite ?

EB : Je me suis approchée pour voir s'il était mort. Il l'était.

GL : Qu'as-tu fait après ?

EB : Je l'ai attaché à un arbre. J'avais apporté une corde à linge.

GL : Tu l'as donc attaché à un arbre après l'avoir tué ?

EB : Oui.

GL : Pourquoi as-tu fait ça ?

EB : À ce moment-là, je n'avais pas l'intention d'avouer. Alors je voulais que ça ait l'air d'autre chose.

GL : D'autre chose que quoi ?

EB : Qu'un meurtre commis par une femme. Je voulais que ça ressemble plus à une exécution.

(Réponse à la deuxième question, pensa Stefan. Mais Giuseppe ne la croit pas encore.)

EB : Je voudrais me rendre aux toilettes.

GL : Alors nous faisons une pause. Il est quinze heures trente-deux. Erik peut te montrer où c'est.

La bande continua à défiler. L'interrogatoire reprenait. Giuseppe revint au point de départ et renouvela toutes ses questions, en s'arrêtant sur des détails de plus en plus nombreux. Un interrogatoire classique, pensa Stefan. Giuseppe est fatigué, il a travaillé jour et nuit, plusieurs jours d'affilée, mais il vérifie tous ses dires point par point.

L'interrogatoire s'arrêtait à dix-sept heures deux minutes après la conclusion de Giuseppe, la seule possible au vu de ces aveux.

GL : Je crois que nous allons pouvoir en rester là. Je résume. Elsa Berggren, tu te reconnais coupable d'homicide volontaire avec préméditation sur la personne d'Abraham Andersson, le 3 novembre peu après minuit, dans la forêt située derrière sa maison de Dunkärret. Tu as décrit le déroulement des faits, le mobile étant que Herbert Molin et toi étiez les victimes d'un chantage exercé par Abraham Andersson. Tu affirmes avoir jeté l'arme du crime, un fusil de chasse, dans le fleuve Ljusnan du haut du vieux pont de chemin de fer. C'est bien cela ?

EB : Oui.

GL : Souhaites-tu modifier quoi que ce soit dans ces déclarations ?

EB : Non.

GL : Maître Hermansson souhaite-t-il prendre la parole ?

SH : Non.

GL : Alors voilà ce qui va se passer maintenant. Tu es en état d'arrestation. Tu vas être conduite au commissariat d'Östersund. Ensuite le procureur statuera sur ton inculpation. Maître Hermansson pourra t'expliquer tout cela en détail. Souhaites-tu ajouter quelque chose ?

EB : Non.

GL : Tu as raconté les choses comme elles se sont passées ?

EB : Oui.

GL : Dans ce cas, nous déclarons l'interrogatoire terminé.

Stefan se leva et s'étira. Il étouffait dans ce bureau. Il entrouvrit la fenêtre et vida la bouteille d'eau entamée qui traînait sur la table. Il éprouvait le besoin de bouger pour mieux réfléchir à ce qu'il avait entendu. Giuseppe dormait quelque part. Il griffonna un mot et le posa sur la table.

Courte balade entre les deux ponts. Stefan.

Il marchait vite, à cause du froid. Le sentier de promenade le long du fleuve était éclairé. À nouveau il eut la sensation d'être suivi. Il se retourna. Personne. Mais il avait bien vu une ombre. J'invente, pensa-t-il. Il n'y a rien du tout. Il continua vers le vieux pont, celui du haut duquel Elsa Berggren prétendait avoir lâché son fusil. Pas jeté, mais lâché. Disait-elle la vérité ? Il fallait bien l'admettre. Il n'arrivait jamais que quelqu'un avoue un meurtre à la place d'un tiers, à moins de raisons très particulières de vouloir protéger le coupable. Le plus souvent, il s'agissait d'un mineur. L'un ou l'autre parent endossait la responsabilité à la place de l'enfant. Mais en dehors de ce cas de figure ? Il s'arrêta devant le pont, essaya d'imaginer le fusil au fond de l'eau, et rebroussa chemin. Giuseppe avait oublié une question. Pourquoi avoir choisi ce jour précis pour passer aux aveux ? Pourquoi pas la veille, ou le lendemain ? Sa décision avait-elle simplement pris forme ce jour-là ? Ou bien y avait-il un autre motif ?

Il revint à la maison communale en passant par l'arrière du bâtiment. Il vit du dehors que Giuseppe était revenu et qu'il parlait au téléphone. Avec Rundström, d'après les répliques qu'il pouvait entendre par la fenêtre entrebâillée. En passant dans le hall, Stefan vit que la bibliothèque était encore ouverte. Il eut l'idée de chercher le quotidien de Borås dans la salle de lecture. Mais il ne le trouva pas. Il revint dans le bureau de la police, où Giuseppe parlait toujours au téléphone avec Rundström. Stefan s'attarda sur le seuil. Regarda la fenêtre. Retint son souffle. À l'instant, il était passé là, dehors, dans le noir, et il avait entendu tout ce que disait Giuseppe. Stefan alla fermer la fenêtre, ressortit et contourna une fois de plus le bâtiment de la maison communale. Il n'entendait plus rien. Il retourna dans le bureau et rouvrit la fenêtre.

— Qu'est-ce que tu trafiques ? demanda Giuseppe qui avait raccroché entre-temps.

— J'ai découvert que tout ce qui se disait dans ce bureau s'entendait parfaitement du dehors à condition que la fenêtre soit entrebâillée. De nuit, on peut aussi écouter sans être vu.

— Et alors ?

— Juste une intuition. D'une possibilité.

— Quelqu'un espionnerait nos conversations ?

— Simple délire de ma part, sûrement.

Giuseppe ferma la fenêtre.

— Par mesure de prudence, sourit-il. Alors ? Que penses-tu de ses aveux ?

— Les journaux ont-ils précisé qu'il était attaché à un arbre ?

— Oui. Mais pas qu'on s'était servi d'une corde à linge. J'ai parlé à l'un des techniciens qui a travaillé sur les lieux. Il confirme que les choses ont bien pu se passer ainsi.

— Ce serait elle, alors ?

— Les faits sont les faits. Mais tu as sûrement remarqué mon hésitation.

— Si ce n'est pas elle, pourquoi protéger le coupable ?

Giuseppe secoua la tête.

— On doit partir du principe que cette affaire-là est résolue. Une femme a avoué. Si on retrouve le fusil dans le fleuve demain, on saura très vite si c'est l'arme qui a tué Andersson.

Giuseppe s'était assis et roulait entre ses doigts un cigarillo coupé.

— Ces derniers temps, on a dû livrer la guerre sur plusieurs fronts. J'espère que celui-ci au moins est stabilisé maintenant.

— Pourquoi a-t-elle choisi de raconter son histoire aujourd'hui plutôt qu'un autre jour ?

— Je ne sais pas. J'aurais peut-être dû lui poser la question. Je suppose qu'elle s'est décidée, tout simplement. Elle nous respecte peut-être au point de croire qu'on aurait fini par l'arrêter tôt ou tard.

— Qu'est-ce que tu en penses ?

Giuseppe fit la grimace.

— On ne sait jamais. Parfois il arrive que même des policiers suédois arrêtent un criminel.

On frappa à la porte entrouverte. Un garçon entra avec un carton à pizza. Giuseppe paya et fourra la note dans sa poche. Le garçon disparut.

— Cette fois, je ne la jette pas dans un cendrier. Tu crois encore que c'est Hereira qui l'a prise ? Qu'il était là par hasard dans le restaurant en même temps que nous ?

— Peut-être.

Giuseppe ouvrit le carton.

— Ce que nous avons de plus continental à

Sveg : notre pizzeria. Ne va pas croire qu'il soit dans nos habitudes de nous faire livrer à domicile. Mais si on a des contacts, c'est possible. Tu en veux ? Je n'ai pas eu le temps de manger, je me suis endormi direct.

Giuseppe découpa la pizza à l'aide d'une règle.

— Les policiers ont tendance à grossir, dit-il. Stress et mauvaise alimentation. Mais on ne se suicide pas beaucoup. Les médecins sont pires que nous dans cette catégorie. Par contre, on a une forte surmortalité liée aux maladies cardio-vasculaires. Ce qui n'est pas très surprenant.

— Je serai peut-être l'exception, dit Stefan. Avec mon cancer. Giuseppe, qui s'apprêtait à mordre dans une part de pizza, s'arrêta dans son geste.

— Bowling, je te dis. Tu vas voir que ça peut te guérir.

Stefan ne put s'empêcher de rire. Giuseppe sourit.

— Il suffit que je dise « bowling » et tu te marres. Je crois que ça ne te convient pas d'être trop sérieux. Comment dire ? Ça ne te va pas au teint.

— « Ce policier pâlot de Borås. » C'est comme ça qu'elle m'a décrit, non ?

— C'est bien le seul truc rigolo qu'elle ait dit. Pour être sincère, Elsa Berggren me fait l'effet de quelqu'un d'épouvantable. Je suis content de ne pas l'avoir eue comme mère.

Ils mangèrent en silence. Giuseppe posa le carton contenant les restes de pizza en équilibre sur la corbeille à papier.

— Les informations arrivent doucement, dit-il

en s'essuyant la bouche. Seul problème, ce ne sont pas les bonnes. La section Interpol de Buenos Aires nous a faxé qu'ils ont bien chez eux un Fernando Hereira, qui est emprisonné à vie pour avoir exercé l'ancestral et noble métier de faussaire. Ils veulent savoir si c'est lui. Qu'est-ce qu'on répond à cela ? Que si le type a réussi à se cloner et qu'on parvient à le prouver, on les préviendra sans faute ?

— Tu te moques de moi.

— Non, hélas. Mais si on prend patience, ils nous enverront peut-être de bonnes nouvelles. On ne sait jamais.

— L'Escort rouge ?

— Disparue. Tout comme son conducteur. On n'a toujours pas réussi à localiser le propriétaire, Harner. On dirait qu'il a émigré au Portugal. Mais je reste sceptique, puisque la voiture est enregistré en Suède. Stockhlom s'en occupe. On a lancé un avis de recherche national, tôt ou tard ça donnera des résultats. Rundström est têtu.

Stefan s'essayait intérieurement à une synthèse. Son rôle, dans cette enquête, à supposer qu'il en eût un, était devenu de formuler les questions susceptibles d'aider Giuseppe.

— Ton souhait, j'imagine, est que les médias répandent au plus vite la nouvelle que le meurtre d'Andersson est résolu ?

Giuseppe parut très surpris.

— Et pourquoi donc ? Si on a raisonné juste, une telle annonce risquerait de faire disparaître Hereira. N'oublie pas qu'il a mis la pression à Elsa Berggren. Je crois qu'elle dit la vérité sur ce point. Non, notre premier objectif, dès qu'il fera jour, sera de retrouver le fusil.

Stefan pensa soudain à une question qu'il se posait depuis le début.

— N'y a-t-il pas de procureur sur cette affaire ? Je n'ai entendu aucun nom.

— Lövander, dit Giuseppe. Albert Lövander, ancien champion de saut en hauteur. Maintenant il se consacre surtout à ses petits-enfants. Bien sûr qu'il y a un procureur, qu'est-ce que tu crois ? Qu'on travaille en dehors des cadres juridiques ? Mais Rundström et lui sont comme de vieux chevaux de trait. Ils communiquent deux fois par jour, le matin et le soir. En dehors de ça, Lövander ne se mêle pas de notre travail.

— Il a bien dû donner des directives ?

— Oui. Celle de continuer comme on le fait.

Il était vingt et une heures quinze. Giuseppe téléphona chez lui. Stefan sortit et observa un moment l'ours empaillé. Puis il appela Elena.

— Où es-tu ? demanda-t-elle.

— Devant l'ours.

— J'ai regardé une grande carte de Suède à l'école aujourd'hui. Pour voir où tu étais.

— On a des aveux. L'un des meurtres est pour ainsi dire résolu. C'était une femme.

— Qu'a-t-elle fait ?

— Elle a pris un fusil et elle a tué un homme parce qu'il la faisait chanter.

— Celui qu'on a trouvé attaché à un arbre ?

— Oui.

— Aucune femme ne ferait une chose pareille.

— Pourquoi ?

— Les femmes se défendent. Elles n'attaquent pas.

— Ce n'est sans doute pas aussi simple.

— C'est quoi, dans ce cas ?

Il n'avait pas la force de s'expliquer.

— Quand reviens-tu ?

— Je te l'ai déjà dit.

— Tu as repensé à notre voyage à Londres ?

Stefan l'avait complètement oublié.

— Non, mais je vais le faire. Et je trouve que c'est une bonne idée.

— Qu'est-ce que tu fais, là, tout de suite ?

— Je discute avec Giuseppe.

— Il n'a pas de famille ?

— Pourquoi donc ? Il est en ce moment même au téléphone avec sa femme.

— Peux-tu répondre sincèrement à une question ?

— Laquelle ?

— Est-il au courant de mon existence ?

— Je le crois.

— Tu le *crois ?*

— J'ai dû mentionner ton nom. Ou alors il m'a entendu te parler au téléphone.

— Bon. Merci de ton coup de fil. Et attends demain si tu veux me rappeler. Je vais me coucher tôt ce soir.

Stefan retourna dans le bureau, où Giuseppe se curait les ongles à l'aide d'un trombone déplié.

— Je repense à cette histoire de fenêtre entrebâillée. C'est évidemment embêtant d'imaginer que quelqu'un ait pu surprendre nos conversations. J'ai essayé de me rappeler à quels moments la fenêtre était ouverte, mais c'est impossible.

— On devrait peut-être plutôt se demander quelle information a été divulguée dans cette pièce et nulle part ailleurs.

Giuseppe contempla ses mains en silence.

— La décision de déplacer les barrages a été prise ici, dit-il enfin. On a parlé d'une voiture, qui était en route de Funäsdalen vers le sud-est.

— Est-ce possible ?

— Tu avais envisagé une fuite, tu t'en souviens ? Cette fuite a peut-être pour origine une fenêtre mal fermée.

Stefan hésita.

— Depuis vingt-quatre heures, j'ai la sensation que quelqu'un me suit, dit-il. Plusieurs fois, j'ai cru sentir une présence dans mon dos. Mais je ne suis pas certain de ce que j'avance.

Giuseppe ne dit rien. Il se leva et alla s'adosser à la porte.

— Va jusqu'au mur pendant que je continue à te parler. Quand j'éteins la lumière, jette un coup d'œil dehors.

Stefan obéit, pendant que Giuseppe parlait au hasard, en demandant pourquoi le cassis était tellement meilleur que les groseilles. Puis il éteignit. Stefan scruta l'obscurité. Giuseppe ralluma et se rassit derrière le bureau.

— Alors ?

— Non.

— Ça ne veut rien dire. Il y avait peut-être quelqu'un avant. Mais on ne peut pas y faire grand-chose.

Il voulut prendre un classeur, sur lequel étaient posés deux sacs plastique. L'un des deux tomba par terre.

— Le technicien a oublié ça, dit Giuseppe. Papiers et détritus divers trouvés sur la route, pas loin de la Golf bleue.

Stefan le ramassa. Le sac contenait une facture de station-service. Sale, à peine lisible. Il l'approcha de son visage, sous le regard attentif de Giuseppe. La facture provenait d'une station Shell de Söderköping. Stefan reposa le sac sur la table et leva la tête vers Giuseppe. Les pensées se bousculaient en lui.

— Elsa Berggren n'a pas tué Abraham Andersson, dit-il lentement. C'est plus grand que ça, Giuseppe. Et quelqu'un a très bien pu écouter ce qui se disait dans cette pièce.

32

Il s'était remis à neiger. Giuseppe consulta le thermomètre extérieur. Un degré en dessous de zéro. Il se rassit et regarda Stefan. Après coup, celui-ci se rappellerait cet instant – l'image distincte d'une situation qui se retournait. Les ingrédients en étaient les flocons de neige, Giuseppe avec ses yeux rougis et l'histoire proprement dite, ce qui s'était produit à Kalmar, la découverte qu'il avait faite dans l'appartement de Wetterstedt. Quelques heures plus tôt à peine, il l'avait racontée à Veronica Molin. Maintenant, c'était Giuseppe qui l'écoutait avec la plus grande attention. Fut-il surpris ? Rien dans son expression ne le trahit.

Stefan voulait cerner un ensemble de faits. Cette facture crasseuse provenant d'une station-service de Söderköping devenait la clé capable d'ouvrir enfin toutes les serrures. Mais pour cela, il devait tout dire, pas se contenter de fragments.

Qu'avait-il ressenti en examinant le petit sac tombé du bureau ? En premier lieu, ce fut comme une déflagration silencieuse, un mur qui s'écroulait sans bruit. Une réalité jusque-là restreinte se révélait soudain être beaucoup plus vaste. Même s'ils tâtonnaient à la recherche d'un homme qui s'appelait peut-être Fernando Hereira et qui venait éventuellement d'Argentine, l'enquête était restée essentiellement locale. On cherchait la solution dans le Härjedalen. Tel un projectile, le bout de papier sale de la station-service transperçait cette construction imaginaire. Le mur artificiel n'existait plus, et il devenait enfin possible de *voir*.

Quelqu'un s'était arrêté à Söderköping pour remplir le réservoir d'une Ford Escort rouge appartenant à un dénommé Harner, qui avait une adresse postale au Portugal. Ce quelqu'un avait ensuite traversé la Suède avant de s'arrêter sur une route perdue à l'ouest de Sveg et de tirer sur une voiture qui descendait de la montagne. Giuseppe et lui essayèrent de gratter la saleté incrustée dans le papier, mais impossible de déchiffrer la date. L'heure, en revanche, était lisible : 20 h 12. Giuseppe dit que les techniciens allaient résoudre vite fait le problème de la date.

Quelqu'un quitte Kalmar en direction du Härjedalen. Soderköping n'est pas loin de Kalmar. Il y fait halte pour prendre de l'essence. Puis le voyage continue. Il doit tuer l'homme qui, selon toute vraisemblance, est coupable du meurtre de Herbert Molin. En tant que policiers, ni Giuseppe ni Stefan ne croyaient aux coïncidences. Quelque part dans le sous-sol boueux où rôdaient Wetterstedt et sa fondation secrète, la visite de Stefan avait suscité des remous d'anxiété. Ils ne pouvaient pas avoir la certitude qu'il était l'auteur de l'effraction chez Wetterstedt. À moins que. Stefan se rappela le claquement de la porte de l'immeuble au moment où il sortait de l'appartement, et la sensation d'être épié, la même que ces derniers jours. Deux ombres invisibles égalent peut-être une ombre visible, dit-il à Giuseppe. Il se peut que l'ombre qui me surveillait là-bas soit celle qui me suit ici. La conclusion de Stefan était qu'ils avaient raisonné plus juste qu'ils n'avaient osé le croire. Tout revenait à ce sous-sol où l'ancien nazisme rencontrait du sang neuf, où s'opérait la jonction entre la vieille démence et la nouvelle. Or quelqu'un avait fait irruption dans ce monde d'ombres, en assassinant Herbert Molin. Un frisson avait parcouru les rangs des vieux nazis ou, comme l'avait exprimé Giuseppe par la suite : « Les cloportes ont commencé à s'agiter. » Si leur ennemi était l'homme qui avait tué Herbert Molin, qu'en était-il alors d'Abraham Andersson ? Était-il uniquement informé du passé de Molin et d'Elsa Berggren, ou connaissait-il aussi l'existence du réseau et avait-il menacé de dévoiler non seulement celui-ci, mais aussi l'organisation plus vaste dont il était peut-être un élément ? Quoi qu'il en soit, une voiture s'était arrêtée à Söderköping, en route vers le nord. Une voiture conduite par un homme chargé de tuer quelqu'un. Pendant qu'Elsa Berggren, au même moment, endossait soudain la responsabilité d'un meurtre qu'elle n'avait probablement pas commis. Or c'était là qu'un motif devenait visible, et entraînait une conclusion envisageable. Il existait bel et bien une organisation. À laquelle le propre père de Stefan avait contribué, et contribuait encore, de nombreuses années après sa mort. Dont Herbert Molin faisait partie, tout comme Elsa Berggren. À la différence d'Abraham Andersson. Mais d'une manière ou d'une autre, celui-ci avait flairé son existence. En surface, un homme aimable, violoniste au sein de l'orchestre symphonique de Helsingborg, membre du parti centriste et auteur de rengaines inoffensives sous le pseudonyme de Siv Nilsson. Par en dessous, un homme qui avait ménagé plus d'une issue à sa tanière. Qui exerçait chantage et menaces, qui posait des conditions. Et qui était peut-être, tout au fond de lui, indigné d'avoir pour voisin un vieux nazi irréductible.

Une demi-heure plus tard, Stefan était parvenu au terme de ses ruminations.

— La tanière, dit-il. La tanière d'Abraham Andersson. Que savait-il ? On ne peut que se livrer à des conjectures. Mais une chose est certaine. Il en savait trop.

La chute de neige devenait toujours plus dense de l'autre côté de la fenêtre. Giuseppe avait dirigé le faisceau de la lampe de travail de manière à éclairer l'obscurité au-dehors.

— Il y a eu comme une attente cette dernière semaine, dit-il en regardant la neige. Là elle tombe pour de bon, et il n'est pas sûr qu'elle fonde. Les hivers par ici peuvent être imprévisibles. Mais ils sont toujours longs.

Ils buvaient un café. La maison communale était déserte, la bibliothèque avait fermé pour la nuit.

— Je crois qu'il est temps pour moi de retourner à Östersund, dit Giuseppe. Ce que tu m'as raconté finit de me convaincre de l'urgence d'impliquer la Säpo dans notre travail.

— Et les informations que je t'ai fournies ? demanda prudemment Stefan.

— On peut toujours les avoir reçues anonymement. Ne compte pas sur moi pour te dénoncer sous prétexte que tu as fracturé la porte de ce salopard.

Il était vingt-deux heures quinze. Ils continuèrent à discuter, en déplaçant les éléments dans tous les sens. Quelques heures plus tôt, Elsa Berggren avait tenu l'un des rôles principaux. Maintenant elle était, du moins provisoirement, reléguée dans les coulisses. Restaient, sur le devant de la scène, Fernando Hereira et l'homme qui avait rempli le réservoir d'une Ford Escort à Söderköping avant de continuer sa route vers le nord.

La porte d'entrée de la maison communale claqua. Erik Johansson arriva peu après, de son pas lourd, avec des flocons dans ses rares cheveux.

— J'ai bien cru finir dans le fossé à cause de la neige, dit-il en époussetant sa veste. Ça a failli mal tourner.

— Tu conduis trop vite.

— C'est probable.

— Quelles nouvelles d'Östersund ?

— Lövander va demander l'inculpation demain. Il est passé au commissariat écouter la bande. Il m'a rappelé sur la toute.

— A-t-elle ajouté quelque chose ?

— Elle n'a rien dit de tout le trajet jusqu'à Östersund.

Giuseppe laissa le fauteuil du bureau à Erik Johansson, qui s'assit et bâilla. Giuseppe lui parla de la facture de la station-service et de leurs efforts conjoints pour en saisir les implications. Il inventa une histoire laborieuse pour rendre compte des informations obtenues par Stefan concernant la fondation secrète. Erik Johansson, distrait au départ, écoutait avec une concentration croissante.

— Je suis d'accord, dit-il quand Giuseppe eut fini. C'est remarquable. Je suis aussi d'accord sur le fait qu'il faut alerter la Säpo. Si nous avons sur le territoire une organisation qui se réclame du nazisme et qui tue des gens, il faut s'en occuper dare-dare. On a vu pas mal de choses dans la même veine, ces dernières années en Suède. Pendant ce temps, de notre côté, on continue à chercher l'Escort rouge.

— Je croyais que Stockholm s'en chargeait ?

Erik ouvrit sa serviette et en sortit quelques fax.

— Ils ont localisé Anders Harner. Il déclare que la voiture est bien à lui, mais qu'elle dort dans un parking de Stockholm, chez un certain Mattias Sundelin, dont j'ai le téléphone ici.

Erik Johansson composa le numéro et activa la fonction haut-parleur. Les sonneries résonnèrent longuement. Puis une voix de femme répondit.

— Je cherche Mattias Sundelin.

— De la part de qui ?

— Je m'appelle Erik Johansson et je suis policier à Sveg.

— Où ça ?

— Dans le Härjedalen. Mattias Sundelin est-il là ?

— Un instant.

Ils attendirent.

— Mattias, fit une voix pâteuse.

— Je me présente, Erik Johansson. Je t'appelle du poste de police de Sveg. Il s'agit d'une Fort Escort rouge immatriculée ABB 003 et appartenant à Anders Harner. Il affirme que cette voiture se trouve dans ton parking. Tu confirmes ?

— Oui, bien sûr.

— La voiture est donc chez toi ?

— Pas chez moi. En ville. Je loue des emplacements dans un garage.

— Sais-tu si la voiture y est en ce moment ?

— Je ne peux pas les avoir à l'œil à chaque instant. Il y a quatre-vingt-dix places en tout. C'est à quel sujet ?

— On a besoin de la retrouver. Il est où, ton garage ?

— À Kungsholmen. Je vérifierai demain matin.

— Non. On a besoin de le savoir tout de suite.

— Pourquoi est-ce si urgent ?

— Je n'ai pas l'intention de te le dire. Écoute : tu vas aller là-bas et vérifier si la voiture y est encore.

— Maintenant ?

— Oui. Maintenant.

— J'ai bu du vin. Si j'y vais, ce sera ivresse au volant.

— Quelqu'un peut-il s'en occuper à ta place ? Sinon, tu devras prendre un taxi.

— Tu peux appeler Pelle Niklasson de ma part. J'ai son numéro sur moi.

Erik Johansson prit note, remercia et raccrocha.

Puis il appela le nouveau numéro, tomba directement sur le dénommé Pelle Niklasson et renouvela ses questions.

— Je ne sais pas si je l'ai vue aujourd'hui. On a quatre-vingt-dix voitures là-bas, en stationnement longue durée.

— On a besoin d'une confirmation.

— Tu sais où je suis ? À Vällingby. Tu ne veux tout de même pas que je me tape la route à cette heure ?

— Dans ce cas, une voiture de police viendra te chercher.

— Qu'est-ce qui se passe ?

Erik Johansson soupira.

— C'est moi qui pose les questions. Combien de temps te faut-il pour y aller ?

— Quarante minutes.

— Vas-y. Tu as de quoi noter ? Je te donne mon numéro. Rappelle-moi dès que tu seras fixé.

La neige continuait à tomber de l'autre côté de la fenêtre. Ils attendirent. Pelle Niklasson rappela après trente-sept minutes.

— Erik Johansson.

— Comment le savais-tu ?

— Qu'est-ce que je savais ?

— Que la voiture ne serait plus là.

Giuseppe et Stefan tressaillirent et se penchèrent d'un même mouvement vers le haut-parleur.

— Elle a été volée ?

— Je ne sais pas. Ce n'est pas censé être possible de voler une voiture ici.

— Explique-toi.

— Ce parking pratique des tarifs élevés justement parce qu'il assure un niveau de sécurité élevé au client. Entre autres, aucune voiture ne quitte les lieux sans qu'on ait contrôlé l'identité du conducteur.

— Les sorties sont fichées ?

— Dans l'ordinateur, oui. Mais ce n'est pas moi qui m'en occupe. Je suis surtout chargé de l'entretien.

— Mattias Sundelin ?

— Lui, c'est le chef. Il ne fait rien.

— Qui, alors ?

— Les collègues. On est cinq, en plus de la femme de ménage. Et du chef, comme je le disais. L'un des cinq sait à quel moment la voiture est sortie. Mais j'aurai du mal à les joindre à cette heure.

Stefan leva la main.

— Demande-lui de nous faxer leurs coordonnées.

— Est-ce que tu as leurs coordonnées ?

— Elles doivent être là quelque part...

Il chercha et revint au bout du fil.

— J'ai trouvé la copie des permis de conduire.

— Tu as un fax ?

— Je devrais pouvoir le faire marcher, je crois. Ce n'est pas comme les ordinateurs. Mais je ne peux rien vous envoyer sans l'accord de Sundelin.

— Il sait de quoi il retourne. On n'a pas le temps d'attendre, dit Erik Johansson avec autorité. Tu peux noter ? Je te donne mon numéro de fax.

Le télécopieur se trouvait dans le couloir à l'extérieur du bureau. Erik Johansson alla vérifier que la ligne fonctionnait. Puis il se rassit avec les autres.

Quelques instants plus tard, la machine émit un crépitement. Les papiers commencèrent à sortir. Quatre photocopies de permis de conduire. Le texte était à peine lisible, et les photos faisaient penser à des ombres chinoises. L'appareil se tut ; ils retournèrent dans le bureau. La neige, vit Stefan, commençait à s'accumuler sur le rebord de la fenêtre. Les copies circulaient de l'un à l'autre. Erik Johansson nota par écrit les quatre noms, *Klas Herrström, Simon Lukac, Magnus Holmström, Werner Mäkinen,* en les prononçant lentement à voix haute au fur et à mesure.

Stefan n'entendit pas le dernier nom ; il s'était arrêté au troisième. Il demanda à voir la copie. Il retint son souffle. Le visage était réduit à un simple contour. Pourtant il le reconnaissait.

— Je crois qu'on le tient, dit-il à voix basse.

— Qui ?

— Magnus Holmström. Je l'ai rencontré chez Emil Wetterstedt. Sur l'île d'Öland.

Giuseppe était passé très rapidement sur cette visite dans son compte tendu à Erik Johansson. Mais celui-ci réagit au quart de tour.

— Tu en es sûr ?

Stefan se leva et plaça la copie sous la lampe.

— C'est lui. J'en suis sûr.

— C'est lui qui a tiré sur la Golf bleue ?

— Je dis seulement que j'ai rencontré Magnus Holmström à Öland et que c'est un néonazi convaincu.

Silence.

— On prévient Stockholm, dit Giuseppe. Ils vont aller dans ce parking et nous procurer une photo correcte de ce gars. Mais où est-il maintenant ?

Le téléphone sonna. C'était Pelle Niklasson, qui voulait savoir si le fax était passé.

— Mais oui, nous te remercions, répondit Erik Johansson. Parmi tes collègues, il y en a un qui s'appelle Magnus Holmström...

— Ah oui, Maggan.

— Pardon ?

— On l'appelle comme ça.

— As-tu son adresse ?

— Je ne crois pas. Ça ne fait pas longtemps qu'il travaille chez nous.

— Les employés doivent tout de même justifier d'une adresse, non ?

— Je peux regarder. Ce n'est pas moi qui m'occupe de ces trucs-là. Il mit presque cinq minutes avant de revenir en ligne.

— Il a indiqué l'adresse de sa mère à Bandhagen. Skeppstavägen 7A, c/o Holmström. Mais il n'y a pas de numéro de téléphone.

— Quel est le prénom de sa mère ?

— Je n'en sais rien. Est-ce que je peux rentrer chez moi ? Ma femme n'était pas trop contente de me voir partir.

— Appelle-la et dis-lui de prendre son mal en patience. Ce qui va arriver maintenant, c'est qu'un policier de Stockholm va te joindre au téléphone.

— Mais qu'est-ce qui se passe à la fin ?

— Tu disais que Magnus Holmström ne travaillait chez vous que depuis peu de temps.

— Quelques mois, pourquoi ? Il a fait quelque chose ?

— Quelle impression te fait-il ?

— Comment ça, « impression » ?

— Fait-il bien son boulot ? A-t-il des habitudes particulières ?

— Il est assez renfermé. Il ne dit presque rien, en fait. J'ai du mal à le cerner.

— Quand l'as-tu vu pour la dernière fois ?

— Il est de congé depuis lundi.

— OK. Dans ce cas, tu n'as plus qu'à attendre sur place le coup de fil de notre collègue.

Le temps qu'Erik Johansson raccroche, Giuseppe avait déjà appelé le commissariat de Kungsholmen, à Stockholm. Stefan s'occupa de dénicher le numéro de téléphone de la mère, mais, d'après les renseignements, il n'y avait pas de Holmström à l'adresse indiquée. Il continua en recherchant un portable au nom de Magnus Holmström, en précisant son numéro d'identification. Sans résultat.

Vingt minutes après, tous les téléphones se turent à l'unisson, et Erik Johansson mit en route un café. Il continuait de neiger, mais les flocons étaient un peu moins serrés qu'avant. Stefan s'approcha de la fenêtre. Dehors, le sol était blanc. Giuseppe partit aux toilettes et revint un quart d'heure plus tard, l'air sombre.

— Mon estomac ne supporte pas tout ça. Il se bloque. Rien depuis avant-hier, c'est ennuyeux.

Ils attendirent en buvant le café. Puis il y eut l'appel d'un officier de police, à Stockholm, disant qu'on n'avait trouvé aucun Magnus Holmström à l'adresse de Bandhagen. La mère, qui se prénommait Margot, affirmait ne pas avoir vu son fils depuis plusieurs mois. Il avait l'habitude de passer de temps en temps récupérer son courrier quand elle était au travail. Mais elle ne savait pas où il habitait. Les recherches se poursuivraient tout au long de la nuit.

Giuseppe appela le procureur Lövander à Östersund. Erik Johansson s'assit devant son ordinateur et commença à pianoter. Stefan pensa soudain à Veronica Molin et à son ordinateur portable qui, à l'en croire, contenait toute sa vie. Il se demanda si son frère et elle étaient revenus à Sveg malgré la tempête, ou s'ils avaient décidé de passer la nuit à Östersund. Giuseppe raccrocha.

— Ça roule, dit-il. Lövander a compris ce qui se prépare. On lance un nouvel avis de recherche. Plus seulement une Ford Escort rouge, mais un certain Magnus Holmström, probablement armé, et considéré comme dangereux.

— On devrait demander à Margot Holmström si elle est informée des opinions politiques de son fils, dit Stefan. Quel genre de courrier reçoit-il ? Peut-être garde-t-il un ordinateur chez elle, qui contiendrait par exemple une messagerie électronique ?

— C'est curieux qu'il fasse adresser son courrier chez sa mère alors qu'il habite ailleurs. Ou bien c'est une habitude chez les jeunes qui passent d'une colocation à l'autre. Dans ce cas, il a sûrement aussi une adresse e-mail.

— Ou bien il se cache, intervint Erik Johansson. Quelqu'un sait-il comment faire pour obtenir de plus grosses lettres à l'écran ?

Giuseppe lui montra la manœuvre.

— On devrait peut-être le rechercher sur l'île d'Öland, suggéra Stefan. C'est là que je l'ai rencontré. Et il a pris de l'essence à Söderköping.

Giuseppe, d'exaspération, se frappa la tête.

— Je suis trop fatigué, rugit-il. On aurait dû y penser tout de suite.

Il se remit à téléphoner. Il fallut un temps infini pour localiser le policier de garde, à Stockholm, auquel il avait parlé peu auparavant. Pendant qu'il attendait, Stefan lui donna les indications pour se rendre chez Wetterstedt, sur l'île.

Il était une heure trente quand Giuseppe raccrocha. Erik Johansson écrivait toujours. Il ne neigeait presque plus. Giuseppe consulta le thermomètre.

— Moins trois degrés. Elle va tenir. Au moins jusqu'à demain.

Il regarda Stefan.

— J'ai le sentiment qu'il ne va plus se passer grand-chose cette nuit. La battue a commencé. Un plongeur essaiera de récupérer le fusil dès le lever du jour. D'ici là, je crois que le mieux que nous ayons à faire, c'est dormir. Je loge chez Erik. Je ne me vois pas encore passer une nuit à l'hôtel.

Erik Johansson éteignit l'ordinateur.

On a quand même fait un grand pas, dit-il. On cherche maintenant deux personnes, dont une dont on connaît le vrai nom. Il faut voir ça comme une avancée.

— Trois. En fait on cherche sans doute trois personnes.

Personne ne contredit Giuseppe.

Stefan enfila sa veste et quitta la maison communale. La neige, douce sous ses pas, étouffait tous les sons. Quelques flocons isolés tombaient encore. Il se retourna plusieurs fois, mais aucune ombre ne le suivait. Le bourg était endormi. À l'hôtel, la chambre de Veronica Molin n'était pas éclairée. Il se demanda à nouveau si son frère et elle avaient choisi de rester à Östersund. Les funérailles n'étaient qu'à onze heures le lendemain, ils auraient donc largement le temps de revenir à Sveg. Il entra dans l'hôtel. Les deux joueurs de cartes de la veille étaient à leur place, malgré l'heure tardive, et lui adressèrent un hochement de tête au passage. Il était trop tard pour appeler Elena. Stefan se déshabilla, prit une douche et se coucha tout en pensant à Magnus Holmström. « Renfermé », avait dit Pelle Niklasson. C'était sûrement une impression qu'il pouvait donner si tel était son désir. Mais Stefan avait vu autre chose. Un jeune homme glacial, dangereux. Il n'avait aucun mal à l'imaginer en train de viser Fernando Hereira. Avec l'intention de le tuer. Mais était-ce lui qui avait exécuté Abraham Andersson ? Pourquoi, dans ce cas, Elsa Berggren avait-elle endossé le meurtre ? Elle était peut-être coupable. Mais Stefan n'y croyait pas. En revanche, s'il avait raison, Magnus Holmström avait très bien pu lui révéler ce qui ne figurait pas dans les journaux, entre autres le détail de la corde à linge.

Le motif émerge peu à peu, pensa Stefan. Il manque encore plusieurs pièces, mais on a obtenu une profondeur de champ.

Il éteignit. Pensa à la cérémonie du lendemain, après laquelle Veronica Molin retournerait à un monde dont il ignorait tout.

La sonnerie du portable le ramena à la surface. Il le chercha à tâtons dans sa poche de veste. C'était Giuseppe.

— Je te réveille ?

— Oui.

— J'ai hésité à t'appeler. Mais j'ai pensé que ça t'intéresserait.

— Qu'est-ce qui se passe ?

— La maison de Molin brûle. On est en route, Erik et moi. L'alerte a été donnée il y a un quart d'heure. Un chasse-neige passait par là et le conducteur a vu des lueurs d'incendie dans la forêt.

Stefan se frotta les yeux.

— Tu es toujours là ? demanda Giuseppe.

— Oui.

— Au moins, il n'y a pas à s'inquiéter pour les dégâts, vu que la maison était déjà dévastée.

La liaison était mauvaise. La voix de Giuseppe disparut. Deux secondes plus tard, le portable sonnait à nouveau.

— Je voulais juste te dire ça.

— Qu'est-ce que tu en penses ?

Mon hypothèse, c'est que quelqu'un connaissait l'existence du journal de Molin, sans savoir que tu l'avais trouvé. Je te rappelle dès que j'en saurai plus.

— Tu crois donc à un incendie criminel ?

— Je ne crois rien. Il peut y avoir des causes naturelles, bien sûr. Erik me dit qu'ils ont un bon chef pompier ici. Paraît-il qu'il n'y a jamais eu un incendie à Sveg dont Olof Lundin n'ait pas réussi à déterminer l'origine. Allez, on se rappelle.

Stefan posa le téléphone sur la table de chevet. Par la fenêtre entrait la lumière de l'éclairage extérieur de l'hôtel, réfléchie par la neige. Il pensa à ce que venait de dire Giuseppe. Ses pensées vagabondèrent pendant qu'il essayait de se rendormir.

Il se voyait dans la côte, marchant vers l'hôpital. Là, il passait devant l'école de Bäckäng. Il pleuvait. Ou peut-être était-ce de la neige. Il était mal chaussé. Il avait voulu affronter l'épreuve dignement, avec les chaussures noires achetées l'année précédente, qu'il n'avait presque jamais mises. Il aurait mieux fait d'enfiler des bottes, ou au moins ses chaussures marron à grosse semelle de caoutchouc. Il avait déjà les pieds mouillés.

Il faisait trop clair pour se rendormir. Il se leva, dans l'idée de baisser le store et de faire barrage à la luminosité artificielle. Ce fut alors qu'il le vit.

Il y avait un homme dans la cour. Qui levait la tête vers lui. Stefan portait un T-shirt blanc : peut-être était-il visible, à sa fenêtre, malgré l'obscurité de la chambre ? L'ombre, en bas, ne bougeait pas. Stefan retint son souffle. Soudain l'homme leva les bras, lentement, comme si quelqu'un l'avait menacé d'une arme. Un geste de capitulation, aurait-on dit.

Puis il se détourna et disparut.

Stefan se demanda si c'était une hallucination. Mais les empreintes étaient là, bien visibles dans la neige. Il s'habilla à toute vitesse, attrapa ses clés et dévala l'escalier. La réception était déserte, les joueurs avaient disparu. Il ne restait que leur jeu de cartes éparpillé sur la table. Stefan se précipita dehors, mais s'immobilisa en entendant un bruit de moteur. Une voiture qui s'éloignait. Il regarda lentement autour de lui. Puis il avança vers l'endroit où s'était tenu l'homme. Les empreintes étaient très nettes. Il était entré dans la cour de l'hôtel par la rue où se trouvait le magasin de meubles, et il était reparti par le même chemin.

Le regard de Stefan s'attarda sur les traces qui étaient sous sa fenêtre.

Il se figea. Il avait déjà vu ces empreintes auparavant.

L'homme qui s'était tenu là un instant plus tôt, le regard levé vers lui, avait esquissé quelques pas de tango dans la neige scintillante.

La première fois que Stefan avait vu ce même motif, il avait été dessiné dans le sang.

33

Il devait appeler Giuseppe.

C'était la seule option raisonnable.

Mais quelque chose en lui résistait. La situation était beaucoup trop irréelle. Ces traces dans la neige, l'homme debout sous sa fenêtre qui avait lentement levé les bras en signe de renoncement, ou de soumission...

Il vérifia que le portable était bien dans sa poche. Puis il suivit les traces qui, sortant de la cour de l'hôtel, croisaient les empreintes d'un chien. Celui-ci avait traversé la rue après avoir laissé une tache jaune sur la neige. Les promeneurs nocturnes étaient rares à Sveg. Pas d'autres traces sur le trottoir que celles de l'homme aperçu par Stefan. Des pas décidés, qui formaient une double ligne droite s'éloignant vers le nord et qui, une fois dépassé le magasin de meubles, remontaient en direction de la gare. Stefan regarda autour de lui. Personne, aucune ombre furtive, rien que ces empreintes dans la neige. À hauteur du salon de thé, l'homme s'était retourné. Puis il avait obliqué vers le bâtiment de la gare, qui était éteint et désert. Stefan laissa passer une voiture. Puis il traversa à son tour.

Devant la gare, il s'arrêta, indécis. Les empreintes

contournaient le bâtiment en direction du quai et des voies ferrées. Sauf erreur, Stefan suivait maintenant l'homme qui avait tué Herbert Molin. Pas seulement tué, mais torturé, fouetté à mort, traîné sur le parquet dans un tango sanglant. Une pensée le frappa, sérieusement, pour la première fois. L'homme pouvait être fou. Ce qu'ils tentaient d'interpréter depuis le début comme un acte rationnel et prémédité pouvait malgré tout relever du contraire, de la démence pure et simple. Il rebroussa chemin jusqu'à un réverbère et composa le numéro de Giuseppe. Occupé. Ils sont arrivés sur le lieu de l'incendie, Giuseppe est au téléphone, peut-être avec Rundström... Tout en surveillant le bâtiment de la gare, il refit le numéro. Toujours occupé. Il attendit quelques minutes et fit une troisième tentative. Une voix de femme l'informait que son correspondant ne pouvait momentanément être joint et l'invitait à réessayer plus tard. Il rangea le téléphone en essayant de parvenir à une décision. Puis il se mit en marche en direction de Fjällvägen. Après avoir longé un grand entrepôt, il tourna à gauche et se retrouva bientôt au milieu des voies. La gare était visible, mais déjà loin. Il s'enfonça dans les ombres et commença à se rapprocher de la gare. Un fourgon stationnait sur une voie de garage. Il se faufila derrière. Mais il n'était pas encore assez près pour voir la direction prise par les traces. Il avança jusqu'à l'angle du wagon et jeta un regard.

La neige étouffait tous les bruits. Stefan n'entendit pas l'homme approcher par-derrière. Il sentit une douleur fulgurante à la base du crâne.

Il était inconscient quand il s'affaissa dans la neige.

Stefan ouvrit les yeux sur une obscurité totale. En sentant la pulsation douloureuse à la tête, il se rappela instantanément : le wagon de marchandises, son coup d'œil prudent en direction de la gare. Puis la foudre. Il ignorait la suite. Mais il n'était plus en plein air. Il était à l'intérieur, assis dans un fauteuil. Il essaya de remuer les bras. Impossible. Pareil pour les jambes. Il était entravé. Et on lui avait bandé les yeux.

La peur le submergea.

Il avait été capturé par l'homme dont il suivait la trace dans la neige. Il avait fait ce qu'il n'aurait jamais dû faire. S'engager seul sur le terrain, sans collègue, sans appui. Son cœur battait la chamade. Quand il tourna la tête, l'élancement à la nuque fut terrible. Il écouta, attentif dans le noir, en se demandant combien de temps il était resté évanoui.

Il sursauta. Quelqu'un respirait tout contre lui.

Où était-il ? À l'intérieur, mais où ? Cette odeur... Il la reconnaissait, sans pouvoir l'identifier.

Il était déjà venu dans cette pièce.

Papillotement de l'autre côté du bandeau. Il n'y voyait rien, mais quelqu'un avait allumé une lampe. Il retint son souffle. Des pas étouffés – il devait y avoir un tapis. Et cette vibration du sol – un plancher, une vieille maison. Stefan était déjà venu, il en était certain.

Une voix d'homme s'adressa à lui dans un anglais

hésitant. Sur sa gauche. Une voix rauque, au débit lent. Un accent très prononcé.

— Je regrette d'avoir dû t'assommer. Mais cette rencontre était nécessaire.

Stefan ne répondit pas. Chaque mot pouvait être dangereux, si l'homme était fou. Le silence était la seule protection qui lui restait.

— Je sais que tu es policier, poursuivit la voix. Peu importe comment je le sais.

L'homme se tut, comme pour lui donner la possibilité de répondre. Stefan attendit.

— Je suis fatigué, reprit la voix. Le voyage a été beaucoup trop long. Je veux rentrer chez moi. Mais j'ai besoin de réponse à certaines questions. Et aussi de parler à quelqu'un. Dis-moi : qui suis-je ?

Stefan essayait fébrilement de décrypter ce qu'il entendait. Pas les mots, mais ce qu'ils cachaient, ou révélaient. L'homme donnait l'impression d'être parfaitement calme. Ni anxieux, ni excité, ni en colère.

— Je veux que tu me répondes, insista la voix. Il ne va rien t'arriver. Mais je ne peux pas te laisser voir mon visage. Qui suis-je ?

Stefan sut qu'il devait obéir. La voix trahissait une grande détermination.

— Je t'ai vu ce soir. Tu étais dans la cour de l'hôtel. Tu as levé les bras. Tu as dessiné dans la neige les mêmes empreintes que dans la maison de Herbert Molin.

— Je l'ai tué. C'était nécessaire. Pendant des années, j'ai cru que je flancherais, le moment venu. Mais je n'ai pas flanché. Peut-être sur mon lit de mort regretterai-je mon acte. Je ne sais pas.

Stefan s'aperçut qu'il était en nage. Il veut parler, pensa-t-il fébrilement. Moi, j'ai besoin de temps pour découvrir où je suis. *Pendant des années,* a-t-il dit. C'est là que je peux embrayer. Mais pas de questions directes.

— Je comprends que cet acte était lié à la guerre, dit-il. À des événements qui se sont produits il y a longtemps.

— Herbert Molin a tué mon père.

Il avait parlé posément. Fernando Hereira, ou quel que fût le vrai nom de cet homme, disait la vérité. *Herbert Molin a tué mon père.* Stefan n'en doutait pas une seconde.

— Que s'est-il passé ?

— Des millions de gens sont morts à cause de Hitler. Mais chaque mort est unique. Chaque horreur a son propre visage.

La voix se tut. Stefan attendit, en essayant de retenir l'essentiel de ce qui avait été dit jusque-là. La référence était bien la Seconde Guerre. Et son mobile avait été de venger son père. Il avait aussi évoqué son voyage « beaucoup trop long ». Et peut-être le plus important de tout : « Je dois parler à quelqu'un. » Quelqu'un à part moi, pensa Stefan. Qui ?

— Ils ont pendu Josef Lehmann, reprit la voix. À la fin de l'automne 1945. C'était juste. Cet homme avait exercé une terreur indescriptible dans plusieurs camps. Mais ils auraient dû pendre aussi son frère, Waldemar Lehmann. Il était bien pire. Deux hommes, deux frères qui servaient leur maître en torturant des innocents. L'un a été pendu.

L'autre a disparu. Les dieux sont d'une indulgence incompréhensible. Il se peut même qu'il soit encore en vie. J'ai cru parfois l'apercevoir dans la rue. Mais je ne connais pas son visage. Il n'existe aucune photographie de lui. Waldemar était plus prudent que Josef. C'est ça qui l'a sauvé. Et sa particularité, c'est qu'il prenait plaisir à laisser les autres exécuter les atrocités à sa place. Sa spécialité était de former des monstres. Des ouvriers de la mort.

Stefan perçut comme un sanglot, ou un soupir, puis l'homme dut se lever, car il y eut un grincement. Stefan avait déjà entendu ce bruit : un fauteuil ou peut-être un canapé qui grinçait de cette façon précise.

— Je veux rentrer chez moi, dit la voix. Reprendre ma vie, ou ce qu'il en reste. Mais d'abord je dois savoir qui a tué Abraham Andersson, et si j'ai une part de responsabilité dans sa mort. Je ne peux pas défaire ce qui a été fait, mais je peux jusqu'à la fin de mes jours allumer des cierges et demander son pardon.

— Tu conduisais une Golf bleue quand quelqu'un t'a tiré dessus, sur la route. Je ne sais pas si tu es indemne. En tout cas, tu as réussi à t'enfuir. Celui qui a fait cela est peut-être l'homme qui a tué Abraham Andersson.

— Tu en sais long. Mais tu es policier, c'est ton métier de savoir. Et aussi de tout faire pour me capturer. Même si, pour l'instant, les rôles sont inversés : c'est toi qui es mon captif. Tu as raison, j'ai eu de la chance. Il n'a pas réussi à m'atteindre. Je me suis caché dans la forêt toute la nuit avant d'oser continuer.

— Tu avais donc une voiture.

— Je paierai pour celle qui a été abîmée. Une fois que je serai rentré, j'enverrai de l'argent.

— Je veux dire après. Tu avais une autre voiture.

— Je l'ai trouvée dans un garage, au bord de la forêt. Je ne sais pas si elle a manqué à quelqu'un. La maison paraissait vide.

Stefan devina une légère impatience dans la voix de l'homme et comprit qu'il devait être encore plus prudent dans le choix des mots. Il y eut un tintement. Une capsule, pensa Stefan. Mais pas de verre. Il boit au goulot. Une faible odeur d'alcool se répandit dans la pièce.

L'homme entreprit alors de lui raconter ce qui s'était passé ce jour-là, cinquante-quatre ans plus tôt. Une histoire brève, nette, effarante.

— Waldemar Lehmann était un maître, comme je le disais. Un maître dans l'art d'infliger la souffrance. Herbert Molin est entré un jour dans sa vie. Je ne connais pas tous les détails. Il a fallu que j'attende de rencontrer Höllner pour savoir enfin qui avait tué mon père. Mais les informations que j'ai réussi à rassembler suffisent à rendre la mort de Molin nécessaire et juste.

Nouveau tintement de capsule. Il est en train de se saouler, pensa Stefan. Est-ce qu'il va perdre le contrôle de ses gestes ? Sa peur s'intensifia. Comme s'il attrapait lentement la fièvre.

— Mon père enseignait la danse. C'était un homme paisible, qui adorait apprendre aux gens à danser. Surtout aux jeunes et aux timides. Herbert Molin est venu le voir, au cours d'une semaine de permission à Berlin. Nous ne saurons jamais qui l'a conduit jusqu'à mon père. Toujours est-il qu'il est devenu son élève – il désirait tout particulièrement connaître le tango. À chaque permission, il revenait à Berlin prendre des leçons chez mon père. Je ne sais pas combien de fois il l'a fait, mais je me souviens de ce jeune soldat qui venait chez nous, que j'apercevais en coup de vent, au début et à la fin des leçons. Je peux encore visualiser ses traits. Quand j'ai revu Herbert Molin, je l'ai reconnu.

L'homme se leva. Stefan eut à nouveau la sensation de reconnaître ce grincement, mais cette fois il l'associa à la maison d'Öland, où il avait rencontré Emil Wetterstedt. Je deviens fou, pensa-t-il avec désespoir.

La voix revint, sur sa droite. L'homme s'était assis dans un autre fauteuil. Qui ne grinçait pas. Ce qui réactiva la mémoire de Stefan. Il connaissait ce fauteuil qui ne grinçait pas. Dans quelle pièce se trouvait ce fauteuil ? Il devait à tout prix se souvenir.

— J'avais douze ans. Mon père donnait ses cours à la maison, car on l'avait privé de son studio de danse en 1939, au début de la guerre. Un matin, il y avait eu une étoile jaune sur la porte. Voilà. Il n'en parlait jamais. Personne n'en parlait. Nous voyions nos amis disparaître les uns après les autres. Mon père est resté. Quelque part à l'arrière-plan il y avait mon oncle, dont la protection s'étendait de façon invisible sur toute notre famille, car il était le masseur personnel de Hermann Göring. Personne n'avait le droit de nous toucher. Jusqu'au jour où Herbert Molin est devenu l'élève de mon père.

La voix s'étrangla. Stefan fouillait sa mémoire. Où était-il ? C'était la première chose à savoir s'il voulait avoir une chance de se libérer. L'homme sur sa droite était imprévisible. Il avait torturé Herbert Molin, il l'avait mis à mort, exactement comme les gens dont il parlait.

— J'entrais parfois dans la pièce où mon père donnait ses leçons. Une fois, nos regards se sont croisés, et le jeune soldat a souri. Je m'en souviens encore. Son visage m'a plu. Un jeune homme en uniforme, qui souriait. Comme il ne disait jamais un mot, je le prenais naturellement pour un Allemand. Comment aurais-je pu imaginer qu'il venait de Suède ? J'ignore par quel concours de circonstances ce soldat s'est ensuite retrouvé sous la coupe de Waldemar Lehmann. D'une manière ou d'une autre, Lehmann a appris qu'il prenait des leçons de danse chez un juif, qui avait eu l'impertinence non seulement de rester à Berlin, mais de s'y comporter comme un homme libre, au même titre que n'importe qui. Je ne sais pas de quelles méthodes il a usé pour convertir Herbert Molin. Mais il a réussi. Un après-midi, il est venu prendre son cours. J'avais l'habitude de m'asseoir dans l'entrée et d'écouter ce qui se passait dans cette pièce où mon père repoussait les meubles contre les murs pour faire de la place. Cette pièce avait des tentures rouges et un parquet usé. J'entendais la voix aimable de mon père qui comptait les pas, parlait de « pied gauche » et « pied droit », qui soulignait l'importance de la rectitude du dos. Soudain, le gramophone s'est tu. Tout est devenu silencieux. J'ai cru qu'ils faisaient une pause. Puis la porte s'est ouverte, le jeune soldat est sorti très vite. Il a quitté l'appartement. J'ai vu ses pieds, ses souliers de danse, au moment où il est parti. D'habitude, mon père sortait du salon derrière son élève en s'épongeant le visage avec son mouchoir, et il me souriait. Mais là, il n'y avait que du silence. J'ai jeté un coup d'œil. Je l'ai vu. Il avait été étranglé avec sa propre ceinture.

La suite parvint aux oreilles de Stefan comme un cri prolongé.

— Il l'avait étranglé avec sa propre ceinture ! Et il lui avait fourré dans la bouche les débris noirs d'un disque, l'étiquette était pleine de sang, mais c'était du tango, je l'ai vu. Toute ma vie, j'ai cherché à savoir qui était l'homme qui avait fait ça à mon père. Et par hasard Höllner me l'a dit. C'était un Suédois ! Quelqu'un qui n'était même pas dans l'obligation de servir Hitler, qui était venu en Allemagne de son plein gré, qui avait repris à son compte la haine délirante contre les juifs, même celui qui l'avait aidé à surmonter sa timidité en lui apprenant à danser. Je ne sais pas ce que Lehmann lui a fait, à quoi il l'a contraint, sous quelle menace. Je ne sais pas comment ce Suédois a été contaminé par la folie des nazis. Mais ça n'a pas beaucoup d'importance. Ce qu'il a fait, ce jour-là, quand il est arrivé chez nous, non pour danser, mais pour assassiner mon père, on ne peut même pas le décrire. Je l'ai vu – c'était sa propre ceinture qu'il avait autour du cou. Il était mort. Et pas seulement lui. Ma mère, mes frères, mes sœurs, moi, tous, nous sommes tous morts ce jour-là. Ma mère a survécu quelques mois, le temps de nous faire sortir du pays. C'est la dernière faveur que mon oncle a réussi à soutirer à Göring. Dès qu'elle nous a su en sûreté en Suisse, elle s'est suicidée. Aujourd'hui, il ne reste que moi. Les autres sont morts avant l'âge de trente ans – ma sœur de sa propre main, mon frère par l'alcool. Moi, je me suis retrouvé en Amérique du Sud. Ou plutôt, j'ai fait en sorte d'y aller car je savais que de nombreux nazis étaient réfugiés là-bas. J'ai cherché cet homme. Je ne pouvais pas admettre qu'il ait le droit de vivre alors que mon père était mort. J'ai fini par le trouver. Un vieil homme qui s'était caché ici, dans la forêt. J'ai fait ce que je devais faire. Je lui ai donné sa dernière leçon de danse. J'allais rentrer chez moi, lorsque quelqu'un a tué son voisin. Et je me demande si je suis aussi coupable de ce crime-là.

Le silence se fit. Stefan avait mémorisé le nom mentionné par Fernando Hereira, l'homme dont la rencontre avait été décisive pour lui.

— Qui était Höllner ? demanda-t-il.

— Le messager que j'espérais depuis toujours. On a dîné à la même table un soir, par hasard, dans un restaurant de Buenos Aires.

Fernando Hereira se tut. Stefan attendit.

— Quand j'y repense, c'est tellement simple. Höllner était de Berlin, comme moi. Et son père avait, depuis le milieu des années trente, le même masseur attitré que Göring. Göring souffrait de douleurs constantes à cause de son addiction à la morphine et il ne supportait aucun masseur en dehors de mon oncle. Ça, c'était le premier point de départ, l'autre étant Waldemar Lehmann qui, contrairement à son frère, a réussi à disparaître dans le chaos de l'après-guerre. On ne l'a jamais retrouvé. Beaucoup ont essayé pourtant. Il était tout en haut de la liste des criminels de guerre, juste après Martin Bormann. On a réussi à arrêter Eichmann. Mais jamais Waldemar Lehmann. Parmi ceux qui le cherchaient, il y avait un major anglais nommé Stuckford. Pourquoi, je n'en sais rien. Mais il était présent en Allemagne en 1945 et il a dû être là quand on a ouvert les camps. Je sais qu'il a présidé à la pendaison de Josef Lehmann. Au cours de ses recherches, Stuckford a appris qu'un soldat d'origine suédoise serait devenu à la fin de la guerre l'un des exécutants de Waldemar Lehmann, qui l'aurait entre autres forcé à assassiner son professeur de danse.

Fernando Hereira fit une pause. Comme s'il devait rassembler ses forces pour achever son récit.

— Un jour, longtemps après la guerre, Höllner et Stuckford se sont rencontrés lors d'une conférence sur la chasse aux criminels de guerre nazis. Ils en sont venus à parler de Waldemar Lehmann. Au cours de cette conversation, Stuckford a dit à Höllner ce qu'il savait du meurtre de ce professeur de danse de Berlin. L'assassin était un Suédois du nom de Mattson-Herzén. Ce nom lui avait été livré par un autre dignitaire nazi qui cherchait à monnayer sa liberté, au cours d'un des innombrables interrogatoires menés par Stuckford après la guerre. Tout cela, Höllner me l'a raconté. Et aussi que Stuckford venait de temps à autre à Buenos Aires.

Stefan entendit Fernando Hereira s'emparer de la bouteille, puis la reposer tout de suite sans avoir bu.

— La fois suivante où Stuckford est passé à Buenos Aires, je suis allé le voir dans son hôtel. Je lui ai dit que j'étais le fils du professeur de danse. Un an après, j'ai reçu une lettre d'Angleterre. Stuckford m'apprenait que Mattson-Herzén avait changé de nom dans les années cinquante, qu'il s'appelait maintenant Molin, et qu'il était encore en vie. Je n'oublierai jamais cette lettre. J'avais retrouvé l'homme au gentil sourire qui venait prendre ses leçons chez nous. Stuckford, grâce à ses contacts, m'a permis de suivre sa trace jusqu'ici, dans la forêt.

La voix se tut. Il n'y aura pas de suite, se dit Stefan. D'ailleurs, ce n'est pas nécessaire. Devant moi est assis un homme que je ne peux pas voir, qui a vengé son père. Nous avions raison de penser que ce meurtre avait son origine dans la guerre.

Fernando Hereira venait de compléter le puzzle. Et il était ironique, sans doute, que Herbert Molin eût consacré ses dernières années précisément aux puzzles, toujours en compagnie de sa peur.

— Tu as compris ?

— Oui.

— Tu as des questions ?

— Pas sur ce que tu viens de dire. Mais j'aimerais savoir pourquoi tu as déplacé le chien.

— Quel chien ?

— Après la mort d'Abraham Andersson. Tu as pris son chien et tu l'as enfermé chez Molin.

— Je voulais vous montrer que la situation n'était pas celle que vous croyiez. Je n'avais pas tué l'autre homme.

— Pourquoi le chien nous aurait-il donné cette idée ?

La réponse fusa, simple, convaincante :

— J'étais ivre quand j'ai décidé ça. En fait, je ne comprends toujours pas que personne ne m'ait surpris cette nuit-là. J'ai pris le chien pour susciter un désordre. Dans votre manière de penser. Je ne sais pas si j'ai réussi.

— On s'est posé de nouvelles questions.

— Alors j'ai réussi.

— Quand tu es arrivé dans la région, la première fois, est-ce que tu as campé sous une tente, au bord du lac, près de chez Molin ?

— Oui.

Stefan nota que l'impatience avait disparu. Hereira était parfaitement calme. D'ailleurs, il n'entendait plus la bouteille. Hereira se leva et s'avança de quelques pas en faisant vibrer le plancher. Il se tenait à présent derrière la chaise de Stefan. La peur un instant endormie l'envahit aussitôt. Il se rappela les mains autour de son cou. Si l'homme choisissait de l'étrangler maintenant, il ne pourrait même pas bouger.

Le fauteuil grinça. La voix revint, sur la gauche. Où donc l'homme l'avait-il emmené ?

— Je croyais que c'était fini. Toutes ces atrocités. Mais les idées formées dans le cerveau tordu de Hitler sont encore là. Elles ont pris d'autres noms, mais ce sont les mêmes. Par exemple, l'idée qu'il est tout à fait possible d'exterminer un peuple entier si on le juge utile. Avec les nouvelles techniques, les groupes qui propagent ces idées n'ont aucun mal à communiquer entre eux. Tout est dans les ordinateurs aujourd'hui.

Stefan se dit qu'il avait entendu les mêmes mots ou presque dans la bouche de Veronica Molin.

— Ils continuent à détruire des vies, poursuivit la voix. Ils continuent à cultiver leur haine. Contre ceux qui ont une autre couleur de peau, d'autres habitudes, d'autres dieux.

Stefan comprit soudain que le calme de Hereira était trompeur. Il était proche du point de rupture. S'il franchissait ce point, il pouvait devenir violent. Il a sauvagement torturé Herbert Molin, pensa Stefan pour la énième fois. Il a failli m'étrangler, il m'a assommé deux fois, il m'a attaché dans ce fauteuil. Je suis plus fort que lui. J'ai trente-sept ans, il en a presque soixante-dix. Il ne peut pas me libérer, car dans ce cas je le neutraliserais sur-le-champ. Il sait qu'il s'en est pris à un policier, ce qui est le pire des délits, en Suède ou en Argentine.

Il était très clair que l'homme pouvait le tuer maintenant. Il s'était confessé. Que restait-il, après cela ? La fuite. Et la question de ce qu'il devait faire de ce policier captif.

Je n'ai pas vu son visage, songea-t-il. Tant que c'est le cas, il peut disparaître en me laissant ici. Je dois faire en sorte qu'il ne me retire pas le bandeau.

L'homme reprit la parole. L'impatience était revenue dans sa voix.

— Qui a essayé de me tuer sur la route ?

— Un jeune nazi. Son nom est Magnus Holmström.

— Il est suédois ?

— Oui.

— Je croyais que la Suède était un pays respectable. Où les seuls nazis étaient les vieux de la génération de Hitler, ceux d'entre eux qui ne sont pas encore morts, qui se cachent encore dans leurs trous.

— Les vieux ont des héritiers.

— Je ne parle pas des jeunes gens au crâne rasé. Je parle de ceux qui rêvent de sang, qui projettent des massacres, qui voient un avenir de domination et de soumission.

— Magnus Holmström est de ceux-là.

— Vous l'avez arrêté ?

— Pas encore.

La capsule tinta.

— C'est elle qui lui a demandé de venir ?

Qui ça, *elle* ? pensa fébrilement Stefan. Puis il comprit qu'il n'y avait qu'une seule réponse : Elsa Berggren.

— Nous ne le savons pas.

— Qui, sinon elle ?

— Nous ne le savons pas.

— Mais il devait bien y avoir une raison !

Doucement, s'intima Stefan. Ne pas trop en dire, ni trop peu. Trouver les mots justes. Il veut savoir s'il a une part de culpabilité dans cette mort. Bien sûr que oui. En tuant Herbert Molin, il a retourné une pierre. Les cloportes, pour parler comme Giuseppe, ont filé dans toutes les directions et, maintenant, ils veulent se réfugier sous la pierre. Ils veulent que quelqu'un remette la pierre au même endroit – là où elle était avant que la grande angoisse ne se propage dans la forêt.

Il y avait encore beaucoup de points obscurs. Comme s'il manquait un maillon décisif, un facteur qu'il ne parvenait pas à cerner. Pas plus que Giuseppe, pas plus que quiconque.

Il pensa à la maison de Herbert Molin, qui brûlait dans la forêt. Cela lui apparut comme une question inoffensive.

— Est-ce toi qui as mis le feu à la maison de Herbert Molin ?

— Je savais que la police irait là-bas. Et que tu resterais peut-être seul. C'était une possibilité. J'avais raison, puisque tu es rentré à l'hôtel.

— Pourquoi moi ? Pourquoi pas un des autres policiers ?

L'homme ne répondit pas. Stefan réalisa qu'il venait de commettre une erreur et de franchir une frontière dangereuse. Il attendit.

La capsule tinta. L'homme se leva. Stefan aiguisa son ouïe. Soudain, le plancher cessa de vibrer. Tout était silencieux, immobile. L'homme avait-il quitté la pièce ? Stefan tendit ses sens au maximum. Il semblait bel et bien avoir disparu.

Une horloge sonna. Stefan comprit où il était. C'était l'horloge d'Elsa Berggren. Il avait noté sa résonance particulière quand il lui avait rendu visite la première fois, et aussi quand il y était retourné en compagnie de Giuseppe.

Au même instant, le bandeau lui fut arraché des

yeux, si vite qu'il n'eut pas le temps de réagir. Il était réellement dans le salon d'Elsa Berggren, sur le fauteuil où il s'était tenu lors de sa première visite. L'homme était derrière lui. Stefan tourna prudemment la tête.

Fernando Hereira était très pâle, les yeux cernés. Il ne s'était pas rasé depuis des jours. Ses cheveux gris étaient en désordre, ses vêtements – pantalon sombre et veste bleue – crasseux. La veste avait un accroc au col. Aux pieds, il portait des baskets. Voilà donc le campeur du bord du lac, l'homme qui avait soumis Herbert Molin à une violence inouïe avant de l'entraîner dans un tango sanglant et de laisser son cadavre nu au bord de la forêt.

L'horloge avait sonné la demie. Cinq heures et demie du matin. Stefan était resté évanoui plus longtemps qu'il ne le pensait. Sur la table, une bouteille de cognac. Pas de verre, effectivement. L'homme prit la bouteille, avala une rasade. Puis il regarda Stefan.

— Quelle sera ma peine ?

— Je n'en sais rien. Le tribunal en décidera.

Fernando Hereira eut un geste résigné.

— Personne ne comprendra. Peut-on être condamné à mort dans votre pays ?

— Non.

Il but une gorgée de cognac. En posant la bouteille sur la table, il faillit la renverser. Il est ivre, pensa Stefan.

— Je veux parler à quelqu'un, reprit Hereira. Je veux expliquer à la fille de Molin pourquoi j'ai tué son père. C'est Stuckford qui m'a appris qu'il avait une fille. Peut-être aussi d'autres enfants ? Mais je veux parler à sa fille, Veronica. Elle doit être ici.

— L'enterrement de Herbert Molin va avoir lieu tout à l'heure.

Fernando Hereira tressaillit.

— Aujourd'hui ?

— À onze heures. Son fils devait arriver hier soir.

Il y eut un silence. Fernando Hereira contemplait ses mains.

— Je n'aurai la force de parler qu'à elle seulement. Elle expliquera à son frère. Je veux lui dire pourquoi je l'ai fait.

Stefan eut l'intuition qu'il tenait peut-être son ouverture.

— Veronica Molin ne savait rien du passé de son père. Elle est bouleversée. Si tu lui dis la même chose qu'à moi, je crois qu'elle comprendra.

— Tout ce que je dis est vrai.

Il avala une rasade de cognac.

— Voici ma question. M'accorderas-tu le temps dont j'ai besoin ? Si je te laisse partir en te demandant de me ramener Veronica Molin, aurai-je le temps de lui parler avant que tu ne m'arrêtes ?

— Comment puis-je savoir que tu ne lui feras pas de mal ?

— Bien sûr. Mais pourquoi le ferais-je ? Elle est innocente.

— Tu m'as agressé deux fois.

— C'était nécessaire. Je le regrette.

— Comment envisages-tu les choses ?

— Je te laisse partir. Je reste ici. Il est bientôt six heures. Tu parles à Veronica Molin, tu lui expliques où je suis. Quand elle m'aura quitté, tu pourras revenir avec tes collègues. Je sais que je ne rentrerai jamais chez moi. Je resterai ici, et je mourrai en prison.

Fernando Hereira parut se perdre dans ses pensées. Disait-il la vérité ? Impossible de le savoir.

— Je ne peux pas faire courir ce risque à Veronica Molin.

— Pourquoi ?

— Tu t'es montré capable d'une grande violence. Ta demande est déraisonnable.

— Je veux la rencontrer seule. Je ne la toucherai pas. Fernando Hereira frappa du poing sur la table. Stefan fut à nouveau submergé par la peur.

— Que se passera-t-il si je refuse ?

Hereira le regarda longuement.

— Je suis un homme pacifique. Pourtant j'ai maltraité mon prochain. Je ne sais pas.

Stefan savait qu'il n'accéderait pas à l'exigence de Hereira. D'un autre côté, s'il ne présentait pas une alternative acceptable, il pouvait arriver n'importe quoi.

— Je te laisse le temps dont tu as besoin, dit-il. Tu peux lui parler au téléphone.

Le regard de Hereira étincela. Il est épuisé, pensa Stefan, mais pas au bout du rouleau, loin de là.

— J'en fais déjà trop, ajouta-t-il. Je te donne du temps et la possibilité de parler avec elle. Tu imagines bien qu'en tant que fonctionnaire de police, je n'en ai aucun droit.

— Est-ce que je peux te faire confiance ?

— Tu n'as pas le choix.

Hereira hésita. Puis il se leva et arracha l'adhésif qui maintenait Stefan prisonnier.

— Nous devons nous faire confiance l'un à l'autre, dit-il. Il n'y a pas d'autre solution.

Stefan fut pris de vertige en se dirigeant vers la porte. Il avait les jambes en coton et la nuque douloureuse.

— J'attends son appel, dit Hereira. On parlera une demi-heure. Ensuite tu pourras dire à tes collègues où je suis.

Stefan traversa le pont. Avant de quitter la maison, il avait noté sur un papier le numéro de téléphone d'Elsa Berggren. Il s'arrêta à l'endroit où un plongeur commencerait dans peu de temps à chercher le fusil qui reposait peut-être sur le lit du fleuve. Malgré la fatigue, il essaya de réfléchir. Fernando Hereira avait commis un meurtre. Mais il avait en lui quelque chose d'implorant. Une détresse authentique, quand il avait dit vouloir parler à la fille de Molin pour tenter de lui expliquer et, si possible, obtenir son pardon. Stefan se demanda une fois de plus si Veronica Molin et son frère avaient passé la nuit à Östersund. Dans ce cas, il serait obligé d'appeler les hôtels un par un.

Il était six heures trente quand il frappa à la porte de sa chambre. Elle ouvrit si brusquement qu'il faillit reculer. Elle était tout habillée. À l'arrière-plan, il aperçut l'écran allumé de son ordinateur.

— Je sais qu'il est très tôt, mais je dois te parler. Je croyais que ton frère et toi étiez peut-être restés à Östersund à cause de la neige.

— Mon frère n'est pas venu.

— Pourquoi ?

— Il a changé d'avis. Il a appelé en disant qu'il ne voulait plus venir aux funérailles. Je suis rentrée tard hier soir. Qu'y a-t-il de si urgent ?

Stefan se dirigeait déjà vers la réception. Elle le suivit. À peine assis, il lui résuma sans préambule les événements de la nuit. Fernando Hereira, le meurtrier de son père, attendait son coup de fil et peut-être son pardon dans la maison d'Elsa Berggren.

— Il voulait te voir en personne, mais je ne pouvais évidemment pas l'accepter.

— Je n'ai pas peur, dit-elle après un silence. Mais je n'y serais pas allée. Quelqu'un est-il au courant, à part toi ?

— Non.

— Parmi tes collègues ?

— Personne.

Elle le considéra gravement.

— Je vais l'appeler. Mais je veux être seule. Quand j'aurai fini, je frapperai à ta porte.

Stefan lui donna le papier portant le numéro de téléphone d'Elsa Berggren. Puis il monta l'escalier. En ouvrant la porte de sa chambre, il pensa qu'elle était peut-être déjà en train de parler avec lui. Il regarda sa montre. Dans vingt minutes, il prendrait contact avec Giuseppe et il lui expliquerait où se trouvait Hereira.

Dans la salle de bains, il s'aperçut qu'il n'y avait plus de papier toilette. Il redescendit à la réception.

Ce fut alors qu'il la vit. Par la fenêtre. Veronica Molin, dans la rue. Elle semblait pressée.

Il s'immobilisa. Tenta de comprendre. Dans sa tête régnait un total chaos. Elle allait à la rencontre de Fernando Hereira, c'était évident. Mais pourquoi ? Quelque chose qu'il aurait dû voir... Une relation qui était à l'inverse de ce qu'il avait cru jusque-là.

Quelque chose avec son ordinateur. Quelque chose qu'elle a dit, ou que je me suis dit à moi-même sans vraiment en saisir la portée. L'angoisse devint une vague, qui se dressait devant lui. Il appela la réceptionniste, qui descendait les marches vers le restaurant.

— La clé de Veronica Molin, dit-il, en criant presque. Donne-la-moi.

— Mais elle vient de sortir.

— Justement !

— Je ne peux pas.

Stefan frappa du poing sur le comptoir.

— Police, rugit-il. Donne-moi la clé !

Elle la détacha du tableau. Stefan s'en empara et courut jusqu'à la chambre au fond du couloir.

Elle n'avait pas éteint son ordinateur. Stefan resta planté devant l'écran, comme pétrifié.

Soudain, il voyait tout clairement.

La nature du lien.

Mais aussi, surtout, sa propre erreur catastrophique.

34

Sept heures passées de quelques minutes. Il faisait encore nuit. Stefan courait. Ce qui était à présent clair, limpide, il aurait dû le voir depuis longtemps. Mais il avait été trop paresseux. Ou alors trop angoissé par ce qui l'attendait dans quelques jours. J'aurais dû comprendre au moment où Veronica Molin m'a appelé à Borås en me demandant de revenir. Pourquoi n'ai-je eu aucun soupçon ? Toutes les questions, pourtant évidentes, je ne les formule que maintenant.

Il était devant le pont. Dans l'obscurité. Pas de Giuseppe, pas de plongeur. Combien de temps la maison de Herbert Molin mettrait-elle donc à brûler ? Il prit son portable, mais la même voix de femme lui proposa de réessayer plus tard. Il faillit jeter le téléphone dans le fleuve.

Puis il vit, sur le pont, un homme qui venait vers lui. À la lueur des réverbères, il le reconnut. Un jour, l'un de ses tout premiers jours à Sveg, il avait bu un café dans sa cuisine. Son nom lui échappait. L'homme qui n'était jamais de sa vie allé plus loin que Hede... Björn Wigren ! Celui-ci avait déjà identifié Stefan et le salua.

— Tu es toujours parmi nous ? Je te croyais

reparti. Dis donc, personne ne me fera avaler qu'Elsa a commis ce meurtre.

Stefan se demanda comment Björn Wigren pouvait savoir qu'elle avait été arrêtée. Mais la question manquait d'importance dans l'immédiat.

— J'ai besoin de toi, dit-il en cherchant dans ses poches du papier et un crayon. Tu as de quoi écrire ?

— Non. Mais je peux aller chercher ce qu'il faut chez moi, si c'est important. De quoi s'agit-il ?

Il est d'une curiosité vraiment terrible, pensa Stefan en regardant autour de lui.

— Suis-moi.

Il longea la culée du pont jusqu'au début du chemin de halage, bordé par une congère immaculée. Il s'accroupit et forma avec le doigt des lettres dans la neige.

Maison d'Elsa. Veronica. Dangereuse. Stefan.

Il se redressa.

— Tu arrives à lire ?

Björn Wigren lut à haute voix.

— Qu'est-ce que ça signifie ?

— Que tu vas rester ici et attendre les policiers. Ils seront accompagnés d'un plongeur. L'un des policiers s'appellera sans doute Larsson, ou Rundström. Ou alors ce sera Erik Johansson, que tu connais. Tu vas leur montrer ça. Tu as saisi ?

— Qu'est-ce qu'il veut dire, ton message ?

— Pour l'instant, cela ne te concerne pas. Mais pour les policiers, c'est important. Tu restes ici jusqu'à ce qu'ils arrivent.

Stefan fit un effort d'autorité.

— Tu restes ici. C'est compris ?

— Oui. Mais je suis intrigué, c'est normal. C'est lié à Elsa ?

— Tu le sauras le moment venu. Le plus important, là, tout de suite, c'est que tu prennes au sérieux ce que je te demande. Tu rendras un grand service à la police.

— D'accord, je vais rester. Je faisais juste une petite promenade matinale de toute façon.

Stefan traversa le pont en essayant de rappeler Giuseppe. Toujours la même voix préenregistrée. Il jura, rangea le portable dans sa poche, il ne pouvait pas attendre davantage. Puis il tourna à gauche et s'arrêta devant la maison d'Elsa Berggren. Du calme, se dit-il. Il n'y a qu'une seule façon de procéder. Être le plus convaincant possible en feignant de ne rien savoir. Veronica Molin doit continuer à voir en moi l'imbécile pour lequel elle a eu toutes les raisons de me prendre jusqu'à présent.

Il pensa à la nuit où il avait dormi près d'elle. Elle en avait sans doute profité pour monter fouiller sa chambre. C'était uniquement pour cela qu'elle l'avait attiré dans son lit. Même ça, il n'avait pas été capable de le voir. Il n'avait été qu'un imbécile bouffi d'orgueil, et faux jeton vis-à-vis d'Elena, par-dessus le marché. Et l'autre s'était servie de sa faiblesse.

Ce point précis, il ne pouvait honnêtement le lui reprocher.

Il entra dans le jardin. Tout était silencieux. Il vit qu'une bande plus claire se dessinait dans le ciel à l'est, au-dessus des sapins. Puis il sonna. Après quelques secondes, Fernando Hereira écarta imperceptiblement le rideau qui couvrait la partie vitrée de la porte. Stefan éprouva un immense soulagement qu'il ne lui soit rien arrivé. Au moment d'entrer dans la chambre de Veronica Molin, il était encore préoccupé avant tout par sa sécurité à *elle.* Ensuite tout s'était inversé. À compter de l'instant où il avait vu l'ordinateur, il avait tremblé pour Fernando Hereira. Peu importe que cette rencontre eût lieu entre une femme et l'assassin de son père. Fernando Hereira avait le droit d'être jugé de façon équitable devant un tribunal.

Fernando Hereira ouvrit la porte. Il avait les yeux très brillants.

— Tu arrives trop tôt, dit-il avec impatience.

— Je peux attendre.

La porte du séjour était entrebâillée. De l'endroit où il était, Stefan ne pouvait voir Veronica Molin. Un court instant, il envisagea de tout dire à Fernando Hereira. Puis il résolut de se taire. Elle écoutait peut-être derrière la porte. Elle était capable de tout, il le savait maintenant. Il fallait au contraire prolonger l'entrevue le plus longtemps possible pour laisser à Giuseppe et aux autres le temps d'arriver.

Il se dirigea vers les toilettes.

— Je reviens tout de suite. Comment ça se passe ?

— Comme je l'espérais, dit Hereira d'une voix lasse. Elle m'écoute. Et j'ai l'impression qu'elle comprend. Au-delà, je ne sais pas.

Il retourna dans le séjour d'un pas mal assuré.

Stefan s'enferma aux toilettes. Restait le plus dur : croiser le regard de Veronica Molin et la persuader qu'il n'en savait pas plus qu'une demi-heure auparavant. D'un autre côté, pourquoi le soupçonnerait-elle d'être devenu soudain intelligent ?

Il fit le numéro de Giuseppe. Quand la voix féminine lui demanda de réessayer plus tard, il faillit céder à la panique. Il tira la chasse d'eau, ressortit des toilettes, s'approcha de la porte d'entrée et ouvrit le verrou en toussant. Puis il revint dans le séjour.

Veronica Molin était dans le fauteuil où lui-même avait été attaché un peu plus tôt. Elle le regardait. Il lui rendit son regard et hocha la tête d'un air encourageant.

— Je peux attendre dehors, dit-il en anglais. Si vous n'avez pas fini.

— Je veux que tu restes.

Fernando Hereira acquiesça en silence. Lui non plus n'était pas gêné par la présence de Stefan.

D'un air dégagé, il choisit la chaise la plus proche de la porte. De cette place, il pouvait surveiller aussi les fenêtres, dans le dos des deux autres.

Veronica Molin continuait à le dévisager d'un regard inquisiteur. Il voyait à présent de quelle manière elle avait à chaque instant, depuis le début, sondé son état d'esprit.

Il choisit de soutenir son regard tout en répétant intérieurement son mantra : *je ne suis rien, je ne suis rien.*

La bouteille de cognac était toujours sur la table. À moitié vide. Mais Hereira avait revissé la capsule.

Il parlait à Veronica. De Höllner. Il s'exprimait de façon très circonstanciée, décrivant en détail leur rencontre fortuite et la manière dont Höllner, tel un envoyé du ciel, avait fourni les informations qui lui manquaient encore. C'est ce que tu peux faire de mieux, pensa Stefan, prolonger ton récit le plus longtemps possible. Stefan avait besoin de Giuseppe. Il ne pourrait pas gérer la situation tout seul.

Soudain, il tressaillit.

Ni Fernando Hereira ni Veronica Molin ne semblaient avoir remarqué quoi que ce soit, mais Stefan venait d'entrevoir un visage par la fenêtre. Celui de Björn Wigren. Il avait donc quitté son poste de guet près du pont. Il avait été incapable de résister à la curiosité.

Le visage de Wigren reparut. Manifestement, il ne se sentait pas en danger. Que pouvait-il voir, de l'endroit où il les épiait ? Trois personnes plongées dans une conversation sérieuse, mais pas très animée. Peut-être avait-il aperçu la bouteille de cognac sur la table. Mais en quoi la situation pouvait-elle être qualifiée de « dangereuse » ? En rien du tout, se dit Stefan. Il se demande naturellement qui est cet homme, et il n'a peut-être pas vu Veronica Molin le jour où elle a rendu visite à Elsa Berggren. Il doit se dire que ce policier venu du Sud est fou à lier. Il doit aussi se demander ce que font tous ces gens chez Elsa en son absence. Et comment ils ont réussi à entrer.

Stefan était hors de lui, de colère et de désespoir. Giuseppe n'apercevrait jamais de lui-même le texte gravé dans la neige au pied du pont. Et maintenant, il n'y avait personne pour le lui indiquer. Il n'y avait rien.

Le visage disparut. Stefan fit une prière muette pour que Björn Wigren regagne la congère. Dans ce cas, il ne serait peut-être pas trop tard. Mais le visage reparut. Il avait changé de fenêtre, il était à présent derrière Fernando Hereira. Il suffisait que Veronica Molin tourne la tête pour l'apercevoir.

Un portable sonna. Stefan crut que c'était le sien, mais Veronica Molin ramassa le sac à main posé au pied de son fauteuil, en sortit un téléphone et répondit. Quelle que soit la personne qui l'appelle, elle me laisse un répit, pensa Stefan.

Le visage de Björn Wigren avait disparu. Stefan se reprit à espérer qu'il était retourné près du pont.

Veronica Molin écouta sans un mot son interlocuteur invisible. Puis elle éteignit l'appareil et le rangea au même endroit.

Quand elle se redressa après avoir reposé son sac, sa main tenait un pistolet.

Elle se leva lentement et fit deux pas de côté. Stefan et Fernando Hereira étaient tous deux dans son champ de tir. Stefan retint son souffle, Hereira parut ne pas comprendre. Puis il se leva, mais se rassit aussitôt. Veronica Molin venait de le braquer avec son arme.

— C'est idiot, dit-elle en s'adressant à Stefan. De ta part comme de la mienne.

Elle s'était tournée vers lui. Elle tenait le pistolet à deux mains, et la stabilité du geste trahissait l'expérience.

— C'était la réceptionniste de l'hôtel. Elle voulait

me dire que tu avais pris ma clé et que tu étais entré dans ma chambre. Je sais très bien que je n'avais pas éteint l'ordinateur.

— Je ne sais pas de quoi tu parles.

Stefan n'espérait pas s'en tirer par des palabres. Mais il avait besoin de temps. Son regard glissa vers les fenêtres. Björn Wigren restait invisible. Il ne pouvait qu'espérer. Cette fois, elle avait suivi son regard. Sans baisser son arme, elle s'approcha de la fenêtre la plus proche. Apparemment, elle ne vit rien.

— Est-ce que par hasard tu ne serais pas venu seul ?

— Qui aurais-je pu amener, à ton avis ?

Elle se tenait toujours près de la fenêtre. Stefan pensa que ses traits, qu'il trouvait auparavant si beaux, lui paraissaient maintenant affaissés et laids.

— Ça ne sert à rien de mentir, dit-elle en quittant la fenêtre. Surtout quand on ne maîtrise pas cet art.

— Je ne comprends pas, dit Fernando Hereira. Qu'est-ce qui se passe ?

— Rien, dit Stefan. Sinon que Veronica Molin n'est pas ce qu'elle prétend être. *Dealmaker, broker,* tout ce qu'on veut, peut-être. Mais le reste du temps, elle répand les idées de son père.

Fernando Hereira en resta médusé.

— Les idées de...

— C'est sa fille, après tout.

— Il vaut peut-être mieux que je lui explique moi-même, coupa Veronica Molin.

Elle s'exprimait lentement, distinctement, dans un anglais sans faute. La diction de quelqu'un qui ne doute pas d'avoir raison. Et ses paroles étaient pour Stefan aussi limpides qu'effarantes. Son père avait été son héros, qu'elle avait toujours admiré et dont elle n'avait jamais hésité à suivre l'exemple. Son admiration n'excluait pas la critique. Son père représentait un idéal politique valable, mais sous des formes dépassées. Elle, au contraire, appartenait à la nouvelle génération, qui avait su adapter le droit du plus fort et la théorie des sous-hommes à la réalité d'aujourd'hui, en revendiquant toujours la possibilité, pour la minorité, d'exercer une domination sans partage sur les « faibles ». Elle employait des mots tels que « troupeau », « masse informe », « lie », « racaille ». Elle ne prévoyait aucune issue pour les habitants des pays pauvres. Le continent africain, lui, était condamné en bloc, à quelques rares exceptions près, là où quelques hommes forts régnaient encore. L'Afrique devait être abandonnée à son sort. Il ne fallait pas la secourir, mais au contraire l'isoler toujours plus jusqu'à ce qu'elle meure d'elle-même. Cette vision du monde était dominée par la conviction que l'ère nouvelle, celle des réseaux électroniques, fournissait à la minorité agissante l'instrument dont elle avait besoin pour établir et consolider sa suprématie.

Stefan l'écouta en pensant qu'elle était folle. Elle croyait vraiment à ce qu'elle racontait, sa certitude venait de loin, de profond. Elle ne se doutait absolument pas que son idéal était délire, déraison, un rêve qui ne se réaliserait pas. Pour finir, elle se tourna vers Fernando Hereira.

— Tu as tué mon père. Tu vas donc mourir. Juste une chose : tu as eu tort de revenir à cause d'Abraham Andersson. C'était un minable qui avait réussi, d'une manière ou d'une autre, à découvrir la vérité sur mon père. Tant pis pour lui.

— C'est toi qui l'as fait ?

Fernando Hereira la regardait sans ciller. Stefan réalisa qu'il avait devant lui un homme qui venait d'échapper au cauchemar de toute une vie pour être immédiatement confronté à un autre.

— Il existe une organisation national-socialiste, disait Veronica Molin. Je fais partie des dirigeants de la section suédoise, au travers de la fondation Sveriges Väl que connaît Lindman, mais j'appartiens aussi au groupe restreint qui dirige le réseau au niveau global. Exécuter un homme tel qu'Abraham Andersson ne présente aucune difficulté pour nous. Il existe beaucoup de gens disposés à exécuter les ordres sans poser de questions.

— Comment a-t-il su, pour ton père ?

— Par une coïncidence malheureuse. Une sœur d'Elsa a fait partie pendant des années de l'orchestre symphonique de Helsingborg. Quand Abraham a décidé d'emménager ici, elle lui a dit qu'elle avait une sœur à Sveg, et que cette sœur avait des sympathies national-socialistes. Il a commencé à l'espionner. Puis il a espionné mon père. Mais quand il a prétendu lui extorquer de l'argent, il est clair qu'il a signé son arrêt de mort.

— Magnus Holmström, intervint Stefan. Est-ce à lui que tu as donné l'ordre d'exécuter Abraham Andersson ? Avez-vous contraint ensuite Elsa Berggren à endosser le meurtre ? L'avez-vous menacée, elle aussi ?

— Tu sais certaines choses. Mais ça ne t'aidera pas.

— Que comptes-tu faire ?

— Te tuer, dit-elle calmement. Mais d'abord je dois abattre l'autre.

Abattre. Comme si elle avait parlé d'un animal. Elle est folle à lier, pensa Stefan. Et si Giuseppe n'arrivait pas tout de suite, ce serait à lui qu'il incomberait de tenter de la désarmer. Fernando Hereira ne lui serait d'aucun secours, il avait trop bu. La persuader de renoncer à son projet n'aurait pas de sens. Il voyait avec une évidence implacable qu'il avait affaire à une folle. S'il l'attaquait, elle n'hésiterait pas à tirer.

Du temps. Voilà ce dont j'ai besoin.

— Tu ne t'en tireras pas, dit-il.

— Bien sûr que si. Personne ne sait où nous sommes. Je vais abattre l'autre, et te régler ton compte après. Ensuite j'arrange la scène pour qu'on ait l'impression que tu l'as descendu avant de retourner l'arme contre toi. Personne ne s'étonnera du suicide d'un cancéreux. Surtout s'il vient de tuer un homme. Et personne ne pourra faire le lien entre cette arme et moi. D'ici, je me rendrai tout droit à l'église où la cérémonie doit débuter dans quelques heures. Personne n'aura même l'idée qu'une fille sur le point d'enterrer son père consacre une partie de sa matinée à bousiller deux types. Je serai là, près du cercueil, la fille abîmée dans son chagrin. Et mon cœur sera en joie à la pensée que mon père aura été vengé avant d'être mis en terre.

Stefan perçut un bruit infime dans son dos. Il comprit tout de suite. La porte de la maison. En tournant à peine la tête, il vit Giuseppe entrer dans le vestibule. Leurs regards se croisèrent. Giuseppe se déplaçait en silence. Il était armé. En quelques secondes, la situation avait basculé. Quelle situation ? Il fallait la rendre lisible pour Giuseppe.

— Tu comptes donc nous tuer l'un après l'autre avec ce pistolet que tu tiens. Et tu espères t'en tirer ?

Elle se figea.

— Pourquoi parles-tu si fort ?

— Je parle normalement.

Elle se déplaça de manière à pouvoir regarder vers l'entrée. Giuseppe n'y était plus. Il se planque derrière la porte, se dit Stefan. Il m'a forcément entendu.

Veronica Molin était immobile. Aux aguets.

Comme un animal nocturne, pensa Stefan. L'ouïe aiguisée au maximum.

Puis tout alla très vite. Elle se déplaça, cette fois vers la porte. Stefan savait qu'elle n'hésiterait pas à tirer. Il était trop loin pour se jeter sur elle, elle pourrait faire volte-face. Et à cette distance, elle ne pouvait manquer sa cible. À l'instant où elle atteignait la porte, il s'empara de la lampe posée sur une table près du fauteuil et la jeta de toutes ses forces contre l'une des vitres, qui vola en éclats. Dans le même élan, il se jeta – en entraînant Fernando Hereira dans sa chute – derrière le canapé, qui se renversa sur eux. Il eut le temps de voir qu'elle s'était retournée, l'arme au poing. Elle tira. Stefan ferma les yeux en pensant qu'il mourait. Il perçut un énorme sifflement. Fernando Hereira tressaillit à son côté. Quand Stefan le regarda, son front était couvert de sang. Il y eut un deuxième coup de feu. Stefan était encore indemne. Il leva la tête. Giuseppe gisait à terre. Veronica Molin avait disparu. La porte d'entrée était grande ouverte. Fernando Hereira gémissait. Mais sa blessure n'était pas profonde. Stefan bondit par-dessus le canapé renversé jusqu'à Giuseppe, qui était allongé sur le dos et pressait ses mains contre son cou, au départ de l'épaule droite. Stefan s'agenouilla.

— Je crois que ce n'est pas grave, dit Giuseppe.

Il était livide, sous l'effet du choc et de la douleur. Stefan alla chercher une serviette pour étancher le sang.

— Appelle des renforts, dit Giuseppe. Et retrouve-la.

Stefan composa le numéro d'urgence sur le téléphone d'Elsa Berggren. Puis il s'entendit crier dans le combiné pendant que Fernando Hereira se levait, pour s'effondrer l'instant d'après dans un fauteuil. Le policier du central du commissariat d'Östersund promit d'engager une action immédiate.

— Ça va aller, dit Giuseppe. N'attends pas ici, tu dois la retrouver. Elle est folle ?

— Complètement cinglée. Peut-être plus fanatique encore que son père.

— Ça explique sûrement plein de choses, dit Giuseppe. Mais là, à l'instant, je ne sais pas très bien quoi.

— Ne dis rien. Ne bouge pas.

— Il vaut mieux que tu restes ici en attendant les

autres. J'ai réfléchi de travers. N'y va pas. Elle est trop dangereuse. Tu ne peux pas y aller seul.

Mais Stefan avait déjà empoché l'arme de Giuseppe. Il ne voulait pas attendre. Elle avait cherché à le tuer. Cela le mettait hors de lui. Non seulement elle l'avait mené en bateau, mais elle avait eu l'intention de le tuer, et avait aussi visé Fernando Hereira et Giuseppe. Si les choses avaient tourné un tout petit peu différemment, il y aurait eu trois morts sur le tapis d'Elsa Berggren, au lieu d'un type indemne et deux blessés légers. Mais à l'instant où il s'appropriait l'arme de Giuseppe, Stefan était avant tout un type atteint d'un cancer qui ne voulait pas qu'on lui vole la possibilité de guérir.

Il sortit de la maison. Björn Wigren était sur le trottoir, derrière la grille. En apercevant Stefan, il s'enfuit. Stefan lui hurla de rester où il était.

Björn Wigren avait le regard vitreux. Seule sa mâchoire remuait. Je devrais lui casser la gueule, pensa Stefan, il a failli nous tuer tous.

— Par où est-elle partie ? Dis-le-moi. Par où ?

Björn Wigren indiqua le chemin qui longeait le fleuve jusqu'au nouveau pont.

— Reste ici, dit Stefan. Ne bouge surtout pas, cette fois. L'ambulance et la police sont en route. Tu vas leur expliquer ce qui s'est passé ici.

Björn Wigren ne posa aucune question.

Stefan se mit à courir. Le chemin de halage était désert. À la fenêtre d'une maison, il entrevit un visage aux yeux écarquillés. Il essayait de repérer les empreintes de Veronica Molin dans la neige. Mais trop de gens avaient circulé sur le chemin. Il s'arrêta, défit le cran de sécurité du pistolet. Puis il se remit à courir. La lumière était encore faible, et de lourds nuages bouchaient le ciel. Parvenu au pont, il s'arrêta. Il ne la voyait nulle part. Il essaya de réfléchir. Elle n'avait pas de voiture. Elle n'avait pas anticipé ce scénario. Elle était en fuite, réduite à l'improvisation. Où peut-elle aller ? Une voiture ! pensa-t-il. Elle va essayer de se procurer une voiture. Elle n'osera pas retourner à l'hôtel. Elle sait que j'ai vu ce qu'il y a dans son ordinateur, même si ce n'est que la page qui était affichée à ce moment-là, la croix gammée avec, dessous, une lettre où Veronica Molin atteste de l'immortalité des vieux idéaux nationaux-socialistes. Elle sait que les secrets de l'ordinateur n'ont plus d'importance. Elle a essayé de tuer trois personnes. Il ne lui reste que deux possibilités. La fuite ou le renoncement. Or cette femme-là n'est prête à renoncer à rien. Il traversa le pont. Du côté de la station-service, tout paraissait calme. Quelques automobilistes prenaient de l'essence aux pompes. Stefan regarda autour de lui. Si quelqu'un avait essayé de voler une voiture sous la menace d'une arme à feu, l'ambiance n'aurait pas été la même. Il essaya de se mettre à sa place, de raisonner comme elle. Il était encore convaincu qu'elle chercherait en premier lieu un moyen de transport.

Puis il perçut un signal d'alarme intérieur. Raisonnait-il de travers ? Derrière l'apparence de calme et de sang-froid, il avait vu un être humain en proie à une confusion extrême. Peut-être n'aurait-elle pas du tout la réaction rationnelle qu'il imaginait ? Son regard tomba sur l'église, à sa gauche. Qu'avait-elle dit ? *Je serai là... Mon père aura été vengé avant d'être mis en terre.* Soudain, il ne pouvait détacher son regard de l'église.

Était-ce possible ? Il n'en savait rien. D'un autre côté, il n'avait rien à perdre. En traversant la rue, il entendit un bruit de sirènes au loin. Le grand portail était entrebâillé. Stefan fut tout de suite sur ses gardes. Prudemment, il l'ouvrit un peu plus. La porte grinça. Il la poussa juste assez pour pouvoir se faufiler. Les sirènes ne s'entendaient plus du tout : les murs de l'église étaient épais. Doucement, il poussa l'une des portes intérieures. Tout au bout de l'allée centrale, au pied de l'autel, était posé un cercueil. Celui de Herbert Molin. Il s'accroupit en tenant à deux mains l'arme de Giuseppe. Personne. Sans se redresser, il avança jusqu'à l'abri formé par la dernière rangée de bancs. Tout était silencieux. Il risqua un regard par-dessus les dossiers en bois. Il ne la voyait nulle part. Il pensa qu'il s'était trompé et qu'il n'avait plus qu'à quitter l'église, quand un léger bruit lui parvint. Cela venait de la sacristie. Il écouta, aux aguets. Rien. Pourtant il ne voulait pas s'en aller avant d'être sûr. Il s'avança le long de l'allée centrale, toujours accroupi et prêt à tirer. Parvenu à la hauteur du cercueil, il se figea pour mieux écouter, la tête levée vers l'autel. La silhouette de Jésus planait au-dessus d'un soldat romain agenouillé au premier plan. Silence complet du côté de la sacristie. Il contourna le cercle d'autel et s'immobilisa à nouveau. Rien.

Alors il leva son arme et entra. Il l'aperçut trop

tard. Elle se tenait dans l'encoignure d'une armoire, contre le mur, et le visait au cœur.

— Lâche ce pistolet.

Sa voix était basse et sifflante. Lentement il s'inclina et déposa le pistolet de Giuseppe sur les dalles.

— Même à l'église tu ne me laisses pas en paix. Même le jour des funérailles de mon père. Tu ferais mieux de penser au tien, de père. Je ne l'ai jamais rencontré. Mais d'après ce que j'ai entendu dire, c'était un homme de qualité. Fidèle à ses convictions. Dommage qu'il ait échoué à te les transmettre.

— Qui te l'a dit ? Emil Wetterstedt ?

— Peut-être. Cela n'a plus beaucoup d'importance.

— Que comptes-tu faire ?

— Te tuer.

C'était la deuxième fois ce matin qu'il vivait cet échange de répliques. Mais il n'avait même plus la force d'avoir peur. Il devait la persuader d'abandonner la partie. C'était son seul espoir. À moins d'un retournement inespéré.

Non. Il y avait une troisième possibilité. Il était à côté de la porte. Si elle relâchait sa vigilance, il pourrait se jeter en arrière et s'enfuir à travers l'église, se cacher parmi les bancs, peut-être même réussir à sortir.

— Comment as-tu deviné ? Que je serais ici ?

Toujours la même voix basse et sifflante. Mais Stefan sentit que sa détermination faiblissait. Elle ne visait plus son thorax, mais ses jambes. Elle ne va pas tarder à s'effondrer, pensa-t-il. Doucement, il déplaça le poids de son corps sur la jambe droite.

— Pourquoi ne laisses-tu pas tomber ? Tu vois bien que ça ne sert à rien.

Elle ne répondit pas.

Ce qu'il espérait se produisit à ce moment. Elle baissa un peu plus son arme et tourna la tête pour regarder par l'une des fenêtres. Stefan bondit. Il courut de toutes ses forces, le long de l'allée centrale, s'attendant chaque seconde à entendre la balle qui le rattraperait en sifflant et qui le tuerait.

Puis il s'étala de tout son long. Il n'avait pas vu le bord du tapis. Son épaule heurta un banc.

Il entendit une détonation. La balle se ficha en sifflant dans le bois juste à côté de lui. L'écho du deuxième coup de feu se répercuta comme un roulement de tonnerre. Stefan perçut un choc sourd. Il se retourna. Elle était étendue sur les dalles, en biais devant le cercueil de son père. Le cœur de Stefan battait à se rompre. Qu'était-il arrivé ? S'était-elle suicidée ? Au même instant, la voix bouleversée d'Erik Johansson retentit du haut de la tribune d'orgue.

— Reste allongée. Ne bouge pas. Veronica Molin, est-ce que tu m'entends ? Reste allongée. Ne bouge pas.

— Elle ne bouge pas, cria Stefan.

— Tu es blessé ?

— Non.

— Veronica Molin ! Reste où tu es. Les bras écartés du corps.

Elle ne bougeait pas du tout. Un énorme grincement se fit entendre du côté de l'escalier menant à la galerie. Erik Johansson apparut dans la nef. Stefan se leva. Ensemble, ils s'approchèrent prudemment du corps inerte. Stefan leva la main.

— Elle est morte. Regarde, la balle est entrée dans l'œil.

Erik Johansson déglutit et secoua la tête.

— Non. J'ai visé ses jambes. Je ne suis pas mauvais tireur à ce point.

Ils s'approchèrent encore. Stefan avait raison. La balle était entrée par l'œil gauche. L'instant d'après, il aperçut l'impact sur le socle en maçonnerie des fonts baptismaux.

— Regarde, dit-il. La balle a ricoché.

Erik secoua la tête sans répondre. Stefan comprit. Erik Johansson n'avait jamais de sa vie tiré sur un être humain. Et maintenant qu'il l'avait fait, en visant les jambes, la personne était morte.

— Ça s'est fait comme ça, dit Stefan. Tu n'y es pour rien. C'est fini à présent. Tout est fini.

La porte de l'église s'ouvrit sur un homme effaré, qui ouvrit de grands yeux en apercevant la scène. Stefan tapota l'épaule d'Erik Johansson. Puis il s'approcha du bedeau pour lui expliquer la situation.

En arrivant à la maison d'Elsa Berggren une demi-heure plus tard, Stefan ne trouva que Rundström. Giuseppe avait été rapatrié vers l'hôpital d'Östersund. Fernando Hereira avait disparu. Juste avant que les brancardiers l'emmènent, Giuseppe avait dit qu'il ne l'avait pas vu partir.

— On le retrouvera, conclut Rundström.

— Je n'en suis pas si sûr, dit Stefan. Nous ne

connaissons pas son vrai nom. Il peut avoir plusieurs passeports. Il s'est montré très habile jusqu'à présent.

— N'était-il pas blessé ?

— À peine.

Un homme en combinaison de travail entra dans la maison. À la main il tenait un fusil boueux qu'il posa sur la table.

— Je l'ai trouvé tout de suite. Dès la première plongée. Il y a eu des coups de feu dans l'église ?

Rundström agita la main.

— Je t'expliquerai plus tard.

Puis il examina le fusil.

— Je me demande si Elsa Berggren pourra être inculpée de faux témoignage, dit-il. Ce Magnus Holmström est apparemment aussi pyromane. La maison de Molin a été incendiée de plusieurs côtés à la fois.

— Fernando Hereira a dit que c'était lui. Pour faire diversion et attirer la police là-bas.

— Il y a beaucoup de choses que je ne comprends pas encore. Giuseppe est à l'hôpital, Erik est à l'église. Il n'y a donc que toi, Stefan Lindman de Borås, qui peux m'expliquer ce qui est arrivé dans mon district ce matin.

Stefan passa le reste de la journée dans le bureau d'Erik Johansson. La conversation avec Rundström se prolongea pendant des heures à cause des interruptions incessantes. Mais à treize heures quarante-cinq, Rundström reçut un coup de fil l'informant que Magnus Holmström avait été arrêté à Arboga, à bord de l'Escort recherchée. Peu après dix-sept heures, Rundström déclara qu'il en savait maintenant assez. Il raccompagna Stefan à son hôtel. Ils se séparèrent à la réception.

— Quand repars-tu ?

— Demain.

— Je demanderai à quelqu'un de te conduire à l'aéroport.

Stefan lui serra la main.

— Toute cette histoire est très étrange, ajouta Rundström. Mais je crois bien que nous finirons par faire la clarté. Pas sur tous les points, ce n'est pas possible. Il y a toujours des failles. Assez, en tout cas, pour mettre la main sur les coupables.

— À mon avis, vous aurez du mal à retrouver Hereira.

— Au fait, il fumait des cigarettes françaises. Tu te souviens du mégot que tu avais trouvé au bord du lac et que tu as donné à Giuseppe ?

Stefan hocha la tête. Puis il dit :

— Je suis d'accord avec toi. Il y a toujours des failles. Par exemple, une personne en Écosse dont le nom commence par un « M. ».

Rundström parti, Stefan pensa qu'il n'avait peut-être pas lu le journal de Herbert Molin.

Il demanda sa clé à la réceptionniste. Elle était toute pâle.

— J'ai mal fait ?

— Oui. Mais c'est fini maintenant. D'ailleurs, je m'en vais demain. Je te laisse avec les pilotes d'essai et les coureurs baltes.

Ce soir-là, il dîna à l'hôtel. Il appela ensuite Elena et lui communiqua l'heure de son retour. Alors qu'il s'apprêtait à se coucher, Rundström téléphona pour lui dire que Giuseppe allait relativement bien. La blessure était sérieuse, mais pas vraiment grave. Erik Johansson, en revanche, n'allait pas bien du tout. Il s'était effondré. Rundström conclut en disant que la direction de la Säpo était désormais informée de la situation.

— L'info va exploser dans les médias. On a retourné une très grosse pierre. Il apparaîtrait déjà que ce réseau est d'une ampleur que personne n'avait soupçonnée. Sois heureux de ne pas être la cible des journalistes.

Stefan mit longtemps à trouver le sommeil. Il se demanda comment s'étaient déroulées les funérailles. Mais, plus que tout, il était traversé par des images, des souvenirs liés à son père.

Je ne comprendrai jamais. Et je ne pourrai jamais lui pardonner. Il ne m'a jamais montré son visage. J'avais un père qui idolâtrait le mal.

Le lendemain matin, Stefan fut conduit à l'aéroport de Frösön. Peu avant onze heures, son avion se posa à Landvetter. Elena était là, et il ressentit de la joie en la voyant.

Deux jours plus tard, le 19 novembre, une pluie mêlée de neige tombait sur Borås lorsque Stefan aborda la montée vers l'hôpital. Il se sentait calme. Capable d'affronter ce qui l'attendait.

D'abord il but un café à la cafétéria. Quelques

journaux de la veille traînaient sur une chaise. Partout il n'était question que des événements du Härjedalen et de la filiale suédoise d'un réseau néonazi qui avait des ramifications partout dans le monde. Le directeur de la Säpo se fendait d'une déclaration à propos de cette « découverte choquante d'une réalité bien plus enracinée et bien plus dangereuse que celle des groupuscules à dominante skinhead qu'on associait jusqu'à présent à la malfaisance fascistoïde ».

Stefan reposa les journaux. Il était huit heures dix.

Il se leva et se rendit dans le service où il avait rendez-vous.

Il se demanda où était Fernando Hereira en cet instant. On ne l'avait toujours pas retrouvé.

En son for intérieur, Stefan formula le souhait qu'il ait pu rentrer à Buenos Aires. Pour continuer à fumer tranquillement ses cigarettes françaises.

Son crime avait été expié depuis longtemps.

ÉPILOGUE

Inverness | avril 2000

Le dimanche 9 avril, Stefan partit de chez lui de très bonne heure pour aller chercher Elena. Au cours du trajet entre Allégatan et Norrby, il se surprit à fredonner tout seul. Quand cela lui était-il arrivé pour la dernière fois ? Et quelle était cette mélodie ? Elle venait de loin, en tout cas. Soudain il se rappela que c'était un morceau que son père jouait au banjo et qui s'appelait *Beale Street Blues.* Son père avait dit que cette rue-là existait réellement, peut-être dans plusieurs villes nord-américaines, mais avec certitude à Memphis.

Sa musique m'est restée, pensa Stefan. Alors que mon père, son visage, ses opinions délitantes disparaissent à nouveau dans l'obscurité. Il en est revenu pour me dire qui il était vraiment. Maintenant, je l'y enfonce une nouvelle fois. La seule manière dont je veux me le rappeler désormais, c'est par ces bribes de musique qu'il m'a laissées. Où je peux éventuellement lui reconnaître un côté sympathique. Pour les nazis, tout chez les Africains était barbare – leur musique, leurs traditions, leur façon de vivre. Les Noirs n'étaient pour eux que des êtres inférieurs. Hitler a refusé de serrer la main de Jesse Owens, l'athlète noir américain qui avait dominé les Jeux olympiques de Berlin en 1936. Mais mon père adorait le blues, la musique noire. Il ne s'en cachait pas. Peut-être est-ce là que je peux sentir la faille, l'indice qu'il n'était pas voué uniquement au mépris et à la haine. Je ne saurai jamais si j'ai raison. Mais je peux choisir ce que j'ai envie de croire.

Elena l'attendait en bas de son immeuble. Sur la route de l'aéroport, ils essayèrent de savoir lequel des deux se réjouissait le plus de ce voyage. Elena, qui ne s'échappait quasi jamais de Borås ? Ou Stefan qui, après sa dernière entrevue avec le médecin, commençait sérieusement à croire que la radiothérapie et l'opération avaient eu raison de son cancer ? La question resta sans réponse.

Le vol de la British Airways à destination de Gatwick décolla à sept heures trente-cinq. Elena, qui détestait l'avion, écrasa la main de Stefan au moment du décollage. L'appareil disparut au-dessus de la mer, au nord de Kungsbacka. Quand ils émergèrent des nuages, Stefan eut une brusque sensation de liberté. Pendant six mois, il avait vécu avec une peur constante ou presque. Maintenant cette peur n'était plus là. Il ne pouvait avoir l'absolue certitude d'être guéri. Il pouvait rechuter, son médecin avait dit qu'il continuerait à subir des contrôles pendant cinq ans. Mais elle lui avait conseillé de recommencer à vivre normalement, sans guetter d'éventuels symptômes, sans cultiver la peur. Et là, dans l'avion au-dessus de la mer, ce fut soudain comme s'il osait vraiment faire le saut, abandonner la peur, embrasser un état qu'il attendait depuis si longtemps.

Elena le regarda.

— À quoi penses-tu ?

— À ce que je n'ai pas osé croire pendant six mois.

Elle prit sa main sans rien dire. Un instant, il crut qu'il allait fondre en larmes. Mais il se domina.

L'avion se posa à Gatwick et ils se séparèrent comme convenu après le contrôle des passeports. Elena allait rester deux jours chez un parent éloigné originaire de Cracovie, qui tenait une épicerie dans l'une des innombrables banlieues de Londres. Stefan, de son côté, poursuivait son voyage.

— Je n'ai toujours pas compris pourquoi tu devais aller là-bas, dit Elena en le quittant.

— Je suis policier. J'aime bien suivre une histoire jusqu'à son terme.

— Mais le coupable a été arrêté, en tout cas l'un des deux. Et la femme est morte. Vous savez ce qui est arrivé et pourquoi. Que reste-t-il à « suivre » ?

— Il y a toujours des failles. Si ça se trouve, ce n'est qu'indirectement lié à mon travail. Ce n'est peut-être que de la curiosité pure et simple de ma part.

Elle le regarda.

— Les journaux ont dit qu'un policier avait été blessé et qu'un autre avait été exposé à une menace mortelle. Je me demande à quel moment tu m'avoueras que c'était toi. Combien de temps faudra-t-il que j'attende ?

Stefan eut un geste vague.

— Tu ne sais pas pourquoi tu fais ce voyage, poursuivit Elena. Ou bien tu ne veux pas m'en parler.

Pourquoi ne peux-tu pas me dire simplement ce qu'il en est ?

— J'essaie. Si, je fais des efforts, je t'assure. Mais là, c'est la vérité : je veux ouvrir cette dernière porte et découvrir ce qui se cache derrière.

Il la suivit du regard jusqu'à ce qu'elle eût disparu parmi la foule qui se pressait vers la sortie. Puis il se dirigea vers le hall des liaisons intérieures. La mélodie du matin lui revint en tête.

L'appareil décolla à dix heures vingt-cinq comme prévu. Un haut-parleur grésillant informa les voyageurs que la durée du vol serait de deux heures à peine. Il ferma les yeux et ne se réveilla que lorsque les roues de l'avion heurtèrent la piste d'atterrissage, près d'Inverness en Écosse. En se dirigeant vers le bâtiment vieillot de l'aéroport, il remarqua que l'air était vif et transparent, comme celui dont il avait gardé le souvenir dans le Härjedalen. Sauf que là-bas les sapins avaient formé un cercle sombre. Ce paysage-ci était très différent, de hautes montagnes nettement découpées au nord, ailleurs des champs et de la lande, sous un ciel qui paraissait bas et proche. Il récupéra les clés de la voiture de location qu'il avait réservée, avec une certaine appréhension à l'idée de rouler à gauche, et il prit la direction d'Inverness. La route était étroite. Il s'énerva contre la boîte de vitesses, qui ne lui donnait pas la sensation d'être très fiable. Il faillit faire demi-tour et réclamer une meilleure voiture. Il renonça à cette idée, en pensant qu'il n'allait pas loin de toute façon : l'aller-retour à Inverness, plus une éventuelle excursion sur place.

L'hôtel où l'agence de voyages lui avait réservé une chambre pour deux nuits s'appelait *Old Blend* et se trouvait dans le centre-ville. Il eut du mal à dénicher la rue. À ce stade, il avait déjà semé le désordre à plusieurs ronds-points, obligeant d'autres automobilistes à freiner de façon brutale. Il respira quand la voiture fut enfin à l'arrêt devant l'*Old Blend* – une bâtisse à trois étages, en brique sombre. Il pensa qu'il allait loger à l'hôtel pour la dernière fois dans le cadre de sa quête autour des circonstances de la mort de Herbert Molin. Il avait appris beaucoup de choses. Il avait même rencontré le meurtrier. Où était-il maintenant, ce meurtrier? Quelques jours plus tôt, Giuseppe l'avait appelé d'Östersund. Ni la police suédoise ni Interpol ne progressaient dans leurs recherches. Fernando Hereira devait être en Amérique du Sud, sous un autre nom – le sien – et Giuseppe doutait fort qu'ils le retrouvent. Et à supposer que les autorités suédoises le localisent un jour, elles auraient le plus grand mal à obtenir son extradition. Giuseppe avait promis de l'informer dès qu'il aurait du nouveau. Puis il lui avait demandé comment il allait, et s'était réjoui avec Stefan des résultats des derniers tests.

— Qu'est-ce que je te disais! Tu étais en train de mourir d'accablement. Jamais de ma vie je n'avais vu un type aussi déprimé que toi.

— Tu n'as peut-être pas rencontré beaucoup de types avec une sentence de mort accrochée autour du cou. D'un autre côté, tu t'es pris une balle dans l'épaule.

— Oui, dit Giuseppe. Je m'interroge souvent sur

ses intentions à ce moment précis. Je me souviens de son regard. Je préfère croire qu'elle voulait juste me neutraliser. Mais ce n'était sans doute pas le cas.

— Comment te sens-tu maintenant ?

— Encore un peu de raideur dans l'articulation. Mais ça va.

— Et Erik Johansson ?

— Il aurait demandé à partir en préretraite. Cette histoire l'a affecté très durement. Je l'ai vu il y a quelques jours. Il a beaucoup maigri.

Giuseppe soupira.

— Ça aurait pu être pire, ajouta-t-il. Bien pire.

— Je compte emmener Elena au bowling un de ces jours. Je ferai tomber quelques quilles en pensant à toi.

Ils échangèrent enfin quelques mots au sujet de Magnus Holmström, dont le procès devait s'ouvrir la semaine suivante. Holmström avait choisi de se taire. Mais les preuves réunies contre lui suffisaient largement à l'inculper et à justifier une longue peine.

C'était fini. Pourtant, il y avait encore ce maillon mystérieux qui titillait la curiosité de Stefan. Il n'en avait rien dit à Giuseppe. Ce maillon se trouvait ici, à Inverness. Même si la manœuvre de diversion absurde de Véronica Molin avait échoué – c'était d'ailleurs la seule faiblesse dont elle avait fait preuve, au cours de ces semaines d'automne dramatiques –, il y avait bien quelqu'un derrière le « M. » du journal de Herbert Molin. Stefan avait obtenu l'aide d'une collègue prénommée Evelyn, qui travaillait à Borås de longue date. Ensemble ils avaient mis au jour la liste des policiers anglais présents lors de la visite d'études qui s'était déroulée au mois de novembre 1971. Ils avaient même découvert une photographie, non pas dans un tiroir, mais carrément accrochée au mur, dans une salle des archives. La photo avait été prise devant le commissariat. On y reconnaissait Olausson, ainsi que quatre policiers invités, dont deux femmes. La plus âgée des deux s'appelait Margaret Simmons. Stefan s'était interrogé sur ce que savait exactement Veronica Molin au sujet du voyage de son père en Écosse. Quand elle avait tenté de les lancer sur cette fausse piste, elle avait dit que la maîtresse de son père se prénommait non pas Margaret, mais Monica.

Herbert Molin ne figurait pas sur la photo. Mais c'était bien à cette occasion, en novembre 1971, qu'il avait rencontré cette femme, à qui il avait rendu visite l'année suivante en Écosse. Ils avaient fait de longues promenades à Dornoch, sur la côte, au nord d'Inverness. Peut-être Stefan pousserait-il jusqu'à Dornoch pour voir à quoi ça ressemblait. Mais Margaret Simmons avait quitté la localité lors de son départ à la retraite, en 1980. Sans poser de questions, Evelyn avait aidé Stefan à retrouver sa trace. Un jour enfin, début février, à peu près au moment où Stefan commençait à croire qu'il allait survivre à la maladie et qu'il pourrait peut-être reprendre son travail, elle l'avait appelé et lui avait livré triomphalement non seulement une adresse, mais un numéro de téléphone à Inverness.

Maintenant, il était à Inverness. Il n'avait pas réfléchi au-delà, il n'avait pas échafaudé le moindre plan. Allait-il lui passer un coup de fil, ou frapper à sa porte ? Margaret Simmons avait quatre-vingts ans. Elle pouvait être malade, ou simplement fatiguée, elle refuserait peut-être de le recevoir.

Il entra dans l'hôtel, où il fut accueilli par un homme aimable qui lui souhaita la bienvenue d'une voix de stentor. La chambre qu'il lui attribua, la douze, se trouvait au dernier étage. Pas d'ascenseur, rien qu'un escalier grinçant recouvert d'un tapis moelleux. Un téléviseur était allumé quelque part dans l'hôtel. Stefan posa sa valise et s'approcha de la fenêtre. Le trafic bourdonnait dans la rue en bas, mais, en levant les yeux, il pouvait voir la mer, les montagnes et le ciel. Il prit deux petites bouteilles de whisky dans le minibar et les vida, debout à la fenêtre. La sensation de liberté était encore plus forte qu'au matin. Me revoici, pensa-t-il. Je vais survivre. Quand je serai vieux, je regarderai cette période comme un événement qui a transformé ma vie. Au lieu d'y mettre fin.

Le jour déclinait. Il avait décidé d'attendre le lendemain pour prendre contact avec Margaret Simmons. Une pluie fine tombait sur Inverness. Il descendit jusqu'au port, longea les quais au hasard et s'aperçut soudain qu'il était plein d'impatience. Il voulait se remettre au travail. Il n'avait rien perdu, sinon du temps. Mais qu'était-ce au juste que le temps ? Un souffle inquiet, des matins qui se muaient en soirs, puis en nouveaux jours ? Il ne savait pas. Les semaines chaotiques dans le

Härjedalen, au cours desquelles ils avaient recherché d'abord un meurtrier, puis deux, lui paraissaient maintenant presque irréelles. Et le temps écoulé depuis le 19 novembre quand, à huit heures quinze tapantes, il était entré dans le bureau de son médecin avant de commencer les rayons quelques jours plus tard, comment voyait-il ce temps-là à présent ? Comment le décrirait-il, s'il devait s'adresser une lettre à lui-même ? Ce temps-là avait été immobile. Il avait vécu comme si son corps était une prison. À la mi-janvier seulement, quand la radiothérapie et l'opération avaient été derrière lui, il avait retrouvé la sensation d'un temps mobile. Un temps qui avançait, qui coulait sans retour.

Il entra dans un restaurant proche de l'hôtel. On venait de lui donner la carte quand son portable sonna.

— Comment est l'Écosse ? demanda la voix d'Elena.

— Bien. Mais c'est difficile de rouler à gauche.

— Ici il pleut.

— Ici aussi.

— Qu'est-ce que tu fais ?

— Je m'apprêtais à dîner.

— Et ta mission ?

— J'ai décidé de ne m'y mettre que demain.

— Et après, tu viendras comme promis ?

— Pourquoi est-ce que je ne viendrais pas ?

— Quand tu es tombé malade, tu as disparu. Je t'ai perdu. Je ne veux pas revivre ça.

— Je viendrai.

— Ce soir, je vais dîner polonais avec des gens de ma famille que je n'ai jamais vus.

— J'aimerais y être.

Elle éclata de rire.

— Tu mens mal. Salue l'Écosse.

Après le dîner, il continua sa promenade dans la ville. Les quais, le port, les rues du centre. Il se demanda où il allait, en réalité. Son but était intérieur.

Il dormit profondément cette nuit-là.

Le lendemain, il se leva de bonne heure. La pluie fine tombait toujours. Il descendit prendre son petit déjeuner. Puis il composa le numéro qu'il avait reçu d'Evelyn. Une voix d'homme répondit.

— Simmons.

— Je m'appelle Stefan Lindman et je cherche à joindre Margaret Simmons.

— À quel sujet ?

— Je viens de Suède. Elle s'est rendue une fois à Borås, dans les années soixante-dix. Je ne l'ai pas rencontrée alors, mais un collègue policier m'a parlé d'elle.

— Ma mère n'est pas là. D'où appelez-vous ?

— D'Inverness.

— Elle est à Culloden aujourd'hui.

— Où est-ce ?

— À quelques dizaines de kilomètres d'Inverness. C'est là, en 1745, qu'a eu lieu la dernière campagne militaire sur le sol britannique. Vous n'apprenez pas l'histoire, en Suède ?

— Pas grand-chose sur l'Écosse, j'en ai peur.

— Le combat n'a duré qu'une demi-heure. Les Écossais ont été saignés à blanc, les Anglais ont massacré tous ceux qui leur tombaient sous la main. Maman a l'habitude de se balader sur le champ de bataille. Elle y va trois ou quatre fois par an. Elle commence par le musée, où ils montrent parfois des films. Puis elle marche. Elle dit qu'elle aime bien entendre la voix des combattants monter de la terre. Elle dit qu'elle se prépare à sa propre mort.

— Quand rentre-t-elle ?

— Ce soir. Mais elle ira tout de suite se coucher. Combien de temps un policier suédois reste-t-il à Inverness ?

— Jusqu'à demain après-midi.

— Alors rappelez demain matin. C'était quoi, votre nom ? Steven ?

— Stefan.

La conversation était terminée. Stefan résolut de ne pas attendre le lendemain. Il descendit dans le hall et demanda qu'on lui explique la route jusqu'à Culloden. Le visage du réceptionniste s'éclaira.

— C'est un jour parfait pour se rendre là-bas. La météo est la même que le jour de la bataille. Brouillard, pluie, vent modéré.

Stefan fit démarrer la voiture de location et sortit de la ville. Il lui fut plus facile que la veille de franchir les ronds-points. Puis il quitta la route principale et suivit les panneaux jusqu'au parking où stationnaient deux cars et quelques rares voitures de tourisme. Il laissa son regard errer sur la lande hérissée de piquets surmontés de fanions, qui étaient rouges d'un côté, jaunes de l'autre, séparés par une distance de deux cents mètres environ. Ils devaient sans doute marquer l'emplacement des armées respectives. Au loin, on apercevait les montagnes et la mer. Stefan pensa que les chefs de guerre avaient choisi pour leurs soldats un bel endroit où mourir.

Il acheta un billet d'entrée au musée, où quelques classes d'écoliers faisaient grand tapage tout en regardant les mannequins habillés en soldats, qui mimaient des scènes de combat violent. Il chercha Margaret du regard. La photographie vue aux archives avait été prise près de trente ans plus tôt. Pourtant il était certain de la reconnaître en la voyant. Elle ne se trouvait pas dans le musée. Il ressortit sous la bourrasque voir si elle était par hasard sur le champ de bataille. La lande était déserte. Seuls les petits drapeaux rouges et jaunes battaient contre leurs mâts. Il revint au musée. Les enfants se dirigeaient vers un auditorium ; il les suivit. À instant où il entrait, la lumière s'éteignit et un écran s'éclaira. Il chercha à tâtons une place au premier rang. Le film dura trente minutes, avec des effets sonores terribles. Lorsque la lumière revint dans la salle, il resta assis. Les enfants se bousculaient à la sortie. Quand le vacarme devenait trop assourdissant, ils se faisaient tancer sévèrement par leurs professeurs.

Stefan se retourna. Elle était assise au dernier rang. Elle portait un imperméable noir. Elle se leva. Il vit qu'elle prenait appui sur son parapluie et qu'elle faisait très attention à l'endroit où elle posait les pieds. Stefan resta assis ; elle lui jeta un regard en passant. Il s'assura qu'elle ait quitté l'auditorium avant de la suivre. Les enfants avaient soudain disparu. Une femme seule tricotait devant un présentoir de cartes postales et d'objets souvenirs. De la cafétéria voisine lui parvenaient des bruits de radio et de faïence entrechoquée.

Stefan se dirigea vers la sortie. Margaret Simmons s'éloignait vers le mur d'enceinte du site. Malgré la pluie, elle n'avait pas ouvert son parapluie ; le vent était trop fort. Il attendit qu'elle eût ouvert la grille et disparu de l'autre côté. Alors il se mit en branle, en se demandant comment une telle quantité d'enfants pouvait se volatiliser ainsi comme par magie. Elle avait choisi un des sentiers qui serpentaient à travers la lande. Il la suivait à distance, en se persuadant qu'il avait eu raison d'agir ainsi, et de venir jusque-là. Il voulait savoir pourquoi Herbert Molin parlait d'elle dans son journal. Elle était la grande exception. Après la guerre – depuis le franchissement de la frontière norvégienne, le goût des glaces et la gêne face aux filles d'Oslo jusqu'à l'horreur de la débâcle finale –, plus rien n'avait eu, semblait-il, d'importance dans sa vie. Jusqu'à ce voyage en Écosse. Si ses souvenirs étaient exacts, c'était le passage le plus long de tout le journal, plus long même que les lettres de guerre expédiées à ses parents. Dans quelques minutes, il rattraperait cette femme et il découvrirait peut-être ce qu'il restait à savoir de Herbert Molin.

Des pierres tombales se dressaient à intervalles réguliers le long du chemin. Non à la mémoire de soldats individuels, mais des clans écossais dont les membres avaient été massacrés par l'artillerie anglaise.

Margaret s'était arrêtée pour se pencher vers l'une des tombes. Stefan s'immobilisa. Elle jeta un regard dans sa direction avant de se remettre en marche. Il s'éloigna à sa suite, sur la lande, un policier suédois de moins de quarante ans qui suivait à trente mètres une femme écossaise, ancien officier de police elle aussi, qui se consacrait maintenant à préparer le moment de sa mort.

Ils étaient parvenus au milieu du champ de bataille, à mi-chemin des fanions rouges et des fanions jaunes. Alors elle s'arrêta et se retourna vers lui. Elle ne le quitta plus du regard. Elle l'attendait. Elle était petite, maigre, très maquillée. Stefan la vit donner un coup de parapluie impatient contre la terre. Il approcha.

— Qui êtes-vous ? demanda-t-elle quand il fut devant elle. Pourquoi me suivez-vous ?

— Je m'appelle Stefan Lindman. Je viens de Suède. Je suis policier, moi aussi.

Elle repoussa les mèches de cheveux que le vent rabattait sur son visage.

— Vous avez dû parler à mon fils. Il est le seul à savoir où je suis.

— Il s'est montré très serviable.

— Que voulez-vous ?

— Vous avez visité autrefois Borås. Ce n'est pas une grande ville, deux églises, deux places de marché, un fleuve pas très propre. Il y a vingt-huit ans, à l'automne 1971, vous avez rencontré là-bas un collègue à moi, du nom de Herbert Molin. L'année suivante il vous a rendu visite à Dornoch.

Elle le dévisagea en silence.

— J'aimerais continuer ma promenade, dit-elle enfin.

Elle se remit en marche. Stefan la rattrapa.

— De l'autre côté ! ordonna-t-elle. Je veux être seule sur mon côté gauche.

Il se plaça à sa droite.

— Herbert est mort ? demanda-t-elle sans le regarder.

— Il est mort.

Elle hocha la tête.

— C'est comme ça quand on vieillit. Les gens croient que la seule chose qui nous intéresse encore, c'est d'apprendre qu'Untel ou Untel est mort. Ils se conduisent comme des ahuris et ils ne s'en rendent même pas compte.

— Herbert Molin a été assassiné.

Elle s'immobilisa. Stefan crut presque qu'elle allait tomber. Puis elle reprit sa promenade.

— Que s'est-il passé ? demanda-t-elle après un silence.

— Il a été rattrapé par son histoire. Tué par un homme qui voulait venger un acte commis pendant la guerre.

— Le meurtrier a-t-il été arrêté ?

— Non.

— Pourquoi ?

— Il s'est échappé. Nous ne savons même pas son nom. Il a un permis de conduire argentin au nom de Hereira et il habite, croyons-nous, à Buenos

Aires. Mais son vrai nom n'est probablement pas celui-là.

— Qu'avait fait Herbert ?

— Il avait assassiné un professeur de danse juif à Berlin.

Elle s'arrêta à nouveau et regarda autour d'elle.

— C'est une bataille extrêmement étrange qui s'est livrée ici, dit-elle. En fait, on ne peut même pas parler de bataille. Ça a été tout de suite fini.

Elle désigna un endroit, sur la lande.

— Nous étions de ce côté. Les Anglais étaient là-bas. Ils ont tiré avec leurs canons. Les Écossais ont été décimés par rangs entiers. Quand enfin ils sont passés à l'attaque, il était trop tard. En moins d'une demi-heure, le sol a été jonché de milliers de cadavres. Ils sont toujours là.

Elle se remit en marche.

— Herbert Molin tenait un journal secret, dit Stefan. La plus grande partie de ce journal concerne la guerre. Il s'était engagé à titre volontaire dans la Waffen SS. Mais vous le savez peut-être déjà.

Elle ne répondit pas. Son parapluie heurtait durement le sentier à chaque pas.

— J'ai découvert ce journal chez lui, poursuivit Stefan. Il était enveloppé dans un imperméable avec quelques photos et quelques lettres. Or la seule chose qu'il ait pris la peine de consigner en détail, après la guerre, c'est ce voyage qu'il a fait au printemps 1972, à Dornoch. Il évoque « de longues promenades avec M. ».

Elle le regarda, surprise.

— Il n'a pas écrit mon prénom en toutes lettres ?
— Non.
— Qu'écrivait-il ?
— Que vous vous promeniez ensemble.
— Et à part ça ?
— Rien.

Elle continua de marcher en silence. Puis elle s'arrêta à nouveau.

— Un ancêtre à moi est tombé à cet endroit, dit-elle en plantant son parapluie dans le sol. Je descends en partie du clan MacLeod – Simmons est mon nom marital. Évidemment, je ne peux pas l'affirmer avec certitude, mais j'ai décidé qu'Angus MacLeod était tombé ici. Ici et nulle part ailleurs.

— Je me suis demandé... ce qui avait pu se passer entre vous.

Elle se tourna vers lui, comme surprise par la question.

— Il était amoureux de moi. C'est parfaitement idiot, bien sûr, mais que vouliez-vous donc que ce soit ? Les hommes sont des chasseurs, qu'il s'agisse de traquer un animal ou une femme. Et il n'était même pas beau. Il était... grassouillet. Et moi, j'étais mariée. J'ai failli avoir une attaque quand il a téléphoné en disant qu'il était en Écosse. C'est la seule fois de ma vie que j'ai menti à mon mari. Quand je devais voir Herbert, je prétextais des heures supplémentaires. Il voulait me persuader de retourner avec lui en Suède.

Ils étaient parvenus au bord du champ. Elle rebroussa chemin par un sentier qui longeait un mur bas en pierres sèches. Revenue à son point de départ, la grille, elle leva la tête vers Stefan.

— J'ai l'habitude de prendre un thé à cette heure-ci. Ensuite je ressors. Vous me tenez compagnie ?

— Volontiers.

— Herbert buvait toujours du café. Rien que ça. Comment aurais-je pu vivre avec un homme qui méprisait le thé ?

Ils entrèrent dans la cafétéria. Quelques jeunes gens en kilt, attablés dans un coin, discutaient à voix basse. Margaret choisit une table près de la fenêtre, d'où elle avait vue sur le site, jusqu'à Inverness et à la mer.

— Il me déplaisait, dit-elle soudain d'une voix où perçait la détermination. Il s'accrochait à moi, bien que je lui aie expliqué dès le départ que son voyage était absurde. J'avais un mari qui me posait déjà suffisamment de problèmes, vu qu'il buvait beaucoup trop. Mais il était le père de mon fils, et ça, c'était le plus important. J'ai donc prié Herbert de reprendre ses esprits et de rentrer en Suède. Je croyais qu'il avait suivi mon conseil. Et voilà qu'il a commencé à m'appeler au commissariat. J'avais peur qu'il se mette à téléphoner chez moi. Alors j'ai accepté de le revoir. C'est là qu'il me l'a dit.

— Quoi ? Qu'il était national-socialiste ?

— Non, bien sûr. Qu'il l'*avait été.* Il n'était pas bête, et il savait que j'avais subi la guerre, ici même pendant le Blitz. Il m'a dit qu'il regrettait tout ça.

— Vous l'avez cru ?

— Je ne sais pas. La seule chose qui comptait, à mes yeux, était qu'il disparaisse.

— Mais vous avez continué de vous promener avec lui ?

— Il avait trouvé un autre moyen de m'utiliser. En se confessant à moi. Il m'assurait que « tout ça » était une erreur de jeunesse. J'avais peur qu'il tombe à genoux devant moi, là, dehors. C'était affreux, en fait. Il voulait que je lui pardonne. Comme si j'avais été son pasteur, ou alors la représentante de tous ceux qui avaient souffert sous Hitler.

— Que lui avez-vous dit ?

— Que je pouvais l'écouter à la rigueur. Mais que ses problèmes de conscience ne me concernaient pas.

Les hommes en kilt se levèrent et quittèrent la cafétéria. La pluie se mit à tambouriner contre les vitres.

— Ce n'était donc pas vrai ? reprit-elle.

— Quoi ?

— Qu'il le regrettait.

— Il a probablement conservé ses convictions jusqu'au bout. Il avait peur, après tout ce qui s'était passé en Allemagne. Mais, à mon avis, il n'a jamais renoncé à sa foi. Il l'a même transmise à sa fille, qui est morte elle aussi.

— Comment ?

— Dans un échange de tirs avec la police. Elle a bien failli m'avoir, soit dit en passant.

Elle le dévisagea.

— Je suis vieille. J'ai tout mon temps. Ou pas du tout, c'est selon. Mais je veux entendre cette histoire depuis le début. Pour la première fois, je crois bien que Herbert commence à m'intéresser.

Alors qu'il était déjà dans l'avion vers Londres où l'attendait Elena, Stefan pensa que c'était pendant qu'il racontait l'histoire à Margaret, dans la cafétéria du musée de Culloden, qu'il avait pu enfin saisir le sens de ces semaines d'automne passées dans le Härjedalen. Tout lui apparaissait sous un jour neuf – les pas de tango sanglants incrustés dans le parquet, les vestiges du bivouac au bord de l'eau noire. Surtout il se voyait lui-même, tel qu'il avait été à ce moment-là, un homme dévoré d'angoisse se déplaçant comme une ombre instable à la périphérie d'une étrange enquête pour meurtre. En racontant l'histoire à Margaret, il devenait lui-même une pièce du puzzle. Sauf que ce « lui-même » était un autre, à la fois lui et pas lui, avec lequel il n'avait plus la force de rester en contact.

Quand il eut fini, ils demeurèrent longtemps silencieux à regarder par la fenêtre la pluie qui avait entre-temps diminué d'intensité. Margaret ne posa aucune question ; elle resta simplement assise, en frottant d'un doigt maigre l'aile de son nez. Les visiteurs étaient peu nombreux à Culloden ce jour-là. Les serveuses désœuvrées étaient assises derrière le comptoir, à feuilleter des revues et des brochures de voyages.

— Il a cessé de pleuvoir, dit-elle enfin. Le moment est venu de ma deuxième promenade parmi les morts. J'aimerais que vous m'accompagniez.

Le vent qui soufflait auparavant du nord avait tourné plein est. Elle choisit cette fois un autre itinéraire, comme si elle voulait couvrir avant la fin de sa visite l'intégralité du champ de bataille.

— J'avais vingt ans quand la guerre a éclaté, dit-elle. J'habitais Londres en ce temps-là. Je me souviens de l'horrible automne 1940, des sirènes qui hurlaient. Chaque nuit, je savais que quelqu'un allait mourir, mais qui ? Le voisin ? Ou moi ? Je me souviens qu'à mon idée, c'était le Mal en personne qui se déchaînait. Ce n'étaient pas des avions, là-haut dans le noir, mais des diables aux pieds griffus qui lâchaient leurs bombes sur nous. Plus tard, longtemps après, alors que j'étais déjà dans la police, j'ai compris qu'il n'y avait pas de gens mauvais – mauvais dans leur âme, si vous voyez ce que je veux dire. Mais que certaines circonstances pouvaient faire surgir la cruauté.

— Je me demande quelle opinion Herbert Molin avait de lui-même.

— Par rapport au mal ?

— Oui.

Elle réfléchit avant de répondre. Ils s'étaient arrêtés près d'un tumulus, à la périphérie du site. Elle se pencha pour renouer son lacet. Il voulut l'aider, mais elle refusa de la tête.

— Herbert se voyait comme une victime, dit-elle en se redressant. En tout cas quand il se confessait à moi. Je comprends maintenant que c'était un mensonge. À l'époque, je ne l'ai pas percé à jour. J'étais obnubilée par la peur qu'il ne se découvre soudain malade d'amour au point de venir hurler sous mes fenêtres.

— Il ne l'a jamais fait ?

— Non, Dieu merci.

— Qu'a-t-il dit, quand vous vous êtes séparés ?

— « Au revoir », c'est tout. Peut-être a-t-il essayé de m'embrasser, je ne sais plus, j'étais trop contente de le voir disparaître.

— Vous n'avez jamais eu de ses nouvelles par la suite ?

— Jamais. Jusqu'à ce jour.

Ils rebroussèrent chemin, pour la deuxième fois, en direction du musée.

— Je n'ai jamais cru que le nazisme était mort avec Hitler, reprit-elle. Les gens qui entretiennent ces idées-là sont aussi convaincus aujourd'hui qu'ils l'étaient alors, mais ils ont d'autres noms, et d'autres méthodes. La haine ne s'exprime plus de façon ouverte, mais différemment : par en dessous, si je puis dire. L'Europe est en train de s'affaisser sous l'effet de cette haine – mépris pour les faibles, attaques contre les immigrés, racisme. Je le vois partout. Et je me demande si nous lui opposons vraiment la résistance nécessaire.

Stefan avait ouvert la grille.

— Je reste encore un petit moment, dit-elle. Je n'en ai pas tout à fait fini avec les morts. Votre histoire est surprenante. Mais je n'ai toujours pas obtenu de réponse à la question que je me pose.

— Laquelle ?

— Pourquoi êtes-vous venu ?

— Je voulais savoir qui se cachait derrière l'initiale du journal de Herbert Molin. Je voulais savoir pourquoi il avait entrepris ce voyage en Écosse.

— C'est tout ?

— Oui. Je suis venu par curiosité.

Elle repoussa une mèche de cheveux et lui sourit.

— Bonne chance, dit-elle.

— Pourquoi dites-vous cela ?

— Peut-être le retrouverez-vous un jour. Aron Silberstein, qui a tué Herbert.

Stefan sursauta. Il mit un instant à pouvoir réagir.

— Quoi, il vous a raconté ce qui s'était passé à Berlin ?

— Il m'a parlé de sa peur. Lukas Silberstein, son professeur de danse, avait un fils prénommé Aron. Herbert redoutait une vengeance, et il a toujours pensé que cette vengeance viendrait de lui. Il avait gardé le souvenir du garçon, je crois même qu'il rêvait de lui dans ses cauchemars. J'ai bien l'impression que le petit a fini par retrouver sa trace.

— Aron Silberstein ?

— J'ai une bonne mémoire. C'était ce nom-là. Et maintenant, nous allons nous dire au revoir et retourner chacun à nos occupations. Moi auprès de mes morts, et vous du côté des vivants.

Elle fit un pas vers lui et lui effleura la joue. Puis elle s'éloigna d'un pas ferme sur la lande. Il la suivit du regard jusqu'à ce qu'elle eût disparu. S'effaçaient avec elle les ruminations autour des événements de l'automne. Le journal existait encore, avec les photos et les lettres, dans un recoin obscur du commissariat d'Östersund. Margaret Simmons ne lui avait pas seulement expliqué le voyage de Herbert Molin en Écosse. Elle lui avait donné le nom de l'homme qui se faisait appeler Fernando Hereira.

Il repassa dans le hall du musée et acheta une carte postale et une enveloppe. Puis il s'assit sur un banc et écrivit à Giuseppe.

Giuseppe,

Il pleut, ici en Écosse. Mais c'est très beau. L'homme qui a tué Herbert Molin s'appelle Aron Silberstein.

Salutations

Stefan

Il quitta Culloden et retourna à Inverness, où le réceptionniste de l'hôtel promit de poster sa carte. Il ne restait plus qu'à patienter. Stefan fit encore une longue promenade. Puis il dîna dans le même restaurant que la veille. En fin de soirée, il parla longuement à Elena. Elle lui manquait, et il n'avait plus de difficulté à le lui dire.

Le lendemain, il s'envola pour Londres. De Gatwick, il prit ensuite un taxi jusqu'à l'hôtel où l'attendait Elena. Ils restèrent trois jours ensemble à Londres avant de repartir pour Borås.

Stefan retourna au commissariat le lundi 17 avril. Sa première initiative fut de se rendre aux archives, dans la salle où figurait au mur la photographie de la visite des policiers britanniques en 1971. Il la décrocha et la rangea dans un tiroir, en compagnie d'autres photos de visiteurs.

Il referma soigneusement le tiroir.

Il inspira à fond.

Puis il alla reprendre le travail qui lui avait si longtemps manqué.

Postface

Ceci est un roman. Je ne décris pas les événements et les milieux tels qu'ils sont, ou ont été, dans la réalité. Je m'autorise certaines libertés. Par exemple celle de déplacer des carrefours, de repeindre des maisons et surtout d'inventer des enchaînements fictifs là où c'est nécessaire. La même chose vaut pour les personnages. Ainsi, je ne crois pas qu'il existe à Östersund un policier prénommé Giuseppe. Personne n'a donc lieu de se sentir visé. Toute ressemblance avec des personnes réelles ne peut cependant être totalement évitée. Il s'agit dans ce cas de pures coïncidences.

Mais le soleil, début novembre dans le Härjedalen, se lève bien autour de huit heures moins le quart. On retrouve donc, au milieu de la fiction, un certain nombre de vérités indubitables.

Ce qui était évidemment mon intention.

Henning Mankell
Göteborg, septembre 2000

Photocomposition *CMB* Graphic
44800 Saint-Herblain

Achevé d'imprimer par GGP Media GmbH, Pößneck
en mars 2007
pour le compte de France Loisirs,
Paris

N° d'editeur : 48288
Dépôt légal : avril 2007
Imprimé en Allemagne